第一奇諺

校註 정규복
　　　박재연

국학자료원

『제일기언(第一奇諺)』에 대하여

서 언

　『제일기언』은 그 부제가 「경화신번」이라 되어 있는 바와 같이 중국 淸代小
說인『鏡花緣』의 번역소설이다. 다시 말하면,『제일기언』은 19세기 초엽에 번
역자 洪羲福(1794~1859)에 의해 이루어진 手稿本으로 근 150년 동안 忠淸北道
槐山의 豊山 洪씨 후손들에 의해 깊숙이 갊아져 있다가 근자 필자에 의해 비로
소 발굴된 귀중한 문헌이다. 이제『제일기언』이 세상에 공개됨으로써 국어국문
학계에 던져지는 의의는 본서에 뚜렷이 밝혀져 있는 번역연도 乙未(1835)를 통
해서 한국의 번역문학사의 입장에서뿐만 아니라, 당시 중국어를 우리말로 옮겨
놓은 19세기 초엽 당대에 씌어진 어휘·문체는 말할 것도 없고, 古語와 新語가
병용된 데서 오는, 말하자면 국어사적인 측면에서 더욱 크다고 하지 않을 수
없다.

　우리 나라에는 많은 중국문헌이 훈민정음의 창제 이후 빈번하게 번역되었다.
조선조 초기에 유가경전을 비롯하여 불가경전이 번역되어 이들은 龍飛御天
歌·月印千江之曲 등과 함께 조선조 초기 언어를 해명하는 데에 귀중한 문헌으
로 평가됨은 주지된 사실이다. 그렇지만 문학서로는 成宗 12년(1481)과 仁祖 10
년(1632) 두 번에 걸쳐 발간된 杜詩諺解는 번역문학서로 귀중하지만, 또한 조선
조의 초기 언어 및 중기 언어를 해명하는 데 중요한 자료로 평가됨은 익히 아
는 바이다.

　이후 조선조 중기를 넘어서면서부터 중국소설이 물밀 듯이 우리나라에 전해
옴에 따라 많은 중국소설이 번역되었다. 이들 중국소설류의 번역물들이 현재

樂善齋文庫에 소장되어 있는 것을 보면,『三國志衍義』·『水滸誌』등 四大奇書의 일부를 비롯하여 太平廣記·紅樓夢·今古奇觀·西周衍義·北宋衍義·平妖傳 등 무려 20여종을 헤아릴 수 있고, 또한 각처에 산장된 중국소설의 번역문을 함께 헤아리면 상당수의 번역물이 현존하고 있지만, 이들이 누구에 의해, 어느 때 번역되었다는 것을 알 수가 없다는 것이 유감이다.

　　그러나『제일기언』은 번역자 및 번역 연도를 확적하게 알 수·있을 뿐 아니라, 본서가 번역자 洪羲福의 수고본이라는 데 더욱 뜻이 있다. 말하자면, 본서가『鏡花緣』의 번역본으로서 당시 조선조에 번역하는 방법을 엿보게 하는 번역문학사적인 측면에서도 뜻이 있지만, 앞에서 이미 언급한 바와 같이 조선조 초기 언어를 해명하는 데 중요한 역할을 하는 龍飛御天歌·月印千江之曲·經書類 및 杜詩諺解를 고비로 이후 조선조 중기를 넘어서면서부터 뚜렷한 譯書類의 자료가 없어 중기 이후의 언어를 해명할 수 없었던 차, 당시 언어의 방대한 자료가 담긴『제일기언』의 출현으로 우리의 18세기 초엽의 언어사적 측면을 엿볼 수 있게 되었다는 것은 여간 다행스런 일이 아니다.

　　그러면 이제 본고에서『제일기언』의 원문인『鏡花緣』의 개황을 살피고 나서, 본서의 서지적 사항 및 본서의 번역자 洪羲福의 생애와 소설관 등에 대하여 살펴보기로 하겠다.

1. 『鏡花緣』의 개항

　　『鏡花緣』은 百回本 장편소설로서 淸代에 불우했던 李汝珍(1763~1830)에 의해 이루어진 일종의 사회비판 내지 작자의 이상을 그린 사회소설로서 胡適 박사의 고증에 의하면, 대충 1825년에 이루어졌고 세상에 출간되기 시작한 것은 1828년으로 되어 있다. 이후 魯迅의『中國小說史略』을 비롯한 中國小說史類에도 胡適의 고증을 그대로 따르고 있는 것을 보면,『鏡花緣』의 출간년도 1828년에 대해선 아무런 이의가 없는 것 같다.

　　『鏡花緣』의 작자 李汝珍은 淸代 乾隆詩人으로 그의 생애에 대해서는 直隷省 大興人으로 字가 松石, 특히 聲韻學에 정통하였고, 그의 저서로는『李氏音鑑』 5권,『字母五聲圖鑑』2卷이 있다고 한다. 그러나 위의 짤막한 生平을 胡適은 더욱 상세하게 확대해 놓았다.

胡適 박사의 고증에 의하면 『鏡花緣』은 1810년부터 1825년까지 10여년 간의 세월을 들여 이루어졌다고 하며, 『鏡花緣』이 완성된 시기는 앞에서 언급한 대로 대략 1828년으로 보고 있다. 아울러 『鏡花緣』의 初刊本인 <芥子園雕本>이 1828년에 이루어지고, 1829년엔 <麥刻謝像本>(廣東本)이 이루어진 것을 전제로 胡適 박사는 다음과 같은 두 가지 사항을 제시하였다.

1. 鏡花緣은 李汝珍의 만년에 뜻을 얻지 못한 불우한 때의 작품이다.
2. 鏡花緣은 작자 李汝珍이 아직도 생존해 있을 대 판각되었다.

위의 두 가지 사항은 번역서 『제일기언』과 연관된 중요사항으로 여기에 우리는 『鏡花緣』이 박학하였을 뿐 아니라, 聲韻學에 정통한 李汝珍이 그의 만년 불우했을 때 저작되었음을 알 수 있는 것은 오늘날 『鏡花緣』의 내용에 담겨진 儒·佛·道 三敎의 經典 뿐만 아니라, 算數·律呂·天文·地理 등 九流의 여러 方技, 또는 韻學·卜術·奕·琴·馬弔·雙陵·謝 등 百戲까지 출현하는 것으로 보아 가히 알 수 있는 일이다.

다시 말하면, 鏡花緣은 박물학자 李汝珍이 그의 만년에 불우했을 때, 10년의 세월을 들여 1825년경에 완수된 것으로 작자의 당시 사회에 대한 불평·불만 내지 그의 이상을 그린 社會小說임을 알 수 있다. 이는 앞으로 『제일기언』을 살피는 데 좋은 참고가 되리라고 본다.

다음은 『鏡花緣』의 경개를 들어보자. 『鏡花緣』은 앞에서 언급한 바와 같이 百回本으로 이루어져 있는데 그 경개를 편의상 1회에서 50회까지, 51회에서 100회까지를 2부로 나누어 작성하는 것이 좋을 것 같다.

제1부는 다음과 같다.

唐朝의 武則天이 정권을 장악하자 徐慶業이 군사를 일으켰지만 실패하였다. 어느날 武則天은 취기가 도는 가운데 下令하여 百花가 일제히 피도록 했으나 마침 百花仙子는 외출하여 놀았으므로 뭇 花神은 자태를 나타낼 수 없었지만, 꽃만은 좋이 피어 있었다. 玉皇上帝는 적시각이 아닌 때 피어 고움을 나타냈다고 하여 百位花神을 마침내 塵世로 귀양보냈다. 百花仙子는 진세에서 唐敖의 딸로 태어났다. 이때 唐敖는 探花에 합격하고 徐慶業과 더불어 舊誼가 있었지만, 이로부터 唐敖도 徐慶業과 같이 실세된 처지가 되었다.

唐敖는 妻弟 林之洋과 함께 海外를 방황하게 되어 많은 나라를 지나면서 異國風俗을 관람하게 되었다. 후에 唐敖는 花草를 먹고 살다가 小蓬萊山에 들어가 세상에 나오지 않았다. 이에 唐敖의 딸 唐閨臣은 아버지를 찾아나서 海外로 돌아다니다가 泣紅亭에 이르렀는데 거기엔 百名花神이 진세에 내려와 탄생된 人間들의 姓名과 그 사적이 실려 있었다. 唐閨臣은 이들을 적어 가지고 돌아왔다.

제2부는 다음과 같다.

武則天은 才女들에게 과거를 베풀었다. 그 百名의 才女는 바로 모두 泣紅亭 碑文에 기재된 百名花神이 진세에 내려온 그대로의 人間姓名이다. 이에 과거에 합격한 才女들은 그네들을 경축하기 위해 베풀어진 宴會에 나아가 즐겼는데, 모든 才女들은 書·畵·琴·棋·醫術·卜術·星相·音韻·算法·燈謎·酒令·雙陸·馬吊·射鵠·蹴毬·鬪草·投壺 등 각종의 연희를 연출하며 재조를 자랑하였다. 나중에 唐閨臣도 아버지를 찾아 山으로 들어가 다시는 돌아오지 않았다.

徐慶業 등 反臣의 아들들이 재차 병사를 일으켜 武則天을 치니 武則天軍은 酒色에 빠져 드디어 武則天은 패망한다. 그러나 中宗이 다시 일어나 武則天을 추대하여 '則天大聖皇帝'라 하였다. 武則天은 다시 명령을 내려 女科를 개설하고, 또한 前科에 합격했던 才女들을 청하여 弘文宴을 여는 것으로 鏡花緣의 모든 이야기는 끝난다.

위와 같은 경개에서 보면, 『鏡花緣』의 이야기는 弘文宴을 여는 것으로 끝나지 않고, 더 이야기가 진행될 것 같으나, 실제로 모든 이야기는 종결되었는데, 이는 아마 魯迅이 언급한 바와 같이 『鏡花緣』의 작자 李汝珍이 스토리를 더 확대할 것을 계획했다가 사정상 중단해 버린 것 같다.

2. 『제일기언』의 서지적 사항

『제일기언』이란 명칭은 번역자가 중국에서 『三國志衍義』가 『第一才子書』로 불린 것에 따라 命名된 것인데 현재 후손에 의해 전하는 것은 총 20권 중, 제

9권과 12권이 缺本으로 되어 18권이 전할 뿐이다.

본서의 체제는 순 한지로 되어 있는데 縱이 31cm, 橫이 20cm, 매쪽 10행, 매행 20자 내외로 되어 있으며, 매권 표지에는 「鏡花新翻 雲耕草本」이란 작은 글자가 씌어 있고 표제는 역시 「제일기언」이란 큰 글자가 씌어 있다. 小表題인 「鏡花新翻」은 鏡花緣을 새로 옮긴 번역물이란 뜻이고, 「雲耕草本」 중 「雲耕」은 번역자 洪羲福의 아호일 것이며, 따라서 雲耕草本이란 洪羲福의 수고본의 뜻을 지닐 것이다. 각권의 쪽수와 필사간지는 다음과 같다.

1권	96쪽	을미원월초삼일(乙未元月初三日) ※ 당구샹촌 운경누즁의 희셔ᄒ노라
2권	108쪽	을미졍월십삼일(乙未正月十三日) ※ 지금 졍유뉵십솜○○○개의 ᄒ다
3권	96쪽	을미원월이십이일(乙未元月二十二日) ※ 병듕희셔
4권	106쪽	을미이월십이일(乙未二月十二日) ※ 병듕희셔
5권	94쪽	을미납월망일셔(乙未臘月望日書)
6권	100쪽	을미납월념오일셔(乙未臘月念五日書)
7권	95쪽	무슐원월회일(戊戌元月晦日) ※ 니어 쓰노라
8권	96쪽	무슐이월초칠일셔(戊戌二月初七日書)
9권		缺本
10권	98쪽	신축삼월초칠일셔(辛丑三月初七日書)
11권	84쪽	뎡미납월초팔일셔(丁未臘月初八日書) ※ 이 칙을 을미년에 시죽ᄒ야 그 수이 간간히 니어쓰다가 금년에야 져기 틈을 ᄐ 맛기롤 긔약ᄒ나 그도 오히려 밋지 못ᄒ리로다
12권		缺本
13권	95쪽	뎡미납월십칠일(丁未臘月十七日) ※대셜즁셔(大雪中書)
14권	88쪽	뎡미납월이십일(丁未臘月二十日) ※취즁에 그리노라
15권	91쪽	뎡미납월념오일(丁未臘月念五日) ※취즁필셔
16권	92쪽	뎡미졔셕(丁未除夕)의 총망필셔ᄒ니 금년에 뉵권을 그려너니라
17권	88쪽	무신원월초구일셔(戊申元月初九日書)
18권	87쪽	뮤신원월십삼일(戊申元月十三日) ※ 병즁셔ᄒ노라
19권	85쪽	무신원월십구일(戊申元月十九日) ※취즁셔
20권	87쪽	무신원월념이일(戊申元月念二日) ※등하에 괴로히 쓰다

(위의 한자 삽입은 필자)

위와 같이 『제일기언』의 총쪽수는 缺本 2권을 제외하고도 2천여장에 이르고 있고, 또한 본서는 번역자가 1권의 번역을 마친 것이 乙未一月初三日로 되어 있어 번역에 착수한 것은 본서의 권마다 번역을 마친 것이 대충 열흘 간격으로 되어 있으므로, 줄잡아도 실제 번역에 착수한 것은 乙未年 이전인 甲午年末에 해당될 것이다. 거기서 제1권부터 제6권까지는 乙未年(1835) 1년 동안에 마치고, 그간 2년 동안 쉬었다가 戊戌年(1838)에 제7권과 제8권을 마치고, 다시 辛丑年(1839)에 제10권 단 한권만 번역하고, 7년동안 쉬었다가 다시 丁未年末(1846)에 제11권, 제12권, 제13권, 제14권, 제15권, 제16권 등 무려 6권을 번역하고, 그 이듬해 술신년 초(1847)에 제17권, 제18권, 제19권, 제20권 등 4권을 번역하였음을 알 수가 있다. 이로 보면 본서의 번역은 乙未년(1835)에 착수하여 戊申年 初(1848)에 마친 것으로 되어 있으니 꼭 13년이란 시간이 소요된 셈이다. 이는 결국 번역자의 40대 나이에 해당된다. 이렇게 13년이 걸린 것은 번역자의 附註에서와 같이 病中 혹은 醉中으로 쉬면서 한가롭게 번역했기 때문임을 알 수가 있다.

위의 사항 외에『제일기언』의 서문에는 조선조 후기에 유행된 듯한 중국소설과 한국소설의 목록이 다음과 같이 기록되어 있다.

중국소설 : 三國志·西遊記·水滸誌·西周衍義·歷代衍義
한국소설 : 劉氏三代錄·眉蘇名行·曹氏三代錄·忠孝冥感錄·王鳶再會·林花鄭燕·寇萊公忠烈記·郭張兩門錄·華山仙契錄·玉麟夢·闢虛談·玩月會盟·明珠報月聘·淑香傳·風雲傳

위의 소설목록을 통하여 이들이 중국소설이건 한국소설이건 번역자 洪羲福 당시 이미 전해진 것을 확인할 수 있고, 더구나 이들 가운데 현재 樂善齋에 갊아 있는 소위 樂善齋本小說 중 大河小說로 귀중하게 평가되는『玩月會盟』·『明珠寶月聘』·『劉氏三代錄』·『曹氏三代錄』등이 순수 한국소설이냐, 아니면 중국소설의 번역물이냐의 문제에 대해 분분설을 일으키고 있는 이때, 이들은 국적을 분명하게 한국으로 돌릴수 있게 하는 귀중한 문헌임은 다행한 일이 아닐 수 없다.

3.『제일기언』의 번역자 洪羲福의 생애와 소설관

『제일기언』의 번역자 洪羲福은 현재 발간되어 있는『朝鮮人名辭典』(朝鮮總

督府 刊)이나 『韓國人名辭典』(新丘文化社 刊)에는 그 이름조차 전연 등장하지 않는다. 이들 외에 『國朝人物志』나 『國朝榜目』에도 전연 출현하지 않는다. 그러므로 洪羲福이 생애에 대해서 자상한 것은 알 길이 없다. 다만 「豊山洪氏族譜」에 의하면 朝鮮朝 正祖 甲寅年(1794)에 나서 哲宗 己未년(1859)에 작고하고, 기타 관직 과저 문제엔 전연 기록이 없고, 그의 墓는 堤川 古岩里에 있는 것으로 되어 있다.

그러나 豊山洪氏族譜에 나타난 위와 같은 짤막한 행적과는 달리, 그의 후손의 증언에 의할 것 같으면, 번역자 洪羲福은 서류출신으로 벼슬에 나아갈 수 없어, 자주 중국을 내왕하면서 중국소설을 구하여 읽었을 뿐 아니라, 『제일기언』의 서문에 의하면 학문(性理學, 필자주)을 못하여 한가한 틈이 많아 훤당을 모셔 당시 전하던 국문소설은 거의 독파하고, 아울러 중국 白話小說인 『三國志』·『水滸誌』·『列國誌』·『西周衍義』 등을 漢文으로 번역해 놓았다고 하였으나, 이들이 애석하게도 현재 전하지 않는다.

더욱이 중국 白話小說을 漢文(古文)으로 번역하였다는 것은 번역문학사상 중요한 의의를 지니며, 위와 같은 사항으로 볼 때, 오늘날 관점으로 보아 번역자 洪羲福은 당시 서류의 신분으로 인하여 제대로 평가받지 못한 것과는 달리, 가위 번역문학가로 규정할만하다.

다음 그의 소설관에 대하여는 이미 앞에서도 언급한 바와 같이 洪羲福은 자주 중국을 내왕하여 중국소설을 구독하였을 뿐 아니라, 당시 전하는 한국소설을 독파하였고, 아울러 적지않은 중국소설을 번역한 소설가적 기질을 지니고 있다.

『제일기언』의 서문에 의하면, 그의 구체적인 번역동기를 논술하는 가운데에서 또한 그의 뚜렷한 소설관을 엿볼 수 있다. 우선 그는 소설이란 애초에 史記에 빠진 野史였던 것이 후대에 문장가들이 허구(헛말)을 事實(실다히)로 꾸며, 독자로 하여금 천연한 것으로 보게 한다고 하여 다음과 같이 밝히고 있다.

쇼셜이란 명식이 잇셔 쳐음은 스긔에 쌘진 말과 쵸야의 젼ᄒᄂ 일을 거
두어 모화너니 혹 닐으되 야시라 ᄒ더니 그 후 문쟝ᄒ고 닐업ᄂ 션비 필묵
을 희롱ᄒ고 문쯔롤 허비ᄒ야 헛말을 늘여니고 거즛닐을 실다히 ᄒ야 보ᄂ
사롬으로 ᄒ야곰 쳔연이 미드며 진졍으로 맛드려 보기롤 요구ᄒ니 일노 죠

초 쇼셜이 셩힝ᄒ야 근일에 우심ᄒ니 <제일긔언 1권 2장>

위와 같이 소설의 허구성과 진실성이 두 면을 언급한 것은 현대적인 소설관
에 비하여 손색이 없는 것이라 보아지며, 한편 그는 聖經·賢傳과 禮記·小說
등이 당시 국문으로 번역되어 독서계에서 읽혀지나 무미하고 지리하여 허탄기
괴한 소설과 新話를 다투어 읽게 되니 일없는 선비들과 才女들이 이름있는 고
금소설들을 번역하는 한편, 허언을 만들어 넣어 재미있게 꾸며 놓은 책이 몇천
권에 이르렀다고 하여 다음과 같이 언급하고 있다.

> 대범 언문이 말ᄒ기 ᄌ셰ᄒ고 비ᄒ기 쉬운고로 부인녀ᄌᄂᆫ 언문을 위업
> ᄒ고 문ᄶ롤 비화 닉이지 아니ᄒ니 이 ᄯ오한 흠시라 셩경현젼과 례긔쇼학을
> 비록 언문으로 삭여 언히라 일홈ᄒ야 부뎌 사롬마다 비화 본밧고져 ᄒ나
> 보ᄂᆫ지 무미코 지리ᄐ ᄒ야 다만 쇼셜신화의 허탄긔괴ᄒᆫ 브롤 다토아 즐겨
> 보니 **일업슨 션비와 지조잇ᄂᆫ 녀지 고금쇼셜에 일홈ᄂᆫ 브롤 낫낫치 번
> 역ᄒ고 그밧 허언을 창셜ᄒ고 긱담을 번역ᄒ야 신긔코 ᄌ미잇기롤 위쥬
> ᄒ야 거의 누천권에 지ᄂᆫ지라** <제일긔언 1권 2~3장>

더욱이 위의 인용문 중 '일업슨 션비와 지조잇ᄂᆫ 녀지'에서 당시 소설작자층
이 한가한 선비와 재주있는 부녀 층의 하나임을 규지케 할 수 있는 것은 주목
할 만한 사항이다. 뿐만 아니라, '고금쇼셜에 일홈ᄂᆫ 브롤 낫낫치 번역ᄒ고 그
밧 허언을 창셜ᄒ고 긱담을 번역ᄒ야 신긔코 ᄌ미잇기롤 위쥬ᄒ야'에서 우리
ᄂᆫ 다시 소설이 재미를 위주로 번역과 창작이 병용되었음을 엿볼 수 있다.
　그렇지만 그의 근본적인 소설관은 역시 주자학의 강력한 영향이 조선조 전
역을 휩쓴 유가의 윤리주의적 입장을 고수하여 당시 판본으로 출간된 淑香
傳·風雲傳 류가 街巷鄙語로 되어 있다고 하여 다음과 같이 개탄하고 있다.

> 심지어 슉향젼 풍운젼의 뉘 가항의 쳔ᄒᆫ 말과 하류의 ᄂ즌 글시로 판본
> 에 긔각ᄒ야 시상에 미미ᄒ니 이로 긔록지 못ᄒ거니와 대쳐 그 지은 ᄯᆺ과
> 베픈 말을 볼진더 대동쇼이ᄒ야 사롬의 셩경을 고쳐시나 ᄉ실은 흡ᄉᄒ고
> 션악이 니도ᄒᄂᆫ 계교ᄂᆫ ᄒᆫᄀ지라 젼혀 부인져ᄌ와 무식쳔류의 즐겨보기
> 롤 위ᄒᆫ고로 말솜이 비루ᄒ고 계칙이 경쳔ᄒ야…… 만일 간악ᄒᆫ ᄌ의 공교

훈 쇄룰 긔묘히 올히 넉일진더 그 히로오미 장춫 어더 미츠리요 이러므로
그으기 탄식ᄒ고 깁히 넘녀ᄒᄂ 바라 <제일긔언 1권 5~8장>

위와 같이 번역자 洪羲福이 당시 시대를 강하게 굴레씌운 유가적 윤리주의
를 조금도 벗어날 수 없었던 것은 시대가 작가를 얼마나 강압하는 것인가를 확
인할 수 있지만, 한편 유가적 윤리주의 밑에서도 작품이 내포하고 있는 신기와
재미를 긍정적으로 다음과 같이 암시하고 있다.

혹 긔롱ᄒ여 왈 문묵을 희롱ᄒ미 홀 닐이 무궁ᄒ거늘 션싱은 홀노 언문
을 죵ᄉᄒ야 지필을 허비ᄒ니 쟝춫 무어ᄉ 쓰리요 내 웃고 대왈…… 다만
긴밤과 한가ᄒᆫ 아츰에 노친을 뫼시고 병쳐와 ᄌ부녀으를 거ᄂ려 ᄒᆫ번 보고
두 번 넑어 그 강개상쾌ᄒᆫ 곳의 다ᄃ라ᄂ 셔로 일커러 탄샹ᄒ고 그 담쇼회
해ᄒᆫ 곳에 다ᄃ라ᄂ ᄯᅩᄒᆫ 일쟝환쇼ᄒ면 이 죡히 쓰인다 홀 거시니 그 엇지
무용이라 ᄒ리요 긱이 웃고 허여지거늘 그 문답을 긔록ᄒ야 권슈에 쓰노라
<제일긔언 1권 10~11장>

위에서 文墨으로 할 일이 많은데 하필이면 언문소설에 종사하느냐는 객의
질문에 老親과 病妻·子婦·딸들과 함께『제일기언』을 읽음을 통하여 상쾌한
장면에 이르러 탄상하고 환소하면 足用하리라고 한 번역자 洪羲福의 답에서
우리는 족히 문학의 쾌락설의 일면을 엿볼 수 있다.
번역자 洪羲福의 소설관을 재정리하면, 그는 일찍이 중국소설과 한국소설을
독파한 경험 밑에서 소설을 표면적인 허구성과 이면적인 진실성의 양면으로
파악했으며, 아울러 소설의 윤리성을 강조한 것은 朝鮮朝 전역을 휘감았던 유
가적인 윤리의식으로 말미암은 것이며, 그러면서도 한편, 문학의 쾌락미인 신
기와 재미를 암시한 것은 서구문학비평사에 쟁점이 되어왔던 교훈을 위주로
하여 쾌락이 받아들여진 절충설로 파악할 수 있지 않을까 한다. 말하자면 洪羲
福의 유가적인 윤리주의의 문학관은 조선조로서는 최후를 장식하는 것이라 생
각된다.

목 차

머리말

【1】 복희시(伏羲氏) 셔계(書契)롤 지으므로부터 지금 누쳔빅년의 니르히 경
스ᄌ집(經史子集)과 구류빅가(九流百家)의 무릇 셔칙으로 일홈ᄒᄂ 지 우쥬(宇
宙)에 ᄀ득ᄒ고 쳔하의 뉴젼ᄒ야 히로 더ᄒ고 날노 늘어 그 슈롤 측냥치 못ᄒ
거니 경셔ᄂ 셩인에 말솜을 법바들 비요 스긔ᄂ 넉대 흥망을 긔록ᄒ 비요 ᄌ집
은 고금 문쟝이 짓고 쓴 비요 구류빅가ᄂ 슐업과 방문을 젼ᄒᄂ 비니 그 중 쇼
셜(小說)이란 명식이 잇셔 처음은 스긔에 ᄲ진 말과 초야의 젼ᄒᄂ 길을 거두
어 모화 니니 혹 닐으되 야시(野史)라 ᄒ더니 【2】 그후 문쟝ᄒ고 닐 업ᄂ 션비
필묵을 희롱ᄒ고 문ᄯ롤 허비ᄒ야 헛말을 늘여너고 거즛 닐을 실다히 ᄒ야 보
ᄂ 사롬으로 ᄒ야곰 쳔연이 미드며 진졍으로 맛드려 보기롤 요구ᄒ니 일노죠
ᄎ 쇼셜이 셩힝ᄒ야 근일에 우심ᄒ니 중국 션비ᄂ 글 닑어 과거롤 닐우지 못ᄒ
면 일노써 ᄯᆺ을 부쳐 문학을 ᄌ랑ᄒ고 가계 빈궁ᄒ면 일노써 싱이ᄒ야 져ᄌ의
미ᆞᄒ니 이러므로 쳔방빅기(千方百技)와 긔담괴셜(奇談怪說)이 아니 미츤 비
업ᄂ지라. 우리 동국(東國)은 글과 말이 길이 달나 글을 삭여 말을 민들녀 ᄒ즉
언문이 ᄯ로 잇셔 진셔(眞書)와 언문(諺文)이 다른지라. 내범 언문이 말ᄒ 【3】
기 ᄌ셰ᄒ고 비호기 쉬온 고로 부인녀ᄌᄂ 언문을 위업ᄒ고 문ᄯ롤 비화 닉이
지 아니ᄒ니 이 ᄯ또ᄒ 흠시라. 셩경(聖經) 현젼(賢傳)과 레긔(禮記) 쇼학(小學)을
비록 언문으로 삭여 언히라 일홈ᄒ야 부디 사롬마다 비화 본밧고져 ᄒ나 보ᄂ
지 무미코 지리틋 ᄒ야 다만 쇼셜신화(小說新話)의 허탄긔괴ᄒ 비롤 다토아 즐
겨 보니 일 업슨 션비와 지조 잇ᄂ 녀지 고금쇼셜에 일홈ᄂ 비롤 낫ᆞ치 번역
ᄒ고 그 밧 허언(虛言)을 창셜(唱說)ᄒ고 긱담(客談)을 번연(繁衍)ᄒ야 신긔코
ᄌ미 잇기롤 위쥬ᄒ야 거의 누쳔권에 지ᄂ지라. 니 일즉 실학ᄒ야 과업을 닐우

지 못ᄒ고 훤당을 뫼셔 한가ᄒᆫ 찍 만ᄒᄆ로 세 【4】 간의 젼파ᄒᄂᆫ 바 언문쇼셜을 거의 다 열남ᄒ니 대져 삼국지(三國志) 셔유긔(西遊記) 슈호지(水滸志) 녈국지(列國志) 셔쥬연의(西周演義)로부터 녁대연의(歷代演義)에 뉴ᄂᆞᆫ 임의 진셔로 번역ᄒᆫ 비니 말ᄉᆞᆷ을 고쳐 보기의 쉽기를 취ᄒᆞᆯ 뿐이요 그 ᄉᆞ실은 ᄒᆞᆫ구지여니와 그 밧 뉴시삼대록(劉氏三代錄) 미소명ᄒᆡᆼ(眉蘇名行) 조시삼대록(曹氏三代錄) 츙효명감녹(忠孝冥感錄) 옥원지합(玉鴛再合) 님화졍연(林花鄭燕) 구리공츙녈긔(寇萊公忠烈記) 곽쟝양문록(郭張兩門錄) 화산션계록(華山仙界錄) 명ᄒᆡᆼ졍의록(名行正義錄) 옥닌몽(玉獜夢) 벽허담(闢虛談) 완월회밍(玩月會盟) 명쥬보월빙(明珠報月聘) 모든 쇼셜이 슈샴십 죵의 권질이 호대ᄒᆞ야 혹 빅권이 넘으며 쇼불하 슈십권에 니르고 그 남아 십여 권 슈삼 권식 되ᄂᆞᆫ 뉴 쏘 ᄉᆞ오 【5】 십 죵의 지ᄂᆞ니 심지어 슉향젼(淑香傳) 풍운젼(風雲傳)의 뉴 가항(街巷)의 쳔ᄒᆞᆫ 말과 하류의 ᄂᆞ즌 글시로 판본에 긔간ᄒᆞ야 시상에 미미ᄒ니 이로 긔록지 못ᄒ거니와 대쳬 그 지은 ᄯᅳᆺ과 베푼 말을 볼진디 대동쇼이(大同小異)ᄒᆞ야 사름의 셩명을 고쳐시나 ᄉᆞ실은 흡ᄉᆞᄒ고 션악이 니도ᄒᄂᆞ 계교ᄂᆞᆫ ᄒᆞᆫ구지라. 젼혀 부인 녀ᄌᆞ와 무식 쳔류의 즐겨 보기를 위ᄒᆞᆫ 말노부터 즁간 혼인ᄒ고 평싱 공명부귀ᄒᆞᆫ 말 뿐이니 그 즁 ᄉᆞ단인즉 부디 ᄌᆞ녀를 실산ᄒᆞ야 오린 후 ᄎᆞᆺᄭᅥᄂᆞ 혼인에 ᄆᆞ쟝이 잇셔 간신이 【6】 연분을 닐우거ᄂᆞ 쳐쳡이 싀투ᄒᆞ야 가졍이 어즈러워 변괴 빅츌ᄒ다가 늣ᄀᆞ야 화락ᄒ거ᄂᆞ 일즉 궁곤이 ᄌᆞ심ᄐᆞ가 죵년부귀 극진ᄒ거ᄂᆞ 환로의 풍파를 만ᄂᆞ 만리의 귀향가고 일죠의 형벌을 당ᄒ다가 ᄆᆞ춤니 신원셜치ᄒ거ᄂᆞ 그 환란 고초를 말ᄒᆞ미 부디 죽기에 니르도록 ᄒ고 그 신통 긔이이ᄒᆫ 바를 말ᄒ면 필경 부쳐아 귀신을 일커룰 뿐이니 그 가온디 쏘ᄒᆫ 츙신효ᄌᆞ와 녈녀 졍부의 놉흔 졀조와 아름다온 ᄒᆡᆼ실이 업지 아니ᄒ니 죡히 감동ᄒ고 효측ᄒᆞᆯ 비로디 그 틈에 난신젹ᄌᆞ와 투부음녀의 계교를 ᄭᅮ며 흔단을 지어니고 【7】 춤소을 부려 화변을 비져니믄 ᄯᅳᆺ이 간교ᄒ고 심슐이 악독ᄒᆞ야 춤아 듯고 보지 못ᄒᆞᆯ 말이 만ᄒ니 진실노 이런 닐이 잇셔도 맛당이 귀에 듯고 눈에 볼 비 아니어눌 ᄒᄃᆞᆯ며 헛말노 지은 것가. 지어 부ᄒᆞ혼인에 다ᄃᆞ라는 규방에 은밀ᄒᆫ 슈쥭과 남녀의 셜만ᄒᆫ ᄯᅳᆺ을 셰ᄒᆞ히 문답ᄒ고 낫ᄒᆞ치 칭도ᄒᆞ야 쳔연이 샹디ᄒᆫ 듯 졍녕이 듯고 본 듯ᄒ게 ᄒ니 이 엇지 부녀의 닉이 볼 비리요. 그러ᄂᆞ 보ᄂᆞᆫ ᄌᆞ로 ᄒ

야곰 측한 사름의 어진 닐을 본밧고 즐겨 ᄒᆞ면 그 유익ᄒᆞ미 적지 아니커니와 만일 간악한 ᄌᆞ의 공교한 ᄭᅬᄅᆞᆯ 긔묘히 올히 넉일진디 그 ᄒᆡ로오미 쟝ᄎᆞᆺ 어디 미ᄎᆞ리요. 【8】 이러므로 그으기 탄식ᄒᆞ고 깁히 념녀ᄒᆞᄂᆞᆫ 비라. 우연이 근셰 즁국 션비 지은 바 쇼셜을 보더니 그 말이 죡히 사름의게 유익ᄒᆞ고 그 ᄯᅳᆺ이 부디 셰샹을 ᄭᅢ닷과져 ᄒᆞ야 시속쇼셜의 투ᄅᆞᆯ 버셔ᄂᆞ고 별노히 의ᄉᆞᄅᆞᆯ 베퍼 경셔와 ᄉᆞ긔ᄅᆞᆯ 인증ᄒᆞ고 긔문벽셔(奇文僻書)ᄅᆞᆯ 샹고ᄒᆞ야 신션의 허무한 바ᄅᆞᆯ 말ᄒᆞ되 곳ᄌᆞ이 빙게 잇고 외국에 긔괴한 바ᄅᆞᆯ 말ᄒᆞ되 낫ᄌᆞ치 니역리 이셔 경셔ᄅᆞᆯ 의논ᄒᆞ면 의리ᄅᆞᆯ 분셕ᄒᆞ고 ᄉᆞ긔ᄅᆞᆯ 문답ᄒᆞ면 시비ᄅᆞᆯ 질졍ᄒᆞ야 쳔문지리와 의약 복셔로 쟙기방슐에 니르히 각ᄌᆞ그 묘ᄅᆞᆯ 말ᄒᆞ고 법을 붉히니 이 진짓 쇼셜에 대방가요 박 【9】 남ᄒᆞ기의 읏듬이라. 그 지은 사름의 ᄯᅳᆺ인즉 평ᄉᆡᆼ에 비ᄒᆞ고 아ᄂᆞᆫ 비 이ᄀᆞ치 너르고 깁것마ᄂᆞᆫ 마ᄎᆞᆷ니 ᄯᅳᆺ을 닐우지 못ᄒᆞ야 ᄡᅵ일 곳이 업ᄂᆞᆫ지라. 이에 ᄒᆞᆯ일업셔 부인 녀ᄌᆞ의 일홈을 빌고 ᄯᅳᆺ을 부쳐 필경은 ᄡᅳᆯ디 업스믈 붉히미라. 이에 그 번거한 바ᄅᆞᆯ 덜고 간략한 곳을 보티며 풍속에 갓지 아닌 곳과 언어의 다른 곳을 곤치고 윤식ᄒᆞ야 언문으로 번역ᄒᆞ야 일홈ᄒᆞ되 "졔일긔언第一奇諺"이라 ᄒᆞ니 사름이 그 ᄯᅳᆺ을 뭇거늘 디답ᄒᆞ야 왈,

"진셔쇼셜 즁 삼국지(三國志)ᄅᆞᆯ 니르러 졔일긔셔(第一奇書)라 ᄒᆞ미 나는 일노써 언문쇼셜 즁 졔일긔담인 고로 특별이 졔일긔언이라 ᄒᆞ노라. 【10】 혹 긔롱ᄒᆞ여 왈,

"문묵을 희롱ᄒᆞ미 ᄒᆞᆯ닐이 무궁ᄒᆞ거늘 션ᄉᆡᆼ은 홀노 언문을 죵ᄉᆞᄒᆞ야 지필을 허비ᄒᆞ니 쟝ᄎᆞᆺ 무어시 ᄡᅳ리요."

니 웃고 대왈,

"쳔고의 문쟝으로 일홈을 젼ᄒᆞᄂᆞᆫ 지 그 몃치뇨? 다ᄒᆡᆼ이 ᄉᆞ업을 닐워 ᄡᅳ이는 지 ᄯᅩ한 쳔만인에 ᄒᆞᄂᆞ히어니와 불ᄒᆡᆼ이 ᄇᆡᆨ슈동챵(白首東窓)의 ᄯᅳᆺ을 일우지 못ᄒᆞ고 초야모옥(草野茅屋)에 헛도이 늙을진디 평ᄉᆡᆼ에 ᄆᆞ음을 썩이고 챵ᄌᆞᄅᆞᆯ 거ᄒᆞᆯ너 짓고 닉이던 비 ᄆᆞᄎᆞᆷ니 창을 ᄇᆞ르고 항을 덥허 업시ᄒᆞᆯ ᄲᅮᆫ이니 필경 ᄡᅳᆯ디 업기는 님의 언문과 일양이요 니 몸이 임의 ᄡᅳ이기ᄅᆞᆯ 구치 아니미 니 ᄎᆡᆨ이 ᄯᅩ 엇지 ᄡᅳ 【11】 이기ᄅᆞᆯ 구ᄒᆞ리요 다만 긴밤과 한가한 아ᄎᆞᆷ예 노친을 뫼시고 병쳐와 ᄌᆞ부 녀ᄋᆞᄅᆞᆯ 거ᄂᆞ려 ᄒᆞᆫ 번 보고 두 번 닑어 그 강개 상쾌한 곳의 다ᄃᆞ라는

셔로 일커러 탄샹ᄒ고 그 담쇼회 해ᄒ 곳에 다ᄃ라는 ᄯᅩᄒᆫ 일쟝 환쇼ᄒ면 이
쭉히 쓰인다 홀 거시니 그 엇지 무용이라 ᄒ리요."
　직이 웃고 허여지거늘 그 문답을 긔록ᄒ야 권슈에 쓰노라.

권 지 일

女魁星北斗垂景象 老王母西池賜芳筵

화셜 천하 명산에 곤륜산(崑崙山)이 웃듬이니 하늘 셔편을 진졍ᄒᆞ야 놉픽 하늘에 ᄀᆞ즉ᄒᆞ니 좌편으로 요지(瑤池)ᄅᆞᆯ 님ᄒᆞ고 우편으로 취슈(翠水)ᄅᆞᆯ 둘너시며 ᄋᆞ리로 약슈(弱水) 삼만리ᄅᆞᆯ 격ᄒᆞ니 그 우희 ᄋᆞ홉 겹 구슬 셩을 두【12】루고 열두 층 빅옥누(白玉樓)ᄅᆞᆯ 셰우니 이 과연 낭원(閬院) 요지에 경누옥궐(瓊樓玉闕)이라. 곳 셔왕모(西王母) 거쳐ᄒᆞ시는 곳이니 셔왕모의 셩은 후시(緱氏)오 존호(尊號)ᄂᆞᆫ 구련태묘귀산금모원군(九靈太妙龜山金母元君)이라. 셔편 하늘의 진묘(眞妙)ᄒᆞᆫ 긔운을 오로지 바다 탄싱ᄒᆞ니 곤도(坤道)ᄅᆞᆯ 응ᄒᆞ야 녀ᄌᆞ의 샹(像)인 고로 쳔샹쳔하(天上天下)와 삼계십방(三界十方)의 무릇 녀ᄌᆞ로 신션된 즈ᄅᆞᆯ 거ᄂᆞ려 만물(萬物)을 양휵(養育)ᄒᆞᄂᆞᆫ 비요 그 다음 세 곳 신산이 잇스니 졔일은 ᄀᆞᆯ온 봉니산(蓬萊山)이요 둘지ᄂᆞᆫ ᄀᆞᆯ온 방장산(方丈山)이요 셋지ᄂᆞᆫ ᄀᆞᆯ온 영쥐산(瀛洲山)이니 이 니른바 삼신산(三神山)이라. 바다 밧 섬 ᄀᆞ온디 잇셔 원근을 측냥치 못ᄒᆞ니 도리(道里)ᄅᆞᆯ 아ᄂᆞᆫ 지 업스며 놉기 우히 업【13】고 쥬회 ᄀᆞ히 업ᄂᆞᆫ지라. 『ᄉᆞ긔史記』에 일즉 말ᄒᆞ되 삼신산이 희즁에 잇셔 신션에 모다 노는 곳이라 불ᄉᆞ약(不死藥)이 잇다 ᄒᆞ야 진시황(秦始皇)이 셔시로 ᄒᆞ야곰 동남동녀ᄅᆞᆯ 시러 보니며 ᄆᆞᄎᆞᆷ니 니르지 못ᄒᆞ다 ᄒᆞ고 한무졔(漢武帝) 방ᄉᆞ(方士)의 말을 고지 들어 봉니군션을 거의 만눌 듯ᄒᆞ야 동히 가의 와 ᄇᆞ라다가 친히 바다ᄒᆞᆯ 건너 춫고져 ᄒᆞ다가 동방삭(東方朔)의 간ᄒᆞ물 힘닙어 도라오다 ᄒᆞ고 그 후로 왕ᄌᆞ년(王子年)의 『습유긔拾遺記』[칙일홈]와 쟝화(張華)의 『박물지博物志』[칙일홈]에 그 ᄀᆞ온디 보비의 만흠과 경치에 긔졀ᄒᆞ물 극진니 이 말 ᄒᆞ니 무릇 ᄉᆞ시(四時)에 이우지 아닛는 곳과 팔졀(八節)에 푸르러 잇는 풀이 잇스며 그남아 신션의 실과와 샹셔의 나무와 아름다온 곡식과 긔이ᄒᆞᆫ【14】즘셩에 무리 이로 긔록지 못홀지라. 그 중에 봉니산이 더욱 신긔ᄒ니 산즁 졔일 깁흔 곳에 박명암(薄命岩)이란 브회 잇고 브회 우흐로 홍안동(紅顔洞)이란 골이 잇스니 동즁에 일위 녀션이 잇셔 천하에 일홈ᄂᆞᆫ 곳츨 츠지ᄒ니 이 진짓 군방(群芳)에 읏듬이라 칭호롤 빅화션지(百花仙子)라 ᄒ니 이곳에 잇셔 도힝을 닷간 지 임의 여러 츈취라. 일ᄌ은 졍히 삼월 초삼일이니 셔왕모 탄일이라. 브야흐로 요지에 나아가 헌슈ᄒᄂᆞᆫ 례롤 펴려 홀시 니웃 동즁에 빅쵸션지(百草仙子)라 ᄒᆞ리 잇셔 졍의 ᄀᆞ쟝 친밀ᄒ더니 이 날 더부러 홈게 반도연(蟠桃宴)의 나아가믈 언약ᄒᆞ미 녀동으로 ᄒᆞ야곰 피리병(玻璃甁)에 빅화 양[百花釀 슐일홈이니 빅화로 비즌 비라]【15】을 ᄀᆞ득 봉ᄒ야 밧들니고 ᄯᅩ 빅과션지(百果仙子)라 ᄒᆞᄂᆞᆫ 녀션과 빅곡션지(百穀仙子)라 ᄒᆞᄂᆞᆫ 녀션을 쳥ᄒ야 스위 녀션이 각ᄌ구름을 멍에ᄒ야 셔흐로 곤륜산 요지롤 향ᄒ더니 갈스록 샹셔에 구름이 스면에 ᄌ옥ᄒ고 불근 안기 천지롤 덥허시니 원러 이날 각동 신션이 낫ᄌ치 요지로 모히미라. 홀연 브라보니 북두(北斗) 궁즁으로 죠츠 불근 광치 만 쟝이ᄂᆞ 이러나 눈에 브이더니 그 ᄀᆞ온디 일위 셩군이 엄연이 안즈시니 위의와 쟝속ᄒ 비 쳔연이 괴셩[魁星 북두칠셩 즁 읏듬 별이니 천하 문쟝을 츠지ᄒᆫ 별이라] ᄀᆞᆺᄒ되 화용월티와 옥모쥬순이 문득 일위 미녀 ᄀᆞᆺ흔지라 좌슈의 치필[彩筆 치식 붓슬 가져 천하 문쟝을 평논ᄒᄂᆞᆫ 비라]롤 쥐【16】고 우슈에 옥두[玉斗 옥으로 민든 말이니 천하 인지롤 되아 보는 비라]롤 잡아 치운을 어거ᄒ고 홍광이 옹위ᄒ야 셔흐로 향ᄒ거늘 빅곡션지 지졈ᄒ야 ᄀᆞᆯ오디,

“져 셩군에 위의롤 보건디 분명이 북두 괴셩이로디 모양을 볼진디 졍녕이 일위 부인이니 이 아니 괴셩이 본디 안해롤 두엇던가. 그 엇지 젼일은 보지 못홀너뇨?”

빅화션지 쇼왈,

“괴셩이 임의 션관의 버러 음양을 지계ᄒ니 엇지 비필인들 업스며 ᄯᅩ흔 법슐이 무궁ᄒ야 변환이 측냥 업스니 ᄌ셔히 모르거니와 혹ᄌ 이쩌 인간의 무슴 징죠롤 뵈노라. 이ᄀᆞ치 변샹흔지 엇지 알니요.”

빅과션지 역쇼왈,

“쇼션은 보건디 오날은 셔왕모 탄일이시니 괴셩이 그 부인을 보니여 헌슈

【17】 ᄒᆞ거니와1) 다른 날 동왕공(東王公) 탄일이 되면 괴셩이 친히 ᄂᆞ아가리로다. 다만 져 부인이 ᄉᆞ면으로 홍광이 몸을 두로고 불근 안기 ᄌᆞ옥ᄒᆞ니 아지 못게라 이 무슨 징됴롤 뵈시뇨?”

빅화션지 ᄀᆞᆯ오디,

“쇼션이 져즈음게 드르니 괴셩이 젼혀 하계의 인문을 ᄀᆞ음안다 ᄒᆞ더니 요ᄉᆞ이 북두궁즁의 홍광이 ᄉᆞ면으로 쏘이고 치식 비치 공즁의 어릐더니 이제 이ᄀᆞ치 변샹(變相)ᄒᆞ야 뵈며 ᄯᅩ 다시 불근 긔운이 쳔지의 ᄀᆞ득ᄒᆞ니 이 ᄀᆞ튼 경샹이 반드시 하계인문(下界人文)이 별노 셩홀 징됴여ᄂᆞᆯ 우리 무리 도힝이 쳔박ᄒᆞᄆᆞ로 그 어ᄂᆞ ᄯᅢ의 무즐 징죄물 모르리로다.”

빅초션지 ᄀᆞᆯ오디,

“쇼션이 【18】 드르니 바다 밧게 쇼봉ᄂᆡ산이란 뫼히 잇고 그 우희 옥으로 삭인 비롤 세워 하계 인문을 긔록ᄒᆞᆫ 비 잇더니 근일에 옥비의셔 그 ᄂᆡᄅᆞᄂᆞ 붉은 광치 ᄉᆞ면으로 쏘이다 ᄒᆞ더니 이제 괴셩으로 더부러 광치 셔로 응ᄒᆞᄂᆞᆫ 듯ᄒᆞ니 대쳐 그 징죄 져 옥비의 긔록ᄒᆞᆫ 바 졍히 무즐 듯ᄒᆞ도다.”

빅화션지 왈,

“그 옥비의 긔록ᄒᆞᆫ 비 과연 엇더ᄒᆞᆫ 인문인지 우리 ᄒᆞᆫ 번 나아가 구경ᄒᆞ미 엇더ᄒᆞ뇨?”

빅초션지 왈,

“그 비의 쳔긔(天機)롤 부친 고로 션관과 빅신이 호위ᄒᆞ야 엄히 직희고 비밀히 곰초아 신션과 사ᄅᆞᆷ을 뵈지 아니타가 몃 ᄒᆡ 후 연분 잇ᄂᆞᆫ 즈롤 만나야 비로소 뵌다 ᄒᆞᄂᆞ니 아직 ᄯᅢ 밋지 못ᄒᆞ고 연분이 업스면 엇지 즈레 보기롤 어드리요.”

---

1) 【헌슈ᄒᆞ다】 동 헌수(獻壽)하다. 장수(長壽)를 비는 뜻으로 술잔을 올리다. ¶ 祝壽‖ 쇼션은 보건디 오날은 셔왕모 탄일이시니 괴셩이 그 부인을 보니여 헌슈ᄒᆞ거니와 다른 날 동왕공 탄일이 되면 괴셩이 친히 ᄂᆞ아가리로다 (據小仙看來: 今日是西王母聖誕, 所以魁星特命娘子祝壽. 將來到了東王公聖誕, 才是魁星親自拜壽哩.) <鏡花 1:17> 拜壽‖ 내 싱각건디 보져져가 츄후 싱일이 되지 아니ᄒᆞᄂᆞ뇨 내 하로롤 더 머믈다가 져롤 위ᄒᆞ여 헌슈ᄒᆞ면 여러히 하로롤 열요히 지내리니 (我想起來了, 寶姐姐不是後兒的生日嗎, 我多住一天, 給他拜過壽, 大家熱鬧一天.) <紅樓 108:13>

빅화션지 왈,

"아지 못게라 져 옥비【19】의 쇼션이 연분이 잇슬넌가? 한홉다 우리 무리 비록 도힝을 닐우나 ㅁ춤닉 녀지라 혹즈 옥비의 긔록ㅎ 빅룰 어더 본들 무어시 반가오며 그 ㄱ온디 긔록ㅎ 빅 만일 남즈 유싱의 일 뿐이요 녀즈의 일홈은 ㅎ 나토 업슬진디 우리 무리 아니 무식ㅎ미 심ㅎ랴?"

빅초션지 왈,

"앗가 본 바 괴셩이 임의 녀즈의 모양이니 그 곤도(坤道)룰 응ㅎ미요 ㅎ물며 드르니 옥비의 광치 ㄴ기룰 미양 썅일과 오후에 난다 ㅎ니 음양으로 의논컨디 썅일은 음에 속ㅎ고 오후도 음을 응ㅎ고 문치는 지조룰 니르고 슌음(純陰)은 녀즈의 비ㅎㄴ니 일노 죠추 혜아리건디 다만 ㅎ두엇 녀즈 만드지 아녀 도모지 녀즈의 긔특ㅎ 지죠룰【20】낫타닐 징쥔가 ㅎ노라!"

빅화션지 왈,

"져ː의ː논이 비록 붉으시나 쇼션은 싱각건디 옥비의 진실노 녀즈 뿐이라 도 만일 연분이 업셔 ㅎ 번 보믈 엇지 못ㅎ면 이 아니 '거울 속 곳과 물 ㅇ리 둘(鏡花水月)' ㄱ트여 ㅁ춤닉 ㅂ라든 빅 헛고디 도라가지 아니랴?"

빅쵸션지 왈,

"우리 무리 오날ː ㅁ초아 이 광경을 보앗시니 그 엇지 연분이 업다 ㅎ리요. 대져 일후의 일위 져졔 비록 연분이 ㅁ즈 죠흔 쌔룰 당흔들 이는 아득ㅎ고 먼 닐이라. 미리 말ㅎ야 무엇ㅎ리요. 다만 갈 길이나 가미 올토다."

젼언간에 쏘 스위 션쟝이 괴셩의 뒤흘 쪼로니 샹뫼 긔괴ㅎ야 심히 남다른지 라. ㅎ나흔 푸른 낫치 엄니 나고 푸른 털이【21】니ㅁ룰 덥고 머리의 벽옥 속 발금관을 쓰고 몸의 초록 도복을 닙어시며 ㅎ나흔 불근 낫치 긴 닙시욹이요 불 근 털이 니ㅁ룰 덥고 머리의 홍옥 속발 금관을 쓰고 몸의 쥬홍 도복을 닙어시 며 ㅎ나흔 거문 낫치 져른 코요 거문털이 니ㅁ을 덥고 머리의 오금속발관을 쓰 고 몸의 거문 도복을 닙어시며 ㅎ나흔 누른 낫치 골희눈이요 누른 털이 니ㅁ을 덥고 머리의 황금속발관을 쓰고 몸의 힝황(杏黃) 도복을 닙엇시니 각ː긔특ㅎ 보비와 신이흔 물화룰 밧드러 곤륜을 향ㅎ거눌 빅화션지 왈,

"져 스위 션쟝을 미양 요지연 '반도회蟠桃會' 즁의셔 보기는 보앗거니와 어

느 곳 명산의 잇【22】스며 무어슬 츠지훈 선관인 줄 아지 못ᄒ리러라. 빅과션
지 우어 굴오디,

"져 슈염 업고 코 즈르고 쌤이 검고 목 움츠러지고 거름이 완々훈 즈ᄂ 즈셔
이 보건디 거북의 모양이니 이 아니 오귀대션(烏龜大仙)이뇨?"

빅죠션지 왈,

"져々ᄂ 웃지 말나. 이 과연 닌(麟) 봉(鳳) 귀(龜) 룡(龍) 네 신령의 웃듬이니
져 녹포 닙으니ᄂ 천하의 털 가진 즘싱을 모도 츠지ᄒ니 빅슈의 웃듬인 고로
일홈이 빅슈대션(百獸大仙)이요 져 홍포 닙은 즈ᄂ 천하의 깃 잇ᄂ 새즘싱롤
츠지ᄒ니 빅죠의 웃듬인 고로 일홈이 빅죠대션(百鳥大仙)이요 져 흑포 닙은 즈
ᄂ 천하의 쩝풀 가진 벌어지롤 츠지ᄒ니 빅개의 웃듬인 고로 일홈이 빅개대션
(百介大仙)이요 져 황포 닙【23】은 즈ᄂ 천하의 비놀 가진 고기뉴롤 츠지ᄒ니
빅닌의 웃듬인 고로 일홈이 빅닌대션(百麟大仙)이라. 오날々각々 보물을 ᄀ져
헌슈ᄒ러 ᄀᄂ 비로다."

이ᄀ치 문답홀 스이의 스션이 임의 멀니 가고 스견이 임의 멀니 가고 그 뒤
히 슈(壽) 복(福) 녹(祿) 삼위 셩군이 목공(木公)과 노군(老君)과 핑조(彭祖)와 젹
송즈(赤松子) 광셩즈(廣成子)와 안긔싱(安期生) 연문즈(羨門子)와 위슉경(衛叔
卿) 왕즈진(王子晉)과 쟝션(張仙)과 월노(月老)와 뉴히셤(劉海蟾) 모든 션쟝으로
더브러 완々히 나아오고 그 후에 홍히아(虹孩兒)와 금동ᄋ(金童兒)와 쳥녀ᄋ(靑
女兒)와 옥녀ᄋ(玉女兒)와 위부인(魏夫人) 진공쥬(秦公主)와 두난향(杜蘭香) 허
비경(許飛瓊)과 악녹화(蕚綠華) 하션고(何仙姑)와 운영(雲英)과 복비(宓妃) 모든
녀션이 모다 브람을 어거ᄒ고 구름을 모라 츠례로 버러시니 그 남은 각동에 허
다훈 션옹과 션괴 다토아 나아올시 스위 션지 쏘훈 중션을 쑐와 요지에 니르미
왕모긔 힝녜ᄒ야 헌슈ᄒ기롤 ᄆ츠니 왕뫼【24】크게 깃거 진치롤 베퍼 중션을
즐길시 구슬 즈리와 보비의 교의롤 버리고 왕뫼 쥬벽ᄒ야 안즈미 좌우로 현녀
(玄女)와 마고(麻姑)와 직녀(織女)와 상아(常娥)와 샹원부인(上元夫人)이 뫼셔 안
쏘 그 남은 녀션은 우편 반렬노 뫼셔 안쏘 모든 션관 션옹은 좌편으로 버러 안
즈니 왕뫼 시녀 동쌍셩(董雙成)을 불너 벽옥반의 반도(蟠桃)롤 밧드러 중션의게
각々ᄒ나식 스급ᄒ니 중션이 니러 졀ᄒ야 샤례훈 후 니어 농에 간과 봉의 포육

(脯肉)이며 금쟝옥익(金漿玉液)을 올니며 금동은 션악(仙樂)을 알외고 옥녀(玉女)는 치슈(彩袖)를 나붓기니 구름이 머무르고 브람이 고요ᄒ더니 이윽고 가무를 파ᄒᄆᆡ 월궁상애 문득 즁션을 대ᄒ야 ᄀᆞᆯ오ᄃᆡ,

"오날ㄷ 왕모 셩탄(聖誕)의 텬긔 이ᄀᆞ치 쳥화ᄒ고 각동 션쟝과 널위 셩군이 아니 모드니 업스시니 오날 못거지 가히 니르되 극히 셩ᄒᆞᆫ지라 앗【25】가 금동옥녀의 가무를 구경ᄒ니 ᄋᆞ룸답고 긔 못치 아니미 아니로되 ᄆᆡ양 이 못거지의 닉이 듯던 비라. 쇼션이 우연이 싱각건디 일즉 드르니 난봉이 능히 노리ᄒ고 빅슈 능히 츔츈다 ᄒ니 진실노 이런 긔이ᄒᆞᆫ 닐이 잇슬진디 이ᄀᆞ치 됴흔 ᄶᅢ의 맛당이 ᄒᆞᆫ 번 즐길지라. 빅죠대션과 빅슈대션긔 쳥ᄒ야 각ㄷ 슈하션동을 분부ᄒ야 ᄒᆞᆫ 번 가무ᄒ게 ᄒᆞᄆᆡ 엇더ᄒ니잇고?"

즁션이 미쳐 답지 아녀 빅죠 빅슈 이션이 몸을 굽혀 홈게 ᄀᆞᆯ오ᄃᆡ,

"임의 션고의 쳥ᄒ시미 잇스니 쇼션이 맛당이 명을 ᄇᆞ드려니와 다만 노리 쇼리 귀의 즐겁지 아니ᄒ며 츔츄는 티되 눈의 깃【26】부지 아니며 겸ᄒ야 모든 ᄋᆞ희 쳔셩이 츄잡ᄒ니 만일 존젼의 실톄ᄒ미 잇스면 왕모긔 죄를 닙을가 져허ᄒᄂᆞ이다."

왕뫼 쇼왈,

"우연이 유희ᄒ미 엇지 실톄ᄒᄆᆞ로 허물ᄒ리요."

빅죠대션이 빅슈대션으로 더부러 즉시ㄷ 동을 불너 녕을 ᄂᆞ리오니 경각 ᄉᆞ이이 허다ᄒᆞᆫ 션동이 단봉 동ᄌᆞ와 쳥난동ᄌᆞ를 ᄶᅩᆯ와 니르러 왕모긔 비현ᄒ고 빅죠대션의 명을 ᄇᆞ다 몸을 ᄒᆞᆫ 번 뒤치ᄆᆡ 블근 봉과 푸른 난이 되야 ᄒ나ᄒᆞᆫ 오식털이 현요ᄒ고 ᄒ나ᄒᆞᆫ 치식 깃시 션명ᄒ며 그 남은 모든 션동이 변ᄒ야 각식 금죄 되더니 그 뒤히 긔린 동ᄌᆞ ᄯᅩ 허다 션동을 거ᄂᆞ려 니르러 왕모긔 뵈고 빅슈대션의 녕을 바다 본상(本相)을【27】 드러너니 낫ㄷ치 호표와 미록(麋鹿)의 뉘라. ᄒᆞᆫ 편으로는 모든 금죄 난봉을 호위ᄒ야 각ㄷ 쇼리를 ᄀᆞ다듬어 곡죠를 ᄆᆞ초아 노리ᄒ며 ᄒᆞᆫ 편으로 모든 즘싱이 긔린을 ᄶᅩᆯ와 네 발을 허위며 ᄶᅩ리를 둘너 츔츄니 구슬셤과 옥난간 밧게 각ㄷ 지조를 ᄂᆞ투닐시 보비의 곳과 신이ᄒᆞᆫ 풀이 분ㄷ이 ᄯᅥ러지고 하ᄂᆞᆯ 풍뉴와 신션의 곡죄 이목이 현란ᄒᆞᆫ지라. 왕뫼 크게 즐겨 드ㄷ여 빅화양(百花釀)을 부어 즁션을 각ㄷ 샹 쥬시니 샹애 존을 들고 빅화션ᄌᆞ

롤 향ᄒᆞ야 왈,

"션괴 임의 ᄇᆡᆨ화로 술을 비져 왕모긔 축슈ᄒᆞ야 우리게 미쳐오니 됴슐이 정미ᄒᆞ고 정셩이 가히 ᄋᆞᄅᆞᆷ다온지라. 오날날 뭇거지의 난봉이 노ᄅᆡᄒᆞ고 ᄇᆡᆨ쉬 츔츄니 이 정히 【28】 쳔고의 드문 닐이라. 션괴 ᄒᆞᆫ 번 호령을 ᄂᆞ리와 쳔하 ᄇᆡᆨ화로 ᄒᆞ야곰 일시의 픠게 ᄒᆞ야 일변으로 축슈ᄒᆞ며 일변으로 셩ᄉᆞ롤 쟈랑ᄒᆞ야 가무와 쥬흥을 도으미 가치 아니랴."

즁션이 일졔히 칭션ᄒᆞ고 모다 ᄇᆡᆨ화션ᄌᆞ롤 향ᄒᆞ야 즉각의 ᄭᅩᆺ출 지촉ᄒᆞ거ᄂᆞᆯ ᄇᆡᆨ화션ᄌᆡ 년망히 대ᄒᆞ야 왈,

"쇼션의 ᄆᆞ튼 바 ᄭᅩᆺ츤 픠ᄂᆞᆫ ᄇᆡ 본ᄃᆡ 정ᄒᆞᆫ ᄣᅢ 잇ᄂᆞᆫ 고로 져 가무와 ᄀᆞᆺ치 아모ᄣᅢᄂᆞ 임의로 못ᄒᆞᄂᆞ니 월궁져〻의 쳥ᄒᆞ시ᄂᆞᆫ 바롤 밧드지 못ᄒᆞ리로소이다. ᄒᆞ믈며 옥황샹졔 겨오셔 ᄭᅩᆺ 정ᄉᆞ의 호령이 극히 엄슉ᄒᆞ샤 샹고ᄒᆞ며 ᄉᆞᆯ피시미 심히 ᄇᆞᆰ으시니 므릇 훗달의 맛당이 필 ᄭᅩᆺ출 반드시 이 달의 그림과 칙ᄌᆞ롤 먼져 올 【29】 녀 그 화판과 여의〻 덜고 더ᄒᆞ기와 빗과 향ᄂᆡ의 고치고 변ᄒᆞᆯ 바롤 낫〻치 품졍ᄒᆞ야 샹명을 밧든 후 피향젼(披香殿) 학ᄉᆡ(學士) 잇셔 탐화옥녀(探花玉女)로 ᄒᆞ야곰 다시곰 샹고ᄒᆞ야 인공의 공교ᄒᆞᆫ 바롤 앗고 별노 새 면목을 고치게 ᄒᆞᄂᆞᆫ 고로 ᄆᆡ화ᄂᆞᆫ ᄒᆞᆫ가지로ᄃᆡ 그 즁의 녹악[綠萼 ᄆᆡ화 일홈이라]과 쥬샤[珠砂 ᄆᆡ화 일홈]의 ᄃᆞ르미 잇고 년ᄭᅩᆺ츤 ᄒᆞᆫ가지로ᄃᆡ 듕ᄃᆡ[重臺 년ᄭᅩᆺ체 두 층으로 픠ᄂᆞᆫ ᄭᅩᆺ]와 병톄[幷蔕 ᄭᅩᆺ송이 쌍으로 픠ᄂᆞᆫ ᄭᅩᆺ]의 긔이ᄒᆞ미 잇고 모란과 ᄌᆞ약의 ᄋᆞ람다온 칭회 극히 만코 ᄀᆞ을 국화와 봄 남초의 ᄭᅩᆺ다온 일홈이 더옥 너른지라. ᄒᆞᆫ ᄀᆞ지와 ᄒᆞᆫ 송이도 실노 정ᄒᆞᆫ 슈 잇고 혹 일으며 느즈믈 각〻 긔한이 잇셔 픠ᄂᆞ니 ᄯᅩᄒᆞᆫ 최화ᄉᆞᄌᆞ(催花使者)롤 명ᄒᆞ샤 각쳐로 왕ᄂᆡᄒᆞ야 보호ᄒᆞ고 직희게 ᄒᆞ샤 봉 【30】 오리 짓기로부터 송이 픠기의 니르러 법을 죠ᄎᆞ 고으믈 드러ᄂᆡ야 죠곰도 어긔미 업슨 ᄌᆞᄂᆞᆫ 이듬ᄒᆡ의 션젹이 올니고 운쳠의 치부ᄒᆞ야 구슬 난간의 옴기며 슈노흔 챵이 너허 죠츨ᄒᆞᆫ[2] 흙으로 심거 붓도〻고 ᄆᆞᆰ은 ᄉᆡ옴

2) 【죠츨ᄒᆞ다】 형 조촐하다. 깨끗하다. ¶ 淨 ‖ 죠곰도 어긔미 업슨 ᄌᆞᄂᆞᆫ 이듬ᄒᆡ의 션젹이 올니고 운쳠의 치부ᄒᆞ야 구슬 난간의 옴기며 슈노흔 챵이 너허 죠츨ᄒᆞᆫ 흙으로 심거 붓도〻고 ᄆᆞᆰ은 ᄉᆡ옴으로 물 쥬어 길어 (果無舛錯, 注明金籙雲簽, 來歲卽移雕欄之內, 繡闥之前, 令得淨土栽培, 淸泉灌漑, 邀詩人之題品, 供上客之流連.) <鏡花 1:30>

으로 믈 쥬어 길어 글흐는 사름의게 길이는 글귀롤 어드며 놉흔 션비의 벗흐믈
허흐야 곳치 날노 영화롤 더흐고 향긔 천하의 들니게 흐야 일노써 샹 쥬어 포
장흐시며 만일 어긔며 그르미 잇슨즉 규찰녕관(糾察靈官)이 죄목을 알외여 벌
을 쳥흐니 그 ᄀ쟝 즁흔 죄는 옴겨 길가와 담머리의 심거 사름으로 흐야곰 희
롱흐고 썻기롤 임의로 흐게 홀 분 아니라 씌끌을 무릅쓰고 즌흙을 무쳐 ᄆ춤니
【31】 믈발과 술위 박회의 즛치이미3) 되게 흐고 그 다음 죄는 일홈이 쳔흐고
안식이 박흐게 흐야 벌이 쏜호고 나븨 닷토다가 편시의 쇠잔흐야 급흔 비와 엄
흔 서리로 써러지믈 지촉흐고 그 다음 ᄀ쟝 경흔 죄도 쏘흔 심산궁곡의 귀향보
니여 외로이 뭇쳐 잇서 아느니롤 만나지 못흐야 홍안이 졀노 늙고 녹엽이 스스
로 번거흐야 곳ᄃ온 일홈이 후세의 젼치 못흐게 흐시니 이ᄀ치 샹벌이 분명흐
고 보복이 어긔지 아니흐모로 쇼션이 외람이 즁임을 ᄆ트미 일야로 황공흐야
봉녕흐기롤 삼가 감히 어긔오며 지완치 못흐ᄂ니 이제 빅화롤 픠워 스시로 흠
게 니르라 흐니 이는 하늘을 거스리고 졀후롤 밧고미니 월졔의 말슴이 진실노
희언이신가 흐 【32】 노이다. 샹애 져의 일쟝 졍대흔 의논을 드르미 ᄀ쟝 스리
의 맛당흔지라. 다시 강박지 못흐야 졍히 무료흐더니

제2회

發正言花仙順時令 定罰約月姊助風狂

　풍이낭지[風姨娘子 바람 ᄆ튼 귀신이라]본디 월궁의 친근흐고 일즉 빅화로
혐의 잇더니 겻흐로 죠츠 발연이 골오디,

　"션고의 말슴으로 볼진디 그 어렵고 그 슴가미 과연 하늘을 거스려 힝치 못
홀 닐이다 흐려니와 다만 미화는 빅화 즁 읏듬이라. 봄의 처엄으로 픠는 거시
여늘 엇지흐야 나부산(羅浮山) 우희는 십월의 픠는 미홰 잇스니 션고의 니른바

---

3)【즛치이다】᭔ 짓치이다. 짓밟히다. ¶ 蹂 ‖ 그 ᄀ쟝 즁흔 죄는 옴겨 길가와 담머리의
　심거 사름으로 흐야곰 희롱흐고 썻기롤 임의로 흐게 홀 분 아니라 씌끌을 무릅쓰고 즌
　흙을 무쳐 ᄆ춤니 믈발과 술위 박회의 즛치이미 되게 흐고 (其最重的, 徙植津亭驛館, 不
　特任人攀折, 兼使沾泥和土, 見蹂於馬足車輪.) <鏡花 1:31>

호령이 극히 엄ᄒᆞ야 감히 어긔오지 못ᄒᆞᄂᆞᆫ 거시 어ᄃᆡ 잇스며 인간의 환술ᄒᆞᄂᆞᆫ 사ᄅᆞᆷ이 잇셔 꼿츠로써 희롱ᄒᆞ야 씨ᄅᆞᆯ 더지면 싹시 ᄂᆞ며 경각의 꼿치 퓌니 션고의 니른바 샹고ᄒᆞ며 술피시미 붉아 긔약의 니르러야 퓐다 ᄒᆞ미 어ᄃᆡ 잇ᄂᆞ뇨? ᄯᅩᄒᆞᆫ 【33】 꼿 파ᄂᆞᆫ 쟝ᄉᆞ와 동산 ᄶᅮ미ᄂᆞᆫ 늙으니 모란과 도힝의 뉴ᄅᆞᆯ 가져 물 쥬며 덥게 ᄒᆞ야 겨을에 퓌어 꼿 나오ᄆᆞᆯ 다토게 ᄒᆞ니 이ᄂᆞᆫ 어느 사ᄅᆞᆷ이 녕을 ᄂᆞ리오고 어느 시졀 이ᄯᅢᄅᆞᆯ 보ᄒᆞᄂᆞ뇨? 범간 일이 경권이 잇ᄂᆞ니 맛튼 사ᄅᆞᆷ의 변통ᄒᆞ기의 잇스니 이제 월졔(月姐) 간졀이 쳥ᄒᆞ시니 모롬즉이 칭탁지 말나. 노신이 ᄯᅩᄒᆞᆫ 일진 화풍을 도와 조흔 닐을 닐우게 ᄒᆞ리라. ᄒᆞ믈며 왕모 연젼의셔 유희ᄒᆞᆫ 일이니 샹졔 드르샤도 반드시 허믈치 아니실 거시오 셜혹 죄칙이 ᄂᆞ리샤도 노신이 원컨ᄃᆡ 논화 당ᄒᆞ리라.

"ᄇᆡᆨ화션지 풍이(風姨)의 이가치 힐난ᄒᆞᄆᆞᆯ 드르미 ᄀᆞᄆᆞ니 놀나며 괴로오ᄆᆞᆯ 이긔지 못ᄒᆞ나 강잉ᄒᆞ야 웃고 대왈,

"쇼션이 ᄯᅩᄒᆞᆫ 의논 【34】 이 잇스니 낭위 져ᄌᆞᄂᆞᆫ 술피쇼셔. 나부산[4]의 퓌ᄂᆞᆫ ᄆᆡ화ᄂᆞᆫ ᄯᅥᆨ히 남북을 ᄯᆞᆯ와 치위와 더위 ᄃᆞ르모로 쇼츈을 당ᄒᆞ야 우연이 몬져 퓌믄 긔운을 져기 일즉 ᄐᆞᄂᆞᆫ 비여늘 세간의 일 죠하ᄒᆞᄂᆞᆫ 지 글귀로 을퍼 일커른 비 되니 이 본ᄃᆡ 일졍ᄒᆞᆫ 법이 아니요 경각의 꼿 퓌오난 일은 이 불과 도ᄉᆞ의 환술이라. 눈을 어릐올 ᄲᅳᆫ이니 엇지 꼿치라 의논ᄒᆞ며 꼿 ᄑᆞᄂᆞᆫ 쟝ᄉᆞ의 일즉 퓌우믄 싱이ᄅᆞᆯ 위ᄒᆞ야 슈고로이 기르고 졍셩으로 붓도ᄃᆞ와 졈시 몬져 퓌ᄆᆞᆯ 어더 갑밧기ᄅᆞᆯ 요구ᄒᆞ나 안식이 쇼죠ᄒᆞ고 향긔 쇠잔ᄒᆞ니 죠희로 삭이고 비단으로 물 드린 가화의 뉘니 이 엇지 꼿치라 니르리요. 이제 풍이 져ᄌᆞ의 ᄆᆞ튼 ᄇᆡ 바ᄅᆞᆷ이 ᄯᅩᄒᆞᆫ ᄉᆞ시로 다르미 잇스니 삼월 【35】 양츈을 당ᄒᆞ야 엇지 십월 한풍을 불며 해온(解慍)ᄒᆞᆯ ᄯᅢ의 엇지 슉살ᄒᆞᄂᆞᆫ 녕을 힝ᄒᆞ며 ᄯᅩ 보건ᄃᆡ ᄃᆞᆯ이 둥글며 이즈러지며 그뭄과 망일이 ᄃᆞ르거니 월졔 능히 ᄃᆞᆯ노 ᄒᆞ야곰 샹히 둥글고 붉아 밤ᄆᆞ다 쳥쳔벽히ᄅᆞᆯ 대ᄒᆞ시리잇가? 임의 존명을 밧ᄌᆞ오니 맛당이 도화션동과 힝화션동으로 ᄒᆞ야곰 각ᄌᆞ슈하의 곡품 명화ᄅᆞᆯ 거ᄂᆞ려 ᄒᆞᆫ 번 가무ᄒᆞ미 엇더ᄒᆞ니잇고?"

---

4) 원문에는 "梅嶺"으로 되어 있음.

샹애 닝쇼 왈,

"보야흐로 즁츈 시졀이라 술 프는 무을과 고기 줍는 믈가희 곳;이 도힝이어
눌 무스 일 션고의게 구추히 간쳥 그릐 가라 분공이라5) 흐리오. 쇼션의 쳥흐는
바는 부듸 희귀흔 꼿과 신이흔 향긔롤 구경코겨 흐미 아니라 젼혀 으람드온 씨
와 셩흔 못거지의 왕모의 즐기시믈 도와 죠흔 씨롤 허송치 말과겨 흐미어눌
【36】 션괴 슈하 션동을 과도히 스랑흐야 줌시 슈고흐기롤 앗기미니 쇼션이
엇지 강박흐리요. 다만 션괴 흔 번 닙을 열면 여러 눈이 즐길 비어눌 고집히
막즈르고6) 화언교어로 쳔명을 빙즈흐니 실노 이딻지 아니흐랴!"

빅화션지 졈;샹아의 말이 비쇼흐는 의시 잇스미 꼿드온 무음의 급흔 셩이
밍동흐믈 씨닷지 못흐야 왈,

"군방(群芳)을 일시의 퓌오미 어려온 일이 아니로디 쇼션이 다만 샹계 명을
밧드러 봉힝홀 분이라. 비록 하계의 쳔지 녕이 잇셔도 쏘흔 듯지 아니흘 거시
오 쇼션이 본러 셩품이 피존흐고 담이 젹어 넘는 일을 못흔 고로 일즉 죽지 아
니는 녕약을 도젹지 못흐고 광한젼(廣寒殿)을 짓지 못흐니 일무다 남만□ 흐야
나약흐기 【37】 심흔 고로 지금가지도 힝을 닐우지 못흔지라 엇지 감히 망녕된
닐을 힝흐야 본심을 어긔오며 하눌을 거스리;요! 출하리 죤명을 항거흐므로
겨;긔 죄롤 어들 밧 홀 일 업도다."

샹애 듯기롤 다흐미 은연이 즈가의 녕약 도젹흔 닐을 죠롱흐야 말흔지라. 스
스로 붓그럽고 노흐옴을 이긔지 못흐야 발연죽식 왈,

"네 꼿츨 퓌오기 슬흐면 다만 그만 둘 거시여눌 무스 일 말노써 날을 긔롱흐

---

5) 분명치 않음.
6) 【막즈르다】 圄 막지르다. 막다. 거절(拒絕)하다. ¶ 作難 ∥ 다만 션괴 흔 번 닙을 열면
여러 눈이 즐길 비어눌 고집히 막즈르고 화언교어로 쳔명을 빙즈흐니 실노 이딻지 아
니흐랴! (但仙姑不過擧口之勞, 偏執意作難, 一味花言巧語, 這樣拿腔做勢, 未免太過分了!)
<鏡花 1:36> 阻擋 ∥ 일변 말흐며 일변 슈혀롤 버셔 누하의 더지고 동흔 ㅂ 빅능을 어
즈러이 쓰즈니 모든 궁녜 일시의 막즈르나 무춤니 죽기로써 물니치니 (一面說着, 捽脫
花鞋, 將白綾用手亂扯. 衆宮娥齊來阻擋, 亂亂紛紛, 攪成一團.) <鏡花 8:38> 네로붓터 뇨
슐 졔어흐미 더로온 피로 흐니 살 쯧히 피롤 발나 쏘면 뇨승이 감히 막즈르지 못흐리이
다 (他是妖僧, 可將猪羊二血, 及馬尿大蒜, 蘸在箭頭上射去. 那妖僧的邪法, 便使不得了.) <
平妖 7:61>

느뇨?"

정히 닷토고져 ᄒ더니 직네 웃고 말녀 왈,

"낭위 션괴 젼일의 시쥬롤 가져 죠셕으로 샹죵ᄒ야 졍의 심히 둣거워 ᄒᄂ히 업스면 흠스로 알더니 이제 홀연이 ᄀ치 닷토아 화긔롤 닐흐미 블가ᄒ고 ᄒ믈며 일이 본더 희롱으【38】로 시죽ᄒ야 징힐ᄒ기의 엇지 니르리요?"

현녀 낭ᄌ이 굴오더,

"낭위 셔로 입으로 다토믈 ᄌ랑 말나. 왕뫼 비록 관홍(寬宏)ᄒ샤 죄칙을 ᄂ리오지 아니시나 요지 낭원의 쳥졍ᄒ ᄯᄒ홀 범연히 보아 임의로 훤화(喧嘩)ᄒ니 우홀 공경ᄒᄂ 도리 크게 어긘지라 만일 슌찰ᄒᄂ 녕관과 치일(値日)ᄒ 공죄(功曹) 도라가 샹졔긔 알외면 두리건더 다른 히 반도회의 낭위롤 다시 허치 아니실가 ᄒ노라."

샹애 오히려 분연 왈,

"앗가 빅화의 말이 부더 샹졔 칙지롤 ᄇ다야 꼿츨 퓌오지 비록 하계 졔왕이 녕이 잇셔도 시힝치 못ᄒ리라 ᄒ니 만일 쳔빅 년 후의 혹즈 하계의 풍뉴 호ᄉᄒᄂ 졔왕이 잇셔 하놀을 도로고 귀신을 부리ᄂ 슈단으로써 이 녕을 ᄂ야 ᄆ춤ᄂ【39】 군방으로 ᄒ야곰 일시의 퓌게 ᄒ면 빅홰 그ᄯ롤 당ᄒ야ᄂ 무슨 벌을 당ᄒ리오. ᄂ날ᄂ 왕모 안젼의셔 령위 션쟝이 증춤이 되야 미리 졍ᄒ미 엇더ᄒ니잇고?"

마괴 우셔 왈,

"쇼션의 우견은 쟝니의 만일 이런 닐이 잇거든 빅화션즈롤 벌ᄒ야 관한젼 뜰 우히 낙화 쓰ᄂ 소임을 샴년을 ᄒ게 ᄒᄉ이다."

빅화션지 닝쇼 왈,

"하계 인군이 원니 ᄉ히 구쥐의 임지 되야 하놀을 대신ᄒ야 덕화롤 펴ᄂ니 엇지 즐겨 음양을 젼도ᄒ고 졀후롤 밧고아 사룸의 어려워 ᄒᄂ 바롤 힝ᄒ랴 ᄒ리요. 만일 상아션즈 갓ᄒ니 하계의 니치여 녀황졔 되면 이런 무도ᄒ 녕을 ᄂ려니와 다르니ᄂ 결단코 즐겨 힝치 아니ᄒ리니 그ᄯ의 쇼션이 만일 그런 녕을 죠ᄎ【40】 군방을 퓌게 ᄒ거든 원컨더 홍진의 ᄯ러져 얼항 풍파의 무궁고초롤 겪거도 길이 뉘우츠미 업스리이다!"

말을 맛지 못ᄒ여셔 져편으로죠ᄎ 괴셩이 임의 치필을 드러 빅화션ᄌ의 이
ᄆ 우히 ᄒᆫ 졈 쥬샤롤 찍고 문득 홍광을 멍에ᄒ야 요지롤 써ᄂ 쇼봉니롤 향ᄒ
ᄂᆞ지라.

상애 빅화의 말을 들을ᄉᆞ록 분ᄒᆞ믈 이긔지 못ᄒ야 졍히 대답고져 ᄒ더라. 직
녜 권ᄒ야 그 쳐 왈,

"앗가 괴셩 부인이 빅화션ᄌ의 ᄭᅩᆺ 아니 퓌오믈 미안이 녁여 치필노 죄롤 겸
치고 분연이 도라가니 죡히 월져의 분을 셜치ᄒᆞᆯ지라 일향 다시 훤화ᄒ면 죠ᄒᆫ
가무롤 구경치 못ᄒᆞᆯ 분 아니라 두리건대 왕뫼 츅긱녕(逐客令)을 ᄂᆞ리오실가 져
허ᄒᆞ노라."

이ᄯᅥ 왕뫼 ᄀᆞᄆᆞ니 머【41】리 조아 스스로 탄식 왈,

"불샹ᄒ고 어엿부도다! 져 ᄋᆞ희 도힝이 쳔박ᄒ야 무단이 유희의 져근 닐을
위ᄒ야 닙으로 닷토아 혐의롤 열어 후릭의 무한ᄒᆫ 풍파와 허다ᄒᆫ 보복이 일노
죠ᄎ 밍동ᄒ도다.7) 앗가 괴셩이 치필노 니ᄆᆞ롤 겸치미 임의 쳔긔롤 뵈앗거ᄂᆞᆯ
져 ᄋᆞ희 오히려 공즁의 잇셔 일호도 ᄭᅴ드르미 업스니 이 도시 군방의 졍ᄒᆫ 익
운이라 ᄯᅩᄒᆫ 엇지ᄒᆞ리오!"

오래지 아녀 가무롤 파ᄒᆞ미 왕뫼 즁션을 면ᄼ이 샹ᄉᆞᄒ시니 즁션이 ᄯᅩᄒᆫ 비
샤ᄒ고 믈너나미 ᄌᆞ치롤 파ᄒ고 각ᄼ 허여져 도라갈시 빅화션지 삼위 동반으로
더부러 홈긔 구롬슈레롤 모라 도라오더니 즁노의 니르러 빅곡션지 눈섭을 찡
긔여 왈,

"오날 ᄋᆞ름다온 ᄯᅢ의 경【42】 스로 즐기거ᄂᆞᆯ 무ᄉᆞ 일 샹아ᄂᆞᆫ 니다라 졔을
밋고 강ᄒᆞ믈 ᄌᆞ랑ᄒ야 무단이 새 졔목을 니야 평지의 시비롤 니르혀니 니 ᄆᆞ음
이 지금ᄀᆞ지 불평ᄒᆞ믈 금치 못ᄒ거니와 다힝이 빅화 져ᄼ의 졍대유리ᄒᆫ 말솜
으로 져의 교만ᄒᆫ 긔운을 썻거 만면슈참ᄒ야 ᄆᆞᄎᆞ니 대답지 못ᄒ게 ᄒ니 도로

---

7)【밍동ᄒ다】图 맹동(萌動)하다. ¶ 萌‖ 불샹ᄒ고 어엿부도다! 져 ᄋᆞ희 도힝이 쳔박ᄒ야
무단이 유희의 져근 닐을 위ᄒ야 닙으로 닷토아 혐의롤 열어 후릭의 무한ᄒᆫ 풍파와 허
다ᄒᆫ 보복이 일노죠ᄎ 밍동ᄒ도다 (善哉! 善哉! 這妮子道行淺薄, 只顧爲着遊戱小事, 角口
生嫌, 豈料後來許多因果, 莫不從此而萌.) <鏡花 1:41> 빅화션지 졈ᄼ 샹아의 말이 비쇼
ᄒᄂᆞᆫ 의식 잇스미 ᄭᅩᆺᄃᆞ온 ᄆᆞ음의 급ᄒᆫ 셩이 밍동ᄒᆞᆷ을 ᄭᅢ닷지 못ᄒ야 왈 (百花仙子見話
不是頭, 不覺發話道.) <鏡花 1:36>

혀 깃부더이다."

빅초션지 왈,

"가뮈라 ᄒᆞᄂᆞᆫ 거시 본ᄃᆡ ᄋᆞ룸다온 노름이여ᄂᆞᆯ 엇지 ᄒᆞᆫ ᄯᅳᆺ 업고 ᄡᅳᆨ 업ᄂᆞᆫ 빅슈를 불너ᄂᆡ야 일쟝을 어즈러이고 들네게 ᄒᆞ니 요지ᄂᆞᆫ 이에 ᄆᆞᆰ고 죠츌ᄒᆞᆫ ᄯᅡ히어ᄂᆞᆯ 이제 즘싱의 굽과 새 발ᄌᆞ최의 곳〻이 더러인 ᄇᆡ 되니 명일의 쇄소ᄒᆞᄂᆞᆫ 션동이 ᄯᅳᆺ글과 오예ᄅᆞᆯ ᄎᆞ노라니 상아ᄅᆞᆯ 오족 원망ᄒᆞ며 ᄭᅮ지즈랴!"

빅과션지 왈,

"오히려 다ᄒᆡᆼᄒᆞᆫ 바ᄂᆞᆫ 거복【43】이 능히 노릐 못ᄒᆞ고 룡이 능히 츔츄지 못ᄒᆞ미라. 상애 만일 빅개대션과 빅닌대션을 ᄆᆞᄌᆞ 불너ᄂᆡ야 가무ᄅᆞᆯ 식이던들 △일경 옥섬돌과 구슬 ᄌᆞ리 우희 원춤군[黿衆軍 거복의 칭회라]젹혼공[赤魚軍公 니어의 칭회라]의 무리△[8] 하병[鰕兵 새오로 군ᄉᆞᄅᆞᆯ 삼다]히쟝[蟹將 게로 쟝슈ᄅᆞᆯ 삼다]을 무슈히 거ᄂᆞ려 동으로 ᄯᅱ고 셔흐로 긔ᄃᆞ히면 요지ᄀᆞ치 향긔로온 ᄯᅡ히 비리고 노린ᄂᆡ ᄀᆞ득ᄒᆞ야 코을 거스릴 번 ᄒᆞ도다! 그ᄂᆞᆫ 웃ᄂᆞᆫ 말이여니와 그ᄯᅢ 좌샹의셔 ᄀᆞᄆᆞ니 ᄇᆞ라보니 빅초ᄆᆡ〻ᄂᆞᆫ 눈이 ᄲᅡ러질 듯ᄒᆞ며 눈섭을 츔츄어 우음을 금치 못ᄒᆞ니 아지 못게라 무어시 그리 즐겁더뇨?"

빅쵸션지 웃고 대왈,

"쇼ᄆᆡ의 우은 바ᄂᆞᆫ 다름 아니라 져 금죠ᄂᆞᆫ 오히려 봉의 피리와 난의 싱황과 ᄭᅬ고리 노릐와 져비 말이 젼부터 닉이 듯던 ᄇᆡ라 비록 곡죠와 음뉼은【44】맛지 아니나 ᄯᅩᄒᆞᆫ 듯기에 슬치 아니ᄐᆞᆺ ᄒᆞ려니와 져 즘싱의 무리ᄂᆞᆫ 볼ᄉᆞ록 긔괴ᄒᆞ니 열업슨[9] 코키리와 굼ᄯᅵᆫ 무소의 흔들며 단니고 허위며 도ᄂᆞᆫ 거동 임의 보기에 가증커ᄂᆞᆯ 진나븨 경망ᄒᆞ모로 그 ᄀᆞ온ᄃᆡ 섯겨 단녀 동으로 ᄯᅱ놀며 셔흐로 뒤치ᄂᆞᆫ 모양이 져 홀노 밧바 뵈니 긔 엇지 웃지 아니며 져근 쥐무리 져도 ᄯᅩᄒᆞᆫ 츔츄려 ᄒᆞ것마ᄂᆞᆫ ᄆᆞ춤ᄂᆡ 괴ᄅᆞᆯ 두려 동으로 가면 셔흐로 닷고 남으로 향ᄒᆞ면 북

---

8) △……△ 부분 원문에 없음.

9) 【열업다】 형 열없다. 아둔하다. ¶ 癩 ‖ 져 즘싱의 무리ᄂᆞᆫ 볼ᄉᆞ록 긔괴ᄒᆞ니 열업슨 코키리와 굼ᄯᅵᆫ 무소의 흔들며 단니고 허위며 도ᄂᆞᆫ 거동 임의 보기에 가증커ᄂᆞᆯ 진나븨 경망ᄒᆞ모로 그 ᄀᆞ온ᄃᆡ 섯겨 단녀 동으로 ᄯᅱ놀며 셔흐로 뒤치ᄂᆞᆫ 모양이 져 홀노 밧바 뵈니 긔 엇지 웃지 아니며 (至於百獸, 到底是算些甚麽東西: 那笨牛、癩象, 搖來擺去, 已覺不雅; 又弄個毛猴子, 夾在裏頭, 東奔西跳, 偏是他忙.) <鏡花 1:44>

으로 감초지 못ᄒ니 그도 엇지 아니 우으며 톳기는 ᄒ편의 비켯다가 겨유 틈을 ᄐ 춤을 버릴 즈음에 홀연 금죠편으로 죠ᄎ 돗술위 노리ᄒ고 ᄂ드르니 져 톳기 창졸의 피ᄒᆞᆯ 【45】 곳 업ᄂᆞᆫ지라 마지 못ᄒ야 술위롤 향ᄒ야 쟈른 부리롤 들고 압발을 ᄭᅮᆯ어 허리롤 지이며 ᄭᅩ리롤 ᄭᅵ고 천연이 빌며 얼늬오는 모양이니 져ᄀ치 무지ᄒᆫ 톳기도 이러틋 아당ᄒ야 구ᄎᆞ히 굴거든 ᄒᄆᆞᆯ며 인간의 협견쳠소ᄒ야 니롤 ᄯᅡ로고 셰롤 좃ᄂᆞᆫ 지야 일너 무엇ᄒ리요. 이 ᄀ튼 뇌 ᄒ두 ᄀ지 아닌 고로 우음을 즈연 금치 못ᄒ얏ᄂᆞ니 우리 무리 빅화 져ᄂ로 더부러 ᄎ라리 초목과 갓치 썩을 지언졍 춤아 죠슈로 더부러 무리ᄒ든 못ᄒᆞᆯ너이다.”

빅화션지 심중의 불평ᄒᄆᆞᆯ 품엇시나 져 삼위 동반의 문답을 드러오미 문득 근심이 변ᄒ야 우음을 여러 셔로 담화ᄒᆞᆯ ᄉ이의 임의 봉닉산의 다ᄂ르니 각ᄂ 동즁으로 도라가니라.

미양 한가ᄒᆫ ᄯᅢ와 ᄋ 【46】 람다온 시졀을 만나면 셔로 뫼혀 시쥬박혁으로 즐길시 날이 가고 ᄒᆡ롤 보뉘여 인간 셰월이 어느쩍 되ᄆᆞᆯ 아지 못ᄒ더니 일ᄂ은 깁푼 겨을ᄂ 당ᄒ야 군방이 좀간 쉬는 ᄯᅢ라 빅화션지 임의 살피고 신칙ᄒᆞᆯ 비 업ᄂᆞᆫ지라 한가히 도셔롤 보아 고요히 졍신롤 길우더니 홀연 동반을 싱각ᄒ야 모란션동과 난화션동을 명ᄒ야 동부롤 직희오고 표연이 문을 나 빅초션ᄌ롤 ᄎ즈 동즁의 드러가니 ᄆ초와 ᄇᆞᆺ긔 나가 도라오지 아녓거늘 년ᄒ야 빅가 빅곡 이션을 ᄎᄌ가니 ᄒᆞᆫ갈가치 만나지 못ᄒ지라 무료히 도라오려 ᄒ더니 홀연 음운(陰雲)이 니러나며 셜홰(雪花) 분ᄂᄒ거늘 우연이 싱각건디,

“마고션ᄌ롤 만ᄂᆞᆫ지 여러 츈취라 ᄒᆞᆫ 번 【47】 가 논회ᄒᄆᆡ 올ᄐ ᄒ야 마고 동부로 ᄇᆞ로 니르니 마괴 반겨 ᄆᄌ 셔로 한훤을 편 후 마괴 웃고 무러 왈,

“오날ᄀ치 한닝ᄒ고 겸ᄒ야 대셜이 분ᄂᄒᄂᆞᆫ 즈음에 션괴 홀연이 ᄎᄌ 니르시니 진실노 ᄯᅳᆺ 밧기라 ᄆ초아 ᄆᆰ은 경을 치당ᄒ야 어진 손이 님ᄒ니 비록 인간의 난한회[暖寒會 겨을의 ᄒᄂᆞᆫ 못거지라]롤 본바드믄 쇽되거니와 다만 술을 붓고 시롤 지어 죠흔 밤을 보뉘미 맛당ᄒ며 ᄌ초아 집에 비즌 술이 처음 닉어시니 먼져 두어 ᄌ 마셔 시흥을 도으미 엇더ᄒ시뇨?”

빅화션지 왈,

“션고의 술이 사름의 나흘 더흐게 흐고 졍신을 돕는다 흐니 진실노 엇지 못
홀 션약이라 맛당이 두쥬를 수양치 아니셔니와 시 짓기는 본디 궁유의 넝담흔
셩이라 무슨 흥미 잇스리오【48】 맛당이 긔국을 가져 흑빅의 승부를 결단흐고
술노써 돈을 대신흐미 죠흐되 다만 션괴 젼ᄀ치 암슈로 속이는 슈단을 부리면
실노 원치 아니흐노라.”

제3회

徐英公傳檄起義兵　駱主簿修書寄良友

마괴 대쇼 왈,
“션괴 임의 니 술을 욕심니야 바독으로 익의여 어들가 날닌 님에 쉬온 말 흐
거니와 두리건디 그 술이 다르니는 나흘 더으려니와 션고는 어더 맛보려 흐면
도로혀 감슈홀가 흐노라. 션고와 대국흐미 일변 깃부고 쏘흔 슬흐여라.”
빅홰 왈,
“그 엇지 니르미뇨?”
마괴 왈,
“션고와 대국흐면 ᄇ독 슈는 놉지 아니코 션고의 일신 향긔는 ᄀ쟝 죠흐니
가히 ᄆ음 쓰지 아녀 완ᄂ이 익일 거시니 다만 쇼일흐기의 맛당흐되 션괴 미양
반판[半盤]의 니르러 패홀 긔미를 보면 문득 쓸어ᄇ리고 다라ᄂ려【49】 흐니
심히 ᄌ미 업는지라. 그러모로 슬흐여 흐ᄂ니 오날은 미리 언약을 졍흐야 세
번이나 다섯 번이나 시죽흐면 ᄆ츰니 긪ᄂ치 판을 ᄆ츠 승부를 결단흐고 중간
의 쓸거나 믈니치거든 벌쥬를 먹이고 만일 판을 맛지 못흐야 일이 잇거든 그디
로 버렷다가 다시 두어 결단흐기로 약속을 졍흔 후 비로소 대국흐리라.”
빅홰 쇼왈,
“쇼션이 그 ᄉ이 남극노인을 스승흐야 묘법을 비화시니 우리 스승 외에는 쇼
션의 적쉬 업슬지라 젼일가치 쉽게 넉이다가 번ᄂ낭픽흐리니 비록 슈십 판이
라도 쇼션은 두려 아닛ᄂ니 위션 시비로 흐야곰 술을 더히고 판을 노흐든 시험

권지일 41

ᄒᆞ야 맛보아 술긔운 진키 젼의 고하ᄅᆞᆯ 정ᄒᆞ리라.”

마괴 【50】 대쇼 왈,

“션고ᄂᆞᆫ 너모 강ᄒᆞ물 ᄌᆞ랑 말나. ᄆᆞ츰ᄂᆡ 판을 ᄆᆞ츤 후 비로소 뉘우츠미 의셔 다시 대국ᄒᆞᆯ 의ᄉᆡ 업ᄉᆞ리라!”

ᄇᆡᆨ쾌 왈,

“션괴 만일 오날〻쇼션을 ᄂᆡ일진ᄃᆡ 맛당히 하계의 나라가 놉흔 슈ᄅᆞᆯ 쳥ᄒᆞ야 올 거시니 일즉 드르니 혁취(奕秋)라 ᄒᆞᄂᆞᆫ ᄌᆡ 쳔고의 웃듬이라 ᄒᆞ니 그ᄅᆞᆯ 쳥ᄒᆞ야도 션괴 섭ᄒᆞ지 아니시랴?”

마괴 왈,

“혁츄(奕秋) 노션ᄉᆡᆼ은 일즉 ᄆᆡᆼ부ᄌᆞ(孟夫子)도 어려워 ᄒᆞ시다 ᄒᆞ니 ᄂᆡ 엇지 겁ᄂᆞ지 아니리요! 다만 션고의 니른바 하계의 ᄂᆞ려가 놉흔 슈ᄅᆞᆯ 어더오려 ᄒᆞ미 이 아니 홍진 ᄉᆡᆼ각을 ᄆᆡᆼ동ᄒᆞ미냐. 두리건ᄃᆡ 쟝ᄂᆡ 하계의 혁츄 ᄀᆞ튼 사ᄅᆞᆷ이 잇셔 션고ᄅᆞᆯ ᄆᆞᄌᆞ 향온 규즁의 젹슈ᄅᆞᆯ 숨을가 ᄒᆞ노라.”

이ᄀᆞ치 담쇼ᄒᆞ며 일변 【51】 향온을 ᄂᆞ오며 옥국을 대ᄒᆞ니 ᄇᆡᆨ쾌 이ᄯᆡ의 정히 지죠ᄅᆞᆯ 다ᄒᆞ야 젹슈ᄅᆞᆯ 대젹ᄒᆞᆯᄉᆡ 그 엇지 하계의 졔왕이 어칙을 ᄂᆞ리워 ᄇᆡᆨ화ᄅᆞᆯ 일시의 픠게 ᄒᆞᄂᆞᆫ 줄 알니요. 원ᄅᆡ 그 졔왕은 엇더ᄒᆞ니런고? 문득 슈미(鬚眉) 잇ᄂᆞᆫ 남ᄌᆡ 아니라. 민간의 죠고마ᄒᆞᆫ 녀ᄌᆞ로 후궁의 ᄲᆡ혓다가 태후의 니르러 인ᄒᆞ야 대위의 오르니 당나라 고죵황졔의 왕휘요 즁종황졔(中宗皇帝)의 모휘이니 셩은 무씨(武氏)요 일홈은 죠(曌)요 ᄌᆞ호(自號)ᄅᆞᆯ 측쳔(則天)이라 ᄒᆞ니 이 본ᄃᆡ 쳔샹 이십팔슈의 다섯ᄌᆡ 별 심월호(心月狐)로 하계의 ᄂᆞ리니 다름 아니라 당초의 당나라 태조와 태종이 슈양졔(隋煬帝) 신하로셔 양졔의 쳔하ᄅᆞᆯ 찬탈ᄒᆞ니 이 ᄯᅩᄒᆞᆫ 쳔명이나 다만 사ᄅᆞᆷ을 만히 상해ᄒᆞ고 음난ᄒᆞᆫ 죄ᄅᆞᆯ 범ᄒᆞ며 슈족을 존멸ᄒᆞ 【52】 모로 양졔와 쳔하의 원통이 죽은 귀신이 모히여 지부(地府) 염왕(閻王)긔 송ᄉᆞᄒᆞ야 당졔 부ᄌᆞ의 포학ᄒᆞᆫ 죄상이 ᄂᆞᄐᆞᄂᆞ니 염왕이 샹졔긔 ᄀᆞ초 알왼ᄃᆡ 모든 션관이 의논ᄒᆞ야 품ᄒᆞ되,

“이제 양씨로 ᄒᆞ야곰 다시 셰샹의 ᄂᆡ야 원슈ᄅᆞᆯ 갑게 ᄒᆞ면 후ᄉᆡᆼ의 당가 부ᄌᆡ ᄯᅩ다시 원을 갑고져 ᄒᆞᄆᆡ 셰〻로 분운ᄒᆞᆯ 거시니 출아리 마셩(魔星)을 보ᄂᆡ야 당가ᄅᆞᆯ 요란ᄒᆞ야 ᄌᆞᆷ간 망ᄒᆞ고 ᄌᆞᆷ간 홍ᄒᆞ야 글노써 보복ᄒᆞ게 ᄒᆞ미 죠흐며 ᄆᆞ초

아 심월회 하계를 싱각다가 죄를 당ᄒᆞ얏스니 쳥컨ᄃᆡ 칙셔를 ᄂᆞ리오샤 ᄒᆞ야곰 심월호로 민간의 투태(投胎)ᄒᆞ야 ᄆᆞᄎᆞᆷ늬 쳔ᄌᆞ 되야 궁위를 더러이고 음양을 착난ᄒᆞ야 그 죄안을 마멸ᄒᆞ미 올ᄐᆞ."

ᄒᆞ니 상졔 일ː히 윤허ᄒᆞ신지라. 이ᄯᅴ 심월회 쳔명을 밧ᄌᆞ오ᄃᆡ 환열ᄒᆞ【53】믈 이긔지 못ᄒᆞ야 즉일의 샹졔긔 하직홀ᄉᆡ 광한궁의 니르러 상아로 더부러 니별을 고ᄒᆞ니 상애 홀연 묵은 닐을 싱각ᄒᆞ야 ᄀᆞ만니ː르되,

"셩군이ː번 하계의 ᄂᆞ려 쳔ᄌᆞ의 귀ᄒᆞ미 되야 만방의 모림ᄒᆞ미 오히려 귀ᄐᆞ 못홀지라. 만일 경각 ᄉᆞ이의 ᄉᆞ시 명화로 ᄒᆞ야곰 일졔히 픠게 ᄒᆞ야 하놀 ᄋᆞ러로 문득 만ᄌᆞ쳔홍(만자천홍)이 되게 ᄒᆞ면 진실노 금슈강산이오 화류셰계라. 이엇지 일홈이 쳔고의 읏듬 젼홀 ᄲᅮᆫ이리오. 비로쇼 셩군의 하놀을 도로는 슈단을 알게 ᄒᆞ리라."

심월회 흔연 쇼왈,

"이 무어시 어려오리요! 임의 졔왕이 된 후야 만일 빅화를 픠오려 ᄒᆞ면 뉘감히 녕을 좃지 아니리오. 비록 쳔고의 ᄭᅩᆺ 픠는 쳘슈(鐵樹)라도 부ᄃᆡ ᄭᅩᆺ츨 픠게 ᄒᆞ야 션고를 보게 ᄒᆞ리라. 목【54】젼의 말ᄒᆞ야 무익ᄒᆞ니 일후 보면 쇼션의 슈단을 ᄌᆞ연 알니라."

언파의 총ː이 ᄌᆞ별ᄒᆞ고 하계의 ᄂᆞ려와 ᄆᆞᄎᆞᆷ늬 측쳔황졔 되미 즁종황졔 허믈이 업셔 쳔해 태평ᄒᆞ거늘 무단이 폐ᄒᆞ야 녀릉왕(廬陵王)을 숨아 방쥐(房州)의 닉치고 스ᄉᆞ로 황졔 되야 국호를 고쳐 대쥬(大周)라 ᄒᆞ고 년호를 광턱(光宅)이라 ᄒᆞ야 쳔하를 호령ᄒᆞ니 그ᄯᅴ 오히려 당가 조종의 남은 덕턱이 잇셔 아직 무ᄉᆞᄒᆞ더니 무휘 졈ː한악ᄒᆞ야 젼혀 무씨를 놉혀 벼술과 권을 오로지 ᄒᆞ고 당실 ᄌᆞ손을 존멸ᄒᆞ야 남기지 아니ᄒᆞ미 이ᄯᅴ 일위 호걸이 잇스니 곳 영국공(英國公) 셔젹(徐勣)의 손ᄌᆞ 셔경업(徐敬業)이라. 밧긔 잇셔 쳔하 영웅을 언약ᄒᆞ야 회복ᄒᆞ려 홀ᄉᆡ 쟝안쥬부(長安主簿) 낙빈왕(駱賓王)으로 ᄒᆞ야곰 격문을 지어 쳔하의 고ᄒᆞ고 군ᄉᆞ를 닐흐여 쟝안을 향홀ᄉᆡ【55】무휘 대경ᄒᆞ야 쟝군 니효일(李孝逸)을 명ᄒᆞ야 삼십만 정병을 거ᄂᆞ려 방비ᄒᆞ게 ᄒᆞ니 경업의 휘하의 비록 십여만 의병이 잇스나 ᄆᆞᄎᆞᆷ늬 시로 모흔 군ᄉᆡ요 젹으니로 만흔 ᄌᆞ를 당치 못ᄒᆞ며 겸ᄒᆞ야 위ᄉᆞ온(魏思溫)의 죠흔 말을 듯지 아니코 그룻 셜즁쟝(薛仲璋)의 계교를

죠추 크게 픽ᄒ미 졈죠 즛치여 위급ᄒ 지경의 니르미 슈하의 다만 십여 군졸이
남은지라. 이ᄯᅥ 셔경업 낙빈왕이 각죠ᄒ ᄋ들이 잇셔 군즁의 ᄲ와 잇스니 나히
십셰 추지 못ᄒ지라. 셔경 ᄋ들이 임의 일이 홀일 업슬 줄 헤ᄋ리고 낙빈왕으
로 더부러 샹의ᄒ야 친신ᄒ 군교를 불너 냥위 공ᄌ 보호ᄒ기를 부탁ᄒ야 ᄀᄆ
니 도망ᄒ게 홀시 각죠 젼포를 쓰져 혈셔로 【56】 무씨 치ᄂ 격문을 쓰고 년월
셩명을 긔록ᄒ야 냥위 공ᄌ를 맛기고 졍녕이 부탁ᄒ야 일후의 쥬샹을 뫼셔 ᄂ
라흘 회복ᄒ고 아븨 ᄯᅳᆺ을 니으라 ᄒ야 이러므로 셔경업의 ᄋ들은 일홈을 셰츙
(世忠)10)이라 ᄒ고 낙빈왕의 아들은 일홈을 낙셰효(駱世孝)11)라 ᄒ니 이 ᄯᅳᆺ을
부치미라. 이에 낙빈왕이 ᄯᅩ 금포를 ᄯᅳᆮ허 일봉 혈셔를 츙죠이 닐워 ᄋᄌ(兒子)
를 쥬어 ᄀᆯ오디,

"이 셔봉을 ᄀ지고 일후에 농셔졀도ᄉ(隴西節度使) 샤빅부(史伯父)를 추즈라.
이 사름의 셩은 샤(史)요 일홈은 일(逸)이니 져즈음게 날노 더브러 결의형졔ᄒ
야 대ᄉ를 도모ᄒ니 위인이 츙셩은 하늘을 ᄶᅦ치고 의긔ᄂ 신명의 질졍ᄒ니 겸
ᄒ야 쳔문도슈와 늌도삼냑을 모로ᄂ 비 업셔 즉금 비록 근왕홀 ᄯᅳᆺ이 잇스나 군
시 격고 쟝쉬 약ᄒ므로 ᄯᅢ를 기ᄃ려 아직 동치 【57】 아니나 필경 몬져 긔병ᄒ
야 무씨를 쵸멸ᄒ고 당실을 즁흥홀 사름이니 내 ᄋ히 추ᄌ가 능히 일비지녁을
도아 공을 셰우고 일홈을 ᄂᄐ니면 내 ᄯᅩᄒ 구원의셔 우음을 먹음을 거시니 너
ᄂ 모롬즉이 힘쓸지어다."

셔경업이 ᄯᅩᄒ 냥 봉 혈셔를 써 ᄋᄌ(兒子)를 쥬어 왈,

"이 ᄒ 봉은 네 가져 회남졀도ᄉ(淮南節度使) 문빅부(文伯父)ᄀ 드리고 ᄒ 봉
은 ᄀ져 하동졀도ᄉ(河東節度使) 쟝슉부(章叔父)ᄀ 드리라. 문빅부ᄂ 일홈이 은
(隱)이요 쟝슉부의 일홈은 경(更)이니 본디 혈심으로 의를 잡고 츙셩을 다ᄒ야
일즉 긔병ᄒ야 니란을 쓰러버리고 쥬샹을 ᄆᄌ 도라오고져 ᄒ나 군시 심히 젹
은 고로 아직 닐을 도모치 못ᄒᄂ니 네 다만 셩명을 보젼ᄒ야 혹 회남으로 가
거나 혹 하동으로 가거든 이 셔봉을 드리면 가히 몸을 보젼ᄒ야 쟝니 츌신 【5
8】 홀 날이 잇스리라."

<hr>

10) 원문에는 "承志"로 되어 있음.
11) 원문에는 "承志"로 되어 있음.

부탁ᄒ기를 겨유 ᄆ츠며 후면의 츄병이 심히 급ᄒᆫ지라 부지 셔로 눈물을 ᄲᅵ려 ᄯᅥ나니라. 그후 셔경업이 그 편쟝 왕나샹(王那相)의 죽인 비 되야 슈급을 ᄀᆞ져 니효일의 휘하의 ᄇ치니 남은 군시 낫ᄯᅳ치 술오잡힌 비 되고 경업의 큰형 경공(敬功)이 가권을 거ᄂᆞ려 일즉 해외로 피화ᄒ고 낙빈왕은 ᄆ츰ᄂᆡ 싱ᄉᆞ 거쳐ᄅᆞᆯ 아지 못ᄒ니 그 부친 낙룡(駱龍)이 ᄌᆞ부와 손녀ᄅᆞᆯ ᄃᆞ리고 ᄯᅩᄒᆞᆫ 해외로 도망ᄒ고 그 남은 사ᄅᆞᆷ의 당지긔(唐之奇)와 두구인(杜求仁)과 위스온(魏思溫)과 셜중쟝(薛仲璋) 모든 사ᄅᆞᆷ이 각ᄯᅳ히터져 간 바ᄅᆞᆯ 아지 못ᄒ니라.

무휘 임의 셔경업을 크게 파ᄒ미 오히려 여당이 잇셔 복슈ᄒ기를 ᄭᅬ홀가 두려 천하의 근포ᄒ고 관익에게 파ᄒ미 오히려 단ᄯᅳ치 못홀가 근심ᄒ야 무시 형제로 더부러 셩지 날노 샹의ᄒ야 크게 역ᄉᆞᄅᆞᆯ 닐으혀 만리장셩 밧긔 별노 동셔 남북으로 놉흔 관을 지어 쟝안을 호위ᄒ야 비죠도 통치 못ᄒ게 ᄒ니 네 곳 관을 【59】 다만 무씨 형제로 직희올시 무스샤(武四思)로 ᄒ야곰 북관을 직희오니 북방은 믈의 속ᄒ고 겸ᄒ야 관 ᄋᆞ리 하쉬 잇셔 유양(酉陽)으로 통ᄒᆫ 고로 일홈을 유슈관(酉水關)이라 ᄒ고 무오샤(武五思)로 ᄒ야곰 셔관을 직희오니 셔방은 금에 속ᄒ니 슉살(肅殺)ᄒᄂᆞᆫ 긔운이요 ᄯᅩ ᄯᆞ히 파촉(巴蜀)의 갓갑다 ᄒ야 일홈을 파도관(巴刀關)이라 ᄒ고 무뉵샤(武六思)로 ᄒ야곰 동관을 직희오니 동방은 목에 속ᄒ고 관 뒤히 하쉬 ᄌᆞ픠(紫貝)로 향ᄒᆫ 고로 일홈을 목픠관(木貝關)이라 ᄒ도 무후의 션셰 휘 ᄶᆞᄅᆞᆯ 피ᄒ야 지픠관(才貝關)이라 ᄒ고 무칠샤(武七思)로 ᄒ야곰 남관을 직희오니 남방은 화의 속ᄒ니 이 관 지으므로부터 화지 ᄌᆞ즌 고로 일홈을 무화관(無火關)이라 ᄒ니 형제 네 사ᄅᆞᆷ이 각ᄯᅳ이인을 만나 요슐을 비혼 고로 관마다 미혼진(迷魂陣)을 버려 사ᄅᆞᆷ이 갓가이 오지 못【60】ᄒ게 ᄒ니 이러모로 ᄉᆞ방의 듯ᄂᆞᆫ 지 겁ᄒ고 의심ᄒ야 나아올 지 업ᄂᆞᆫ지라. 당시의 츙신녈ᄉᆞ의 무리 비록 나라흘 위ᄒ고 원슈ᄅᆞᆯ 갑흘 ᄆᆞ음 간절치 아니미 아니로되 막히인 비 되야 감히 군ᄉᆞᄅᆞᆯ 닐으혀지 못ᄒ고 천시만 기ᄃᆞ리고 무후의게 신복ᄒ니 무휘 이 ᄀᆞᆺᄒᆞᆫ 셩지을 두고 겸ᄒ야 무씨 형제의 효용과 신슐을 미드므로 태산반셕이라 ᄒ야 십분 득의ᄒ야 태평을 누릴시 일ᄯᅳ은 졍히 깁픈 겨을이라 태평공쥬(太平公主)로 더부러 난각(暖閣)의 슐을 ᄆᆞ시고 누의 올나 셜경을 귀경

홀시 궁비 샹관완아[上官婉兒 셩은 샹관이오 일홈은 완이니 글 잘ᄒᆞᆫ는 궁녜라]
로 더부러 글귀를 챵화(唱和)ᄒᆞᆯ시 셜홰 바야흐로 분;표;ᄒᆞ야 졈;더ᄒᆞ야 경
각의 즈히 넘ᄂᆞᆫ지라. 무휘 크게 깃거 왈,

　"녯말의 니르되 '눈이 풍년의 징푀라' ᄒᆞ니 짐이 즉위ᄒᆞᄆᆞ로 이 ᄀᆞᄐᆞᆫ ᄋᆞ람다
온 징푀 잇스니 명년의 졍히 오곡이【61】 풍등(豊登)ᄒᆞ야 인민이 태평ᄒᆞ리로
다."

　태평공쥬와 샹관완이 모든 궁녀를 거느려 만셰를 불너 샹셔를 하례ᄒᆞ니

제4회
吟雪詩暖閣賭酒　揮醉筆上苑催花

　무휘 더옥 즐겨 완ᄋᆞ로 ᄒᆞ야곰 글 지이며 술을 ᄆᆞ셔;로 승부를 졍ᄒᆞᆯ시 완이
글 ᄒᆞᆫ 슈를 지어 드려든 무휘 술 ᄒᆞᆫ 준을 마셔 이ᄀᆞ치 슈답ᄒᆞ더니 졈;취ᄒᆞ민
글 두 슈의 술 ᄒᆞᆫ 준을 마시다가 ᄆᆞ춤니 글 열 슈의 ᄒᆞᆫ 준을 마시기의 니르니
완ᄋᆞ 시흥은 골스록 놉ᄒᆞ가고 무후의 쥬긔는 취ᄒᆞᆯ스록 미란(糜爛)ᄒᆞ기의 니르
더니 홀연 ᄆᆞᆰ근 향긔 누샹의 ᄀᆞ득ᄒᆞ야 코을 거스리거늘 무휘 취안이 몽농ᄒᆞ얏
거늘 크게 깃거 기리고 일커러 왈,

　"이ᄀᆞ치 칩고 눈히 쏜힌 가온디 져 납매(臘梅) 홀연이 셩개ᄒᆞ니 이 아니 짐의
쥬흥을 돕과져 ᄒᆞ미냐? 맛당이 져를 샹 쥬어 포장ᄒᆞ리【62】라!"

　이에 궁녀를 명ᄒᆞ야 홍능(紅綾)과 금픽(金牌)로 샹ᄉᆞᄒᆞ라 ᄒᆞ니 궁녜 명을 ᄇᆞ
다 일시이 홍능과 금패를 가져 납매슈(蠟梅樹)의 걸어 영광을 표ᄒᆞ거늘 무휘
더옥 깃거 궁녀를 분부ᄒᆞ야 왈,

　"이곳의 납매 이ᄀᆞ치 짐의 ᄯᅳᆺ을 밧드니 싱각건디 원즁의 모든 ᄭᅩᆺ치 본디 짐
의 ᄭᅩᆺ ᄉᆞ랑ᄒᆞᄂᆞᆫ 벽을 아ᄂᆞᆫ지라 응당 홈긔 퓌어 짐을 기ᄃᆞ릴 거시니 즉각의 옥
년을 ᄀᆞ초라. 짐이 공쥬로 더부러 군방원(羣芳園)과 샹님원(上林園)의 ᄂᆞ아가
ᄭᅩᆺ츨 구경ᄒᆞ리라."

　궁녜 다만 녕을 ᄇᆞ다 위의를 ᄀᆞ초거늘 공쥬 왈,

"납매는 본더 겨을꼿치라 부더 셜즁에 춘 긔운을 바다 이긋치 퓌거니와 그 남아 다른 꼿츤 각각 쩌 잇느니 즉금 비록 봄이 머지 아니ᄒᆞ나 쳔긔 오히려 엄ᄒᆞᆫᄒᆞ니 엇지 홈긔 퓌리잇가?"

무휘 왈,

"다른 꼿도 초목은 흔가지라. 져 납매는 엇지【63】홀노 치위를 두리지 아녀 코 짐을 위ᄒᆞ야 홍을 도ᄂᆞ거니 다른 꼿친들 엇지 짐의 즐기믈 돕지 아니리오. 녯말의 니르되 '셩쳔 지 우희 잇스면 일빅 신쳥이 셔로 돕는다' ᄒᆞ니 짐이 일 부인으로 대위의 오르니 이 갓흔 지 쳔고의 멧 사름이뇨 진실노 쌍이 업는지 라. 다만 빅녕이 도을 ᄯᆞ니리요 꼿츤 오히려 져근 닐이라. 엇지 짐의 ᄯᅳᆺ의 ᄒᆞ고 져 ᄒᆞᄂᆞᆫ 바를 닐우지 못ᄒᆞ리오? 짐이 바야흐로 죠화(造化)를 도로혀 빅화를 홈 긔 퓌오리니 뉘 감히 어긔리오! 너희는 다만 뒤흘 ᄯᆞ로라. 일졍 원즁의 빅홰 임 의 다 퓌엿시리라."

공쥐 지삼 간ᄒᆞ야 말니되 ᄆᆞᄎᆞ니 듯지 아니코 드ᄃᆡ여 년의 올나 공쥬와 완ᄋᆞ 로 더부러 군방원의 니르러 ᄉᆞ면으로 바라보니 각식 화목이 슈풀갓치 버렷는 고【64】더 다만 납매와 슈션(水仙)과 쳔츅(天竺)과 영츈(迎春) 서너 가지 외에 는 불과 ᄆᆞ른 가지의 봄비치 젹막ᄒᆞᆫ지라. 무휘 보아오미 무식ᄒᆞᄆᆞᆯ 이긔지 못ᄒᆞ 야 취ᄒᆞᆫ 얼골이 더옥 붉으ᄆᆞᆯ ᄭᆡ닷지 못ᄒᆞ니 술긔운이 붓그러오ᄆᆞᆯ 죠츠 거의 ᄭᆡ 기의 니른지라. 졍히 샹님원을 향코져 ᄒᆞ더니 쇼태감이 황망이 알외디,

"비지 앗가 샹님원으로 죠츠 도라오니 져곳도 일양 이긋치 젹연ᄒᆞᆫ지라. 비즈 의 어린 쇼견은 혹즈 모든 화신이 오히려 폐하의 꼿 보러 님ᄒᆞ시므로 ᄭᆡ닷지 못ᄒᆞ와 미쳐 대령치 못ᄒᆞᆫ 듯ᄒᆞ오미 비지 임의 각화를 향ᄒᆞ야 면면히 셩샹의 ᄯᅳᆺ 을 젼ᄒᆞ오니 이졔 폐해 친히 셩지를 ᄂᆞ리오샤 붉이 효유ᄒᆞ시면 명일은 응당 명 을 밧드러 일졔히 필 듯ᄒᆞ여이다."

무휘 듯□□□다 ᄒᆞ미 심즁의 홀【65】연 동ᄒᆞᆫ 비 잇셔 가ᄆᆞ니 싱각ᄒᆞ되 ᄆᆞᄎᆞ니 ᄭᆡ닷지 못홀지라. 이에 머리 죠아 스스로 혜오디,

"오날 임의 ᄂᆞ져시니 아직 은혜를 베퍼 명일노 퓌기를 한ᄒᆞ리라."

ᄒᆞ고 시녀로 ᄒᆞ야곰 화젼을 나외여 치필노 크게 써 굴오디,

명죠유샹원(明朝遊上苑)ᄒ니
화쇽보츈지(火速報春知)라
화슈년야발(花須連夜發)ᄒ야
막대효풍최(莫待曉風催)ᄒ라

너일 ᄋ츰 샹원의 놀녀 ᄒ니
섈니 봄의게 보ᄒ라
곳치 모롬즉시 밤으로 퓌라
시벽 ᄇ람의 지촉ᄒ믈 기ᄃ리지 말라.

쓰기를 다ᄒ미 태감을 블너 옥시를 치이여 샹님원 중 놉흔 남게 걸나 ᄒ고 일변 샹방으로 ᄒ야곰 쥬찬을 츠져 명일 샹화ᄒᄂ는 준치를 비셜ᄒ라 ᄒ니 공쥬와 완이 거츠로 봉힝ᄒ나 ᄀᄆ니 우으믈 마지 아니터라. 무휘 취ᄒ믈 닉의지 못ᄒ야 붓들녀 환궁ᄒ【66】니 태감이 마지 못ᄒ야 시젼의 옥시를 마쳐 샹님원중에 놉히 거니

이ᄯ미 납미 션동과 슈션 션동이 어칙을 ᄇ라보고 밧비 봉니산의 니르러 빅화션즈긔 품졍ᄒ려 ᄒ더니 이날 빅화션지 졍히 마고션즈로 더부러 ᄇ독 두어 날이 늦고 눈이 더오므로 미쳐 도라오지 못ᄒ지라. 모란 션동이ᇰ 말을 듯고 동쥬의 간 ᄇ를 몰나 황망이 난화 션동으로 더부러 길흘 난화 쥬인을 츠즐시 빅초와 빅과 모든 션즈의 동즁의 니르러 ᄆ츰니 죵젹을 모로ᄂ는 즁 밤이 깁고 눈이 더ᄒ니 훌일 업셔 동즁으로 모혀 셔로 의논ᄒ야 왈,
"어칙의 긔한이 심히 급ᄒ고 동쥬의 간 ᄇ를 모로니 쟝촛 엇지ᄒ리오?"
도화 션동이 년망이 굴오ᄃ,
"쇼션의 우견은 다름업셔 다만 일졔히 ᄂ아가 어칙을 봉힝ᄒ미 올【67】토다. 우리 봉니산이 쥬회 칠빅니의 곳ᇰ이 신션의 동뷔 잇셔 그 슈를 혜지 못ᄒ지라. 이 엇지 곳ᇰ이 츠즈 동쥬를 만나며 만일 긔한이 지나 어칙을 어긔오면 그 화는 어ᄃ 니를 줄 모로ᄂ니 비록 동쥬를 츠즈도 불과 우리 무리로 ᄒ야곰

나아가 어칙을 밧들나 홀 쑨이니 엇지 다른 의논이 잇스리오. 호물며 동쥬 본디 근신호샤 일즉 우흘 셤겨 어긔미 업스니 하늘이나 인간이느 계왕의 녕을 거스리지 아니시리라."

양화션동이 겻흐로 죠츠 맛당흐믈 닐컷거늘 모란션동 왈,

"일이 비록 그러호나 동쥬는 이 본디 우리 무리의 웃듬이라 엇지 그 호령의 가부룰 듯지 아니코 임의로 느아가리오. 아지 못게라 난화 계화 냥위 져ː의 놉흔 쇼견은 엇더호니잇고?"

난화션동 왈,

【68】"쇼션과 계화 져ː의 거느린 바 쏫츤 본디 스계로 므튼 빗 잇스니 스시의 퓌여 구이홀 것 업스니 이쩌의 가히 나아가 명을 바다도 괴이치 아니려니와 즈셔이 샹냥컨디 동쥬룰 부디 츠즈 품졍호미 맛당호도다. 호물며 죄칙이 여리의게 힝치 못호느니 우리 무리 므음을 흔갈가치 호야 동쥬의 녕 업시는 호나토 응치 아니면 져 인간 계왕이 쏘흔 군방을 모도다 뭇지르든 못호리니 우리 무리 다만 쏫츠로 일홈호야 일시 구경호야 그칠 분 아니라 그 즁의 약품의 드러 사룸을 구계호는 지 만흐니 엇지 아조 죤멸호야 만민의 병을 구치 못호게 호리요? 일노 보면 겁홀 것 업고 도라보건디 즉금 시졀이 늉동(隆冬)인디 홀연이 군방을 일시의 퓌라 호니 이는 졀후로 젼도호게 호미라. 【69】 비록 어칙이 엄즁튼 니르되 심히 니의 어긔고 법의 굽은 닐이라. 우리 비록 봉힝치 아니나 죄칙을 더을 말이 업스리니 이 졍히 '말이 슌치 못호면 닐이 일우지 못호는지라(名正言順)'. 이 만일 명졍언슌호야 닐이 맛당이 힝홀 닐이면 우리 무리 즉각의 나아가 스스로 명을 바드미 당연호거니 부디 동쥬긔 품홀 것 업거니와 일이 이제 두 가지로 가부룰 졍호야 진퇴홀 터이니 불가불 동쥬의 명을 기드리미 올흐니 쇼션의 졸흔 쇼견은 이 밧긔 느지 아니호느이다."

계화(桂花)와 매화(梅花)와 국화(菊花)와 년화(蓮花) 제션은 일시의 머리 죠으 칭션호야 왈,

"져ː의 쇼견이 극히 올투 호더니 흔편으로 양화[楊花 버들쏫]와 노화[蘆花 갈쏫]와 등화[藤花 츩쏫]와 뇨화[蓼花 뇨화쏫]와 훤화[萱花 원츄리쏫]와 규화[葵花 쵹규화]와 빈화[蘋花 물풀쏫]와 능화[菱花 므롬쏫] 【70】 여듧 션동이

셔로 머리를 모초아 그마니 말ᄒ더니 일졔히 니러나며 굴오ᄃ,

"졔위 션고의 가고 아니 가기ᄂ 쇼션 등이 감히 권ᄒ지 못ᄒ거니와 쇼션 등은 비록 군방의 춤예ᄒ나 본ᄃ 즈질이 미쳔ᄒ고 도힝이 쳔박ᄒ며 일홈과 ᄎ례 ᄀ쟝 ᄂᄌ든지라. 임의 향염(香艶)의 즈태 업고 겸ᄒ야 졔셰홀 지ᄌ 업ᄂ지라. 엇지 감히 왕명을 거역ᄒ 즁죄롤 당ᄒ야 셩명 보젼ᄒ기롤 ᄇ라리요? 여러번 싱각ᄒ니 마지 못ᄒ야 목젼의 급ᄒ 화롤 피ᄒ미 올ᄒ니 즉금 임의 축시ᄂ 되얏스니 어칙의 니른바 시벽 바롬의 지쵹ᄒᄆ를 기ᄃ리지 말나 ᄒ얏거ᄂ 좀간 ᄉ이의 시벽이 될지라. 오직 각ᄉ슈하롤 거ᄂ려 급히 나아가 명을 밧들녀 ᄒᄂ니 일후 동쥬긔 죄칙을 【71】 당ᄒ야도 ᄯᄒ 하졍(下情)을 용셔홀 거시오 ᄒ물며 우리 무리 필경 거역ᄒ면 우리만 즁죄롤 당홀 분 아니라 동쥬도 면치 못ᄒ리니 우리ᄂ 몬져 분의롤 ᄎ려 명을 밧ᄃ다 ᄒ야 동쥐 응당 상쥬어 포장ᄒ시리니 무ᄉ 죄칙인들 잇스리오!"

인ᄒ야 도화션동을 향ᄒ야 왈,

"앗가 션괴(仙姑) 말ᄒ되 긔한을 어긔면 죄칙을 당ᄒ리라 ᄒ더니 엇지 우리와 ᄶᄀ지어 동힝치 아니려 ᄒᄂ뇨?"

대답을 기ᄃ리지 아니코 ᄉ미롤 잇그러 표연이 니러나니 모든 션동이 졍히 즈져홀 즈음 샹님원 토지신과 공죄 년ᄒ야 지쵹ᄒ니 모다 홀일업셔 분ᄉ이 나아갈시 하늘이 졈ᄉ 붉아오고 눈이 ᄯᄒ 그치거ᄂ 모란 션동이 난화 션동을 향ᄒ야 탄식 왈,

"즁심이ᄉ ᄀ치 【72】 갓지 못ᄒ니 ᄯᄉ 쟝ᄎ 엇지ᄒ리요! 쇼션은 오직 다시 동쥬롤 ᄎ즈 힝지롤 졍ᄒ리니 졔위 션고ᄂ 만류치 못ᄒ나니 임의로 ᄒ쇼셔."

말을 ᄆ츠며 나가거ᄂ 난화 션동이 이윽히 기ᄃ리되 ᄆ춤ᄂ 쇼식이 업더니 공죄(功曹) 와 토신이 니어 지쵹이 풍우 ᄀᆺᄒ지라. 이쩌 홍일이 임의 산샹의 올으니 모든 션동이 십분의 팔구나 가고 동즁의 다만 계화(桂花) 와 매화(梅花) 와 국화(菊花) 와 년화(蓮花) 와 해당(海棠) 과 즈약(芍藥) 과 슈션(水仙) 과 납매(臘梅) 와 옥난(玉蘭) 과 두견(杜鵑) 과 난화(蘭花) 십일 션동이 남앗더니 셔로 의논ᄒ되 ᄆ춤ᄂ 죠흔 계괴 업ᄂ지라 마지 못ᄒ야 ᄒ가지로 나아가더라. 모란 션동이 ᄉ쳐로 동쥬롤 ᄎᄌ 임의 진시의 니르도록 종젹도 듯지 못ᄒ니 십분 초조ᄒ야 도

로 동즁의 니른즉 졔션이 임의 다 가고 두어 녀동이 문을 직흴 분【73】이라. 어린 듯 반향을 방황ᄒᆞ야 스스로 혜오디, '홀노 거역ᄒᆞ미 맛당치 아니므로 강잉ᄒᆞ야 샹님원을 향ᄒᆞ니라.'

각셜 무휘 샹님원으로 죠ᄎ 환궁ᄒᆞ야 밤을 지닌 후 미명의 니러ᄂᆞ미 슉취(宿醉) 임의 ᄭᅵ인지라. 비로소 즉일 죠셔ᄒᆞ야 ᄭᅩᆺ 지쵹흔 닐을 ᄭᅵᄃᆞ르미 십분 뉘우쳐 심즁의 혜오디, '취즁의 어즈러온 ᄆᆞ음으로 피지 못흘 경ᄉᆞ룰 ᄒᆡᆼᄒᆞ도다. 만일 져 ᄭᅩᆺ치 필경 퓌지 아니ᄒᆞ면 여러 사름의 우임이 될 거시니 붓그러오믈 엇지 ᄀᆞ리오리오?' 졍히 샹냥ᄒᆞ더니 일즉 샹님원과 군방원의 ᄭᅩᆺ ᄆᆞᆺ튼 태감이 급히 와 알외디,

"각쳐의 모든 ᄭᅩᆺ치 일졔히 셩긔ᄒᆞ다 ᄒᆞ야ᄂᆞᆯ 무휘 이 말을 드르미 쾌ᄒᆞᆯ 익의지 못ᄒᆞ야 즉각의 공쥬룰 불너 됴반을 나온 후 흔가【74】지로 지쵹ᄒᆞ야 샹님원의 니르니 과연 동샨의 ᄀᆞ득흔 바 쳥취ᄂᆞᆫ 눈이 어즐ᄒᆞ고 홍쟈(紅紫)ᄂᆞᆫ 우음을 먹음은 듯ᄒᆞ야 진실노 금슈건곤이오 화홍셰계(花紅世界)라. 쳔긔 쏘흔 화챵ᄒᆞ야 눈이 녹고 어름이 플녀 쳔연이 방츈물식이라. 무휘 겸ᄌᆞ보아 ᄌᆞ셔이 살피더니 다만 옥계의 모란이 의구히 젹ᄌᆞᄒᆞ야 흔 송이 퓌지 아녓거ᄂᆞᆯ 태감으로 ᄒᆞ야곰 군방원의 순찰ᄒᆞ니 일양 퓌지 아니ᄐ ᄒᆞᄂᆞᆫ지라. 발연대로ᄒᆞ야 향안을 두ᄃᆞ려 왈,

"짐이 궁즁의 드러오므로부터 샹님원과 군방원의 잇ᄂᆞᆫ 바 각식 명화룰 각별 이호ᄒᆞ야 아춤과 져녁으로 믈 쥬기룰 신칙ᄒᆞ고 ᄯᅢ로 붓도ᄭᅩ 호위ᄒᆞ야 스스로 별호ᄒᆞ야 '독화쳔왕督花天王'이라 ᄒᆞ고 그 즁의 모란을 더옥 ᄉᆞ랑ᄒᆞ야 겨을이면【75】집을 지어 엄샹(嚴霜)을 피케 ᄒᆞ고 여름이면 발을 덥허 녈일(烈日)을 ᄀᆞ리워 시각을 잇지 아녀 삼십여 년을 흔갈ᄀᆞ치 ᄒᆞ니 짐이 이 ᄭᅩᆺ 대졉ᄒᆞ미 가히 니르되 심인후틱(深仁厚澤)이라 ᄒᆞ려든 오날ᄌᆞ 군방이 셩개ᄒᆞᄂᆞᆫ 곳의 져 홀노 ᄭᅩᆺ치 업스니 진실노 은혜룰 져ᄇᆞ리고 덕을 잇ᄂᆞᆫ 뉘라!"

태감을 분부ᄒᆞ야 각쳐의 잇ᄂᆞᆫ 바 모란은 무론 대쇼ᄒᆞ고 ᄲᅢᆯ희 아오로 ᄲᅢ혀 ᄯᅳᆯ 알픠 ᄊᆞ흔 후의 싀탄(柴炭)을 만히 드려 일시의 살와 ᄇᆞ려 경각이 재 되게 ᄒᆞ라."

ᄒᆞ니 공쥬 간ᄒᆞ야 왈,

"이ᄯᅢ의 모든 ᄭᅩᆺ치 다 픤지라 ᄒᆞ믈며 모란은 화즁의 왕이어늘 엇지 감히 어지(御旨)롤 어긔리잇가. 다만 두리건ᄃᆡ 그 ᄭᅩᆺ치 화판이 ᄀᆞ쟝 큰 고로 퓌기 쉽지 못ᄒᆞ야 좀간 더듼가 ᄒᆞᄂᆞ니 ᄇᆞ라건ᄃᆡ 다시 반일 긔한【76】을 정ᄒᆞ야 만일 다시 ᄭᅩᆺ치 업거든 죄롤 ᄂᆞ리오시미 맛당ᄒᆞᆯ가 ᄒᆞᄂᆞ이다. 초목이 ᄯᅩᄒᆞᆫ 아롬이 잇스니 이 ᄀᆞ트면 원망이 업슬 듯ᄒᆞ여이다."

무휘 왈,

"네 임의 간청ᄒᆞ니 다시 두 시각을 물녀 쥬ᄂᆞ니 만일 두 번 한을 넘기면 너와 다못 모란이 짐을 한치 못ᄒᆞ리라."

인ᄒᆞ야 태감ᄃᆞ려 무러 왈,

"이곳의 잇ᄂᆞᆫ 바 모란이 그 슈 언마ᄂᆞ ᄒᆞ뇨?"

태감이 쥬왈,

"샹님의 원이 쳔여 쥬요 군방원의 ᄯᅩᄒᆞᆫ 그 슈ᄂᆞᆫ 되ᄂᆞ이다."

무휘 왈,

"즉금 ᄯᅢ 임의 진시(辰時) 초각이나 되야시니 진시로써 한ᄒᆞᄂᆞ니 너희 무리 화로의 숫불을 만히 퓌워 위션 일쳔 쥬롤 먼져 가지롤 불노 지져 거ᄎᆞ로 ᄐᆞ고 ᄆᆞ르게 ᄒᆞ되 아직 ᄲᅮᆯ희ᄂᆞᆫ 샹치 말게 ᄒᆞ다가 만일 ᄭᅩᆺ치 퓌려 ᄒᆞ거든 숫불을 물니고 ᄯᅩ ᄉᆞ시로 한ᄒᆞ야 ᄭᅩᆺ치【77】일양 퓌지 아니커든 남은 일쳔 쥬롤 젼ᄀᆞ치 숫불노 지져 ᄆᆞ르게 ᄒᆞ다가 만일 오시의 밋쳐도 ᄆᆞᄎᆞᆷ닉 ᄭᅩᆺ치 업거든 각쳐 모란을 일병 ᄲᅮᆯ희롤 ᄲᅦ혀 칼과 도치로 ᄡᅥ흐러 해분(齏粉)을 ᄆᆡᆫ들나. 짐이 다시 죠셔ᄒᆞ야 쳔하 각국의 아조 그 죵뉴롤 업시케 ᄒᆞ리니 군방원도 ᄯᅩᄒᆞᆫ 이ᄀᆞ치 ᄒᆞ라.

제5회

俏宮娥戲誇金盞草 武太后怒貶牡丹花

태감이 녕을 밧들어 일시의 숫불을 만히 퓌워 몬져 샹님원 모란을 ᄯᅳᆯ와가며 쳔여 쥬롤 지ᄌᆞ며 일변 군방원의 이ᄃᆡ로 식이거늘 샹관완이 공쥬롤 향ᄒᆞ야 ᄀᆞ

마니 우어 왈,

"잇디의 스면으로 나모 틋는 향니 코홀 거스리니 이 쏘훈 새로온 풍미로소이다. 공쥬 미양 쏫 향긔롤 ᄀ쟝 ᄉ랑ᄒ시더니 일즉 이런 이상훈 향니롤 드러 보시니잇가?"

공쥬 쏘훈 우어 왈,

"오날은 쏫츨 구경홀 분 아니라 약지롤 □【78】ᄒ며 구으물 보리로다."

완이 왈,

"공쥬는 니르시되 무슨 약지라 ᄒ시는잇가?"

공쥬 왈,

"져가치 고은 모란을 물쥬어 기르지 아니코 도로혀 불노 구으니 이 아니 뉵미환(六味丸)의 녀흘 모란피(牡丹皮)롤 죠ᄒ미냐?"

완이 왈,

"잇다가 이쳔여 쥬롤 ᄆ즈 티우면 가히 거두어 약지 ᄑ는 져ᄌ롤 여러 죡히 흥판ᄒ리로다. 일즉 드르니 북을 쳐 쏫츨 지쵹ᄒ다 ᄒ더니 이제 황샹의 쏫 지쵹ᄒ시문 남과 다르샤 젼혀 화공을 힘쓰니 이 아니 졔갈무후의 병법이며 가히 니르되 '패왕풍뉴(覇王風流)'라 ᄒ리로소이다."

공쥬 왈,

"그는 희언이여니와 드르니 각식 쏫치 품쉬 잇셔 가히 스승홀 지 열두 가지요 가히 벗홀 지 열두 가지오 맛당이 죵 슴을 지 열두 가지라 ᄒ더니 엇지 이르미뇨? 이씨 황샹이 궁녀로 ᄒ야곰 모란을 형벌【79】ᄒ시모로 우리롤 춋지 아니실 거시니 이런 한가훈 틈을 ᄐ 의논ᄒ미 죠토다."

완이 왈,

"이 불과 호ᄉ즈(好事者)의 유희ᄒ는 말이라. 공쥬의 드르실 비 아니로되 그 쏘훈 유리ᄒ니 소위 스승홀 ᄌ는 모란과 난화와 매화와 국화와 계화와 년화와 ᄌ약과 해당과 슈션과 납매와 두견과 옥난의 무리니 특별이 방향이 남다르고 안식이 무쌍ᄒᄆ로 품이 상등에 올나 그 필 씨의 비록 구경ᄒ고 즐기난 비나 그 태도의 무르녹음과 향긔의 쎅ᆨ쎅ᆨᄒ믈 대ᄒ면 문득 슉연이 공경ᄒ야 감히 갓가이 셜만치 못ᄒᄆ로 니론 스승 갓다 ᄒ미오 그 다음 쥬란(珠蘭)과 말니(茉莉)

와 셔향(瑞香)과 즈미(紫薇)와 산다(山茶)와 벽도(碧桃)와 문괴(玫瑰)와 정향(丁香)과 도화(桃花)와 셕뉴(石榴)와 월계(月季)의 무리는 각ㅅ 풍뉴 아름답고 쳥향이 습【80】인ᄒᆞ므로 품이 즁등의 올나 그 필 ᄯᅢ의 난간을 의지ᄒᆞ야 운을 브르며 준을 잡아 향긔를 취ᄒᆞ니 흔연이 웃는 듯ᄒᆞ며 애연(靄然)이 친ᄒᆞᆯ 듯ᄒᆞ야 진실노 스미를 잡아 셔로 말ᄒᆞᆯ 듯ᄒᆞ야 ᄋᆞ룸다온 손과 어진 벗 ᄀᆞᆺ튼 고로 니론 벗이라 ᄒᆞ며 그 남은 봉션과 장미와 니화[梨花 비ᄭᅩᆺ]와 니화[李花 외앗ᄭᅩᆺ]목향(木香)과 부용(芙蓉)과 남국(藍菊)과 치즈(梔子)와 슈구(綉球)와 잉쇽(罌粟)과 츄해당(秋海棠)과 야래향(夜來香)의 무리는 다만 엿게 븕으며 깁히 푸르고 혹즈 졍을 먹음으며 아당ᄒᆞ믈 씌여 품이 하등의 버러 그 필 ᄯᅢ의 사름으로 ᄒᆞ야곰 ᄉᆞ랑ᄒᆞ고 뮈워ᄒᆞᄂᆞ니 잇스며 ᄯᅳᆺ이 졈ㅅ 셜압(褻狎)ᄒᆞ야 쉽게 넉이게 ᄒᆞ니 불과 한가ᄒᆞᆷ 보너고 눈의 즐길 분이니 이 졍히 일 아는 츄환 갓흔 고로 니론 '죵' 갓다 ᄒᆞ니 오직 이 셜흔 여섯 ᄀᆞ지의 가히【81】스승ᄒᆞ고 벗ᄒᆞ고 죵 숨을 만ᄒᆞ거니와 그남아 죵뉴와 명식이 비록 무궁ᄒᆞ나 혹즈 이국졀역(異國絶域)의 나셔 보는 지 드물고 혹 향염의 ᄌᆞ태 업셔 죡히 보암즉지 아니ᄒᆞ니 실노 취ᄒᆞᆯ 것 업다 ᄒᆞᄂᆞ이다.

공쥐 왈,

"져 삼십뉵 죵을 스승과 벗과 죵의 칭호를 빌고 샹즁하 삼등의 품슈를 졍ᄒᆞ니 맛당이 공번될 거시여늘 나는 보건디 그 즁에 ᄯᅩ흔 이즁이 편벽된 비 업지 아니토다. 부용이 응당 벗ᄒᆞ암즉 ᄒᆞ거늘 도로혀 죵의 뉴의 두고 월계는 맛당이 죵 되암즉 ᄒᆞ거늘 도로혀 벗의 츔예ᄒᆞ니 부용이 아니 원통ᄒᆞ랴?"

완이 왈,

"공쥬의 ᄀᆞ르치시미 맛당ᄒᆞ나 그도 ᄯᅩ흔 의논이 잇스니 부용이 쳔셩 고은 태도와 아당ᄒᆞ는 비치 잇셔 것츠로 ᄀᆞ장 보기 됴커니와 다만 ᄋᆞ춤의 픠【82】여 져녁의 ᄶᅵ러지니 셩품이 졍흔 비 업셔 오리 견디지 못ᄒᆞᄂᆞ지라. 이런 뉴를 엇지 더부러 벗ᄒᆞ며 월계는 빗과 향긔 비록 부용의 비ᄒᆞ면 져기 못다 ᄒᆞ려니와 스시로 ᄭᅢ를 ᄯᆞᆯ와 픠여 그 즁의 오래 잇셔 가히 니르되 신이 잇다 ᄒᆞᆯ 거시니 이 엇지 죠흔 벗이 아니리잇고?"

정히 담논홀 스이의 발셔 스시 초각을 보ᄒᆞ더니 궁인이 분ᄼ이 나아와 알외디 이곳과 군방원의 잇ᄂᆞᆫ 바 모란이 개ᄼ히 입히 퍼지며 송이ᄅᆞᆯ 먹음어 경각의 ᄭᅩᆺ치 퓐다 ᄒᆞ거ᄂᆞᆯ 무휘 왈,

"원리 져도 짐의 포락(炮烙)ᄒᆞᄂᆞᆫ 형벌의 무셔오믈 아ᄂᆞᆺ다! 아직 은혜ᄅᆞᆯ 베퍼 슷불을 최오라."

ᄒᆞ니 경각 스이의 각쳐 모란이 일졔히 셩개ᄒᆞ니 불에 지진 바 모란도 ᄯᅩᄒᆞᆫ 의구히 퓌ᄂᆞᆫ지라. 즉금 세샹의 젼ᄒᆞᄂᆞᆫ 바 고지 모란【83】이라 ᄒᆞᄂᆞᆫ 풍뉴 잇셔 그 가지ᄅᆞᆯ 썻거 불의 너흐면 ᄆᆞ른 나모 가지 즉시 불이 당긔니 회남(淮南) 변창(卞倉) ᄯᅡ히 별노 만ᄒᆞᆫ 일커르니 이 아니 무측쳔의 형벌 당ᄒᆞᆫ 죵뉘런가. 어시의 무휘 모란의 셩개ᄒᆞ믈 보ᄆᆡ 노긔 비록 풀니이나 오히려 심즁의 불평ᄒᆞ야 다시 어지ᄅᆞᆯ ᄂᆞ리워 ᄀᆞᆯ오ᄃᆡ,

"짐이 어제 날 눈을 구경ᄐᆞ가 우연이 흥이 놉ᄒᆞ 불시의 샹님원의 나아가 ᄭᅩᆺ츨 보려 홀시 칙지ᄅᆞᆯ ᄂᆞ리워 빅화로 ᄒᆞ야곰 당일 미명의 일졔히 퓌라 ᄒᆞ얏더니 과연 빅신이 녕을 조ᄎᆞ 빅화가 졔방ᄒᆞ거ᄂᆞᆯ 져 모란은 이에 화즁의 왕으로 맛당이 녕을 밧드러 몬져 퓔 거시여ᄂᆞᆯ 이제 긔한을 믈니고 형벌을 베푼 후 비로소 응명ᄒᆞ니 그 죄 크게 불경ᄒᆞᆫ지라. 맛당이 멸죡ᄒᆞᄂᆞᆫ 늅을 쓸 거【84】시로되 졔ᄯᅩᄒᆞᆫ 약품의 드러 쓸 곳 잇ᄂᆞᆫ 지목인 고로 특별이 죽기ᄅᆞᆯ 감ᄒᆞ야 낙양으로 귀향 보니ᄂᆞ니 대니의 잇ᄂᆞᆫ 바 모란 ᄉᆞ쳔 쥬ᄅᆞᆯ 아직 짐의 진치 파ᄒᆞ기ᄅᆞᆯ 기ᄃᆞ려 사ᄅᆞᆷ을 식여 진슈히 낙양으로 옴긴 후 그도 졀도ᄉᆞ 쟝경(章更)으로 ᄒᆞ야곰 미년의 모란피 슈쳔 근식 진공ᄒᆞ야 약용의 쓰게 ᄒᆞ라."

ᄒᆞ니 죠셰 ᄒᆞᆫ 번 ᄂᆞ리ᄆᆡ 뉘 감히 거역ᄒᆞ리오. 년ᄒᆞ야 낙양으로 옴긴 후 졈ᄼ 번셩ᄒᆞᄆᆞ로 지금ᄭᆞ지 모란이 낙양의 홀노 셩ᄒᆞ야 쳔하의 읏듬이 되니라. 무휘 ᄯᅩ ᄭᅩᆺ ᄆᆞᆺ튼 태감으로 ᄒᆞ야곰 두 곳의 퓐 바 각식 ᄭᅩᆺ츨 낫ᄼ치 졈고ᄒᆞ야 일홈과 죵뉴ᄅᆞᆯ 치부ᄒᆞ고 슈효ᄅᆞᆯ 긔록ᄒᆞ며 그 즁의 외국과 각쳐의셔 바친 바 니력을 일ᄼ히 쥬달아 올니라 ᄒᆞ니 태감이 즉각의 칙ᄌᆞᄅᆞᆯ 올니거ᄂᆞᆯ 각식 죵뉴 아흔 아홉【85】 가지라. 무휘 이ᄀᆞ치 만ᄒᆞ믈 더옥 깃거 흔연이 칙ᄌᆞᄅᆞᆯ ᄀᆞ져 공쥬와 완으ᄅᆞᆯ 뵈여 왈,

"네 일즉 지녀의 일홈이 잇셔 네 일을 듯고 이졔ᄅᆞᆯ 아ᄂᆞ니 일즉 쳘슈(鐵樹)와

녕지(靈芝)가 혼가지로 겨을ᄂ당ᄒ야 곳 퓌물 듯고 보아시며 ᄯ 낙여화(洛如花)와 쳥낭화(靑囊花)와 셔셩화(瑞聖花)와 만타라화(曼陀羅花)의 리력 죵뉴룰 ᄌ셔히 아는다?"

완이 대왈,

"비지 일즉 듯ᄉ오니 녕지라 ᄒ는 거슨 나모도 아니요 풀도 아니라. 비컨더 인간 버섯 죵뉘라. 본더 명산의 나셔 신션의 먹는 비라. 일년의 곳치 세 번 퓌기로 ᄯ 일홈ᄒ야 삼쉬(三秀)라 ᄒ니 비록 셩인의 셰샹이라도 흔히 보지 못ᄒ는 비여늘 이제 다만 곳치 필 분 아니라 오식의 각ᄂ신긔ᄒ물 ᄂ트니고 쳘슈의 곳 퓌기는 더욱【86】 희귀혼지라. 셔로 젼ᄒ기롤 뉵십여 년의 흔 번식 곳치 퓌되 미양 졍묘년(丁卯年)을 만나야 핀다 ᄒ더니 이제 갑신년(甲申年)을 당ᄒ야 ᄒ믈며 이 ᄀ튼 엄동의 녕지와 홈긔 퓌니 실노 국가의 ᄋ람다온 샹셔룰 알외미요 낙여화(洛如花)는 녯 사름의 젼ᄒ는 말노 보건더 그 죵뉴룰 엇기 어렵고 그 곳츤 더욱 보기 어려오더 오직 나라희 글ᄒ는 사름이 나려 ᄒ면 비로소 곳치 핀다 ᄒ오며 쳥낭화(靑囊花)는 본더 걸안(契丹)의 ᄯ흐로 죠츠 드러온 비니 그 니력은 ᄌ셔히 샹고치 못ᄒ오나 그 일홈을 쳥낭이라 ᄒ오니 진나라 ᄉ긔의 니른바 곽공이 일즉 쳥낭(靑囊)의 비밀혼 글을 엇다 일커르니 이 ᄯ혼 문명의 속혼 징죄라. 이제 낙여화로 더부러 일시의 셩개ᄒ니 뜻ᄒ건더【87】 반드시 글ᄒ는 인지 나와 셩명을 도와 쳔하롤 ᄃᄉ릴가 ᄒ오며 셔셩화는 흔 번 퓌면 아홉 달가지 이우지 아니ᄒ옵ᄂ니 이는 국죄(國祚) 기리 쟝구ᄒ샤 억만년 무강ᄒ실 샹셔요 만트라화는 본더 셔역으로 죠츠오니 셕가셰존이 불법을 강ᄒ실 ᄮ 하늘의 곳치 비오듯 ᄒ다 ᄒ니 이 곳치 그 곳치라. 이는 ᄉ방이 태평홀 샹셰라. 이 도시 셰샹의 드문 보비여늘 홈긔 니르러 일시의 샹셔롤 알외니 진실노 황졔 폐하의 홍복이 계쳔ᄒ시미요 젼고의 잇지 아닌 셩시요 쳔츄의 ᄋ람다온 말이 되리로소이다."

공쥬 왈,

"이제 낙여와 쳥낭의 퓐 바 곳치 다만 곳다오미 군방의 웃듬이 아니라. 그 즁의 년리지(連理枝)와 병체홰(幷蔕花) 만ᄒ니 음양으로 의논【88】 ᄒ면 년리와 병체는 쌍으로 일우미니 음슈와 속ᄒ고 음슈는 녀동의 응ᄒ미니 신의 어린 쇼견은 쟝니의 셩샹이 규즁 인지롤 넑니 어드실 징죄로소이다. 셩샹이 임의 쳔명을 브드샤 쳔하롤 님호시니 규즁의 응당 영지롤 닉야 보필을 슴으시게 호리니 이 아니 팔원(八元) 팔개(八愷) 굿흔 지 잇셔 쩌롤 응호야 느리잇가. 신등이 셩샹 홍복을 힘닙어 이 ㄱ튼 셩스롤 당호오니 환열호믈 이기지 못호리로쇼이다!”

인호야 모든 궁인을 거느려 만셰롤 블너 하례호니 무휘 쳥파의 크게 즐겨 왈,

“샹쳔이 비록 샹셔롤 느리오시나 짐이 무슨 덕과 무슨 공이 잇셔 녀ᄌ에 팔원 팔개 ㄱ트니 어드믈 바라리오. 다만 흔두엇 어진 지조롤 어더 【89】 졍스롤 흔가지로 다스려도 지원이 죡호리로다.”

어시의 궁인을 분부호야 군방을 각ㅎ홍능 흔 필식 샹스호야 ㄱ지ㅁ다 걸나호고 칙지롤 느리워 낙여화롤 봉호야 “문운녀시文運女史”라 호고 쳥낭화롤 봉호야 “문화녀시文華女史”라 호야 태감으로 호야곰 금패의 삭여 각ㅎ걸게 호니 모든 꼿치 일노죠ᄎ 더욱 빗느고ㅎ을 쑨 아니라 낙여와 쳥낭은 금패롤 어든 후 일층 무셩호야 꼿송이마다 져근 송이 속으로 소ᄉ 층ㅎ이 고은 비치 눈의 ᄇ이ᄂ지라. 무휘 볼스록 긔이호고 ᄉ랑호믈 이기지 못호야 우음을 씌여 왈,

“이쩌 낙여와 쳥낭이 짐의 벼술 봉호믈 ᄇ든 후 꼿속의 꼿치 퓌니 진짓 쌍으로 고으믈 다토고 음슈로 샹셔롤 보호리니 공쥬의 니□□ 【90】 규즁인지 어들 징죄라 말이 ᄯ흔 괴이치 아니토다. 셰간의 이르는 바 병체화는 이 불과 흔 쏙지의 두 송이 쌍으로 퓌믈 신긔타 일컷거늘 즉금은 꼿속의 ᄯ 꼿치 퓌니 이는 보든 바 처엄이오 그 일홈이 ᄯ흔 업는지라. 비컨더 ᄌ식이 어미 품속의 업딘 모양이니ㅎ르되 ‘회즁포지懷中抱子’라 호려니와 이제 군방이 각ㅎ고으믈 ᄌ랑호되 오직 낙여와 쳥낭 두 꼿치 다만 회즁 포ᄌ호미 잇스니 이 ᄯ흔 흠시라 특별이 칙지롤 느리오ᄂ니 다른 꼿 즁의 능히 병체와 회즁포ᄌ호는 지 잇스면 맛당이 금패롤 쥬어 영광을 더으고 어쥬 샴비로 샹쥬리라 호야 즉각의 칙지롤 쓰이여 꼿ㅁ다 걸엇더니 오래지 아녀 각화즁 십여 죵의 병체홰 퓌고 회즁 포지 【91】 ᄯ흔 두세 ㄱ지로되 그 즁 셕뉴 더욱 셩호거늘 무휘 궁인으로 호야곰 금패롤 걸고 어쥬롤 부어 일홈을 표호더니 공쥐 왈,

“셕뉴는 본더 외국으로 니른 비라. 죵뉘 흔치 아니커놀 이제 슈빅 쥬의 넘고

오식이 ᄀ초아 긔ᆞ형ᆞ이요 겸ᄒ야 회중포ᄌ 흔 지 잇스니 아지 못게라 어듸로죠ᄎ 이ᄀ치 만히 모흐시니잇가?”

무휘 왈,

“져즈음게 짐이 특별이 농우졀도ᄉ(隴右節度使) 문은으로 ᄒ야곰 셔역의 사름 보니여 구흔 비라 안식과 죵뉘 극히 만흐니 여름으로부터 ᄀ을ᄀ지 니어 퓌는 지 잇더니 이제 곳치 긔이흔 비치 만흘 분 아니라 회중 포지 만흐니 셕뉴 열믹롤 니르되 빅ᄌ방(百子房)이라 ᄒ니 맛당이 봉ᄒ야 다ᄌ녀인(多子麗人)이라 ᄒ리라. 짐이ᆞ곳츨 보고 우연이 싱각□【92】 비 잇스니 짐의 질ᄋ 무팔시(武八思) 년긔 ᄉ십이 거의로되 ᄌ식이 업셔 근심ᄒᄂ니 쟝ᄎ 이 곳츨 샹ᄉᄒ야 ᄋ들 나키롤 츅슈ᄒ리라.”

이에 태감을 분부ᄒ야 후일 진치롤 파흔 후 셕뉴 이빅 쥬롤 옴겨 동해군슌무ᄉ(東海郡巡撫使) 무팔왕긔 보니라 ᄒ더니 과연 그후부터 동해군으로 뉴젼ᄒ야 다토아 취통ᄒᄆ로 즉금 목양(沐陽) 지방과 일본해 중ᄭ지 이샹흔 죵뉘 잇셔 흔 남긔 오식이 셕겨 퓌는 지 잇스니 쳔하의 웃듬이 되니라.

궁인이 다시 알외되,

“각쳐 모란을 죠슈ᄒ온즉 ᄉ쳔 쥬는 쟝ᄎ 낙양으로 귀향보니려니와 오히려 ᄉ빅여 쥐 남아 잇스니 어느곳의 옴기리잇가. 셩지롤 쳥ᄒ야 졍탈(定奪)ᄒᄂ이다.”

무휘 왈,

“져롤 임의 졀통홀 거시로【93】 되 아직 안셔ᄒ거니와 엇지 이 은혜 져ᄇ리는 뉴롤 흔가지나 갓가이 머물니요. 짐이 드르니 회남졀도ᄉ 문은(文隱)이 검남의 잇슬 ᄯ로부터 왜구롤 물니쳐 ᄌ못 공이 잇더니 근일 병이 잇셔 죠리ᄒᄂ 중 그곳의 모란이 졀귀ᄒ다 ᄒ니 가히 남은 바 ᄉ빅 쥬롤 ᄉ급ᄒ야 병중 ᄆ음을 부치게 ᄒ고 겸ᄒ야 짐의 공신 진렴(軫念)ᄒᄂ 뜻을 알게 ᄒ라.”

ᄒ고 인ᄒ야 군방원의 ᄂ아가 시로 진치롤 열어 공쥬로 더부러 즐기고 도라오미 이튼날 죠셔롤 ᄂ리와 만죠 군신으로 ᄒ야곰 샹님원의 나아와 곳츨 구경ᄒ라 ᄒ고 대연을 비셜ᄒ야 셩ᄉ롤 ᄌ랑홀시

제6회

衆宰承宣游上苑　百花獲譴降紅塵

  꼿일홈 구십구종을 각; 상아쳠의 삭여 통속의 너흔 후 궁녀로 ᄒ야곰 ᄒ 번의 쳠 ᄒ나식 ᄲᅦ여 니야 그 꼿 일홈디로 □【94】 ᄒᆫ 슈식 짓게 ᄒ니 무휘 일즉 샹관완ᄋ의 민쳡ᄒᆫ 지죠롤 □ᄂ 고로 특별이 군신의게 ᄌᆞ랑코져 ᄒ야 완ᄋ로 ᄒ야곰 군신과 가치 응졔ᄒ라 ᄒ고 녕을 ᄂ리워 왈,

  "글을 몬져 닐워 ᄇ치ᄂᆫ ᄌᆞᄂᆫ 치단 십팔노 샹ᄉᆞ하고 더디 ᄇ치ᄂᆫ ᄌᆞᄂᆫ 벌쥬 샴비로 죄 쥬리라 ᄒ며 혹 오언도 지으며 칠언도 지으며 혹 늘시도 지으며 가ᄉᆞ도 짓게 ᄒ되 넘시ᄒ야 졔목을 졍ᄒ게 ᄒ니 ᄋ츰부터 파면ᄒ기의 니르도록 지은 비 오십슈의 편; 히 완이 몬져 ᄇ치므로 오십 ᄎ 샹ᄉᆞ롤 홀노 ᄐ고 이튼 날 다시 군신과 지어 ᄉᆞ십구 슈롤 ᄆ츠미 완애 ᄯᅩ ᄉᆞ십팔 ᄎ 읏듬이 되고 ᄒᆫ 번은 ᄆᆞ초아 ᄒᆫ 사람과 ᄒᆫᄶᅥ의 바치므ᄅ 샹ᄉᆞ롤 반씩 난화 바드니 대져 만죠빅관이 냥일의 구십【95】구 슈롤 글을 지어 ᄒᆫ 사롬도 감히 완ᄋ의 알퓌 셔지 못ᄒ니 완아의 지죄 민쳡홀 분 아니라 귀법이 쳥신ᄒ야 진실노 ᄀᆞ슴에 금슈롤 품고 혀 ᄋ리 쥬육이 ᄲᅥ러지ᄂᆞᆫ지라. 졔신이 모다 탄복 칭찬치 아니리 업셔 쳔고의 지녀로 읏듬이라 ᄒ더라. 무휘 이ᄀᆞ치 년일 즐기나 오히려 샹님원 ᄶᅳ히 과히 너르므로 안력이 두로 밋지 못ᄒ야 군방을 일시의 다 보기롤 꾀ᄒ야 칙지롤 ᄂ리워 공부로 ᄒ야곰 샹님원 ᄀᆞ온디 빅쟝이나 놉흔디롤 무어 ᄉᆞ면으로 바라보미 샹쾌ᄒ게 ᄒ고 일홈을 ᄯᅩᄒᆫ □□□□ᄒ야 공쥬와 완ᄋ로 더부러 날노 빅화대(百花臺)의 올나 꼿츨 보며 시쥬롤 가져 즐기더라.

  을미 원월 초삼일 단구샹촌 운경누 즁의 희셔ᄒ노라. 을미로 지금 졍유 눅십 삼 년 원월 넘일게 의ᄒ다.

권 지 이

권 지 이

【1】 추셜 빅화션지(百花仙子) 이날 마고(麻姑)로 더부러 바독 두어 날이 늣고 눈이 그치지 아니므로 이에 밤을 지니고 이튼날 진시의 니르러 오히려 다섯 판을 맛지 못ᄒ여셔 홀연 녀동이 보ᄒ되,

"동산과 섬 우희 모든 ᄭᅩᆺ치 일졔히 픠여 심히 곱고 ᄉᆞ랑ᄒᆞ온지라. 쳥컨디 이 위 션고는 흠게 ᄭᅩᆺ츨 구경ᄒᆞ라."

ᄒᆞ야늘 이인이 ᄲᅡᆯ니 문을 열고 밧그로 ᄇᆞ라보니 과연 ᄉᆞ면의 고은 비과 ᄋᆞ리ᄯᅡᆺ온 향긔 눈이 부싀고 코홀 거스려 진실노 별쳔지요 비인간이라. 빅화션지 볼ᄉᆞ록 놀랍고 괴이ᄒᆞᆷ믈 익의지 못ᄒᆞ야 년망히 □□□직엄 연고을 스니 리미 더옥 【2】 놀나고 한ᄒᆞ야 왈,

"어제 바독 시죽□□□□□□□□□□ 핀을 ᄆᆞᆾᆫ 후 뉘우ᄎᆞ미 잇스리라 ᄒᆞ믹 쇼션이 그윽이 의심을 앗더니 오날 과연 큰일이 잇셔 그 말을 ᄆᆞ치도다. 이에 졈괘로 보건디 하계 졔왕이 우연이 고흥을 픠워 군방으로 일졔히 픠게 ᄒᆞ얏거늘 쇼션이 젼연이 모로고 잇셔 미쳐 샹졔긔 알외지 못ᄒᆞ니 이 졍히 승빅 년젼의 샹아로 더부러 말노 ᄃᆞ토아 벌을 경ᄒᆞᆫ 비라. 쟝ᄎᆞᆺ 엇지ᄒᆞ여야 죠ᄒᆞ리요."

마괴 ᄎᆞ탄 왈,

"이 도시 우리 무리 도힝이 쳔박ᄒᆞ야 다만 지ᄂᆞᆫ 닐은 알고 오ᄂᆞᆫ 닐을 혜ᄋᆞ리지 못ᄒᆞᆷ이라. 당일 우연이 벌약을 경ᄒᆞᆫ 비 엇지 슈빅년 후에 ᄆᆞ츰니 이런 닐이 잇스믈 ᄯᅳᆺᄒᆞ얏시리오. 그ᄣᅢ 션괴 부졀업시 여러 모힌 즁 샹아롤 말노 긔 【3】 롱ᄒᆞ기롤 과히 ᄒᆞ므로 샹애 깁히 노호와 그후 우리롤 대ᄒᆞ야 미양 그 일을 일커르니 지금 그만 그칠니 업ᄂᆞ니 이제 계교는 다름업셔 몬져 샹졔긔 표롤 올녀 슬피지 못ᄒᆞ고 쳔즈히 힝ᄒᆞᆷ믈 쳥죄ᄒᆞ고 일변 샹아의게 ᄂᆞ아가 샤과ᄒᆞ야 그릇

ᄒᆞ믈 일커르면 혹시 도로혈 도리 잇슬가 그리 아니면 다만 상애 즐겨 그치지 아닐 분 아니라 규찰ᄒᆞᄂᆞᆫ 졔신이 반드시 션고의 그릇ᄒᆞᆷ믈 알외여 죄ᄅᆞᆯ 의논ᄒᆞ리니 모롬즉이 미리셔 도라 후환이 업게 ᄒᆞ라.”

빅화션지 왈,

“몬져 표ᄅᆞᆯ 올녀 죄ᄅᆞᆯ 쳥ᄒᆞᆷᄆᆞᆫ 분의에 당연ᄒᆞ거니와 상아의게 샤과ᄒᆞ기ᄂᆞᆫ 실노 낫치 둣거□□□□□상애 그후로부터 지금ᄀᆞ지 셔로 만나 시의 약속 엄히 못□스니 쇼션이 엇 【4】 지 져의게 몬져 말ᄒᆞ야 이걸ᄒᆞ며 홀□□□□□□□□□□□□□시 유익ᄒᆞ리잇고.”

마괴 왈,

“이제 그ᄅᆞᆯ 어려이□□□□□일후의 언약과 ᄀᆞ치 져의게 나아가 낙화 쓰는 쇼임을 당ᄒᆞ시랴.”

빅홰 왈,

“쇼션이 도힝을 닷간지 여러 츈취요 본리 져의 시비 아니어니 엇지 쓸에질 ᄒᆞᄂᆞᆫ 소임을 당ᄒᆞ리요. 내 ᄯᅩ흔 그ᄲᅱ의 밍셰흔 비 잇ᄂᆞ니 홍진의 ᄯᅥ러져 무한 고초ᄅᆞᆯ 격그리라 ᄒᆞ얏스니 임의 신명이 슬피실지라 엇지 이 익을 면ᄒᆞ믈 ᄇᆞ라리오. 쇼션의 명운이 ᄀᆞ러므로 부지불각의 군방이 일졔히 필 지경의 니르러시니 다시 무슴 말이 잇스리오. 다만 고요히 하늘 명을 기ᄃᆞ릴 분이라. 몬져 샹졔긔 쳥죄ᄒᆞ기도 ᄯᅩ흔 방ᄌᆞ흔지라. 아직 쳐분을 ᄇᆞ 【5】 라 도리의 맛당ᄒᆞ여이다.”

언파의 ᄭᅩᆺ얼골의 근심이 ᄀᆞ득ᄒᆞ고 버들눈섭의 한을 먹음어 총ᄎ이 고별ᄒᆞ고 동즁의 도라오니 두 낫 녀동이 반겨 ᄆᆞᄌᆞ 년일 망조이 ᄎᆞᄌᆞ단니다가 ᄆᆞᄎᆞ니 왕명을 밧든 견유ᄅᆞᆯ 알외더니 산애 발셔 녀동을 보니여 말ᄒᆞ되 임의 언약이 잇스니 ᄲᆞᆯ니 와 낙화ᄅᆞᆯ 쓸나 ᄒᆞ야ᄂᆞᆯ 빅홰 붓그럽고 분ᄒᆞ믈 닉의지 못ᄒᆞ야 분연 답 왈,

“너의 쥬인긔 도라가 말ᄒᆞ되 내 일즉 말을 두엇시니 만일 이런 닐이 잇스면 원컨더 홍진의 ᄯᅥ러져 고초ᄅᆞᆯ 격그리라 ᄒᆞ얏더니 이제 일이 그릇 되민 잇스며 다만 네양의 니쳐 됴회의 괴로오믈 격글 분이라. 다른 말이 어이 【6】 □□□□

□□□□□□□□□□□□□□□□□□□도로 오나□□□□□□도힝을 닷근 후 비
로소 도라오나 그롤 보면 나의 젼일 쳔을 알니라.”

ᄒ니 녀동이 다만 유ː히 도라가더니 오러지 아녀 빅초와 빅곡과 빅과 삼위
션지 흠긔 니르러 만면슈용으로 총ː이 녜롤 맛고 빅초션지 몬져 ᄀ로디,

“드르니 엇던 션관이 샹졔긔 표롤 올녀 션고롤 논죄ᄒ다 ᄒ미 이위 져ː로
더부러 ᄌ셰히 탐쳥ᄒ고 오는 비러니 아지 못게라 션괴 ᄯ흔 드러 겨시던잇
가?”

빅홰 기리 탄식ᄒ야 왈,

“쇼션이 스스로 즁죄의 걸니미 츄희ᄒ야 밋지 못ᄒᆞᆯ지라. 다만 문을 닷고 허
믈을 ᄉᆡᆼ각ᄒ야 그으기 쳔명만 기드리더 【7】 니 이제 렬위 션고의 ᄂ지 무르시
ᄆᆞᆯ 니부니 셩권은 감샤ᄒ거니와 논힉ᄒᄆᆞᆯ 니부믄 젼혀 듯지 못ᄒᆞᆫ 비니 붉히 ᄀ
르치시믈 ᄇᆞ라노라.”

빅과션지 왈,

션고을 논힉ᄒᆞᆫ 비 다른 닐 아니라. 그 대개의 ᄀ로오디,

“하계 졔왕이 비록 칙지롤 ᄂ리올지라도 일이 본디 나라와 빅셩을 위ᄒᆞᆫ 비
아니요 불과 취후의 망년된 희롱이어놀 마튼 지 엇지 밧긔 나가 직ᄎ로 뷔오고
ᄯ흔 쥬쳥ᄒ야 졍탈치 아니코 임의로 그 슈하롤 노하 ᄯᅩ다음을 ᄯᅥ 아닌 디 지
랑ᄒ고 셰샹 님군의게 헌첨ᄒ야 아당ᄒ니 일노죠ᄎ 졀휘 젼도ᄒ야 사롬의 쳥
문을 놀니고 ᄒ믈며 몸이 빅화의 읏듬이 되야 거쳐롤 ᄀ부야이 ᄒ며 샹시의 약
속을 엄히 못ᄒ고 이제 술피지 【8】 못ᄒ미 맛당이 허믈을 일커러 죄롤 쳥ᄒᆞᆯ
거시여늘 언연이 집의 잇셔 허믈을 ᄉᆡᆼ각지 아니ᄒ며 그 슈하 모든 션동으로 의
논컨디 ᄋ리로 져의 동듀의 약속을 듯지 아니ᄒ고 우흐로 샹졔긔 품졍치 아니
ᄒ니 맛당이 죄롤 흠긔 바들지라 일병 홍진의 너쳐 고초롤 겻게 ᄒ야 쟝너롤
징계ᄒ야지라 ᄒ얏스니 드르니 션고는 녕남의 귀향 보너야 나히 빈혀 ᄭ옷기의
밋지 못ᄒ야 바다 밧긔 두로단녀 독ᄒᆫ 안개와 쟝긔 비롤 무릅쓰고 놀난 물결과
급ᄒᆫ ᄇᆞ람의 두려오믈 바다 젼의 스스로 밍셰ᄒᆫ 말을 맛게 ᄒ야 이젼 허믈을
속ᄒ게 ᄒ다 ᄒ미 우리 무리 슴가 박쥬롤 가져 젼송코져 이르니이다.”

빅홰 왈,

"쇼션의 일은 임의 주【9】즉지얼이라 무어슬 한하리요. 모든 션동이 일병 죄를 바들 터이면 슈션 납매의 무리도 또한 면치 못하니잇가?"

빅곡션지 왈,

"져의 거느린 바 꼿치 비록 겨울의 퓌는 비나 맛당이 군방을 막즈라 못 퓌게 할 거시여늘 흔갈가치 씨를 흔가지 하야 져의 늣가야 퓌는 결조로 하야곰 신긔치 아니케 하므로 갓치 죄를 느리오시니 션고와 졔션이 모도 빅샤롬이라. 각각 긔한이 잇셔 지속은 모로되 대쳐 샴년 안의 츠례로 하계의 느린다 하더이다."

빅홰 더옥 츠탄 왈,

"쇼션의 무상하므로 즁죄 당하문 진실노 맛당하거니와 일노 인하야 여러 션동의게 화를 씨치니 ᄆᆞ음에 심히 불안하도다. 이제 흔 번 니별하면 하늘이 남북이 ᄃᆞ르고 ᄯᅡ히 동셔를 즈음쳐 후회를【10】긔약지 못하고 ᄇᆞ람이 술아지며 구름이 흐터지고 불근비치 드물며 푸른 닙히 어두올 시졀의 머리를 도로혀 션산을 ᄇᆞ라면 능히 챵지 끈허지고 이를 술오믈 면하리요."

언파의 허희 뉴쳬하니 빅쵸션지 왈,

"션고는 과도히 번뇌치 말나. 쇼션이 듯건디 쟝니 귀향 가는 사롬이 혹 십도의 난호이고 혹 외국의 더지여 각쳐로 흐터지나 필경은 셔로 모다 씨로 즐기다가 션고의 긔한이 다흔 후 왕모긔 명을 바다 우리 무리 ᄌᆞ연 나아가 ᄆᆞ즈 요지로 도라와 일단 속연을 ᄆᆞ츠리니 이 진실노 쳔긔여눌 우리 등이 감히 여어 드른 빈라. 모롬즉이 누셜치 말나."

빅홰 왈,

"져 십도는 어듸를 니르미며 외국은 어디 어디라 하더니잇가?"

빅쵸션지 왈,

"즉금 당나라【11】히 쳔하를 열히 난화 니르되 도라 하니 므릇 현은 군의 속하고 군은 도의 속하니 그 일홈은 굴온 관리도(關內道)와 하람도(河南道)와 하동도(河東道)와 하북도(河北道)와 산람도(山南道)와 농우도(隴右道)와 회남도(淮南道)와 강남도(江南道)와 검남도(劍南道)와 녕남도(嶺南道)요 외국은 바다 밧기 심히 만흔지라. 이로 혜지 못ᄒᆞ거니와 그 중 군즈국(君子國)과 흑치국(黑齒國)과 슉사국(淑士國)과 기셜국(歧舌國)과 지가국(智佳國)과 녀아국(女兒國) 갓흔 곳의 흔둘식 젹강ᄒᆞ리라 ᄒᆞ더이다."

　졍히 문답ᄒᆞᆯ ᄉᆞ이의 현녀와 직녀와 마괴 니르러 셔로 치위ᄒᆞ야 ᄎᆞ탄ᄒᆞ믈 마지 아녀 왈.

　"일즉 죄ᄅᆞᆯ 즈쳥ᄒᆞ야 표ᄅᆞᆯ 올니고 상아의게 인걸ᄒᆞ더면 이 지경의 니르지 아닐 거슬 쟝니 ᄇᆞ독 못거지의 ᄒᆞᆫ이 업스미 엇지 한홉지 아니리오."

　마괴 왈,

　"당년【12】의 션괴 상아로 더부러 닷톨 ᄣᅢ의 ᄀᆞ마니 ᄇᆞ라보니 왕모겨오셔 머리ᄅᆞᆯ 여러번 조으샤 심히 ᄎᆞ탄ᄒᆞᄂᆞᆫ 비치 겨시거늘 오히려 ᄭᆡ닷지 못ᄒᆞ더니 오날이야 비로소 알니로다. 왕모의 ᄎᆞ탄ᄒᆞ신 비 임의 이 일을 혜ᄋᆞ리시미니 지ᄂᆞᆫ 닐과 쟝니ᄅᆞᆯ 의논컨디 우리는 겨유 흔두 ᄀᆞ지ᄅᆞᆯ 짐죽ᄒᆞ거니와 지어 슈빅년 후일은 아득히 ᄭᆡ닷지 못ᄒᆞ니 심히 답ᄔᄒᆞ도다."

　현뎨 왈,

　"이 일이 ᄯᅩ흔 졍쉬 잇다 ᄒᆞ거니와 당초의 만일 말을 숨가더면 분징ᄒᆞ기의 니르지 아닐 거시요 이번의 능히 ᄎᆞᆷ고 인ᄉᆞᄅᆞᆯ 드리더면 반드시 젹강ᄒᆞ기의 이르지 아닐 거슬 일이 홀일업슬 지경이면 다만 니르되, 명이니 홀일 업다 ᄒᆞ니 긔 아니 한홉지 아니ᄒᆞ랴."

　빅화 왈,

　"션고 말ᄉᆞᆷ으로 볼진디 이 일이 비록 말을 숨【13】 가지 못ᄒᆞ므로 시죽ᄒᆞ얏스나 이번 익회는 ᄆᆞ춤ᄂᆡ 쳔슈의 졍흔 비 아니라 ᄒᆞ리잇가."

　현뎨 왈,

　"쇽담의 니르기ᄅᆞᆯ '쇼불인즉난대뫼(少不忍則難大謀)'라 ᄒᆞ니 져근 닐을 ᄎᆞᆷ지 못ᄒᆞ면 큰닐을 도모키 어렵다 ᄒᆞ미요 ᄯᅩ 니르되 '슈인ᄉᆞ대쳔명[盡人事待天命]'이라 ᄒᆞ니 사ᄅᆞᆷ의 홀일을 닷근 후 하늘 명을 기ᄃᆞ리라 ᄒᆞ미니 이제 션괴 쳐엄의 능히 ᄎᆞᆷ지 못ᄒᆞ고 이제 ᄯᅩ 인ᄉᆞᄅᆞᆯ 닥지 못ᄒᆞ얏거니 엇지 다만 쳔명이라 ᄒᆞ리요. 처음의 마고션즈의 ᄀᆞ르친 디로 표ᄅᆞᆯ 올녀 죄ᄅᆞᆯ 즈쳥ᄒᆞ고 상아의게 인걸ᄒᆞ야 보다가 ᄆᆞ춤ᄂᆡ 이 지경의 니르면 비로소 명이라 ᄒᆞ려니와 속담의 니른바 천하의 쟝중 밧 거지 업다 ᄒ니 임의 쟝중의 드지 아니코 엇지 과거의 춤예ᄒ믈 ᄇ라리오. 비컨디 인ᄉ를 닥지 아니고 천명이라 【14】 ᄒ믄 갓지 아니랴. 세상 만ᄉ의 무론대쇼ᄒ고 인력을 드리지 아니코 평안이 안즈 졀노 되는 지 업고 므릇 ᄒ고져 ᄒ는 ᄇ를 힘써 구ᄒ야도 오히려 뜻 갓기 어렵거든 의법 구홀 만ᄒ ᄯᅢ의 안져셔 긔회를 노치고 필경 못 되면 ᄀ로되 명이라 쉬이라 ᄒ니 셰속 사ᄅᆷ이 미양 이갓ᄒ믈 웃더니 괴 ᄯᅩᄒᆫ 쇽ᄐᆡ를 면치 못ᄒ니 진실노 홍진의 젹강ᄒ미 괴이치 아니토다.”

직녜 왈,

“지는 일을 말ᄒ야 무엇ᄒ리오 다만 셥〃ᄒ믈 일커러 젼송ᄒᄂᆫ 존을 권ᄒ미 올토다.”

어시의 모든 션지 날을 난화 각〃 젼송홀시 이시예 모란션동이 모든 션동으로 더부러 샹님원의 디졍ᄒ야 무후의 존치를 파ᄒᆫ 후 비로소 동중의 도라와 동쥬긔 면〃이 쳥죄ᄒᆫ디 빅홰 문득 중션을 허물치 아니코 죄를 즈가(自家)의 【15】 게 일커를 ᄲᅮᆫ이라. 모든 션동이 동쥬의 이ᄀ치 용셔ᄒ믈 보미 더옥 불안ᄒ믈 이긔지 못ᄒ니 양화의 무리 아홉 션동이 ᄯᅩᄒᆫ 몬져 가믈 뉘웃더라. 슈일이 지니미 구십 구병 션동의 평일 셔로 친밀ᄒ든 허다 션긔 ᄎᆞ례로 젼힝홀시 일〃은 홍희아(紅孩兒)와 금동아(金童兒)와 쳥녀ᄋᆞ(靑女兒)와 옥녀ᄋᆞ(玉女兒) 모든 녀션이 쥬과를 가져 니르디 빅초 등 ᄉ션과 현녀 마고 직녀를 쳥ᄒ고 빅슈 등 ᄉ령대션이 흠긔 모혓더니 빅홰 일즉 빅초션즈의 말노조ᄎ 해외 각국을 두로 돌미 풍파와 요매 도젹의 해를 미리 근심ᄒ거늘 홍희이 위로 왈,

“션고는 다만 방심ᄒ라 오날 모다 젼송ᄒᄂᆞ니 면〃히 셔로 졍의 둣거오니 일후 비록 위급ᄒᆫ ᄯᅢ를 당ᄒ나 모로는 쳬 홀니 업스리니 하계 【16】 의 잇셔 어려온 닐을 당ᄒ야 어느 사ᄅᆷ이 가면 가히 구급홀 듯 ᄒ거든 ᄇ로 그 사ᄅᆷ의 셩명을 불너 밧비 쳥ᄒ면 우리 맛당이 심혈이 움즉여 즉각의 나아가 셔로 구ᄒ리라.

금동이 우어 왈,

“심혈이 움즉인다 ᄒ미 엇지 니르미뇨. 션고는 모름즉이 즈셰히 ᄀ르치라. 일후의 죠히 움즉여 보리라.”

홍해이 왈,

"쇼션이 일즉 하계의 언문소셜의셔 그 말을 보아시니 실노 엇지 움즉이믄 모로느니 션괴 부디 알녀 ᄒ거든 느려가 그 칙 지은 사름ᄃ려 무러보라."

옥녀이 왈,

"하계 쇼셜이 젼혀 남의 투룰 벗겨시니 ᄎᄎ 그 지은 리젹을 ᄎᆺ노라면 임의 빅화션괴 요지의 도라오시리로다. 앗가 홍해 션고【17】의 니른바 빅화션괴 하계의 잇셔 어려온 ᄲ룰 만나거든 우리의 니른바 빅화션괴 하계의 잇셔 어려온 ᄲ룰 만나거든 우리 일홈을 부르라 ᄒ미 실노 헷말이로다. 빅홰 임의 인간의 탁싱ᄒᆫ 후 엇지 능히 젼싱을 긔억ᄒ며 만일 긔억ᄒᆯ진디 이는 우리와 다르미 업스리니 엇지 스스로 피화ᄒ지 아니코 도로혀 우리게 구ᄒ믈 쳥ᄒ리오."

홍해이 대쇼 왈,

"내 과연 그릇 니르괘라. 빅화션고와 다못 모든 션지 쟝ᄂᆡ의 어려온 닐이 잇거든 우리 오날 모힌 사름이 각ᄀ 힘디로 건지고 구ᄒ기룰 언약ᄒ야 셔로 듯는 디로 통긔ᄒ야 ᄒᆫ가지로 의논ᄒ게 ᄒᆯ 거시니 ᄲᄲ 유의ᄒ야 술피되 만일 ᄒ나히ᄂ 그릇ᄒ고 게얼니 나아가지 아닛는 지 잇스면 ᄯᅩᄒᆫ 홍진의 ᄶᅥ러져 고초룰 대신ᄒ리라."

홍해으의 이 말【18】노 죠ᄎ 후일의 ᄯᅩᄒᆫ 무한ᄒᆫ 닐이 싱기니라. 모든 션괴 각ᄀ 존을 즙아 빅화룰 권ᄒᆯ시 빅슈동 ᄉ션이 흠게 ᄀᆯ오디,

"션고의 이번 길에 쇼션 등이 밧들어 젼승ᄒᆯ 비 업는지라. 특별이 녕지초(靈芝草) ᄒᆫ ᄀ지룰 올니느니 이 녕지초는 쳔황 시졀의 처음 ᄂ 비라. 슈빅만 령을 지니니 션쳔졍긔와 일월졍화룰 바다시니 션가의 읏듬 녕약이라 ᄒᆫ 번 먹으면 슈룰 하늘의 ᄀ즉ᄒ게 ᄒ니 일노써 미ᄒᆫ 졍을 표ᄒᄂ이다."

빅초동 ᄉ션과 마괴 니어 ᄀᆯ오디,

"우리 무리 무초아 대해 심산의셔 회싱초(回生草) ᄒᆫ ᄀ지룰 어더오니 일노써 님힝의 증별ᄒ노라. 이 풀이 개벽ᄒᆯ 처음의 소스나 이ᄶᅥ까지 이우지 아녀시니 진실노 쳔상인간의 드문 보비라. ᄒᆫ 번 먹【19】으면 다만 긔ᄉ회싱ᄒᆯ 분 아니라 ᄒ늘과 ᄀᆺ치 늙으리니 구ᄀᄒᆫ 졍을 술피쇼셔."

빅홰 년망이 ᄂᄂ러 졀ᄒ야 샤례ᄒ고 빅초션ᄌ룰 도라보아 왈,

"쳥컨디 이 두 그지 녕약을 거두어 두엇다가 일후에 쇼션이 도라오기를 당ᄒ야 일노써 근본을 회복ᄒ게 ᄒ시면 비로소 젼일 깁푼 졍과 후ᄒ 덕을 알니로소이다."

쳥녀이 쇼왈.

"져 두 그지ᄂᆞᆫ 진짓 불ᄉ 녕약이요 쳔상지뵈어늘 빅초션괴 마ᄐ 잇다가 혹ᄌ 샹아을 비화 도젹ᄒ면 일후 빅화션괴 도라오ᄂᆞᆫ 날 젼혀 밋고 ᄇ라다가 크게 낭픽ᄒᆯ가 져허ᄒ노라."

언파의 만좌 대쇼ᄒ고 각ᆞ 훗터지니 모든 션동이 쏘ᄒ 년월을 ᄯ라 하계의 투ᄐᆡᄒᆯᄉᆡ 빅화션ᄌᆞᄂᆞᆫ 특별이 녕남도 하원현 당슈ᄌᆡ(唐秀才) 집의 강성【20】ᄒ니 당슈ᄌᆡ의 일홈은 오(敖)요 ᄌᆞᄂᆞᆫ 이졍(以亭)이졍이니 세대로 녕남도(嶺南道) 슌쥐(循州) 해풍군(海豊郡) 하원현(河源縣)의 ᄉ더니 초취 셜시(薛氏) 일즉 기셰ᄒ고 계취 님시(林氏)와 ᄋᆞᄋᆞ 당민(唐敏)과 졔부 샤시(史氏)로 더부러 일실의 거싱ᄒ니 다힝이 조션의 끼친 바 젼퇵이 잇셔 죡히 결활이 되ᄂᆞᆫ지라. 그 ᄋᆞᄋᆞ 당민은 비록 학의 ᄃ나 일즉 공명의 뜻이 업셔 젼혀 글 닑기로 업을 숨고 당오ᄂᆞᆫ 공명의 ᄆᆞ음이 일즉 간졀ᄒ나 쳔셩이 유람을 즐기므로 미양 일년 혹 반년식 나가 놀아 도라오지 아니ᄆᆡ 학업의 힘이 난호여 ᄌᆞ로 과거의 패귀ᄒ니 의구히 쳥샴을 면치 못ᄒ더니 님시 늦기야 일녀를 나ᄒ니 입산ᄒᆞᆯ ᄯᆡ의 긔이ᄒ 향긔 집의 그득ᄒ야 난샤(蘭麝)의 향너도 아니요 단향(檀香)의 긔운도 아니요 졍히 화향 ᄀᆞᆺᄒ되 무ᄉᆞᆫ 꼿히 향긔【21】ᄆᆞᆯ 끼닷지 못ᄒ더니 샴일의 시각으로 변환ᄒ야 ᄆᆞ츰ᄂᆡ 빅 그지 향ᄆᆞᆯ 끼닷지 못ᄒ더니 샴일 안의 시각으로 변환ᄒ야 ᄆᆞ츰ᄂᆡ 빅 그지 향긔 측냥치 못ᄒᆯ지라. 니웃과 ᄆᆞ을이 셔로 젼ᄒ야 긔이ᄒᆞ믈 일커르니 인ᄒ야 ᄆᆞ을 일홈을 고쳐 빅향촌(百香村)이라 ᄒ더라. ᄋᆞ희 나기 젼의 님시 꿈을 어드니 놉흔 샨의 졀벽이 싹근 듯 ᄒᆞᆫ디 오치 녕농ᄒ거늘 그 우희 올나 뵈더니 ᄭᆡ치며 즉시 해만ᄒᆞ므로 일노 인ᄒ야 일홈을 쇼산(小山)이라 ᄒ고 두 해 지난 후 ᄯᅩ 일ᄌᆞ를 노ᄒ니 일홈을 쇼봉(小峯)이라 ᄒ니라. 쇼산이 나며 쳥슈ᄒᆞᆷ믄 옥으로 삭인 듯ᄒ며 꼿다옴은 꼿치 말ᄒᄂᆞᆫ 듯ᄒ며 겸ᄒ야 단장 졍대ᄒ고 총명이 졀인ᄒ야 ᄉᆞ오 셰로부터 글 닑기를 죠ᄒᆞᆞ야 ᄆᆞ릇 셔칙을 ᄒ 번 눈의 지나면 문득 닛지 아니ᄒ니 겸ᄒ야 집의 셔칙이 ᄀᆞ초 잇고 부친과 슉【2

2】뷔 씨로 フ르치믈 닙어 슈년이 못ᄒ야 문의 임의 졍통ᄒ고 쏘ᄒ 담냑이 극히 너르고 식견이 사름의 지ᄂ미 다만 글을 조ᄒ홀 분 아니라 무예롤 흠긔 즐겨 챵 쓰기와 활쏘기로 희롱ᄒ니 부뫼 쏘ᄒ 금치 아니터니 이씨 당싱이 쏘 과거의 ᄂ아가고 ᄆ츰 월야롤 당ᄒ야 그 슉부와 フ치 안ᄌ 달을 구경ᄒ며 글을 말홀시 쇼산이 무러 フ오디,

"야 : 는 여러번 과쟝의 ᄂ아가시거늘 슉부는 오히려 슈지로되 ᄒ 번 응거치 아니시믄 엇진 연괴니잇고."

당민이 답왈,

"니 일즉 공명의 ᄆ음이 담ᄒ고 쏘ᄒ 학업이 졍치 못ᄒ지라 ᄂ아가 쓸디 업스니 다만 분쥬히 신고ᄒᄂ니 출하리 편히 안ᄌ 셩현의 글을 닑ᄂ니만 갓지 못 【23】ᄒ믈며 팔ᄌ의 임의 발달치 못홀 터히면 인력으로 구ᄒ야 엇지 못ᄒ미니라."

쇼산 왈,

"이제 과거롤 베퍼 지조롤 フ희믄 견혀 남ᄌ로 응거ᄒ게 ᄒ거니와 녀ᄌ도 응당 이갓치 지조롤 시험홀 듯ᄒ니 우리 녀ᄌ의 응거홀 과거는 어ᄂ 씨 베푸ᄂ니 잇고. 슉부는 미리 긔약을 니르시면 질이 쏘ᄒ 힘을 다ᄒ야 일즉 쥰비ᄒ려 ᄒᄂ이다."

당민이 불각대쇼 왈,

"ᄋ희 진실노 어리도다. 고금 쳔하의 어디 녀ᄌ 보는 과게 잇스리오. 당금의 태휘 비록 녀ᄌ로셔 쳔지 되시나 죠졍의 녀ᄌ 신하는 업ᄂ니 질녜 아니 과갑의 올나 벼술을 ᄒ고져 ᄒ미냐. 진실노 우리 가 : 의 ᄆ음과 ᄀ흐니 가히 니르되 이 ᄋ븨 ᄋ들이라 ᄒ리로다."

쇼산 왈,

"질이 부디 【24】 벼술을 ᄒ고져 ᄒ미 아니라 싱각건디 녀황졔 임의 당죠ᄒ니 맛당이 녀슈지롤 フ희여 녀학ᄉ와 녀승샹을 식여 녀군의 보필을 숨아야 비로소 남녜 셔로 혼잡지 아닐 듯 ᄒ므로 감히 뭇ᄌ왓더니 이 과연 젼고의 업는 닐이라 ᄒ시니 그럴진디 녀황졔로 남승샹을 부리미 실노 맛당치 아니토소이다. 임의 이 가트면 질녜 문학을 힘써 쟝춧 무어시 쓰리오 일즉 모친과 슉모롤 쫄

와 녀공침션을 비호미 맛당ᄒ도소이다."

이날로부터 셔칙을 믈니치고 침션을 유의ᄒ미 오러지 아녀 ﹕공의 ᄒ는 바를 낫﹕치 정통ᄒ미 다시 비홀 비 업고 ᄯ호 홍미 업는지라. 불가불 젼의 죠ᄒ﹕던 바 문묵을 다시 갓가이 ᄒ미 본디 쳔지의 졀눈【25】ᄒ므로 시각을 게얼니 아니ᄒ니 문시 날노 장진ᄒ고 소견이 극히 희빅ᄒ야 미양 슉부롤 뫼셔 글을 의논ᄒ며 시롤 챵화ᄒ면 그 슉뷔 도로혀 대젹지 못ᄒ므로 곳다온 일홈이 ᄌ연 젼파ᄒ야 향중이 지녀로 일컷더라.

ᄎ셜 당싱이 이번 회시의 과연 득의ᄒ야 일홈이 놉히 탐화[探花 급졔 둘지롤 니르미라]의 올으미 만심환열ᄒ야 일변 가향의 희보롤 통ᄒ며 쟝ᄎ 응방ᄒ기의 미쳣더니 홀연 일위 대간이 소롤 올녀 굴오디,

"이번 과거의 탐화혼 당오는 본디 하방의 비미혼 뉴로 학업이 황소홀 분 아니라 일즉 홍도(弘道) 년간의 쟝안의 니르러 셔경업 낙빈왕과 위스온 셜중쟝의 무리로 더부러 결의형졔ᄒ야 비밀이 왕ᄂᆡᄒ더니 밋 셔경업의 【26】 무리 대역을 도모홀시 그ᄶᅥ 비록 군중의 ᄯᆞ로든 아니나 임의 반젹으로 의롤 미즈미 결단코 단졍혼 션비 아니라. 이졔 외람이 황방(黃榜)의 올나 탐화의 영화롤 ᄇ드미 쟝ᄂᆡ 벼슬의 두면 ᄆ춤ᄂᆡ 젹뉴롤 당긔여 무리롤 슘을 거시니 쳥컨디 과거롤 삭ᄒ야 셔인의 ᄂᆞ리오쇼셔."

ᄒ얏거놀 무휘 ᄯ호 지조롤 앗기고 과거을 중히 너기므로 특별이 은혜롤 베퍼 다만 과거의 일홈을 삭ᄒ야 의구히 슈지로 향ᄂᆡ의 도라보ᄂᆡ라 ᄒ니 당싱이 ﹕욕을 당ᄒ미 놀납고 분을 닉의지 못ᄒ야 빅 ᄀ지로 샹냥ᄒ야 오직 홍진을 ᄇ리고 스해의 운유홀 ᄯ슬 결단ᄒ니 ᄆ초아 그 ᄋ의 쟝만ᄒ야 보는 바응방홀 은지 넉﹕이 잇는지라. 드﹕여 경장을 ᄎ려 혼 【27】 낫 셔동을 ᄃ리고 망혀 죽쟝으로 각쳐의 유완ᄒ야 명산의 일홈는 스찰과 큰 물의 너른 호슈롤 곳﹕이 ᄎ즈며 궁극히 니르러 져기 ᄆ음을 위로ᄒ더니 노샹 광음이 홀홀ᄒ야 얼푸시 반해되얏더니 ᄎ﹕젼ᄒ야 무심이 가향이 ᄀ갓가오믈 ᄭᅵ닷지 못ᄒ더니 임의 고향 지경의 ᄃ﹕르니 길이 ᄆ초아 쳐형 님원외(林員外)의 집의 갓가올시 ᄌ가의 집이 다만 슈십니롤 격혼지라. ᄀ마니 싱각건디 집이 비록 갓가오나 ᄆ음이 임의

지되고 뜻지 게얼으며 쪼흔 쳐즈롤 대홀 낫치 업는지라. 다시 다른 길노 향ᄒ
야 쾌히 놀몰 결단ᄒ고 완〯히 힝ᄒ더니 브라보니 흰 담과 불근 문이 버들 스
이의 응영ᄒ거놀 나아가 보건더 문 우희 크게 써시되 '몽신관夢神觀'이라 ᄒ얏
거놀 【28】 당싱이 스스로 탄식ᄒ야 왈,

"나당의 나히 임의 스순이 넘으되 지는 비 흔가지 닐우미 업고 이제 싱각건
더 진실노 쑴 갓흔지라. 지는 바 죠흔 쑴과 흉흔 쑴을 임의 크게 씨치고 홍진의
뜻을 끈허 신션을 츠즈며 도롤 구코져 ᄒ미 맛당이 쟝니롤 졈칠지라. 흔 번 신
명의 질졍ᄒ야 길흉을 무르리라. 이에 젼 올퍼 ᄂ아가 심즁의 먹은 바 회포롤
일〯히 고흔 후 신샹을 챵ᄒ야 무슈히 졀ᄒ고 인ᄒ야 그 곗희 안즈 져기 쉬고
져 ᄒ더니 홀연 의희이 쑴 갓고 황홀이 샹시 갓더니 일개 동지 ᄂ아와 졀ᄒ야
왈,

"우리 노애 밧드러 션싱을 쳥ᄒ시더이다."

당싱이 민망히 동즈롤 쑬와 젼샹의 올으미 일위 노인이 황관 도복으로 니러
ᄆᆞᄌ 녜필좌졍ᄒ미 당싱이 공경 문왈,

"노쟝의 존셩과 별호롤 뉘라 ᄒ시며 ᄂ지 부르시니 ᄆᆞ【29】 슴 ᄀᆞ르치시미
겨시니잇고." 노인 왈,

"노부의 셩은 밍이니 일즉 여시관(如是觀)의 잇더니 ᄆ초아 존긱의 신션을
구ᄒ고 도롤 츠즈시믈 듯고 감히 쳥ᄒ야 흔 번 말슴코져 ᄒ미니 뭇ᄂ니 존긱이
일즉 무슨 복을 닷그미 잇스며 이제 무슨 도슐이 잇스므로 필경 엇지ᄒ야 신션
의 도롤 두코져 ᄒᄂ뇨?"

당싱 왈,

"쇼싱이 비록 복을 닷그믄 업스나 신션 구ᄒᄂᆫ 도리는 다름 아니라 홍진을
먼리 쪄나 칠졍의 욕심을 업시ᄒ고 흔갈갓치 고요ᄒ믈 힘쓰면 즈연 도의 들니
〯 다만 그롤 힘 쓸 분이로소이다. 노인이 쇼왈,

"이 일을 말ᄒ미 엇지 이ᄀ치 쉬오뇨? 존긱의 니른바 ᄆ음을 묽게 ᄒ고 욕심
을 업시ᄒ믄 이 불과 몸의 병을 물니치고 슈한을 ᄂ【30】 릴 ᄯ름이여니와 만
일 신션의 도롤 의논컨더 녜 젹 갈션옹(葛仙翁)이 임의 즈셔이 말흔 비니 대쳐
신션 구ᄒᄂᆫ 지 맛당이 츙효와 인의 셩실ᄒ므로 근본을 삼ᄂ니 만일 덕힝을 닥

지 아니코 션도만 구호면 무춤니 헛고디 도라가느니 지샹 신션이 되려 호야도
샴빅 フ지 축호 닐은 호 후야 닐우느니 이제 존긱이 임의 공을 닥지 못호고 쏘
말을 셰우지 못호고 호フ지 축호 일을 일커룰 빅 업거눌 홀연이 신션을 구코져
호니 이 아니 남긔 올나 고기룰 구홈 갓지 아니랴. 부질업시 심녁만 허비호야
무어시 유익호리오."

당싱이 송연이 찌드라 왈,

"쇼지 쳔셩이 용우호야 지극호 도룰 듯지 못호더니 다힝히 フ르치시믈 브드
미 금일노 죠ᄎ【31】 모든 축호 닐을 힘써 힝호야 졍도의 들기룰 브라려니와
다만 쇼즈의 쳠음 뜻이 츙셩을 다호야 느라홀 회복호야 창싱의 도탄을 구호고
쥭빅의 공명을 드리올가 호더니 겨유 과방의 올으며 의외예 익경을 당호니 일
이 무가내하의 니른지라. 쟝ᄎ 엇지호리요. 노쟝은 엇지 써 올토 호시리잇가."

노인 왈,

"존긱이 뜻을 두고 닐우지 못호믄 실노 앗가오나 이 쏘호 새옹의 득실이라
호홀 것 업도다. 일노 죠ᄎ 진셰룰 브리고 션연을 미즈 ᄉ해의 놀면 엇지 만나
미 업스리요. 노뷔 드르니 근일의 쳔샹 빅홰 죄룰 닙어 홍진의 니치미 그 즁
명화 열두 죵뷔 불힝이 외국의 표령호라 호니 존긱이 만일 그 뉴락호믈 어엿비
넉여 슈고룰 ᄉ양치 아니코【32】 해외의 두로 ᄎ즈 혹 명산의 잇스며 혹 졀역
의 잇는 브룰 낫ᄎ치 건져니야 옴기며 붓도ᄋ와 호야곰 복지의 모혀 군방으로
더부러 홈긔 쳔샹으로 도라가게 호면 명ᄋ호 フ온디 음덕이 무궁호리니 인호
야 축호 일을 힘쓰며 덕을 フ다담아 시죵을 게얼니 말면 그 길 노쇼 봉니의 니
르러 일노죠ᄎ 일홈이 신션의 호젹의 들고 벼슬이 션관의 반렬의 오르미 어렵
지 아닐 거시니 이 본디 존긱이 슉연이 잇스미니 부즈러니 힘쓰면 즈연 긔약지
아녀 만나는 빅 잇슬지라. 이제 긴졀이 무르시믈 당호니 불가불 쳔긔룰 누셜호
야 대강을 고호느니 모럼즉이 힘쓰고 힘쓸지어다. 당싱이 쳥【33】 파의 졍히
다시 뭇고져 호더니 노인이 홀연 간디 업거눌 밧비 눈을 씻고 ᄉ쳐로 브라보니
이 문득 즈긔 홀노 신샹 울픠 안줏는지라. 비로소 꿈이물 찌닷고 다시 신샹을
브라보니 이 과연 몽즁의 보든 바 노인이라. 졀호야 샤례호고 □젼문을 나미
심즁의 혜오디, '이번의 만일 해외의 놀면 반두시 긔이호 연분이 잇스려니와

다만 빅화는 무슴 연고로 죄룰 어드며 필경 어느 곳의 모혀 써러지며 그 중 외국의 표령ᄒᆞ문 엇던 곳치믈 알기 어려오니 다시 뭇지 못ᄒᆞ미 한이로다. 만일 해외로 향ᄒᆞ거든 곳ᆞ이 뉴의ᄒᆞ야 무릇 죠흔 곳슬 만나거든 각별이 붓도ᆞ와 옴겨오면 혹ᄌᆞ 션연【34】을 어들지라. 싱각건디 쳐형이 미양 바다의 비롤 씌워 외국에 쟝ᄉᆞᄒᆞ니 이 사름을 어더 동ᄒᆡᆼᄒᆞ면 가히 원을 닐우리로다. 인ᄒᆞ야 님원외 집을 ᄎᆞᄌᆞ 문 알픠 니르니 집안이 극히 분요ᄒᆞ야 치인과 복뷔 분ᆞ이 왕니ᄒᆞ야 믈화롤 슈운ᄒᆞ야 쟝ᄎᆞᆺ 길 써나ᄂᆞᆫ 광경이어늘 원리 님원외의 일홈은 지양(之洋)이니 하북(河北) 덕쥐(德州) 사름으로 녕남의 이ᄉᆞᄒᆞ안지 오리더니 평일 해션의 싱애롤 부쳐 해외 각국의 단녀 믈화롤 미ᆞᄒᆞ니 우ᄒᆞ로부뫼 업고 다만 안해 녀시(呂氏)로 더부러 일녀롤 두니 일홈은 완예(婉如)라 ᄂᆞ히 브야ᄒᆞ로 십삼 세의 틔되 슈려ᄒᆞ고 총명이 츌인ᄒᆞ야 눈의 지ᄂᆞᆫ 브롤 못홀 비 업스니 부뫼 긔【35】이ᄒᆞ야 일시롤 써나지 아니므로 샹히 부모롤 ᄯᆞᆯ와 해션의 올나 좌와롤 홈긔 ᄒᆞ니 대개 바다 쟝시 본디 비로써 집을 슴아 가속을 싯고 단니미라. 이번 원외 ᄯᅩ 믈화롤 가져 비롤 써날시 가중 스무는 그 악모 강시롤 부탁ᄒᆞ야 맛지고 졍히 날을 졍ᄒᆞ야 비롤 씌오려 ᄒᆞ더니 홀연 당싱의 니르믈 보고 반겨 마즈 피ᄎᆞ 오리 써ᄂᆞᆫ 회포롤 닐으고 니당의 쳥ᄒᆞ야 녀시로 셔로 보믹 완예 ᄯᅩ혼 졀ᄒᆞ야 뵈거늘 당싱이 답네 왈,

"질네 일즉 글 닑으믈 듯지 못ᄒᆞ야더니 노ᄉᆞ이 슈년만의 보건디 글ᄒᆞᄂᆞᆫ 빗치 외모의 ᄀᆞ득ᄒᆞ니 아니 우리 쇼산과 갓치 침션을 비호지 아니코 일향 글 닑기롤 힘쓰ᄂᆞ냐?"

님원외 왈,

【36】"제 과연 글 닑기롤 조ᄒᆞᆞ므로 나도 ᄯᅩ혼 조흔 닐노 알아 ᄉᆞ이 약간 셔칙을 쟝만ᄒᆞ야 쥬어시ᄂᆞ 내 근일의 싱계의 골몰ᄒᆞ고 겸ᄒᆞ야 아ᄂᆞᆫ 비 업스니 무어슬 ᄀᆞ르치미 잇스리오."

당싱 왈,

"근리의 녀지 글ᄒᆞ야 과연 경혼ᄒᆞ면 남ᄌᆞ의 과거ᄒᆞ나니예셔 나으믈 구형(舅兄)이 드르시니잇가?"

님원외 왈,

"이 또한 긔괴흔 말이로다. 무슨 죠흔 도리 잇느뇨?"

당싱 왈,

"이 일이 십여 년 젼부터 잇셔 쳔하의 회쟈흐거눌 구형이 오히려 듯지 못흐도다. 당금 태후의 궁녜 잇스되 셩명이 샹관완이라.

제8회
棄囂塵結伴遊寰海 覓勝迹窮蹤越遠山

일즉 빅홰 홈긔 필 쩨룰 당흐야 만조 계신을 모화 글 지일시 흔 사룸도 능히 완ᄋ의 알플 셔지 못흐미 일노조츠 문명이 【37】 회쟈흐야 빅관이 칭송ᄒ니 태휘 크게 총ᄋ흐야 벼슬을 놉혀 쇼의(昭儀)룰 봉흐고 인흐야 인지룰 홍긔코져 흐야 쇼의ː 부모룰 또흔 관직을 봉흐시며 그 후 각도 졀도스와 즈스 슈령으로 흐야곰 널니 술피고 즈셔히 구흐야 만일 글흐는 지녜 잇거든 셩명을 쥬문흐면 특별이 불너보아 지조룰 시험흐야 은혜룰 더으리라 ᄒ니 이 소문이 외간의 쟈ː흐미 슈년 이러의 무론 대쇼인가흐고 무릇 어린 녀즈 둔 즈는 글 아니 닑히느니 업느니 아직 일인도 불너보는 은혜 닙은 지 업스나 진실노 공부룰 독실이 흐야 문명이 느틱느면 긔이흔 영화 어므물 엇지 근심흐리오. 질녀의 이ᄀᆺ치 묽은 즈품으로 그만 【38】 규방 침션의 골몰흐미 엇지 앗갑지 아니리요."

녀시 우어 ᄀᆯ오디,

"녀이 비록 엿튼 지죄 잇다 흐나 스승을 만나지 못흐물 한흐느니 바라느니 고부는 거두어 ᄀᆯ르치시면 혹즈 셩명이나 긔록흐기의 니룰가 흐느이다. 근일의 또흔 글쓰 쓰기룰 즐겨 미일 법쳡 고셔룰 대흐야 의방흐야 쓰기룰 게얼니 아니키로 흐야곰 져의 쇼산 져ː의게 보니야 쪼노와 오라 흐되 ᄆᆞ춤니 붓그려 그도 아니코 홀노 쓰기만 힘쓰니 응당 고루흐믈 면치 못흐리니 고부는 시험흐야 츠즈보쇼셔."

당싱이 완여룰 도라보아 왈,

"질녀의 닉이는 비 무슨 법쳡이뇨? 흔 번 보미 죠토다."

완예 날호여 대왈,

"질ᄋᆡ ᄆᆡ양 글 닑기ᄅᆞᆯ 죠ᄒᆞ〻오나 야얘 ᄀᆞᄅᆞ치시믈 괴【38】로이 넉이샤 다만 두어 권 법첩을 어더 쥬시며 글ᄶᆞ 쓰기ᄅᆞᆯ 닉이라 ᄒᆞ시ᄆᆡ 질네 일즉 ᄇᆡ혼 ᄇᆡ 업ᄂᆞᆫ지라. 어ᄃᆡ로 죠ᄎᆞ 붓슬 시족ᄒᆞᆯ 쥴 모로와 다만 모양을 의방ᄒᆞ야 호로(葫蘆)ᄅᆞᆯ 그림 갓ᄒᆞᆫ지라. 일즉 쇼산 져〻ᄅᆞᆯ 만나오나 져의 치쇼ᄅᆞᆯ 바들가 ᄒᆞ와 감히 뵈야 ᄀᆞᄅᆞ치믈 청치 못ᄒᆞ온지라. 이제 슈년을 닉이오ᄆᆡ 져기 근사ᄒᆞ온 듯ᄒᆞ오니 청컨ᄃᆡ 고부ᄂᆞᆫ ᄒᆞᆫ 번 감ᄒᆞ샤 그른 곳을 ᄀᆞᄅᆞ치쇼셔."

언파의 셔첩을 밧드러 드리거ᄂᆞᆯ 당ᄉᆡᆼ이 보아오ᄆᆡ 진실노 은구철삭(銀鉤鐵索)의 획녁(畫力)이 츄경(遒勁)ᄒᆞ고 자톄 정묘ᄒᆞ야 법첩으로 다르미 업슬 분 아녀 그 즁 오히려 ᄂᆞ은 글ᄌᆡ 만ᄒᆞᆫ지라. 이에 대경대찬 왈,

"이 ᄀᆞᄐᆞᆫ 쳔ᄌᆡ【39】ᄂᆞᆫ 남ᄌᆞ의 드물니로다. ᄇᆡ호지 아닌 ᄌᆡ 이ᄀᆞᄐᆞ니 만일 ᄇᆡ호고 닉이면 위부인 왕우군을 불워 아니리라. 이 ᄀᆞᆺᄒᆞᆫ ᄌᆡ조로 글을 닑히면 결단코 문장을 닐우리로다."

님원외 왈,

"제 임의 쳔ᄉᆡᆼ이 글을 죠ᄒᆞᄒᆞ기로 ᄆᆡ양 ᄉᆡᆼ녀의게 보ᄂᆡ야 쪽지어 ᄆᆡ졔(妹弟)의게 ᄀᆞᄅᆞ치믈 구코져 ᄒᆞ되 근년의 ᄆᆡ졔 집의 잇ᄂᆞᆫ 날이 젹으ᄆᆡ 다만 공명을 닐우기ᄅᆞᆯ 기ᄃᆞ려 보낼가 ᄒᆞ더니 ᄯᅳᆺᄒᆞ지 아녀 겨유 득의ᄒᆞᄌᆞ 도로 실의ᄒᆞ다 ᄒᆞᄆᆡ 만ᄉᆞ의 ᄯᅳᆺ이 업슬 듯ᄒᆞ야 먼져 청치 못ᄒᆞ괘라."

당ᄉᆡᆼ 왈,

"쇼졔 오ᄅᆡ게야 귀부의 니르ᄆᆡ 정히 담화ᄒᆞ야 쳠앙ᄒᆞ던 회포ᄅᆞᆯ 펼가 ᄒᆞ더니 ᄆᆞ초아 부듕이 〻ᄀᆞ치 총요ᄒᆞ니 이 아니 구형이 쟝ᄎᆞᆺ 먼리 나가려 ᄒᆞ시ᄂᆞᆫ ᄯᆡ니잇가?"

님원외【41】왈,

"우형이 년릐의 병이 구즈믈 인ᄒᆞ야 일즉 문을 ᄂᆞ지 못ᄒᆞ얏더니 비로소 몸이 강건ᄒᆞᆫ ᄯᆡᄅᆞᆯ 어더 약간 물화ᄅᆞᆯ 가져 해외의 홍판코져 ᄒᆞ니 이 본ᄃᆡ 나의 ᄉᆡᆼᄋᆡ요 ᄯᅩᄒᆞᆫ 외입ᄒᆞ미라. 그치고져 ᄒᆞ야 그치지 못ᄒᆞ고 풍파 만경의 위티코 신고로오믈 피치 아니ᄒᆞᄂᆞ니 ᄆᆡ졔 ᄀᆞᆺᄒᆞᆫ 슈ᄌᆡ의 쇼션은 응당 웃고 불상이 넉이리라."

당ᄉᆡᆼ이 정히 ᄌᆞ긔 회포의 마즌지라. 크게 깃거 왈,

"쇼졔 임의 명산대쳔의 노라 죡젹이 거의 못 미츤 곳이 업슬 분 아니라 이번 욕을 당혼 후로 더욱 심시 울민ᄒ야 병이 거의 닐울지라. 졍히 대양의 비롤 씌여 해도 즁 산슈의 승개롤 구경ᄒ야 져기 번울혼 거슬 풀가 ᄒ더니 무쵸아 구형이ᆢ 길을【42】 써ᄂ시니 진실노 쓧이 잇스미 무춤ᄂ 널우고 하늘이 사롬의 원을 조츠미니 가히 니르되 쳔연이라 홀지라. 브라건더 쇼졔롤 거ᄂ려 홈긔 가게 ᄒ쇼셔. 스스로 슈빅 금 냥지 잇스니 즁노의 결단코 근심을 씨치지 아니리라."

님원외 쇼왈,

"미졔는 곳 인친 형졔라. 엇지 냥즈롤 각ᆢ 넘녀ᄒ리오. 실노 속된 말이로다."

인ᄒ야 녀시롤 도라보아 왈,

"대낭(大娘)은 져 미졔의 말을 드러보아 그 엇진 의시뇨?"

녀시 왈,

"우리 해션이 ᄀ쟝 크고 너른지라. 고부혼 사롬 용납ᄒ미 무어시 어려오며 냥즈는 더옥 의논홀 비 아니여니와 다만 바다히 강과 하슈와 드른지라. 우리 무리는 평지로 알아 어려오믈 모로거니와 쳐음으로 배의 오르면 오쟝이 섯돌고 이목이 어즐ᄒ야 눌【43】 납고 두려온 비 ᄒ두 ᄀ지 아니요 ᄒ물며 편히 안즈 한가혼 사롬이 샹히 묽은 물의 향긔로온 츠롤 닙ᄀ의 그치지 아니ᄒ고 날무다 목욕ᄒ며 소셰ᄒ믈 일숨다가 혼 번 배의 오르면 모욕은 커니와 소셰롤 드물게 ᄒ며 향긔로온 츠는 커니와 더온 물노 겨유 목을 적실 분이니 그 밧 쳔만 리로 오믈 니로 측냥치 못ᄒᄂ니 고뷔 엇지 이 ᄀᆺ혼 신고롤 격그시리오. 원외 니어 ᄀ로오디,

"므릇 바다히 나가면 다만 브람을 밋ᄂ니 혼 번 가고 오기롤 일년 샴년의 미리 졍치 못ᄒᄂ니 미졔 일시 고흥으로 경션이 써낫다가 날이 오리고 해 밧고이여 과거볼 긔한이 지ᄂ면 공명게 스롤 무단히 그르치면 이는 우리말니지 못ᄒ미라. 긔 아니 불긴ᄒ【44】 랴. 모롬즉이 편히 도라가 싱질 남미와 미ᄋ롤 교휵ᄒ고 혹업을 더옥 힘써 이번 낭픽ᄒᄆᆯ 쾌히 셜치케 ᄒ미 죠토다."

당싱 왈,

"쇼졔 일즉 녕미의게 듯건디 바다물히 극히 쓰기로 음식과 츠슈를 못ᄒᆞᄂᆞᆫ지라. 미리 ᄆᆞᆰ은 물을 싯고 가며 쓰는 고로 범졀을 졀용ᄒᆞ야 져기 목 ᄆᆞ르믄 ᄎᆞᆷ아 견딘다 ᄒᆞ고 쇼졔 평일의 츠를 즐기지 아니ᄒᆞ며 목욕은 ᄒᆞ고 아니키 더옥 불관ᄒᆞ며 풍낭은 임의 격근 비라. 쟝강 대ᄐᆡᆨ의 염여퇴와 셕우풍을 아니 격근 비 업스니 죠곰도 겁ᄒᆞᆯ 것 업스며 왕반의 지속은 더옥 넘녀ᄒᆞᆯ 비 아니라. 쇼졔 임의 공명의 ᄯᅳᆺ을 ᄯᅳᆷᄒᆞ시니 오히려 더듸 도라올ᄉᆞ록 원의 죡ᄒᆞᆯ가 ᄒᆞᄂᆞ이다."

님원외 왈,

"미졔 이ᄀᆞ치 큰 말ᄒᆞ고 쾌히 결【45】단ᄒᆞ니 우리 감히 말니지 못ᄒᆞ거니와 집의 잇슬 ᄯᅢ 임의 쳐ᄌᆞ로 더부러 이 ᄯᅳᆺ을 알게 ᄒᆞ야 쇼미 ᄯᅩᄒᆞᆫ 알앗ᄂᆞ뇨?"

당싱 왈,

"집을 ᄯᅥᄂᆡ 엇지 쳐ᄌᆞ를 속이리오마는 구형이 져ᄀᆞ치 의심ᄒᆞ시니 맛당이 셔신을 다시 부쳐 발션ᄒᆞᄂᆞᆫ 일ᄯᅵ를 알게 ᄒᆞᄉᆞ이다. 님원외 져의 이 ᄀᆞ트믈 보미 ᄒᆞᆯ일업셔 동힝ᄒᆞ믈 쾌허ᄒᆞ니 당싱이 일변 가셔를 닷가 셔동을 쥬어 집으로 보니며 일변 힝니를 옴겨 션상의 올니며 은ᄌᆞ ᄒᆞᆫ 봉을 가져 원외긔 드려 왈,

"일노ᄡᅥ 쥬즁 냥ᄌᆞ를 보틱라 ᄒᆞ니 원외 구지 밧지 아닌디 ᄆᆞᄎᆞᆷ니 완여를 쥬어 지필을 쟝만ᄒᆞ라 ᄒᆞ니 원외 쇼왈,

"녀이 져ᄀᆞ치 만흔 은ᄌᆞ로 지필을 쟝만ᄒᆞ면 일싱을 써도 다 못 쓰리로다. 나는 싱각【46】건디 미졔 비록 지믈의 ᄯᅳᆺ이 업스나 임의 해외의 놀녀 ᄒᆞ니 시험ᄒᆞ야 약간 물화를 가져 가면 혹ᄌᆞ 긔회를 만나 지쉬 대통치 아닐지 엇지 알니요."

당싱 왈,

"쇼졔 ᄯᅩᄒᆞᆫ 이 ᄯᅳᆺ이 업지 아니터니 구형의 ᄀᆞ르치시미 맛당ᄒᆞ여이다."

이에 치인을 ᄃᆞ리고 져ᄌᆞ의 ᄂᆞ아가 ᄭᅩᆺ 심그는 질그릇 분을 무슈히 ᄉᆞ며 싱쳘 슈빅 근을 ᄉᆞ이여 드러오거늘 님원외 대쇼 왈,

"션비 쟝ᄉᆞ질ᄒᆞ미 이ᄀᆞ치 오활ᄒᆞ도다. 져 ᄭᅩᆺ분은 어듸 업스리라. 져리 만히 가져 쟝춧 어디 가 팔며 싱쳘이 ᄯᅩᄒᆞᆫ 곳ᄌᆞ이 잇ᄂᆞ니 본디 희귀ᄒᆞᆫ 물홰 아니라. 다만 짐만 될 분이로다."

당싱 왈,

"쏫분이 비록 귀치 아니나 해외의도 응당 쏫스랑ᄒᄂᆞᆫ 사롬이 잇슬 거시오 일향 팔 곳을 만나지 못ᄒ【47】거든 해도 즁의 긔화이초롤 만나ᄂᆞᆫ 디로 이분의 옴겨 심거 길의셔 완샹ᄒ고 도라와 취죵ᄒ미 맛당ᄒ고 싱쳘은 비록 임ᄌ롤 만나지 못ᄒ야도 션즁의 두면 무거워 가히 풍낭을 진압ᄒ올 거시오 ᄯᅩᄒᆞᆫ 오리 두어도 썩고 샹ᄒ지 아닐 거시미 구형은 다만 배만 빌니지 남의 싱이ᄂᆞᆫ ᄋ론 체 말나."

언파의 셔로 대쇼ᄒ고 즉일의 일ᄒᆡᆼ이 져근 비의 올나 브로 해구의 나아가니 모든 ᄉ공이 물화롤 큰 비의 올닌 후 일졔히 해션의 올나 돗츨 달며 북을 쳐 브람을 비러 대양을 향ᄒ올시 이ᄯᅢ 경히 졍월 즁슌이라 쳔긔 심히 ᄆᆰ고 ᄋ롬다온지라. ᄒᆡᆼᄒ지 몃츨에 비로소 대해의 니ᄃᆞ르니 당싱이 봉창을 의지ᄒ【48】야 ᄉ면을 브라보니 진실노 호ᇰ망ᇰᄒ야 ᄒ늘과 물을 분변치 못ᄒ니 안력이 궁진ᄒᄂᆞᆫ 바의 터럭 ᄭᅳᆺ도 ᄀᄅ리온 비 업스니 사롬의 금회로 ᄒ야곰 샹쾌ᄒ고 이목이 현황ᄒᆞᆫ지라. 니른바 관어ᄒᆡᄌ의 난위쉬라 ᄒ니, 바ᄃᆞᆯ 본 후ᄂᆞᆫ 다시 물을 말ᄒ올 것 업스미라. 심즁의 크게 깃거 여러 날만의 문호산[門戶山 바다 ᄀᆞ온디 두 산이 셔로 대ᄒ야 문호 ᄀᆞᄐᄆᆞ로 일홈이 문호산이니 ᄀᆞ쟝 험ᄒᆞᆫ 곳이라]을 지나며 슌풍을 만나 가ᄂᆞᆫ 쥴 모로게 몃츨을 ᄒᆡᆼᄒ올시 당싱이 일넘의 몽즁 신인의 말을 싱각ᄒ야 미양 놉흔 산과 큰 녕을 만나면 부디 비롤 다히고 ᄂᆞ려 완경코져 ᄒ니 님원외 이 본디 당싱을 경즁ᄒ며 져의 박남ᄒ야 놀기 조ᄒᆞᄂᆞᆫ 쓰즐 아ᄂᆞᆫ 고로 곳ᄋᆞᆺ이 비롤 머므르고 당싱으로 ᄒ야곰 진의히 구경케 ᄒ며 녀시 ᄯᅩᄒᆞᆫ【49】각별이 관곡ᄒ니 당싱이 일노 조ᄎ 쓰디로 놀며 ᄆᆞ음디로 머므러 ᄒᆞᆫ 곳도 미진ᄒ미 업스니 이러구러 ᄌ로 지쳬ᄒ되 ᄯᅢ로 슌풍을 만나 ᄒᆞᆫ 곳도 위험을 격지 아니코 인ᄒᆞ야 비로 집을 ᄉᆞᆷ아 죠셕의 셔로 담쇼ᄒ며 완여의 총명ᄒᆞᆷ을 시셔롤 ᄀᆞ르치미 날노 쟝진ᄒ니 문의롤 문답ᄒ며 시부롤 창화ᄒ야 죡히 긱고 ᄒᆡᆼ역을 니즐지라. 일ᄋᆞᆫ 브라보니 젼면의 일좌 대졍이 ᄀᆞ렷거놀 당싱이 무러 왈,

"져 산이 지ᄂᆞ던 브의 졔일 놉고 커 뵈니 아지 못게라 일홈이 무어시니잇고?"

님원외 왈,

"져 산 일홈이 동구산(東口山)이니 동해 밧그로 졔일 큰 산이라. 그 우희 경치 ᄀ쟝 만틔 ᄒ되 우리 무리 미양 지나며 ᄆ춤니 ᄒᆞᆫ 번 오르지 못ᄒ니 이제 미졔 ᄒᆞᆫ 번 놀고져 홀진디 노신이 ᄯᅩᄒᆞᆫ 동힝ᄒ리라."

당셩【50】이 드르미 이 문득 듯던 비라. ᄂᆡᆼ구히 싱각ᄒᆞ야 왈,

"져 산이 임의 동구산이면 그 겻히 군ᄌ국(君子國)과 대인국(大人國)이 ᄌᆞ연 갓가오리로다."

님원외 왈,

"과연 져 산이 동으로 군ᄌ국을 년ᄒᆞ고 북으로 대인국을 통ᄒᆞ느니 미졔 엇지 아는 비뇨?"

당셩 왈,

"녯글노 조츳 듯건디 해외 동구산의 군ᄌ국이 잇스니 그 사름이 의관을 셩히 ᄒᆞ고 칼을 ᄎᆞ며 ᄉᆞ양ᄒᆞ믈 죠히 넉여 닷토지 아니ᄒᆞ며 그 근쳐의 대인국이 잇스니 구름을 ᄐᆞ고 단닌다 ᄒᆞ더니 그 말이 진짓 그러ᄒᆞ니잇가?"

님원외 왈,

"젼일의 노신이 대인국의 니르니 과연 사름ᄆ다 발올이 구름이 니러나 구름을 발바 단니미 발이 일즉 ᄯᅡ흘 밟지 아니ᄒᆞ니 심히 슈고롭지 아니ᄒᆞ며 군ᄌ국은 보건디 무론대쇼 민인ᄒᆞ고 사름마다 글ᄒᆞ는 비치요 그 두 나【51】라흘 지느면 흑치국(黑齒國)이니 그 사름은 일신이 모도 거문 비치오 ᄒᆞᆫ 졈 흰 고지 업스며 그 남은 노민국(勞民國)과 셥이국(聶耳國)과 무장국(無腸國)과 견봉국(犬封國)과 현고국(玄股國)과 모민국(毛民國)과 비건국(毘騫國)과 무비국(無臂國)과 심목국(深目國)의 뉘 골스록 긔형 괴샹이니 미졔 ᄎᆞᄎᆞ 가면 보리라."

문답홀 스이의 배 임의 산하의 다히거ᄂᆞᆯ 당ㆍ님 이인이 배의 ᄂᆞ려 산파로 오ᄅᆞᆯ시 님원외 죠총과 화승을 지니고 당셩이 보검을 ᄯᅴ여 셔로 잇그러 산비탈과 물길을 조츳 갓가온 봉머리의 올나 ᄉᆞ면을 ᄇᆞ라보니 과연 무궁ᄒᆞᆫ 경치 이로 응졉지 못ᄒ니 이 니른바 쳔암이 다토아 쎄혀 ᄂᆞ고 만학이 셔로 흐르는지라. 당셩이 혜오디, '이 ᄀᆞ튼 명산의 엇지 일홈난 곳【52】치 업스리오. 맛당이 뉴심ᄒᆞ야 술피리라' ᄒᆞ더니 홀연 먼산 봉머리로 조츳 일개 괴이ᄒᆞᆫ 즘싱이 나오거ᄂᆞᆯ ᄇᆞ라보니 그 형상이 돗과 갓ᄒᆞ되 기러 뉵 쳑이나 ᄒᆞ고 놉희 ᄉᆞ쳑은 되며 왼몸

이 슌식으로 푸르고 두 쪽 귀 ᄀ쟝 크고 닙 가온디 네 닷 엄니 밧ᄀ로 니미러 코키리 모양 갓거늘 당싱이 문왈,

"져 즘싱이 일즉 보지 못혼 비라. 구형이 그 일홈을 아르시ᄂ니잇가?"

원외 왈,

"나도 처엄 보는 비라 아지 못ᄒᄂ니 우리 배의 올은 바 스공으로 늙은 지 잇스니 앗가 더브러 홈게 못 오미 한이로다. 이 사름이 일싱 해션을 져어 각국의 단닌 고로 산쳔 형승을 모로는 곳이 업스며 긔이혼 솟과 이상혼 풀이며 보비의 새와 괴이혼 즘싱을 눈의【53】뵈아 분변치 못홀 비 업ᄂ니 일후 구경ᄒ려 홀 ᄯ 부디 져 사람을 쳥ᄒ야 길을 인도ᄒ게 ᄒ리라."

당싱 왈,

"션즁의 이 ᄀ튼 긔이혼 사름이 잇스면 그 구경홀 ᄯ 가히 업지 못ᄒ리니 그 셩명이 무어시며 ᄯᅩ혼 글ᄶ룰 약간 아ᄂ니잇가?"

님원외 왈,

"져의 셩은 다 요 항녈 ᄎ례로 아홉 지요 나히 늙은 고로 우리 샹히 부르기를 '다구공多九公'이라 ᄒ니 인ᄒ야 글노 일홈 삼아 부르며 모든 사공의 무리 져 사름이 모로는 닐이 업다 ᄒ여 도로혀 별호ᄒ되 다 '불식不識'이라 ᄒ야 셔로 웃ᄂ니 어려서 흑업ᄒ야 일즉 학의 드러더니 ᄆ춤니 닐우지 못ᄒ미 공부룰 비리고 싱이의 드러 해션의 물화룰 실어 외국의 홍판ᄒ더니 년ᄒ야【54】낭픽ᄒ야 본젼을 ᄭ근 후 인ᄒ야 배질ᄒ야 샤공의 두목 노릇ᄒᄂ니 위인이 극히 진실ᄒ고 나히 임의 팔슌을 지니되 흉즁의 지혹이 유여ᄒ고 정신이 건쟝ᄒ야 횡보ᄒ미 ᄂ는 듯ᄒ며 녀력이 ᄯᅩ혼 업지 아닌 지라. 날노 더부러 평일 졍의 둣거을 ᄲᆫ 아니라 겸ᄒ야 외쳑 결에 되므로 미양 이 길의 쳥ᄒ야 홈긔 단니노라. 졍언 간의 ᄆ초아 다구공이 산하로 조ᄎ 오거늘 원외 년망히 손을 쳐 불너 니로미 당싱이 손을 드러 읍ᄒ야 왈,

"일즉 동쥬ᄒ되 미쳐 담화치 못ᄒ더니 앗가 구형의 말노 조ᄎ 비로소 인친의 ᅠ 잇스며 겸ᄒ야 흑즁의 션진이시어늘 쇼졔 일향 소홀ᄒ야 공경치 못ᄒ미 만흔지라. 브라건디【55】용셔ᄒ쇼셔. 구공이 몸을 굽혀 불감ᄒ믈 일컷거늘 원외 용셔ᄒ쇼셔."

구공이 몸을 굽혀 블감ᄒᆞ믈 일컷거놀 원외 왈,

"구공이 여러 날 선즁의 잇셔 심히 답ᄉᆞᆼᄒᆞ미 쏘ᄒᆞᆫ 소챵코져 비의 ᄂᆞ리도다. 우리 냥인이 졍히 말ᄒᆞ야 쳥코져 ᄒᆞ더니 죠히 만ᄂᆞ도다."

인ᄒᆞ야 그 즘셩을 ᄀᆞ르쳐 왈,

"구공은 져 즘셩의 일홈이 무어시믈 아르시ᄂᆞ냐?"

구공 왈,

"져 즘셩의 일홈이 당강(當康)이니 긔린의 죵뉘라. 그 쇼리 스스로 졔 일홈을 부르ᄂᆞ니 미양 셩셰를 만ᄂᆞ면 ᄂᆞ셔 뵈ᄂᆞ니 쟝춧 쳔해 태평ᄒᆞ리로다."

말을 맛지 못ᄒᆞ야 그 즘셩이 과연 닙으로 당강ᄉᆞ 두어 ᄆᆞ디를 울고 쮜놀며 닷거놀 당셩이 졍히 ᄇᆞ라보더니 홀연 져근 돌ᄌᆞ약이 공즁으로 죠ᄎᆞ ᄯᅥ러져 머리를 치거놀 당셩이 대경ᄒᆞ【56】야 냥인을 도라보아 왈,

"이들이 어듸로 조ᄎᆞ ᄯᅥ러지더뇨?"

님원외 왈,

"져 젼 놉흔 나모 우히 안즌 바 ᄒᆞᆫ ᄶᅦ 거믄 새 앗가 언덕의 ᄂᆞ려 각ᄉᆞ 져근 돌을 물고 가더니 졍히 가다가 ᄂᆞ리쳐 우연이 미졔의 머리의 ᄯᅥ러지도다."

당셩이 나아가 ᄌᆞ시 보건더 그 모양이 가ᄆᆞ괴 갓흐되 젼신이 검어 먹칠ᄒᆞᆫ 듯ᄒᆞ고 부리는 희기 옥 ᄀᆞᆺ흐며 두 ᄃᆞ리와 발은 붉기 쥬홍 갓고 머리 우히 아롱진 졈이 잇셔 문치 널운지라. ᄶᅦ를 지어 과연 돌을 물고 수풀 ᄉᆞ이로 왕ᄂᆡᄒᆞ거놀 원외 구공을 향ᄒᆞ여 왈,

"구공이 일즉 모르는 비 업스니 져 새 돌을 물어 쟝춧 어듸 쓰려 ᄒᆞ믈 알소냐?"

구공 왈,

"녜 적 염졔(炎帝) 신롱씨(神農氏) 져근 ᄯᆞᆯ이 잇셔 동해의 노다가 물의 ᄲᅢ져 죽으【57】미 그 혼이 흣쳐지ᄉᆞ 아녀 변ᄒᆞ야 이 새 되미 젼셩의 물에 ᄲᅢᆫ미 그 혼이 흣터지ᄉᆞ 아녀 변ᄒᆞ야 이 새 되미 젼셩의 물에 ᄲᅢᆫ진 한을 먹으며 미일 돌을 물어 ᄇᆞ다의 너허 부더 바다흘 메워 이 한을 풀녀 ᄒᆞ더니 셰월이 오리도록 바다는 ᄆᆞ춤ᄂᆡ 메오지 못ᄒᆞ고 ᄯᅩᆨ을 어더 졈ᄉᆞ 싱식ᄒᆞ미 믄득 ᄒᆞᆫ 동뉘 되야 오히려 그 버릇슬 변치 아니미라.

제9회

服肉芝延年益壽 食朱草入聖超凡

당싱이 ᄎ탄 왈,

"쇼졔 일즉 녯 글노 조차 보건디 돌을 물어 바다흘 메오려 ᄒᆞᄆᆞᆯ 다만 어리석은 디 비유ᄒᆞ더니 후인이 그 ᄯᅳᆺ을 모르미로다. 쇼졔 오날〻 목도ᄒᆞ니 비로소 그 젼의 망녕된 의논을 ᄭᆡ닷과이다. 이졔 보건디 져 새 비록 셩품이 어리석다 ᄒᆞ나 다만 이ᄀᆞ치 어려온 일을 죠곰도 어려워 아니고 부디 닐우고져 ᄒᆞ니 그 ᄯᅳᆺ이 ᄯᅩᄒᆞᆫ 아롬답도다. 미양 세상【58】 사롬들이 목젼의 ᄒᆞ기 쉬온 일을 구ᄎᆞ이 편안코져 게얼니 아니틋가 밋 늙고 홀일 업슨 후 비로소 뉘오츤들 쟝ᄎᆞᆺ 엇지ᄒᆞ리오. 만일 져 새와 갓치 ᄯᅳᆺ을 줍아 져갓치 셩실ᄒᆞ면 쳔하의 무슨 닐을 닐우지 못ᄒᆞ리오."

원외 왈,

"구공은 말노 드러 알고 미졔는 글노 보아 알 거니와 노신은 젼혀 모로ᄂᆞ니 그 일홈이 대쳐 무어시라 ᄒᆞᄂᆂ?"

당싱 왈,

"구형이 엇지 이 새 일홈을 못 드러시리오. 이 니론 졍위(精衛)라. 세속의 니론바 못 될 닐 ᄒᆞ려 ᄒᆞᄂᆞᆫ ᄌᆞ룰 비유ᄒᆞ되 졍위의 바다 메오려 홈 갓다 ᄒᆞᄂᆞᆫ 비라."

원외 왈,

"그는 나도 알아시리오."

셔로 대쇼ᄒᆞ고 당싱이 다시 무러 왈,

"쇼졔 드르니 이 새 본【59】 디 발구산(發鳩山)이란 ᄆᆡ히 ᄂᆞᆫ다 ᄒᆞ더니 엇지 이곳의 잇ᄂᆞ니잇고?"

구공이 쇼왈,

"이 새 비록 긔이ᄒᆞᆫ ᄉᆞ젹이 잇스나 즉금은 불과 금죠의 뉘라. 바다 갓가온 ᄯᅡ 흔 곳〻이 잇ᄂᆞ니 엇지 부디 발구산의 만셩 쟝ᄒᆞ리오. 노부는 다만 구합[鸚鴿

새닐홈]이 졔수(濟水)를 건너지 아니한다 말은 드러시되 졍위가 발구산 밧게
나지 아니튼 말을 듯지 못한과라."
　원외 왈,
　"견면 슈목이 셩남한되 가쟝 놉고 큰 남기 그 무슨 남긴지 모르거니와 우리
나아가 구경한야 만일 실과 여름이 잇스면 가히 뇨긔한리로다."
　언파의 일졔히 나아가니 슈목이 총잡한 가온디 한 남기 놉희 다셧 길은 한고
굵기 다엿 아름 되는 디 우흐로 가지와 무더 업고 다만 벼【60】 이삭갓치 드
리온 비 무슈한니 그 이삭 한나히 기리 쏘 십쳑이나 되거늘 당성 왈,
　"네 쩍의 목화[남긔 열니는 벼이삭]가 잇다 한더니 이 아니 목홰니잇고?"
　구공이 머리 조아 왈,
　"과연 그러한되 한홉다 이쩌 오히려 벼낫치 매쳐 닉지 못한니 만일 두어 낫
쏠을 어더 가더면 션즁 졔인의게 즈량홀노다."
　당셩 왈,
　"젼년의 미친 바 벼 낫츤 임의 산즘셩의 먹은 비 되야 일즉 한 낫도 남기지
아니토다."
　원외 왈,
　"즘셩이 먹으면 불과 이삭을 훌터 먹어실 거시니 응당 낫츠로 쩌러져 풀속의
뭇친 비 잇스리니 우리 풀을 헤치며 즈셔이 츠즈보아 한두 낫치라도 어드면 긔
아니 신긔한리오."
　이에 각ː 흐터져 슬피며 츳더니 원외 몬져 쇼리한야 왈,
　"내 과【61】 연 한 낫 대미(大米)를 엇과라. 이야 진짓 대미로다. 셰간의 쇼
위 대미는 이 불과 쇼ː미(小ː米)로다."
　냥인이 나아가 보건디 그 기리 다셧 치는 한고 넙의 두 치는 한지라. 당셩이
대경 왈,
　"이 쏠노 밥을 지으면 맛당이 한 주 기리는 되리로다."
　구공이 닝쇼 왈,
　"이 쏠을 엇지 긔특다 니르리오. 노뷔 일즉 해외의셔 한 낫 대미를 먹으미 죡
히 일년을 비부르더니라."

원외 왈,

"그 말 ᄀᆞᆺ홀진디 그 ᄡᆞᆯ은 기리 응당 두 길이나 ᄒᆞ던가? 밥 지으미 엇던 숏티 짓더뇨? 실노 미덥지 아니토다."

구공 왈,

"그 ᄡᆞᆯ이 과연 기리는 ᄒᆞᆫ 즈히나 되고 넙기 세 치나 ᄒᆞ니 밥을 지어니미 비록 두 길은 아니되나 먹으미 묽은 향긔 닙의 ᄀᆞ득ᄒᆞ고 정신이 싁〃ᄒᆞ야 일년이 되도록 ᄆᆞᄎᆞᆷ 【62】 니 음식 싱각이 업스니 이 말을 님형이 못 미더홀 분 아니라 노부도 ᄯᅩᄒᆞᆫ 밋지 아니터니 그후 녯글을 보니 한나라 션제(宣帝) 쩌의 비음국(背陰國)의셔 청장도(淸腸稻)라 ᄒᆞᄂᆞᆫ 벼롤 ᄇᆞ치며 니르되 ᄒᆞᆫ 낫츨 먹으면 일년을 비고푸지 아니튿 ᄒᆞ얏시니 당일 노부의 먹은 비 비로소 청쟝 되믈 ᄭᅢ다를너이다."

홀연 ᄇᆞ라보니 지극히 져근 샤ᄅᆞᆷ이 ᄀᆞ쟝 져근 몰을 트고 산비탈노 지나니 사ᄅᆞᆷ과 말이 기리 합ᄒᆞ야 칠팔 촌이 못되ᄂᆞᆫ지라. 구공이 얼픗 보고 ᄂᆞᆫ는 듯시 ᄯᅩ츠가거늘 원외는 오히려 대미 칫노라 미쳐 슬피지 못ᄒᆞ고 당싱이 ᄯᅩᄒᆞᆫ 황〃망〃이 ᄯᅩ츳갈시 그 사ᄅᆞᆷ이 심히 ᄲᅡᆯ니 닷ᄂᆞᆫ지라. 구공은 ᄆᆞᄎᆞᆷ니 노인이라 각력이 죰간 날니지 못ᄒᆞᆫ 중 겸ᄒᆞ야 바회와 돌이 험악 【63】 ᄒᆞᆫ디 ᄯᅡᆯ흘 슬피지 못ᄒᆞ고 다만 사람만 ᄇᆞ라고 닷더니 거의 븟들게 되야 문득 니민 바회의 신코이 걸녀 업더지며 다시 니러ᄂᆞ니 다리 싀여 옴기지 못홀지라. 당싱이 알프로 지나 더옥 급히 ᄯᅩ츠니 거의 일나나 가며 겨유 븟드니 인ᄒᆞ야 사ᄅᆞᆷ과 물을 아오로 닙속의 너허 경각의 너흐러 숨키거늘 구공이 비로소 원외롤 븟들고 ᄃᆞ리롤 쓰을며 니르러 쳔식을 정치 못ᄒᆞ고 당싱을 ᄇᆞ라보며 탄식 왈,

"ᄒᆞᆫ 번 먹고 ᄒᆞᆫ 번 ᄆᆞ시기도 무비 젼졍이어든 ᄒᆞ믈며 이ᄀᆞ치 튼 일이야 일너 무엇ᄒᆞ리오. 이 과연 당형의 신션 연분이 잇스므로 죠곰도 슈고ᄒᆞ미 업시 ᄆᆞᄎᆞᆷ니 닐우거다."

원외 급문왈,

"구공의 말노 듯건디 져근 사ᄅᆞᆷ과 져근 물이 미졔의게 쫏치여 간다 ᄒᆞ더니 【64】 먼리 ᄇᆞ라보니 미졔 그 인ᄆᆞ롤 줍으며 ᄇᆞ로 닙가의 갓가이 ᄒᆞ더니 그 ᄉᆞ이 엇지 사ᄅᆞᆷ과 물을 먹어 업시ᄒᆞ리오 심히 의심되ᄂᆞᆫ지라. ᄯᅩᄒᆞᆫ 신션 연분이

라 ᄒᆞ니 그 엇진 연괴뇨? 섈니 ᄀᆞ르치라.”

당성 왈,

“앗가 그 사ᄅᆞᆷ과 물이 진실노 사ᄅᆞᆷ과 물이 아니라 일홈이 육지(肉芝)라 ᄒᆞ니 쇼졔 일즉 모로더니 근일의 공명의 ᄯᅳᆺ을 ᄭᅳᆫ은 후 ᄡᅵᆺ 넷사ᄅᆞᆷ의 양성ᄒᆞᄂᆞᆫ 법과 신션 되ᄂᆞᆫ 글을 보더니 그 즁의 니르되 깁푼 산즁의 ᄃᆞᆫ니다가 만일 져가치 져근 사ᄅᆞᆷ이 물을 ᄐᆞ고 가거든 급히 ᄶᅩᆺ 잡으며 즉시 닙에 너흐면 경각의 화ᄒᆞ야 물이 되ᄂᆞ니 이 일홈이 육지라. 이를 먹으면 가히 지상 신션이 된다 ᄒᆞ얏더니 ᄆᆞ초아 이 ᄀᆞᆮ튼 바ᄅᆞᆯ 만ᄂᆞ미 우연이 쇼졔의게 잡힌 ᄇᆡ 되【65】니 시험ᄒᆞ야 슴켯거니아 진실노 신션 되기야 엇지 ᄇᆞ라리오. 다만 이형과 눈호지 못ᄒᆞ미 붓그럽도다.”

원외 왈,

“그럴진디 미졔ᄂᆞᆫ 가히 니르되 활신션이로다. 이제ᄂᆞᆫ 죵일 유산ᄒᆞ야도 긔갈이 업스려니와 우리ᄂᆞᆫ 날이 느져오며 겸ᄒᆞ야 급ᄒᆞᆫ다 품ᄒᆞ더니 더옥 배골푼지라. 그 물 다리 ᄒᆞᆫ 쪽만 남겨 쥬더면 져기 뇨긔홀 번ᄒᆞ도다.”

구공 왈,

“님형이 진실노 ᄇᆡ골플진디 여긔 ᄆᆞ초아 뇨긔홀 풀이 잇도다.”

이에 풀을 헤치며 ᄒᆞᆫ ᄀᆞ지 푸른 풀을 ᄯᅥᆺ거 쥬어 왈,

“이 풀 먹으면 다만 긔갈이 업슬 분 아녀 두목이 ᄯᅩᄒᆞᆫ 쳥상ᄒᆞ야 다시 두풍과 안질을 알치 아니리라.”

님원외 바다보니 그 풀이 완연이 부츄갓고 ᄀᆞ온디 연ᄒᆞᆫ 줄기 잇셔 두어 송이 푸른 ᄭᅩᆺ치 픠엿거ᄂᆞᆯ 즉시 닙에 너흐며 머리 죠아 왈,

【66】“과연 과연이로다. ᄆᆞᆰ은 향긔 닙으로 조ᄎᆞ 오쟝의 ᄉᆞᄆᆞᆺᄂᆞᆫ 듯ᄒᆞ도다. 이 풀 일홈을 니르되 무어시라 ᄒᆞᄂᆞ뇨? ᄌᆞ셔히 알앗다가 일후 유산홀 ᄯᅢ 죠히 뇨긔ᄒᆞ며 ᄯᅩᄒᆞᆫ 만히 만ᄂᆞ거든 짐으로 뷔여다가 셰샹의 도라가 두풍과 안질 고치ᄂᆞᆫ 의원 노롯 ᄒᆞ리로다.”

당성 왈,

“쇼졔 드르니 해외 죽산(鵲山)이란 뫼히 풀이 잇스니 닙히 부츄 갓고 푸른 ᄭᅩᆺ치 픠니 일홈이 츅여(祝餘)라 가히 뇨긔ᄒᆞᆫ다 ᄒᆞ더니 이 아니 그 뉘니잇가?”

구공이 졈두 왈,

"당형은 가히 니르되 박남군지로다. 엇지 이ᄀ치 총명이 잇ᄂ뇨. 이 풀이 부디 쥭산의 날 분 아니라 바다 근쳐 명산의 간혹 잇ᄂ니 님형의 말ᄀ치 짐으로 뷔게 흔흘진더 노뷔 발셔 약지 푸리롤 여러 부지 되얏스리로다."

이ᄀ치 말ᄒ며 알프로 나아갈시 원외 왈,

"이 진짓 긔괴ᄒ도【67】다! 복즁이 그득ᄒ야 쳔연이 음식 먹으니 ᄀ트니 만일 만히 어드면 션즁의 싯고 단녀 냥식 슫허질 ᄯ 구급ᄒ면 당년 미졔의 ᄀ르치던 벽곡(辟穀)1)ᄒᄂ 방문보다 편ᄒ고 쉬오리로다."

구공이 쇼왈,

"이 풀이 엇기 어려올 분 아니라 흔 번 흙을 쪄ᄂ면 즉각의 닙히 므르ᄂ니 므르면 믄득 먹어 뇨긔 되지 아니ᄒᄂ니 헛 욕심 니지 말지어다."

당셩이 홀연 길가의 푸른 풀 흔 가지롤 썻거 뵈거놀 그 닙히 솔닙 갓흐되 푸른 광치 이샹ᄒ며 닙 우희 열미 ᄒ나히 열녀 크기 겨ᄌ만 흔지라. 그 열미롤 ᄯ며 ᄀᆯ오디,

"구형이 앗가 츅여롤 맛보시니 쇼졔ᄂ 일노써 그롤 대신ᄒ리로다."

언파의 풀을 닙의 너흐며 그 열미롤 손바닥의 노흐며 닙으로 흔 번 부더니 고디로셔 그 열미의 삭시 ᄂ며 쳔연이 흔 ᄀ지 푸른 풀이 되야 앗가 모양과【68】갓트여 기리 흔 ᄌ혼 되더니 다시 흔 번 부니 ᄯᅩ 흔 ᄌᄂ 더 길며 년ᄒ야 세 번 불어 셕 ᄌ 기리ᄂ 된 후 ᄯᅩ 닙에 너허 숨키거놀 원외 경문왈,

"져 풀이 져ᄀ치 ᄌ라거놀 미졔 먹은 후 복즁의셔 일향 ᄌ라면 쟝ᄎ 닙으로 도로 ᄂ오리니 엇지ᄒ리오?"

구공이 ᄯᅩ흔 놀나 왈,

"당형은 진실노 신인이로다. 이 풀은 ᄯᅩ 엇지 알아보ᄂ뇨? 이 풀 일홈이 셥공초(躡空草)라 ᄒ며 혹 닐으되 쟝즁개(掌中芥)라 ᄒ니 사롬이 먹으면 능히 공

---

1) 【辟穀 벽곡】 pìgǔ (名) 벽곡 *不需要吃糧食的意思. 人能修煉得不需要吃糧食, 就可以成仙. ‖ "好奇怪! 果眞飽了! 這草有這好處, 俺要多找兩擔, 放在船上, 如遇缺糧, 把他充飢, 比當年妹夫所傳~方子, 豈不省事?" 이 진짓 긔괴ᄒ도다! 복즁이 그득ᄒ야 쳔연이 음식 먹으니 ᄀ트니 만일 만히 어드면 션즁의 싯고 단녀 냥식 슫허질 ᄯ 구급ᄒ면 당년 미졔의 ᄀ르치던 벽곡ᄒᄂ 방문보다 편ᄒ고 쉬오리로다 (鏡花 2:67)

중의 올나 발을 머츄고 셔 잇는 고로 셥공최라 ᄒᆞᄂᆞ니라."

원외 왈,

"져 풀이 ᄀᆞ치 신긔ᄒᆞᆯ진디 나도 두어 가지 어더 먹고 도라가 집에 도적이 들거든 공중으로 ᄯᅩᆾ 굽어보며 줍으면 긔 아니 상쾌ᄒᆞ랴."

인ᄒᆞ야 두로 춧거늘 구공이 넝쇼 왈,

"이 풀이 반드시 부는 긔운을 비러야 ᄂᆞᆫ 고로 부지 아니면 ᄆᆞᄎᆞᆷ니 못 ᄂᆞᆫ니 앗가 당형의 만난 바는 정히 새 즘【69】싱이 조아 먹다가 그 호흡ᄒᆞ는 긔운으로 조츠 싸히 ᄶᅥ려져 난 비니 이 엇지 심샹이 흔ᄒᆞ리오. 노뷔 미양 이 풀을 만나고져 두로 술피되 ᄆᆞᄎᆞᆷ니 구경도 못ᄒᆞ더니 오날이야 당형의 부는 거슬 보고 그 일홈을 싱각괘라."

원외 왈,

"져 풀이 비록 신긔ᄒᆞ다 ᄒᆞᆫ들 공중의 오른다 말은 오히려 밋업지 아니토다. 미졔는 ᄒᆞᆫ 번 시험ᄒᆞ라. 니 눈으로 본 후야 비로소 구공의 말을 미드리라."

당싱 왈,

"먹언지 오리지 아니ᄒᆞ니 엇지 효험을 알니요마는 져기 시험ᄒᆞ리이다."

드ᄃᆡ여 몸을 ᄒᆞᆫ 번 소ᄉᆞ치더니 정히 츔츄는 모양ᄀᆞ치 공중을 향ᄒᆞ야 올나가며 ᄯᅡᅩᆯ 다엿 길은 ᄯᅳ여 발을 어츄어 ᄯᅡᅩᆯ 드림ᄀᆞ치 셔며 움즉이지 아니커늘 원외 박장대쇼 왈,

"미졔 이제야 쳥운의 쾌히 올으도다. 과연 그 풀을 먹은 후 공중의 올으니 정히【70】 먼리 구경ᄒᆞ기 조홀노다. 그디로 거름을 능히 걸을진디 쟝니 길을 단니미 두 발의 즌흙이 뭇지 아니코 ᄯᅩᄒᆞᆫ 보션과 신을 ᄶᅥ르치지 아닐노다."

당싱이 그 말ᄂᆞ 조츠 시험코져 힝보ᄒᆞ니 겨유 발을 들며 문득 졀노 ᄂᆞ려셔 이는지라. 원외 왈,

"ᄆᆞ초아 젼면의 대초 남기 만흔 중 간ᄉᆞ이 여름이 달녀시니 미졔 임의 놉히 오르기를 잘ᄒᆞ니 우리를 위ᄒᆞ야 멋 낫츨 ᄯᅡᆫ셔 쥬면 쪽히 구갈을 그치리로다."

일시의 나모 ᄋᆞ리 나아가니 이 문득 대초남기 아니어늘 구공 왈,

"이 실과 일홈이 도미ᄒᆡᆨ(刀味核)이니 그 마시 본러 졍훈 비 업고 다만 칼을 ᄶᅩᆯ와 맛시 변ᄒᆞ는 고로 일홈ᄒᆞ니 사룸이 ᄂᆞᆯ 어더 먹으면 지상 신션이 된다

ᄒ니 다힝이 ᆞ를 보아시니 ᄒ나히라도 어더 먹으면 셜혹 신션은 못 되야도 일
【71】졍 ᄂᆞ홀 느리고 슈룰 더을 거시로디 져 여름이 나모 ᄭᆞ치 달녀시니
그 놉희 십쟝이나 ᄒ지라. 당형이 비록 공즁의 오르나 오히려 그 반을 못 미츠
니 엇지 어드믈 ᄇ라리오.”

원외 왈,

“아모커나 시험ᄒ야 올나 보라.”

당싱 왈,

“쇼졔 올으ᄂ는 비 불과 짜히셔 오뉵쟝이니 엇지 져 놉희의 미츠리오. 진소위
병든 둣겁이 쳔아(天鵝)의 고기 ᄇ람 갓도다.”2)

원외 졈ᆞ 축급ᄒ야 왈,

“미졔 오히려 싱각지 못ᄒ도다. ᄒ 번 공즁의 소슨 후 좀간 쉬여 그리로 다시
소ᆞ 년ᄒ야 이ᄀ치 층계의 올으듯 ᄒ면 엇지 져 ᄭᆞ히 못 미츠리오.”

당싱이 되지 못ᄒ리라 ᄉ양ᄒ디 원외 지샴 축박ᄒ니 당싱이 홀일 업셔 ᄒ 번
소스미 다시 편각을 쉬여 졍신을 ᄀ다듬고 몸을 ᄀ부야이 ᄒ야 힘써 우흐로 소
ᆞ치더니 【72】홀연 표ᆞ유ᆞᄒ다가 부지불각의 ᄯ러져 ᄂ려오ᄂ지라. 원외
발 굴너 왈,

“미졔야 엇지 올으지 아니ᄒ고 도로 ᄂ리ᄂ뇨?”

당싱이 발이 ᄯᅡ히 다흔 후 비로소 굴오디,

“쇼졔 분명히 우흐로 소ᆞ왓거늘 문득 ᄋ리로 ᄂ려오니 이 과연 인력으로 못
ᄒ 비로소이다.”

구공이 쇼왈,

“당형이 공즁의 잇셔 우흐로 올으고져 ᄒ미 맛당이 두 발노 힘써 드딀지라.

<hr>

2) 【癩蛤蟆想吃天鵝肉 나합마상흘천아육】 làihámæ xiǎng chī tiān éròu (諺) 병든 둣겁이 쳔
아의 고기 ᄇ람 갓도다 ‖ “小弟擡空離地不過五六丈, 此樹高不可攀, 何能摘他? 這是‘癩蛤
蟆想吃天鵝肉’了.” 쇼졔 올으ᄂ는 비 불과 짜히셔 오뉵 쟝이니 엇지 져 놉희의 미츠리오
진소위 병든 둣겁이 쳔아의 고기 ᄇ람 갓도다 (鏡花 2:71) [내하마ᄲᅣᆼ치텬어위] 옴둑겁이
하늘의 잇ᄂ 거우 고기 먹기룰 싱각ᄒ다 ‖ “平兒說道: ‘癩蛤蟆想吃天鵝肉’, 沒人倫的混
帳東西.” 평이 니ᄅ디 “옴둑겁이 하늘의 잇ᄂ 거우 고기 먹기룰 싱각ᄒᄂ 작시라 인류
업ᄂ 못된 거시 이런 싱각을 너니 져다려 고이 죽게 못ᄒ만 ᄒ도다 (紅樓 11:64) 有非分
之想. ‖ “我直恁這般呆! 癩蛤蟆想吃天鵝肉!” (水滸 101)

엇지 공중의셔 쓰홀 드듸여 힘쓰기와 갓흐리오. 님형의 말과 가치 쉬올진디 초
ㅅ 올으면 하늘의 올으기 근심 업슬지니 엇지 그런 신긔흐미 잇스리오.”
　원외 한탄흐믈 마지 아니흐더니 당성 왈,
　“홀연 묽은 향니 코흘 놀니니 져 여름이 쏘흔 향긔 잇눈잇가?”
　구공 왈,
　“이 향긔 ᄌ셔히 슬피건디 먼디로 조ᄎ 바람을 쏠와 니르미니 우리 다만 져
향긔롤 쏠와 ᄎᄌ미 죠토다.”
　이에 길흘 늬화 스쳐로 ᄎᄌ【73】갈시 당성이 나모 수풀을 지나 놉흔 졀벽
을 올으더니 홀연 바회 틈의 흘 줄기 붉은 풀이 잇셔 기리 두 ᄌ눈 ᄒ고 빗치
쥬샤롤 칠흔 듯ᄒ야 ᄀ쟝 곱고 ᄉ랑ᄒ온지라. 문득 싱각ᄒ니 ‘션되는 법에 ᄀᆯ
오디 쥬초라 ᄒ눈 풀이 닙흔 뽕나모 갓고 줄기눈 산호 갓흐여 즙이 흐르면 피
ᄀᆺ흐니 금옥으로 흠긔 부븨면 금옥이 즉각의 흙 ᄀᆺ흐여지니 금으로 부븬 거슨
ᄀᆯ론 금쟝(金漿)이오 옥으로 부븬 거슨 ᄀᆯ론 옥익(玉液)이니 사름이 이롤 먹으
면 홍진을 버셔나 빅운의 올은다 ᄒ더니 이제 동힝이 미쳐 쏠오지 못ᄒ야 홀노
션초롤 만나니 진실노 쳔연이로다.’
　이에 허리의 춘 바 옥픠(玉佩)롤 글너 쥐고 쥬초롤 불희 아오로 ᄯᆞ허니야 손
ᄀᆞ온디 노코 부븨니 과연 옥이 즌흙 갓흐며 빗치 ᄀᆞ쟝 붉거눌 드ㅅ여 닙의【7
4】너흐니 미온 향긔 오리로 단젼(丹田)의 ᄉ뭇고 우흐로 졍수리의 통ᄒ더니
먹기롤 다ᄒ미 졍신이 빅비 더으눈지라. 크게 깃거 혜오디, ‘쥬초롤 먹언지 오
리지 아녀 졍신이 ㅅᄀᆞ트니 션가의 신약의 공회 샌르믈 알니로다. 일노조ᄎ 가
히 벽곡흘 거시니 그 남은 공부야 무어시 어려오리오. 오날ㅅ 허다흔 션약을
먹어시니 아지 못게라 힘도 쏘흔 더ᄒ미 잇눈가 ᄆ초아 길가의 큰 바회 노혀
가히 칠팔빅 근 무게 되거눌 시험ᄒ야 두 팔을 늘으혀 움즉이니 문득 ᄀ부야이
들니거눌 그디로 공중의 소스 좀간 머므다가 쳔ㅅ이 ᄂ려와 바회롤 더진 후 다
시 싱각건디 이목이 졈ㅅ 총명흔 즁 어려셔부터 비흔 바 경ᄉ 빅가셔롤 흔 글
ᄌ도 닛친 비 업슬 분 아녀 평일 지은 바 시문과 ㅅ거 보든 글이 자ㅅ히 싱각히
여【75】눈 알픠 버럿눈지라. 스스로 깃거ᄒ고 ᄀ마니 칭찬ᄒ더니 구공이 비
로소 원외로 더부러 겻히 니르러 놀나 왈,

"당형이 홀연 닙ㄱ히 두로 붉으니 이 엇진 연괴뇨?"

당싱이 구공을 속이지 못ㅎ야 실노 써 고ㅎ야 왈,

"쇼졔 무춤 쥬초 흔 줄기롤 어드미 미쳐 냥형의 오시믈 기ㄷ리지 못ㅎ야 홀노 먹엇ㄴ이다."

원외 왈,

"미졔 이롤 먹으면 그 효험이 엇더ㅌ ㅎㄴ뇨?"

구공 왈,

"이 플이 쳔지 졍화롤 오로지 품슈ㅎ야 슴긴 비니 사람이 먹으면 진실노 도롤 닐워 신션의 올으ㄴ니 노뷔 그으기 어린 싱각이 잇셔 미양 이런 곳의 니르면 지셩으로 구ㅎ며 진심ㅎ야 슬피되 아득히 못 보더니 오날ː 당형의 만는 비 되니 이 진짓 쳔연이라. 쟝ㄴ 일졍 도롤 씨ㄷ라 신션의 올으믈 알니로다. 앗가 일진 향긔 이 본더 당형의 션분 【76】 닐위기로 몰미암으미로다."

원외 당싱을 향ㅎ야 왈,

"미졔 오러지 아녀 신션이 될 거시여늘 무슨 일 눈썹을 찡긔여 괴로온 빗치 만면ㅎ니 이 아니 가향과 쳐ㅈ롤 ㅂ리고 신션 되기롤 근심ㅎ미냐?"

당싱이 미쇼 왈,

"쇼졔 쥬초롤 먹은 후 졍신이 빅비ㅎ더니 이졔야 홀연 복통이 심ㅎ니 ㄱ쟝 괴롭도소이다."

말을 맛지 못ㅎ야 복즁이 크게 울며 흔 무더 쟝긔 쇼리로 죠ㅊ 구린니 코홀 거스리니 원외 물너셔며 코홀 ㄱ리워 왈,

"쥬최 과연 신통ㅎ도다. 미졔의 복즁 탁긔롤 쾌히 모라니니 가장 싀훤ㅎ야 복즁이 뷘 듯 ㅎ리니 아지 못게라 젼일 지은 바 시문은 오히려 의구히 복즁의 남아 잇ㄴ뇨?"

당싱이 머리롤 숙여 이윽히 싱각ㄷ가 날호여 굴오더,

"긔괴ㅎ고 긔괴ㅎ도다. 쇼졔 쳐엄 쥬초 먹을 씨 【77】 의 ㄱ무니 싱각ㅎ니 어려셔부터 지은 바 시문이 명히 긔록ㅎ리러니 이졔 복통이 그친 후 싱각건더 젼의 지은 ㅂ 십분의 불과 일분이 싱각ㅎ고 남은 구분은 젼연이 흔 ㅈ도 긔억지 못ㅎ이니 실노 그 뜻을 모로리로다."

원외 왈,

"긔 무어시 괴이ᄒ리오. 미졔 젼의 지은 ᄇ 시문의 싱까지 못ᄒᄂ 구븐은 분명히 앗가 ᄂ온 바 탁긔라. 쥬최 그 내암시 죠츨치 못ᄒᄆ를 혐의ᄒ야 급히 모라 니치니 나오며 본샹을 드러닉여 나의 코 속으로 ᄇ로 드러간 비니 아모리 싱각ᄒᆫ들 어딕 가 츠즈리오. 그 싱각ᄒᄂ 바 일분은 다힝이 더럽지 아니므로 쥬최 용납ᄒ야 머물너 복즁의 잇ᄂ 고로 싱각ᄒ인 비라. 아지 못게라 져즈음 과거ᄒᆫ든 글이나 남겨 두엇ᄂ가."

미졔 쟝ᄂ 시문을 ᄀ【78】□ 문집을 닉려 ᄒ거든 모롬즉이 대방가(大方家)의 뵈야 굴희며 ᄊᆫ지 말고 다만 오날 싱각지 못ᄒᄂ 구븐은 젼슈히 너치 말고 싱각ᄒᆡᄂ 일분만 올녀 삭여 판을 닉면 진실노 맛당ᄒ고 아롬다오려니와 만일 갈희지 아니코 일병 삭여 닉면 쥬최 쏘흔 크게 더러이 먹이리니 빗ᄂ 죠희에 비단 갑을 ᄒ야도 ᄆ춤ᄂ 탁긔의 내암시 그치지 아닐 가 ᄒ노라. 한홉다 져 풀을 만히 어더다가 세샹 션비를 낫ᄌ치 먹이던들 죠히 더러온 글을 만히 더러 져즈의 칙판 삭이ᄂ 쟝인의 슈고를 덜 번 ᄒ도다. 져 풀이ᄌᄀᄐᆫ 묘리 잇거늘 구공은 엇지 ᄒ두 가지 먹어 탁긔를 모라닉지 아니시ᄂ뇨. 일즉 문집 닐 시문이 업ᄂ뇨?"

구공이 쇼왈,

"노부도 문집 닐 의ᄉᄂ 잇스되 져 풀을 먹다가 일병 탁긔로 모라닉야 일분도 남겨두지 【79】 아녀 ᄆ춤ᄂ ᄒ ᄌ로 업셔질가 겁ᄒ야 못 먹거니와 님형은 엇지 시험치 아니ᄂ뇨?"

원외 왈,

"닉 일즉 쥬경(酒經)과 식보(食譜)를 삭이지 아니려니 무어슬 시험ᄒ리오."

당싱 왈,

"쥬경은 엇던 글이오 식보ᄂ 무슨 칙이니잇고?"

원외 왈,

"나의 복즁의 잇ᄂ 비 다만 술과 밥 ᄲᆫ이니 이 니론 술즁치3)오 밥줄니라. 글

---

3) 【술즁치】 圀 술주머니. ¶ 酒囊∥ 나의 복즁의 잇ᄂ 비 다만 술과 밥 ᄲᆫ이니 이 니론 술즁치오 밥줄니라 글노 써 칙을 민드즈 ᄒ면 이 불과 쥬경과 식보 밧긔 쏘 무어시 잇

노 써 칙을 민드즈 ㅎ면 이 불과 쥬경과 식보 밧긔 쏘 무어시 잇스리오. ㄱ쟝 다힝흔 바는 미졔의 구경 죠ㅎ; 믈 인ㅎ야 오날; 이 ㄱ튼 신션의 실과와 이샹흔 플이며 긔이흔 새와 괴이흔 즘싱을 구경ㅎ고 녯일과 시 문견을 널니; 과연 이번 길이 허힝이 아니로다. 구공이 원외를 향ㅎ야 왈,

"형이 고디 과연이라 말ㅎ더니 진실노 과연이 오눈도다. 일시의 바라 【80】 보니 언덕 우흐로 흔 즘싱이 ㄴ려오디 진납의 형상으로 왼몸의 흰 털이 두로고 문졈이 간; 이 잇셔 문치 잇고 몸은 불과 넉 ㅈㄴ 되고 뒤흐로 흔 줄기 쏘리 ㄱ쟝 길어 드으로 조츠 머리 우희 서리고 오히려 슈쳑이나 남고 털이 심히 ㄱ늘고 길어 사름의 머리털 ㄱㅌ흐며 틱 으러 검은 슈염이 부치이눈지라. 오다가 죽은 즘싱 ㅎㄴ흘 보고 통곡ㅎ고 ㄱ지 아니커늘 원외 왈,

"져 즘싱이 무슨 연고로 져디도록 이곡ㅎㄴ뇨? 이거슬 니르되 '과연(果然)'이라 ㅎㄴ니잇가?"

구공 왈,

"이 과연 '과연'이란 즘싱이니 혹 왈 '연쉬([犭+然]獸)'라 ㅎㄴ니 쳔셩이 의를 슝상ㅎ야 그 뉴를 ㅅ랑ㅎㄴ니 산영ㅎ눈 지 이를 줍아 그 ㄱ족과 쏘리를 풀아 놉흔 갑슬 밧눈 고로 미양 ㅎㄴ흘 줍으면 【81】 즉시 거두지 아니코 언덕 으리 바려두면 지ㄴ가눈 과연이; 를 보고 셜워 울며 직희여 잇다가 사름의게 줍힐지경이 되야도 오히려 도망치 아닛ㄴ니 이제 져ㄱ치 울며 직희여시니 일졍 산영ㅎ눈 사름이 짐줏 밋기 노흔 줍고져 ㅎ미라. 져근덧 기ㄷ리면 산영ㅎ눈 사름이니 프러 슈고 아녀 줍눈 광경을 보리라."

제10회

誅大蟲佳人施藥箭　搏奇鳥壯士奮空拳

홀연 산머리로조츠 일진 대풍이 니러ㄴ며 남기 부러지며 돌이 날니거늘 샴인이 대경ㅎ야 급히 슈목 ㅅ이의 숨엇거니 바람을 조츠 일쳑 빅악회(白額虎)

스리오 (俺這肚腹不過是酒囊飯袋, 若要刻書, 無非酒經食譜, 何能比得二位.) <鏡花 2:79>

쒸놀아 ㄴ려오며 ㅂ로 과연의 올프로 나아드니 과연 이 몸이 숙글ㅎ야 ㅅ족을
썰며 셔시되 오히려 믈너나지 아니터니 빅회 흔 ㅁ디 쇼릭의 산이 문허지고 짜
히 【82】 더지ᄂ 듯ㅎ며 동희 갓흔 닙을 버려 ㅂ야흐로 죽은 과연을 물어 쟝ᄎ
너홀더니 나모 틈으로 죠ᄎ 은ː히 새쇼릭 가치 흔 ㅁ디 들니더니 문득 흔 살
이 빅호의 안청의 쏫치더니 빅회 물엇던 즘ᄉㅣㅇ을 더지고 흔 소릭 크게 울며 몸
을 근뒤쳐 두 길이나 소ː다가 ㅁᄎ춤ㄴㅣ 쩌러져 움즉이지 못ㅎ거늘 구공이 칙ː
칭쾌 왈,

　"이 진짓 신궁이오 쏘 약젼이로다. 져 살이 졍히 산영ㅎᄂ 즈의 쏜 비니 독초
로 약을 고와 살에 ㅂ른 비라 무릇 즘ᄉㅣㅇ이 져 살홀 ㅁ즈면 아모리 흉ㅎ한ㅎ야도
경각의 혈믹이 응결ㅎ고 목굼기 막혀 죽으되 다만 호랑은 ㄱ족이 심히 둧거온
고로 약녁이 수이 퍼지ː 못홀가 ㅎ야 이 사름이 부디 빅호의 안청을 쏘므로
약녁이 더욱 썰니 힝ㅎ미니 이 【83】 만일 신인이 아니면 엇지 이런 슈단이 잇
스리오. 이곳의 능히 이ㄱ튼 지죄 잇스믈 뜻ㅎ지 아니홀와. 좀간 기드려 그 사
름을 보고 가미 올ㅌ."

　ㅎ더니 홀연 산 우흐로죠ᄎ 쏘 흔 무리 져근 범이 ㄴ려오니 모다 경황ㅎ더니
갓가이 오며 호피룰 버스니 이 문득 쏫 ㄱ튼 쇼년 녀지라. 몸의 빅포 젼복을
닙고 머리의 빅능 융건을 쓰고 허리의 젼동을 ᄎ고 팔의 죠궁을 걸고 ㅂ로 빅
호의게 ㄴ아가 요간의 보검을 쎼혀 빅호의 흉당을 헤치고 손을 너허 넘통과 간
을 닉여 흔 손의 들고 칼을 쏘즈며 호피룰 엇개의 메며 총망이 산하로 향ㅎ거
늘 원외 왈,

　"이 불과 겨집 산영군이로다. 져ㄱ치 어린 나히 긔질이 쏘흔 굿세지 못ㅎ거
늘 ㅁᄎ춤ㄴㅣ 져ㄱ튼 담냑이 잇스니 【84】 아모커나 내 쏘흔 져룰 흔 번 놀닉와
보리라."

　이에 화승(火繩)을 다릭여 뷘 총을 흔 번 노ㅎ니 그 녀지 도라보며 불너 왈,
　"내 일즉 스오나온 사름이 아니ː 쳥컨디 계위 노야ᄂ 손을 좀간 머츠시면
비지 알욀 말이 잇ᄂㅣ이다."
　일변 말ㅎ며 ㄴ아와 샴인을 향ㅎ야 만복을 일컷고 무러 골오디,
　"샴위 쟝ᄌᄂ 놉흔 셩이 뉘시며 어디로 조ᄎ 니르시니잇고?"

당싱 왈,

"져 ㅎ나희 셩은 님(林)이요 ㅎㄴ희 셩은 다(多)요 노부의 셩은 당(唐)이니 흠 그 쳔죠로 조ᄎ 니르과라."

녀지 왈,

"귀흔 셩이 당시오 쳔죠의 거시다 ㅎ니 녕남도의 당셩 사롬이 별호롤 이졍(以亭)이라 ㅎ리 잇다 ㅎ더니 쟝지 그와 동죵이시니잇가?"

당싱이 대경 왈,

"이졍은 곳 쳔흔 ᄌ히라. 낭지 엇지 아르시ᄂ뇨?"

녀지 황망이 졀ㅎ야 왈,

"원리 당가 빅뷔 이에 니르시【85】거놀 질녜 실녜ㅎ미 만ᄉ오니 ᄇ라건디 용셔ㅎ쇼셔."

당싱이 밧비 답녜 왈,

"쇼져의 존셩은 뉘시완디 쇼싱을 이ᄀ치 일크르시며 존부의 뉘 겨시며 앗가 빅호의 심간을 취ㅎ시믄 쟝ᄎ 엇지코져 ㅎ시ᄂ뇨?"

녀지 츄연 대왈,

"질녀도 쳔죠 인물이라. 쳔흔 셩은 낙(駱)이오 어린 일홈은 홍게(紅蕖)니 부친이 일즉 벼슬ㅎ야 쟝안쥬부(長安主簿)로셔 님히현승(臨海縣丞)의 올ᄆ더니 셔경업 빅부와 가치 죄롤 닙어 ᄉ싱 거쳐롤 모르오며 인ㅎ야 가속을 줍으려 쳔하의 근포ㅎ미 죠뷔 모친과 질녀롤 거ᄂ려 해외의 도망ㅎ야 이곳이 ᄀ쟝 그윽ㅎ고 녯 신당이 뷔엿기로 가속이 몸을 ᄀ초아 셰월을 보니더니 ᄯᆞᆺᄇᆞᆺ 거년의 밍회 즘싱을 쏘ᄎ니르러 집을 업【86】드르쳐 모친이 놀나고 겸ㅎ야 ᄉ지롤 샹ㅎ샤 ᄆ춤니 구치 못ㅎ미 질녜 지통이 각골ㅎ야 밍셰코 이 산즁 호랑을 진슈히 죽여 모친의 원슈롤 갑흐려 홀시 ᄆ춤 약젼으로 져롤 줍으미 심간을 ᄀ쳐 졍히 모친긔 졔ㅎ러 가더니 의외에 빅부롤 만ᄂ도소이다. 질녜 일즉 조부게 듯ᄌ오니 빅뷔 우리 야ᆞ와 결의ㅎ시다 ㅎ미 이리 칭호ㅎᄂ이다."

당싱이 탄식 왈,

"네 과연 빈왕 현졔의 일녜로다. ᆞ힝이 해외의 잇셔 화롤 피ㅎ도소니 아지 못게라 노빅뷔 이제 어디 겨시며 쳬되 강왕ㅎ시뇨? 날을 인도ㅎ야 흔 번 뵈옵게 ᄒᆞ미 엇더ᄒᆞ뇨?"

홍게 왈,

"조뷔 오히려 강건ᄒᆞ오셔 지금 묘즁의 겨시니이다."

인ᄒᆞ야 올프로 길을 인도ᄒᆞ거늘 ᄉᆞ인이 뒤흘 쫄와 멀리 가지 아녀 묘【87】젼의 니르니 문의 써시되 년화암(蓮花庵)이라 ᄒᆞ고 문허진 담과 이즈러진 쳠하의 경식이 극히 황냥ᄒᆞ다. 오히려 긔암이 죵횡ᄒᆞ고 벽슈 총잡ᄒᆞ야 ᄉᆞ면을 둘너시니 ᄯᅩᄒᆞᆫ 유아ᄒᆞᆫ지라. 묘문을 드니 좌우 월앙이 문허지고 다만 신젼과 두 간 샹방이 남앗거늘 홍게 밧비 드러가며 ᄉᆞ인이 완〃히 젼 올퍼 다〃르니 일위 노옹이 슈발이 호빅ᄒᆞ고 거지 위연ᄒᆞ야 챵황이 ᄂᆞ오거늘 당싱이 ᄇᆞ라보니 과연 낙빈왕의 부친 낙눙이라. 연망이 힝녜ᄒᆞ고 님ㆍ댱 이인이 ᄯᅩᄒᆞᆫ 녜필 좌졍ᄒᆞ미 노옹이 님ㆍ댱 이인을 향ᄒᆞ야 셔로 셩명을 니른 후 인ᄒᆞ야 당싱을 향ᄒᆞ야 왈,

"우리 ᄋᆞ히 현질의 말을 듯지 아니코 즈레 망녕도이 움즉이다가 ᄆᆞ춤ᄂᆡ 합개 니산ᄒᆞᆫ 화를 만나 【88】 손ᄋᆞᄂᆞᆫ 군즁의 쫄왓더니 부ᄌᆞ의 셩ᄉᆞ존몰을 아지 못ᄒᆞ고 노뷔 다만 식부와 어진 손녀를 거ᄂᆞ려 이곳ᄭᅵ지 니르러 구추히 셰월을 보ᄂᆡ더니 거년의 밍호의 집 문호 치는 화를 만나 식뷔 비명원ᄉᆞᄒᆞ니 손이 통입골슈ᄒᆞ야 일노조츠 셔칙를 믈니치고 날노 무예를 닉여 활쏘기 ᄀᆞ쟝 묘를 어든지라. 스스로 빅포 젼복을 지어 닙고 밍셰ᄒᆞ야 이 산즁 밍슈를 다 죽여 원슈를 갑흔 후 비로소 거상옷슬 버스려 ᄒᆞ더니 ᄆᆞ춤ᄂᆡ 뜻을 닐위 져즈음게 ᄒᆞ나흘 줍고 오날 ᄯᅩ ᄒᆞ나흘 줍ᄂᆞᆫ 즁 현질을 죠히 만낫도다. 진소위 만리타향의 봄고인이니 이 즐거오믈 어디 비ᄒᆞ리오마는 노뷔 나히 임의 팔슌이 지ᄂᆞ고 항상 병이 만흔지라 다만 져 ᄒᆞᆫ 낫 손녀와 손녀의 음모와 챵두 【89】 ᄒᆞᄂᆞ 쑨이라. 노뷔 불힝이 미돈의 연고로 스스로 화앙의 걸니미 버서날 긔한이 업난지라. ᄒᆞ믈며 나히 임의 상유의 진ᄒᆞ야 남은 날이 만치 아니커니와 손녜 졍히 꼿다온 나히 ᄆᆞ춤ᄂᆡ 여긔 잇스미 쟝칙이 아니라. 현질이 만일 당년 결의ᄒᆞᆫ 졍을 닛지 아닐진디 손녀를 즈긔 녀ᄋᆞ로 보아 드리고 〃향의 도라가 나히 츠기를 기드려 비필을 ᄀᆞᆯ희여 죵신을 의탁긔 ᄒᆞ면 노뷔 구쳔의 도라가ᄂᆞ 맛당이 풀을 미즈며 구슬을 먹음오리라."

말노 조추 눈믈이 빅슈의 니음츠거늘 당싱이 공경대왈,

“노빅이 엇지 니런 말슴을 흐시느잇고? 쇼질이 빈왕 현졔로 셩이 드르나 졍은 골육 곳흐니 질녀는 곳 쇼질의 쏠과 드르미 업는지라. 이제 존명을 밧즈오니 맛당이 거느려 도라【90】비필을 굴희오믄 엇지 부탁흐시믈 기드리ᄂ잇고. 쏘 흔 노빅을 홈긔 뫼셔 도라가 여년을 뫼셔 져기 즈질의 효심을 펴미 비로소 당일 결의흔 졍을 져부리지 아니미로더 근일에 무휘 젼혀 살육흐기로 일슴아 당실 즈손을 거의 남기지 아니흐니 흐믈며 득죄흔 사름이리오. 노빅이 일즉 죠졍의 단니샤 아는 지 만흐니 져 부녀와 곳치 쟝신홀 곳지 어렵스오니 만일 풍셩이 드러느면 쇼질의 죄롤 브드문 오히려 여시어니와 노빅이 놀나오믈 당흐실지라. 이러므로 감히 쳥치 못흐ᄂ이다. 쇼질의 처엄 뜻은 힘뼈 알프로 나아가 여러 집 튱냥을 모화 느라홀 회복흐고 형뎨의 원슈롤 갑흘가 흐더니 공명을 닐우지 못흐야 귀미터 서리 임의 느린지라 능히 부모롤 현양치 못흐【91】고 나라흘 즁흥치 못흔 후 녹ᄂ히 인셰의 잇셔 늙도록 닐우미 업스믈 붓그러이 넉이모로 이번 해외의 올미라. 이제 비록 홍진을 샤졀흐야 도라갈 긔약을 졍치 못흐오나 가즁의 오히려 동셩과 쳐지 잇스니 질녀롤 다려가 결단코 존명을 져 브리지 아니리니 브라건더 노빅은 관심치 ᄆ르쇼셔.”

낙옹 왈,

“현질의 놉흔 의와 깁흔 졍으로 강개히 브리지 아니믈 닙으니 사름으로 흐야곰 감격흔 눈물이 간격으로 조츠 쏘드믈 씨닷지 못흐리로다. ᄂ만 현질과 냥위 존직이 홍판흐는 길이미 노뷔 이곳치 황냥흔 곳의 감히 쳥흐야 머무지 못흐노라.”

이에 홍거롤 도라보아 왈,

“손이 다시 슉부긔 졀흐야 뵈고 유모롤 거느려 즉가의 너의 슉부롤 ᄯ로라. 노뷔 비로소 ᄆ음을 노흐리로【92】다.”

홍게 부용 냥협의 옥뉘 구술져 일변 졀흐며 굴오더,

“질녜 빅부의 쳔고지후흐신 은덕을 닙스오니 맛당이 명을 밧들어 뒤흘 ᄯ르 고토의 도라갈 거시로더 다만 두 ᄀ지 스졍이 잇습ᄂ니 이제 조뷔 츈취 놉흐시고 좌우의 뫼실 사름이 업스오며 이 산즁의 오히려 두 ᄆ리 밍회 남아 원슈롤 갑지 못흐오니 춤아 엇지 거연이 쩌느리잇고. 빅뷔 만일 의로온 졍을 권렴흐실진디 몬져 고향의 도라가 기득리시면 다힝이 천은의 샤롤 만나는 날 죠부롤 뫼셔 도라가 의탁ᄒ리이다. 이제 타향 궁산의 늙은 조부롤 ᄇ리고 홀노 도라가문 인정과 천리의 어딘지라. ᄋ녀의 ᄆ음이 철석이 아니어니 춤아 엇지 견디리잇고.”

낙옹이 지삼 권유ᄒ디 홍게 일향 듯지 아니ᄒ야 죽기로써 밍세【93】ᄒ거늘 구공 왈,

“쇼져의 효심이 ᄀᆺ하니 ᄆ춤ᄂ 도로혀기 어려올지라. 노부의 어린 소견은 아직 후긔롤 머물너 우리 도라가는 길에 당형이 다시 니르러 쇼져롤 다려가미 피츳 냥젼홀 듯ᄒ이다.”

댱싱 왈,

“쇼졔 셜혹 도라오지 못ᄒ면 쟝춧 엇지ᄒ리오?”

원외 왈,

“미졔 이 말이 엇지 니름고?”

우리 삼인이 홈게 가니 ᄌ연 홈긔 도라오려든 셜혹 도라오지 못ᄒ다 말이 실노 괴이치 아니랴. 당싱이 연망이 손샤 왈,

“쇼졔 우연이 실언ᄒ미니 구형은 깁히 듯지 ᄆ르쇼셔.”

낙옹을 향ᄒ야 왈,

“질녀의 츌쳔ᄒ 효심이 가히 하늘과 귀신을 감동홀지라. 쟝ᄂ 반드시 복녹이 졔미ᄒ야 문미의 빗츨 ᄂᆮᄂᆯ지라. 노빅이 져의 어려워 ᄒᄂ 바롤 강박지 ᄆ르시며 ᄒ물며 ᄯᆺ을 졉으미 임의 구드니 권ᄒ야 유익지 아니토소이【94】다. 언파의 지필을 나와 지명과 졍도롤 긔록ᄒ니 홍게 왈,

“빅뷔 이리로 가시미 혹ᄌ 무함국(巫咸國)으로 길이 지나시리잇가? 당일의 셜즁 쟝빅뷔 난을 만ᄂ미 그 가쇽이 ᄯᅩ흔 해외로 피화홀시 길이 ᄆ초아 이곳을 지나미 질녜 그 쇼녀 형향(蘅香) 져ᄌ로 셔로 만나 결의ᄒ야 형졔 되고 신젼의 밍셰ᄒ야 두 사름 즁의 아뫼나 몬져 긔회롤 만나 고국으로 도라갈시 셔로 붓드러 동힝ᄒ기로 언약ᄒ야더니 년젼의 실 파는 긱샹이 셔신을 젼ᄒ기로 비로소 무함국의 머무는 줄 알앗는지라. 질녜 감히 셔신롤 부치고져 ᄒᄂ니 길이 만일 지ᄂ난 곳이면 ᄇ라건디 ᄎᄌ 견ᄒ실가 ᄒᄂ이다.”

구공 왈,

"무함국은 불가불 지나는 길이요 님형이 젼부터 그곳의 매미ᄒ얏는지라. 젼ᄒ미 쉬올 듯ᄒ도다."

홍게 춍망이 필 【95】 연을 ᄂ와 셔신을 닷거늘 당셩이 원외로 ᄒ야곰 션즁의 가 냥봉 은ᄌ롤 가져오미 밧드러 낙용긔 드려 신슈의 보티물 쳥ᄒ더니 홍게 셔신을 닷가 드리거늘 당셩이 브드며 탄식 왈,

"당일이 경업현제 만일 스온 거ᄂ의 말을 듯고 즁쟝 거ᄂ의 꾀롤 쓰지 아니런들 ᄂ라히 임의 회복ᄒ 지 오럴 거시니 엇지 셔로 니산ᄒ기롤 이 지경의 니르리오. 이 도시 긔슈의 경ᄒ 비니 ᄯ호 엇지ᄒ리오."

셜파의 모다 눈물을 ᄲ려 셔로 니별ᄒ실시 홍게 묘문 밧긔 와 비별ᄒ더라. 삼안이 임의 쳔식이 ᄂᄌ믈 보고 다시 유완치 못ᄒ고 녯길노 조ᄎ 도라올시 구공 왈,

"이ᄀ치 어린 녀지 위티ᄒ물 피치 아녀 어믜 원슈롤 갑흐며 ᄯ 조부롤 밧드러 여년을 ᄆᄎ려 ᄒ니 가위 대의롤 알고 몸을 도라 【96】 보지 아닛는 지라. 일노 보건디 튱효는 쳔셩으로 조ᄎ ᄂ미니 년셰 다쇼로 가지 아니토다. 이 녀지 ᄯᅳᆺ을 임의 졍ᄒ미 일졍이 산즁 밍호는 씨롤 업시ᄒ 후 그치리로다."

원외 왈,

"앗가 밍회 죽은 과연을 먹는 거스로 보건디 사롬이 니르되 무릇 호표의셰 죽는 지 젼셩의 임의 졍ᄒ기롤 호구의 죽으리라 ᄒ미라. 만일 젼셩의 졍ᄒ 비 아니면 비록 호표롤 당젼ᄒ야도 마춤니 샹치 아닌는다 ᄒ미 올흐니잇가?"

구공이 머리 흔드러 왈,

"그러치 아니틔. 호픠 아모리 흉한ᄒᆫ들 엇지 즐겨 사롬을 먹으리오. 젼셩의 졍ᄒ다 ᄒ미 실노 빙거 업는 말이라. 노뷔 일즉 ᄒ 노옹을 만나 드르니 그 말의 굴오디, 호픠 본니 감히 사롬을 못 먹을 분 아니라 사롬을 ᄀ쟝 두려워 ᄒᄂ니 져의 먹는 바는 불과 독ᄒ 새 【97】 와 뫕을 즘셩으로 냥식을 숨ᄂ니 왕ᄂ 사롬을 샹히오믄 다름 아니라 그 사롬이 금슈와 ᄀᆺᄒ므로 그만 날 ᄲᅥ의 호표의 눈에 문득 사롬으로 뵈지 아니코 다만 즘셩으로 알아 냥ᄌ히 너흐ᄂ니 사롬과 즘셩을 분변ᄒ미 젼혀 머리 우희 녕광으로 분별ᄒᄂ니 져 과연의 무리 비록 의

와 신이 잇다 ᄒᆞ나 ᄆᆞᄎᆞᆷᄂᆡ 녕광이 분명치 아니ᄒᆞ고 사ᄅᆞᆷ이 쳔셩의 어진 ᄆᆞ음을 일치 아니ᄒᆞ면 머리 우희 반드시 녕광이 드러ᄂᆞ나니 호ᄑᆡ 그를 보면 사ᄅᆞᆷ인 줄 알고 먼리 피ᄒᆞ야 가거니 엇지 감히 샹히오며 만일 어진 ᄆᆞ음을 조곰도 남기지 아니코 사오나오미 극ᄒᆞ고 허물이 크면 녕광이 젼혀 ᄉᆞᆯ아져 뵈지 아니므로 호 ᄑᆡ 다만 즘싱으로 아ᄂᆞ니 녕광의 만코 적기는 그 사ᄅᆞᆷ의 션악으로 가ᄂᆞ니 일향 어질믈 힘쓰【98】고 반졈 ᄉᆞ오나오미 업스면 녕광이 더옥 빗나 공즁의 ᄲᅥ치 ᄂᆞ니 이ᄂᆞᆫ 호ᄑᆡ 두려 피ᄒᆞᆯ ᄲᅮᆫ 아니라 일빅 귀신과 모든 샤긔 일졔히 피ᄒᆞᄂᆞ니 앗가 과연 이 죽은 동뉴를 직희여 울며 ᄯᅥᄂᆞ지 아니ᄒᆞ니 그 ᄒᆡᆼᄒᆞᄂᆞᆫ 비 것츤 비 록 즘싱이나 속은 도로혀 사ᄅᆞᆷ이에셔 ᄂᆞ으니 이 니른바 즘싱의 낫치요 사ᄅᆞᆷ의 ᄆᆞ음이라. 이러므로 밍회 감히 샹히오지 못ᄒᆞ니 만일 사ᄅᆞᆷ의 낫츠로 즘싱의 ᄆᆞ 음 가진 ᄌᆞ야 엇지 호표의 환을 면ᄒᆞ리오. 셰샹 사ᄅᆞᆷ이 다만 호표의 사ᄅᆞᆷ 먹으 믈 뮈워ᄒᆞ고 사ᄅᆞᆷ이 즘싱의 ᄆᆞ음 가진 줄은 ᄭᆡ닷지 못ᄒᆞ니 가히 우읍도다.

당싱이 졈두칭션 왈,

"구공의 이 말ᄉᆞᆷ이 진실노 사ᄅᆞᆷ으로 ᄒᆞ야곰 ᄆᆞ음을 도로혀 어진 ᄃᆡ 향ᄒᆞ게 ᄒᆞ미니 죡히 훗사ᄅᆞᆷ의 경계 되리로다."

원외 왈,

"그도 드러치 아니타. 나의 친쳑 ᄒᆞᆫ 사ᄅᆞᆷ이 위인이 ᄀᆞ장 삼가며 샹히【99】 소를 ᄒᆞ고 념불ᄒᆞ야 일심의 죠흔 일 ᄒᆞ기로 ᄌᆞ임ᄒᆞ더니 일ᄉᆞᆫ 친우로 더부러 산의 올나 졔ᄒᆞ러 가다가 ᄆᆞᄎᆞᆷᄂᆡ 밍호의 물닌 비 되니 뎌 ᄀᆞᆺ튼 사ᄅᆞᆷ이 엇지 녕 광이 업다 ᄒᆞ리오."

구공 왈,

"진짓 이 ᄀᆞᆺ흔 사ᄅᆞᆷ이야 엇지 녕광이 업스리오. 다만 두리건ᄃᆡ 그 사ᄅᆞᆷ은 평 일의 비록 거츠로 소ᄒᆞ고 념불ᄒᆞ나 일념의 그릇ᄒᆞ미 잇셔 혹 사ᄅᆞᆷ의 셩명을 히 ᄒᆞ거ᄂᆞ 혹 부모를 거스리거나 혹 사ᄅᆞᆷ의 안해와 ᄯᆞᆯ을 음난ᄒᆞ야 명졀을 문ᄒᆞ치 면 그 죄악이 과즁ᄒᆞ리니 평일의 약간 미ᄉᆞᆫ 녕광이 잇다가도 ᄆᆞᄎᆞᆷᄂᆡ 큰 죄악 이 몸을 두르면 비컨ᄃᆡ ᄒᆞᆫ 즌 물이 ᄒᆞᆫ 술위 불을 ᄭᅳ지 못ᄒᆞᆷ ᄀᆞᆺ흐여 미ᄉᆞᆫ 녕광 이 견디지 못ᄒᆞ야 경각의 업셔지모로 호표의 밥이 된 비라 아지 못게라 그 사ᄅᆞ ᆷ이 평일 ᄒᆡᆼᄉᆞ의 무슴 남다르미【100】 업더뇨?"

원외 왈,

"그 사롬이 일마다 무던ᄒ되 다만 부모의게 불슌ᄒ고 쇼시의 약간 탐음ᄒ야 샹간월하의 일이 잇다 ᄒ더이다."

구공 왈,

"만 ᄀ지 죄악의 음난ᄒ미 웃듬이오 빅 ᄀ지 축ᄒ 일의 효도롤 몬져 혜ᄂ니 그 사롬이 임의 부모롤 거스리고 사롬의 명졀을 그르치미 죄악의 웃듬을 범ᄒ지라. 아모리 소ᄒ고 념불ᄒ들 쟝ᄎᆺ 무어시 유익ᄒ리오."

원외 왈,

"구공의 말슘 ᄀᄎ홀진더 사롬이 그릇 죄롤 지엇다가 힘을 다ᄒ야 축ᄒ 일ᄒ야도 도로혀미 업스리잇가?"

구공 왈,

"션악이 ᄯ호 대쇠 잇ᄂ니 축ᄒ 닐노 ᄉ오나온 닐을 대젹ᄒ미 ᄆ치 공으로 죄롤 속홈 갓ᄒ여 그 즁에 경즁대쇼롤 구별ᄒ야 갑고 쥬고 ᄒᄂ니 엇지 일개로 의논ᄒ리오. 져 사롬의 부모롤 거스리고 명졀을 문ᄒ치며 임의 죄악의 ᄀ쟝 크거놀 문득 소【101】ᄒ고 념불ᄒᄂ 져근 축ᄒ 닐노 져 두 가지 큰 죄롤 속ᄒ려 ᄒ니 이 아니 ᄒ 준 물노 ᄒ 술위 불을 ᄭ려 ᄒᄆ로 다르리오. ᄒ물며 요ᄉ이 소ᄒ고 념불ᄒᄂ 사롬이 불과 외면으로 축ᄒ 더 향코져 ᄒ미니 필경 그 ᄆ음은 엇더ᄒ지 모로ᄂ니 만일 외면으로 축ᄒ 쳬ᄒ야 헷 일홈만 도모ᄒ고 ᄆ음은 문득 ᄉ오나옴을 품으면 그 죄악이 더욱 간ᄉ ᄒᄆ롤 겸ᄒ야 더ᄒᄂ니 소ᄒ고 념불ᄒᄂ 사롬이라고 일병 축ᄒ 사롬이라 니르지 못ᄒ리라."

원외 왈,

"당금에 귀ᄒ야 벼슬이 놉고 ᄀ음열어 지물 만흔 지 일즉 호표의게 죽다 말듯지 못ᄒ니 이 사롬들이 개ᄼ히 어진 닐 ᄒᄂ 줄 모로니 그는 녕광이 잇스리만ᄒ니잇가?"

구공 왈,

"님형은 미양 남의 말을 부디 ᄭ치고져 ᄒ되 이는 오히려 성각지 못ᄒ도다. 져 부귀ᄒᄂ 지 녕광이 잇ᄂ 지 멋【102】 치리요마ᄂ 그 쳐지 빈쳔ᄒ 사롬과 너도ᄒ니 들면 고당대하의 쳐ᄒ고 나면 경거비ᄆ로 호위ᄒ야 일즉 호표의 굴혈의 갓가이 아니므로 다힝이 면ᄒᆞ거니와 만일 호표ᄅᆞᆯ 만ᄂᆞ기곳 ᄒᆞ면 엇지 부귀로써 면ᄒᆞ리오."

원외 역쇼ᄒᆞ고 졈ᄌᆞ 배 다힌 곳의 ᄀᆞᆺ가이 오더니 홀연 님중으로 조ᄎᆞ ᄒᆞᆫ 낫 큰 새 ᄂᆞ라오거늘 모다 보니 사름의 형상으로 왼몸의 긴 털이 업히고 곰에 닙에 돗히 니요 ᄉᆞ지오관이 사름으로 다르미 업스되 다만 두 팔 ᄋᆞ리로 날기 도치되 그도 깃시 아니요 살 ᄲᅮᆫ이라. 머리 둘히니 ᄒᆞ나흔 남ᄌᆞ ᄀᆞᆺ고 ᄒᆞ나흔 녀ᄌᆞ ᄀᆞᆺ호되 니마 우희 문이 잇셔 글ᄌᆞ ᄀᆞᆺ거늘 ᄌᆞ시 슬피니 '불효不孝' 두 ᄌᆞ 완연ᄒᆞᆫ지라.

구공 왈,

"우리 앗가 불효ᄅᆞᆯ 의논ᄒᆞ더니 과연 불효죠(不孝鳥)ᄅᆞᆯ 보리로다."

원외 불효 이【103】ᄶᆞᄅᆞᆯ 드르미 대로ᄒᆞ야 죠총의 화승을 다리여 ᄒᆞᆫ 번 노흐미 그 새 ᄶᆞ히 쩌러지며 오히려 날ᄋᆡᄅᆞᆯ 부쳐 날고져 ᄒᆞ거늘 원외 ᄂᆞ아가 발노 누르며 손으로 두ᄃᆞ려 임의 움죽이지 못ᄒᆞ거늘 삼인이 ᄌᆞ시 보니 ᄌᆞ마의 불효 이ᄶᆞ 잇고 우협의 ᄋᆡ부[愛夫 셔방 ᄉᆞ랑ᄒᆞᆫ단 말이라]이 ᄶᆞ 잇고 좌협의 년부[戀婦 겨집 ᄉᆞ랑ᄒᆞᆫ단 말이라] 잇거늘 당싱이 탄왈,

"쇼졔 일즉 드르니 녜부터 이런 닐이 잇다 ᄒᆞ되 오히려 밋지 아니터니 오날ᄂᆞ 눈으로 친히 보니 가히 천지의 크므로 업는 비 업다 ᄒᆞ리로다. 일노 보건디 세상의 불효ᄒᆞ는 지 힝실이 금슈와 ᄀᆞᆺ흐므로 죽으면 다시 사름이 되지 못ᄒᆞ고 그 사오나온 긔운이 응결ᄒᆞ야 ᄆᆞᄎᆞᆷ니 져 새 되는쏘다."

구공이 졈두 왈,

【104】"당형의 놉흔 소견이 가위 격물(格物)ᄒᆞ는 지론이로다. 전일의 노뷔 이 새ᄅᆞᆯ 보니 머리 둘이나 나ᄌᆞ의 모양 ᄲᅮᆫ이요 녀ᄌᆞ의 모양은 업스며 ᄋᆡ부 이 ᄶᆞ도 보지 못ᄒᆞ리러니 그ᄶᆞ ᄆᆞᄎᆞᆷ 천하의 불효ᄒᆞᆫ 부녜 업스미라. 져 머리 ᄶᆞ로 밧고이니 혹 둘이 다녀 인의 모양 될 ᄶᆞ도 잇다 ᄒᆞ더라. 다만 이 새 천셩이 녕통ᄒᆞ야 능히 도ᄅᆞᆯ 닥는 고로 처엄 싱길 ᄶᆞ 비록 져 글ᄶᆞᄅᆞᆯ 지고 나오나 졈ᄌᆞ 도ᄅᆞᆯ 닥가 글ᄶᆞ 업셔지기의 니른 후 필경 ᄀᆞ족과 털을 버슨 후 다시 멋 히ᄅᆞᆯ 도ᄅᆞᆯ 닥그면 문득 신션이 된다더라."

당싱 왈,

“이 니른바 빅졍의 칼을 노ᄒᆞ며셔 부쳐 되미로다. 샹쳔이 본디 즁ᄉᆡᆼ의 허물을 고쳐 어진 디 향ᄒᆞᄆᆞᆯ 허ᄒᆞ시ᄂᆞᆫ도다.”

무초아 션샹의 모든 샤공이 ᄂᆞ려 시암을 길어 【105】 올니다가 모다 이ᄅᆞᆯ 보고 분연이 ᄃᆞ라들어 일신의 터럭과 깃슬 낫〻치 ᄲᅡ〻리거늘 당ᄉᆡᆼ 왈,

“제 비록 불효로 일홈 ᄒᆞ나 이 불과 녀긔의 엉긘 비니 제 즐겨 불효ᄒᆞ미 아니〻라.”

즁인이 일졔히 골오디,

“우리 무리 져를 위ᄒᆞ야 녀긔를 업시ᄒᆞ야 쥬리라. 녀긔를 업시ᄒᆞ면 힝혀 쟝니의 죠흔 사ᄅᆞᆷ이 될가 ᄒᆞ노라. ᄒᆞ물며 져의 일신의 터럭이 ᄀᆞ쟝 만ᄒᆞ니 그 싱젼의 닌식ᄒᆞ야 ᄒᆞᆫ 터럭을 아니 ᄲᅢ려 ᄒᆞ든 줄 알 거시니 이졔ᄂᆞᆫ ᄒᆞᆫ 터럭도 남기지 마라. 이후 닌식ᄒᆞᆫ 사ᄅᆞᆷ을 경계ᄒᆞ리라.”

모다 웃고 졍히 배의 오르고져 ᄒᆞ더니 홀연 슈목 ᄉᆞ이로 조ᄎᆞ 무슨 물을 ᄲᅳᆷ어 비오듯 ᄒᆞ니 비린ᄂᆡ 진동ᄒᆞ며 그 물이 ᄯᅳᆫ〻ᄒᆞ야 아교 갓더니 님죵으로 괴이ᄒᆞᆫ 새 ᄂᆞ라오니 그 형 【106】 샹이 쥐 갓고 기러 오쳑은 ᄒᆞ고 불근 ᄃᆞ리 다만 ᄒᆞᆫ 쪽이요 두 날이 ᄀᆞ쟝 큰지라 ᄇᆞ로 불효죠ᄅᆞᆯ 향ᄒᆞ야 오며 외발노 웅킈여 ᄎᆞ고 닷거늘 즁인이 긔괴ᄒᆞᄆᆞᆯ 익의지 못ᄒᆞ야 일졔히 구공을 향ᄒᆞ야 왈,

“우리 무리 ᄆᆡ양 해외의 왕ᄂᆡᄒᆞ되 져 ᄀᆞᆺ튼 괴죠ᄂᆞᆫ 본 바 처엄이라. 구공이 일즉 고금을 열남ᄒᆞ야 모르ᄂᆞᆫ 비 업다 ᄒᆞ되 응당 이ᄂᆞᆫ처엄 보리로다.”

구공이 쇼왈,

“이 새 원리 해외 셕굴 즁의 간〻이 잇스니 일홈이 비연죄(飛涎鳥)라. 님속의 춤이 잇셔 아교 ᄀᆞᆺ혼지라 쥬린 ᄢᅵ면 춤을 흘녀 남긔 ᄇᆞ르면 다른 금지 지ᄂᆞ다가 낫〻치 붓터 움죽이지 못ᄒᆞ면 글노 냥식을 ᄉᆞᆷᄂᆞ니 금일도 졍히 쥬리므로 춤을 흘니다가 다힝이 불효죠ᄅᆞᆯ 만나 죠히 포ᄲᅵᆨᄒᆞ리로다. 져 불효 【107】 죠ᄅᆞᆯ 사ᄅᆞᆷ이 뮈워 그 털을 ᄲᅩᆸ을 분 아니라 즘싱이 ᄯᅩᄒᆞᆫ그 고기ᄅᆞᆯ 먹고져 ᄒᆞ니 그 불효ᄅᆞᆯ 춤아 ᄒᆞᆯ것가. 고향의 도라가ᄂᆞᆫ 날 각〻 닛지 말고 사ᄅᆞᆷ 만나ᄂᆞᆫ 디로 이 말을 젼ᄒᆞ미 ᄯᅩᄒᆞᆫ 공덕이 되리라.”

즁인이 졔셩ᄒᆞ야 맛당ᄒᆞᄆᆞᆯ 일컷고 션샹의 도라오미 당ᄉᆡᆼ이 홍거의 셔신을 깁피 간슈ᄒᆞ고 원외 대미ᄅᆞᆯ ᄀᆞ져 녀시와 완여ᄅᆞᆯ 뵈아 긔이ᄒᆞᄆᆞᆯ 일컷고 다시 ᄃᆞᆺ

츨 달아 힝흔 지 멋츨의 군즈국의 두ᆞ라 배롤 다히고 원외 물화롤 매미흐려
홀시 당성이 일즉 듯건디 군즈국 풍쇽이 스양흐믈 조히 넉이고 닷토지 아니는
다 흐미 이 반드시 인의녜악이 フ즌 나라히라 흐야 다 구공을 청흐야 홈긔 느
려 구경코져 힝흐야 도성의 갓가오니 성문 우히 크게 써시되 유【108】 션위뵈
(惟善爲寶)라 흐야스니 오직 축흔 거스로 보빅 숨단 말이라.

을미 정월 십삼일셔. 지금경유뉴십슴□□□회일개의흐다

권 지 삼

권지삼

【1】 화셜 당(唐) · 다(多) 이인이 군ᄌ국(君子國) 도셩의 니르러 문 우희 유션위보[惟善爲寶 오직 착ᄒᆞᆫ 거슬 보비 ᄉᆞᆷ다]네 ᄌᆞ로 졔익ᄒᆞ믈 보고 셔로 도라보아 왈,

"진실노 군ᄌ 일홈이 헛되지 아니토다. 드드여 셩즁의 드니 녀염이 부셩ᄒᆞ고 시젼이 변화ᄒᆞ야 의관과 말슴이 즁국으로 ᄃᆞ토미 업ᄂᆞᆫ지라."

ᄆᆞ초아 일위 노올을 만나미 당셩이 몬져 무러 왈,

"귀국이 '군ᄌ君子' 이 쓰로 일홈ᄒᆞ니 이 무슨 연괴뇨?"

노옹이 답지 아니커눌 쏘 무러 왈,

"귀국이 ᄉᆞ양ᄒᆞᆷ을 조하ᄒᆞ고 다토지 아니ᄐᆞ ᄒᆞ니 과연 올ᄒᆞ냐?"

쏘 답지 아니커눌 년ᄒᆞ야 두어 사름을 만ᄂᆞ며 이ᄀᆞ치 무르되 ᄆᆞ춤ᄂᆡ 답지 아니ᄒᆞ니 구공 왈,

"져의 나라 일홈과 풍속이 ᄀᆞ트믈 다만 니웃 ᄂᆞ라희 보라 일커를 ᄲᅮᆫ이니□□ 스스 【2】 로 그런 체 아니미니 이도 쏘ᄒᆞᆫ ᄉᆞ양ᄒᆞᄂᆞᆫ 뜻이로다. 지나는 바의 볼스록 밧가는 지 두럭을 ᄉᆞ양ᄒᆞ고 길 ᄀᆞᄂᆞᆫ 지 길을 ᄉᆞ양ᄒᆞ니 임의 그 다토지 아니믈 알 거시오 부귀빈쳔을 의논치 말고 사름마다 힝동거지 개ᄀᆞ히 공슌ᄒᆞ고 례뫼 잇스니 이 과연 군지라 니르리로다."

당셩 왈,

"아직 것츠로 보아 엇지 그 속을 알니요. ᄌᆞᄌᆞ 술펴보면 ᄌᆞ연 진가를 알니라."

말홀 스이의 큰 져ᄌ거리의 ᄃᆞᄅᆞ니 ᄒᆞᆫ 군시 져ᄌ의 와 물화를 살시 손의 물화를 들고 시인을 향ᄒᆞ여 왈,

"이 ᄀ튼 놉흔 물화로써 엇지 이ᄀ치 ᄂ즌 갑슬 부르ᄂ뇨? 쇼졔로 ᄒ야곰 이 갑스로 사가면 능히 ᄆ음이 편ᄒ리오 노형은 오직 갑슬 도 : 와 니르시면 죠히 ᄀ르치물 죠츠려니와 일양 갑슬 ᄂ초시면 이ᄂ 부디 팔지 말고져 ᄒ시미로다."

당싱이 드르미 긔이ᄒ야 ᄀᄆ니 ᄀᆯ【3】오ᄃᆡ,

"무릇 매미ᄒᄂ 규구ᄂ 파ᄂ 지 갑슬 과히 불너든 사ᄂ 지 부디 갑슬 격게 바드라 ᄒ거ᄂᆯ 이곳은 도로혀 파ᄂ 지 갑슬 낫초어든 사ᄂ 지 더옥 도 : 고져 ᄒᄂ니 이 진짓 쳔하의 쳐엄 듯ᄂ 말이로다. 과연 그 ᄉ양ᄒ미 조ᄒ : 다 ᄒ미 거의 그르지 아니토다."

시인이 답왈,

"다힝이 노형의 도라보시물 닙으니 맛당이 셩ᄒ 뜻을 밧들 거시어ᄂᆯ 앗가 망녕도이 과ᄒ 갑슬 부르미 임의 낫치 듯겁거ᄂᆯ 노형이 도로혀 물화ᄂ 놉고 갑슨 낫다 ᄒ시니 이ᄂ 쇼졔로 ᄒ야곰 붓그려 죽게 ᄒ미랴. ᄒ물며 쳔ᄒ 물ᄒᆡ 본가의 비ᄒ면 오히려 에누리 ᄒ 비 업지 아니커ᄂᆯ 노형이 그 갑슬 감ᄒᆞᆫ 커니와 도로혀 더으라 ᄒ시니 일졍 쇼졔ᄅᆯ 글너 보시미니 황괴ᄒᆞᆯ 익의지 못ᄒᄂ니 ᄇ라건ᄃᆡ 드른 곳의 죠ᄒᆫ【4】물화ᄅᆯ ᄀᆯ희쇼셔. 쇼졔ᄂ 실노 명을 밧드지 못ᄒ 리로소이다."

그 군시 ᄯᅩ ᄀᆯ오ᄃᆡ,

"노형이 짐즛 놉흔 물화ᄅᆯ ᄀ져 ᄂ즌 갑슬 부르시며 도로혀 쇼졔ᄅᆯ 그르다 ᄒ시니 실노 츙셔ᄒ 도ᄅᆯ 일ᄒ시도다. 무릇 닐이 피ᄎ 셔로 속이미 업셔야 ᄇ야흐로 공평ᄒᆫ지라. 시험ᄒ야 무러보라. 뉘 각 : 혜ᄋ리미 업스리요. 쇼졔 춤아 사ᄅᆷ의 치쇼ᄒᆞᆯ 견듸리잇가."

이ᄀ치 힐난ᄒ야 시인이 ᄆ춤ᄂᆡ 갑슬 더으지 아니니 군시 츅급ᄒ야 갑슬 그 슈ᄃᆡ로 혜여 맛지고 물화ᄅᆯ 반만 ᄀ져 급히 닷고져 ᄒ거ᄂᆯ 시인이 구지 붓들고 쥬지 아니터니 길가의 냥개 노옹이 지ᄂ다가 셔로 권ᄒ야 그치고 냥구히 공논ᄒ야 군소로 ᄒ야곰 그 갑시 물화ᄅᆯ 십분지팔을 가져ᄀ라 ᄒ니【5】비로쇼 허여지거ᄂᆯ 당 · 다 이인이 ᄀᄆ니 긔특ᄒᆞᆯ 일컷고 ᄯᅩᄒ 비로소 허여지거ᄂᆯ 당 · 다 이인이 ᄀᄆ니 긔특ᄒᆞᆯ 일컷고 ᄯᅩ ᄒ 고ᄃᆡ 다 : 르니 ᄒ 사름이 잇셔 물화ᄅᆯ 살시 기인 왈,

"귀흔 물화의 갑슬 ᄆ촘니 니르지 아니시고 쇼졔로 ᄒᆞ야곰 짐쟉ᄒᆞ야 사라 ᄒᆞ시미 쇼졔 감히 갑슬 졍ᄒᆞ야든 노형이 오히려 과ᄒᆞ다 ᄒᆞ시니 쇼졔의 졍ᄒᆞᆫ 비실노 반감ᄒᆞ미어늘 도로혀 과ᄐᆞ ᄒᆞᆫᄆᆞᆫ 너모 편벽될 분 아니라 ᄆ촘니 심ᄉ의 틀니ᄂᆞᆫ 말ᄉᆞᆷ이도다."

시인이 ᄀᆞᆯ오디,

"쇼졔 감히 갑슬 말ᄒᆞ지 못ᄒᆞ고 노형의 쳐분을 쳥ᄒᆞᆷᄆᆞᆫ 젼혀 쳔ᄒᆞᆫ 물ᄒᆞ 임의 평샹ᄒᆞ야 남의 물화ᄀᆞ치 아ᄅᆞᆷ답지 못ᄒᆞ미라. 그 갑슬 의논컨디 노형의 졍ᄒᆞᆫ 바의셔 반을 ᄇᆞ다도 오히려 과람ᄒᆞ거늘 ᄎᆞᆷ아 엇지 놉ᄒᆞᆫ 갑슬 ᄇᆞ드리오."

ᄒᆞ거늘 당싱 왈,

"물ᄒᆞ 평샹ᄒᆞ【6】다 말은 본ᄃᆡ 사ᄂᆞᆫ 사ᄅᆞᆷ의 네담이오 갑슬 반을 싹ᄂᆞᆫ다 말은 ᄯᅩᄒᆞᆫ 파ᄂᆞᆫ 사ᄅᆞᆷ의 네담이어늘 이곳은 문득 ᄆᆞ디ᄆᆞ다 샹반ᄒᆞ니 이 진실노 별세계의 다른 풍긔로다."

긔인이 ᄯᅩ ᄀᆞᆯ오디,

"쇼졔 비록 매ᄆᆡ의 싱소ᄒᆞ나 눈이 잇ᄉᆞ미 엇지 물화의 호부야 모로리오. ᄂᆞ즌 거ᄉᆞ로써 죠흔 거ᄉᆞ로 보ᄂᆞᆫ 눈은 업ᄂᆞ니 노형이 다만 놉흔 물화로 반갑슬 구ᄒᆞ시니 이ᄂᆞᆫ 사ᄅᆞᆷ을 속일 분 아니라 스ᄉᆞ로 ᄆᆞ음을 속이미니 실노 공평이 교역ᄒᆞᄂᆞᆫ 도의 어긔도다."

시인 왈,

"노형이 진심으로 부디 그 물화를 사고져 ᄒᆞ실진디 다만 그 갑시 반만 니시면 비로소 지극히 공변되려니와 만일 다시 갑슬 놉히 니르시면 쇼졔 감히 분변치 못ᄒᆞ리니 쳥컨디 다른 져즈의 나아가 갑슬 무러보시면 거의 쇼졔의 사ᄅᆞᆷ 속이지 아니믈 아르시리이다."

긔인이 지삼【7】 권ᄒᆞ되 시인이 고집ᄒᆞ야 파지 아니ᄒᆞ니 긔인이 홀일업셔 쳐엄 갑시 과연 반을 감ᄒᆞ야 맛기고 물화를 ᄀᆞ져 총∶이 ᄀᆞᆯ희여 ᄀᆞ려 ᄒᆞ미 시인이 썰니 붓드러 왈,

"노형이 엇지 물화 즁 ᄀᆞ쟝 ᄂᆞ즌 거슬 ᄀᆞᆯ희시ᄂᆞ뇨. 져 남은 죠흔 물화ᄂᆞᆫ 쇼졔로 ᄒᆞ야 스ᄉᆞ로 취케 ᄒᆞ미냐. 노형이 ∶ᄀᆞ치 공교히 구시면 쳔하를 다 돌아도 교역을 못ᄒᆞ리로다."

기인이 황망이 손샤 왈,

"노형이 부더 갑슬 감ᄒ라 ᄒ시미 마지 못ᄒ야 명디로 ᄒ거니와 믈화ᄂ 약간 ᄂᄌᆫ 거슬 가져가야 져기 ᄆᄋᆞᆷ의 편코져 ᄒ미어늘 노형이 도로혀 칙ᄒ시니 실노 원민ᄒᄃ도다. ᄯᆞᄒ 쇼졔의 구ᄒᄂ 비 부더 ᄂᄌᆫ 믈홰라야 바야흐로 쓰기의 맛당ᄒ니 만일 샹등 믈화ᄂ 비록 공히 쥬시나 쓸 더 업스미로소이다."

【8】 시인 왈,

"노형이 과연 ᄂᄌᆫ 믈화ᄅᆯ 구ᄒ실진디 ᄯᆞᄒ ᄂᄌᆫ 갑시 잇ᄂ니 ᄎᆞᆷ아 엇지 놉흔 갑시 ᄂᄌᆫ 믈화ᄅᆯ 팔니오."

기인이 발연 답지 아니코 믈화ᄅᆯ 거두어 닷고져 ᄒ더니 지나ᄂ 사ᄅᆞᆷ이 셔로 니르되 기인이 사ᄅᆞᆷ을 속여 공변되지 아니ᄐ ᄒ니 기인이 ᄆᆞᄎᆞᄆ니 샹등 믈화 졀반과 하등 믈화 졀반식 거두어 가더라. ᄯᆞᄒ 져ᄌᆞ의 일개 농인이 믈화ᄅᆯ 줍아 갑슨 임의 졍당ᄒ지라 은ᄌᆞᄅᆯ 달아 젼인을 쥬고 믈화을 거두어 가려 ᄒ거늘 시인이 은ᄌᆞᄅᆯ ᄇᆞ다 ᄌᆞ셔히 슬피다가 급히 져울의 달아보고 년망히 불너 왈,

"노형은 쳔ᄌ 이 힝ᄒ라. 이 은ᄌᆞᄅᆯ 보건디 극품 쳔은이라. 요ᄉᆞ이 시샹의 매미ᄒᄂ 비 블과 즁등팔셩은 ᄌᆞ로 쓰나니 맛당이 품슈로 조ᄎ 근냥을 쥬【9】릴 거시여늘 앗가 쇼졔 미쳐 슬피지 못ᄒ고 져울이 ᄯᆞᄒ 과히 센지라 이 블과 져근 닐이라. 노형 가트신 유여ᄒ시니ᄂ 뜻의 두지 아니시ᄂ 다만 쇼졔 ᄀᆞ마니 ᄇᆞ드문 실노 무의ᄒ니 쳥컨디 다시 계계ᄒ야 남ᄂ 바ᄅᆯ 가져 가쇼셔."

농인 왈,

"이 블과 미셰ᄒ 닐이라. 임의 남ᄂ 것 잇거든 아직 노형의게 머무러 두셔든 타일 쇼졔 다시 교역홀 ᄶᆡ의 계계ᄒ미 늣지 아니토소이다."

언파의 닷고져 ᄒ거늘 시인이 붓들어 머믈너 왈,

"그러치 아니ᄐ. 근일의 인심이 졈ᄌ 녜와 달나 사ᄅᆞᆷ 속이ᄂ 지 왕ᄌ 잇스니 거년의 일위 킥인이 쇼졔의 믈화ᄅᆯ 교역ᄒ다가 남은 바 은지 젹지 아니커늘 머믈너 쇼졔의게 두어 왈,

"다시 와 교역홀 ᄶᆡ 계계ᄒᄌ ᄒ더니 지금 쇼식이 업기로 스쳐로 심방【10】ᄒ야 ᄆᆞᄎᆞᆷ니 ᄎ지 못ᄒ니 이제 무단히 후싱의 갑홀 빗을 진지라. 이제 노형이 ᄯᆞ 이ᄀᆞ치 머므르고 ᄯᆞ 만일 다시 아니오면 쇼졔 후싱의 무어스로 그 사ᄅᆞᆷ

의 빗즐 갑고 또 어느 결을의 노형의 빗을 갑흐리오.”

낭구히 문답ᄒ더니 농민이 홀일업서 두 층 물화롤 거두어 닷거늘 시인이 오히려 혼ᄌ말 ᄒ되 은ᄌ는 만코 물화는 젹다 ᄒ더니 농인이 임의 멀니 간 지라. ᄆ초아 걸인이 지ᄂ며 구걸ᄒ거늘 시인이 스스로 니르되,

“져 무리 젼셩의 남을 속여 무의ᄒ 지물을 취ᄒ다가 이셩의 져ᄀ치 곤궁ᄒ도다. 일변 말ᄒ며 일변 그남은 은ᄌ롤 진슈히 걸인을 쥬어보니거늘 당셩 왈,

“이제야 비로소 젼언이 헛되지 아니믈 알니로다. 또 젼면의 ᄂ아가 죠흔 풍속을 보아 문견을 늘이리라. ᄆ초아 길가의 【11】 낭개 노인이 나아오니 의관이 졍졔ᄒ고 거지 한아ᄒ며 동안학발의 화긔 츈풍 ᄀ거늘 당셩이 ᄇ라보니 이 문득 평상ᄒ 인물이 아니믈 씨닷고 썰니 것흐로 조ᄎ 팔을 ᄭᄌ 녜롤 베풀며 셩명을 무른디 두 노인이 원리 동포형졔니 셩은 오요 형의 일홈은 지화(之和)요 아의 일홈은 지샹(之祥)이라 ᄒ야늘 당셩 왈,

“이위 노쟝이 오티빅(吳□□)의 후예시니 셩인의 유손이어시늘 공명ᄒ믈 일흐니 불신ᄒ여이다.”

오지화 왈,

“쳥컨디 이위 어더로 조ᄎ 님ᄒ시며 존셩디명을 가히 어더 드르리잇가?”

구공이 셩명과 향관(鄕貫)을 말흔디 오지샹이 몸을 굽혀 왈,

“원리 귀방이 쳔푀시로다. 쇼지 일즉 드르니 쳔죠는 이 셩인의 ᄂ라히라. 이위 대현이 일홈이 학궁의 드르시다 ᄒ니 이 쳔죠 귀인이 【12】 시라. 이제 만나미 극히 영ᄒᆡᆼᄒ거늘 미리 영후ᄒ는 졔롤 펴지 못ᄒ니 오히려 용셔ᄒ시믈 ᄇ라ᄂ이다.”

당·다 이인이 년ᄒ야 불감ᄒ믈 일커르니 오지화 왈,

“이위 대현이 쳔죠로 조ᄎ ᄂ지 폐방의 님ᄒ시니 쇼지 외람이 지쥬의 혀ᄒᆞᆫ지라 감히 ᄒ 즌 챠롤 밧들어 좀시 뫼시믈 ᄇ라ᄂ니 아지 못게라. 즐겨 멍에롤 굽히시면 누츄ᄒ 집이 ᄀᆡ에 지쳑이니 감히 귀체롤 슈고로오시믈 쳥ᄒᄂ이다.”

당·다 이인이 흔연이 칭샤ᄒ고 오시 형졔롤 쏠와 오리지 아녀 문 올픠 다ᄃ르니 다만 보건디 두 쪽 쇠비의 셕건 울과 ᄂ즌 담이 두로고 문 올픠 겨근 년못시 이셔 좌우로 슈양을 심글 ᄲᆞᆫ이라. 문 안희 들며 쳥샤의 올으미 쥬긱이 다시

례롤 닐우고 【13】 좌경ᄒ미 청즁의 제익ᄒ되 '위쳔별애'라 ᄒ야시니 이 국왕의 어필노 특별이 ᄂᆞ리온 비라. 쓸 가의 취츅과 챵송이 묽은 경치롤 도아 극히 소쇄ᄒ지라. 쇼동이 차롤 드리거ᄂᆞᆯ 당싱이 오시 형졔의 직업을 무른디 다만 니르되, 진시로라 ᄒ야ᄂᆞᆯ 구공이 혜오디, '이 두 사룸이 임의 공경 대신이 아니로디 국왕이 특별이 제익을 ᄂᆞ리오니 일졍 범연ᄒᆞᆫ 사룸이 아니라 ᄒ더니 당싱 왈,

"귀방 풍경을 보아노미 진실노 일홈이 헛되지 아니ᄒ니 군ᄌᆞ 이찌 붓그럽지 아니터이다."

오지ᄒᆡ 몸을 굽혀 왈,

"폐방이 궁벽히 해우의 쳐ᄒᆞ야 져기 무□ᄒ물 면ᄒᆞ옴은 젼혀 쳔됴 문물 교화롤 본바드미라. 엇지 감히 '군ᄌᆞ' 이 쓰롤 당ᄒ리잇가. 싱각건디 쳔죠ᄂᆞᆫ 셩인의 ᄂᆞ라 【14】 히라. 녜로부터 셩현이 셔로 니ᄋᆞ샤 녜악 문물이 오리 팔황의 우러ᄂᆞᆫ 비라. 쇼지 엇지 서어ᄒᆞᆫ 말노 감히 칭송ᄒ리오. 다만 귀방의 두어 ᄀᆞ지 일이 잇셔 이 초야의 고루ᄒᆞᆫ 소견으로 씨닷지 못ᄒᆞᄂᆞᆫ 비러니 다힝히 이위 대현을 뫼시미 감히 뭇줍ᄂᆞ니 즐겨 ᄀᆞ르치믈 드리오시리잇가."

당싱 왈,

"노쟝의 뭇고져 ᄒ시ᄂᆞᆫ 비 이 국가 졍ᄉᆞ로 니르미뇨. 셰상 풍속을 니르미뇨?"

오지화 왈,

"이제 쳔죠의 셩인이 위의 겨시미 요슌의 졍ᄉᆞ롤 닷그샤 문무의 덕화롤 쳔해ᄒᆞᆷ게 닙으니 쇼지 엇지 감히 국ᄉᆞ롤 의논ᄒ리잇고. 그윽이 씨닷고져 ᄒᆞᄂᆞᆫ 바ᄂᆞᆫ 이 불과 셰속의 져근 닐이로소이다."

당싱 왈,

"임의 이 ᄀᆞᆺ흘진디 붉히 무르시면 져기 아ᄂᆞᆫ 비롤 숨기지 아니리이다."

제12회
雙宰輔暢談俗弊　兩書生敬服良箴

오지화 왈,

"귀쳐【15】풍속이 전혀 츙효롤 힘써 족히 니르되 집마다 효지 잇다 홀 거시로디 부모의 쟝ᄉ롤 당ᄒ야ᄂ 그 ᄌ손 된 지 그 죽은 ᄌ의 평안이 쓰희 들기ᄂ 싱각지 아니코 다만 풍슈롤 글희여 ᄆ춤ᄂ 셰월이 오리도록 능히 쓰희 드지 못ᄒ야 심지어 낭디 삼디의 니르니 인ᄒ야 풍속이 널워 큰 걸과 져근 암ᄌ의 쓰힌 관이 뫼 ᄀᆺ고 너른 들과 거츤 언덕의 권조ᄒ 초빈이 수롤 혜지 못홀지라. ᄯ혼 당일의 집이 유여ᄒᄆ로 풍슈롤 글희다가 겸〻 츠타(蹉跎)ᄒ야 집이 패ᄒ기의 니르니 비록 완쟝코져 ᄒ나 ᄯ혼 어려온지라. 이ᄀᆺ치 오리고 다시 오리면 ᄆ춤ᄂ 쓰히 들 긔약이 업슬지라. 죽은 ᄌ로 ᄒ야곰 져기 알오미 잇스면 그 엇【16】지 눈을 담으며 빅골이 평안ᄒ리오 ᄒ믈며 쳔하의 풍슈 잘ᄒᄂ 사룸인들 엇지 부뫼 업스리오. 만일 조흔 쓰홀 어들진디 맛당이 제 부모의게 쓰려니 힝혀 남을 ᄀᆯ르치며 셜ᄉ 조흔 쓰홀 어더 그 말과 ᄀᆺ치 발복홀진디 고금 쳔하의 지리 아노라 ᄒᄂ 사룸의 ᄌ손이 부귀 쟝원ᄒᄂ 지 그 멋치뇨. 이제 부모의 해골노써 쟝니 ᄌ손이 복을 빌녀 ᄒ니 사룸의 ᄌ식 된 지 능히 ᄆ음의 편ᄒ랴. 무릇 사룸의 흥망셩쇠ᄂ 쳔도의 보복ᄒᄂ 비라 엇지 산지호부로 가리요. 크게 축ᄒ지 아니면 능히 화롤 도로혀 복을 삼지 못ᄒ고 대악이 아니면 ᄯ혼 복을 변ᄒ야 화롤 ᄂ리오지 아닛ᄂ니 쥬역의 니른바 젹션ᄒ면 남은 경시 잇고 젹악ᄒ면 남은【17】 앙홰 잇다 ᄒ미 이 붉은 징험이어ᄂᆯ 이제 산지로써 죠화롤 도로혀 여러 ᄀ지로 ᄇ라니 이 아니 남긔 올나 고기 구홈 갓지 아니리오. 쇼ᄌ의 우견으로ᄂ 맛당이 빈군ᄒ ᄌᄂ 급〻히 완쟝ᄒ야 죠곰도 츠타치 믈고 유여ᄒ 집은 다만 눕흔 언덕의 슈환 업슬 곳을 ᄀᆯ희면 이 과연 ᄋ람다온 쓰히니 부모로 ᄒ야곰 눈을 감아 한이 업고 ᄌ손으로 ᄒ야곰 ᄆ음이 편ᄒ면 무궁ᄒ 복이 ᄀ만ᄒ ᄀ온디 ᄂ릴지라. 해외의 어린 소견은 이 밧긔 지ᄂ지 아니ᄒ니 아지 못게라 존의에 엇더틋 ᄒ시ᄂ뇨?"

이인이 졍히 답고져 ᄒᆞ더니 오지샹이 글오ᄃᆡ,

"쇼ᄌᆞᄂᆞᆫ 듯건ᄃᆡ 귀쳐 셰속이 므릇 ᄌᆞ녀를 ᄂᆞ으되 삼일과 ᄒᆞᆫ 달과 빅날과 돌시라 일커【18】르 부귀ᄒᆞᄂᆞᆫ 집은 그날 곳 당ᄒᆞ면 돗글 열며 진치를 베퍼 우양과 계견을 무슈히 줍아 쥬육이 낭ᄌᆞ하다 ᄒᆞ니 듯건ᄃᆡ 샹쳔은 호ᄉᆡᆼ지덕을 쥬ᄒᆞ시ᄂᆞ니 이제 샹쳔이 ᄌᆞ녀로 사름을 쥬셔든 사름은 샹쳔의 호ᄉᆡᆼ지덕을 우러ᄂᆞ 밧드지 아니코 도로혀 그 ᄌᆞ녀로 인ᄒᆞ야 허다한 ᄉᆡᆼ물을 죽이니 이ᄂᆞᆫ 샹쳔이 ᄒᆞ나흘 ᄂᆡ시미 여러흘 죽이미니 ᄯᅩ 엇지 ᄌᆞ녀를 다시 쥬시리오. 대져 사름의 부모된 지 그 ᄌᆞ녀를 위ᄒᆞ야 질병과 지화를 물니치고 슈복을 쟝원코져 축슈ᄒᆞᄂᆞ니 이제 호발도 유익지 아닌 일노 허다한 지앙을 어더 쥬미니 그 엇지 슈복을 ᄇᆞ라리오. 이러모로 빈쳔한 집 ᄌᆞ녀는 왕ᄂᆞ이 쟝슈ᄒᆞ고 부【19】귀ᄒᆞᄂᆞᆫ 집 ᄌᆞ녀는 요촉ᄒᆞᄂᆞᆫ 지 흔ᄒᆞ니 부디 사름ᄆᆞ다 이런 줄이 아니로되 이 ᄯᅩᄒᆞᆫ 경계홀 비라. 부모 된 지 다만 그 진치ᄒᆞ야 낭비ᄒᆞᄂᆞᆫ 진물노써 빈궁한 사름을 구계ᄒᆞ면 복을 구ᄒᆞ지 아녀 복이 스스로 니르고 슈플 비지 아녀 쉬 결노 길 ᄃᆞᆺᄒᆞ여이다. ᄯᅩ 드르니 귀쳐 셰속이 왕ᄂᆞ히 ᄌᆞ녀를 졀의 보ᄂᆡ여 니르되 부쳐의 졔지 되면 모든 부체 그 몸을 호위ᄒᆞ야 병든 지 능히 물니치고 단슈한 지 촉히 슈를 엇는다 ᄒᆞᄂᆞ니 이 불과 승니의 무리 사름을 꾀와 져의 당을 만히 모호고져 ᄒᆞ미어늘 우부 우부ᄂᆞᆫ 밋기를 신명ᄀᆞᆺ치 ᄒᆞ야 셔로 본바드며 ᄀᆞ르쳐 승니의 무리 날노 셩홀 ᄲᅮᆫ이니 소위 불법이 비록 사름의게 히롭지 아니타 ᄒᆞᆫ들 그 도를 ᄒᆡᆼᄒᆞ난 지 만흐면 음양의 비합ᄒᆞᄂᆞᆫ 졍도를 어【20】긔오고 인물의 ᄉᆡᆼ식ᄒᆞᄂᆞᆫ 니를 막ᄂᆞ니 쇼ᄌᆞ의 어린 쇼견은 므릇 ᄌᆞ녀를 ᄀᆞ져 불가의 보ᄂᆡᄂᆞᆫ 지 잇거든 일졀 효유ᄒᆞ야 지악은 물니치지 못ᄒᆞ고 무후ᄒᆞᄂᆞᆫ 죄 크믈 알게 ᄒᆞ면 ᄆᆞᄎᆞᆷᄂᆡ 승니 되는 지 젹으리니 승니의 무리 졈ᄂᆞ 젹으면 그 되 ᄯᅩᄒᆞᆫ 침식홀 거시오, 그 되 졈ᄂᆞ 침식ᄒᆞ면 다만 음양의 도를 ᄇᆞ로 홀 ᄲᅮᆫ 아니라 우민을 가히 일치 아니코 졍부를 거의 보견홀 ᄃᆞᆺᄒᆞ니 존의에 써 엇더ᄐᆞ ᄒᆞ시ᄂᆞ뇨?"

오지화 왈,

"귀쳐의 일즉 닷토고 송ᄉᆞᄒᆞᄂᆞᆫ 일이 잇다 ᄒᆞ니 쇼지 다만 녯 글노 조ᄎᆞ 송ᄶᆞᆫ ᄯᅳᆺ은 들어시나 폐방은 ᄆᆞᄎᆞᆷᄂᆡ 이 일이 업스므로 어ᄃᆡ로 조ᄎᆞ 일어ᄂᆞᆷ을 모로더니 근일 귀방 사름으로 인ᄒᆞ야 ᄌᆞ시 듯건ᄃᆡ 혹 말ᄉᆞᆷ을 공슌이 못ᄒᆞ며 능히 ᄎᆞᆷ

아 용납디 못ᄒ거늘 혹지 물을 닷토아 욕심을 닐으혀거【21】ᄂ 혹 우연ᄒ 일
노 긔운을 부리거ᄂ 이런 뉴로 시죽ᄒ야 관가의 알외기의 미처 송시 임의 니루
미 피치 셔로 얽어 고ᄒ믈 그치지 아녀 각々 궁극히 싱각ᄒ고 공교히 계교ᄒ야
붓씃츨 놀녀 허언을 지어니야 부디 져 사롬으로 ᄒ야곰 도쳑의 몹슬믈 믿들고
져는 스스로 언졍니슌ᄒ롸 ᄒ며 그ᄯ를 당ᄒ야ᄂ 좌우로 쳥촉ᄒ고 빅 가지로
허비ᄒ되 젼지를 앗기지 아니ᄒ며 공경의 죵일 무릅흘 ᄭ러도 붓그러오믈 ᄭᆡ
닷지 못ᄒᄂ니 다힝이 일이 출쟝ᄒᄆᆡ 도라와 싱각건디 어든 거시 허비ᄒᆫ 거슬
당치 못ᄒ고 닉원 지 지니여셔 별노 나을 것 업스며 그 즁 불힝ᄒᆫ 즈ᄂ 의외의
ᄉ단이 니러나 일이 졈々 거츠러지며 날이 ᄎ々 오리여지면 비록 그치고져 ᄒ
나 ᄆᆞ춤니 그치지 못ᄒ야 몸의 형쟝을 밧거ᄂ 머리 원방의 니치기의 미츠면 뉘
우츠나 ᄯ또ᄒ 밋지 못ᄒᄂ니 그【22】엇지 ᄭᆡ닷지 못ᄒ며 ᄯᅩ 일쭝 송ᄉ 꾀오ᄂ
지 잇셔 니르되 비리 호송이라 ᄒ니 우민을 속이며 달이여 부디 송ᄉ를 니르혀
게 ᄒᄂ니 계교를 베풀며 말을 ᄭ우며 냥인을 무소ᄒ며 부호를 억늑ᄒ야 힝혀 닐
이 ᄯᅳᆺ디로 닐우거든 지물을 눈호며 싱이를 보틱거니와 혹즈 붉근 관원과 쳥념
ᄒᆫ 아젼을 만나 ᄆᆞ춤니 간샹이 탄노ᄒ면 져ᄂ 문득 몸을 날녀 피화ᄒ고 무지ᄒᆫ
빅셩으로 히를 밧게 ᄒ니 쇼즈의 우견은 닷토고 숑ᄉᄒᄆᆡ 비록 목젼의 니ᄒ고
쾌ᄒᄆᆡ 잇스나 ᄆᆞ춤니 몸에 유익지 아니니 『쥬역』의 니른바 송ᄉᄂ ᄆᆞ춤니 흉
ᄒ다 ᄒ고 공지 왈 반드시 송시 업게 ᄒ리라 ᄒ시니 그 우희 잇ᄂ 지 반드시
송ᄉ를 업게 ᄒ기로 힘쓰고 ᄋ러 잇ᄂ 지 송ᄉᄂ ᄆᆞ춤니 흉ᄒᆫ ᄯᅳᆺ을 알게 ᄒ면
스스로 그칠 듯ᄒ여이다. ᄯᅩ 드르니 귀쳐 세속이 미양 밧 가는 소를 잡아【2
3】먹는다 ᄒᄆᆡ 쇼즈ᄂ 써ᄒ되 계향의 희싱으로 쓰는가 ᄒ더니 즈시 먹는다
ᄒᄆᆡ 쇼즈ᄂ 써ᄒ되 계향의 희싱으로 쓰는가 ᄒ더니 즈시 드른즉 고기 푸는 쇼
민이 니를 취ᄒ야 시죽ᄒ야든 음식을 탐ᄒ야 구복을 샤치코져 ᄒᄂ 지 다토아
사먹으니 이ᄂ 젼혀 사롬이 오곡이 아니면 사지 못ᄒ고 오곡이 소곳 아니면 심
으지 못ᄒ믈 싱각지 아녀 그 공과 슈고를 갑기를 의논치 아니코 도로혀 져를
히ᄒ야 구복을 치오니 이 아니 공을 원슈로 갑ᄒ미뇨?"

　말ᄒᄂ 지 골오디,

　"이 소를 부디 날을 위ᄒ야 줍ᄂ 비 아니요 나 ᄒᆫ 사롬의 먹ᄂ 비 언마 되리

오 ᄒᆞ나니 져 쇼민이 비록 니를 췌ᄒᆞ야 낭즈이 지살홀지라도 뜻 인ᄂᆞᆫ 군지 일
졀 끈허 사지 아니ᄒᆞ야 졈;ᄉᆞᄂᆞ니 업스면 응당 썩고 샹ᄒᆞ야 니를 엇지 못ᄒᆞ
리니 ;곳 업스면 그 엇지 【24】 즐겨 다시 지살ᄒᆞ리오. 이 진짓 소를 줍ᄂᆞᆫ 쇼
민의 죄를 의논컨더 오히려 경ᄒᆞ거니와 그 고기 사먹ᄂᆞᆫ 군즈ᄂᆞᆫ 죄를 의논컨더
그 죄에 십비 더ᄒᆞ다 ᄒᆞ노니 만일 인;군지 일노써 종신 경계ᄒᆞ면 반드시 ᄀᆞ
만ᄒᆞᆫ ᄀᆞ온더 음덕이 되리이다.”

　오지샹 왈,

　“귀쳐의 미파와 노구의 무리 잇다 ᄒᆞ니 ᄒᆞᆫ 번 문의 들미 무지ᄒᆞᆫ 부녜 반드시
그 ᄒᆡ를 ᄇᆞ다 혹 지믈을 속이며 혹 의복을 일흐나 오히려 가쟝이 알가 두려 감
히 드러너지 못ᄒᆞ고 숨겨두며 두호ᄒᆞ다가 졈; 길어 아니 미츨 고지 업스니 이
ᄂᆞᆫ 오히려 져근 일이어니와 ᄀᆞ쟝 두려온 바ᄂᆞᆫ 이ᄀᆞ치 왕니ᄒᆞ야 졈; 친슉ᄒᆞ기
의 니른즉 이 무리 버릇시 간음ᄒᆞᆫ 닐을 비져너니 처엄 쯰오ᄂᆞᆫ 비 혹 아름다온
술노써 그 셩품을 어즈러이 【25】 고 혹 음난ᄒᆞᆫ 글노써 그 ᄆᆞ음을 요동ᄒᆞ야 거
의 말노써 달이기의 미츤즉 혹 니르되 어ᄂᆞ 사름의 ᄀᆞ음열미 쳔하의 비홀 더
업다 ᄒᆞ며 혹 어ᄂᆞ 사름의 풍치 쳔고의 무쌍ᄒᆞ다 ᄒᆞ야 잇그러 사찰의 긔도ᄒᆞ기
와 졀일의 샹묘ᄒᆞ기로 그 힝지를 그르친 후 그 다음 공교ᄒᆞᆫ 법과 간특ᄒᆞᆫ 계괴
이로 측냥치 못홀지라. 이 무리 ᄒᆞᆫ 번 계교를 베퍼 슈단을 부리미 비록 녈부
졍녀의 빙쳥옥결(氷淸玉潔)노도 능히 그 테 밧긔 버서ᄂᆞ지 못ᄒᆞᄂᆞ니 일노죠츠
냥가 부녀의 실신ᄒᆞᄂᆞᆫ 지 멋친 줄 알니오. 다힝이 간샹이 드러ᄂᆞ지 아녀 문호
를 보젼ᄒᆞ다 ᄒᆞ나 그 가온더 몸을 더러이고 부모를 욕먹이미 쟝춧 무어스로써
씨스며 만일 형젹이 탄노ᄒᆞ면 명졀을 이즈르치고 췌셩이 훤쟈ᄒᆞ야 가셩 【26】
을 츄탁ᄒᆞ고 즈손을 폐기ᄒᆞᄂᆞ니 이 엇지 부녀의 무식ᄒᆞᆫ 뉴를 홀노 그르다 ᄒᆞ리
오. 가쟝이 일즉 방비ᄒᆞᆷ믈 엄히 ᄒᆞ고 제가ᄒᆞᆷ믈 졍졔히 못ᄒᆞ미니 『례긔』의 니른
바 안말이 밧긔 ᄂᆞ지 아니코 밧 말이 안히 드지 아닌ᄂᆞᆫ다 ᄒᆞ니 녯 사름은 언어
의 슴가기도 오히려 이 ᄀᆞᆺ거든 ᄒᆞ물며 미파 노구의 무리를 집의 드려 헛튼말과
거츤 힝실을 이목의 들니리오. 명쳘 군즈ᄂᆞᆫ 맛당이 가법을 졍슉히 ᄒᆞ야 뉘으츠
미 업스리이다. 쏘 드르니 귀쳐의 계괴란 칭회 잇셔 지아븨 젼쳐의 ᄂᆞ은 바 즈
녀를 원슈와 화근으로 알아 빅 ᄀᆞ지로 곤칙ᄒᆞ야 아니 미츤 곳이 업스니 그 아

비 된 지 아모리 스랑ᄒ고 호위흔들 ᄆᄎᆷᄂᆡ 뒤히 눈이 업거니 엇지 일ᄆ다 슬
피리오. 빈한흔 집은 그 괴로옴이 더옥 심【27】ᄒ거니와 부귀ᄒᄂᆞᆫ 집은 좌우
로 츠환 복부의 눈이 여러이오 ᄯᅩ흔 남의 시비ᄅᆞᆯ ᄀᆞ리오려 오히려 덜ᄒ다 ᄒ되
만일 계모 된 지 ᄌᆞ녀ᄅᆞᆯ 싱산흔즉 가지ᄅᆞᆯ 독탄ᄒ고 종ᄉᆞᄅᆞᆯ 챠지코져 계교ᄅᆞᆯ 베
풀며 일을 비져ᄂᆡ야 일야로 참소ᄒ야 ᄇᆞ리기 가의 ᄀᆞᆫ는 말노 혹왈 ᄶᆞᆯ이 교훈을
밧지 아니흔다 혹왈 ᄉᆞ오ᄂᆞ온 일과 ᄆᆞᆸ슬 ᄯᅳᆺ을 품엇다 ᄒ야 심지어 남ᄌᆞᄂᆞᆫ 도적
의 갓갑다 ᄒ며 녀ᄋᆞᄂᆞᆫ 간음의 지목ᄒ니 져 어린 ᄌᆞ녜 어디로 조츠 분변ᄒ며
발명ᄒ리오. ᄆᄎᆷᄂᆡ 독슈의 버셔ᄂᆞ지 못ᄒ면 인ᄒ야 병을 닐위며 신체ᄅᆞᆯ 헐워
죽은 지 그 멋치리오. 이 다름 아니라 그 아비 된 지 처음은 ᄋᆞ히ᄅᆞᆯ 스랑ᄒ야
보【28】호ᄒᆷ이 극진치 아니ᄆᆡ 아니로ᄃᆡ ᄆᄎᆷᄂᆡ 임셕의 은졍이 침닉ᄒ고 귀ᄶᆞ
의 참언이 ᄶᅥᄂᆞ지 아니ᄆᆡ 졔 ᄆᆞ음을 졔 스스로 졍치 못ᄒ야 졈;므드러 후쳐
의 긔습을 달문 후ᄂᆞᆫ 다만 스랑ᄒ야 보호ᄒ지 아닐 분 아니라 제 도로혀 녹슈
ᄅᆞᆯ 더ᄋᆞᄂᆞ니 이ᄂᆞᆫ 계모 밧긔 ᄯᅩ 계부ᄅᆞᆯ 어드ᄆᆡ 니외로 셔로 보치여 부디 업
시키로 긔약ᄒ니 이 젼혀 쟝부 된 지 ᄆᆞ음이 약ᄒ고 귀 여려 다만 부;의 여튼
졍만 알고 부ᄌᆞ의 큰 의ᄅᆞᆯ 니즈미니 대슌(大舜)의 우물 파심과 민ᄌᆞ(閔子)의 새
품옷과 신싱(申生)의 죽음과 빅긔(伯奇)의 원통ᄒᆞᆷ믈 녯 글 보아도 쳔고의 슬푼
닐이여든 몸소 그 일을 당흔 지 엇더ᄒ리오. 위ᄒ야 슬허ᄒᆞ느이다.”

오지화 왈,

“귀쳐의 부녜 반ᄃᆞ시 발을 동힌다 ᄒ니 그 처음 동힐 ᄶᅵᆯ의 빅 ᄀᆞ지로 고【2
9】통ᄒ야 발을 붓들어 호곡ᄒ고 심흔즉 ᄀᆞ족이 샹ᄒ고 살이 썩어 션혈이 님
니ᄒ니 이ᄶᆡᄅᆞᆯ 당ᄒ야ᄂᆞᆫ 밤의 줌을 닐우지 못ᄒ고 밥이 목에 ᄂᆞ리지 아녀 종;
질병이 일노 좃츠 ᄂᆞ러ᄂᆞ니 이 불과 보기의 아름답기ᄅᆞᆯ 위흔 닐이라 ᄒ나 격기
로써 아름답다 홀진ᄃᆡ 코 큰 거슬 가히 ᄶᅡ가 적게 ᄒ며 니미 놉ᄒ던 가히 ᄶᅡ가
ᄂᆞ초리잇가. 셜혹 이 갓흔 지 잇스면 반ᄃᆞ시 니르되 잔폐흔 병인이라 ᄒ리니
이제 홀노 두발이 병인이요 거름이 온젼치 못흔 ᄌᆞᄅᆞᆯ 문득 아름답다 ᄒ니 녜로
볼진ᄃᆡ 셔시(西施) 왕쇼군(王昭君)의 무리 이목구비와 힝동거지의 아니 아름다
온 곳이 업다 ᄒ되 일즉 그 말을 반식 ᄶᅡᆺ갓다 말이 업ᄂᆞ니 ᄯᅳᆺ 잇는 군지 맛당이
그 풍속을 금ᄒ야 셰샹 ᄋᆞ녀로 ᄒ야곰 그 부모의 유체ᄅᆞᆯ 온젼이 ᄒᆞᆷ이 조홀너이

다. 또 드르니 남녀의 혼인을 당ᄒᆞ미 합혼법(合婚法)이 잇다 ᄒᆞ야 전혀 글노 취
신ᄒᆞᆫ다 ᄒᆞ니 대져 혼인은 남녀의 죵신대시니 맛당이 심신ᄒᆞᆯ 비라 엇지 초ᄂᆞ이
졍ᄒᆞ리오마는 다만 년치와 외모의 샹당홈과 문지의 샹젹홈과 인품의 슌졍ᄒᆞ미
잇스면 다시 더ᄒᆞᆯ 것 업거ᄂᆞᆯ 합혼법에 니르되 녀ᄌᆞ의 싱이 양에 쇽ᄒᆞ면 힛롭다
ᄒᆞ며 호에 쇽ᄒᆞ면 스오납다 ᄒᆞ야 왕ᄂᆞ히 조혼 인연을 믈니치니 긔 아니 가쇼로
온 말가. 사름이 미년(未年)의 나모로 엇지 양의 비ᄒᆞ며 인년(寅年)의 나므로 엇
지 호랑이 되리오. 셰샹의 안해 무셔워 ᄒᆞᄂᆞᆫ 지 만ᄒᆞ니 그 안해는 부디 인싱인
고로 그러ᄒᆞ던가, ᄒᆞ믈며 쥐ᄂᆞᆫ 도젹ᄒᆞᆷ믈 즐기고 비암은 ᄀᆞ쟝 음독ᄒᆞ니 그 해예
난 사름이 엇지 낫ᄂᆞ치 그러ᄒᆞ며 또한 즘싱 즁 ᄀᆞ쟝 고역ᄒᆞ고 곤혼 더 쇼 ᄀᆞᆺ튼
지 업스니 무릇 츅년(丑年)의 난 사람은 낫ᄂᆞ치 팔지 쇼ᄀᆞ치 괴로오리잇가. 당
초 무지혼 우민이 ᄂᆞ런 밍낭혼 의논을 지어니야 어린 부녀를 속여든 졈ᄂᆞ 풍쇽
이 닐워 독셔군ᄌᆞ도 왕ᄂᆞ히 이 말을 미드니 실노 개연ᄒᆞ더이다."

오지샹 왈,

"귀쳐 풍쇽을 쇼지 엇지 일무다 의논ᄒᆞ리오. 대체 샤치를 숭샹ᄒᆞ야 므릇 혼
취와 샹장의 음식 의복과 가산 일용의 담치 아닌 곳이 업다 ᄒᆞ니 본디 부귀ᄒᆞ
ᄂᆞᆫ 집 도복을 앗기지 아니코 망녕도이 허비홈이 임의 죄업을 스스로 지으미여
니와 ᄒᆞ믈며 빈쳔혼 하민은 다만 목젼의 보기 조키를 위ᄒᆞ야 일후의 긔한은 싱
각지 아니ᄒᆞ니 이 엇지 불샹치 아니리오. 웃사름 된 지 붉이 ᄀᆞ르치며 엄히 경
칙ᄒᆞ야 샤치를 금ᄒᆞ야 남은 지물이 잇게 ᄒᆞ면 흉년을 만나 족히 근심이 덜ᄒᆞᆯ
거시오, ᄒᆞ믈며 셰쇽이 검 【32】 박ᄒᆞᆯ믈 숭샹ᄒᆞ면 빅셩이 거의 빈군혼 지 젹으
리니 빈군혼 지 젹으면 ᄌᆞ연 도젹이 드믈 거시오 도젹이 업스면 쳔해 틱평ᄒᆞ리
니 일노 보건더 검박ᄒᆞᆯ믈 숭샹ᄒᆞ미 나라와 집에 유익ᄒᆞ기 그 엇더ᄒᆞ리잇고."

졍히 말솜이 미ᄂᆞᄒᆞ더니 홀연 일개 복뷔 황ᄂᆞ이 드러와 급히 고ᄒᆞ야 왈,

"ᄆᆞ초아 본부 하쇽이 ᄂᆞ아와 알외더 국왕 젼해 쟝ᄎᆞᆺ 헌원국의 힝ᄒᆞ려 ᄒᆞ시미
국가 대스를 냥위 노야긔 면의코져 ᄒᆞ오샤 오리지 아녀 문의 님ᄒᆞ시리라 ᄒᆞ더
이다."

구공이 얼풋 듯고 ᄀᆞᄆᆞ니 혜오더,

"우리 싀골의 미양 숀을 슬ᄒᆞ여 ᄒᆞᄂᆞᆫ 지 숀이 잇셔 오리 가지 아닌즉 ᄀᆞᄆᆞ니

복부를 눈치ᄒ야든 복뷔 밧비 드러와 말ᄒ되 어ᄂ 대인이 즉각의 님ᄒ신다? 어ᄂ 노애 고디 청ᄒ신다 ᄒ야든 긱이 불가불 도【33】 라가더니 이곳의 쏘ᄒᆫ 이 버릇시 잇셔 국왕으로 사름을 놀니거니와 국왕이 무ᄉ 일 국가 대ᄉ를 ᄀ져 늙은 진ᄉ의 집의 친히 와 의논ᄒ리오 심히 가쇼롭다."

이에 당싱으로 더부러 도라가믈 일커르니 오지화 형졔 밧비 답녜 왈,

"다힝이 냥위 대현의 빗니 님ᄒ시믈 어더 그으기 ᄀ르치시믈 바라더니 쏘 밧긔 국왕이 니림ᄒ시다 ᄒ미 감히 대현을 만류치 못ᄒᄂ니 대현이 만일 비를 져기 머무르시면 국왕의 환궁ᄒ시믈 기ᄃ려 형졔 잇그러 ᄂ아가 젼송ᄒ리이다."

이인이 총ᄼ이 몸을 닐으혀 문 밧글 나니 과연 빅셩이 길을 쓸어 씻글을 묽히며 군졸이 믈을 달녀 셔로 젼ᄒ야 왈,

"쳔셰야애 쟝ᄎᆞᆺ 오승샹 부즁의 님ᄒ신다."

ᄒ거늘 비로소 앗가 말이 실졍이믈 ᄭᅢ닷고 셔로 잇그러 도라올【34】 시 구공 왈,

"노뷔 져오시 형졔의 인물이 헌앙ᄒ고 거지 아쳑ᄒ므로 써ᄒ되 반드시 놉ᄒᆫ 사름과 숨은 션비라 ᄒ되 그 국왕이 졔익을 ᄂ리오믈 보고 그으기 의심ᄒ더니 이제야 비로소 그 지상이믈 드르니 이곳치 겸공화슌ᄒ야 사환의 교만ᄒᆫ 긔습이 분호도 머무지 아니ᄒ니 만일 우리 죠졍의 약간 벼술의 올나든 스ᄉ로 존즁ᄒᆫ 쳬ᄒ야 교만거오ᄒᆫ 즈로 빌진더 졍히 붓그려 죽으리로다."

당싱 왈,

"져 형졔의 도ᄼᄒᆫ 의논이 니의 당ᄒ고 례의 합ᄒ니 우리 쟝ᄎᆞᆺ 무어스로 대답ᄒ리요. 국왕의 니림ᄒ미 도로혀 우리게 다힝ᄒ더이다."

셩샹의 도라오미 님원외 쏘ᄒᆫ 니르러 셔로 지ᄂ 바 문견을 젼ᄒ더니 오가복뷔 니르러 명쳡을 드리고 미쥬가효와 허다 과품을 보니여 칭샤ᄒ얏거늘 이인이 쏘ᄒᆫ 명【35】 쳡으로 답녜ᄒ더니 오지ᄒᆡ 과연 니르러 션샹의 셔로 녜필좌졍ᄒ미 오지화 왈,

"가졔ᄂᆫ 국왕을 뫼셔 집의 잇스므로 홈게 나아와 회샤치 못ᄒ오며 쇼졔ᄂᆫ 이 위 대현의 만난 연유를 국왕긔 알외니 국왕이 특별이 허ᄒ샤 쳔죠대현을 나아가 샤례ᄒ라 ᄒ시미 좀간 이르과이다."

피츠 칭샤홀 스이의 오지해 연망이 니러 녜ᄒᆞ야 왈,

"국왕이 비록 허ᄒᆞ야 보니시나 신즈의 도리 오릭 밧게 머무지 못홀지라. 마지 못ᄒᆞ야 니별을 고ᄒᆞ나이다.

제13회

美人入海遭羅網　儒士登山失路途

이인이 챵연ᄒᆞ믈 일커러 보닌 후 졍히 배롤 씌오고져 ᄒᆞ더니 홀연 사름이 쇼리ᄒᆞ되 인명을 구제ᄒᆞ라 ᄒᆞ야놀 당싱이 쌀니 션챵의 나려 보니 ᄀᆞ쟝 큰 어션이 언덕의 다히고 그 쇼리 어션(漁船)으로 좃츠 들니거눌 밧비 배롤 져어 그 어션의 다힌 후 구공과 원외로 더부러 어션의 올나 보니 문득 일개 쇼년 녀지 젼신이 물의 져:시나 그 얼골의 아리ᄯᆞ옴과 틱도의 져일ᄒᆞ미 가히 니르되 졀식 슉녜라. 머리의 푸른 깁으로 운발을 거두어 동혓시며 몸의 ᄀᆞ죡옷과 바지롤 닙어시며 허리의 식실씌롤 묵거시며 ᄀᆞ슴 알프로 보검을 꼿고 져근 젼딕롤 씌에 걸어시나 훈 오리 삼노ᄒᆞ로 목을 거러 돛대의 미얏거눌 샴인이 십분 경희ᄒᆞ야 당싱이 어옹을 향ᄒᆞ야 무러 왈,

"져 녀즈는 이 엇던 사름이완디 이ᄀᆞ치 믹야시며 어옹은 어ᄂᆞ 나라 사름이며 이 ᄯᅡᄒᆞᆫ 어ᄂᆞ 지경이며 지명이 무어시뇨?"

어옹 왈,

"이 ᄯᅡᄒᆞᆫ 군즈국 지경이요 쇼즈는 쳥구국(靑邱國) 사름으로 젼혀 고기 줍기로 위업ᄒᆞ더 【37】 니 이곳 빅셩이 낫:치 졍인군지모로 ᄀᆞᄆᆞ니 쐬롤 부려 고기롤 속여 줍지 아니믹 고기 이곳의 ᄀᆞ쟝 만흔지라. 쇼지 씨: 여긔 와 고기롤 만히 줍아 홍니ᄒᆞ더니 이번는 지쉬 통치 못ᄒᆞ야 그물을 베펀 지 여러 날의 큰 고기롤 엇지 못ᄒᆞ므로 졍히 번뇌ᄒᆞ더니 오날은 져 녀지 그물의 걸녀 ᄂᆞ오미 도라가 환부의게 갑슬 밧고 팔면 비록 만흔 고기만 못ᄒᆞ나 오히려 여러 날 신고훈 갑슨 될가 ᄒᆞ거눌 져 녀지 다만 공히 노ᄒᆞ 달나 ᄒᆞ니 삼위 존긱은 헤아려 보쇼셔. 쇼지 슈빅니 풍낭의 십여 일 신고ᄒᆞ야 허다훈 냥미롤 허비ᄒᆞ고 겨유

이를 어더 무단이 노코 가면 그 아니 무의ᄒᆞ니잇가?"

당셩이 그 녀ᄌᆞ를 향ᄒᆞ야 왈,

"너는 어느 곳 엇더ᄒᆞᆫ 사름이완ᄃᆡ 져ᄀᆞ치 쟝쇽ᄒᆞ고 엇지 실족【38】ᄒᆞ야 물에 ᄲᅥ러지미뇨. 한을 먹음어 물에 더지미뇨. 쾌히 실졍을 긔이지 말나 ᄯᅩᄒᆞᆫ 구ᄒᆞᆯ 도리 잇스리라."

녀ᄌᆡ 이에 눈물을 드리워 ᄃᆡ왈,

"비ᄌᆞ는 곳 군ᄌᆞ국 사름이라. 집이 슈션촌(水仙村)의 잇고 셩은 념(廉)이오 나히 겨유 열네히라 어려서 시셔를 넑고 부뫼 구존ᄒᆞ더니 부친의 휘는 례(禮)오 벼슬이 샹ᄐᆡ우의 올나 ᄆᆞ춤 닌국의 병난이 잇셔 국왕긔 쳥병ᄒᆞᄆᆡ 국왕이 교린을 즁히 넉이샤 군ᄉᆞ를 보ᄂᆡ실ᄉᆡ 특별이 부친으로 ᄒᆞ야곰 군무를 참모ᄒᆞ라 ᄒᆞ시거늘 불ᄒᆡᆼ이 남의 ᄭᅬᄒᆡ 깁픠 드러 지리를 모로고 쳔시를 일허ᄇᆞ려 병무를 만히 썩기이ᄃᆡ 벌을 ᄂᆞ리와 변방의 슈ᄌᆞ리 보ᄂᆡ시더니 인ᄒᆞ야 타향 고혼이 되ᄆᆡ 가산이 일노좃ᄎᆞ 녕낙ᄒᆞ고 비복이 산망ᄒᆞᆫ지라 모친 냥시(良氏) 본ᄃᆡ【39】 다병ᄒᆞ더니 이러툿 쳔붕지통을 당ᄒᆞᆫ 후로부터 더옥 긔 허ᄒᆞ고 비위 약ᄒᆞ야 음식과 약을 ᄆᆞ시면 즉시 토ᄒᆞᄂᆞᆫ지라. 의셔를 샹고ᄒᆞ야 오직 ᄒᆡ슴을 달혀 ᄆᆞ시면 비로소 평안ᄒᆞ되 ᄒᆡ슴(海蔘)이 원리 본국의 ᄑᆞ는 지 업고 혹시 고려국(高麗國)으로 좃ᄎᆞ 드러와 ᄑᆞ는 지 잇스나 귀ᄒᆞ기 금 갓ᄒᆞᆯ 분 아니라 가산이 탕픽ᄒᆞ야 문금을 쟝만키 어려오ᄆᆡ 다만 초조망극ᄒᆞ야 지ᄂᆡ더니 엇지 드른 즉 ᄒᆡ슴이 바다ᄆᆞᄃᆞ 업는 곳이 업스니 능히 물속의 드러가면 엇기 어렵지 아니ᄐᆞ ᄒᆞᄆᆡ 비지 ᄉᆡᆼ각건ᄃᆡ 인ᄉᆡᆼ이 혈육지신은 ᄒᆞᆫᄀᆞ지니 다른 사름은 능히 물속의 ᄃᆞ니는 지 잇거늘 나 홀노 엇지 그를 못ᄒᆞ리오 ᄒᆞ야 이에 큰 독에 물을 붓고 그 ᄀᆞ온ᄃᆡ 드러 녹이더니 졈〻 오리ᄆᆡ 능히 물속【40】의 드러 ᄒᆞ로를 ᄎᆞᆷ을지라. 이 법을 비혼 후로 년ᄒᆞ야 바다의 들어 ᄒᆡ슴을 취ᄒᆞ야 날노 죠리ᄒᆞᄆᆡ 모병이 임의 평복ᄒᆞ야더니 이제 ᄯᅩ 모병을 념녀ᄒᆞ야 ᄒᆡ슴을 구ᄒᆞ러 물속에 드럿다가 그릇 져 그물에 걸닌 ᄇᆡ 되니 비ᄌᆞ의 일신은 초개 갓ᄒᆞ니 앗길 ᄇᆡ 업거니와 우흐로 과뫼 잇셔 시봉ᄒᆞᆯ 사름이 업는지라. 만일 대덕을 드리오샤 존명을 증활ᄒᆞ샤 ᄒᆞ야곰 어미를 다시 보게 ᄒᆞ시면 ᄂᆡᆼ셩의 견ᄆᆡ되야 은혜를 갑ᄒᆞ리이다."

말을 ᄆᆞ츠며 방셩대곡ᄒᆞ거늘 당셩이 심히 괴이히 넉여 왈,

"녀ᄌᆞ는 아직 울음을 그치라. 앗가 니르되 시셔를 닑다 ᄒᆞ니 능히 글ᄌᆞ를 써 뵐소냐?"

녀지 년ᄒᆞ야 머리 조아 응셩ᄒᆞ거늘 당셩이 사공을 블너 지필을 나외여 녀ᄌᆞ의【41】올피 노ᄒᆞ 왈,

"쇼져는 쳥컨디 셩명 거쥬를 글노 써 뵈라. 녀지 붓슬 들고 좀간 싱각는 듯ᄒᆞ더니 붓슬 더지고 죠희를 밀치거늘 당셩이 바다보니 이 문득 졀구 일쉬라. 글 오디,

불시파신잠슈거(不是波臣暫水居)
경동확부곤힝거(竟同涸鮒困行車)라
원개일면인ᄌᆞ망(願開一面仁人網)ᄒᆞ라
가렴ᄋᆞ어시효어(可念兒魚是孝魚)라

이 파신[파신은 고기라 말이라]이 아니로디 좀간 물의 거ᄒᆞ니
ᄆᆞ춤니 믈 ᄆᆞ른 디 붕에 술위 박희 ᄌᆞ곡의 곤홈 ᄀᆞᆺ도다
원컨디 어진 사름의 그물 ᄒᆞᆫ 편을 열나
가히 이 고기 효도ᄒᆞ는 고기믈 싱각홀지어다

그 ᄋᆞ리 써시되 군ᄌᆞ국 슈션촌 피화ᄋᆞ녀 넘금풍은 울며 졀ᄒᆞ야 쓰노라.

ᄒᆞ얏더라.

당셩이 보기를 다ᄒᆞ미 스스로 혜오디, '앗가 져 녀ᄌᆞ의 말이 너모 신긔【42】ᄒᆞ기로 내 시험ᄒᆞ야 글ᄌᆞ를 쓰라 ᄒᆞ야 글 닑어 파ᄒᆞ미 헛말이 아닌가 보려더니 제 문득 싱각지 아니코 붓슬 들어 글을 닐우니 앗가 말이 헛되지 아니믄 니르도 말고 가히 니르되 지덕이 겸비ᄒᆞᆫ 녀지로다.' 인ᄒᆞ야 어옹을 도라보아 왈,

"이제 져 녀ᄌᆞ의 글노 볼진디 실노 이 쳔금쇼졔시니 내 특별이 십만젼을 너를 쥬어 술갑슬 보티리니 네 즐겨 션심을 발ᄒᆞ야 져 쇼져를 노ᄒᆞ 보니면 쏘ᄒᆞᆫ

음덕이 적지 아니리라."

원외 왈,

"네 과연 져룰 노흐면 일후 그물을 더져 허발홀 씨 업셔 싱이 날노 흥왕흐리라."

어옹이 머리 흔드러 왈,

"내 져 갓흔 지슈룰 만나미 이후 반세샹을 젼혀 져로써 살아느리니 엇지 십관젼을 밧고 헛도히 노흐리오. 청컨더 【43】 긱인은 남의 일 알은 쳬 말지어다."

구공이 분연 왈,

"우리 무리 긱인은 남의 일 알은 쳬 말지어다."

구공이 분연 왈,

"우리 무리 죠흔 뜻으로 돈을 쥬마 흐야든 네 엇지 이리 대답흐느뇨? 져 쳔금쇼졔 비록 그물의 써러진들 엇지 너의 쥬장홀 비리오."

원외 왈,

"만일 고기로 흐야곰 네 그물에 들면 곳 너의 쥬장홀 비어니와 이제 져는 분명히 사룸이오 고기 아니어니 네 일즉 눈이 머지 아녀시면 응당 사룸의 고기룰 분변흐리라. 네 닐으되 남의 닐 알온 쳬 말나 흐니 너도 쏘흔 푼젼을 브라지 말나. 내 믄득 져 사룸을 노흐리니 네 장춧 엇지흐리오."

셜파의 몸을 날녀 션즁의 드니 어옹의 노패 니다라 크게 울며 쇼리질너 왈,

"쳥쳔빅일의 너의 무리 강되 감히 나아와 남의 물화룰 겁탈흐니 출흐리 늙은 목숨을 브려 분을 풀나라."

흐며 몸을 【44】 부드이져 장춧 물에 쓴지고져 흐거늘 모든 사공이 붓들어 그치며 당싱이 어옹드려 무러 왈,

"네 필경 언마룰 브든 후야 브야흐로 져 쇼져룰 노흘소냐?"

어옹 왈,

"만히도 브라지 아닛느니 다만 빅금을 쥬어든 쾌히 노흐리라."

당싱이 혼연이 션창의 드러가 은즉 빅냥을 어옹을 준더 어옹이 대희흐야 비로소 민 거슬 글너 노커눌 삼인이 거느려 션즁의 도라오미 넘금풍(廉錦楓)이

：에 것히 닙은 바 ㄱ족옷슬 벗고 당성을 향호야 머리 조아 샤례호고 샴인의
성명을 청호거늘 샴인이 셔로 일너 답샤호니 어션이 임의 ㅂ람을 만나 씌원지
오리더라. 당성 왈,

"쇼져 귀퇵이 예셔 언마ㄴ 되ㄴ뇨?"

금풍 왈,

"비ㅈ의 집이 올프로 슈리ㄴ 가면 슈션촌이라 ㅎㄴ 곳이 잇스니 이곳의 슈션
홰 ㄱ장 성호므로 이리 일컷ㄴ【45】 이다."

당성 왈,

"귀퇵이 임의 머지 아니시니 우리 무리 맛당이 쇼져롤 뫼셔 귀퇵의 드르신
후 도라가리라."

금풍 왈,

"앗가 어든 바 희슘은 임의 어옹의게 일흔 비 되니 집이 비록 바다흘 님호나
그곳은 물이 엿터 희슘을 엇지 못홀지라. 비ㅈ의 뜻은 다시 물에 드러 몃 개을
어더 도라가 어믜 기ᄃ리ㄴ 마음을 위로코져 ㅎㄴ니 은인은 가히 좀시롤 배롤
머물너 기ᄃ리시리잇가."

당성 왈,

"쇼져의 효심이 ：ㄹ흐시니 우리 엇지 말니며 좀시 머무르미 무어시 어려오
리잇고."

금풍이 다시 ㄱ족옷슬 닙어 장속호고 몸을 날녀 물 우히 쓰더라. 경각의 간
곳을 모롤지라. 원외 츠탄 왈,

"미계ᄂ 부졀업시 져 녀ㅈ롤 노호보니도다. 져ㄹ치 어린 나히 이런 대히의
드러가니 분명이 물 【46】 을 ᄆ셔 죽거ㄴ 큰 고기의 숨킨 비 되거ㄴ 홀 거시
니 앗가 구챠히 구흔 공이 어더 잇ㄴ뇨?"

구공 왈,

"제 샹히 물속에 단녀 슈성을 닉이 알미 고기와 다르미 업스니 엇지 죽을 넘
네 잇스며 ᄯ흔 보검을 ㄱ져시니 약간 슈신과 어별이 엇지 감히 ㄱ가이 범호리
오. 님형은 방심호라. 오러지 아녀 희슘을 ㄱ져올나 오리라"

삼인이 한담호야 시각이 진호도록 ᄆ춤ㄴ 쇼식이 업거늘 원외 고성 왈,

"내 말이 녕ᄒᆞ지 아니냐 져 녀지 반드시 고기밥이 되도다. 우리 무리 ᄒᆞᄂᆞ토 믈의 단니지 못ᄒᆞ니 쇼식이나 엇지 탐지ᄒᆞ리오."

구공 왈,

"우리 사공의 니대(李大)라 ᄒᆞᄂᆞ 지 능히 물속의 드러 줌시롤 춤ᄂᆞᆫ다 ᄒᆞ니 져 롤 보니여 탐지ᄒᆞ미 올토다."

이에 니대롤 부르니 즉각의 응성ᄒᆞ고 물에 ᄂᆞ리더니 오러지 아녀 올ᄂᆞ와 【47】 고ᄒᆞ되 그 녀지 물속의셔 큰 죠기로 더부러 쏘화 거의 죠기롤 죽여시니 경각의 오리이다."

정언간의 금풍이 몸에 혈적을 씌여 배의 오르며 ᄀᆞ족옷슬 벗고 손의 ᄒᆞᆫ 낫 큰 구슬을 밧들어 당싱을 향ᄒᆞ야 졀ᄒᆞ야 왈,

"비지 은인의 구명ᄒᆞ시믈 밧ᄌᆞ와 갑흘 바롤 아지 못ᄒᆞ더니 ᄆᆞ초아 이 구슬을 어드미 그ᅌᅵ기 황족의 구슬 무러오믈 본밧고져 ᄒᆞᄂᆞ니 브라건디 은인은 미ᄒᆞᆫ 정성을 용납ᄒᆞ쇼셔. 당싱이 답ᄂᆡ 왈,

"쇼졔 이 ᄀᆞᆺ흔 지보롤 어드시니 맛당이 국왕긔 바치면 가히 즁ᄒᆞᆫ 상을 바다 족히 휜당의 감지롤 보틸 거시어늘 엇지 은혜라 일크르시며 노뷔 ᄯᅩᄒᆞᆫ 갑기롤 브라ᄂᆞᆫ 지 아니; 쳥컨디 거두어 도라가쇼셔."

금풍 왈,

"국왕이 일즉 효유ᄒᆞ시되 무릇 【48】 대쇼 민인 즁 만일 구슬과 보비롤 ᄀᆞ져 나라의 브치ᄂᆞᆫ 지 잇스면 맛당이 물건은 즉각의 파쇄ᄒᆞ고 그 사람을 형벌ᄒᆞ리 라 ᄒᆞ샤 셩문의 크게 쓰되 '유션위뵈惟善爲寶'라 ᄒᆞ미 이 ᄯᅳᆺ이라. 비지 이 구슬 을 ᄀᆞ져 도로혀 쓸 디 업ᄂᆞ니 은인은 더러이 녁이지 므르시고 거두어 용납ᄒᆞ시 면 미ᄒᆞᆫ 정성이 져기 평안ᄒᆞ리로소이다."

당싱이 져의 지셩을 믈니치기 어려오미 마지 못ᄒᆞ야 구슬을 거두고 배롤 씌 워 슈션촌을 향홀시 일변 션창의 드러가 금풍으로 ᄒᆞ야곰 녀시와 완여로 셔로 뵈미 ᄒᆞᆫ 번 보아 문득 아던 사람 ᄀᆞᆺᄒᆞ여 셔로 반기며 친이ᄒᆞ미 극진ᄒᆞ더라. 오 러지 아녀 슈션촌의 다ᄃᆞ르니 금풍이 녀시와 완여로 니별을 고ᄒᆞ고 희슴 젼디 롤 씌여 알플 인도ᄒᆞ거늘 당싱이 져의 빈한ᄒᆞᆷ을 임의 【49】 드른지라. 약간 은 ᄌᆞ롤 몸의 지니고 님·다 이인을 잇그러 홈게 쏠오더니 이에 넘가 문젼의 다ᄃᆞ

르니 금풍이 문을 두드리미 안으로 좃ᄎ 일개 노픠 나아와 문을 열어 왈,

"쇼졔 엇지 도라오시미 이ᄀ치 더듸시뇨?"

부인이 긔력이 으춤 이에셔 쾌히 강건ᄒ시니 아지 못게라 희슴은 어디 도라오시니잇가. 금풍이 미쳐 잡지 못ᄒ고 샴인을 쳥ᄒ야 셔당의 좌졍ᄒ고 안흐로 드러가 그 모친 냥시로 더부러 ᄂ아와 당싱을 향ᄒ야 구명ᄒ 은혜롤 일컷고 모다 녜롤 ᄆᄎ미 셰업을 말ᄒ니 이 본ᄃ 녕남 사름이라. 금풍의 증죄 녕남으로 조ᄎ 남북조(南北朝) 난리롤 피ᄒ야 이곳의 니르러 ᄌ손이 인ᄒ야 군ᄌ국 사름이 되니 당싱의 증조는 곳 넘가의 녀셰니 ᄌ셰히 항녈과 쳑의롤 펴건디 이 문득 냥시로 더부러 외쳑 슈슉 【50】 이 되ᄂ지라. 냥시 더옥 깃거 왈,

"은인이 도로혀 즁표지친이 되시니 ᄒ눌이 우리 모녀의 고혈ᄒ믈 어엿비 넉이시미로다. 여긔 살안 지 비록 샴디의 니르나 ᄆᄎ니 우거ᄒ지라. 친쳑이 젼혀 업고 ᄒ물며 쟝뷔 거세ᄒ므로부터 다른 형졔 업고 가산이 탕패ᄒ야 다만 ᄒᄋ돌이 잇스나 아직 어린 ᄂ흘 면치 못ᄒ고 쳡의 친개 ᄯᅩ한 녕낙ᄒ야 의뢰ᄒ 곳이 업스미 싱각건디 녕남 고향은 일졍 친쳑이 만히 잇슬 듯ᄒ니 미양 고향을 ᄎᄌ 도라가고져 ᄒ나 슈만리 대해의 과부 고애 약녀롤 거ᄂ려 어디롤 향ᄒ리오. 일노써 ᄌ져ᄒ더니 다ᄒᆼ이 은인을 만ᄂ니 친의 ᄯᅩ 이 ᄀᆺ흔지라. 일후 도라가시는 날 만일 외로온 졍경을 어엿비 넉이샤 잇그러 고향의 도라가 ᄒ야곰 해외의 쥬려 죽으믈 면케 ᄒ시면 【51】 셰ᄼ싱ᄼ의 맛당이 견믜 되야 그 은혜롤 갑흘가 ᄒᄂ이다."

당싱 왈,

"표쉬(表嫂) 임의 환향ᄒ 뜻이 겨실진디 쇼졔 도라가는 날 뫼셔가미 어렵지 아니나 다만 각국의 돌아 물화롤 매믜ᄒ미 지속을 졍치 못ᄒᄂ니 귀쳬 오히려 강건치 못ᄒ시니 일노써 근심이로소이다. 표질이 나히 바야흐로 언ᄆᄂ ᄒ며 엇지 ᄒ 번 보믈 허치 아니시ᄂᄂ니잇고."

냥시 이에 ᄋᄌ 넘흥(廉興)을 불너 나와 샴인의게 녜ᄒ거늘 당싱 왈,

"표질이 져ᄀ치 미목이 쳥슈ᄒ고 긔위 헌앙ᄒ니 일후의 졍히 큰 그릇슬 닐울지라. 이제 ᄂ히 언마ᄂ ᄒ며 닑는 비 무슴 글이뇨?"

넘흥이 공경대왈,

"쇼질의 어린 나히 겨유 십삼이오 집이 가난ᄒ야 스승을 청치 못ᄒ미 다만 져ᄅᆞᆯ ᄯᆞᆯ와 경셔을 비혼 후 즉금 스긔와 졔ᄌᄅᆞᆯ 【52】 닑ᄂᆞ이다."

낭시 왈,

"첩의 집이 비록 퇴븨ᄒ나 오히려 긱셜 샴간이 잇스므로 거년의 일위 슈지ᄅᆞᆯ 만나 이곳의 학당(學堂)을 열어 싱도(生徒)ᄅᆞᆯ ᄀᆞ르치ᄆᆡ 미돈(迷豚) ᄯᅩᄒᆞᆫ ᄯᆞᆯ와 혹업ᄒ며 방세(房貰)로 속슈[束脩 션싱 대졉ᄒᄂᆞᆫ 례(?)앗이라]ᄅᆞᆯ 슴아 피치 냥편ᄒ더니 금년의 그 슈지 남의 청ᄒᄆᆞᆯ 인ᄒ야 다른 ᄆᆞ을노 ᄆᆞ가ᄆᆡ 미돈의 혹업이 겸〻 ᄎᆞ타ᄒᄋᆡ이다."

당싱 왈,

"표형이 불힝 거셰ᄒ시고 가산이 ᄯᅩᄒᆞᆫ 녕낙ᄒ니 표쉬 엇지 새 날을 보ᄂᆡ시며 표질이 션싱을 ᄯᆞᆯ와 혹업ᄒ면 ᄆᆡ년 속슈ᄒᄂᆞᆫ 은젼이 언마ᄂᆞ ᄒ니잇고?"

낭시 왈,

"미돈을 남의 혹당의 보ᄂᆡ면 일년 속슈ᄒᄂᆞᆫ 비 불과 일이십 금이오 가즁의 쓰이ᄂᆞᆫ 바ᄂᆞᆫ 다힝이 년풍을 만나 미곡이 ᄀᆞ쟝 흔ᄒᄆᆞ로 모녜 날노 침션을 팔아 져기 지보ᄒᄂᆞ이다."

당싱이 쳥파의 낭 봉 은ᄌᄅᆞᆯ ᄂᆡ여 【53】 념홍을 쥬며 낭시ᄅᆞᆯ 향ᄒ야 왈,

"일노ᄡᅥ 표질의 독셔홀 거리ᄅᆞᆯ 슴으며 신슈의 보팀실가 ᄇᆞ라ᄂᆞ이다. 표질이 진짓 비범ᄒᆫ ᄌᆞ질이나 혹업을 가히 폐치 못홀지라. 힘ᄡᅥ 공부ᄅᆞᆯ 닐우면 쟝ᄂᆡ 고향의 도라가 과명의 놉히 올나 가업을 다시 훙긔홀 거시오 표쉬 이 ᄀᆞᆺ튼 아ᄅᆞᆷ다온 ᄌᆞ녀ᄅᆞᆯ 두시니 일후 복녹이 무궁ᄒ시리이다."

낭시 눈물 흘녀 비샤 왈,

"은인의 재덕은 셔어ᄒᆫ 말노ᄡᅥ 일컷지 못ᄒ고 금싱의 ᄯᅩᄒᆞᆫ 갑흘 길 업거니와 첩의 신병이 비록 녀ᄋᆡ 해슘 쓰므로 아직 존쳔을 부지ᄒ나 병이 임의 고향의 든지라. ᄇᆞ람의 촉불과 다름이 업ᄂᆞ니 일후 도라가시ᄂᆞᆫ 길의 첩의 존망을 의논치 말고 미돈 남ᄆᆡᄅᆞᆯ 거두어 도라가샤 죵신대ᄉᆞᄅᆞᆯ 임의로 쥬쟝ᄒ시ᄆᆞᆯ ᄇᆞ라ᄂᆞ이다."

당싱 왈,

"임의 【54】 표슈의 부탁ᄒ시ᄆᆞᆯ 밧줍고 ᄯᅩᄒᆞᆫ 지친이라. 쇼졔 슴ᄀᆞ ᄀᆞ르치시

몰 져바리지 아니리니 브라건더 표슈는 방심ᄒ샤 병회롤 상히오지 ᄆ르쇼셔.”

인ᄒ야 셔로 즉별ᄒ니 피ᄎ 년ᄼ의 ᄼᄒ미 이로 긔록지 못ᄒᆯ너라. 샴인이 배의 도라오미 당싱이 넘쇼져의 효심과 지덕을 못니 일커러 그으기 ᄌ부 ᄉᆷ기롤 뉴의ᄒ더라. 힝ᄒᆫ 지 몃츨에 대인국(大人國) 지계의 다ᄼ르니 이곳이 군ᄌ국으로 지경을 년ᄒᆫ 고로 풍속 언어와 물화 토산이 셔로 방불ᄒ니 샹고의 왕니 ᄌ즈고 물홰 흔흔지라. 이러모로 님원의 비록 물화롤 팔녀 아니나 전혀 당싱의 유완ᄒ기롤 위ᄒ야 구공으로 더부러 흠게 배의 ᄂᆞ리니 당싱 왈,

“젼일 드르미 대인국이 사롬마다 구름을 ᄐ고 힝ᄒᆫ다 ᄒ미 ᄒ 번 보몰 그으기 ᄇ라더니 오날 과연 그 ᄯᄒᆯ 볼부【55】니 진실노 하ᄂᆞᆯ이 사롬의 원을 좃ᄎ시도다.”

구공 왈,

“이제 이십니롤 힝ᄒ여야 비로소 인연이 잇ᄂ니 샐니 힝ᄒ야도 오히려 도라가기 져물 거시오 젼면의 큰 녕이 잇고 길이 여러 곳으로 갈니이니 져의 나라의셔 이 녕으로 성곽을 ᄉᆷ아 녕 밧근 젼답이 잇고 녕 안흐로 인개 잇다 ᄒ더이다.”

두어 시각을 힝ᄒ야 비로소 녕이 갓가오니 사롬의 단니는 뉴롤 보건더 그 사롬이 크 크되 다른 사롬이 이셔 불과 이삼 쳑 더ᄒᆯ ᄲᆞᆫ이오 거름 거르미 발 알이 구름이 ᄼ러나 발을 ᄯᆞᆯ와 움즉이니 ᄯᄒ히셔 반 ᄌ 놉희ᄂᆞᆫ 씌여단니되 발을 머츄면 구름이 ᄯ흔 그치더라. 샴인이 산샹의 올나 구비ᄼᄼ 썻긴 길노 이리져리 도라 봉머리의 두 번 올으되 갈ᄉ록 길이 갈니여 동셔롤 분변치 못ᄒᆯ지라. 오고【56】 가기롤 부즈러니 ᄒ되 ᄆ춤니 산즁을 쎠ᄂ지 못ᄒ니 녕을 지날 길 업셔 졍히 방황ᄒ더니

제14회

談壽夭道經聶耳　論窮通路出無腸

구공 왈,

"이 일졍 길을 그릇 드도다. 무초아 져곳의 져근 암지 잇스니 맛당이 승도룰 츠즈 길을 무르리라. 일졔히 암즈의 느아가 졍히 문을 두드리려 ᄒ더니 젼면의 일개 노옹이 오거눌 모다 보니 손에 흔 병 술을 들고 흔 손의 돗히 머리룰 들고 문에 다드라 쟝촛 문을 들녀 ᄒ거눌 당싱이 손을 꼬즈 왈,

"쳥컨디 노쟝은 이 암즈 일홈이 무어시며 암즁의 쏘흔 승되 잇느니잇가?"

노옹이 쳥파의 년ᄒ야 득죄ᄒ롸 일커르며 썰니 드러가 술병과 졔육을 노코 나오며 졀ᄒ야 왈,

"이 암즈의 관음대스룰 공양ᄒ니 쇼지곳 승되로소이다."

님원외 긔괴ᄒ믈 닉의지 못ᄒ여 왈,

"네 임의 화샹(和尙)이면 엇지 머리룰 싹지 아니코 【57】 쏘 술과 고기룰 스셔 도라오니 응당 니고(尼姑)로써 안해 숨으리로다."

노옹 왈,

"암즁의 과연 일개 니괴 잇스니 곳 쇼승의 안해로소니 이 암즈의 별노 다른 사룸이 업고 다만 쇼승에 부뷔 어려셔부터 여긔 잇셔 향화룰 밧드느니 본국의 일즉 승인이란 칭회 업더니 드르니 쳔죠의셔 한나라 이후로 졀의 잇는 사룸을 부디 머리룰 싹겨 남즈는 니로디 승이라 ᄒ고 녀즈는 니르되 니괴라 흔다 ᄒ미 그후로 쳔죠룰 본바다 무릇 졀의 잇셔 향화 밧드는 즈는 비록 머리 싹지 아니코 소ᄒ지 아니나 칭호는 문득 이곳치 ᄒ느니 이러므로 쇼즈는 승이라 ᄒ고 쇼즈의 쳐는 니괴라 ᄒ느이다. 아지 못게라 삼위 존긱이 어디로 좃츠 니르시니잇고?"

구공이 거쥬와 지느는 연고룰 즈시 말ᄒ디 노옹이 몸을 굽혀 왈,

"원리 샴 【58】 위 존긱이ᄀ 문득 쳔죠 대현이시어눌 득죄ᄒ미 만토소이다. 쳥컨디 방쟝의 나아가 느즌 챠룰 밧드러 드리고져 ᄒ느이다."

당싱 왈,

"우리 쟝촛 녕을 지나고져 ᄒ미 이곳의 머무지 못ᄒ리로다."

원외 왈,

"너의 화샹과 니괴 합ᄒ야 즈녀룰 느흐면 그 칭호룰 쏘 무어시라 일컷느뇨? 쟝촛 셰샹 사룸의 즈녀와 곳치 ᄒ랴."

노옹이 쇼왈,

"쇼승 부뷔 불과 여긔 잇셔 향화를 직흴 분이라. 일즉 법을 어긔고 죄를 범흔 비 업고 도적도 아니요 챵기도 아니라. 일졀 흐는 비 평인으로 더부러 조곰도 다르미 업느니 즈녀를 느흐미 칭회 엇지 드르리잇고. 대현은 승인의 느흔 바 즈녀를 뭇지 말나. 귀국의 문묘(文廟) 직흰 사룸의 즈녀를 문득 무어시라 일컷 느뇨?"

원외 말이 막혀 다시 뭇지 못ᄒ니 【59】 당싱 왈,

"그는 희언이어니와 귀국 사룸이 낫ᄎ치 발 알이 구름이 느니 이 과연 어려 셔부터 잇스미냐 즈란 후 즈ᄎ 비화 어드미뇨?"

노옹 왈,

"이 구름이 사룸의 발노 말미암아 느는 비니 인력으로 능히 엇지 못ᄒ는 비 라. 그 비치 오치로써 귀히 넉이고 누른 비치 그 다음이요 그 남은 비츤 일커를 것 업고 오직 거문비츨 ᄀ쟝 낫게 넉이느니이다."

구공 왈,

"예셔 성즁이 오히려 머다 ᄒ니 도라갈 길이 심히 밧분지라. 우리 다만 길을 무러 일즉 가미 올토다."

노옹이 어시의 샴인을 잇그러 길을 지졈ᄒ거늘 비로소 노옹을 즉별ᄒ고 녕 하의 느리며 져즈 거리와 인개 즐비흔 고디 다드르니 인물풍속이 군즈국으로 더부러 셔로 방 【60】 불ᄒ되 오직 사룸마다 발 ᄋ리 구름이 오식이 분ᄎᄒ야 이목이 현황흔지라. 보아오미 혹 걸인이 치운을 트고 단니는 지 잇거늘 당싱 왈,

"앗가 노옹의 말노 듯건디 구름 비치 오치로써 귀ᄒ다 ᄒ고 흑식으로써 낫다 ᄒ더니 이제 엇지 져 ᄀᄎ흔 걸인이 문득 오치의 구름의 올나느뇨?"

원외 왈,

"믜졔는 그 말을 밋지 말나. 그 늙은 거시 임의 술 무시고 ᄎ기 먹고 쏘 져집 두다 ᄒ니 이 졍히 쥬육화샹이로디 그 발 알이 문득 치운이 잇더니 이제 져 걸 인이 졍히 그 화샹과 ᄀᄎ흐니 분명 져의 ᄀ진 바를 귀트 니르미로다."

구공 왈,

"노뷔 젼일의 이곳의 니르러 ᄌ셔이 드럿ᄂ니 구름비치 비록 귀쳔이 잇스나 혹 치운의 올으며 혹 흑원의 오르는 지 젼혀 사름의 ᄆ음【61】으로 좃ᄎ 변ᄒᄂ니 힝실의 션악으로 ᄯᆞ로이고 부귀 빈쳔으로 가지 아녀 과연 심ᄉ를 광명 졍대히 ᄒ야 쵹ᄒᆫ 일을 힘쓰면 발 ᄋ리 치운이 졀노 싱기고 만일 챵ᄌ의 ᄀ득ᄒᆫ 비 간샤 음독ᄒ면 흑운이 졀노 싱기ᄂᄂ니 구름은 발노 좃ᄎ 싱기고 비츤 ᄆ음으로 좃ᄎ 변ᄒ다 ᄒ미 허언이 아니라. 이러모로 부귀지인이 왕ᆢ 이 흑운을 ᄐ고 빈쳔지인이 도로혀 치운을 어든 지 만ᄒ니 말이 비록 이러ᄒ되 이곳 민심이 슌박ᄒ야 흑운의 오른 지 빅에 ᄒ나둘ᄒ리라. 대쳐 국인이 흑운으로써 ᄀ쟝 붓그러이 넉이미 스오나온 일을 당ᄒ면 문득 믈너나 범치 아니려 ᄒ고 쵹ᄒᆫ 닐을 보면 닷토아 몬져 ᄒᄂ 고로 ᄆ춤ᄂ니 쇼인의 심슐이 업다 ᄒ야 닌국이 대인국이라 일컷거【62】눌 먼디 사름은 이 ᄯᅳᆺ을 모로고 다만 써ᄒ되 대인국은 사름이 ᄀ쟝 큰 줄노 아ᄂ니라."

당싱 왈,

"쇼졔 졍히 의아ᄒᄂ 바는 젼의 듯건디 해외에 대인국이 잇스니 그 사름이 기리 두 길이라 ᄒ더니 이제 엇지 이 ᄀᆺ흔고 ᄒ얏더니 비로소 그릇 젼ᄒ믈 ᄶᅵ닷과이다."

구공 왈,

"그 니른바 기리 두 길은 ᄒ다 ᄒᆫ 이 진짓 쟝인국(長人國)이니 당형이 쟝ᄎ 그곳의 가리니 가히 대인과 쟝인을 쾌히 분변ᄒ리라.

홀연 길가의 빅셩이 좌우로 길을 피ᄒ고 일위 관원이 나아오거늘 ᄇ라보니 머리의 오사복두(烏紗幞頭)를 쓰고 몸의 금포를 닙고 붉은 냥산을 바치며 젼후로 옹위ᄒ니 위의 ᄀ쟝 엄슉ᄒ되 다만 발 알이 붉은 깁을 둘너 구름비츨 ᄀ리워 뵈지 아니커늘 당싱 왈,

"이곳 관원이 미양 구름을 멍에ᄒ니 츌입ᄒ미 ᄀ【63】쟝 편ᄒᄆ로 져 ᄀᆺ튼 위의에 문득 거ᄆ를 ᄐ지 아니토다. 다만 져 불근 깁으로 구름을 가리오문 무슨 연괴뇨? 이 아니 존귀ᄒᄆ로 위의에 ᄯᆞ로여 감히 우러ᆢ 보지 못ᄒ게 ᄒ미뇨?"

구공이 머리 흔드러 왈,

"이런 사룸은 홀연이 발 알이 스오나온 구룸이 니러느니 그 비치 검도 아니코 푸르도 아녀 지빗 굿흐니 사룸이 니르되 회긔식(晦氣色)이라 흐느니 무릇 이 비치 느는 즈는 반드시 그만흔 그온디 간샤흔 닐을 힝흐야 사룸은 비록 져의 속은 비 되나 져 구룸은 므춤니 속이지 못흐야 문득 져그치 회긔롤 발흐야 남의게 스오나오믈 드러느니 제 문득 깁으로 그리워 사룸의 눈의 뵈지 말과져 흐미나 이 엇지 귀롤 그리오고 방올을 도적홈 갓지 아니리오. 다만 져 구룸이 쏘흔 사룸으로 흐야곰 허물 고치믈 허흐느니 만일 져 사룸【64】이 젼의 그릇 흐믈 씨다라 므음을 도로혀 쵹흔 디 느아가면 구룸이 쏘흔 비츨 변흐야 의구히 남과 굿거니와 흑운이 오리 변치 아니면 국왕이 그 힝스롤 술펴 죄롤 느리오고 국인이 셔로 그르쳐 허물을 고치지 아니코 스스로 하류의 쳔흐다 흐야 더부러 친근치 아니트 흐더이다."

원외 왈,

"하늘이 오히려 공번되지 아니시도다."

당싱 왈,

"이 엇지 니르미뇨?"

원외 왈,

"하늘이 엇지 져 구룸을 그져 홀노 대인국에 만니시고 다른 곳에 니지 아니시니 이 아니 공번되지 못흐시미냐. 만일 쳔하의 곳ː이 져 구룸이 잇스면 무릇 므음을 속이며 남을 해흐야 덕힝을 힘쓰지 아닛는 즈의 발을 쏠와 그며 져 굿치 회긔롤 발흐야 낫ː치 드러니여 사룸므다 놀니게 흐면 그 엇지 상쾌치 아니리오."

구【65】공 왈,

"세간의 덕힝을 힘쓰지 아닛는 지 비록 흑운이 발 알이 나지 아니나 문득 져의 머리 우희 거문 긔운이 츙젼흐느니 이는 오히려 흑운이에서 더옥 두렵지 아니랴."

원외 왈,

"진실노 흑긔 잇슬진디 우리는 엇지 보지 못흐느뇨?"

구공 왈,

"사룸이 비록 주세히 보지 못ᄒ나 하늘은 문득 명빅히 분별ᄒ시거니 엇지 공되 업다 니르리오."

인ᄒ야 각쳐의 유완ᄒ고 오히려 날이 져믈가 두려 춍〃이 션샹의 도라오니라. 쏘 힝ᄒ야 노민국(勞民國) 지계의 다〃르니 샴인이 배에 ᄂ려 셩즁을 향ᄒ더니 도로의 왕ᄂ이ᄒᄂ 사람이 개〃히 얼골이 검기 먹칠ᄒ 듯ᄒ고 왼몸을 흔들어 요동ᄒ며 단니거늘 샴인은 써ᄒ되 힝노의 ᄲᆯ니 거러단니므로 주연 몸이 요동ᄒᄂ가 ᄒ 【66】 더니 졈〃 보아가미 져주의 안즌 장ᄉ와 문 알픠 셧ᄂ 사룸도 낫〃치 몸을 흔드러 줌시롤 그치지 아니커늘 당싱 왈,

"노민국이라 ᄒ미 수고로을 '노(勞)' 쩌니 진실노 여긔 합당ᄒ도다. 져〃치 요동ᄒ니 엇지 슈고롭지 아니리오."

님원외 왈,

"져 무리 졍히 풍증을 들니되 양각풍(羊角風)을 만나도다. 져〃치 어즈러이 요동ᄒ다가 밤을 당ᄒ면 쟝춧 엇지 줌을 들니요. 우리ᄂ 쳔죠의 나미 진실노 쳔힝이로다. 만일 져곳의 나더면 나ᄂ 져〃치 ᄒ야 이틀만 되면 ᄉ지 빅해 낫〃치 흐터져 죽으리로다."

당싱 왈,

"져무리 져〃치 죵일 총망 골믈ᄒ야 젼신이 평안ᄒ ᄯᅢ 업스니 이 니른바 인싱이 반일 한가ᄒ믈 엇기 어렵다 ᄒ더니 져 무리ᄂ 슌식도 한가ᄒ믈 엇지 못ᄒ니 그 능히 나흘 언므나 ᄉᄂᆫ고?"

【67】 구공 왈,

"노뷔 일즉 해외에 젼ᄒᄂ 동요(童謠)롤 드르니 노민국은 슈롤 길게 ᄒ고 지가국은 나히 져르다 ᄒ니 원리 이곳은 비록 골몰 무가ᄒ나 이 블과 몸을 슈고롭게 홀 ᄲᅮᆫ이요 ᄆᆞ음을 일즉 ᄡᅳ지 아니코 겸ᄒ야 이 ᄯᅡ히 오곡이 나지 아니모로 다만 실과 여름으로 냥식 ᄉᆞᆷ아 ᄆᆞᄎᆞ니 화식을 먹지 아니니 사룸ᄆᆞ다 쟝슈ᄒ다 ᄒ더이다. 다만 노뷔 일즉 두풍으로 현증이 잇더니 이제 져 흔드ᄂ 모양을 보미 머리 어즐ᄒ고 눈이 어득ᄒ야 실노 나아가지 못홀지라. 몬져 도라가믈 쳥ᄒᄂ니 이 형은 다시 각쳐의 구경ᄒ야 쳔〃이 도라오쇼셔."

당싱 왈,

"이곳이 임의 믈식의 번화흔 비 업셔 족히 보암즉지 아닌지라. 구공이 쏘흔 현증이 복발ㅎ시다 ㅎ니 흠긔 도라가미 조【68】토다."

이에 가던 길노 도로 향ㅎ더니 사룸이 쩨지어 왕니ㅎ며 져근 새룰 농에 너허 셔로 미ː흐거눌 ㅈ시 보니 그 새머리 둘이오 털과 깃시 오식이 녕농ㅎ고 그 쇼리 쏘흔 빅가지로 변ㅎ야 ㄱ쟝 듯기 조커눌 원외 왈,

"이 과연 잉무빅셜[鸚鵡百舌 새일홈]의 지ː 아니ㅎ니 이룰 ㄱ져 기셜국(歧舌國)의 ㄱ면 응당 사고져 ㅎ리 잇스리니 가히 멋병 술을 밧고리라. 이에 냥긔 룰 농아오로 사고 먹일 열미룰 만히 어더 션샹으로 도라오다. 슈일을 힝ㅎ더니 셥이국(聶耳國) 지경의 다ː르니 그 사룸이 형체 면모는 사룸으로 더부러 죠곰 도 다르미 업스되 다만 두 귀 ㄱ쟝 크고 길어 허리의 드리오니 거름 거룰 씨면 두 손으로 귀룰 밧들고 힝ㅎ거눌 당싱 왈,

"쇼졔 일즉 샹셔(相書)룰 보니 말ㅎ되【69】두 귀 엇개의 드리오면 크게 슈 흔다 ㅎ더니 이곳 사룸은 응당 낫ː치 쟝슈ㅎ리로다."

구공 왈,

"노뷔 처엄으로 져 쟝이(長耳)룰 보고 ㅈ셔이 방문흔즉 이곳 사룸이 ㅈ고 이 리로 슈룰 칠십의 지나니 업다 ㅎ더이다."

당싱 왈,

"이 엇진 연괴니잇고?"

구공 왈,

"노부의 억견으로 싱각건디 이 문득 태과ㅎ미라. 길어도 너모 분슈의 지나니 도로혀 노부의 적은 귀만 못ㅎ도다. 녯적의 한무졔(漢武帝) 동방삭(東方朔)ᄃ려 무러 왈, '짐은 드르니 샹법의 니로디 사룸의 인즁이 길어 일촌이 지나면 반드 시 빅셰 하슈룰 흔다 ㅎ더니 이제 짐의 인즁이 일촌이 지나니 쟝촛 빅셰에 더 흔 슈룰 ㅎ랴?' 흔디 동방삭이 대왈, '녯사람의 핑죄(彭祖) 슈룰 팔빅을 ㅎ야스 니 그 말 갓흘진디 그 인즁은 ㅈ연【70】얼골이여셔 길니ː 글노 엇지 미드리 오.' ㅎ니라."

원외 왈,

"만일 인듕으로 슈룰 의논흘진디 핑조의 인즁은 비곱과 ㄱ즉흘 번 ㅎ도다."

구공 왈,

"져 섭이국 사람의 귀를 엇지 크다 하리오. 노뷔 일즉 해외의 한 곳의 니르니 그 나라 일홈도 모로되 그 사람의 두 귀 구장 길어 우리로 발의 지니고 우흐로 머리를 지니니 정히 물 밋 조개겁풀 구흐여 사람이 문득 두 귀 속에 들어 단니 ; 그 잘 써면 한 귀로 니불 삼고 한 귀로 주리 숨으며 그 녀즈는 무릇 즈녀를 니흐든 그 귀속의 너허 기른다 하니 만일 귀 크기로 쟝슈홀진더 그 사람들은 가히 쟝싱불스하리로다."

셔로 담쇼하야 배 구는 줄 씨닷지 못하더니 임의 무쟝국(無腸國) 지경의 니르다 하거늘 당싱이 정히 배의 느리고져 하더니 구공 왈.,

"이곳의 일즉 보암즉한 비 업【71】 고 겸하야 오날 풍셰 슌하야 배 가기 심히 쾌하니 그져 지나미 해롭지 아니코다."

당싱 왈,

"맛당이 구르치시믈 조츠려니와 쇼졔 일즉 드르니 무쟝국 사람이 챵지 업스므로 무릇 음식을 먹으면 그더로 나온다 하니 그 말이 올흐니잇가?"

구공 왈,

"노뷔 전일에 이 일 알기를 위하야 무한 공부를 드려 비로소 즈셰이 탐지하니 원너 져 무리 음식을 먹으려 하면 몬져 대변 볼 곳을 초즌 후 비로쇼 먹으면 즉각의 대변을 보거늘 그 연고로 무른즉 이 과연 음식이 복중의 들어 줌시도 머무지 아녀 일변 먹으며 일변 대변으로 느온다 하더이다."

당싱 왈,

"임의 복중의 머무지 아닐진더 시러곰 비골푸믈 치올 길 업스리니 쏘한 먹어 무엇하리오."

구공 왈,

"노부도 이 말노써 무른즉 져의 말이 비록 머무지 아나나 줌간 지나갈 만하야【72】 도 우리네 밥 먹으니와 갓흐여 문득 비부르다 하니 져의 복중이 비록 뷔엿시나 스스로 츙족한 듯하니 셰샹의 무릇 복중이 공허하야 글한 즈 낫 하나히 업는 지 문득 무어시 츙족한 쳬 하는 뷔 만흐니 이 곳 풍속을 비호미로다. 져의 국중의 일즉 심히 빈한한 집도 업고 구쟝 구음연 집도 업스니 약간 구음

연 주는 문득 음식으로 부주 되나 그 법을 사롬무다 힝치 못홀 널인 고로 マ음
연 지 드무다 ᄒ더이다."

당싱 왈,

"이 만일 음식으로 거가ᄒ면 응당 검소ᄒ야 적게 먹고 졀용ᄒ야 지물을 모호
는도다."

구공 왈,

"진실노 검소ᄒ고 졀용홀진더 사롬마다 힝ᄒ여 죠흐련마는 이곳 사롬은 식
냥이 과히 크고 또 수이 비골푸므로 한 사롬의 ᄒ로 먹는 비 マ쟝 만흔지라.
쇼민은 죵년 버으러 먹기의 모주른다 ᄒ니 져 부주 되는 사롬은 흔マ지 묘방
【73】 이 잇스니 져의 먹는 바 음식이 복쥼의 드러マ며 즉각의 도로 나오니
일홈은 비록 대변이나 죠곰도 샹ᄒ며 변미흔 비 업는지라. 이러모로 낫ᄎ치 거
두어 져축ᄒ야 두고 비복과 하비롤 먹이고 인ᄒ야 각박히 버을기만 ᄒ라 ᄒ니
음식의 허비ᄒ는 비 적은지라 이 엇지 부지 되지 아니리오."

원외 왈,

"비복을 먹일 분 아녀 져도 응당 먹으리로다."

구공 왈,

"이マ치 돈 아니 드리는 음식을 젠들 어이 먹지 아니리오. 다만 흔 번만 그리
치 아녀 세 번 네 번의 니르히 거두어 먹어 필경 날이 오리여 변미흔 후야 브리
다 ᄒ더이다."

원외 왈,

"져 무리 알이로 나온 바롤 그리 앗기니 만일 우ᄒ로 토ᄒ는 거슨 더옥 보비
로 알니로다."

당싱 왈,

"져 무리 일싱 음식이 쳬ᄒ야 병 나지 아니리니 그곳은 의원과 약 푸는 쟝시
업스리로다."

원외 왈,

"그곳의 제일 다힝흔 바는 길マ의 더 【74】 러온 니암시 업스리로다."

이マ치 문답ᄒ더니 홀연 쥬육 니암시 어듸로 조ᄎ 비위롤 놀니거늘 당싱 왈,

"이 니암시 ᄀ장 아름다와 사름으로 ᄒ야곰 춤 흘니게 ᄒ니 이 어디로 조ᄎ 니르며 엇진 연괴니잇고."

구공 왈,

"그 ᄉ이 발셔 견봉국(犬封國) 지경의 니르므로 쥬육 니암시 이ᄀ치 낭ᄌᄒ도다. 견봉국은 녯글에 니르되 일명은 구두민(狗頭民)이니 그 사름이 개머리의 사름의 몸이라 ᄒ고 여긔로 지나면 현고국(玄股國)이니 어물이 ᄀ장 흔ᄒ 쓰이니이다."

<h2 style="text-align:center">제15회</h2>

<h2 style="text-align:center">喜相逢師生談故舊 巧遇合賓主結新親</h2>

당싱 왈,

"견봉국이 잇다 ᄒᆞᆫ 젼에 드른 비여니와 이곳의 엇지 이 ᄀ튼 쥬육 향긔 잇셔 지경 밧긔 들니ᄂ뇨. 이 아니 져 무리 개 갓흐나 능히 음식을 펑임ᄒ기 잘ᄒᄂ냐."

구공 왈,

"져 무리 비록 대머리를 가져시나 먹ᄂ 일의 홀노 ᄶᆞᆯ녀 날마다 먹기로 일ᄉᆞᆷ아 무슈ᄒ 싱물을 살ᄒᆡᄒ야 맛슬 ᄀ초고 모양을 변【75】ᄒ야 다만 음식 일ᄉ의 ᄆᆞ음을 허비ᄒ야 공녁을 들일 분이오 그 남아 빅ᄉ의 ᄒ ᄀ지 능ᄒ미 업스므로 근쳐 사름이 지목ᄒ되 술즘치요 밥잘니라 ᄒᄂ니이다."

당싱 왈,

"져 무리 눈이 잇스나 구슬이 업셔 사름을 몰나 보ᄂ니 만일 우리를 보고 어즈러이 즛고 미치게 믈면 쟝ᄎᆞᆺ 엇지ᄒ리요."

당싱 왈,

"드르니 견봉국 겻흐로 귀국이 잇다 ᄒ니 그 사름이 ᄯᅩᄒ 형용이 잇ᄂ니잇가?"

구공 왈,

"쥬역의 닐은바 귀방을 치다 ㅎ니 형용이 업스면 그 무어슬 치리요."

원외 왈,

"임의 형용이 잇슬진디 엇지 니르되 귀신이라 ㅎ니잇고?"

구공 왈,

"다만 져 무리 밤이 맛도록 춤즈지 아니ㅎ야 밤으로써 낫을 슴으미 음양이 전도ㅎ고 힝【76】ㅎ는 닐이 귀신 갓흐므로 귀국이라 ㅎ다더이다. 일ː은 정히 현고국(玄股國)을 지닐시 그 사롬이 머리의 쮜로 녁근 모즈을 쓰고 몸의 어피 빗즈를 닙으며 알이는 쇠코 줌방이룰 닙을 분이요 문득 보션과 신이 업스며 허리 우흐로는 살비치 예스 사롬 갓흐되 드리 으리로는 검기 솟 밋 갓흐여 칠 혼 듯ㅎ니 모다 해변의 모혀 고기 줍기로 일숨거눌 당셩 왈,

"과연 두 드리 져ㄱ치 검으므로 현고국이라 일홈ㅎ도다. 정히 구공으로 더부러 샹의ㅎ야 브로 지나려 ㅎ더니 모든 사공이 고기 사기룰 위ㅎ야 배룰 다혀 분ː히 느리거눌 원외 왈,

"이곳의 어물이 ㄱ쟝 흔ㅎ고 사공의 무리 쏘흔 배룰 머무르니 우리도 이쯰룰 틋 흔 번 놀미 조토다."

이에 삼인이 배에 느려 물 갓흐로 나아가며 고기 줍으믈 구경ㅎ니 흔 어옹이 【77】 그물을 거드며 문득 일개 괴이흔 고기 줍힌지라. 그 머리는 ㅎ나히요 몸은 열이라. 즁인이 모다 보아 알니 업거눌 당셩이 구공을 향ㅎ야 왈,

"이 아니 즈슈의 느는 바 즈어(菹魚)라 ㅎ는 고기니잇가. 이 고기 무시 순무 갓고 향긔 난초 갓다 ㅎ더니 과연 긔니잇가?"

구공이 미처 답지 못ㅎ야 님원외 급히 나아가 허리룰 굽혀 고기 갓ㄱ이 코흘 다히더니 문득 눈썹을 찡그며 흔 무디 구역ㅎ야 청슈룰 토ㅎ야 왈,

"미졔는 그디도록 사롬을 속이느뇨. 나는 과연 향긔 잇다 ㅎ물 고지듯고 즈셰히 무트보니 져즈음 미졔의 복즁으로조ᄎ 쥬초의 믈니워 느오든 탁긔여셔 더옥 심흔 악취로다."

구공이 쇼왈,

"님형이 무스 일 져리 토ㅎ시느뇨. 아직 쳔ː이 토ㅎ고 시험ㅎ야 그 고기룰 발노 흔 번 거워 보라. 그 쇼리 개 즛듯 ㅎ리라."

말을 맛지 못ᄒ야 그 고기 홀연 쇼리ᄒ니 개쇼리와 죠곰도 다르미 업거늘 당성이 비로소 ᄭᆡᄃ라 왈,

"구공아 이 고기 졍히 하라어(河羅魚) ㅣ로소이다."

원외 왈,

"임의 ᄌᆞ에 아닌 줄 알진디 일즉 니르지 아니코 날노 ᄒ야곰 그 악취를 맛게 ᄒᄂ뇨?"

구공 왈,

"님형은 원치 말나. 져 두 고기 모양이 일호 다르미 업스니 져 모양의 향긔 난초 ᄀᆞᆺ흔 ᄌᆞ는 니르되 ᄌᆞ에요 쇼리 개 ᄀᆞᆺ흔 ᄌᆞ는 니르되 하라에라 ᄒᄂ니 져 고기 울기를 더듸ᄒᄆ로 님형이 ᄒ 번 낭퓌ᄒ도다. ᄯᅩ ᄒ 편의 그물을 거드니 큰 고기 무슈히 ᄯᅥᆨ혀 올나오더니 밋 언덕의 올니미 문득 일졔히 날아 공듕의 헤여지거늘 당성 왈,

"드르니 비에(飛魚)라 ᄒᄂ는 고기 잇셔 능히 날아단니, 그 고기 치질(痔疾) 고치기의 신효ᄒ다 ᄒ더니 이 아니 비에니잇가?"

구공이 【79】 졈두여늘 원외 왈,

"져 고기 그런 신약인 줄 아더면 날아가기 젼 두어 ᄆ리 잡아두어 사름의 치질의 원ᄒ더면 조흘낫다."

구공 왈,

"녯적 황졔 ᄯᆡ에 영봉(寗封)이라 ᄒᄂ는 사름이 져 비어를 먹고 죽언지 이빅 년 후의 다시 살아ᄂᄂ니라 ᄒ니 져 고기 다만 치질의 약될 분 아니라 족히 신션이 될 거시니라."

원외 왈,

"져를 먹고 신션 되믄 ᄀᆞ쟝 쾌활ᄒ거니와 그 죽어 이빅 년을 ᄎᆞᆷ을 ᄯᆡ의는 심히 답답ᄒ야 못 견디리로다."

홀연 바ᄃ 우희 먼리 ᄇ라보니 큰 고기 등이 드러나 놉고 크미 ᄒ 덩이 뫼봉 갓고 그 우희 비늘이 도다 금빗ᄀᆞ치 황홀ᄒ거늘 당성 왈,

"해즁의 ᄆᆞᄎᆞᆷ니 이ᄀᆞ치 큰 고기 잇도다. 녯말의 니르되 '바다희 힝ᄒ미 고기 머리를 오날 보고 칠일 만의 그 ᄭᅩ리를 보다' ᄒ더니 과연 헷말이 아니로다."

졍언간의 일개 【80】 빅발어옹이 겻흐로 나아와 풀을 드러 왈,

"당형이 여긔 엇지 니르뇨? 노부를 능히 싱각홀소냐?"

당싱이 놀나 도라보니 기인의 쟝속흔 비 곳 어부의 모양이오 두 드리 검기 칠흔 듯흐되 얼골을 즈셰이 보건더 이 문득 원임시어스(原任侍御史) 윤원(尹元)이니 곳 당싱의 슈혹흔 스승이라. 당싱이 흔 번 보미 일변 경아흐며 쏘흔 반겨 샐니 졀흐야 왈,

"스뷔 엇지 이곳의 니르시며 쏘흔 져 모양을 흐시니잇고?"

윤공이 기리 탄식 왈,

"지는 바를 말흐려 흔즉 심히 쟝황흐고 이곳이 쏘흔 말홀 더 아니라. 니 집이 이에 머지 아니니 현계(賢契) 브리지 아닐진더 좀간 나아가 회포를 니르미 엇더흐뇨?"

당싱 왈,

"문싱(門生)이 스부를 써느온 지 여러 츈취라. 어느날 쳠앙흐미 근졀치 아니리 【81】 잇고. 이제 쳔힝으로 존안을 비현흐오니 맛당이 문하의 나아가 그르치시믈 밧들니이다."

윤공이 쏘흔 님·다 이인으로 더부러 셩명 리력을 니른 후 일졔히 윤공을 쏠와 집 알픠 니르니 두 쪽 싀문이 석권 울의 ;지흐고 삼간 초옥이 그쟝 낫고 져근 중 흙벽이 풍우를 그리오지 못흐야 경식이 심히 황냥흔지라. 스인이 초당의 올나 다시 레롤 베푼 후 윤공이 허희 쟝탄 왈,

"노뷔 일즉 금황졔 스셩(嗣聖) 원년의 쥬상이 폐흐시는 욕을 보시고 무휘 죠졍을 님흐므로부터 심중의 강개통한흔믈 익의지 못흐야 세 번 글을 올녀 무후로 흐야곰 물너 궁듕의 져흐고 쥬상을 므즈 도라오라 흐되 무휘 므춤니 듯지 아니코 인흐야 간음흔 무리 권세를 쥐여 졍시 날노 【82】 그르거눌 노뷔 힘이 업셔 군스를 닐으혀 나라홀 회복지 못흐미 춤아 쥬나라 녹을 먹지 못흐야 드드여 관을 동문의 걸고 향니로 도라와 두어 치 문을 다 ; 죡젹이 일즉 문 밧글 나지 아니문 현계의 닉이 아는 비라. 그후 엇던 간신이 무후의게 알외되 당년 셔경업의 무리 긔병흐미 젼혀 노부의 꾀흐야 그르친 비라 흐야 대홰 쟝촛 밋츨지라. 무단히 화의 걸니미 쏘흔 무의흔 고로 아직 해외에 몸을 피흐나 낭탁이

쇼죠ᄒ고 의식이 간군ᄒ미 겸〻 뉴리ᄒ야 이곳의 니른즉 어산이 극히 흔흔 ᄯ히라. 고기 줍기로 족히 싱이ᄒᆯ 만ᄒ되 이곳 풍속이 일즉 타국 사람은 여긔 와 고기 잡아 니ᄅᆯ 논ᄒ지 못ᄒ게 ᄒ더니 다힝이 져근 ᄯᆯ이 그물 밋【83】기 ᄀᆞ쟝 정묘히 ᄒᄆ로 글노ᄡᅥ 어부의게 매미ᄒ니 근〻이 호구ᄒ며 겸ᄒ야 닌리의 어부들노 친슉ᄒᆫ 후 노부의 타향 빈곤ᄒᆷᄆᆯ 불샹이 넉이ᄂᆫ 지 잇셔 ᄀᆞ마니 노부 의 두 ᄃᆞ리ᄅᆯ 칠노ᄡᅥ 검게 ᄒ야 거즛 이곳 사람의 모양을 ᄭᅮ미미 비로소 고기 줍기ᄅᆯ 허ᄒ기로 글노ᄡᅥ 스업을 ᄉᆞ마 오히려 셰월을 보니거니와 뭇ᄂᆞ니 근일 됴졍 모양이 엇더ᄒ며 쥬샹이 복위ᄒ시ᄂᆫ 경시 잇ᄂᆞ냐? 현계 이제 해외의 니르 미 ᄯᅩ흔 ᄯᅳᆺ 밧기라. 무슴 연괴 잇ᄂᆞ뇨?”

당싱 왈,

“스뷔 원니 간신의 춤해ᄅᆯ 닙으샤 해외에 뉴락ᄒ기의 미츠시도다. 오날〻 만 나 졀ᄒ지 아니터면 문싱이 오히려 ᄋᆞ득히 모로리로소이다. 근일 국ᄉᆞᄂᆞᆫ 춤아 말ᄒᆞᆯ 길 업ᄉᆞᆸᄂᆞ니 당실 ᄌᆞ손은 낫〻치 무후의 살【84】 육ᄒᆞᆷᄆᆯ 닙어 거의 진케 되고 츙셩된 신하와 ᄯᅳᆺ 잇ᄂᆞᆫ 션비ᄂᆞᆫ 원방의 니치지 아니면 심산의 몸을 피ᄒ고 쥬샹이 비록 복위ᄒ실 긔미ᄂᆞᆫ 업스나 다힝이 먼리 방쥐의 겨시ᄆᆞ로 해ᄅᆯ 밧지 아니시며 문싱이 금츈의 요힝 과거의 올나더니 ᄯᅩ흔 간샤흔 뉴의 참힉을 만ᄂᆞ 니 ᄡᅥᄒ되 문싱이 셔경업의 무리로 결의ᄒ다 ᄒ야 과거ᄅᆯ 삭ᄒ고 의구히 슈지 로 ᄂᆞ리온지라. 문싱이 ᄯᅳᆺ을 두고 일우지 못ᄒᆞ미 심즁이 울민ᄒ야 출하리 홍진 을 샤졀ᄒ고 빅운의 ᄯᅳᆺ을 두어 니싱 인연을 긔약ᄒ미 방낭이 해외에 놀아 문견 을 늘이고져 ᄒ미러니 스부의 이 지경을 당ᄒ시문 실노 ᄭᅮᆷ 밧기라. 젼일 함쟝 (函丈)의 뫼셔 즐기든 일을 싱각건더 이 문【85】 득 젼싱 갓흔지라. 샹감ᄒᆞᄆᆯ 익의지 못ᄒ리로소이다. 근일에 스모(師母) 부인 긔력이 ᄯᅩ흔 강왕ᄒ시고 셰졔 (世弟)와 셰미(世妹)ᄅᆯ 오리 보지 못ᄒ오니 임의 쟝셩ᄒᆞᆯ 듯 ᄒ오니 엇지 셔로 반기ᄆᆯ 허치 아니시ᄂᆞ니잇고.”

윤공이 탄왈,

“노쳐ᄂᆞᆫ 환난즁 임의 거셰흔 지 오리고 미돈 윤옥(尹玉)은 겨유 십이 셰요 녀 ᄋᆞ 홍유(紅萸)ᄂᆞᆫ ᄇᆞ야흐로 십삼 셰라. 현계 임의 보고져 ᄒᆞᆯ진더 낭위 현형이 ᄯᅩ 흔 외인이 아니시니 홈게 보미 조토다.”

이에 쇼릐 ᄒᆞ야 불너 왈,

"ᄋᆞᄌᆞ 남ᄆᆡᄂᆞᆫ ᄒᆞᆷ게 나아와 셰형을 뵈오라."

안흐로 조ᄎᆞ 응셩ᄒᆞ고 냥인이 엇기ᄅᆞᆯ 갈와 나오거ᄂᆞᆯ 윤공이 ᄀᆞ르쳐 ᄎᆞ례로 례ᄅᆞᆯ 버픈 후 ᄌᆞ시 보니 윤옥의 사ᄅᆞᆷ 되오미 극히 청슈 아쳐ᄒᆞ야 문질이 빈ːᄒᆞ고 윤홍유의 ᄭᅩᆺ츠로 무은 냥 【86】 협과 옥으로 삭인 귀 밋치 임의 절셰ᄒᆞᆫ 용모여ᄂᆞᆯ 겸ᄒᆞ야 체되 단장ᄒᆞ야 의상이 비록 초ːᄒᆞ나 거지 더옥 염녀ᄒᆞᆫ지라. 당ᄉᆡᆼ 왈,

"문ᄉᆡᆼ이 셰졔와 셰ᄆᆡᄅᆞᆯ 어린 ᄯᅢ 보앗더니 이제 쟝셩슈미ᄒᆞ야 복녹이 완젼ᄒᆞ니 ᄉᆞ부의 쟝ᄂᆡ 영효ᄅᆞᆯ 무강이 ᄇᆞ드시믈 하례ᄒᆞᄂᆞ이다."

윤공 왈,

"노뷔 나히 임의 화갑이 지ᄂᆞ고 해외의 일개 어뷔 되야 무ᄉᆞᆫ 영효ᄅᆞᆯ ᄇᆞ드리오. 다만 져의 남ᄆᆡ 글 닑기의 게어르지 아니ᄆᆡ 오히려 져기 위회ᄒᆞ노라."

당ᄉᆡᆼ 왈,

"당년 셔(徐)·낙(駱) 졔인과 동ᄉᆞᄒᆞᆫ ᄌᆞᄅᆞᆯ 간신이 낫ː치 참소ᄒᆞᄆᆡ 무휘 년ᄒᆞ야 규찰ᄒᆞ되 ᄆᆞᄎᆞᆷᄂᆡ 실젹이 업고 ᄯᅩᄒᆞᆫ 셰구년심ᄒᆞᄆᆡ 즉금은 일병 뭇지 아닛ᄂᆞ니 ᄉᆞ부의 만난 ᄇᆡ 더옥 무거ᄒᆞᆫ지라. 임의 쇼별ᄒᆞ야 일 【87】 컷지 아니리니 문ᄉᆡᆼ의 쳔견은 ᄉᆞ뷔 츈취 졈ː 놉흐시고 ᄉᆞ고무친ᄒᆞᆫ ᄯᆞ히 오릐 머무시미 ᄆᆞᄎᆞᆷᄂᆡ 냥칙이 아니라. 일즉 고향의 도라가샤 셰졔로 ᄒᆞ야곰 쳥년의 과거ᄅᆞᆯ 보아 문호ᄅᆞᆯ 빗ᄂᆡ며 셰ᄆᆡ 혼ᄉᆞᄅᆞᆯ ᄯᅩᄒᆞᆫ 고향 친붕의 ᄀᆞᆯ희시미 맛당ᄒᆞ여이다."

윤공 왈,

"노뷔 졈ː 쇠ᄆᆡᄒᆞ니 념네 이의 밋지 아니미 아니로되 목젼 의식도 오히려 니우지 못ᄒᆞ거니 엇지 슈만리 슈로의 혬 업ᄂᆞᆫ 냥ᄌᆞᄅᆞᆯ 판득ᄒᆞ리요. ᄒᆞ믈며 피화ᄒᆞᆫ 닐이 비록 현계의 말과 ᄀᆞ치 쇼멸ᄒᆞ다 ᄒᆞᆯ지라도 ᄆᆞᄎᆞᆷᄂᆡ 길흉을 졈치지 못ᄒᆞ니 무릅써 망나ᄅᆞᆯ 향ᄒᆞ미 엇지 위틱치 아니리요."

당ᄉᆡᆼ 왈,

"ᄉᆞ부의 신즁ᄒᆞ시미 ᄯᅩᄒᆞᆫ 그르지 아니시거니와 이곳의 오릐 머무샤 ᄆᆞᄎᆞᆷᄂᆡ 어부로 니웃ᄒᆞ시미 진실 【88】 노 죠슈로 무리ᄒᆞᆷ ᄀᆞᆺ흐실 분 아니라 셰졔 셰ᄆᆡ의 영ᄌᆞ 이질노 겸ᄒᆞ야 ᄉᆞ부의 교훈을 밧ᄌᆞ오니 구ᄐᆞ여 니웃과 ᄆᆞ을ᄅᆞᆯ ᄀᆞᆯ희여

쳐흘 비 아니오나 해외 계국으로도 오히려 군즈국 대인국 곳흔 곳은 민속이 순후호고 녜의롤 숭상호느니 부디 이곳의 오리 쳐호시미 가치 아니토소이다.”

윤공이 쟝탄 왈,

“노뷔 엇지 즐겨 이 곳흔 스오나온 쯔히 잇고져 호리오마는 쳔스만상호야도 무춤니 무가너하의 지경이러니 이제 하늘이 현계롤 만나게 호시니 만일 구의롤 싱각거든 노부롤 위호야 조흔 계교로 어진 쯔히 가게 호야 이 곳흔 함졍을 버서나며 긔한을 져기 면케 호라. 노뷔 엇지 어부와 쩍흔물 즐기리오. 다만 현계 쪼흔 긱즁이라 뜻이 잇셔도 베풀 비 업스리니 오직 브라는 【89】 브는 타일 도라가는 길의 다시 츠즈 니르러 노뷔 비록 스망호얏스나 오히려 셕일 스졔지의롤 싱각호야 고으약녀롤 거두어 고향의 도라가 호야곰 해외의 뉴락호물 면케 호면 현계의 막대흔 은혜 이 밧 더호미 업스리로다.”

당싱이 쳥파의 이윽이 싱각다가 굴오디,

“이제 흔 곳 악신호실 곳이 잇스나 다만 사롬의 혹 쟝 노로시니 스뷔 능히 굽어 져츠시리잇가.”

윤공 왈,

“이곳이 어느 나라히며 엇더흔 집이뇨?”

당싱이 :에 넘금풍의 효힝 스실을 세:히 젼호고 쪼 굴오디,

“그 모친이 부디 즈녀롤 그르치고져 호되 힘이 업셔 스승을 쳥치 못호되 그 집의 뷘 방이 잇스모로 거년의 혹쟝을 안치고 방셰로써 속슈롤 삼더니 금년의 다른 곳으로 올마그고 아직 다시 만느지 못흔 【90】 다 호니 문싱이 셔신을 부치면 응당 죠히 넉일 거시니 스뷔 아직 그곳의 머무시고 다시 멋 낫 싱도롤 모흐시며 셰미는 일변 침션을 미:호면 거의 구츠이 지너실 듯호오며 문싱이 쪼 빅금을 그져 힝즁의 브티리니 글노써 불우지비롤 숨으쇼셔. 문싱이 도라가는 날 즈연 슈션촌으로 지날지라. 그쩌 뫼셔 고향의 도라가미 아니 냥편호니잇가.”

윤공이 크게 깃거 왈,

“만일 이 그틀진디 이 더러온 어부로셔 홀연이 사롬의 스승이 되면 이 문득 굼벙이 미암이 됨과 곳흐며 겸호야 으히 남미 혹업이 온젼홀 거시오. 일후 고

향의 도라갈 길이 편ᄒᆞ며 ᄯᅩ 현계의 후히 쥬믈 바다 긔한을 족히 면ᄒᆞ리니 이 ᄀᆞᆺ치 온젼ᄒᆞᆫ 도리는 스ᄉᆞ로 【91】 꾀ᄒᆞ야 엇지 못ᄒᆞᆯ 비니 엇지 ᄉᆞ졔의 졍으로 니르리요. 진실노 지셩ᄒᆞᄂᆞᆫ 은덕이라. 노뷔 임의 쇠매ᄒᆞ니 다만 ᄂᆡ싱의 갑기를 원ᄒᆞᆯ ᄯᆞ름이로다.”

당싱 왈,

“ᄉᆞ부는 엇지 과도ᄒᆞᆫ 말솜을 ᄒᆞ샤 문싱으로 ᄒᆞ야곰 몸들 바를 업게 ᄒᆞ시ᄂᆞᆫ잇고. 문싱이 ᄯᅩ ᄉᆡᆼ각건ᄃᆡ 녕가 녀ᄌᆞ의 효ᄒᆡᆼ이 탁이ᄒᆞᆯ 분 아니라 ᄐᆡ되 졍일ᄒᆞ고 문쟝이 ᄯᅩᄒᆞᆫ 츌뉴ᄒᆞ니 가히 니르되 덕ᄒᆡᆼ과 ᄌᆡ뫼 ᄀᆞ초 겸ᄒᆞ다 ᄒᆞᆯ지라. 문싱이 그으기 거두어 식부를 삼고져 ᄒᆞ더니 이제 보건ᄃᆡ 셰졔와 셰ᄆᆡ의 년긔 ᄌᆡ덕이 져의 남ᄆᆡ로 더부러 졍히 샹당ᄒᆞ고 문지 ᄯᅩᄒᆞᆫ ᄀᆞ즉ᄒᆞ니 졍히 두 쌍 조흔 ᄇᆡ필이라. 문싱이 쟝ᄎᆞᆺ 즁ᄆᆡ 되어 인연을 닐우고져 ᄒᆞᄂᆞ니 ᄉᆞ부의 향이 엇더ᄒᆞ시리잇고?”

윤공 왈,

“이 ᄀᆞᆺ흔 효녀지ᄌᆞ 【92】 로써 ᄋᆞ부와 셔랑을 솜으면 극히 영ᄒᆡᆼᄒᆞ거니 무슨 다른 ᄯᅳᆺ이 잇스리요. 다만 노부의 이 모양으로 져의게 의탁고져 나아가 ᄆᆡ졔 엇지 즐겨 허ᄒᆞ리요. 두리건ᄃᆡ 현계의 조흔 ᄯᅳᆺ을 닐우지 못ᄒᆞᆯ가 ᄒᆞ노라.”

당싱 왈,

“문싱이 셔ᄉᆞ로써 권ᄒᆞ면 져곳의셔 아니 드를니 업스리니 ᄉᆞ부는 방심ᄒᆞ쇼셔.”

윤공 왈,

“현계의 부탁이 비록 ᄀᆞᆫ절ᄒᆞ나 엇지 부ᄃᆡ 드를 줄 긔필ᄒᆞ리요.”

당싱이 ᄂᆞᆫ에 냥시의 ᄌᆞ녀 혼ᄉᆞ로 부탁ᄒᆞ던 말솜을 셰ᄂᆞᆫ히 고ᄒᆞ니 윤공이 비로소 대희 왈,

“젼일의 임의 이 말이 잇고 오날 ᄯᅩ 현계의 셔신이 잇슬진ᄃᆡ 일이 거의 완젼ᄒᆞ리로다. 다만 이 ᄀᆞᆺ튼 슉녀를 녕낭의게 뉴의ᄒᆞ다가 이제 남의게 사양ᄒᆞ니 현계의 놉흔 의긔는 극히 감샤ᄒᆞ나 노부의 ᄆᆞ음이 엇지 편ᄒᆞ리오.”

당싱 왈,

“문싱의 【93】 돈견은 아직 혼인이 밧부지 아닐 분 아니라 이 밧긔 ᄯᅩᄒᆞᆫ 긔

이훈 효녀를 만난 비 잇스니 쟝찻 그 녀즈로 뉴의ᄒᆞᄂᆞ니 스부는 쏘훈 술피샤
쟝니 인연을 닐우게 ᄒᆞ쇼셔."

인ᄒᆞ야 동구산의셔 낙홍거의 밍호 잡든 연고를 말ᄒᆞᆫ디 윤공 왈,

"동구산이 임의 군즈국 경니라 ᄒᆞ니 노뷔 넘가의 니르러 좀간 경곤훈 후 몸
소 져곡의 나아가 즁미 되야 가연을 닐울 거시오 ᄒᆞ물며 낙년빅(駱年伯)이 일
즉 동호ᄒᆞ야 안면이 후훈지라. 이 일이 ᄀᆞ쟝 냥편ᄒᆞ도다."

당셩 왈,

"만일 스부의 이ᄀᆞ치 권념ᄒᆞ샤 냥연을 닐우게 ᄒᆞ실진디 더옥 감격ᄒᆞ믈 익의
지 못ᄒᆞ리로소이다. 이제 일을 임의 결단ᄒᆞ미 문셩이 맛당이 션즁의 도라가 셔
신을 닷가 니르러든 스뷔 즉각의 긔힝ᄒᆞ시미 죠토소이다. 넘가의셔 만일 스
【93】 승을 임의 쳥ᄒᆞ얏시면 쏘훈 불편ᄒᆞ미 젹지 아닐 듯ᄒᆞ여이다."

이에 윤공으로 ᄒᆞ야곰 힝니를 슈습ᄒᆞ라 ᄒᆞ고 님·다 이인으로 더부러 션즁
의 도라와 총〻이 셔신을 쓰고 냥 봉 은즈와 여러 벌 의복을 ᄀᆞ져 다시 윤공의
곳의 니르러 다시곰 부탁ᄒᆞ고 셔로 눈물을 뿌려 니별홀시 윤공이 비로소 드리
의 칠훈 비츨 씻고 의복을 긔츅훈 후 즈녀를 거ᄂᆞ려 슈로로〻 조츠 슈션촌을
츠즈 니르러 셔신을 젼ᄒᆞ미 냥시 쏘훈 윤가 남미를 보미 십분 환열ᄒᆞ고 윤공이
넘홍을 보미 더옥 깃거 셔로 빙폐를 드려 혼인을 언약ᄒᆞ고 일후 고향의 도라가
셩녜ᄒᆞ려 ᄒᆞ니라. 오리지 아녀 윤공이 몸소 동구산의 니르러 낙옹을 보고 당셩
의 뜻을 젼ᄒᆞ야 혼스를 뇌졍훈 후 넘가의 도라와 ᄋᆞ즈와 녀셔를 거ᄂᆞ리고 겸
【95】 ᄒᆞ야 슈샴 개 동몽(童蒙)을 ᄀᆞ르치며 일변 녀아의 침션을 즈뢰ᄒᆞ야 결활
이 군핍지 아니ᄒᆞ니 윤공이 미양 낙옹(駱翁)의 외로오믈 넘녀ᄒᆞ야 ᄊᆡ로 심방ᄒᆞ
야 셰월을 보니더니 불힝이 낙옹이 거셰ᄒᆞ미 홍거 쇼계 관곽을 ᄀᆞᆺ초아 쟝녜를
ᄆᆞ츠며 산즁 밍호는 임의 진슈히 죽여 원슈를 쾌히 갑훈지라. 냥시 쏘훈 져의
고단ᄒᆞ믈 어엿비 넉이고 ᄒᆞ물며 은인의 식뷔라 쥬야 스샹ᄒᆞ야 ᄆᆞ춤니 윤공으
로 ᄒᆞ야곰 낙쇼져와 그 유모 챵두를 드려와 일틱의 동거ᄒᆞ미 피츠 은이 골육의
드르미 업스나 셰월이 두 번 고치이되 ᄆᆞ춤니 당셩의 쇼식이 묘연ᄒᆞ니 혹즈 다
른 길노 도라간가 넘녀ᄒᆞ야 모다 고향을 향ᄒᆞ야 당셩을 츠즈려 량외ᄒᆞ더라. 그
스이 넘·윤·낙 샴쇼져와 넘·윤 냥 공지 셔로 모혀 문학을 의 【96】 논ᄒᆞ며

시스롤 슈창ᄒ야 즐기고 스랑ᄒ든 셜화와 낙쇼져의 이훼 집녜ᄒ든 스젹이 무
궁ᄒ되 본젼이 번쇄ᄒ믈 ᄭ리므로 일병 긔록지 아니ᄒ고 다만 스단만 올니﹕
라.

을미 원월 이십이일 병듕 희셔

권지 소

【1】 화셜 당싱(唐生)이 윤공(尹公)으로 더부러 즉별ᄒ고 션샹의 도라올시 물ᄀ의 다ᄃ르니 홀연 으히 울음쇼리 무슈이 들니거늘 그 쇼리롤 죠츠 바라보니 일기 어뷔 그물을 것는 곳의 흔 쩨 괴이흔 고기롤 건지거늘 ᄆ초아 님(林)·다(多) 이인이 홈게 와 구경홀시 급히 나아가 슬펴보니 그 고기 쇼리 낫ㅅ치 으히 울음 갓고 허리 으리 긴 발이 네히 잇고 허리 우흔 쳔연이 사롬의 모양이로더 쏘 흔 녀즈 갓흔지라. 구공 왈,

"이 고기 일홈이 인에니 당형이 졍히 처엄 오니라. 흔두 무리 사겨 【2】 션샹의 올나 즈시 구경ᄒ미 죠토다."

당싱 왈,

"쇼졔 ᄇ야흐로 그 고기 쇼리 ᄀ쟝 이참ᄒᄆ로 심히 측은이 넉니ᄂ니 춤아 엇지 구경만 ᄒ리잇고. 쟝촛 진슈히 갑슬 쥬고 물에 노화 보니고져 ᄒᄂ이다."

이에 어부로 더부러 갑슬 졍흔 후 낫ㅅ치 물에 너흐니 그 고기 용약ᄒ야 물에 드러니 홀연 물 우희 쓰며 물ᄀ흘 향ᄒ야 무슈히 머리 조아 쳔연이 치샤ᄒ는 모양이러니 이윽고 간 ᄇ룰 모를너라. 샴인이 배에 올나 어부의 고기 갑슬 후히 쥬고 모든 사공이 쏘흔 각ㅅ 고기롤 사 도라오미 배롤 씌워 슈일을 힝ᄒ더니 졍히 모민국(毛民國) 지경을 지닐시 ᄇ라보니 그 사롬이 형 【3】 쳬 면모는 사롬으로 더부러 조곰도 다르미 업스되 일신의 깃털이 덥혀 의복이 업거늘 원외 왈,

"져 무리 사롬의 형상으로 엇지 져ᄀ치 털이 덥혓ᄂ뇨?"

구공 왈,

"노뷔 젼일 져 곳의 가 드른즉 져 무리 본더 사롬과 갓더니 쳔셩이 더러이

닌식ᄒ야 ᄒᆫ 터럭을 쎼이지 아니므로 죽은 후 지부 염왕이 져의 원을 죠ᄎ 일신의 털이 ᄀ득ᄒ게 겸지ᄒᆞ미 ᄎᆞᄎᆞ 오리여 죵뉴 이 ᄀ트며 무릇 천하 각국의 이ᄀᆞ치 닌식ᄒ야 ᄒᆞᆫ 터럭을 앗기는 ᄌᆞ는 이 ᄊᆞ흐로 보니여 져 모양이 되다 ᄒ니 져중의 응당 우리 고향 사름의 환싱ᄒᆫ ᄌᆞ도 잇스리로다."

인ᄒ야 슌풍을 만나 힝ᄒᆫ 지 멋츨에 ᄒᆫ 【4】 곳 큰나라흘 당ᄒ니 구공이 바라보고 ᄀ르쳐 왈,

"젼면이 문득 비건국(毘騫國) 지계로다.

제16회

紫衣女殷勤問字 白髮翁傲慢談文

당싱이 크게 깃거 왈,

"쇼졔 일즉 드르니 해외의 비건국이란 나라히 잇셔 그 사름이 ᄀᆞ쟝 ᄎᆞ슈ᄒ고 ᄯᅩᄒᆫ 반고씨(盤古氏) 문젹이 잇다 ᄒ더니 우리 흠게 나아가 고젹을 구경ᄒᆞ미 죠토다."

님·다 이인이 맛당ᄒᆞᆯ 일컷고 배의 나려 길을 ᄎᆞᄌᆞ 셩중의 드니 그 사름이 얼골 기리 셕 ᄌᆞ히요 목이 길어 ᄯᅩ 셕 ᄌᆞ히요 목 ᄋ리로 몸 기리 ᄯᅩᄒᆫ 셕 ᄌᆞ히라. 형상이 심히 긔괴ᄒ거늘 원외 왈,

"져 사름의 목이 져ᄀᆞ치 길고 꼭 뒤 셕 ᄌᆞ히 넘으니 그 옷 지은 졔 도롤 보면 응당 셕 ᄌ 깃시 되리로다."

인ᄒ야 반고묘(盤古廟)롤 【5】 ᄎᆞᄌᆞ 니르러 슈직ᄒᆫ 관원을 보고 온 ᄯᅳᆺ을 말ᄒᆫ디 관원이 쳔죠 사름인 줄 드르미 황망이 영졉ᄒ야 차롤 드리고 한훤을 파ᄒᆫ 후 잇그러 젼상의 올ᄂᆞ 두로 관광ᄒ고 열쇠롤 가져 쳘농(鐵籠)을 열며 여러 권 셔쳡을 니야 탁상의 노ᄒ 왈,

"이 최이 곳 반고 씨 문ᄍ 긔록ᄒᆫ 비라."

ᄒ야놀 삼인이 각ᄎᆞ ᄒᆫ 권식 들쳐보니 이 문득 고문 젼지라. 다만 골희와 굴고리 모양을 무슈히 글일 ᄲᅮᆫ이니 ᄒᆞᆫ ᄌᆞ도 알 길 업ᄂᆞᆫ지라. 보아올스록 일양 황

괴ᄒ니 샴인이 ᄆ춤ᄂ니 홍미 업스미 관원을 향ᄒ야 ᄒ긴노의 총ᄎ총ᄒ믈 일컷고 묘분을 나며 ᄇ로 션샹으로 도라올시 원외 왈,

"그 칙 속에 글지 업고 다만【6】 권ᄌ(圈子)ᄅᆞᆯ 글여시니 대쳐 반고 ᄶᅵ의 ᄒᆞ든 일이 져 권ᄌ 밧글 나지 아니키로 져 모양을 지금 젼ᄒ거니 이 진짓 권ᄌ ᄀᆞ온디 사ᄅᆞᆷ이라야 비로소 권ᄌ ᄀᆞ온디 뜻을 알니로다. 이ᄀ치 담쇼ᄒ며 션샹의 도라와 ᄯᅩ 슈일이 지난 후 당셩이 졍히 완여로 더부러 시부ᄅᆞᆯ 말ᄒ더니 홀연 배머리의셔 죠총쇼리 느거늘 혹ᄌ 도적이 범ᄒᄂᆞᆫ가 놀나 원외로 더부러 밧비 션창의 나셔 보니 원니 당셩이 물에 노흔 바 인에 그날노부터 배ᄅᆞᆯ 쏠와 갓가이 오며 배ᄅᆞᆯ 머무르면 인어도 머무르고 배ᄅᆞᆯ 씌우면 ᄯᅩ흔 쏠오ᄂᆞᆫ지라. 사공의 무리 시험ᄒ야 죠총을 노ᄒ며 ᄒᆞᆫ ᄆ리 물 우ᄒᆡ 쓰거늘 당셩이 깁히 ᄎᆞ탄 왈,

"이 고기 모양이 사ᄅᆞᆷ 갓고【7】 쇼리 참측ᄒᄆ로 내 일즉 살녀보니 잇거늘 이제 도로혀 져ᄅᆞᆯ 샹ᄒ오니 젼일 죠흔 뜻이 헛곳에 도라가도다."

원외 사공을 ᄭᅮ지져 왈,

"져 고기 너의 배ᄅᆞᆯ 쏠와든 너의게 무슴 ᄒ긔로오미 잇셔 샹ᄒ기의 미츠뇨?"

당셩 왈,

"져 고기 모양이 임의 져 가트ᄆ니 혹ᄌ 알오미 잇셔 져의 살녀 준 뜻을 닛지 못ᄒ야 갓가이 쏠와 능히 ᄶᅥᄂᆞ지 못ᄒᄆ니 모로미 샹ᄒ오지 말나."

모든 사공이 바야흐로 다시 총을 노ᄒ려더니 이 말노 죠ᄎ 그치니 인에 ᄯᅩ흔 허여지거늘 인ᄒ야 샴인이 한담홀시 당셩 왈,

"구형이 젼의 동구산에셔 말ᄒ되 군ᄌ국과 대인국을 지ᄂ면 흑치국(黑齒國)이 잇다 ᄒ더니 엇지 ᄎ금ᄭᅵ지 니르지 못ᄒᄂᆞ뇨?"

구공 왈,

"님형이 다만 흑치【8】 국이 군ᄌ국으로 갓가온들 알기는 이 뉴노로 일으미라. 우리ᄂᆞᆫ 바다흐로 도라오미 ᄌ연이 ᄀᆞ트니 이 압흐로 ᄯᅩ 무비국(無臂國)과 심목국(深目國)을 지나야 비로소 흑치국 지경이니이다."

오러지 아녀 과연 무비국을 지ᄂᆞᆯ시 당셩이 구공을 향ᄒ야 왈,

"져 무비국이 아니 무계국(無繼國)이니잇가. 쇼졔는 드르니 져 나라 사ᄅᆞᆷ이 ᄆ춤ᄂ니 싱산을 못ᄒ기로 ᄌ식이 업다 ᄒ니 진실노 그러ᄒ니잇가?"

구공 왈,

"노부도 쏘흔 이 말을 드를 분 아니라 져 무리 남녀의 분별이 업다 흐기로 심히 괴이히 넉여 흔 번 나아가 무르며 보건디 과연 그 말이 그르지 아니터이다."

당싱 왈,

"임의 남녜 업스면 싱휵을 엇지흐며 싱휵을 아니흐고 죽는 사롬은 잇스리【9】니 이 マ트면 졈〃 사롬이 업셔질 거시니어늘 녜로부터 지금マ지 나라히 잇고 사롬이 의구히 니어 셩흐니 그 엇진 연괴니잇고?"

구공 왈,

"져 사롬이 비록 싱휵은 못흐나 흔 번 죽으면 시신이 문득 썩지 아니흐야 일빅 이십 년이 되면 도로 살아 사롬이 되느니 속담의 니른바 사롬이 죽어 다시 환싱흐다 흐미 이곳으로 시죽흔 말이라. 이러모로 져 나라 사롬이 살앗다가 죽고 죽엇다가 쏘 살아 셔로 왕닉흠 갓흔 고로 못춤닉 사롬이 덜니지 아니흐느니 져 무리 비록 죽은 후 다시 살아올 줄 미리 알 것마는 오히려 공명과 니욕 ᄆ음이 담연흐야 써흐되 사롬이 싱겨는 후 ᄆ춤닉 흔 번 죽기는 면치 못흐느니 아ᄆ【10】리 공명부귀를 극층의 니르나 죽기의 다드라는 문득 흔 꿈이라. 왕후 쟝상이나 빈쳔 걸인이느 흔가지 헛일이니 비록 다시 살아 도라오나 임의 빅여 년을 지닌 휘라. 시졀이 옴기이고 셰샹이 변역흐야 인졍과 물태는 녜와 이제로 달나지니 흔 번 살아오미 이 쏘흔 다른 셰상이라. 식로이 명니를 닷토아 부귀를 겨유 닐우거든 무졍흔 일월이 어느덧 귀 미티 셔리를 느리오며 염왕의 지쵹이 니어 니르는지라. 셰〃히 싱각건디 이 불과 일장 츈몽이라. 일어모로 져 나라의 무릇 사롬이 죽는 거슬 니르되 졈준다 흐고 살아 셰상의 잇는 거슬 니르되 쑴쑨다 흐야 죽고 살기를 즐기고 슬퍼흐지 아닛는 고로 명니 ᄆ【11】음이 담연흐미 죠곰도 구츠히 구흐고 망녕도이 힝흐는 빅 업다 흐더이다."

원외 왈,

"진실노 그럴진디 우리는 ᄆ춤닉 어리셕은 사롬이로다. 져 사롬은 죽은 후 다시 도라올 줄 알건마는 이マ치 담연흐거늘 우리는 흔 번 죽으면 다시 올 긔약이 망연흐되 오히려 힘을 다흐고 계교를 궁진흐야 부디 부귀를 닐우고져 죽

기의 니르도록 씨닷지 못ᄒ니 져 사롬으로 ᄒ야곰 우리 이 ᄀ튼 ᄆ음을 뵈면 오즉 어리다 치쇼ᄒ리오."

당셩 왈,

"구형이 만일 져의 치쇼ᄒ믈 붓그러이 넉일진디 맛당이 그런 니욕의 ᄆ음을 졈졈 업시ᄒ미 죠흐리이다."

원외 왈,

"나도 ᄯ혼 인싱이 셰샹의 잇스미 꿈 갓ᄒ니 져 공명 니욕이 불과 헛일인 【12】 줄 모로는 비 아니라. 이ᄀ치 한담홀 ᄣᅢ는 진실노 담연ᄒ것마는 밋 니ᄅᆞᆯ 다토고 일홈을 엇고져 홀 ᄣᅢ를 당ᄒ야는 즉금 ᄆ음은 문득 간디 업고 스스로 싱각ᄒ되 일싱 죽지 아닐 듯ᄒ야 일향 알프로 나아가며 그칠 줄 모르거니 졍히 혼이 ᄎ ᄹᆔ하고 ᄆ음이 흐리온 듯ᄒ니 이런 ᄣᅢ를 당ᄒ야 놉혼 사롬이 겻히 잇셔 혼 ᄆ디 ᄣᅢ오치면 거의 이 병을 고치리라."

구공이 쇼왈,

"님형이 만일 이ᄀ치 혼미혼 ᄣᅢ를 당ᄒ야 노뷔 비록 혼 ᄆ디 ᄣᅢ오치나 막연 이 씨닷지 못홀 분 아니라 도로혀 노부의 말을 오활ᄐ 우스리라."

당셩이 역쇼왈,

"구공의 이 말슴이 과연 그르지 아니토다. 셰샹의 명니 두 ᄀ지는 이 문득 혼을 흐리오는 진이라. 니론바 【13】 미혼진이니 ᄇᆞ야흐로 그 진즁의 ᄲᅢ진 ᄣᅢ는 양미토긔(揚眉吐氣)ᄒ야 양양득의ᄒ거니 뉘 능히 져를 ᄣᅢ닷게 ᄒ리오. ᄆ춤니 죽기의 니르도록 그치지 아니ᄐ가. ᄆ춤니 숨이 진ᄒ고 눈을 감은 후야 비로소 싱각건디 평싱의 지닌 비 일ᄆᆞ다 부졀업시 ᄆ음과 힘을 허비홀 분이오 이 불과 일쟝춘몽인 줄 ᄣᅢ닷ᄂ니 사롬이 만일 이 ᄯᅳᆺ을 알면 무릇 명니의 욕심을 비록 일졀 ᄯᅥᆺ치 못ᄒ야도 범스를 뒤흐로 혼 거름을 물너셔고 십분의 삼분을 슴가면 족히 헛 근심을 덜ᄒ고 의외 풍파를 면ᄒ리니 이러텃 공부ᄒ면 몸의 유익ᄒ고 일에 히롭지 아녀 일싱을 쾌활ᄒ는 묘방이니 져 무비국 사롬을 엇지 불워ᄒ 【14】 리오. ᄯᅩ 드르니 져 무리 흙으로써 곡식을 대신ᄒ야 비를 치온다 ᄒ니 그는 엇지혼 식셩이니잇고?"

구공 왈,

"져곳의 일즉 오곡이 느지 아니코 비록 나모 열미 잇스나 그는 즐겨 먹지 아니코 다만 흙을 죠히 먹으니 대쳐 풍속의 닉고 쏘흔 구ᄒ기 어렵지 아니미러이다."

원외 왈,

"우리 싀골도 어린 ᄋᆞ히 혹 흙 먹기를 즐기는 지 잇스면 의원이 니르되 비위병이라 감질이라 ᄒ나니 이 분명 무비국 사롬으로 환싱흔 비로다. 만일 무쟝국 부즈로 ᄒ야곰 흙 먹는 법을 비호더면 쏜 ᄋᆞ히 흙 흔 줌을 남기지 아닐 번 ᄒ도다."

인ᄒ야 무비국을 지닌 후 쏘 심목국(深目國)을 지닐시 그 사롬이 얼골은 사롬 ᄀᆞᆺ흐나 문득 두【15】눈이 흔격도 업고 흔편 손을 놉히 들고 단니거늘 ᄇᆞ라보니 손 ᄀᆞ온더 눈이 흔 쏙 박여 ᄀᆞ쟝 큰지라. 우흐로 보려 ᄒ면 손을 우흐로 향ᄒ고 오리로 보려 ᄒ면 손을 ᄋᆞ리로 드리오며 젼후 좌우로 손을 둘너 슬피되 죠곰도 구이ᄒ미 업거늘 원외 왈,

"져 무리 만일 닙이 손의 싱기더면 음식 훔치기 더욱 죠흐리로다. 그 중의 근시ᄒ는 지 잇스면 안경을 씨는 폐 업시 미양 쥐고 단닐 거시오 우리곳 안경 ᄒᆞ느히면 두 사롬이 논ᄒ 씰 거시니 물화의 안경 낫치ᄂᆞ 가졋더면 죠히 ᄒᆞᆫ흐로 두 갑슬 ᄇᆞ들 번ᄒ도다."

구공 왈,

"노뷔 일즉 드르니 근리 인심이 녜와 갓지 아녀 속담에 니르되 눈을 감으면 코롤 일는다 ᄒ니 다만 알프로 슬피【16】다가 낭픽ᄒ미 만홀가 ᄒ야 져ᄀᆞ치 ᄉᆞ면팔방으로 보기 쉽게 싱기다 ᄒ더이다."

당싱 왈,

"녯사롬의 글에 닐으되 눈이 손ᄇᆞ닥의 나다 ᄒ야스되 그 연고는 모로더니 이제 구공의 ᄼ논으로 죠츠 쾌히 알니로다. 이ᄀᆞ치 분답ᄒ야 일ᄼ은 과연 흑치국의 다ᄼ르니 그 사롬이 일신이 먹칠흔 듯ᄒ고 치아도 쏘흔 거믄고로 흑치국이라 ᄒ니 거문 얼골의 문득 두 눈섭이 붉어 물들인 듯ᄒ고 닙시읡기 쥬사롤 직은 듯ᄒ며 의복을 견혀 붉은 비츨 닙어시니 붉은 ᄀᆞ온더 거문 비치 더욱 드러ᄂᆞ는지라. 당싱이 혜오더,

"져긔치 거믄 사름이 응당 면모도 츄악ᄒ리니 먼리 보아□□□□□□□□구공을 쳥ᄒ야 ᄒ 번 나아가 구경코져 홀 【17】 시 원외 ᄯᅩᄒᆫ 연□□분만하 가무ᄂ ᄒ려 느리거늘 이인이 뒤흘 ᄯᅡᆯ와 나와 나아갈시 당싱 왈,

"져 무리 외뫼 츄악ᄒ기 이 ᄀᆺᄒ니 그 풍속이 오죽ᄒ리오."

구공 왈,

"그러치 아니타. 이곳이 군ᄌ국으로 슈로ᄂᆫ ᄀ장 요원ᄒ나 뉵노ᄂᆫ 셔로 지경을 년ᄒᆫ 고로 풍속이 져기 아름답다 ᄒᄂ니 노뷔 여러번 지나되 져의 면목이 가증ᄒ미 더부러 말홀 것 업슬지라. ᄒ 번도 구경치 아녀더니 오날이야 당형의 잇글물 인ᄒ야 처음이 ᄲᅡ흘 드듸거니와 우리 이번은 블과 져기 거름 거러 소창이나 ᄒ려니와 가히 보암즉ᄒᆫ 일과 말ᄒᆷ즉ᄒᆫ 곳이 업스리니 그 외 모롤 보면 그 속을 가히 알니로다."

당싱이 년ᄒ야 올타 ᄒ고 무심히 힝 【18】 ᄒ야 셩즁의 드니 시젼의 매미ᄒ미 ᄀ장 분답ᄒ고 물식이 ᄯᅩᄒᆫ 부셩ᄒ며 말이 더옥 알기 쉬온지라. 져ᄌ거리의 남ᄌ와 녀인이 각ᄎ 난호여 모혀시며 길거리의 남ᄌᄂᆫ 낫ᄎ치 우편으로 단니고 녀인은 개ᄎ히 좌편으로 단녀 비록 져근 골목과 죠분 길이라도 부디 분별ᄒ거늘 당싱이 처음에 그릇 좌편으로 힝ᄒ더니 우편 사름이 크게 불너 왈,

"이위 존긱은 길을 그릇 드르시도다. ᄲᆞᆯ니 이편으로 오라."

ᄒ야늘 이인이 년망히 우편으로 건너온 후 비로소 좌편은 녀인 단니는 길이물 ᄭᆡ다르니 당싱이 쇼왈,

"져 무리 모양이 극히 거무나 남녀 녜졀의ᄂᆫ 심히 명빅ᄒ도다."

구공을 향ᄒ여 왈,

"녜□□□□□□□□□ 져긔치 만히 왕니ᄒ는 사름의 ᄒ나토 【19】 □□□□□□□□□□□□□□□눈을 거듭 쓰지 아니코 고기롤 숙여 단니ᄂ 이곳의 이 ᄀᆺᄒᆫ 풍속 잇스물 ᄯᅳᆺᄒ지 아니토다. 이 과연 군ᄌ국 교화로 감화ᄒᆫ 비로다."

구공 왈,

"져즈음 군ᄌ국의 오시 형뎨 말ᄒ되 져의 풍속 인문이 젼혀 쳔됴 교화로 말미옵다 ᄒ더니 이곳이 임의 군ᄌ국 교화롤 닙을진디 근본을 의논ᄒ면 이 도시 우리 쳔됴로죠ᄎ 미츠미로다."

정언간의 십즈가 거리의 니르러 겻흐로 져근 골이 잇거늘 우연이 드러가니 흔 집 문 우희 홍지로 크게 써시되 녀학당(女學堂)이라 흐야 부쳣거늘 당싱이 발을 머추어 왈,

"이곳의 임의 녀학당이 잇슬진디 남즈는 즈연 글 닑을 줄 아는도다. 져의 녀즈의 【20】 닑는 바 글이 므츰니 무슴 글인고. 이 아니 쥬식 민드는 방문과 침션흐는 법졔런가."

므초아 문 안흐로 조츠 일개 노옹이 나오다가 당·다 이인을 므조치미 그 의복 면모로 죠츠 타국 사름이물 씨닷고 팔을 들어 읍흐여 왈,

"이위 귀긱이 반드시 닌국으로 죠츠 니르시거니 만일 누츄흐물 혐의치 아니실진디 쳥컨디 초샤의 몸을 굽히시면 차롤 밧드러 드리고져 흐느이다."

당싱이 졍히 사룸을 만나 풍쇽을 뭇고져 홀 츠 이 말을 드르미 쌜니 답녜 왈,

"처음 보시며 문득 관곡흐시니 감샤흐여이다."

이에 구공을 잇그러 초당의 올으미 삼인이 다시 힝녜흐고 도라보니 냥기 녀학동이 잇셔 년긔 십스오는 흐고 흐나흔 홍의롤 닙고 흔 【21】 나흔 □의롤 닙어시니 얼골이 비록 거무나 원□ 굿흔 붉은 눈섭이 효셩 쌍안을 둘너시며 흔 겹 쥬사로 혹치롤 감초아시며 편;운발이 냥빈을 덥허시며 샴촌 금년의 슈혀롤 신어시니 틱도의 션연흠과 체졔의 빙졍흐미 진실노 농셤(濃纖)이 득즁(得中)흐고 슈단(脩短)이 합도(合度)흔지라. 나아와 이인의게 녜흐고 믈너나거늘 노옹이 명흐야 차롤 드린 후 비로소 셔로 셩명을 닐을시 노옹이 원너 두 귀 둥쳥흔지라. 냥인이 무한 긔력을 대강 문답흐니 노옹의 셩은 노요 일홈은 슉(肅)이니, 본국의 유명흔 노슈지로 위인이 극히 튱후흐야 글 ᄀᄅ치기의 닉은지라. 이에 【22】 당·다 이인이 일홈이 학궁의 들고 겸흐야 쳔됴 사름이물 드르미 몸을 굽혀 왈,

"쇼지 일즉 드르니 쳔됴는 만국의 웃듬이요 셩인의 나라히라. 인품 학문이 츌뉴비범흐다 흐오미 그윽이 흠앙흐나 므츰니 만나 말흐미 업더니 이제 다힝이 냥위롤 만나니 죡히 평싱 스모흐든 회포롤 위로홀 거시로디 다만 고두흐야 아는 비 업고 겸흐야 둥쳥흐야 초샤의 존가롤 굽피시거늘 셜만흐미 만흐니 오히려 용셔흐시물 브라느이다."

댱싱이 불감ᄒ믈 일컷고 인ᄒ야 크게 물어 왈,

"쇼졔 드르니 귀방이 문치를 숭상ᄒᄂᆫ 곳이라 ᄒ니 노쟝이 응당 일즉 과갑의 올나 겨시리니 즉금 【23】 님하의 도라와 한가ᄒ시니잇가?"

노옹 왈,

"폐방 도라연 천됴 밥졔를 죠ᄎᆞ 시부로 션비를 취ᄒ거니와 쇼ᄌᆞᄂᆫ 어려서 실학ᄒ고 ᄌᆞ딜이 노둔ᄒ야 비록 여러 번 관광ᄒ오나 학업이 천박ᄒ므로 지금 나히 팔슌의 니르도록 오히려 청샴을 면치 못ᄒ더니 근년 이리로 공명의 ᄠᅳᆺ을 ᄭᅳᆺ허 학업을 임의 폐ᄒ오나 나히 만코 병이 침노ᄒ야 엇기의 짐 지ᇰ 못ᄒ고 손으로 닐ᄒ지 못ᄒ야 호구ᄒᆯ 도리 업ᄂᆫ지라. 오직 멋 낫 녀동을 ᄀᆞ르쳐 허로 밧갈기를 대신ᄒᄂᆞ이다. 폐방과 거의 규식이 천됴와 져기 다른 ᄇᆡ 잇스니 미양 십년이 되면 왕비 젼해 별노 녀과(女科)를 뵈니 무릇 글ᄒᄂᆫ 쳐녀로 ᄒ야곰 응시 【24】 ᄒ게 ᄒ야 그 글에 고하로써 ᄎᆞ례를 졍ᄒ야 품슈ᄒᆯ ᄯᅡ와 혹 ᄌᆡ녀편익(才女匾額)을 쥬어 문에 부치게 ᄒ며 혹 관대와 직텹을 쥬며 혹 그 부모를 벼슬 쥬며 구고의게 영화를 밋게 ᄒ니 일노 새 승ᄉᆞ를 삼ᄂᆞ니 이러므로 ᄯᆞᆯ 둔 집은 무론 귀쳔ᄒ고 ᄉᆞ오 세 곳 되면 학당의 보ᄂᆡ야 글 닑혀 과거 보기를 긔약ᄒᄂᆞ니 져ᄌᆞ의 님은 ᄋᆞ희ᄂᆞᆫ 곳 쳔ᄒᆞᆫ ᄌᆞ식이요 홍의 님은 ᄌᆞᄂᆫ 곳 학동이니 셩은 냥이니 나히 갓치 십ᄉᆞ 셰라 명츈이 졍히 녀과 뵈ᄂᆞᆫ 긔한인 고로 져즈음 쇼녀와 문싱이 외람히 학과[초시라]의 참예ᄒᆞᆷ 쟝ᄎᆞᆺ 명츈 회시를 보아 오히려 힝망이 업지 아니므로 이ᄭᅥ ᄇᆞ야흐로 급ᇰ히 공부ᄒ니 【25】 이 니론 목 ᄆᆞ르기를 당ᄒ야 우물 ᄑᆞ기와 급ᄒᆫ ᄠᅢ를 님ᄒ야 부쳐의 ᄃᆞ리 안음 ᄀᆞᆺᄒ니 우리네 과거보ᄂᆞᆫ 사롬의 통환이라. 져 고루ᄒᆫ ᄋᆞ녀를 엇지 칙망ᄒ리잇고."

인ᄒ야 녀ᄌᆞ를 도라보아 왈,

"오날ᇰ 이위 대현의 빗ᄂᆡ 님ᄒ시믈 만나미 실노 쳔힝이라. 너히 평일 닑은 글에 의심되고 ᄌᆞ셔치 아닌 곳을 질졍ᄒ야 ᄀᆞ르치시믈 청ᄒ면 가히 노부의 그릇 ᄀᆞ르친 곳을 ᄇᆞ로고 ᄌᆞ연 문견이 늘니ᇰ 그 아니 죠ᄒ리오."

구공 왈,

"이위 ᄌᆡ녀는 모롬즉이 뭇기를 어려워 말지어다. 노뷔 학문의 비록 십분 졍통치 못ᄒ나 힝용 셔칙의 문의 죠박은 약간 대체는 말ᄒ리라."

ᄌᆞ의 녀지 【26】 ᄌᆞ리를 옴겨 념임 대왈,

"일즉 드르니 쳔죠는 인문의 모힌 곳이라. 인지의 셩ᄒᆞ미 녜로부터 일컷는 빈니 대현이 셰대로 대방의 거ᄒᆞ샤 보신 빈 만코 아는 빈 너르신 즁 쏘ᄒᆞᆫ 일홈이 학궁의 오르시고 학문이 오거의 ᄀᆞ음열으실지라. 비지 궁벽히 ᄒᆡ 우의 쳐ᄒᆞ야 천셩이 노둔ᄒᆞ고 겸ᄒᆞ야 견문이 좁은지라. 셩현 경셔의 밧 겻 뜻과 쉬온 문의도 미양 그 ᄯᅳᆺ흘 ᄎᆞᆺ지 못ᄒᆞ며 시비를 ᄀᆞᆯ희지 못ᄒᆞ더니 이제 대현을 만나 져기 질졍ᄒᆞ고져 ᄒᆞ나 두리건ᄃᆡ 말ᄉᆞᆷ이 쳔루ᄒᆞ야 져근 막ᄃᆡ로 큰 북을 침 ᄀᆞᆺ흘지라. 당돌ᄒᆞ믈 무릅써 감히 쳥치 못ᄒᆞ리로소이다."

구공이 혜오ᄃᆡ,

"져 녀ᄌᆞ의 말이 ᄌᆞ못 쇽되지 【27】 아니ᄒᆞ니 약간 글ᄌᆞ를 ᄇᆡ호믈 알녀니와 져 ᄀᆞ치 어린 나히 널니 ᄇᆡ호지 못ᄒᆞ야시리니 만일 져기 문묵을 통ᄒᆞᆯ진ᄃᆡ 이제 외국 흑면 ᄋᆞ녀로 더부러 글 말ᄒᆞ미 쏘ᄒᆞᆫ 도라가 긔담을 삼으리니 말노써 잇글어 ᄂᆡ야 약간 알아 듯는 빈 잇거든 ᄎᆞᄎᆞ 말ᄒᆞ야 나의 학문을 ᄂᆞ타ᄂᆡ야 일홈을 이곳의 젼ᄒᆞ게 ᄒᆞ리라."

인ᄒᆞ야 냥 녀ᄌᆞ를 향ᄒᆞ여 왈,

"직녀는 쳥컨ᄃᆡ 과도히 겸ᄉᆞ치 말나. 노뷔 비록 일홈이 학궁의 드나 근일 ᄉᆞ방의 분쥬ᄒᆞ야 호구ᄒᆞ기를 일ᄉᆞᆷ으니 능히 널니 보고 닉이 공부치 못ᄒᆞ나 오직 어려셔 닑은 ᄇᆡ 경셔는 오히려 ᄉᆡᆼ각는 빈 잇거니와 그 밧근 황소ᄒᆞ야 임의 젼셰 닐 ᄀᆞᆺᄒᆞ니 지녜 만일 무르미 잇 【28】 슬진ᄃᆡ 아는 바를 맛당이 숨기지 아니리라."

당싱 왈,

"우리 무리 학업을 폐ᄒᆞᆫ 지 오린지라. 두리건ᄃᆡ ᄂᆞ지 무르시나 견식이 밋지 못ᄒᆞᆯ가 ᄒᆞ노니 오히려 ᄀᆞ르치믈 ᄇᆞ라노라."

구공이 당싱의 말노 ᄌᆞᄎᆞ ᄀᆞᄆᆞ니 닝쇼ᄒᆞ야 스ᄉᆞ로 말ᄒᆞ야 왈,

"져 ᄀᆞᄐᆞᆫ 해외 어리고 검은 ᄋᆞ녀의 흉즁 학문을 가히 혜아릴 빈어놀 당형이 과도히 겸손ᄒᆞ야 말ᄉᆞᆷ이 ᄐᆡ과ᄒᆞ니 져의 긔운을 방ᄌᆞ케 ᄒᆞ는도다."

ᄌᆞ녀의 녀지 다시 몸을 굽혀 왈,

"비지 드르니 무릇 글 닑으미 글ᄌᆞ 알미 웃듬이요 글ᄌᆞ 알기는 ᄌᆞ음 알미 웃

듬이라. 만일 글ᄌᆞ 음을 분변치 못ᄒᆞ면 글뜻이 ᄆᆞᄎᆞᆷ니 붉지 못ᄒᆞᄂᆞ니 이제 경셔의 흔히 쓰인 바 도틱올 돈 지 그 음이 여러 ᄀᆞ지로 뵈여시니 어느 글에ᄂᆞᆫ 맛당【29】이 무슨 음으로 닑어야 올흘지 폐방이 널니 비ᄒᆞ지 못ᄒᆞ야 왕왕히 그릇 닑ᄂᆞᆫ 지 만ᄒᆞᆫ 후학이 어ᄃᆡ로 죠츨지 모르ᄂᆞ니 대현이 깁히 ᄎᆞᆺ고 널니 보시미 응당 그 ᄌᆞ셔ᄒᆞᄆᆞᆯ 알으시리로소이다."

구공 왈,

"지녀ᄂᆞᆫ 청컨디 좌ᄒᆞ라. 져 글지 과연 음이 여러 ᄀᆞ지니 『시젼(詩傳)』의 세 곳과 『쥬례(周禮)』의 두 곳과 『쥬역(周易)』과 『좌젼(左傳)』과 『이아(爾雅)』와 『한셔(漢書)』의 각각 음이 다르므로 '회' ᄡᅡ와 '원' ᄡᅡ 두 곳과 '한' ᄡᅡ와 '쇼' ᄡᅡ '진' ᄡᅡ와 '완' ᄡᅡ와 '대' ᄡᅡ와 '원' ᄡᅡ 열 곳 운의 드러시니 이 열 가지 음 밧근 경셔 ᄲᅮᆫ 아니라 다른 글에도 다시ᄂᆞᆫ 다른 음이 업ᄂᆞ니 다ᄒᆡᆼ이 노부의게 뭇기로 이ᄀᆞ치 널니 니르거니와 만일 다른 사ᄅᆞᆷ의게 뭇더면 이 반도 ᄉᆡᆼ각ᄒᆞ야 니르지 못ᄒᆞ아시리라."

□의녀지 왈,

"젼의 드르니 이 밧긔 ᄯᅩ 두 ᄀᆞ지 음으로 달니 간ᄃᆡ 잇【30】셔 '란' ᄡᅡ와 '쥬' ᄡᅵ 잇다 ᄒᆞ더니 대현 말솜이 ᄂᆞᆫ 열 가지 음 밧근 다시 업다 ᄒᆞ시니 대쳐 각국 방언이 달나 그런가 ᄒᆞᄂᆞ이다."

구공이 드르미 앗가 이 밧근 다시 업다 큰말 ᄒᆞᆫ지라. ᄌᆞ시 뭇다가 혹ᄌᆞ 취졸ᄒᆞᆯ가 져허 천연히 정대ᄒᆞᆫ 쳬ᄒᆞ야 왈,

"이 불과 문 ᄡᅡ의 져근 닐이라. 무릇 ᄒᆞᆫ 글ᄊᆞ의 두세 ᄀᆞ지로 음 다른 지 무슈ᄒᆞ거니 이로 엇지 다 긔록ᄒᆞ며 ᄒᆞᆯ물며 져 쓸ᄃᆡ업ᄂᆞᆫ 글ᄊᆞ 낫츨 알므로 학문이라 ᄒᆞᆯ 것 업ᄂᆞ니 이 문득 어린 ᄋᆞ히 글ᄊᆞ 비ᄒᆞᄂᆞᆫ 공뷔라. 여긔만 정신을 허비ᄒᆞ면 도로혀 유익지 아니리니 가히 앗가온 바ᄂᆞᆫ 지녀의 아름다온 ᄌᆞ춤으로 ᄆᆞᄎᆞᆷ니 놉흔 사ᄅᆞᆷ의 붉히 ᄀᆞ르치믈 엇지 못ᄒᆞ야 공부롤 그릇ᄒᆞ미 ᄆᆞᄎᆞᆷ니 놉흔 사ᄅᆞᆷ의 붉히 ᄀᆞ르치믈 엇지 못ᄒᆞ야 공부롤 그릇ᄒᆞ미 만토다."

제17회

因字聲相談切韻　聞雁唳細問來賓

즈의녀지 왈,

"비즈는 드르니 글을 닑즈 ㅎ면 반드시 글쯔룰 몬져 알 거시오 글즈룰 알녀
【31】 ㅎ면 반드시 음을 몬져 분변ㅎ다 ㅎ니 만일 그 음을 분변치 아니ㅎ면
그 뜻이 엇지 명빅ㅎ리요. 이러모로 음을 분변ㅎ미 글 닑는 사름의 모룰 비 아
니로더 대현은 학문이 광박ㅎ샤 임의 묘룰 씨닷고 도룰 닐우시므로 글노써 긴
요케 넉이지 아니시나 우리 후학무식ㄴ 뉴는 가히 폐치 못홀 비여늘 비지 이
ᄀ튼 져근 닐노 감히 고명ㅎ신더 번득ㅎ니 진실노 대방가의 우음을 밧도소이
다. 그러나 쏘 듯건더 글쯔 성음을 알고져 홀진더 반드시 몬져 반졀(反切)을 붉
히고 부디 반졀을 붉히고져 홀진더 반드시 몬져 즈모룰 분변ㅎ다 ㅎ니 만일 즈
모룰 분변치 못ㅎ면 엇지 써 반졀을 알며 반졀을 모로면 엇지 써 음을 알며 음
을 모룰진더 엇지 써 글즈룰 알니오. 【32】 일노 의논컨대 반졀법이 쏘ㄴ 글 닑
는 사름의 궐치 못홀 공뷔로더 녯사룸이 말ㅎ되 근셰의 학스 태휘 벼슬이 놉고
글이 용홀와 ㅎ며 만일 반졀 의논ㅎ기의 미처는 문득 눈을 감고 머리룰 흔드러
모룰 거시라. 알아 부졀업다 ㅎᄂ니 이 말노 볼진더 반졀 뜻을 일헌지 오런지
라. 즈고로 운을 의논ㄴ 글이 비록 만ㅎ나 ᄆ춤니 초학의 비홀 비 업스므로 비
지 어려셔부터 그으기 여긔 뉴의ㅎ야 약간 ㅎ두 곳 씨다르미 잇스나 그 뜻이
깁고 졍ㅎ야 그 극진ㄴ 곳의 니르지 못ㅎ오니 대현이 천지영오ㅎ시니 응당 그
묘룰 씨다르실지라. 어디로 죠츠 닉여야 가히 졍통홀지 붉히 ᄀ르치시믈 앗기
지 ᄆ르쇼셔."

구공 왈,

"노뷔 쏘ㄴ 어려셔 여긔 뉴심ㅎ야 부졀업시 정신을 허비ㅎ다가 ᄆ춤니 비
【33】 로 젼ㄴ 법을 엇지 못ㅎ야 능히 극진히 졍통치 못ㅎ니 앗가 지녀의 니
른비 학스태후도 오히려 모른다 ㅎ거늘 우리ᄀ치 학업을 비린 궁조대야 약간
조박을 안들 엇지 감히 아는 체 ㅎ리요."

즈의녀지 홍의녀즈롤 도라보며 미;히 우어 왈,

"이는 진실노 오군대로(吳郡大老) 의려만영(倚廬滿盈)이로다."

홍의녀지 머리 조아 쏘흔 웃거늘 냥인이 ; 말을 드르나 마춤너 무슨 뜻인 줄 씨닷지 못홀지라. 구공 왈,

"뭇춤 지녀의 즈음 의논흐몰 인흐야 노뷔 우연이 싱각건디 시젼 글귀는 젼혀 협운(叶韻)을 달아시니 이는 별노 가챠(假借)흐야 쓰미뇨?"

즈의녀지 왈,

"운칙이 진나라 쩌로부터 잇스니 딘한(秦漢) 이젼은 본디 운칙이 업눈지라. 녯사룸의 업으로 졀노 나눈 디로 쇼리 【34】 흔 비니 아모 즈롤 아모 음으로 닑은 지 무릇 슈십 곳이라. 이롤 엇지 다 가챠흐미리오. 쏘흔 녜로부터 젼흐는 동외(童謠) 만흐되 거의 다 협운을 달아시니 동요라 흐는 거시 길 가히 어린 ㅇ 희 우연이 닙으로 조츠 ㄴ온 쇼리라. 엇지 그 ㅇ희 운을 가챠하다 흐리오. 이 진짓 졀노 나눈 쇼리 말 뭇지 아녀 알지라. 다만 그 음이 시젼으로 만히 갓고 요ㅅ이 음으로 만히 다르니 일노죠츠 보건디 세대로 쏠와 음이 변흐미니이다."

구공 왈,

"지녀의 말 ㄳ홀진디 즈음이 고금이 다르다 흐거니와 노부 심중의는 마춤너 밋지 아닛ㄴ니 지녀는 모롬즉이 고인을 다려다가 노부로 흐야곰 친히 말흐야 그 셩음을 드러 본 후야 비로소 지녀의 ;논 【35】 을 올타 흐리라."

지의녀지 왈,

"대현의 말흐신든 ㅂ 시젼의 굴오디, '원거원쳐(爰居爰處)흐야 원상기미(爰喪 其馬)라 흐고 우이구지우림지해(于以求之于林之下)라.' 흐니 그 음은 임의 분변 흐얏거니와 아지 못게라 그 뜻을 엇지 삭이ㄴ니잇고?"

구공 왈,

"모씨(毛氏)와 졍씨(鄭氏) 공위 모든 주소의 굴오디 '대체 군시 스스로 말흐 되 우리 무리 군즁의 쏠와 혹 죽ㄴ니도 잇스며 혹 병드니도 잇스며 혹 몰 닐흐 니도 잇스니 어디 거흐며 어디 쳐흐리오.' 이에 그 몰을 일토다. 만일 우리 가 인이 일후에 어ㄴ 곳의 와 츠즐고. 맛당이 수풀 알이 잇스리라 흐미니 지녀의 놉흔 소견은 무슴 다른 뜻이 잇ㄴ뇨?"

즈의녀지 왈,

"션위 비록 이ᄀ치 풀어시나 비즈의 어린【36】소견은 그 웃 대문 뜻으로 볼진더 군시 오러 도라가지 못ᄒ미 심회 울ᄾᄒ야 정신이 황홀불안ᄒ므로 우연이 그 거ᄒ고 쳐ᄒ는 곳의셔 홀연 물을 닐ᄒ미 반드시 춧지 못ᄒ리라 ᄒ더니 각쳐로 츠즈미 도로혀 수풀 알이 잇다 ᄒ니 이 젼혀 군시 정신이 어득ᄒ야 그 물이 갓가이 수풀 알이 잇거늘 그릇 닐혼 줄 알고 춧다 ᄒ미니 이ᄀ치 풀이 거의 경의의 온당ᄒ 듯ᄒ미 맛당이 글노써 말의 ᄒ롭게 말며 말노써 뜻의 ᄒ롭게 마라야 ᄇ야흐로 시인(詩人)의 뜻의 당ᄒᄂ니 이 ᄆ디로 의논ᄒ야도 녯사름의 풀어 주ᄂ니 이ᄀ치 즈셔ᄒ고 이ᄀ치 친졀ᄒ거늘 이【38】제 지녜 홀연 다른 의논을 너니 노부는 보건더 지녀 망녕도이 총명ᄒ 체홀 분 아니라 ᄆ춤니 어리고 스스로 올흔 체 ᄒ물 면치 못ᄒ리로다."

즈의녀지 왈,

"대현이 이ᄀ치 엄칙ᄒ시니 비지 감히 분변치 못ᄒ거니와 ᄯᅩ 싱각건더 『논어(論語)』 ᄒ 대문의 녯 사름의 주는 ᄇ 심히 의심되기로 그ᄋ기 징졍코져 ᄒ나 대현이 더옥 칙망ᄒ실가 두려 감히 어즈러이 들니지 못ᄒᄂ니 쟝니의 다시 고명ᄒ 션비를 만나 ᄀ르치물 쳥ᄒ리로소이다."

당싱 왈,

"앗가 폐 우의 망녕된 말이 져기 실언ᄒ지라. 모룸즉이 기회치 말고 붉이 무르라. ᄯᅩᄒ 논어는 흔히 보는 ᄇ니 셔로 의논ᄒ야 아는 더로 대답ᄒ리라."

즈의녀지 왈,

"비즈의 쳥ᄒ야 비호고져 ᄒ는 ᄇ 별노 깁흔 뜻【38】이 아니라 안뇌쳥즈지거(顏路請子之車)ᄒ야 이위곽(以爲槨)이라 ᄒ대 문을 엇지 삭여 보ᄂ니잇고?"

구공이 닝쇼 왈,

"고금 여러 션비 풀어 주ᄂ니여 ᄀᆯ오디,

"안연이 죽으미 그 부친 안뇌 집이 가난ᄒ야 곽[槨 외관이라]을 쟝만치 못ᄒ미 공즈긔 술위를 구ᄒ야 글노 팔아 곽을 사고져 ᄒ얏ᄂ니 이 밧긔 ᄯᅩ 무슴 뜻이 잇스리오."

즈의녀지 왈,

"녯사롬이 비록 이ᄀᆞ치 푸러시나 대현은 다른 뜻이 업스시니잇가?"

구공 왈,

"노부의 우견은 다만 녯사롬을 스승ᄒᆞᆯ 분이니 엇지 감히 망녕된 의논으로 시비ᄒᆞ리오."

ᄌᆞ의녀지 왈,

"한흡다 비지 비록 여튼 소견이 잇스나 널니 상고ᄒᆞ기를 분명히 못ᄒᆞ므로 ᄒᆞᆫ 번 고명ᄒᆞ신 ᄃᆡ 질정ᄒᆞ야 의심을 풀가 넉이더니 대현이 ᄯᅩᄀᆞ치 말ᄒᆞ시니 다 이 번 독이 못ᄒᆞᄂᆞ이다."

【39】당셩 왈,

"지녀 비록 상고치 못ᄒᆞᆫ 비 대쳐 말ᄒᆞ면 거의 어린 소견으로 시비를 의논ᄒᆞ리라."

ᄌᆞ의녀지 왈,

"비지 일즉이 뜻에 십히 슬피고 그윽이 궁구ᄒᆞ건디 안뇌 술위를 쳥ᄒᆞ야 곽을 ᄒᆞ고져 ᄒᆞ미 그 즁에 졍히 다른 뜻이 잇는 듯ᄒᆞ여이다. 만일 가난ᄒᆞ야 능히 곽을 쟝만치 못ᄒᆞᆯ 터히면 맛당이 공ᄌᆞᄭᅴ 도으시믈 쳥ᄒᆞ리오. 공ᄌᆞᄭᅴ 잇는 비 다만 술위 분이오 그 밧근 아모 것도 쳥ᄒᆞ야 팔암즉ᄒᆞᆫ 비 업다 ᄒᆞ리잇가. 이제 사롬이 남의게 도으믈 쳥ᄒᆞᄂᆞᆫ 지 다만 니르되 무어스로 도으라 ᄒᆞᆯ 분이어니 엇지 일홈을 졍ᄒᆞ야 무어슬 팔아 쓰게 달나 【40】 ᄒᆞ리요. 이ᄂᆞᆫ 셰속 범샹ᄒᆞᆫ 사롬도 아니려든 ᄒᆞ믈며 셩인의 놉흔 졔지 엇지 이러리오. 밋 공ᄌᆞ의 대답ᄒᆞ신 말슴의 굴ᄋᆞ샤ᄃᆡ 당일니[□□鯉 ᄌᆞᆼ들 닐홈이라]의 죽을 ᄯᅦ의 관이 잇고 곽이 업스되 니 즐겨 거러 ᄃᆞᆫ니지 못ᄒᆞ므로 곽을 ᄡᅥᄒᆞ지 못ᄒᆞ와 ᄒᆞ시니 만일 술위를 팔아 곽을 ᄒᆞᆫ다 ᄒᆞᆯ진디 엇지 당일니의 죽을 ᄯᅦ의 공지 팔고져 ᄒᆞ신 비 이 술위 ᄒᆞ나히요 이번 안노의 쳥ᄒᆞ야 팔고져 ᄒᆞᄂᆞᆫ 비 ᄯᅩ 이 술위 ᄒᆞ나분이리오. ᄒᆞ믈며 곽이 본더 희귀ᄒᆞᆫ 거시 아니라. 비록 갑시 만타 ᄒᆞᆫ들 관 갑시 여셔 갑결 밧긔 넘지 아니리니 안뇌 임의 관을 쟝만ᄒᆞ니 그 곽을 쟝만ᄒᆞ미 그리 어려오며 그 ᄋᆞ릐 대문의 ᄯᅩ 굴ᄋᆞ오디, 문인이 후히 쟝ᄉᆞ지너다 ᄒᆞ니 그후 쟝ᄒᆞᄂᆞᆫ 【41】 믈역으로 엇지 곽을 쟝만치 못ᄒᆞ야 부더 공ᄌᆞ의 술위 팔기를 구ᄒᆞ리요. 이제 술위로 곽을 ᄒᆞᆫ다 ᄒᆞ미 졍히 그 술위 지목으로 곽을 민드다 ᄒᆞ미니 별노 글노 팔아 져를 사려 훈다 뜻이 업ᄂᆞ니 혹ᄌᆞ 그ᄶᆡ 풍속의 사름이 죽으면 부디 대부(大夫)의 술위로 곽을 ᄒᆞ고져 ᄒᆞ든가 ᄒᆞ되 비지 냑간 샹고ᄒᆞ야 ᄆᆞᄎᆞ니 빙거홀 곳이 업스니 실노 의거 업ᄂᆞᆫ 말이라. 다만 의심을 머물너 아ᄂᆞᆫ 즈ᄅᆞᆯ 기ᄃᆞ리ᄂᆞ니 진짓 쳔고의 단이라. 이제 대현과 질졍ᄒᆞ야 의심을 쾌히 푸지 못ᄒᆞ니 실노 한호온 닐이로소이다."

구경이 미쇼 왈,

"지녀의 ᄯᆞ논이 과히 궁극홀 분이요 죠곰도 빙거홀 곳이 업스니 젼혀 편벽된 소견이 대통으로 하ᄂᆞᆯ 보ᄂᆞᆫ【42】 갓ᄒᆞ니 앗가 니른바 의거 업ᄂᆞᆫ 말이라 ᄒᆞ미 스스로 붉이 알미로다. 쳥컨더 오날노부터 녯말을 밋고 고인을 스승ᄒᆞ면 학문이 져기 쟝진ᄒᆞ려니와 만일 이ᄀᆞ치 편벽된 의ᄉᆞ로 스스로 올흔 체 ᄒᆞ면 졈ᄌᆞ 글너 이단의 갓갑고 더옥 고루ᄒᆞ여지리라. ᄒᆞ물며 져근 총명이 크게 유익지 아니ᄒᆞ니 앗가 글ᄌᆞ 음을 아ᄂᆞᆫ 체ᄒᆞ야 문인의 충슈(充數)코져 ᄒᆞ니 두리건더 우리곳 ᄎᆞ환 쇼동의 무리도 이러튼 아니리니 그으기 지녀를 위ᄒᆞ야 붓그려 ᄒᆞ노라."

ᄆᆞ초아 기러기 쇼리 하ᄂᆞᆯ 가의 뇨량ᄒᆞ거늘 당싱 왈,

"이ᄶᆡ 겨유 초하(初夏) 시졀이어늘 홍안(鴻鴈)이 어디로죠ᄎᆞ 니르ᄂᆞ뇨. 가히 각쳐의 졀휘(節候) 다르믈 알니로다."

홍의녀지【43】 왈,

"비지 져 기러기 쇼리로 조ᄎᆞ 우연 싱각건더 『녜긔(禮記)』의 니른바 '홍안니빈(鴻鴈來賓)'이라 흔 ᄆᆞ디를 졍강셩(鄭康城)과 녀남(呂覽) 회람(淮南) 모든 주에 각ᄌᆞ 소견이 잇셔 의논이 다르니 쳥컨더 대현은 뉘 말이 올타 ᄒᆞ시ᄂᆞ니잇고?"

구공이 드르미 비록 대쳬를 혜아리나 ᄆᆞᄎᆞ니 ᄌᆞ셔히 싱각히치 아닌지라. 졍히 대답이 난쳐ᄒᆞ더니 당싱 왈,

"노뷔 싱각ᄒᆞ니 졍강셩이 례긔를 주ᄂᆞ야 왈, '계츄의 홍안이 ᄂᆡ빈이라 ᄒᆞᆷ믄 구월이 되면 홍안의 물너가지 못ᄒᆞ든지 ᄆᆞ치 빈긱 갓ᄒᆞ므로 ᄂᆡ빈이라 ᄒᆞ고 허신(許愼)이 『회남ᄌᆞ(淮南子)』[췩일홈]주에 ᄀᆞᆯ오더, '몬져 니른 지 쥬인이오 후에 니르ᄂᆞᆫ 지 손 갓다 ᄒᆞ얏더니 밋 고위 『녀시츈츄(呂氏春秋)』[췩일홈]주에 ᄀᆞᆯ오더, '홍안ᄂᆡᄒᆞ다' 흔 귀졀ᄒᆞ고 빈 ᄯᆞᆯ 으리 귀졀의 부쳐 ᄀᆞᆯ오더, '즁츄의 온

거슨 그 홍안의 어이요 구【44】월의 오는 거슨 그 삿기 어린 거시라' 하며 빈 쓰는 알이 부쳐 빈죽(賓雀)이라 하야 굴오디, '이 늙은 시니 상히 사름의 집의 깃그려 드려 빈긱 갓흐므로 니르되 빈죽이라 하다.' 하니 노부의 우견은 빈죽이라 하믄 최표[崔豹 사름의 셩명이라]의 『고금주(古今注)』[칙일홈]에도 잇스니 거의 통홀 듯하되 『녜긔』「월녕(月令)」을 샹고하면 중츄의 임의 홍안이리라 하고 계츄에 쏘 다만 홍안니라 하면 뜻이 중첩홀 분 아니라 그 어이와 삿기는 갓무괴 즈웅 갓흐니 뉘 능히 분별하리오. 『하소졍(夏小正)』[칙일홈]의 굴오디, '죽입해(雀入海)'라 하고 빈죽이라 일컷지 아녀시니 고유의 그릇하믈 가히 알지라. 우견은 써하되 졍강셩의 주로써 맛당하다 하노니 지녀는 써 엇더타 하느뇨?"

낭녀지 일졔히 머리 조아 왈,

"대현의 놉흔 의론이 지극히 맛당하시니 가히【45】학문의 깁고 놉흐시믈 측냥홀지라. 감히 패복지 아니리잇가."

구공이 마음의 헤오디, '져 녀지 분명 졍강셩의 주를 올케 넉이며 짐줏 말하야 우리 대답을 엇지하노 보려 하미니 이는 져의 것츠로 가르치믈 쳥하노라 하되 실즉 우리를 시험하야 쪼노고져 하미니 만일 당형의 박남곳 아니러면 거의 취졸홀 번하니 그 뜻이 가히 교만한지라. 맛당이 어려온 마디를 가져 ;를 한 번 속여 긔운을 썻그리라.' 인하야 무러 왈,

"지녀의 ;논하는 바 『논어』의 우연이 싱긱건디 '미약빈이낙(未若貧而樂)하며 부이호례(富而好禮)라' 하니 이 뜻이 가난하야도 즐기고 가음열어도 녜를 조하;다 하미니 근니 인졍으로 혜아리건디 사름마다 가음열믈 즐기고 가난하믈 슬흐여 하느니 셩인 말숨은 이갓치【46】샹반하야 가난하야도 즐겁다 하시니 가난한 중의 무슴 즐거오미 잇느뇨?"

홍의녀지 졍히 대답고져 하더니 ㅈ의녀지 몬져 대왈,

"『논어』 글이 불힝이 진시황(秦始皇)의 불 노하믈 당한 후 한나라히 니르러 비로소 공ㅈ 집 벽 가온디셔도 어더니고 혹 닙으로 외와 젼하기도 하니 드;여 세 벌이 된지라. 하나혼 니르되 『고론』[古論 녯 논어]이라 하고 둘은 가론 『졔론』[齊論 졔나라 논어] 세혼 굴온 『노론』[魯論 노나라 논어]이라 하니 지금 셰

상의 젼ᄒᆞᄂᆞᆫ 비 다만『노론』이라.『노론』이 ᄯᅩᄒᆞᆫ 두 본이 잇스니 '고본(古本)'과 '금본(今本)'에 다르미 잇ᄂᆞᆫ지라. 이제 황간(皇侃) [사람의 셩명]의 고본 논어로 볼진디 '빈이낙(貧而樂)' 세 ᄌᆞ 알이 '도道' ᄭᅩ ᄒᆞ나히 ᄯᅩ 잇스니 그 ᄯᅳᆺ이 가난ᄒᆞ야도 도를 즐기다 ᄒᆞ미니 이런 후야 비로소 알이 ᄆᆞᆫ디 ᄀᆞ음열어도 레를 조하ᄒᆞ다 말과 셔로 대가 되ᄂᆞ니 이 밧 글ᄯᅮ의【47】ᄲᅢᆫ진 곳과 그른 곳이 어디ᄮ며『사긔(史記)』녯 글에 이 ᄀᆞᆺᄒᆞᆫ 곳이 ᄮ로 긔록지 못ᄒᆞ리니 이 젼혀 진나라 불노 물미암아 그르고 업셔지미니 엇지 한홉지 아니리오. 쳥컨디 도라가 고본『논어』를 보시면 그 ᄯᅳᆺ을 ᄌᆞ셔히 알으시리이다."

구공이 져의 녕니민쳡ᄒᆞᆫ 말노 의논이 소명ᄒᆞ니 ᄆᆞ춤ᄂᆡ 어디로조ᄎᆞ 져를 항복ᄒᆞ게 홀 도리 업ᄂᆞᆫ지라. 졍히 샹냥ᄒᆞ더니 안샹의 과연 논어 ᄒᆞᆫ 권이 노혓거ᄂᆞᆯ 집어 뒤적이며 보더니 '의경구'라 ᄒᆞᄂᆞᆫ '의' ᄭᅩ 녑히 ᄀᆞ늘게 '평셩(平聲)' 이라 두 ᄌᆞ를 썻거ᄂᆞᆯ 구공이 ᄀᆞ마니 깃거 왈,

"이제ᄂᆞᆫ 그른 곳을 너게 줍히도다."

이에 당싱을 향ᄒᆞ여 왈,

"원거ᄆᆞ의경구(願車馬衣輕裘)라 ᄒᆞᄂᆞᆫ 의 ᄭᅩ를 맛당이 거셩으로 닑을 거시어ᄂᆞᆯ 이곳은 문득 평셩으로 닑으니 이 무슴 ᄯᅳᆺ이뇨?"

ᄌᆞ의녀지 왈,

【48】"승비ᄆᆞ의경구(乘肥馬衣輕裘)라 ᄒᆞᄂᆞᆫ '의衣' ᄭᅩᄂᆞᆫ 맛당이 거셩으로 닑을 거시니 이ᄂᆞᆫ 살쩐 물을 ᄐᆞ고 가부야온 갓옷슬 닙다 ᄒᆞ미니 곳 닙을 '의' ᄭᅩ 어니와 이곳 '의' ᄭᅩᄂᆞᆫ 문리로 볼진디 분명히 술위와 물과 옷과 갓옷 네 ᄀᆞ지를 닐으미니 졍히 옷 '의' ᄭᅩ라 엇지 평셩이 아니리오. 만일 의 ᄭᅩ로써 닙다 ᄒᆞ면 말과 ᄯᅳᆺ이 년ᄒᆞ지 아니ᄒᆞ며 ᄯᅩᄒᆞᆫ 갓옷만 잇고 옷슨 업스미니 ᄌᆞ뢰[子路 공ᄌᆞ 졔ᄌᆞ 일홈] 말ᄒᆞ되, '다만 갓옷만 붕우로 더부러 ᄒᆞᆫ가지 ᄒᆞ고 옷슨 문득 ᄒᆞᆫᄀᆞ지 아니코져 ᄒᆞ미리오. 이 일졍 옷의 ᄭᅩ로 닑어야 ᄇᆞ야흐로 녯 사람의 ᄯᅳᆺ을 어긔지 아니리이다."

구공이 눈썹을 찡긔여 왈,

"지녜 여튼 지조를 밋고 과히 망측ᄒᆞ도다. ᄌᆞ로의 ᄯᅳᆺ은 갓옷 갓흔 귀ᄒᆞᆫ 옷도 붕우로 더부러 ᄒᆞᆫ가지 ᄒᆞ니 그남아 다른 옷슬 닐러 무엇ᄒᆞ리오. 그 즁의 무한

흔 뜻이 쓰엿거늘 지네 부디 【49】 취모 멱ᄌᄒᆞ야 어즈러이 시비ᄒᆞ니 노부의 직언을 허믈치 말나. 실노 이 ᄀᆞᆮ튼 말은 광막ᄒᆞ기의 갓가올 분 아니라 ᄆᆞᄎᆞᆷᄂᆡ 인ᄉᆞᆯ 모로미니 학문을 엇지 말ᄒᆞ리오."

냥 녀지 다만 유ᅟᅠ홀 분이오 조곰도 구겁ᄒᆞᄂᆞᆫ 의시 업거늘 구공이 혜오디,

제18회

辟淸談幼女講義經　發至論書生尊孟子

"져무리 임의 과거를 보려 공부ᄒᆞ니 응당 녜ᄉᆞ 경셔는 모로는 비 업슬 거시니 져를 속일 ᄆᆞ디 업스려니와 그러니 외국에 『쥬역(周易)』이 흔치 아니타 ᄒᆞ더니 일노써 흔 번 져를 곤케 ᄒᆞ리라. 쥬의를 졍ᄒᆞ미 냥 녀ᄌᆞ를 향ᄒᆞ여 왈,

"노뷔 드르니 쥬역이 일즉 외국의 널니 젼치 못ᄒᆞ야 보니 적다 ᄒᆞ되 귀국은 인문이 ᄀᆞ쟝 셩ᄒᆞ고 겸ᄒᆞ야 이위 지녀의 널니 보고 만히 닑으므로 응당 이 글에 졍미흔 곳을 알앗스리니 진나라 이후로써 지금ᄀᆞ지 풀고 주닌 지 그 길이 여러 곳으로 갈 【50】 녀 심히 분운ᄒᆞ니 례를 의논ᄒᆞ니에서 더욱 만흔지라. 지녜 식견이 남의 지ᄂᆞ니 그 즁 ᄇᆞ론 의논이 써 눌노 읏듬이라 ᄒᆞ리오. 놉흔 소견의 응당 그 우렬을 졍ᄒᆞ리라."

ᄌᆞ의녀지 왈,

"한(漢)나라ᄒᆞ로부터 진(秦)나라와 수(隋)나라 말년ᄀᆞ지 니르히 쥬역의 논흔 각 사롬을 비ᄌᆞ의 드른 비 ᄌᆞ하의 『쥬역젼(周易傳)』 두 권 밧긔 오히려 구십삼 개(九十三家)니 만일 그 우렬을 의논컨더 무비 녯젹 큰 션비의 풀어주던 비라. 비지 문견이 좁은지라. 엇지 감히 우물 기고리 소견으로 망녕도이 시비ᄒᆞ야 다시 대현긔 득죄ᄒᆞ리오. 다만 ᄀᆞᄅᆞ치시믈 쳥ᄒᆞᄂᆞ이다."

구공이 싱각건더 『쥬역』 일부의 일즉 귀로 듯고 눈으로 본 비 불과 오륙십통이러니 져 녀ᄌᆞ의 말은 구십여 죵의 니르다 ᄒᆞ나 다만 흔 ᄆᆞ디 평논ᄒᆞ미 업스니 졍히 일노 보고 닑은 비 【51】 업시 냑간 남의 말만 듯고 문득 큰말 ᄒᆞ야 나를 속이고져 ᄒᆞ미 시험ᄒᆞ야 쏘노와 취졸을 쾌히 니면 당형이 쏘흔 싱식져이 알

니라. 인ㅎ야 긔운을 펴고 쇼리롤 졍대히 ㅎ여 왈,

"노뷔 일즉 쥬역의 논ㅎ 글을 본 비 겨유 빅여 죵이러니 이곳즌 ㅁ참니 구십삼 죵이 잇다 ㅎ니 그도 쏘ㅎ 젹지 아니토다. 그러나 어느 사롬의 글이 몃 권이며 어느 사람의 주가 몃 권이믈 지녜 능히 그 셩명과 칙권슈롤 낫ː치 긔억ㅎ 소냐?"

즈의녀지 쇼왈,

"그 글의 졍미ㅎ 곳은 비록 십분 졍통치 못ㅎ오나 그 셩명과 권슈야 엇지 싱각지 못ㅎ리잇고."

구공이 ㄱ마니 놀나 왈,

"지녀는 쳥컨디 그 즁 셩명과 권슈롤 냑간 말ㅎ라. 우리 즁원과 갓흔가 보리라."

즈의녀지 이에 쳔하의 젼ㅎ는 바 쥬역 의논ㅎ 구십삼 죵 【52】 의 어느 사롬의 칙이 몃 권이믈 낫ː치 외와 니르고 ᄀ로오디,

"대현이 앗가 말ㅎ시되 쥬역이 빅여 죵이라 ㅎ시더니 비즈의 아는 비 다만 이쑨이니 이 밧긔 언마나 잇는지 쳥컨디 흔두 ㄱ지 말ㅎ샤 비즈의 문견을 늘이게 ㅎ쇼셔."

구공이 드러오미 져 녀지 ㅁ치 평일의 슉독ㅎ 글ㄱ치 흔 ㅁ디 거치며 흔 글ᄽ 그르미 업시 도ː히 흐르는 듯ㅎ니 그 즁의 겨유 졀반은 젼의 듯고 보던 비니 호발도 그르미 업고 그남아 혹 일홈은 듯고 그 글은 보도 못ㅎ 거시오 혹 글은 드러시나 일홈은 싱각지 못ㅎ 비요 혹 셩명 권슈롤 젼혀 듯도 보도 못ㅎ 비 만흔지라. 크게 놀나 눈이 멀거ㅎ고 졍신이 아득ㅎ야 힝혀 무슴 말을 무르면 취졸이 드러날가 졍히 황망ㅎ더니 즈의녀즈의 말노 조ᄎ 년망히 답왈,

"노부의 젼일 본 비 【53】 젼혀 지녀의 말ㅎ던 글이라. 쳔흔 나히 쇠미ㅎ므로 임의 모호ㅎ야 싱각ㅎ미 즈셔치 아니ㅎ도다."

즈의녀지 왈,

"글 가온디 ㅁ디와 뜻은 대현이 임의 명빅히 싱각지 못ㅎ실진디 비지 엇지 감히 강박히 쳥ㅎ리오마는 그 칙 일홈과 그 사름의 셩명과 권슈는 불과 칙 ㅍ는 져즈의 삼쳑동즈도 외오리는 비라. 대현이 엇지 ㄱ르치믈 앗기시ᄂ니잇고?"

구공 왈,

"실노 싱각지 못ᄒ미요 짐즛 칭탁ᄒ미 아니어니 진녀는 너모 강박지 말나."

ᄌ의녀지 왈,

"대현이 부디 니르지 아니시문 아는 사ᄅᆞᆷ으로 볼진디 대현이 우리 무리ᄅᆞᆯ 어리게 넉여 족히 ᄀᆞ르칠 것 업다 ᄒ시미어니와 모로는 사ᄅᆞᆷ으로 볼진디 써ᄒ되 대현이 망녕되이 헛말 지어 사ᄅᆞᆷ을 속인다 의심이 업지 아니ᄒ리이다."

【54】 구공이 ᄎᆞ에 니르러는 얼골이 취ᄒ이고 니ᄆᆞ의 ᄯᆞᆷ이 나는지라. 말이 업셔 대답지 못ᄒ더니 ᄌ의녀지 왈,

"앗가 대현이 말ᄒ시되 빅여 종의 만타 ᄒ시더니 즉금 다만 비ᄌᆞ의 말ᄒᆞᆫ ᄇᆞ 구집샴 종을 졔ᄒ고 다시 닐곱 개만 니르시면 졍히 일빅이 ᄎᆞ리니 ᄀᆞ쟝 어렵지 아닌 일이어늘 이ᄀᆞ치 ᄀᆞ르치믈 앗기시ᄂᆞ니잇가. 구공이 졈ᄌ 츅급ᄒᆞ야 다만 귀ᄅᆞᆯ 만치며 슈염을 ᄯᅳ더 엇지ᄒᆞᆯ ᄇᆞᄅᆞᆯ 모로더니 ᄌ의녀지 왈,

"이ᄀᆞ치 쉬온 일을 이러틋 앗기시믄 실노 ᄇᆞ라든 비 아니토다. 앗가 비지 슌셜을 허비ᄒᆞ야 무슈ᄒᆞᆫ 셩명 권슈ᄅᆞᆯ 외와들니문 젼혀 돌을 더져 옥을 인도ᄒᆞᄂᆞᆫ 계괴라. 일노 조ᄎᆞ 문견을 널닐가 ᄇᆞ라더니 ᄆᆞᄎᆞᆷ니 이 ᄀᆞᆺᄒ시문 ᄯᅳᆺ 밧기로소이다. 만일 비ᄌᆞ의 닐은 밧긔 다 【55】 른 길을 말ᄒ지 아니시면 대현이 허망ᄒ믈 면치 못ᄒ시리이다."

홍의녀지 왈,

"대현이 만일 칠개ᄅᆞᆯ 싱각지 못ᄒ실진디 다만 오개ᄅᆞᆯ 니르시고 오개ᄅᆞᆯ 싱각지 못ᄒ시거든 다만 냥개라도 해롭지 아니리이다."

ᄌ의녀지 니어 ᄀᆞᆯ오디,

"만일 냥개ᄅᆞᆯ 싱각지 못ᄒᆞᆫ든 다만 일개ᄅᆞᆯ 니르시고 일개ᄅᆞᆯ 못 싱각거든 비록 반개라도 족히 무안은 면ᄒ리라."

홍의녀지 쇼왈,

"져ᄌ는 엇지 니르되 반개라 ᄒ시ᄂᆞ뇨? 어디 반 권 되는 글이 잇스리요."

ᄌ의녀지 왈,

"미ᄌ 오히려 싱각지 못ᄒ도다. 이제 대현이 건망증이 겨시다 ᄒ미 혹 권슈는 싱각ᄒ시되 그 셩명을 니즈시거나 혹 셩명은 싱각ᄒ쇼시되 그 권슈ᄅᆞᆯ 니즈

신 비 잇스면 가히 니르되 반개라 ᄒ지 못ᄒ랴. 우리 무리 서로 잡담ᄒ면 대현의 【56】 졍신이 더옥 어득ᄒ시리니 말을 그치고 ᄉᄉ요히 기ᄃ려 대현의 ᄀ르치몰 ᄇ드리라."

구공이 져 냥녀즈의 웃고 죠롱ᄒ며 겸ᄒ야 지촉ᄒ몰 당ᄒᄆ 면식이 푸르락 블그락 ᄒ며 몸둘 바롤 엇지 못ᄒ니 ᄯᄒ히 굼기 업셔 뚤고 드지 못ᄒᄆ 한이라. 젼의 아든 바는 임의 져 녀즈의 낫ᄉ치 외온 비요 비록 이밧긔 ᄯᅩ 무어시 잇다 ᄒᆫ들 이ᄯᅢ롤 당ᄒ야 붓그럽고 뉘우츠미 겸발ᄒ야 급ᄒᆫ 진나비 ᄀ슴의 쮜놀거니 어디로 죠촛 싱각ᄒ리요. 므초아 노옹이 ᄒᆫ 편의 안즈 한가히 칙을 뒤젹일 분이요 져 문답ᄒᄂᆫ 셜화는 젼혀 몰나 듯ᄂᆫ지라. 다만 구공의 얼골이 붉으며 ᄯᆞᆷ이 비오듯 ᄒᄆᆯ 보고 힝혀 더위의 못 견듸여 이러ᄒᆫ가 놀나 년망히 부치 ᄒᆞ나흘 쥬어 왈,

"쳔됴졀후는 이ᄯᅢᆯ의 오히려 【57】 과히 덥지 아니타 ᄒ더니 폐방은 이ᄯᅢ부터 더위 시죽ᄒ므로 대현이 더위롤 견디지 못ᄒ샤 져ᄀ치 ᄯᆞᆷ을 너시도다. 쳥컨디 부치롤 부쳐 져기 ᄯᆞᆷ을 드리시고 쳔ᄉ이 말슴ᄒ샤 더위롤 ᄇ다 병이나지 아니케 ᄒ쇼셔. 타향의 손이 되ᄆ 몸을 더옥 보즁ᄒᄆ 올흐니이다. 구공이ᄉ 말노 조ᄎ 흐르는 ᄯᆞᆷ이 더옥 그치지 아니ᄒ니 노옹이 즈긔 슈건을 가져 ᄯᆞᆷ을 씨셔 왈,

"대쳐 나히 만흔 사롬은 긔운이 별노 허ᄒ므로 이ᄀ치 더위롤 못 견디니 쇼즈와 동병상년(同病相憐)이로다. 구공이 강잉ᄒ야 부치롤 ᄇ다 왈,

"과연 이곳 쳔긔 다른 곳이 예셔 심히 덥더이다."

노옹이 다시 두 즌 차롤 드려 왈,

"이 차이 비록 아람답지 못ᄒ나 그 즁에 등심[약지 일홈]을 너흔 고로 능히 더위롤 풀며 심화롤 【58】 묽히ᄂ니 ᄒᆫ 번 므시면 비록 더위롤 ᄇ드나 히로오미 업스리이다. 이제 다힝이 뫼시몰 어드나 쇼지 복이 열워 즁쳥ᄒ므로 ᄀ르치시몰 듯줍지 못ᄒ니 실노 한호온 일이라. 다만 져.무리 무식ᄒᆫ 뉴롤 져ᄀ치 ᄀ르치몰 앗기지 아니샤 져ᄀ치 여러 말슴을 ᄒ시므로 더위의 괴로오몰 니즈시니 실노 황감ᄒ여이다."

구공이 다만 머리 조아 왈,

"녕이 쇼계 일정 명츈의 과거의 놉히 오르리로다."

주의녀지 왈,

"대현이 임의 이고치 고르치믈 앗기시니 엇지 다시 강청호리잇고. 다만 셩명과 권슈를 알 분이요. 글 고온디 뜻을 모로면 이불과 칙 파는 쟝수 갓홀지라. 이 무어시 긔특다 호리오 아지 못게라. 대현의 니르신 바 빅여 죵이니 그 즁 의논흔【59】비 뉘 말이 웃듬 브른 의논이라 호시느뇨?"

구공이 황망히 대왈,

"공지(孔子) 십익(十翼)을 지으신 후로 쥬역의 뜻이 크게 붉으미 샹귀[尙瞿 사룸의 셩명]공조긔 비호므로부터 추: 젼슈호야 긋지 아니: 한나라히 경방(京房)과 비직(費直)의 무리 잇고 후한의 마륭(馬融)과 졍현(鄭玄)의 무리 잇스니 노부의 우견으로는 한쩍 사룸은 졈치는 디로 글너지고 위나라히 니르러 왕필(王弼)의 풀어 주니미 젼혀 졈치는 법을 브리고 홀노 그윽흔 곳을 씨다라 의리를 붉게 말호므로 쳔하 후셰의 쥬역을 말호는 지 반드시 왕필의 의논을 쥬쟝호고 다른 말은 폐호니 일노 보건디 한나라흐로부터 지금가지 널으히 맛당이 왕필노 웃듬을 숨으리라."

주의녀지 미: 히 닝쇼 왈,

"대현의 일쟝 의논【60】이 졍히 각 사룸의 주닌 바와 왕필의 글을 오히려 주셔히 보도 못호고 불과 젼 사룸의: 논흔 남겨지를 의희히 거두어 스스로 평논호는 체호시니 실노 후학 쇼비를 고르치시는 도리 아니로소이다. 한나라 션비의 졈치기로 쥬흠도 진실노 쥬역 뜻을 다호지 못호얏거니와 왕필이 스스로 니르되 녯말을 브리고 시 뜻을 움즉여 오직 의리를 즁히 호노라 호되 공지 쥬역을 말숨하샤디 셩인에 되 네 고지라 호시니 엇지 홀노 의리 두 주로만 일커를 브리오. 그 후 진나라 사룸 한강빅(韓康伯)이 왕필의 뜻을 본바다 계스 두 권 주를 니어더니 후인이 니르되 왕한(王韓)이라 호느니 그 글이 임의 졍미치 못호고 망녕도이 글쓰를 고친 곳이 만흔 고로 녯사룸이 말호되【61】'만일 한나라 쥬역이 젼호더면 왕한의 쇽된 글쓰를 씨스리라' 호고 그후 범녕(范甯)[사룸의 셩명]이 말호되 '왕필이 죄악이 걸쥬여셔 더호다 호얏스니 그 엇지 연고 업시 이 말을 호리오.' 대현이: 제 져의 주를 웃듬이라 호시며 심지어 이 글이는 후 다른 글을 폐혼다 혼시니 엇지 이에 미츠시뇨? 가히 니르되 어리석은 사 룸이 쑴말 혼미로다. 무릇 학문이 젼혀 셩실혼 고디 공부혼여야 의논이 바야흐 로 논거혼고 밋어오미 잇느니 만일 빗츨 거두고 그림지를 줍아 그온디 쥬혼 비 업스면 무춤니 물결을 싼르고 바람의 쓸녀 요양 미정혼면 어디로 조츨 줄 모로 느니 대현이 진실노 이 병통이 겨시니 쳔죠 곳흔 너르고 놉흔 싸히 나셔 이 곳 흐시문 실노 흠시로나 혼물며【62】모로는 바로써 아는 체혼야 쳔연이 큰 말 혼야 사룸을 속이고져 혼니 사룸을 너모 쉽게 넉이는 병이로소이다."

구공이 ∶ 말을 드르미 두 귀 밋히 쌈이 비오듯 혼야 닷고져 혼나 쟈리 업는 지라. 문득 어린 듯 취혼 듯 좌우를 도라보아 대답홀 부를 아디 못혼고 다만 탈신홀 계교를 싱각더니 노옹이 다시 차를 권혼여 왈,

"져근 집이 낫고 좁아 대현으로 혼여곰 더위를 바드시게 혼니 실노 불안혼물 닉의지 못혼리로소이다. 혼물며 쌈이란 거시 사룸의 진익이니 맛당이 춤아 적 게 너미 몸의 유익혼느니 대쳐 대현이 평일의 마황[麻黃 약지 일홈]든 약을 만 히 쟈시므로 쌈이 이곳치 흔혼도다. 오히려 다힝혼 바는 쌈을 져그치 만히 홀 【63】니∶ 일후 학질과 상한 갓흔 병은 업스려니와 이후는 마황곳치 과히 헷 치는 약은 적게 쟈시미 올혼니이다."

이인이 몸을 굽혀 챠를 바들 분이라. 구공이 스스로 말혼되,

"져는 날더려 마황을 먹엇다 혼되 나는 실노 황년[黃連 약지 일홈]을 먹엇도 다."

즈의녀지 홍의녀즈를 향혼야 왈,

"앗가 문에 들며 말혼되 경셔 뜻은 낙간 아노라 혼미 심히 깃거 셔로 니르되 다힝이 글 넑은 사룸을 만나니 가히 문견을 널니리라 혼야 져의 칙망혼물 슴가 부들 분이러니 졈∶ 말혼야 가니 진실노 유명무실혼도다."

홍의녀지 왈,

"나는 보건디 그 즁에도 현우∶렬(賢愚優劣)이 업지 아니혼니 혹즈 져 일위 션싱은 우리와 곳흔【64】여 거의 샴스 등에 들만 혼도다."

즈의녀지 왈,

"대쳐 사룸이 뫼혀 글을 말혼미 졍히 아롬다온 일이라. 비록 학문이 너르고

놉흘지라도 맛당이 곳〻지 므음을 느초아 남을 어려워ᄒᆞ여야 거의 군ᄌᆞ의 겸
손ᄒᆞᄂᆞᆫ 도를 일치 아니려든 겨는 흉즁의 오거셔(五車書)를 치오지 못ᄒᆞ고 눈의
뵈ᄂᆞᆫ 비 업셔 진소위 방약무인ᄒᆞ니 비컨더 당낭(蟷螂)이 술위를 밀녀 ᄒᆞ미 젼
혀 힘을 헤아리지 못ᄒᆞ미로다."

　이ᄀᆞ치 문답ᄒᆞ야 웃는 듯 긔롱ᄒᆞᄂᆞᆫ 듯 이로 긔록지 못흘지라. 구공이 〻찌를
당ᄒᆞ야는 면샹이 푸르락 누르락 몸이 븟날노 지르는 듯 탈신흘 계칙이 업스며
당셩이 ᄯᅩᆫ 겻ᄒᆞ로 조ᄎᆞ 심히 무식흔지라 졍히 난쳐흘 즈음 홀연 외면으로 조
ᄎᆞ【65】연지(臙脂)와 분(粉)을 사라 ᄒᆞᄂᆞᆫ 쇼리 크게 나며 물화를 들고 드리오
ᄂᆞᆫ 지 잇스니 당셩이 썰니 본즉 이 문득 님원외라. 구공이 그 쇼리로 조ᄎᆞ 몸을
널으혀 왈,

　"님형이 엇지 이제야 오시ᄂᆞ뇨? 션샹의 모든 동ᄒᆡᆼ이 응당 기ᄃᆞ련지 오리리
로다. 어셔 밧비 도라가 슌풍을 일치 말고 비를 씌오미 올토다."

　인ᄒᆞ야 당셩으로 더부러 노옹과 냥 녀ᄌᆞ를 향ᄒᆞ야 ᄌᆞᆨ별ᄒᆞ니 노옹이 가시곰
만류ᄒᆞ야 차를 권코져 ᄒᆞ거늘 님원외 오리 단니다가 졍히 구갈ᄒᆞ고 겸ᄒᆞ야 쉬
고져 ᄒᆞ더니 이인이 고집ᄒᆞ야 써나오니 노옹이 문 밧긔 나와 보니며 창연ᄒᆞᄆᆞᆯ
일컷더라. 샴인이 총〻이 져근 골목을 나며 큰거리의 다ᄃᆞ르니 님원외 보건더
【66】져 두 사름의 거동이 창황ᄒᆞ고 신식이 져상ᄒᆞ거늘 십분 괴이히 넉여 왈,

　"구공과 미졔 엇지 져ᄀᆞ치 경황흔 모양이뇨? 결단코 무숨 큰 연괴 잇도다."

　이인이 비로소 쳔식을 졍ᄒᆞ고 졍신을 거두며 쌈을 쓰셔 쳔〻이 가며 구공이
젼후 셜화를 낙〻히 젼흘시 당셩 왈,

　"쇼졔 일즉 져ᄀᆞ치 식견이 연박ᄒᆞ고 니의 맛당ᄒᆞ고 말의 능흔 ᄌᆞ를 남ᄌᆞ의도
흔히 보지 못흘너니 ᄒᆞ물며 쇼〻 녀지리로 실노 보든 바 처음이러이다."

　구공 왈,

　"져의 지조는 아모라 ᄒᆞ던지 가히 분흔ᄒᆞ고 노부를 겸〻 동혀 안치고 죠곰도
늣추지 아니코 쑤지져 죽과져 ᄒᆞ니 져ᄀᆞ치 곤욕을 당ᄒᆞ기는 노뷔 팔십을 ᄉᆞ도
록 처음 당ᄒᆞᄂᆞᆫ 경계라. 이제 싱각【67】홀스록 몸이 숙글ᄒᆞ고 일변 스스로 한
탄ᄒᆞ노라."

　원외 왈,

"분ᄒᆞ문 괴이치 아니커니와 한탄ᄒᆞᄂᆞᆫ 바ᄂᆞᆫ 무어시뇨?"

구공 왈,

"노뷔 일즉 십년만 글을 더 닑지 못ᄒᆞ미 한이요 ᄯᅩᄒᆞᆫ 스스로 혜아리지 못ᄒᆞ고 남을 쉽게 보아 글을 말ᄒᆞᆫ 줄이 한이로다."

당싱 왈,

"만일 구형의 와셔 구ᄒᆞ시미 아니런들 거의 버셔날 도리 업스려니 구형이 어디로 조ᄎᆞ 그ᄡᅥ 니르시니잇고?"

원외 왈,

"이곳의 일즉 물화ᄅᆞᆯ 미ᆞᄒᆞ야 보지 못ᄒᆞᆫ 고로 ᄆᆞ음의 혜오디. '져 무리 얼골이 젹치 검으니 응당 지분을 만히 ᄉᆞ리라 ᄒᆞ야 다만 지분을 가지고 두로단니되 져 녀ᄌᆞ의 무리 도로혀 지분 ᄇᆞᄅᆞ몰 더러히 넉여 ᄒᆞ나토 즐겨 ᄉᆞ지 아니코 다만 무르되 셔칙을 가졋ᄂᆞ냐?' ᄒᆞ거늘 괴괴히 넉여 즈【68】셔히 탐쳥ᄒᆞᆫ즉 이곳의 귀쳔을 분변ᄒᆞ미 젼혀 셔칙의 달녓다 ᄒᆞ더이다."

당싱 왈,

"그 엇진 연괴라 ᄒᆞ더뇨?"

원외 왈,

"져의 풍속이 무론 빈부ᄒᆞ고 다만 지학이 놉흔 즈로써 귀히 넉이고 글 닑지 못ᄒᆞᆫ 즈로 쳔히 넉이므로 녀ᄌᆞ도 ᄯᅩᄒᆞᆫ 이 ᄀᆞᆺᄒᆞᆫ지라. 무릇 규듕 쳐녜 나히 빈혀 곳기의 밋쳐ᄂᆞᆫ 얼골의 곱고 츄ᄒᆞ몰 의논치 아니코 다만 글ᄒᆞᄂᆞᆫ 지 명이 잇셔야 바야흐로 사ᄅᆞᆷ이 혼인을 구ᄒᆞ고 만일 지학이 업슬진더 비록 부귀ᄒᆞᆫ 집에 싱장ᄒᆞ나 ᄆᆞ춤너 구혼ᄒᆞ나니 업셔 이십이 넘도록 싀집가지 못ᄒᆞ므로 져곳 사ᄅᆞᆷ이 무론 남녀 ᄒᆞ고 어려셔부터 글 닑기로 일숨으며 ᄯᅩ 드르니 명년의 무슨 녀과ᄅᆞᆯ 뷘다 ᄒᆞ미 녀ᄌᆞ의 무리 개ᆞ히 지녀 일【69】홈을 엇고셔 더옥 공부ᄒᆞ므로 셔칙을 사려 ᄒᆞ다 ᄒᆞ미 물화ᄂᆞᆫ 미ᆞᄒᆞᆯ 길 업셔 ᄇᆞ야흐로 도라오ᄂᆞᆫ 길에 우연이 녀학당을 지니미 무심이 ᄒᆞᆫ ᄆᆞ디 쟝ᄉᆞ의 쇼리ᄒᆞ고 겸ᄒᆞ야 구경코져 드러가다가 공교히 셔로 만낫거니와 말을 맛지 못ᄒᆞ고 차도 ᄆᆞ시지 못ᄒᆞ고 ᄯᅳ을녀 나오더니 원너 이위 ᄇᆞ야흐로 곤경을 당ᄒᆞ던가 시부도다."

당싱 왈,

"쇼제 구공으로 더부러 싱각ᄒ되 '져 무리 져ᄀ치 검게 싱겨시니 무어슬 알니요' ᄒ야 ᄆᆞ음에 두지 아니코 쉽게 넉이다가 도로혀 우리 ᄎᆔ졸만 드러닉도소이다."

구공 왈,

"당됴의 ᄇᆞ로 문 밧그로 닷더면 조흘 거슬 너모 쉽게 넉여 문에 들며 글ᄒᆞᄂᆞᆫ 사름인 체ᄒᆞ다가 필경 노츌ᄆᆞ각(露出馬脚)ᄒᆞ기의 니르니 졀통ᄒᆞᆫ 바ᄂᆞᆫ 그 션싱된【70】 지 귀 막지 아니터면 쾌히 말ᄒᆞ야 셜치ᄒᆞᆯ 번ᄒᆞ도다."

당싱 왈,

"쇼졔ᄂᆞᆫ 싱각건디 그 노옹이 귀 막히미 도로혀 다ᄒᆡᆼᄒᆞ더이다. 만일 귀 붉더면 우리 문답을 ᄌᆞ시 듯고 더옥 우스며 ᄯᅩ 무슨 어려온 제목을 니야 못던들 쟝ᄎᆞᆺ 엇지ᄒᆞ리오. 져의 어린 학동이 ᄀᆞᆺᄒᆞ니 ᄒᆞ물며 그 노션싱이리요. 저의녀ᄌᆡᄂᆞᆫ 그에 녀이라 ᄒᆞ니 그 학문을 근본이 엇지 업다 ᄒᆞ리요. 이 졍히 심샹ᄒᆞᆫ 노슈지로 보지 아닐 지라. 엇지 외모로 사름을 ᄎᆔᄒᆞ리오. ᄌᆞ고로 큰 션비와 놉흔 스승이 초야의 무쳐 헛도이 늙ᄂᆞᆫ 지 만ᄒᆞ니이다."

구공 왈,

"그 녀ᄌᆡ의 니른 바『논어』 귀졀의 ᄌᆞ ᄯᅳᆯ 평셩으로 닑다 ᄒᆞ미 근리ᄒᆞᆫ 듯ᄒᆞ니 우리 본 ᄇᆞ 거셩으로 닑으미 그르지 아니랴."

당싱 왈,

"구공 말슴이 과히 혹ᄒᆞ시도다. 우【71】 리 닑은 바ᄂᆞᆫ 당셰의 큰 션비의 주니신 비니 젼혀 공밍의 ᄯᅳᆺ을 쳔양코져 심녁을 다ᄒᆞ야 말이 ᄀᆞᆺ가오디 ᄯᅳᆺ이 멀며 글이 간ᄒᆞ되 의논이 붉아 ᄒᆞᆫ 번 닑으미 셩현의 도학이 찬연히 붉아시니 한진 이리로 이에셔 ᄂᆞ으니 업ᄂᆞᆫ지라. 그 공이 셩문의 웃듬이요 그 효험이 후학의 미츠미니 엇지 감히 망녕된 시비ᄅᆞᆯ 더ᄒᆞ리오. 혹ᄌᆞ 우연이 ᄒᆞᆫ두 곳 ᄌᆞ셔치 못ᄒᆞ미 잇다 ᄒᆞᆫ들 엇지 모긔 눈썹의 ᄒᆞᆫ 털노 일월의 빗츨 ᄀᆞ리오리오. 닑ᄂᆞᆫ 지 맛당이 글노써 말을 해치 말며 말노써 ᄯᅳᆺ을 해치 말면 스스로 그 의ᄅᆞᆯ 알니니 대쳬로 의논컨디 공ᄌᆞ의 도ᄅᆞᆯ 존숭ᄒᆞ시믄 젼혀 밍ᄌᆞ의 힘이요 공밍의 학을 붉히시믄 홀노 이 주로 몰믹암으미라 ᄒᆞᄂᆞ이다."

受文辱潛逃黑齒邦 觀民風聯步小人國

구공이 년ᄒᆞ야 졈두 왈,

"당형의 이 말ᄉᆞᆷ이 지【72】 공지당ᄒᆞ시니 가히 쳔고의 졍ᄒᆞᆫ 의논이 되리로다."

말ᄒᆞᆯ ᄉᆞ이의 ᄯᅩ 인연이 분답ᄒᆞᆫ 곳의 다ᄃᆞ르니 당싱 왈,

"쇼졔 처음으로 져 사ᄅᆞᆷ이 쾌히 검으므로 그 면목을 뉴의ᄒᆞ야 술피지 아니터니 이제야 보아오미 낫ᄎᆞ치 얼골이 아름다와 무론 남녀ᄒᆞ고 외모의 나튼난 비글ᄒᆞᄂᆞᆫ 긔운이라. 져 풍뉴 유아ᄒᆞᆫ 거동이 젼혀 져 검은빗흐로 조ᄎᆞ ᄂᆞᄂᆞᆫ 듯ᄒᆞ니 져 면샹에 검은빗치 가히 업지 못ᄒᆞᆯ 비라. 흰 낫과 옥얼골이 여긔 비ᄒᆞ면 도로혀 취루ᄒᆞᆯ지라. 쇼졔의 모양을 스스로 싱가건디 졈ᄌᆞ 추ᄒᆞᆯ ᄆᆞᆯ ᄭᅢ다를지라. 우리 무리 져 사ᄅᆞᆷ ᄀᆞ온디 석기미 ᄉᆞ면으로 글ᄒᆞᄂᆞᆫ 긔운이 ᄡᅩ이여 젼혀 속된 비치 드러ᄂᆞ리니 져의 무리 우리를 보고 오즉 우스리오. 출아리 일즉 도라가미 올토다. 어시에 샴인이 총망이 힝ᄒᆞ더니【73】 보아올스록 져 사ᄅᆞᆷ은 개ᄃᆞ히 단아졍대ᄒᆞ야 거름이 진중ᄒᆞ고 눈을 거듭 ᄡᅳ지 아니커ᄂᆞᆯ 스스로 도라보니 거동이 극히 희망ᄒᆞ고 면목도 불가ᄒᆞ고 셩 너기도 불가ᄒᆞ니 이에 졍신을 슈습ᄒᆞ고 거름을 온젼이 ᄒᆞ야 허리를 펴며 가슴을 니밀고 목을 곳게 ᄒᆞ고 눈을 ᄂᆞ리 ᄡᅳ고 발을 무거이 옴겨 ᄒᆞᆫ 거름의 ᄒᆞᆫ 번 츄챵ᄒᆞ야 겨유 셩문을 나믹 비로소 인연이 희소ᄒᆞ거ᄂᆞᆯ 크게 깃거 허리를 늘으혀며 목을 흔들며 숨을 니쉬어 긔운을 져기 도로더니 원외 왈,

"과연 믹졔의 말노 조ᄎᆞ ᄌᆞ셰히 보건디 져 무리 낫ᄎᆞ치 졍ᄌᆞ방ᄌᆞᄒᆞ거ᄂᆞᆯ 우리도 잡도히 거름ᄒᆞ지 못ᄒᆞᆯ지라. 평싱의 방탕ᄒᆞᆫ 몸으로 이제 이위의게 그 ᄭᅳ들녀 거즛 ᄉᆞ문의 모양【74】 ᄭᅮ며 쳔연이 유아ᄒᆞᆫ 체ᄒᆞ더니 이제야 ᄆᆞ음을 노ᄒᆞ니 허리 싀고 다리 ᄲᅢᆺᄉᆞᄒᆞ고 목이 승고고 발이 ᄌᆞ리고 머리 어즐ᄒᆞ고 눈이 흐리고 혜 므르고 입이 타는 듯ᄒᆞ니 ᄒᆞᆫ 시각만 더 지닌더면 실노 지팅키 어려올지라. 만일 다시 이 모양을 ᄒᆞ라 ᄒᆞ면 나는 죽어도 쾌히 도망ᄒᆞ리로다. 이직야 발열

ᄒ노라. 쌈이 나니 구공의 가진 바 션ᄌ를 빌니라. 져기 ᄇ람을 쏘히리라."

구공이 ᄎ 말을 드르며 싱각ᄒ니 과연 노옹의 쥬던 바 션ᄌ를 오히려 손에 쥐엿ᄂ지라. 비로소 펴며 보건디 ᄒ 편은 조대가(曹大家)의『녀계女誡』칠 편을 쓰고 ᄒ 편은 소약난(蘇若蘭)의『직금션긔도織錦璇璣圖』롤 써시니 극히 ᄀ늘고 잘게 써시되 필획이 온젼ᄒ고 ᄌ체 완연ᄒ며 각ᄎ 일홈을 쓰며 도셔롤 쳐시니 ᄒ 편 ᄆᄎᄒᄂ '녀계 ᄌ홍ᄎ은 숨가 쓰노라' ᄒ고 도셔ᄂ '냥시홍미(梁氏紅薇)'라 ᄒ【75】얏고 ᄒ 편은 ᄆᄎᄒᄂ '쇼녀 졍ᄎ(亭亭)은 숨가 쓰노라' ᄒ고 도셔ᄂ '노시쟈훤(盧氏紫萱)'이라 ᄒ얏거ᄂ 당싱 왈,

"이 도셔로 볼진디 그 홍의 녀ᄌ의 셩명은 냥홍미요 아명은 홍ᄎ이요 그 ᄌ 의녀ᄌ의 셩명은 노ᄌ훤이오 아명은 졍이로다. 우리 겹결의 도망ᄒ노라 그 일홈도 뭇지 못ᄒ고 오미 쟝니 눌더려 말ᄒᄌ ᄒ되 그 일홈을 젼치 못ᄒ미 한이러니 ᄇ야흐로 그 셩명을 아니 다힝ᄒ도다."

구공 왈,

"이 션ᄌ롤 노옹이 날을 준 비 아니요 일시 쌈 드리라 ᄒ 거시어늘 나ᄂ 무심이 쥐고 나와 이제야 싱각ᄒ니 도로 젼ᄒ고 가미 맛당ᄒ되 ᄎ마 엇지 그곳에 다시 나아가리오. ᄀ쟝 난쳐ᄒ도다."

원외 왈,

"구공은 너모 쳥념ᄒ 체 무르쇼셔. 노옹이 임의 준 거시니 가져오미 붓그러올 비 아니오 일【76】후 혹ᄌ 다시 지니면 도로 젼ᄒ미 늣지 아니토다. 션샹의 도라가 쇼녀롤 뵈아 글시롤 법ᄇ드라 ᄒ샤이다."

구공 왈,

"냥개 혹네 이ᄀ치 문필이 츌뉴ᄒ니 응당 그 집에셔 칙이 탁ᄌ의 ᄀ득ᄒᆯ 듯ᄒ되 ᄆ춤니 두어 권 경셔분이니 실노 괴이ᄒ도다. 셔칙이 만흐믈 보더면 우리 알아 쥰비ᄒ고 ᄌ퇴ᄒ야 그런 곤경을 당치 아닐 번ᄒ도다."

원외 부치롤 가져 년ᄒ야 부츠며 ᄀ오디,

"일후의 집의 도라가거든 셔칙을 만히 쟝만ᄒ야 좌우에 버려두면 구공ᄀ치 글ᄒᄂ 슈지 ᄇ라보고 감히 말도 못ᄒ고 닷게 ᄒ리라."

당싱 왈,

"원니 세상의 셔칙을 만히 쓰흔 지 문득 복즁은 글 흔 즈히 업고 복즁의 문쟝이 フ득흔 즈는 개히 셔칙을 만히 버리지 아닛느니 구형은 우리 오날 당흔 ᄇ로써 징계흐【77】야 거즛 글흐는 체흐지 ᄆ르쇼셔. 이제 흑치국은 지낫거니와 압흐로 어느 나라히 문풍이 ᄯᅩ흔 셩흔지 미리 フ르치쇼셔. 조히 준비흐야 두 번 낭픠흐지 아니려 흐느이다."

원외 왈,

"우리 무리 젼일 왕니흐미 젼혀 믈화 미ː흐기만 위흐거니 엇지 문풍인지 무풍인지 알고 단니리오. 이 알픠 지닐 바 졍인국(靖人國)과 기죵국(跂踵國)과 쟝인국(長人國)과 쳔흉국(穿胸國)과 염화국(厭火國) ᄀᆺ흔 곳은 날과 ᄀᆺ치 문묵을 통치 못흐는 사름이오 다만 두려온 ᄇ는 빅민국(白民國) 사름의 모양이 フ쟝 아칙흐야 뵈고 그 밧 낭면국(兩面國)과 헌원국(軒轅國) 인물이 ᄯᅩ흔 범상치 아니흐니 그곳 문풍의 엇더흐믄 구공이 익이 알니라."

당싱이 졍히 구공을 도라보아 말흐고져 흐더니 문득 간ᄃᆡ 업거눌 이인이 십분 의아흐야 원외 왈,

"우【78】리 말흐기의 졈축흐야 동힝을 일헛도다. 구공이 분명 져 흑녀의게 다시 나아가 션즈 젼흐믈 일컷고 다시 말흐러 가미로다. 져기ː다려 홈게 가미 올토다."

인흐야 한담흐며 완ː히 힝흐더니 오릭지 아녀 구공이 셩니로 조추 도라오며 당싱을 향흐야 왈,

"져곳의 셔칙을 쓰흐두지 아니흐미 연괴 잇더이다."

당싱이 쇼왈,

"원니 구공이 져 일을 위흐여 다시 가 탐쳥흐시도다. 이フ치 놉흔 년긔에 오히려 쇼년 예긔 겨시도다. 일을 만나면 이フ치 뉴심흐시므로 즈연 모로는 비 업도다. 우리 쳔ː이 힝흐리니 쳥컨ᄃᆡ 그 연고롤 말흐쇼셔."

구공 왈,

"노븨 나아가 풍속을 무른즉 이곳의 글 닑는 사름은 비록 만흐나 셔칙은 심히 젹은지라. 씌ː 쳔됴로조추 셔칙【79】을 팔너 오는 지 잇스나 미양 군즈국과 대인국의셔 몬져 사는 고로 이곳은 다만 져 두 나라의 가 즁가로 사셔 오는

지라. 이러므로 비록 중가를 가져도 엇지 못ᄒᄂᆞᆫ 칙이 만흐니 혹ᄌ 남의게 잇ᄂᆞᆫ 바를 비러보아 벗겨너나 무한 심녁을 허비ᄒᆞ되 ᄯᅩ한 무론 남녀ᄒᆞ고 총명이 절등ᄒᆞ야 ᄒᆞ로 만언을 능히 넑고 눈에 지나는 ᄇᆞᆯ 닛지 아니므로 간ᄶ이 셔칙을 두지 못ᄒᆞᆫ 지 잇스며 이곳의 도적이 업셔 길에 금을 흘녀도 집는 지 업스니 진실노 도불습유(道不拾遺)라 ᄒᆞᆯ 거시로ᄃᆡ 만일 셔칙곳 보면 문득 도적의 ᄯᅳᆺ을 가져 부디 계굘 ᄲᅢ앗거ᄂᆞ 비러보고 젼치 아니므로 셔칙 둔 지 일병 남을 뵈지 아니려 깁히 내실의 감초고 겹ᄶ이 ᄌᆷ가두어 비록 지친과 죠흔 벗이【80】라도 즐겨 빌니지 아니ᄒᆞ다 ᄒᆞ니 집ᄶ이 ᄀᆞ러ᄒᆞ고 사름마다 이 ᄀᆞᆺ다더이다."

인ᄒᆞ야 션샹의 오르미 원외 왈,

"여긔 오ᄅᆡ 머무다가 흑녀를 다시 만ᄂᆞ면 이위 남은 졍신을 ᄆᆞᄌ 일흐리니 ᄲᆞᆯ니 다라나미 올토다."

이에 비를 ᄯᅴ워 알프로 향ᄒᆞᆯ시 원외 구공의게 션ᄌᆞ를 쳥ᄒᆞ야 완여를 뵈아 일컷고 당싱이 구공으로 더부러 말ᄒᆞᆯ시 당싱 왈,

"쇼졔 싱각건ᄃᆡ 그ᄶᅢ ᄌᆞ의녀ᄌᆞ의 말ᄒᆞᆫ 바 오군대로의려만영이라 ᄒᆞ미 실노 ᄭᆡ닷지 못ᄒᆞᆯ 말이라. 구공이 해외의 널니 단니시니 져 말을 알아 드르시니잇가?"

구공 왈,

"노부도 지금가지 싱각ᄒᆞ되 ᄆᆞ춤ᄂᆡ 무슨 ᄯᅳᆺ인 줄 모로ᄂᆞ니 님형의게 무러보쇼셔."

당싱이 원외를 쳥ᄒᆞ야 이 ᄯᅳᆺ을 무른ᄃᆡ ᄯᅩ한 모로는지라. 당싱 왈,

"져 말이 일졍 우리를 ᄭᅮ짓【81】ᄂᆞᆫ ᄯᅳᆺ이어니 글ᄯᅳ로 보건ᄃᆡ 별노 깁푼 ᄯᅳᆺ이 업스니 셔로 싱각 ᄒᆞ야 궁구ᄒᆞ미 죠토다."

원외 왈,

"져 말이 그ᄶᅢ 무슨 말노 인ᄒᆞ야 시쟉ᄒᆞ뇨?"

그ᄶᅢ 문답 셜화를 ᄌᆞ셰히 견ᄒᆞ면 노신이 맛당이 알아너리라. 이위 노형은 남은 졉이 오히려 심계를 어즈러이니 어듸로 조ᄎᆞ ᄭᅢ다르리오. 다만 ᄶᅡᆷ만 흘니리라."

구공이 크게 ᄭᅢ다라 왈,

"이 과연 노부를 욕ᄒ도다. 반절노 보건디 '오군' 두 ᄌ를 합ᄒ면 '문問' 쓰요 '대로' 두 ᄌ는 '도道' 쓰요 '의려' 두 ᄌ는 '어於' 쓰요 '만영' 두 ᄌ는 '망盲' 씨니 곳 '문도어망問道於盲' 네 ᄌ히라. 이 뜻이 소경의게 길을 뭇다 ᄒ미니 이런 욕이 어디 잇스【82】리요."

원외 왈,

"냥형이 두 눈이 말가ᄒ더늘 엇지 소경이 되얏더뇨? 그ᄲ에 과히 업수이 녁여 눈의 ᄎᆞ지 아니ᄐ ᄒ고 방약무인(傍若無人)ᄒ다가 이계 욕을 어드니 진실노 방약무인ᄒᆫ 지 겻히 사ᄅᆞᆷ이 잇거늘 업ᄂᆞᆫ 듯ᄒ게 아니 이 소경이 아니리오. 져 두 낫 녀ᄌ의게 이ᄀᆞ치 치욕을 보니 만일 녀아국(女兒國)의 니르러 ᄶᅦ지어 ᄭᅮ지즈면 냥형이 쟝ᄎᆞᆺ 엇지ᄒ리오."

구공이 쇼왈,

"님형은 어모 웃지 말나. 쟝니 녀ᄋᆞ국의셔 님형을 붓드러 글말ᄒ라 ᄒ면 엇지ᄒ리오."

원외 왈,

"날 ᄀᆞ튼 무식ᄒᆫ 뉴를 뉘 잇셔 글말ᄒᆞᆺ ᄒ며 셜혹 다른 닐이 잇셔도 일정 요동치 아니리라. 냥형이 ᄌᆞ번 곤경을 당ᄒᆫ ᄲᅢ 나의 구ᄒ미 아니러면 거의 도라오지 못ᄒ려든 나의 공을 모로고 도로혀 비쇼ᄒᄂᆞ뇨?"

당싱 왈,

"구형이 만일 녀ᄋᆞ국【83】의 잡혀 잇거든 우리 둘이 힘써 구ᄒ리니 이 진짓 이 덕으로 은혜를 갑ᄂᆞᆫ다 ᄒ리라."

구공 왈,

"이ᄂᆞᆫ 도로혀 원으로 덕을 갑ᄒ미 되리로다."

당싱 왈,

"엇지 니르미니잇고?"

구공 왈,

"님형이 녀ᄋᆞ국의 잡히여 머물진디 심히 즐겨ᄒ리니 만일 구ᄒ야 도라오면 우리를 원망ᄒᆞᆯ 거시미 니르되 이원보덕(以怨報德)이라 ᄒ노라."

원외 왈,

"닉 만일 녀우국의 가거든 부디 국왕을 보고 청호야 구공을 잡아두고 글말호라 호리라."

구공 왈,

"노뷔 만일 잡혀 도라오지 못호면 션샹 모든 닐은 눌드려 슬피라 호느뇨?"

당싱 왈,

"구공이 만일 도라오지 못호면 쇼계 쏘흔 낭퓌되리로다. 이번 흑녀의게 곤경을 당흔 후는 맛당이 운학(韻學)을 비화 쟝니 두 번 욕을 면흔 【84】 리니 구공이 운학이 고명호시다 호되 즈시 비호지 못홀가 의심호느이다."

구공 왈,

"노뷔 운학을 뉴의흔 지 오리되 므춤니 묘롤 씨닷지 못호므로 므음에 시비롤 졍치 못호거니 엇지 남을 그르칠 거시 잇스리오. 당형이 부디 비호고져 홀진더 이 압 기셜국(岐舌國)에 니르거든 홈게 나아가 혹즈 사름을 만나면 가히 씨드르미 잇스리라."

당싱 왈,

"기셜이란 뜻이 엇진 연괴며 져곳이 엇지 홀노 음운의 졍통호니잇고?"

구공 왈,

"져곳 사름이 어려셔부터 닙이 공교호고 혜 가부야와 음뉼을 졀노 알고 능히 금죠의 쇼리롤 알아듯고 임늬ᄂᆞ니 이러므로 님형이 셥이국의셔 쌍두묘롤 사오미 져곳의 가면 즁가롤 브드려 호미라. 져 무 【85】 리 각식 쇼리롤 못호는 비 업스므로 기셜이라 일홈호느니 일후에 그곳의 니르러 셩음을 드러보면 즈연 알으시리이다."

힝흔 지 몃츨에 졍인국의 드ᄂᆞ르니 당싱이 구공을 향호여 왈,

"져인국은 곳 쇼인국이니 사름이 킈 겨유 칠팔 촌이 되다 호더니 져곳의 무슴 가관이 잇느니잇가?"

구공 왈,

"이곳 풍속이 심히 효박호야 인졍이 죠곰도 업고 간교호물 힘써 언어 동즉이 일므다 사름과 샹반호야 죠흔 거슨 굴오디 스오납다 호고 단 거슨 굴오디 쓴 거시라 호며 쓴 거슨 굴오디 담호다 호야 남의 그릇 되물 즐겨 호고 남의 잘되

몰 뮈워ᄒᆞᆫ니 쳔셩 쇼인의 심슐이라. 그 ᄯᅩᄒᆞᆫ 풍긔로 조ᄎᆞ 그러ᄒᆞ니 시 【86】 험ᄒᆞ야 ᄒᆞᆫ 번 구경ᄒᆞ미 해롭지 아니토다."

어시에 이인이 비예 ᄂᆞ려 셩문에 드ᇰ르니 셩문이 극히 낫고 좁아 허리를 굽혀 드러가니 셩ᄂᆡ 인개 ᄯᅩᄒᆞᆫ 즐비ᄒᆞ되 길이 좁아 둘이 홈게 힝홀 길 업스되 집이 ᄀᆞ쟝 공교ᄒᆞ고 샤치ᄒᆞ며 단쳥이 녕농ᄒᆞᆫ지라. 거리의 단니ᄂᆞᆫ 사ᄅᆞᆷ이 과연 신쟝이 ᄒᆞᆫ 주히 츳지 못ᄒᆞ고 그 즁 어린 ᄋᆞ동은 샴ᄉᆞ 촌 기러 되ᄂᆞᆫ 지 만ᄒᆞ니 미양 ᄇᆞ다의 큰 새 잇셔 ᄶᅵᆼ 물어 먹으므로 오뉵인식 ᄶᅦ롤 지어야 비로소 단니되 슈즁의 개ᇰ히 챵검을 가져시며 그 말ᄒᆞᄂᆞᆫ ᄇᆡ ᄆᆞ디마다 샹반ᄒᆞ야 간교 궤휼ᄒᆞ미 측냥치 못홀지라."

당셩 왈,

"이 진짓 쳔하 쇼인이로다 볼ᄉᆞ록 그 거동이 춤아 ᄇᆞ로 보기 슬흐니 일즉 도라가미 【87】 올토다."

ᄆᆞ초아 님원의 물화롤 팔고 도라오거놀 샴인이 홈게 션샹의 올나 졍히 한담ᄒᆞ야 ᄇᆡ ᄀᆞᄂᆞᆫ 줄 모르더니 일ᇰ은 ᄇᆞ라보니 ᄒᆞᆫ 곳 샹님[桑林 ᄲᅩᆼ나모 슈풀]이 일망무졔ᄒᆞᆫ 즁 그 안의 허다ᄒᆞᆫ 녀인이 안식이 교염ᄒᆞ고 쳬지 경영ᄒᆞ되 낫ᇰ치 왼몸의 실이 감기고 수풀 남게 깃드려 혹 ᄲᅩᆼ닙홀 먹ᄂᆞᆫ 주도 잇스며 혹 닙으로 실을 토ᄒᆞᆫᄂᆞᆫ 주도 잇스며 혹 실노 집을 얼의워 그 속의 누은 주도 잇거놀 당셩 왈,

"져 무리 ᄯᅩᄒᆞᆫ 사ᄅᆞᆷ의 뉘니잇가?"

구공 왈,

"이곳이 북해(北海)의 갓가오니 지명이 구샤애라 져 녀인이 곳 누에 죵뉘니 임의 셩곽과 가퇵이 업스믹 다만 샹님으로 집을 삼아 ᄲᅩᆼ닙홀 먹으며 닙으로 실을 토ᄒᆞ야 그 몸을 ᄀᆞ리오니 이 졍히 교인(蛟人) 【88】 이 우름으로 구슬 되ᄂᆞ니와 방불ᄒᆞ니 노부의 우견은 니르되 좜인(蠶人)이라 ᄒᆞ리러라."

원외 왈,

"져 녀인이 져ᇰ치 아름다오니 ᄒᆞ나 드려다가 집에 두면 능히 ᄌᆞ식 나코 ᄯᅩᄒᆞᆫ 방젹ᄒᆞ리니 그 아니 냥득이랴."

구공 왈,

"져를 갓가이 ᄒᆞ다가 제 버르시 나면 닙으로 실을 토ᄒᆞ야 님형에 왼몸을 져 ᄀᆞ치 얽으면 능히 견디랴. 이러므로 무릇 남ᄌᆞ된 지 녀ᄌᆞ의게 아니 얽미히ᄂᆞ니 적으니라."

오리지 아녀 기종국(跂踵國) 지계의 다ᄃᆞ르니 여러 사ᄅᆞᆷ이 해변의셔 고기 잡거눌 ᄇᆞ라보니 그 사ᄅᆞᆷ이 킈ᄂᆞᆫ 팔 쳑이나 ᄒᆞ되 몸픠 ᄯᆞ혼 팔 쳑이나 ᄒᆞ니 이 문득 ᄉᆞ면으로 모진 사ᄅᆞᆷ이라. 붉은 머리털이 쑥 곳고 두 발이 둣겁기 ᄒᆞᆫ 즈히 나 되고 기리 두 ᄌᆞ나 되니 거름 거르미 발 ᄯᆞᆺᄎ【89】로 져기 드듸여 발 뒤축이 ᄯᅡ히 닷치 아니므로 기종국이라 일홈ᄒᆞ미라. 이러므로 거름이 완ᄒᆞᆫᄒᆞ야 빗쑥이 고흔 드적여 가장 어룬스러이 지어 것ᄂᆞᆫ 모양이라. 당싱이 ᄯᆞ혼 뮙게 녀겨 나아가 구경치 아니코 ᄇᆞ로 지나더니 여러 날만의 ᄒᆞᆫ 곳 큰 나라흘 당ᄒᆞ니 ᄇᆞ라보건디 성곽이 놉퓌 하늘의 다ᄒᆞᆫ 큰 뫼 갓ᄒᆞ니 이곳 쟝인국(長人國)이라. 원외 이에 물화롤 팔녀 ᄂᆞ리고 당싱이 구공을 잇그러 나아갈시 두어 사ᄅᆞᆷ을 당면ᄒᆞ야 우러ᄅᆞ 보미 크게 놀나 구공을 블너 왈,

"쇼제 녯글노 보건디 쟝인이 기리 십여 쟝이나 된다 ᄒᆞ미 그럴 니 업스리라 ᄒᆞ더니 이제 목도ᄒᆞ니 과연 칠팔 쟝이나 되ᄂᆞᆫ지라. 그 얼골을 우러ᄅᆞ 보려 ᄒᆞ니 고기 잣바질 듯ᄒᆞ고 그【90】말쇼리 반공중의셔 나며 그 발 듯게 우리 비롤 지니니 이 엇지 두렵지 아니리오. 만일 져 사ᄅᆞᆷ이 날을 웅킈여 눈에 갓가이 보려 ᄒᆞ면 니 몸이 임의 다엿 길 우희 올나가리러라."

구공이 대쇼 왈,

"당형은 놀나지 말나. 오날 본 바 쟝인을 엇지 크다 ᄒᆞ리오. 진실노 큰 사ᄅᆞᆷ이 잇셔 져 무리롤 도로혀 쇼인으로 아ᄂᆞᆫ 지 잇다 ᄒᆞ되 노뷔 일즉 보지 못ᄒᆞ고 말노 드럿ᄂᆞ니 일즉 해외의셔 여러 노옹을 만나 셔로 평성의 본 ᄇᆞ 쟝인을 말ᄒᆞᆯ시 ᄒᆞᆫ 노옹이 골오디,

"니 일즉 해외의셔 일개 쟝인을 보니 신쟝이 쳔여 리나 ᄒᆞ고 허리 넙의 빅여 리ᄂᆞᆫ ᄒᆞ고 하늘 술을 ᄆᆞ시되 ᄒᆞ로 오빅 두식 먹는다 ᄒᆞ미 심히 괴이히 녁엿더니 그후 녯글을【91】보니 그 사ᄅᆞᆷ의 일홈이 무로라 ᄒᆞ더이다."

ᄒᆞᆫ 노옹이 골오디,

"노신이 일즉 졍녕(丁零) ᄯᅡ히셔 일개 쟝인을 보니 ᄯᅡ히 누어시미 그 놉희 태

산 고고 발을 모호디 골이 되고 다리롤 펴미 바다흘 막으니 기리 만여리나 되더이다."

혼 노옹이 글오디,

"나는 일즉 고장 큰 사름을 보니 져 무로∶비교호면 무로의 키는 불과 그 사름의 발 두혜 만흘 거시니 다른 거슨 니르지 말고 그 사름의 웃옷 혼 벌을 지을시 하늘 아리 져즈의 잇는 바 뵈을 젼슈히 모화드려 진호고 쳔하의 침션(針線)호는 사름을 모도와 삭슬 쥬니 잇써 쳔하의 뵈갑시 등용호고 침션 공젼이 극 귀호야 사름마다 긔가호니 이러므로 지금가지 뵈 파는 져즈와 침션호야 싱이호는 지 향을 뭐【92】워 츅원호기롤 그 사름이 다시 웃옷 혼 벌 짓기롤 브라며 그쩌 침션호든 사름 호나히 모음이 글너 그 옷 혼 즈락롤 움쳣더니 도라와 그 뵈로 큰 져즈롤 여러 죠히 부지 되다 호니 그 사름의 킈 엇더타 호리로 그 사름이 머리로부터 발 긋가지 니슈로 혜아리니 반드시 십구만 삼쳔 오빅니러이다."

모든 노옹 왈,

"그 사름의 킈롤 엇지 져고치 즈세히 지여 보앗느뇨?"

노옹 왈,

"녯슬노 보건디 짜히서 하늘의 올나가미 이 니쉬라 호더니 이 사름이 무초아 머리는 하늘을 바치고 발노 짜흘 드듸여시니 글노써 혜아리니 졍히 이 니쉬 되느니 그 사름이 다만 몸이 이고치 클 분 아니라 쏘흔 그 닙이 크고 큰 닙에 큰 말 호기롤 즐기니 가히 니르되 몸과 닙이 샹당호다 호리러라."

모든 노옹 왈,

"드르니 쳔【93】 샹의 브람이 고쟝 셰어 새 즘싱이 과히 놉히 날아 그 바람을 만나면 문득 녹아 업셔지다 호더니 져사름의 머리 하늘의 다호시면 그 얼골이 그 바롬을 쏘여 능히 녹지 아니랴?"

노옹 왈,

"그 사름이 낫치 고쟝 둣거오므로 그 바롬을 무셔워 아닛느니라."

즁인 왈,

"그 낫치 둣거오믈 엇지 아느뇨?"

노옹 왈,

"그 낫치 둣겁지 아니면 엇지 큰말이 닙의 써나지 아니되 사름의 치쇼ᄒ믈 붓그려 아니리요."

겻히 흔 노옹이 굴오디,

"노형이 그 사름으로써 극히 크다 ᄒ시나냐? 노신의 본 사름 ᄒ나희 킈는 그 사름의게 비ᄒ면 오빅니는 더ᄒ더이다."

듕인 왈,

"그 사름의 킈는 하늘의 지나니 엇지 능히 머리를 들니요?"

노옹 왈,

"져 사름은 졔 킈만 컷거니 엇지 그 우히 하늘 잇는 줄 알니요. 이러므로 다만 머리를【94】숙여 셰상을 보니다 ᄒ더이다."

ᄯ또 흔 노옹 왈,

"졔형의 니른바 큰 사름을 엇지 써 크다 ᄒ리오. 나는 보니 흔 사름이 ᄯ싸히 누엇는디 그 등은 ᄯ싸히 다코 비는 하늘의 다ᄒ시니 그 놉희 ᄯ또흔 십구만 삼쳔 오빅 니라. 가히 니르되 크다 ᄒ랴?"

듕인 왈,

"그 사름이 누어셔 비와 ᄀ슴이 임의 하늘의 다ᄒ시면 쟝ᄎ 니러셔고져 ᄒ면 엇지 용납ᄒ리오?"

노옹 왈,

"져 사름의 언건이 누엇시니 두 눈를 하늘에 다히고 보니 아모 것도 뵈는 비 업스니 이 니론바 방약무인이니 이ᄀ치 큰 후는 부디 니러셔면 커니와 일싱 움즉이지 아니ᄒ니 몸을 뒤치지 아니흔다 ᄒ더이다."

이ᄀ치 한담ᄒ야 션샹의 도라오니 닙원외 물화를 만히 팔고 도라오니 당싱의 가져온 바 ᄭ곳분을 ᄯ또흔 비【95】가를 밧고 진슈히 팔앗는지라. 피ᄎ 술을 부어 치하ᄒᆞᆯ시 원외 왈,

"쳔하 일이 실노 측냥치 못ᄒ리러라. 노신이 평일 술을 즐기므로 해외에 올 적마다 술을 만히 싯고 오더니 젼후의 먹은 바 술항이 무슈히 뷔여스미 바리기 앗가와 션창 미틔 너헛더니 이번 진슈히 듕가의 팔고 미졔의 가져온 바 ᄭ곳분이

쏘흔 비가룰 바드며 쇼인국의 일즉 의외에 미ː 잇스니 이 블과 안질의 쓸가
흐고 가져온 바 누에 닌 고치라. 이 두어 가지 갑시 업논 물건이어눌 져 무리논
지극흔 보비로 알아 다토아 사니 이 아니 측냥치 못홀 닐이뇨?"

당싱 왈,

"져곳의셔 뷘 술항과 꼿분과 누에 닌 고치논 사셔 쟝춧 무어시 쓴다 흐더니
잇고?"

원외 미쳐 대답지 못흐고 크게 우어 왈,

"이 말을 흐즈 흐니 몬 【96】 져 우음을 그치지 못흐리로다."

정히 그 연고룰 말흐고져 흐더니 여러 사롬이 니르러 물화룰 미ː흐므로 종
일 분요흐다가 늣기야 비룰 씌워 슈일이 못흐야 빅민국(白民國) 지계의 다ː르
니 젼면의 놉흔 뫼히 ㄱ쟝 표묘흐야 쎄여논 빗과 묽은 긔운이 심히 스랑흐온지
라. 당싱이 혜오되, '이 ㄱ튼 명산은 일졍 아롬다옷 꼿치 잇스리라.' 흐여 구공
을 향흐야 무러 왈,

"이 산 일홈이 무어시니잇고?"

구공 왈,

"이 산을 모도 니르되 닌봉산(麟鳳山)이라 흐니 동으로부터 셔흐로 가기 쳔
여 리나 되니 곳 셔해의 졔일 큰 산이라. 그 ㄱ온더 실과 남기 ㄱ쟝 만코 새와
즘싱이 별노 만흐되 다만 져 산 동편의논 새 흐나홀 보려 흐야 어들 길 업고
산셔편의논 즘싱 흐나홀 보려 흐야 만나지 못흔 【97】 느니이다."

당싱 왈,

"그 엇진 연괴뇨?"

구공 왈,

"이 산중 졔일 깁흔 수풀의 긔린(麒麟)과 봉황(鳳凰)이 잇스니 봉황은 산 셔
편의 잇스므로 그 편 오빅니에 즘싱 흐나히 업고 긔린은 산 동편의 잇스므로
그 편 오빅니에 새 흐나히 업스니 각ː 지경을 졍흐야 셔로 범흐지 아니미라.
이러므로 동산은 일홈흐야 긔린산(麒麟山)이라 흐니 그 우히 계슈 남기 만흐므
로 쏘흔 단계암(丹桂巖)이라 흐며 셔산은 일홈흐야 봉황산(鳳凰山)이라 흐니 그
우히 오동 남기 만흐므로 쏘흔 벽오녕(碧梧嶺)이라 흐니 이ㄱ치 지경을 졍흔

지 몃천 년인지 모로되 그 즁 쏘흔 괴이흔 닐이 잇스니 동산 겻흐로 져근 녕이 잇스니 일홈이 준예령(狻猊嶺)이오 션산 겻히 져근 녕이 잇스니 일홈이 숙상녕(鷫霜鳥嶺)이라. 준예령 우히 일개 괴이흔 즘싱이 잇스니 일홈이 곳 【98】 준예(狻猊)라 미양 허다 괴슈롤 거느려 동산의 와 긔린을 침노흐고 숙상령 우히 일개 사오나온 새 잇스니 일홈이 곳 숙상이라. 쏘흔 허다 괴죠롤 거느려 미양 봉황을 침노흔다 흐더이다.”

당싱 왈,

“긔린과 봉황이 금죠의 읏듬이어눌 져 준예와 숙상은 홀노 금죠의 뉘 아니므로 능히 닌봉을 두려 아닛는잇가?”

구공 왈,

“노뷔 쏘흔 그롤 괴이히 넉이더니 녯 글을 보니 숙상은 셔방의 잇는 신통흔 새요 준예도 쏘흔 천하의 사오납기 읏듬이라 흐니 어진 긔린과 아롬다온 봉황을 항거코져 흐미 괴이치 아니되 제 므춤니 부정흔 뉘라 엇지 감히 닌봉의 졍대흐믈 넉의리요. 다만 씨씨로 침노홀 분이오 닌봉이 쏘흔 져 무리로 더부러 계교치 아니미라. 년젼의 노뷔 이곳을 지 【99】 날시 므초아 봉황이 숙상으로 더부러 다토는 씨라. 각각 슈하의 모든 새롤 거느려 쌍쌍이 므조 나와 셔로 나리로 치며 부리로 쏘아 싀살흐는 모양이 졍히 보암즉 흐더니 그 후에 긔린이 준예로 더부러 쓰호믈 브라보니 그는 ᄀ쟝 두려워 감히 ᄂ아가지 못흐고 다만 산이 음즉이고 짜히 흔들니믈 블분이러니 므춤니 샤블범졍흐야 준예와 숙상이 크게 픠흐야 가더이다.”

졍히 문답흐더니 홀연 공즁의 무슈히 들네는 쇼리 분분요요흐거눌 년망이 션창의 올나 브라보니 허다 금죄 하놀을 덥허 날아 산즁을 향흐거눌 당싱 왈,

“이 아니 숙상이 쏘 봉황을 침노흐느니잇가. 흔 번 나아가 보미 조토다.”

구공이 졈두흐고 님원외롤 쳥흐야 배롤 산하의 다히고 샴인이 긔계롤 가져 【100】 안상의 올으미 당싱 왈,

“오날 노름은 다른 구경은 여시어니와 부디 봉황을 보미 조토다. 제 본디 빅죠의 읏듬이오 일산의 쥬인이니 족히 보암즉 흐리라.”

구공 왈,

“당형이 부디 봉황을 보고져 홀진디 젼면으로 큰 봉머리의 올나 다만 오동나모 만흔 곳을 ᄎᆞᄌ가면 혹 ᄌᆞ연 분이 잇슬진디 먼리 가지 아녀 만나리라.”

모다 녕을 넘어 다만 오동 수풀을 ᄎᆞᄌ 임의 슈리를 힝ᄒᆞ더니 원외 왈,

“오날 본 비 다만 져근 새요 ᄆᆞ츰니 큰 새는 뵈지 아니ᄒᆞ니 이 과연 진슈히 봉황의게 나아가 청녕ᄒᆞ미냐?”

당싱 왈,

“오날 보아오는 바 각식 금죄 혹 불그며 푸르며 오치 녕농ᄒᆞᆫ 즁 겸ᄒᆞ야 아리ᄯᅡ이 우는 쇼리 싱황의 다르미 업스니 족히 귀에 즐겁고 눈 【101】 에 황홀ᄒᆞᆫ지라. 이 가튼 긔이ᄒᆞᆫ 경은 다시 엇기 어렵도다.”

홀연 여러 새쇼리 크게 뇨량ᄒᆞ야 귀에 상쾌ᄒᆞ거늘 당싱 왈,

“시젼의 니른바 학이 구고의 울미 쇼리 하늘에 들니다 ᄒᆞ더니 이 쇼리 가히 하늘의 ᄉᆞ모ᄎᆞ리로다. 맛당이 져 쇼리를 쏠와가면 응당 션학을 만나리로다.”

삼인이 일제히 나아가며 반향을 ᄎᆞᄌ되 ᄆᆞ츰니 새는 보지 못ᄒᆞ고 쇼리 더옥 갓가이 들녀 학의 쇼리에셔 더옥 크고 ᄆᆞᆰ은지라. 구공 왈,

“심히 긔괴ᄒᆞ도다. 엇지 이ᄀᆞ치 큰 쇼리는 들니고 그 형체는 못 보느뇨?”

당싱이 구공을 불너 ᄀᆞ르쳐 왈,

“셔다히로 큰 남기 잇고 나모 겻히 무슈ᄒᆞᆫ 창승[蒼蠅 ᄑᆞ리라]이 상하로 날아 두른 곳의 그 쇼리 ᄆᆞ차 나모 속으로조ᄎᆞ 나는 듯ᄒᆞ도다.”

말ᄒᆞᆯ ᄉᆞ이의 임의 그 나모 알이 다ᄃᆞ르니 【102】 모다 남글 우러ᄅᆞ 보디 오히려 새는 보지 못ᄒᆞ더니 홀연 원외 머리를 웅크고 ᄲᅱ놀며 쇼리ᄒᆞ야 왈,

“벽녁이 날을 친다!”

ᄒᆞ야늘 이인이 놀나 붓드러 진졍ᄒᆞ고 그 연고를 무른디 원외 왈,

“앗가 ᄇᆞ야흐로 남글 치미러 보더니 ᄑᆞ리 ᄒᆞ나히 귀가의 나라오거늘 무심이 숀으로 눌너 잡은 즉 그 ᄑᆞ리 귀가의셔 ᄒᆞᆫ ᄆᆞ디 큰 쇼리의 문득 우레쇼리 갓ᄒᆞ여 귀청이 터지는 듯ᄒᆞ며 머리 어즐ᄒᆞ고 눈이 어둡거니와 그 ᄑᆞ리는 오히려 숀의 잡아 잇노라.”

말을 맛지 못ᄒᆞ야 ᄯᅩ ᄒᆞᆫ ᄆᆞ디 크게 우니 더옥 귀에 진동ᄒᆞ거늘 원외 쥬먹을 쥐고 어즈러이 흔드러 왈,

"네라도 이ᄀᆞ치 흔드러 어즐ᄒᆞ면 응당 쇼릐 못ᄒᆞ리라."

과연 쇼릐롤 그치거놀 이인이 비로소 귀롤 기우려 그 ᄑᆞ리 나는 곳을 향ᄒᆞ야 드르니 진 【103】 짓 그 쇼릐 ᄑᆞ리 닙으로 나는지라.

구공이 쇼왈,

"져 새 만일 님형의 귀속의 드러 우지 아니턴들 우리 엇지 져ᄀᆞ치 큰 쇼릐 문득 져가치 져근 닙으로 나올 줄 싱각ᄒᆞ리오. 노뷔 안력이 부족ᄒᆞ야 그 빗츨 분변키 어려오니 님형은 쳥컨디 그 새롤 닉여 ᄌᆞ세히 보라. 부리는 븕고 털은 푸르러 잉무의 모양 갓흐면 그 일홈을 알니로다."

원외 왈,

"이 ᄀᆞ튼 긔이ᄒᆞᆫ 새는 본 바 처음이라. 션샹의 도라가 귀경 식일 거시오 ᄒᆞ물며 졔게 놀나미 졀통ᄒᆞ야 부ᄃᆡ 잡아가고져 ᄒᆞᄂᆞ니 열업시 보다가 노치면 긔 아니 앗가오리오."

이에 죠희로 통을 부뷔여 그 속의 너흔 후 ᄯᅳᆺ츨 막아 손에 노치 아니터라. 당싱이 처음 볼 ᄯᅵ는 다만 창승과 술벌의 ᄶᅦ로 아더니 구공의 말을 드른 후 【104】 비로소 술펴보니 과연 잉무의 모양이오 븕은 부리의 풀은 털이어놀 구공을 향ᄒᆞ여 왈,

"져 새 형상이 과연 그러ᄒᆞ니 일홈이 무어시니잇고?"

구공 왈,

"져 새 형상이 과연 그러ᄒᆞ니 일홈이 무어시니잇고?"

구공 왈,

"이 새 일홈이 셰죠(細鳥)라 ᄒᆞ니 한무졔 원봉(元封) 년간의 늑필국(勒畢國)의셔 이 새롤 옥으로 ᄆᆞᆫ든 농에 너허 슈빅을 진공(進貢)ᄒᆞ니 형체는 ᄑᆞ리 만ᄒᆞ고 모양은 잉무 갓흐되 쇼릐 슈리의 들니게 크니 그 곳 사ᄅᆞᆷ이 글노ᄡᅥ 졀후롤 징험ᄒᆞ므로 ᄯᅩᄒᆞᆫ 일홈이 후일츙(候日蟲)이라 ᄒᆞ다 ᄒᆞ니 이가치 져근 새 쇼릐는 ᄆᆞᄎᆞᆷ니 큰 북쇼릐 갓흐니 실노 처음 보는 비로소이다."

원외 왈,

"미졔 부ᄃᆡ 봉황을 보려 ᄒᆞ되 여긔 니르도록 큰 새 ᄒᆞ나흘 만나지 못ᄒᆞ더니 즉금은 셰죠의 ᄶᅦ도 흐터지고 아모 쇼릐도 들니지 아녀 심히 고젹ᄒᆞ고 다만 슈

목이 하눌을 【105】 가리워 가관의 경치 업스니 다른 곳으로 조츠 도라가미 조토다."

구공 왈,

"이찌 홀연 새쇼리 그치고 심히 고요ᄒᆞ니 이 무슴 연괴 잇도다."

졍언간의 일개 목동이 몸에 빅의롤 닙고 손에 괴계롤 들어 압길노 지나거ᄂᆞᆯ 당싱이 나아가 무러 왈,

"쳥컨더 쇼동은 이 ᄯᅡ히 어느 ᄯᅡ히며 지명이 무어시뇨?"

목동 왈,

"이곳은 니르되 벽오령이라 ᄒᆞ고 이 겻흐로 단계암이 잇스니 빅민국 지경이라. 이 녕을 지나면 사오나온 즘싱이 만ᄒᆞ 완々히 사름을 상ᄒᆡ오나니 삼위 긱인은 모롬즉이 슴가 술피쇼셔."

언파의 총々이 닷거ᄂᆞᆯ 구공 왈,

"이곳이 임의 벽오령이라 ᄒᆞ니 대쳐 오동이 만흐미라. 혹즈 봉황이 져곳의 잇ᄂᆞᆫ가 져기 나아가 젼면 산머리의 올나 보미 조토다."

이인이 졈두ᄒᆞ야 일졔히 젼면을 향ᄒᆞ니라.

을미 이월 십이일 병등 희셔.

권 지 오

권 지 오

【1】 추셜 당싱(唐生)이 님(林) 다(多) 이인으로 더부러 닌봉산(麟鳳山) 벽오령(碧梧嶺)의 니르러 졈〃 놉흔 봉에 올나 브라보니 셔편 산머리의 과연 오동 남기 슈풀을 닐운 고디 흔 무리 봉황이 규연이 놉히 셔 잇시니 털은 오치를 ▽초고 붉기 단하[丹霞 붉근 안개] ▽흐며 몸 놉희 뉵척은 되고 쏘리 기리 십쳑의 지느고 비암의 목이요 둙의 부리며 일신의 문치 황홀흐거늘 그 좌우로 무슈흔 긔이흔 새 즘싱이 겹〃층〃이 버러시니 혹 놉희 흔 길 되는 즈도 잇스며 혹 칠 팔 쳑 되는 즈도 잇셔 푸르고 누르며 붉고 희고 거문 비치 ▽초아 잇셔 눈이

【2】 현황흐야 이로 분변치 못흘지라. 쏘 보건디 동편 산머리 계슈〃풀 ▽온 디 흔 무리 큰 새 셔 잇스니 왼몸이 푸른 털이요 긴 목은 황새 ▽고 져른 발은 쥐발 ▽흐며 놉희 뉵칠 쳑이나 되니 모양이 기러기와 흡〈흔디 두 편으로 허다 괴이흔 새즘싱이 둘너시니 혹 머리 세히요 발이 여섯시며 혹 나리 네히요 쏘리 둘이며 긔형되상이 업고 비 업거늘 구공이 ▽르쳐 왈,

 "동편의 져 푸른 새는 곳 숙상(鷫霜鳥)이니 대쳐 오날 쏘 봉황의 지경을 와셔 침노흐므로 봉황이 쏘흔 중죠를 거느려 이에 와 져의 길을 막즈르미니 졍히 셔로 쏘호려 흐는 모양이로다."

 말을 맛지 아녀 홀연 숙상이 두 【3】 무디 크게 쇼리흐더니 겻흐로 죠츠 흔 새 느라나오니 그 모양이 봉황과 방불흐야 쏘리 기러 십쳑이 넘고 비치 오치를 ▽촌지라. 브로 단계암(丹桂岩) 알픠 니르러 털을 ▽다듬고 나리를 버리며 쏘리를 펼쳐 샹하로 츔츄어 오르나리니 졍히 흔 조각 금슈를 날니는 듯흐며 무초아 겻흐로 운모셕[雲母石 돌일홈] 흔 덩이 잇셔 거울▽치 비쵀니 그 새 더옥 즐겨 넙노니 오식이 셔로 브이여 극히 션명흐거늘 님원외 왈,

“져 새 모양이 거의 봉황과 굿흐되 몸픠 져기 단쇼ㅎ니 이 아니 암봉황이뇨?”

구공 왈,

“이 새 일홈이 산계(山鷄)니 혹왈 금계(錦鷄)라 ㅎㄴ니 제 스스로 그 털을 ᄉ랑ㅎ야 미양 물을 보【4】면 비최여 보며 즐기ᄃ가 ᄆ춤ᄂ니 눈이 어즐ㅎ야 물에 ᄶ러져 죽는다 ㅎ니 녯사ᄅ미 져롤 니르되 봉황의 비츤 가져시되 봉황의 덕이 업다 ㅎ야 아 봉황이라 ㅎᄂ니 뜻ㅎ건더 슉상이 서ㅎ되 이 새 이 굿흔 오치롤 ᄀ초아시미 죡히 봉황 슈하의 모든 새롤 압두ㅎ리라 ㅎ야 특별이 몬져 니야 보닉도다. 정히 의논ㅎ더니 홀연 셔편 수풀노 죠ᄎ 흔 ᄶ 공죽(孔雀)이 날아ᄂ오니 닐곱 ᄌ 되는 긴 ᄭ오리롤 펼치고 두 날이롤 부쳐 ᄇ로 단계암을 향ㅎ야 넘놀며 춤츄니 일신의 금빗과 치식이 날빗치 ᄇ일 분 아니라 긴ᄭ오리의 낫ᇂ치 둥근 문치 드러ᄂ니 붉으락 누으락 변환【5】무궁ㅎ야 이로 형용치 못ㅎ니 완연이 금슈 병풍을 두른 듯 ㅎ거놀 산계 처음은 강잉ㅎ야 셔로 대무ㅎ다가 졈ᇰᇰ 공죽의 몸의 오치와 ᄭ오리 각식이 금벽이 휘황ㅎ야 눈이 ᄇ이고 정신이 아득ㅎ미 스스로 제 몸의 누츄ㅎ믈 ᄭᄃ롤지라. 흔 ᄆ더 슬피 울고 운모셕을 향ㅎ야 흔 번 부드이져 ᄆ춤ᄂ니 숨을 ᄯ커놀 당셩이 초탄ㅎ야 왈,

“져 산계 져의 털빗치 공죽만 못ㅎ믈 붓그러이 넉여 죽기롤 ᄀ부야이 ㅎ니 금죠의 미흔 거스로도 오히려 이 굿흔 혈셩(血性)과 협긔(俠氣) 잇거놀 엇지 셰샹 사ᄅ믄 분명히 제 몸이 남만 못ㅎ믈 알면셔 오히려 낫츨 둣거이 ㅎ야 붓그러오믈 모르ᄂ뇨. 가히 쇼리 무슈히 들네더니 그 ᄀ온더로 죠ᄎ 흔 괴이흔 새 ᄂ다르니 그 모양이 게우 굿흐되 놉픠 두 길은 ㅎ고 날이 넙의 십쳑이나 되고 ᄭ오리 ᄋ홉이요 머리 ᄯ 아홉이로더 목줄기는 열 낫치라. ᄇ로 산파(山坡)의 올나 날이롤 부쳐 형셰롤 지으며 아홉 버리에 각ᇂ 쇼리로 일시에 울거놀 구공 왈,

逢惡獸害生被難　施神槍魏女解圍

　　"필경 구두죠(九頭鳥)를 청ᄒ야 오도다. 이 새 일홈이 곳 챵셜(鶬舌鳥)이니 일신에 거스린 털이 ᄀ득 나니 심히 ᄉ오납고 흉ᄒ거니 아지 못게라 봉황 슈하의 엇던 새 나와 능히 대젹ᄒ리오. 과연 셔편으로 ᄒ 낫 져근 새 나라오니 흰 목에 붉은 부리요 왼몸에 무른 비치 녕농ᄒ지라. ᄇ로 구두죠롤【7】향ᄒ야 두세 ᄆ디 크게 우니 그 쇼리 완연이 개 즛는 쇼리 갓더니 구두죄 ᄒ 번 드르며 두 번 놀너더니 급ᄀ히 머리롤 쓰고 쥐 숨듯 공즁으로 날아 닷거놀 그 새 완ᄀ히 도라가ᄂ지라. 원외 왈,

　　"져 새쇼리 엇지 금죠의 우는 쇼리 아니요 문득 개 즛는 쇼리롤 본바드니 심히 우읍거니와 져 머리 아홉 가진 새 ᄀ쟝 큰 체ᄒ고 위엄스러이 구더니 ᄆ츰ᄂ니 ᄒ ᄆ디 개쇼리의 창황이 도망ᄒ니 져ᄀᄀ근 새 무슨 놉흔 슈단이 잇ᄂ도다. 구공 왈,

　　"그 새 일홈이 닙죠(鴗鳥)요 ᄯ 일홈ᄒ되 쳔구(天狗)라 ᄒ니 다름 아니라. 구두죄 본디 머리 열히러니 어느 ᄹ 개게 ᄒ 머리롤 물녀 일흐므로 지금ᄀ지 그 목에 피【8】흘너 그치지 아니ᄒ미 무릇 사롬의 집에 그 피 드르면 극히 샹셔롭지 아니ᄐ ᄒ야 만일 그 쇼리 들니거든 즉시 개롤 불너 즛치면 즉각에 ᄃ라ᄂ다 ᄒ니 그 개롤 무서워 ᄒ므로 녯사롬이 개 귀롤 베혀 지앙을 예방ᄒᄂ 법이 잇ᄂ니이다."

　　ᄯ ᄇ라보니 숙상의 곳으로죠ᄎ ᄒ ᄆ리 타죄(鴕鳥) 너드르니 모양이 졍히 탁타(橐駝) 갓ᄒ되 그 비치 푸르고 검으며 놉픠 팔쳑은 되고 날이 넙의 거의 십쳑이나 되고 두 굽이 ᄯ ᄒ 탁타 ᄀᄉᄒ니 굽을 허위며 쇼리 질너 극히 흉녕ᄒ더니 봉황 슈풀노셔 ᄒ 낫 큰 새 나라오니 붉은 눈에 검은 부리요 일신의 흰털이 덥히며 놉픠 ᄉ쳑은 되고 쏘리 기【9】러 두 길은 되며 쏘리 끗히 큰 표지(杓子) 달녀시니 크기 말 만ᄒ지라. ᄉᆞᆯ니 산파의 니르러 타죠와 셔로 ᄊ화 ᄒ 곳에 뭉쳣거놀 원외 왈,

“져 새쏘리 싲히 표지 쏘흔 긔괴ᄒ도다. 만일 흔 ᄆ리 잡으면 무쟝국(無腸國) 사룸의게 팔아든 가히 즐겨 즁가롤 쥬리로다.”

당성 왈,

“그 엇지 니르미뇨?”

원외 왈,

“무쟝국 사룸이 져 새롤 보면 그 고기ᄂ 가히 챤품으로 크게 먹을 거시오 그 표ᄌᄂ 쩌혀 니야 밥도 담고 대변도 담을 거시니 그 엇지 즐겨 아니리요.”

당성 왈,

“그ᄂ 웃ᄂ 말이러니와 녯 글에 말ᄒ되 타죠에 알이 크기 독 만ᄒ다 ᄒ더니 그 모양이 져ᄀ치 크니 그 말이 과연 헛되지 아니토다. ᄀ만 져 쏘리의【10】 표ᄌ 잇ᄂ 새ᄂ 킈 블과 ᄉ척이요 져 타죠의 킈ᄂ 팔쳑이나 되야 대쇠 현격ᄒ거눌 셔로 ᄊ화 엇지ᄒ리요.”

구공 왈,

“져 새 일홈이 잉죡(鸚鵊)이니 임의 타죠로 더부러 ᄊ호려 ᄒ니 응당 비샹흔 슈단이 잇스리라.”

이ᄯ 잉죡이 타죠로 ᄊ화 두어 합이 되더니 홀연 쏘리롤 두로며 표ᄌ롤 들어 년ᄒ야 타죠롤 치더니 타죄 압흐로 막고 뒤흐로 피ᄒ다가 ᄆ춤ᄂ 대픠ᄒ야 ᄲ 놀며 쇼리ᄒ니 그 쇼리 쇠쇼리 갓더니 동편으로 쏘흔 새 날아와 잉죡과 싀살ᄒ니 이 곳 독슐위라. 놉희 팔쳑이나 되고 젼신이 푸르며 목이 길고 머리 뮈여 흔 털이 업ᄂ지라. 원외 왈,

“금죄 셔로 ᄊ호더니 어디【11】 로죠츠 져 머리 뮌 화상은 니닷ᄂ뇨?”

셔편으로 ᄯ 흔 새 니다라 대젹ᄒ니 왼몸이 초록비치요 놉픠 ᄉ오 쳑이요 쏘 리 기리 십오륙 쳑이로디 돗히 쏘리 ᄀ고 다리 ᄀ쟝 길되 다만 흔 쪽이라. ᄲ놀 며 니다라 브로 돗히 쏘리롤 둘으니 졍히 피편[皮鞭 ᄀ족 치찍] ᄀ흔지라. 독슐 위롤 향ᄒ야 그 뮌머리롤 어즈러이 치니 슐위 머리 ᄆ춤ᄂ 피흘너 넘ᄂᄒ니 년 ᄒ야 울고 닷거눌 원외 왈,

“져 화상이 부졀업시 젼쟝의 나왓다가 대픠ᄒ도다. 이러므로 대인국(大人國) 화상이 머리 아니 깍그미 젼혀 뮌 머리로 이런 피편을 만날가 겁ᄒ미로다.”

구공 왈,

"원리 피편 두로는 지 일홈이 기종(跂踵)이니 그 쏘리의 날니고 굿세미 천하의 【12】 당홀 금쉬 업느니 숙샹이 대쳐 이번 쏘 피귀ᄒ리로다. 져 빅셜이 명죠를 대젹지 못ᄒ야 일즉 도라가고 독술위 기종의 쏘리의 못 견디여 도망ᄒ고 타쉬 잉죽의 표즈의 마즈 두 날이롤 쓰을고 도망ᄒ거다. 홀연 숙샹이 크게 두어 ᄆ디 우더니 무슈ᄒ 괴죠(怪鳥)롤 거느려 ᄇ로 산파로 나아오니 셔편의 쏘ᄒ 허다 긔쇠(奇鳥) 쎄지어 니다라 셔로 쏴화 ᄒ 뭉치 되얏더니 밋 잉죽이 표즈롤 들고 기종이 피편을 두로는 곳에 분∶요∶ᄒ야 정히 츄풍낙엽 ᄀᆺ더니 다만 동편 산머리로죠츠 크게 들네는 쇼리 정히 쳔군만미 모라오는 듯ᄒ야 씌끌이 하늘을 ᄀ리오고 ᄇ람이 슈목을 쩟거 산이 흔들니며 【13】 ᄶᅩ히 움즉이더니 길이 메이여 골이 덥혀 ᄒ 무리 쎄지어 미치게 달녀오니 모든 새 일시에 허여지고 봉황 숙샹이 쌀와 흐터져 피ᄒ거늘 삼인이 쏘ᄒ 놀나 급∶히 오동 수풀 깁흔 곳에 몸을 숨겨 ᄀ미니 여어보니 이 문득 ᄒ 쎄 뫼즘싱이라. 그 읏듬 머리 지어 오는 즘싱의 형상은 호랑 ᄀᆺ고 일신에 푸른 털이 덥히고 톱니에 갈고리 발톱이며 개귀에 소코히요 눈은 번기 갓고 쇼리는 뇌졍 갓고 ᄒ 줄기 긴 쏘리의 ᄉᆺᄒ로 털이 뭉쳐 크기 말 만ᄒ지라. 동편으로 죠츠 쏫기여 봉황 잇던 수풀에 다ᄃ르미 크게 ᄒ 쇼리 ᄒ고 허다 악슈(惡獸)롤 거느려 둘너셔니 개∶히 왼몸의 피빗치러니 그 뒤흐로 쏘 ᄒ 쎄 괴이ᄒ 즘싱이 쏫츠오니 그도 낫∶치 몸의 혈젹을 씌여 ᄇ로 숙상 잇던 수풀오 모히거늘 그 머리 지은 즘싱은 왼몸이 푸르며 누르고 형체는 슴 ᄀᆺ고 쏘리는 소 ᄀᆺ고 머리는 몰 ᄀᆺᄒ되 외쪽 쌀이 졍수리의 박혓는지라. 당싱이 구공을 향ᄒ야 왈,

"져 외쌀 가진 즘싱이 일졍 긔린(麒麟)이로소니 셔편의 져 푸른 즘싱이 아니 준예(狻猊)니잇가?"

구공 왈,

"과연 그러ᄒ거니와 져 ᄉ오나온 즘싱이 쏘 와 침노ᄒᄆ로 긔린이 쏘ᄒ 뭇즘싱을 거느려 쏫츠오도다. ᄇ라보건디 셔편 수풀의 준예 져기 숨을 두루더니 ᄒ ᄆ디 큰 쇼리의 것흐로죠츠 ᄒ 낫 뫼돗치[山猪]두 귀롤 부치고 부리롤 쓰을며 흔드적여 나아와 졍히 쳥녕ᄒ 【15】 ᄂ 모양ᄀ치 알픠 니르러 목을 늘ᄒ여 준

예 님 ᄀ희 다히더니 준예 흔 번 마투 보고 흔 번 쇼리ᄒ며 동히 갓흔 님을 버려 돗히 머리롤 무러 쓴흔 후 경각 ᄉ이의 돗히 젼쳬롤 두어 번의 슴키거놀 원외 왈,

"져 돗치 본러 닌식(吝嗇)흔 쳔셩으로 엇지 그 몸을 가져 진졍으로 손디졉ᄒ려 ᄒ리요. 불과 겄츠로 인ᄉ 추리는 쳬ᄒ다가 ᄆ춤니 준예의 진실노 먹힌 비 되도다. ᄆ초아 준예 비골푸므로 일노써 츙복흔 후 긔린과 쓰호리니 가히 보암 즉ᄒ리라. 졍히 손으로 ᄀ르치며 발을 드노아 준예롤 의논ᄒ더니 원외의 손에 쥔 바 셰죄(細鳥) 홀연 크게 울어 쇼리 진동ᄒ거놀 원외 황망이 손을 흔【16】들며 쑤지즈되 ᄆ춤니 그치지 아니터니 준예 이 쇼리롤 듯고 머리롤 도로혀 쇼리롤 ᄎ즈 ᄇ라보고 흔 ᄆ디 큰 쇼리에 산이 울고 돌히 터지며 허다 괴슈롤 거느려 일시의 쏘츠오는지라. 샴인이 대경실식ᄒ야 ᄉ면으로 허여져 도망ᄒ흘시 구공이 소리 질너 왈,

"님형은 엇지 총을 노흔 즘싱을 물니치고 사람의 목숨을 구치 아닛ᄂ뇨?"

원외 겁결의 셰죠는 임의 ᄇ린지라. 쳔식을 졍치 못ᄒ고 발을 머츄며 총을 들어 즘싱을 향ᄒ고 흔 방을 노흐니 과연 흔 두어 즘싱이 ᄆ즈 업더지ᄂ 뒤흐로 밀ᄵ츙ᄵ이 모라오니 죠곰도 겁ᄒ지 아니코 일향 쏘 쏘츠오거놀 구공 왈,

"님형은 쏘 엇지 총을 니어 노치 아닛ᄂ뇨?"

원외 더【17】옥 황겁ᄒ야 겨유 흔 방을 쏘 노흐니 즘싱의 무리 졈ᄵ 격노ᄒ야 더옥 급ᄵ히 쏘츠오니 그 셰 풍우 ᄀᆺ고 위엄이 뇌졍 ᄀᆺ흔지라. 원외 이에 방셩대곡 왈,

"부졀업시 구경의 탐ᄒ다가 무뢰히 죽기의 니르도다. 져 준예 오히려 비골푸믈 치오지 못ᄒ야 날노써 뫼돗과 ᄀᆺ치 ᄒ리로다. 무계국(無繼國) 사람은 흙으로써 ᄲᅢ을 대신ᄒ다 더니 준예도 만일 쉰 거슬 ᄵ히 넉일진디 구공과 미졔는 오히려 신쳬나 보젼ᄒ려니와 나 님지양(林之洋)은 쇽졀업시 준예의 복즁물이 되리로다. 힝혀 준예의 창ᄌ도 무쟝국 사람 ᄀᆺ흘진디 원통으로 슴켜 대변【18】으로 나올진디 그도 쳔힝이언마는 만일 그 속에 드러간 후 즉시 나오지 못ᄒ흘진디 그 ᄉ이 갑ᄵᄒ야 엇지 견더리요. 이ᄀᆺ치 부르지져 다라ᄂ며 당싱은 일향 쏘치다가 쇼리 더옥 갓갑거놀 흔번 도라보니 준예 ᄇ로 뒤히 미쳐 거의 발 뒤

측을 물게 되얏거늘 경황망조ᄒᆞ야 슈각(手脚)이 황난(慌亂)ᄒᆞ니 이에 홀일업셔 몸을 소ː쳐 공중에 올나 발을 줌간 머츄며 굽어보니 모든 즘셩이 님ㆍ다 이인의게로 향ᄒᆞ거늘 미쳐 구홀 계괴 업셔 졍히 망조ᄒᆞ더니 홀연 산모롱이로죠ᄎᆞᄒᆞᆫ ᄆᆞ더 벽력 갓흔 쇼리 나며 ᄒᆞᆫ 줄기 검은 연기 샌르기 살 ᄀᆞᆺᄒᆞ며 ᄇᆞ로 준예롤 향ᄒᆞ거늘 준예 몸을 날녀 피ᄒᆞ더니 슌식간의 니어 ᄒᆞᆫ 쇼리 나【19】며 준예 근두쳐 언덕의 ᄂᆞ려지니 모든 즘셩이 일시의 님ㆍ다 이인을 ᄇᆞ리고 준예롤 ᄯᅳᆯ와 호위ᄒᆞᆯ스록 그 쇼리 년ᄒᆞ야 그치지 아니며 검은 연긔 수풀을 ᄀᆞ리오고 씻글이 ᄒᆞᆫ날을 덥허 산이 울고 골이 응ᄒᆞ며 무어시 비오듯 즛쳐오니 경각 ᄉᆞ이의 죽은 즘셩이 ᄯᅡ히 ᄭᆡᆯ니고 누린니 쳔지의 ᄀᆞ득ᄒᆞ니 남은 즘셩은 허리롤 ᄭᅳ을며 ᄃᆞ리롤 졀며 ᄉᆞ방으로 도망ᄒᆞ야 흔젹이 업셔지며 긔린이 ᄯᅩᄒᆞᆫ 즁수롤 거ᄂᆞ려 임의 피ᄒᆞᆫ 지 오린지라. 당셩이 비로소 ᄯᅡ히 ᄂᆞ려 이인으로 더부러 셔로 붓드러 지닌 바롤 말ᄒᆞᆯ시 원외 왈,

"미졔는 다힝이 셥공초(□空草) 먹은 효험으로 놉히 올나 피화ᄒᆞ거니와 ᄆᆞ춤니 우리는 ᄇᆞ려 구치 아니커늘 나는 힝혀 총 직【20】 흰 귀신이 잇셔 헷 총쇼리로 져 즘셩을 쏫고 우리롤 구ᄒᆞ도다. 만일 총신곳 아니런들 우리 두 사롬은 임의 준예의 복즁에 드런지 오리리로다."

당셩 왈,

"당일 쇼졔 셥공초롤 먹은 후 손에 돌비롤 쎄혀들고 공듕의 올나 오히려 갓부지 아니ᄒᆞ니 죡히 이형을 업고 피ᄒᆞᆯ 만ᄒᆞ되 셔로 먼리 ᄯᅥ러지고 준예는 급히 ᄯᅳ로므로 홀일업시 혼ᄌᆞ 피화ᄒᆞ니 실노 불안ᄒᆞ거니와 대쳐 구형이 부디 셰죠롤 가져가려 ᄒᆞ다가 필경 글노 말미암아 거위 셩명을 보젼치 못ᄒᆞᆯ 번ᄒᆞ도소이다."

구공 왈,

"지는 일은 일너 부졀업고 다만 셔로 면화ᄒᆞ미 다힝ᄒᆞ거니와 앗가 그 쇼리 일경 총쇼리요 년ᄒᆞ야 그치지 아니ᄒᆞ니【21】 곳 년쥬총(連珠銃)이라. 이 법곳 아니면 뉘 능히 그 만흔 즘셩과 ᄉᆞ오나온 준예롤 물니치리요. 이졔야 연뮈 졈ː 흐터지니 우리 알프로 나아가 총 노흔 사롬을 ᄎᆞ즈 샤례ᄒᆞ미 조토다."

졍히 말ᄒᆞ더니 산 ᄋᆞ리로죠ᄎᆞ 일개 녑회[獵戶 산영질 ᄒᆞᆫ는 사롬]몸의 쳥포

젼의롤 닙고 엇개의 죠총을 메고 완ㅈ히 나아오니 미목이 쳥슈ᄒ고 빅면쥬슌의 체지 경영ᄒ야 년긔 불과 십ᄉ오눈 ᄒ니 비록 녑호의 모양이나 거지 극히 단아ᄒ거ᄂ 샴인이 썰니 알픠 나아가 졀ᄒ야 쟝ᄉ의 구명훈 은혜룰 일커르며 존셩대명과 귀훈 식골을 감히 뭇ᄂ이다.“

녑회 황망이 답왈,

“쇼ᄌ의 셩은 위(魏)요 젼죠 사룸으로 난리룰 피ᄒ야 이곳의 우거(寓居)ᄒ【22】오니 감히 뭇ᄌᆸᄂ니 샴위 노쟝의 존셩이 뉘시며 어디로죠츠 이곳의 니르시니잇고?”

샴인이 각ㅈ 셩명 거쥬룰 니른 후 당셩이 혜오디, ‘당초의 위ᄉ온(魏思溫) 셜중쟝(薛仲璋) 낭위 거게 년쥬총으로 쳔하의 일홈 낫더니 셔경업(徐敬業)의 군시 픠ᄒ므로 화룰 피ᄒ야 해외로 도망ᄒ다 ᄒ더니 이 사룸이 아니 ᄉ온거ㅈ의 으들인가?’ 이에 녑호룰 향ᄒ야 왈,

“당년 쳔죠의 일위 명쟝이 잇스니 셩은 위시오 휘ᄂ ᄉ온이라. 일즉 년쥬총을 쓰기로 쳔명ᄒ더니 쟝시 셩이 임이 위시오 ᄯᅩᄒ 년쥬총을 닉이 쓰니 혹ᄌ 그와 동종 결에 되던니잇가?”

녑회 년망히 대왈,

“이ᄂ 과연 죽은 어버이 일홈이로소니 노쟝【23】이 엇지 알으시더니잇고?”

당셩이 썰니 손을 잡아 왈,

“네 과연 ᄉ온 거ㅈ의 으들이로다. 엇지 이곳의 와 만ᄂ물 뜻ᄒ야스리요.”

이에 셩명을 ᄌ시 니르고 당초 결의ᄒ든 말과 중간 셩ᄉ존망을 아지 못ᄒ며 과거의 올ᄂ 참학을 만ᄂ 이곳에 니른 연유룰 일통 말ᄒ니 녑회 다시 졀ᄒ야 왈,

“원리 당슉ㅈ이 ㅈ에 니르시거ᄂ 질녜 몬져 ᄆᄌ 졀ᄒ지 못ᄒ오니 ᄇ라건디 죄룰 용셔ᄒ쇼셔.”

당셩이 답네 왈,

“현질은 과례룰 말지어다. 그러나 질녜라 일커르믄 엇진 연괴뇨?”

녑회 왈,

“질녀의 일홈은 ᄌ잉(紫櫻)이니 곳 션친의 녀식이라. 거ㅈ의 일홈은 위뮈(魏

武)니 【24】 당년의 셔가 슉슉이 화롤 만느미 션친이 몸둘 곳이 업스므로 가쇽을 거느려 이곳에 니른즉 이 산의 녜로부터 준예란 즘싱이 잇셔 씨씨 긔린으로 더부러 징투ᄒᆞ야 전답을 볼바 곡식을 샹히오며 쏘혼 사롬을 샹ᄒᆞᄂᆞ 고로 산하 거민이 그 해롤 닙어 평안치 못ᄒᆞ니 비록 녑회 잇스나 이 즘싱이 극히 스오ᄂᆞ온 즁 녕이ᄒᆞ야 혼 번 총쇼리롤 드르면 경각의 도망ᄒᆞ니 만일 년쥬총곳 아니면 능히 잡지 못홀지라. 이러므로 촌민이 션친의 총법이 신긔ᄒᆞ물 듯고 ᄆᆞ즈와 준예 업시키롤 청ᄒᆞ거눌 션친이 즐겨 위민졔해(爲民除害)ᄒᆞ야 년리의 준예롤 죽인 비 【25】 그 슈롤 혜지 못ᄒᆞ더니 불ᄒᆡᆼ이 거년의 션친이 세샹을 ᄇᆞ리시미 촌민이 니어 거거롤 청ᄒᆞ야 이 소임을 ᄒᆞ라 ᄒᆞ나 거거ᄂᆞᆫ 긔질이 쥰약ᄒᆞ야 능히 부업을 닛지 못홀지라. 이 소임을 폐혼즉 타향 고죵이 싱활이 극난ᄒᆞ므로 질녜 다ᄒᆡᆼ이 어려셔 총법을 비홧더니 ᄆᆞ지 못ᄒᆞ야 남즈의 복식으로 아직 이 소임을 니어 글노써 과모롤 봉양ᄒᆞ더니 근일에 준예 쏘 긔린으로 쓰화 그치지 아니미 ᄒᆡᆼ혀 인명을 샹해홀가 넘녀ᄒᆞ야 졍히 준예롤 잡고져 ᄒᆞ더니 쳔ᄒᆡᆼ으로 슉슉을 만ᄂᆞ도소이다. 앗가 준예 졍히 슉슉을 쏘츠 심히 위급ᄒᆞ거눌 질녀 비록 구코져 ᄒᆞ 【26】 나 사롬이 흠게 샹홀가 넘녀ᄒᆞ야 감히 총을 노치 못ᄒᆞ더니 다ᄒᆡᆼ이 슉슉이 몸을 소소쳐 쏘 우히 오르시미 이 진짓 신령이 호위ᄒᆞ미 아니면 그 엇지 이런 신긔ᄒᆞ미 잇스리요. 이러므로 질녜 비로소 총을 노화 악슈롤 초멸ᄒᆞ니 이 도시 슉슉의 홍복이어니 엇지 질녀의 공이리잇고. 션친이 거세ᄒᆞ기롤 님ᄒᆞ야 혼 봉 유셔롤 닐워 질녀 남민롤 쥬어 왈,

"일후에 녕남의 도라가 슉슉을 ᄎᆞᄌ 글월을 드리고 몸을 의탁ᄒᆞ라 ᄒᆞ시더니 이제 가즁의 두엇시니 쳥컨디 좀간 몸을 굽혀 초샤의 님ᄒᆞ시면 겸ᄒᆞ야 차롤 밧드러 ᄌᆞ질의 졍셩을 져기 펼 【27】 가 ᄒᆞᄂᆞ이다."

당싱 왈,

"어의 션친을 쩌ᄂᆞᆫ지 임의 몃 ᄒᆡ의 다ᄒᆡᆼ이 쇼식을 드르나 혼 번 보물 엇지 못ᄒᆞ니 쳔고의 지한이요 ᄒᆞ물며 수수긔 엇지 비현ᄒᆞᄂᆞ 레롤 폐ᄒᆞ리오. 현질은 쌀니 올플 인도ᄒᆞ라."

삼인이 ᄎᆞ에 위ᄌᆞ잉(魏紫櫻)을 ᄯᅟ롸 산을 넘으며 시ᄂᆞ롤 건너 위가의 니룰시 당싱이 ᄀᆞ므니 혜오디 '내 이번 해외의 온 후로 무릇 명산 이역의 아니 간 곳이

업스니 몽신관(夢神觀) 몽중 도소의 말노 죠초 부디 일홈난 곳츨 츠즈나 무춤 니 가지 못보더니 미양 만나는 비 녀즈 뿐이니 그도 쏘흔 긔괴ᄒ도다.' 밋 위가 의 다ᄂ르니 스면의 손외를 뭇으며 창검을 쏘즈 즘싱을 막는 비라. 삼인이 긱 실【28】의 오르미 즈잉이 몬져 드러가 그 모친 만시(萬氏)와 거ᄂ 위무로 더 부러 나오거늘 피츠 힝녜흔 후 위무를 보건더 과연 병식이 낫치 ᄀ득ᄒ나 쏘흔 골격이 쳥슈흔지라. 즈잉이 그 부친 유셔를 밧들어 올니거늘 당싱이 쩌혀 보니 대개 결의흔 졍을 일컷고 느라흘 위ᄒ야 일을 닐우지 못ᄒ고 해외의 류락ᄒ야 무춤니 한을 먹음어 도라가며 즈녀를 부탁ᄒ야 죵신을 의지ᄒ는 쓷이니 강개 쳐챰ᄒ야 춤아 보지 못홀지라. 당싱이 허희 뉴쳬ᄒ야 보기를 므츠며 만시 쏘흔 눈물을 흘녀 왈,

"쳡이 쟝부의 거셰ᄒ므로부터 즈녀를 거ᄂ려 슉ᄂ을 츠즈 가려 ᄒ나 이곳 촌 민이 악【29】슈를 무셔이 넉여 지삼 만류ᄒ고 겸ᄒ야 고향 쇼식을 아득히 모 로미 근일은 근포ᄒ는 금녕이 엇더흔지 오히려 미진흔 지화를 만날가 두려 지 금 즈져ᄒ더니 쳔힝으로 슉ᄂ을 이곳에셔 만나니 진실노 션부지 쳔지령이 ᄀ 무니 도으미라. 브라건더 슉ᄂ은 젼일 션부와 결의ᄒ신 졍을 싱각ᄒ샤 고ᄋ 과 부와 약녀로 ᄒ야곰 만리 해외의 표박흔 고혼을 면케 ᄒ시면 션뷔 구쳔지하의 우음을 먹음고 은혜를 감샤ᄒ리이다."

당싱이 몸을 굽혀 대왈,

"근일에 근포ᄒ는 녕은 졈ᄂ 침식ᄒ니 넘녀홀 비 아니오 쇼졔 도라가고 길에 맛당이 질ᄋ 남미를 거ᄂ려 수ᄂ를 뫼셔 도라가리니【30】죠곰도 관심치 므르 쇼셔. ᄒ물며 오날ᄂ 질녀의 구명흔 은덕을 엇지 감히 니즈리잇고."

인ᄒ야 일용싱계를 즈시 무른더 우너리 이곳 촌민이 위가 부즈의 준예 졔어 ᄒ는 은혜를 일커러 공급ᄒ는 비 극히 후ᄒ므로 일년 식 외에 오히려 남는 비 잇다 ᄒ니 당싱이 더옥 깃거 몸에 지닌 바 약간 은낭을 즈잉을 쥬어 지분을 보 티라 ᄒ며 위무로 더부러 그 부친 묘젼의 나아가 분향지비ᄒ야 일쟝 통곡ᄒ고 인ᄒ야 날이 느즈미 총ᄂ이 죽별ᄒ고 션상에 도라오니라. 이튼날 빅민국(白民 國)의 다ᄂ르니 원외 이에 쥬단(紬緞)과 보픠를 만히 ᄀ져 미ᄂ흐려 ᄂ리거늘 당싱이 구공을 쳥ᄒ야 홈【31】게 구경ᄒ믈 말흔더 구공이 흔연 왈,

"이곳의 인연이 번셩ᄒ고 지방이 부후ᄒ며 언에 ᄀ흐므로 미양 ᄒ 번 보고져 ᄒ되 그도 연분이 업던지 이 ᄯᅴ희 니를 젹마다 부디 병이 나거ᄂ 일이 잇거나 ᄌ연 ᄯᅳᆺ ᄀᆺ지 못ᄒ더니 오날은 당형의 힘을 닙어 죠히 구경ᄒ리로다."

인ᄒ야 비에 ᄂᆞ려 슈라나 힝ᄒ더니 볼스록 하늘 ᄋ리 ᄒ갈ᄀᆺ치 흰 빗 분이라. 흰 ᄯᅡ히 희 모리 ᄯᅡᆯ녀시니 ᄯᅴᄭᆯ이 ᄯᅩᄒ 흰비치요 먼리 ᄇ라보건더 져근 뫼히 표묘ᄒ니 봉만이 낫ᄼ치 빅반 돌히요 밧마다 모밀을 심거 졍히 흰곳치 셩히 퓌고 왕ᄂᆡᄒᄂ 사ᄅᆷ이 ᄯᅩᄒ 흰 낫과 흰옷시니 오직 ᄒ 비치라 분변치 못ᄒᆯ너니 【32】 오리지 아녀 셩문에 다ᄼ르니 빅옥으로 셩을 싸ᄒ시며 빅은으로 문을 ᄭᅮ며시며 문에 드니 십자 네거리의 녀염과 시젼이 쳠ᄒᆞ롤 년ᄒ고 담이 다ᄒ 극히 부셩ᄒ되 낫ᄼ치 분장을 두루고 스긔 기와롤 니어시며 가고 오는 사ᄅᆷ이 엇개 부듸잇고 발이 밧고며 미ᄼᄒᄂ 쇼리 더옥 들네ᄂ지라. 그 사ᄅᆷ인즉 노쇼 업시 개ᄼ히 흰 얼골이 옥 ᄀᆺ고 닙은 쥬스롤 직은 듯ᄒ고 눈섭은 초월 ᄀᆺ고 두 눈은 효셩 ᄀᆺᄒ여 아롬답고 어엿부지 아닌 지 업스며 흰옷과 흰 모ᄌᆞ롤 일병 능나로 ᄭᅮ며시니 볼스록 조즐ᄒ며 팔에ᄂ 황금팔쇠롤 ᄭᅵ며 손에ᄂ 비취 향 ᄭᅬ엄을 들고 허리의 대모 【33】 와 은으로 ᄭᅮ민 져근 칼을 츠고 은스로 슈 노ᄒᆫ 하포[荷包 쥬머니] 롤 걸어시며 빅능슈건(白綾手巾)의 쌍비연(雙飛燕)을 그려시며 그남아 쥬옥 보픠와 피리 ᄆᆞ뢰의 뉴로 일신을 쟝속ᄒ 지 만ᄒ며 일신 의복에 긔이ᄒ 향을 품겨 먼리셔부터 곳다온 향긔 코의 비고 몸의 져즐 듯ᄒ니 당셩이 좌우로 도라보아 눈이 결을치 못ᄒ고 칭찬ᄒᄆᆞᆯ ᄆᆞ지 아녀 왈,

"이 ᄀᆺᄒᆫ 고은 얼골의 져ᄀᆺ치 빗ᄂ 의복을 닙어시니 진실노 풍뉴미남ᄌᆞ(風流美男子)요 긔환귀공지(綺紈貴公子)니 해외 각국의 인물을 의논컨더 맛당히 이곳을 읏듬ᄒ리로다. 큰거리 좌우로 시젼이 둘너 버럿시니 쥬스[酒肆 술 ᄑᄂ 져ᄌᆞ] 다방[茶坊 챠 ᄑᄂ 져ᄌᆞ]이며 음식 ᄑᄂ 젼이며 【34】 어육 버린 져ᄌᆞ와 향ᄑᄂ 누와 은 불니는 쟝인이며 비단푸리의 능나쥬단이 뫼ᄀᆺ치 싸혓시며 보픠푸리의 쥬옥 픠물이 슈풀ᄀᆺ치 버럿시며 그남아 잡화의 업ᄂ 비 업셔 이로 긔록지 못ᄒ며 우양 져육이며 계압(鷄鴨) 어물의 뉴롤 ᄀ초지 아닌 비 업스니 진실노 먹ᄂ 것 마시ᄂ 것 닙ᄂ 것 쓰는 거시 ᄒ나토 졍치 아닌 비 업고 ᄒᄂᆺ토 ᄊ진 비 업ᄂ지라. ᄆᆞ초아 님원의 비단젼으로 죠ᄎ 나오거ᄂᆯ 구공이 ᄆᆞᄌᆞ 무러

왈,

"님형아 물화룰 일즉 만히 팔고 니룰 쏘흔 어드시니잇가?"

원외 깃분 비치 낫치 ᄀ득ᄒ야 왈,

"오날 이위 복녁을 힘닙어 허다 물화룰 뜻더로 홍셩ᄒ【35】니 맛당히 쥬육을 만히 쟝만ᄒ야 셔로 치하ᄒ려니와 아니 맛당히 쥬육을 만히 쟝만ᄒ야 셔로 치하ᄒ려니와 아직 남은 바 물홰 만치 아니ᄒ니 쟝ᄎ 모양ᄒᄂᆫ 큰집을 ᄎᄌ 팔녀 ᄒ니 흠게 나아가미 엇더ᄒ뇨?"

이인이 겸두 칭션ᄒ니 원외 치인으로 ᄒ야곰 은젼을 가져 션샹으로 몬져 보닌 후 ᄌ긔 몸소 물화 쏜 보룰 메고 이인으로 더부러 쳔ᄌ이 나아갈시 원외 왈,

"견면으로 골목어귀에 큰 문이 잇고 문 우희 놉흔 누 잇스니 일졍 부귀ᄒᄂᆫ 집이로다."

이에 문 알픠 다ᄌ르니 문 안ᄒ로죠ᄎ 일개 결식 동지 나오거놀 원외 시험ᄒ야 온 뜻을 닐은디 동지 반겨 왈,

"물화룰 폴고져 ᄒ실진디 엇지 드러오시니 아닛ᄂ뇨? 우리집【36】 션셩이 졍히 스고져 ᄒ시는 비 만ᄒ니이다."

삼인이 ᄇ야ᄒ로 문을 들더니 얼풋 보니 문 녑히 흔 쟝 분당지의 "학당" 두 ᄌ룰 크게 써 부첫거놀 당셩이 크게 놀나 구공을 잇그러 왈,

"이 집이 믄득 학당이니 쟝ᄎ 엇지ᄒ리오."

구공이 도라보고 쏘흔 실식ᄒ야 졍히 물너나고져 ᄒ나 동지 임의 올플 인도ᄒᄂᆫ지라. 무단이 도라셔미 쏘흔 괴이흔지라 마지 못ᄒ야 안ᄒ로 나아갈시 동지 임의 안ᄒ로 드러갓거놀 당셩이 구공을 향ᄒ야 왈,

"이곳 인물이 개ᄌ히 ᄋ룹답고 긔질이 낫ᄌ치 쳥슈ᄒ니 총명이 쏘흔 졀등홀지라. ᄌ연 학문이 깁고 너르리니 우리 젼일 흑【37】 치국의셔 낭픿흔믈 셩각ᄒ여 십비 조심ᄒ미 올ᄒ니이다."

냥인이 겸두ᄒ고 ᄇ로 당 알픠 다ᄌ르니 당샹의 일위 션셩이 언연이 안ᄌ시니 년긔 스순이 넙고 안식이 빅셜 ᄀ고 안치 흐르는 별 ᄀᄒ며 머리의 빅능화 양건을 쓰고 눈에 대모테 학슬 안경을 걸고 손의 빅옥여의룰 줴여시며 학셩 스오인이 뫼셔시니 개ᄌ히 안식이 졀미ᄒ고 의복이 션명ᄒ며 좌우로 셔칙이 탁

ᄌ의 ᄀ득ᄒ고 필묵이 수풀 ᄀ호며 당즁의 옥으로 삭인 현판을 달아시니 "학해
문림[學海文林 학문이 바다 ᄀ호고 문쟝이 수풀 ᄀ호다]" 제 ᄌ롤 금ᄌ로 썻시며
겻흐로 ᄒᆞᆫ 썅 쥬련(柱聯)을 걸어시니 그 글에 ᄀᆞ로오디,

연뉵경이훈셰[硏六經而訓世 여섯 경셔롤 궁구ᄒ야 셰샹을 ᄀᆞ르치고] ᄒ고
【38】 괄만묘이위ᄉ[括萬妙而爲師]]라

ᄒ얏거늘 구공이 ᄌᆞ조ᄒᆞᆫ 규모롤 보미 ᄆᆞ음이 숙글ᄒ야 거름이 ᄀ부야올 분
아니라 숨도 ᄯ호 크게 못 쉬거늘 당싱이 넌즈시 ᄀᆞ르쳐 왈,
"이야 진짓 대방인물이요 부귀긔셰로다. 스스로 우리 모양의 쇽되고 비루ᄒ
몰 ᄭᆡ다르리로다. 임의 당하의 니르미 감히 나아가 ᄌᆞ레 힝녜치 못ᄒ고 다만
뫼신드시 셔 잇셔 명을 기ᄃᆞ릴 ᄲ이러니 그 션싱이 안경을 숙이고 눈섭을 씽긔
여 삼인을 ᄌᆞ셔히 살피더니 이윽고 옥슈롤 드러 당싱을 ᄀᆞ르쳐 왈,
"져 셔싱은 어려워 말고 알프로 갓가이 오라 ᄒ야늘 당싱이 ᄌᆞ말을 드르미
십분 황겁ᄒ야 【39】 년망히 추챵ᄒ야 몸을 굽혀 대왈,
"만싱은 본디 셔싱이 아니요 불과 샹고의 무리로소이다."
션싱 왈,
"네 원리 어느 곳 사롬이며 무ᄉ 일 이곳의 니른다?"
당싱이 공경대왈,
"만싱이 쳔죠 사롬으로 물화롤 ᄀᆞ져 미ᄆᆞ호러 단니ᄂᆞ이다."
션싱이 미쇼 왈,
"네 임의 쳔됴 사롬이라 ᄒ고 머리의 유건을 쓰고 믄득 셔싱이 아니롸 ᄒ믄
엇진 ᄯᆞᆺ이뇨?"
당싱이 비로소 머리의 유건으로 말믜암아 본식을 감초지 못ᄒ몰 ᄭᆡᄃᆞᆺ고 황
망히 대ᄒ야 왈,
"만싱이 어려셔 약간 유업을 임ᄂᆞ나 홍판ᄒ기로 여러히 집을 ᄯᅥ나오미 비
록 셔싱의 모양은 남아시나 셔싱의 일은 이져버린지 오릭니이다."
션싱 왈,

"네 말은 【40】 비록 이가치 겸슈ᄒ나 응당 시부ᄂ 지울 줄 알니로다."

당셩이 ᆢ 말의 다ᆢ라 더옥 황겁ᄒ야 왈,

"만셩이 어려셔부터 『시젼(詩傳)』도 닑지 못ᄒ야시니 ᄒ믈며 시 짓기ᄅ 엇지 알니잇가?"

션싱 왈,

"네 일즉 쳔죠의 싱쟝ᄒ야 글ᄌᄅ 비홧다 ᄒ며 엇지 시젼을 닑지 아니ᄒ며 시ᄅ 짓지 못ᄒᄂ니 잇스리요. 일졍 날을 속이고져 ᄒ미니 죠곰도 겁ᄒ지 말고 실졍을 알외라."

당셩이 졈ᆢ 황괴망조ᄒ야 왈,

"만셩이 실노 아지 못ᄒ미라 엇지 감히 션싱을 긔망ᄒ리잇고?"

션싱이 넝쇼 왈,

"너의 쓴 유건이 분명이 글 닑ᄂ 사ᄅᆷ의 모양이어늘 엇지 글짓기ᄅ 못ᄒ리요. 진실노 문묵을 모를진더 엇지 감히 우리 【41】 유가(儒家) 모양을 거즛 충슈ᄒ야 본분을 직희지 아니ᄂ뇨? 네 만일 사ᄅᆷ을 속여 거즛 어룬인 체 ᄒ랴거ᄂ 그러치 아니면 ᄀ쟝 글ᄒᄂ 체ᄒ야 뉘 집 학쟝이 되여 강미ᄅ 도적ᄒ고져 ᄒ미로다. 네 부디 학쟝질ᄒ고져 홀진더 내 이제 글졔ᄅ 니야 줄 거시니 네 만일 근가히 말되게 지으면 이곳 ᄀ음연 집에서 학쟝 구ᄒᄂ 지 만ᄒ니 맛당히 후ᄒ 곳의 쳔거ᄒ리라."

셜파의 운칙을 ᄀ져 쟝ᄎ 운을 부르고져 ᄒ거늘 당셩이 굴스록 촉급ᄒ야 왈,

"만셩이 ᄒᆼ혀 문묵을 져기 통홀진더 ᄆ초아 당대의 큰 션비ᄅ 만나미 맛당이 아ᄂ 디로 ᄀᄆ괴ᄅ ᄒ리워 ᄀ르치시ᄆ 쳥ᄒ려든 구ᄐ야 스스로 감초아 ᄀ르치고져 【42】 ᄒ시ᄂ 뜻을 져ᄇ리며 ᄒ믈며 후ᄒ 집 학쟝을 쳔거ᄒ시려 ᄒ거늘 엇지 감히 힘을 다ᄒ야 도모치 아니리잇고. 실노 문ᄶᄅ 모로므로 죤(?)명을 봉승치 못ᄒᄂ니 오히려 밋지 아니실진더 져 동ᄒᆼᄒ 두 사ᄅᆷ의게 무러보시면 거의 만셩의 진졍을 통쵹ᄒ시리이다."

션싱이 이에 님ㆍ다 이인을 향ᄒ야 왈,

"져 유싱이 과연 진졍으로 문묵을 통치 못ᄒᄂ다? 너희ᄂ 일호 숨기지 말고 ᄇ로 고ᄒ라."

원외 황망이 대ᄒ야 왈,

"져사ᄅᆷ이 어려셔 글 닉어 즁년의 과거의 오르니 엇지 문묵을 모르리오."

당셩이 ᄀ마니 발굴너 눈칙ᄒ야 왈,

"구형이 날을 깅참의 너허 쥭【43】이려 ᄒᄂᆫ도다. 원외 고디 말을 고쳐 왈 앗가ᄂᆫ 희언이어니와 져 사ᄅᆷ이 알기ᄂᆫ 약간 아더니 공명을 ᄇᆞ리고 해외의 홍판ᄒᄆᆞ로부터 셔칙은 구쇼운외(九霄雲外)에 더지고 필묵은 동양대해(東洋大海)의 푸러ᄇᆞ려 어려셔 닑든 ᄇᆞ 좌젼(左傳)인지 우젼(右傳)인지 시젼(詩傳)이며 부젼(賦傳)이며 즁년의 짓든 ᄇᆞ 풍월인지 셜월인지 도모지 방긔되야 녹아ᄇᆞ리고 즉금 복즁의 남은 ᄇᆞ 다만 대당률(大唐律) ᄆᆡᄆᆡ(賣買)ᄒᄂᆫ 죠목과 젼당 문셔 빗 쓰ᄂᆫ 슈긔(手記) 불망긔(不忘記) 쓰ᄂᆫ 규식 밧근 업ᄂᆞ니 만일 그 규식과 산두법을 무를진디 만셩이 ᄯᅩᄒᆞᆫ 져에셔 나을 거시니 과연 ᄀᆞ음연 집 학장은 만셩을 쳔거ᄒᆞ쇼셔."

션ᄉᆡᆼ 왈,

"져 유ᄉᆡᆼ은 임의【44】폐업ᄒ면 모로기 ᄯᅩᄒᆞᆫ 괴이치 아니커니와 너와 다못 져 늙은 ᄌᆞᄂᆫ 가히 시 지을 줄 아ᄂᆫ다?"

구공이 ᄲᆞᆯ니 대왈,

"우리 두 사ᄅᆷ은 어려셔부터 ᄆᆡᄆᆡᄒᆞ기로 일ᄉᆞᆷ으니 글짓기ᄂᆞᆫ커니와 글쓰도 모로ᄂᆞ이다."

션ᄉᆡᆼ이 길이 ᄎᆞ탄ᄒ야 왈,

"너의 세사ᄅᆷ이 원리 면목은 쵸츨ᄒ나 ᄆᆞᄎᆞᆷ니 무식 속인이로다."

원외ᄅᆞᆯ ᄀᆞ르쳐 왈,

"너도 임의 져와 갓치 무식ᄒᆞᆯ진디 엇지 학장 되기ᄅᆞᆯ ᄇᆞ라ᄂᆞᇁ? 가히 앗가온 바ᄂᆞᆫ 져ᄀᆞ치 희고 죠츨ᄒᆞᆫ ᄇᆞ 속의 ᄒᆞᆫ 졈 먹이 업스미로다. 임의 문셔 규식을 아노라 ᄒᆞ니 약간 글ᄌᆞᄂᆞᆫ ᄇᆡ화시리니 내 그으기 너희ᄅᆞᆯ 거두어 ᄀᆞ르치고져 ᄒᆞ나 너희 길ᄂᆞᆫ 사ᄅᆷ이라【45】타향의 오리 머물기 어려오려니와 그 즁에 즐겨 ᄇᆡ호고져 ᄒᆞᄂᆞᆫ 지 잇거든 두어 희만 이에 잇셔 부즈런니 ᄇᆡ호면 니 가히 셩취ᄒᆞ야 션비의 ᄎᆞᆨ슈ᄒᆞ게 ᄒᆞ리니 내 학문을 ᄌᆞ랑ᄒᆞᄂᆞᆫ ᄇᆡ 아니라 너의 무리 내 문하의 잇셔 나의 ᄀᆞ르치ᄂᆞᆫ ᄇᆞᄅᆞᆯ ᄇᆡᆨ분에 일만 ᄇᆡ화도 너희 죵신토록 써도 남을

거시오 일후 고향의 도라가도 쩌로 닉이면 문명이 회조ᄒ야 갓ᄀ온 친위 ᄎᄌ
와 비호물 쳥ᄒᆞᆯ 분 아니라 붕위(朋友) 원방(遠方)으로 죠ᄎ 니르리 잇스리라."
　원외 왈,
　"ᄀᆞ르치시미 맛당ᄒ여이다. 붕위 원방으로 죠ᄎ 니를진디 그 ᄆᆞᆷ이 쏘ᄒ 즐
겁지 아니리잇가?"
　션싱이 ᄎ 말에 니르러는 홀연 경동ᄒ야 몸을 니르혀며 대모 안【46】 경을
벗고 빅능슈건을 ᄀᆞ져 두 눈을 다시곰 씻고 우너외ᄅᆞᆯ 향ᄒ야 일신 샹하ᄅᆞᆯ ᄌᆞ셔
히 술피다가 날ᄒ여 ᄀᆞᆯ오디,
　"네 임의 쏘ᄒ 즐겁다 ᄒ니 분명 『논어(論語)』ᄅᆞᆯ 닑엇ᄂ니 날을 속이믄 엇진
연괴뇨?"
　원외 왈,
　"만싱이 우연이 말ᄒᆞᆫ 비 졀노 녯글노 합ᄒᆞᆫ지 모르거니와 실노 그 연고ᄅᆞᆯ 보
르나이다."
　션싱 왈,
　"네 일졍 녯 글을 보앗거늘 부디 날을 속이고져 ᄒᆞᄂᆞᆫ도다."
　원외 촉급ᄒ야 왈,
　"만싱이 만일 ᄎ회나 속일진디 우너컨디 밍셰ᄅᆞᆯ 발ᄒ리니 후싱의 맛당이 노
슈지 되야 십셰로부터 학에 드러 해마다 학과의 오르고 날마다 셔칙을 쩌ᄂᆞ지
아니타가 나히 구십의 지는 후 죽으리이다."
　션싱 왈,
　"이ᄀᆞᆺ치 쟝슈ᄒᆞᆷ 사름마다 원ᄒᆞᄂ 【47】 비라. 엇지 밍셰라 니르ᄂᆞ뇨?"
　원외 왈,
　"그러치 아니ᄐ 십셰로부터 구십에 니르도록 해ᄆᆞ다 학과을 지니면 그 잇쓰
고 괴로오미 지옥이ᄂ 다르리요 이러므로 오러 ᄉᆞᄂᆞᆫ 거시 악담이 아니리요."
　션싱이 쏘ᄒ 대쇼ᄒ고 다시 좌ᄅᆞᆯ 졍ᄒ야 왈,
　"너의 무리 임의 진졍으로 문리ᄅᆞᆯ 모로고 글짓기도 못ᄒᆞᆯ진디 죡히 더부러 말
ᄒᆞᆷ즉지 아니코 다만 겻히 셧시미 속된 긔운ᄋ 리 보기 슬흘 분이니 아직 쳥외
에 믈너 잇다가 나의 한싱의 글 ᄀᆞ르치기ᄅᆞᆯ 다ᄒᆞᆫ 후 비로소 믈화ᄅᆞᆯ 보리라. 우

리 글 말ᄒᆞᄂᆞᆫ 부를 너희들이 쓸디 업고 ᄯᅩᄒᆞᆫ 너희 오리 머물면 속되고 무식ᄒᆞᆫ 긔운이 ᄌᆞ연으로 퍼지리니 날 가튼 도 닐운 긔품은 관겨치 아【48】니커니와 져 모든 학ᄉᆡᆼ은 나히 오히려 어리고 학문이 아직 여트미 힝혀 ᄒᆞᆫ 번 그 긔운이 물들면 내 장ᄎᆞᆺ 무한 심녁을 허비ᄒᆞ여야 본성을 회복ᄒᆞ리로다.”

삼인이 년ᄒᆞ야 맛당ᄒᆞ시믈 일컷고 청외로 물너날ᄉᆡ 당ᄉᆡᆼ이 오히려 남은 겁이 진치 아녀 혹 ᄌᆞ 션ᄉᆡᆼ이 다시 불너 글을 지일가 져허 졍히 구공을 잇글어 몬져 닷고져 홀ᄉᆡ 홀연 쳥녀로죠ᄎᆞ 학ᄉᆡᆼ의 글 닑ᄂᆞᆫ 쇼리 낭ᄌᆞᄒᆞ거늘 귀를 기우려 ᄌᆞ셰히 드러보니 다만 두 귀졀 여둛 ᄶᆞ히니 웃 귀졀은 세 ᄌᆞ요 ᄋᆞ리 귀졀은 다섯 ᄌᆞ히라. 션ᄉᆡᆼ이 ᄒᆞᆫ 번 크게 닑어든 학ᄉᆡᆼ이 ᄶᅶ와 닑으니 그 글에 굴오디 “졀오졀(切吾切)ᄒᆞ야 이반인지졀(以反人之切)이라” ᄒᆞ야늘 당ᄉᆡᆼ이 혜오디 “져무리 ᄯᅩᄒᆞᆫ 반졀(反切)【49】을 닉이ᄂᆞᆫ도다. 만일 글ᄶᆞ 아ᄂᆞᆫ 체ᄒᆞ더면 무한 곤경을 당홀 번ᄒᆞ도다.”

구공은 더욱 놀라 모골이 송연ᄒᆞ며 촌 ᄶᆞᆷ이 다시 ᄂᆞ니 손을 져어 말을 그치라 ᄒᆞ더니 그 학ᄉᆡᆼ이 두세 번 닑기를 그친 후 ᄯᅩ ᄒᆞ나히 달니 닑으니 그도 두 귀졀에 웃 귀졀은 세 ᄌᆞ요 ᄋᆞ리 귀졀은 네 ᄌᆞ히라. 션ᄉᆡᆼ과 학ᄉᆡᆼ이 셔로 가락 고셩 낭독ᄒᆞ야 왈,

“영지홍 뉴흥지홍이라 ᄒᆞ거늘 삼인이 드러올ᄉᆞ록 일호 ᄶᅵ닷지 못홀지라 이에 문틈으로 죠ᄎᆞ ᄀᆞ만니 야어보니 ᄒᆞᆫ 학ᄉᆡᆼ이 ᄎᆡᆨ을 밧드러 션ᄉᆡᆼ 알픠 나아가니 션ᄉᆡᆼ이 쥬필을 드러 귀졀을 졈쳐 ᄀᆞ르치기를 두세 번 ᄒᆞ니 그도 네 ᄌᆞ로 ᄒᆞᆫ 귀졀을 ᄒᆞ야 왈,

“양ᄌᆞ(羊者)ᄂᆞᆫ 냥애(良也)요 교ᄌᆞ(交者)ᄂᆞᆫ 효애(孝也)요 여ᄌᆞ(予者)ᄂᆞᆫ 신애(身也)라 ᄒᆞ니 당ᄉᆡᆼ이 구공을 향ᄒᆞ야 왈,

“오날ᄂᆞᆫ 우리 신쉬대통ᄒᆞᄆᆞ로 져 션ᄉᆡᆼ이과 글말을 아니ᄒᆞ도다. 져의 닑ᄂᆞᆫ 부 글이 들을ᄉᆞ록 젼고의 업ᄂᆞᆫ 비요 그 귀졀이 간단ᄒᆞ고 ᄌᆞ음이 분명ᄒᆞ야 그 즁에 무한 깁푼 ᄯᅳᆺ이 잇셔 사ᄅᆞᆷ으로 ᄒᆞ야곰 ᄒᆞᆫ 번 드러 그 문리를 부쳐보지 못ᄒᆞ게 ᄒᆞ니 져ᄀᆞ치 다 ᄌᆞ란 학ᄉᆡᆼ이 불과 두어 귀졀식 비ᄒᆞ니 그 어려오믈 가히 알 거시오 그 가르치는 규뫼 엄졀ᄒᆞ믈 짐쟉ᄒᆞ리로다 녯사ᄅᆞᆷ이 말ᄒᆞ되 널니 본 후야 부야흐로 닉이 안다 ᄒᆞ니 우리 젼일 무식ᄒᆞ야 박남치 못ᄒᆞ미 한이로되 다힝ᄒᆞᆫ

바는 군조국 풍속의 겸손하기를 본밧고 흑치국의 낭피하믈 징계 【51】 하기로 이에 곤경을 면하느니 일노조촛 범스를 죠심하고 겸손하미 죠흐리로다.”

정히 문답하더니 일개 학성이 나오며 불너 왈,

“션성이 보야흐로 물화를 보려하신다 하거늘 원외 년상히 물화를 메고 나아 가니 이인이 이윽이 기드리다가 여어보니 션성이 원외로 더부러 물화를 ᄀ져 갑슬 닷토아 의논이 분분하거늘 당성이 ᄌ지쩌를 탁 ᄀ무니 셔당에 드러가 모든 학성의 닑든 바 셔칙을 ᄌ시 보고 글 지은 초칙을 약간 뒤쳐 보고 황망이 나오거늘 구공이 ᄆ조 무러 왈,

“당형이 임의 져의 글을 어더 보시뇨? 엇지 얼골이 변하야 우슬 듯 노흔 듯 하시뇨?”

당성이 정히 답고져 하더니 【53】 원외 ᄯ호 물화를 진슈히 팔고 나오거늘 샴인이 잇그러 문을 나며 골목 어귀의 니르미 당성이 분연 초탄 왈,

“오날 욕보미 적지 아니토다 나는 알기를 져의 학문이 ᄀ쟝 놉고 너른 양하야 십분 공경하야 문답하미 스스로 만성이라 일컷더니 이제야 져의 근본을 안즉 천하의 웃듬 무식한 뉘로소니 이 욕을 쟝촛 엇지 세스리오.”

구공 왈,

“아모려나 져의 몬져 닑든 글이 무슴 칙이런잇고?”

당성 왈,

“이 불과 흔히 보든 바 『밍지孟子』러이다.”

구공 왈,

“밍즈의 일즉 그런 귀졀이 잇더니잇가?”

당성이 대쇼 왈,

“제 본디 글ᄶ를 그릇 비호므로 ‘어릴 유(幼)’ ᄍ로써 ‘간졀 ‘졀(切)’ ᄍ로 알고 ‘미츨 급(及)’ ᄍ로써 ‘도라올 반(返)’ ᄍ로 닑 【53】 으미니 원러 ‘유오유(幼吾幼)’하야 ‘이급인지유(以及人之幼)’라 흔 귀졀을 제 문득 그러케 닑엇더이다.”

구공이 눈썹을 찡긔여 왈,

“일노 보건디 져의 두 번지 닑든 바 ‘영지흥뉴흥지흥(永之興柳興之興)’이라 하믄 이 아니 밍즈 대문에 ‘구지여(求之與)’아 ‘억여지여(抑與之與)’아 흔 비냐?”

당성 왈,

"과연 ﹕﹕ㅎ이다."

구공 왈,

"세번지 닑든 ㅂ '양즈(羊者)'는 '냥애(良也)'요 '교즈(交者)'는 '효애(孝也)'요 '여즈(予者)'는 '신애(身也)'ㄹ ㅎ믄 그 므슨 글이던잇고?"

당성 왈,

"칙은 다른 칙이 업고 다만 『밍즈』뿐이니 제 문득 글쯘 반쪽식 알아보니 곳 '샹(庠)' 즈는 양애(養也)요 교자(校者)는 교예(教也)요 셔즈(序者)는 샤예(射也)라 ㅎ 귀졀을 그리 닑엇더이다. 그 안샹의 저희 글 지은 ㅂ 스집이 노혓거늘 서너 장 겨유 들쳐보다가 힝혀 그 션싱이 올가 두려 황﹕이 오거이다."

구공 왈,

【54】"그 글이 대쳐 무어시며 엇더케 지엇더니잇가?"

당성 왈,

"좀간 보아 이로 싱각지 못ㅎ거니 그 대강인즉 우리네 과거보는 팔고문(八股文)과 흡스ㅎ되 그 지은 뜻은 긔졀ㅎ더이다. 그 중 ㅎ 편은 글졔롤 써시되 '문기셩(聞其聲)'ㅎ고 '불인식기육[不忍食其肉 그 쇼리롤 듯고 춤아 그 고기롤 먹지 못ㅎ다 말이라]'이라 ㅎ야스니 그 글머리1)에 ㄱ오되 '문기셩언(聞其聲焉) 고로 불인식기육애[不忍食其肉也 그 쇼리롤 드른 고로 춤아 그 고기롤 먹지 못ㅎ다 말이라]라' ㅎ얏스니 그 엇더ㅎ니잇고?"

원외 왈,

"그 글이 용홀 분 아니라 그 사룸의 총명이 긔특ㅎ도소이다."

구공 왈,

---

1) 【글머리】圐 破題. ((八股文의 첫귀)) ¶ 좀간 보아 이로 싱각지 못ㅎ거니 그 대강인즉 우리네 과거보는 팔고문(八股文)과 흡스ㅎ되 그 지은 뜻은 긔졀ㅎ더이다. 그 중 ㅎ 편은 글졔롤 써시되 '문기셩(聞其聲)'ㅎ고 '불인식기육[不忍食其肉 그 쇼리롤 듯고 춤아 그 고기롤 먹지 못ㅎ다 말이라]'이라 ㅎ야스니 그 글머리에 ㄱ오되 '문기셩언(聞其聲焉) 고로 불인식기육애[不忍食其肉也 그 쇼리롤 드른 고로 춤아 그 고기롤 먹지 못ㅎ다 말이라]라' ㅎ얏스니 그 엇더ㅎ니잇고?" ("內有一本破題, 所載甚多. 小弟記得有個題目, 是'聞其聲, 不忍食其肉'二句. 他破的是: '聞其聲焉, 所以不忍食其肉也.'") <鏡花 5:54>

"그 엇지 니르미뇨?"

원외 왈,

"션싱이 졔룰 너여 쥬어든 짓ᄂᆞᆫ 지 ᄆᆞ춤ᄂᆡ ᄒᆞᆫ 즈도 잇지 아니코 그디로 써시니 긔 아니 총명이니잇고."

당싱 왈,

"쏘 ᄒᆞᆫ 편은 보니 글졔ᄂᆞᆫ 곳 '빅묘지젼(百畝之田)'을 '물탈기시(勿奪其時)'면 '팔구지개가이무긔의(八九之家可以無飢矣)'[빅묘 되ᄂᆞᆫ 밧츨 그ᄣᅢ룰 쎄앗지 아니ᄒᆞ면 여듧 식구 되ᄂᆞᆫ 집이 가히 쥬리미 업스리란 말이라]라 ᄒᆞ니 그 글머리의 문득 골오되, '일경지양(一頃之壤)을 능치력언즉ᄉᆞ쌍인졍(能致力焉則四雙人丁)이 셔긔유반끽의(庶幾有飯喫矣)라'[일경은 곳 빅묘라. 일경 되ᄂᆞᆫ ᄯᅡ흘 능히 힘을 닐위면 네 쌍 인명이 거의 밥이 잇셔 먹으리라 말이라] ᄒᆞ얏더이다."

원외 왈,

"그 사ᄅᆞᆷ은 글을 잘ᄒᆞᆯ 분 아니라 혬이 ᄀᆞ쟝 붉도다 빅묘룰 능히 일경인 줄 알고 여듧이 네 쌍인 줄 능히 아ᄂᆞᆫ도다. ᄒᆞ물며 여듧 식구의 응당 남녀 각ː네히리니 네 쌍이라 ᄒᆞ미 더옥 신통ᄒᆞ며 밧츨 ᄯᅡ흐로 고치미 ᄀᆞ쟝 유리ᄒᆞ고 쥬리지 아니ᄐᆞ ᄒᆞ물 밥 먹으리라 ᄒᆞ니 진짓 지경을 쓴 비라. 글이 실노 글졔의셔 낫다 ᄒᆞ리로다."

당싱 왈,

"이 밧 여ᄎᆞ ː ː ᄒᆞᆫ 곳이 만흐되 급히 보아 미쳐 싱 【56】 각지 못ᄒᆞᄂᆞ니 이 ᄀᆞᆮ튼 뉴의게 일 ː히 공경ᄒᆞ고 말마다 만싱이라 ᄒᆞ미 실노 붓그려 죽으리로소이다."

원외 왈,

"만싱이라 ᄒᆞ믄 죠곰도 붓그려 말지어다. 져 사ᄅᆞᆷ이 혹즈 시비 나고 미졔ᄂᆞᆫ 져력의 낫시면 미졔 맛당이 만싱이오 혹 그 사ᄅᆞᆷ이 몃 ᄒᆡ 젼에 몬져 나고 미졔 몃히 후에 낫시면 미졔 맛당이 만싱이니 그 엇지 욕되다 ᄒᆞ리오. 처음 글쇼리 날 ᄣᅢ에 노신은 그으기 냥위룰 위ᄒᆞ야 넘녀ᄒᆞᆫ ᄇᆞᄂᆞᆫ 분명 반졀을 다시 만나 괴로오믈 당ᄒᆞ리라 ᄒᆞ더니 이제 평안이 도라오니 그만 다힝이 업ᄂᆞᆫ지라. 만싱(晚生) 조싱(早生)을 엇지 개회ᄒᆞ리요. 이번 욕보다 ᄒᆞ나 일즉 ᄆᆞ�음 쓰고 졍신이 허비치 아니ᄒ며 ᄯᅩᄒᆫ ᄯᆞᆷ은 아【57】니 흘녀시니 흑치국에 비ᄒ야는 오히려 빗ᄂᆞ도다."

당싱 왈,

"쇼졔도 실노 개회치 아니커니와 스스로 뉘웃는 바ᄂᆞᆫ 당초 흑치국 사롬의 모양이 검으믈 업슈이 넉이다가 무한 곤욕을 당ᄒ고 오날 빅민국 사롬의 외뫼 아롬다오믈 보고 겁ᄒ다가 ᄯᅩᄒᆫ 슈욕을 브드니 이후는 사롬을 것츨 보고 그 속을 짐죽지 못ᄒ리로소이다. ᄆᆞᄎᆞᆷ 길ᄭᅴ의 ᄒᆫ 낫 괴이ᄒᆫ 즘성을 잇그러오거늘 모다 슬펴보니 크기 소 만ᄒ고 형상이 ᄯᅩᄒᆫ 소 ᄀᆞᆺᄒ되 머리의 모즈롤 씌우고 몸의 ;복을 덥고 져근 ᄋᆞ히 ᄭᅳ을너 가는지라. 당싱이 구공을 향ᄒ야 왈,

"쇼졔 일즉 그르니 신롱씨(神農氏) ᄯᅢ에 빅민국의셔 약슈(藥獸)를 바치다 ᄒ얏더【58】니 이 즘성이 아니 약쉬니잇가?"

구공 왈,

"이 과연 약쉬니 능히 사롬의 병을 고치ᄂᆞ니 사롬이 병이 잇스면 이 즘성을 대ᄒ야 병증과 근원을 고ᄒᆫ즉 이 즘성이 산에 들어가 무슨 풀을 물어오거든 병인이 그 풀을 ᄶᅵ어2) 즙을 먹던지 달혀 그 물을 먹던지 부디 효험을 보고 혹ᄌ 깁흔 병이 첫 번의 쾌츠치 못ᄒ야든 다시 그 증셰롤 고ᄒᆫ즉 ᄯᅩ 어디 가 그 풀을 더 어더 오거나 다른 풀을 쳠쳐3) 오거든 젼ᄀᆞ치 먹어 효험 못보는 지 업다 ᄒ니 지금 졈;번식ᄒ야 다른 곳도 혹 취죵ᄒ야 기른다 ᄒ더이다."

원외 왈,

---

2) 【ᄶᅵᆯ다】 통 찧다. ¶ 搗 ‖ 이 과연 약쉬니 능히 사롬의 병을 고치ᄂᆞ니 사롬이 병이 잇스면 이 즘성을 대ᄒ야 병증과 근원을 고ᄒᆫ즉 이 즘성이 산에 들어가 무슨 풀을 물어오거든 병인이 그 풀을 ᄶᅵ어 즙을 먹던지 달혀 그 물을 먹던지 부디 효험을 보고 (此正藥獸, 最能治病. 人若有疾, 對獸細告病源, 此獸卽至野外銜一草歸, 病人搗汁飮之, 或煎湯服之, 莫不見效.) <鏡花 5:58>

3) 【쳠치다】 통 첨(添)치다. 보태다. ¶ 添 ‖ 혹ᄌ 깁흔 병이 첫 번의 쾌츠치 못ᄒ야든 다시 그 증셰롤 고ᄒᆫ즉 ᄯᅩ 어디 가 그 풀을 더 어더 오거나 다른 풀을 쳠쳐 오거든 젼ᄀᆞ치 먹어 효험 못보는 지 업다 ᄒ니 지금 졈;번식ᄒ야 다른 곳도 혹 취죵ᄒ야 기른다 ᄒ더이다 (設或病重, 一服不能除根; 次日再告病源, 此獸又至野外, 或仍銜前草, 或添一二樣, 照前煎服, 往往治好. 此地至今相傳. 并聞此獸比當日更廣, 漸漸滋生, 別處也有了.) <鏡花 5:58>

"져 즘싱이 과연 힝의(行醫)ᄒᄂᆞᆫ 고로 즘싱의 몸으로 사름의 ㆍ복을 닙엇거니와 임의 힝의【59】홀진ᄃᆡ 일즉 의셔를 만히 닑고 믹니(脈理)4)를 ᄌᆞ시 아ᄂᆞ니잇가?"

구공 왈,

"제 ᄆᆞ춤ᄂᆡ 즘싱이라 엇지 의셔를 닑으며 믹니를 알니요 약 파ᄂᆞᆫ 쟝ᄉᆞ ᄀᆞᆺ치 약간 약초의 셩미를 알므로 힝의ᄒᆞ다 ᄒᆞ더이다."

원외 분연이 손으로 약슈를 ᄀᆞ르쳐 ᄭᅮ지져 왈,

"져 무식ᄒᆞ고 낫둣거온5) 즘싱아! 네 일즉 의셔를 닑지 아니코 믹니를 아지 못ᄒᆞ며 감히 단니며 병을 보니 이ᄂᆞᆫ 사름의 목숨으로써 희롱을 슘ᄂᆞᆫ도다!"

구공이 말녀 왈,

"님형이 져를 ᄭᅮ짓다가 제 만일 알아듯고 약품을 물어다가 먹이면 쟝ᄎᆞᆺ 엇지려 ᄒᆞᄂᆞ뇨?"

원외 왈,

"내 일즉 병이 업거니 엇지 제 약을 먹으리요."

구공 왈,

"님형이 본ᄅᆡ 병이 업스미【60】그 약을 먹으면 과연 병이 될 거시니 두렵지 아니랴."

이ᄀᆞᆺ치 담쇼ᄒᆞ야 선상의 도라오미 쥬육을 ᄀᆞ져 일야를 즐기니라.

년ᄒᆞ야 슌풍을 만ᄂᆞ 비힝ᄒᆞ미 심히 ᄲᅢ른지라 몃츨을 힝ᄒᆞ야 원근을 측냥치 못ᄒᆞ더니 당싱이 원외로 더부러 비머리 누에 올나 모든 사공의 비질ᄒᆞᄂᆞᆫ6) 모

---

4) 【믹니】 몡 {맥리(脈理).} ¶ 져 즘싱이 과연 힝의ᄒᆞᄂᆞᆫ 고로 즘싱의 몸으로 사름의 ㆍ복을 닙엇거니와 임의 힝의홀진ᄃᆡ 일즉 의셔를 만히 닑고 믹니를 ᄌᆞ시 아ᄂᆞ니잇가? (原來他會行醫, 怪不得穿著衣帽. 請問九公: 這獸不知可曉脈理? 可讀醫書?) <鏡花 5:59>

5) 【낫두겁다】 혱 낫두껍다. ¶ 厚臉 ‖ 져 무식ᄒᆞ고 낫둣거온 즘싱아! 네 일즉 의셔를 닑지 아니코 믹니를 아지 못ᄒᆞ며 감히 단니며 병을 보니 이ᄂᆞᆫ 사름의 목숨으로써 희롱을 슘ᄂᆞᆫ도다! (俺把你這厚臉的畜牲! 醫書也未讀過, 又不曉得脈理, 竟敢出來看病!) <鏡花 5:59>

6) 【비질ᄒᆞ다】 동 배질하다. ¶ 推柁 ‖ 년ᄒᆞ야 슌풍을 만ᄂᆞ 비힝ᄒᆞ미 심히 ᄲᅢ른지라 몃츨을 힝ᄒᆞ야 원근을 측냥치 못ᄒᆞ더니 (走了幾時, 這日風帆順利, 舟行甚速. 唐敖同林之洋立在柁樓, 看多九公指撥衆人推柁.) <鏡花 5:60>

양을 보더니 홀연 전면의 푸른 긔운이 ᄇ로 하늘의 다ᄒ 연긔도 ᄀᆺ고 안개도
ᄀᆺ᷀며 그 ᄀᆫ온디 은ᄊ히 일좌 셩지 뵈거늘 원외 왈,

　"져셩이 ᄯᅩᄒᆫ 격지 아니ᄊ 아지 못게라 이 무슨 ᄯᆫ히뇨?"

　구공이 눈도(輪圖)[7]롤 ᄀᆺ져 방위롤 술핀 후 이윽히 ᄇ라보아 왈,

　"그 시 ᄇ람이 슌ᄒᄆ로 어느덧 슉ᄉ국(淑士國) 지계의 다닷도소이다."

　【61】당셩 왈,

　"져 푸른 긔운 ᄀᆫ온디 ᄯᅩ 흔 ᄀᆺ지 맛슬 씌여시니 구공이 그 알으시ᄂ느닛
가?"

　구공 왈,

　"노뷔 비록 여러번 이곳을 지나ᄂ 무심이 보앗시미 그 긔미롤 술피지 못ᄒ니
이다."

　원외 왈,

　"푸른빗치 무슨 맛의 쇽ᄒ니잇고?"

　당셩 왈,

　"오ᄒᆼ으로 오미롤 의논컨디 동방은 몸에 쇽ᄒ니 그 빗치 푸르고 그 마시 싀
다 ᄒ야시니 이곳이 가히 그러ᄒ리잇가?"

　원외 올플 향ᄒ야 이윽이 마ᄐ 보더니 머리 조ᄋ 왈,

　"미졔는 가히 니르되 모로는 비 업다 ᄒ리로다. 그 말이 진짓 유리ᄐ."

　ᄒ더니 비 졈ᄊ 물가의 ᄀᆺ가오니 언덕의 ᄀᆨ득흔 비 미화(梅花) 나모분이라
놉희 슈십 쟝이요 몸픠[8] 알음이 넘는 지 무슈ᄒ고 가지와 닙히 셔로 얽혀 수풀
을 닐워시니 그 슈롤 측냥치 못ᄒ며 미슈 ᄉ이로 셩곽이 은ᄊ히 뵐 분이라.

　오리지 아녀 비롤 다히미 원외 일즉 이곳이 물화롤 ᄉ지 아닛는 줄 아는 고

---

7) 【눈도】 명 윤도(輪圖). 나침판. ¶ 羅盤. ∥ 구공이 눈도롤 ᄀᆺ져 방위롤 술핀 후 이윽히
　 ᄇ라보아 왈, "그 시 ᄇ람이 슌ᄒᄆ로 어느덧 슉ᄉ국 지계의 다닷도소이다" (多九公
　 把羅盤更香, 望一望道: "據老夫看來: 前面已到淑士國了.") <鏡花 5:60>
8) 【몸픠】 명 몸피. ¶ 비 졈ᄊ 물가의 ᄀᆺ가오니 언덕의 ᄀᆨ득흔 비 미화 나모분이라 놉희
　 슈십 쟝이요 몸픠 알음이 넘는 지 무슈ᄒ고 가지와 닙히 셔로 얽혀 수풀을 닐워시니
　 그 슈롤 측냥치 못ᄒ며 미슈 ᄉ이로 셩곽이 은ᄊ히 뵐 분이라 (說話間, 相離甚近, 惟見
　 梅樹叢雜, 都有十數丈高. 那座城池隱隱躍躍, 被億萬梅樹圍在居中.) <鏡花 5:61>

로 비에 느리지 아니코져 ᄒ나 다만 당싱이 번신ᄒ야 홀가 넘녀ᄒ므로 비를 다
히고 삼인이 홈게 느려 구경ᄒᆞᆯ 졍ᄒᆞᆯᄉᆡ 구공 왈,

“임형은 엇지 물화를 두고 가려시ᄂᆞ뇨?”

원외 왈,

“슛ᄉ국이 본ᄃᆡ 미ᄉᆞ 업ᄂᆞ니 쟝ᄎᆞᆺ 무어슬 ᄀᆞ져가리오?”

구공 왈,

“슉ᄉ국이라 일홈ᄒᆞ미 응당 션비 잇슬 거시니 필묵의 뉴를 ᄀᆞ히 팔 듯 ᄒᆞ이
다.”

원외 강잉ᄒᆞ야 약간 필묵을 ᄀᆞ져 비에 느릴ᄉᆡ 언덕의 오르며 ᄇᆞ로 미화 수풀
노 드러가니 천지의 ᄀᆞ득ᄒᆞᆫ 비 쉰녀얌시9)라 ᄇᆞ로 코홀 질【63】너 두골(頭骨)
의 ᄉᆞ못츠니 삼인이 코홀 쩡끼며 춤을 흘녀 힝ᄒᆞᆯᄉᆡ 구공 왈,

“해외에 젼ᄒᆞᄂᆞᆫ 말이 슉ᄉ국의 ᄉᆞ시에 쓴허지ᄉᆞ 아닛ᄂᆞᆫ 부최10) 잇고 팔졀(八
節)의 푸르러 잇ᄂᆞᆫ 미실이 잇다 ᄒᆞ더니 과연 헛말이 아니로다. 미화 수풀을 지
ᄂᆞ면 곳ᄉᆞ이 나물밧치요 밧 마당 부초만 심것도다. 길희 ᄃᆞᆫ니ᄂᆞᆫ 농인의 무리 쏘
ᄒᆞᆫ 션비 모양을 ᄒᆞ니 션비로 농ᄉᆞ를 겸ᄒᆞᆫ지 농ᄉᆞ로 션비를 겸ᄒᆞᆫ지 모로리로다.”

오러지 아녀 셩문에 다ᄉᆞ르니 홍예 좌우로 글 ᄒᆞᆫ 귀를 대ᄌᆞ로 삭이고 니금으
로 메워시니 ᄇᆞ라보미 금광이 찬란ᄒᆞ니 그 글에 왈,

욕고문졔슈위션(欲高門第須爲善)이오
문과 집을 놉히고져 홀진ᄃᆡ 모롬즉이 착ᄒᆞᆫ 닐을 ᄒᆞᆯ 거시오

---

9) 【쉰녀얌시】 명 쉰냄새. ¶ 酸氣 ∥ 언덕의 오르며 ᄇᆞ로 미화 수풀노 드러가니 천지의 ᄀᆞ
득ᄒᆞᆫ 비 쉰녀얌시라 ᄇᆞ로 코홀 질너 두골의 ᄉᆞ못츠니 삼인이 코홀 쩡끼며 춤을 흘녀
힝ᄒᆞᆯᄉᆡ (三人跳上三板, 衆水手用棹擺到岸邊, 一齊上岸, 穿入梅林, 只覺一股酸氣, 直鑽頭
腦, 三人只得掩鼻而行.) <鏡花 5:62>

10) 【부초】 명 부추. ¶ 韮菜 ∥ 해외에 젼ᄒᆞᄂᆞᆫ 말이 슉ᄉ국의 ᄉᆞ시에 쓴허지ᄉᆞ 아닛ᄂᆞᆫ 부최
잇고 팔졀의 푸르러 잇ᄂᆞᆫ 미실이 잇다 ᄒᆞ더니 과연 헛말이 아니로다 미화 수풀을 지ᄂᆞ
면 곳ᄉᆞ이 나물밧치요 밧 마당 부초만 심것도다 (老夫聞得海外傳說: 淑士國四時有不斷
之韮, 八節有長靑之梅. 韮菜多寡, 雖不得而知, 據這梅樹看來, 果眞不錯. 過了梅林, 到處皆
是菜園.) <鏡花 5:63>

요호ㅇ손필독셔(要好兒孫必讀書.)라

즈손을 무던코져 홀진디 반드시 글을 닑히라 말이라

【64】 구공 왈,

"져 글노 볼진디 웃귀는 '숙淑' 쯔 뜻을 삭이고 ㅇ리 귀는 '스士' 쯔 뜻을 삭 엿시니 진실노 숙스국 죠흔 제목이로다."

당싱 왈,

"녯글 보건디 이곳 임군이 젼욱(顓頊) 고양씨(高陽氏) 즈손이라 ᄒ더니 이 모 양을 보니 ᄀ쟝 유업을 숭샹ᄒ야 빅민국의 비치 아니리로다."

제23회

說酸話酒保咬文，講迂談腐儒嚼字

정히 문을 들녀 ᄒ더니 문 직휜 군시 니다라 셩명 리력을 일ː히 무르며 일 신 샹하로 의복을 들츄어 슈험훈 후 비로소 드러가몰 허ᄒ거늘 원외 왈,

"져 무지훈 귓것들이 우리로써 도적인가 의심ᄒ야 셰ː히 슈험ᄒ는도다 내 만일 셥공초롤 먹엇더면 발이 쓰히 다치 아니코 셩을 들더면 져희 어디로 죠츠 슈험ᄒ리오【65】 삼인이 대쇼ᄒ고 큰거리롤 향홀시 그 사롬마다 머리의 유건 을 쓰고 몸에 쳥삼을 닙으며 혹 남빗 도포을 닙어시니 미ː ᄒ는 시졍과 왕니ᄒ 는 힝인이 개ː히 션비 모양이요 샹고하쳔의 거동이 업스며 미ː ᄒ는 비 인가 일용ᄒ는 녜스 물건 밧근 젼혀 미실과 부초롤 버려시며 약간 필묵 죠희 벼로 문방졔구와 안경 초혀 집의 뉴요 칙 파는 져즈와 술집 쑨이라."

당싱 왈,

"이곳 빅셩이 귀쳔 업시 낫ː치 션비 모양을 ᄒ니 그도 쏘훈 긔괴ᄒ거니와 언어룰 통키 쉬오니 시험ᄒ야 그 풍속을 무러보미 조토다. 졈ː 져즈거리롤 지 나 좌우로 녀염이 즐비훈 중 집ː이 글쇼리 낭ː【66】 ᄒ고 문 우희 곳ː이 금즈 현판을 달아시니 혹 "현량방졍"[賢良方正 어질고 축ᄒ고 모지고 ᄇ론 사

롬이라]네 즈롤 써시며 혹 효제력젼[孝悌力田 효도ᄒ고 공순ᄒ며 농ᄉ롤 힘써
ᄒᄂ 사롬이라]이라 ᄒ며 혹 총명졍직[聰明正直 총명ᄒ고 졍직ᄒ 사롬이라]이
라 ᄒ며 혹 덕ᄒᆡᆼ기유[德行耆儒 덕과 ᄒᆡᆼ실 잇ᄂ 늙은 션비라]라 ᄒ며 혹 통경효
렴[通經孝廉 경셔롤 외오고 효도ᄒ고 쳥념ᄒ 사롬이라]이라 ᄒ며 혹 호션불권
[好善不倦 축ᄒ 일을 죠히 넉여 게어르지 아닌 사롬이라]이라 ᄒ야쓰며 그남아
두 즈 현판이 ᄯᅩᄒ 무슈ᄒ니 혹 쳬인[體仁 어진 일을 몸밧다11)]이라 ᄒ며 혹
ᄒᆡᆼ의[行誼 올ᄒ 닐을 ᄒᆡᆼᄒ다]라 ᄒ며 혹 지례[知禮 례롤 아다]라 ᄒ며 혹 독신
[篤信 밋부믈 돗ᄐ이 ᄒ다]이라 ᄒ야 이로 긔록지 못ᄒᆞᆯ지라. 츠ᄎ 보아오더니
ᄒ 집 문 우희 븕은 죠희에 경셔문관[經書文館 경셔 ᄀᄅ치ᄂ 학당이라]이라
써 부치고 문 녑 좌우로 ᄒ 쌍 쥬련을 걸어시니 그 글에 왈,

【67】 우유도덕지쟝(優游道德之場)ᄒ고
도덕 ᄆᄃᆼ의셔 우유히 ᄒ며

휴식편쟝지유(休息篇章之囿) ㅣ라
문쟝 동산의셔 쉬며 그치다

문 안ᄒ로 금즈 현판을 달아시니 교휵인지[敎育人材 인지롤 ᄀᄅ치고 기르
다]네 즈롤 크게 써시며 당샹의 글쇼러 훤즈ᄒ야12) 밧게 들니거놀 원외 물화

---

11) 【몸밧다】 ⑧ '몸+받다'의 결합으로 윗사람 대신으로 일을 하다는 뜻. 대신(代身)하다.
    ¶ 그남아 두 즈 현판이 ᄯᅩᄒ 무슈ᄒ니 혹 쳬인[어진 일을 몸밧다]이라 ᄒ며 혹 ᄒᆡᆼ의[올
    ᄒ 닐을 ᄒᆡᆼᄒ다]라 ᄒ며 혹 지례[례롤 아다]라 ᄒ며 혹 독신[밋부믈 돗ᄐ이 ᄒ다]이라
    ᄒ야 이로 긔록지 못ᄒᆞᆯ지라 (其餘兩字匾額, 如'體仁'、'好誼'、'循禮'、'篤信'之類, 不一
    而足.) <鏡花 5:66> 당일의 감히 보ᄋᆞ가 지좌ᄒ여셔 그 교티롤 보고 향긔로오믈 드럿
    ᄂ냐? 블연이면 엇지 몸 밧기롤 이의 니르럿ᄂ냐? (當日敢是寶公也在座, 見其嬌且聞其
    香否? 不然, 何體貼至此.) <紅樓 78:79>
12) 【훤즈ᄒ다】 ⑱ {훤자(喧藉)하다.} 떠들썩하다. ¶ 문 안ᄒ로 금즈 현판을 달아시니 교휵
    인지[인지롤 ᄀᄅ치고 기르다]네 즈롤 크게 써시며 당샹의 글쇼러 훤즈ᄒ야 밧게 들니
    거놀 원외 물화롤 메고 문을 향ᄒ야 왈 (正面懸著五爪盤龍金字匾額, 是'敎育人才'四個大
    字. 裏面書聲震耳.) (鏡花 5:67)

롤 메고 문을 향ᄒ야 왈,

"이곳의 가히 미ᄂ 잇스리니 이위 ᄯᅩ흔 홈게 나아가미 죠토다."

당싱 왈,

"구형은 쇼졔롤 져기 슬니쇼셔! 빅민국의 만싱이라 ᄒ미 지금 원신ᄒ여이다."

원외 왈,

"미졔 만일 홍ᄂ졍ᄂ(紅紅亭亭)의 알퓌셔 만싱이라 ᄒ더면 원통치 아니랴?"

당싱 왈,

"쇼졔 과연 낭위 지녀의게 만싱이라 ᄒ얏스면 죠곰도 원통치 아니홀 분이라 진실노 심 【68】 열셩복(心悅誠服)ᄒ리니 구형이 만일 당ᄒ더면 맛당히 일홈을 일커르시리라."

원외 왈,

"당일 낭위 흑녀의게 무한 곤욕을 당ᄒ고 오히려 남은 겁이 잇셔 지금ᄀ지 공경ᄒ눈도다."

당싱 왈,

"무릇 일에 대쇼롤 의논치 말고 능히 ᄆ음을 ᄂ초고 겸손ᄒ면 아모 곳에도 욕을 밧지 아닛ᄂ니 우리 당일 흑치국(黑齒國)에 니르러 일졀 겸손ᄒ더면 곤욕이 어디로죠ᄎ 니르리요. 이제 스스로 뉘우츨 비어니 엇지 사롬을 원망ᄒ리요."

구공 왈,

"노뷔 미양 당형을 ᄯᅡᆯ와 유완홀시 산슈의 묽고 유벽흔 곳을 당ᄒ면 당형이 문득 홍진을 ᄇ리고 신션을 구코져 ᄒ니 이 비록 일시 감발흔 비나 오날 이 말슴으 【69】 로 볼진디 무비 셩현의 츙셔(忠恕)ᄒ신 도롤 죠ᄎ미니 일ᄆ다 이 ᄀᆺᄒ면 가히 신션도 되고 부쳐도 닐울 근본이니 그 학문 도량을 노뷔 만에 ᄒ나흘 ᄯᅩ로지 못홀지라 쟝니 일ᄆ다 당형을 ᄯᅡᆯ와 비호리로다."

원외 왈,

"미졔 임의 흑녀(黑女)의게는 만싱이라 일커르미 붓그럽지 아니ᄐ ᄒ거니와 군ᄌ국 오지화 형졔의게도 즐겨 만싱이라 ᄒ랴?"

당싱 왈,

"오가 형졔의 학문은 비록 깁히 아지 못ᄒᄂ 그 말ᄒᄂ 비 니의 맛당ᄒ고 례의 어긔지 아니ᄒ니 슌젼이 셩현 인의로 근본ᄒᄂ 지라 이 ᄀ튼 사롬의게 엇지 다만 ᠄싱이라 홀 분이리오. 가히 결ᄒᆞ야 스승 삼아 문견을 널니리라."

원외 왈,

"우리 부졀업슨【70】긴말ᄒᆞ야 져 힝인의 지졉ᄒᆞ믈 브드미 불가ᄒ니 아직 근쳐의 잇셔 져기 ᠄다리면 물화롤 팔고 도라오리라."

ᄒᆞ야놀 이인이 다만 한가히 거러 좌우롤 술피더니 ᄒ 집 문 우히 홀노 검은 글ᄶ 현판이 잇스니 개과ᄌ신[改過自新 허물을 고쳐 스스로 시롭다 말이라]이라 써시며 ᄯᅩ ᄒ 집은 검은 ᄌ로 회심향션[回心向善 ᄆᆞ음을 도로혀 츅ᄒ 디 향ᄒ다]이라 ᄒᆞ얏거늘 당싱 왈,

"져 두 집은 엇지 홀노 검은 ᄌ로 현판을 이ᄀ치 ᄒᆞ얏ᄂ뇨?"

구공 왈,

"져 글 뜻으로 보건디 응당 져 두 집 사롬이 무슨 불법지ᄉ롤 ᄒ기로 이 ᄀ흔 졔목을 엇도다. 대쳐 집᠄이 금ᄌ 현판이러니 져 두 집만 검은 글ᄶ 현판이니 일졍 츅ᄒ 일ᄒᄂ 지 만코 그른 일 ᄒᄂ 지 젹으미니 진실노 '슉ᄉ(淑士)'【71】두 지 붓그럽지 아니토다."

말홀 즈음의 원외 빈 보롤 메고 우음을 씌여 도라오거놀 당싱 왈,

"구형(舅兄)이 오날 물화의 니롤 만히 어드시도다."

원외 왈,

"물화의 니 어드면 커니와[13] 본젼을 오히려 춧지 못ᄒ거다."

구공 왈,

"그 엇진 연괴니잇고?"

---

13)【커니와】回 하거니와. ¶ 물화의 니 어드면 커니와 본젼을 오히려 춧지 못ᄒ거다 (俺雖賣了, 就只賠了許多本錢.) <鏡花 5:71> 婆娘은 見識이 업서도 므던커니와 ᄯᅩ 이런 어린 놈이 이셔 老婆 져퍼홈을 爲ᄒ여 다 祖宗 이심을 아디 못ᄒ니 ᄀ장 우스오니라 (婆娘無見識也罷, 也有這等的痴漢, 爲怕老婆, 都不知有祖宗了, 好笑.) <伍倫 6:4a> 만일 업스면 므던커니와 萬一 이 일이 이시면 七旬 老母롤 브리고 ᄯᅩ 嗣息이 업스니 진실로 可憐ᄒ다 (若無罷了, 萬一有此事, 撤了七旬老母, 又無嗣息, 眞箇可憐.) <伍倫 6:28a>

원외 왈,

"과연 셔당의 드러가니 여러 낫 학동이 물화롤 다토아 스고져 ᄒᆞ나 져 궁산(窮酸)ᄒᆞᆫ 션비의 ᄌᆞ식들이 돈 ᄒᆞ나흘 목숨ᄀᆞᆺ치 알아 부디 갑슬 ᄂᆞ초려 ᄒᆞ며 니일즉 도라오려 ᄒᆞᆫ즉 그는 ᄯᅩ ᄎᆞᄆᆞ 놋치 못ᄒᆞ야 이ᄀᆞᆺ치 힐난ᄒᆞ되 ᄆᆞᄎᆞ니 갑슨 올니지 아니ᄒᆞ니 져 모양이 실노 가련ᄒᆞ고 니 ᄯᅩᄒᆞᆫ ᄆᆞ음이 약ᄒᆞ고 겸ᄒᆞ야 괴로오믈 견디지 못ᄒᆞ야 홀연 군ᄌᆞ국 미ᇰᄒᆞ던 규모롤 싱각고 그 【72】 디로 ᄇᆞ리고 오니이다."

구공 왈,

"님형이 임의 물화롤 실니ᄒᆞ시고 무ᄉᆞ 일 우음은 ᄯᅴ여오시ᄂᆞ뇨?"

원외 대쇼 왈,

"내 평싱의 글말을 감히 못ᄒᆞ더니 오날은 ᄒᆞᆫ ᄆᆞ디의 뭇사롬이 칭찬ᄒᆞ니 싱각ᄒᆞᆯᄉᆞ록 쾌활ᄒᆞ며 ᄯᅩᄒᆞᆫ 우읍지 아니랴. 앗가 져 학동이 갑슬 의논ᄒᆞᆯ시 나의 머리의 유건이 업스믈 업수이 넉여 물어 왈, '일즉 글을 닑은다?' ᄒᆞ거늘 니 싱각건디 미졔의 말과 ᄀᆞᆺ치 ᄆᆡᄉᆞ롤 겸손ᄒᆞ미 올ᄒᆞ되 나는 본디 복중에 아모 것도 업ᄂᆞᆫ지라 그 중에 더옥 겸손ᄒᆞ면 져 무리 쇼동의게 쉽게 넉일지라 마지 못ᄒᆞ야 쾌히 답ᄒᆞ야 왈, '나는 곳 쳔죠 사롬이라 어려셔부터 경ᄉᆞᄌᆞ집(經史子集)과 구류빅가(九流百家)롤 아니 닑은 비 업고 본 【73】 죠(本朝) 당시(唐詩)롤 진슈히 닑엇노라!' ᄒᆞᆫ즉 져 무리 문득 글짓기롤 쳥ᄒᆞ거늘 이에 미처는 ᄀᆞᄆᆞ니 놀납고 그으기 뉘우쳐 일신에 ᄎᆞᆫ ᄯᆞᆷ이 흘너 ᄒᆞ나 구공과 ᄒᆞᆫ 모양이로되 거즛 쳔연ᄒᆞᆫ 체ᄒᆞ야 왈, '힝노의 분쥬ᄒᆞ야 글 지을 의시 삭막ᄒᆞ다 ᄒᆞᆫ즉 져 각박ᄒᆞᆫ 귓것들이 부디 ᄒᆞᆫ ᄆᆞ디 듯고야 그치려 ᄒᆞᄂᆞᆫ지라 스ᄉᆞ로 혜오디, '내 일즉 슈지 아니요 평싱의 몸슬 닐ᄒᆞ지 아넛거늘 오날ᇰ 엇지 글 ᄶᅩ노이는 고싱을 당ᄒᆞᄂᆞ뇨?' 견일 슈지의 말을 싱각건디 ᄆᆞ른 챵ᄌᆞ롤 거훌너14) 시롤 짓는다 ᄒᆞ더니 시험ᄒᆞ야 챵

---

14) 【거후르다】⑧ 거우르다. 기울이다. 따르다. ¶ 搜索 ‖ 젼일 슈지의 말을 싱각건디 ᄆᆞ른 챵ᄌᆞ롤 거훌너 시롤 짓는다 ᄒᆞ더니 시험ᄒᆞ야 챵ᄌᆞ롤 거후르려 ᄒᆞᆫ즉 ᄀᆞ득ᄒᆞᆫ 비 밥과 술 ᄲᅮᆫ이요 ᄒᆞᆫ ᄌᆞ도 업ᄂᆞᆫ지라 (忽然想起素日聽得人說, 搜索枯腸, 就可做詩, 俺因極力搜索. 奈腹中只有盛飯的枯腸, 並無盛詩的枯腸, 所以搜他不出.) <鏡花 5:73> 비 딘 후 빙빙으로 진지ᄒᆞᆯ시 빙빙이 원앙비롤 드러 ᄎᆞ례 븡의게 다ᄃᆞ라는 나아가디 아니코 난약으로 보내니 븡이 먹고 잔을 거후러 뵈며 낭ᄌᆞ의 보내신 배라 진식ᄒᆞᄂᆞ이다 <빙빙 2:82> 부인

주룰 거후르려 혼즉 ㄱ득훈 비 밥과 술 쑨이요 훈 ㅈ도 업눈지라 경히 망조ㅎ
더니 훈 편의 션싱이 안ㅈ 져근 학동으로 ㅎ야【74】곰 글귀로 대룰 식일시
션싱이 운즁안[雲中雁 구름 ㄱ온디 기러기]을 부르며 대ㅎ라 ㅎ니 ㅎㄴ혼 슈
샹귀[水上鷗 믈 우희 갈먹이]라 ㅎ고 ㅎㄴ혼 슈져에[水底魚 믈 아리 고기]라
ㅎ거눌 내 니어 굴오디,

'너희 부디 나의 학문을 알고져 홀진디 져 운즁안을 대ㅎ미 엇더ㅎ뇨?'

모다 올투 ㅎ거눌 내 문득 불너 왈, '죠총타[鳥銃打 죠총으로 노타]'라 ㅎ니
셔로 도라보아 쯧을 모르며 날더러 해석ㅎ라 ㅎ야눌 내 어룬스러이 답ㅎ야 왈,

'너희 아직 몽학이라 이런 깁흔 쯧은 모로리라 너희 대훈 바는 곳 엿튼 예스
말이요 죠곰도 당치 아니되 나의 니른바 죠총타는 곳 운즁안에 긴졀ㅎ니라.'

학동 왈,

'그 엇지 니르되 긴졀ㅎ다 ㅎㄴ뇨?'

내 답왈,

'네 드르라 사름이【75】머리룰 드러 구름 속 기러기룰 보다가 죠총으로 노
ㅎ면 그 아니 샹쾌ㅎ랴.'

혼즉 져 무리 비로소 머리 조ㅇ 왈,

'과연 쯧이 깁고 맛당ㅎ니 글 닑어라 ㅎ미 허언이 아니로다. 그 문법이 쳔연
이 쟝ㅈ[莊子 칙일홈]의 니른바 탄ㅈ룰 보고 새젹을 구ㅎ다[見彈求炙]ㅎ므로
흡스ㅎ다 ㅎ거눌 내 얼풋 싱각ㅎ니 젼일 미졔와 구공이 셔로 글말홀 찍 부디
쟝ㅈ 노ㅈ룰 일커르니 응당 조흔 글이라 ㅎ야 다시 말ㅎ되 나의 문법이 ㅁ춤
쟝ㅈ룰 의거ㅎ얏기 너의 무리 힝혀 알앗거니와 만일 『노ㅈ[老子 칙일홈]』나
'쇼ㅈ 少子)'ㄴ 인증ㅎ더면 너희 일졍 씨닷지 못홀 번ㅎ도다.' 나는 쎠ㅎ되 져의

무리 모르리라 ᄒᆞ더니 모다 믈어 왈,

"녜부터 노즈는 잇거【76】니와 쇼즈라 ᄒᆞ는 최은 일홈도 듯지 못ᄒᆞ니 아지 못게라 져 쇼즈는 어느ᄶᅥ 엇던 사롬의 지은 비요 그 가온더 무슨 말을 긔록ᄒᆞ뇨?"

ᄒᆞ거눌 내 도로혀 말이 막혀 스스로 혜오더, 임의 노지 잇슬진더 일졍 쇼지 잇슬지라 평일 낭위 셔로 말ᄒᆞᆯ시 무슨『젼한셔 前漢書』『후한셰 後漢書』라 ᄒᆞ며 무슨『문즈 文子』『무지 武子』라 ᄒᆞ든 고로 그 뉴로 쇼즈를 일커러 박남을 즈랑코져 ᄒᆞ더니 도로혀 져 무리의 힐난ᄒᆞᆷᄋᆞᆯ 만나 지삼 핍박ᄒᆞ야 부디 쇼즈 니력을 알고야 노ᄒᆞ려 ᄒᆞ거눌 이에 탈신ᄒᆞᆯ 계교로 크게 말ᄒᆞ야 왈,

'져 쇼즈라 ᄒᆞ는 최은 곳 우리 셩죠 티평ᄒᆞᆫ 세상의 눈 비니 우리 쳔죠 글 낡은 션비의 지은 비라. 노즈의 지은 ᄇ 도덕경[道德經 최일홈]은 다만 허무현묘(虛無玄妙)ᄒᆞᆫ 니를 의논ᄒᆞᆯ 분【77】이어니와 져 쇼즈는 비록 문인의 희롱으로 시죽ᄒᆞ나 문득 착ᄒᆞᆫ 닐을 권ᄒᆞ고 스오나온 일을 징계ᄒᆞ는 뜻을 부쳐 시젼의 남은 법이요 그 ᄀᆞ온더 긔록ᄒᆞᆫ 비 졔즈빅가와 인물화죠(人物花鳥)와 셔화금긔(書畵琴棋)와 의복셩샹(醫卜星相)과 음운산법(音韻算法)의 아니 ᄀᆞ촌 비 업고 심지어 투호쌍뉵(投壺雙陸) 각죵 잡기의 뉴도 ᄲᅢ진 비 업스니 보는 즈로 ᄒᆞ야곰 죠오름을 물닐칠 분 아니라 가히 문견을 늘일지라. 우리 미양 힝즁의 잇글고 단니ᄂᆞ니 만일 더럽지 아니ᄐ ᄒᆞᆯ진더 맛당이 ᄒᆞᆫ 벌을 ᄀᆞ져와 구경식이리라' ᄒᆞ니 져 무리 개ᄌᆞ히 깃거 ᄒᆞᆫ번 보기를 원ᄒᆞ야 물가를 쥬며 지촉ᄒᆞ야 ᄀᆞ져오라 ᄒᆞ야눌 비로쇼 탈신ᄒᆞ야 쾌히 도망ᄒᆞ니이다."

당셩 왈,

"구형이 다힝이 져 무리 어린【78】학동을 만낫기로 무스히 도라왓거니와 만일 유식ᄒᆞᆫ 즈로 듯더면 거즌말 ᄒᆞ는 부리를 쥬머괴로 ᄆᆞᆺ 부을 번ᄒᆞ도소이다!"

원외 왈,

"부리는 다힝이 맛지 아니ᄂ 허다ᄒᆞᆫ 글말ᄒᆞ기로 과연 부리 ᄆᆞ르고 목이 갈ᄒᆞ야 어렵도다. 져 몹슬 학동의게 차를 쳥ᄒᆞᆫ즉 져희 엇지 차를 알니요 다만 더온 물에 무슨 나모 닙 두어 죠각을 ᄶᅵ여 쥬되 오히려 반 죤이라 지금 구갈을 금치

못ᄒ리로다.”

구공 왈,

“노부는 님형의 말 듯기에 좀측ᄒ야15) 쏘흔 구갈이 나더니 ᄆ초아 젼면의 쥬뤼[酒樓 술프는 누히라]잇스니 홈게 나아가 두어 존 마시며 겸ᄒ야 풍속을 무르미 죠토다.”

원외 이 말을 드르미 닙ᄀ의 춤을 흘녀 왈,

“구공은 진실노 죠흔 사름이로다 말을 니미 사름의 ᄆ음【79】을 ᄆ치ᄂ도다!”

삼인이 ᄉ에 쥬루의 나아가 좌를 ᄀ희여 안즈미 안흐로 조촛 일개 쥬뵈[酒保 술프는 쟝ᄉ]나으거늘 모다 보니 이 문득 유건도복으로 면샹의 안경을 걸고 슈즁의 션즈를 쥐고 완ᄉ히 나아오며 삼인을 향ᄒ야 길이 읍ᄒ야 왈,

“삼위 션싱이 누츄흔 ᄯᅡ히 빗니 님ᄒ시니 쟝촛 엇지 써 니 졈의 니케 ᄒ시리잇고 막비음쥬호(莫非飮酒乎)잇가 억용치호(抑用菜乎)잇가? 감히 쳥컨디 붉히 가르치는 셔원외 왈,

“네 임의 쥬뵈 되얏스면 안경과 션지 당치 아니커늘 ᄒ물며 님의 ᄀ득흔 비 문즈로 말ᄒ니 그 엇진 도리뇨? 내 심히 목이 ᄆ른지라 너와 더부러 글 말ᄒ기 슬흐니 썰니 술과 치[안쥬라]를 다만 가져오라!”

쥬뵈 우음을 씌【80】여 답샤 왈,

“감히 쳥컨디 션싱은 술을 일호를 구ᄒ시ᄂ니잇가? 반호를 구ᄒ시ᄂ니잇가? 치를 일쳡[一楪 흔 졉시]호잇가 냥쳡호잇가?”

원외 손을 드러 조즈(桌子)를 치며 크게 쇼리ᄒ야 왈,

“네 다만 술과 치를 가져올 분이지 긔 엇지 말ᄯ마다 호(乎)아 야(也)아 ᄒᄂ뇨? 다시 그런 문즈 쓰다가 몬져 나의 쥬먹을 맛보리라.”

쥬뵈 황망히 샤례ᄒ야 왈,

---

15)【좀측ᄒ다】图 잠착(潛着)하다. ¶ 노부는 님형의 말 듯기에 좀측ᄒ야 쏘흔 구갈이 나더니 ᄆ초아 젼면의 쥬뤼[술프는 누히라]잇스니 홈게 나아가 두어 존 마시며 겸ᄒ야 풍속을 무르미 죠토다 (老夫口裏也覺發乾, 恰喜面前有個酒樓, 我們何不前去沽飮三杯, 就便問問風俗?) <鏡花 5:78>

"쇼지 불감ᄒ야이다. 맛당이 허물을 고쳐 ᄀᄅ치시믈 밧들니이다."

인ᄒ야 ᄒᆞᆫ 병 술과 두 졉시 안쥬롤 나오니 ᄒᆞᆫ 졉시ᄂᆞᆫ 미실이요 ᄒᆞᆫ 졉시ᄂᆞᆫ 부쵀라 술쥰 세홀 ᄀᄌ져 각ᄉ 졍식 부어 올피 노코 믈너나거늘, 원외 평일 술노ᄡᅥ 냥식ᄒ며 더옥 구갈ᄒᆞᆫ 쩌롤 당ᄒ야 술을 보미 비위 열니【81】고 ᄆᆞ음이 급ᄒ야 몬져 준을 들어 거울너 ᄆᆞ시더니 홀연 코을 웅키며 크게 쇼리질너 왈,

"쥬뵈 그릇 초롤 ᄀᄌ져오도다 이 엇지 술이라 ᄒᆞᄂᆢ!"

눈썹을 징기며 닙ᄀᆞ의 물을 홀녀 졍히 쥬보롤 부르더니 ᄒᆞᆫ편으로 일개 노옹이 허리 굽고 블이오 희며 안경을 ᄢ며 니쏘시기16)롤 들고 안ᄌ 스스로 존질ᄒ며 일변 몸을 ᄶ덕이며 닙으로 읍쥬어리더니 홀연 원외의 말을 듯고 황망히 쇼리롤 그치고 손을 져어 왈,

"노형이 임의 ᄆᆞ신지라 엇지 가히 말ᄒ리오? 형이 만일 말ᄒ올진더 내게도 누가 미츠리니 내 그으기 두려ᄒ미 이ᄀ치 말ᄂᆞᆫ니 노형은 부디 말ᄒ지 말지어다!"

당·다 이【82】인은 져사롬의 말 ᄶᆺ마다 지(之)ᄶ 호(乎)ᄶ롤 너허 말ᄒᆞᆷᄆᆞᆯ 드르미 우음을 춤지 못ᄒ야 몸을 요동ᄒ거늘 원외 분연 왈,

"ᄯᅩ 어디로조ᄎ 문ᄌᄒᄂᆞᆫ 션싱이 니닷도다! 내 일즉 쥬보의 그릇 초 가져오ᄆᆞᆯ ᄭᅮ짓거니 형의게 무어시 관계ᄒ야 누가 미즐가 겁ᄒᄂᆢ? 심히 가쇠로다."

노옹이 코을 쏭긔며17) 넝쇼 왈,

"션싱은 쳥지(聽之)ᄒ라 술과 초롤 논지(論之)ᄒ면 술갑슨 쳔지(賤之)ᄒ고 초갑슨 귀지(貴之)ᄒ니 엇지ᄒ야 쳔지ᄒ며 엇지ᄒ야 귀지ᄒᄂᆢ? 그 맛스로 언지(言之)ᄒ니 초맛슨 후지(厚之)ᄒ니 ᄡᅥ 귀지ᄒ고 술맛슨 담지(淡之)ᄒ니 ᄡᅥ 쳔지ᄒᄂᆞ니 이런 줄은 뉘 지ᄉ치 못ᄒ리요 제 임의 축지[錯之 그릇ᄒ다]ᄒ니 무심지시라. 션싱이 득지(得之)ᄒ니 가히 낙지[樂之 즐길지라]【83】어늘 임의 음

---

¹⁶⁾【니쏘시기】 圀 이쑤시개. ¶ 剔牙杖∥ 안경을 ᄢ며 니쏘시기롤 들고 안ᄌ 스스로 존질ᄒ며 일변 몸을 ᄶ덕이며 닙으로 읍쥬어리더니 (面戴眼鏡, 手中拿著剔牙杖, 坐在那裏, 斯斯文文, 自斟自飲. 一面搖著身子, 一面口中吟哦.) <鏡花 5:81> 니쓔시개 (剔牙杖) <漢抄 飾用物件 2:1b> "伯爵吃的臉紅紅的, 帽檐上揷着剔牙杖兒." <金瓶 34>

¹⁷⁾【쏭긔다】 圐 튕기다. ¶ 擦∥ 노옹이 코을 쏭긔며 넝쇼 왈 (老者聽罷, 隨將右手食指ᄀ中指, 放在鼻孔上擦了兩擦, 道.) <鏡花 5:82>

지(飮之)하니 엇지 언지(言之)하리오. 제 만일 문지(聞之)하면 갑슬 응당 가지(加之)하리니 션성은 즐겨 즈취지(自取之)어니와 내게 쏘한 누롤 급지(及之)하리로다 나도 홈게 음지하니 홀노 엇지 면지(免之)리오? 부디 면지하려 하면 필경 징지(爭之)한들 엇지 즐겨 쳥지하리오? 이갓치 변지[辨之 분변하다]하니 션성은 깁피 찰지(察之)하라.

당·다 이인이 드러올스록 닙을 갓리오고 허리롤 펴지 못하거놀 원외 대쇼왈,

"그 엇진 말이 마디마다 지쏘롤 너허 일편 쉰 글이뇨 다만 나의 일홈을 범하니 일홈이 쏘한 싀여 못견디리로다. 그대의 말노 죠촛 나의 닙 갓온디 쉰 긔운이 더옥 심하도다!"

인하야 쥬보롤 불너 왈,

"쾌히 두어 갓지 안쥬롤 나오라."

쥬뵈 응셩하 【84】고 다시 네 졉시 안쥬롤 드리거놀 밧비 보니 한 졉시는 소곰의 져린 콩이요 한 졉시는 복끈 콩이요 한 졉시는 콩기름이요 한 졉시는 콩쓰기18) 분이라.

원외 왈,

"이런 안쥬는 우리 먹을 줄 모로나니 모롬죽이 다시 멋 가지롤 나오라."

쥬뵈 답응하고 니어 네 졉시롤 나오니 문득 한 졉시는 두부요 한 졉시는 구은 두부요 한 졉시는 쟝두부요 한 졉시는 초두뷔라.

원외 분연 왈,

"우리 일즉 소하지 아니커놀 네 엇지 소찬만 나오나뇨? 다시 육치롤 나오라!"

쥬뵈 공경 대왈,

"이 두어 갓지 안쥬 션성의 눈에 츠고 닙에 멋지 못하시믄 괴이치 아니되 폐

---

18) 【콩쓰기】⒤ 콩깍지. ¶ 豆瓣∥ 쥬뵈 응셩하고 다시 네 졉시 안쥬롤 드리거놀 밧비 보니 한 졉시는 소곰의 져린 콩이요 한 졉시는 복끈 콩이요 한 졉시는 콩기름이요 한 졉시는 콩쓰기 분이라 (酒保答應, 又取四個碟子放在桌上: 一碟鹽豆, 一碟靑豆, 一碟豆芽, 一碟豆瓣.) <鏡花 5:84>

방(飯方)은 본리 음식에 스치ᄒᆞ야 포진천물치 아니므로 비록 【85】 왕공귀인이 손을 모화 준을 날녀도 안쥐 이 두어 가지의 지느지 아닛ᄂᆞ니 션셩은 스스로 혜아려 진퇴ᄒᆞ쇼셔.”

구공 왈,

“안쥬ᄂᆞ 임의 업슬진디 술이 나다시 죠흔 술을 나오라.”

쥬뵈 왈,

“술이 또ᄒᆞᆫ 삼등이 잇스니 그 샹등은 맛시 농ᄒᆞ고 즁등은 담ᄒᆞ고 하등은 더옥 담ᄒᆞ니 션셩이 쟝ᄎᆞᆺ 어느 맛슬 취ᄒᆞ시리잇고?”

당셩 왈,

“우리 쥬량이 좁아 독ᄒᆞᆫ 술을 못 먹ᄂᆞ니 그 즁 담ᄒᆞᆫ 술을 구ᄒᆞ노라.”

쥬뵈 즉각의 술병을 밧고아 드리거늘 삼인이 셔로 맛보니 비록 쉰 맛슬 씌엿시ᄂᆞ 오히려 먹을 만 ᄒᆞᆫ지라.

원외 왈,

“녯사롬아 술맛슬 의논ᄒᆞ야 왈,

“쉰 마시 웃듬이요 쓴 마시 다음이라 ᄒᆞ더니 과연 숙ᄉ국으로 죠ᄎᆞ 난 말이로다.”

제24회

說酸話酒保咬文　講迂談腐儒嚼字

홀 【86】 연 일개 노지 밧그로 드러오니 유건소복으로 거동이 청아ᄒᆞ야 좌롤 졍ᄒᆞᆫ 후 쥬보롤 불너 반병 술과 ᄒᆞᆫ 졉시 소곰 콩을 ᄂᆞ오라 ᄒᆞ니 이ᄯᅥ 몬져 말ᄒᆞ든 노옹은 임의 도라갓더라.

당셩이 져의 모양이 쇽되지 아니믈 보고 나아가 읍ᄒᆞ야 왈,

“감히 노쟝의 존셩을 어더 드르리잇가?”

노지 답네 왈,

“교계 쳔ᄒᆞᆫ 셩은 위(儒)로소니 렬위 존형이 의복 어훈이 져기 폐방과 다르시

니 아지 못게라 어디로 죠츠 이에 임ᄒ시니잇고?"

님·다 이인이 쪼ᄒᆫ 몸을 닐으혀 피츠 례를 베풀고 각ᆢ 셩명과 거쥬를 말ᄒᆫ 디 노지 다시 읍ᄒ야 왈,

"원리 삼위 쳔죠 노션싱이어시늘 공경ᄒ믈 일토소이다!"

당싱 왈,

"노쟝이 임의 술을 ᄆ 【87】 시고져 ᄒ시미 우리 홈게 좌를 옴겨 말ᅀᆞᆷᄒ며 ᄒᆫ 준을 밧들고져 ᄒᄂ이다."

노지 ᆢ삼 츄양ᄒ거늘 구공이 쥬보를 불너 좌를 옴기고 쥬효를 나와 피츠 두어 준 권ᄒᆫ 후 당싱 왈,

"귀방 풍쇽이 엇지 ᄉ롱공샹(士農工商)을 의논치 아녀 도모지 션비 모양이요 벼슬ᄒᄂ니도 쪼ᄒᆫ 일양이니 그 엇지 귀쳔을 분변ᄒᄂ뇨?"

노지 왈,

"폐방 의복이 과연 샹해 일양인 듯ᄒ나 그 즁 뵈와 깁과 빗치 다르미 잇ᄂ니 누론 빗츨 웃듬 놉히고 붉은빗과 ᄌ지빗치19) 그 다음이요 남빗치 그 다음이요 푸른빗치 ᄀ쟝 ᄂᄌ니 농민과 쟝인과 샹고의 니르히20) ᄒᆫ갈가치 션비 복식을 ᄒ니 국법이 무릇 빅셩 즁 일즉 과거의 샌히지 못ᄒᆫ ᄌ를 니르되 【88】 유민(游民)이라 ᄒ니 이런 뉴로 쳔역(賤役)을 식여 ᄉ민의 □□□□□슈치 아니ᄒ야 유민을 만일 농공을 위업ᄒᄂ 지 잇스며□□□□이 치조ᄒ야 사롬의 뉴의 춤예치 못ᄒᄂ 고로 사롬마다□□□ 피ᄒᄂ니 이러모로 폐방 풍쇽이 어려셔부터 부디 글 닑어 비록 과거의 놉히 올ᄂ 몸에 남포를 닙고 일홈이 학궁의 버러 잇지 못ᄒᆯ지라도 부디 유건과 쳥삼을 어더 일홈이 명교의 춤예ᄒ고 유민의 드지

---

19) 【ᄌ지빗ᄎ】 <명> 자줏빛. ¶ 紫∥ 뵈와 깁과 빗치 다르미 잇ᄂ니 누론빗츨 웃듬 놉히고 붉은빗과 ᄌ지빗치 그 다음이요 남빗치 그 다음이요 푸른빗치 ᄀ쟝 ᄂᄌ니 (但有布帛 顔色之不同: 其色以黃爲尊, 紅紫次之, 藍又次之, 靑色爲卑.) <鏡花 5:87>

20) 【니르히】 <부> 이르도록. 이르기까지. ¶ 至于∥ 농민과 쟝인과 샹고의 니르히 ᄒᆫ갈가치 션비 복식을 ᄒ니 국법이 무릇 빅셩 즁 일즉 과거의 샌히지 못ᄒᆫ ᄌ를 니르되 유민이라 ᄒ니 (至于農工商賈, 亦穿儒服, 因本國向有定例, 凡庶民素未考試的, 謂之游民.) <鏡花 5:87> 到∥ 그디 말이 그르다! 강동 긔엽을 파로쟝군으로브터 창기ᄒ야 이졔 니르히 발셔 세 디라 엇지 일조의 폐ᄒ리오? (君言差矣! 江東基業自破虜將軍開創到今, 已歷三 世, 豈可一旦而廢之?) <三國 14:98>

아니코져 ㅎᄂ니 일노 죠차 학문을 널녀 우흐로 나아가면 벼슬노 극품의 니르고 만일 그러치 못홀진디 혹 농ᄉ도 ㅎ며 혹 쟝인을 ㅎ야도 각; 그 업을 평안이 ㅎᄂ니이다."

당셩 왈,

"진실노 노쟝 말ᄉᆷ 굿홀진디 이굿치 큰 나라히 사ᄅᆷ마다 엇지 【89】 다 글을 닑어 낫;치 과가로써 츌신ᄒ리잇고?"

노지 왈,

"과거로 ᄲᆡᄂ는 법이 ᄯᅩᄒᆫ 여러 길이니 혹 경셔를 통ᄒᄂ는 ᄌ롤 취ᄒ며 혹 ᄉ긔의 닉은 ᄌ롤 취ᄒ며 혹 ᄉ부로 취ᄒ며 혹 시문이며 혹 ᄎᆡᆨ문과논(策文科論)이며 혹 편지와 쟝계와 혹 풍뉴음뉼과 혹 ᄌ학과 음운이며 혹 형법과 혹 ᄎᆡ녁법과 혹 산법과 혹 글시와 혹 그림과 혹 의원과 혹 졈치기로써 ᄀᆯ희되 그 즁 ᄀᆞ쟝 졍통ᄒᆫ ᄌ롤 취ᄒ미 이 여러 ᄀᆞ지 즁 ᄒᆫ ᄀᆞ지만 능히 졍통ᄒ면 가히 ᄒᆫ 벌 쳥삼을 엇ᄂ니 그 후로 ᄎ; 올나가고져 홀진디 부디 글을 ᄒ고야 오르며 남빗 옷슬 어드려 ᄒᆫ즉 글곳 아니면 묘ᄒᄂ니 이러모로 셩문 좌우로 삭인 ᄇ 글귀 진실노 허언이 아니라 ᄌ손을 되 【90】 과져 홀진디 부디 글 닑히라 ᄒ미 젼혀 사ᄅᆷ을 권ᄒ야 우흐로 나아가게 ᄒᄂ는 ᄯᆺ이니이다."

구공 왈,

"귀방 각 집 문 우희 금ᄌ 현판을 단 지 만ᄒ니 응당 그 쥬인이 어진 일홈이 국내의 들니므로 국왕이 ;굿치 편익을 쥬어 포쟝ᄒ며 사ᄅᆷ으로 ᄒ야곰 효측고져 ᄒ미어니와 그 즁 ᄒᆫ두 집 검은 글ᄌ 현판이 잇ᄉ니 그ᄂ는 엇진 연괴니잇고?"

노지 왈,

"그ᄂ는 다ᄅᆷ 아니라 그 사ᄅᆷ이 비록 명교의 드러시나 우연이 슬피지 못ᄒᆫ 비 잇셔 ᄒ힝실에 히롭고 법의 어긔는 닐을 ᄒᆡᆼᄒ나 ᄯᅩᄒᆫ 큰 죄ᄂ는 아닌 고로 국왕이 ;굿치 편익을 쥬어 져로 ᄒ야곰 ᄭᆡ닷고 붓그려 허믈을 고치게 ᄒ되 만일 ;향 고치지 아니코 다시 죄롤 범ᄒᆫ즉 엄히 벌을 【91】 ᄂ리워 용셔치 아니며 만일 즉각의 허믈을 고쳐 실졍으로 어진 일을 향ᄒᄂ는 지 잇스면 혹 니웃과 향당(鄕黨)이 위ᄒ야 관가의 고ᄒ거ᄂ 혹 관쟝이 넘찰ᄒ야 ᄌ셰히 드른 후 국왕게 쥬문ᄒᆞ야 그 현판을 쎄혀 ᄇᆞ리며 그후 과연 어진 일홈이 회ᄌᆞᄒᆞ면 다시 쥬문ᄒᆞ야 금ᄌᆞ 편익을 도로 쥬며 져 금ᄌᆞ 편익 가진 사ᄅᆞᆷ이 만일 그른 죄를 범ᄒᆞᆫ즉 그 현판만 쎠힐 분 아니라 죄를 더옥 즁히 ᄒᆞ니 이ᄂᆞᆫ 어진 ᄌᆞ를 ᄀᆞ초 칙망ᄒᆞ미라. 이 도시[21] 국왕이 사ᄅᆞᆷ으로 ᄒᆞ야곰 축ᄒᆞᆫ 일 ᄒᆞ과져 권계ᄒᆞᆫ ᄯᅳᆺ이러니 다힝이 글 닑ᄂᆞᆫ 지 만ᄒᆞᄆᆞ로 능히 긔질을 변화ᄒᆞ야 셩현의 ᄀᆞᄅᆞ치시믈 죠ᄎᆞ 필경 검은 글ᄌᆞ 편익 엇ᄂᆞᆫ 지 만치 아니ᄒᆞ니이다.”

노지 잇【92】 다감 쳔죠 풍속을 물어든 삼인이 포쟝ᄒᆞ야 말ᄒᆞ미 년ᄒᆞ야 칭찬ᄒᆞ믈 ᄆᆞ지 아니터라. 이ᄀᆞ치 한담ᄒᆞ야 술이 두어 병 진ᄒᆞ미 노지 졍히 몬져 도라갈 의ᄉᆞ 잇거ᄂᆞᆯ 삼인이 ᄯᅩᄒᆞᆫ 쥬치를 셈ᄒᆞᆫ 후 흠게 몸을 닐ᄒᆞ혈ᄉᆡ 노지 믄득 ᄉᆞ미로죠ᄎᆞ ᄯᆞᆷ 싯ᄂᆞᆫ 슈건을 너여 조ᄌᆞ[22]의 펴노ᄒᆞ며 졉시의 남은 바 소곰 져린 콩의 뉴를 진슈(盡數)히 ᄡᆞ여 ᄉᆞ미의 너ᄒᆞ며 삼인을 향ᄒᆞ야 왈,

“션ᄉᆡᆼ이 임의 돈을 쥬신지라 남은 안쥬를 공현히 쥬보를 쥬고 가미 극히 무의ᄒᆞ거니 ᄎᆞ라리 쇼졔 거두어 ᄀᆞ졋다가 명일 다시 와 술을 ᄆᆞ실 ᄯᆡ 일노ᄡᅥ 오날 만난 연분을 니으며 남은 혜퇴을 맛보미 극히 맛당ᄒᆞ도소이다.”

일변 말ᄒᆞ며【93】 술병을 낫ᄎᆞ치 기우려 남은 술이 오히려 두어 죤 되ᄂᆞᆫ지라 쥬보를 불너 맛겨 왈,

“이 술을 너의게 맛기ᄂᆞ니 명일 ᄎᆞ즐 ᄯᆡ 죠곰이나 축 잇스면 맛당이 열 죤을 물나라.”

---

21) 【도시】 [부] {도시(都是).} 도무지. ¶ 總是 ‖ 이 도시 국왕이 사ᄅᆞᆷ으로 ᄒᆞ야곰 축ᄒᆞᆫ 일 ᄒᆞ과져 권계ᄒᆞᆫ ᄯᅳᆺ이러니 다힝이 글 닑ᄂᆞᆫ 지 만ᄒᆞᄆᆞ로 능히 긔질을 변화ᄒᆞ야 셩현의 ᄀᆞᄅᆞ치시믈 죠ᄎᆞ 필경 검은 글ᄌᆞ 편익 엇ᄂᆞᆫ 지 만치 아니ᄒᆞ니이다 (這總是國主勉人向善, 諄諄勸戒之義. 幸而讀書者甚多, 書能變化氣質, 遵著聖賢之敎, 那爲非作歹的究竟少了.) <鏡花 5:91> 都 ‖ 져 집안의 드러와셔 희ᄌᆞ 노릇ᄒᆞ던 적은 분두의 무리 잡죵이 도시 사ᄅᆞᆷ의 눈치만 보고 거힝ᄒᆞᄂᆞᆫ 것들이라 (這屋裡連三日兩日進來的唱戲的小粉頭們, 都三般兩樣掯人分兩放小菜碟兒了.) <紅樓 60:26> 네가 도시 사ᄅᆞᆷ을 보와 거힝홀 거시여ᄂᆞᆯ 보옥이 쥬려ᄂᆞᆫ 믈건을 네 가가로 막아 못ᄒᆞ게 ᄒᆞᆷ믄 무슴 일이냐? (你都會看人下菜碟兒.寶玉要給東西, 你攔在頭裡, 莫不是要了你的了?) <紅樓 60:32>

22) 【조ᄌᆞ】 [명] {탁자 (桌子 zhuōzi).} 중국어 차용어. ¶ 桌子 ‖ 노지 믄득 ᄉᆞ미로죠ᄎᆞ ᄯᆞᆷ 싯ᄂᆞᆫ 슈건을 너여 조ᄌᆞ의 펴노ᄒᆞ며 졉시의 남은 바 소곰 져린 콩의 뉴를 진슈히 ᄡᆞ여 ᄉᆞ미의 너ᄒᆞ며 삼인을 향ᄒᆞ야 왈 (老者立起, 從身上取下一塊汗巾, 鋪在桌上, 把碟內所剩鹽豆之類, 盡數包了, 揣在懷中.) <鏡花 5:92>

쏘 두부의 뉴는 흔 고디 모화 왈,

"이 안쥬도 죠히 맛퇴 두라 명일 이디로 츠즈리라."

쥬뵈 쏘흔 괴이히 넉이지 아니코 맛당흐시믈 일커르니 그 풍쇽의 검식흐미 이 갓더라. 스인이 ː에 문을 나며 져즈 マ온디로 지나더니 길까의 허다흔 사름이 흔 낫 녀즈롤 둘너셧시니 그 녀지 년긔 십삼스는 흐고 옥 ヌ흔 얼골의 구름 ヌ튼 머리털이 덥허시니 명월이 흑운의 マ리온 듯흐며 별 ヌ흔 모즈(眸子)의 구슬 ヌ흔 눈믈이 아롱지니【94】 쏫치 풍우롤 맛놈 갓흔지라 ㅂ야흐로 우름을 그치지 아니흐니 그 쇼러 춤졀흐야 춤아 듯지 못흘너니 노지 쏘흔 츠탄흐믈 마지 아녀 왈,

"이ヌ치 어리고 아리ᄯ온 미녀로 흐야곰 날ᄆ다 져러틋 얼골을 드러니고 이ː히 계곡흐되 지금 슈일의 흔 사름도 구졔흐느니 업스니 실노 불샹코 앗갑도다."

이 문득 엇던 녀지런고? 하회의 분히흐라

을미(乙未) 납월(臘月) 망일셔(멸日書)

권지뇩

【1】 화셜 당싱(唐生)이 님(林) 다(多) 이인으로 더부러 슉ᄉ국(淑士國) 쥬루로 죠챠 나올시 길가희 일개 녀지 슬피 졔곡(啼哭)ᄒᆞ믈 보고 흠게 술 먹든 노ᄌᆞ더려 무러 왈,

"녀지 무슴 연괴뇨?"

노지 왈,

"져 녀지 일즉 궁녀의 ᄲᅢᆫᄒᆞᆫ 후 부뫼 니어 셰샹을 ᄇᆞ리미 너외 친척에 의탁ᄒᆞᆯ 곳이 젼혀 업더니 ᄆᆞ초아 공쥬의 하가ᄒᆞ실 ᄯᅢ ᄯᆞᆯ와 부마 부즁 시녀의 츙슈ᄒᆞ얏더니 일젼의 무ᄉᆞ 일 부마게 득죄ᄒᆞ야 문 밧게 너치고 미파로 ᄒᆞ야곰 ᄑᆞ라 드리되 갑슨 의논치 말고 부디 사름의 죵으로 풀나 ᄒᆞ니 폐방 사름이 검식(儉嗇)ᄒᆞ기로1) 근본을 삼아 돈 【2】 ᄒᆞ나홀 목숨으로 아는 고로 ᄒᆞᆫ 사름도 즐겨 ᄉᆞ지 아니ᄒᆞ며 ᄒᆞ믈며 부미 ᄇᆞ야흐로 병권을 쥐어 사름 죽이믈 초개ᄀᆞ치 ᄒᆞ므로 사름마다 두리고 겁ᄂᆞᄂᆞ니 뉘 감히 그 시녀를 ᄉᆞ고 져 갑슬 의논ᄒᆞ리요. 이러모로 져 녀지 이ᄀᆞ치 곤욕을 당ᄒᆞᆫ 지 슈일이 지는지라 미양 붓그려 죽고져 ᄒᆞ나 미파는 오히려 죄칙이 졔게 미츨가 쥬야로 직희여 구호ᄒᆞ니 지금 싱ᄉᆞ를 임의치 못ᄒᆞ미 이러틋 졔곡ᄒᆞ니 널위 노션싱이 만일 죠흔 일 ᄒᆞ고져 ᄒᆞ실진디 다만 열 관 돈을 허비ᄒᆞ시면 죡히 ᄉᆞ셔 도라가시리니 인명을 구졔ᄒᆞ시미 ᄯᅩᄒᆞᆫ 공덕이 되시리이다."

---

1) 【검식ᄒᆞ다】 ⑱ 검색(儉嗇)하다. 검소하다. ¶ 一錢如命 ‖ 일젼의 무ᄉᆞ 일 부마게 득죄ᄒᆞ야 문 밧게 너치고 미파로 ᄒᆞ야곰 ᄑᆞ라 드리되 갑슨 의논치 말고 부디 사름의 죵으로 풀나 ᄒᆞ니 폐방 사름이 검식ᄒᆞ기로 근본을 삼아 돈 ᄒᆞ나홀 목숨으로 아는 고로 ᄒᆞᆫ 사름도 즐겨 ᄉᆞ지 아니ᄒᆞ며 (前日不知爲甚忏了駙馬, 發媒變賣, 身價不拘多寡. 奈敝處一錢如命, 無人肯買.) <鏡花 6:1>

님원외 왈,

"미졔(妹弟)2)는 아직 십관 젼을 허【3】비ᄒ야 거느려 도라가면 족히 싱질녀의 ᄉ환ᄒ리니 그 엇더ᄒᄂ뇨?"

당싱 왈,

"그 녀지 임의 궁ᄋ(宮娥)의 ᄲᆫ힐진디 분명 하쳔의 사ᄅᆷ이 아니리니 우리 무리 ᄌᆡ물노ᄡᅥ 져를 구ᄒ야 져의 친쳑을 ᄎᆞᄌ 도라보ᄂᆞ미 올커늘 엇지 비즈로 부리기를 요구ᄒ리오. 아지 못게라 그 친쇽의 엇던 사ᄅᆷ이 잇ᄂᆫ지 쇼졔 원컨디 돈을 니야 그 몸을 쇽ᄒᆫ 후 그 친 쇽을 ᄎᆞᄌ 도라보니고져 ᄒᄂ이다."

노지 왈,

"부미 녕을 ᄂᆞ리오디 부디 사ᄅᆷ의 죵ᄋ로 풀고 그 친족ᄋ로 ᄒ야곰 다려ᄀ지 못ᄒ게 ᄒ야 만일 녕을 어긔ᄂ 즈ᄂ 엄치ᄒ려 ᄒ미 그 친쇽이 비록 보고져 ᄒ나 감히 갓가이 나아오지 못ᄒᄂ니이다."

당싱이 침음냥구【4】 왈,

"임의 이 ᄀᆺ홀진디 아직 그 목숨을 구ᄒᆫ 후 다시 죠혼 도리를 샹냥ᄒ리라."

이에 원외를 쳥ᄒ야 션샹의 도라가 십 관 젼을 보너라 ᄒ고 미포를 ᄎᆞᄌ 갑슬 말ᄒ더니 원외 오러지 아녀 돈을 씌고 니르거늘 미포로 더부러 문권(文券)을 닐울ᄉᆡ 노즈로ᄡᅥ 증참(證參)이 되고 갑슬 혜여 맛기미 삼인이 녀즈를 거느려 션샹으로 도라올ᄉᆡ 당싱이 비로소 그 셩명 근본을 므른디 녀지 니러 졀ᄒ야 왈,

"비즈의 셩은 복셩이니 ᄉ도시(司徒氏)요 어려실 ᄯᅢ 일홈은 혜이(蕙兒)요 즉금은 미이(媚兒)3)로소니 ᄇᆞ야흐로 십ᄉ 셰라. 어려셔 궁아의 ᄲᆫ이여 왕비낭ᄂ(王妃娘娘)을 뫼시더니 젼년의 공쥬 하가(下嫁)ᄒ시미 공쥬게 ᄯᅡ로여【5】 부마 부즁의 ᄉ환ᄒ오니 어버이ᄂ 일즉 벼슬이 부쟝(副將)으로 군ᄉ를 거느려 츌젼ᄒ야 젼망ᄒ고 모친이 일노죠챠 한을 먹음어 도라가니이다."

---

2) 【미졔】 명 매제(妹弟). ¶ 妹夫‖ 미졔ᄂ 아직 십관 젼을 허비ᄒ야 거느려 도라가면 족히 싱질녀의 ᄉ환ᄒ리니 그 엇더ᄒᄂ뇨? (妹夫破費十貫錢買了, 帶回嶺南, 服侍甥女, 豈不是好?) <鏡花 6:2>

3) 원문에는 "嫵兒"로 되어 있어 역자가 다른 판본으로 번역한 듯함.

당싱 왈,

"원니 스환ᄒᄂ 집 쳔금쇼졔(千金小姐)로시니 일즉 빙폐롤 ᄇ든 곳이 잇ᄂ뇨?"

미이 다시 졀ᄒ야 왈,

"비지 스쵀의 ᄲᆫ져 킹참(坑塹)의 드럿다가 은쥬의 덕틱을 닙어 몸이 풀니이미 맛당이 노쥬의 분을 ᄎ릴지라 이졔 은쥐 도로혀 쇼졔라 일커르시니 비지 쟝ᄎᆺ 몸둘 ᄇ롤 아지 못ᄒ리로소이다."

원외 왈,

"미졔 처음부터 노쥬로 일컷지 아니려 ᄒᄂ니 피ᄎᆺ 칭호의 맛당홀 도리ᄂ 쇼졔 우리 미졔의 ᄌᆞ녜 되면 은혜【6】와 의롤 온젼이 ᄒ리로다."

말홀 ᄉ이의 임의 션샹의 오른지라 원외 미ᄋ롤 지쵹ᄒ야 의부의게 비례롤 므ᄎ미 션창에 드러가 님시와 완여(婉如)로 셔로 본 후 다시 션샹의 나와 님·다 이인게 힝녜ᄒ니 당싱이 십분 ᄉ랑ᄒ야 슬하의 안치고 다시 슈빙(受聘)ᄒ 곳을 무른디 미이 고기롤 숙이고 냥협의 홍훈이 니러ᄂ며 쥬루롤 드리워 왈,

"ᄋ희 과연 슈빙ᄒ 곳이 잇ᄉ오나 젼혀 쟝부의 져ᄇ림을 닙어 이 지경의 니르니이다!"

당싱 왈,

"너의 쟝뷔 잇슬진디 이제 어디 잇스며 무슨 ᄉ업을 ᄒᄂ뇨?"

미이 함누 대왈,

"제 본디 쳔됴(天朝) 사롬으로 년젼의 이곳의 와 군시 되미【7】부미 그 인물과 지용을 극히 ᄉ랑ᄒ야 거두어 부즁에 두고 친슈편쟝(親隨偏將)을 습아 ᄀ쟝 친신ᄒ지라. 다만 부모의 위인이 강포(剛暴)ᄒ야 슈하 군교(軍校)롤 거츠로 ᄉ랑ᄒ나 져기⁴⁾ 뜻 갓지 아니면 즉각의 살해ᄒ미 삼군 쟝졸이 져롤 두려홀 분 아니라 국왕이 ᄯᅩᄒ 졔어치 못ᄒᄂ니 ᄒ물며 셩품이 싀긔ᄒ고 의심이 만흔 고

---

4) 【져기】⑮ 져으기. 조금. 약간. ¶ 稍有‖다만 부모의 위인이 강포ᄒ야 슈하 군교롤 거츠로 ᄉ랑ᄒ나 져기 뜻 갓지 아니면 즉각의 살해ᄒ미 삼군 쟝졸이 져롤 두려홀 분 아니라 국왕이 ᄯᅩᄒ 졔어치 못ᄒᄂ니 (但駙馬爲人剛暴, 下人稍有不好, 立卽處死, 就是國王也懼他三分.) <鏡花 6:7> 些兒‖나ᄂ 너롤 권ᄒ여 져기 두라 ᄒᄂ 거시 조ᄒ니 너모 가득ᄒ면 곳 업치ᄂᄂ니라 (我勸你收着些兒好, 太滿了, 就出來了.) <紅樓 43:28>

로 이 사롬이 혹ᄌ 외국의 졍탐(偵探)ᄒ러 온 간세(奸細)로 알아 ᄹ로 슬피며
방비ᄒ더니, 젼년의 홀연 녀ᄋ로써 져의 쳐실을 허ᄒ니 이 ᄯ흔 그 ᄆᆞᆷ을 굿
게 ᄒ야 비반치 말고져 ᄒ미라. 져의 근본은 ᄌ시 모로나 임의 쳔죠 사롬이미
무단이 해외 쇼국의 와 즐겨 군교 노【8】롯홀 니 업고 부ᄆᆞ의 셩품이 ᄉᆞᆨ치
포악ᄒ미 필경 대화롤 면치 못ᄒ리니 이ᄯ롤 당ᄒ야ᄂ 그 슈하 친신흔 군괴 되
야 엇지 살기롤 어드리오. 이러므로 붓그러오몰 무릅쓰고 죽기로써 몸을 ᄇᆞ려
부ᄆᆞ의 잠든 ᄯ롤 ᄐᆞ 깁픈 밤의 져의 긱실의 나아가 그 ᄯᆺ을 대강 말ᄒ야 ᄲᆞ니
몸을 피ᄒ야 다른 곳을 ᄎᆞᄌ 공명 닐우몰 권ᄒ얏더니 제 도로혀 녀ᄋ롤 의심ᄒ
야 그 말노써 부ᄆᆞ게 낫ᄉ치 고ᄒ니 부ᄆᆞ 공쥬로 ᄒ야곰 녀ᄋ롤 즁칙ᄒ야 죽기
의 니르더니 일젼의 드르니 부ᄆᆞ 쟝ᄎ 군ᄉ롤 거ᄂ려 관의 나가 진법을 닉인다
ᄒ미 제 만일 ᄲ와 ᄀᆞ면 죠곰도 유익ᄒ미【9】업고 ᄆᆞ춤니 화롤 닙을지라 죽
기롤 무릅쓰고 다시 나아가 급히 탈신홀 계획을 권ᄒ고 관을 지날 길 업다 ᄒ
미 부ᄆᆞ의 녕긔(令旗)5) ᄒᄂ홀 도적ᄒ야 쥬엇더니 제 문득 녕긔롤 ᄇ치고 녀ᄋ
의 말을 낫ᄉ치 고ᄒ미 부ᄆᆞ 대로ᄒ야 즁형을 더으고 부디 업시ᄒ려 미ᄑ로써
폴게 ᄒ니이다.”

당싱 왈,

“너의 쟝븨 임의 군괴 되미 그 본졍이 아닌 줄 엇지 알며 부ᄆᆞ의 진즁의 ᄲ와
가 ᄒ 번 슈고ᄒ면 죡히 벼술의 오르리니 엇지 ᄡᅥ 유익지 아니타 ᄒᄂᄂ뇨? 실노
ᄭᅢ닷지 못ᄒ리로다. 너의 쟝부의 셩명이 무어시며 ᄂ히 언ᄆ 되며 무ᄉ 일 빙
폐만 힝ᄒ고 셩혼은 아니ᄒᄂ뇨?”

미ᄋ 왈,

“져의 셩은【10】셔(徐)요 일홈은 셰츙(世忠)6)이라 ᄒ니 년긔 이십이 넘지
못흔지라 부ᄆᆞ 비록 녀ᄋ로써 져의게 허ᄒ나 오히려 ᄉᆡ긔와 의심이 업지 아녀

---

5) 【녕긔】圏 {영기(令旗).} ¶ 죽기롤 무릅쓰고 다시 나아가 급히 탈신홀 계획을 권ᄒ고
관을 지날 길 업다 ᄒ미 부ᄆᆞ의 녕긔 ᄒᄂ홀 도적ᄒ야 쥬엇더니 제 문득 녕긔롤 ᄇ치고
녀ᄋ의 말을 낫ᄉ치 고ᄒ미 부ᄆᆞ 대로ᄒ야 즁형을 더으고 부디 업시ᄒ려 미ᄑ로써 폴
게 ᄒ니이다 (又去勸他及早改圖, 幷偸給令旗一枝, 以便私自出關. 不意他將此話又去稟知.
因此駙馬大怒, 將女兒毒打, 幷發官媒變賣.) <鏡花 6:9>

6) 원문에는 “承志”로 되어 있어 역자가 대본으로 사용한 원본이 다른 판본인 듯함.

다른 뜻을 품을가 넘녀ᄒ므로 혼인 긔약을 먼리 ᄒ니이다. 녀이 스스로 혜ᄋ리건디 제 천죠 사름으로 슈만리 바다 밧게 니르니 일졍 화를 피ᄒ 비어나 무슨 큰 연괴 잇스미라 그으기 탐지ᄒ고져 ᄒ나 ᄆ촘ᄂ 내외 격졀ᄒ야 ᄆ득키 모로더니, 일ᄂ은 부미 져를 거느려 산영 나가고 부즁이 고요ᄒ거늘 ᄀᄆ니 그 긱실에 나아가 ᄒᄂ를 헤쳐보니 그 즁에 겹ᄂ이 봉ᄒ 글이 잇스미 쩌혀보니 곳 혈셔로 쓴 격문(檄文) ᄒ 쟝이라 당년 영국공(英國公)의 졍츙대결과 【11】 그 격문의 문쟝 필법은 해외 삼쳑ᄋ동이 ᄯᄒ 모로리 업는지라 비로소 츙낭의 외로온 ᄌ쳔 줄 알미 부디 권ᄒ야 일즉 화를 피ᄒ고 공명을 닐워 부형의 한을 풀고 나라홀 회복과져 ᄒ미니 만일 져를 구ᄒ야 원을 일울진디 녀ᄋ의 일신은 초개 ᄀᆺᄒ지라 셜ᄉ 부모로 ᄒ야곰 이 일을 알고 녀ᄋ를 죽이기의 니를지라도 녀이 쟝ᄎ 우음을 먹음어 형벌을 당코져 ᄒ더니 제 문득 무졍ᄒ고 무의ᄒ야 도로혀 녀ᄋ를 함해ᄒ니 만일 니르되 져의 본졍이 아니라 홀진디 금츈에 녀이 져로 인연ᄒ야 즁죄를 닙어 죽기의 니른 줄은 부즁 샹하 사름이 모로리 업스니 져도 응당 【12】 못 드를니 업거늘 이제 ᄯᄒ 그 말노 부디 알외여 녀ᄋ의 일편 고심을 헛고디 보니여 춤ᄋ 녀ᄋ로 ᄒ야곰 죽기의 니르게 ᄒ고 져의 죵신대ᄉ는 죠곰도 싱각지 아니ᄒ니 이 엇지 쟝부의 심쟝이며 군ᄌ의 홀 닐이리오.”

셜파의 방셩대곡ᄒ거늘 당싱이 드러오미 일변 깃부고 일변 놀나 왈,

“제 과연 셩이 셔시오 혈셔 격문을 ᄀ져시면 반드시 경업(敬業) 현졔의 ᄋ들이라 내 근일 쇼식을 듯지 못ᄒ야 졍히 우려ᄒ더니 이제 이곳의 잇다 ᄒ니 ᄀ쟝 깃부거니와 녀이 이 ᄀᄐ 어진 ᄆ음으로 죽기를 무릅써 져를 권ᄒ야 탈신ᄒ라 ᄒ야늘 ᄆ촘ᄂ 고지 듯지 아니미 임의 괴이ᄒ거늘 ᄒ믈며 그날노 【13】 써 부모의게 낫ᄂ치 고ᄒ야 녀ᄋ의게 이러틋 화변을 당ᄒ게 ᄒᆫ 실노 인졍 밧기라 그 ᄀ온디 반드시 큰 연괴 잇ᄂ니 녀ᄋ는 모롬즉이 과도히 한치 말나 노뷔 나아가 져를 ᄒ 번 보면 ᄌ연 알 도리 잇스리라.”

미이 왈,

“부친이 져를 닉이 알ᄋ실진디 엇지 친쳑이 되시던잇가?”

당싱이 에당초 결의ᄒᆫ ᄉ실을 ᄌ시 니른 후 다시 님·다 이인을 쳥ᄒ야 홈게 부모부를 ᄎᄌ 나아가 문 직흰 군ᄉ의게 무한 인졍을 쓰고 여러번 간쳥ᄒ야 비

로소 셔셰츙을 불너너니 셰츙이 혼 번 보미 당싱의 샹하 일신을 셰ㅅ히 술피더
니 년망히 굴오티,

"이곳이 말홀【14】곳 아니라."

호야 삼인을 잇글고 혼 곳 다방[茶房 차 푸는 져즈7)]의 니르러 그윽혼 방을
츠즈 좌룰 졍홀시 좌우에 다른 사룸이 업스미 비로소 당싱을 향호야 졀호야
왈,

"빅ㅅ이 무스 일 이곳의 니르시며 질오의 여긔 잇스믈 엇지 알아 이에 츠즈
시니잇고. 실노 꿈 밧기로소이다."

당싱이 쎌니 답례 왈,

"노부는 즈연 듯고 츠줏거니와 현질이 엇지 능히 노부룰 알오 보느뇨?"

셰츙 왈,

"당일 빅ㅅ이 쟝안의 과거보러 오신 찌 미양 셩친과 왕니호시미 그찌 쇼질이
비록 십셰 츠지 못호오나 눈에 닉고 모음에 닛지 아닐 분 아니라 그 스이 십여
년이 지나되 빅ㅅ의 안식 면뫼 녜와 ㄱㅌ호시므로【15】혼 번 뵈와 알너이다."

인호야 님·다 이인을 향호야 례룰 베푼더 당싱이 져의 셩명 친의룰 니른 후
다박시[茶博士 차 푸는 사룸]차룰 부어 드리거눌 셰츙이 날호여 무러 왈,

"빅ㅅ이제 해외의 니르시미 무슴 연괴며 무휘 일향 쳔하룰 츠지호고 당실을
진멸호야 황샹이 그져 복위치 못호시며 질오의 즈최룰 츠즈 근포호는 녕이 엇
더호더니잇고?"

당싱이 젼후 스상과 근일 광경을 낙ㅅ히 니르며 다시 무러 왈,

"현질이 엇지 부디 이곳으로 도망호뇨?"

셰츙 왈,

"당일 션친이 화변을 당호실 찌 유셔룰 끼쳐8) 부탁을 밧즈오미 브로 하람졀

---

7) 【져즈】图 저자. 시장(市場). ¶ 삼인을 잇글고 혼 곳 다방[차 푸는 져즈]의 니르러 그윽
  혼 방을 츠즈 좌룰 졍홀시 (卽携三人, 走進一個茶館, 擽了一間僻室.) <鏡花 6:14> 市Ⅱ
  더옥이 쏘 져 삿갓과 도롱이룰 보니 이거손 심샹히 져즈의셔 파는 거시 아니라 십분
  졍치호고 경첩호거눌 (黛玉又看那蓑衣斗笠不是尋常市賣的, 十分細致輕巧.) <紅樓
  45:79> 이제 아문 속의셔 시신을 가져 져즈 어귀의 두고 아는 사룸을 츠즈려 호느이다
  (如今衙門裏把屍首放在市口兒招認去了.) <紅樓 112:33>

도스(河南節度使) 문빅부(文伯父)를 츠즈 나아가고져 ᄒ오나【16】 ᄇ야흐로 근포ᄒᄂᆫ 녕이 엄ᄒᆡ 각쳐 관익을 지닐 길 업스와 마지 못ᄒ야 낙가형졔(駱家兄弟)로 셔로 허여져 홀노 ᄇ다 비를 만나 해외의 분쥬ᄒᆡ 그 스이 쳔만 곤익은 이로 측냥치 못ᄒ오니 사름의 종과 고공9) 노로스로 목숨을 부지ᄒ더니 젼년의 니곳의 니르러 군시 되오ᄆᆡ 져기 고역은 면ᄒ오나 ᄒ로 지니ᄆᆡ 일년 ᄀᆞᆺ거니와 다만 질ᄋᆞ의 이곳의 잇스믈 빅〻이 어디로 조ᄎ 드르시니잇가?"

당싱 왈,

"현질이 년긔 임의 이슌이 넘어시니 그 스이 쳐실을 두엇ᄂᆦ?"

제25회

越危垣潛出淑士關　登曲岸閑游兩面國

세ᄎᆞᆼ이 홀연 눈물을 흘녀 허희오열ᄒ야 왈,

"빅〻은 질ᄋᆞ의 쳐실을 뭇지 ᄆ르쇼셔. 질이 다만 일싱을 환거(鰥居)ᄒ기로【17】 밍셰ᄒᄂᆞ이다."

당싱이 짐즛 놀나 왈,

"긔 엇진 연괴뇨?"

---

8)【ᄭᅵ치다2】⑧ ᄭᅵ치다. ¶ 당일 션친이 화변을 당ᄒ실 ᄶᅵ 유셔를 ᄭᅵ쳐 부탁을 밧ᄌ오ᄆᆡ ᄇ로 하람졀도스 문빅부를 츠즈 나아가고져 ᄒ오나 (侄兒自從父親避難, 原想持著遺書, 投奔文伯伯處.) <鏡花 6:15> 遺∥ 셩즁의 관음보살의 ᄭᅵ친 ᄌᆞ최와 피엽 경문이 잇다 ᄒ기로 거년의 스승을 ᄯᆞ라 올나와 이졔 셔문 밧 승방의셔 머무더니 (因聽見'長安'都中有觀音遺迹幷貝葉遺文, 去歲隨了師父上來, 現在西門外牟尼院住着.) <紅樓 17:118>

9)【고공】⑲ {고공(雇工).} 머슴. ¶ 僮僕∥ ᄇ야흐로 근포ᄒᄂᆫ 녕이 엄ᄒᆡ 각쳐 관익을 지닐 길 업스와 마지 못ᄒ야 낙가형졔로 셔로 허여져 홀노 ᄇ다 비를 만나 해외의 분쥬ᄒᆡ 그 스이 쳔만 곤익은 이로 측냥치 못ᄒ오니 사름의 종과 고공 노로스로 목숨을 부지ᄒ더니 (漂流數載, 苦不堪言, 甚至僮僕之役, 亦曾做過. 前歲投軍到此, 雖比僮僕略好, 仍是度日如年.) <鏡花 6:16> 고공은 어더 브리던 종이니 늘의 고공 죽인 지ᄂᆫ 죽디 아니케 ᄒ엿ᄂᆞ니라 <型世 5:84> 義男∥ 네 임의 풍가의 ᄌᆞ식과 결친ᄒᆞ믈 원티 아니ᄒ면 믄득 네 집 고공과 ᄉ통ᄒ여 ᄃ라나ᄆᆡ 그 뜻이 ᄌᆞ못 놉흔 쟉시 아니로다 (你旣不願配馮鄕宦之子, 却與義男私逃, 志氣也沒有甚麽高處.) <醒風 5:88> 傭人∥ 이후 졔ᄂᆫ ᄂᆞ믈 ᄑᆞᄂᆞᆫ 고공을 보아도 ᄯᅩ흔 디내보디 아니리라 (今後遇賣菜傭人, 亦當物色之.) <平山 5:90>

세츙이 밧그로 나가 좌우를 도라보아 인적이 업스미 비로소 좌의 나아와 구
무니 굴오디,

"이곳 부미 병무를 초지호야 긔셰 국왕을 압두호는 즁 셩품이 극히 싀험호니
질이 져곳의 니르므로부터 약간 용력이 잇다 호야 구쟝 스랑호야 져의 심복을
솜고져 호나 혹즈 타국의 졍탐호러 온 간셰로 넘녀호야 시각으로 술피며 방비
호야 밤이면 군스로써 방문을 직희여 츌입을 임의치 못호게 호디 힝혀 동반의
구무니 통긔호므로 일무다 숨가며 죠심호더니 부미 졈〃 친신호고져 호야 홀
연 궁녀 스도 미오【18】로써 질으의게 허혼호야 부디 무음을 평안코져 호거
눌 모든 동반이 셔로 니르디 부미 이구치 우디홀스록 더옥 뉴심홀 거시니 일후
혼인을 닐운 후라도 궁녀를 대호야는 부디 말솜을 숨가미 올흐니 대쳐 인심을
측냥키 어려오니 혹즈 소홀호미 잇스면 필경 셩명을 보젼치 못호리라 호야눌
질이 과연 곳〃이 술피더니 금츈에 깁흔 밤을 타 미이 니르러 첫말이 질으로써
이곳의 머무지 말고 썰니 도라가 스업을 도모호라 지삼 권호고 츙〃이 드러가
거눌 질이 스스로 혜오디, '인졍이 엇지 그 쟝부 될 즈로 호야 먼리 가라 호니
업고 제 본디 질으의 근본을 모로거니【19】쏘 엇지 도라가 공업을 닐우기로
권호리요 이튼날 동반의게 이 뜻을 말혼즉 모다 니르디, '이 젼혀 부무의 궤슐
이라 부디 너의 본졍을 알고져 짐줏 궁녀를 보니여 네 뜻을 믹바드미니[10] 만
일 이 말을 구져 부무긔 몬져 고치 아니면 쟝찻 대화를 당호리라' 호야눌 질으
의 뜻이 쏘혼 이 구트미 드〃여 이 말노 써 부무긔 알외엿더니 그후 드르니 미
이 즁죄를 당호다 호디 너외의 현격호니 오히려 진가를 측냥치 못호야 다만 의

---

10) 【믹받다】⑧ 헤아리다. 시험(試驗)하다. ¶ 探∥ 이 젼혀 부무의 궤슐이라 부디 너의
    본졍을 알고져 짐줏 궁녀를 보니여 네 뜻을 믹바드미니 만일 이 말을 구져 부무긔 몬져
    고치 아니면 쟝찻 대화를 당호리라 (明係駙馬敎他探你口氣, 若不稟明, 必有大禍.) <鏡花
    6:19> 부인이 위군의 심쳔을 믹바다셔 <빙빙 1:22> 막부인이 바리미 아니라 즈달녜로
    후디호고 붕의 긔질을 넘게 너겨 심쳔을 믹바드려 오샹셔집의 결혼하고 <빙빙 2:5>
    션칙아 부인 앏히 속디 마라 나도 처음의 미인으로 속여 믹바드샤 굴힌 밧기 되엿노라
    <빙빙 3:9> 부인이 승샹을 박디하여 내여보내시면 엇디 오샹셔 셔랑이 되샤 쳥츈 장
    원을 어드시링잇가마는 부인이 그 심쳔을 믹바드시미라 실노 브리고져 뜻이 아니니이
    다 <빙빙 4:94> 우리 부인이 승샹의 긔질을 넘게 너기샤 뜻을 믹바드시므로 오부인긔
    구혼호시나 <빙빙 4:108>

심만 더홀 분이러니 슈일 젼의 미이 또 니르러 간졀이 권호야 밧비 탈신호라
호며 녕긔 호나홀 도적호야 쥬어 왈, '일노써 셩문을 나면 가히 막즈르지 아니
리라.'【20】 호야놀 질이 갈스록 의겁호야 다시 동반과 의논호고 이디로 고호
야 녕픽룰 밧쳣더니 부미 크게 노호야 즉각에 미우룰 독히 형벌호야 미포로써
팔게 호라 호미 비로소 미우의 일편 혈셩으로 질우룰 부디 구코져 호물 찌닷고
호물며 금츈에 질우로 물미암우 즁죄룰 당호야 죽기의 니르되 오히려 원망호
며 혐의치 아니코 제 몸의 화환을 도라보지 아녀 다시 나아와 진졍으로 괴로히
젼호니 이 니른바 싱아즈는 부모요 지아즈는 미이라 이 굿혼현덕을 다만 져보
릴 분 아니라 도로혀 은혜룰 원슈로 갑흐미니 쟝춫 무슴 면목으로 셰샹의셔 잇
스며 몸이 맛츤들 엇지 다시 쳐실【21】 을 구호리잇가! 질이 져곳의 군시 되
미 본디 일시 궁곤을 견디지 못호야 줌시 호구호기룰 위호미러니 그룻 나망(羅
網)의 걸녀 미양 몸을 샌혀 도망코져 호나 이곳 관익의 긔찰호물 엄히 호야 므
룻 관인이 스스로이 관과 셩문을 지나지 못호느니 만일 녕을 어긔는 지 잇스면
머리룰 버혀 호령호니 질이 져곳에 잇션지 거의 삼년이라 관익 직흰 쟝졸이 얼
골 모룰 지 업는지라 이러므로 졍히 함졍의 샌진 즘싱과 농즁의 가친 금죠 굿
호야 힝보룰 임의치 못호더니 져즈음 현쳐의 은덕으로 녕픽룰 어더 쥬거놀 그
찌 무슨 무음으로 아득히 찌닷지 못호야 부모긔 바친 후 비로소 뉘우츤들 쟝촛
엇지호【22】 리오. 질우 일신은 이곳의 화룰 면치 못호나 제 스스로 즐겨 범혼
일이니 원망홀 곳이 업거니와 어진 쳐즈는 이제 어느 곳에 팔녀 간 지 모로니
이 엇지 춤아 견듸리잇가!"

　말을 무츠며 눈물을 뿌리거놀 당싱 왈,

　"그찌룰 당호야 질부(侄婦)의 일편 혈셩은 진실노 감격호거니와 현질의 쳐지
는 쏘혼 의심호미 괴이치 아닌지라 무춤니 어진 사룸은 하놀이 도으므로 다힝
이 질부의 몸이 평안호니 현질은 과려치 말나."

　인호야 미우룰 구호야 도라간 연유룰 말호디 셰츙이 눈물을 거두고 빅비 샤
례호야 은덕을 일컷거놀 당싱 왈,

　"그는 다시 일커룰 비 아니어니와 이제 관익의 긔찰이 심히 엄호면 현질이
장촛 엇지코져 호느뇨?"

셰【23】츙 왈,

"이러므로 질९ 쥬야료 상냥ㅎ야 심녁을 허비ㅎ되 ᄆᆞᄎᆞᆷ닉 죠흔 계괴 업더니 천힝으로 빅ᄇᆡᆨ을 만나오니 ᄇᆞ라건ᄃᆡ 질९의 존명을 구졔ㅎ야 그물을 버셔나게 ㅎ쇼셔."

당싱이 졍히 침음ㅎ더니 구공 왈,

"노뷔 미양 관왹을 지닉며 보건ᄃᆡ 죽은 사ᄅᆞᆷ의 녕구(靈柩)ᄂᆞᆫ 지날 ᄯᅢ 수험(搜驗)ㅎᄂᆞᆫ 법이 업스니 이곳의 긔찰이 비록 엄ㅎ나 응당 관을 열어 수험ㅎ든 아니리니 노부의 우견은 ᄒᆞᆫ 벌 뷘 관을 구ㅎ야 공지 그 속의 드러 거즛 녕구의 모양을 ᄎᆞ려 셩문을 나미 ᄀᆞ쟝 죠흘 듯ㅎ이다."

셰츙 왈,

"이 계괴 비록 온당ㅎ오나 엇지ᄐᆞ 가문 직흰 군시 의심ㅎ야 붓들어 알외고 관을 열어볼 지경의 당ㅎ면【24】그ᄯᅢᄂᆞᆫ 다시 계괴 업슬지라 이 일이 ᄀᆞ쟝 즁대ㅎ니 범연이 싱각ㅎ고 거연이 힝치 못ㅎ리니 다시 죠흔 계칙을 싱각ㅎ쇼셔. ㅎ물며 부ᄆᆞ의 호령이 엄졀ㅎ야 긔찰ㅎ믈 궁극히 ㅎᄂᆞ니 죠곰이나 허소ㅎ면 반드시 패로(敗露)ㅎ야 화ᄅᆞᆯ 지쵹ㅎ리이다."

당싱 왈,

"현질의 니른ᄇᆡ 부ᄆᆞ의 녕ᄑᆡᄅᆞᆯ 가지면 관을 나기 어렵지 아니ᄐᆞ ㅎ니 현질이 임의 친근이 단닐진ᄃᆡ 그 녕ᄑᆡᄅᆞᆯ 도적ㅎ야 어드면 가히 일이 쉬올이로다."

셰츙이 손을 져어 왈,

"빅ᄇᆡᆨ은 엇지 이 일을 용이ᄐᆞ ㅎ시나니잇고? 부모의 녕ᄑᆡᄂᆞᆫ 곳 군ᄉᆞ 조발ᄒᆞᆯ ᄯᅢ 쓰ᄂᆞᆫ 빅라 본ᄃᆡ 내실의 깁히 ᄀᆞᆷ초아 나라의 큰일이 잇셔야 ᄇᆡ야흐로 부ᄆᆡ 친히 가져 제장을 쥬어 녕을 ᄂᆞ리【25】오나니 젼일 질부의 도적ㅎ미 응당 무한 심녁을 드려 죽기로써 어더니미라 그후로 간슈ㅎ믈 더옥 비밀히 ᄒᆞᆯ 거시요 이제 질부ᄀᆞᆺ치 닉응ㅎ리 업스니 질९ 어ᄃᆡ로 죠ᄎᆞ 어드리잇가?"

원외 당싱을 향ㅎ야 왈,

"부졀업시 긴 말ㅎ야 무엇ㅎ리오 노부의 소견은 다름업셔 날이 져믄 후 ᄆᆡ졔 등에 공ᄌᆞᄅᆞᆯ 업고 몸을 소소아 셩을 넘으면 사ᄅᆞᆷ은 커니와 귀신도 모로리니 이 아니 용이ㅎ고 ᄯᅩᄒᆞᆫ 상쾌ㅎ랴."

구공 왈,

"댱형이 비록 놉히 오르는 슈단은 잇스나 엇지 능히 사름을 업고 공즁의 소
ː리오."

원외 왈,

"젼일 닌봉산(獜鳳山)의셔 쥰예(狻猊)게 쏫칠 쩌 미졔 니르되 우리 두 사름을
죡히 업고 피홀 번ᄒᆞ다 ᄒᆞᆯ 구공은 오히려【26】ᄉᆡᆼ각지 못ᄒᆞ시ᄂᆞ냐?"

댱싱 왈,

"이 과연 시험홀 만ᄒᆞᆫ 계칙이라 사름을 업고 오르기는 어렵지 아니려니와 오
직 셩이 과히 놉흐면 ᄒᆞᆫ 번의 소ᄉᆞ오르지 못홀가 져허ᄒᆞᄂᆞ이다."

구공 왈,

"다만 사름을 능히 업고 올을 만ᄒᆞ량이면 그 남아 죡히 넘녀홀 비 아니라 만
일 셩이 과히 놉흘진더 셩 밋흐로 큰 남기 만ᄒᆞ니 댱형이 ᄒᆞᆫ 번 소ː아 남게
오른 후 다시 소ː아 셩을 넘으미 무어시 어려오리오."

댱싱 왈,

"아모려나 이 일이 밤을 기ᄃᆞ려 ᄒᆡᆼᄒᆞ리니 현질은 몬져 우리롤 인도ᄒᆞ야 길을
ᄀᆞ르치라 죠히 밤의 ᄒᆡᆼᄉᆞᄒᆞ기 쉬오리라."

셰츙이 삼인의 문답을 드롤ᄉᆞ록 의겁ᄒᆞᄆᆞᆯ 마지 아녀 댱싱을 향ᄒᆞ야 그 술업
을 ᄌᆞ시 뭇거늘 댱싱이 당초【27】셥공초(躡空草) 먹은 말과 쥰예의 화롤 피ᄒᆞᆫ
연유롤 젼ᄒᆞ니 셰츙이 비로소 대희ᄒᆞ야 쥬인을 불너 차갑슬 준 후 삼인을 인도
ᄒᆞ야 유벽ᄒᆞᆫ 골목으로 죠차 그윽ᄒᆞᆫ 셩모롱이11)의 다ː르니 ᄉᆞ면으로 인젹이
ᄭᅳᆫᄒᆞᆫ 곳이라. 댱싱이 술펴보니 셩놉픠 불과 서너 길은 ᄒᆞ야 졍히 ᄒᆡᆼᄉᆞᄒᆞ기 쉬
올지라 그윽이 갓거ᄒᆞ더니 원외 왈,

"이곳의 ᄆᆞ초ᄋ 사름이 업고 셩이 쏘ᄒᆞᆫ 놉지 아니ː 미졔 시험ᄒᆞ야 공ᄌᆞ롤
업고 닉여 보미 엇더ᄒᆞ뇨?"

댱싱 왈,

"구형(舅兄)의 ᄀᆞ르치시미 맛당ᄒᆞ다."

---

11) 【셩모롱이】 명 성모퉁이. ¶ 城角‖ 유벽ᄒᆞᆫ 골목으로 죠차 그윽ᄒᆞᆫ 셩모롱이의 다ː르
니 ᄉᆞ면으로 인젹이 ᄭᅳᆫᄒᆞᆫ 곳이라 (由僻徑把三人暗暗領到城角下.) <鏡花 6:27>

ᄒᆞ고 셰츙을 나외혀 등에 업고 몸을 ᄒᆞᆫ 번 소ː치미 죠곰도 슈고롭지 아녀 가부야이 셩 우히 오른지라 ᄉᆞ쳐로 ᄇᆞ라보【28】니 오직 매실 남기 총잡ᄒᆞ야 수풀을 닐울 ᄹᅮᆫ이요 사ᄅᆞᆷ의 ᄌᆞ최 격졀ᄒᆞ거ᄂᆞᆯ 셰츙을 도라보아 왈,

"현질의 우소(寓所)의 힝니를 두엇시리니 무ᄉᆞᆷ 요긴ᄒᆞᆫ 물건이 잇ᄂᆞ뇨? 만일 ᄇᆞ려 앗갑지 아닐진ᄃᆞ 우리 이 길노 죠ᄎᆞ ᄇᆞ로 셩을 넘으면 더옥 편홀가 ᄒᆞ노라."

셰츙 왈,

"쇼질의 지닌 비 다만 션친 혈셔로 쓴 격문 ᄒᆞᆫ 쟝 ᄹᅮᆫ이라. 젼년의 사ᄅᆞᆷ이 방문을 ᄹᅳᆫ 후ᄂᆞᆫ 다시 힝니에 너치 아니코 쥬야 몸의 간슈ᄒᆞ야 시각을 ᄹᅥᄂᆞ지 아니ᄒᆞ미 그 밧ᄀᆞᆫ 죠곰도 요긴ᄒᆞᆫ 물건이 업ᄂᆞ니 빅당셩이 님·다 이인을 향ᄒᆞ야 손으로【29】ᄀᆞ르치니 이인이 ᄠᅳᆺ을 알고 ᄇᆞ로 셩외로 닷거ᄂᆞᆯ 당셩이 의구히 셰츙을 업고 몸을 날녀 셩 ᄋᆞ리 ᄂᆞ려셔며 셰츙을 잇그러 길을 ᄎᆞ져 션샹을 향ᄒᆞ더니 오리지 아녀 님·다 이인을 만나미 홈게 비에 올나 ᄇᆞ로 돗츨 달고 ᄇᆞ람을 ᄆᆞ초아 해구를 ᄹᅥᄂᆞ니 슌식간의 슉ᄉᆞ국 지경을 지ᄂᆞ지라. 당셩이 비로소 션챵의 니르러 미ᄋᆞ를 불너 젼후 문답을 젼ᄒᆞ고 져의 장ᄇᆞᆷ 이에 니르몰 말ᄒᆞ니 미ᄋᆞ이 ᄇᆞ야흐로 쟝부의 본졍을 드르며 이곳의 와 회합ᄒᆞᆷ 더옥 ᄠᅳᆺ 밧기라 어린 ᄃᆞᆺ 반향을 말이 업다가 날호여 졀ᄒᆞ야 은혜를 일커롤 ᄹᅮᆫ이라. 셰츙이 ᄯᅩᆫ ᄒᆞᆫ 셔로 보믈 쳥ᄒᆞ야 피ᄎᆞ【30】은혜와 졍의 진실노 태산하해 ᄀᆞᆺᄒᆞᆫ지라 지ᄂᆞᆫ 바롤 치위ᄒᆞ고 만ᄂᆞᆫ ᄇᆞ롤 치하ᄒᆞ야 젼혀 당빅ː의 은덕을 칭숑ᄒᆞ야 말이 간략ᄒᆞ되 졍의 곡진ᄒᆞ고 셔로 대ᄒᆞ야 손ᄀᆞ치 공경ᄒᆞ나 그 은졍을 가히 측냥치 못홀지라 인ᄒᆞ야 고향의 도라가기롤 ᄭᅬ홀시 구공 왈,

"공지 ᄂᆡ외 져기 머무르면 알픠 반드시 쳔죠 사ᄅᆞᆷ의 비롤 만나리니 그ᄶᅢ 죠히 도라가리라."

이가치 슈죽ᄒᆞ야 몃날이 지ᄂᆞᆫ 후 냥면국(兩面國)지계의 다ː르니 당셩이 졍히 나려 구경코져 홀시 셰츙은 오히려 부모의 츄죵이 ᄎᆞ져 니를가 겁ᄒᆞ야 션챵의 숨어 잇고 구공은 써ᄒᆞ되 이곳이 물싸히셔 극히 먼리 가ᄂᆞᆫ【31】고로 여러 번 지니되 ᄆᆞ츰ᄂᆡ 구경치 아엿더니 이제 당형의 쳥ᄒᆞ시믈 닙어 맛당이 홈게 나

아가려 ᄒ되 져즈음 동구산(東口山)의셔 육지(肉芝)롤 쪼ᄎ가다가 ᄒ 번 실쪽ᄒ
후로부터 거츠로 비록 여샹ᄒ나 쳔ᄒ 나히 만ᄒ 긔혈이 쇠ᄒ므로 져기 몸을 슈
고ᄒ면 문득 알푸믈 ᄶᄃ다르니 근일에 비록 구경ᄒ믈 취ᄒ야 억지로 단니나 미
양 거름이 편치 못ᄒ지라. 이제 나아가다가 길이 과연 멀진디 실노 ᄯ로지 못
ᄒ리로다.”

당싱 왈,

“구공이 진실노 어려오실진디 아직 동힝ᄒ다가 즁노의 도로오셔든 관겨ᄒ리
잇가.”

이에 원외롤 쳥ᄒ야 흠게 나아갈싀 힝ᄒ야 삼니롤 지닉되 무춤【32】 닉 ᄒ
사롬도 만나지 못ᄒ고 ᄒ 일도 보지 못홀지라.”

구공 왈,

“이제 알프로 슈십니ᄂ 견듸여 갈 듯ᄒ되 도라오기 극히 어려올 듯ᄒ며 알푼
곳이 더홀 듯ᄒ니 노부ᄂ 마지 못ᄒ야 이곳으로 죠ᄎ 도라가리로다.”

원외 왈,

“젼에 듯건디 구공의게 신긔ᄒ 약이 잇셔 낙샹ᄒ디 효험이 샌르므로 사롬마
다 쥬어 구졔ᄒ다 ᄒ더니 엇지 ᄌ갸[12] 병의 시험치 아닛ᄂ뇨?”

구공 왈,

“그ᄶ 과연 두어 번 먹어 대셰ᄂ 져기 나으나 병근이 깁허지고 날이 오릭믹
즉금은 효험 업슬 듯ᄒ이다.”

원외 왈,

“닉 오날 총망이 오노라 의관을 고치지 못ᄒ야 닙은 ᄇ 뵈옷시 더럽고 ᄯ 쩌
러져시니 세 사롬이 동힝【33】 홀 ᄶᄂ 오히려 셧겨 관겨치 아니터니 이제 구
공이 도라가고 미졔와 두리 가면 ᄒ나흔 유건과 비단옷슬 닙고 ᄒᄂ흔 날근 모
ᄌ와 쩌러진 옷슬 닙어스믹 졍히 ᄒ나흔 가음열고[13] ᄒ나흔 빈궁ᄒ 모양이라.

---

12) 【ᄌ갸】⑪ 자기(自己). ¶ 自己‖ 젼에 듯건디 구공의게 신긔ᄒ 약이 잇셔 낙샹ᄒ디 효
   험이 샌르므로 사롬마다 쥬어 구졔ᄒ다 ᄒ더니 엇지 ᄌ갸 병의 시험치 아닛ᄂ뇨? (俺聞
   九公帶有跌打妙藥, 逢人施送, 此時自己有病, 爲甚倒不多服?) <鏡花 6:32>
13) 【가음열다】⑲ 부유하다. ¶ 富‖ ᄒ나흔 유건과 비단옷슬 닙고 ᄒᄂ흔 날근 모ᄌ와 쩌
   러진 옷슬 닙어스믹 졍히 ᄒ나흔 가음열고 ᄒ나흔 빈궁ᄒ 모양이라 (他是儒巾紬衫, 俺

만일 츄셰(趨勢)ᄒᄂᆫ 사롬으로 볼진ᄃᆡ 날은 응당 아라본 쳬도 아니리로다?”

구공이 쇼왈,

“제 만일 도라보지 아니커든 님형이 크게 쇼리ᄒᆞ여 왈, ‘내 일즉 죠흔 비단옷시 잇스되 이번 총망ᄒᆞ야 닛고 왓노라.’ ᄒᆞ면 제 응당 놉히 보아 죠히 대졉ᄒᆞ리라.”

원외 왈,

“그리 말ᄒᆞ야 제 과연 놉히 보거든 내 더옥 큰말 ᄒᆞ야 ᄌᆞ랑ᄒᆞ리라.”

구공 왈,

“쟝ᄎᆞᆺ 무어시라 ᄒᆞ리요?”

원외 왈,

“내 말ᄒᆞ되 ‘내게 비단 의복만 【34】 잇슬 분 아니라 집안의 젼당푸리14)를 열어 은과 돈이 뫼ᄀᆞ치 싸히고 친쳑이 놉흔 벼슬ᄒᆞ나니 만ᄒᆞ라.’ ᄒᆞ면 제 일졍 쥬육을 가져 귀긱으로 대졉ᄒᆞ리로다.”

서로 웃고 허여지미 구공은 비에 도라와 각통이 더옥 심ᄒᆞ거늘 약을 지어 먹은 후 봉창을 지혀 혼곤이 잠을 드럿더니 식경이 지난 후 잠을 ᄭᆡ야 힝보ᄒᆞᆫ즉 각병이 문득 쾌ᄎᆞᆫ 지라. 심즁의 크게 깃거 상쾌ᄒᆞ믈 익의지 못ᄒᆞ야셔 공ᄌᆞ로 더부러 한담ᄒᆞ더니 당셩이 원외로 더부러 창황히 도라오거늘 구공이 ᄆᆞᆽ 물어 왈,

“냥면국 풍경이 과연 엇더ᄒᆞ더니잇고? 당형이 홀연 님형의 옷과 모ᄌᆞ를 밧고와시니 그ᄂᆞᆫ 엇 【35】 진 연괴뇨?”

당셩 왈,

“우리 구공을 분별ᄒᆞᆫ 후 다시 십여 리ᄂᆞᆫ 힝ᄒᆞ니 비로소 인연(人烟)이 잇거늘 부터 져의 얼골 둘이 각; 그 형상이 엇더ᄒᆞ고 보려 ᄒᆞ나 사롬ᄆᆞ다 머리의 호연건(浩然巾)을 써 쏙뒤15)를 ᄀᆞ리오고 다만 졍면으로 ᄒᆞᆫ 얼골만 뵈ᄂᆞᆫ지라 이러

是舊帽破衣, 倒像一窮一富.) <鏡花 6:33>

14) 【젼당푸리】 명 젼당포(典當鋪). ¶ 當鋪‖ 내게 비단 의복만 잇슬 분 아니라 집안의 젼 당푸리롤 열어 은과 돈이 뫼ᄀᆞ치 싸히고 친쳑이 놉흔 벼슬ᄒᆞ나니 만ᄒᆞ라 (俺不獨有件 紬衣, 俺家中還開過當鋪, 還有親戚做過大官.) <鏡花 6:34>

15) 【쏙뒤】 명 꼭뒤 ¶ 腦後‖ 사롬ᄆᆞ다 머리의 호연건을 써 쏙뒤롤 ᄀᆞ리오고 다만 졍면으

므로 그 냥면(兩面)을 구경치 못ᄒᆞ더니, 쇼졔 몬져 나아가 풍쇽을 무르미 ᄒᆞᆫ 번 말을 ᄉᆞ괴며 그 화ᄂᆞᆫ 얼골의 깃분 빗치 ᄀᆞ득ᄒᆞ고 공경 겸손ᄒᆞᄂᆞᆫ 모양이 사ᄅᆞᆷ으로 ᄒᆞ야곰 가히 ᄉᆞ랑ᄒᆞᆸ고[16] 가히 친ᄒᆞᆯ 듯ᄒᆞ야 다른 곳과 각별 반갑더니."

원외 왈,

"ᄆᆡ졔ᄂᆞᆫ 그치라 ᄂᆡ ᄌᆞ세히 말ᄒᆞ리라. 그ᄯᅢ ᄆᆡ졔 ᄇᆞ야흐로 져와 담소ᄒᆞ거ᄂᆞᆯ ᄂᆡ 겻흐로 죠ᄎᆞ 두어 ᄆᆞᄃᆡ 무른즉 제 문득 【36】 머리ᄅᆞᆯ 도로혀 나의 일신 샹하ᄅᆞᆯ 술피더니 문득 안ᄉᆡᆨ을 고쳐 닝낙ᄒᆞ며 거만ᄒᆞ게 대답도 변〻이 아니ᄒᆞ야 모호히 식칙ᄒᆞ거ᄂᆞᆯ 그후 ᄆᆡ졔와 의논ᄒᆞ고 의관을 셔로 밧고아 닙고 쓴 후 사ᄅᆞᆷ을 ᄎᆞᄌᆞ 문답ᄒᆞᆫ즉 제 과연 ᄂᆡ게 겸공ᄒᆞ고 ᄆᆡ졔의게 거만ᄒᆞ더이다."

구공이 ᄎᆞ탄 왈,

"원ᄅᆡ 냥면이 〻ᄀᆞᆺ도다!"

셰샹의 다만 ᄒᆞᆫ 얼골 가진 사ᄅᆞᆷ도 사ᄅᆞᆷ을 보아가며 경각으로 얼골을 고치ᄂᆞᆫ지 만흐니 이 도시 냥면국 풍쇽을 ᄇᆡ호미로다."

당싱 왈,

로 ᄒᆞᆫ 얼골만 뵈ᄂᆞᆫ지라 이러므로 그 냥면을 구경치 못ᄒᆞ더니 (誰知他們個個頭戴浩然巾, 都把腦後遮住, 只露一張正面, 却把那面藏了, 因此幷未看見兩面.) <鏡花 6:35>

16) 【ᄉᆞ랑ᄒᆞᆸ다】 형 사랑스럽다. ¶ 可愛 ‖ 쇼졔 몬져 나아가 풍쇽을 무르미 ᄒᆞᆫ 번 말을 ᄉᆞ괴며 그 화ᄂᆞᆫ 얼골의 깃분 빗치 ᄀᆞ득ᄒᆞ고 공경 겸손ᄒᆞᄂᆞᆫ 모양이 사ᄅᆞᆷ으로 ᄒᆞ야곰 가히 ᄉᆞ랑ᄒᆞᆸ고 가히 친ᄒᆞᆯ 듯ᄒᆞ야 다른 곳과 각별 반갑더니 (小弟上去問問風俗, 彼此一經交談, 他們那種和顔悅色、滿面謙恭光景, 令人不覺可愛家親, 與別處迥不相同.) 可愛 ‖ 이ᄯᅢ 正히 이 春天 時候 ㅣ라 이 花臺上을 봄애 곳이 다 픠여시니 진실로 ᄉᆞ랑ᄒᆞᆸ다 (此時正是春天時候, 看這花臺上花都開了, 眞箇可愛.) <伍倫 1:30a> 乖巧 ‖ 이 아희 가장 사랑ᄒᆞᆸ다 내 일즉 사ᄅᆞᆷ을 비러 폴과 다리 두ᄃᆞ려늘 근의 더로온 ᄌᆞ살 아냣더니 네 임의 ᄡᅥᆨ 사먹게 샹을 어드랴 ᄒᆞ더니 너희 부ᄌᆞ의 졍을 막디 못ᄒᆞ노라 (這孩子果是乖巧.這件事, 我倒也不曾叫人敲背摩腿, 做老人的醜態.你旣要銀買饃饃吃, 不要掃你父子們的興.) <後水滸 7:9> 뎌런 호걸이 엇디 도로혀 삼일 신부도곤 븟그려 ᄒᆞᄂᆞ뇨 그 숫된 양이 더옥 ᄉᆞ랑ᄒᆞᆸ다 (恁般一個漢子, 還是害羞, 可喜是個黃花郞.) <後水滸 12:60> ᄒᆞᆫ갓 ᄌᆡ죄 일시의 독부ᄒᆞᆯ 분 아니라 협긔 쳔고의 툐츌ᄒᆞ니 진실로 가히 ᄉᆞ랑ᄒᆞᆸ고 공경ᄒᆞᆸ도다 (不獨才情獨步一時, 而俠氣直接千古, 眞可愛可敬.) <平山 3:87> 뎌의 혜힐ᄒᆞᆫ ᄆᆞᄋᆞᆷ과 민쳡ᄒᆞᆫ ᄌᆡ죄 반분 허수ᄒᆞ미 업ᄉᆞ니 진실로 사ᄅᆞᆷ으로 ᄒᆞ야곰 ᄉᆞ랑ᄒᆞᆸ게 ᄒᆞᄂᆞᆫ도다 (我想他慧心之靈, 文章之利, 針針相對, 絶不放半分之空, 眞足使人愛殺.) <平山 8:47> 공쳥의 올나가 안ᄌᆞ니 공쳥 겻티 ᄒᆞᆫ 오동남기 이셔 그늘이 가히 ᄉᆞ랑ᄒᆞᆸ거ᄂᆞᆯ (公廳庭前旁邊有一桐樹, 樹下陰凉可愛.) <包公 移椅倚桐同玩月 6:45>

"그도 그럴 분 아니라 구형이 다시 혼 사름을 만나 브야흐로 말흐거늘 쇼졔 ᄀ마니 그 뒤흐로 나아가 저의 쓴 브 호연건을 넌즈시 들쳐보니 그 속에 문득 험악혼 얼【37】골을 곰촌 비라 쥐 눈에 미부리로 악독혼 긔운이 ᄀ득흐야 쇼졔룰 혼 번 보미 뷔 ᄀᆺ혼 눈썹을 거스리고 동의 ᄀᆺ혼 닙을 버리고 혼 오리 긴 혀룰 두로며 혼 줄기 독혼 긔운을 부더니 홀연 음풍이 니러나며 흑뮈 ᄌ옥흐거늘 쇼졔 대경실식흐야 부지불각의 혼 ᄆ디 크게 부르지ᄂ며 다시 알프로 나아가 이걸흐고져 흐더니 구형이 몬져 그 알퓌 무릅흘 ᄭᅮᆯ고 머리룰 부드잇더이다."

구공 왈,

"당형의 놀나 쇼리 지르문 괴이치 아니커니와 님형은 무ᄉ 일 ᄭᅮ럿더뇨?"

원외 왈,

"나는 브야흐로 져 사름과 죠히 담쇼흐더니 미졔 홀연 저의 호연건(浩然巾)17)을 들쳐 그 본상을 드러니 미졔 문득 본상【38】을 감초지 못흐야 그 화혼 얼골이 경각의 변흐야 푸른 낫치 엄니18) 너밀고 큰 닙에 긴 혀룰 둘너 정히 날을 숨키고져 흐는지라 무심 즁의 무릅히 ᄭᅮᆯ니물 씨닷지 못흐고 머리룰 무슈히 조은 후 간신이 도망흐야 도라오니이다."

구공 왈,

"이런 닐이 우리 세상의도 쏘혼 흔흔 비라 엇지 홀노 이 일을 놀나리요! 노뷔 외람히 나히 냥위에 더으니 지는 비 적지 아닌지라. 대쳐 냥위 사름을 굴희여 말흐지 못흐므로 이런 욕을 당흐ᄂ니 무릇 정면으로 죠흐ᄂ는 쳬흐는 사름이 그 ᄀ온디 독혼 얼골을 곰촌 지 만흐니 이후 맛당이 사름을 굴희여 말흐고 남의 단쳐룰 드러니지 말며 범ᄉ룰 각【39】별 뉴심흐야 일노써 징계흐미 죠

<hr>

17) 【浩然巾 호연건】 圏 호연건 *風帽形式的一種頭巾. 唐孟浩然戴這種頭巾, 大家模倣他, 所以叫做"浩然巾". ∥ 나는 브야흐로 져 사름과 죠히 담쇼흐더니 미졔 홀연 저의 호연건을 들쳐 그 본상을 드러니 미졔 문득 본상을 감초지 못흐야 (俺同這人正在說笑, 妹夫猛然揭起浩然巾, 識破他的行藏, 登時他就露出本相.) <鏡花 6:37>

18) 【엄니】 圏 어금니. ¶ 獠牙 ∥ 그 화혼 얼골이 경각의 변흐야 푸른 낫치 엄니 너밀고 큰 닙에 긴 혀룰 둘너 정히 날을 숨키고져 흐는지라 (登時他就露出本相, 把好好一張臉變成靑面獠牙, 伸出一條長舌, 猶如一把鋼刀, 忽隱忽現.) <鏡花 6:38>

흘 듯 ᄒᆞ이다."

이인이 맛당ᄒᆞ믈 일컷고 의관을 도로 밧곤 후 모다 담쇼ᄒᆞᆯᄉᆡ ᄆᆞ초아 풍위 그치지 아니ᄆᆡ 비를 씌오지 못ᄒᆞ고 밤을 지ᄂᆡ려 ᄒᆞ더니 늣가야 비 그치며 ᄇᆞ람이 더옥 급ᄒᆞ더니 홀연 일척 대션(大船)이 ᄇᆞ람에 밀녀 개어귀로 드러오니 돗대 부러지고 닷줄이 ᄅᆞᆫ허져 모양이 극히 위급ᄒᆞ며 션즁의 사ᄅᆞᆷ의 곡셩이 들니거ᄂᆞᆯ

<h2 style="text-align:center">제26회</h2>

<h2 style="text-align:center">遇强梁義女懷德　遭大厄靈魚報恩</h2>

당싱이 원외를 쳥ᄒᆞ야 왈,

"져 ᄇᆡ 모양이 분명 우리 쳔죠 사ᄅᆞᆷ의 ᄇᆡ요 져ᄀᆞᆺ치 낭픿ᄒᆞ야 인명이 위급ᄒᆞ니 니른바 타향봉고인(他鄕逢故人)이요 토ᄉᆞ호비(冤死狐悲)라. 맛당히 사ᄅᆞᆷ을 보ᄂᆡ여 져의 긔계를 슈습ᄒᆞ야 죠히 도라가게 ᄒᆞ미 올ᄒᆞ니이다."

원【40】외 왈,

"무릇 해션의 단니는 사ᄅᆞᆷ이 남의 ᄇᆡ 낭픿ᄒᆞ니를 만나면 문득 모로는 체ᄒᆞ야 셔로 구치 아니ᄒᆞᄂᆞ니 이 본ᄃᆡ 인심이 박졍ᄒᆞ미 아니라 속긔로 ᄭᅥ리미러니 ᄆᆡ 제 이ᄀᆞᆺ치 션심을 발ᄒᆞ니 엇지 감히 좃지 아니리오."

드드여 ᄉᆞ공과 쟝인을 분부ᄒᆞ야 져 ᄇᆡ의 나아가 힘써 슈즙ᄒᆞ여 수이 도라가게 ᄒᆞ라 ᄒᆞ니 비로소 곡셩을 그치고 사ᄅᆞᆷ으로 ᄒᆞ야곰 은혜를 일커러 샤례ᄒᆞ믈 마지 아니ᄒᆞ더니, 이튼날 하ᄂᆞᆯ이 붉기의 미쳐 홀연 함셩이 진동ᄒᆞ야 졈〃 ᄇᆡ에 갓갑거ᄂᆞᆯ 당싱이 님·다 이인으로 더부러 ᄲᅡᆯ니 션두의 나와 ᄇᆞ라보니 언덕 우히 강도의 무리 ᄯᅦ지어 모라오니 거의 빅여 인이라 낫〃치【41】 창검을 들고 머리의 호연건을 쓰며 얼골의 먹을 칠ᄒᆞ고 각〃 쇼ᄅᆡ질너 왈,

"너의 우리 지경을 감히 그져 지나지 못ᄒᆞ리니 ᄲᅡᆯ니 ᄆᆡ로젼[買路錢 길ᄉᆞ는 돈이라]을 ᄂᆡ면 져기 용셔ᄒᆞ리라!"

삼인이 크게 놀나 혼이 날고 넉시 흐터진지라. 원외 부지불각의 션두의 ᄭᅮᆯ어

손을 부븨여 왈,

"감히 대왕게 알외느니 우리 불과 져근 본젼으로 먼리 미ᅟᅵᆨᄒᆞᄂᆞᆫ 지라 션샹의
일즉 물화롤 싯지 못ᄒᆞ오니 은젼을 어디로 죠츠 어더 대왕긔 효경(孝敬)ᄒᆞ리잇
고. 다만 목숨을 빌니시물 ᄇᆞ라느이다!"

웃듬 강되 크게 셩니여 쇼리질너 왈,

"너와 엇지 문답ᄒᆞ고 잇스리요. 위션 너의 목숨을 결과ᄒᆞᆫ 후 다시 말ᄒᆞ리라!"

말을 ᄆᆞ츠며 손【42】에 쟝검을 들고 ᄇᆞ로 션샹을 향ᄒᆞ더니 홀연 겻비로 죠
츠 ᄒᆞᆫ 낫 탄지(彈子) 나라오며 강도의 면샹을 ᄆᆞ치미 제 문득 언덕의 업더지거
늘 년ᄒᆞ야 활시위 쇼리 긋지 아니며 탄지 비오듯 어즈러이 ᄲᅮ리미 탄ᄌᆞ ᄒᆞᆫ 개
의 사롬 ᄒᆞᄂᆞ식 것구르치ᄂᆞᆫ지라. 당싱이 ᄇᆞ라보건디 겻비 션창 우희 일개 미녜
머리의 남쥬젼건을 동히고 몸에 초록 젼의롤 닙고 ᄇᆡ머리의 표연이 셔 잇스니
좌슈의 활을 들고 우슈로 탄ᄌᆞ롤 발ᄒᆞ야 ᄇᆡ번 쏘아 ᄇᆡ번 ᄆᆞ치ᄂᆞᆫ지라 그 중 건
쟝ᄒᆞ고 흉녕ᄒᆞᆫ ᄌᆞ롤 갈희여 낫ᄉᆞ치 ᄆᆞ치미 년ᄒᆞ야 슈십 대한을 것구르치미 남
은 즌약ᄒᆞᆫ 졸되 ᄒᆞᆫ ᄆᆞ디 납함ᄒᆞ고 일졔히【43】 다라드러 세히 ᄒᆞ나홀 업으며
둘이 ᄒᆞᄂᆞ홀 ᄭᅳ을어 스면으로 흐터지거늘 삼인이 비로소 겻비의 나아가 그 녀
ᄌᆞ롤 쳥ᄒᆞ야 구명ᄒᆞᆫ 은혜롤 샤례ᄒᆞ고 겸ᄒᆞ야 셩씨롤 무른디 녀지 넘용 손샤
왈,

"비ᄌᆞ의 셩은 쟝(章)이요 셰디로 즁원 사롬이라 쳥컨디 삼위 쟝ᄌᆞ의 존셩귀
방을 ᄀᆞ르치쇼셔."

당싱 왈,

"져 ᄒᆞᆫ 사롬의 셩은 다(多)요 ᄒᆞᆫ 사롬의 셩은 님(林)이요 노부의 셩은 당(唐)
이요 일홈은 외(敖)니 갓치 즁원 사롬이로다."

녀지 흔연 왈,

"진실노 이 말ᄉᆞᆷ ᄀᆞᆺᄒᆞᆯ진디 이 아니 녕남(嶺南) 당ᄇᆡᆨᄇᆡᆨ(唐伯伯)이시니잇가?"

당싱 왈,

"노븨 과연 녕남의 잇기는 잇거니와 낭지 엇지 ᄇᆡᆨᄇᆡᆨ이라 ᄒᆞ시ᄂᆞᆫ잇고?"

녀지 왈,

"셕년의 질녀의 부친이 일즉【44】 쟝안의 잇슬 ᄯᅢ ᄇᆡᆨᄇᆡᆨ과 다못 낙가(駱家)

위가(魏家) 모든 빅슉으로 더부러 결의ᄒ시미라. 빅ᄌᆞ이 오히려 니져 겨시니잇
가?"

당싱 왈,

"그ᄯᅢ 더부러 결의ᄒᆞᆫ 지 여러 사름이로디 일즉 쟝시ᄂᆞᆫ 업ᄂᆞ니 두리건디 낭지
그릇 싱각ᄒ시도다."

녀지 다시 졀ᄒᆞ여 왈,

"질녀의 본성은 셔(徐)요 일홈은 녀용(麗蓉)이요 부친의 휘ᄂᆞᆫ 경공(敬功)이니
집안 슉부의 화를 만ᄂᆞᆫ 후 부친이 몸둘 곳이 업셔 가권을 잇글고 해외의 도망
ᄒᆞ야 셔셩을 고쳐 쟝셩이라 일컷고 바다 비를 씌워 장ᄉᆞᄒ기로 업을 숨더니 불
ᄒᆡᆼ 삼년 젼의 부뫼 니어 긔셰ᄒ시미 질녀 다만 ᄒᆞᆫ 낫 유모를 거ᄂᆞ려 그으기 고
향으로 도라가려 ᄒ나 근포ᄒᄂᆞᆫ 녕이 엇【45】더ᄒᆞᆫ지 몰나 감히 즈레 나아가
지 못ᄒ고 의구히 비로 단녀 목숨을 보젼ᄒ더니 젼일 풍낭을 만나 거의 죽기의
니르거늘 졍히 빅ᄌᆞ의 놉흔 은혜를 닙어 긔계를 슈급ᄒ야 온젼이 도라가게 ᄒ
시미 부야흐로 몸소 나아가 은덕을 샤례ᄒᆞᆯ가 ᄒ더니 ᄯᅳᆺ 밧게 강도를 만나미 감
히 져근 무예로 일비지력을 도으미러니 다ᄒᆡᆼ이 빅ᄌᆞ을 만나도소이다."

홀연 셔셰츙이 겻비로 ᄲᅱ여오르니 원리 셰츙이 강도의 무리 갓가오믈 보고
졍히 손을 움즉이려 ᄒ더니 겻비로 죠ᄎ 일개 녀지 탄ᄌᆞ를 쏘아 여러 도적을
즛치미 죡히 닉의여 물니칠 모양이라 ᄆᆞ조 니다라 공을 ᄂᆞᆫ호미 불가ᄒ야 손을
【46】머츄더니 도적이 물너간 후 비로소 나아와 그 녀ᄌᆞ의게 치샤코져 ᄒᆞ미
라. 당싱이ᄌᆞ에 그 남미 지ᄂᆞᆫ 바를 셔로 젼ᄒ니 이인이 붓들어 통곡ᄒᆞᆯ 즈음
먼리 함셩이 다시 니러ᄂᆞ며 ᄯᅱᆺ글이 ᄒᆞᄂᆞᆯ을 덥허 무슈 군미 풍우ᄀᆞᆺ치 모라오거
늘 구공 왈,

"죠치 아니타! 져 강되 어디 가 구완을 쳥ᄒ야 부디 원슈를 갑고져 오ᄂᆞ니
장ᄎᆞᆺ 엇지ᄒᆞ리요?"

셰츙 왈,

"나의 병긔를 슉슈국의 바리고 오미 슈즁의 촌쳘이 업ᄂᆞᆫ지라 션상의 무슴 긔
계 잇ᄂᆞ니잇가?"

구공이 미쳐 답지 못ᄒ야 녀용 왈,

“우리 션즁에 부친 쓰시든 쟝창이 잇스나 거ㆍ의 힘의 므즐지 모로거니와 여러 ㅅ공이 일즉 익의지 못ᄒᆞᄂᆞ니 거게 몸소 나아가 시험【47】ᄒᆞ야 쓸가 보라.”

세츙이 넌망히 션창의 올나 쟝창을 둘너보니 졍히 손에 맛고 힘에 죡ᄒᆞᆫ지라 크게 깃거 ᄇᆞ로 비머리의 올나셔며 ᄇᆞ라보니 군민 임의 언덕의 갓가온지라 낫ㆍ치 머리의 유건을 쓰고 몸의 쳥삼을 닙어시니 그 슉ㅅ국 인믈이 믈 뭇지 아녀 알 거시오 부므의 보닌 비라. 세츙이 창을 잇글고 ᄇᆞ로 언덕의 오르니 져 군즁의 일원대쟝이 손에 녕긔롤 줍고 믈을 니여 크게 웨여 왈,

“나ᄂᆞᆫ 곳 슉ㅅ국 녕병 상장 ㅅ공괴(司空魁)라 이제 부므의 쟝녕을 밧드러 특별이 셔장군을 쳥ᄒᆞ야 국즁에 도라가 쟝ᄎᆞᆺ 즁히 쓰고져 ᄒᆞ시ᄂᆞ니 ᄲᆞᆯ니 나아와 녕을 밧들나 만일 줌시ᄂᆞᆫ 녕을【48】어긔올진더 맛당이 슈급을 ᄀᆞ져 부므긔 죄롤 쳥ᄒᆞ리라.”

세츙이 날호여 답ᄒᆞ여 왈,

“ㅅ공쟝군이 별닉의 무양ᄒᆞ시던잇가? 부졀업시 군므롤 슈고ᄒᆞ야 먼리 니르러 ᄋᆞ희 속이ᄂᆞᆫ 언을 ᄒᆞᄂᆞᆫ도다. 내 일즉 귀국의 잇션 지 삼년이로더 ᄒᆞᆫ 번 쓰이 믈 엇지 못ᄒᆞ더니 이제 몸이 지경을 나미 엇지 쓰고져 ᄒᆞ시더뇨? 비록 부므의 죠흔 ᄯᅳᆺ은 감샤ᄒᆞ나 내 본더 줌시 피란ᄒᆞ기롤 위ᄒᆞ미요 공명을 ᄯᅳᆺᄒᆞ지 아녓ᄂᆞ니 혹ᄌᆞ 국왕이 위롤 ㅅ양ᄒᆞ야도 진실노 원치 아닛ᄂᆞ니 쟝군은 ᄲᆞᆯ니 도라가 이 말노써 부므게 회보ᄒᆞ라. 내 이번 총망이 고향으로 도라가미 부므게 니별을 고치 못ᄒᆞ거니【49】일후 해외의 다시 지나거든 맛당히 몸소 나아가 샤죄ᄒᆞ리라.”

샤공괴 대로 왈,

“너 셔세츙이 감히 쟝녕을 어긔리요. 대쇼 삼군은 ᄲᆞᆯ니 져 반적을 줍으라!”

녕긔롤 두르며 군므롤 휘동ᄒᆞ야 일졔히 다라들거ᄂᆞᆯ 세츙이 쟝창을 츔츄어 약간 영용을 분발ᄒᆞ미 지ᄂᆞᆫ 바의 대젹ᄒᆞ리 업ᄂᆞᆫ지라. 다만 목숨을 도망ᄒᆞ야 ㅅ쳐로 허여지고 ㅅ공괴 쏘흔 다리의 창을 므ᄌᆞ 거의 믈게 ᄭᅥ러지니 즁군이 겨유 구ᄒᆞ야 창황이 도망ᄒᆞ거ᄂᆞᆯ 오릭 후 졍히 션상의 오로고져 ᄒᆞ더니 젼면 ᄶᆞᆺ글이 니러나며 허다 강되 다시 ᄣᅦ지어 모라오며 웃듬 강되 머리의 치미[雉尾 ᄶᅵᆼ

의 쏘리]를 쏫고 손의 죠궁[雕弓 큰활이라]을 【50】 들고 크게 쇼리질너 왈,

"어느곳 어린 녀지 감히 나의 졸도를 상히오느뇨!"

활을 들어 셰츙을 견우며 왈,

"져 한지(漢子) 일졍 그 녀즈와 동당이니 몬져 나의 탄즈를 맛보라 말을 맛지 아녀 시위 쇼리 느는 곳의 탄지 비발치듯 나라오거늘 셰츙이 창긋츠로 죠쳐 낫ᄌ치 쩌르치고 몸을 날녀 알프로 나아가니 강되 대도를 가져 셔로 졉젼홀시 모든 군시 일시에 에워쓰고 함셩이 긋지 아니며 강도의 칼 쓰는 법이 졍통ᄒ고 셰츙의 창법이 심샹ᄒ미 졍히 꾀로써 닉의기를 ᄉ각ᄒ더니 홀연 강되 칼을 더지며 졋버지니 셰츙이 쏘흔 놀나더니 원리 셔려용(徐麗蓉)이 힝혀 거ᄌ의 소우(疏虞)ᄒ미19) 잇슬가 져 【51】 허 ᄀᄆ니 탄즈를 쏘아 강도의 면샹을 ᄆ치고 니어 십여 인을 ᄆ치니 모든 군시 두목을 구호ᄒ야 분ᄌ히 도망ᄒ니 오린 후 셰츙이 션샹의 도라오고 려용이 쏘흔 당싱을 쫄와 니르러 ᄉ도미ᄋ [司徒嫵兒]로셔 보며 녀시(呂氏)와 완여(婉如)로 례를 베플시 피츠 환난의 고초와 졍의ᄌ 관곡ᄒ미 비홀 디 업셔 셜화 탐ᄌᄒ니 이로 긔록지 못ᄒ니라. 원외 일변 장인을 동칙ᄒ야 셔가 션쳑을 슈즙(修葺)ᄒ미20) 셰츙이 도라갈 ᄆ음이 술 ᄀ흔지라 미즈(妹子)와 샹의ᄒ야 미ᄋ로 더부러 고향을 향홀시 당싱이 셰츙을 권ᄒ야 미ᄋ로 더부러 션샹의셔 셩혼ᄒ야 힝노의 불편ᄒ미 업고져 ᄒ니 셰츙이 쳐즈의 현덕을 감 【52】 격ᄒ야 초ᄌ(草草)히 셩례치 아녀 일후 공명을 닐□□□□□□ 뇩례를 ᄀ초아 합근(合卺)ᄒ여 ᄒ니 당싱이 쏘흔 올□□□□□ 강권치 아니터니 슈일 후 셔로 분별홀시 원외 □□□□의 구명흔 은덕을 감격ᄒ고 졔 일즉 의금(衣錦) 힝니(行李) 업□□ 어엿비 넉여 녀시로 ᄒ야곰 의금 힝니와 노비(路費)를 ᄀ초아 보난디 셰츙이 지삼 ᄉ양ᄒ야 의금 힝니만 바다 의관을 고친 후 미ᄋ와 려용으로 더부러 즁인을 니별ᄒ고 하람(河南)을 향ᄒ야 문은(文隱)을 츠

---

19) 【소우ᄒ다】 혱 {소우(疏虞)하다.} ¶ 疏虞‖ 원리 셔려용이 힝혀 거ᄌ의 소우ᄒ미 잇슬가 져허 ᄀᄆ니 탄즈를 쏘아 강도의 면샹을 ᄆ치고 (原來徐麗蓉恐有疏虞, 放了一彈, 正中大盜面上.) <鏡花 6:50>

20) 【슈즙ᄒ다】 혱 수즙(修葺)하다. 수리(修理)하다. ¶ 修理‖ 원외 일변 장인을 동칙ᄒ야 셔가 션쳑을 슈즙ᄒ미 셰츙이 도라갈 ᄆ음이 술 ᄀ흔지라 (林之洋命人過去修理船隻, 徐承志歸心似箭, 即同妹子商議, 帶著嫵兒同回故鄉.) <鏡花 6:51>

ㅈ 나아가니라. 삼인이 ᄯᅩᄒᆞᆫ 비를 쯰워 여러 날 힝ᄒᆞ더니 천흉국(穿胸國) 지경을 지날ᄉᆡ 원외 구공다려 무러 왈,

"사ᄅᆞᆷ의 ᄆᆞ음이 반드시 ᄀᆞ슴 ᄀᆞ온ᄃᆡ 잇셔니르되 넘통이라 ᄒᆞᄂᆞ니 이【53】제 천흉국 사ᄅᆞᆷ은 문득 ᄀᆞ슴 ᄀᆞ온ᄃᆡ 굼기 ᄯᅮᆯ녀 통ᄒᆞ아시니 그 염통은 쟝ᄎᆞᆺ 어느 젼의 부처 잇ᄂᆞ뇨?"

구공 왈,

"노부는 드르니 져 사ᄅᆞᆷ도 본ᄃᆡ 져 ᄀᆞᆺ지 아니터니 후세의 그 사ᄅᆞᆷ의 ᄒᆞ는 일이 ᄇᆞ로지 안인 지 만ᄒᆞ미 ᄆᆞ음을 ᄒᆞᆫ 번 그릇 먹을 ᄯᅢ마다 염통이 ᄒᆞᆫ 편으로 기우러 오날 기울고 ᄂᆡ일 기우러 졈ᇰ ᄒᆞᆫ 편으로 몰녀 본 ᄌᆞ리를 쩌ᄂᆞ미 ᄀᆞ슴 ᄀᆞ온ᄃᆡ ᄇᆡ여 쥬ᄒᆞᆫ 비 업ᄂᆞᆫ지라. 인ᄒᆞ야 ᄀᆞ슴 알프로 큰 종긔 나니 일홈이 ᄇᆡ심졍[歪心疔]이라 ᄒᆞ고 등 뒤흐로 큰 종긔 나니 일홈이 편심져(偏心疽)라 ᄒᆞ야 안흐로 썩어 날이 오리미 셔로 통ᄒᆞ니 ᄇᆡᆨ약이 무효ᄒᆞ더니 천하의 유명ᄒᆞᆫ 종긔 의원이 니르러 이에【54】일희 염통과 개 부홰21)로써 그 속의 너허 메온즉 오린 후 종긔는 비록 합창ᄒᆞ나 져 일희 염통과 개 부홰 각ᇰ ᄒᆞᆫ 편으로부터 어울고 ᄀᆞ슴 ᄀᆞ온ᄃᆡᄂᆞᆫ 의구히 굼기 ᄯᅮᆯ녀 막히지 아니ᄐᆞ ᄒᆞ더이다."

원외 왈,

"그럴진ᄃᆡ 저 사ᄅᆞᆷ은 모양은 사ᄅᆞᆷ이나 심슐은 문득 일희와 개 ᄀᆞᆺ흐리로다. 다만 그 나라 사ᄅᆞᆷ이 낫ᇰ치 종긔를 알코 굼기 ᄯᅮᆯ니다 ᄒᆞᄂᆞᆫ잇가!"

구공 왈,

"그 엇지 그러ᄒᆞ리요 당초 멋 사ᄅᆞᆷ이 그 병을 어든 후 년ᄒᆞ야 ᄌᆞ손을 나흘ᄉᆞ록 그 부모의 모양을 달마오니 즉금 ᄒᆞᆫ 죵ᅟᅱᆨ 되야 그러ᄒᆞ니 엇지 낫ᇰ치 즘ᄉᆡᆼ의 ᄆᆞ음을 ᄀᆞ졋다 ᄒᆞ리오 ᄆᆞ초아 언덕 우희 여러 사ᄅᆞᆷ이 ᄒᆞᆫ 사ᄅᆞᆷ을 옹위ᄒᆞ여 ᄀᆞ거늘 ᄌᆞ셰 ᄇᆞ라보니 ᄒᆞᆫ 사ᄅᆞᆷ을 ᄀᆞ슴 굼게 불근 막대로 쮀여 압【55】뒤흐로 사ᄅᆞᆷ이 메고 가니 그 중에 놉ᄒᆞ 뵈는 지라."

---

21) 【부화】 명 폐. 허파. ¶ 肺 ‖ 천하의 유명ᄒᆞᆫ 종긔 의원이 니르러 이에 일희 염통과 개 부화로써 그 속의 너허 메온즉 오린 후 종긔는 비록 합창ᄒᆞ나 져 일희 염통과 개 부홰 각ᇰ ᄒᆞᆫ 편으로부터 어울고 ᄀᆞ슴 ᄀᆞ온ᄃᆡᄂᆞᆫ 의구히 굼기 ᄯᅮᆯ녀 막히지 아니ᄐᆞ ᄒᆞ더이다 (過了幾時, 病雖醫好, 誰知這狼的心, 狗的肺, 也是歪在一邊、偏在一邊的, 任他醫治, 胸前竟難復舊, 所以至今仍是一個大洞.) <鏡花 6:54>

당싱 왈,

"져 사름은 무슴 죄롤 지어 잡아가거느 병이 들어 쯔어가느도다."

구공 왈,

"그러치 아니틴 져곳에 무릇 벼슬ᄒ야 귀혼 사름은 부디 사름으로 하야곰 그 구슴을 쮀여 메고 단니게 ᄒ니 ᄀ쟝 놉흔 즈는 팔인이 메고 혹 뉵인도 메여 스인도 메니 져 두 사름이 멘 즈는 느즌 벼슬에 대단이 놉지 못혼 사름이로다. 이 정히 우리 곳 교ᄌ 틴는 법과 ᄀ흐니이다."

원외 왈,

"우리 벼슬이 ᄀ쟝 귀ᄒ여 그으기 ᄒ고져 ᄒ더니 져곳의 와 벼슬은 못ᄒ리로다. 져 굼게 단ː혼 막디롤 쮀【56】여 메니 그 굼기 오죽 알푸리오 ᄎ라리 쳔ᄒ야 제 발노 거라단니기만 못ᄒ리로다."

이ᄀ치 슈죽홀 스이 ᄇ람이 급ᄒ야 지경을 지느 지 오린지라 ᄯ 힝혼 지 몃츨에 염화국(厭火國) 지계의 다ː르민 당싱이 여러 날 구경치 못ᄒ몰 굼ː ᄒ야 닙·다 이인을 쳥ᄒ야 언덕의 오르민 오리지 아녀 혼 쩨 사름을 만나니 그 사름이 모양은 진나비22) 갓고 얼골은 먹칠혼 듯ᄒ며 어즈러이 지져괴며 즘싱의 쇼리 ᄀ흔지라. 당싱을 향ᄒ야 무어시라 들네며 낫ː치 손을 버려 무어슬 구걸ᄒ는 모양 갓거놀 당싱은 황겁ᄒ야 뒤흐로 믈너셔고 구공이 말ᄒ야 왈,

"우리는 지나가는 힝인이【57】라 ᄆ춤 귀방을 지나민 풍쇽을 구경코져 니르미라. 일즉 은젼을 지니지 아녀시며 귀방이 만일 슈한의 흉년을 만나 싱되 업슬진딘 국왕과 관원이 잇셔 응당 진휼(賑恤)ᄒ야 구졔ᄒ리니 우리 엇지 져 만혼 사름을 녁ː히 구졔ᄒ리오!"

져무리 일향 보ᄎ는 모양이어놀 구공 왈,

"우리 쟝ᄉ로 단니나 본젼이 젹고 믈홰 녁ː지 못ᄒ니 엇지 사름을 진휼ᄒ리오."

---

22) 【진나비】 ⑲ 잔나비. 원숭이. ¶ 獼猴 ‖ ᄯ 힝혼 지 몃츨에 염화국 지계의 다ː르민 당싱이 여러 날 구경치 못ᄒ몰 굼ː ᄒ야 닙·다 이인을 쳥ᄒ야 언덕의 오르민 오리지 아녀 혼 쩨 사름을 만나니 그 사름이 모양은 진나비 갓고 얼골은 먹칠혼 듯ᄒ며 어즈러이 지져괴며 즘싱의 쇼리 ᄀ흔지라 (走不多時, 見了一群人, 生得面如黑墨, 形似獼猴, 都向唐敖唧唧呱呱, 不知說些甚麽.) <鏡花 6:56>

원외 분연 왈,

"구공은 다스히 구지 말나! 우리 무리 천산만슈(千山萬水)롤 지나 이ㄱ치 분쥬ㅎ미 젼혀 지물 엇기롤 구ㅎ미라. 엇지 지물 업시키롤 위ㅎ리오. 져희 아모리 이걸ㅎ나 결단코 문젼을 허비치 아니리라!"

【58】 져무리 그 말노 죠츠 졈〃 흐터지되 오히려 두어 사룸이 손으로 옷슬 붓드러 노치 아니커눌 원외 구공을 불너 왈,

"밧비 도라가스이다. 엇지 궁흔 귓거스로 더부러 슈죽ㅎ리오!"

말을 므츠며 져무리 흔 무디 괴이흔 쇼리 함셩 ㄱ더니 낫〃치 닙을 버리며 닙 ㄱ온디로 불꼿치 니러ㄴ며 즉각에 연긔 ㅈ옥ㅎ더니 흔 줄기 화광이 ㅂ로 면상의 부드치며 원외의 슈염을 일시의 술와 ㅂ리니 삼인이 대경창황ㅎ야 션상으로 도망홀시 힝혀 져무리 거름이 샌르지 못ㅎ므로 삼인이 겨유 비의 오르며 임의 비머리의 쏘츠 니르며 화광이 더옥 급ㅎ며 독흔 연긔 스면의 ㄱ득ㅎ니 모【59】 든 사공이 미쳐 피치 못ㅎ야 머리롤 데히고 털을 그스린 지 만ㅎ미 졍히 경황망조ㅎ더니 홀연 물 ㄱ온디로조츠 허다흔 녀인이 허리 우희 의복이 업시 격신으로 물 우희 소스 허리 ㅇ러 물에 곱초고 낫〃치 닙으로 물을 쑴어 비오듯 폭포 ㄴ리듯 ㅎ야 춘 긔운이 ㅂ로 져무리로 향ㅎ야 쏘이더니 무춤니 물이 능히 불을 닉의므로 경각 스이의 화광이 졈〃 침식ㅎ거눌 원외 이 틈을 ㅌ 죠총을 두어 방 노ㅎ니 져 무리 분〃이 다라ㄴ거눌 모다 그 녀인을 보니 이 문득 현고국[元股國] 의셔 당셩의 물의 노흔 ㅂ 인어(人魚)라. 인에 쏘흔 화광이 그치물 보고 의구히 물속의 드러 흐터지ㄴ지라 원외 ㅂ야흐【60】 로 사공을 지쵹ㅎ야 비롤 씌올시 구공 왈,

"츈간에 당형이 고기롤 스물에 노ㅎ미 다만 죠흔 일ㅎ야 격덕이 되리러라 ㅎ얏더니 엇지 멋 달 후 그 고기 힘으로 왼 비사룸의 셩명 보젼ㅎ기롤 뜻ㅎ아시리오. 녯말의 니르디 '남의 조흔 일ㅎ미 곳 제 몸의 조흔 일이라' ㅎ더니 과연 헛말이 아니로다."

당셩 왈,

"가히 불샹흔 ㅂ는 사공이 그찌 흔 무리롤 그릇 죽이도다."

원외 왈,

“져 고기 그쩌 우리 비를 쓰로다가 오리 보지 못ᄒ리러니 엇지 오날 미처 와 우리를 구ᄒ뇨? 미양 세상 사ᄅ이 남의 은혜를 닙은 후 그쩌 지나면 문득 이져 ᄇ려 져ᄇ리ᄂ 지 만커늘 져 고기ᄂ 오리도록 은혜를 닛지【61】아녀 크게 ᄀᆸ ᄒ니 일노 보건더 세상의 은혜를 닛고 의를 니르되 어별만 못ᄒ다 ᄒ리로다. ᄒ만 져 고기 능히 우리 오날ᄒ 이 화를 만나믈 미리 알고 미처 와 구ᄒ다 ᄒ리 잇가!”

구공 왈,

“이 고기 능히 미리 아ᄂ 지혜 잇슬진더 당초 어부의 그물의 그릇 걸니지 아 니리니 대체 의논컨더 죠수닌개(鳥獸鱗介)의 뉴 ᄉ령(四靈)의 속ᄒ 비라 그 풍 뉴 비록 각ᄒ이나 그 신령ᄒ 셩품은 ᄒ 가지라 ᄆ리 쥬인을 알고23) 개 임즈를 쓰로미24) 엇지 즘셩의 무지ᄒ다 ᄒ며 황죽(黃雀)이 불과 져근 새로더 능히 구 슬을 물어 은혜를 갑ᄒ니25) ᄒ물며 져ᄀ치 큰 고기 엇지 은혜를 모로리오.”

---

23) 【ᄆ리 쥬인을 알고 개 임즈를 쓰로다 馬有垂繩之義】前秦苻堅和慕容衝打仗, 苻堅敗了, 逃走時滾落到山澗裏, 爬不上來. 他騎的那匹馬, 就跪在澗邊, 讓所係的繩繩垂下去, 他抓住 了繩繩爬上來, 才脫了難. 出『異苑』‖ 이 고기 능히 미리 아ᄂ 지혜 잇슬진더 당초 어부 의 그물의 그릇 걸니지 아니리니 대체 의논컨더 죠수닌개의 뉴 ᄉ령의 속ᄒ 비라 그 풍뉴 비록 각ᄒ이나 그 신령ᄒ 셩품은 ᄒ 가지라 ᄆ리 쥬인을 알고 개 임즈를 쓰로미 엇지 즘셩의 무지ᄒ다 ᄒ며 (凡鱗介鳥獸爲四靈所屬, 種類雖別, 靈性則一. 如馬有垂繩之 義, 犬有濕草之仁, 若謂無知無識, 何能如此?) <鏡花 6:61> ᄆ리 데일 보ᄇ니 샹녯말ᄉ매 닐오디 ‘가히ᄂ 프레믈 쓰리던 은혜 잇고 ᄆ론 쥬리 울드리워 갑던 이리 잇ᄂ니라’ (馬 是第一寶貝, 常言道: ‘狗有濺草之恩, 馬有垂繩之報.’) <翻朴 上43b> ᄆ론 垂繩ᄒ 報ㅣ 잇다. 漢高祖與項王會鴻門舞劍事, 急謀脫. 疋馬甫行, 道傍有一瞖井, 馬到井邊不肯行. 漢 王恐追者至, 下馬入井. 項王追至井傍, 見馬迹至井而止, 謂漢王在井, 令人下井搜求. 見井 口有蜘蛛罩網, 鵓鴿一雙出井飛去, 謂無人在中, 項王還壁. 翌日, 其馬到井垂繩, 漢王執之 而出. ‖ ᄆ론 第一 寶貝라 常言에 닐오되 ‘개ᄂ 濺草ᄒ 恩이 잇고 ᄆ론 垂繩ᄒ 報ㅣ 잇 다’ ᄒ니라 <朴上 39b>

24) 【개 임즈를 쓰로다 犬有濕草之仁】三國時吳李信純, 養一狗, 名黑龍; 某天, 李大醉不能回 家, 睡在郊外草地上; 獵人放火燒草, 將要延燒到李的身邊; 黑龍跳到水溝裏把全身弄濕, 然 後跑回來把身上的水打濕李周圍身邊的草, 因而李得未被燒死. 出『搜神記』‖ 이 고기 능히 미리 아ᄂ 지혜 잇슬진더 당초 어부의 그물의 그릇 걸니지 아니리니 대체 의논컨더 죠 수닌개의 뉴 ᄉ령의 속ᄒ 비라 그 풍뉴 비록 각ᄒ이나 그 신령ᄒ 셩품은 ᄒ 가지라 ᄆ 이 쥬인을 알고 개 임즈를 쓰로미 엇지 즘셩의 무지ᄒ다 ᄒ며 (凡鱗介鳥獸爲四靈所屬, 種類雖別, 靈性則一. 如馬有垂繩之義, 犬有濕草之仁, 若謂無知無識, 何能如此?) <鏡花 6:61>

원외 왈,

"이【62】곳이 현고국으로 더부러 샹게 여러 쳔리 엇지 그써 노흔 고기 이에 쓸와오다 흐리잇고?"

구공 왈,

"그는 오히려 모로거니와 노뷔 일즉 보니 흔 사룸이 개 먹기룰 ㄱ쟝 즐기더니 므춤ㄴ 개게 물녀 죽고 흔 사룸은 비암 먹기룰 즐기더니 필경 비암의게 죽으니 일노 보건디 당형이 고기룰 노흐미 이제 고기의 구흐믈 브드미라 그 고기며 다른 고기룰 의논흐야 무엇흐리오. 이런 일노 볼진디 살기룰 조흐ㅎ고 죽기룰 슬히 넉이믄 부디 사룸만 그럴 분 아니라 즘싱이 쏘흔 이 ㄱㄷ흐니 져룰 살니믈 고므와 흐니 그 죽이믈 응당 한흐리니 이러므로 세샹의 먹기룰 위흐야 싱【63】물을 만히 죽이눈 즈눈 비단 하늘에 호싱지덕을 져브릴 분 아니라 멋낫 싱물의 한흐믈 브드미라 가히 두렵지 아니랴."

당싱 왈,

"져무리 어즈러이 지져괴눈 쇼리 흔 ㅁ디룰 알 길 업스미 더옥 갑ㅎ흐더이다."

구공 왈,

"져무리 셩음(聲音)은 오히려 알기 어렵지 아니커니와 이 압 기셜국(歧舌國)에 다ㅎ르면 진실노 알아듯기 어려오리이다."

당싱 왈,

"쇼졔 미양 운학(韻學)을 져기 알고져 흐야 기셜국의 니르믈 날노 기ㄷ리되 므춤ㄴ 니르지 못흐니 혹즈 그 스이 지나지 아닌잇가?"

구공 왈,

"알프로 오히려 결흉국(結胸國)과 쟝비국(長臂國)과 익민국(翼民國)과 시훼국(豕喙國)과 빅녀국(伯慮國)과 무함국(巫咸國) 모든 나라흘 지ㄴ야 비로【64】소

---

25)【황죽이 불과 져근 새로더 능히 구슬을 물어 은혜룰 갑다 黃雀銜環】相傳東漢楊寶救了一隻黃雀, 後黃雀變作一個黃衣童子銜白環四枚相報. 後卽以表示有恩必報之意. ‖ 황죽이 불과 져근 새로더 능히 구슬을 물어 은혜룰 갑흐니 흐물며 져ㄱ치 큰 고기 엇지 은혜룰 모로리오 (卽如黃雀形體不滿三寸, 尙知銜環之報, 何況偌大人魚.) <鏡花 6:61> "適在海朋取參, 見一大蚌, 特取其珠, 以爲黃雀銜環之報, 望恩人笑納." <鏡花 13>

기셜국 지경의니이다."

원외 왈,

"아모려나 〻의 슈염을 진슈히 술와ᄇᆞ려 ᄒᆞᆫ 털도 남지 아녀 모양이 불ᄉᆞᄒᆞᆯ 분 아니라 닙가히 쓸히고 알푸니 장ᄎᆞᆺ 엇지ᄒᆞ리오?"

구공 왈,

"노뷔 일즉 신통ᄒᆞᆫ 묘방을 드러시되 ᄆᆡ양 이ᄀᆞ치 길노 단니기로 오히려 지어 두지 못ᄒᆞ미 한홉도다."

당싱 왈,

"그 무슴 약품인지 ᄌᆞ시 ᄀᆞ르치면 조히 널니 젼ᄒᆞ야 셰상을 건지리이다."

구공 왈,

"이 문득 희귀ᄒᆞᆫ 약지 아니라 도쳐의 흔ᄒᆞᆫ 풀이니 일홈이 츄귀(秋葵)라 그 닙히 완연히 ᄃᆞᆰ의 발톱 ᄀᆞᆺ흐므로 혹 갈오ᄃᆡ, '계조귀(鷄爪葵)라 ᄒᆞᄂᆞ니 그 ᄭᅩᆺ치 셩히 필 ᄣᆡ에 ᄎᆞᆷᄭᆡ기름 반병을 너허노코 날ᄆᆞ다 그 ᄭᅩᆺ츨 손으로 【65】 ᄯᆞ지 말고 져으로 집어 병에 너허 기름에 ᄌᆞᆷ기게 ᄒᆞ다가 병이 ᄀᆞ득ᄒᆞᆯ 만 ᄒᆞ거든 병부리ᄅᆞᆯ 봉ᄒᆞ야 두엇다가 무릇 불과 ᄭᅳᆯᄂᆞᆫ 물에 데인 지 잇거든 그ᄅᆞᆯ ᄇᆞ르면 즉각의 독을 삭이고 알푸믈 그치ᄂᆞ니 즁히 샹ᄒᆞᆫ ᄌᆞ도 두어 번 ᄇᆞ르면 신효치 아니리 업ᄂᆞ니이다. 만일 이ᄅᆞᆯ 엇지 못ᄒᆞᆯ진ᄃᆡ ᄎᆞᆷ기름에 대황[大黃 약지] ᄀᆞ로ᄅᆞᆯ ᄀᆡ야 ᄇᆞ르면 낫다 ᄒᆞ니 긔나 시험ᄒᆞ미 올흐니이다."

당싱 왈,

"텬하의 신긔ᄒᆞᆫ 방문이 만흐되 점〻 젼치 아녀 모로ᄂᆞᆫ ᄇᆡ 만코 혹 어더 드르나 그 방문에 귀즁ᄒᆞᆫ 약지 드지 아녀시면 보ᄂᆞᆫ 지 쳔히 넉여 쓰지 아니므로 거의 민멸ᄒᆞ야 업셔지ᄂᆞ니 도로혀 쳔ᄒᆞᆫ 약지로 깁픈 병 【66】 고치ᄂᆞᆫ 묘ᄅᆞᆯ 모로더이다. 쇼졔 어려셔 홀연 면샹의 ᄒᆞᆫ 병이 나니 죵긔도 아니요 ᄉᆞᄆᆞ괴[26]도 아니며 알푸도 아니코 가렵도 아니되 처엄 날 ᄣᆡᄂᆞᆫ 져근 녹두만ᄒᆞ더니 점〻 ᄌᆞ라

---

26) 【ᄉᆞᄆᆞ괴】 명 사마귀. ¶ 疣 ‖ 쇼졔 어려셔 홀연 면샹의 ᄒᆞᆫ 병이 나니 죵긔도 아니요 ᄉᆞᄆᆞ괴도 아니며 알푸도 아니코 가렵도 아니되 처엄 날 ᄣᆡᄂᆞᆫ 져근 녹두만ᄒᆞ더니 점〻 ᄌᆞ라 큰 공만ᄒᆞ니 비록 알푸지 아니나 ᄆᆞᄎᆞᆷ니 가증ᄒᆞ더니 (卽如小弟幼時, 忽從面上生一肉核, 非瘡非疣, 不疼不癢, 起初小如綠豆, 漸漸大如黃豆, 雖不疼痛, 究竟可厭.) <鏡花 6:66>

큰 공만ᄒ니 비록 알푸지 아니나 ᄆ츰ᄂ 가증ᄒ더니 홀연 ᄒᆫ 사름이 신긔ᄒᆫ 방문을 젼ᄒ니 별 것 아니라 오미육[烏梅肉 미실]을 씨 발나 불에 술와 ᄀ로 민든 후 몰근 물에 긔야 ᄇ르더라. 슈일 만의 쾌히 삭으니 그 일홈을 육희(肉核)이라 ᄒ더이다. 쏘 ᄒᆫ가지 육희이 잇스니 쇽명은 후지[猴子 무ᄉ무괴 뉘라]라 ᄒ니 면상의 나면 비록 알푸지 아니나 ᄀ쟝 보기 슬흔지라. 그 고치는 법이 돈 ᄒᆫ 푼을 그 우히 씨우면 그 희이 돈 굼그로 【67】 나오리니 그 ᄯᆺ히 쑥으로 셕장만 쓰면 쩌러진 후 다시 나지 아니ᄐ ᄒ더이다. 일노 볼진더 약 쓰는 법이 약갑 귀쳔의 잇지 아니ᄂ 만일 그 갑시 귀쳔으로 약에 호부롤 경ᄒ면 쳔하 챵싱(蒼生)을 그르치리이다!”

  구공 왈,

  “당형의 붉으신 의논이 곳ᄂ이 맛당ᄒ거니와 님형이 년긔 스슌이 넘도록 ᄀ쟝 풍영(豊盈)ᄒ더니 이제 슈염을 홀연 업시ᄒ고 흰 턱과 불근 닙이 드러나니 완연이 스무남은 년긔에 미쇼년 ᄀᆺᄒ니 젼부터 해션의 단니는 붕위 별호지어 굴오디, ‘셜견슈[雪見羞 눈이 보아 븟그리다 ᄒ니 ᄀ쟝 희다 말이라]라’ ᄒ미 괴이치 아니토다.”

  당싱 왈,

  “구형의 별호는 비록 셜견쉬라 ᄒ나 일즉 면상의 눈이 업거니와 염화국 【68】 사름은 엇지 닙으로 불을 노ᄒ니잇고?”

  구공 왈,

  “노뷔 근일 정신이 건망ᄒ야 다만 귀경을 탐홀 분이요 본러 그 사름이 닙으로 싱화 ᄂ는 줄은 닛고 말ᄒ지 못ᄒ도다. 님형의 알픈 고디 대황 ᄇ르기롤 ᄒᄆ 니즐 번ᄒ도다. 이에 대황을 쟉말ᄒ야 원외롤 쥬어 ᄇ르더니 과연 오리지 아녀 쾌히 나으미 문득 흔젹도 업스니라.

  일일은 모다 타루[舵樓 빈머리 누히라]의 안ᄌ 스면으로 관망ᄒ더니 홀연 덥기 이샹ᄒ야 고디 삼복 시졀 ᄀᆺᄒ여 사름마다 쌈을 흘니며 숨이 ᄎ거늘 당싱 왈,

  “이ᄶ 임의 ᄀ을이 되얏거늘 홀연 이ᄀᆺ치 더우믄 엇진 연괴니잇고?”

  구공 왈,

"이곳이 슈마국(壽麻國) 지경이 갓가오므로 이ㄱ치 더우니 녯글【69】에 니르되 슈마국 사롬이 브로 셔면 그림지 업고 쇼리ᄒᆞ야 운이 업다 ᄒᆞ며 더위 심ᄒᆞ야 사롬이 왕너치 못ᄒᆞᆫ다 ᄒᆞ니 우리 다힝이 즈럼길27)노 죠ᄎᆞ 힝ᄒᆞ미 반일 만 지나면 문득 이ㄱ치 덥지 아니리이다."

당싱 왈,

"져곳이 미양 이ㄱ치 더올진디 져곳 사롬은 엇지 견디여 가ᄂᆞ니잇고?"

구공 왈,

"해외의 젼ᄒᆞᄂᆞᆫ 말노 듯건디 져곳이 빅쥬의 더옥 더우므로 미양 해곳 도드면 사롬이 믈속에 드러 잇다가 해진 후야 비로소 나온다 ᄒᆞ며, ᄯᅩ 드르니 그 사롬이 어려셔부터 이ㄱ치 격그므로 도로혀 더위를 ᄭᅵ닷지 못ᄒᆞ다가 만일 졔 곳을 ᄯᅥᄂᆞ면 다른 ᄯᅡᄒᆡ 니르면 비록 극열을 당ᄒᆞ야도 어러 죽ᄂᆞᆫ다 ᄒᆞ니 그ᄂᆞᆫ ᄯᅩᄒᆞᆫ 괴이【70】치 아니터이다. 대쳐 초목과 화훼의 뉴의 더위를 즐기ᄂᆞᆫ 종뉴를 치온 ᄯᅡᄒᆡ 옴겨 심그면 왕ᄼ이 죽으니 이와 다르미 업슬 듯ᄒᆞ더이다."

당싱 왈,

"쇼졔ᄂᆞᆫ 드르니 신션이 허ᄒᆞᆫ 브로 몸을 합ᄒᆞᆫ 고로 날 ᄀᆞ온디셔도 그림지 업다 ᄒᆞ고 ᄯᅩ 노인의 ᄌᆞ식이 션쳔 긔운이 부죡ᄒᆞ기로 그림지 업다 ᄒᆞ더니 슈마국 사롬이 ᄯᅩᄒᆞᆫ 엇지 그러ᄒᆞ니잇고?"

구공 왈,

"그도 다름 아니라 당초 품슈(稟受)ᄒᆞᆫ 비 양긔 ᄀᆞ쟝 부죡ᄒᆞ므로 대ᄼ로 이ㄱ ᄒᆞ미니 이ㄱ치 더온 ᄯᅡᄒᆡ 능히 거ᄒᆞ니 그 양긔 부죡ᄒᆞ믈 알지라 그 엇지 그림지 잇스리오."

홀연 모든 사공이 들네더니 일인이 황망이 고ᄒᆞ야 왈,

"사공 ᄒᆞ나히 더위【71】에 막혀 혼도(暈倒)ᄒᆞ니 약을 쳥ᄒᆞᆫ다 ᄒᆞ야ᄂᆞᆯ 구공이 샐니 상ᄌᆞ에 막혀 혼도ᄒᆞ니 약을 쳥ᄒᆞᆫ다 ᄒᆞ야ᄂᆞᆯ 구공이 샐니 상ᄌᆞ를 열고 ᄒᆞᆫ 봉 약ㄱ로28)를 쥬어 왈,

---

27) 【즈럼길】 명 지름길. ¶ 岔路 ‖ 우리 다힝이 즈럼길노 죠ᄎᆞ 힝ᄒᆞ미 반일 만 지나면 문득 이ㄱ치 덥지 아니리이다 (虧得另有岔路可以越過, 再走半日, 就不熱了.) <鏡花 6:69>
28) 【약ㄱ로】 명 약가루. ¶ 藥末 ‖ 구공이 샐니 상ᄌᆞ를 열고 ᄒᆞᆫ 봉 약ㄱ로를 쥬어 왈 (多九

“이 약을 ㄱ지고 큰 ᄆ늘 두어 쏙을 어더 이 약 무게와 ᄀᆺ홀 만ᄒ게 ᄒ야 흠
게 ᄶ어어 몰근 우물ᄙ 흔 보오29)의 너허 져은 후 가라안거든 건지ᄂᆫ ᄇ리고 물
만 ᄶᅴ워 닙의 너흐면 즈연 효험이 잇스리라.”

ᄆ초아 션즁의 우물ᄙ 기러온 비 잇ᄂᆫ지라. 즉각의 그더로 화합ᄒ여 닙의 너
흐니 오리지 아녀 숨을 너쉬고 니러나며 샹ᄒ거늘 원외 왈,

“그 무슴 약이 져러틋 신회 잇ᄂ니잇고?”

제27회

觀奇形路過翼民郡 談異相道出豕喙鄉

구공 왈,

“이 쏘흔 흔흔 약이니 곳 가심토(街心土)라 큰 길ᄇ닥 흙이니 무릇 더위에 막
혀 혼미흔 지 큰 ᄆ날 두어 쏙과 가심토롤 【72】 등분[두 가지 즁 쉬 셔로 갓
게 ᄒ다]ᄒ야 흠게 ᄶ어은 후 졍화슈 흔 보오30)의 타셔 져은 후 쯧긔ᄂᆫ 버리고
물만 먹으면 즉각의 회싱ᄒᄂ니 이 방문을 가져 노뷔 일즉 여러 사롬을 구졔ᄒ
얏ᄂ니 비록 갑슨 흔 푼 쓰지 아니나 문득 셰상 구졔ᄒᄂ 션단(仙丹)이니이다.

公忙從箱中取了一撮藥末道.) <鏡花 6:71> 눌란 칼로 그 비롤 ᄠ고 오장뉵부롤 약믈로
시스되 그 사롬이 죠곰도 알폰 줄을 아디 못ᄒ거든 약실로 감티고 약글롤 볼라 혹 흔
둘이어나 혹 이십일 만ᄒ여도 즉시 됴ᄒ니 (却用尖刀剖開其腹, 以藥湯洗臟腑, 剝肺剜心,
其病人略無疼痛. 然後以藥線縫其口, 傅藥末, 或一月, 或二十日之間, 卽平復矣.) <三國
25:84>

29) 【보오】 ⑲ 보시기. ¶ 碗 ∥ 이 약을 ㄱ지고 큰 ᄆ늘 두어 쏙을 어더 이 약 무게와 ᄀᆺ홀
만ᄒ게 ᄒ야 흠게 ᄶ어어 몰근 우물ᄙ 흔 보오의 너허 져은 후 가라안거든 건지ᄂᆫ ᄇ리고
물만 ᄶᅴ워 닙의 너흐면 즈연 효험이 잇스리라 (你將此藥拿去, 再取大蒜數瓣, 也照此藥輕
重, 不多不少, 一齊搗爛, 用井水一碗和勻, 澄淸去渣, 灌入腹中, 自然見效.) <鏡花 6:71>
믈 두 보오 브어 달혀 (水二盞同煎.) <痘要 下27> ᄶ어허 즙내여 흔 보오에 ᄭ울 흔 홉을
브어 ᄠᅡ 머그라 <辟新 9>

30) 【보오】 ⑲ 보시기. ¶ 碗 ∥ 무릇 더위에 막혀 혼미흔 지 큰 ᄆ날 두어 쏙과 가심토롤
등분[두 가지 즁 쉬 셔로 갓게 ᄒ다]ᄒ야 흠게 ᄶ어은 후 졍화슈 흔 보오의 타셔 져은 후
쯧긔ᄂᆫ 버리고 물만 먹으면 즉각의 회싱ᄒᄂ니 (凡夏月受署昏迷, 用大蒜數瓣, 同街心土
各等分搗亂, 用井水一碗和勻, 澄淸去渣, 服之立時卽蘇.) <鏡花 6:72>

과연 그 날을 지나며 더위 심치 아니터니 오리지 아녀 결흉국(結胸國)을 지날시 원외 왈,

"져나라 사룸이 낫ᄌ치 ᄀ슴 ᄀ온디 흔 뭉치 혹이 너미니 그는 엇진 일이니잇고?"

구공 왈,

"져 무리 쳔셩이 과히 게어르고 쏘흔 먹기만 즐기니 이 니론ᄇ 먹기는 잘ᄒ고 닐은 게어른 뉘라 미일 먹으면 ᄌ고 씨면 먹으니 음식이 삭아 ᄂ리지 못ᄒ미 졈ᄌ 모혀 젹이 【73】 되야 안흐로 뭉치고 겄츠로 니밀어 문득 고질이 되미 대ᄌ로 이ᄀᆺ치 싱겨난다 ᄒ더이다."

원외 왈,

"구공이 신긔흔 방문이 만흐니 가히 져 병을 고치리잇가?"

구공 왈,

"날을 쳥ᄒ야 고치라 ᄒ면 부디 약을 쓸 것 업셔 다만 져의게 어른 심줄을 ᄯ허ᄇ리고 게걸든 버러지룰 업시ᄒ면 여상흔 사룸이 되리라."

당셩 왈,

"오날 홀연 다시 더우니 도로 슈마국 지경을 지나는잇가?"

구공 왈,

"우리 다만 한담ᄒ는 스이의 ᄇ람이 슌ᄒ야 어느덧 염화산(炎火山)이 갓가왓도다. 고인의 니론ᄇ 염화산이 잇셔 무어슬 더지면 고디31) 불이 븟는다 ᄒ미 이 산을 니르미니이다."

원외 왈,

"쇼셜『셔유긔 西遊記』에 보니 화염 【74】 산(火焰山)이 잇다 ᄒ더니 이곳의 염화산이 잇다 ᄒ니 원리 해외에 두 곳 화산이 잇도다."

구공이 쇼왈,

---

31) 【고디】 (부) 곧, 즉시. ¶ 輒然 ∥ 고인의 니론ᄇ 염화산이 잇셔 무어슬 더지면 고디 불이 븟는다 ᄒ미 이 산을 니르미니이다 (古人所謂: '炎火之山, 投物輒然.' 就是指此而言.) < 鏡花 6:73>

"님형이 다만 쇼셜만 보고 널니 고셔를 보지 못ㅎ시므로 천하로써 적게 넉이시는도다. 천하의 화산을 의논컨디 다만 노부의 본 ᄇ로 말ㅎ야도 해외 기박국(耆薄國) 동편으로 화산이 잇스니 산중의 비록 큰 비 오나 그 불이 상히 써지ᄌ 아니며 흰쥐[白鼠] 잇셔 미양 불 속으로 단니다가 혹ᄌ 산하의 니른즉 녑회(獵戶) 부디 잡아 그 털노 써 뵈롤 ᄯ니 셰샹의 일컷는 ᄇ 화한포(火澣布)니 져기 ᄯ 뭇거든 불꼿 우히 ᄒ 번 지니면 더옥 새로워지는 비요, ᄯ 즈연쥐(自燃洲)라 ᄒ는 곳에 남기 잇셔 절노 투니 그 나모겁풀【74】을 벗겨 뵈롤 ᄯ면 ᄯᄒᆫ 화완포(火浣布)라 ᄒ며 셔역(西域) 슈미산(須彌山)이 낫즈로 ᄇ라보면 연긔 갓고 밤이면 등불 ᄀᆺᄒ며, 엄즈산(崦嵫山) 북녁히 돌이 잇셔 두 돌을 셔로 브드이즈면32) 처음 물이 나다가 물이 그치면 불이 니러나며, ᄯ 염쥐(炎洲)에 화림산(火林山)이 잇고 화쥐(火洲)에 화염산(火炎山)이 잇고 해즁에 옥초산(沃焦山)이 잇스니 물이 다ᄒ면 문득 불이 붓ᄂ니, 이 도시 노부의 젼일 지ᄂ며 목도ᄒᆫ 비요 그남아 셔칙의 긔록ᄒᆫ ᄇ 화산은 이로 일컷지 못ᄒ며 혹시 지ᄂ 곳도 노뷔 졍신이 혼모(昏耗)ᄒ야 만히 긔억지 못ᄒᄂ이다."

당싱 왈,

"쇼졔의 우견으로ᄂ 천하의 임의 ᄉ해오호(四海五湖)의 물노 일컷는 지 허다ᄒ니 즈연 옥초 염쥐의 모든【76】불이 잇셔야 비로소 천지오힝의 ᄀ즉홈과 슈화긔졔(水火旣濟)ᄒᄂ 뜻인 듯ᄒ이다. ᄌ만 쇼졔 더위의 곤ᄒ야 머리 어즐ᄒ니 쳥컨디 가심토 ᄒ 봉을 쥬쇼셔."

구공 왈,

"당형은 불과 우연이 더위 긔운을 여치 브드미니 가심토 쓰도록 아닐지라 다만 '평안산(平安山)'을 ᄒ 번 쏘이면 관겨치 아니리라."

이에 지극히 져근 병 ᄒᄂ흘 쥬어 왈,

"이롤 코의 ᄆ트면 즈연 효험 잇스리이다."

당싱이 년망히 ᄇ다 병ᄆ기롤 ᄉ며 약ᄀ로롤 손 짓히 쏘다 코의 다히며 여러

---

32) 【브드잇다】 图 부딪다. 부딪치다. ¶ 打‖ 엄즈산 북녁히 돌이 잇셔 두 돌을 셔로 브드이즈면 처음 물이 나다가 물이 그치면 불이 니러나며 (崦嵫之北, 其山有石, 若以兩石相打, 登時只覺水潤, 潤後旋即出火.) <鏡花 6:74>

번 즈치음ᄒ더니33) 즉각으로 긔운이 상쾌ᄒ고 머리 안정ᄒ거늘 당싱 왈,

"이 ᄀᆺ흔 신약은 다시 업스리니 그 방문을 ᄀ르치시면 장ᄎᆺ 널니 젼ᄒ【7

7】야 사ᄅᆷ을 구제ᄒ게 ᄒ쇼셔."

구공이 방문을 긔록ᄒ야 쥬거늘 모다 보니 그 방문의 ᄀᆯ오디,

【人馬平安散 인ᄆ평안산】

石雄黃 四分 셕웅황 너 푼

氷片 六分 빙편 뉵 푼

麝香 六分 샤향 뉵 푼

蟾酥 一錢 셤수 ᄒ 돈

火硝 三錢 화쵸 서 돈

滑石煅 四錢 활셕 하ᄒ야 너 돈

石膏 二兩 셕고 두 냥

【78】 金箔 四十丈 금박 ᄉ십 쟝

이 여러 ᄀᆺ지 약지를 ᄒᆫᄀᆺ지로 갈ᄋ ᄀ로 ᄆᆫ드되 극히 ᄀ늘스록 죠ᄒ니 쟉ᄆᆯ ᄒᆫ 후 ᄉ긔병에 너코 긴히 봉ᄒ야 긔운을 흐터지게 말나. 젼혀 여름의 더위 들어 머리 어즐ᄒ고 졍신이 혼미ᄒ거나 혹 혼도ᄒ야 졍신이 업거나 급흔 살비아리를 다스리니 약ᄀ로를 코에 불어 너흐면 즉각에 회싱ᄒᄂ니 만일 우ᄆᆼ도 더위로 막히거든 이ᄀᆺ치 다스리면 신효ᄒᄂ 고로 일홈을 '인ᄆ평안산'이라 ᄒ니라. 다른 방문은 쥬ᄉ를 너허 지으되 【79】 노부는 혹ᄌ 붉은비치 의복을 더러일가 ᄒ야 특별이 희게 합졔ᄒ니라."

쓰기를 ᄆᆺᄎ 당싱을 뵈니 당싱이 지삼 칭샤ᄒ더라.

---

33) 【즈치음ᄒ다】圄 재채기하다. ¶ 打噴嚏‖ 밧비 슐을 먹 당싱이 넌망히 ᄇ다 병ᄆ기를 ᄲᅧ며 약ᄀ로를 손 ᄆᆺ히 쏘다 코의 다히며 여러번 즈치음ᄒ더니 즉각으로 긔운이 상쾌ᄒ고 머리 안졍ᄒ거늘 (唐敖接過, 揭開瓶盖, 將藥末倒在手中, 嗅了許多, 打了幾個噴嚏, 登時神淸氣爽.) <鏡花 6:76> 비연통을 가져다가 져를 쥬어 너케 ᄒ여 몃 번 지치음ᄒ여야 ᄆᆫ득 통쾌ᄒ리라 (取鼻烟來, 給他聞些, 痛打幾箇噴嚏, 就痛快了.) <紅樓 52:22>

염화산을 지나며 쟝비국(長臂國) 지경이라. 물가히 여러 사름이 고기잡거날 당싱 왈,

"져사름의 팔이 펼치면 기리 두 길이 넘어 져의 몸의셔 도로혀 기니 그도 괴이후도다."

구공 왈,

"져무리 제게 당치 아닌 남의 진물을 탐후야 곳ː이 손을 너미러 훔치려 후다가 졈ː 진물은 물너ᄀ고 폴은 모즈르니 더욱 폴만 늘으혀 져 모양의 니르니 이 문득 병인과 ᄀᆺ흔지라 그 몸에 유익홀 것 무엇 잇스리오!"

쏘 멋츨에 익민국(翼民國)【80】에 다드르니 비롤 언덕의 다히고 삼인이 홈게 ᄂ려 슈리는 힝후되 오히려 흔 사름도 만나지 못후니 원외는 힝혀 과히 멀까 져허 도라가고져 후거늘 당싱은 쩌후되 이곳 사름이 머리 길고 날이 잇셔 능히 날아단니되 먼리 나지 못후며 태싱(胎生)이 아니요 알노 싼다 후미 부디 보고져 후니, 원외 마지 못후야 쏠와갈신 쏘 두어 니롤 힝후야 비로소 인연(人烟)이 잇스니 그 사름이 신쟝이 오척이오 머리 기리 쏘흔 오척이라 검은 부리는 새와 ᄀᆺ고 두 눈이 붉어 구슬 ᄀᆺ고 머리에 흰 털이 ᄀ득후며 등에 두 날이 쌍으로 나고 왼 몸이 깁히 푸르러 나모닙홀 닙은 듯후고 왕니후는 지【81】혹 거러도 단니며 혹 날아도 단니되 나는 지 놉히 나지 못후고 다만 두어 길 소ᄉ 나는지라."

당싱 왈,

"녯말에 이곳 사름이 알노 싼다 후더니 과연 네 발 ᄀ진 새 모양이로다."

원외 왈,

"제 만일 알노 쌀진더 사름의 알이 응당 만흐리니 우리 여러 낫 스가지고ː 향의 도라가 즈식 못 나아 잇쓰는 사름의게 팔면 ᄀ쟝 중가롤 브드리로다."

▲당싱 왈,

"사름이 비록 알을 ᄂ흔들 미ː홀 니도 업거니와 셜혹 어더간들 우리곳 녀지 쌀 줄을 모로거니 장촛 엇지 싸며 비록 싸인들 그 모양이 불과 져의 모양으로 삼기리니 아모리 즈식이 귀흔들 져 모양을 장촛 어디 쓰리오. 츠라리 이곳의

와 【82】 양즉ᄒ나니만 못ᄒ리라."▲34)

원외 왈,

"아모리ᄂ ᄒᄂ흘 어드면 부디 가져가 보리로다."

당셩 왈,

"구형은 부졀업슨 말솜 므르시고 다만 져 날아단니는 거동을 보쇼셔. 표ᄌ양ᄌᄒ야 거름의 비ᄒ야 심히 ᄲᆞ르니 우리 도라갈 길이 ᄯᅩᄒᆞᆫ 갓갑지 아니며 구공이 힝뵈 미양 어려워 ᄒ시ᄂ니 앗가 일개 노지 사름을 삭쥬고 그 등에 올나ᄐᆞ고 가니 ᄀᆞ쟝 쾌ᄒᆞᆫ지라. 우리도 각ᄌ ᄒ나식 셰니야 ᄐᆞ고 가미 죠흘 듯ᄒᆞ이다."

이인이 졈두칭션ᄒ고 이에 세 사름을 삭니야 각ᄌ 등에 오르미 두 날의ᄅᆞᆯ 부쳐 경각의 션상의 니르니 그 ᄲᆞ르미 순풍 만ᄂᆞᆫ 비의셔 더ᄒᆞᆫ지라. 삼인이 상쾌ᄒᆞᆯ믈 이긔지 못 【83】 ᄒ야 셰견을 후히 쥬어 보니니라.

다시 비ᄅᆞᆯ 씌워 여러 날 만의 시훼국(豕喙國)의 니르미 좀간 ᄂᆞ려 구경ᄒ고 즉시 도라올시 당셩 왈,

"이곳 사름은 엇지 돗희부리35)ᄅᆞᆯ 쓰을며 말쇼리 ᄒᆞᆫ갈갓지 아녀 각국 셩음을 겸ᄒᆞᆫ 듯ᄒ니 그 엇진 연괴니잇고?"

구공 왈,

"노뷔 일즉 알고져 ᄒ되 ᄌᄉᆡ치 아니터니 그후 해외의 박남ᄒᆞᆫ 사름을 만나 셰ᄌ히 어더 드르니 원리 이곳이 나라히 업더니 다만 삼대 이후로 인심이 녜ᄀᆞᆺ지 아녀 거즛 말ᄒᄂᆞᆫ 지 과히 만ᄒ미 지옥의 이로 용납지 못ᄒ야 불 가불 세상으로 환싱ᄒ게 홀시 죠히 환싱ᄒ게 ᄒᆞᆫ즉 징계홀 비 업셔 그 풍속이 더옥 심홀가 넘녀ᄒ야 지 【84】 부(地府) 염왕이 샹졔긔 알외여 그 즁 죄얼(罪孼)이 경ᄒᆞᆫ ᄌᄅᆞᆯ 굴희여 이곳의 모화 ᄂᆡ게 ᄒ니 젼싱의 허탄ᄒᆞᆫ 부리ᄅᆞᆯ 놀니므로 져 돗희부리36)ᄅᆞᆯ 쥬어 일싱 겨와 지강을 먹게 ᄒ니 쳔하 각국의 거즛말 즐기ᄂᆞᆫ ᄌ

---

34) 이 부분 원문에 없음.

35) 【돗희부리】 圏 돼지주둥이. ¶ 猪嘴 ǁ 이곳 사름은 엇지 돗희부리ᄅᆞᆯ 쓰을며 말쇼리 ᄒᆞᆫ 갈갓지 아녀 각국 셩음을 겸ᄒᆞᆫ 듯ᄒ니 그 엇진 연괴니잇고? (此國人爲何生─張猪嘴? 而且語音不同, 倒像五方雜處一般, 是何緣故?) <鏡花 6:83>

36) 【돗희부리】 圏 돼지주둥이. ¶ 猪嘴 ǁ 지부 염왕이 샹졔긔 알외여 그 즁 죄얼이 경ᄒᆞᆫ

는 낫ㄱ치 이곳의 숨겨 나므로 그 어음이 각ㄱ이니 그 부리로써 일홈ᄒ되 '시웨국'이라 ᄒ더이다."

▲원외 왈,

"진실노 그럴진디 쇼졔와 미졔도 ᄆ참ᄂ 죽으면 져곳의 와 환싱ᄒ며 구공이 ᄯ호 면치 못ᄒ리로다."

구공 왈,

"님형은 알안지 오리거니와 일즉 거즛말 ᄒ몰 듯지 못ᄒ며 당형은 더옥 군ᄌ인이라 엇지 그 죄롤 범ᄒ며 노부도 스스로 혜오건디 부디 이곳의 환싱홀 죄ᄂ 짓지 아니토【85】다."

원외 왈,

"쇼졔ᄂ 언변이 부죡ᄒ고 아ᄂ 비 적으니 과연 헛말은 못ᄒ거니와 다만 물화롤 미ㄱ홀 씨면 부디 ᄒ 푼 보들거슬 두 푼 달나 ᄒ니 그ᄂ 헛말이 아니ㄱ잇가? 당형과 구공은 일즉 글을 널니 보아 문장을 위업ᄒ니 그 문쟝의 지은 비롤 볼진디 젼혀 빗ᄂ고 보기 죠키롤 위ᄒ야 헛거슬 일컷고 뷘 거슬 비유ᄒ며 그 즁 쇼셜 춍셔롤 짓ᄂ ᄌᄂ 더옥 헛말이 아니라 ᄒ리잇고."

구공이 쇼왈,

"님형 말솜이 ᄯ호 그르지 아니토다. 다만 미ㄱ의 갑슬 도ㄱ문 군ᄌ국 풍속이 아닌 젼은 면치 못홀 일이니 그 엇지 홀노 거즛말이라 ᄒ며 션비의 글 지은 ᄇᄂ 젼혀 녯글과 녯말을 의거ᄒ야 인【86】증ᄒ 비요 스스로 챵츌ᄒ 비 아니면 그도 죄롤 면홀 거시요 쇼셜의 뉴도 비록 허언이라 ᄒ나 그 즁 ᄯ슬 부쳐 사롬을 경계코져 ᄒ며 헛말을 늘여 실ᄉ롤 숨으나 ᄆ참ᄂ 희롭지 아니면 그 ᄯ호 공으로써 허물을 쇽ᄒ리니 져곳의 환싱ᄒᄂ ᄌᄂ 그 거즛말이 죡히 ᄂ라홀 망ᄒ오고 사롬을 죽이며 지물을 앗고 부녀롤 겁탈ᄒᄂ 뉘니 엇지 일개로 의논ᄒ리잇고."▲37)

즈롤 굴희여 이곳의 모화 ᄂ게 ᄒ니 젼싱의 허탄ᄒ 부리롤 놀니므로 져 돗ᄒ부리롤 쥬어 일싱 겨와 지강을 먹게 ᄒ니 (因此冥官上了條陳, 將歷來所有読精, 擇其罪孼輕的俱發到此處托生. 因他生前最好扯読, 所以給他一張猪嘴, 罰他一世以糟糠爲食.) <鏡花 6:84>
37) 이 부분 원문에 없음.

이ᄀ치 담쇼ᄒ야 슈일만의 빅녀국(伯慮國)을 지닐시 구공은 약 짓기롤 위ᄒ야 비에 머믈고 당·님 이인이 홈게 ᄂ려 즉시 도라오니 구공이 ᄇ야흐로 허다 약지롤 가져 여러 ᄀ지 환제(丸劑)롤 지어 쟝촛 사름을 구 【87】 졔코져 ᄒ는지라.

당싱 왈,

"구공이 즐겨 가지 아니시미 괴이치 아니터이다. 이곳의 남다른 풍속이 잇더이다. 져무리 낫ᄉ치 ᄌ는 모양이라. 아모 의시 업스니 길에 왕닉ᄒ는 지 쪼흔 눈을 감고 쳔ᄉ이 거러 피곤ᄒ믈 못 견듸는 모양이니 그 엇지 집에 잇셔 편히 ᄌ지 아니코 길노 단니는고? 실노 가쇼롭더이다."

구공 왈,

"해외의 두 ᄆ디 동뢰 잇스니 곳 빅녀국 풍속을 말ᄒ미라 님형이 응당 싱각ᄒ시리라."

원외 왈,

"해외의 흔흔 말이 긔국우쳔[杞國憂天 긔 ᄯ 사름이 하늘이 문허질가 근심ᄒ고]이 오 빅녀슈면[伯慮愁眠 빅녀국 사름이 죠오롬을 근심ᄒ다]이라 ᄒᄂ니 그 뜻을 ᄌ시 모롤너이다."

구공 왈,

"긔 ᄯ히 어리셕은 사름이 잇셔 하늘이 문허지면 졔 문득 눌 【88】 녀 죽을가 쥬야로 근심ᄒ다 ᄒ니 이는 사름마다 아는 말이어니와 빅녀국 사름은 일싱 죠오롬을 근심ᄒ니 다름 아니라 흔 번 줌들어 ᄭ지 못ᄒ면 인ᄒ야 죽을가 져허ᄒ미 밤낫으로 줌들가 근심ᄒ미 이곳의 본릭 금침에 졔귀 업고 비록 상과 쟝을 비셜ᄒ나 불과 줌시 쉬기롤 위홀 분이라 ᄆ춤니 줌쟌다 말이 업스니 날이 ᄆ고 진ᄒ도록 다만 혼ᄉᄒ야 면강ᄒ야 견듸다가 ᄆ춤니 여러해 견듸여 가면 정신이 피곤ᄒ야 지팅치 못ᄒ는 지 잇셔 흔 번 줌곳 들면 흔들어 ᄭ오며 들네여 부르되 필경 ᄭ지 못흔즉 가인이 모다 울며 관곽을 ᄎ리되 엇지ᄐ가 ᄭ는 지 잇 【89】 시면 친쳑과 향당이 모다 치하ᄒ야 ᄡᄒ되 죽엇다가 회싱ᄒ다 ᄒ니 그 줌든 ᄉ이 혹 흔 달도 되며 혹 슈월도 되미라. 그러나 이 ᄀᆺ흔 지 빅에 ᄒᄂ

둘히요 흔히 즈다가 길이 씨지 못ᄒ야 죽ᄂᆫ 지 그 슈룰 혜지 못홀지라 이러므로 좀즈기룰 무셔이 넉여 죽기로써 즈지 아니려 ᄒᄂᆫ니이다.”

당싱 왈,

“즈다가 씨ᄂᆫ 즈ᄂᆫ 그러ᄒ려니와 인ᄒ야 죽ᄂᆫ 연고ᄂᆫ 엇진 일이니잇고?”

구공 왈,

“져 무리 알프고 눈이 어득ᄒ며 ᄉ지에 힘이 업고 겸ᄒ야 ᄆᆞ음에 이쓰고 답ᄂᆞ흐다가 흔 번 좀곳 들면 즈연 정신이 환산(渙散)ᄒ야 정히 등준의 기름이 진ᄒ면 불 ᄭᅥ【90】 짐ᄀᆞᆺ치 혼빅이 흐터져 거두지 못ᄒᄆᆡ 목숨이 졀노 진ᄒ리이다.”

당싱 왈,

“져 사ᄅᆞᆷ이 나흘 언마나 산다 ᄒ더니잇가?”

구공 왈,

“져무리 인ᄉ룰 겨유 알기로부터 비에 ᄀᆞ득흔 비 근심 걱경 분이오 ᄒ로도 ᄆᆞ음 노치 못ᄒ니 인간에 즐겁고 깃분 일은 무어신지 모로ᄂᆫ지라. 일노죠ᄎᆞ 나히 이십이 못ᄒ야 슈염과 털이 세니 겨유 ᄒ로 지니믈 다힝ᄒ야 ᄒᄂᆞ니 그 엇지 슈룰 의논ᄒ리오.”

당싱 왈,

“대져 근심을 과히 ᄒᄆᆡ 양싱ᄒᄂᆫ 도리ᄂᆫ 아니라. 이제 구공 말ᄉᆞᆷ으로 죠ᄎᆞ 쇼졔 ᄆᆞ음을 풀어 ᄇᆞ려 근심을 먼리 ᄒ고 즐겨 멋히룰 더 살니로소이다.”

ᄯᅩ 여러 날 만에 무함국(巫咸國)에 다ᄃᆞ르니 비룰 다히고 【91】 원외 비단을 ᄀᆞ초 ᄀᆞ져 ᄆᆡᄂᆞᄒ러 ᄂᆞ릴시 당싱은 ᄆᆞ춤 복즁이 편치 아녀 나아가지 못ᄒᄆᆡ 구공이 ᄯᅩ흔 비에 잇셔 한가ᄒ더니 당싱이 심ᄂᆞ흐믈 인ᄒ야 타루(柁樓)의 올나 ᄉ면을 ᄇᆞ라보고 구공을 쳥ᄒ여 왈,

“져 누른 가지의 푸른 닙히 슈풀을 닐운 지 그 무슨 남기니잇고?”

구공 왈,

“그 즁 큰 남근 ᄲᅩᆼ남기니 거민이 일노써 불 ᄯᅡ히ᄂᆫ 남글 솜을 분이요 져근 남근 일홈이 목면(木棉)이니 이곳의 실이 업스므로 비단과 깁이 귀ᄒ고 다만 목면의 소음을 ᄡᅳ니니 ᄯᅩ흔 면포라 ᄒ니 글노 의복을 ᄒᄂᆫ지라. 이러모로 냥형

이 비단을 만히 ᄀ져 이곳의 미ᅟᅵ미ᄒᄂ니이다."

당싱 왈,

"쇼제 녯글노 볼진디 '무함국 사름이 뽕남그로 집을 ᄒ다' ᄒ미 【92】 반드시 실이 소산으로 알앗더니 문득 뽕은 잇고 누에 업다 ᄒ니 가히 앗가온 ᄇᄂ 져 ᄀ치 죠흔 뽕이 ᄆᆞᄎᄆ니 쓸더업도다. 구형이 ᅟᅵᅟ번 길에 가히 니ᄅᆞᆯ 만히 어드리로다."

구공 왈,

"당초의 이곳 와 미ᅟᅵ미ᄒᄂᆫ 사름이 지운이 대통ᄒ면 크게 니ᄅᆞᆯ 어드니 그쎄 ᄆᆞ초아 목면이 그릇 뮈여 국인이 옷홀 ᄇᆡ 업ᄂᆫ지라 깁과 비단을 보미 지극ᄒᆫ 보비로 알아 갑슬 다토지 아녀 후히 쥬더니 근리의 이 남기 졈ᅟᅵᅟ 무셩ᄒ미 이곳의 미ᅟᅵ미ᄒᄂᆫ 지 큰 니ᄂᆞᆫ 엇지 못ᄒ나 필경 목면을 뵈쓰려 ᄒᆞᆫ즉 사름의 슈괴 만히 들 ᄲᆞᆫ 아니라 쓰기를 ᄯᅩᆫ 닉지 못ᄒᄆ로 깁과 비단을 보면 부귀ᄒᄂᆫ 집은 다토아 미ᅟᅵ미ᄒ니 미양 낭픠ᄂᆫ 아닛ᄂ니이다."

【93】 당싱 왈,

"쇼제 오날 공교히 니질(痢疾)노 복통이 잇셔 구경치 못ᄒ미 한홉도다."

구공 왈,

"복통이 과연 니질이면 엇지 일즉 말ᄒ지 아니시뇨? 노뷔 약이 여긔 잇ᄂ이다."

이에 ᄒᆞᆫ 봉 약ᄀᆞ로롤 쥬어 왈,

"방문이 흠게 쓰혓시니 그디로 먹으면 불과 오륙 복(服)에 쾌츠ᄒ시리이다."

당싱이 년망히 ᄇᄃᆞ 그 법으로 먹엇더니 원외 도라와 물화의 득실을 말ᄒᆞᆯ시,

"원리 이곳의 슈년 젼부터 타국으로 죠ᄎ 어린 녀ᄌ들이 누에씨[38]롤 ᄀ지고 니르러 누에롤 길너 실을 니며 깁을 쓰미 이곳 사름이 ᄯᅩᆫ 졈ᅟᅵᅟ 비호며 닉여 거의 다 깁으로 옷슬 ᄒ미 우리 물홰 니ᄅᆞᆯ 보지 못ᄒ나 다힝이 낙본은 아니코

---

38) 【누에씨】 圀 누에씨. ¶ 蠶子 ‖ 원리 이곳의 슈년 젼부터 타국으로 죠ᄎ 어린 녀ᄌ들이 누에씨롤 ᄀ지고 니르러 누에롤 길너 실을 니며 깁을 쓰미 이곳 사름이 ᄯᅩᆫ 졈ᅟᅵᅟ 비호며 닉여 거의 다 깁으로 옷슬 ᄒ미 (原來此地數年前外邦來了兩個幼女, 帶了許多蠶子, 在此養蠶織紡, 連年日漸滋生. 本處也有人學會織機, 都以絲綿爲衣.) <鏡花 6:93>

젼일 빅민국의셔 만히 풀고 오날 남은 비 만치 아니ː 져기 슈일만 머믈면 죠히 다 풀니【94】로다."

이튼날 원외는 몬져 ᄂᆞ려 미ː ᄒᆞ러 가고 당싱은 년ᄒᆞ야 두 복 약을 먹으미 니질이 그치고 복통이 쾌ᄎᆞᆫ 지라. 크게 깃거 구공씌 지삼 치샤ᄒᆞ야 왈,

"이 약이 진실노 신션의 약이로소이다. 엇지 이 ᄀᆞᆺᄒᆞᆫ 신회(神效) 잇ᄂᆞ니잇고?"

구공 왈,

"셕년 노부의 고조뫼 이 증을 어드시미 우리 증죄 빅가지로 의약ᄒᆞ야 효험을 듯보더니 ᄆᆞᄎᆞᆷᄂᆡ 다리를 베혀 약의 너허 달혀 드린 후 겨유 ᄎᆞ도를 어드섯더니 그후 슈년의 그 증이 다시 복발ᄒᆞ시니 년셰 임의 늇슌이시라 우리 증죄 평일 효셩이 츌젼ᄒᆞ시미 힝혀 다시 할고(割股)ᄒᆞᄂᆞᆫ 거죄 잇슬가 저허 약을 부디 친히 다리를 보신 후 ᄆᆞ시ː미 증죄 ᄯᅩᄒᆞᆫ 그도 다시 ː험치 못ᄒᆞ고 환후는 날【95】노 더ᄒᆞ시니 일야 초조ᄒᆞ더니 근쳐의 큰 명산이 잇시니 일홈이 쇼방장(小方丈)이라 녜부터 신션이 잇다 ᄒᆞ미 증죄 이에 머리를 허틀고 발을 벗고 산에 니르러 ᄒᆞᆫ 거름의 ᄒᆞᆫ 번식 졀ᄒᆞ야 신션의 구ᄒᆞ믈 쳥ᄒᆞ며 몸을 대신ᄒᆞ야 알흐며 슈를 감ᄒᆞ야 모친 슈를 니어지라 ᄒᆞ야 이ᄀᆞ치 삼일 삼야의 물과 낫츨39) 닙에 너치 아니터니 나흘만의 일개 어옹(漁翁)을 만ᄂᆞ 이 방문을 어드미 그더로 년ᄒᆞ야 다섯 복을 쓰며 쾌히 평복ᄒᆞ샤 스십여 년을 강건ᄒᆞ시다가 빅여 셰 되신 후 병 업시 도라가시니 그 후로 이 방문이 류젼ᄒᆞ니이다."

당싱 왈,

"구공의 증대인이 먼져 할고ᄒᆞ고 나죵 도축(禱祝)ᄒᆞ시는 효셩이 쳔고의 드문지라 맛당이 신션의 긔이ᄒᆞᆫ 방문을 어드시【96】리니 임의 이ᄀᆞ치 신효ᄒᆞ면 구공은 엇지 이 방문을 삭여 널니 젼파ᄒᆞ야 쳔하 사름으로 ᄒᆞ야곰 이 병을 면케 아니시ᄂᆞ니잇고?"

---

39)【낫ᄎ】圈 낟알. ¶ 米‖ 증죄 이에 머리를 허틀고 발을 벗고 산에 니르러 ᄒᆞᆫ 거름의 ᄒᆞᆫ 번식 졀ᄒᆞ야 신션의 구ᄒᆞ믈 쳥ᄒᆞ며 몸을 대신ᄒᆞ야 알흐며 슈를 감ᄒᆞ야 모친 슈를 니어지라 ᄒᆞ야 이ᄀᆞ치 삼일 삼야의 물과 낫츨 닙에 너치 아니터니 (于是赤足披髮, 一步一拜, 來到山上, 叩求神仙垂救, 情願減壽代母. 如是三日三夜, 水米不曾沾唇.) <鏡花 6:95>

구공 왈,

"우리 가인이 일노써 미ː호야 셩이롤 슘느니 만일 이 방문을 사롬마다 알진 디 뉘 즐겨 우리게 와 스기롤 구호리오 노부도 쏘호 방문을 삭여 널리 젼호미 조흔 일인 줄 알것마는 셩이로 인연호야 그리 못호느이다."

당셩이 머리 흔드러 왈,

"그러치 아니호이다! 셰샹의 죠흔 일호는 사룸을 하늘과 귀신이 술피시느니 만일 방문을 젼파호는 죠흔 일호는 지 엇지 모춤니 빈곤호리잇고? 녯적 우공(于公)이 옥을 다스려 주손이 귀히 되고 두씨(竇氏) 사룸을 살니미 집의 다섯 급제 나며 기아미롤 구호고 쟝원의 오르며【97】 비암을 뭇고 지샹이 되니 이 굿흔 뉘 젼혀 보복이 그르지 아니커놀 구공이 엇지 니롤 싱각지 아니시느뇨? 구공의 증죄부 효셩으로 신션을 감동호야 션방(仙方)을 어드시미 이제 구공이 방문 젼호는 죠흔 닐을 힝호미 결단코 부귀로 갑흐미 잇스리니 녕낭(令郞)이 임의 학의 드러시니 반드시 과거의 오르리니 이쎄롤 당호야는 그 셩이의 넉ː 호미 엇지 약 팔기의 비호리오?"

구공이 년호야 머리 조아 왈,

"당형의 ᄀ르치시미 노부의 우몽호 ᄇ롤 씨치시니 맛당이 도라가 이 방문을 삭여 널니 젼호며 션계로부터 젼호는 비밀호 방문을 낫ː치 삭여 셰샹을 구졔 호려니와 오날부터 싱각히는 디로 써너야 길의 가며 젼파호야 해외【98】 사룸 으로 호야곰 낫ː치 알게 호스이다."

당셩 왈,

"사룸이 축호 싱각을 두면 하늘이 반드시 술피시느니 구공의 말숨이 위션 무 궁호 음덕이 되시리이다."

구공이 몬져 당셩 먹은 ᄇ 니질 고치는 방문을 써 노흐니 굴오디,

蒼朮：米泔浸陳土, 炒
챵츌 쏠쓰물에 담갓다가 오린 벽에 흙으로 섯거 틋게 초호고 삼 냥 三兩
杏仁：去皮尖, 去油
힝인 부리와 허물 벗기고 기름 업시 호고 이 냥 二兩

羌滑：炒

강활 쵸ᄒᆞ야 이 냥 二兩

川烏：去皮麵包煨透

쳔오 거피ᄒᆞ고 ᄀᆞ로의 ᄊᆞ 불에 구어 일 냥 一兩

生大黃：炒

ᄉᆡᆼ대황 쵸ᄒᆞ야 일 냥 一兩

熟大黃：炒

슉대황 쵸ᄒᆞ야 일 냥 一兩

【99】生甘草：

ᄉᆡᆼ감초 쵸ᄒᆞ야 일 냥 오 젼 一兩五錢

이 여러 ᄀᆞ지롤 홈게 쟉몰ᄒᆞ되 극히 ᄀᆞ늘게 ᄒᆞ이미 복의 너 푼 중식 먹으되 어린 ᄋᆞ희ᄂᆞᆫ 반감ᄒᆞ야 먹이고 잉부ᄂᆞᆫ 먹으몰 ᄭᅥ리니라

赤痢 燈心

만일 젹니(赤痢)어든 등심[燈心 약지]삼십 촌을 농히 달힌 후 ᄐᆞ 먹으며 빅니(白痢)어든 ᄉᆡᆼ강(生薑) 삼편 달힌 물의 ᄐᆞ 먹으며 젹빅니(赤白痢)어든 등심 ᄉᆡᆼ강을 홈게 달힌 물의 타 먹으며 셜ᄉᆞ어든 미음40)의 타 먹으되 병이 즁ᄒᆞᆫ ᄌᆞ도 불과 오륙 복에 쾌히 낫ᄂᆞ니 등심 ᄉᆡᆼ강을 부듸 이디로 ᄒᆞᆫ 후야 효험이 샏르니라

【100】 쓰기롤 다ᄒᆞ야 당ᄉᆡᆼ의게 젼ᄒᆞ니 당ᄉᆡᆼ이 ᄇᆞ다보아 왈,

"쇼졔 ᄆᆡ양 의원이 니질을 ᄃᆞᄉᆞ리미 대황을 일이 젼식 쓰되 ᄆᆞ춤ᄂᆡ 효험이 업더니 이 방문은 ᄒᆞᆫ 복의 대황이니 두어 니(厘)로 들어시되 그 효험이 샏르니 그 약 쓰ᄂᆞᆫ 법이 젼혀 됴화롤 범ᄒᆞᆫ 줄 알니로소이다."

---

40) 【미음】 명 미음(米飲). ¶ 米湯 ‖ 젹빅니어든 등심 ᄉᆡᆼ강을 홈게 달힌 물의 타 먹으며 셜ᄉᆞ 어든 미음의 타 먹으되 병이 즁ᄒᆞᆫ ᄌᆞ도 불과 오륙 복에 쾌히 낫ᄂᆞ니 (赤白痢, 燈心三拾寸, 生薑參片, 煎濃湯調服; 水瀉, 米湯調服.) <鏡花 6:99> 이튼날 쳥신의 니러ᄂᆞ니 습인이 발셔 ᄯᆡᆷ을 내고 져기 덜니믈 ᄭᅢᄃᆞ라 다만 여간 미음을 먹고 조셥ᄒᆞ니 (次日淸晨起來, 襲人已是夜間發了汗, 覺得輕省了些, 只吃些米湯靜養.) <紅樓 20:29>

말슴홀 亽이 홀연 동구산(東口山)의셔 낙홍거(駱紅蕖)의 부탁흔 말을 싱각고 황망히 홍거의 셔찰을 츳亽 몸의 지니고 구공으로 더부러 셜형향(薛蘅香)을 츳亽 나아가니라

을미(乙未) 납월(臘月) 념오일셔(卄五日書)

권 지 칠

제28회

老書生仗義舞龍泉 小美女衒恩脱虎穴

【1】 화셜 당싱(唐生)이 홀연 싱각건디 젼의 동구산(東口山) 지날 씨 셜듕쟝(薛仲璋)이ᆞ 싼히 피란ᄒ야 잇다 ᄒ믈 듯고 니질(痢疾)이 임의 ᄎ복(差復)ᄒ미 장ᄎ 나아가 ᄎ고져 홀시 낙홍거(駱紅蕖)의 부친 ᄇ 셜형향(薛蘅香)의 젼홀 셔신을 ᄎᄌ 몸의 지니고 구공으로 더부러 언덕의 올나 이윽이 힝ᄒ더니 젼면의 슈목이 극히 무셩ᄒ야 수풀을 닐워 푸른 닙과 누른 가지 셔로 얽혀 하늘을 ᄀ리와거늘 구공 왈,

"이 남기 졍히 젼일 말ᄒ든 목면(木棉) 남기니 ▲꼿치 퓌여 열미 열니면 열미 속에 【2】 소음이 퓌ᄂ니 듕국의 면화롤 밧히 심거 풀과 ᄀᆺ치 일 년식 기르ᄂ니보다 ᄀ쟝 편ᄒ고 니로오니 진실노 보비의 남기리이다."▲1)

당싱이 드러오며 졍히 우러ᆞ 보더니 나모 우히 ᄒ 사름이 몸을 ᄀᆷ초아 안즛거늘 십분 의ᄋ홀 즈음 ᄆ초아 님원외(林員外) 믈화롤 풀고 도라오ᄂ지라 ᄀ마니 셔로 닐으고 각ᆞ 긔계롤 손의 잡아 의외지환을 방비코져 ᄒ더니 먼리 브라보니 ᄒ 늙은 녀ᄌ ᄯ 어린 녀ᄌ롤 다려오더니 장ᄎ 그 나모 ᄋ리 다ᆞ를시 남기 숨엇든 한ᄌ(漢子) 급ᆞ히 ᄂ려 손에 칼을 쥐고 길을 막으며 크게 쇼리질너 왈,

"너ᄀ 【3】 튼 쇼ᆞᄋ녜 감히 독ᄒ 슈단을 부려 우리롤 죽게 ᄒ니 오날은 원슈롤 좁은 길에 만ᄂ니 쾌히 너롤 죽여 뭇사름의 한을 풀니라!"

말을 맛지 못ᄒ야 칼을 들고 ᄇ로 어린 녀ᄌ롤 향ᄒ거늘 당싱이 ᄒ ᄆ더 급ᄒ 쇼리의 몸을 날녀 한ᄌ의 올플 막으며 보검을 드러 한ᄌ의 칼을 막아 우흐로 치ᆞ니 한지 풀이 썰녀 ᄒᄆ2) 것구러질 번ᄒ고 그 칼이 공듕의 올나다가

______

1) 이 대목은 원문에 없음.

멀리 쩌러지며 그 녀지 쏘흔 놀나 업더졋는지라.

당싱 왈,

"장스는 손을 머츄라. 져 녀지 무슴 일 쟝스룰 촉범흐므로 쟝춧 살히코져 흐느뇨?"

한지 비로소 졍신을 츠려 당싱을 즈시 살【4】펴 왈,

"션싱의 모양을 보건디 분명 즁국으로 죠츠오신지라. 응당 스리룰 알으시리니 져 몹슬 녀즈의 힝스룰 드르시면 나의 무단이 인명 살히흐지 아니믈 알으시리이다."

님·다 이인이 쏘흔 미처 니르며 노퍼 그 녀즈룰 붓드러 닐으혀니 오히려 경혼이 미졍흐야 쩔며 울기룰 무지 아니커눌 당싱이 무러 굴오디,

"낭즈의 존성이 무어시며 집이 어디며 무스 일 져 장스룰 촉범흐미 잇더뇨?"

녀지 눈믈을 먹음어 디왈,

"비즈의 셩은 뇨(姚)요 일홈은 지형(芷馨)이요 나히 겨유 열네히라. 본디 즁원 사롬으로 이곳의 우거흔 지 오러지 아니느 일즉 부모룰 쏠와 누에치【5】기로 업을 숨더니 불힝 부뫼 거셰(去世)흐미 구모[舅母 외삼촌 슉모]룰 쏠와 홈게 잇습느니 오날 유모룰 거느려 부모 분묘의 비례흐러 가다가 홀연 강도룰 만느오니 브라건디 은인은 죵시지퇵을 드리오사 호구(虎口)룰 버서느게 흐시면 몸이 못도록 지성지덕을 송츅흐리이다."

한지 겻흐로조츠 크게 쇼리흐야 왈,

"져 악녜(惡女) 무스 일 독흔 벌어지룰 길너 쳔만인의 싱이(生涯)3)룰 씆느

---

2) 【흐미】㊘ 하마터면. ¶ 幾乎∥ 보검을 드러 한즈의 칼을 막아 우흐로 치ː니 한지 폴이 쩔녀 흐미 것구러질 번흐고 (手執寶劍, 把刀朝上一架, 大漢震的幾乎跌翻.) <鏡花 7:3>

3) 【싱이】㊐ 생애(生涯). 생계(生計). 장사. ¶ 生∥ 져 악녜 무스 일 독흔 벌어지룰 길너 쳔만인의 싱이룰 씆느뇨? (你這惡女只顧養那毒蟲, 那知數萬人家都被你害的無以爲生!) <鏡花 7:5> 做事∥ 이인이 대쇼 왈 "나는 이 분슈셔우 동냥이라 젼혀 믈결 가온디 싱이룰 흐니 무어시 두려오리오?" (那人聽了大笑道: "我是分水犀牛童良, 專在浪濤中尋事做的人, 怕它甚麼?") <後水滸 7:87> 生意∥ 이 싱이 도로혀 경박흐나 졀간의 쳐량흔 경황을 견디지 못흐여 드디여 나이 오히려 어려실 쩌룰 밋쳐 머리룰 기르고 문즈 구실의 츙슈흐엿더니 (想這件生意倒還輕省, 耐不得寺院凄凉景況, 遂趁年紀尙輕蓄了發, 充當門子.) <

뇨?"

　원외 왈,

"너 대한은 부디 져 녀ᄌ를 해코져 ᄒᆞᆫ 무슨 원쉬뇨? 일호 ᄭᅮ미지 말고 샬니 말ᄒᆞ라!"

　한지 왈,

"나ᄂᆞᆫ 곳 무함국(巫咸國) 상고ᄒᆞᄂᆞᆫ 사ᄅᆞᆷ이니 녜부터 본국의 목면이 소산인 고로 우【6】리 무리 일노ᄡᅥ 미ᄌᆞ고ᄒᆞ야 셰디로 싱업을 숨더니 져 녀지 어더로 죠ᄎᆞ 깁 ᄡᅳᄂᆞᆫ 녀ᄌ와 홈게 니르러 독ᄒᆞᆫ 벌어지를 무슈히 길너 실을 니여 깁을 ᄶᅩ 이곳의 미ᄌᆞᄒᆞ니 처음 오히려 우리 싱이의 과히 해롭지 아니터니, 근일은 져 무리 ᄆᆞ츰니 져의 ᄆᆞᆸ슬 슐업을 ᄉᆞ방의 젼파ᄒᆞ야 본국 부녀의 무리 져의 ᄭᅬ의 ᄲᅡ져 낫ᄂᆞ치 벌어지 ᄡᅵ를 어더 집ᄂᆞ이 기르며 깁ᄶᅩ기를 ᄯᅩᄒᆞᆫ 비혼 지 만ᄒᆞ니 사ᄅᆞᆷ마다 그 깁에 ᄀᆞ부얍고ᄂᆞᆫ 거슬 취ᄒᆞ야 깁으로 의복ᄒᆞ고 목면을 ᄡᅳ지 아니ᄂᆞ, 이 곳 목면 위업ᄒᆞᄂᆞᆫ 지 다른 ᄯᅡ 농ᄉᆞ가치 산업을 삼거ᄂᆞᆯ 져 녀【7】ᄌ의 버러지 기른 후로부터 목면 심으든 지 거의 다 조업(祖業)을 폐ᄒᆞ야 싱활이 무로ᄒᆞᆷ므로 내 특별이 져를 죽여 대ᄒᆡ을 덜고져 ᄒᆞ더니 공교히 렬위 션싱의 구ᄒᆞᆷ믈 만ᄂᆞ니 져의게 비록 졀쳐봉싱(絶處逢生)이라 ᄒᆞ려니와 져를 죽이고져 ᄒᆞᄂᆞᆫ 지 다만 ᄒᆞ나 분이 아니라 쳔만 인이 넘으리니 제 엇지 면ᄒᆞ리요! 진실노 구홀 의ᄉᆡ 잇거든 더부러 다른 나라ᄒᆞ로 피ᄒᆞ면 모로거니와 일향 이곳의 머물면 ᄆᆞ츰니 셩명을 보젼치 못ᄒᆞ리니 나도 ᄯᅩᄒᆞᆫ 쳐치홀 도리 잇스리라!"

　언파의 분ᄂᆞ 칼을 거두어 닷거ᄂᆞᆯ 당싱이 다시 그 녀ᄌ를 향ᄒᆞ야 무러 왈,

"귀부의 이제 뉘【8】 겨시며 녕존대인이 일즉 무슨 ᄉᆞ업을 ᄒᆞ시더뇨?"

　녀지 왈,

"션친의 휘ᄂᆞᆫ 우(禹) ᄶᅥ시니 향니 하북도독(河北都督)으로 잇셔 구왕(九王) 젼하로 더부러 근왕ᄒᆞ기를 도모ᄒᆞ다가 계교를 닐우지 못ᄒᆞ미 몸둘 곳이 업셔 가권을 거ᄂᆞ려 이곳의 피화ᄒᆞ야더니 오리지 아녀 거셰ᄒᆞ시고 모친이 니어 셰상을 ᄇᆞ리시미 구모(舅母) 션시(宣氏)을 ᄶᅩᆯ와 살더니 표형(表兄) 셜형향이 ᄆᆞ초아

깁쓰기를 잘ᄒᆞᆫ 고로 비ᄌᆞ 어려셔 모친을 비화 누에치기를 알더니 공교히 누에 죵ᄌᆞ를 힝쟝의 남아 잇고 이곳의 뽕남기4) ᄀᆞ쟝 흔ᄒᆞᆫ지라 시험ᄒᆞ야 누에치기와 깁쓰기5)를 닐슴아 져기 싱업이 되더니 날【9】이 오리미 니웃 부녜 다토아 비화 겸ᆢ 젼파ᄒᆞ므로 져 무리 목면 위업ᄒᆞᆫ 뉴의 뮈음을 부든 비라. 오날ᆢ 은인의 구ᄒᆞ시미 아니러면 존명을 보젼치 못ᄒᆞᆯ 번ᄒᆞ니이다.”

인ᄒᆞ야 졀ᄒᆞ고 무슈 칭샤ᄒᆞ거ᄂᆞᆯ 당싱이 답녜 왈,

“쇼져의 니르시든 ᄇ 셜형향 질녜 이제 어디 잇스며 져의 부뫼 일향 강건(康健)ᄒᆞ더니잇가?”

뇨지 형왈,

“형향 져ᆢ의 부친은 곳 비ᄌᆞ의 모귀[母舅 외삼촌]니 임의 거셰ᄒᆞ시고 다만 구모 셔시 ᄋᆞ들 셜션(薛選)과 표형과 비ᄌᆞ를 거ᄂᆞ려 일실의 거쥬ᄒᆞᄂᆞ니 은인이 표형을 질녜라 부르시니 엇지 되시ᄂᆞᆫ 친쳑이시니잇고?”

당싱 왈,

“노부의 셩【10】은 당이니 녕남(嶺南) 사ᄅᆞᆷ이라 일즉 형향의 부친으로 더부러 결의형제 ᄒᆞ므로 ᄆᆞ초아 이 ᄯᅡᄒᆞᆯ 지나미 특별이 춧더니 불힝 거셰ᄒᆞ나 오히려 질녀 남미 무양ᄒᆞ다 ᄒᆞ니 쳥컨디 쇼져는 길을 ᄀᆞ르치쇼셔.”

뇨지형(姚芷馨)이 흔연 대왈,

“원리 이 ᄀᆞᆺᄒᆞ시니 비ᄌᆞ 더옥 흔힝ᄒᆞ여이다.”

인ᄒᆞ야 유모로 더부러 길흘 인도ᄒᆞ야 셩문을 드러 ᄇ로 셜가의 다ᄃᆞ르니 무

---

4) 【뽕남ㄱ】 명 뽕나무. ¶ 桑∥桑樹∥표형 셜형향이 ᄆᆞ초아 깁쓰기를 잘ᄒᆞᆫ 고로 비ᄌᆞ 어려셔 모친을 비화 누에치기를 알더니 공교히 누에 죵ᄌᆞ를 힝쟝의 남아 잇고 이곳의 뽕남기 ᄀᆞ쟝 흔ᄒᆞᆫ지라 시험ᄒᆞ야 누에치기와 깁쓰기를 닐슴아 져기 싱업이 되더니 (喜得薛蘅香表姐善于織紡; 婢子素跟母親, 亦善養蠶, 身邊帶有蠶子; 因見此處桑樹極盛, 故以養蠶織紡爲生.) <鏡花 7:8> 늘근 거복을 숨다가 닉디 아니ᄒᆞ거ᄂᆞᆯ 화를 이운 뽕남긔 옴기다 (老龜烹不爛, 移花于枯桑.) <三國 25:64>

5) 【깁쓰기】 명 깁짜기. ¶ 織紡∥표형 셜형향이 ᄆᆞ초아 깁쓰기를 잘ᄒᆞᆫ 고로 비ᄌᆞ 어려셔 모친을 비화 누에치기를 알더니 공교히 누에 죵ᄌᆞ를 힝쟝의 남아 잇고 이곳의 뽕남기 ᄀᆞ쟝 흔ᄒᆞᆫ지라 시험ᄒᆞ야 누에치기와 깁쓰기를 닐슴아 져기 싱업이 되더니 (喜得薛蘅香表姐善于織紡; 婢子素跟母親, 亦善養蠶, 身邊帶有蠶子; 因見此處桑樹極盛, 故以養蠶織紡爲生.) <鏡花 7:8>

슈흔 사룸이 집을 에워쓰고 함셩이 진동ᄒᆞ야 왈,

"깁쓰는 녀ᄌᆞ를 쌜니 니여보니여 셩명을 브치라 ᄆᆞᄎᆞᆷ니 항거ᄒᆞ면 일가 노쇼를 홈게 뭇지르리라."

ᄒᆞ야늘 뇨지형이 더옥 황겁ᄒᆞ야 감히 나아가지【11】 못ᄒᆞᄂᆞᆫ지라. 당ᄉᆡᆼ이 님 · 다 이인으로 더부러 즁인을 헤치고 문 알픠 니르러 크게 쇼리ᄒᆞ야 왈,

"모든 사룸은 들네믈 좀간 그치고 나의 흔 말을 드르라. 져 셜가 노쇠 불과 이곳의 좀시 우거흔 비니 오리 머물면 이곳의 혹ᄌᆞ 해로오미 잇슬넌지 이제 우리 삼인이 져의 일가를 ᄆᆞᄌᆞ 다려가려 니르니 쾌히 이곳을 쩌ᄂᆞ면 죠곰도 해로오미 업스리니 쳥컨디 렬위는 각ᄼ 허여져 도라가미 엇더ᄒᆞ뇨?"

ᄆᆞ초아 남긔 숨엇든 한지 그즁의 들어다가 당ᄉᆡᆼ을 다시 보미 져의 보검의 놀닌 비라 ᄆᆞᄎᆞᆷ니 당치 못홀 줄 헤아리고 즁인을 효유ᄒᆞ야 분ᄼ히 흐터지거늘 유【12】 모 비로소 문을 여니 뇨지형이 삼인을 인도ᄒᆞ야 긱실의 안치고 션시와 다못 셜형향 남미로 더부러 나아와 셔로 볼시 션시 모녜 오히려 경혼을 졍치 못ᄒᆞ야 거지 황망흔지라. 뇨지형이 비로소 당ᄉᆡᆼ의 구명흔 연유와 즁인을 믈니 친 말솜을 ᄌᆞ시 고흔디 션시 다시 니러 울며 졀ᄒᆞ야 지셩지덕을 못니 칭샤ᄒᆞ고 그 ᄉᆞ이 피란흔 ᄉᆞ고를 ᄀᆞ초6) 말ᄒᆞ야 다시 안신홀 곳을 지시ᄒᆞ시믈 간쳥ᄒᆞ니 구공 왈,

"우리 일즉 동구산을 지날 ᄯᅦ 낙쇼졔 일즉 셜쇼져의게 셔신을 부치더니 당형이 엇지 젼치 아니시ᄂᆞ뇨? 노부의 우견으로는 부인이【13】 아직 그곳으로 가시면 져기 안신ᄒᆞ실 듯ᄒᆞ여이다."

당ᄉᆡᆼ이 맛당흐믈 일컷고 일변 낙홍거의 셔신을 젼흔디 셜형향이 보기를 파흔 후 당ᄉᆡᆼ을 향ᄒᆞ야 왈,

---

6)【ᄀᆞ초】⑲ 갖추어. 갖추. ¶ 備‖ 션시 다시 니러 울며 졀ᄒᆞ야 지셩지덕을 못니 칭샤ᄒᆞ고 그 ᄉᆞ이 피란흔 ᄉᆞ고를 ᄀᆞ초 말ᄒᆞ야 다시 안신홀 곳을 지시ᄒᆞ시믈 간쳥ᄒᆞ니 (宣氏泣拜, 備述歷年避難各話, 并求唐敖設法籌一安身之地.) <鏡花 7:12> 승샹이 흔갓 언약 져 브리므로 큰 믈롤 삼으나 남녀도 모롤 제 ᄒᆞᆫ 일이니 나곳 처엄의 돈졀이 ᄒᆞ던들 한궁 문명의 죵젹이 셔의ᄒᆞᄂᆞᆫ 거슬 평장 참졍 지극ᄒᆞ시던 졍을 감격ᄒᆞ여 ᄌᆞ식 녜로 너기다 가 ᄆᆞ춤의 ᄀᆞ초 욕을 보고 비약흔 무리되니 <빙빙 4:100> 俱‖ 신이 임의 ᄀᆞ초 키야 와시니 폐해 보신 후의 약을 합ᄒᆞ야 드리려 ᄒᆞᄂᆞ이다 (臣已採尋俱備. 見過陛下, 卽入丹房修煉進呈.) <後水滸 11:65>

"원리 흥거져계 슉ː의 도라가시는 길을 기드려 조부롤 뫼셔 고향의 도라가려 ᄒ니 질녀롤 언약ᄒ야 훔게 도라가믈 뫼ᄒᆫ 비라. 졔 임의 셔신으로 부르고 이곳의 ᄯᅩᄒᆫ 줌시 머물 길 업스니 동구산으로 향ᄒ야 몸을 의탁ᄒ미 올홀 듯ᄒ여이다."

원외 왈,

"어제 해구(海口)의 도라가는 션쳑을 만나 무르니 슈일 니 쩌는다 ᄒ더니 부인 일ᄒᆡᆼ이 져 비롤 세너야 ᄐᆞ고 가시미 죠흐리【14】이다."

션시 왈,

"ᄀᆞ르치시미 ᄉᆞː히 맛당ᄒ시나 다만 슈쳔리 슈로의 허다ᄒᆫ 냥ᄌᆞ롤 변통키 어렵도쇼이다."

당싱 왈,

"이는 수ː(嫂嫂)의 용심ᄒ실 비 아니라 쇼계 임의 준비ᄒ니이다."

인ᄒ야 원외로 ᄒ야곰 몬져 해구의 나아가 션쳑을 구ᄒ야 긔계롤 ᄀᆞ초라 ᄒ고 셜가 일ᄒᆡᆼ으로 ᄒ힝니롤 슈습ᄒᆞᆯ시 당싱이 셜형향의 지모의 비범ᄒ믈 보니 홀연 위ᄌᆞ잉[魏家兄] 남미의 츌뉴ᄒ믈 싱각고 그으기 연분을 미즐 의시 잇셔 이에 닌봉산의 셔로 만는 연유롤 ᄌᆞ시 말ᄒᆫ디 션시 ᄯᅩᄒᆫ 깃거 당싱의 셔신을 구ᄒ야 지나는 길의 몬져 춫고져 ᄒ거늘 당싱이 허락ᄒ고 오리지 아녀 원【15】외 션쳑을 졍ᄒ고 사공을 거느려 니르러 ᄒ힝니롤 슈운ᄒ며 당싱이 셜션으로 ᄒ야곰 길을 인도ᄒ야 셜중장 빈소의 나아가 일장 통곡ᄒᆫ 후 녕구롤 ᄯᅩᄒᆫ 비의 옴기고 일졔히 션상의 도라오미 션시 녀시(呂氏)와 완여(婉如) 형향(蘅香) 등이 셔로 보아 즐기며 ᄒ로롤 지닌 후 이튼날 당싱 닌봉산 동구산 부치는 셔신을 닥고 냥ᄌᆞ롤 ᄀᆞ초아 보ᄂᆞ니 션시 갈ᄉᆞ록 칭샤ᄒ고 형ː향이 당싱의 구명ᄒᆫ 은덕 못니져 눈물을 ᄲᅳ려 비별ᄒ고 ᄒ힝ᄒ야 여러 날의 닌봉산의 니르러 위가롤 춫ᄌᆞ 셔신을 젼ᄒ니 만시부인이 십분 흔열ᄒ야 드ː여 혼인을 미즌 후 셜션으로 ᄒ야곰 년쥬총(連珠銃)을 년습ᄒ야 준예롤 물니치고 촌인의 공급ᄒ믈 어더 결활이 구ᄎᆞᆯ치 아니터니 그후 낙홍게 슈션촌(水仙村)의ᄭᅴ ᄶᅥ날시 셔신을 부쳐 셔로 잇그러 고향의 도라가니라.

초셜 당싱이 션시 일힝을 보닌 후 비롤 씌워 오러지 아녀 기셜국(歧舌國)의 다드르니 원외 임의 이곳 풍쇽이 음뉼을 조ᄒᆞᆫ믈 아ᄂᆞᆫ지라 허다 악긔[싱황 져 피리의 뉘라]와 노민국(勞民國)의셔 산 ᄇᆞ 쌍두죠[雙頭鳥 두 머리 가진 새] 롤 잇그러 매믜ᄒᆞ려 다리고 당·다 이인이 쏘ᄒᆞᆫ 쏠오더니 그 사름의 말쇼리 무디 무다 음졀이 번쇄ᄒᆞ야 ᄒᆞᆫ 쇼리 알 길 업ᄂᆞᆫ지라.

당싱 왈,

"이곳 말쇼리 ᄀᆞ쟝 알아듯기 어려오 【17】 니 구공은 능히 알으시ᄂᆞ니잇가?"

구공 왈,

"해외 각국 말숨 중 기셜이 졔일 어렵다 ᄒᆞᄆᆞ로 노뷔 일즉 이곳의 와 반월을 묵으며 간신이 비화더니 그 말을 비혼 후ᄂᆞᆫ 다른 말 비호기ᄂᆞᆫ ᄀᆞ쟝 쉬오니 범스롤 어려온 ᄇᆞ라 괴로와 말고 어려온 ᄇᆞ롤 몬져 비호면 그남아 쉬온 닐은 더옥 용이ᄒᆞ리이다. 님형도 노부의게 약간 비호ᄆᆞ로 이번 물화롤 ᄀᆞ져 홀노 가니이다."

당싱 왈,

"구공이 임의 언어롤 상통ᄒᆞ니 엇지 나아가 운학리력을 탐쳥ᄒᆞ야 비호지 아니시ᄂᆞ뇨?"

구공이 흔연 졈두 왈,

"당형은 총명이 ᄀᆞ쟝 조흔 사름이로다. 노뷔 일즉 흑치국의셔 【18】 이 말 ᄒᆞ얏거니와 만일 이 말을 씌오치지 아니턴들 노뷔 하ᄆᆞ 그져 지닐 번 ᄒᆞ도다. 해외의 견ᄒᆞᄂᆞᆫ 말이 잇스되 만일 기셜국의 니르러 운학을 모로고 가면 비컨더 보비 쏜ᄒᆞᆫ 산의 드러 뷘 손으로 도라감 ᄀᆞᆺ다 ᄒᆞ나니 일노 보건더 운학이 ᄌᆞ곳으로부터 시죽ᄒᆞᆫ 줄 알지라. 노뷔 맛당이 힘써 알아보리라."

말홀 스이의 ᄆᆞ초아 일위 노지 알프로 지ᄂᆞ되 거지(擧止) 쏘ᄒᆞᆫ 유식ᄒᆞ거눌 구공이 ᄆᆞ조 니다라 손을 쏘즈 읍ᄒᆞ고 그곳 말노 여러 말 ᄒᆞ니 그 노지 쏘ᄒᆞᆫ 답읍ᄒᆞ고 대답ᄒᆞ야 오러지 아녀 그사름이 홀연 머리롤 흔들며 혀롤 샌지워 ᄀᆞ쟝 어려워 ᄒᆞᄂᆞᆫ 거동이라. 당싱이 겻ᄒᆞ로 조츠 그 혀롤 【19】 술펴보니 싯치 찌야져 말쇼리롤 쏠와 두 싯치 움즉이ᄂᆞᆫ 고로 셩음이 ᄌᆞᄀᆞᆺ치 여러 ᄀᆞ지로 나미라. 구공이 냥구히 말ᄒᆞ더니 년ᄒᆞ야 노즈롤 향ᄒᆞ야 몸을 굽히니 노지 쏘ᄒᆞᆫ 몸을 굽히다가 ᄆᆞ츰ᄂᆡ 소ᄆᆡ를 썰쳐 힝ᄒᆞᆼ히 닷는지라 구공이 오히려 그 말노 일향 지져괴며 눈섭을 씽긔거늘 당싱이 대쇼 왈,

"구공은 슌셜을 허비ᄒᆞ야 뷘말 ᄒᆞ지 말으시고 일후 쇼계도 운학과 그 말을 비혼 후 셔로 슈죽ᄒᆞᆺ이다."

구공이 비로소 ᄭᆡ다라 왈,

"노ᄇᆡ 진실노 혼망ᄒᆞ도다! 앗가 그 노ᄌᆞ의 일이 분ᄒᆞ므로 오히려 혼ᄌᆞ말 ᄒᆞ도다. 앗가 노ᄌᆞ와 말ᄒᆞ다가 운학을 ᄀᆞ르치라 ᄒᆞᆫ즉 노지 다만 머리 흔드러 왈,

【20】 "운학(韻學)은 본국의 비밀ᄒᆞᆫ 법으로 남의게 젼치 못ᄒᆞᄂᆞ니 국왕이 엄지(嚴旨)를 ᄂᆞ리와 만일 지믈을 탐ᄒᆞ야 운학을 타국의 젼ᄒᆞᄂᆞ 지면 무론 귀쳔ᄒᆞ고 즁죄를 ᄂᆞ리오므로 감히 말ᄒᆞ지 못혼다 ᄒᆞ야늘 노ᄇᆡ 다시 쳥ᄒᆞ야 왈,

"노장이 ᄀᆞ믄니 ᄀᆞ르치시면 그 알니 뉘 잇스며 우리 만일 비호면 감격칭송ᄒᆞ리니 엇지 감히 누셜ᄒᆞ야 노장의게 죄 밋게 ᄒᆞ리요!"

ᄒᆞᆫ즉 노지 왈,

"사ᄅᆞᆷ으로 ᄒᆞ야곰 모로게 ᄒᆞ고져 홀진디 아이의 제 아니홈만 ᄀᆞᆺ지 못ᄒᆞ고 이 일이 관계 즁대ᄒᆞ므로 감히 말ᄒᆞ지 못혼다 ᄒᆞ야늘 노ᄇᆡ 몸을 세 번 굽혀 간쳥ᄒᆞᆫ즉 제 믄득 ᄀᆞᆯ오디 '젼일 닌국 사ᄅᆞᆷ이 큰 거복7) ᄒᆞ나흘 쥬어 왈 이 거【21】복의 속의 보비를 ᄀᆞ즉 너허시니 만일 운학을 ᄀᆞ르치면 이 거복을 쥬므' ᄒᆞ되 우리 일즉 그 거복을 밧지 아녓거늘 오날 녀의게 두 번 읍ᄒᆞ므로 그런 즁디ᄒᆞᆫ 닐을 젼홀손가 네 스ᄉᆞ로 혜여보라 너의 두 번 읍ᄒᆞ미 져 거복 속 보비로 비교ᄒᆞ면 엇더ᄒᆞ리요. 네 몸을 ᄀᆞ쟝 즁ᄒᆞᆫ 쳬혼다 ᄒᆞ야늘 제 노부로ᄡᅥ 거복의 비ᄒᆞ

---

7) 【거복】 명 거북. ¶ 龜 ‖ 젼일 닌국 사ᄅᆞᆷ이 큰 거복 ᄒᆞ나흘 쥬어 왈 이 거복의 속의 보비를 ᄀᆞ즉 너허시니 만일 운학을 ᄀᆞ르치면 이 거복을 쥬므 (當日隣邦有人送我一個大龜, 說大龜腹中藏著至寶, 如將音韻敎會, 那人情願將寶取出, 以做酬勞.) <鏡花 7:20> 늘근 거복을 ᄉᆞᆷ다가 닉디 아니ᄒᆞ거늘 화를 이운 쏭남그 옴기다 (老龜烹不爛, 移花于枯桑.) <三國 25:64> 홍이 덥흔 거슬 열고 보니 이는 산 거복이 셔로 ᄲᆞ화 짓궤는 소리라 (洪揭開視之, 却是一缸生龜在內喧鬧.) <包公 龜入廢井 3:9> 신긔ᄒᆞᆫ 비얌과 녕ᄒᆞᆫ 거복이 위엄을 도으니 그 졍녕이 잇다감 인간의 ᄶᅥ러뎌 ᄶᅢ을 만나면 변을 짓ᄂᆞ니 당 현종 시졀의 이 긔운이 음산 티빅 가온디 ᄂᆞ려 거믄 뇽이 되니 <靈異 3:16> 네 발 가진 거복ᄀᆞᆺ치 큰 하슈오와 쳔년 믁은 숑근의 복령담이니 모든 이ᄀᆞᆺ튼 죵류의 약은 희귀ᄒᆞ다 니를 거시 업ᄉᆞ디 (四足龜大何首烏, 千年松根茯苓膽, 諸如此類的藥不算爲奇.) <紅樓 28:26>

미 그룰 분ᄒ야 당형을 대ᄒ여 오히려 일쟝 그 말을 그치지 못ᄒ과라."

당셩이 크게 근심ᄒ야 왈,

"제 과연 보비룰 쥬어도 그르치지 아닐진디 운학은 진실노 보비 중 읏듬이니 부디 비호미 죠ᄒ니 엇지ᄒ여야 올ᄒ리잇고. 오직 구공은 널니 방문을 죠히 계칙ᄒ야 【22】 쇼졔의 일쟝 바라든 바룰 헛고디 도라가지 아니케 ᄒ쇼셔."

구공이 졈두 왈,

"오날 임의 느져시니 아직 션상의 도라갓다가 명일은 당형이 져의 말을 모로니 홈게 가 유익지 아니ᄂ 노뷔 맛당이 홀노 나아가 스쳐로 탐쳥ᄒ야 만일 졀문 사람의 혬 업는 즈룰 만나면 말노 시험ᄒ야 그 대개나 알아 젼ᄒ리라."

인ᄒ야 션상의 도라오니 원외 쏘흔 물화룰 진슈히 팔고 쌍두죠는 그곳 관원이 스리 잇셔 쟝촛 그 나라 셰즈의게 밧쳐 아쳠ᄒ고져 ᄒ므로 원외 갑슬 더옥 놉히고져 아니 포노라 잇그러 도라왓거늘, 이튼날 님·다 이인이 길을 난화 션중을 향ᄒ고 당셩은 홀노 비룰 직희더니 낫이 지는 후 구공 【23】 이 도라오며 머리룰 그치지 아니코 흔들어 왈,

"당형아 운학을 부디 알고져 홀진디 다만 죽어 후싱의 이곳의 환싱ᄒ여야 가히 비호리러이다. 노뷔 오날ᄂ 큰 거리 그윽흔 골목이며 술집과 차프리로 곳ᄂ이 초즈단녀 순셜을 허비ᄒ고 졍셩을 갈진ᄒ야 스면팔방의 쳔틴만상으로 알녀 ᄒ되 흔 즈 어더 듯기는 하늘에 오르기의셔 어려온지라. 니 싱각ᄒ되 쇼년의 사람이 혹즈 춤지 못ᄒ리라 ᄒ야 부디 쇼년을 초즈 말흔즉 져 쇼년이 개ᄂ히 운학 두 즈룰 드른즉 문득 귀룰 그리오고 몸을 피ᄒ야 노인 이에셔 더옥 말 부치지 못홀너이다."

당셩 왈,

"져 무리 이그치 두려워ᄒ니 그 일을 누셜ᄒ면 무슴 【24】 죄벌을 닙기로 이그치 법을 직흰다 ᄒ더니잇가?"

구공 왈,

"그는 니 즈시 드른즉 근일이 나라 문풍이 쇠ᄒ야 닌국만 못흔 중 오히려 남보다 나아라 ᄒ는 지 운학 ᄀ지니 마치 쥬요국(周饒國)의셔 비거[飛車 졀노 구으러 나는 듯흔 술에]을 홀노 민들고 그 법을 닌국의 젼치 아님 ᄀ흔지라. 만일

넌국이 낫ː치 운학을 알아가면 져의 나라히 다시 남의게 지닌 지죄 업다 ᄒᆞ야
특별이 엄금ᄒᆞ되 이 본디 문인의 학업이니 혹즈 빈궁ᄒᆞᆫ 션비 지물을 욕심ᄂᆞ야
스ː로이 젼ᄒᆞᄂᆞᆫ 폐 잇스면 그 죄롤 일졀 엄중히 홀 길 업다 ᄒᆞ야 다만 ᄒᆞᆫ ᄀᆞ지
풍뉴 죄안을 졍ᄒᆞ니 그 법의 굴오디 만일 운학을 ᄀᆞ져 넌국의 젼ᄒᆞᄂᆞᆫ 지 잇스
면 그 안해【25】 업ᄂᆞᆫ 즈ᄂᆞᆫ 종신토록 장가 드지 못ᄒᆞ게 ᄒᆞ고 그 안해 잇ᄂᆞᆫ 지
면 즉각의 니이ᄒᆞ야 평싱 화합ᄒᆞ지 못ᄒᆞ게 ᄒᆞ고 그후에 다시 범ᄒᆞᄂᆞᆫ 지 잇스면
즉시 궁형ᄒᆞ야 다시 남즈 노롯 못ᄒᆞ게 ᄒᆞ기로 녕을 ᄂᆞ리오니 이러므로 져 쇼년
의 무리ᄂᆞᆫ 운학 말 곳 드르면 그 안해 잇ᄂᆞᆫ 즈ᄂᆞᆫ 힝혀 니이홀가 겁ᄂᆞ고 그 혼취
못ᄒᆞᆫ 즈ᄂᆞᆫ ᄇᆞ야흐로 실가롤 구ᄒᆞ거니 이 말을 드르면 황겁ᄒᆞ야 귀롤 ᄀᆞ리워 닷
더이다.”

당싱 왈,

“그런 줄 알진디 엇지 안해 업ᄂᆞᆫ 환부(鰥夫)롤 ᄎᆞᆺ뭇지 아니시니잇고?”

구공 왈,

“환부ᄂᆞᆫ 비록 니이(離異)ᄒᆞ기ᄂᆞᆫ 념녜 업스나 혹즈 후취ᄒᆞ고져 ᄒᆞᄂᆞᆫ 지나 첩
두고져 ᄒᆞᄂᆞᆫ 지야 즐겨 니르며 ᄒᆞᆯ며 사롬의 얼골 우히 환뷔라【26】 쓰지 아
녀시니 어디로 죠ᄎᆞ 환부롤 ᄎᆞᄌᆞ며 노즈롤 만ᄂᆞᆫ들 분명이 노파나 쇼쳡 업ᄂᆞᆫ 즈
롤 엇지 알아 무르리요?”

제29회

服妙藥幼子回春　傳奇方ᄒᆞᆯ翁濟世

당싱이 ᄯᅩᄒᆞᆫ 대쇼ᄒᆞ나 그윽이 우민ᄒᆞ야 왈,

“진실노 이럴진디 ᄆᆞᄎᆞ니 길을 어들디 업스리잇가?”

구공 왈,

“노부ᄂᆞᆫ 근력이 쇠진ᄒᆞ고 정신이 흐터지니 당형이 오히려 알고져 ᄒᆞ거든 스
스로 나아가 알아보쇼셔. 노부ᄂᆞᆫ 실노 죠흔 계괴 업ᄂᆞ이다.”

님원의 쌍두죠롱을 잇글고 우음을 ᄯᅴ여 도라오거늘 당싱 왈,

"우리는 ᄇ야ᄒ로 근심으로 안ᄌᆺ거니 구형은 무ᄉᆷ 깃분 닐이 겨시뇨?"

원외 왈.

"이곳의 일위 관원이 잇셔 년일 나의 쌍두죠롤 스고져 ᄒ야 갑슬 부르는 ᄇᆡ 나의 본젼 이에서 슈 【27】 십ᄇᆡᄂ 되기로 오날은 풀고 오랴더니 져의 친신ᄒᆫ 복ᄇᆡ 날을 ᄀᄆ니 불너 왈, '우리집 쥬인이 져 쌍두죠롤 스다가 셰ᄌᆞᄀᆡ 바치고 죠흔 벼슬을 엇고져 ᄒᆞ는니 네 만일 포노라 ᄒᆞ면 졈ᄌ 갑슬 도들 거시요 너 임의 이 ᄯᅳᆺ을 ᄀᆞ르치니 ᄆᆡᄆᆡ된 후의 셩에8)롤 후히 ᄒᆞ라' ᄒᆞ야늘 너 이 말을 드른 후 엇지 즐겨 풀니요 과연 갑슬 더옥 도ᄌ더니 그 복ᄇᆡ ᄯᅩ ᄀᆞ르쳐 왈, '오날 ᄂᆞ 져시니 명일ᄌ즉 오면 일졀 갑시 십ᄇᆡ 더ᄒᆞ리라' ᄒᆞ니 너 일즉 남의 말 듯건디 노복의 츙의 잇는 ᄌᆞ롤 츙뇌(忠奴)라 의복(義僕)이라 ᄒᆞ더니 져 복ᄇᆡ 니게 이ᄀᆺ치 졍의 잇스니 진실노 의복이 이라 일노써 다힝ᄒᆞ고 깃거ᄒᆞ노라."

구공이 넝쇼 왈,

【28】 "져 복ᄇᆡ 분명이 그 관원의 복ᄇᆡ여늘 ᄂᆞᆷ형이 써 의복이라 ᄒᆞ시니 쟝ᄎ 거ᄂᆞ려 도라갓ᄃᆞ가 일후 타인의게 ᄯᅩ 의복 노롯ᄒᆞ면 엇더ᄒᆞ리요!"

원외 역쇼왈,

"쇼졔 엇지 니롤 모로리요? 앗가는 희언이여니와 져 열번 죽일 놈이 니룰 보면 의룰 니져 젼ᄌᆡ(錢財)의 눈이 붉어 쥬인의ᄌ식 은양은 문득 구쇼운외(九霄雲外)의 ᄇᆞ리고 도로혀 날노써 쥬인ᄀᆺ치 졍셩을 나퇴니9) 내 엇지 니르되 의복이라 아니리요."

피ᄎ 대쇼ᄒᆞ고 이튼날 쳔명의 원외 죠롱을 잇그러 ᄇᆞᆺᄇᆡ 가고 당싱은 심즁이 번민ᄒᆞ야 구공으로 더부러 한담ᄒᆞ더니 오리지 아녀 원외 죠롱을 쯔을고 눈썹

---

8) 【셩에】 명 미상. ¶ 彩頭‖ 우리집 쥬인이 져 쌍두죠롤 스다가 셰ᄌᆞᄀᆡ 바치고 죠흔 벼슬을 엇고져 ᄒᆞ는니 네 만일 포노라 ᄒᆞ면 졈ᄌ 갑슬 도들 거시요 너 임의 이 ᄯᅳᆺ을 ᄀᆞ르치니 ᄆᆡᄆᆡ된 후의 셩에롤 후히 ᄒᆞ라 (我家主人買這鳥兒, 要送世子的, 你如不賣, 他必添價. 我今透個消息給你, 俟交易後, 分我幾分彩頭就是了.) <鏡花 7:27>

9) 【나퇴다】 동 나타나다. ¶ 앗가는 희언이여니와 져 열번 죽일 놈이 니룰 보면 의룰 니져 젼ᄌᆡ의 눈이 붉어 쥬인의ᄌ식 은양은 문득 구쇼운외의 ᄇᆞ리고 도로혀 날노써 쥬인ᄀᆺ치 졍셩을 나퇴니 내 엇지 니르되 의복이라 아니리요 (俺只恨這萬世爲奴的, 他們總是見錢眼紅, 從不記得主人衣食恩養; 一見了錢, 就把主人恩情, 撤在九霄雲外. 如今把俺林之洋待得倒像主人一般, 他旣這樣, 俺也只好把他認作奴才了.) <鏡花 7:28>

을 씽긔여 도라오거늘 당싱 왈,

"오날은 구형이 【29】 무스 일 근심으로 오시느뇨? 이 아니 의복의게 속으시미니잇가?"

원외 왈,

"니 일즉 져곳의 니른즉 그 관원이 과연 갑슬 더ᄒᆞ더니 복뷔 ᄯᅩ ᄀᆞ르쳐 왈, '쥬인이 죠회의 입궐ᄒᆞ니 졍히 총망ᄒᆞᆫ지라 아직 져기 도라오기를 기ᄃᆞ리면 죠히 갑슬 더ᄒᆞ리라.' ᄒᆞ거늘 니 싱각건디 제 임의 부디 스고져 ᄒᆞᄂᆞᆫ 비니 비록 반일을 머무러도 다시 고가를 브드미 올타 ᄒᆞ더니 져 관원이 죠회를 파ᄒᆞ야 도라오며 홀연 복부로 ᄒᆞ야곰 새롤 스지 아니ᄒᆞ 도라가랴 ᄒᆞ야늘 니 ᄀᆞ마니 탐지ᄒᆞᆫ 즉 원리 그 세지 몰 ᄐᆞ고 활쏘기를 닐슴더니 오날 ᄆᆞ초아 산영 가다가 몰게 ᄯᅥ러져 스지를 졀상ᄒᆞ야 인스를 아지 못ᄒᆞ고 호흡이 【30】 미미ᄒᆞ야 명지경각ᄒᆞ니 국왕이 ᄇᆞ야흐로 관곽을 예비ᄒᆞ야 상구를 ᄎᆞ린다 ᄒᆞ니 져 관원이 엇지 즐겨 놉흔 갑슬 허비ᄒᆞ리요 다만 니르되 다른 곳의 풀나 ᄒᆞ거늘 니 ᄯᅩᄒᆞᆫ 홀일업셔 갑슬 도로 ᄂᆞ초되 일향 물니치는 지라. 이 새 오직 기셜국의 와야 갑슬 ᄇᆞ들 거시오 그남아 다른 곳의셔 뉘 즐겨 스리요 다만 죠반 후 다시 나아가 긔회를 보아 쳐치ᄒᆞ리라."

됴반을 파ᄒᆞᆫ 후 원외 다시 죠롱을 잇그러 나아가거늘 당싱이 구공으로 더부러 울젹ᄒᆞᆷ믈 풀고져 무심이 거러 져ᄌᆞ거리의 지나더니 허다ᄒᆞᆫ 사름이 에워싼 거리의 부친 바 방문을 보거늘 이인이 ᄯᅩᄒᆞᆫ 갓가이 보니 원리 셰ᄌᆞ의 【31】 낙상ᄒᆞᆫ 병이 즁ᄒᆞ야 졍히 위급ᄒᆞ니 만일 명의와 고시 나아와 이 병을 고칠 지 잇스면 본국 사름이어든 은ᄌᆞ 오빅 냥을 샹스ᄒᆞ고 닌국 사름이어든 은ᄌᆞ 쳔냥을 스급(賜給)ᄒᆞ리라 ᄒᆞᆫ 방문이라. 구공이 보기를 다ᄒᆞ미 쳔연이 나아가 방문을 ᄀᆞ부야이 쩨혀드니 직희든 군시 구공의 모양을 보건디 타국 사름이믈 알고 급히 나아가 통스[通使 타국말 ᄒᆞᆫ 사름]를 쳥ᄒᆞ며 일변 거ᄆᆞ를 가초아 구공을 ᄆᆞᄌᆞ 영빈관의 나아갈시 당싱이 망연이 그 뜻을 모로고 다만 뒤ᄒᆡ 쏠왓더니 오러지 아녀 통시 니르러 삼인이 셔로 녜ᄒᆞᆫ 후 구공 왈,

"쳥컨디 노형은 존셩을 감히 알고져 ᄒᆞᄂᆞ이다."

통시 왈,

"쇼즈의 셩은 지(枝)요 일【32】홈은 죵(鐘)이니 이위 존셩은 뉘시며 귀방이 어디시며 무스 일 이곳을 지니시더니잇고?"

구공 왈,

"노부의 셩은 대(多)니 즁원 사룸으로 일즉 유업ᄒ야 학의 들어더니 폐우(敝友) 당형(唐兄)으로 더부러 해외의 홍찬ᄒ야 귀방을 지니미 특별이 귀방 풍쇽을 귀경코져 니르러 무초아 국왕의 부치인 방문을 보니 이 문득 셰즈의 옥쳬 낙샹ᄒ신 디 치료ᄒ기를 구ᄒ신 비라 노뷔 비록 화편의 슐업은 졍치 못ᄒ나 일즉 조션(祖先)으로부터 젼ᄒᄂ 약방이 잇ᄂ니 무릇 낙샹ᄒ 병의 즉각으로 긔스회싱ᄒᄂ 법이로디 다만 약이 거츠로 부치기와 안흐로 먹기의 길이 다르니 반드시 샹쳐의 경즁을 친히 【33】뵈와야 약을 시험ᄒ리이다."

통시 년ᄒ야 맛당ᄒ시믈 일컷고 이 ᄯᅳᆺ을 국왕긔 알욀시 구공이 당셩으로 ᄒ야곰 션샹의 도라가 약을 가져 니르니 통시 이인을 인도ᄒ야 왕궁의 나아갈시 브로 니뎐의 드러가니 과연 셰지 샹샹의 누어시되 두 ᄃ리 흠게 샹ᄒ고 머리 ᄭᅵ여져 피 엉긔며 샹ᄒ믈 과즁이 ᄒ므로 졍신이 혼미ᄒ야 ᄉᆡᆼ각이 업거늘 구공이 통ᄉ로 ᄒ야곰 동변(童便) 반 보ᄋ와 쳥쥬(清酒) 반 보ᄋ를 화합ᄒ야 다스ᄒ게 ᄒ야 셰즈의 닙을 버리고 쳔쳔이 드리워 먹인 후 낭즁으로조츠 약병을 니야 약ᄀ로를 ᄡᅩ다 샹쳐의 부치고 ᄇᆞ른 후 소미로조츠 부치를 니야 일변 약을 부치며 일변 힘써 부치로 【34】부츠니 모든 궁인이 대경실식ᄒ야 통시 급히 손을 져어 그처 왈,

"대현은 좀간 손을 머츄쇼셔! 셰지 브야흐로 졍신이 혼미ᄒ야 경각이 위티ᄒ니 졍히 브람을 피ᄒ거늘 도로혀 부치로 찬 브람을 니시니 진실노 셜샹가샹이라. 명을 구ᄒ면 커니와 명을 ᄒ마 지촉ᄒ리로소이다."

구공이 미소 왈,

"노부의 부친 ᄇ 약일홈이 곳 '쳘션샨 鐵仙散'이니 반드시 부치로 부쳐야 능히 경각의 아므러 파샹ᄒᄂ 환을 면ᄒᄂ니 이 방문이 신션의 젼ᄒ 비라 노뷔 여러 해 이 약을 시험ᄒ되 미양 쳘션[鐵扇 쇠로 민든 부치]으로 부쳐 효험을 보기로 일홈을 쳘션산이라 ᄒᄂ니 존형은 다만 방심ᄒ라. 노뷔 엇지 인명을 ᄀ져 【35】 ᄋ희희롱ᄀᆺ치 ᄒ리잇고!"

일변 말ᄒ며 오히려 손을 머츄지 아니터니 여러 시각이 지나지 아녀 상쳬 과연 완합ᄒ야 셰지 졈〵 소셩(蘇醒)ᄒ니 비로소 구즁의 신음ᄒᄂ 쇼리 나ᄂ지라 통시 대경흔희 왈,

"대현의 신긔흔 약이 진실노 긔ᄉ회싱ᄒᄂ 션단이로소이다! 이제 머리와 면상의 상쳐ᄂ 쾌히 나앗거니와 두 ᄃ리 임의 골졀이 부러진 곳은 장찻 엇지ᄒ시리잇고? 샐니 신약을 시험ᄒ야 속효롤 보게 ᄒ쇼셔."

구공 왈,

"이곳의 싱해[生蟹 산 게]롤 어드리잇가?"

통시 왈,

"게ᄂ 이곳의 소산이 아니라 일즉 그림으로 볼 뿐이요 실노 형쳬ᄂ 보지 못ᄒ얏거니와 장찻 어더 쓰시리잇고?"

구공 왈,

"무릇 낙상ᄒ야 근골이 【36】 졀상흔 ᄃ 무론 경즁ᄒ고 몬져 동변과 쳥쥬롤 상반ᄒ게 화합ᄒ야 ᄯᆯ혀 덥게 ᄆ시면 비록 혼졀ᄒ야도 즉각의 회싱ᄒ고 미일 두세 번식 ᄆ시면 경흔 ᄌᄂ 불과 슈일의 쾌ᄎᄒ나니 미양 셰상 사ᄅᆷ이 흔 번 낙상ᄒ면 인ᄒ야 병폐ᄒ거나 죽기의 니르ᄂ 지 만ᄒ니 이 다름 아니라 근골이 상ᄒ미 올푼 거시 장부(臟腑)의 드러 어혈(瘀血)이 응결흔 후 치료롤 더디ᄒ미라. 동변과 술이 능히 어혈롤 풀고 올푼 거슬 그치며 겸ᄒ야 근본을 굿게 ᄒ니 과연 긔ᄉ회싱ᄒᄂ 션약이언ᄆᄂ 셰인이 오히려 ᄭᅵ닷지 못ᄒ니 그윽이 탄식ᄒᄂ 비라. 다만 일즉이 먹지 못ᄒ고 병이 오린 후 시험ᄒ면 ᄯᅩ흔 효험 업ᄂ니 만일 【37】 힘쑬이 ᄭᅳᆫ허지고 ᄲᅧ 부러져 즁히 상흔 ᄌᄂ 쳥쥬 동변을 먹으며 일변 산게롤 즛ᄶᅵ어 조흔 쇼쥬의 터 먹으며 그 건지10)롤 상쳐의 부쳐 날마다 이ᄀᆺ치 ᄒ면 능히 근골이 니이ᄂ나, 동변 쳥쥬ᄂ ᄯᅩ흔 날ᄆ다 그치지 말아야 효험이 ᄲᅢᄅ며 만일 산게 업스면 마른 게롤 불에 살와 술의 ᄐ 먹어도 ᄯᅩ흔 효

---

10) 【건지】 명 찌꺼기. ¶ 渣 ∥ 다만 일즉이 먹지 못ᄒ고 병이 오린 후 시험ᄒ면 ᄯᅩ흔 효험 업ᄂ니 만일 힘쑬이 ᄭᅳᆫ허지고 ᄲᅧ 부러져 즁히 상흔 ᄌᄂ 쳥쥬 동변을 먹으며 일변 산게 롤 즛ᄶᅵ어 조흔 쇼쥬의 터 먹으며 그 건지롤 상쳐의 부쳐 날마다 이ᄀᆺ치 ᄒ면 능히 근골이 니이ᄂ나 (但須早服, 遲卽難治. 倘骨斷筋折, 損傷過重, 服過童便〵黃酒, 卽取生蟹 搗爛, 以好燒酒冲服, 其渣敷在患處, 日日服之, 亦能接筋續骨.) <鏡花 7:37>

험 잇스니 낙상흔 딕 쓰는 약으로는 쳔하의 졔일 신방이어니와 이곳의 싱해 임의 업다 ᄒᆞ니 다힝이 노부의 ᄀᆞ진 ᄇᆡ 칠니산이 거의 이와 ᄀᆞᆺᄒᆞ니 맛당이 시험ᄒᆞ리라."

이에 약병의 ᄀᆞ로약을 ᄀᆞ져 ᄂᆞ울노 칠니를 달아 쇼쥬의 화합ᄒᆞ야 셰ᄌᆞ를 마시오고 다시 칠니산(七厘散)을 만히 ᄂᆡ야 쇼쥬의 ᄀᆡ야 【38】 샹쳐의 ᄇᆞ르더니 셰ᄌᆡ 약 먹은 후 져기 곤ᄒᆞ야 좀을 닐워 식경이 지낸 후 ᄭᆡ야 올푸미 업다 ᄒᆞ야ᄂᆞᆯ 구공이 통ᄉᆞ를 향ᄒᆞ야 왈,

"셰ᄌᆞ의 환휘 이제 쾌히 향ᄎᆞᄒᆞ시니 국왕게 방심ᄒᆞ시물 알외라 불과 슈일이면 쾌복여상ᄒᆞ시리니 셰ᄌᆡ 만일 쥬량이 너르시면 쳥쥬 동변을 ᄡᅥ로 마시면 효험이 더옥 ᄲᆞ르리라. 노부는 좀간 물너가 명일 다시 니르리이다."

통ᄉᆡ 왈,

"국왕이 쳥ᄒᆞ시되 대현을 감히 영빈관의 머무러 셰ᄌᆞ의 약쓰기를 ᄌᆞ로 ᄒᆞ실가 ᄒᆞ야 쥬반을 임의 예비ᄒᆞ니 쳥컨ᄃᆡ 이위는 좀간 영빈관의 머무시믈 ᄇᆞ라ᄂᆞ이다."

이에 삼인 영빈관의 니르러 밤을 지낸 후 구공이 다시 나아가 칠니산을 【39】 먹이고 부치기를 힘써 ᄒᆞ니 여러 날이 못ᄒᆞ야 졈ᄂᆞ 평복ᄒᆞ되 오히려 힝뵈 여상치 못흔지라 구공이 약뇨(藥料)를 쥬어 치료ᄒᆞ는 법을 ᄀᆞ르치고 인ᄒᆞ야 운학을 탐쳥흘가 슈일을 지체ᄒᆞ더니 셰ᄌᆞ의 병은 임의 쾌ᄎᆞᄒᆞ고 운학은 ᄆᆞᄎᆞᆷᄂᆡ 묘연ᄒᆞ니 당싱이 날마다 쏠와 ᄉᆞ쳐로 방문ᄒᆞ되 일향 알길 업스ᄆᆡ 졍히 초조ᄒᆞ더니 일ᄂᆞ은 국왕이 존치를 비셜ᄒᆞ야 졔신으로 ᄒᆞ여곰 구공을 젼송흘ᄉᆡ 존치를 파ᄒᆞ며 사례ᄒᆞ는 은ᄌᆞ 이쳔 냥과 다시 은ᄌᆞ 일ᄇᆡᆨ 냥으로 윤필지ᄌᆞ(潤筆之資)를 숨아 젼후 쓴 ᄇᆡ 약방문을 벗겨 젼ᄒᆞ믈 쳥ᄒᆞ거ᄂᆞᆯ 구공이 통ᄉᆞ를 향ᄒᆞ야 왈,

"노뷔 ᄆᆞᄎᆞᆷ 힝쟝의 ᄀᆞ진 ᄇᆡ 약뵈 잇 【40】 셔 족히 셰ᄌᆞ의 병을 곤칠 만ᄒᆞ므로 스ᄉᆞ로 나아오미요 실노 젼ᄌᆡ를 탐ᄒᆞ고 지조를 ᄌᆞ랑코져 흔 비 아니요 약방을 알고져 흘진ᄃᆡ 맛당이 좀시의 써셔 젼ᄒᆞ리니 엇지 윤필을 일커르리요 쥬시는 ᄇᆡ 은ᄌᆞ는 일병 밧드러 도라보ᄂᆡᄂᆞ니 이 ᄯᅳᆺ을 국왕긔 알외며 노부는 구ᄒᆞ는 비 별노 업셔 다만 운학 비흘 셔칙 흔 부를 쥬시거나 혹 운학의 묘를 져기 ᄀᆞ르치면 도로혀 감은ᄒᆞ야 평싱 송축ᄒᆞ리이다."

통시 이디로 국왕긔 알왼디 국왕이 무춤니 허치 아니코 다시 은즈롤 더ㅎ야 밧기롤 청ㅎ거눌 구공이 통스로 ㅎ야곰 지삼 간청ㅎ니 통시 왈,

"운학은 곳 폐방이 남의게 전치 아닛는 비셔(秘書)라 국왕이【41】 녕을 느리워 신민을 엄금ㅎ느니 법을 우희셔 범홀 니 업고 ㅎ믈며 근일 이위 왕비 환휘 극중ㅎ므로 심시 불평ㅎ시니 결단코 허치 아니시리니 다시 알외여 무춤니 유익지 아니리이다."

구공 왈,

"이위 왕비 소환이 무슨 증휘니잇고?"

통시 왈,

"일위 왕비는 슈틱ㅎ얀 지 오륙삭의 무춤 무거온 거슬 드다가 틱동 불안ㅎ야 복통이 심ㅎ고 누혈이 뵈인다 ㅎ고 졍궁낭〻은 유죵(乳腫)으로 고통ㅎ야 아직 파죵(破腫)치 못ㅎ야 날노 신음ㅎ시니 국왕이 일노써 초민(焦悶)ㅎ야 무음을 졍치 못ㅎ시느니이다."

구공 왈,

"틱동ㅎ미 하혈ㅎ기롤 그치지 아니면 안틱(安胎)홀 길 업다 ㅎ되 만일 누혈이 즘간 뵈면 오히려 안틱홀 거시요【42】 유죵이 오리면 난치로디 아직 셩농(成膿)치 아녀시면 족히 삭힐 만ㅎ니 노븨 쏘흔 신긔흔 약과 방문이 잇스되 국왕이 만일 운학을 허ㅎ실진디 맛당이 졍셩을 다ㅎ야 즉각의 츠복ㅎ시게 ㅎ리라."

통시 이 말노써 알왼디 국왕이 다만 왕비의 병 낫기롤 요구ㅎ니 면강ㅎ야 허락ㅎ거눌 통시 구공긔 회보ㅎ니 구공이 대희ㅎ야 당싱을 향ㅎ야 왈,

"전일 님형이 그 부인의 틱동ㅎ므로 노부의게 안틱ㅎ는 방문을 구ㅎ기로 긔이흔 방문을 쥬어 즉효롤 보앗더니 당형은 쏼니 션상의 느아가 그 방문을 어더 오라 만일 병곳 나으면 조히 운학을 어더보리로다."

당싱이 쏘흔 깃거 오리지 아【43】 녀 약방을 フ져 니르거눌 구공이 바다 통스롤 벗겨쥬니 그 방문의 써시되,

【保産無憂散 보산무우산】
全當歸 一錢五分 당귀 온젼흔 것 일 젼 오 푼

厚朴 干炒 칠분 후박 강즙의 초ᄒᆞ야 칠 푼

生黃芪 팔분 황기 팔 푼

貝母 研 一錢 패모 연ᄒᆞ야 일젼

兔絲子 一錢五分 토ᄉᆞᄌᆞ 일 젼 오 푼

羌活 一錢五分 강활 일 젼 오 푼

甘草 灸 五分 감초 구ᄒᆞ야 오 푼

川芎 一錢五分 천궁 일 젼 오 푼

枳角 夫炒 六分 기각 부초ᄒᆞ야 뉵 푼

祁艾 七分 긔이 무은 쑥 칠 푼

荊芥 八分 형개 팔 분

白芍藥 酒炒, 冬則不用 一錢五分 빅쟉약 쥬초ᄒᆞ야 일 젼 오 푼 겨을에ᄂᆞᆫ 빅작약을 쎄고 쓰라

生薑 三片 싱강 샴편

이 방문은 젼혀 티동불안ᄒᆞᆫ 더 ᄒᆞᆫ 복만 먹으면 고디로 안졍ᄒᆞᄂᆞ니 비록 누혈이 뵈야도 아조 쩌러지〻 아닌 즈ᄂᆞᆫ 두어 복 먹으면 능히 안티ᄒᆞᄂᆞ니라

【45】 통ᄉᆞ 보고 깃거 왈,

"이ᄂᆞᆫ 안티ᄒᆞᄂᆞᆫ 방문이어니와 유종에 ᄯᅩ 무ᄉᆞᆷ 묘방이 잇ᄂᆞ니잇고?"

구공 왈,

"유종이 ᄯᅩᄒᆞᆫ 어렵지 아니〻 총빅[葱白 파뿔희]일 근을 즛찌어 즙을 ᄂᆡ야 조ᄒᆞᆫ 쳥쥬의 화합ᄒᆞ야 두 번의 먹으며 밧그로 믹아[麥芽 보리 엿기름]ᄒᆞᆫ 냥 달힌 물에 즈로 씨스며 그 즁의 하쟝[蝦醬 하란]을 죠고마치 너허 달히면 더옥 효험이 샌르니 대쳐 쓴 거시 능히 단〻ᄒᆞᆫ 것슬 연ᄒᆞ게 ᄒᆞ고 새오 셩이 유즙을 통ᄒᆞ게 ᄒᆞᄂᆞ니 유즙이 통ᄒᆞ면 그 부은 거시 졀노 삭으리니 ᄯᅩᄒᆞᆫ 날근 빗스로 씨〻 좀간식 빗기면 반드시 쾌츠ᄒᆞ리라. 이 두 방문이 비록 신효ᄒᆞ나 날이 임의 오리여시니 쌀니 시험ᄒᆞ여야 속 【46】 효롤 보리이다."

통ᄉᆞ 년ᄒᆞ야 졈두ᄒᆞ고 방문을 가져 국왕긔 올녓더니 슈일이 지ᄂᆞᆫ 후 이위 왕비 과연 일졔히 ᄎᆞ복ᄒᆞ니 국왕이 비록 깃거ᄒᆞ나 운학을 허락ᄒᆞᆷ을 크게 뉘우쳐 다시 은즈롤 더ᄒᆞ야 샤례ᄒᆞ고 운학을 젼치 말고져 통ᄉᆞ로 ᄒᆞ야곰 누ᄎᆞ 왕복ᄒᆞ

되 구공이 무춤니 듯지 아니코 다만 언약과 굿치 ᄒᆞ라 ᄒᆞ니 국왕이 ᄯᅩᄒᆞᆫ 홀일
업서 계신으로 샹의ᄒᆞᆫ 지 삼일 만의 마지 못ᄒᆞ야 ᄌᆞ모[글ᄯᅳ음근]몃 ᄌᆞ를 써니
야 겹겹이 봉ᄒᆞ고 통ᄉᆞ로 ᄒᆞ야곰 구공을 쥬어 지삼 부탁ᄒᆞ야 왈.

"부디 경이히 남의게 젼치 말고 귀국의 도라가 ᄯᅥ혀 보라. 비록 여러 글지 아
니ᄂᆞ 졍신이 그 가온ᄃᆡ 【47】 잇스니 쳔쳔이 해득ᄒᆞ면 ᄌᆞ연 그 묘를 어드리라."

ᄒᆞ야늘 구공이 ᄯᅩᄒᆞᆫ 칭샤ᄒᆞ야 ᄇᆞ든 후 젼의 쓴 ᄇᆡ 낙상ᄒᆞᆫ ᄃᆡ 쓴 약방문을 쓰
니 그 방문의 써시되,

【鐵扇散 철션산】

象皮 切薄片用鐵篩微火焙黃生以乾爲度 四錢

샹피 코키리 ᄀᆞ족: 잘게 써흐러 쇠섥쇠의 불노 말뇌여 누른빗 ᄂᆞ게 ᄒᆞ야 ᄉᆞ
젼

龍骨 上白者 四錢

룡골 룡의 쎠: ᄀᆞ쟝 빗 흰 것 ᄉᆞ 젼

古石灰 須用數百年者 四兩

고셕회 오린 회: 슈빅년 된 것 ᄉᆞ 냥

枯白礬 用體輕者 四兩

고빅반: 빅반을 솟히 복가 묽고 ᄀᆞ부야온 것 ᄉᆞ 냥

寸栢香 卽松香之黑色者 四兩

촌빅향: 송향의 빗 거문 것 ᄉᆞ 냥

松香 四兩

송향 ᄉᆞ 냥 【48】 송향과 촌빅향을 홈게 녹여 물의 부어 엉귄 후 ᄂᆡ야 말누
여[11)

모든 약지와 ᄒᆞᆫ가지로 극셰말ᄒᆞ야 ᄉᆞ긔병의 너허 두어 만일 연쟝과 나무들
에 샹ᄒᆞ거나 혹 숨통이 ᄯᅳᆫ흐지거나 창지 나온 ᄃᆡ도 이 약ᄀᆞ로를 상쳐의 부치고
즉시 부치로 부츠면 고디로셔 완합ᄒᆞ야 ᄯᅡᆨ지 딧ᄂᆞ니 다만 이ᄶᅥ의 더온 ᄃᆡ 눕지

---

11) 【말누이다】 图 말리다. ¶ 晾乾 ∥ 송향과 촌빅향을 홈게 녹여 물의 부어 엉귄 후 ᄂᆡ야
　　말누여 (松香四兩與寸柏香一同鎔化, 傾水中, 取出晾乾.) <鏡花 7:48>

말나. 만일 상쳬 부어 오르거든 황년(黃連) 달힌 물을 깃세 무쳐 브르면 고디 삭느니라

【칠니산 七厘散】
【49】 麝香 五分 샤향 오 푼
氷片 五分 빙편 오 푼
朱砂 五錢 쥬스 오 젼
紅花 六錢 홍화 뉵 젼
乳香 六錢 유향 뉵 젼
沒藥 六錢 몰약 뉵 젼
孩兒茶 一兩 히ᄋ다 일 냥
血竭 四兩 혈갈 스 냥

　모든 약을 홈게 죽말ᄒ야 스긔병의 너허 부리를 봉ᄒ야 두고 쓰니 아모쩌나 지으되 오월 오일의 지으면 더욱 신효ᄒ니 므릇 지계ᄒ고 졍셩 드려 조츨ᄒ기를12) 위쥬ᄒ니 젼혀 쇠와 돌의 다쳐 쎠 부러지고 심줄 쓴허지기의 니르러 피 흘너 그치지 아니ᄒ는디 약ᄀ로를 브르면 고디로셔 피 그치고 ᄀ죡이 상치 아니코 속으로 상훈 즈는 쇼쥬의 기야 브르고 쏘훈 져울노 칠니를 달아 쇼쥬의 타 먹으면 신효ᄒ므로 일홈을 칠니산이라 ᄒ니 쇼쥬를 부디 죠흔 술노 쓰라. 목숨통 쓴허지고 다리 부러진 디도 낫ᄌ치 신효ᄒ니라

---

12) 【조츨ᄒ다】圈 조츨하다. 깨끗하다. ¶ 潔淨 ‖ 아모쩌나 지으되 오월 오일의 지으면 더옥 신효ᄒ니 므릇 지계ᄒ고 졍셩 드려 조츨ᄒ기를 위쥬ᄒ니 (隨時皆可修制, 五月五日午時更妙, 總以虔心潔淨爲主.) <鏡花 7:49> 乾淨 ‖ 졍ᄒ고 공교로운 가죡쟝이를 블러 연코 조츨ᄒ 즘싱의 가죡으로 훈 ᄡᆞᆼ 훠를 민드라 다리 우희 신으려 ᄒ더라 (叫皮匠把乾淨獸皮.) <孫龐 3:71> 네 당일의 잡혀와 즉시 죽어시면 몸과 일홈이 조츨홀 거시오 지아비 쏘훈 봄 속의 드는 난은 업술지라 (你當日被拐便當一死, 則身潔名榮, 亦不累夫有鐘盖之危.) <包公 觀音菩薩托夢 1:22> 져의 년긔 이십 너외에 싱기미 조츨ᄒ니 니 이졔 즁미 되야 락디야의 측실을 삼으리라 (我觀他年紀不過二十上下, 生得倒也乾淨, 我今作媒, 與駱大爺做一個側室.) <綠牡 4:13>

覓螺頭林郎貨禽鳥 因羞體枝女作螟蛉

【51】 구공이 약방을 쓰기롤 다ᄒᆞ야 통ᄉᆞ롤 준디 통시 왈,

"폐방이 슈퇴 ᄋᆞ롬답지 못ᄒᆞ야 미양 인민이 헌듸병13)이 만ᄒᆞ므로 국왕이 깁히 넘녀ᄒᆞ시는 비라 대현은 다시 냥방(良方)을 ᄀᆞ르치실가 ᄇᆞ라ᄂᆞ이다."

구공 왈,

"금은등[金銀藤 인동 덩굴]이 창질의 웃듬 약이니 아지 못게라 귀방의 잇ᄂᆞ니잇가?"

통시 왈,

"이ᄂᆞᆫ 폐방의 풀과 ᄀᆞᆺ치 흔ᄒᆞ 비나 그 셩미 과히 냥ᄒᆞ다 ᄒᆞ야 흔히 쓰지 아니ᄒᆞ더이다."

구공 왈,

"이ᄂᆞᆫ 의가(醫家)의셔 약셩을 깁히 궁구치 못ᄒᆞ미라 어지미 드리요 녯사롬의 말의 '인동을 쟝복ᄒᆞ면 연년익슈ᄒᆞ다' ᄒᆞ니 과히 츠고 냥ᄒᆞ면 엇지 이리 니르며 ᄒᆞ물며 고본『ᄀᆞ초 本草』[칙일홈]의 말ᄒᆞ되 '인동(忍冬)이 맛시 달고 셩미 다ᄉᆞ【52】 ᄒᆞ다 ᄒᆞ야ᄂᆞ니 근세『본초』의 비록 '미한微寒'ᄒᆞ다 ᄒᆞ야스나 이 불과 청열(淸熱)ᄒᆞ고 피독(敗毒)ᄒᆞ미라 그 엇지 과히 냥졔(良劑)라 ᄒᆞ리요."

인ᄒᆞ야 방문을 써 ᄀᆞᆯ오디,

【忍冬湯 인동탕】

金銀藤 連枝帶葉 五兩

금은등 ᄀᆞ지와 닙 아오로 오 냥

如無生者以乾藤四兩五錢, 金銀花五錢代用

---

13) 【헌듸병】 명 헌데병. ¶ 癩疽 ‖ 폐방이 슈퇴 ᄋᆞ롬 癩疽 ‖ 폐방이 슈퇴 ᄋᆞ롬답지 못ᄒᆞ야 미양 인민이 헌듸병이 만ᄒᆞ므로 국왕이 깁히 넘녀ᄒᆞ시는 비라 대현은 다시 냥방을 ᄀᆞ르치실가 ᄇᆞ라ᄂᆞ이다 (國主因敝邦水土惡劣, 向來人民多患癩疽, 意欲奉懇大賢賜一妙方, 可肯賜敎?) <鏡花 7:51>

만일 싱것 업거든 무른 금은등 스 냥 오 전과 금은화 오 전으로 대용ᄒ라

生甘草 一兩

싱감초 일 냥

몬져 금은등을 가져 나모 방치14)로 부슈어 감초와 ᄀ치 질솟희15)[약탕관] 너코 믈 두 탕긔 부어 달혀 흔 탕긔 되거든 일쥬야의 세 번의 ᄂ화 먹으【53】라. 젼혀 옹져(癰疽) 등창 모든 창질 일신 상하의 아모 병이나 고치ᄂ니 미처 곰기지 아닌 ᄌ는 즉시 삭고 임의 곰긴 ᄌ는 쇼독ᄒ고 합창ᄒ니 증셰 중ᄒ니도 불과 두어 졔의 신효ᄒᄂ니 다만 쇠그릇슬 긔(忌)ᄒᄂ니라

【大歸湯 대귀탕】

全當歸 一介全者酒洗 八錢二分

젼당귀 일긔 온젼흔 것 술에 씨셔 팔 젼 이 푼

金銀花 六錢

금은화 뉵 젼

連翹 五錢

년요 오 젼

生黃芪 三錢

싱황기 삼 젼

【54】蒲公英 三錢

포공영 삼 젼

生甘草 一錢八分

---

14) 【방치】 몡 {봉치(棒槌 bàngchuí).} 중국어 차용어. ¶ 槌 ‖ 몬져 금은등을 가져 나모 방
    치로 부슈어 감초와 ᄀ치 질솟희[약탕관]너코 믈 두 탕긔 부어 달혀 흔 탕긔 되거든 일
    쥬야의 세 번의 ᄂ화 먹으라 (將金銀藤以木槌敲碎, 用水兩大碗, 同甘草放砂鍋內, 煎至一
    大碗, 加入無灰黃酒一大碗, 再煎數沸, 共成一大碗, 分作三服.) <鏡花 7:52>
15) 【질솟ᄒ】 몡 질솥. ¶ 砂鍋 ‖ 몬져 금은등을 가져 나모 방치로 부슈어 감초와 ᄀ치 질
    솟희[약탕관]너코 믈 두 탕긔 부어 달혀 흔 탕긔 되거든 일쥬야의 세 번의 ᄂ화 먹으라
    (將金銀藤以木槌敲碎, 用水兩大碗, 同甘草放砂鍋內, 煎至一大碗, 加入無灰黃酒一大碗, 再
    煎數沸, 共成一大碗, 分作三服.) <鏡花 7:52>

싱감초 일 젼 팔 푼

病在上加川芎一錢

병이 머리 우히 잇거든 쳔궁[약지] 일 젼을 더 너코

在中加桔梗一錢

병리 허리의 잇거든 길경[약지] 일젼을 더 너코

在下加牛膝一錢

병이 다리 ᄋᆞ러로 잇거든 우슬[약지] 일젼을 너허 쓰되 물 혼 보오 쳥쥬 혼 보오 흠게 부어 달혀 혼 보오 되게 ᄒᆞ야 먹ᄂᆞ니 이 ᄯᅩ혼 모든 창질의 쓰는 약이니 처음 시통의 먹으면 삭아지고 곰긴 후면 속히 완합ᄒᆞᄂᆞ니 경혼 ᄌᆞ는 다섯 졔요 즁혼 ᄌᆞ는 열 졔의 신효ᄒᆞ니라.

【55】 구공이 쓰기롤 다ᄒᆞ야 통ᄉᆞ(通使)로 쥬어 왈,

"이 두 방문이 젼혀 일졀 죵독(腫毒)을 다ᄉᆞ려 반드시 신효ᄒᆞ니 고금 방문 즁이 우히 오를 지 업스리라."

인ᄒᆞ야 죽별ᄒᆞ고 당셩으로 더부러 교ᄌᆞ의 올나 션샹으로 도라올시 국왕이 대신으로 ᄒᆞ야곰 나아와 젼송ᄒᆞ고 통시 인부로 은ᄌᆞ롤 쥰슈히 지워 니르거놀 구공이 일향 ᄉᆞ양ᄒᆞ니 통시 지삼 간권ᄒᆞ거놀 원외 왈,

"국왕이 임의 진심으로 보닌 비니 구형이 ᄯᅩ혼 진심으로 ᄇᆞ드미 올커놀 셔로 속티(俗態)로 츄양(推讓)ᄒᆞ야16) 길만 더디게 ᄒᆞ니 쇼졔 우견은 출ᄒᆞ리 쾌히 밧드미 올ᄒᆞ여이다."

구공이 마지 못ᄒᆞ야 밧고 칭샤ᄒᆞ니 통시 몸을 굽혀 왈,

"그 ᄉᆞ이 여러 날 뫼셔 말 【56】 숨ᄒᆞ나 일향 ᄂᆞ라 우환으로 분황ᄒᆞ므로 감히 ᄉᆞ졍을 말ᄒᆞ지 못ᄒᆞ더니 비로소 회포롤 고ᄒᆞ나 쇼지 일즉 져근 ᄯᅩᆯ이 잇스니 일홈은 난교(蘭□)17)요 나히 겨유 십ᄉᆞ 셰라 어려셔 복통을 어더 지금 복창(腹脹)ᄒᆞ기의 니르러 약치(藥治)롤 무슈히 ᄒᆞ되 ᄆᆞ춤ᄂᆡ 효험을 엇지 못ᄒᆞ더니 근

---

16) 【츄양ᄒᆞ다】 图 {추양(推讓)하다.} 양보(讓步)하다. ¶ 국왕이 임의 진심으로 보닌 비니 구형이 ᄯᅩ혼 진심으로 ᄇᆞ드미 올커놀 셔로 속티로 츄양ᄒᆞ야 길만 더디게 ᄒᆞ니 쇼졔 우견은 출ᄒᆞ리 쾌히 밧드미 올ᄒᆞ여이다 (國王旣實意送來, 想來九公也實意要收的. 與其學那俗態, 半推半就, 耽擱工夫; 據俺主意: 不如從實收了, 倒也爽快.) <鏡花 7:55>

17) 원문에는 "蘭音"으로 되어 있음.

일은 병세 더옥 위즁ᄒ니 감히 대현의 ᄒ 번 보시믈 ᄇ라오나 존가를 굽혀 누샤(陋舍)의 님ᄒ실 길 업스미 쇼녀를 다려 밧게 니르오니 ᄇ라건디 대현은 ᄒ 번 술피샤 죽기의 님ᄒ 명을 구졔ᄒ시면 은혜 진실노 지셩ᄒ미로소이다!"

구공 왈,

"임의 니르러시면 ᄒ 번 진믹ᄒ미 무어시 어려오리요?"

통ᄉ 이에 복부로써 말 【57】 을 젼ᄒ더니 이윽고 일기 노파 그 녀ᄌ를 붓드러 션챵의 오르며 즁인을 향ᄒ야 졀ᄒ거늘 구공이 ᄌ시 술펴보니 그 녀ᄌ 미목이 쳥슈ᄒ고 거지 단아ᄒ야 졀식가인이로디 얼골의 병식이 ᄀ득ᄒ고 복뷔 핑챵ᄒ야 북 ᄀᆺᄒ지라. 보기를 다ᄒ되 ᄆᄎ니 무슨 병으로 집증치 못ᄒ니 낭구히 침음ᄒ거늘 당셩 왈,

"폐위(敝友) 일즉 부인의 병을 널니 보지 못ᄒ지라. 쇼졔 비록 의슐은 모로나 ᄆ초아 션인의 비방이 잇스니 젼혀 어린 ᄋ히 복창 다스리는 법이라. 아지 못게라 녕이의 병이 믄득 근일의 어든 빈 지 어려셔 어든 빈 지? 만일 근일의 어든 비면 응당 월후의 부죠ᄒ미니 쇼졔 감히 치료치 못ᄒ려니 【58】 와 만일 어려셔부터 어든 병이면 감히 방문을 말ᄒ리이다."

통ᄉ 왈,

"쇼녀 과연 오륙 셰로부터 이 병을 어더 지금 칠팔 년이로소이다."

당셩 왈,

"진실노 그럴진디 어려셔 음식이 쳬ᄒ야 삭지 아니코 날이 오리면 변ᄒ야 츙이 화ᄒ야 젹(積)이 되니 이에 복창의 니른지라. 의원이 ᄌ를 모로고 다만 쇼쳬 홀 약만 쓰니 도로혀 비위 상ᄒ고 병의 유익지 아닌지라. 녕이 젼후 먹은 ᄇ 약의 일즉 살츙지졔를 쓰니잇가?"

통ᄉ 머리 흔드러 왈,

"쇼녀의 먹은 ᄇ 약지 불과 신곡(神麯) 산ᄉ(山査) 기실(枳實) 대황(大黃)의 뉴 ᄲᆫ이로소이다."

당셩 왈,

"오날ᄌ 다힝이 쇼졔를 만나므로 녕이의 병이 쾌히 거근(去根)ᄒ리로다. 나의 방문이 다만 【59】 뇌환[雷丸 약지] ᄉ군ᄌ[使君子 약지]두 가지로디 불과

오륙 계의 츙을 누면 병이 나으리이다."

솔파의 붓을 드러 방문을 쓸시 녀시(呂氏) 보야호로 그 녀즈롤 쳥호야 션창의 드러 챠롤 권호니 그 녀지 어려셔부터 통스롤 쏠와 각국 말을 비홧눈지라 완연로 셔로 보미 문득 아든 사롬ᄀ치 반기며 즐겨 담쇠즈약호더니 당싱이 방문을 닐워 통스롤 쥬니 그 방문의 왈,

뇌환 오젼(五錢)을 챵츌(蒼朮) 이젼(二錢)과 홈게 달혀 챵츌은 ᄇ리고 거피(去皮)호고 쵸(炒)호야 말누이고[18] 스군즈육(使君子肉) 오젼(五錢) 초호야 말누이고, 두 약을 홈게 극셰말호야 여섯 봉의 난화 둙의 알 두어 기롤 씨야 약 흔 봉을 [60] 섯거 기름과 약념 ᄀ초아 쪄니야 ᄋ희 밥 먹을 쩌 반찬으로 먹이면 그 버러지 다만 둙의 알만 넉여 먹누니 호로 두 번식 먹으면 불과 두어 계의 그 츙이 대변으로죠ᄎ 누오면 병이 즉ᄎ호누니라.

당싱이 통스롤 향호야 왈,

"대범 어린ᄋ희 얼골이 누르고 몸이 프려호고 복챵호는 증이 젼혀 음식이 삭지 아녀 츙젹이 되미니 뇌환과 스군지 능히 살츙(殺蟲)호는 공이 읏듬이므로 결단코 신효호누니이다."

통시 약방을 거두어 쳔만 칭샤호고 십분 환열호야 난영[蘭音]을 거느려 도라가니라.

구공이 원외롤 향 [61] 호야 왈,

"노뷔 근일 의원 노롯호기의 분망호야 뭇지 못호거니 님형의 쌍두죠롤 필경 엇지호니잇고?"

원외 왈,

"쇼제 졍히 칭샤코져 호든 비라. 구공이 만일 셰즈의 병을 고치지 아니런들 나의 쌍두죠롤 엇지 구쳐호야시리요. 다힝이 십비지니롤 어드나 그씨 의복이 ᄆ춤니 무의호야 바든 갑세 반을 논호즈 호고 은즈롤 쥬지 아니므로 이씨것 힐

---

18) 【말누이다】 [동] 말리다. ¶ 乾 ‖ 뇌환 오젼을 챵츌 이젼과 홈게 달혀 챵츌은 ᄇ리고 거피호고 쵸호야 말누이고 스군즈육 오젼 초호야 말누이고 (雷丸五錢同蒼朮二錢煮熟, 將蒼朮去了, 只用雷丸去皮炒乾, 使君子去殼用肉五錢炒乾.) <鏡花 7:59> 晾乾 ‖ 송향과 촌빅향을 홈게 녹여 물의 부어 엉긘 후 뉘야 말누여 (松香四兩與寸柏香一同鎔化, 傾水中, 取出晾乾.) <鏡花 7:48>

난ᄒ다가 그져 도라와스니 쳥컨디 이위는 홈게 나아가 쾌히 말ᄒ야 은즈를 찻게 ᄒ쇼셔.”

이에 삼인이 비예 ᄂ려 ᄇ로 관원의 집의 니르러 그 복부를 불너 은즈를 찻즌즉 복뷔 ᄒ 봉 은즈를 쥬거늘 ᄇ다보니 의구히 반갑시라.

당싱 왈,

“우【62】리 물화 풀기의 네 임의 슈고ᄒ미 잇스면 맛당이 칭샤ᄒ믈 기ᄃ릴 거시어늘 네 엇지 반졀을 쩨ᄂ뇨?”

복뷔 무어시라 지져괴되 당싱은 몰나 듯는지라. 구공이 겻ᄒ로조추 여러 말ᄒ야 쇼리 졈∶ 크기의 니르니 복뷔 문득 황겁ᄒ야 다시 ᄒ 봉 은즈를 밧드러 올니거늘 비로소 두 냥 은 쥬어 슈고를 표ᄒ노라 ᄒ고 일졔히 도라올시 당싱 왈,

“앗가 그 복부의 ᄒ든 말을 ᄒ 즈도 알 길 업스니 나의 ᄒ는 말은 제 능히 알아듯던가? 구공의 ᄒ시는 말슴이 엇더키로 제 문득 황겁ᄒ더니잇고?”

구공 왈,

“우리 즁원은 만방의 웃듬이라 말쇼리 외국의셔 모로리 업느니 당형 말슴으로 죠추 제【63】대답ᄒ되 ‘져의 법이 물화 흥졍부치는 지 반갑슬 먹는다’ ᄒ야늘 노뷔 크게 쇼리ᄒ야 왈, ‘네 일즉 우리를 ᄀ르쳐 갑슬 도∶와 쥬인을 속이고 쏘 다시 우리를 속인다’ ᄒ니 그 쇼리 쥬인의게 들닐가 겁ᄒ야 은즈를 밧비 너뎌이다.”

모다 웃고 션상의 도라와 졍히 발션ᄒ더니 통시 홀연 녀으를 거느려 황망이 니르러 눈물을 먹음고 션상의 오르거늘 당싱이 져 광경을 보건디 힝혀 약을 그릇 쓴가 십분 경아ᄒ더니 통시 눈물을 흘니고 당싱을 향ᄒ야 졀ᄒ야 왈,

“쳥컨디 대현(大賢)은 쇼즈 부녀의 명을 구졔ᄒ라!”

ᄒ거늘 당싱이 더옥 놀나 급히 답녜 왈,

“존형이 무스 일 이가치 과례ᄒ【64】시ᄂ뇨? 쩔니 말슴으로 ᄀ르치쇼셔.”

통시 녀으로 더부러 다시 졀ᄒ야 왈,

“쇼녜 져 병 어드므로부터 쥬야 불안ᄒ야 미양 즈진코져 ᄒ나 힝혀 방인의 구흠을 어드나 쇼지 쏘흔 쇽슈무칙ᄒ야 춤아 죽는 거슬 보리러니 쳔힝으로 대

현의 신긔흔 방문을 쥬시미 써ᄒᆞ되 쇼녀의 병이 쾌ᄎᆞᄒᆞ고 쇼ᄌᆞ의 근심을 가히 풀나라 ᄒᆞ더니 그 두 ᄀᆞ지 약지 문득 본국의 소산이 아니라 약푸리19)와 의원의 집의 일즉 일홈도 모로노라 ᄒᆞ니 비록 천금이 잇스나 ᄆᆞ츰ᄂᆡ 구치 못홀지라. 이러므로 쇼녀를 다려 니르니 다힝이 미쳐 발션치 아니시니 이 니른ᄇᆡ 졀쳐봉싱(絕處逢生)이라 오직 ᄇᆞ라건ᄃᆡ 대현은 이 두 ᄀᆞ지 약이 【65】 잇거든 져기 쥬시거ᄂᆞ 다른 방문이 잇거든 고쳐 ᄀᆞ르치시면 맛당이 천금을 밧드러 샤례ᄒᆞ리이다."

당싱 왈,

"쇼졔 힝즁의 이 약이 잇슬진ᄃᆡ 당초의 밧드러 보닐 거시오 다른 방문은 쇼졔 일즉 의슐을 모로니 엇지 감히 헷말노 사롬을 속이며 넝이 병즁이 결단코 츙젹(蟲積)이니 만일 뇌환과 ᄉᆞ군ᄌᆞ곳 아니면 효험을 ᄇᆞ라지 못ᄒᆞ리니 비록 다른 방문이 잇셔도 쓸ᄃᆡ 업스리이다. 녯 사롬이 괴이흔 병이 잇셔 미양 닙을 열어 말ᄒᆞ면 복즁의셔 그ᄃᆡ로 말ᄒᆞᄂᆞᆫ지라 그ᄣᅢ 의원이 비록 그 병 일홈은 알아 니르되 '응셩츙應聲蟲'이라 ᄒᆞ나 ᄆᆞ츰ᄂᆡ 빅약이 무효ᄒᆞ더니 오린 후 의원을 만나니 문득 병인으로 ᄒᆞ야곰 【66】『본초本草』[약지 긔록흔 칙]를 ᄀᆞ져 약일홈을 낫ᄼᆞ치 닑히니 병인이 흔 번 닑으면 부즁의셔 흔 번 닑더니 뇌환의 다ᄃᆞ라ᄂᆞᆫ 홀연 복즁의셔 쇼리 업더니 그 후 다른 약을 닑으면 의구히 응ᄒᆞᄂᆞᆫ지라 드ᄼᆞ여 뇌환을 병인으로 ᄒᆞ야곰 두어 졔 먹으니 츙을 무슈히 눈 후 병이 낫다 ᄒᆞ니 일노 보건ᄃᆡ 살츙ᄒᆞ기는 이에 지닌 약이 업더니 불힝이 귀방의 업다 ᄒᆞ니 이는 녕이의 익운이 벗지 못홀 써라 쇼졔 어ᄃᆡ로 죠ᄎᆞ 다른 방문을 어드리잇고!"

통시 들을ᄉᆞ록 고기를 숙여 말이 업고 **화음**이 ᄯᅩ흔 방셩대곡ᄒᆞ야 십분 참졀(慘切)ᄒᆞ니 즁인이 ᄯᅩ흔 가련ᄒᆞ믈 일컷더니 통ᄉᆞᄂᆞᆫ 다만 눈섭을 찡긔여 머리를

---

19) 【약푸리】 명 {약포리(茶鋪裏 pùli).} 약방(藥房). 중국어 차용어. ¶ 醫家 ‖ 그 두 ᄀᆞ지 약지 문득 본국의 소산이 아니라 약푸리와 의원의 집의 일즉 일홈도 **모로노라** ᄒᆞ니 (不意雷丸、使君子此處歷來不産, 雖出千金, 亦不可得, 問之醫家, 也都不知.) <鏡花 7:64> 藥鋪 ‖ 쟝미화와 월계화와 보샹화 금은화와 ᄌᆞ등화 몃 가지 초화를 말녀셔 찻푸리와 약푸리의 팔나 보내면 조히 갑시 치우리라 (薔薇、月桂、寶相、金銀花藤, 這幾色的草花乾了, 賣到茶葉鋪藥鋪去, 也値好些錢.) <紅樓 56:36>

붉을 분【67】이라. 완예 난교롤 쳥ᄒᆞ야 션챵의 드려 십분 위로ᄒᆞ니 난괴 져기
슬푸믈 그치더니 통시 오리 머믈미 블안ᄒᆞ야 유모로 ᄒᆞ야곰 난교롤 불너 도라
가믈 니르니 난괴 다시 통곡ᄒᆞ고 당싱의 알픠 업드려 구명ᄒᆞ기를 쳥ᄒᆞ니 당싱
이 유모로 ᄒᆞ야 붓드러 위로 왈,

"죠히 도라가 졈〻 죠리ᄒᆞ면 ᄌᆞ연 추복ᄒᆞ리라."

ᄒᆞᆫ디 난괴 일양 울기롤 그치지 아니터니 약질이 구병의 원긔 젹픠ᄒᆞᆫ지라 인
ᄒᆞ야 긔식ᄒᆞ야 셩각(省覺)이 업셔지니 유모와 통시 황망이 구호ᄒᆞ야 근〻이 소
셩ᄒᆞ나 오히려 우름을 긋치지 못ᄒᆞᄂᆞᆫ지라. 통시 녀ᄋᆞ의 져 광경을 보미 눈물을
흘니고 발을 굴너 좌우로 샹냥ᄒᆞ야 니윽고 복【68】부롤 불너 죠용이 말ᄒᆞ더
니 당싱의 알픠 꿀어 말ᄒᆞ야 왈,

"쇼ᄌᆞᄂᆞᆫ 듯것디 녯말의 니르되 '사롬의 ᄒᆞᆫ 목숨을 구졔ᄒᆞ미 닐곱층 탑 무으
나니에셔20) 낫다' ᄒᆞ더니 이제 우리 부녀의 두 목숨이 대현의 손에 달녀시니
만일 대현이 ᄌᆞ비지심을 베푸시면 부녀의 명이 홈게 살니로소이다."

당싱이 년망히 붓드러 니르혀 왈,

"존형의 이 말숨을 쇼졔 실노 ᄭᆡ닷지 못ᄒᆞᄂᆞ니 쳥컨디 붉히 ᄀᆞ르치쇼셔. 져
기 힘을 쓸 곳이 잇스면 엇지 손을 ᄭᆞᆺ 범연ᄒᆞ리잇고!"

통시 왈,

"쇼지 쳔ᄒᆞᆫ 나히 임의 늇슌이로디 슬하의 다만 져 일녀롤 두어 병든 이후로
빅ᄀᆞ지로 의약ᄒᆞ야 심녁을 갈진ᄒᆞ되 ᄆᆞ춤니 효험을 못 어드【69】니 그 어미
ᄯᅩᄒᆞᆫ 일노써 근심ᄒᆞ야 죽은지라. 일즉 이인을 만나 병셰 쾌츠ᄒᆞ고 나히 ᄌᆞ라거
든 비필을 구ᄒᆞ야 일싱을 맛게 ᄒᆞ시면 쇼지 싱〻셰〻의 은혜을 송축(頌祝)ᄒᆞ리
이다! 이제 대현이 즐겨 듯지 아니시면 이곳의 임의 명의 드물고 신약이 업스
니 멀면 일년이요 갓가오면 반년의 쇼녀는 결단코 쳔양의 도라갈지라. 쇼지 이
ᄯᅩᆯ노써 쟝샹구술[掌珠]노 보아 부디 살기롤 ᄇᆞ라다가 병든 이후로 노심쵸ᄉᆞᄒᆞ

---

20)【무으다】图 쌓다. 만들다. ¶造 ∥ 쇼ᄌᆞᄂᆞᆫ 듯것디 녯말의 니르되 '사롬의 ᄒᆞᆫ 목숨을 구
졔ᄒᆞ미 닐곱층 탑 무으나니에셔 낫다' ᄒᆞ더니 이제 우리 부녀의 두 목숨이 대현의 손에
달녀시니 만일 대현이 ᄌᆞ비지심을 베푸시면 부녀의 명이 홈게 살니로소이다 (大賢在上.
小子聞古人云: '救人一命, 勝造七級浮屠.' 今我父女兩命皆懸大賢之手, 只要大賢肯發慈心,
我父女就可超生了.) <鏡花 7:68>

야 슈발(鬚髮)이 진박ᄒ고 침식을 구폐(俱廢)ᄒ더니 ᄆ춥니 죽기롤 당ᄒ면 참아 견디여 보리잇가! 이 쏠이 죽는 날은 쇼ᄌ의 명 진홀 써니 츌아리 셔로 써나 만리의 쇼식이 드물지언졍 제 임의 세상의 잇슬진디 즐거온 ᄆ음이 족히 섭ᄌ ᄒ믈 졔어ᄒ고 써ᄂᆞ기 죽ᄂᆞ니에셔 엇더ᄒ리【70】잇고."

셜파의 방셩이곡ᄒ니 난괴 ᄯᅩᄒᆞᆫ 호곡ᄒ야 그치지 아니ᄒ 션상 졔인이 낫ᄎ 치 쳬읍ᄒ야 불상ᄒ믈 일컷더니 원외 왈,

"미졔 일싱의 조흔 일ᄒ기롤 즐기더니 이졔 엇지 허락지 아니ᄂᆞ뇨? 미졔 부 디 원치 아닐진디 노뷔 맛당이 대신ᄒ야 허락ᄒ리라."

제31회
談字母妙語指迷團　看花燈戲言猜啞謎

이에 통ᄉ롤 향ᄒ야 왈,

"노형이 과연 진졍으로 녕이로써 우리 미졔의게 부치고져 홀진디 쇼졔 맛당 이 져롤 대신ᄒ야 허락ᄒ리니 다려가 약치롤 부즈러니 ᄒ야 병셰 쾌츳ᄒ거든 슌귀편도로 츠ᄌ 젼ᄒ리이다."

난괴 이 말을 듯고 더욱 울며 통ᄉ롤 향ᄒ야 왈,

"부친의 이 말씀이 엇지 니르시미니잇고! 모친이 셰상을 ᄇ리시고 부친 슬하 의 다른 ᄌ녜 업ᄉ【71】니 ᄒᆡ이 비록 병으로써 시봉을 편케 못ᄒ오나 다만 부녜 모혀 지니미 즐겁거늘 참아 엇지 멀니 보니고져 ᄒ시며 ᄒᆡ이 엇지 써나 살기롤 구ᄒ리잇가?"

통시 왈,

"졍니로 의논컨디 너의 말이 그르지 아니커니와 ᄉ세로 혜아리면 너의 병이 타국의 몸을 더져야 약을 어더 싱도롤 ᄇ라리니 이졔 졍니의 쓰을녀 시각을 지 쳬ᄒ다가 ᄆ춥니 너의 명을 구치 못ᄒ면 네 아븨 ᄆ음이 엇더ᄒ며 ᄯᅩᄒᆞᆫ 엇지 견디리오. 목젼의 니별ᄒ미 비록 어려오나 네 능히 병이 나아 인편을 쏠와 셔 신을 부치며 네 아븨 즐거오미 그 어더 비ᄒ리오. 니별은 져근 닐이오 싱존ᄒ

믄 큰일이니 져근 닐노써 큰일을 엇지 어긔오며 이 쏘흔 부녀의 두 【72】 목슘이 흠게 살 계괴라 네 아모리 죽기로써 날을 셤기고 져 목슘이 흠게 살 계괴라 네 아모리 죽기로써 날을 셤기고져 ᄒ나 네 문득 죽어지면 엇지 써 봉양ᄒ며 너 죽으면 나도 죽으리니 네 춤아 날노써 죽과져 ᄒ랴ᄂ뇨. ᄒ믈며 쳔죠ᄂ 만국의 읏듬이라 쳔하 각국이 아니 왕닉ᄒ리 업ᄂ니 일후 인편을 만나 셔로 ᄎᄌ 도라오면 오날 쩌ᄂ든 한을 풀 거시니 네 비록 집의 잇셔 시봉치 못ᄒ나 오날노부터 니 쏘흔 몃 히를 더 살니ᄂ 그 아니 효되리요. 녯글에 니르되 녀ᄌ 유힝이 원 부모형제라 ᄒ니 필경은 쩌날 형셰요 니 쟝춫 질ᄌ를 계후ᄒ야 종ᄉ의 부탁이 잇스리니 ᄋ희ᄂ 죠곰도 슬허말나. 션즁의 다힝이 대현의 싱녜 잇셔 조히 쎡ᄒ리니 니 더 【73】 옥 깃거ᄒ노라 ᄋ희ᄂ 다만 노부의 ᄯᄉ을 조츠면 이 과연 효녀니 일호도 넘녀 말고 쾌히 대현긔 결ᄒ야 부녀의 ᄒᆞᄅᆞ를 미즈라.”

이에 디답을 기ᄃ리지 아녀 난교를 잇그러 당싱을 향ᄒ야 팔빈ᄒ고 님 · 다 이인과 녀ᄉ 완여로 다시 힝녜ᄒ고 통ᄉ 쏘흔 당싱을 향ᄒ야 무슈비례ᄒ야 신ᄒᆞ 촉탁ᄒ니 당싱이 년망 답녜 왈,

“존형이 ᄋ녀 대ᄉ로써 맛기시니 쇼졔 엇지 감히 힘을 다ᄒ지 아니리요마ᄂ 두리건디 졍셩이 열위 부탁을 져ᄇ릴가 우민ᄒ며 이졔 도라가 녕ᄋ의 병은 힘 써 고치려니와 일후 다시 귀방을 지날지 긔필치 못ᄒᄂ니 녕ᄋ 혼취도 쏘흔 ᄀᄅ친 디로 진심ᄒ야 오날 말슘을 어긔지 【74】 아니리니 존형은 모롬즉이 방심ᄒ쇼셔.”

통ᄉ의 복빅 은ᄌ를 드리거늘 통ᄉ 밧드러 올녀 왈,

“이 빅은 오빅 냥은 쇼ᄌ의 미흔 졍셩을 표ᄒ미요 오빅 냥은 쇼녀의 약이(藥餌)와 혼가(婚嫁)의 쓰일 비니 그남아 의금슈식의 뉴ᄂ 쇼지 임의 ᄀ촌 비 잇스니 대현은 용심치 마르쇼셔.”

인ᄒ야 여러 복빅 여ᄃᆞᆲ 쏙 피상(皮箱)을 메여 션상의 올니거늘 당싱 왈,

“녕ᄋ의 의금즙물은 맛당이 거두어 가려니와 쥬시ᄂ 바 은ᄌᄂ 결단코 ᄀ르치시믈 밧드지 못ᄒᄂ니 혼가의 쓰일 비도 이ᄀ치 분슈에 지나도록 ᄒ리요. 쳥컨디 존형은 거두어 도라가셔야 쇼졔 ᄆᆞ음이 편ᄒ리로소이다.”

통ᄉ 왈,

"쇼직 슬하의 다른 주녜 업스니 지산이 또한 쓸디 업고 오히려 박장(薄莊)이 잇【75】 셔 여성 의식이 근심 업느니 브라건디 더러리 넉이지 모르샤 여튼 졍셩을 펴게 호쇼셔."

구공 왈,

"통수대인의 후히 씨치시미 젼혀 인녀지졍으로 비로소미니 또한 물니기 어려온 비라 당형은 아직 바다두어 다른날 쇼져 혼가의 극진이 후히 호미 피츠 졍니의 맛당홀 듯호여이다."

당셩이 무지 못호야 은주를 거두니 부녜 눈물을 쑤려 셔로 니별홀시 의ᄉ년ᄉ호야 방인이 춤아 보지 못홀너라. 난괴 일노죠츠 녀시를 불너 구모(舅母)라 호고 완여로써 표형이라 호야 유모를 거느려 완여와 홈게 거쳐호니라. 비로소 괴계를 슈습호야 비를 씌올시 구공이 브야흐로 후면의 도라가기를 보려호거늘 당셩 왈,

"향니 사공의 키 보는 직 흔호거늘 부【76】 더 친히 보셔야 올흐리요 우리 모혀 운학을 보미 조흐리이다."

구공이 쇼왈,

"노뷔 과연 젼연이 니젓도다!"

이에 국왕의 본호야 쥬든 ᄇ 주모를 쩌혀보니 그 가온디 다만 녀뷔로 설흔 세 줄이요 기리로 스물 두 주의 줄마다 머리의 흔 주식 쓰고 그남아 스물 흔 주는 권주[圈子 동고라미]만 그리다가 설흔 둘 지 줄은 곳ᄉ치 글지 쓰여시니 그 글주는 언문의 형용홀 길 업슬 분 아녀 음운이 또한 다른 고로 주셔이 긔록지 아니ᄉ라. 삼인이 머리를 모초아 ᄀ로21) 보고 나리 보아 날이 늣도록 모춤니 향방이 아득흔지라.

원외 왈,

"져 허다 권주 ᄀ온디 무슴 긔관(機關)이 잇느뇨? 싱각건디 져의 우리 비홀가 져허 거즛 이 모양을 쥬어 우리를 속이미로다."

당셩【77】 왈,

---

21) 【ᄀ로】 (명) 가로[橫]. ¶ 삼인이 머리를 모초아 ᄀ로 보고 나리 보아 날이 늣도록 모춤 니 향방이 아득흔지라 (三人翻來復去, 看了多時, 絲毫不懂.) <鏡花 7:76>

"제 임의 일국의 님군 되야 춤아 엇지 사룸을 속이리요? 쇼졔논 보건디 져 쏫흐로 둘지 줄 느리 쓴 열흔 ᄌ의 반드시 묘리 잇느니 졔 부디 우리롤 속이려 홀진디 반드시 허다흔 어려온 글ᄌ롤 써시리니 구틔여 져 열흔 ᄌ만 써시리요? 결단코 거긔 졍신이 잇거놀 우리 무리 ᄭᅵᄃᆞᆺ지 못ᄒᆞᄂᆞ이다."

구공 왈,

"난교 쇼졔 져곳의 싱쟝ᄒᆞ니 응당 음운을 비화시려니 그을 쳥ᄒᆞ야 무러보미 조토다."

이인이 맛당ᄒᆞ믈 일컷고 완여로 ᄒᆞ야곰 난교와 홈게 나오라 ᄒᆞ야 셰〻히 탐문ᄒᆞ니 화음 난괴 과연 어려셔 병들므로 약간 경ᄉ롤 비호나 일즉 운학은 뉴의 치 못ᄒᆞ다 ᄒᆞ야놀 삼인이 흥치(興致) 삭연(索然) 【78】 ᄒᆞ미 아직 덥허 두어 한가히 궁구ᄒᆞ려 홀시, 여러 날 힝ᄒᆞ야 지가국(智佳國)의 다드르니 원외논 믈화롤 ᄀᆞ져 비의 느리고 당싱은 구공으로 더부러 나아가 뇌환과 ᄉ군ᄌ롤 구ᄒᆞ더니 이곳도 소산이 아니라 ᄆᆞ초아 닌국으로 드러온 지 어디 잇다 ᄒᆞ야놀 무한 슌셜(脣舌)을 허비ᄒᆞ고 비가롤 쥬어〻 더오미 법디로 지어 년삼일 먹이더니 난괴 과연 대변으로조ᄎᆞ 츙을 무슈히 누고 복병(腹病)이 쾌ᄎᆞᄒᆞ야 음식이 여상혼지라. 당싱이 십분 환열ᄒᆞ야 님·다 이인으로 더부러 상의 왈,

"통ᄉ의 슬하 다른 ᄌ녜 업고 이 ᄋᆞ희 ᄉ친지회(思親之懷) 간졀ᄒᆞ더니 병이 임의 ᄎᆞ복ᄒᆞ니 오히려 기셜국(歧舌國)이 멀니 아니 ᄯᅥ나시니 져롤 다려 【79】 도라가 그 골육이 단취(團聚)케22) ᄒᆞ미 ᄯᅩ 엇지 조흔 닐이 아니리요!"

이인이 일졔히 올틋 ᄒᆞ고 난괴 ᄯᅩ흔 깃거 갈수록 은덕을 일컷거놀 원외 왈,

"임의 조흔 닐 ᄒᆞᄌ ᄒᆞ면 급히 결단ᄒᆞ미 올흐니 이제 비롤 도로혀 기셜노 향ᄒᆞ야 싱녀(甥女)롤 도라보닌 후 다시 니르러 믈화롤 미〻ᄒᆞ미 엇더ᄒᆞ뇨?"

---

22) 【단취ᄒᆞ다】 圖 단취(團聚)하다. 모이다. ¶ 團圓 ‖ 통ᄉ의 슬하 다른 ᄌ녜 업고 이 ᄋᆞ희 ᄉ친지회 간졀ᄒᆞ더니 병이 임의 ᄎᆞ복ᄒᆞ니 오히려 기셜국이 멀니 아니 ᄯᅥ나시니 져롤 다려 도라가 그 골육이 단취케 ᄒᆞ미 ᄯᅩ 엇지 조흔 닐이 아니리요! (通使跟前別無兒女. 此女病旣脫體, 又常思親; 好在此之離歧舌不遠, 莫若送他回去, 使他骨肉團圓, 豈不是件好事!) <鏡花 7:79> 完聚 ‖ 태태 도로혀 말ᄒᆞ기롤 로야긔셔 겨유 집의 도라오미 미일 환텬희디ᄒᆞ여 골육이 단취ᄒᆞ엿다 말ᄒᆞ거놀 홀연히 져 일을 졔긔ᄒᆞ면 로야가 상심ᄒᆞ실가 두려 일놉서 졔긔치 아닌다 ᄒᆞ시니라 (太太還說老爺纔來家, 每日歡天喜地的說骨肉完聚, 忽然就提起這事, 恐老爺又傷心, 所以且不叫提這事.) <紅樓 72:78>

당싱 왈,

"이 말슴이 더옥 상쾌ᄒᆞ도다."

이에 비ᄅᆞᆯ 돌녀 오ᄅᆞ지 아녀 기셜국지계ᄅᆞᆯ 드더니 난교 홀연 ᄉᆞ지 궐녕ᄒᆞ고 복통 구역이 병발ᄒᆞ야 ᄆᆞᄎᆞᆷᄂᆡ 셩각이 업슨 중 어즈러이 셤어(譫語)ᄒᆞ야23) 십분 위급ᄒᆞᆫ지라.

원외 왈,

"싱녀의 병증이 ᆝ 분명 니향병(離鄕病)이로다."

당싱 왈,

"엇지 니르시미니잇고?"

원외 왈,

"제 본디 병이 【80】 잇다가 ᄒᆞᆫ 번 고향을 ᄯᅥᄂᆞ미 그 병이 즉ᄎᆞᄒᆞ니 이 니른 니향병이라. 고금 의셔의 비록 이 병 닐홈이 업스나 노부의 우견은 졍녕이 ᆝ 러토다. 져의 부친이 말ᄒᆞ되 제 반드시 타국의 몸을 더져야 병이 낫고 나히 길니라 ᄒᆞ더니 과연 지가국의 니르러 ᄎᆞ병ᄒᆞ고 도로 본국지계ᄅᆞᆯ 들며 이ᄀᆞ치 위중ᄒᆞ니 일노 보건디 졍녕히 니향ᄒᆞᆯ 팔지라. 우리 엇지 부디 져ᄅᆞᆯ 보니여 죽기의 니르게 ᄒᆞ리요? 쾌히 이 ᄯᅡᄒᆞᆯ ᄯᅥᄂᆞ미 올토다."

이에 ᄉᆞ공을 지촉ᄒᆞ야 도로 지가국을 향ᄒᆞᆯ시 겨유 기셜지계ᄅᆞᆯ 지니여 난교의 병증이 물약즈효(□□自效)ᄒᆞ야 졍신이 여샹ᄒᆞ니 난교 이 말을 드르미 ᄯᅩ흔 홀일업서 ᄉᆞ친지 【81】 회ᄅᆞᆯ ᄭᅵ로 억졔ᄒᆞ니라.

당싱이 비로소 방심ᄒᆞ고 님·다 이인으로 더부러 즈모(字母)ᄅᆞᆯ 다시 보아 좌우로 ᄉᆞ샹ᄒᆞ나 ᄆᆞᄎᆞᆷᄂᆡ 막연ᄒᆞ니 이인을 향ᄒᆞ야 왈,

"고인이 말ᄒᆞ되 '글을 쳔 번 닑으면 문의 스스로 ᄭᅢ닷는다' ᄒᆞ니 우리 무리 모롬즉이 져 열ᄒᆞᆫ 즈ᄅᆞᆯ 무슈히 닑어 오날 닑고 니일 닑으면 혹즈 ᄭᅢ다르미 잇

---

23) 【셤어ᄒᆞ다】 [동] {셤어(譫語)하다.} 헛소리하다. ¶ 譫語 ‖ 이에 비ᄅᆞᆯ 돌녀 오ᄅᆞ지 아녀 기셜국지계ᄅᆞᆯ 드더니 난교 홀연 ᄉᆞ지 궐녕ᄒᆞ고 복통 구역이 병발ᄒᆞ야 ᄆᆞᄎᆞᆷᄂᆡ 셩각이 업슨 중 어즈러이 셤어ᄒᆞ야 십분 위급ᄒᆞᆫ지라 (這日剛到歧舌交界, 蘭音忽然霍亂嘔吐不止; 吐到後來, 竟至人事不知, 滿口譫語, 十分沉重.) <鏡花 7:79> 胡話 ‖ ᄒᆞᆫ 번 몸져 누으니 눈을 감으면 ᄭᅮᆷ이 현란ᄒᆞ고 입의 가득히 셤어ᄒᆞ며 놀나고 무셔워 ᄒᆞ기ᄅᆞᆯ 이샹이 ᄒᆞ는지라 (一頭睡倒, 合上眼還只夢魂顚倒, 滿口説胡話, 驚怖異常.) <紅樓 12:35>

슬가 ㅎᄂ이다."

구공 왈,

"당형 말슴이 ᄀ장 유리ᄒ도다. ᄉ형이 여러 글지 아니ᄂ 일노써 쇼일ᄒ미 더옥 맛당ᄒ리니 위션 슈일을 닑어보아 졈ᄌ 공부ᄅ 더ᄒᄉ이다."

삼인이 일졔히 닑어 밤이 깁흔 후 각ᄌ 안침ᄒ나 원외ᄂ 오히려 져 두 사람이 몬져 ᄊ닷고 ᄌ긔 홀노 치쇼(恥笑)ᄅ 밧들가 져허 오직 쇼리ᄅ 놉혀【82】힘써 닑어 밤이 맛도록 그치지 아니타가 이튼날 삼인이 다시 모혀 닑기ᄅ 부즈러니 홀시 구공 왈,

"난교쇼져ᄂ 비록 음운을 모르나 완여 질녀 지졍이 ᄯᅩᄒᆫ 민쳡ᄒ니 져 무리 흠게 ᄀ르쳐 혹ᄌ ᄊ닷ᄃ르미 쉬올가 ᄒᄂ이다."

원외 졈두칭션(點頭稱善)ᄒ고 완여와 난교ᄅ 불너 이 뜻을 니른디 완예 두어 번 닑으며 난교로 더부러 ᄌ모ᄅ 보더니 이윽고 난괴 홀연 ᄊ다라 왈,

"이 아니 여ᄎᄎᄒ니잇가?"

당ㆍ다 이인이 오히려 망연ᄒ더니 원외 머리 조아 왈,

"과연 올토다 ᄌ셰히 드러오미 ᄀ장 유리ᄒ니 싱녜 아니 운셔ᄅ 일즉 비화ᄂ뇨?"

난괴 왈,

"싱녜 진실노 비호지 못ᄒ오나 년일 구ᄂ의 닑으시ᄂ 쇼리 ᄌ연 귀에 닉으미 졀노 ᄊ다라【83】그리 말ᄒ미요 실노 엇진 연괴ᄅ 모로리로소이다."

구공이 난교ᄅ 향ᄒ야 ᄒᆫ 줄을 집허 왈,

"이ᄂ 장ᄎ 엇지 닑으리잇고?"

난괴 미처 답지 못ᄒ야 원외 왈,

"여ᄎᄎ 난괴 왈,

"구귀 ᄯᅩᄒᆫ ᄊ다르시도다."

당싱 왈,

"구공은 말ᄒ지 말나. 속담의 니르기ᄅ '닉으면 공교ᄒ다' ᄒ니 님형이 어제 밤의 맛도록 닑더니 ᄌ가(自家)24)만 ᄊ다ᄅ 분 아녀 우리 녀ᄋ로 ᄒ야곰 드러 알게 ᄒ야 져ᄀ치 문답ᄒ야 죠곰도 어려오미 업스니 우리도 맛당이 힘을 다ᄒ

야 닉이 닑으며 올흐여이다."

구공이 쏘흔 졈두ᄒ고 다시 닑기롤 노리더니 당싱이 홀연 졈두 왈,

"나도 이지야 무슨 의시 나는도다."

원외 왈,

"미졔 진실노 씨다를 긔미 잇슬진디【84】 니 흔 번 쏘노리라.25)"

이에 흔 줄을 집허 왈,

"이롤 장춧 엇지 닑으리오?"

당싱 왈,

"아니 여춧ㆍㆍᄒ니잇가?"

쏘 흔 줄 ᄀ르쳐 왈,

"이는 쏘 엇지 닑으리오?"

완예 니어 왈,

"여춧ㆍㆍᄒ니이다."

구공이 홀노 망연이 운무의 안즌 듯ᄒ야 오린 후 닝쇼 왈,

"노뷔 알괘라 너의 무리 긔셜국의 잇슬더 무슨 계교로 흔 벌 운셔(韻書)롤 어더보고 가마니 닉여 니야 노부만 속이는도다. 쾌히 운셔롤 뵈야 나의 답ㆍᄒ믈 면케 ᄒ라!"

원외 대쇼 왈,

"우리 어디로조춧 무슴 운셔롤 어더보아시리요. 만일 구공을 속일진디 일후

---

24) 【ᄌ가】㊹ {자가(自家 zìjiā).} 중국어 차용어. ¶ 他‖ 쇽담의 니르기롤 '닉으면 공교ᄒ
다' ᄒ니 님형이 어제밤의 맛도록 닑더니 ᄌ가만 씨다를 분 아녀 우리 녀ᄋ로 ᄒ야곰
드러 알게 ᄒ야 겨ᄀ치 문답ᄒ야 죠곰도 어려오미 업스니 우리도 맛당이 힘을 다ᄒ야
닉이 닑으며 올흐여이다 (俗語說的: '熟能生巧.' 舅兄昨日讀了一夜, 不但他已嚼出此中意
味, 並且連寄女也都聽會, 所以隨問隨答, 毫不費事.) <鏡花 7:83>

25) 【쏘노다】㊌ 끊다. 글의 잘잘못을 살펴 판단(判斷)하다. ¶ 考‖ 미졔 진실노 씨다를 긔
미 잇슬진디 니 흔 번 쏘노리라" (妹夫果眞領會? 俺考你一考.) <鏡花 7:84> 왕태쉬 쥬션
싱을 쳥ᄒ야 글을 쏘노라 ᄒ더 <型世 5:8> 考‖ 네 임의 담긔 이셔 시 짓기롤 구ᄒ니
내 엇디 담긔 업서 네 글을 쏘노디 못ᄒ리오마는 다만 너과 내 처엄으로 맛나 심천을
아디 못ᄒ니 (你旣有膽氣要做詩, 難道我倒沒膽氣考你.但是你我初遇, 不知深淺.) <平山
5:34> 만일 형으로 더브러 흔가지로 쏘노이면 형이 문뎨로써 ᄌ연 이길 거시니 (若要
與兄同考, 以兄門第, 自然要撥頭籌.) <平山 6:32>

흑치국(黑齒國)의 나아가 흑녀(黑女)롤 만나 구공ㄱ치 곤욕을 당ᄒ리라."

구공 왈,

"임의 운셔롤 보지 아녀시면 너의 ᄒ는 말을 노뷔 엇지 망연이 모【85】르리요?"

당싱이 역쇼 왈,

"실노 운셔롤 본 비 아니라 엇지 ᄎᆷ아 속이리요. 이제 아모리 분변ᄒ나 구공이 오히려 밋지 아니시리니 쳥컨디 다시 반일을 닑어 혀끚치 ᄌ연 닉어지면 그ㄱ온디 의미롤 쾌히 ᄭᆡ치리니 비로소 쇼졔 등의 속이지 아니믈 알으시리이다."

구공이 무가너ᄒ라 다시곰 고셩낭독ᄒ야 시각이 지너더니 ᄆ초아 완예 ᄒᆫ 줄을 ㄱ져 당싱다려 부러 왈,

"고부(姑夫)는 쳥컨디 이 줄은 엇지 닑으리잇가?"

당싱이 미쳐 답지 못ᄒ야 구공이 니어 왈,

"여ᄎᆞ、、ᄒ리라."

당싱이 박슈 왈,

"구공이 、제야 ᄭᆡᄃᆞ르시도다. 쳥컨디 구공은 무슴 문셔롤 보시고 ᄭᆡ치시니잇고?"

구공이 머리 조아 왈,

"원리 닑기롤 만히 ᄒ면 스스로 묘롤 어드리로다."

어시(於是)의 일쵀【86】 대쇼ᄒ고 셔로 무러 문답이 여류ᄒ니 원외 왈,

"니 우연이 ᄒᆫ ᄆᆞ디 ᄭᆡ치더니 졈、허다ᄒᆫ 몸법이 싱기니 그 엇진 연괴뇨?"

당싱 왈,

"이 다름 아니라 운셔의 오셩(五聲)과 ᄀᆺᄒ여 ᄒ나흘 통ᄒ면 그남아 미루여 알지라. 우리 오날、모혀 ᄌ모롤 비호미 긔이ᄒ거놀 질녀와 녀ᄋ는 닉이지 아녀 ᄭᆡ치미 더옥 신긔ᄒ고 ᄒ물며 닉이는 사름은 미쳐 ᄭᆡᄃᆞᆺ지 못ᄒ야 겻흐로 듯든 사롬이 몬져 ᄭᆡ치미 ᄯᅩ 아니 긔졀ᄒ니잇가. 만일 녀ᄋ의 ᄭᆡᄃᆞ르미 아니런들 우리 오히려 아득ᄒᆯ 번 ᄒ도다. 다만 져 열ᄒᆫ 글ᄌ ᄋ러 ᄯᅩ 쌍으로 쓴 글지 만ᄒ니 그는 무슴 ᄯᅳᆺ이 잇는고?"

난괴 니어 디왈,

"히ᄋᆞ는 보건디 이 젼혀 반졀(反切)이니 여ᄎᆞᄎᆞᄎᆞ하여이다."

당싱이 ᄯᅩ혼 ᄭᆡ다르니 님·다 이인이 니【87】어 ᄭᆡ쳐 왈,

"여ᄎᆞᄎᆞᄎᆞ라 하니 당싱 왈,

"녯말의 니르되,

"운학 비호미 쳔리롤 드름 갓다 하더니 과연 그르지 아니토다. 오날ᄎᆞ쇼계 반졀을 ᄭᆡ다르니 기셜국의 신고하미 헛되지 아니토소이다."

원외 왈,

"나도 임의 반졀을 알아시니 다른날 녀롤 만나 글말 하야도 제 감히 소경의게 길 뭇는다 못하리. 쾌히 구공의 셜치하리로다."

당싱 왈,

"젼일 무함국(巫喊國)을 지날 구공 말ᄉᆞᆷ이 셰젼하는 약방을 쟝ᄎᆞᆺ 삭여 널니 젼하고져 하거늘 쇼계 말하되 '사롬이 측혼 ᄆᆞᄋᆞᆷ을 두면 하늘이 반드시 못 ᄂᆞ리오시리라' 하야더니 기셜국의 니르러 셰ᄌᆞ와 왕비의 병이을 쑬와 ᄎᆞ복하니 일노조ᄎᆞ 우리 무리 운학 ᄌᆞ모와 왕비의 병이을 쑬와 ᄎᆞ복하니 일노조ᄎᆞ 우리 무리 운학 ᄌᆞ모롤 어더 비【88】□ 구공이 큰 지믈을 어드시니 과연 측혼 닐의 보복이 더듸지 아니믈 알니로소이다."

이ᄀᆞ치 한담하야 다시 지가국의 니르니 졍히 즁쥬가졀이라 모든 ᄉᆞ공이 술을 ᄆᆞ셔 졀일을 보니고져 비롤 일즉 다히거늘 당싱이ᄎᆞ곳 믈식과 언에 군ᄌᆞ국(君子國)과 방불하다 하믈 귀히 넉여 님·다 이인으로 더부러 이곳 졀일 지니는 광경을 보고 ᄯᅩ 드르니 이 ᄯᅡ히 슈학의 졍미혼 지 잇다 하믹 혼 번 ᄎᆞᆺ고져 셩ᄂᆡ로 드러가니 지총26) 쇼리 쳥쳔의 우레 ᄀᆞᆺ고 져ᄌᆞ의 무슈화 등을 버려 믹ᄎᆞᄎᆞ하는 거동이 극히 번요하고 관등하는 ᄉᆞ녜 길이 메이고 골이 덥혓거늘 원외 왈,

"오날이 분명 팔월 십오일인디 이곳 모양을 부건디 우리게 상원 일과 ᄀᆞᆺ하니 이 아니 넉셔【89】롤 그릇 보아 팔월을 졍월로 아는잇가?"

---

26)【지총】⑱ 지총(紙銃). ¶ 炮竹. ‖ 지총 쇼리 쳥쳔의 우레 ᄀᆞᆺ고 져ᄌᆞ의 무슈화 등을 버려 믹ᄎᆞᄎᆞ하는 거동이 극히 번요하고 관등하는 ᄉᆞ녜 길이 메이고 골이 덥혓거늘 (進了城, 只聽炮竹聲喧, 市中擺列許多花燈, 作買作賣, 人聲喧嘩, 極其熱鬧.) <鏡花 7:88>

무공 왈,

"이 과연 긔괴ᄒ기로 일즉 방문ᄒ즉 이곳 사ᄅᆷ이 써ᄒ되 졍월은 일긔 심히 한닝ᄒ야 놀기 ᄀ쟝 아름답지 못ᄒ고 팔월은 쳔고긔쳥ᄒ고 불한불열ᄒ야 유상ᄒ미 맛당ᄐ ᄒ야 팔월 초일ᅀᆞᆯ을 고쳐 원일(元日)이라 ᄒ고 즁츄(中秋)ᄅᆞᆯ 고쳐 샹원(上元)이라 ᄒ니 오날이 과연 원쇼가졀(元宵佳節)인 고로 이ᄀ치 번화ᄒ야 슈탁ᄒ는 사ᄅᆷ을 ᄎᆞᆫ니 비록 두어 곳 만나ᅀᆞ 이 불과 평샹ᄒ 지죄라 굿ᄒ야 비홀 것 업더니 최후 드르니 ᄒ 사ᄅᆷ의 셩은 미(米)요 일홈은 긔억지 못ᄒ되 그 녀ᅌᅳ 미혜심[米蘭芬]으로 더부러 슈학이 ᄀ쟝 놉다 ᄒ야 놀미 가의 ᄎᆞᆫ 니른즉 임의 녀ᅌᅳ【90】ᄅᆞᆯ 거ᄂ려 쳔죠의 친쳑을 ᄎᆞᆫ가라 ᄒ거ᄂᆞᆯ 챵연이 도라오더니 ᄒ 집 문 우희 홍지의 써 부치되 '츈샤후교春社候敎'라 ᄒ엿거ᄂᆞᆯ 당셩이 크게 깃거 왈,

"이곳의 ᄯᅩᄒ 등미[燈謎 조희의 문ᄌ 귀졀을 써부치고 아모 경셔ᄌ집 즁 귀졀노 이 ᄯᅳᆺ을 ᄆᆞ치라 ᄒ미니 손이 과연 그 ᄯᅳᆺ을 ᄆᆞ치면 쥬인이 무어스로 녜단을 쥬어 보니니 비컨더 동국 ᅌᆞ희들 슈지겻기27)와 ᄀᆺᄒ되 이 문득 문인의 뉴희니 무식ᄒ ᄌ는 홀길 업는 지라. 즁국은 샹원날 이 노롬이 셩힝ᄒᄂᆞ니라ᄅᆞᆯ 홀 줄 아는도다. 우리 ᄒ 번 나아가 유희ᄒ고 겸ᄒ야 슈학 아는 ᄌᄅᆞᆯ 방문ᄒ미 엇더ᄒ니잇고?"

구공이 칭션ᄒ고 삼인이 일졔히 문을 드더니 즁문 우희 '학당 學堂' 두 ᄌᄅᆞᆯ 부쳣거ᄂᆞᆯ 당·다 이인이 믄득 놀나 발을 머초고 쟝ᄎᆞᆺ 도로 나오려 ᄒ거ᄂᆞᆯ 원외 왈,

"냥위는 학당이ᄆᆞᆯ 놀나지 말나. 니 일즉 슉ᄉ국(淑士國)의셔 글말ᄒ야 학동이 항복ᄒ고 ᄒ물며 반졀을 알아시니 니 홀【91】노 말ᄒ리니 죠곰도 의려치

---

27) 【슈지겻기】 명 수수께끼. ¶ 燈謎 ‖ 이곳의 ᄯᅩᄒ 등미[조희의 문ᄌ 귀졀을 써부치고 아모 경셔ᄌ집 즁 귀졀노 이 ᄯᅳᆺ을 ᄆᆞ치라 ᄒ미니 손이 과연 그 ᄯᅳᆺ을 ᄆᆞ치면 쥬인이 무어스로 녜단을 쥬어 보니니 비컨더 동국 ᅌᆞ희들 슈지겻기와 ᄀᆺᄒ되 이 문득 문인의 뉴희니 무식ᄒ ᄌ는 홀길 업는 지라. 즁국은 샹원날 이 노롬이 셩힝ᄒᄂᆞ니라ᄅᆞᆯ 홀 줄 아는도다. 우리 ᄒ 번 나아가 유희ᄒ고 겸ᄒ야 슈학 아는 ᄌᄅᆞᆯ 방문ᄒ미 엇더ᄒ니잇고? (不意此地竟有燈謎, 我們何不進去一看? 或者機緣湊巧, 遇見善曉籌算之人, 也未可知.) <鏡花 7:90>

말나."

말홀 스이 임의 당젼의 니르니 벽샹의 무슈히 등미(燈謎)를 써 부치고 허다 혼 사롬이 둘넛는디 개개히 유건소복(儒巾素服)의 빅발노옹이요 호노토 쇼년이 업거늘 져기 방심호고 쥬인이 좌롤 청혼 후 샴인이 즉시 슬펴 구공이 몬져 혼 무디롤 무치니 쥬인이 맛당호믈 일컷고 만슈향(萬壽香) 혼 봉을 쥬어 왈,

"노쟝의 고흥으로 우연이 유희호시니 감히 미물노써 흥치롤 돕고져 호나 폐방이 즈리 궁벽호야 등미의 증물이 미양 이곳치 냑쇼호니 슈지의 인졍을 웃지 므르쇼셔."

당싱이 니어 혼 무디 무치니 좌위 모다 유식호믈 일컷고 증물(贈物)을 쥬더니 원외 우연이 쉬온 귀졀을 무치니 쥬인 왈,

"쇼년이 쏘혼 문시 너르도다."

【92】이에 증물을 쥬어눌 원외 대희호야 년호야 아는 체 호다가 여러번 취졸호니 졔인이 웃기롤 그치지 아니커눌 구공이 미봉호야 왈,

"폐위 미양 회리로 남 웃기롤 취호미니 졔위는 모롬즉이 웃지 말나."

당싱이 눈쥬어 힝노의 총망호믈 일컷고 삼인이 몸을 닐호혀니 쥬인이 문 밧긔 나와 죽별호거눌 먼리 온 후 구공이 원외롤 향호야 왈,

"노뷔 져의 무슈혼 등미롤 보고 쟝춧 낫낫치 무쳐 우리 천죠 사롬의 지조롤 알게 호고져 호더니 님형은 무스 일 두 번 □번 나오기롤 지촉호시뇨?"

원외 왈,

"이 엇지 니르시미뇨? 나도 졍히 고흥이 도도호야 브야흐로 증물을 진슈히 어더 도라오려 호더니 냥위 홀연 몬져 니러나미 졍히 괴이히【93】넉이더니 도로혀 날을 칙망호시느뇨?"

당싱 왈,

"구형이 년호야 그릇호미 져 무리 치쇼호믈 그치지 아니니 우리 엇지 붓그려 그곳의 오리 머믈니요 이러므로 구형이 우리롤 지촉혼 비 아니뇨?"

원외 대쇼 왈,

"니 비록 취졸호호나 제 나의 셩명을 모로거니 이 쏘혼 관겨호리요. 일즉이 도라가 술을 마셔 말을 구경호미 올토다."

訪籌算暢游智佳國　觀豐粧閑步女兒鄉

당싱 왈,

"구공이 일즉 말ᄒ되 노민국(勞民國) 사ᄅᆷ이 슈ᄅᆞᆯ 오리ᄒ고 지가국 사ᄅᆷ이 나ᄒᆞᆯ 만히 못 산다 ᄒ시더니 이곳의 젼혀 노옹이 만ᄒ니 그 엇지 슈ᄅᆞᆯ 못ᄒ다 ᄒ리잇고?"

구공 왈,

"당형이 다만 져의 빅발만 보고 져의 나히 불과 삼ᄉ십 세믈 아지 못ᄒ미로다. 져의 슈발이 겨유 나며 발셔 희여지ᄂᆞ니이다."

당싱 왈,

"그 엇진 연괴니잇고?"

구공 왈,

"이 【94】 곳이 젼혀 지조ᄅᆞᆯ 숭상ᄒ야 천문지리와 의약(醫藥) 복셔(卜筮)와 구고산법(勾股算法)이며 빅 ᄀᆞ지 기예의 극진치 아닌 곳이 업ᄉᆞᆫ 즁 셔로 부더 닉의고 낫기ᄅᆞᆯ 요구ᄒ야 심녁을 허비ᄒ야 쥬ᄉ야탁이 공교키ᄅᆞᆯ 일ᄉᆞᆷ아 유츌유긔(愈出愈奇)ᄒ야 반드시 남의게 지니고져 ᄒᄆᆞ로 지가국(智佳國)이라 일홈ᄒ니 저 무리 이ᄀᆞ치 ᄆᆞ음을 쓰미 심혈이 모손(耗損)ᄒ야 삼십이 겨유 되면 귀밋히 서리치고 ᄉ십의 문득 우리네 칠십지년 ᄀᆞᆺᄒ니 ᄆᆞᄎᆞᆷ니 놉흔 슈 ᄒᄂᆞ니 업다 ᄒ더이다. 그러나 빅녀국(伯慮國) 사ᄅᆷ의 비ᄒ면 오히려 슈ᄒ다 ᄒ리이다."

원외 왈,

"니 불ᄒᆡᆼ이 졀머 뵈ᄆᆞ로 져의 앗가 날다려 쇼년이라 ᄒ더니 니 도로혀 져의 노형이 되리로다. 삼인이 다시 잇그러 각쳐의 유완ᄒ야 각식 등의 긔교ᄒᆫ 졔도ᄅᆞᆯ 낫:치 구경 【95】 ᄒ야 밤이 맛츤 후 션샹의 도라가니 이ᄯᅥ지 난영이 병이 츠복ᄒ나 도라갈 길이 망연ᄒᆞᆫ지라 셔신을 닷가 구공으로 ᄒ야곰 션젼을 어더 부치고 빈의 한가히 잇셔 완여로 더부러 시부ᄅᆞᆯ 음영ᄒ야 당싱의 ᄀᆞ르치믈 ᄇ

다 날을 보너니라. 년ᄒ야 슌풍을 만나 비 힝ᄒ미 ᄲᆞ르더니 여러 날 아녀 ᄒᆞᆫ 곳의 다ᄃᆞ르니 이곳 녀ᄋᆞ국(女兒國)이라 무슈ᄒᆞᆫ 스람이 단이 하회의 즈셔ᄒᆞ니 라.

무슐(戊戌) 원월(元月) 회일(晦日) 니어 쓰노라

권 지 팔

【1】 화셜 당싱(唐生) 일힝이 녀♀국(女兒國)의 비룰 다히미 구공(九公)이 당싱으로 더부러 구경ᄒ기룰 쳥ᄒᆫ디 당싱 왈,

"티종황제 삼장법ᄉ(三藏法師)룰 셔쳔(西天)의 보너사 불경 ᄀ져올 씨 삼장이 녀♀국의 잡히여 ᄒ마 도라오지 못ᄒᆯ 번ᄒ다 ᄒ더니 이제 엇지 져곳의 나♀가 리잇고?"

구공이 미쇼 왈,

"당형의 념녜 ᄯᅩᆫ 그르지 아니토다. 그 녀♀국과 이 녀♀국이 셔로 ᄀᆺ지 아니〻 삼장이 잡힌 녀♀국은 곳 녀인국이니 국즁의 남지 업고 다만 녀인만 잇스미라 이럴진더 홀노 당형만 념녀ᄒ리요. 님형이 비록 물화의 니식(利息)을 ᄇ란들 엇지 감 【2】 히 드러가며 노뷔 비록 늙어시나 ᄯᅩᆫ 겁ᄒ지 아니리요. 니 곳 녀♀국은 풍쇽이 크게 달나 음양이 도착(倒錯)ᄒ니 본러 남녜 잇셔 셔로 비합ᄒ미 우리와 다르미 업스되 그 다른 ᄇ는 사름이 날 씨부터 남녀룰 밧고아 일홈ᄒ야 남ᄌ로써 녀지라 ᄒ니 의샹을 닙고 붕니 되야 니ᄉ(內事)룰 다ᄉ리고 녀ᄌ로대 남지라 ᄒ니 의관을 ᄀ초아 쟝뷔 되야 외ᄉ(外事)룰 다ᄉ리니 져희는 세〻싱〻히 이ᄀᆺ치 아는 고로 도로혀 우리룰 웃는다 ᄒ더이다."

당싱 왈,

"남지 다만 일 부인의 소임을 ᄒ면 그 면샹의 지분을 ᄇ르고 두샹의 운환을 ᄭ무미고 발을 동혀 젹게 ᄒᄂ니잇가?"

원외 왈,

"져곳이 ᄀ쟝 발 동히기룰 조히 넉여 무론 샹하ᄒ 【3】 고 안식은 의논치 말고 발 젹으니로써 귀히 넉이며 ᄒ믈며 지분(脂粉)은 늙도록 쓰ᄂ니 노뷔 다힝

이 쳔죠의 낫거니와 만일 져곳의 낫다가 발을 동히라 ᄒᆞ던들 나는 거의 죽으리로다!"

인ᄒᆞ야 슈즁으로 조츠 물화 젹은 단ᄌᆞ를 닉아 뵈야 왈,

"미졔는 이를 보라. 쟝츳 져곳의 가 화매(貨賣)ᄒᆞ리라."

당셩이 바다보니 다만 지분(脂粉) 슈식(首飾)의 뉴니 젼혀 부인의 쓰이는 물건이라. 보기를 다ᄒᆞᆫ 후 원외게 젼ᄒᆞ야 왈,

"닉 일즉 발힝홀 [illegible] 물화 즁 져 뉴를 만히 ᄀᆞ져 쟝츳 무어시 쓰일고 ᄒᆞ더니 오날이야 씨닷과이다. 그러나 물화는 버려쓰고 그 으러 갑슬 다지 아니ᄆᆞᆫ 엇진 연괴니잇고?"

원외 왈,

"해외의 【4】 쟝ᄉᆞᄒᆞ는 지 엇지 물화의 갑슬 미리 졍ᄒᆞ리요 이 과연 슈지의 소견이로다. 모롬즉이 시졀과 ᄶᆞ를 쏠와 이곳의 무어시 귀ᄒᆞ고 무어시 긴ᄒᆞᆷ믈 슬펴 고하롤 졍ᄒᆞᄂᆞ니 이 진짓 바다 쟝ᄉᆞ의 니보는 묘리니라."

당셩 왈,

"이곳이 비록 녀으국이라 일홈ᄒᆞ나 슌젼이 녀인만 잇지 아니커늘 엇지 남ᄌᆞ의 물건은 ᄒᆞᄂᆞ토 매미 업ᄂᆞ니잇고?"

구공 왈,

"이곳이 녜로부터 풍속이 검소ᄒᆞᆷ믈 슝샹ᄒᆞ되 다만 병통(病痛)1)이 잇셔 부인 쟝속ᄒᆞ기를 ᄀᆞ쟝 즐기므로 무론 빈부ᄒᆞ고 므릇 부녀의 ᄭᅮ밀 물건을 ᄒᆞᆫ 번 본즉 갑슬 앗기지 아녀 부딕 흥졍ᄒᆞ야 부녀의 ᄆᆞ음을 깃기고져 혹ᄌᆞ 【5】 가쟝을 기우려도 앗가온 줄 모로ᄂᆞ니 닙형이 ː곳 풍속을 닉이 아는 고로 이ᄀᆞ치 가져온 비라. 져 물화롤 가져 ᄀᆞ음열고 벼술ᄒᆞ는 집을 만ᄂᆞ면 불과 슈삼일의 몰슈히 다 풀니ː 그 니로오미 젼일 쟝인국과 쇼인국쳐로 십비는 모로거니와 삼ᄉᆞ 비 니식은 어드리이다."

---

1) 【병통】 명 병통(病痛). ¶ 毛病 ‖ 병통 만타 (毛病多.) <漢淸 厭惡 8:48a> <蒙補 人事 14a> 병통 ‖ 이곳이 녜로부터 풍속이 검소ᄒᆞᆷ믈 슝샹ᄒᆞ되 다만 병통이 잇셔 부인 쟝속 ᄒᆞ기를 ᄀᆞ쟝 즐기므로 (此地向來風俗, 自國王以至庶民, 諸事儉朴; 就只有個毛病, 最喜打 扮婦人.) <鏡花 8:4>

당싱 왈,

"쇼졔 일즉 녯글노 보니 '녀지 밧 닐을 ᄀ음알고 남지 안닐ᄒ야 암닭이 시볘를 ᄀ음알고 건장ᄒ 지어미 문호롤 ᄎ지ᄒ다' ᄒ더니 엇지 오날ᄉ 이ᄀ치 상반ᄒ 풍속을 목도홀 줄 ᄯᅳᆺᄒ야시리잇가. 맛당히 ᄒ 번 구경ᄒ야 문견을 늘이리이다. 구형이 오날ᄉ 얼골의 홍광 【6】이 ᄀ득ᄒ니 일졍 비샹ᄒ 조흔 닐이 잇스리니 믈화의 십비 니식을 어더 도라오셔든 우리 죠히 희쥬(喜酒)롤 만히 먹으리로다."

원외 왈,

"오날 과연 일쌍 희죽(喜鵲)이 날을 향ᄒ야 무슈히 울더니 ᄒ 쌍 거믜 내 몸의 ᄶᅥ러지니 결단코 조흔 닐은 잇스리라."

이에 단즈롤 거두어 깃분 비츠로 급ᄉ히 ᄂᆞ리거늘 당싱이 구공으로 더부러 ᄯ오ᄒ 셩즁의 나아가며 ᄌ셰히 술펴보아 왕ᄂᆡᄒ는 즁 남즈의 복식ᄒ 지 늙으나 졀무나 슈염 잇나니 젼혀 업셔 낫ᄉ치 환즈의 얼골이요 남즈의 복식은 ᄒ야시나 이 과연 녀즈의 셩음이요 쳬지 단쇼ᄒ야 빙졍료ᄉ(娉婷嫋嫋)ᄒ거늘 당싱 왈,

"져무리 조히 고은 겨집으로 무ᄉ【7】 일 나샹ᄒ야 거즈로 남진 쳬ᄒ는고? 진실노 가스나희라 ᄒ리로소이다."

구공 왈,

"당형은 웃지 말나. 져무리 우리롤 보고 응당 이ᄀ치 우으리라."

당싱이 졈두 왈,

"구공 말슴이 ᄯ오ᄒ 그르지 아니토다. 이 니론 습여셩셩(習如成性)이니 우리는 져의 모양을 다르다 ᄒ나 져의는 ᄌ고로 이 모양의 눈이 닉어시니 ᄌ연 우리롤 그르다 ᄒ리로다. 임의 져의 남즈는 이런 줄 알앗거니와 소위 부인의 모양은 엇더ᄒ고? 밧비 보면 조흐리로다."

구공이 ᄀᄆ니 ᄀ르쳐 왈,

"당형아 져편의 즁년 노귀 침션을 ᄀ져 슈혀(繡鞋) 짓는 지 긔 아니 부인이뇨?"

당싱이 도라보니 과연 져근 집 즁문 안희 일기 즁년 부인이 머리의 ᄀ득ᄒ 운발의 기【8】 름을 흐르게 발나 어즈러이 셔려 언져시며 젼후좌우의 허다 쥬

취(珠翠)로 쑤며시니 진실노 눈이 부이여 어즐ᄒ고 귀의ᄂᆞᆫ 팔보금환(八寶金環)을 ᄢᅦ여 드리오고 몸의ᄂᆞᆫ 운문ᄌᆞ금쟝슴을 닙고 허리의 초록환문 치ᄆᆞ를 두로며 치ᄆᆞ ᄋᆞ리로 적은 발이 드러나니 진짓 쇼ᄅᆞ금년이라 일썅 대홍 슈혀를 신어시니 계유 세 치ᄂᆞᆫ 되고 일썅 옥슈의 십지 셤ᄅᆞᄒ야 ᄇᆞ야흐로 곳츨 슈노ᄒ니 효셩냥안(曉星亮眼)과 원산아미(遠山峨眉)의 지분을 만히 올녀 냥협이 둣거오며 일졈 쥬샤로 잉순을 졈쳐시나 문득 푸른 슈염이 닙가와 턱 밋히 훗날니고 겸ᄒ야 구레나룻시 귀미츨 니어시니 당셩이 ᄅᆞ를 보미 우음을 못견디여 쇼리 니물 ᄭᅢ닷【9】지 못ᄒ더니 그 녀지 ᄇᆞ늘을 머츠고 당셩을 ᄇᆞ라보며 크게 쇼리질너 왈,

　“너 엇더ᄒᆫ 녀지 감히 날을 웃ᄂᆞᆫ다?”

　ᄒ야ᄂᆞᆯ 그 쇼리 웅쟝ᄒ야 ᄭᅵ야진 바라쇼리 ᄀᆞᆺᄒ니 당셩이 대경ᄒ야 구공을 닛그러 알프로 다ᄅᆞ날ᄉᆡ 그 녀지 오히려 ᄭᅮ지져 왈,

　“네 면상의 슈염이 잇스니 분명이 녀인이어ᄂᆞᆯ 거즛 남ᄌᆞ의 ᄅᆞ관을 비러쓰고 거츠로 남진 체ᄒ야 비록 부녀를 엿보나 실즉 남ᄌᆞ를 요구ᄒᆞᆫ도다! 져 더럽고 념치업ᄂᆞᆫ 거시 춤아 져 큰 발을 드러ᄂᆡ고 오히려 붓그리오믈 모로ᄂᆞ뇨? 스스로 거울을 비쵀여 보라. 네 이제 본ᄅᆡ 면목을 니져ᄂᆞ뇨! 오날ᄅᆞ노랑(老娘)을 만나 힝혀 너의 녀진 줄 알기로 오히려 용셔ᄒ거니와 만일 결문【10】부녀를 만나던들 다만 너의 것 모양을 보고 써ᄒ되2) 나지 감히 부녀를 엿보다 ᄒ면 그 늘이 어디 미츠리요. 죽기를 면치 못ᄒ리라!”

　ᄒ야ᄂᆞᆯ 당셩이 일향 다라ᄂᆞ 쇼리 들니지 아닌 후 비로소 발을 머초어 왈,

　“이곳 어음이 ᄯᅩᄒᆫ 알기 쉽도다. 과연 우리로써 녀인이라 ᄒ거니와 쳔하의 욕ᄒ고 ᄭᅮ짓ᄂᆞᆫ 말이 무한ᄒ되 남ᄌᆞ다려 발 크다 욕ᄒ기ᄂᆞᆫ 여긔 와 처음 듯ᄂᆞ 말이니 진실노 쳔고긔담이로다. ᄅᆞ만 두려온 ᄇᆞᄂᆞ 우리 구형이 얼골이 희여 분 ᄇᆞ른 듯ᄒ고 겸ᄒ야 염화국(厭火國)의셔 슈염을 불의 슬온 후 더옥 졈고ᄅᆞ와

---

2) 【써ᄒ다】 图 여기다. 중국어 “以爲”의 번역체. ¶ 當作 ǁ 오날ᄅᆞ노랑을 만나 힝혀 너의 녀진 줄 알기로 오히려 용셔ᄒ거니와 만일 결문 부녀를 만나던들 다만 너의 것 모양을 보고 써ᄒ되 나지 감히 부녀를 엿보다 ᄒ면 그 늘이 어디 미츠리요 죽기를 면치 못ᄒ리라! (你今日幸虧遇見老娘; 你若遇見別人, 把你當作男人偸看婦女, 只怕他個半死哩!) <鏡花 8:10>

뵈느니 져무리 써ᄒᆞ되3) 녀지라 ᄒᆞ야 잡아두어 쳐쳡을 삼으려 ᄒᆞ면 긔 아니 난쳐ᄒᆞ니잇가?"

구공 왈,

"이곳 사【11】름이 본더 닌국 사름을 귀히 대졉ᄒᆞ고 ᄒᆞᆷ믈며 쳔죠 사름은 ᄀᆞ쟝 존경ᄒᆞᄂᆞ니 당형은 방심ᄒᆞ쇼셔."

당싱 왈,

"져편 길거리의 무슨 방문을 부치고 허다ᄒᆞᆫ 사름이 둘너싼 고셩 낭독ᄒᆞ니 우리 ᄒᆞᆫ 번 나아가 보미 죠토다."

일변 말ᄒᆞ며 갓가이 오며 드른즉 원러 이곳 하슈의 모리 메이여 물길이 옹식ᄒᆞᆷ믈 근심ᄒᆞᆫ 비라. 당싱이 쟝ᄎᆞᆺ 사름을 헤쳐 ᄌᆞ세히 보고져 ᄒᆞ거ᄂᆞᆯ 구공 왈,

"이곳 하쉬 아모러턴지 우리게 관계 업거니 당형은 방문을 ᄌᆞ시 보아 쟝ᄎᆞᆺ 무어시 쓰리요. 이 아니 져의 하슈롤 쳐쥬고 공노롤 ᄇᆞ라시ᄂᆞ냐?"

당싱 왈,

"구공은 웃지 말나. 쇼졔 일즉 하슈 다스리ᄂᆞᆫ 법을 모로거니 공노롤 엇고져 ᄒᆞᆫ【12】들 어디로 조ᄎᆞ 어드리오. 미양 외국 문ᄶᆞ롤 보면 그 즁 가튼 글지 흔ᄒᆞ미 이곳 풍속이 남다르니 ᄒᆡᆼ혀 글ᄶᆞ의 별다르미 잇ᄂᆞᆫ가 보아 문견을 널니고져 ᄒᆞᄂᆞ이다."

이에 즁인을 헤치고 갓ᄀᆞ히 ᄒᆞᆫ 번 보고 물너셔 왈,

"대쳬 문리(文理)ᄂᆞᆫ ᄒᆞᆫ ᄀᆞ지나 그 즁의 과연 모를 글ᄶᆞ 더러 잇스되 뜻으로 삭여보아 알앗ᄂᆞ니 이는 가히 니르되 녀ᄋᆞ국의셔 늘인 학문이라 ᄒᆞ리니 오날 구경이 실노 허힝이 아니로소이다."

인ᄒᆞ야 알프로 나아갈시 부녀의 모양이 볼스록 일양이나 개ᇰ개ᇰ히 삼촌금년(三寸金蓮)의 궁혀(弓鞋)를 신어시니 거룸이 요ᇰ요ᇰ파ᇰ파ᇰ(요요파파)ᄒᆞ야 ᄇᆞ람의 부치일 듯ᄒᆞ니 혹 사름을 붓들고 힝ᄒᆞᄂᆞᆫ 즈도 잇스며 혹 막더롤 집어 힝【13】

---

3) 【써ᄒᆞ다】图. 여기다. 중국어 "以爲"의 번역체. ¶ 當作‖ 우리 구형이 얼골이 희여 분 ᄇᆞᆯ른 듯ᄒᆞ고 겸ᄒᆞ야 염화국의셔 슈염을 불의 술온 후 더옥 졈고ᇰ고ᇰ와 뵈ᄂᆞ니 져무리 써ᄒᆞ되 녀지라 ᄒᆞ야 잡아두어 쳐쳡을 삼으려 ᄒᆞ면 긔 아니 난쳐ᄒᆞ니잇가? (舅兄本來生的面如傅粉; 前在厭火國, 又將胡鬚燒去, 更顯少壯; 他們要把他當作婦人, 豈不恥心麼?) < 鏡花 8:10>

호는 즈도 잇셔 그 교티 아당호는 거동이 보는 즈로 호야곰 어엿부도록 호는지라. 그 중 혹 으희를 안고 가는 즈도 잇스며 혹 으희를 압셰워 가는 즈도 잇거늘 당싱 왈,

"이곳 남지 젼혀 부인의 모양이니 싱산도 능히 호느니잇가?"

구공 왈,

▲"사롬의 남녀는 불힝이 밧고엿거니와 쳔지의 음양이야 엇지 밧고이며 져녀인이 아모리 고온 체흔들 어디로조츠 으희를 나흐리요 드르니 이곳 남지 싱산과 졋먹이기는 제호고 기르기는 져 녀즈로 식인다 호더이다."

당싱 왈,

"우리는 쳔죠의 숨겨나미 진실노 쳔힝이로다 만일 이곳의 나던들 그 으희 기르기의 쏭오좀 괴로와 엇지호리요. 쏘 보건디 허다흔 즁년 부인의 슈염【14】잇는 지 만흐며 혹 구레나롯 잇는 지 잇스니 구공이 フ르쳐 왈,

"져 분 바른 양즈의 푸른 슈염이 フ득호고 슈염 틈으로 연지 바른 닙시울이 드러나니 그 어디 비호리잇고."

당싱 왈,

"비컨디 흰 모리 쌀닌 짜히 푸른 솔이 욱어진 고디 흔 송이 붉은 쏫치 은영홈 フ호니 우리 지난 바 바다 가히 왕々히 이런 경치를 아니 보니잇가?"

구공 왈,

"글호는 사롬이 미양 비유호믈 맛당흔 즁 아치잇게 호는도다."▲⁴⁾

그 즁의 슈염 업는 지 간혹 잇거늘 갓フ이 술펴본즉 이 문득 슈염이 잇스면 늙다 홀가 겁호야 낫낫치 쏘바 흔 털을 남기지 아녀 스스로 졀문 체호는지라. 당싱 왈,

"져 슈염 쏘분 부인은 닙가히 오히려 털굼기 잇스니 더【15】옥 보기 으름답도다. 져 코밋과 턱으리 털을 지워 본리 면목을 닐허시니 맛당이 시 제목을 니야 별호호미 엇더호니잇고?"

구공 왈,

---

4) 이 부분 원문 없음.

"『논어 論語』의 갈오디 호표피의 털 업눈 거슬 니르되 '호표지곽 虎豹之鞟'이라 ᄒ햣시니 이는 니르되 '인곽 人鞟'이라 일홈ᄒ미 맛당ᄒ이다. 당싱이 대쇼졀도 왈,

"구공이 진짓 거벽이로다 말ᄒ미 ᄌ양 경셔를 인증ᄒ니 뉘 감히 시비ᄒ리요."

구공 왈,

"노부는 앗가 보니 엇던 부인은 다방 나롯시 ᄀ쟝 만흔 중 불힝이 일즉 희여 은침 ᄀᆺᄒ미 제 문득 약을 ᄀ져 물드려 검게 홀시 코밋과 턱 ᄋ리 먹 흔적이 낭ᄌᄒ니 이는 별호롤 무어시라 ᄒ리잇가?"

당싱 왈,

"위부인(衛夫人)의 글시 의논ᄒᄂᆫ 글의 묵졔[墨猪 먹도야지5)라] 흔 【16】 문지 잇더니 제 임의 먹으로 얼골의 발ᄂ시니 ᄌ르되 묵졔라 일홈ᄒ미 엇더ᄒ리잇고?"

구공이 지삼 칭션ᄒ고 이ᄀᆺ치 담쇼ᄒ며 각쳐 유완ᄒ야 날이 느즌 후 션샹의 도라오니 원외 오히려 못 왓거ᄂᆯ 이인이 셕반을 파흔 후 밤이 이경이 지니되 ᄆ춤니 ᄌ최 업스니 녀시 ᄀ쟝 축급ᄒᄂᆫ지라.6) 이인이 ᄯ흔 의려ᄒ야 등롱을 잇글고 언덕의 올나 셩밋가지 니른즉 셩문을 다단지 오러거ᄂᆯ 홀일 업셔 도라와 이튼날 ᄌ이 맛도록 ᄎᄌ 인ᄒ야 쇼식이 업더니 졔삼일은 여러 사공과 길흘 난화 ᄉ쳐로 심방ᄒ나 의구히 형영이 업ᄂᆫ지라. 이ᄀᆺ치 년일 ᄎᄌ나 ᄆ치 돌을 대ᄒᆡ의 더짐 ᄀᆺ흔지라 녀시 완예 날노 호곡ᄒ니 【17】 션샹 졔인이 개ᄌ히 우황ᄒ고 당·다 이인이 날마다 셩중의 드러 각쳐로 탐문ᄒ되 ᄆ춤니 망연ᄒ니라.

---

5) 【먹도야지】 명 먹돼지. ¶ 墨猪 ‖ 위부인의 글시 의논ᄒᄂᆫ 글의 묵졔[먹도야지라]흔 문지 잇더니 제 임의 먹으로 얼골의 발ᄂ시니 ᄌ르되 묵졔라 일홈ᄒ미 엇더ᄒ리잇고? (小弟記得衛夫人講究書法, 曾有'墨猪'之說. 他們既是用墨塗的, 莫若就叫'墨猪'罷.) <鏡花 8:15>

6) 【축급ᄒ다】 (형) 착급(着急)하다. 당황하다. ¶ 着慌 ‖ 이인이 셕반을 파흔 후 밤이 이경이 지니되 ᄆ춤니 ᄌ최 업스니 녀시 ᄀ쟝 축급ᄒᄂᆫ지라 (用過晚飯, 等到二鼓, 仍無消息. 呂氏甚覺着慌.) <鏡花 8:16>

초셜 님원외 물화 단즈롤 ᄀ져 셩니의 드러가며 두어 곳 시젼(市廛)의 니르니 무초아 이곳의 물홰 핍졀흔 ᄊᆡ라 놉흔 갑시 만히 팔고 다시 부호대가롤 츠즈가니 집々이 다토아 흥졍ᄒ고 인ᄒ야 ᄀ르쳐 왈,

"우리 곳 국구 부즁이 ᄀ쟝 ᄀ음열 분 아니라 인즁이 만흐니 분명 물화롤 만히 팔나라 ᄒ야늘 원외 올히 억여 골목과 길흘 무러 국구부롤 츠즈가니 이 과연 붉은 문의 분질흔 담이 둘너 체면이 엄졍ᄒ고 경샹이 비범흔지라.

제33회

粉面郎纏定受困 長鬚女玩股垂情

물화 단즈롤 ᄀ져 문 직흰 복부로써 국구의 올닌디 복【18】뷔 말슴을 젼ᄒ야 왈,

"근년의 쳔세 왕애 비빈을 간틱ᄒ시미 이 물홰 졍히 쓰일 ᄊᆡ라 치인과 홈긔 졀문 밧긔 나아가 대령ᄒ라."

ᄒ야늘 원외 혜오디, '이 진짓 긔홰로다. 국왕과 셔로 매미ᄒ면 조히 후가롤 ᄇ다 녀염쇼민과 ᄀᆺ치 갑슬 다토지 아니리라.' 이에 궐문의 대후ᄒ더니 오러지 아녀 일기 궁감(宮監)이 잇그러 길을 인도ᄒ야 여러 층 금문과 몃 구비 옥난을 지나 ᄇ로 니 젼문 밧긔 다ᄃ라는 원외롤 머무로고 물화단즈롤 가져 드러가며 왈,

"대수는 좀간 간여긔 대후ᄒ라 이 단즈로써 어람ᄒ야 졍탈(定奪)ᄒ신 후 다시 나와 젼지롤 젼ᄒ리라. 원외 다만 유々ᄒ더니 궁【19】감이이 즉시 나오며 무러 왈,

"대슈는 쳥컨디 져 물화 단즈의 일즉 갑슬 다지 아녀시니 엇지 써 고하롤 알니잇고?"

원외 왈,

"갑슨 임의 내 속의 명븍ᄒ니 다만 무슨 물화롤 언마식 쓰신다 니르시면 맛당이 갑슬 졍ᄒ야 올니리라."

궁감이 졈두ᄒᆞ고 닷더니 다시 나와 무러 왈,

“대슈ᄂᆞᆫ 져 연지 ᄆᆡ근에 은ᄌᆡ 언ᄆᆞ식이며 향분 ᄆᆡ근의 은ᄌᆡ 언마며 머릿기름 ᄆᆡ승에 은ᄌᆡ 언ᄆᆞ며 옥ᄌᆞᆷ ᄆᆡᄀᆡ의 은ᄌᆡ 언마식이뇨?”

원외 일〻히 말ᄒᆞᆫᄃᆡ 궁감이 닷더니 ᄯᅩ 나오며 무러 왈,

“대슈야 져 취화(翠花) ᄆᆡ합의 가은(價銀)이 언ᄆᆞ며 융화(絨花) ᄆᆡ합의 가은이 언마며 향쎄음이 ᄆᆡ 줄의 가은이 언마며 청 【20】 옥팔쇠 ᄆᆡᄀᆡ의 가은이 언마니잇고?”

원외 쇼샹이 말ᄒᆞ니 궁감이 드러가더니 이윽고 나오며 왈,

“대슈의 물화의 다쇠 불일ᄒᆞᄆᆡ 국왕이 쟝ᄎᆞᆺ 진슈히 ᄉᆞ고져 ᄒᆞ실ᄉᆡ 여러 ᄀᆞ지 만흔 갑슬 뭇고 대답ᄒᆞ야 왕ᄂᆡᄒᆞᆯ 즈음 힝혀 그릇 젼ᄒᆞ미 잇슬가 념녀ᄒᆞ샤 부대 셔로 보고 갑슬 의졍코져 ᄒᆞ시며 ᄒᆞ물며 대슈ᄂᆞᆫ 천죠사ᄅᆞᆷ이라 국왕이 특별이 우대ᄒᆞ샤 부르시기의 니르니 대슈ᄂᆞᆫ ᄯᅩᄒᆞᆫ 죠심ᄒᆞ야 녜졀을 일치 말나.”

원외 맛당ᄒᆞ믈 일컷고 궁감을 ᄯᆞᆯ와 ᄂᆡ젼의 니르ᄆᆡ 옥계의 올나 공슌이 녜ᄒᆞ고 ᄒᆞᆫ 편의 비켜 셔며 우러〻 국왕을 ᄉᆞᆯ펴보니 져 국왕의 년긔 삼슌이 넘 【21】 즉ᄒᆞ되 옥면쥬슌(玉面朱唇)이 풍영염녀ᄒᆞ고 녹빈운발(綠鬢雲髮)의 면류ᄅᆞᆯ 드리오고 양뉴요지의 망농포ᄅᆞᆯ 닙어시니 위의 엄졍ᄒᆞ고 거지 단아ᄒᆞᆫᄃᆡ 좌우로 무슈 궁녜 뫼셔시니 낫〻치 견장ᄒᆞᆫ 대한이로ᄃᆡ 지분이 낭ᄌᆞᄒᆞ고 향턱이 오울ᄒᆞᆫ지라. 국왕이 셤충옥슈의 물화단ᄌᆞᄅᆞᆯ 들고 잉슌을 ᄀᆞ부야이 여러 갑ᄉᆡ 다쇼ᄅᆞᆯ 낫〻치 무러올ᄉᆡ 일변 말ᄒᆞ며 일변 원외ᄅᆞᆯ 향ᄒᆞ야 일신상하ᄅᆞᆯ 셰〻히 ᄉᆞᆯ피거ᄂᆞᆯ 원외 혜오ᄃᆡ, ‘져 국왕이 무ᄉᆞ일 날을 이다지 ᄉᆞᆯ피ᄂᆞ뇨? 이 아니 천죠 사ᄅᆞᆷ을 처음 보ᄂᆞᆫ가?’ ᄒᆞ더니 국왕이 궁감을 명ᄒᆞ야 왈,

“단ᄌᆞᄂᆞᆫ 아직 머무르고 국구게 몬져 도라가 알외라.”

ᄒᆞ고 궁녀ᄅᆞᆯ 【22】 불너 왈,

“천죠 부인을 쥬찬으로 대졉ᄒᆞ라.”

ᄒᆞ며 인ᄒᆞ야 ᄂᆡ궁의 드더니 궁녜 과연 원외ᄅᆞᆯ 청ᄒᆞ야 놉흔 누샹의 올으며 허다 쥬찬을 버려 극히 관대ᄒᆞ니 원외 ᄆᆞ초아 긔핍ᄒᆞ다가 일쟝 포식ᄒᆞ더니 누하의 홀연 들네더니 무슈 궁녜 누샹의 올나오며 낭〻이라 불너 머리 조아 하례ᄒᆞ고 그 뒤희 허다 궁녜 니어 오니 봉관하의(鳳冠霞帔)와 옥대망샴(玉帶蟒衫)이며

금환옥금슈식(金環玉錦首飾)의 류롤 밧드러 느아와 말을 기드리지 아니코 일졔히 다라드러 원외롤 붓들고 샹하의복을 낫ㅅ치 벗기눈지라. 져 궁네 개ㅅ히 건실훈 남지라 비컨더 셩눈 미 연죽(燕雀)을 웅큼 ㄹ흐니 원외 이쩌롤 당흐야 닙에 말이 아니【23】나고 팔에 힘이 업눈지라. 다만 져의 흐눈 디로 브들 분이러니 의복을 다 벗긴 후 궁네 향탕(香湯)을 밧드러 올니ㅅ 여러 궁네 손을 움즉여 샹하로 목욕 식힌 후 슈건을 ㄹ져 씻기며 일변 중의(中衣)7)롤 쩨고 젹삼을 닙히며 치마롤 두로며 두 쎡 큰 발의 위션 홍능말ㅈ(紅綾襪子)롤 신기며 머리털을 빗겨 향유(香油)롤 흐르게 불나 어즈러이 뒤틀고 봉츠와 옥쇼롤 젼후로 쏘즈며 향분을 ㄹ져 면샹의 둣겁게 브르며 연지롤 닙시욹의 직으며 손의 보옥지환을 끼우며 팔에 황금 팔쇠롤 걸고 칠보샹의 금슈장을 두로고 비로소 안치거눌 원외 이에 쑴인 듯 춰훈 듯 엇지【24】홀 바롤 몰나 강잉흐야 궁녀의게 무른즉 니르되,

“국왕이 쟝츠 귀비롤 봉흐고져 길일을 글희여 니궁의 드린다.”

흐거눌 비로소 십분 황겁흐야 졍히 초조흐더니 쏘 몃 낫 중년 궁네 나아오니 더옥 킈 크고 몸이 건쟝흐며 슈염 만흔 뉘라. 그 중 슈염 흰 궁네 손의 브늘과 실을 들고 샹 알픠 쑤러 품흐되,

“삼가 국왕긔 명을 밧ㅈ와 낭ㅅ의 귀롤 뚤어 귀어쏠을 걸니로소이다.”

말을 마츠며 네 낫 궁네 니다라 좌우로 쩌 붓들고 무슈히 부븨더니 홀연 브늘로 쎄뚤으니 원외 훈 무디 날 죽인다 쇼리의 뒤흐로 졋버지니 임의【24】여러 궁네 웅위훈지라 다시 왼편 귀롤 이ㄹ치 뚤으니 원외 갈스록 부르지ㅅ나 뉘 아른 체흐리요. 두 귀롤 다 뚤은 후 분ㄹ로롤 졈간 브른 후 팔보금환을 ㄹ져 두 귀의 쎄여 걸고 그 궁네 물너나더니 쏘 보건더 거문 슈염 만흔 궁네 손에

---

7) 【즁의】 명 중의(中衣). 속옷. ¶ 襖褲 ∥ 의복을 다 벗긴 후 궁네 향탕을 밧드러 올니ㅅ 여러 궁네 손을 움즉여 샹하로 목욕 식힌 후 슈건을 ㄹ져 씻기며 일변 즁의롤 쩨고 젹삼을 닙히며 치마롤 두로며 두 쎡 큰 발의 위션 홍능말ㅈ롤 신기며 (剛把衣履脫淨, 無有宮娥預備香湯, 替他洗浴. 換了襖褲, 穿了衫裙; 把那一雙'大金蓮'暫且穿了綾襪.) <鏡花 8:23> 中衣 ∥ 습인이 드르미 즁의롤 밋쳐 닙히지 못홀 쥴 알고 믄득 ㅅ겹니블 한 벌을 드르다가 보옥을 덥허 쥬더라 (襲人聽見, 知道穿不及中衣, 便拿了一床夾紗被替寶玉蓋了.) <紅樓 34:4>

흔 깃 빅능(白綾)을 들고 꾸러 고ㅎ야 왈,

"국왕 명으로 낭ː의 발을 동히느이다."

일변 두 낫 궁녜 각ː 드리롤 붓들고 말즈롤 벗긴 후 흑슈궁녜 빅능을 반에 찍여 몬져 올흔 발을 들고 빅반 ᄀ로롤 ᄀ져 발ᄀ락 ᄉ이의 무슈히 싸리고 다섯 ᄀ락을 흔디 모ㅎ 긴ː히 동히고 발바당을 힘써 굽게 민든 후 빅능으로 겹ː히 싸미니 다른 궁녜 침션을 ᄀ져 틈ᄆ다 호아 미고 다시【26】곰 죄오니 원외 좌우로 무슈 궁녜 단ː히 쪄안고 ᄒ물며 두 다리롤 각ː 붓들어 일호 요동치 못ᄒ더니 동히기롤 ᄆ츠미 마치 슷불 우히 발을 지ː는 듯 알프고 쓸여 견디지 못홀지라. 슬프믈 닉의지 못ᄒ야 방성대곡 왈,

"날을 죽인다!"

ᄒ니 궁녜 드른 체 아니코 흔편을 ᄆᄌ 동힌 후 초ː히 두 쪽 홍슈혀롤 신기고 물너나거늘 원외 울기롤 ᄆ지 아니ᄐ가 좌우로 ᄉ량하나 ᄆ츰니 계괴 업는지라. 이에 궁녀들을 향ᄒ야 왈,

"브라건디 계위 노형은 쇼졔롤 위ᄒ야 국왕 면젼의 알외되 제 본디 지어미 잇는 남지라 엇지 왕비롤 솜으며 ᄒ물며 일국의 임군이 되야 남의 부녀롤 탈【27】취흠도 음난흔 일홈이 만셰의 꾸지람을 면치 못ᄒ거든 이제 참아 엇지 남의 셔방을 쎄아서 비빈을 솜으리오. 이는 쳔고 학정의 웃듬이며 나의 두 쪽 큰 발이 나며 그디로 즈랏거니 이제 엇지 동혀 젹게 ᄒ리오. 이 더옥 힝치 못홀 졍시라. 다만 날을 일즉이 노ᄒ시면 우리 쳐지 도로혀 감은ᄒ야 결초보은ᄒ리이다."

모든 궁녜 우음을 먹음고 꾸러 대왈,

"국왕이 임의 쥬의롤 경ᄒ시고 오직 발 크믈 혐의ᄒ샤 다만 발 동힌 거시 낫거든 궁즁으로 ᄆᄌ가려시니 이쎄의 뉘 감히 말숨을 알외리오. 낭ː은 남을 원망치 말고 낭ː의 얼골 고으믈 한탄ᄒ쇼셔."

오러지 아녀 궁녜 쵹불을 켜며 셕반을 올니ː 진실노【28】술이 ᄇ다 갓고 ː기 뫼 ᄀᆺᄒ며 어즈러이 ᄀ득 버려시나 원외 엇지 흔 술 물을 먹을 의시 잇스리오. 다만 물녀 궁녀롤 호궤ᄒ고 ᄆ초아 쇼변이 급ᄒ거늘 궁녀롤 향ᄒ야 왈,

"니 쟝ᄎᆺ 쇼변을 보려ᄒ니 날을 잇그러 누에 ᄂ리게 ᄒ라."

궁녜 즉시 정통[淨桶 속담의 뇨강]을 밧드러 상 알픠 노커늘 원외 무가너해
라 그윽이 몸을 쎈져 닷고져 흔들 발을 동혀 움죽일 길 업는지라 다만 궁녀의
게 붓들녀 정통의 안즈 쇼변 본 후 손을 씨스니 궁녜 다시 은분의 더온 물을
밧드러 올녀 왈,

"낭ᄌ은 쳥컨디 물을 쓰쇼셔."

우녀의 왈,

"앗가 손을 씨스니 다시 물을 무어시 쓰리오."

궁녜 왈,

"이ᄂᆞᆫ 하면의 쓰실 물이니이다."

원외 왈,

"하면이 어디롤 니르미며 물【29】을 쏘흔 엇지 쓰ᄂᆞᆫ뇨?"

궁녜 쇼왈,

"낭ᄌ이 앗가 어디로조ᄎᆞ 쇼변을 보시니잇고? 쟝ᄎᆞᆺ 니곳의 물을 쓰ᄂᆞ니 옥
체 슈고로으시면 비즈 등이 대신ᄒᆞ야 쓰시게 ᄒᆞ리이다."

대답을 기드리지 아녀 일제히 다라드러 어즈러이 씻기니 더옥 증그러워 겨
유 비러 그치고 상상의 안즈시니 알프미 졈ᄌ 죄야 견디지 못홀지라. 인ᄒᆞ야
쓰러져 누어더니 즁년 궁녜 나아와 품ᄒᆞ야 왈,

"낭ᄌ이 옥체 피곤ᄒᆞ시면 맛당이 쇼셰ᄒᆞ시고 일즉이 안침ᄒᆞ쇼셔."

이에 모든 궁녀의 쵹대롤 잡으며 셰슈 그릇슬 들녀 양치물을 ᄀᆞ져시며 소졉
을 밧들며 기름합을 들며 분향을 들며 연지롤 기이며 슈건을 밧들며 거울을 열
어 분ᄌ요【30】히 상 알픠 에워ᄊᆞ니 다만 져의 ᄒᆞᄂᆞᆫ 디로 슈응ᄒᆞ야 낙ᄌ히
얼골 씻기롤 파ᄒᆞ미 궁녜 다시 분을 ᄇᆞ르려 ᄒᆞ거늘 원외 일향 물니치니 빅슈
궁녜 ᄭᅮ러 권ᄒᆞ야 왈,

"눕기롤 님ᄒᆞ야 분 ᄇᆞ르미 ᄀᆞ쟝 조흔 곳이 만ᄒᆞ니 궁즁의 폐치 못ᄒᆞᄂᆞᆫ 규귀
라 낭ᄌ 얼골이 비록 희시나 향긔 부족ᄒᆞ시니 분이 능히 피부롤 희고 윤틱ᄒᆞ게
홀 분 아니라 그 ᄀᆞ온디 난샤의 향을 너허시니 오러 ᄇᆞ르면 다만 얼골이 옥 ᄀᆞᆺ
홀 분 아니라 흰빗 ᄀᆞ온디로조ᄎᆞ 흔 줄기 육향이 소ᄉᆞᄂᆞ나니 흴스록 더옥 향긔
잇고 사람으로 ᄒᆞ야곰 보고 ᄆᆞ틀스록 더옥 어엿부고 ᄉᆞ랑ᄒᆞ온지라. 이 과연 남

즈의 즐기【31】 룰 요구ᄒᆞᄂᆞᆫ 묘방이라. 내 임의 녀지 된 후야 남즈의 즐기룰 엇지 아니 구ᄒᆞ리오. ᄒᆞ리 쓰시면 즈연 그 묘룰 알으시리이다. 일향 비즈의 말ᄉᆞᆷ을 신쳥치 아니시면 명일은 국왕긔 알외여 보모룰 쳥ᄒᆞ리이다."

원외 일직 듯지 아니ᄂᆞᆫ 궁녜 셔로 도라보아 각ᄌᆞ 허여지거늘 원외 비로소 발동ᄒᆞᆫ 빅능을 쓰즈며 싄허 무한 힘을 드려 쾌히 푸러니며 십지룰 낫ᄌᆞ치 펴 노ᄒᆞ니 그 상쾌ᄒᆞ미 비ᄒᆞᆯ더 업ᄂᆞᆫ지라. 인ᄒᆞ야 침ᄌᆞ(沉沉)히 좀드러 이튿날 늣기야 니러나니 소셰ᄒᆞᄂᆞᆫ 규귀 어제와 일양이라. 흑슈궁녜 ᄇᆞ야흐로 나아와 발동ᄒᆞᆫ ᄇᆞ룰 죄오려 ᄒᆞ더니 문득 두 발을 말가【32】케 버섯거늘 대경실식ᄒᆞ야 황망히 국왕긔 알왼딘 국왕이 보모룰 명ᄒᆞ야 즁칙 이십을 ᄂᆞ리오고 인ᄒᆞ야 그곳의 머무러 약속을 엄히 ᄒᆞ라 ᄒᆞ니 보뫼 명을 ᄇᆞ다 ᄉᆞ개 건쟝ᄒᆞᆫ 궁녀로 쥭판[竹板 대로 민든 전반]을 들니고 누샹의 올으며 ᄭᅮ러 고ᄒᆞ야 왈,

"국왕이 젼지ᄒᆞ샤 디왕비 약속을 좃지 아니코 쳔즈히 셩품을 부려 좌우의 간ᄒᆞ믈 듯지 아니ᄂᆞᆫ 그 신인이라 ᄒᆞ야 국법을 굽히지 못ᄒᆞ리니 특별이 슈룰 감ᄒᆞ야 쥭판 이십으로 타육(打肉)ᄒᆞ라 ᄒᆞ시미 비지 명을 밧드러 니르과이다. 원외 ᄇᆞ라보니 일기 슈염 긴 궁인이 손의 혼 묵금 쥭판을 ᄀᆞ져시니 너뷔 세 치ᄂᆞᆫ ᄒᆞ고【33】 기리 칠팔 쳑 되ᄂᆞᆫ지라. 원외 그으기 놀나되 '타육이라 ᄒᆞᆫ 엇진 말인고?' ᄒᆞ더니 보모의 슈하 궁인이 낫ᄌᆞ치 허리 크고 팔이 길어 힘이 무궁ᄒᆞᆫ지라 원외의 말을 기ᄃᆞ리지 아녀 일졔히 나아드러 ᄀᆞ부야이 업지르고 즁의룰 문희이고 보뫼 손의 쥭판을 줍아 원외의 대퇴룰 향ᄒᆞ야 혼 번 들어 혼 번 치니 원외 알푸믈 견디지 못ᄒᆞ야 부르지져 울며 살녀달나 비ᄂᆞᆫ지라. 대쳐 원외 평싱의 달초 혼 번 당치 못ᄒᆞᄆᆞ로 더옥 츔지 못ᄒᆞ더니 치기룰 다섯 번의 니르러 ᄀᆞ족이 터지고 피흘너 상요의 저즈니 보뫼 홀연 손을 머츄고 흑슈궁녀룰 불너 왈,

"왕비의 불기살히 ᄀᆞ쟝 연ᄒᆞ야 겨유 다섯 쥭【34】판의 뉴혈이 낭즈ᄒᆞ니 만일 이십을 치노라면 옥체 과히 샹ᄒᆞ야 좀시의 낫지 못ᄒᆞ면 길긔룰 어긔올가 져허ᄒᆞᄂᆞ니 져ᄌᆞᄂᆞᆫ 몬져 나아가 내 말ᄉᆞᆷ으로 알외여 다시 국왕의 젼지룰 기ᄃᆞ려 쳐치ᄒᆞ리라."

흑슈궁녜 응셩코 가거늘 보뫼 오히려 쥭판을 손의 쥐고 혼즈말ᄒᆞ야 왈,

“굿치 사롬의 피부엿마는 져는 엇지 이굿치 희고 연ᄒ야 사롬으로 ᄒ야곰 탐나고 사랑ᄒᄋ뇨! 우리 쥬상이 안총이 명찰ᄒ샤 져 ᄀ튼 미인을 혼 번 보샤 일신이 져가치 고으믈 알으시니 지인지감이 헛되지 아니시도다. 져 볼기는 가히 니르되 ‘모비반안(貌比潘安)이요 안여송옥(顔如宋玉)이로다.’”

이굿치 말【35】ᄒ더니 흑슈궁녜 황상망히 도라와 국왕의 명을 젼ᄒ야 왈,

“왕비 만일 약속을 조촛 젼의 그르믈 쾌히 ᄭᅵ치고 보모의 알외는 비 쏘흔 유리ᄒ니 특별이 용셔ᄒ신다 ᄒ야눌 원외 힝혀 다시 칠가 겁결의 왈,

“다시는 그리 아니ᄒ고 쾌히 기과ᄒ리이다.”

보뫼 비로소 붓드러 닐으혀고 깁슈건을 ᄭᅥ져 피롤 ᄭᅵ스며 심히 앗기고 불상히 넉이더니 국왕이 혼 봉 쟝챵약(杖瘡藥)을 보니고 니어 인삼탕을 달혀 올니거늘 약을 부치며 마시고 상상의 쓰러져 편시롤 지니더니 과연 알푸미 그친지라. 흑슈궁인이 다시 나아와 냥죡을 동히미 젼일의셔 더옥 단ᄂ고【36】알푸미 더ᄒ거늘 ᄒ믈며 붓드러 상 ᄋ리 나려 거름을 닉이라 ᄒ니 갈ᄉ록 못견뎌여 혼 거름의 혼 번 안고져 ᄒ즉 흑슈궁인은 힝혀 길긔의 못미쳐 죄칙이 제게 미츨가 저허 일호 인졍을 두지 아녀 미양 국왕긔 알외기로 빙즈ᄒ니 원외 쏘흔 쥭판이 두려온지라 면강ᄒ야 힝보ᄒ미 졍히 죽을 모양이요 밤이 되면 더옥 알푸고 졀여 밤이 맛도록 혼잠을 닐우지 못ᄒ나 밤낫즈로 궁녜의 무리 돌녀 슈직ᄒ니 편각도 뷘 ᄯᅢ 업셔 조곰도 늣초지 아니ᄂ 원외 이에 니르러는 강호의 호긔로온 ᄯᅳᆺ이 과연 변ᄒ야 부드러온 창지 촌ᄂ이 ᄭᅳᆫ허【37】지ᄂ지라.

제34회

觀麗人女主定吉期 訪良友老翁得凶吉

오날 동히고 명일 죄오며 일변 약을 ᄇ르며 씻더니 반월이 못ᄒ야 발바당이 임의 굽어 고부라지고 십지 석어 업셔지니 날마다 션혈이 님니ᄒ고 악취 코홀 거스리거늘 일ᄂ은 ᄇ야흐로 알프믈 춤고 근심ᄒ더니 궁녜 쏘 붓드러 힝보ᄒ라 ᄒ야눌 홀연 분긔 대발ᄒ야 ᄀ만니 혜오디, ‘니 이 분을 춤고 오날ᄀ지 기ᄃ

린 ᄇ는 힝혀 구공과 미계 나아와 구계홀가 넉이더니 이씨 되도록 두 사롬의 쇼식이 망연ᄒ니 갈스록 이ᄀ치 고초룰 격글진디 출하리 ᄒᆫ 번 죽어 모롬만 갓지 못ᄒ도다!' ᄒ야 쥬의룰 졍ᄒᆫ 후 손으로 궁녀룰 붓드러 두어 거롬 거르니 더옥 알ᄑᆞ 촌보룰 【38】 옴기지 못홀지라 도로 상 알픠 쥬져 안ᄌ 두 다리룰 펼치고 크게 쇼리질너 왈,

"다만 보모로 ᄒ야곰 국왕긔 알외여 나의 목슘을 ᄭᆫᄒ라 발 동히기는 죽어도 못ᄒ리로다."

일변 말ᄒ며 일변 슈혀룰 버셔 누하의 더지고 동ᄒᆫ ᄇ 빅능을 어즈러이 ᄶᅳ니 모든 궁녜 일시의 막ᄌᆞ르나8) 무춤니 죽기로써 물니치니 보뫼 광경이 조치 아니믈 보고 년망히 국왕긔 나아가 알외더니 즉각의 도라와 국왕의 명으로써 ᄒ되 왕비 일향 약속을 좃지 아녀 발동힘을 마다ᄒ니 그 발을 것구로 들보의 달나 ᄒ신다 ᄒ야늘 원외 임의 죽기로써 긔한ᄒᆫ지라 조곰도 겁ᄒ지 아녀 궁녀룰 【39】 향ᄒ야 왈,

"너희는 쾌히 동슈ᄒ라! 날노써 ᄲᆯ니 죽게 ᄒ면 더옥 감격ᄒ리니 어셔 죽을스록 깃부리로다!"

인ᄒ야 궁녀의 ᄒᄂᆞ디로 ᄇᆞ려두니 과연 두 발을 노ᄒ로 긴히 동히니 알푼 디 더옥 졀이거늘 그디로 들보의 달아 몸이 공중의 드리오니 눈의 불빗치 니러나고 머리 어즐ᄒ야 하놀이 돌고 ᄯᅡ히 구을더니 졈졈 알ᄑᆞ오미9) 촌쌈이 비오듯

---

8) 【막ᄌᆞ르다】 图 막지르다. 막다. 거절(拒絶)하다. ¶ 阻擋‖ 일변 말ᄒ며 일변 슈혀룰 버셔 누하의 더지고 동ᄒᆫ ᄇ 빅능을 어즈러이 ᄶᅳ니 모든 궁녜 일시의 막ᄌᆞ르나 무춤니 죽기로써 물니치니 (一面說着, 摔脫花鞋, 將白綾用手亂扯. 衆宮娥齊來阻擋, 亂亂紛紛, 攪成一團.) <鏡花 8:38> 녜로붓터 뇨슝 졔어ᄒ미 더로온 피로 ᄒ니 살 ᄶᆺ히 피룰 발나 쏘면 뇨승이 감히 막ᄌᆞ르지 못ᄒ리이다 (他是妖僧, 可將猪羊二血, 及馬尿大蒜, 蘸在箭頭上射去. 那妖僧的邪法, 便使不得了.) <平妖 7:61> 뉴원위 급히 관뇌룰 명ᄒ여 동편을 막ᄌᆞ르라 ᄒ더니 (劉彦威叫段雷引兵向東邊迎敵去了.) <平妖 8:52> 신이 쳔은을 닙ᄉᆞ와 한문 쳔구로 묘당의 츙슈ᄒ오니 분골쇄신ᄒ와도 홍은을 갑습지 못ᄒ올 비라 져근 도젹 막ᄌᆞ르기룰 엇지 죡히 ᄉᆞ양ᄒ리잇고 <落泉 3:124> 堵‖ 로야긔셔 듯고 홀연이 긔룰 울녀 말ᄒ디 네가 말노 나룰 막ᄌᆞ른다 ᄒ니 (老爺聽了就生了氣, 說二爺拿話堵老爺.) <紅樓 48:32> 擋‖ 내내가 야야룰 디신ᄒ여 어내 거술 편ᄒ게 아니ᄒ여 쥬느냐 내내가 쳣지로 막ᄌᆞ르는 거시 아니오 (奶奶也算替爺掙够了, 那一點兒不是奶奶擋頭陣.) <紅樓 101:46> 막ᄌᆞ르다 (攔當) <水滸 2:10>

ᄒᆞ며 두 다리 싀고 절여 경각을 촘을 길 업스되 오직 니롤 갈고 눈을 감아 어셔 목숨이 끈허져 알푸믈 모로고져 편시롤 지니더니 오히려 죽든 아니코 알품 만 씌다르니 냥족이 마치 칼노 써흘며 침으로 지르는 듯【40】ᄒᆞ되 일향 닙을 다므러 좌로 촘고 우로 견디더니 필경은 견디지 못ᄒᆞ야 부지불각의 ᄒᆞᆫ 무디 크게 불너 왈,

"보모는 국왕긔 알외야 날을 살니라."

ᄒᆞ니 보뫼 비로소 알외여 풀어노코 의구히 쟝속ᄒᆞ니 일노조ᄎᆞ 알푸믈 촘고 ᄆᆞ음을 굿게 ᄒᆞ야 궁녀롤 쏠와 ᄒᆞᆫ 일도 감히 어긔지 못ᄒᆞ니 저무리 원외의 구겁ᄒᆞᄆᆞᆯ 보고 더옥 승ᄉᆞᆼᄒᆞ야 발 동히믈 힘써 ᄒᆞ야 국왕의 깃부믈 엇고져 남의 셩ᄉᆞ는 뭇지 아녀 갈ᄉᆞ록 심히 동히는지라. 여러번 즈진코져 ᄒᆞ나 쏘ᄒᆞᆫ 쥬야로 방슈ᄒᆞ니 진실노 살기롤 구ᄒᆞ야 되지 못ᄒᆞ고 죽기롤 구ᄒᆞ야 엇지 못ᄒᆞ거니 이 ᄀᆞᆺ치 날이 오리미 냥족의 썩은【41】살과 엉권 피 변ᄒᆞ야 물이 되야 흐르기롤 다ᄒᆞ고 다만 마른 뼈만 남으니 과연 냥족이 적고 표려ᄒᆞ여10) 삼촌 금년이라 홀 만ᄒᆞ고 머리털의 각식 향유롤 발은지 오러니 푸른 광치 비췰 듯ᄒᆞ고 일신의 향탕이 져젓시니 향긔 창밧긔 들니고 두 눈썹이 임의 일쌍 신월 ᄀᆞᆺ고 붉은 닙 시욹의 연지롤 직어 녹빈홍안(綠鬢紅顔)의 만두쥬취(滿頭珠翠)로 이 과연 뇨죠(窈窕)ᄒᆞᆫ지라. 국왕이 ᄯᆞ로 사름 보니여 탐지ᄒᆞ더니 이날 보뫼 알외디 왕비의 발이 비로소 완젼ᄒᆞ다 ᄒᆞ니 국왕이 누에 올나 친히 간품홀ᄉᆡ 져의 얼골이 도화 ᄀᆞᆺ고 허리 버들 ᄀᆞᆺ고 눈은 츄슈 ᄀᆞᆺ고 눈썹은 츈산 ᄀᆞᆺᄒᆞ믈 보아오미 왕 심이 대

---

9) 【알푸다】휑 아프다. ¶ 疼 ‖ 과연 두 발을 노호로 긴히 동히니 알푼 디 더옥 절이거늘 그디로 들보의 달아 몸이 공즁의 드리오니 눈의 불빗치 니러나고 머리 어즐ᄒᆞ야 하늘이 돌고 ᄯᆞ히 구을더니 졈ᄌᆞᆷ 알푸오미 촌쌈이 비오듯ᄒᆞ며 두 다리 싀고 절여 (誰知剛把 兩足用繩纏緊, 已是痛上加痛; 及至將足吊起, 身子懸空, 只覺眼中金星亂冒, 滿頭昏暈, 登 時疼的冷汗直流, 兩腿酸痲.) <鏡花 8:39> 疼痛 ‖ 두 발이 십분 알푸고 피와 고름이 긋 치디 아니ᄒᆞ디 (兩足十分疼痛, 流膿滴血不止.) <孫龐 2:40> 대가의 존족이 알푸기 나으냐? (大哥, 尊足疼痛可略止些麽?) <孫龐 2:41>

10) 【표려ᄒᆞ다】휑 {포려(暴戾)하다.} 성질이 비꼬인 데가 있다】 ¶ 瘦小 ‖ 냥족의 썩은 살과 엉권 피 변ᄒᆞ야 물이 되야 흐르기롤 다ᄒᆞ고 다만 마른 뼈만 남으니 과연 냥족이 적고 표려ᄒᆞ여 (那足上腐爛的血肉都已變成膿水, 業已流盡, 只剩幾根枯骨, 兩足甚覺瘦小.) <鏡 花 8:41> 暴戾 ‖ 뉴녜롤 ᄀᆞ초와 화쵹을 붉힌 밤의 이런 표려ᄒᆞᆫ 거죄 이실 줄 알니오 (孰知關雎初賦, 琴瑟方調, 遽作此暴戾之態, 書禮之風何在.) <醒風 4:39>

열호 【42】 야 스스로 주랑호되 져 굿흔 미인이 무스일 남쟝을 호얏든고? 만일 과인의 총명으로 알아보지 아니턴들 불힝이 인지롤 미몰호야 옥이 즌흙의 무 치고 꼿치 몰발의 붉히는 한이 잇슬 번호도다.“

이에 소미로조츠 진쥬쮜엄이롤 니야 친히 머리의 쑤미니 모든 궁녜 붓드러 천셰롤 불너 샤례호니 국왕이 옥슈롤 잡고 엇기롤 갈와 안즈 다시곰 삼촌 금년 을 세ː히 만져보고 머리와 일신을 곳ː이 무투보고 어로만져 춤아 깃거 엇지 홀 바롤 모로는지라. 원외 임의 국왕의 와셔 보몰 당호미 만면슈참호더니 겸ː 엇기롤 갈와11) 안즈 냥족을 세ː히 들고 보고 냥슈롤 뒤젹여 보더니 【43】 다 시곰 머리도 무투보고 몸도 무투보고 쎰도 무투 보기의 니르러는 더옥 얼골이 붉어 좌셕의 불안호니 국왕은 그 교퇴호고 붓그리몰 가지록12) 스랑호야 늣ㄱ 야 환궁호니 명일이 곳 황도길일이라 국내의 대사을 느리와 죄슈롤 방셕호고 형벌을 그치고 빅관이 표롤 올녀 하례홀시 원외 이쎠롤 당호야 오히려 당·다 이인이 나아와 구활홀가 쥬야로 바르더니 명일이면 쟝츳 내궁의 든다 호되 무 춤니 그림지도 업스니 쳐즈롤 싱각건디 무음이 칼노 버히는 듯 눈믈이 시암솟 듯 흔 중 두 발이 임의 쎠 연호고 힘줄이 녹아 술 취홈 굿흐야 긔력이 젼혀 업

---

11) 【갋다】 동 나란히하다[幷]. ¶ 幷‖ 국왕이 옥슈롤 잡고 엇기롤 갈와 안즈 다시곰 삼촌 금년을 세ː히 만져보고 머리와 일신을 곳ː이 무투보고 어로만져 춤아 깃거 엇지홀 바롤 모로는지라 원외 임의 국왕의 와셔 보몰 당호미 만면슈참호더니 겸ː 엇기롤 갈 와 안즈 냥족을 세ː히 들고 보고 냥슈롤 뒤젹여 보더니 (國王拉起, 携手幷肩坐下, 又將 金蓮細細觀玩; 頭上身上, 各處聞了一遍, 撫摸半晌, 不知怎樣才好. 林之洋見國王過來看他, 已是滿面羞慚, 後來同國王幷肩坐下, 只見國王剛把兩足細細觀玩.) <鏡花 8:42> 상왕이 쥬찬으로 말혁을 갈와 힝홀시 (湘、楚二王幷馬而行) <唐秦 5:57>

12) 【-지록】 미 -ㄹ수록. ¶ 越‖ 다시곰 머리도 무투보고 몸도 무투보고 쎰도 무투 보기의 니르러는 더옥 얼골이 붉어 좌셕의 불안호니 국왕은 그 교퇴호고 붓그리몰 가지록 스 랑호야 늣ㄱ야 환궁호니 (聞了頭上, 又聞了身上; 聞了身上, 又聞臉上: 弄的滿面通紅, 坐 立不安, 羞愧要死. 國王回宮, 越想越喜.) (鏡花 8:43) 쇼부인 셤기몰 지극히 호야 일마다 긔특호고 승샹도 쇼부인 막부인을 흔가지로 셤기며 한국부인을 날노 보비롤 사마 가지 록 듕디호더라 <빙빙 5:22> 츌하리 슉부긔 효순호여 뼈 그 무음을 다로혀고져 호여 가지록 괴운을 나초고 공경호기롤 극진히 호더라 <落泉 1:56> 이런 뉘리 등의도 녀식 을 구추치 아니호니 더욱 긔특흔 군지라 호야 가지록 졍셩의 틱만치 아니호더니 <落 泉 2:91> 너 무음은 촌ㄱ도 써나고져 흐믈 어려이 너기거눌 부인이 경박호미 엇지 가 지록 심호뇨 <落泉 5:72>

스니【44】 미양 힝보ᄒᆞ미 반드시 궁녀의게 붓들니ᄂ 오히려 불편ᄒᆞ니 도라 전일 광경과 목전 모양을 ᄉᆡᆼ각건디 진실노 두 셰샹 사름이라. 만ᄀᆞ지 쳐량홈과 쳔ᄀᆞ지 슬푸미 간쟝이 촌단ᄒᆞ니 밤이 맛도록 쳬음ᄒᆞ니 눈믈이 슈침 젹시믈 ᄭᅢ닷지 못ᄒᆞ더니 이튼날 길일을 당ᄒᆞ미 모든 궁녜 일즉이 나아와 지분을 ᄇᆞ르며 운환을 ᄭᅱ우미 젼일의셔 일비 힘써 ᄒᆞ니 두 ᄶᅥᆨ 금년이 비록 졀쇼ᄒᆞ든 못ᄒᆞ나 문득 모양이 방불ᄒᆞ디 일쌍 대홍봉두혀(大紅鳳頭鞋)를 신기니 ᄯᅩᄒᆞᆫ 크도 젹도 아니ᄒᆞ며 몸의 금ᄉᆞ망뇽삼(金絲蟒龍衫)을 닙고 머리의 쇄금구봉관(碎金九鳳冠)을 쓰며 일신의 옥퓌 졍당ᄒᆞ고 만면【45】의 향긔 인온ᄒᆞ니 이 비록 쳔향 국식은 못되나 과연 뇨죠 졀셰ᄐ ᄒᆞ리더라.

ᄋᆞ츰의 모든 비빈이 나아와 례ᄒᆞ야 분ᅟᅵᆫ뇨ᅟᅵᆫᄒᆞ더니 날이 오시의 니르미 궁녜 다시곰 쟝속을 고칠ᄉᆡ 일쌍 치의 닙은 궁녜 구슬 등을 들고 나아와 ᄭᅮ러 고ᄒᆞ야 왈,

"길시 임의 다ᄃᆞ르니 쳥컨디 낭ᅟᅵᆫ은 정젼의 올ᄋᆞ샤 국왕의 파죠ᄒᆞ시믈 기다려 힝례 후 궁에 드르시리니 쳥컨디 년의 오르쇼셔."

원외 이 말을 드르미 쳥쳔의 벽녁이 ᄂᆞ려 두골을 파쇄ᄒᆞ고 혼빅이 비상쳔ᄒᆞᄂ 듯 어린드시 말이 업거늘 궁녜 일제히 붓들며 ᄶᅥ들어 누에 나리며 봉년의 올닌 후 무슈 궁녜 홍군취슈로 쌍ᅟᅵᆫ이 옹위ᄒᆞ야 정젼의【46】 나아가니 국왕이 ᄇᆞ야흐로 죠회를 파ᄒᆞᆫ지라. 은쵹이 휘황ᄒᆞ고 향연이 ᄌᆞ옥ᄒᆞᆫ디 모든 궁녜 원외를 붓드러 젼상의 올ᄋᆞ미 됴ᅟᅵᆫ뎡ᅟᅵᆫᄒᆞ야 히 당일지봄비의 져즘ᄀᆞᆺ치 국왕을 향ᄒᆞ야 ᄉᆞ미를 들며 허리를 굽혀 아리답고 공슌ᄒᆞ게 팔비를 ᄆᆞᄎᆞᆫ 후 각궁 왕비 공쥬의 무리 ᄎᆞ례로 하례ᄒᆞ야 셔로 보기를 다ᄒᆞ미 졍히 궁즁의 들녀ᄒᆞ더니 홀연 궐문 밧게 무슈ᄒᆞᆫ 군병이 들네며 함셩이 진동ᄒᆞ니 국왕이 대경실식ᄒᆞ야 밧비 탐쳥홀ᄉᆡ 원리 이 함셩이 문득 당셩의 계교로 ᄭᅮ며닌 비라.

각셜 당셩이 원외를 ᄎᆞᄌ 슈일이 지니되 쇼식이 망연ᄒᆞ더니 일ᅟᅵᆫ은 구【47】공으로 더부러 길홀 난화 ᄎᆞᆺ다가 몬져 도라와 비로소 죠반을 대ᄒᆞ야 녀시 완여의 울고 부르지ᅟᅵᆫᄆᆞᆯ 졍히 위로ᄒᆞ더니 구공이 니ᄆᆞ의 ᄯᆞᆷ을 흘니고 숨을 헐덕이며 황망이 비의 오르며 왈,

“오날은 근력을 다ᄒ야 겨유 님형의 햐락(下落)13)을 알아오니이다.”

녀시 몬져 니다라 무러 왈,

“우리 쟝뷔 이제 어느 곳의 잇스며 ᄆᆞ춤니 싱ᄉ존망이 엇더ᄒ니잇고?”

구공 왈,

“살기는 살아시나 죽으니와 다르지 아니터이다. 앗가 우연이 ᄝ곳 국구의 집 복부ᄅᆞᆯ 만나 무르니 비로소 말ᄒ되 그날 님형이 물화 단ᄌᆞᄅᆞᆯ 가져 ᄝ곳 왓거ᄂᆞᆯ 국귀 국왕긔 알외니 국왕이 물화【48】 ᄂᆞᆫ커니와 물화 가진 사ᄅᆞᆷ을 조히 넉여 머물너 궁중의 두고 인ᄒ야 귀비ᄅᆞᆯ 봉ᄒ나 그 발 크믈 혐의ᄒ야 일변 발을 동혀 적게 민들고 길일을 ᄀᆞᆯ희여 셩친ᄒ려 ᄒ더니 요ᄉᆞ이 발 동ᄒᆫ 비 쾌히 나아 여샹ᄒ기로 명일노 날을 졍ᄒ야 ᄂᆡ궁의 드린다 ᄒ더이다.”

말을 다 못ᄒ야 녀시 통곡혼졀ᄒ니 완예 울며 구호ᄒ야 겨유 졍신을 출히며 당·다 이인을 챵ᄒ야 머리 조으며 졀ᄒ야 왈,

“쳥컨디 구공과 고야는 쟝부의 명을 구ᄒ야 도라오쇼셔. 셰ᄂᆞ싱ᄂᆞ의 견미 되야 은혜ᄅᆞᆯ 갑ᄒ리이다.”

당싱이 완여와 난영으로 ᄒ야곰 녀시ᄅᆞᆯ 붓드러 닐으혀니 구공 왈,

“노뷔 일즉 국구의 복부ᄅᆞᆯ 쳥ᄒ야【49】 쥬루의 올나 극진이 대졉ᄒ고 인ᄒ야 말ᄒ되 ‘너의 국귀 만일 우리ᄅᆞᆯ 위ᄒ야 국왕긔 알외면 맛당이 션샹의 잇는 바 물화ᄅᆞᆯ 진슈(盡數)히 바쳐 님형을 속신ᄒ야 도라가고 복부도 후히 쥬마.’ ᄒ니 복뷔 과연 국구긔 이 말 ᄒᆞᆫ즉 국귀 써ᄒ되 ‘길긔ᄅᆞᆯ 임의 쳥ᄒ고 국왕이 호식ᄒ시니 만번 알외여 도로혀지 못ᄒ리라.’ 즐겨 알외지 아니려믜 노뷔 다시 계괴 업셔 도라왓ᄂᆞ니 당형은 무ᄉᆞᆷ 묘ᄒᆫ 계괴 잇ᄂᆞ뇨?”

당싱이 들을ᄉ록 어히 업셔 이윽이 싱각ᄒ야 왈,

“이제 길긔 임의 갓ᄀᆞ오면 실노 도로혀기 어려오니 아직 이긍ᄒᆫ 원졍을 지어 각쳐 아문의 졍ᄒ야 이걸ᄒ다가 다힝이 츙【50】 졍대신을 만나면 국왕을 향ᄒ야 직언 극간ᄒ면 구형을 혹ᄌᆞ 구ᄒ야 도라올가 ᄒ나 이 밧게 다른 계칙이 업ᄂᆞ이다.”

---

13) 【햐락】 똉 {햐락(下落 xiàluò).} 행방(行方). 중국어 차용어. ¶ 오날은 근력을 다ᄒ야 겨유 님형의 햐락을 알아오니이다 (今日費盡氣力, 才把林兄下落打聽出來.) <鏡花 8:47>

녀시 왈,

"고야 말솜이 그르지 아니토소이다. 이ㄱ치 큰 나라히 무슈흔 관원이니 엇지 츙신의시 업스리요. 원졍을 밧치면 결단코 구ㅎ야 도라오리이다."

당셩이 년망히 원졍을 지으며 사롬을 난화 여러 장 쓰인 후 시각이 더딜가 겁ㅎ야 구공을 잇그러 셩니의 들며 아문마다 원졍을 올닌즉 처음 바다 즈시 보더니 ᄆ춤니 도로 쥬어 왈,

"이 일이 우리 아문의 당치 아닌 일이니 다른 아문의 졍ㅎ라."

ㅎ야 이ㄱ치 슈십 아문의 퇴츅ㅎ니 날이 임의 져문지라 이인이 【51】 긔핍ㅎ믈 춤지 못ㅎ야 무료히 도라오니 녀시 이 말 듯고 더옥 호곡ㅎ야 밤이 맛도록 그치지 아니ᄒ 당셩이 춤아 듯지 못ㅎ야 ᄆ음을 칼노 버히는 듯ㅎ니 하늘이 겨유 붉으미 어린드시 안즈 계괴 업더니 구공이 니르러 왈,

"우리 여긔 답ᄒ이 안즈나니 출하리 셩즁의 드러가 쇼식이나 탐쳥ㅎ면 혹즈 길긔롤 물니거든 ᄯ 무슨 다른 계칙을 어들가 ᄇ소이다."

당셩 왈,

"길긔는 곳 오날이니 무ᄉ 일 고치며 셜혹 고친들 무슨 계괴 ᄯ 잇ᄂ뇨?"

구공 왈,

"만일 길긔 곳 물녀 날이 오러면 우리 션샹의 잇는 물화와 은젼이 오히려 적지 아니ᄒ 닌국의 나아가 일노써 뇌물을 슴아 【52】 진슈히 바치고 그곳 국왕이 친히 와 간쳥ㅎ면 제 응당 닌국 쳬면을 보아 노ㅎ보닐 듯ㅎ이다."

녀시 ᄇ야흐로 우다가 이 말 듯고 ᄀ쟝 깃거 왈,

"이 계칙이 심히 완젼ㅎ니 쏄니 쇼식을 탐쳥ㅎ쇼셔."

당셩이 면강응셩ㅎ고 구공을 잇그러 셩니의 드니 스쳐의 분ᄒ이 젼ㅎᄂ 말이 국왕이 오날 왕비롤 ᄆ즈 궁즁의 드리시미 죄인을 방셕ㅎ고 빅관이 죠하ㅎ다 ㅎ야늘 이인이 드롤스록 등의 닝슈롤 씨침ᄀ치 몸이 숙글ㅎ니 구공이 기리 탄식 왈,

"당형은 져 말을 드러보라. 다시 탐쳥홀 빈 무어시뇨. 다만 일즉 도라가 져의 고아 과부롤 거ᄂ려 환향홀 밧 홀 일 업도다. 이제 임의 업친 물 【53】 이요 남기 거의 빈 되얏거니 님형의 팔지 원리 이러턴가 시부도다."

당싱 왈,

"근일 션샹의 도라가면 이 일을 싱각ᄒ야 창ᄌ를 ᄇ늘노 겻ᄂ 듯ᄒ거니 이졔 도라가 이 쇼식을 젼홀진ᄃ 져무리 다시 ᄇ랄 비 끈쳐지니 통샹 가통ᄒ야 쥬야로 호곡ᄒ리니 그 모양을 엇지 보며 그 쇼리 ᄎᆷᄋ 엇지 드르리요 츌ᄒ리 여긔 단녀 아직 피ᄒ미 도로혀 ᄂᆞ으리로소이다."

구공이 졈두ᄒ고 셔로 문답ᄒ야 무심히 단니더니 날이 임의 오각의 니른지라.

구공 왈,

"우리 공복의 반일을 단니더니 긔곤이 ᄌᆞ심ᄒ니 져곳 쥬졈의 나아가 져기 졈심ᄒ미 도초다."

<h1 style="text-align:center">제35회</h1>

<h2 style="text-align:center">現紅鸞林貴妃應課　揭黃榜唐義士治河</h2>

ᄇ로 쥬졈의 들며 좌를 졍ᄒ야 챠를 마시더니 무【54】초아 졈치ᄂ 복지 드러와 겻흐로 안거ᄂᆯ 당싱이 무료ᄒᆷ를 인ᄒ야 산통을 쳥ᄒ야 쳠 ᄒ나흘 ᄲᅢ여 복ᄌ를 쥬니 복지 이윽이 죽과(作課)ᄒ야 왈,

"이 과(課)의 '홍난紅鸞'이 뵈이니 맛당히 혼인의 깃부미 잇스되 다만 '공망空亡'을 만ᄂ시니 그 일이 허ᄒ야 실치 못ᄒ니 인ᄒ야 각ᐧ 흐터져 난봉의 화합ᄒ믈 엇지 못ᄒ리니 아지 못게라 대슈(大嫂)의 뭇고져 ᄒ시ᄂ 비 무슴 일이 잇고?"

당싱 왈,

"과연 그 혼인이 ᄆᆞ춤니 닐우지 못ᄒ며 그 사름이 ᄯᅩᄒ 환란 즁 드러시니 능히 그 화를 버셔나리잇가?"

복지 대왈,

"앗가 말ᄒᆫ ᄇ 그 혼인이 허ᄒ야 실치 못ᄒ니 결단코 닐우지 못ᄒ려니와 【55】 그 사름의 지익이 임의 지나시니 목젼의 구셩(救星)이 잇셔 깅참(坑

塹)14)을 버셔나되 오히려 십일이 지나야 빗니 도라오리이다."

당성이 지삼 칭샤ᄒ야 복치를 쥬어 보닌 후 구공 왈,

"님형의 지익이 임의 지나시면 무스 일 십일 후 도라오다 ᄒᄂ뇨?"

당성 왈,

"그 말이 ᄀ쟝 긔괴ᄒ고 쏘ᄒᆫ 복셔를 엇지 쥰신ᄒ리요."

졈심을 파ᄒᆫ 후 이인이 졈문을 나며 브라보니 허다 인뷔 슈십 짐 례물을 메여 젼후로 옹위ᄒ야 지나거늘 구공 왈,

"져 뒤ᄒᆡ 례물 녕거ᄒ야 ᄀᄂ 지 곳 국구의 복뷔니 져를 거ᄂ려 쟝ᄎᆺ 어디로 향ᄒᄂᆫ고?"

당성 왈,

"져 우ᄒᆡ 낫ᄾ치 붉은 보를 덥허시니 분명 국왕긔 올니는 【56】 비로소이다."

구공이 망ᄾ히 나아가 뭇더니 눈썹을 찡긔며 도라보아 왈,

"져 녜물이 문득 님형의게 가는 비러이다."

당성 왈,

"그 엇지 니르시미뇨?"

구공 왈,

"져사름이 말ᄒ되 오날 왕비 궁의 드르시는 날이라 국귀 일노써 왕비긔 하례ᄒ고 인ᄒ야 궁인을 샹샤ᄒ실 비라 ᄒ니 이 아니 님형의게 가는 비니잇가?"

당성이 다만 머리 긁으며 슈염을 어로만져 말이 업더니 년ᄒ야 무슈 관원이 교ᄌ와 물을 타 분ᄾ이 도라오며 죄인의 무리 쎼지어 우음을 먹음어 허여지더니 국구의 인뷔 쏘ᄒᆫ 뷘 몸으로 도라가는지라.

쳔식이 임의 느져시니 이인이 무가ᄂᆡᄒ라. 져두상긔(低頭喪氣)ᄒ야 녯길을 ᄎ【57】ᄌ 도라올시 당성 왈,

"앗가 복ᄌ의 말이 목젼의 구셩(救星)이 잇다 ᄒ더니 만일 오날이 지니면 그 엇지 구ᄒ야 니리요."

---

14)【깅참】 몡 갱참(坑塹). ¶ 火坑 ‖ 그 사름의 지익이 임의 지나시니 목젼의 구셩이 잇셔 깅참을 버셔나되 오히려 십일이 지나야 빗니 도라오리이다 (此人災難已滿, 指日卽有救星; 就只要脫火坑, 還須耽擱十日.) <鏡花 8:55>

구공이 머리 흔드러 왈,

"오날 과연 궁의 들면 임의 ᄉᆡᆼᄡᆞᆯ이 발셔 밥이 되얏거니[15] 엇지 만회ᄒᆞᆯ 도리 잇스리오."

당ᄉᆡᆼ 왈,

"나도 ᄯᅩᄒᆞᆫ 이쳐로 ᄉᆡᆼ각ᄒᆞ고 복ᄌᆞ의 말노 볼진ᄃᆡ 분명 오날 ᄂᆡ의 구셩이 잇슬ᄃᆡ ᄆᆞ춤ᄂᆡ 엇지 구ᄒᆞ야 ᄂᆡᆯ고? 아모리 샹냥ᄒᆞ되 긔필치 못ᄒᆞ리니 그 복ᄌᆡ 아니 그릇 보고 헛말ᄒᆞ미니잇가? 일이 임의 팔구 분 틀녓거ᄂᆞᆯ 오히려 힝망ᄒᆞ니 이 진짓 치인(痴人)의 셜몽(說夢)이로다. 다만 구형ᄀᆞᆺ치 조흔 사ᄅᆞᆷ이 ᄆᆞ춤ᄂᆡ 타향 고혼이 되야 이 모양으로 도라가니 긔 아니 샹감(傷感)ᄒᆞ니 【58】 잇가!"

구공이 ᄯᅩᄒᆞᆫ 탄식ᄒᆞ믈 ᄆᆞ지 아녀 눈물이 ᄇᆡᆨ슈의 니음ᄎᆞ며[16] 천〻이 거러 방문(榜文) 부친 거리ᄅᆞᆯ 지ᄂᆡᆯ시 당ᄉᆡᆼ 왈,

"우리 처음 이곳을 지날 ᄯᅢ 구형은 물화ᄅᆞᆯ 가져 압셔가고 구공과 쇼졔 이 방문을 한가히 보앗더니 오날〻 우리ᄂᆞᆫ 이 방문을 다시 보나 구형은 어ᄂᆞ 곳의셔 엇지 고초ᄅᆞᆯ 격그며 우리와 쳐ᄌᆞᄅᆞᆯ ᄉᆡᆼ각ᄒᆞ야 엇지 능히 목숨을 보젼ᄒᆞ리오!"

말노 죠ᄎᆞ 눈물이 옷깃슬 적시더니 홀연 심즁의 의ᄉᆡ 믱동ᄒᆞ야 머리ᄅᆞᆯ 숙여 냥구히 ᄉᆡᆼ각다가 거름을 급히 옴겨 방문을 ᄯᅧ혀드니 구공이 그 쥬의ᄅᆞᆯ 측냥치 못ᄒᆞ나 ᄇᆡ야흐로 즁인이 둘너보니 뭇고져 ᄒᆞ나 뭇지 못ᄒᆞ고 막고져 【59】 ᄒᆞ나 막지 못ᄒᆞ야 다만 ᄇᆞ라보아 어린 듯ᄒᆞ더니 방문 직희던 군ᄉᆡ ᄂᆡ다라 무러 왈,

"너ᄂᆞᆫ 어ᄂᆞ 곳 부인으로 감히 방문을 ᄯᅦ히며 그 방문의 ᄯᅳᆺ을 ᄌᆞ세히 보앗ᄂᆞᆫ

---

15) 【ᄉᆡᆼ쌀이 발셔 밥이 되다】 ㉠속 생쌀이 벌써 밥이 되다. ¶ 生米做成熟飯 ‖ 오날 과연 궁의 들면 임의 ᄉᆡᆼᄡᆞᆯ이 발셔 밥이 되얏거니 엇지 만회ᄒᆞᆯ 도리 잇스리오 (今日如果進宮, 生米做成熟飯, 豈有挽回之理.) <鏡花 8:57> 믄득 아ᄌᆞ머니가 ᄉᆡᆼᄡᆞᆯ노 ᄂᆡᆨ은 밥을 ᄆᆡᆫᄃᆞ르시믈 보면 다만 그만둘 거시오 (就是嬸子, 生米做成熟飯, 也只得罷了.) <紅樓 64:89>

16) 【니음ᄎᆞ다】 ㉠동 잇따르다. 연잇다. ¶ "多九公聽了, 也是嘆息不止. 信步行來, 又到張掛榜文處." 구공이 ᄯᅩᄒᆞᆫ 탄식ᄒᆞ믈 ᄆᆞ지 아녀 눈물이 ᄇᆡᆨ슈의 니음ᄎᆞ며 천〻이 거러 방문 부친 거리ᄅᆞᆯ 지ᄂᆡᆯ시 <鏡花 8:58> ᄇᆡ예 가니 대쇼션이 니음ᄎᆞ고 길을 ᄀᆞᄅᆞ쳐 남북을 ᄂᆞᆫ홀시 부인과 빙빙은 슬픈 말과 ᄒᆞᆫ업ᄉᆞᆫ 눈믈이 강슈ᄅᆞᆯ 보태더라 <빙빙 3:34> 한가ᄒᆞᆫ 말ᄉᆞᆷ이 니음ᄎᆞ고 일당 환낙이 듕ᄉᆡᆼ의 ᄀᆞ득ᄒᆞ니 옥 ᄀᆞᆺᄐᆞᆫ 미인을 ᄃᆡᄒᆞ여 졍혼이 구름의 ᄯᅳᆫ 듯ᄒᆞ니 ᄎᆞ마 엇디 니러나리오 <빙빙 3:139> 천금 빙폐와 풍뉴 협ᄉᆡ 문젼의 니음ᄎᆞ시니 금은 ᄎᆡ단을 무슈히 뫼화 초마의게 드리니 초ᄆᆡ 크게 깃거 혜랑다려 닐오ᄃᆡ <落泉 1:155>

다?”

이떠 모든 빅셩이 이 말노조차 스방의 훤젼(喧傳)ᄒᆞ야 남녀노쇼 업시 일졔히 모혀드니 당셩이 쇼리를 놉히 ᄒᆞ여 왈,

“나ᄂᆞᆫ 곳 쳔죠 사ᄅᆞᆷ이니 셩은 당(唐)이라 일즉 해외의 노ᄂᆞ니 하슈(河水) 다스리ᄂᆞᆫ 닐은 우리 즁원은 사ᄅᆞᆷ마다 닉이 다 아ᄂᆞᆫ 비라. ᄆᆞ춤 귀방(貴邦)을 지ᄂᆞ더니 우연이 국왕의 부친 ㅂ 방문을 보니 그 ᄀᆞ온디 말ᄒᆞ되 ‘년ᄒ 슈환으로 인민이 피해ᄒᆞ야 거의 니샨ᄒᆞ기의 니르니 만일 닌국의 국왕이 하슈를 다스려 우리 빅【60】셩으로 ᄒᆞ야곰 슈환을 면케 ᄒᆞ면 진졍으로 공을 밧쳐 신하로 셤길 거시오 만일 닌국 신민의 능히 하슈를 다스리ᄂᆞᆫ 지 잇스면 지물과 벼슬을 구ᄒᆞᄂᆞᆫ 디로 응ᄒᆞ리라.’ ᄒᆞ아시니 그 말이 간측ᄒᆞ고 빅셩을 위ᄒᆞ야 지물과 벼슬을 앗기지 아니미 심히 아름다온 고로 특별이 슈고를 앗기지 아녀 부디 하슈를 다스려 모든 빅셩의 해를 덜나라.”

말을 맛지 못ᄒᆞ야 허다 빅셩이 모다 알픠 나아와 쑤러 고ᄒᆞ야 왈,

“쳔죠 귀인이 ᄒ에 님ᄒᆞ시니 쌜니 ᄌᆞ비지심을 베푸샤 즁민을 건지라.”

ᄒᆞ거늘 당셩 왈,

“모든 사ᄅᆞᆷ은 례를 힝치 말ᄂᆞ. 내 비록 하슈【61】를 다스리나 공노를 ᄇᆞ라지 아닛ᄂᆞ니 지물과 벼슬은 우리 쳔죠의 흔흔 비라. 내 일즉 구치 아니커니와 다만 구ᄒᆞᄂᆞᆫ 비 흔 일이 잇스니 너의 과연 내 말을 조츨진디 즉일의 시역(始役)ᄒᆞ리라.”

즁민이 일졔히 몸을 닐으혀 왈,

“귀인의 구ᄒᆞ시는 비 무슴 일인지 맛당이 ᄀᆞ르치시믈 조츠리이다.”

당셩 왈,

“다름 아니라 나의 쳐귀(妻舅) 잇셔 홈게 이곳을 지날시 일즉 물화 팔기로 궐즁의 드러가니 국왕이 머무러 왕비를 봉ᄒᆞ야 오날노 길긔를 졍ᄒᆞ다 ᄒᆞ니 너희 만일 하슈를 고치고져 ᄒᆞᆯ진디 모다 궐문의 나아가 이 뜻으로 익걸ᄒᆞ야 그 사ᄅᆞᆷ을 노ᄒᆞ 보닐진디 맛【62】당이 하슈를 고쳐 너의 환을 덜 거시요 국왕이 만일 민셩을 위치 아녀 즐겨 노ᄒᆞ 보ᄂᆞ지 아닐진디 비록 지보를 뫼ᄀᆞ치 쥬어도 내 쏘흔 원치 아녀 이 길노 도라가리라.”

말홀 스이의 모히는 사롬이 겹ㅅ층ㅅ이 둘너 진실노 인산인해 ㄳ더니 말을 ᄆ츠며 일시의 흔 ᄆ디 응셩ᄒ니 긔약지 아녀 일심으로 궐문을 향ᄒ니 그 셰 풍우 ㄳ고 쇼릭 뇌졍 ㄳ혼지라. 방문 직흰 군시 황망히 관원의게 알외려 ᄒ여 지거늘 구공이 뷘 틈을 어더 귀ᄼᆫ의 닙을 다혀 ㄱᄆ니 무러 왈,

"당형이 과연 하슈 다스리믈 아더니잇가?"

당싱 왈,

"쇼졔 일즉 황하 근쳐의 ᄉ지 아녓거니 하슈【63】 다스리눈 구경인들 엇지 ᄒ야시리오!"

구공 왈,

"임의 모롤진디 방문을 ᄶᅦ고 쟝촛 엇지리요? 비록 다스리나 ᄆ춤닉 견고치 못ᄒ야 다만 져의 물역과 인력만 허비ᄒ면 그 해 쟝촛 어디 미츠리요."

당싱 왈,

"쇼졔의 방문 ᄶᅦ미 비록 밍낭(孟浪)ᄒ나 젼혀 구형을 구ᄒ기룰 위ᄒ미 눈섭의 불 붓눈 디 언 발의 오좀 노눈17) 계괴나 실노 무가내히라. 이쩍 모든 빅셩이 ㅅㅈ치 인걸ᄒ면 국왕이 응당 민졍을 어긔기 어려워 반드시 길긔룰 물니리니 쇼졔 하슈 길을 혜ᄋ려 법을 베푸되 구형의 명쉬 맛당이 화룰 면홀 터이면 ᄌ연 쳔신이 도ᄋ샤 수이 셩공홀 거【64】시요 ᄆ춤닉 못될 듯 ᄒ야든 구공의 계교디로 션샹 물화룰 ㄱ져 닌국의 회뢰ᄒ야 구ᄒ믈 쳥ᄒ리니 이 아니 냥쵝이니잇가?"

구공이 드룰ᄉ록 다만 머리 흔들고 혀룰 ᄲ지올 ᄲᅮᆫ이러니 아역이 교ᄌ룰 ㄱ져 당싱을 틱와 동문관의 니르니 구공은 다만 복븸 쳬ᄒ야 뒤히 ᄶ라더니 어느덧 쥬반을 ㄱ초아 올녀든 이인이 ᄇ야흐로 긔아(飢餓)홀 즈음 일시 포씩(飽喫)혼 후 구공을 션샹의 보닉야 녀시 모녀로써 져기 안심ᄒ게 ᄒ고 이인이 모혀 ᄀᆞ으기 깃분 쇼식을 ᄇ라더니 이날 모든 빅셩이 당싱의 말노 조ᄎ 경각의 모힌

---

17)【눈섭의 불 붓눈 디 언 발의 오좀 노다】圈 火燒眉毛, 且顧眼前 ‖ 쇼졔의 방문 ᄶᅦ미 비록 밍낭ᄒ나 젼혀 구형을 구ᄒ기룰 위ᄒ미 눈섭의 불 붓눈 디 언 발의 오좀 노눈 계괴나 실노 무가내히라 (小弟此番揭榜雖覺孟浪, 但因要救舅兄, 不得已做了一個'火燒眉毛, 且顧眼前'之計, 實是無可奈何.) <鏡花 8:63>

지 슈만이라. 일졔히 궐문의 나아가 【65】 함셩이 진동ᄒᆞ니 국왕이 ᄇᆞ야흐로 비빈의 하례를 밧다가 이 쇼릐의 크게 놀나 졍히 탐쳥홀 즈음 궁녜 알외되,

"국귀 시급ᄒᆞᆫ 일이 잇셔 부듸 낫츠로 알외믈 쳥ᄒᆞᆫ다."

ᄒᆞ야ᄂᆞᆯ 국왕이 비빈을 믈니치고 국구를 들나 ᄒᆞ니 국귀 황망이 힝녜ᄒᆞᆫ 후 드ᄅᆡ여 쳔죠부인이 방문을 쩌혀 능히 하슈를 다스리되 다만 져의 친쳑을 쥬샹이 머무러 왕비를 봉ᄒᆞ시니 만일 그를 노ᄒᆞ보니시면 즐겨 역스를 시죡ᄒᆞ려 ᄒᆞ미 모든 빅셩이 임의 슈만인이라 ᄇᆞ야흐로 궐외의 모혀 써ᄒᆞ되 쥬샹이 슈만 싱녕을 싱각ᄒᆞ시면 이 사ᄅᆞᆷ을 노ᄒᆞ 보니샤 져로 ᄒᆞ야곰 힘을 다ᄒᆞ야 싱민 【66】 의 도탄을 면케 ᄒᆞ야지라 ᄒᆞᄂᆞᆫ ᄉᆞ연을 즈시 알왼듸 국왕이 침음냥구에 왈,

"우리 국법이 비록 셔민이라도 두 번 초례 지닌 녀지 업ᄂᆞ니 과인이 일국의 임지 되야 ᄎᆞᆷ아 엇지 왕비로써 두 번 초례(醮禮)ᄒᆞ게 ᄒᆞ리오."

국귀 왈,

"제 임의 지아비 잇든 녀지면 두 번 초례를 범ᄒᆞ얏고 오히려 닉궁의 드지 아녀시니 셩친ᄒᆞ니와 져기 다르므로 즁민이 감히 간걸ᄒᆞᄂᆞ이다."

국왕이 말이 막혀 다만 유ᄅᆞ야 왈,

"이럴진듸 경은 나가 빅셩의게 대답ᄒᆞ되 과인이 임의 닉궁의 드러시니 오날은 알외지 못ᄒᆞᆫ다 ᄒᆞ야 명일은 셩친ᄒᆞᆫ 휘니 져의 쳬면의 응당 다시 말ᄒᆞ지 못ᄒᆞ리라."

국귀 지삼 고간ᄒᆞ되 국왕이 일향 불 【67】 허ᄒᆞ니 국귀 쏘ᄒᆞᆫ 홀일업셔 믈너나 빅셩을 효유ᄒᆞ니 즁민이 힝혀 명일이 되면 다시 도로힐 길 업슬가 져허 더옥 들네며 함셩이 진동ᄒᆞ니 국왕이 ᄅᆞᆯ 드르미 심즁의 그으기 두려오니 즈가(自家)18)의 그릇ᄒᆞᄆᆞᆯ 스스로 아ᄂᆞᆫ지라 비록 노코져 ᄒᆞ나 ᄎᆞᆷ아 노치 못ᄒᆞ려니

---

18) 【즈가】 때 {자가(自家 zìjiā).} 즁국어 차용어. ¶ 自己 ∥ 국왕이 ᄅᆞᆯ 드르미 심즁의 그으기 두려오니 즈가의 그릇ᄒᆞᄆᆞᆯ 스스로 아ᄂᆞᆫ지라 비록 노코져 ᄒᆞ나 ᄎᆞᆷ아 노치 못ᄒᆞ려니 (國王聽見外面如此, 心中着實害怕, 明知自己理虧, 意欲釋放, 又難割舍.) <鏡花 8:67> 他 ∥ 쇽담의 니르기를 '닉으면 공교ᄒᆞ다' ᄒᆞ니 남형이 어졔밤의 맛도록 닑더니 즈가만 씨다를 분 아녀 우리 녀ᄋᆞ로 ᄒᆞ야곰 드러 알게 ᄒᆞ야 져ᄀᆞ치 문답ᄒᆞ야 죠곰도 어려오미 업스니 우리도 맛당이 힘을 다ᄒᆞ야 닉이 닑으며 올ᄒᆞ여이다 (俗語說的: '熟能生巧.' 舅兄昨日讀了一夜, 不但他已嚼出此中意味, 並且連寄女也都聽會, 所以隨問隨答, 毫不費事.) <鏡花 7:83>

이곳치 싱각더니 홀연 함셩이 갓가오며 궁인의 무리 황망히 분찬ᄒ거늘 국왕이 도로혀 진노ᄒ야 급히 젼지ᄒ야 금영총독으로 ᄒ야곰 숙위 정병 오쳔을 모라 난민을 구축ᄒ라 ᄒ니 총독이 즉각의 발병ᄒ니 포셩이 진쳔ᄒ고 시셕이 여우ᄒ되 즁민이 오히려 나아드러 왈,

"우리 무리 슈【68】 환의 죽어 ᄌ별(魚鼈)의 밥 되ᄂᆞ니 출하리 국왕의 시셕의 죽으리라 국왕이 우리ᄅᆞᆯ 죽이시면 도로혀 간정(干淨)ᄒᆞ샤 왕비로 즐기시리라."

ᄒ야 곡셩과 함셩이 아오로 쳔지ᄅᆞᆯ 움즉이니 국귀 경식의 조치 아니믈 보미 십분 우탄ᄒ고 인ᄒ야 변을 지을가 저허 총독을 지휘ᄒ야 감히 손을 움즉여 사ᄅᆞᆷ을 살샹치 말나 ᄒ고 ▲오봉누의 올나 지삼 권유ᄒ야 왈,

"너희는 과히 넘녀치 말고 아직 물너 잇스라. 노뷔 명일은 ᄌ셰히 쥬달ᄒ야 져사ᄅᆞᆷ을 부디 머무러 하슈ᄅᆞᆯ 다스리게 ᄒ리니 명일 쳔ᄌ히 노부의 부즁으로 모혀든 쾌히 발낙ᄒ리라."

원리 국구의 츙군인【69】 민ᄒᆞᄆᆞᆯ 국즁이 깁히 밋ᄂᆞᆫ지라. 츠ᄌ 젼ᄒ야 졈ᄌ 흐터지니 총독이 쏘흔 군ᄉᆞᄅᆞᆯ 거두어 복명ᄒ거늘, 국왕이 비로소 내궁의 드러 원외로 더부러 엇기ᄅᆞᆯ 갈와 안ᄌ 등촉을 비최여 다시 슬펴보니 과연 쳬틱경영(體態輕盈)ᄒ야 비연(飛燕)이 시 단쟝을 의지흔 듯 근심이 아미ᄅᆞᆯ 줌가 소군(昭君)의 츌시(出賽)ᄒᆞᄂᆞᆫ 모양이라. 그 붓그리고 교틱ᄒᆞᆷ이 십분 가려(佳麗)흔지라. 즁심에 이즁ᄒ야 잉슌을 열어 ᄀᆞ부야이 말ᄒ야 왈,

"현경이 임의 과인으로 더부러 빅년 가연을 정ᄒᆞᆷ이 이곳치 깃분 일이 업거늘 무ᄉ 일 얼골의 근심을 ᄯᅴ여ᄂᆞ뇨? 경이ᄌ제 이 ᄀᆞ튼 제우ᄅᆞᆯ 만나미 녀ᄌ의 흔치 아닌 일이어니 임【70】 의 국즁의 졔일등 부인이 되얏거니 오히려 무어시 부족ᄒ뇨. 일후의 싱ᄌᄒ면 향복홀 날이 더옥 무궁ᄒ리니 거즛 남복을 긔챡(改着)ᄒ야 도로의 분쥬흠과 도로 녀ᄌ의 복식으로 일국의 모림ᄒᆞ미 그 경즁이 엇더ᄒ뇨. 맛당이 술을 ᄆᆞ셔 근심을 풀고 깃부믈 도으리라."

인ᄒ야 쇼연을 비셜ᄒ고 허다 금은 쥬옥을 ᄀᆞ져 왕비 궁인을 스급흔 후 궁녜 피리비ᄅᆞᆯ 밧드러 일비 희쥬ᄅᆞᆯ 부어 왕비로 ᄒ야곰 국왕긔 올나라 ᄒ야늘 원외 이쩌ᄅᆞᆯ 당ᄒ야는 ᄆᆞ음이 촌 지 되고 오직 쳐ᄋᆞᄅᆞᆯ 싱각ᄒ니 일만 살히 ᄆᆞ음을

쓸우는 듯 흐믈며 날노 식음을 물니치고 밤으로 줌【71】을 닐우지 못ᄒ거니 정신이 황홀ᄒ고 ᄉ지 무력ᄒ지라. 준을 바다 손의 들ᄆᆡ 이 문득 쳔근에 부거 오나 오히려 면강ᄒ니 일신이 썰니여 부지불각의 술준을 상상의 ᄂᆞ르치니 ᄒᆞᆫ 무디 징연ᄒ며 편ᄵ 파쇄ᄒ야 국왕의 룡포를 더러이니 모든 궁이 실식대경ᄒ고 보뫼 년망히 쑤러 쥬왈,

"져 피리비ᄂᆞᆫ 곳 태종황애 황보낭ᄵ으로 합근ᄒ시던 비라 지금 십오디로 국혼의 쓰ᄂᆞᆫ 보비여늘 왕비낭ᄵ이 손을 조심치 아녀 파쇄ᄒ기의 미츠며 ᄒᆞ믈며 술을 업쳐 쥬상 룡포를 적시오니 두 허믈을 홈게 범ᄒ지라 몬져 비즈의 보도 잘못ᄒᆞᆫ 죄를 다【72】ᄉ리시고 버거 왕비게 벌을 ᄂᆞ리오샤 국법을 굽히지 ᄆᆞ르쇼셔."

국왕이 흔연 쇼왈,

"보모ᄂᆞᆫ 물너시라 신인이 규구를 몰나 혹ᄌ 그릇ᄒᆞᆷ이 잇슨즐 오날 길일을 당ᄒ야 엇지 죄칙을 의논ᄒ리오."

원외 보모의 쳥죄ᄒᆞᆷ믈 드르ᄆᆡ 혹ᄌ 다시 쥭판을 만날가 그으기 우민ᄒ더니 국왕의 말노 조츠 져기 방심ᄒ고 보뫼 ᄯᅩᄒᆞᆫ 유ᄵ히 물너나거늘 ▲[19] 국왕이 궁녀로 ᄒᆞ야곰 준을 부이여 스스로 ᄆᆞ시고 다시 부어 원외게 젼ᄒ거늘 면강ᄒ야 ᄆᆞ신 후 다시 ᄒᆞᆫ 준식 더 부으니 이 ᄯᅩ ᄒᆞᆫ 쌍을 닐우미라. 원외 평싱의 쥬량이 ᄀᆞ장 너르되 근일 쥬비를 물니치고 흐믈며 복즁이 공허ᄒᆞᆷ【73】정신이 현훈ᄒ나 다ᄒᆡᆼ이 취도(醉倒)ᄒ기의 니르지 아닌지라. 국왕이 스스로 냥삼비 먹은 후 연셕을 물니치고 옥안의 우음을 ᄯᅴ고 취안이 몽농ᄒ야 원외를 향ᄒ야 왈,

"밤이 임의 세 북이 지나시니 침셕의 나아가 냥야를 허송치 아니리라."

이에 궁녜 나아와 원외의 거족 의상을 벗기며 슈식을 부리오니 국왕이 스스로 의관을 글은 후 옥슈로 원외의 폴을 줍아 상아상의 올으며 교초쟝(鮫綃帳)을 ᄂᆞ리오니 모든 궁녜 일졔히 물너나더라.

이날 당싱이 동문관의 머므러 오히려 어린 싱각은 힝혀 길그를 물니ᄂᆞᆫ가 그

---

19) 이 대목 원문에 없음.

으기 브라더니 날이 져믄 후 여러 빅셩이 궐외로조츠 【74】 도라오며 국왕의
쳐치와 국구의 말슴을 조시 젼ᄒ거늘 당셩이 경황실식ᄒ니 구공 왈,

"앗가 당형이 말ᄒ되 국왕이 반드시 길긔를 좀간 물니리라 ᄒ더니 물니면 커
니와[20] 병ᄆᆞ를 죠발ᄒ야 빅셩을 믓지르니 일노 보건디 다만 호식홀 분이요 민
셩을 앗기지 아닛ᄂᆞᆫ 지라. 오날을 지니면 우리ᄂᆞᆫ 다만 저의 하슈 츠ᄂᆞᆫ 역뷔 되
야 갑시나 브드리니 님형이 쟝ᄎᆞᆺ 어느 시졀 도라오리오."

당셩이 ᄯᅩ흔 말이 업셔 져두ᄉᆞ량(低頭思量)ᄒ더니 국귀 복부로 ᄒᆞ야곰 푸기
줍믈을 보니고 허다 아역을 지휘ᄒ야 극진히 ᄉᆞ후케 ᄒ고 말슴을 젼ᄒ야 왈,

"오날은 ᄆᆞ츰 날이 져믈기로 【75】 나아가 문후치 못ᄒᄂᆞ니 명일 죠회를 파
ᄒ 후 맛당이 이 뫼 나아가 문후지 못ᄒᄂᆞ니 명일 죠회를 파ᄒ 후 맛당이 뫼셔
말슴ᄒ야 하슈 다ᄉᆞ릴 도리를 샹의ᄒ려니와 귀인이 누지의 님ᄒ신 디 무릇 셜
만(褻慢)ᄒ미 만ᄒ니 명일 맛당이 쳥죄ᄒ리라."

ᄒ고 여러 빅셩이 흠게 도라가더니 이튿날 丶이 맛도록 국구를 기드려 밤이
깁흔 후 아니올 줄 혜아리고 구공으로 ᄒ여곰 쇼식을 탐쳥ᄒ니 원러 모든 빅셩
이 국구 부즁을 에워쓴 사롬이 통치 못ᄒ다 ᄒ니 이인이 샹티ᄒ야 좀을 닐우지
못ᄒ고 졔이일 쳥신의 니러 구공 왈,

"당형아 ᄯᅩ ᄒ로밤을 지나시니 우리 다만 희쥬(喜酒)를 어더먹고 당형이 ᄯᅩ
흔 이곳의 줍혀 벼슬홀 듯ᄒ니 노뷔 쟝ᄎᆞᆺ 【76】 홀노 도라가리로다."

당셩 왈,

"긔 엇진 말슴이니잇고?"

---

20) 【커니와】 囘 하거니와. ¶ 앗가 당형이 말ᄒ되 국왕이 반드시 길긔를 좀간 물니리라 ᄒ
    더니 물니면 커니와 병ᄆᆞ를 죠발ᄒ야 빅셩을 믓지르니 일노 보건디 다만 호식홀 분이
    요 민셩을 앗기지 아닛ᄂᆞᆫ 지라 (剛才唐兄說國王必是暫緩吉期, 那知全出意料之外, 並且
    大動干戈, 用兵征剿. 看這光景, 國王只知好色, 不以民命爲重.) <鏡花 8:74> 婆娘은 見識
    이 업서도 므던커니와 ᄯᅩ 이런 어린 놈이 이셔 老婆 저퍼홈을 爲ᄒᆞ여 다 祖宗 이심을
    아디 못ᄒ니. ᄀᆞ장 우ᄉᆞ오니라 (婆娘無見識也罷, 也有這等的痴漢, 爲怕老婆, 都不知有祖
    宗了, 好笑.) <伍倫 6:4a> 만일 업ᄉᆞ면 므던커니와 萬一 이 일이 이시면 七旬 老母를
    브리고 ᄯᅩ 嗣息이 업스니 진실로 可憐ᄒ다 (若無罷了, 萬一有此事, 撤了七旬老母, 又無
    嗣息, 眞箇可憐.) <伍倫 6:28a> 물화의 니 어드면 커니와 본젼을 오히려 엇지 못ᄒ거다
    (俺雖賣了, 就只賠了許多本錢.) <鏡花 5:71>

구공 왈,

"님형이 국왕으로 더부러 셩친흔 지 임의 냥일이니 쏘 몃츨이면 응당 회태홀 거시니 반드시 희쥬롤 먹일 거시오 국왕이 님형을 총이ᄒᆞ면 그 미부롤 쏘흔 귀히 넉여 쳑니로 겯히 두고 벼슬을 앗기지 아니리이다."

당셩 왈,

"구공은 오히려 회해ᄒᆞ시ᄂᆞ뇨. 쇼졔ᄂᆞᆫ ᄆᆞ음이 불 붓ᄂᆞᆫ 듯ᄒᆞ여이다."

피ᄎᆞ 위회ᄒᆞ야 다만 국구의 ᄎᆞᄌᆞ롤 기ᄃᆞ리더니 그날 국귀 빅셩을 달니여 물닌 후 이튼날 입궐ᄒᆞ니 국왕이 칭병부죠ᄒᆞᄂᆞᆫ지라. 다시 계괴 업고 부즁이 임의 즁민의 ᄡᅵᆫ 비 되다 ᄒᆞ니 감히 도라와 홀말 업스며 힝혀 당【77】셩이 도피 홀가 져허 군ᄉᆞ롤 풀어 각문의 직희오고 ᄯᅢ로 치인을 부려 쥬찬을 ᄀᆞ초 보니며 일변 어육 냥미롤 션즁의 보니 관ᄃᆡᄒᆞᄂᆞᆫ 뜻을 뵈고 빅셩이 눈을 ᄀᆞ리오미라 인ᄒᆞ야 죠방의 머무런지 이일이러니 홀연 국왕이 션소ᄒᆞ야 무러 왈,

"일젼 방문 ᄡᅥ힌 사롬이 이제 어ᄃᆡ 잇ᄂᆞ뇨?"

국귀 왈,

"아직 동문관의 머무오나 쥬샹이 발낙지 아니시므로 금일은 도라가려 ᄒᆞᄂᆞ이다."

국왕 왈,

"졔 만일 하슈롤 조히 다스릴진ᄃᆡ 과인이 맛당 셩녕을 위ᄒᆞ야 특별이 은혜롤 베풀니ᇰ 다만 져로 ᄒᆞ야곰 하슈롤 맛겨 과연 셩공ᄒᆞ야 효험이 잇슬진ᄃᆡ 쾌히 왕비롤 도라보닐 거시요 졔 만일 공을 닐우지【78】ᄒᆞ고 은젼과 인력만 허비ᄒᆞ면 일향 왕비롤 즙아두어 져의로 ᄒᆞ야곰 은젼의 그 허비흔 슈롤 ᄇᆡ치고 쇽신ᄒᆞ야 가라 ᄒᆞ미 엇더ᄒᆞ뇨?"

국귀 크게 깃거 지비 대왈,

"쥬샹이ᇰ ᄀᆞᆺ치 지쳐ᄒᆞ샤 즁민을 평안코져 ᄒᆞ시니 만일 하슈롤 다스려 일국의 대환을 덜진ᄃᆡ 일거냥득이로소니 신이 그으기 즐거오믈 닉의지 못ᄒᆞ리로소이다."

국왕 왈,

"이ᄃᆡ로 녕을 젼ᄒᆞ고 ᄲᆞᆯ니 거힝ᄒᆞ라."

국귀 황망이 물너나 브로 동문관의 니르러 당싱으로 더부러 셔로 볼시 져 국구의 셩은 곤(坤)이니 년긔 스순이 넘즉ᄒ고 셩음 면뫼 완연이 태감 갓튼지라 셩명을 통ᄒ고 한훤을 편 후 국귀 왈,

"어제 날 빅셩의 말노 듯【79】 건디 귀인이 폐방 슈환의 빅셩이 어별이 되믈 불샹이 넉이샤 특별이 건지고져 ᄒ시미 노뷔 그으기 감격ᄒ나 마춤 죠졍의 일이 잇셔 즉각의 뫼셔 말ᄉᆞᆷ치 못ᄒ오니 오히려 죄과롤 지은지라 감히 용셔ᄒ시믈 브라오며 귀흔 친척은 물화롤 ᄀ져 궐즁의 들며 홀연 신양을 어더 증세 비경ᄒ기로 아직 머므러 약치ᄒ니 오리지 아녀 션상으로 도라보너리니 왕비 봉ᄒ다 니르믄 쇼민의 와젼흔 비니 죠곰도 의심 무르쇼셔. 다만 하슈 다스릴 드리는 귀인이 쟝춧 무슴 의논이 겨시니잇고?"

당싱 왈,

"귀방 하슈의 병된 연유롤 만싱이 일즉 목도치 못ᄒ오니 감히 몬져 말ᄒ지 못【80】ᄒ려니와 대쳬로 의논컨디 쳔고의 물 다스리믄 하우씨(夏禹氏)로 웃듬이니 녯글의 니르되 하위 ᄋᆞ홉 하슈롤 소통ᄒ다 ᄒ니 져 소통ᄒ다 말이 하슈 다스리는 근본이라. 모든 물을 소통ᄒ야 각; '도라갈 길이 잇스면 비로소 오는 물이 오는 근원이 잇고 가는 물이 가온 길이 잇셔'21) 근원과 길이 묽으면 즁간의 용쳬(壅滯)ᄒ미 업셔 넘씨기의 니르지 아니리니 만싱의 우견은 다만 이 쑨이라. 쟝니 하도롤 술핀 후 오히려 국구대인의 지도ᄒ시믈 브라ᄂᆞ이다."

제36회

佳人喜做東床婿　壯士愁爲擧桉妻

국귀 년ᄒ야 졈두 왈,

"귀인의 논ᄒ시는 비 근본을 씨치시니 폐방 슈환이 오날노조츳 길이 덜니이로소이다 노뷔 다시 국왕긔 회쥬ᄒ리니【81】 명일 홈게 나아가 하도롤 보시미 조토다."

---

21) 來有來源, 去有去路.

이에 아역을 엄칙ᄒ야 각별 근신ᄒ라 ᄒ고 총망이 도라가거늘 구공 왈,

"져 국귀 비록 녀인이나 거지 헌앙ᄒ고 위국 위민ᄒ 정성이 것치 드러나며 제 이곳 극귀ᄒ 대신이로되 조곰도 교긍ᄒ미 업스니 가히 더부러 일홀 사롬이로다. 님형의 일도 젼일 빅셩의 젼ᄒᄂ 말노 보아는 실노 도로혈 길 업더니 오날 국구의 말노 볼진더 거의 도로혈 듯ᄒ나 님형이 과연 아직가지 셩친을 아니ᄒ 지 모로리로다."

당싱 왈,

"이 젼혀 즁민의 힘이라 국왕이 오히려 민심이 반홀가 저허 길긔롤 져기 물닌가 ᄒᄂ이다."

구공 왈,

"이는 죵ᄎ 알녀 【82】 니와 하슈 다스리미 ᄀ쟝 큰일이니 만일 허소ᄒ면 다만 님형이 도라오지 못홀 분 아니라 우리 냥인이 엇지 될지 모로미 노부는 실노 방심치 못ᄒᄂ니 명일 하도롤 보면 필경 쥬의롤 엇지코져 ᄒᄂ뇨?"

당싱 왈,

"져 하도는 보나 아니 보나 쇼졔는 임의 졍ᄒ 쥬의 잇ᄂ니 싱각건더 하슈 범남ᄒ야 민싱의 해 되오미 젼혀 물길이 옹식ᄒ야 흘너갈 길이 업고 나려올 근원을 뭙히지 못ᄒ미니 위션 형지롤 본 후 맛당히 모러롤 츠이며 ㅂ닥이 깁게 ᄒ고 슈구롤 널니ᄒ야 오는 근원과 가는 길을 곳곳이 소통ᄒ게 ᄒ리니 무릇 하슈 바닥이 깁흐면 물이 만히 담길 거시요 가는 【83】 길이 쏘흔 깁고 너르면 넙흐로 터져 넘쩰 니 업스리이다."

구공 왈,

"하슈 다스리미 이ᄀ치 쉬올진더 우리 즁원도 히ᄆ다 하슈 터지고 ㅆㅆ로 하슈 츠고 막는 역시 그치지 아니되 ᄆ촘니 셩공ᄒ다 말 업고 진실노 쉬올진더 저의 국즁원들 이만 싱각 잇ᄂ 지 업스리오."

당싱 왈,

"즁원의 하슈 다스리믄 젼혀 사롬을 어더 맛기지 못ᄒ므로 다만 젼냥을 도적홀 분이오 진심으로 일ᄒᄂ 지 업스므로 지금 셩공치 못ᄒ거니 이곳은 사롬이 비록 잇스나 쏘흔 어려온 빅 잇스므로 졈졈 다스리기 어렵게 되더이다. 어제

한가ᄒᆞᄆᆞ로 녕니ᄒᆞᆫ 아역을 불너 ᄌᆞ세히 탐쳥ᄒᆞᆫ즉 이 ᄯᅡ히 ᄌᆞ고로 동철 【84】 나지 아닐 ᄲᅮᆫ 아녀 진시황의 법을 본바다 므릇 병즘기[22]와 농긔롤 쇠로 못ᄒᆞ게 ᄒᆞ니 일용의 ᄡᅳ이ᄂᆞᆫ 비 흔히 대와 남그로 민들고 ᄀᆞ쟝 ᄀᆞ음연 지 은으로 혹 민드나 ᄯᅩ한 극귀ᄒᆞᆫ지라. 이러므로 하슈 츠ᄂᆞᆫ[23] 긔계롤 젼혀 모로ᄂᆞ니 우리 션샹의 죠히 셩쳘을 ᄀᆞ져온 비 만ᄒᆞ니 쇼졔 쟝ᄎᆞᆺ 긔계 모양을 글여쥬어 각별 졍조ᄒᆞ면 ᄡᅳ기 편ᄒᆞ고 셩공ᄒᆞ미 쉬올 ᄃᆞᆺᄒᆞ야이다.”

구공이 오히려 쟝신쟝의(將信將疑)ᄒᆞ더니 이튼날 국귀 니르러 당셩으로 더브러 하도롤 보아 낭일 후 도라오니 당셩이 국구롤 향ᄒᆞ야 왈,

“하도의 병된 곳을 년일 술편즉 과연 젼일 말ᄒᆞ든 ᄇᆞ 소통ᄒᆞᄂᆞᆫ 닐이 부족ᄒᆞ미라 그 형셰롤 의논 【85】 컨디 물 ᄀᆞ히 놉기 산과 ᄀᆞ즉ᄒᆞ니 하슈 ᄇᆞ닥이 임의 놉기 이 ᄀᆞᆺ거늘 그 깁희ᄂᆞᆫ 심히 엿ᄒᆞ니 비컨디 쇼반의 물 담은 ᄃᆞᆺᄒᆞ니 엇지 아니 넘ᄶᅥ 해 되지 아니리오. 이 젼혀 물이 만흘 ᄯᅢ의 다만 넘ᄶᅵᆯ가 져허 목젼의 급홈만 구ᄒᆞ미니 이ᄂᆞᆫ 곳 물을 막으미 아니요 바닥을 도들 ᄲᅮᆫ이라. 물이 젹을 ᄯᅢ면 미리 넘녀ᄒᆞ야 츠고 방비치 아니코 물이 만흘 ᄯᅢ에야 다시 도ᇰ도와 놉히기롤 위쥬ᄒᆞ니 이ᄀᆞᆺ치 년부년의 하슈만 놉ᄒᆞ지니 그 형샹을 의논컨디 물그릇슬 집 우희 언즘 ᄀᆞᆺᄒᆞ니 ᄒᆞᆫ 번 넘ᄶᅥ면 우흐로 ᄂᆞ리ᄂᆞᆫ 물이 ᄋᆞ리로 흐르ᄂᆞ니 그 엇지 평지의 ᄇᆞ다 되믈 면ᄒᆞ리오. 이제 다ᄉᆞ리고져 홀 【86】 진디 져 물 그릇슬 ᄯᅡ히 무드리니 그릇시 낫고 ᄯᅡ히 놉ᄒᆞ면 ᄌᆞ연 넘ᄶᅵᆯ 넘녜 업고 다시 곳ᄶᅩ이 츠고 파이여 그 쇼반 모양으로ᄡᅥ 가ᄆᆞ 모양이 되게 ᄒᆞ면 ᄌᆞ연 물이 만히 담겨 넘ᄶᅵ는[24] 환이 업스리이다.”

---

22) 【병즘기】 몡 병쟝기(兵仗器). ¶ 利器 ‖ 이 ᄯᅡ히 ᄌᆞ고로 동철 나지 아닐 ᄲᅮᆫ 아녀 진시황 의 법을 본바다 므릇 병즘기와 농긔롤 쇠로 못ᄒᆞ게 ᄒᆞ니 일용의 ᄡᅳ이ᄂᆞᆫ 비 흔히 대와 남그로 민들고 ᄀᆞ쟝 ᄀᆞ음연 지 은으로 혹 민드나 ᄯᅩ한 극귀ᄒᆞᆫ지라 (此地向來銅鐵甚少, 兼且禁用利器, 以杜謀爲不軌; 國中所用, 大約竹刀居多, 惟富家間用銀刀, 亦甚稀罕.) <鏡 花 8:84>

23) 【츠다】 동 치다. ¶ 挑 ‖ 이러므로 하슈 츠ᄂᆞᆫ 긔계롤 젼혀 모로ᄂᆞ니 (所有挑河器具, 一 槪不知.) <鏡花 8:84>

24) 【넘ᄶᅵ다】 동 넘치다. ¶ 漫溢 ‖ 이제 다ᄉᆞ리고져 홀진디 져 물 그릇슬 ᄯᅡ히 무드리니 그릇시 낫고 ᄯᅡ히 놉ᄒᆞ면 ᄌᆞ연 넘ᄶᅵᆯ 넘녜 업고 다시 곳ᄶᅩ이 츠고 파이여 그 쇼반 모양

국귀 왈,

"귀인의 ;논ᄒ시는 ㅂ 하슈 병된 형셰를 말ᄒ시미 졀;이 그 폐를 ᄆ치시니 쳔죠 귀인으 지식이 고명ᄒ시믈 알닝로소니 쳥컨더 귀인은 폐방 싱녕을 어엿비 넉이샤 증구치칙을 샐니 힝ᄒ샤 일국 대해를 덜게 ᄒ시면 다만 즁민이 감격ᄒ 쑨이리요 폐방 쥬샹이 더욱 공경ᄒ야 닉지 못ᄒ리이다. 이졔 하슈를 츠며 파려ᄒ면 그 긔계를 쟝츳 무어스로 쓰리잇고? 미리 지교ᄒ쇼셔."

당싱 왈,

"쓰일 ㅂ 【87】 긔계 ᄀ쟝 만ᄒ되 귀방의 동쳘이 업다 ᄒ니 무어스로 써 민들니요. 녯말의 니르되 '장인이 그 일을 잘ᄒ고져 홀진더 몬졔 그 긔계를 니케 ᄒᆫ다'25) ᄒ니 이졔 만일 긔계를 엇지 못ᄒ면 비록 하우의 공덕이라도 ᄯᆞᄒ 속슈ᄒ올지라. 다힝이 우리 션샹의 싱쳘을 가져온 ㅂ 잇스니 민들기는 어렵지 아니커니와 하도를 깁히 츠려26) ᄒ면 흙을 니기 어려올 ᄲᆞᆫ 아녀 일변 파며 일변 니여야 도로 메이는 폐 업ᄂ니 가히 슈만 인부를 어더 일졔히 힘을 다ᄒ게 ᄒ리잇가?"

국귀 왈,

"인부는 슈만 아녀 십만이라도 넘녀 ᄆ르쇼셔. 이곳 슈환이 오리미 해 닙는 지 만ᄒ니 이졔 하슈를 다ᄉ린다 【88】 ᄒ면 ᄉ롱공샹이 다토아 낙죵(樂從) 홀 거시요 ᄒ물며 날을 혜여 공젼을 쥬리니 뉘 아니 즐기리오? 젼일 궐외의 모힌 빅셩을 보시면 거의 민졍을 알으시리이다. ᄯᅩ ᄒ 일이 잇ᄂ니 죽일 보시든 ㅂ 하슈 동편 머리의 모리 밀넌 곳을 귀인이 써ᄒ시되 당초의 일을 몰나 모리로 ᄒ야곰 이곳의 모혀 쓰이게 ᄒ니 물의 길흘 막아 환이 되다 ᄒ시더니 그 병된 ㅂ와 고칠 ㅂ를 볽히 ᄀ르치쇼셔."

으로써 가ᄆ 모양이 되게 ᄒ면 ᄌ연 물이 만히 담겨 넘찌는 환이 업스리이다 (若要安穩, 必須將這浴盆埋在地中. 盆低地高, 旣不畏其沖決, 再加處處深挑, 以盤形變成釜形, 受水旣多, 自然可免漫溢之患了.) <鏡花 8:86>

25) 工欲善其事, 必先利其器.

26) 【츠다】 图 치다. ¶ 挑挖 ‖ 다힝이 우리 션샹의 싱쳘을 가져온 ㅂ 잇스니 민들기는 어렵지 아니커니와 하도를 깁히 츠려 ᄒ면 흙을 니기 어려올 ᄲᆞᆫ 아녀 일변 파며 일변 니여야 도로 메이는 폐 업ᄂ니 (幸而我們船中帶有鋼鐵, 製造容易. 第河道一時挑挖深通, 使歸故道, 施工甚難.) <鏡花 8:87>

당성 왈,

"무릇 하슈의 밀닌 모리롤 물힘을 비러 흘니고져 홀진디 그 길을 곳기 살깃게 흔 후야 능히 브로 흐르느니 어제 보건디 길이 곳지 못ᄒ야 구비진 곳이 만흐니 그 모리 구비롤 만느【89】면 머물너 쓰히느니 엇지 슌히 흐르리요? 쏘흔 모리 흘니는 법이 물길을 곳게 홀 분 아니라 반드시 눕흔 디로조ᄎ 좁은 디롤 말미암아야 비로소 슌히 흘너 머물지 아닛느니 가령 셔편의 밀닌 모리로써 동으로 가게 ᄒ고져 홀진디 모리 잇는 편으로부터 동으로 향ᄒ야 골을 츠되 시초 너뷔롤 이십 쟝을 ᄒ거든 ᄎᄎ 좁혀 ᄆᆺ히는 불과 이 쟝 너뷔롤 ᄒ면 그 모리 너른 디로 조ᄎ 좁은 길노 나오게 ᄒ며 쏘흔 셔편은 눕고 동편은 낫게 ᄒ면 ᄌ연 슈셰 급ᄒ야 모리롤 모라 ᄂᆞ리ᄂᆞ니 그 골어귀 나올 ᄯᅢᄂᆞᆫ 쳔병만미 믈니여 닷는 듯ᄒ야 모리 진슈히 흘너 흔 졈 머므지【90】 아니커늘 져곳은 곳ᄎ이 구비 지을 분 아녀 좁은 디로조ᄎ 너른 디로 흘니ᄂᆞ니 그 형세 임의 젼도흔지라 엇지 흔 졈 모리롤 흘녀ᄂᆞ리요. 져는 써ᄒ되 너를ᄉᆞ록 더옥 만히 나갈 줄 아되 물이 좁은 디로 조ᄎ 너른 디 니른즉 임의 허여져 힘이 업거니 엇지 능히 모리롤 미러ᄂᆞ리오리요? 이러므로 쓰히기만 쓰혀 ᄆᆞ참니 물길이 업셔지ᄂᆞ니이다."

국귀 년ᄒ야 머리 조아 왈,

"귀인의 눕흔 의논을 드르미 『하거셔河渠書』27) [칙일홈] 와 『구혁지溝洫志』28) [칙일홈] 롤 닑으니에셔 낫도소이다. ᄃᆞ만 시역홀 의□ᄌᆞ롤 어나 ᄯᅢ로 졍ᄒ시리잇고? 국왕긔 알외여 각ᄉ 아문과 지방의 미리 녕을 ᄂᆞ리와 준비ᄒ리로소이다."

당셩 왈,

"이【91】 졔 몬져 긔계롤 민들니니 위션 쟝인을 만히 보니시면 명일노 시작ᄒ야 긔계롤 닐온 후 비로소 역ᄉ롤 길일을 졍ᄒ리이다."

국귀 맛당ᄒᆞᆷ믈 일컷고 공부 아역(衙役)을 즉각의 불너 쟝인(匠人)을 대령ᄒ라 ᄒ고 군졸을 만히 무러 ᄎᆞ비(差備)29)로 ᄉᆞ환ᄒ게 ᄒ고 다시 오믈 일커러 도라

---

27) 『史記』편명. 강의 治水를 기록하고 있음.
28) 『漢書』편명. 강의 治水를 기록하고 있음.
29)【ᄎᆞ비】圆 차비(差備). 특별한 사무를 맡기려고 임시로 임명된 사람. ¶ 差遣‖ 국귀 맛

가거놀 당싱이 지필을 ᄀᆞ져 긔계 모양을 그리고 척슈롤 긔록ᄒᆞ며 구공으로 ᄒᆞ야곰 션상의 나아가 싱철(生鐵)을 슈운ᄒᆞ더니 이튼날 허다 장인이 풀모롤 ᄀᆞ져 니르거놀 당싱이 일〻히 ᄀᆞ르쳐 즉각의 타조(打造)ᄒᆞ니 모든 장인이 비록 남장을 ᄒᆞ야시나 이 도시 녀인이라 심셩이 공교녕니ᄒᆞ야 그림을 보아 뜻을 ᄆᆞ초 【92】 아 남ᄌᆞ 쟝인의 무식ᄒᆞ니의 빅승ᄒᆞᆫ지라 불과 슈일의 긔계롤 준비ᄒᆞ미 이날노 시역ᄒᆞᆯ시 당싱이 국구로 더부러 하슈ᄀᆞ의 니르러 역부롤 휘동ᄒᆞ야 몬져 긔계 쓰ᄂᆞᆫ 묘롤 ᄀᆞ르치고 비로소 ᄒᆞᆫ 쯧츠로 ᄎᆞ〻 물을 막고 흙을 파닌 후 그 다음을 ᄯᅩ 막으며 파기롤 이ᄀᆞ치 ᄒᆞ야 몬져 파인 곳의 물을 다히니 깁게 파기의 미쳐ᄂᆞᆫ 광쥬리롤 달아 드리오고 흙을 담아 녹노(轆轤)로 ᄌᆞ아올니〻 인력이 ᄯᅩᄒᆞᆫ 적지 아니ᄂᆞ 모든 빅셩이 영구히 슈환 피키롤 위ᄒᆞ미 좀시 슈고롤 앗기지 아녀 일변 파며 일변 언덕을 쓰흐며 버들을 심거 십여 일의 임의 필역ᄒᆞᆫ지라. 인ᄒᆞ야 각쳐로 오ᄂᆞᆫ 근원과 【93】 가ᄂᆞᆫ 길을 소통ᄒᆞ니 이ᄯᅢ 당싱이 신을 들메고[30] 막디롤 집허 역부롤 신칙ᄒᆞ며 슈고롤 몬져ᄒᆞ니 모든 빅셩이 저의 날마다 일[31] 닐고 늣게 도라가 일야 신고ᄒᆞ믈 보미 모다 감격ᄒᆞ긔 ᄒᆞ야 그 즁의

당ᄒᆞ믈 일컷고 공부 아역을 즉각의 불너 장인을 대령ᄒᆞ라 ᄒᆞ고 군졸을 만히 무러 ᄎᆞ비로 ᄉᆞ환ᄒᆞ게 ᄒᆞ고 다시 오물 일커러 도라가거놀 당싱이 지필을 ᄀᆞ져 긔계 모양을 그리고 척슈롤 긔록ᄒᆞ며 구공으로 ᄒᆞ야곰 션상의 나아가 싱철을 슈운ᄒᆞ더니 (國舅點頭, 卽命隨從速傳工匠, 明早伺候; 幷多派人役, 聽候差遣, 說罷別去. 唐敖將器具樣兒畵了, 幷托多九公照應把鐵發來.) <鏡花 8:91>

30) 【들메다】 동 들다+메다. ¶ 이ᄯᅢ 당싱이 신을 들메고 막디롤 집허 역부롤 신칙ᄒᆞ며 슈고롤 몬져ᄒᆞ니 모든 빅셩이 저의 날마다 일 닐고 늣게 도라가 일야 신고ᄒᆞ믈 보미 모다 감격ᄒᆞ긔 ᄒᆞ야 (這裡唐敖指點監工: 那衆百姓見他早起晩歸, 日夜辛勤, 人人感仰.) <鏡花 8:93>

31) 【일】 부 일찍. 일찌이. ¶ 早 ‖ 이ᄯᅢ 당싱이 신을 들메고 막디롤 집허 역부롤 신칙ᄒᆞ며 슈고롤 몬져ᄒᆞ니 모든 빅셩이 저의 날마다 일 닐고 늣게 도라가 일야 신고ᄒᆞ믈 보미 모다 감격ᄒᆞ긔 ᄒᆞ야 (這裡唐敖指點監工: 那衆百姓見他早起晩歸, 日夜辛勤, 人人感仰.) <鏡花 8:93> 그저 이 ᄒᆞᆫ 가지ᄂᆞᆫ 너희 爹爹 ㅣ 일 죽고 이 孩兒을 두어시니 宗祀의 ᄆᆡ인배로되 오히려 家室을 두디 못ᄒᆞ엿ᄂᆞᆫ디라 (只是一件, 你爹爹早亡, 存下這孩兒, 宗祀所係, 尙未有家室.) <伍倫 2:8a> 뉴비 아비 일 죽으매 어미 셤기기롤 지효로 호ᄃᆡ 집이 가난ᄒᆞ야 신 폴고 돗ᄧᆞ기로 싱업ᄒᆞ더라 (備早喪父, 事母至孝, 家寒, 販屨織席爲業.) <三國 1:20> 손본이 이튼날 일 니러나니 허혜랑이 눈믈을 머금고 보짐과 노비롤 슈습ᄒᆞ야 조반을 먹으매 모지 다만 슬피 우더니 (這孫本到了次早起來, 許蕙娘含淚收拾包裹幷路費.) <後水滸 6:18> 淸早 ‖ 션싱이 일 니러나 복아롤 보지 못ᄒᆞ고 당션상다려 문왈 (却說先

일 조하ᄂ는 지 은젼을 모화 ᄉ당을 짓고 당셩의 모양을 소상ᄒ야 셰대로 향화
공양ᄒ게 홀시 국구긔 쳥ᄒ야 금ᄌ 편익을 부치니 '틱공슈쟝澤共水長'이라 ᄒ
니 은틱이 물과 ᄀ치 길다 ᄒ미라.

　일즉 이 쇼식을 ᄀ져 원외게 젼ᄒᄂ니 잇스니 원리 당일의 원외 국왕의게 ᄯ
을녀 샹의 올ᄂ미 스스로 싱각ᄒ되 '내 일즉 흑치국(黑齒國)의셔 미졔와 희롱홀
시 미졔 날다려 녀ᄋ국의 가 잡혀 머물니【94】라 ᄒ더니 그 말이 진짓 ᄆᄎ
도다. 그ᄯ 구공이 말ᄒ되 '만일 녀ᄋ국의 잡히면 엇지ᄒ리요?' ᄒ야ᄂ 내 우연
이 답ᄒ되 '모일이 잇셔도 일졍 요동치 아니리라' ᄒ야더니 무심이 발ᄒ 말이
그 즁의 긔관(機關)이 잇셔도다. 이졔 국왕이 날노 더부러 셩친ᄒ믈 요구ᄒ나
내 맛당이 목우인과 흙사ᄅ롬ᄀ치 요동치 말아 져와 비록 여러 날 동쳐ᄒ나 ᄆ춤
니 '뉴하혜(柳下惠)와 노남ᄌ(魯男子)롤 효측ᄒ리라' 쥬의롤 졍ᄒ 후 인ᄒ야 쳐
ᄋ롤 싱각ᄒ니 일신을 ᄇ늘노 지르ᄂ 듯 눈물이 벼기롤 젹시며 ᄯ 싱각건더
'이곳의 오므로부터 져 국왕의게 발 동히고 귀 ᄊ르며 독히 치ᄂ 욕을 보아 구
ᄉ일싱ᄒ【95】니 결단코 나의 원쉬어니 비록 피ᄒ든 못ᄒᄂ들 참아 엇지 친근
ᄒ리요!' 이쳐로[32] 싱각ᄒ고 국왕을 다시 보니 졔 비록 쇼년 미뫼나 그 고온
ᄀ온더 일단 살긔롤 ᄯ여시며 그 온유ᄒ 틱되 칼과 도치롤 품은 듯ᄒ니 볼ᄉ록
두려온지라. ᄆ음이 셔늘ᄒ야 어름 ᄀ고 몸이 연ᄒ야 소옴 ᄀᄒ니 이 니론 ᄆ

生淸早起來, 不見杜伏威, 問張善相.) <禪眞 8:48> 너의 연분이 아직 못 엇게 되엿더니
싱각디 아녀셔 이 얼륙이 도젹ᄒ야다가 너롤 주니, 가히 앗갑다 엇기롤 너모 일 ᄒ야시
며 ᄒ믈며 텬셔롤 바둘 제 일즉 목욕ᄒ며 분향티 아니코 손도 싯디 아니며 양짓믈도
아니ᄒ야 텬신을 셜만이 너겨시니 일빅 일 큰 지란을 ᄂ리오리라 <孫龐 1:127> 명일
의 일 츄부의 니르러 지휘롤 드르라 <武穆 10:63> 일 닐고 밤들게야 자 글 닐그시며
경셔롤 의논ᄒ시니 ᄒ여딘 옷과 눌근 두건의 검박ᄒ시기 텬셩이러니 <型世 1:45> 네
너모 일 와 사름을 ᄭ오더니 업더라도 내 탓시 아니로다 (專怪你趁早來, 跌這翻身也不
罪過.) <醒風 4:43> 노샹의 ᄲ치여 와시니 일 드러누엇도다 (想是日裏走得辛苦, 倒頭就
睡着在這裡.) <平妖 6:44>
32) 【-쳐로】㊂ -처럼. ¶ 如此‖ 이쳐로 싱각ᄒ고 국왕을 다시 보니 졔 비록 쇼년 미뫼나
그 고온 ᄀ온더 일단 살긔롤 ᄯ여시며 그 온유ᄒ 틱되 칼과 도치롤 품은 듯ᄒ니 볼ᄉ록
두려온지라 (如此一想, 燈光之下, 看那國王雖是少年美貌, 只覺從那美貌之中, 透出一股殺
氣.) <鏡花 8:95>

음으로 어엿븐 무음을 제어호미라. 년호야 두 밤을 혼갈マ치 지니니 국왕이 빅
マ지로 요구호나 무춤니 화병이 되니 제 뜨호 홍이 살아지고 분을 도들 분 아
녀 모든 빅셩의 일이 걸니이미 임의 져를 두어 무용이면 출호리 누샹으로 보니
여 아직 저의 슬희여 호는 빈 발 동히기와 지【96】분을 쓰지 말게 호야 민심
이 져의 뜻을 위로호리라 호야 이더로 녕을 느리오니 원외 이날 이 말을 드르
미 굴형을 버셔ᄂ 호늘의 올은 듯 고향의 아직도 도라가지 못호나 위션 발을
느초니 죽어도 한이 업도다. 아지 못게라 무춤니 도라보닐넌지 져즈음 즁인의
함셩이 들네믄 무슴 연괴런고?

　이マ치 싱각호고 누샹의 고요히 안갓더니 국왕의 셰지라 호리 홀연 알픠 와
결호야 왈,

　"힝이 듯스오니 쳔죠로셔 오신 당귀인이 하슈를 다스려 싱민의 슈환을 덜녀
호미 그 일이 무츤 후 부왕이 모친을 돌녀보니려 호시미 힝이 특별이 쇼식을
알외ᄂ니 쳥컨디 모친은 방심호쇼셔."

　이 엇던 셰지런고 하회에 즈셔호니라.

　무슐(戊戌) 이월(二月) 초칠일셔(初七日書).

권 지 십

권 지 십

觀奇圖喜遇佳文 述御旨欣逢盛典

【1】 화셜 당민(唐敏)이 군긔 보와 셔문을 뵈야 왈,

"이 셔문은 티후(太后)의 지은신 비니 이곳치 지조를 스랑ᄒ시도다!"

쇼산(小山)이 보니 그 셔문의 콜오디,

"젼진(前秦) 부견(苻堅)의 찌에 부풍(扶風) 사룸 두도(竇滔)는 지□□□□□□□□시는 진뉴녕(陳留令) 소도질(蘇道質)의 셋지쌀□□□□□□□□□즈는 약난(若蘭)이니 지식이 졍민ᄒ고 용□□□□□□□□□ᄒ고 졈ᄾᄒ야 지조의 드러나물 구치□□□□□ 나히 십뉵의 두시(竇氏)의 집의 도라오니 두되 심이ᄒ나 소시(蘇氏)의 셩품이 져기 급ᄒ고 투긔의 【2】 병 된지라.

두도의 즈는 년패(連波)니 우쟝군(右將軍) 우진(于眞)의 손지요 급스 낭(朗)의 졔이지라. 풍신(風神)이 미려ᄒ고□□□□□습ᄒ고 또혼 문무겸비ᄒ니 셰샹이 일컷□□□□□깁히 스랑ᄒ야 심복으로 부려 벼슬이□□□진쥬즈스(秦州刺史)로 잇셔 ᄆ춤 죄의 걸녀 돈황(敦煌)의 □□□□□녀 부견이 진(晉) 나라흘 쳐진 양양(襄陽) ᄯᅡ흘 어□□□□□구홀시 두도의 지략을 미더 죄룰 □□□□□□식여 양ᄾ의 뉴진(留鎭)ᄒ게 ᄒ니 쳐음 두도의□□□□□ 셩명이 조양태(趙陽臺)라 안식과 가뮈 졀등ᄒ니 두되 □□ᄒ야 두엇거늘 소씨(蘇氏) 듯고 츠즈니야 무슈히 곤칙ᄒ니 두되 【3】 깁히 노호와 ᄒ며 양대 또혼 소시의 허물을 줍아 날노 춤소ᄒ니 두되 더옥 분한ᄒ더니 소시의 나히 ᄇ야흐로 이십일 셰라. 두되 양ᄾ의 뉴진홀시 소시룰 ᄆ즈 홈긔 가려ᄒ니 소시 한을 먹음어 좃지 아니커눌 드ᄾ여 양대룰 잇그러 임소의 니르고 소시의게 음문을 ᄭᅳᆫᄒ니 소시 도로혀 뉘웃고 슬허ᄒ야 손으로 오식 비단을 회문(回文)으로 ᄲᅳ니니 진실노 눈이 ᄇ이고 졍신이 황홀혼지라 기리 팔 촌이요 너븨 ᄯᅩ 팔 촌인디 그 ᄀ온디 글이

빅여 쉬니 글쓰는 불과 팔빅 지라 느리 보고 가로 보며 것고로 올히 보아 즈〃
히 글이 되고 귀〃히 정묘ᄒ야 ᄒ 졈 ᄒ 획의 그르미 업【4】스니 그 지졍의
긔묘ᄒ미 쳔고의 읏듬이라 일홈ᄒ되 〈션긔도璇璣圖〉라 ᄒ나 보는 지 능히 ᄭㅣ
닷지 못ᄒ거늘 소시 우어 왈, '우리 군지 아니면 능히 알아보리 업스리라.' ᄒ고
챵두(蒼頭)로 ᄒ야곰 두도의게 보니니 되 바다보고 그 지화를 ᄉ랑ᄒ고 졍의를
감동ᄒ야 드〃야 춍희(寵姬) 양대(陽臺)를 도라보니고 거ᄆ로 례를 셩히 ᄒ야
소시를 ᄆᄌ 임소의 도라와 은이 녜 갓고 더옥 경즁ᄒ야 ᄆᄎᄆ니 고치지 아니〃
소시의 지은 ᄇ 문지 만ᄒ되 병화의셔 실ᄒ고 홀노 직금회문(織錦回文)이 셰상
의 젼ᄒ미 짐이 졍ᄉ의 한가ᄒᄆᆯ 어더 문수을 뉴심ᄒ다가 우연이 〃 그림을 보
니 약난의 지조를【5】어엿비 넉이고 년파의 회과ᄒᄆᆯ 아롬다이 넉여 특별이
글을 지어 ᄉ실을 긔록ᄒ야 쟝니의 젼코져 ᄒᄂ니 대쥬(大周) 쳔칙(天冊) 금눈
황졔(金輪皇帝)는 쓰노라

쇼산이 보기를 다ᄒ고 왈,

"태휘 이 션긔도(璇璣圖)를 보고 소혜의 지졍을 ᄉ랑ᄒ야 이 글을 지엇거니
와 일노 인ᄒ야 시 소문이 잇다 ᄒ시니 그는 무슴 닐이니잇고?"

당민 왈,

"이 셔문을 지어 밧게 반포ᄒ 오러지 아녀 셰상의 일기 지녜 잇스니 셩명은
ᄉ영홰[史幽探]니 션긔도를 가져 오치로 빗츨 니야 눈호면 여섯 면이요 합ᄒ
면 ᄒ 면이로디 그 즁의 글귀 되는 지 그 슈를 모로니 진실노 소시의 당일 글
【6】지은 본의를 어든지라. 이 글이 ᄇ야흐로 당셰의 훤젼(喧傳)ᄒ더니1) 일기
지녜 쪼 잇스니 셩명은 박치홍[哀萃芳]이니 문득 ᄉ시 그림 밧게 쏘ᄒ 명을 더
ᄒ야 글 슈빅여 슈를 더 어드니 인ᄒ야 젼파ᄒ야 궁즁의 드러가니 상관쇼의(上
官昭儀) 일노써 태후긔 어람ᄒ미 드〃여 일도 죠셔를 느리오니 이 과연 쳔고의

---

1) 【훤젼ᄒ다】 [형] {훤젼(喧傳)하다.} 떠들썩하게 전하다. ¶ 轟傳 ‖ 이 글이 ᄇ야흐로 당셰
   의 훤젼ᄒ더니 일기 지녜 쪼 잇스니 셩명은 박치홍이니 문득 ᄉ시 그림 밧게 쏘ᄒ 명을
   더ᄒ야 글 슈빅여 슈를 더 어드니 인ᄒ야 젼파ᄒ야 궁즁의 드러가니 (此詩方才轟傳, 恰
   好又有一個才女, 名喚哀萃芳, 從史氏六圖之外, 復又分出一圖, 又得詩數百餘首, 傳入宮內.)
   〈鏡花 10:6〉

업는 닐이라. 니 총々이 두 그림을 벗겨 왓느니 질녀는 위션 이룰 보라.”

쇼산이 년망이 바다보니 두 복(幅) 화젼(花箋)의 각々 묘방ᄒ야 벗긴 비라. 그 ᄒ 복은 기리로 스물아홉 ᄌ요 너븨로 스물 아홉 ᄌ로 ᄀ득히 썻시며 그 우ᄒ 크게 쓰되 소씨(蘇氏) 약난(若蘭)의 직금회문션긔되(織錦回文璇璣圖)라 ᄒ고 ᄋ리로 쓰되 【7】 녀졔ᄌᄉ영화[女弟子史幽探] 는 삼가 푸노라 ᄒ얏더라.

△【8】 ᄉ면 가흐로 돌녀 보고 네 귀로 보는 법은 붉은 빗츠로 썻스니 ○ 인(仁) ᄶ로부터 시쥭ᄒ야 슌히 닑으면 미슈의 칠언 네 쑥식이요 ᄌ々히 것구로 닑어 귀々히 글이 되니 이 니룬 회문(回文)이라.

△【9】 중간 우믈 테쳐 보는 법은 ᄯ흔 붉은 빗츠로 써시니 ○ 흠(欽) ᄶ로부터 시쥭ᄒ야 슌히 닑으면 미슈의 칠언 네 쪅이요 ○ 침(沉) ᄶ로 시쥭ᄒ야 귀々히 것구로 닑으면 회문이 되고 ○ 샤(沙) ᄶ로 시쥭ᄒ야 ᄌ々히 것구로 닑으면 회문이 되고 ○ ᄒ 쑥을 걸으거나 두 쑥을 걸너 슌히 닑거나 혹 두 편으로 논ᄒ 닑거나 혹 상하로 난화 닑어도 낫々치 글이 되ᄂ니라 ○ 첫 줄노부터 ᄒ ᄌ식 물녀 닑어 글이 되ᄂ니라.

△ 거문 빗츠로 쓴 글ᄶ 보는 법 ○ ᄎ(嗟) ᄶ로부터 시쥭ᄒ야 반복ᄒ야 닑으면 삼언 열두 쑥이 되고 ○ 【10】 혹 좌우로 난화 닑어도 글이 되고 ○ 그 반졀을 들녀 닑으면 삼언 여섯 쑥이 되고 ○ 그 반졀을 슌히 닑어도 글이 되고 ○ 좌우로 ᄒ 쑥식 걸너 섯거 닑어도 글이 되고 ○ 중간으로 죠ᄎ ᄒ 쑥식 걸너 섯거 닑어도 글이 되고 ○ 중간의 ᄒ ᄌ식 비러 닑으면 ᄉ언 여섯 쑥 되고 ○ 두 편으로 난화 각々 ᄒ ᄌ씩 셔로 부쳐 닑어도 글이 되고 ○ 중간에 두 ᄌ씩 비러 서로 섯거 난화 닑어도 글이 되ᄂ니라.

△ 푸룬 빗츠로 쓴 글ᄌ 보는 법 ○ ᄀ온디 줄노부터 각々 ᄒ 【11】 ᄌ식 비러 셔로 밧고아 난화 닑어 ᄉ언 열두 쑥이 되고 ○ 두 편 네 ᄌ씩 취ᄒ야 글이 되니 ᄉ언 여섯 쑥이요 ○ 두 편으로 논ᄒ 닑어 ᄉ언 열두 쑥이 되고 ○ 두 편으로 각々 ᄒ 쑥식 년ᄒ거나 혹 두 편으로 먼리 ᄒ 쑥식 걸너 닑어도 글이 되고 ○ 두 편으로 논화 닑으되 좌우로 ᄎ々 물녀 닑으면 육언 여섯 쑥이 되고 ○ 셔로 밧고와 닑어도 글이 되고 ○ ᄀ온디 줄을 뷔우고 좌우로 난화 닑어 뉵언

열두 쪽이 괴ᄂ니라.

△ ᄌ식(紫色)으로 쓴 글ᄌ 보ᄂ 법

○ 세(歲) ᄶ 한(寒) ᄶ로부터 반복ᄒ야 닑어 오언 네 쪽이 되고 ○ 밧그로부터 드리 닑【12】어도 글이 되고 ○ 안ᄒ로셔부터 밧그로 닑어도 글이 되고 ○ 룡(龍) ᄶ로부터 슌히 닑어 오언 네 쪽이 되고 ○ 밧그로죠ᄎ 드리 닑어도 글이 되고 ○ 안ᄒ로셔죠ᄎ 밧그로 닑어도 글이 되고 ○ 돌녀 닑어도 글이 되ᄂ니라.

△ 누른 비ᄎ로 쓴 글ᄌ 닑ᄂ 법

○ 시(詩) ᄶ와 졍(情) ᄶ로부터 닑어 오언 네 쪽이 되고 ○ ᄉ(思) ᄶ 감(感) ᄶ로부터 닑어 스언 네 쪽이 되고 ○ 밧그로 드리 닑고 안ᄒ로 니닑어 각;글이 되고 ○ ᄋ리로죠ᄎ ᄒ 쪽식 걸너 거스리 닑어 글이 되고 ○ 시 ᄶ 졍 ᄶ로부터 닑어 스언 네 쪽이 되고 ○ 돌녀 닑어 ᄯ 스언 네 쪽이 되ᄂ니 이ᄂ 대체 보ᄂ 법이니 그 대강만 긔록ᄒ노라.

【13】 ᄯ ᄒ 복에 써시되 소씨 약난의 직금회문션긔도 녀졔ᄌ 박치홍은 삼가 푸노라 ᄒ야더라.

【14】 보ᄂ 법

첫줄노부터 ᄒ ᄌ씩 물녀 닑어 칠언 네 쪽이 되고 ᄎ;쪽마다 물녀 닑어 낫;치 회문이 되고 ○ 우ᄒ로부터 ᄀ로 ᄒ ᄌ씩 【15】 물녀 글귀 되고 귀마다 ᄌ;히 것구로 닑어 낫;치 회문이 되고 ○ 두 ᄉ이 줄노부터 ᄒ ᄌ씩 물녀 글귀 되고 그 ᄋ리로 ᄎ;ᄒ 쪽식 물녀 글이 되고 ᄯ 이리 져리 반복ᄒ야 닑어 낫;치 글이 되고 ○ ᄀ온디 줄노부터 ᄯ 이ᄀ치 닑어 글이 되고 ○ 모통이로부터 빗기 ᄒ ᄌ씩 물녀 글귀 되고 ᄯ ᄎ;ᄒ 쪽식 물녀 글이 되고 ○ 즁심으로부터 시흥(詩興) 두 ᄌ로 시죽ᄒ야 ᄒ 귀식 ᄋ리 우ᄒ로 ᄯ 좌우로 닑어 글이 되고 ○ 네 편으로 좌션(左旋)ᄒ야 닑어 글이 되고 ᄯ 우션(右旋)ᄒ야 글이 되고 ○ 네 모ᄒ로 좌우 션ᄒ야 각;글이 되고 ○ 쌍귀로 좌우 션ᄒ야 ᄯ 글이 되고 ○ 각 줄에 【16】 ᄒ ᄌ씩 물니고 팔면의 각;ᄒ 쪽식 취ᄒ야 좌션ᄒ야 젼도히 닑어 회문이 되고 ○ 우션으로 이가치 ᄒ고 ○ 각 줄에 ᄒ ᄌ씩 물녀 스졍으로 각;ᄒ 쪽식 취ᄒ야 좌션ᄒ야 닑어 글이 되고 ○ 우션ᄒ야 이가치 글이 되고 ○ 네 모흐로 각; 좌우 션흐야 글이 되느니라.

　화셜 쇼산이 션긔도를 보기를 다흐고 츠탄흐야 왈,

　"소씨 약난이 규중의 약흔 겨집으로 그 지아비를 씨닷고져 흐야 능히 즈히 츠지 못흐는 비단 우히 팔빅 마흔 흔 즈를 쓰니여 그 ᄀ온더 정신과 뜻을 모화 즈;히 글이 닐우니 우흐로 쳔도를 베풀고 ᄋ리로 인정을 다흐고 ᄀ온더로 물 【16】 니를 극진히 흐야 갓ᄀ이 인증흐고 널니 비유흐야 정을 부치미 그윽이 깁고 흥을 닐으혀미 멀니 소;쓰니 이가치 긔교흐믄 진실노 쳔고졀챵이요 만 대무썅이어늘 이제 태후(太后)의셔 문을 지어 칭도흐시믈 어드니 쏘흔 지음을 만나 가히 쳔하의 뉴젼흐야 썩지 아닐 거시요 쏘 스씨(史氏) 박씨 낭기 지녀를 만나 그 믹낙을 춧고 정신을 통흐야 글귀를 풀어니야 ᄆ춤니 누쳔빅슈의 니르 러 소씨의 당일 지어닌 일편 고심으로 흐여곰 쇼연이 드러나고 뇨연이 붉게 흐 야 거의 남은 한이 업게 흐니 져 두 지녀의 이가치 궁구흐미 그 엇 【18】 지 소 씨의 공신 뿐 되리요. 그 지졍의 츌뉴흠과 ᄆ음에 공교흐미 가히 금고의 웃듬 이니 질녜 이씨를 당흐야 이 갓흔 긔문을 어더 보미 쏘흔 샴셩의 다힝흔 닐이 어니와 아지 못게라 태휘 쏘 무슨 은젼을 ᄂ리오시니잇가?"

　당민(唐敏) 왈,

　"태휘 이 그림을 보시므로부터 십분 깃거 ᄉ랑흐샤 인흐야 싱각흐시되, '즉 금 쳔하의 너름과 인물의 번셩흐므로 붉은 도쟝2)과 슈 눗는 집에 글 비혼 녀지 비록 쇼약난갓치 금고에 쮜여는 지는 업스려니와 ᄉ영화 빅희홍의 뉴는 응당 젹지 아니리니 만일 이 갓흔 지 인흐야 미몰흐야 일홈 【19】 이 드러나지 못흐 면 그 엇지 앗갑지 아니리오? 흐샤 일노죠츠 지조 ᄉ랑흐는 ᄆ음이 간졀흐샤 날노 됴졍대신으로 더부러 의논흐야 쳔하의 글 닑은 녀ᄌ로 흐여곰 일졔히 과 거의 나아오게 흐야 그 글에 고하로 츠례를 졍흐야 지녀 편익을 쥬고 그 부모

---

　2) 【도쟝】 명 규방(閨房). ¶ 深閨∥ 즉금 쳔하의 너름과 인물의 번셩흐므로 붉은 도쟝과
　　슈 눗는 집에 글 비혼 녀지 비록 쇼약난갓치 금고에 쮜여는 지는 업스려니와 (因思如今
　　天下之大, 人物之廣, 其深閨繡閣能文之女, 固不能如蘇蕙超今邁古之妙.) <鏡花 10:18> 월
　　궁의 신션은 흰ᄉ미로 만눗고 가올 도쟝의 원망흐는 녀ᄌ는 우는 흔격을 뼈셧도다 (月
　　窟仙人縫縞袂, 秋閨怨女拭啼痕.) <紅樓 37:57>

롤 관대(冠帶)와 직쳡(職帖)을 ᄂ리오게 ᄒ니 이 다만 인지롤 격권홀 분 아니라 천하의 ᄯᆯ 둔 사롬으로 ᄒ여곰 무한 영광을 더으게 ᄒ고 ᄯᆯ 된 즈로 ᄒ여곰 영효롤 밧들게 ᄒ시미니 이 아니 천츄의 아름다온 닐이뇨?"

인ᄒ야 녜부대신으로 ᄒ여곰 법녜롤 의정ᄒ야 전일 ᄂ리온 바 죠셔 열두 죠건 밧게 지녀【20】 과거 뵈ᄂ 죠건을 더ᄒ라 ᄒ시니 듯건디 명년이면 다 년호롤 고쳐 셩녁(聖歷)이라 ᄒ다 ᄒ니 일졍 명년 츈졍월노 죠셔롤 천하의 반포ᄒ다 ᄒ니 과거 일ᄌᄂ 아직 졍치 못ᄒ되 이 소문이 격실ᄒ니 질녀ᄂ 모롬즉이 힘을 더ᄒ야 학업을 부즈러니 ᄒ라. 너의 학문으로 보건디 지녀편익(才女匾額)을 어드미 탐낭취물(探囊取物)홈 갓ᄒ리니 거년의 네 일즉 날더러 무르되 녀ᄌ 보ᄂ 과거ᄂ 언제 되난고 ᄒ더니 엇지 이 말이 마즌 줄 ᄯᆺᄒ야시리요."

쇼산이 들을ᄉ록 크게 깃거 왈,

"천하에 ᄆᄎᆷ니 이갓치 긔이ᄒ 닐이 잇스니 진실노 규즁 천지(千載)【21】의 만ᄂ기 어려온 긔회요 녜와 이제 다시 업ᄂ 닐이로소이다! 그러나 질녜 무슴 복녁이 잇셔 지녀 천익을 엇스오며 ᄒ물며 혹업이 졍치 못ᄒ오니 엇지 감히 망녕된 의ᄉ롤 먹으리잇가. 이후ᄂ 맛당히 힘을 다ᄒ야 비ᄒ고 닉이오려니와 ᄇ라건디 슉부ᄂ ᄯᆯ로 ᄀ르치시면 혹즈 나아가 관광(觀光)홀가 ᄒ오려니와 만일 명년으로 고디 과거 되오면 질녀ᄂ 이런 망녕된 싱긱도 아조 ᄯᆫᄒ리로소이다."

제42회

開女試太后頒恩詔 篤親情佳人盼好音

당만이 문득 경아 왈,

"질녀의 이 말이 엇진 ᄯᆺ이뇨?"

쇼산 왈,

"과거 긔한이 【22】 오히려 더듸면 그 ᄉ이 부즈러니 혹습ᄒ와 나아가 구경이나 ᄒ오려니와 즉금은 질녀의 혹업이 셧고고3) 년긔 어리오니 엇지 능히 나

---

3)【셧긔다】[형] 성기다. ¶ 空疏‖ 과거 긔한이 오히려 더듸면 그 ᄉ이 부즈러니 혹습ᄒ와

아가리잇가?”

당민 왈,

“혹업은 맛당이 힘쓰미 조커니와 년긔는 어릴스록 더옥 조흐리니 장니 죠셔
를 보면 알녀니와 년긔는 과히 만흐면 도로혀 히로올 듯ᄒ니라. 너는 다만 공
부나 힘쓰라. 명년의 비록 과거 되나 너희 혹문이 족히 감당ᄒ리니 그는 념녀
치 말나.”

쇼산이 맛당ᄒ시믈 일컷고 일노죠츳 문필을 더옥 혹습ᄒ야 편각을 게얼니
아니ᄒ더라.

얼풋 ᄉ이 명년 졍 【23】 월이 되미 당민이 ᄯ로 쇼식을 탐쳥ᄒ더니 일ᄉ은
학당의 잇다가 과연 죠셔를 어더보미 년망히 벗겨와 쇼산을 쥬어 왈,

“지녀 과거 뵈는 죠셰 이지야 나리되 열두 가지 죠목이 잇스니 질녀는 ᄌ시
보라.”

쇼산이 밧비 ᄇ다보니 그 죠셔의 굴오더,

봉천승운황졔(奉天承運皇帝) 죠셔ᄒ야 굴오스디 짐이 싱각건디 쳔지의 영화
는 본디 사ᄅᆷ을 굴회여 맛긴 비 아니요 졔왕의 보필을 엇지 파격(破格)ᄒ야 구
ᄒ지 못ᄒ리요. 남ᄌ로 ᄉ쟝(詞章)을 쳔ᄌᄒ면 진실노 규쟝(珪璋)의 품(品)이 즁
ᄒ거니와 녀ᄌ로 문예의 닉으면 【24】 ᄯᅩᄒ 빈조(蘋藻)의 빗츨 더ᄒᄂ니 우리
국개 지조 쓰기를 즁히 넉여 녈셩(列聖)이 ᄒ갈갓ᄒ시더니 짐이 명을 ᄇ드미
오직 시로오니 어지니 구ᄒ믈 목ᄆᆞ름 갓치 ᄒ야 문을 열어 준걸을 모호니 도리
(桃李)는 임의 츈관(春官)의 속ᄒ되 안흐로 지조를 ᄲᆫ미 과거는 오히려 규슈의
게 밋지 못ᄒ니 낭군이 비록 악죠(鸚鳥)의 쳔거ᄒ믈 ᄇ드나 낭지 홀노 대붕의
날이를 펴지 못ᄒ니 이 엇지 사ᄅᆷ 쓰기의 공번되다[4] ᄒ며 인지의 셩ᄒ믈 일커

나아가 구경이나 ᄒ오려니와 즉금은 질녀의 혹업이 셧그고 년긔 어리오니 엇지 능히
나아가리잇가? (考期如遲, 還可趕緊用功; 若就要考試, 侄女學問空疏, 年紀過小, 何能去
呢?) <鏡花 10:22> 잉이 황공 샤례 왈, “셧건 돌과 물근 ᄇ롬의 국향을 쏠와 이에 디류
ᄒ 죄 가비압디 아녀이다.” <빙빙 1:43>

4) 【공번되다】 혱 공변되다. 공정(公正)하다. ¶ 公 ‖ 낭군이 비록 악죠의 쳔거ᄒ믈 ᄇ드나
낭지 홀노 대붕의 날이를 펴지 못ᄒ니 이 엇지 사ᄅᆷ 쓰기의 공번되다 ᄒ며 인지의 셩ᄒ

르리요. 네쩍『셔젼書傳』이 싣허지게 되니 복싱(伏生)의 쏠이 경셔롤 외와 젼ᄒ고『한셔漢書』롤 닐우지 못ᄒ미 셰슉(世叔)의 안해【25】스긔롤 니으며 지조롤 닉이미 샤쥬(紗橱)와 능장(綾帳)의 박아(博雅)ᄒ믈 일컷고 시롤 지으미 뉴셔(柳絮)와 쵸화(椒花)의 청신(清新)ᄒ믈 독보ᄒ니 무리의 쎄혀나고 뉴의 쮜여나문 고금에 이가치 일홈난 겨집이 즁ᄒ고 어지니롤 쌘고 능ᄒ니롤 갈희믄 규각(閨閣)의 맛당이 드문 법을 펼 거시니 ᄒ믈며 즉금 하늘 아리 녕슈ᄒ 긔운이 홀노 남ᄌ의게 품슈홀 비 아니라 정길(貞吉)ᄒ 징죄 오리 곤도(坤道)의 속ᄒ지라. 교화ᄂ □의 문치롤 우럴고 지화ᄂ 더옥 아롬다옴을 다토ᄂ니 이에 널니 뭇고 모다 의논ᄒ야 새로이 과거롤 창셜ᄒ노니 셩녁 삼년의 특별이 네【26】부로 ᄒ여곰 녀과(女科)롤 뵈게 ᄒ니 거힝ᄒ는 죠건은 ᄯᅳ히 버려 뵈노라. 셩녁 원년 츈정월의 측쳔황졔(則天皇帝)ᄂ 친히 지어 ᄂ리오노라.

　일은 과거법이 몬져 그 거쥬ᄒ는 바 쥐현(州縣)의셔 글노 쏘노와5) 쎄인 후 칙ᄌ의 널명ᄒ야 군으로 보니여든 군의셔 쏘노와 쌘힌 후 비로소 녜부의 나아와 회시(會試)롤 보게 ᄒ고 회시의 쌘힌 후 비로소 젼시(殿試)롤 보게 ᄒ되 과거 보는 녀지 몬져 셩녁 이년의 그 호적ᄒ는 고을의 년셰 리력과 문벌 연인을 붉혀 단ᄌ롤 졍ᄒ거든 그히 팔월노 고을과거롤 뵈고 십월노 군에서 과거【27】뵈기로 긔약ᄒ되 시소롤 니아의 베풀고 모든 녀ᄌ로 ᄒ여곰 각ᚌ 그 친근ᄒ 권죡 녀ᄌ ᄒ두 사롬식 거ᄂ려 츌입ᄒ게 ᄒ고 시권(試卷) 밧기는 관비 녀기로 식이고 모든 하리 아역은 일병 회피ᄒ게 ᄒ라.

　일은 현고[縣考 고을과거란 말이라]의 쌘힌 ᄌᄂ 몬져 문학슈녀(文學秀女) 편익을 쥬어 군고[郡考 군에셔 뵈는 과거]롤 보게 ᄒ고 군고의 쌘힌 ᄌᄂ 문학 슉녀(文學淑女) 편익을 쥬어 부시[部試 녜부의셔 뵈는 과거]롤 보게 ᄒ고 부시

물 일커르리요 (郎君旣膺鶚薦, 女史未遂鵬飛. 奚見選擧之公, 難語人才之盛.) <鏡花 10:24>

5)【쏘노다】⑧ 꿇다. 글의 잘잘못을 살펴 판단(判斷)하다. ¶ 考∥ 과거법이 몬져 그 거쥬ᄒ는 바 쥐현의셔 글노 쏘노와 쎄인 후 칙ᄌ의 널명ᄒ야 군으로 보니여든 군의셔 쏘노와 쌘힌 후 비로소 녜부의 나아와 회시롤 보게 ᄒ고 (古時先由州縣考取, 造冊送郡; 郡考中式, 始與部試; 部試中式, 始與殿試.) <鏡花 10:26> 왕태쉬 쥬션싱을 쳥ᄒ야 글을 쏘노라 ᄒ딕 <型世 5:8> 만일 형으로 더브러 ᄒ가지로 쏘노이면 형이 문뎨로뻐 ᄌ연 이길 거시니 (若要與兄同考, 以兄門第, 自然要撥頭籌.) <平山 6:32>

의 샌힌 즈는 문학지녀 편익을 쥬어 전시[殿試 나라희셔 뵈는 과거]를 보게 ᄒ야 전시 일등의 샌힌 즈는 녀학스(女學士) 직첩을 쥬고 이등에 샌힌 즈는 녀박스(女博士) 직첩을 쥬고 삼등【28】에 샌힌 즈는 녀유스(女儒士) 직첩을 쥬어 흠게 홍문관(紅文館) 즌치에 참예ᄒ게 ᄒ고 그 벼술 품슈롤 쏠와 녹봉을 반식 쥬게 ᄒ고 그 즁 즈원ᄒ야 궁즁의 드러 벼슬ᄒ여지라 ᄒ는 지 잇거든 아직 일 년이 지닌 후 지조롤 시험ᄒ야 직품을 도ᄉ와 쓰게 ᄒ고 삼등 이하는 각ᄉ대 단(大緞) ᄒ 필식 샹ᄉᄒ고 년세 오히려 어리거든 이후 전시의 다시 보게 ᄒ라.

일은 전시 일등ᄒ 즈의 부모와 구고(舅姑)와 지아비 만일 벼슬이 오품 이샹 의 잇거든 각ᄉ품복 ᄒ 가즈(加資)롤 더ᄒ야 쥬고 오품 이하의 잇거든 스품 복 식을 도ᄉ와【29】쥬고 만일 벼슬 못ᄒ 즈여든 일병 오품 복식을 쥬어 영화롭 게 ᄒ고 이등에 샌힌 즈는 뉵품 복식을 쥬고 샴등에 샌힌 즈는 칠품 복식을 쥬 어 각ᄉ 일등과 가치 ᄎ례로 구별ᄒ게 ᄒ라.

일은 군고와 부시의 샌힌 후 시관 보는 녜졀은 스계지녀와 갓치 ᄒ고 시권과 방목(榜目)은 션비 과거와 갓치 ᄒ며 군고의는 문학수녀로 셩명을 쓰고 부시의 는 문학슉녀로 셩명을 쓰라

일은 글은 시부로 샌되 인시(寅時)의 과쟝의 드려 유시(酉時)의 나가게 ᄒ고 거쵹(擧燭)ᄒ기의 니르지【30】말며 시관이 법을 어긔는 즈는 엄히 쳐분홀 거 시오 시권은 낫ᄉ치 비봉(秘封)을 봉ᄒ고 벗겨 올녀 농간ᄒ고 스졍ᄒ는 폐롤 막으라.

일은 호젹은 부디 구이ᄒ지 말 거시니 셜혹 타향의 우거ᄒ는 즈여든 이 뜻으 로 그 고을에 일외여 게셔 현고롤 보게 ᄒ고 혹즈 타향의셔 현고의 샌히나 부 디 고향의 도라가 군고롤 보는 즈도 허ᄒ야 막지 말나.

일은 현고와 군고의 불힝이 우병으로 미처 보지 못ᄒ 즈는 츄후ᄒ야 고을에 알외여 ᄯ로 보게 ᄒ【31】되 전시 긔한이 지나거든 허치 말나.

일은 부시 미처 만일 길이 멀고 거ᄂ려 올 사롬이 업거나 우병이 잇셔 못 오 는 지 잇셔 그 지혹이 과연 츌즁ᄒ거든 그 고을노 별노 쥬문ᄒ야 쳐분을 기ᄃ 리라.

일은 군고의 샌힌 즈의 본집과 싀집을 일병 구실을 덜어 쥬고 그 경도의 원

근을 쏠와 관가로 노슈롤 쥬게 흐라.

일은 일홈을 부디 쓰로 짓지 말고 어린 쩌 아명으로 쓰미 방해롭지 아니코 혹즈 풍화 월노의 뉴로 몽죠와 문견으로 지은 일홈이어든 그더로 【32】 쓰게 흐야 거의 규각에 본리 면목을 일치 말게 흐라.

일은 년긔 십뉵세 이상은 보기롤 허지 말며 비록 십뉵세 안히라도 임의 출가 흔 즈는 쏘흔 허치 말며 형체는 폐흔 병인도 허치 말나.

일은 죠셔 느린 후 맛당히 쌜니 과거롤 뵈야 지조롤 쌜 거시로되 도로의 원 근이 잇셔 일시의 모호기 어려올 분 아니라 젼의 녀과롤 뵈지 아니ᄐ가 졸지에 보게 흐면 응당 혹업이 졍슉지 못흘 듯흐미 특별이 긔한을 물녀 셩녁 샴년 샴 월의 부시롤 【33】 뵈야 수월노 젼시롤 뵈아 지조롤 기르고 널니 썬는 지극흔 쓰을 뵈노라.

오희(嗚戲)라 시는 직금을 즈랑흐니 진실노 탈금(奪錦)흘 사롬이요 글시는 잠 화(簪花)의 비유흐니 가히 탐화흐는 즌치에 참예흐리로다. 일노죠츠 산호(珊瑚) 롤 그물에 얽으니 문박시 본더 궁즁으로 나고 옥척으로 지조롤 즈히니 녀샹예 (女相如) 엇지 조졍 밧게 잇스리요. 크게 새 법을 빗나게 흐고 셩수롤 이에 붉 히고져 널니 즁외에 고흐야 흠게 듯고 알게 흐노라.

소산이 보기롤 다흐미 크게 깃거 왈,

"나는 쩌흔 【34】 되 과거 긔한이 갓가올가 져허흐더니 과연 흐늘이 사롬의 원을 좃츠시도다! 질녀 금년 이십스 셰니 셩녁 삼년이면 므초와 십뉵 셰 될 거 시니 그 스이 두 해 동안의 조히 닉이고 쓰리로소이다."

당민 왈,

"나도 이롤 보고 가장 깃거흐도다. 긔약이 머러 조히 공부흘 분 아니라 시와 부로 과거 보미 심히 쉬오니 지녀 편익을 일졍 우리 집에 도라오리로다!"

쇼산이 날노 쇼봉(小峰)으로 더부러 혹습흐믈 일각도 게어르미 업스나 다만 부친 안부의 쇼식을 몰나 쩌ᄂ 창즈롤 살오며 님씨 쏘흔 장부롤 싱각흐야 날노 사롬 【35】 을 친가의 부려 탐지흐더니 일ᄂ은 므초아 당민이 님원외로 더부러 브로 니당의 니르거늘 넘시 져롤 보미 장부도 응당 홈게 도라오리라 ᄒᆞ야 십분 즐겨 황망이 녜롤 ᄆᆞᄎᆞ미 쇼산 남미 ᄯᅩ흔 졀ᄒᆞ야 뵈온 후 넘시 몬져 무러 글오디,

"거게 무ᄉ 일 미부롤 잇그러 해외에 가시니잇고? 그 ᄉᆞ이 두 해의 합가 소졸이 ᄆᆞᄋᆞᆷ을 노치 못ᄒᆞᆫ니이다."

말을 맛지 못ᄒᆞ야 쇼산이 급히 무러 왈,

"이제 구귀 임의 도라오시니 엇지 부친과 홈게 오시지 아니시ᄂ니잇가?"

원외 답왈,

"쥭일에 우리 션쳑이 언덕의 다ᄒᆞ며 바야흐로 힝니롤 옴겨 집으로 드리【36】더니 너의 부친이 써ᄒᆞ되, '과거의 올□□□□□□ᄆᆞ춤ᄂ니 슈지로 도라가면 향ᄂ니 ᄋᆞ동이□□□□□□쳐우슬 거시니 집에 들어가 낫치 업슬□□□□□□ᄉ로 올나가며 혹업을 다시곰 힘써 인□□□□□□더 탐화의 올은 후야 비로소 도라오리라□□□□□외 너의 구모(舅母)로 더부러 지삼 권ᄒᆞ야 말니되 ᄆᆞ춤ᄂ니 뜻을 구지 줍아 ᄉᆞ미롤 썰쳐 문을 나며 길에서 어든 바 은즈만 내게 부탁ᄒᆞ야 보니라 ᄒᆞ니 내 ᄯᅩ흔 홀일업셔 이에 급피 와 쇼식을 젼ᄒᆞ노라."

넘시와 쇼산이 듯기롤 다 못ᄒᆞ야 어린 듯 말이 업거늘 당민 왈,

"우리 거게 비【37】록 공명에 ᄆᆞᄋᆞᆷ이 즁ᄒᆞ시나 근일 셩졍이 변ᄒᆞ시기롤 엇지 니에 비츠시뇨? 두 해롤 집을 쩟낫다가 도라와 지쳑의 두고 ᄆᆞ춤ᄂ니 과문불입(過門不入)ᄒᆞ시니 실노 인졍 밧기며 ᄒᆞ물며 공명의 득실과 죠만을 미리 졍홀 길 업거늘 만일 훗과거6)의 올으지 못ᄒᆞ시면 인ᄒᆞ야 도라오지 아니 아니실가 그윽이 이닯도소이다."

원외 왈,

---

6) 【훗과거】 뗑 다음 과거(科擧). ¶ 下科‖ 두 해롤 집을 쩟낫다가 도라와 지쳑의 두고 ᄆᆞ춤ᄂ니 과문불입ᄒᆞ시니 실노 인졍 밧기며 ᄒᆞ물며 공명의 득실과 죠만을 미리 졍홀 길 업거늘 만일 훗과거의 올으지 못ᄒᆞ시면 인ᄒᆞ야 도라오지 아니 아니실가 그윽이 이닯도소이다 (豈有相離咫尺, 竟過門不入? 況功名遲早, 何能拿得定, 設或下科不中, 難道總不回家麽?) <鏡花 10:37> 이제 장안의 잇셔 조히 공부롤 더ᄒᆞ다가 훗과거 지닌 후면 ᄌᆞ연 도라오리라 질녀는 모롬즉이 셩급히 구지 말나 (今在西京讀書, 下科考過, 自然還家, 甥女爲甚這樣性急?) <鏡花 10:39> 이 秀才 오히려 生疎ᄒᆞ니 아직 도라가 用心 講習ᄒᆞ여 훗과거에 오라 (這箇秀才尙生疎, 且回去, 用心講習科擧來.) <伍倫 3:5b>

"녕형이 쏘흔 이 말과 갓치 니르되 만일 훗과거 방목 우히 즈가 셩명이 업거 든 대쳐 도라오기롤 브라지 말느 흐니 이갓치 뜻을 즙으미 나의 서어흔[7] 말노 써 엇지 막즈르리요."

님시 왈,

"당초의 거게 부졀업시 잇그러 해외에 가기로 인흐 【38】 야 널니 놀고 크게 보므로 므음이 더옥 방낭흐야 심지어 집을 도라보지 아키의 니르니 이 도시 거 ; 의 탓시로소이다!"

원외 왈,

"니 엇지 즐겨 동힝흐리요. 그쎄 빅그지로 조당(阻擋)흐되 므춤니 배에 올으 니 춤아 엇지 밀어 느리오리요. 쏘 닐으되 집을 쩌날 쎄 쳐즈로 더부러 이 뜻을 닐으고 오노라 흐고 쩌날 쎄 셔동을 보니여 가신을 부치미 나도 오히려 넘녀 아닌 비로라."

쇼산이 눈물을 흘려 왈,

"당일 우리 부친이 해외로 가시기도 구 ; (舅舅)로 인연흐고 이번 장안(長安) 으로 가시기도 구 ; 의 보니시미니 젼혀 구 ; 의 흐신 비라. 이제 다른 말슴 홀 것 업스와 오직 구 ; 는 질녀롤 잇그 【39】 러 쟝안의 니르러 부친을 츠즈 뵈셔 든 부친이 일향 도라오시지 아니실지라도 부친 얼골을 뵈옵고 도라오면 져기 방심흐리로소이다."

원외 쇼산의 말노 조츳 그윽이 놀느나 쳔연이 대답흐여 왈,

"너의 말이 지극흔 효심의 비로슨 비로더 너갓치 어린 나의 엇지 능히 힝노 의 슈고롤 견더며 젼일도 너의 부친이 흔 번 밧게 나가 놀미 슈샴년 지는 후도 졍안이 도라오며 즉금 만는 비 쏘흔 분흐고 붓그러온 닐이라. 이제 장안의 잇 셔 조히 공부롤 더흐다가 훗과거[8] 지닌 후면 즈연 도라오리라 질녀는 모롬즉

---

7) 【서어흐다】 혱 서어(鉏鋙)하다. 섭섭하다. ¶ 녕형이 쏘흔 이 말과 갓치 니르되 만일 훗 과거 방목 우히 즈가 셩명이 업거든 대쳐 도라오기롤 브라지 말느 흐니 이갓치 뜻을 즙으미 나의 서어흔 말노써 엇지 막즈르리요 (這話令兄也說過, 若榜上無名, 大家莫想他 回來. 他這般立志, 他也勸不開的.) <鏡花 10:37>

8) 【훗과거】 몡 다음 과거. ¶ 下科 ‖ "今在西京讀書, 下科考過, 自然還家, 甥女爲甚這樣性 急?" 이제 장안의 잇셔 조히 공부롤 더흐다가 훗과거 지닌 후면 즈연 도라오리라 질녀

이 셩급히 구지 말나. 이리로 장안을 가려 ㅎ【40】면 누쳔리 졍도(程途)의 진실노 쳔산만슈(千山萬水)를 지나느니 너의 슉부게 무러 보라. 너희 녀ㅈ의 무리 능히 왕반홀가? 부디 가고져 홀진더 니 맛당히 너의 슉부와 홈게 더려가리라."

당민이 겻흐로죠ㅊ 즈시 듯고 쇼산을 향ㅎ여 왈,

"나는 쥬의 잇느니 질이 부디 몸소 나아가 부친을 뵈옵고져 홀진더 쏘흔 조흔 인젼이 잇느니 질이 명년 군시(郡試)의 섄히거든 일즉이 경수의 올느가면 과거 보기를 인ㅎ야 근친ㅎ면 그 아니 냥편ㅎ랴? ㅎ믈며 우리 거게 쇼시로부터 밧게 놀기의 닉으샤 만일 집의 드러 오리 머무시면 반드시 지해를 닐으혀므로 도로혀【41】밧게 잇셔 구속지 아닌 쎠는 신상이 강건ㅎ시니 부뫼 당에 겨실 쎠도 오히려 그치지 못ㅎ시더니 근일은 더옥 방심ㅎ샤 흔 번 문을 나시면 필경 일년 이년이라야 도라오시문 수쉬 쏘흔 닉이 알으시는 비니 질으는 아직 방심ㅎ라. 거게 일즉 죽직(作客)ㅎ시기의 심히 닉으시니 결단코 집의 거ㅎ시느니에셔 졍안ㅎ시리라."

쇼산이 들을ㅅ록 누슈를 그치지 아니나 마지 못ㅎ야 슉부의 말을 조츠려 ㅎ니 원외 지샴 위유ㅎ고 인ㅎ야 녀ㅇ국의셔 보닌 ㅂ 일만냥 은즈와 념가(廉家) 녀ㅈ의 준 ㅂ 진쥬를 님시의게 젼흔 후 다시 반향을 안즈시니 미즈【42】와 싱질의 말ㅁ다 칭원ㅎ믈 듯기 어려올 분 아니라 진실노 미부를 싱각ㅎ니 ㅁ음이 칼노 버히는 듯흔지라. 즈리를 졍안이 못ㅎ야 일이 잇스믈 칭탁ㅎ고 총ː이 집으로 도라오니라.

ㅊ셜 녀시 일즉 회잉(懷孕)흔 지 오러더니 집의 도라완 지 오리지 아녀 슌산 싱남ㅎ니 원외 대희과망ㅎ야 즉일 미즈의게 희보를 젼ㅎ니 님시 듯고 쏘흔 깃거 친가의 ㅅ속(嗣續)이 니어 나믈 십분 긔힝ㅎ야 ㅇ희 샴일이 되미 쇼산으로 더부러 친가의 도라와 치하홀시 ㅁ초아 녀시 산후에 풍한을 촉샹ㅎ고 겸ㅎ야 회잉흔 즁 해션풍낭의 쎄치여9) 긔혈이 손샹ㅎ므【43】로 병셰 비경ㅎ더니 이

씩 고을마다 황제 죠셔롤 밧드러 곳ᄀ이 의원을 ᄆᄌ오고 약국을 셜시흔 고로
녀시 일노죠츠 의약에 힘을 닙어 져기 ᄎ도의 니른지라. 이날 님시 이에 와 녀
시의 병셰롤 보미 거연이 도라가지 못ᄒ야 이곳에 머물시 쇼산이 완여로 더부
러 강시[江氏 님시 모친]침실의 모혀 담쇼ᄒ더니

제43회

因游戲仙猿露意 念劬勞孝女傷懷

완여의 어더온 ᄇ 빅원[白猿 흰 진ᄂ비]이 알퓌셔 희롱ᄒ더니 홀연 강씨 침
상 ᄋ리로죠츠 흔 낫 벼기롤 가져 희롱ᄒ거놀 쇼산이 강씨롤 향ᄒ여 우어 왈,
　“져 진나비 가쟝 놀기 조ᄒᄀ는도다. 앗가 완여 미ᄀ의 셔첩(書帖)을 가져 뒤
젹여 보더니 이제 ᄯ 구ᄀ의 긱침(客枕)을 가져【44】어즈러이 더지며 희롱ᄒ
니 녯사룸의 니른바 심원의미(心猿意馬)라 ᄒ미 과연 그르지 아니ᄀ 진실노 잠
시도 안정치 아니ᄒ도소이다. 그러나 져가치 졍흔 벼기롤 엇지 상 ᄋ리 ᄇ려
두어 져의 노롬을 삼ᄂ니잇고?”
　인ᄒ야 빅원의 가진 ᄇ 벼기롤 취ᄒ야 얼풋 보니 심히 눈에 닉어 집안의셔
보든 것 갓흔지라. 드ᄀ여 쟝을 들치고 상 밋츨 술피니 ᄯ 우히 흔 뭉치 푸개
잇거놀 정히 손을 들어 집고져 ᄒ더니 강시 년망히 풀을 줍아 그쳐 왈,
　“이 불과 노신에 더러온 니불이라 춤아 남의 눈에 뷜 것 아니ᄀ 고랑은 모롬
즉이 손을 더러이지 말ᄂ!”
　ᄒ야늘 쇼산이 임【45】의 강시의 거동이 경황ᄒ물 보미 십분 의아ᄒ야 구
지 붓들어 ᄆ춤니 푸러노코 셰ᄀ히 술펴보니 이 문득 부친 힝쟝의 ᄯ로인 금구
와 힝낭이라. 정히 강시롤 향ᄒ야 연고롤 뭇더니 님시 ᄆ초아 니르러 이 말을
드르며 눈으로 쟝부의 힝쟝을 보고 강씨의 황망흔 모양을 보미 크게 놀ᄂ 말이
닙에 나지 아니코 혼이 몸에 붓지 아녀 싱각건디 그 가온디 흉ᄒ미 만코 길ᄒ

굿ᄒ여시니 광치 비승ᄒ거놀 (這番看媚兒容貌, 又與昨日不同, 昨日冒雪而來, 還帶些風霜
之色, 今番却豐姿倍常.) <平妖 1:61> 辛苦 ‖ 노상의 쎄치여 와시니 일 드러누엇도다
(想是日裡走得辛苦, 倒頭就睡着在這裡.) <平妖 6:44>

미 적을지라 다만 방셩대곡홀 분이요 쇼봉(小峰)이 쏘흔 무슴 연괴믈 모로고 쌀와 졔곡홀 분이라.

쇼산이 강잉흐야 울음을 춤고 샐니 녀시 방즁의 니르러 원외룰 쳥【46】흐야 도라와 푸개룰 ᄀ르치며 일변 곡읍ᄒ며 일변 부친 거취룰 츄문흔디 원외 놀나고 어히업셔 ᄀ마니 발굴너 싱각흐되, '져의 푸개10)룰 당초 깁히 간슈흐얏스나 오히려 미즈(妹子)의 눈에 쓰일가 과도히 넘녀흐야 빙모 침샹 ᄋ러 너헛더니 이 엇지 들쳐ᄂ뇨?' 이윽이 싱각흐되 ᄆ춤ᄂ 속이지 못홀 줄 혜아리고 쳔ᄉ이 대답흐되,

"너의 부친이 병환도 나지 아니코 화변도 만는 일 업고 조히ᄉ ᄉ 산즁의 잇셔 셩품을 기르고 도룰 닥느니 무스 일 져갓치 통곡흐리요! 너의 모녀는 져기 곡셩을 그치고 나의 말을 드러보라 연고룰 즈시 닐으리라."

녀시【47】 비로소 울음을 좀간 그치거눌 원외 이에 ᄇ람을 만느 쇼봉니(小蓬萊)의 불니여 갓더니 미뷔 올나 유완흐노라 흔 번 가더니 ᄆ춤ᄂ 도라오지 아니ᄉ 우리 무리 이ᄰ룰 당흐야 비록 범연흔 동힝이라도 부디 츠즈 홈게 오려든 흐물며 남미 지친간이라 춤아 엇지 ᄇ리고 도라오리요 날노 춧고 시로 기드려 흐로 가고 이틀 가미 일삭을 지닌 후는 션상의 쌀도 진흐고 물도 진흐니 일힝 슈십인의 목숨을 보젼치 못홀지라 일이 무가너하의 다ᄉ라는 부득불 도라온 연유룰 여츠ᄉ ᄉ 셰ᄉ히 말흔디 쇼산과 녀시 드를스록 더옥 통곡흐야 그치지【48】 아니ᄉ 강시 지삼 위로흐되 엇지 능히 그치게 흐리요.

쇼산이 울며 골오디,

"구ᄉ는 우리 지친이시니 그ᄰ 비록 츠즈 만느지 못흐시고 임의 도라오시미 맛당히 이 말슴을 즉각의 우리게 젼흐샤 샐니 나아가 춧게 흐시미 도리 인졍의 맛당흐거눌 무스 일 일향 속이시더니잇고? 만일 져 푸개룰 보지 못흐던들 우리 오히려 몽즁의 잇스리니 구ᄉ는 써흐되11) 우리 부친이 아조 희외의 머무러 기

---

10) 【푸개】⑲ {포개(鋪蓋 pūgài).} 보따리. 중국어 차용어. ¶ 包裹 ‖ 져의 푸개룰 당초 깁히 간슈흐얏스나 오히려 미즈의 눈에 쓰일가 과도히 넘녀흐야 빙모 침샹 ᄋ러 너헛더니 이 엇지 들쳐ᄂ뇨? (他的包裹, 起初原放在櫥內, 他們恐妹子回家看見, 特藏在丈母床下. 今被看破, 這便怎處?) <鏡花 10:46> 드ᄉ여 장을 들치고 상 밋츨 술피니 짜 우희 흔 뭉치 푸개 잇거눌 (隨卽掀起床幃, 朝下一看, 只見地板上放着一個包裹.) <鏡花 10:44>

리 도라오시지 아니시리잇가? 이쩌를 당ᄒ야는 싱녀의 챵지 촌;히 버히는 듯
ᄒ오니 구귀 만일 우리 부친을 ᄎ즈 도라보너지 아니시면 【49】 조히 싱녀의
목숨을 구;게 드리ᄂ이다.”

　말을 ᄆ츠며 다시 곡읍ᄒ야 거의 혼졀ᄒ니 원외 ᄯ호 대답홀 ᄇ룰 아지 못ᄒ
고 위로홀 말이 업는지라. 강시 이에 님시 모녀룰 달이여 잇그러 녀시 방즁에
니르니 녀시 오히려 몸을 널ᄒ혀지 못ᄒ더니 이룰 드르미 면강ᄒ야 상의 ᄂ려
빅ᄀ지로 위유ᄒ되 쇼산이 일직 그치지 아니코 말마다 ᄆ디마다 구;는 우리
부친을 ᄎ즈달나 ᄒ야눌 원외 홀일업셔 다만 위로 왈,

　“질녜 이ᄀ치 부친을 ᄎ고져 홀진ᄃᆡ 아직 너의 구모의 병이 ᄒ리룰 기ᄃ려
우리 흠게 해외에 다시 나아가 ᄎ즈미 올 【50】 커니 너 이제 방즁에 안즈 너
의 부친을 엇지 ᄎ즈니리요.”

　녀시(呂氏) ᄯ호 권ᄒ여 왈,

　“싱녜 일즉 식견이 붉으니 과도히 곡읍지 말나. 우리 ᄆ춤ᄂᆡ 다시 해외 길이
잇스리니 그쩌 즈연ᄎ즈 도라오리니 져근덧 기ᄃ리미 엇더ᄒ뇨?”

　원외 이에 완여의게 맛긴 바 당싱의 글 벗긴 조희롤 ᄀ져 쇼산을 뵈야 왈,

　“이 과연 너의 부친이 친히 쓰고 간 비라 노븨 이 글을 보고 홀일 업셔 이
글만 벗겨 도라왓ᄂᆞ니 나의 말이 헛되지 아니믈 거의 알니라.”

　쇼산이 바다 님시와 ᄀ치 셰;히 보거눌 원외 왈,

　“그 글 ᄋᆞ리 두 쪽 ᄯᆞᆺ을 보라 ‘오날 ᄋᆞ츰이야 비로 【51】 소 근원 잇는 곳의

---

11) 【써ᄒ다】 圖 여기다. 중국以爲”의 번역체. ¶ 만일 져 푸개룰 보지 못ᄒ던들 우리 오히
　　려 몽즁의 잇스리니 구;는 써ᄒ되 우리 부친이 아조 힉외의 머무러 기리 도라오시지
　　아니시리잇가? (若非今日看見包裹, 我們還在夢中. 難道舅舅就聽父親永在海外麼?) <鏡花
　　10:48> 當作 ∥ 오날; 노랑을 만나 힝혀 너의 녀진 줄 알기로 오히려 용셔ᄒ거니와 만
　　일 졀문 부녀룰 만나던들 다만 너의 것 모양을 보고 써ᄒ되 나지 감히 부녀룰 엿보다
　　ᄒ면 그 늘이 어더 미츠리요 죽기룰 면치 못ᄒ리라! (你今日幸虧遇見老娘; 你若遇見別
　　人, 把你當作男人偸看婦女, 只怕他個半死哩!) <鏡花 8:10> 當作 ∥ 우리 구형이 얼골이
　　희여 분 브른 듯ᄒ고 겸ᄒ야 염화국의셔 슈염을 불의 술온 후 더옥 졈고;와 뵈ᄂ니
　　져무리 써ᄒ되 녀지라 ᄒ야 잡아두어 쳐쳡을 삼으려 ᄒ면 긔 아니 난쳐ᄒ니잇가? (舅兄
　　本來生的面如傳粉; 前在厭火國, 又將胡鬚燒去, 更顯少壯; 他們要把他當作婦人, 豈不耽心
　　麼?) <鏡花 8:10>

다ᄃ르니 엇지 다시 배를 씌여 나가 놀니요!'12) ᄒ아시니 이 명ㆍ히 홍진을 샤
졀ᄒ고 션경의 뉴련홀 뜻이어니 니 아모리 ᄎᆞ즌들 능히 즐겨 도라올가 시부
냐?"

쇼산이 비로소 우름을 그치고 님시롤 붓드러 왈,

"모친은 슬푸믈 져기 그치쇼셔. 이 글귀로 볼진더 야애 일졍 쇼봉너의 안강
이 겨시리니 아직 춤고 춤앗다가 구모의 달이 ᄎᆞ시기롤 기ᄃ려 녀이 맛당히 구
ㆍ롤 쏠와 해외에 나아가 야ㆍ롤 뫼셔 도라오미 맛당ᄒ니이다."

님시 왈,

"네 일즉 바다 배에 올ᄂᆞ 보지 못ᄒ고 ᄒ믈며 먼길에 닉지 못ᄒ니 엇지 능히
왕반ᄒ리요. 다만 너의 【52】 남미 집에 잇셔 슉ㆍ을 쏠와 혹업을 힘쓰면 니 맛
당이 거ㆍ롤 쏠와 ᄎᆞ즈리니 나는 비록 밧게 나가 샴년 오년이 될지라도 너의
혹업의 해로오미 업슬 거시니 장니 혹ᄌ 지녀의 샌히면 다만 네 몸에 영화로올
분 아니라 부모의 깃부미 엇더ᄒ리요. 네 만일 구ㆍ롤 쏠오면 슈로 만리의 왕
반지록을 졍치 못ᄒ리니 만일 과거 긔한을 지나면 긔 아니 앗가오뇨?"

쇼산 왈,

"이제 부친이 먼리 슈만리 바다 밧글 격ᄒ와 안위롤 졍치 못ᄒ오니 녀ᄋ의
ᄆᆞ음은 다만 부친 ᄎᆞ기로 축급ᄒ오니 어느 결을의 과거의 뜻이 잇ᄉ오며 이제
모친이 니어 집을 쩌ᄂᆞ시 【53】 면 녀ᄋ 남미 쏘 엇지 ᄆᆞ음을 노ᄒ 견디리잇
가? 모친이 아을 거ᄂᆞ려 집에 겨시니만 갓지 못ᄒ니이다. 셜혹 모친이 가샤 부
친을 만나보시나 두리건더 부친이 즐겨 도라오지 아니실가 ᄒᄂ이다."

님시 왈,

"그 엇지 니르미뇨?"

쇼산 왈,

"부친이 만일 홍진(紅塵)을 샤졀ᄒ실 뜻을 두시면 모친을 보신들 엇지 ᄆᆞ음
을 도로혀실 줄 알니잇고. 이 지경을 당ᄒ야ᄂᆞ 모친이 쏘흔 엇지ᄒ시리잇가?
만일 녀이 부친을 뵈온 후 비록 도라오믈 허치 아니시나 녀이 가히 울며 알욀

---

12) 今朝才到源頭處, 豈肯操舟復出游!

거시오 가히 쑤러 고홀 거시오 말슴이 쏘한 조흐니 써한되 모친이 일노 죠추 근심으로 병환이 닐어 만분 위【54】 즁한시미 ㅇ히 일즉 어믜 병을 구코져 한고 일즉 야애 먼리 해외에 겨시므로 슈만리 해도롤 써리지 아녀 아홉 번 죽고 한 번 살아 부친을 츠즈 니르럿다 한오면 부친이 ㅣ 말슴을 드르시고 쏘 녀ㅇ의 비통한는 모양을 보시면 혹즈 녀ㅇ의 일편 셩효롤 어엿비 넉이샤 만분일 감동하오시며 거의 도라오실 듯한오며 한물며 녀ㅇ는 길을 나면 비록 얼골을 드러너고 몸을 감초지 못한오나 오히려 나히 어리오니 이리 가고 져리 단녀 녜가 뭇고 졔 가 뭇기의 방해롭지 아니려니와 모친은 어린 ㅇ녀와 다르시니 힝동 츌입이 곳ㅣ이 비편한시리니 어듸로조추 무르시며 츠즈시리【55】 잇가?”

님시 드러오미 반향을 말이 업거눌 원외 왈,

“셩녜 비록 나히 어리나 쏘한 길에서 난편한 비 만흐리니 도모지 너희 모녀는 가므로 유익지 아니ㅣ 우리 무리만 너의 대신으로 나아가 츠즈 도라오니만 갓지 못하리라.”

쇼산 왈,

“구ㅣ 말슴은 비록 그르지 아니시나 만일 이번 홈게 도라오지 못하시면 셩녜 엇지 그만하야 그칠 니 업소오니 ㅁ츰니 구ㅣ롤 뫼셔 이 길을 부디 하고 말니ㅣ 장녜에 이 길을 하실 터이면 츠라리 이번 동힝하와 쇼봉니(小蓬萊)의 니르러 부친을 뵈온 후는 도라오시고 아니 오시기는 의논 말고 비로소 구ㅣ롤 원망치 아니리이다.”

원외 져의 모양과 말슴【56】을 드르미 ㅁ츰니 막즈르지 못홀 줄 알미 다만 답한되,

“셩녜 이가치 ㅁ음을 줍아 부디 가고져 홀진디 니 쏘한 막을 말이 업느니 아직 너의 구모의 달 츠기롤 기드려 물화롤 장만하야 홈게 가기로 완졍하노라.”

이에 셔로 의논하야 팔월 초일ㅣ 써나기로 퇴일하니라. 이날을 겨유 지닌 후 님시 녀ㅇ의 힝장 출히기롤 위하야 쇼산 남미롤 잇그러 집으로 도라갈시 거ㅣ 부ㅣ와 죡별하고 당셩의 푸개롤 가져 도라와 당민을 쳥하야 젼후 ㅅ연을 즈시 젼하니 당민이 쏘한 놀나며 근심하믈 마지 아니터라. 쇼산이 집에 온 후로부터 날ㅁ다 유모로【57】 하여곰 탁즈교의ㅣ 뉴롤 쓸 ㄱ온디 층ㅣ이 버려노코 쩌로

그 우흐로 뛰여 올으며 뛰여 ᄂᆞ려 상하로 왕ᄂᆡ 분쥬ᄒᆞ야 그치지 아니커늘 님시 괴이히 넉여 왈,

"녀이 근일 무슴 일 져ᄀᆞ치 분쥬ᄒᆞ야 어린 ᄋᆞ희 노롬ᄒᆞ듯 뛰놀며 단니ᄂᆞ뇨?"

쇼산이 대왈,

"녀이 듯ᄌᆞ오니 산의 올으려 ᄒᆞ면 길이 ᄀᆞ장 험ᄒᆞ다 ᄒᆞ오미 이제 집의 잇셔 미리 닉이지 아녓다가 장ᄎᆞ 쇼봉ᄂᆡ 니르러 놉흔 봉과 험흔 녕을 엇지 올으리 잇고?"

님시 말이 업시 다만 ᄎᆞ탄ᄒᆞᆯ 분이러라.

이러구러13) 칠월 회일이 되ᄆᆡ 쇼산이 유모ᄅᆞᆯ 거ᄂᆞ려 모친과 슉모긔 하직을 고ᄒᆞ니 님시 도로혀 어히 【58】 업셔 다만 몸을 보즁ᄒᆞ야 부친을 일즉 ᄎᆞᄌᆞ 도라오기ᄅᆞᆯ 쳔만 부탁ᄒᆞᆯ 분이요 쇼산이 개연이 몸을 닐어 졀ᄒᆞ야 그 ᄉᆞ이 강건ᄒᆞ시믈 츅슈ᄒᆞ니 님시 눈물을 ᄲᅮ려 문 밧게 나와 손을 노흐니 당민이 쇼산을 거ᄂᆞ려 원외 집의 니르러 다시곰 보즁ᄒᆞᄆᆞᆯ 일컷고 원외ᄅᆞᆯ 향ᄒᆞ야 왈,

"쇼졔 맛당히 질녀ᄅᆞᆯ 거ᄂᆞ려 흠게 나아가 형을 마ᄌᆞ 도라올 거시로되 ᄆᆞ초아 본군 태쉬 허명을 속아 부디 쳥ᄒᆞ야 아즁의 두어 그 녀ᄋᆞᄅᆞᆯ 권ᄒᆞ야 녀과ᄅᆞᆯ 뵈고져 ᄒᆞᄆᆡ 여러 번 ᄉᆞ양ᄒᆞ야 ᄆᆞ춤ᄂᆡ 듯지 아니ᄒᆞ기로 마지 못ᄒᆞ야 아즁에 머물기로 힝지ᄅᆞᆯ 임의치 못 【59】 ᄒᆞ와 여튼 졍셩을 펴지 못ᄒᆞᄂᆞ니 ᄇᆞ라건디 노형

---

13) 【이러구러】 (몽) 어느덧. ¶ 不知不覺 ‖ 이러구러 칠월 회일이 되ᄆᆡ (不知不覺到了七月三十日.) <鏡花 10:57> 忽然 ‖ 이러구러 쟝가들 뜻이 업스니 뉴긔 ᄀᆞ장 민망ᄒᆞ여 여러 가지로 닐러도 듯디 아니매 위김질로 못ᄒᆞ여 겨리 등의 어룬 쟈의게 쳥ᄒᆞ여 긔유ᄒᆞ니 <태평 뉴방삼의 2:91> 이러구러 초팔이 다닷거날 풍슈졍이 모든 화샹으로 지ᄅᆞᆯ 장만ᄒᆞ여 샹뎨의 탄일을 공양홀시 (忽然又是初八日了, 鐘守淨分付管廚房和尙整辦香齋, 初九日齋供玉皇壽誕.) <禪眞 5:64> 네 ᄯᅩ흔 남지여놀 어이 남ᄌᆞ의 졍을 모ᄅᆞᄂᆞ뇨? 만일 이러구러 일우디 못ᄒᆞ면 병이 드러도 가히 구홀 약이 업술가 ᄒᆞ노라 <型世 3:41> 당나와 부지 미양 이곡의 집의 가 젼일로써 져혀 ᄌᆞ로 은젼을 ᄲᆞᆯ리니 이곡의 집이 패ᄒᆞ야 심히 가난히 되고 현관도 ᄯᅩ흔 의심을 닐위여 니인을 주기디 아니ᄒᆞ고 가도와 두니 이러구러 볼셔 삼년이 되엿ᄂᆞᆫ디라 <型世 3:58> 이러구러 다ᄉᆞᆺ 히 디나매 명태죄 볼셔 금화 엄쥐ᄅᆞᆯ 취ᄒᆞ야 겨시더라 <型世 3:95> 已 ‖ 이러구러 볼셔 오경이 되엿ᄂᆞᆫ디라 (那時已交五鼓.) <醒風 7:71> 이러구러 흔 히 디나되 창 밧글 나보디 아녓더니 (住了一年有餘, 連庵門佛殿僧房, 未嘗走遍.) <醒風 1:55> 너는 도로혀 여긔셔 다만 이러구러 식부의 ᄆᆞ음만 좃치 안케 ᄒᆞ지 말나 태태는 져긔셔 ᄯᅩ 너ᄅᆞᆯ 기다리시리라 (你倒別在這裏只管這麼着, 倒招的媳婦也心裡不好. 過太太那裏又惦着你.) <紅樓 11:30>

은 어린 질으를 조히 무휼ᄒ야 힝노의 무양ᄒ고 가형을 ᄎᄌ 수이 도라오쇼
셔."

인ᄒ야 노슈(路需)14) 일천 냥 은즈를 부친더 원외 지샴 스양ᄒ야 ᄆᄎ니 거
두니라. 원외 임의 물화를 장만ᄒ미 일즉 다구공(多九公)의 노셩근간(老誠근간)
ᄒ믈 미더 다시 동힝ᄒ믈 쳥홀시 구공이 지는 번 기셜국(歧舌國)의셔 어든 ᄇ
은즈 일천 냥으로 도라와 져기 싱계를 닐우고 겸ᄒ야 쇼봉니에 올나 녕지(靈芝)
를 먹고 크게 셜스ᄒᆫ 후로부터 졍신이 피곤ᄒᆯ 씨 만ᄒ미 다만 집에 잇셔 약을
쥬고 방문을 ᄀᆯ르쳐 셰샹 구졔ᄒ기로 쇼견(消遣)ᄒ야 다시 해외【60】에 향ᄒᆯ
의시 업더니 원외의 간쳥ᄒ믈 인ᄒ야 ᄆᄎ니 쩨치지 못ᄒ야 홈게 모다 힝쟝을
슈습홀시 원외 집을 써ᄂᆞ게 되미 난교로 ᄒ야곰 머물너 둘 ᄇᆞ롤 의논ᄒ니 구공
왈,

"당쇼졔 임의 해외로 갈 터이면 난교 쇼져는 당쇼져의 대신으로 녕미 부인을
뫼셔 지니미 의리의 맛당ᄒᆯ 듯ᄒ이다. 졔 본더 당형의게 의녀 되야시니 졍니에
당연ᄒᆯ 거시오 약화쇼져(若花小姐)는 임의 형의 ;네 되야시니 써러질 길 업스
미 홈게 매에 올ᄂᆞ 녕이와 당쇼져로 더부러 죡반(作伴)ᄒ미 조ᄒ리로소이다."

원외 졈두쳥션ᄒ고 즉각에 양화를 ᄆᄌ 님가로【61】 다려오니 젼봉환(田鳳
翾) 만츈괴[秦小春] 쏘ᄒᆫ 홈게 니르러 쇼산으로 더부러 녜를 베풀시 원외 쇼산
을 향ᄒ야 일;히 그 만ᄂᆞ 연유를 니른더 쇼산이 비로소 듯고 크게 깃거 셔로
보미 피츳 흔연 이즁ᄒ미 셔로 아든 사롬 갓ᄒ여 ᄒᆫ ᄆᄃᆡ 말에 ᄆᆞ음이 비최고
졍이 합ᄒ미 각; 년치로써 ᄎ례를 졍ᄒ야 ᄌᄆᆡ로 일커르며 쇼산이 약화를 향
ᄒ야 나라흘 ᄇᆞ리고 타향의 나온 연고를 무른더 약화 지닌 바를 대강 말ᄒ며
구슬 눈물이 말노 조츳 써러지거늘 소산 왈,

"져졔 이 갓흔 농봉의 ᄌ질과 왕후의 귀ᄒ므로 졸지의 이런 환을 만ᄂᆞ시미
비록 시셰의 핍박ᄒᆫ ᄇᆡ나 이【62】 쏘ᄒᆫ 명슈의 면치 못ᄒᆯ ᄇᆡ라 이 엇지 ᄆᄎ
니 해로오미 되리요?"

미지 그으기 져;의 긔샹을 우러;뵈오니 진실노 도량이 관홍ᄒ고 쳬지15)

---

14)【노슈】명 {노비(路費).} ¶ 인ᄒ야 노슈 일쳔 냥 은즈를 부친더 원외 지샴 스양ᄒ야 ᄆ
    춤니 거두니라 (幷將路費一千兩交代明白.) <鏡花 10:59>

비범ㅎ니 쟝니 반드시 큰 업을 니으샤 넙은 덕을 드리오시리니 목젼의 져근 익
회로써 죡히 ᄆᆞ음에 번뢰ㅎ샤 귀쳬룰 샹손ㅎ시리잇가. 일후에 비로소 미즈의
안력이 그르지 아니믈 알으시리이다."

약홰 왈,

"현미에 과쟝(過獎)ㅎ미 젼혀 우져룰 관위(寬慰)코져 ㅎᄂ 뜻이니 엇지 감히
스스로 억제ㅎ야 조흔 쓷을 밧드지 아니리요!"

원외 쏘 난교을 보너야 님시룰 시봉ㅎ게 ㅎ믈 말ㅎ니 쇼산이 더옥 즐겨 왈,

"싱녜 이번 길 【63】 이 죠곰도 넘녀홀 빅 업스되 다만 모친이 홀노 겨셔 격
막ㅎ시믈 넘녀ㅎ더니 이제 미ᅟᅠ룰 어더 뫼시게 ㅎ니 신혼 셩졍(晨昏定省)의 시
봉 범ᄉ룰 죡히 싱녀룰 대신홀 분 아니라 모친의 허다 우려룰 져기 더르시리니
진짓 쳔힝이로소이다."

이에 난교을 향ㅎ야 집의 잇셔 노친을 부호관위ㅎ기룰 신ᅟᅵᆫ촉탁ㅎ야 왈,

"일후 부친을 뫼셔 도라오ᄂ 날 맛당이 졀ㅎ야 샤례ㅎ리라."

난괴 답샤 왈,

"져졔 엇지 이런 말숨을 ㅎ시ᄂ잇가! 미지 당일의 야ᅟᅵᆫ의 다려와 의약으로
다스리시미 아니런들 임의 셩명을 보젼치 못ㅎ려니 이 은혜 이 덕틱을 엇지 감
히 니즈리잇가! 이제 져졔 집을 쩌ᄂ 해외로 【64】 향ㅎ시미 미지 비록 몸이
약ㅎ고 병이 즈ᅟᅵᆫ 홈게 ᄯᆞ로지 못ㅎ오나 분의에 맛당히 집에 잇셔 모친을 시봉
ㅎ리니 형졔 일신이라 엇지 셔로 부탁ㅎ며 칭샤ㅎ기의 니르리잇고. 다만 ᄇᆞ라
건디 져ᅟᅵᆫ 쳔만 보즁ㅎ쇼셔! 미지 고요히 집의 잇셔 깃분 쇼식을 기드리이
다."

쇼산 왈,

---

15) 【쳬지】 阌 몸매. ¶ 器宇 ‖ 미지 그으기 져ᅟᅵᆫ의 긔샹을 우러ᅟᅵᆫ 뵈오니 진실노 도량이
　　관홍ㅎ고 쳬지 비범ㅎ니 쟝니 반드시 큰 업을 니으샤 넙은 덕을 드리오시리니 목젼의
　　져근 익회로써 죡히 ᄆᆞ음에 번뢰ㅎ샤 귀쳬룰 샹손ㅎ시리잇가 (妹子細觀姐姐擧止, 眞是
　　大度汪洋, 器宇不凡, 將來必有非常奇遇, 斷不可因目前小有不足, 致生煩惱, 有傷貴體.) <
　　鏡花 10:62> 身段 ‖ 즈셰히 술펴보아 왕니ㅎᄂ 즁 남즈의 복식ㅎ 지 늙으나 졀무나 슈
　　염 잇ᄂ니 젼혀 업셔 낫ᅟᅵᆫ치 환즈의 얼골이요 남즈의 복식은 ㅎ야시나 이 과연 녀즈의
　　셩음이요 쳬지 단쇼ㅎ야 빙졍료ᅟᅵᆫㅎ거눌 (細看那些人, 無老無少, 並無胡鬚; 雖是男裝,
　　却是女音; 兼之身段瘦小, 嬝嬝婷婷.) <鏡花 8:6>

"미지 젼일 듯ᄌᆞ오니 봉환(鳳翾) 츈교[小春]냥위 져졔 개ᄌᆞ히 혹문이 연박ᄒᆞ시고 문쟝이 표일ᄒᆞ시다 ᄒᆞ더니 겨유 만나며 고듸 니별을 당ᄒᆞ와 닉이 ᄀᆞ르치믈 쳥치 못ᄒᆞ오니 실노 한홉도소이다."

냥인이 불감ᄒᆞ믈 일컷고 봉환 왈,

"져졔 이번 가시미 가히 명년 뉵월의 도라오시리잇가?"

【65】 쇼산 왈,

"슈로의 지록을 미리 졍치 못ᄒᆞᆯ 분 아니라 셜ᄉᆞ 니왕의 슌풍을 만나도 명년 ᄀᆞ을 젼에 도라오믈 긔필치 못ᄒᆞ리니 다만 도라와 이위 져ᄌᆞ의 놉흔 과거의 올으신 희쥬나 먹으리로소이다."

만츈괴 왈,

"우리 무리 비록 관광ᄒᆞᆯ 뜻이 잇스나 길이 멀고 동힝ᄒᆞ리 업스므로 젼일 우리 모구와 샹의ᄒᆞ야 만일 져ᄌᆞ의 과거 길ᄒᆞ실 쎄를 당ᄒᆞ거든 조히 뒤흘 ᄯᆞ오ᄌᆞᄒᆞ얏더니 져졔 의외에 이 길을 힝ᄒᆞ시고 우리 모구도 이번 길을 ᄆᆞᆨ지 못ᄒᆞ야 ᄯᅩ ᄒᆞ시니 일노죠ᄎᆞ 우리네 망녕된 싱각을 그치리로소이다."

원외 왈,

"거년의 우리 미부로 더부러 졍월의 배【66】를 씌워 금년 뉵월이야 겨유 도라오니 그 ᄉᆞ이 오빅 ᄉᆞ십여 일이 되엿는지라. 이번 길에 셜혹 슌풍을 미양 만나고 각국의 지체를 아니ᄒᆞᆯ지라도 다만 문호산(門戶山) ᄒᆞᄂᆞᆯ 도라가기의 몃 달을 허비ᄒᆞᆯ 거시니 명년 뉵월의 도라오기는 ᄇᆞ라도 못ᄒᆞ리로다. 내 일즉 과거 긔별을 드른 후로 그윽이 싱각ᄒᆞ되, 우리 완여로 ᄒᆞ야곰 싱녀를 ᄯᆞ와가게 ᄒᆞ야 힝혀 진녀의 쌘히면 우리 문호에 영광이 될가 ᄒᆞ더니 이번 싱녀의게 쓰을녀 가므로 나의 뷘 머리의 샤모를 써보지 못ᄒᆞ게 되고 나의 쳔ᄒᆞᆫ 몸에 봉군(封君) 직쳡을 엇지 못ᄒᆞ도다. 이러므로 나의 싱각은 좀간 일년을【67】머무러 과거를 지니고 가미 맛당ᄒᆞ니 만일 진녀의 쌘히면 너의 부모의게 관대와 직쳡을 밧드러 효도ᄒᆞ미 긔 아니 죠ᄒᆞᆯ소냐."

쇼산 왈,

"싱네 비록 과거를 볼지라도 반드시 진녀의 쌘히기를 긔필치 못ᄒᆞᆯ 거시오 셜혹 망녕되이 ᄎᆞᆷ예ᄒᆞ야 관대와 직쳡을 어더온들 문득 뉘 잇셔 바드리잇가? 만일 부친을 춫지 아니코 과거 보기만 즁히 넉이면 이 니론 불회니 임의 불효ᄒ면 이는 의관ᄒᆫ 금쉬니 아모리 지녀의 ᄲᅢ힌들 무어시 쓰리잇가?”

말노죠춋 눈물이 니음ᄎ니16) 약ᄒᆡ ᄀᆞᄆᆞ니 머리 조아 ᄎᆞ탄ᄒ고 난괴 ᄯᅩᄒᆫ ᄀᆞᆯ오ᄃᆡ,

“져ᄌᆞ의 이 말ᄉᆞᆷ이 진실노 졍대ᄒ시니 명일 ᄯᅥᄂᆞ시미 조ᄒ니【68】이다. 미지 쟝춋 모친게 나아가려 ᄒ오나 유모도 여긔 와 싱면이니 엇지ᄒ여야 올ᄒ리잇가?”

원외 왈,

“니 맛당히 거ᄂᆞ려 갈 거시로ᄃᆡ ᄇ야ᄒ로 닐이 만ᄒ니 우리 빙모로 ᄒ여곰 싱녀ᄅᆞᆯ 미가의 보니리라.”

이에 강시ᄅᆞᆯ 쳥ᄒ야 난교와 유모ᄅᆞᆯ 잇그러 당가로 보니더니 오리지 아녀 강시 도라오고 젼봉환 만츈괴 ᄯᅩᄒᆫ 즉별ᄒ고 도라가거늘 원외 젼일과 ᄀᆞ치 강시ᄅᆞᆯ 부탁ᄒ야 가ᄉᆞᄅᆞᆯ 맛지고 녀시 완여와 쇼산 약화ᄅᆞᆯ 거ᄂᆞ려 져근 배ᄅᆞᆯ 트고 ᄇᆞ로 해구(海口)의 니르미 이날 일ᄒᆡᆼ이 큰 배에 올나 돗츨 달고 ᄇ람을 ᄆᆞ초아 ᄒᆡᆼᄒᆫ 지 셕 달만에 비로소 문호산을 지니니 원외 오직 쇼【69】산이 ᄒᆡᆼ노의 닉지 못ᄒ고 부모ᄅᆞᆯ 싱각ᄒ야 질병을 닐으혈가 넘녀ᄒ야 ᄆᆞ롯 지니는 바 일홈ᄂᆞᆫ 뫼ᄅᆞᆯ 보면 부디 쇼산을 불너 뵈며 ᄀᆞ르치되 쇼산이 볼ᄉᆞ록 즐기지 아닐 ᄲᅮᆫ 아니라 슬푸믈 더ᄒ야 눈물을 ᄂᆞ리오니 원외 더옥 민망히 넉이더니 ᄆᆞ츰 구공을 대ᄒ야 한담ᄒᆞᆯ시 원외 왈,

“거년의 우리 미부와 홈게 올 ᄯᅢᄂᆞᆫ 지나는 ᄇ 명산대쳔을 ᄒᆞᆫ 번 보면 곳ᄌᆞ이 신긔ᄒ고 아름다오믈 일커러 칭찬ᄒᆞᄂᆞᆫ 쇼리 닙에 ᄭᅳᆫ지 아니터니 이제 싱녀ᄅᆞᆯ 다려 이 길노 다시 올시 내 그으기 산쳔의 경물을 뵈야 져의 시름을 풀고져 ᄒᆫ

---

16)【니음ᄎ다】𥘏 잇따르다. 연잇다. ¶ 말노죠춋 눈물이 니음ᄎ니 약ᄒᆡ ᄀᆞᄆᆞ니 머리 조아 ᄎᆞ탄ᄒ고 난괴 ᄯᅩᄒᆫ ᄀᆞᆯ오ᄃᆡ (說着, 不覺滴下淚來. 若花暗暗點頭.) <鏡花 10:67> “多九公 聽了, 也是嘆息不止. 信步行來, 又到張掛榜文處.” 구공이 ᄯᅩᄒᆫ 탄식ᄒᆞᆷ믈 ᄆᆞ지 아녀 눈물이 ᄇ쉬의 니음ᄎ며 쳔ᄌᆞ이 거러 방문 붓친 거리ᄅᆞᆯ 지닐시 <鏡花 8:58> 비예 가니 대 쇼션이 니음ᄎ고 길을 ᄀᆞ르쳐 남북을 논헐 시 부인과 빙빙은 슬픈 말과 ᄒᆞᆫ업슨 눈물이 강슈ᄅᆞᆯ 보태더라 <빙빙 3:34> 한가ᄒᆫ 말ᄉᆞᆷ이 니음ᄎ고 일댱 환낙이 둥셩의 ᄀᆞ득ᄒ니 옥 ᄀᆞ튼 미인을 디ᄒ여 졍혼이 구름의 ᄯᅳᆫ 듯ᄒ니 ᄎᆞ마 엇디 니러나리오 <빙빙 3:139>

즉 제 도로혀 근심을 더ᄒᆞ니 그 엇진 연괴뇨? 이 아니 산【70】 쳔 물식이 거년과 달나지미니잇가?"

구공 왈,

"산쳔물식이야 엇지 다르미 잇스리요. 다만 보는 사ᄅᆞᆷ의 쳐지로 쓸와 변ᄒᆞ느니 당일 당형은 ᄒᆞᆫ갈ᄀᆞᆺ치 구경ᄒᆞ기의 ᄯᅳᆺ을 두어 일호도 거리씰 ᄇᆡ 업셔 ᄆᆞᄋᆞᆷ이 뷔고 졍신이 날아 무릇 귀에 듯는 ᄇᆡ와 눈에 보는 ᄇᆡ 낫ᄾᅵ치 즐거온 지경이미 구경을 당ᄒᆞ야는 오히려 흥을 다ᄒᆞ지 못ᄒᆞᆯ가 져허 왕ᄾᅵ히 ᄯᅥ나믈 앗겨 년ᄾᅵ 불망ᄒᆞ거니와 이제 당쇼져는 ᄒᆞᆫ갈ᄀᆞᆺ치 부친 찻기로 ᄯᅳᆺ을 두어 ᄆᆞᄋᆞᆷ ᄀᆞ온ᄃᆡ 거리씬 ᄇᆡ 무ᄒᆞ니 다만 슬푼 회푀 ᄀᆞ슴에 막히고 근심ᄒᆞ는 심시 복즁에 ᄀᆞ득ᄒᆞᄆᆞ로 귀로 듯고 눈으로 보는 ᄇᆡ 다만 모친을【71】 ᄯᅥᄂᆞ 멀니 오는 셜움과 부친을 ᄎᆞᄌᆞ 오리 만ᄂᆞ지 못ᄒᆞ는 근심을 쵹동ᄒᆞᆯ ᄲᅮᆫ이니 비록 허다 경치를 보나 문득 변ᄒᆞ야 무한 고경(苦境)이 되ᄂᆞ니 녯말의 니른 ᄇᆡ '붉은 달비츤 사ᄅᆞᆷ마다 즐겨 우러는 ᄇᆡ로디 도젹은 오히려 ᄭᅥ리고 화류는 사ᄅᆞᆷ마다 깃거 노는 ᄇᆡ로더 시졀을 늣기고 니별을 앗기는 ᄌᆞ는 인ᄒᆞ야 눈물을 ᄶᅥ르친다' ᄒᆞ니 이런 고로 혹ᄌᆞ 지경으로써 졍이 나고 혹ᄌᆞ 졍으로써 지경이 나미 젼혀 ᄆᆞᄋᆞᆷ으로 말미암고 일호도 면강ᄒᆞ야 짓지 못ᄒᆞ리이다."

원외 졈두 왈,

"원리 니런 연괴런가 시부니 내 맛당히 쳔ᄾᅵ히 다시 권위ᄒᆞ리라."

일ᄾᅵ 쇼산이 션즁에 민ᄾᅵ히 안줏거늘 원외【72】 왈,

"싱녜 일즉 셔칙을 잇그러 온 ᄇᆡ 업지 아니ᄾᅵ 이갓치 번민ᄒᆞᆫ ᄶᅢ 엇지 셔칙을 보지 아닛ᄂᆞ뇨? 완여와 약ᄒᆡ 쏘ᄒᆞᆫ 한가히 모혀시니 셔로 혹문을 강습ᄒᆞ면 쏘ᄒᆞᆫ 유익지 아니랴. 우리 길이 만일 슌풍을 쾌히 만ᄂᆞ면 즉시 도라가 과거를 아니 볼 지 모로ᄂᆞ니 우리 무리 먼길 단니는 법이 그 길에 멀고 갓ᄀᆞ오믈 ᄆᆞᄋᆞᆷ에 두지 아녀 가는 ᄃᆡ로 갈 ᄲᅮᆫ이어늘 싱녀는 문득 오날 ᄆᆞᆺ고 내일 무러 날노 기ᄃᆞ리고 시로 ᄇᆞ라면 일년의 단닐 길히 십년ᄀᆞᆺ치 멀니로다!"

쇼산 왈,

"구ᄾᅵ의 ᄀᆞ르치시미 그르지 아니시나 이제 셔칙을 눈에 대ᄒᆞᆫ즉 다만 조오롬만 올 ᄲᅮᆫ이요 마ᄎᆞ니 ᄯᅳᆺ이 뵈이지 아니【73】ᄒᆞ오미 도로혀 고요히 안줏ᄂᆞ니

만 못ᄒ오미 구ᄂᆞᆫ 다만 방심ᄒ쇼셔. 싱녜 비록 날노 ᄇ라오나 ᄯᅩᄒᆞᆫ 길이 멀고 어려오믈 아옵ᄂᆞ니 엇지 감히 축급ᄒᄋᆞᆯ잇가. 만일 우친을 ᄎᆞᆽ 도라가 올 터이면 비록 샴년 ᄉᆞ년이되오나 죠곰도 어렵지 아니커니와 과거에 다ᄃᆞ라는 혹ᄌ 지녀의 ᄲᅢ혀 부모의 영효를 밧든다 ᄒ오나 위션 부친의 얼골을 뵈옵기 젼은 다른 싱각이 결을치 못ᄒᄋᆞᆯ 분 아니라 아모리 순풍을 마ᄂᆞ도 명년 뉵월의 미츨 길 업스리니 다시 일커러 무엇ᄒ리잇가?"

제44회

小孝女嶺上訪紅蕖 老道姑舟中獻瑞草

　원외 ᄯᅩᄒᆞᆫ 홀일업셔 다만 ᄡᅵᄂᆞ 위로ᄒ야 날을 보닐시 미양 해외 풍경과 【74】 각국 인물이며 토산물화의 뉴를 말ᄒ야 쇼일ᄒ기를 위홀시 쇼산이 집에 잇슬 ᄯᅢ 녯글노죠ᄎᆞ 해외 각국의 닐을 보앗시나 말이 거의 허탄ᄒ야 반신반의ᄒ얏더니 이제 원외의 말노죠ᄎᆞ 녯 의심을 풀고 ᄡᅥ 문견을 늘이미 져기 근심을 살오더니 원외 비록 여러번 해외에 왕ᄂᆡᄒ나 범ᄉ를 뉴의치 아니코 ᄯᅩᄒᆞᆫ 문견이 너르지 못ᄒᆞ므로 오날날 말ᄒ고 닉일 말ᄒ야 복중의 잇는 ᄇ 약간 아든 닐이 임의 경강ᄒᆞᆫ지라. 다힝이 구공이 녀시로 더부러 친척이요 겸ᄒ야 년긔 팔슌이 지는 고로 일즉 녀시와 쇼산으로 셔로 보아 말ᄒᆞᆫ 고로 원외 【75】 말ᄉᆞᆷ이 궁진ᄒᆞᆫ ᄯᅢ면 구공을 쳥ᄒ야 슈쥭ᄒ미 구공이 과연 해외에 닉이 단녀 문견이 너른지라 닙을 열고 손을 뒤이즈면 말ᄉᆞᆷ이 도ᄂᆞᄒ야 무한 풍경이 눈 알픠 버럿시니 일노죠ᄎᆞ 쇼산이 회포를 눅힐 분 아녀 완여와 약홰 허다히 식견을 늘여 비록 격막ᄒᆞ믈 면ᄒ나 쇼산이 본디 바다 우해 풍낭을 견듸지 못ᄒ고 겸ᄂᆞ 슈토의 샹ᄒ야 ᄆᆞᄎᆞᆷᄂᆡ 큰병이 니러 샹셕의 위돈(□□)ᄒ니 원외 녀시와 완여와 약홰 십분 쵸조ᄒ고 지셩 구호ᄒ야 거의 ᄒᆞᆫ 달이 지닌 후 비로소 긔동ᄒ나 긔질이 허약ᄒ야 심히 우려ᄒ더니 임의 해 진ᄒ고 츈을 당ᄒᆞᆫ【76】지라.

　ᄆᆞ초아 동구산(東口山)의 다ᄂᆞ르니 배를 언덕의 다히고 원외 이에 당일 낙홍거(駱紅蕖)의 호랑 줍든 말을 니르고 왈,

"미뷔 저의 효심을 ㄱ쟝 ᄉ랑ᄒ야 일즉 윤어ᄉ를 쳥ᄒ야 즁미되여 ᄉ질노 구혼ᄒ얏더니 그후 헌원국(軒轅國)에 니르러 윤공의 셔신을 어더보고 혼ᄉ의 완졍ᄒ믈 깃거 ᄒ시더니라."

쇼산 왈,

"ᄉ녜 져즈음 부친 ᄒᆡᆼ낭을 보오니 그 즁 ᄒᆞᆫ 봉 셔신이 잇고 셔ᄉ의 동ᄉᆼ의 혼ᄉ를 일커럿기로 졍히 구ㅅ의ᄭᅵ 뭇ᄌᄋ오려 ᄒ더니 길 ᄶ어ᄂ기로 ᄎᆼ망ᄒ와 지금 일컷지 못ᄒ 비러니 비로소 ᄌ셰ᄒ온 연유를 듯ᄌ오니 ᄉ녜 맛당히 친히 나아가 셔로 보고 어느 ᄶ 고 【77】 향으로 가려 ᄒ며 가면 어ᄃ 가 머믈넌지 피ᄎ 알게 ᄒ며 제 ᄯᅩᄒᆞᆫ 호랑 ᄌᆸᄂ 슈단이 잇스니 홈게 잇그러 동ᄒᆼᄒ면 조히 산즁의 드러 무셔올 비 업스리로소이다."

원외 왈,

"ᄉ녀의 말이 비록 맛당ᄒ나 너의 긔질이 허약ᄒᆞᆫ 즁병 후 더욱 쇠패ᄒ니17) 져ㄱ치 험ᄒᆞᆫ 산로의 엇지 ᄒᆡᆼᄒ리오?"

쇼산 왈,

"쟝니 쇼봉니의 니르러 부친을 ᄎᆞᆯᄌ ᄯᅢ에 엇지 산로의 험악ᄒ믈 피ᄒ리잇고? ᄉ녜 임의 집에 잇셔 거름을 닉여 ᄃ리와 발을 굿게 ᄒ온지라 위션 이곳의 나아가 ᄒᆡᆼ보를 시험ᄒ오미 더욱 조ᄒ리로소이다. 비록 병후에 몸이 츙실치 못ᄒ오나 일노ᄡᅥ 【78】 긔운을 소챵ᄒ면 ᄯᅩᄒᆞᆫ 해롭지 아니리이다."

원외 홀일 업셔 긔계를 몸에 지니고 완여와 약화로 더부러 배에 ᄂ릴ᄉᆡ 구공으로 ᄒ야곰 배를 직희오고 두어 낫 ᄉ공을 거ᄂ려 산에 올을ᄉᆡ 쇼산 ᄌᆞ미 삼인이 셔로 손을 잇그러 언덕과 녕을 지니미 거름마다 쉬여 쳔ㅅ이 ᄒᆡᆼᄒ야 오린 후 년화암(蓮花庵)의 니르러 ᄇ로 문안에 드되 젹연(寂然)이 사름의 쇼리 업거늘 졍히 의아홀 즈음에 암ᄌ 겻ᄒ로조ᄎ 두 낫 농인이 지나거늘 원외 반겨 알ᄑ로 향ᄒ야 낙공 일가의 쇼식을 무른디 농인이 몸을 굽혀 대ᄒ야 왈,

---

17) 【쇠패ᄒ다】 동 많이 상하다. ¶ 弱 ∥ ᄉ녀의 말이 비록 맛당ᄒ나 너의 긔질이 허약ᄒᆞᆫ 즁병 후 더욱 쇠패ᄒ니 져ㄱ치 험ᄒᆞᆫ 산로의 엇지 ᄒᆡᆼᄒ리오? (甥女這話甚是. 但你身子甚弱, 上面山路又不好走, 這便怎處?) <鏡花 10:77> 소곰 쟝을 먹디 아니ᄒ니 쇠패ᄒ야 ᄲᅧ만 셧더라 (不食鹽醬柴毀骨立.) <東新續三綱 孝3:60>

"우리는 낙태공(駱太公)의 전장 므튼 전회(佃戶)라 전년의 【79】 태공이 불힝
거셰ᄒ시미 낙쇼졔 외로이 쳐홀 길 업셔 슈션촌(水仙村) 념공즈(廉公子)의 집으
로 올마가시며 이곳 전지를 우리 무리를 맛지시미 이곳에 젼일노부터 호환이
심ᄒ더니 낙쇼졔 낫ᄎ치 즙아 죽여 씨를 업시ᄒ므로 비로소 우리 무리 평안이
거ᄒ야 농업을 힘쓰거니와 드르니 금년 정월의 낙쇼졔 홀연 태공의 녕구를 뫼
셔 고향으로 향ᄒ시다 ᄒ되 어느 쌔 능히 젼죠의 도라가실 지 모로느니 그 쇼
졔 이곳의 와 빅셩을 위ᄒ야 대해를 졔ᄒ므로 이곳 사름이 낫ᄎ치 그 은덕을
감츅ᄒ느니 다만 츅슈ᄒ기를 죠히 고향의 도라가 아름다온 군즈를 만나 슈부
귀다남즈(壽富貴多男子)ᄒ라 ᄒ느이 【80】 이다."

  쇼산이 겻ᄒ로조ᄎ 듯기를 다ᄒ미 ᄀ장 낙막ᄒ나 ᄯ흔 홀일업셔 창연이 녯
길노죠ᄎ 도라올시 물가흘 거의 님ᄒ야 브라보니 구공이 언덕의 올느 일개 노
고로 더부러 말ᄒ거늘 일졔히 나아가 갓가이 본즉 그 노괴(老姑) 몸의 상하로
쩌러진 옷슬 닙고 손에 흔 ᄀ지 지초(芝草)를 쥐어시되 얼골의 ᄀ득흔 빗 푸른
긔운이라 보기에 ᄀ쟝 무셔온지라.

  원외 왈,

  "져 거어지18) 임의 와 동냥을 달나 ᄒ면 스공에 무리로 ᄒ야곰 돈이나 쓸이
나 약간 쥬어보닐 분이어늘 무스 일 져와 말슘ᄒ시느뇨!"

  구공 왈,

  "져 노괴 ᄀ쟝 슈상ᄒ야 미친 듯 취흔 듯ᄒ야 일즉 젼미(錢米)도 비지 아니코
손에 지 【81】 초를 쥐고 닙에 노리 부르며 날더러 '배에 올녀 알푸로 건네여
쥬면 지초로써 션가를 대신ᄒ마' ᄒ야늘 노뷔 써ᄒ되 '어디로 가려 ᄒ느냐?' 흔
즉 제 굴오디, '회두안(回頭岸)으로 가노라.' ᄒ미 노뷔 해외에 멋히를 단니되
일즉 회두안이라 ᄒ는 지명은 듯도 못흔 빈니 그 아니 미친 한미19)니잇가?"

---

18) 【거어지】 명 거지. ¶ 花子 ‖ 져 거어지 임의 와 동냥을 달나 ᄒ면 스공에 무리로 ᄒ야
    곰 돈이나 쓸이나 약간 쥬어보닐 분이어늘 무스 일 져와 말슘ᄒ시느뇨! (這個花子旣來
    化緣, 九公就該敎水手隨便拿些錢米與他, 同他談甚麼!) <鏡花 10:80>
19) 【한미】 명 할미. ¶ 노뷔 해외에 멋히를 단니되 일즉 회두안이라 ᄒ는 지명은 듯도 못
    흔 빈니 그 아니 미친 한미니잇가? (老夫在海外多年, 從未聽見有個甚麼'回頭岸'. 這樣顚
    顚倒倒, 豈非是個瘋子麼?) <鏡花 10:81> 낭지 깁히 탄ᄒ야 다시 보실 쓰디 업스니 늘근

말홀 스이의 노괴 과연 노러 불너 굴오디,

아시봉닉빅초션(我是蓬萊百草仙)이니

내 이 봉닉산에 빅초션지니

여경샹취부지년(與卿相聚不知年)을

그대와 셔로 뫼히미 멎히믈 모로리로다

인련폄격닉챵히(因憐貶謫來滄海)ᄒ야

인ᄒ야 챵해에 귀향오믈 어엿비 넉여

원헌녕지쇽구연(願獻靈芝續舊緣)을

원컨디 녕지롤 브쳐 넷 인연을 니으리라

【82】 쇼산이 그 노러롤 드르미 홀연 ᄆ음이 동ᄒ이는 비 잇셔 년망히 알픠 나아가 합장ᄒ야 왈,

"션괴 임의 알푸로 건너고져 ᄒ실진디 맛당히 건너시게 ᄒ리니 손에 ᄀ진 바

한미 이걸ᄒ믄 낭군을 위ᄒ미라 후의란 이런 일을 말라 <빙빙 1:64> 老婆子ㅣ 눈을 부릅쓰고 졍히 쏘 티랴 ᄒ더니 안흐로셔 늘근 한미 그 아들의 소릭롤 듯고 ᄭ지즈랴 나오다가 (正要又打, 裏面走出一個半老婆子, 聽見有人打他兒子, 忙赶出來叫罵.) <後水滸 8:35> 婆子ㅣ 방연이 이 말을 듯고 크게 노ᄒ야 한미롤 ᄭ어다가 싸히 업디르고 주머괴 와 발로 무수히 티니 한미 감히 우디 못ᄒ고 셩을 ᄎ마 졍히 문을 ᄒ더니 (龐涓聽見大 惱, 把那婆子拽過來, 捽倒在地, 拳打脚踢, 打了一頓, 婆子不敢啼哭, 正要動手開門.) <孫龐 3:9> 각셜 강왕이 임의 협강을 건너 거러 혼 쟝문의 니르러 비골프기 심ᄒ더라 사람을 블너 밥을 빈대 이윽고 한 한미 안흐로브터 나와 왕을 마자 초당의 드러 좌뎡ᄒ매 <武 穆 1:97> 娘ㅣ 우리 노인이 다릭즉 듯지 아니ᄒ고 요 한미 요 한아비 ᄒ며 어즈러이 ᄭ지즈니 (我們老人家說他幾句, 他也不聽, 一味烏娘烏爹的亂罵.) <禪眞 8:12> 명이 크게 놀나 한미와 어미다려 니르니 셰히 가기롤 다토와 운눙을 조ᄎ 셩문을 나 십니는 가셔 버들 슈플의셔 스므 쟝시 병줌기롤 들고 슐위롤 미러 맛고 <英烈 6:99> 婆婆ㅣ 나아가 보니 혼 쇼년이 늘근 한미롤 붓들고 약물도 치며 손가락도 씨무르며 닐오디 모친은 졍 신을 ᄎ려 눈을 ᄯ라 ᄒ되 그 한미 무셔워 눈을 못ᄯ노라 ᄒ고 (去人叢裏望一望. 只見一 個婆婆倒在地上. 一個後生扶着, 口裏不住叫娘. 叫了半個時辰醒來, 婆婆緊緊地閉着眼不肯 開.) <平妖 7:18>

넝지롤 과연 즐겨 쥬시리잇가?"

노괴 왈,

"녀보살(女菩薩)이 만일 즈비롤 발ᄒ샤 빈도롤 건네여 쥬실진디 엇지 감히 넝지롤 밧드러 올니지 아니리잇고? ᄒ믈며 녀보살이 얼골에 병식을 씌여시니 넝지곳 아니면 그 병을 물니쳐 평복ᄒ기 어려오리이다."

쇼산 왈,

"임의 그러ᄒ실진디 쳥컨디 배의 오르쇼셔. 조히 알푸로 향ᄒ리이다."

노괴 비로소 흔연ᄒ야 샴인으로 더부러 배에 올으거놀 님 · 다 이인이 쏘흔 막즈【83】르미 어려워 다만 배롤 씌워 힝홀시 구공이 눈섭을 찡긔여 왈,

"져의 가진 바 지최 결단코 션가의 진품이 아니; 당쇼져는 부대 즈셰히 살피샤 요인의게 속지 마르쇼셔. 노뷔 젼일 쇼봉니의셔 ᄒ 가지롤 먹고 복통이 대발ᄒ야 거의 죽을 번ᄒ고 지금가지 몸이 피곤ᄒ미 오히려 글노 병근이 되더이다."

노괴 희미히 우어 왈,

"이는 노웅이 그 넝지와 인연이 업스미니 엇지 넝지로써 사롬을 해흔다 ᄒ리요 이제 상심[桑椹 뽕나모 열미]을 사롬이 오리 먹으면 나흘 늘이고 슈롤 더ᄒ되 반귀[斑鳩 반귀 새일홈] 먹은즉 혼미ᄒ야 씨지 못ᄒ며 사롬이 박하[薄荷 약지 일홈]롤 먹으면 쳥열(淸熱)ᄒ되 괴20)는 먹으면 취ᄒᄂ니 넝지라 ᄒ는 거시 신션【84】의 졔일 약품이니 만일 인연 잇는 사롬을 만ᄂ면 먹으면 즉시 샹계에 올으려니와 그릇 괴와 개롤 먹이면 엇지 능히 병이 아니ᄂ리요? 다만 쥬지 아니미 다힝ᄒ니 사롬과 즘싱이 각; 다르미 잇스니 엇지 일개로 의논ᄒ리오!"

구공이 드러오미 젼혀 즈가롤 긔롱ᄒ며 욕ᄒ미라 분ᄒ믈 익의지 못ᄒ야 졍

---

20) 【괴】圖 고양이 ¶ 사롬이 박하[약지 일홈]롤 먹으면 쳥열ᄒ되 괴는 먹으면 취ᄒᄂ니 (又如人服薄荷則淸熱; 猫食之則醉.) <鏡花 10:83> 화상이 치상을 극진이 ᄒ고 도인의게 졔ᄒ랴 ᄒ고 두부롤 민다라 부엌의 두고 경 닑을 ᄉ이의 모든 즁이 두부롤 헷쳐 괴롤 먹이니 (蛋子和尙要做老道的羹飯, 念老道是奉齋的, 特地買一塊豆腐, 把碗盛着放在廚下. 又去買些紙錢, 轉來取豆腐時, 不知那一個移在燒火的矮凳上, 被狗子吃去了.) <平妖 2:31> 猫兒∥ 괴 고리롤 버혀 괴밥의 버무러 놋는 셈이라 (割猫兒尾, 拌猫兒飯.) <水滸 53b> 猫∥ 이 녑덕흔 틸 돗친 즘싱아 괴가 목을 물어 먹을 몹슬 것 (這個匾毛畜生! 猫嚼頭的亡人!) <西遊 89b>

히 답고져 ᄒ더니 쇼산이 임의 쳥ᄒ야 션창의 든지라 완여 약홰 ᄒ게 좌롤 졍
ᄒ고 ᄇ야흐로 말을 뭇고져 ᄒ더니 노괴 몬져 녕지롤 가져 쇼산을 쥬어 왈,

"쳥컨디 녀보살은 져 녕지롤 맛보아 씻글 ᄆ음을 씨셔 ᄇ리고 힝혀 젼싱을
씨다【85】르시면 죠히 말솜ᄒ리로소이다."

쇼산이 일변 샤례ᄒ며 일변 녕지롤 ᄇ다 먹으니 즉각으로 졍신이 묽고 긔운
이 샹쾌ᄒ거눌 다시 노고롤 ᄇ라보니 이 과연 션풍도골에 옥면쥬순으로 극히
아롬다고 앗가 뵈든 푸른 긔운과 무셔온 거동이 조곰도 업눈지라. 가ᄆ니 완여
의 귓가희 닙을 다혀 말ᄒ되,

"져 션고의 얼골과 긔운이 홀연 변ᄒ야 화슌ᄒ 거동이 되니 ᄯ흔 긔괴ᄒ도
다."

완예 ᄯ흔 ᄀᄆ니 답ᄒ되,

"미ᄌ는 졍히 져의 푸른 긔운을 볼스록 두렵고 슬ᄒ여 ᄒ더니 져ᄂ는 엇지
이러ᄐ 니르시ᄂ니잇고?"

ᄇ야흐로 귀롤 다혀 문【86】답홀 즈음에 노괴 홀연 우어 왈,

"녀보살은 싱각ᄒ야 보쇼셔. 『시젼詩傳』에 ᄀᆯ오디 '슈지오지ᄌ웅이라(誰知烏
之雌雄' ᄒ니 이눈 사롬이 져의 동뉘 아니므로 가ᄆ귀 ᄌ웅을 분변치 못ᄒ다
ᄒ거니와 가ᄆ귀눈 져의 ᄌ웅을 셔로 분변ᄒ리잇가?"

쇼산 왈,

"져의 갓흔 뉘야 엇지 분변치 못ᄒ리오 ᄒ 번 ᄇ라보면 ᄌ연 알니이다."

노괴 왈,

"임의 니럴진디 사롬과 신션이 ᄯ흔 뉘 다르지 아니리잇가?『쥬역周易』의 니
른ᄇ 어진 사롬이 보아야 어지니로 알고 지혜 잇는 지 보아야 지혜로 안다 ᄒ
니 녀보살은 다만 ᄯᅳᆺ을 붉히시면 다시 의심되지 아니시리이다."

쇼산이 ᄀ【87】ᄆ니 놀나 혜오디, '우리 ᄇ야흐로 귀에 말ᄒ거눌 제 문득
알아듯고 이가치 말ᄒ니 심히 긔이ᄒ도다.' ᄯ 무러 왈,

"션고의 별호롤 감히 어더 드르리잇가?"

노괴 왈,

"쳔흔 칭회 별노 업셔 다만 니르되 ᄇ화우인(百花友人)이라 ᄒᄂ이다."

쇼산이 홀연 놀나 싱각ᄒ되, '져 빅화 두지 닌 귀의 들니더니 마치 막대로 머리롤 치ᄂᆫ 듯ᄒ야 심즁의 무한 싱각이 니러나니 이 아니 빅화 두지 날노 더부러 무슴 연분이 잇던가? 져의 말이 빅화의 우인이로라 ᄒ니 우인이라 말이 곳 빅화의 벗이라 ᄒ미니 빅화ᄂᆫ ᄯᅩ 엇던 사롬인지 신션인지 져ᄂᆫ 분명히【88】 빅화ᄂᆫ 아니﹕ 진실노 신션이 본상을 드러니지 아니미니 닌 ᄯᅩ한 말노써 탐지ᄒ리라.'

인ᄒ야 무러 왈,

"션괴 이제 어디로 조ᄎ 이에 니르시니잇고?"

노괴 왈,

"불인산[不仁山 ᄎ마지 못ᄒᆫ 산이라]번뇌동[煩惱洞 근심ᄒ고 셩니든 골이라]輪廻道[뉸회도 환싱ᄒᆫ 길이라]로조ᄎ 오니이다."

쇼산이 ᄀ마니 머리 조아 싱각ᄒ되, '일노 볼진디 분명 범ᄉᆞ롤 용납지 못ᄒᆞ므로 근심ᄒ고 셩니기의 니르러 ᄆᆞᄎ미 뉸회에 ᄯᅥ러져 고초롤 격다 말이니 이 엇지 니르미뇨? 그 말이 ᄆᆞ디ᄆᆞ다 션긔롤 감초아시니 실노 의미 잇스나 사롬으로 ᄒ야곰 ᄭᅢ다지 못ᄒ리로다.' 다시 무러 왈,

"션괴 이제 어디로 가고져 ᄒ시ᄂᆞ니【88】 잇고?"

노괴 왈,

"쟝ᄎᆞ 고해[苦海 괴로온 바다]롤 건너 회두안[回頭岸 머리 도로히ᄂᆞᆫ 언덕]의 올으려 ᄒᄂᆞ이다."

쇼산이 싱각ᄒ되, '져 말이 분명 괴로온 바다히 가히 업ᄂᆞᆫ디 머리롤 두로혀면 곳 언덕이라 니르미로다.' 니어 무러 왈,

"져 회두안의 무슨 명산과 신션의 골이 잇ᄂᆞ니잇가?"

노괴 왈,

"져곳의 신션의 셤이 잇스니 일홈이 반본도[返本島 근본의 도라오ᄂᆞᆫ 셤]요 그 ᄀᆞ온디 신션의 골이 잇스니 일홈이 환원동[還原洞 근원의 도라오ᄂᆞᆫ 골]이 잇ᄂᆞ니이다."

쇼산이 그 말을 ᄆᆞᆾ지 아녀 ᄲᆞᆯ니 무러 왈,

"션고의 ᄎᆞᆺ고져 ᄒᄂᆞᆫ 사롬이 그 뉘니잇고?"

노괴 왈,

"이 다른 사룸이 아니라 곳 군방을 츳지ㅎ얏던21) 신션의 화신[化身 환싱흔 몸이라]을 춧고져 ㅎ【90】느이다."

쇼산이 ゝ에 다드라는 홀연 심즁의 마치 씨닷는 듯 아득흔 듯 취흔 듯 씨오는 듯 엇덧튼 측냥치 못ㅎ야 어린 듯 반향에 말이 업더니 ㅁ춤니 눈물을 흘니며 니러 졀ㅎ여 왈,

"졔지 어리고 아득ㅎ와 이제 고해에 쌘지오니 ㅂ라건디 션고는 크게 주비롤 드리오샤 홍진을 버셔나게 ㅎ실진디 맛당히 졔지 되리이다."

졍히 말홀 즈음에 구공이 일즉 노고의 긔롱ㅎ믈 당ㅎ야 깁히 분노ㅎ미 원외로 더부러 ㄱ마니 션챵 밧게 잇셔 져의 슈쥭을 엿듯더니 바야흐로 쇼산의 졔주 되기 원ㅎ믈 드르미 원외롤 향ㅎ여 왈,

"당쇼졔 셰고롤 열녁【91】지 못ㅎ야 니해롤 모로므로 슈이 져 노고의게 고혹흔 비 되야 그윽이 져의 쵸탈ㅎ기롤 ㅂ라 졔주 되기롤 원ㅎ니 만일 급ゝ히 쫏츳 멀니 아니튼가 ㅁ춤니 당쇼져의 셩명을 보젼치 못ㅎ리이다!"

원외 말을 맛지 아녀 흔 거름에 션챵의 뛰여들며 노고롤 ㄱ르쳐 왈,

"너ㄱ치 괴이흔 거시 감히 우리 션상의 올느 요괴로온 말노써 사룸을 달의고져 ㅎ느뇨! 이졔 쾌히 닷지 아니면 조히 나의 흔 주먹을 맛보리라!"

쇼산이 황망이 막잘나22) 왈,

---

21) 【춧지ㅎ다】 图 차지하다. 맡다. ¶ 司‖ 이 다른 사룸이 아니라 곳 군방을 춧지ㅎ얏던 신션의 화신[환싱흔 몸이라]을 춧고져 ㅎ느이다 (我所訪的, 並非別人, 是那總司群芳的化身.) <鏡花 10:89> 쥬령을 춧지흔 관원이 모다 허락ㅎ엿거늘 너의들은 무어술 들녜느뇨? (令官都准了, 你們鬧什麼?) <紅樓 28:75> 司‖ 가진이 알건디 이 쟝도ㅅ는 비록 당일의 영국공의 몸을 디신ㅎ여시나 일즉 션뎨겨셔 입으로 친히 부르시기롤 대환션인이라 ㅎ엿고 이제 현져히 도록ㅅ[고ㅅ 춧지ㅎ는 ㅁ올 일홈]인신을 쥬쟝ㅎ며 (賈珍知道這張道士雖然是當日榮國府國公的替身, 曾經先皇御口親呼爲'大幻仙人', 如今現掌'道錄司'印.) <紅樓 29:29>

22) 【막잘ㄴ-】 图 막다. ¶ 攔住‖ 쇼산이 황망이 막잘나 왈, "졔 과연 참 신션이니 구ゝ는 부졀업시 숀을 움즉이지 ㅁ르쇼셔!" (小山忙攔住道: "舅舅: 他是眞仙, 不可動手!") <鏡花 10:91> 지료 못된 기 ㄱ튼 남녀들이 믄득 도야지 갓고 기 갓튼 것들이 막잘나 니러나 (那些不成材料的狗男女却像猪狗似的攔起來了.) <紅樓 105:53> 抵擋‖ 아등이 난호와 두 반렬에 지어 디젹ㅎ리라" ㅎ야 남쟝이 압셔 츄병을 막잘느 남녀 각반이 일이십 니

"제 과연 춤 신선이니 구ː는 부졀업시 숀을 움즉이지 므르쇼셔!"

노괴 쏘흔 닝쇼 왈,

"젼족대션(纏足大仙)은 과도히 셩니지 말지【92】어다! 나의 이곳의 니르미 다름 아니라 당초 니별을 당홀씨 홍희대션(紅孩大仙)으로 더부러 셔로 언약흔 비 잇스미 그윽이 져근 슈고롤 혜지 아녀 지익을 물니쳐 녯 의롤 펴고져 ᄒ더니 ᄆ촘ᄂᆡ 인연이 업고 압길에 쏘흔 구홀 사름이 잇ᄂᆞ니 오릭 머믈미 쏘흔 가치 아니토다."

인ᄒᆞ야 쇼산을 향ᄒᆞ야 왈,

"겨유 녯 연분을 니을가 ᄇᆞ라더니 속긱에 요란흔 비 되야 이에 니별을 고ᄒᆞ느니 우리 다시 만날 긔약은 대쳐23) 회두안상의 셔로 보리이다."

셜파의 몸을 날녀 배에 나리며 간 ᄇᆞ롤 모롤지라. 쇼산이 십분 창학ᄒᆞ야 원외롤【93】칭원ᄒᆞ야 신션을 촉노ᄒᆞ믈 겁흔더 원외 닝쇼 왈,

"닉 일즉 셩녀의 낫츨 보지 아니턴들 조히 흔 번 크게 치리니 도로혀 져의 다힝이어니 노홀 것 무어시리요."

쇼산 왈,

"그 션괴 홀연 구ː롤 일컷기롤 젼족대션이라 ᄒᆞ여든 그ᄯᅵ 구ː의 얼골이 붉으시니 그 엇진 연괴니잇고?"

원외 왈,

"져 늙은 귓거시 젼혀 실셩흔 거동이니 그 말이 쏘흔 호란(胡亂)ᄒᆞ니 그 엇지 연고 잇는 말이리요."

쇼산이 원외의 미봉ᄒᆞ믈 보고 쏘흔 감히 다시 뭇지 못ᄒᆞ니라.

ᄂᆞᆫ 힝ᄒᆞ야 다시 녀장으로 앏히 셰워 ᄎᆞ젼ᄎᆞ쥬ᄒᆞ며 츄병을 막고 ("我等分作兩班對敵." 男將後行抵擋追兵, 男一班, 女一班, 行得一二十里再換女將, 大家都有個歇息之空.) <綠牡 6:123>

23) 【대쳐】 图 대략(大略). ¶ 大約‖ 겨유 녯 연분을 니을가 ᄇᆞ라더니 속긱에 요란흔 비 되야 이에 니별을 고ᄒᆞ느니 우리 다시 만날 긔약은 대쳐 회두안상의 셔로 보리이다 (此時暫且失陪, 我們後會有期, 大約回頭岸上卽可相見.) <鏡花 10:92> 녕형이 쏘흔 이 말과 갓치 니르되 만일 훗과거 방목 우히 ᄌᆞ가 셩명이 업거든 대쳐 도라오기롤 ᄇᆞ라지 말ᄂᆞᆫᄒᆞ니 이갓치 ᄯᅳᆺ을 굽으미 나의 셔어흔 말노ᄡᅥ 엇지 막ᄌᆞ르리요 (這話令兄也說過, 若榜上無名, 大家莫想他回來. 他這般立志, 他也勸不開的.) <鏡花 10:37>

일노조ᄎ 쇼산의 빅병이 쇼졔(消除)ᄒᆞᆯ 분 아니라 졍신이 상쾌ᄒᆞ고 긔뷔 윤틱ᄒᆞ니 일힝이 신긔ᄒᆞ믈 일【94】컷고 힝ᄒᆞᆫ 지 몃츨에 슈션촌의 다ᄃᆞ르니 쇼산이 일즉 동구산의셔 농부에 말이 ᄌᆞ셔치 아니믈 한ᄒᆞ더니 이에 원외를 쳥ᄒᆞ야 쇼식을 탐쳥ᄒᆞ니 원외 배예 ᄂᆞ려 슈션촌의 니른즉 넘금풍(廉錦楓)이 임의 낙홍거로 더부러 금년 졍월의 배를 씌워 고향을 ᄎᆞᆺ 도라가다 ᄒᆞ야ᄂᆞᆯ 원외 홀일업셔 무료히 도라오더니 거의 배에 다ᄃᆞ라 브라보니 홀연 해즁으로 조ᄎ 허다 슈괴[水怪 물속 요괴]니다르니 개〃히 어두귀면의 엄니와 골희눈이라. ᄉᆞ공의 무리 ᄆᆞ초아 언덕의 잇거늘 원외 대경실식ᄒᆞ야 크게 쇼리질너 왈,

"밧비 배에 올ᄂᆞ 춍을 노ᄒᆞ라."

【95】ᄒᆞ니 여러 ᄉᆞ공이 ᄯᅩᄒᆞᆫ 경황망조ᄒᆞ야 미쳐 몸과 손을 움죽이지 못ᄒᆞ야 모든 슈괴 발셔 션챵의 드러 문득 쇼산을 쓰을어 일졔히 물속으로 드는지라.

권지십일

권지십일

君子國海中逢水怪　丈夫邦嶺下遇山精

　원외 갈스록 황겁ᄒ야 전도히 배의 올으미 완여와 약홰 유모로 더부러 방셩대곡ᄒ고 녀시 ᄯᅩᄒᆫ 울며 골오디,

　"우리 ᄇᆞ야흐로 모혀 안ᄌ 셔로 한담ᄒ더니 불의에 허다 요괴 드러와 ᄇᆞ로 싱녀롤 업어가니 일즉 가는 곳을 보시니잇가?"

　원외 발굴너 왈,

　"니 ᄆᆞ초아 언덕의 니르니 졍히 싱녀롤 잡아 바다 속에 들믈 보앗ᄂᆞ니 ᄌᆞ롤 장ᄎᆞᆺ 엇지ᄒ리요?"

　구공이 ᄯᅩᄒᆫ 크게 놀나 황망히 니르러 원외롤 붓【96】 드러 왈,

　"다힝히 일긔 쳥명ᄒ고 ᄯᅩ 온화ᄒ니 위션 ᄉᆞ공을 벗겨 물속의 들어 그 무슨 요괴며 어ᄂᆞ 곳에 머믄지 ᄌᆞ시 알아본 후 다시 의논ᄒ미 조흐니이다."

　원외 이ᄯᅦ롤 당ᄒ야 엇지홀 ᄇᆞ롤 모로니 다만 구공을 ᄯᅡ와 배머리의 니르러 ᄉᆞ공의 좀슈ᄒᆞ는 지롤 불너 물속에 드러 탐쳥ᄒ라 ᄒ니 져무리 ᄯᅩᄒᆫ 여러 슈괴롤 목도ᄒᆫ지라 개ᄶᅵ히 구겁ᄒ야 ᄌᆞ져ᄒ거눌[1] 겨유 두 사롬을 달너야 보니더니 오리지 아녀 올나와 알외디,

　"이곳이 큰바다와 달나 물이 ᄀᆞ장 깁지 못ᄒ미 물속에 동졍이 업슬 분 아녀

---

1) 【ᄌᆞ져ᄒ다】 圐 {주저(躊躇)하다.} ¶ ᄉᆞ공의 좀슈ᄒᆞ는 지롤 불너 물속에 드러 탐쳥ᄒ라 ᄒ니 져무리 ᄯᅩᄒᆫ 여러 슈괴롤 목도ᄒᆫ지라 개ᄶᅵ히 구겁ᄒ야 ᄌᆞ져ᄒ거눌 (水手聽了, 因剛才看見那些水怪, 心中害怕, 不敢獨往.) <鏡花 10:96> 한궁 문의 들기 붓그럽ᄉᆞ와 ᄌᆞ져ᄒᆞᆸ더니 모명을 밧줍고 오시롤 위ᄒ미라 <빙빙 2:30> 猶豫不決 ‖ ᄉᆞ뫼 머믓거려 ᄇᆞ야흐로 ᄌᆞ져ᄒ더니 하흑이 하직고 가거눌 (這邊馬氏猶豫不決, 夏學一邊就作了箇揖, 辭了師母, 一徑出門去.) <型世 3:44> 군필이 태조롤 곤욕ᄒᆫ지라 용납지 못홀가 ᄌᆞ져ᄒ더니 <英烈 7:64> 不悅 ‖ 댱지 ᄆᆞ음의 ᄌᆞ져ᄒ야 그 쥬인이 극히 엄ᄒ니 집의 도라가 ᄎᆡᆨ을 밧을가 념녀ᄒ야 두어 잔 술을 먹고 민ᄌᆞᄒ야 광쥬리롤 메고 도라갈ᄉᆡ (長財不悅, 恐回家主人見責, 飮酒幾杯, 悶悶挑幾筐而回.) <包公 靑糞 8:41>

그 만흔 슈괴의 ᄌ최도 보지 못ᄒ【97】오니 ᄆ참니 어느 곳에 곰초이믈 모롤 너이다."

말을 ᄆ츠며 배 뒤흐로 닷거늘 원외 크게 부르지져 통곡 왈,

"싱녀야 네 엇지 이ᄀᆺ치 몹시 죽으뇨! 날노 ᄒ야곰 참아 엇지 도라가 너의 모친을 보라 ᄒᄂ뇨! 젼년의 너의 부친을 해외에 ᄇ리고 가고 오날ᆞ 싱녀를 ᄆᆽ 물속에 너코 가면 이 엇지 사름의 도리며 무슴 면목으로 사름을 대ᄒ리요. 출하리 너를 쭐오니만 갓지 못ᄒ도다!"

말이 긋치는 곳에 몸을 날녀 물에 더지이니 구공이 겻흐로 조츠 미처 손을 놀니지 못ᄒ고 다만 쇼리 지를 분이라. 앗가 두 ᄉ공이 ᄇ야흐로 옷슬 쎄다가2) 황망이 물에 ᄂ【98】려 이윽ᄒ 후 비로소 원외를 건져 올ᄂ오니 임의 긔졀ᄒ고 비불너 북 갓흔지라. 녀시와 완예 붓드러 통곡ᄒ야 홈게 죽기를 원ᄒ거늘 구공이 일변 위로ᄒ며 일변 큰 슛흘 쩌혀 션상의 ᄂ코 원외에 허리를 걸쳐 노흐니 시각이 지는 후 닙으로 조츠 해슈를 무슈히 흘니미 복창이 졈ᆞ 살아지며 일신의 온긔 도라오니 구공이 비로소 환약을 차에 갈아 입의 드리오니 오ᄅ지 아녀 숨을 니쉬여 쾌히 회양ᄒ나 오히려 싱녀를 불너 이읍ᄒ더라.

신츅(辛丑) 삼월(三月) 초칠일셔(初七日書)

【1】 듯ᄒ나 일즉 말ᄒ되 무슨 지익을 해탈ᄒ리라 ᄒ고 ᄯ 말ᄒ되 '다힝히 압 길히 사름이 잇스리니 오히려 큰 해는 업스리라' ᄒ더니 그 말노 볼진더 엇지 가히 구ᄒ리 업스리요 ᄒ믈며 젼죡대션(纏足大仙)이란 말은 그쩌 당형이 님형으로 더부러 희롱흔 말이라 당형과 우리 둘 밧근 알니 업거늘 그 도괴(道姑) 문

<hr>

2) 【쎄다】 동 꿰다. ¶ 換衣‖ 앗가 두 ᄉ공이 ᄇ야흐로 옷슬 쎄다가 황망이 물에 ᄂ려 이윽ᄒ 후 비로소 원외를 건져 올ᄂ오니 임의 긔졀ᄒ고 비불너 북 갓흔지라 (那兩個水手 正在後面換衣, 聽見外面喊叫, 慌忙穿了小衣, 跳下海去. 遲了半晌, 才把林之洋救了上來, 業已腹腸如鼓, 口中無氣.) <鏡花 10:97> 穿‖ 고름의 미엿던 흔 푼 돈을 글너 칙 동혓 던 노ᄯᆫ의 쎄여 놋코 물을 어더다가 숀의 들고 치마를 버셔 돈씬을 덥고 (就把解下來的 這條麻索子, 將日間婆婆變的一文好銅錢解下裙帶來, 穿在索子上, 打了疙瘩, 放在地下.) < 平妖 5:20>

득 님형을 보고 전족대션이라 ᄒᆞ니 이 사ᄅᆞᆷ이 만일 니력이 업스면 엇지 능히 이 말을 알니요."

원외 년ᄒᆞ야 머리 조ᄋᆞ 왈,

"구공에 말ᄉᆞᆷ이 그르지 아니ᄒᆞ니 맛당히 나아가 신션의 셔로 구ᄒᆞᆷ믈 빌니라."

드ᄃᆞ여【2】막디롤 집고 거름을 옴겨 외면의 니르러 ᄉᆞ공을 ᄒᆞ여 언덕 우희 향안을 비셜ᄒᆞ라 ᄒᆞ고 즉시 언덕에 올ᄂᆞ 손을 싯고 향을 ᄭᅩ즈며 ᄯᅡ히 꿀어 졀ᄒᆞ며 ᄀᆞ모니 도츅(禱祝)ᄒᆞ야 신션의 구명ᄒᆞᆷ믈 구ᄒᆞᆯ시 ᄻᅥ 오리미 날이 임의 져믄지라.

구공이 닐ᄋᆞ혀 왈,

"님형의 신샹이 아직 평복지 못ᄒᆞ고 날이 ᄯᅩ한 느젓시니 다만 션샹의 도라가 밤을 죠양ᄒᆞ고3) 명일 다시 구ᄒᆞ미 올ᄒᆞ니 원외 왈,

"이ᄀᆞᆺ치 붉은 돌빗 ᄋᆞ러 졍히 도츅ᄒᆞ미 가ᄒᆞ니이다."

구공이 구지 도라가믈 쳥ᄒᆞᆫ더 원외 왈,

"나 님지양(林之洋)이 임의 이ᄀᆞᆺ치 발원【3】ᄒᆞ얏스니 만일 구ᄒᆞᄂᆞ 사ᄅᆞᆷ이 업스면 다만 업드여 죽은 후 ᄇᆞ야흐로 그치리니 ᄎᆞ싱ᄎᆞ셰의 날을 불너 닐ᄋᆞ혀지 못ᄒᆞ리이다."

구공이 겻희 이셔 다만 차탄ᄒᆞ믈 마지 아니터니 부지불각에 돌빗치 즁쳔을 당ᄒᆞ고 션샹의 임의 샴경의 니르럿더니 홀연 ᄇᆞ라보니 먼리 돌빗 ᄋᆞ리로 냥기 도인이 손에 주미(塵尾)4)롤 쥐고 표연이 니르미 샹뫼 심히 츄루(醜陋)ᄒᆞᆫ지라.

---

3) 님형의 신샹이 아직 평복지 못ᄒᆞ고 날이 ᄯᅩ한 느젓시니 다만 션샹의 도라가 밤을 죠양ᄒᆞ고 명일 다시 구ᄒᆞ미 올ᄒᆞ니 <鏡花11:2>

4)【주미】圏 주미(塵尾). ¶ 拂塵 ‖ 홀연 ᄇᆞ라보니 먼리 돌빗 ᄋᆞ리로 냥기 도인이 손에 주미롤 쥐고 표연이 니르미 샹뫼 심히 츄루ᄒᆞᆫ지라 (忽見遠遠來了兩個道人, 手執拂塵, 飄然而至, 生的甚覺醜陋.) <鏡花 11:3> 말을 ᄆᆞ츠며 ᄇᆞ로 물 우흐로 평지ᄀᆞᆺ치 거러 드러가더니 손에 그럿든 ᄇᆞ 주미롤 한 번 드러 ᄀᆞ르치는 바의 ᄇᆞ다물이 갈나져 길이 되ᄂᆞᆫ지라 (將身一縱, 攛入海中, 兩脚立在水面, 如履平地一般. 手執拂塵, 朝下一指, 登時海水兩分, 讓出一路, 竟向海中而去.) <鏡花 11:6> [부츤] 파리치 *揮塵土和驅除蚊蠅的用具, 形如馬尾, 後有持柄. ‖ "傍邊丫鬟執着~丶漱盂丶巾帕." 겻희 차환은 파리치와 양치긔와 슈건을 잡앗고 (紅樓 3:67) [부쳔] 塵尾也, 立夏設, 處暑除. (漢淸 鹵簿器用 3:16a)

둘빗치 갓가히 즈시 본즉 ᄒ나흔 누른 낫치 엄니5) ᄂ고 ᄒ나흔 검은 낫치 엄니
나며 머리 우희 ᄒ갈ᄀᆺ치 속발금관(束髮金冠)을 쓰고 뒤히 네 낫 동ᄌ 쓸 왓ᄂ
지라. 원외 ᄒ 번 보민 년ᄒ야 【4】 머리 조으며 ᄆ더ᄆ다 "신션은 나의 성녀의
명을 구ᄒ라!" ᄒ니 낭긔 도인이 공슈 왈,

    "거ᄉ(居士)ᄂ 청컨디 니러ᄂ쇼셔. 우리 무리 임의 이곳에 니르미 즈연 일비
지녁(一臂之力)을 도으리니 엇지 이ᄀᆺ치 간구ᄒ시믈 기ᄃ리ᄂᆞ요."

    인ᄒ야 도룡동ᄌ[屠龍童子 룡을 잡ᄂ 동ᄌ]와 부귀동ᄌ[剖龜童子 거북을 잡
ᄂ 동ᄌ]ᄅ 명ᄒ야 쓸니 고해[苦海 쓴 바다히라]에 ᄂ아가 얼룡[孽龍 몹쓸 룡
이라]과 악방[惡蚌 ᄉ오나온 조개]을 ᄉ로잡아와 말을 못게 ᄒ라."

    두 동ᄌ 일시에 답응ᄒ고 ᄇ다ᄒ로 몸을 날녀 드러가거늘 원외 비로소 몸을
닐으혀 도인을 향ᄒ야 왈,

    "나의 성녜 ᄇ야ᄒ로 ᄇ다물 속에 잇스니 ᄇ라건디 신션은 즈비□□□□□
ᄆ슘을 【5】 구ᄒ쇼셔."

    낭개 도인 왈,

    "그ᄂ 즈연 그리ᄒ리라."

    인ᄒ야 겻히 쓸온 낭개 동ᄌᄅ 향ᄒ야 ᄀᄆ니 분부ᄒᄂ 비 잇더니 낭개 동ᄌ
답응ᄒ고 ᄯ또ᄒ 몸을 날녀 물속에 드더니 오러지 아녀 도라와 보ᄒ되,

    "임의 빅화(百花)의 화신(化身)을 호위ᄒ야 션상에 도라보ᄂ니이다."

    낭개 도인이 머리 조을 ᄲ니러니 이윽고 부귀동ᄌ 손으로 ᄒ 낫 큰 조긔ᄅ
잇글고 믈 우ᄒ로 조ᄎ 나아와 검은 낫 도인의 알픠 니르러 법지ᄅ 도로 ᄇ치
더니 그후 도룡동ᄌ 나아와 누른 낫 도인의게 알외디,

    "얼룡이 말슘을 불순히 ᄒ고 즐겨 잡혀오지 아니ᄒ오미 졔지 쟝ᄎ 죽 【6】
여 업시려 ᄒ오디 법지ᄅ 밧즙지 못ᄒ오미 감히 쳔ᄌ치 못ᄒ와 다시 녕을 ᄂ리

---

5) 【엄니】 冏 어금니. ¶ 獠牙 ∥ 둘빗치 갓가히 즈시 본즉 ᄒ나흔 누른 낫치 엄니 ᄂ고 ᄒ
   나흔 검은 낫치 엄니 나며 머리 우희 ᄒ갈ᄀᆺ치 속발금관을 쓰고 뒤히 네 낫 동ᄌ 쓸왓
   ᄂ지라 (月光之下看的明白: 一個黃面獠牙, 一個黑面獠牙, 頭上都戴束髮金箍, 身後跟着四
   個童兒.) <鏡花 11:3> 그 화ᄒ 얼골이 경각의 변ᄒ야 푸른 낫치 엄니 너밀고 큰 닙에
   긴 혀ᄅ 둘너 졍히 날을 슴키고져 ᄒᄂ지라 (登時他就露出本相, 把好好一張臉變成靑面
   獠牙, 伸出一條長舌, 猶如一把鋼刀, 忽隱忽現.) <鏡花 6:38>

오시믈 쳥ᄒᄂ이다."

도인이 닝쇼 왈,

"져 얼츅이 감히 이ᄀᆺ치 무례ᄒ리요 니 쟝ᄎᆺ 친히 나아가 엇지ᄒᄂ노 보리라."

말을 ᄆᄎ며 ᄇ로 물 우ᄒ로 평지ᄀᆺ치 거러 드러가더니 손에 그럿든 ᄇ 주미(麈尾)ᄅ 흔 번 드러 ᄀ르치ᄂᆫ 바의 ᄇ다물이 갈나져 길이 되ᄂᆫ지라. 도인이 길노조ᄎ 해즁에 드러가더니 편각이 못ᄒ야 흔 낫 쳥룡을 잇글고 나아와 언덕에 올으미 크게 ᄭ지져 왈,

"너 얼츅이 죄ᄅ 하ᄂᆯ에 범ᄒ고 귀향을 고해에 왓시면 맛당히 □□□□□□□□□□□□□□□□ 【7】 미 올커ᄂᆯ 이제 ᄯᅩ 법에 어ᄀ린 닐을 지어ᄂᆞ니 그 엇진 도리뇨?"

얼룡이 ᄯ히 업드여 몸을 썰며 대ᄒ야 왈,

"쇼룡이 여긔 니치이므로부터 일즉 망녕된 닐을 힝치 아니ᄒ더니 어제 홀연 ᄇ다 언덕으로죠ᄎ 흔 ᄀ지 긔이흔 향니 심히 ᄭᅩᆺᄯ와6) ᄉ면으로 쏘여 ᄇ다 밋치 ᄉ못거ᄂᆯ 우연히 대방[大蚌 큰 조긔]다려 무르니 비로소 당대션에 녀지 이곳을 지너믈 아온지라. 쇼룡이 져와 소미평싱(素昧平生)이라 본디 다른 ᄯᆺ이 업더니, 대방이 홀연 요언을 지어ᄂᆞ야 쇼룡을 달이되 당대션의 녀ᄌᆞᄂᆫ 곳 빅화의 화신이니 더부러 혼인ᄒ야 배합흔즉 슈ᄅ 하ᄂᆯ 【8】 과 ᄀ족히 ᄒ리라 ᄒ오미 쇼룡이 일시 미혹ᄒ믈 닙어 과연 그 녀ᄌᆞᄅ 거두어 니르온즉 그 녀지 해슈ᄅ 만히 먹어 혼미ᄒ야 ᄭᅵ지 못ᄒᆞᆸ거ᄂᆯ 쇼룡이 쟝ᄎᆺ 해도명산에 나아가 신션의 풀을 어더 그 명을 구ᄒ고져 봉니(蓬萊)로 향ᄒ다가 길희셔 빅쵸션고(百草仙姑)ᄅ 만ᄂᆞ와 저의게 회싱초(回生草)ᄅ 어더 급ᄉ히 도라오다가 동쥬(洞主)에게 잡힌 ᄇᆡ 되오니 이제 회싱초ᄅ 가졋ᄉ오니 일노써 증춤(證參)을 ᄉᆞ마 죄ᄅ 져기 속ᄒ실가 ᄇ라ᄂᆞ이다!"

검은 낫 도인 왈,

---

6) 【ᄭᅩᆺᄯ오-】 圈 꽃답다. ¶ 어제 홀연 ᄇ다 언덕으로죠ᄎ 흔 ᄀ지 긔이흔 향니 심히 ᄭᅩᆺᄯ와 ᄉ면으로 쏘여 ᄇ다 밋치 ᄉ못거ᄂᆯ 우연히 대방[큰 조긔]다려 무르니 비로소 당대션에 녀지 이곳을 지너믈 아온지라 (昨因海岸忽然飄出一種異香, 芬芳四射, 徹于海底. 偶然問及大蚌, 才知唐大仙之女從此經過.) <鏡花 11:7>

"져 악방이 임의 슈힝흔 지 여러 츈취라 맛당히 복젼(福田)을 널니 심거 션과(善果)의 도라가미 올커눌 이제 무슴【9】일 독계룰 베퍼 구무니 사롬을 해ᄒ느뇨? 종실ᄒ야 ᄇ로 알외라!"

대방이 대왈,

"젼년의 당대션이 이곳을 지닐 써 일즉 념가(廉家) 효녀룰 구활ᄒ미 져 효녀 그 구명흔 은혜룰 감격ᄒ야 ᄆ춤니 쇼방의 즈식을 죽이고 진쥬룰 너여 그 덕을 갑흐니 그썸 즈식이 비록 념효녀의 손에 죽으나 실즉 당대션으로 말미암은 비라. 어제 ᄆ춤 그 녀지 이곳을 지너믈 만느니 긔이흔 향긔 고해에 스모츠니 ᄆ초아 얼룡에 뭇기룰 당ᄒ미 인ᄒ야 계교룰 드려 즈식 죽인 원슈룰 갑고져 ᄒ오미니 ᄇ라건디 동쥬는 즈셰이 술피쇼셔."

동니 왈,

"당초【10】너의 즈식이 셩품이 탐도(탐도)ᄒ야 ᄆ릇 슈쪽의 뉴룰 낫ᄎ치 살히ᄒ야 져의 구복(口腹)을 치오니 임의 살싱ᄒ미 만ᄒ미 죄악이 관영(貫盈)흔 고로 념효녀의 칼을 비러 모든 슈쪽의 환을 덜게 ᄒ미 이곳 니에 당연ᄒ고 쳔명에 졍흔 비어눌 엇지 가히 당대션을 한ᄒ며 ᄒ믈며 엇지 그 녀즈의게 해룰 옴기리요? 이ᄀᆺ치 혼궤(昏憒)ᄒ고 간험흔 뉴룰 엇지 인셰의 머므러 챵싱의게 해룰 ᄭᅵ치리요 부귀동즈는 ᄲᅡᆯ니 칼노써 ᄭᅵ쳐 명을 ᄭᅳᆫ케 ᄒ라!"

누른 낫 도인 왈,

"대션은 좀간 노룰 그치쇼셔. 져 두 낫 얼츅의 이러틋 죄룰 범흔 비 맛당히 □□□□ 홀 거시【11】로더 다만 샹쳔이 호싱지덕(好生之德)을 드리오시고 겸ᄒ야 얼룡이 임의 신션의 풀을 어더 니르니 빅화로 ᄋᆞ야곰 먹으면 다만 긔스 회싱홀 분 아니라 죡히 신션이 되야 하눌에 올으리니 제 임의 이런 공이 잇스니 맛당히 법 밧게 은혜룰 베퍼 흔 번 죽기룰 면ᄒ게 홀 거시로더 다만 얼룡은 호식ᄒ며 탐화(貪花)ᄒ고 악방은 화룰 옴겨 사롬을 해ᄒ니 흔갈ᄀᆞᆺ치 낭션흔 뉴는 아니라. 쇼션의 뜻인즉 져 두 낫 얼츅을 가져 무쟝국(無腸國) 동측[東厠7) 뒤

---

7) 【東厠 동측】dōngcè (名) [둥츠] 厠, 本音츳, 俗音ᄎᆞ, 凡尊者必居東屋, 其居之北必有厠. 尊者在厠, 稱爲上東, 因呼爲東厠, 總稱曰厠屋, 曰茅厠. 卑少於尊前呼厠曰後路, 凡人自稱詣厠曰出後, 於尊處稱曰出恭. (老集 上2a) 뒷간‖ "這馬都飮了. 這般黑地裏, 東厠難去." 이

싼이라]에 ᄀ도와 날노 그 더러온 긔운을 훈증(薰烝)ᄒ게 ᄒ고 그 더러온 거슬 먹어 ᄒ야곰 호식ᄒ고 【12】 사롬 해ᄒ는 주를 징계ᄒ미 조홀 듯ᄒ야이다.”

검은 녓 도인이 졈두 왈,

“대션의 소견이 극히 올ᄒ시나 이 무리 죄악이 심즁ᄒ니 부디 무쟝국 ᄀ음연 사롬의 집 동측에 ᄀ도아 거의 죄롤 쇽ᄒ리이다.”

누른 낫 도인이 미쇼 왈,

“등을 더ᄒ야 뉼을 쓰미 진실노 과히 각박ᄒ 듯ᄒ나 져무리 죄롤 스스로 범ᄒ 비니 또ᄒ 눌을 한ᄒ리잇고?”

드:여 회싱초롤 가져 원외롤 쥬어 왈,

“거시 이 풀을 가져 녕싱녀롤 먹이면 즉각의 긔스회싱ᄒ리니 우리는 이에 고별ᄒ노라.”

원외 황망히 ᄇ야ᄒ로 ᄇ다 쥐고 졀ᄒ야 왈,

“쳥컨디 신션은 【13】 셩명을 머무로샤 일후에 조히 감넘ᄒ며 숑츅ᄒ리로소이다.”

누른 낫 도인이 검은 낫 도인을 ᄀ르쳐 왈,

“져는 곳 ᄇᆡ개산인(百介山人)이요 빈도는 곳 ᄇᆡ닌산인(百鱗山人)이라. 우연이 한가이 놀아 이곳을 지나다가 의외의 번뢰ᄒ시믈 풀고 가미 또ᄒ 젼싱의 연분이라 엇지 쳥샤홀 비 잇스리요!”

졍히 발을 옴기고져 ᄒ더니 얼룡과 대방이 일졔히 꿀어 익걸ᄒ야 왈,

“은쥬(恩主) 임의 무쟝국 동측에 ᄀ도시니 그도 실노 견디기 어려온지라. 다

물둘 다 머겨다 이런 어두은 짜해 뒷간의 가미 어렵다 (翻老 上37a) 이 믈들 다 믈 머겨다 이런 어두온 짜히 뒷간의 가기 어려오니 (老上 33b) 측간 ‖ “那尊神見無人答應, 在花園內四圍尋覓, 行至東厠邊, 覺有生人氣, 發怒提箇打將進來. 奈何東厠是移汚之處, 要上天庭, 不敢入去.” 그 신장이 스면으로 츠ᄌ 측간 쇽의 사롬의 긔운이 이시믈 알고 셩니여 철간을 들고 측간의 다ᄃ라 더러온 니 코홀 거스리니 감히 갓가이 나아오지 못ᄒ여 (禪眞 8:64) 뒤싼 ‖ “據小仙之意: 卽將二畜禁錮無腸國東厠, 日受糞氣熏蒸, 食其穢物, 以爲貪花害人者戒.” 쇼션의 뜻인즉 저 두 낫 얼츅을 가져 무쟝국 동측[뒤싼이라]에 ᄀ도와 날노 그 더러온 긔운을 훈증ᄒ게 ᄒ고 그 더러온 거슬 먹어 ᄒ야곰 호식ᄒ고 사롬 해ᄒ는 주를 징계ᄒ미 조홀 듯ᄒ야이다 (鏡花 11:11) 寺院于堂東建厠, 故稱. 古稱厠謂“圊靑”, 諧音稱“東淨”. ‖ “管菜園的菜頭, 管東厠的淨頭, 這箇都是頭事人員, 末等職事.” (水滸 6)

시 부즈의 집에 옴기시면 쟝춧 엇지 견디여 니리잇가? 다만 세 번 네 번 도로
느온 더러온 니암시 어려올 분 아니라 【14】 그중 동취[銅臭 돈니암시[8]]는 더
옥 견딜 길 업스오니 브라건더 법 밧게 은혜롤 드리오시면 몸이 맛도록 송축ᄒ
리이다!"

원외 이씨룰 당ᄒ야 쏘ᄒᆫ 측은ᄒ믈 닉의지 못ᄒ야 알프로 나아가 몸을 굽혀
왈,

"감히 대션의게 인졍을 쳥ᄒᄂ니 져무리 임의 죽기를 샤ᄒ시미 동측을 원치
아니ᄒ니 졀노쎠 셔셕[西席 글방에 글션싱]에 두어 벌을 풀미 엇더ᄒ니잇고?"
얼룡과 대방이 말을 니어 왈,

"셔셕이 쏘ᄒᆫ 싄니암시 견디기 어려오나 오히려 동취(銅臭)에 비ᄒ면 져기
느으리니 원컨더 셔 【15】 □□□□□□□□□□□□□□□□□ 쓰로라 즈연 도
리 잇스리라."

말을 ᄆᆞ츠며 일졔히 도라가니 모든 ᄉ공이 겻흐로 조츠 보고 개ᇰ히 혀룰 쌘
지오고[9] 면ᇰ히 긔이ᄒ믈 일컷더라. 님·다 이인이 쌜니 션샹의 도라오니 과
연 당쇼져의 시신을 션창 안히 누히고 녀시(呂氏)와 완여(婉如)와 약홰(若花) 둘
너 안즈 눈물을 금치 못ᄒ거늘 즉시 회싱초(回生草)롤 즛ᄶᅵ어 차에 타 입에 드
리오니 경각으로 해슈롤 무슈히 토ᄒ고 졍신이 여샹홀 분 아니라 도로혀 젼일
의셔 더옥 씩ᇰᄒ지라.[10] 모다 셔로 치하ᄒ더니 쇼산 왈,

---

8) 【니암시】 명 냄새. ¶ 臭‖ 다만 세 번 네 번 도로 느온 더러온 니암시 어려올 분 아니
라 그중 동취[돈니암시]는 더옥 견딜 길 업스오니 브라건더 법 밧게 은혜롤 드리오시면
몸이 맛도록 송축ᄒ리이다! (不獨三次四次之糞臭不可當, 而且那股銅臭又不可耐. 惟求法
外施仁, 沒齒難忘!) <鏡花 11:14> 셔셕이 쏘ᄒᆫ 싄니암시 견디기 어려오나 오히려 동취
에 비ᄒ면 져기 느으리니 (西席雖然有些酸臭, 畢竟比那銅臭好挨.) <鏡花 11:14> 氣‖
히여진 옷과 초혜 머무는 즈최 업스니 드러온 내암시 다시 한 머리의 창질이 잇더라
(破衲芒鞋無住跡. 腌臢更有一頭瘡.) <紅樓 25:67>

9) 【쌘지오다】 동 빼다. ¶ 吐‖ 말을 ᄆᆞ츠며 일졔히 도라가니 모든 ᄉ공이 겻흐로 조츠
보고 개ᇰ히 혀룰 쌘지오고 면ᇰ히 긔이ᄒ믈 일컷더라 (一齊去了. 衆水手在傍看着, 人人
吐舌, 個個稱奇.) <鏡花 11:15> 모든 녀기 츠례로 풍뉴룰 주ᄒ고 술잔을 나오더니 이쎠
손싱이 머리룰 쌘지오고 가마니 안잣고 반션은 도라셔서 귀밋츨 다둠고 잇거늘 <靈異
1:87>

10) 【씩씩ᄒ다】 동 씩씩하다. ¶ 淸爽‖ 즉시 회싱초룰 즛ᄶᅵ어 차에 타 입에 드리오니 경각

"싱녀는 다만 부친을 츳ㅈ 도라가기로 지원이니 이 ㄳ흔 환란을 【16】 격그나 어렵지 아니커니와 구ː의 과도히 용녀ᄒ시미 실노 민박ᄒ여이다."

녀시 왈,

"우리 앗가 브야흐로 원외에 도라오기만 기ᄃ리더니 홀연 물속으로 조츳 무어시 밧ᄃᄂ 듯 싱녀의 신체를 션샹의 올니ː 실노 신션의 조화를 측냥치 못홀너이다."

구공이ː에 원외에 물에 ᄲᅥ져 겨유 회싱흔 후 즉시 언덕에 올나 분향도츅ᄒᄂ 닐과 냥기 도스의 쳐치ᄒᄃ 브롤 일ː히 젼ᄒ니 쇼산이 니러 졀ᄒ야 감읍ᄒ믈 ᄆ지 아니코 녀시 모녜 더옥 신긔히 넉이더라.

원외 비로소 슈션촌(水仙村) 스실을 ᄌ시 젼ᄒ고 비 【17】 를 ᄭ워 쇼봉니를 향홀시 여러 날 힝ᄒ야 헌원국(軒轅國)과 샴묘국(三苗國)을 임의 지ᄂ지라. 이 날 님(林) · 다(多) 이인이 션챵 뒤히 안ᄌ 한담ᄒ더니 구공 왈,

"님형아 우리 거년에 이곳에 와 브람을 아니 만ᄂ니잇가? 이번은 부디 브람을 만나고져 ᄒ니 별로 브람이 업도다. 만일 거년ᄀᆺ치 대풍을 만나면 조히 샹쾌ᄒ리로다! 노뷔 이곳이 심히 싱쇼ᄒ더니 조히 젼면의 져근 나라히 잇스니 즘간 나아가 무러보미 조토다."

이에 비를 다ᄒ고 이인이 홈게 ᄂ려 두로 탐문ᄒ니 원릭 이 ᄯ히 곳 쟝부국(丈夫國) 지계라. 쇼봉니 길흘 셰 【18】 나 져혀 왈,

"여긔셔 일쳔여 리를 가면 지명이 젼목되(田木島)라 ᄒᄂ 셤이 잇고 그 ᄀ온더 해목산(亥木山)이라 ᄒᄂ 산이 잇더니 근릭에 홀연 허다흔 요괴 슘겨 사ᄅᆷ을 만ᄂ면 살해ᄒ기로 왕릭ᄒᄂ 션쳑이 미양 이곳에 가면 도라오지 못ᄒ다."

ᄒ야ᄂᆯ 님 · 다 이인이 황망히 도라와 이 말을 젼흔더 모든 스공이 개ː히 가기를 원치 아니ᄒ되 홀노 쇼산이 죽기로써 나아가려 ᄒ니 님 · 다 이인이 지슘

으로 해슈를 무슈히 토ᄒ고 졍신이 여샹홀 분 아니라 도로혀 젼일의셔 더옥 쎅ː흔지라 (將仙草給小山灌入, 吐了幾口海水, 登時復舊如初, 精神更覺淸爽.) <鏡花 11:15> 齊整‖ ᄌ시 보니 한미의 복식이 젼과 달나 칠셩관을 쓰고 학창의를 닙고 심히 쎅쎅ᄒ더라 (只見婆婆先在, 又不是先前打扮了, 頭戴星冠, 身披鶴氅, 甚是齊整.) <平妖 5:42>

권유ᄒᆞ되 ᄆᆞᄎᆞᆷᄂᆡ 듯지 아니코 죽을지언졍 그치지 아니려 ᄒᆞ니 이인이 ᄯᅩᄒᆞᆫ 권ᄒᆞ야 쓸ᄃᆡ 업슨 줄 ᄭᆡᄃᆞ라 목숨을 □□ 알프로 향ᄒᆞ【19】니라.

일ᄂᆞᆫ 졍히 힝홀 즈음에 젼면으로 일좌 큰 녕이 막앗시니 ᄌᆞ셰히 길을 슬펴 건디 반드시 산ᄲᅮ리를 돌아지나야 ᄇᆞ야흐로 해구에 나갈지라. 오릭게야[11] 녕이 졈ᄂᆞ층ᄂᆞᄒᆞᆫ 비 허다ᄒᆞᆫ 실과남기라. 복셩화와 외앗[12] 귤과 대초의 뉴 더옥 셩ᄒᆞ고 ᄉᆞ시에 잇는 실괘 ᄒᆞ나토 업는 지 업는지라. 져 모든 실과 향긔 ᄉᆞ면으로 욱어져 ᄇᆞ로 면샹에 쓰여 코와 닙에 ᄀᆞ득ᄒᆞ니 사ᄅᆞᆷ으로 ᄒᆞ야곰 낫ᄂᆞ치 춤ᄒᆞ로 고니 싀믈 면치 못ᄒᆞ니 모든 ᄉᆞ공이 부지불각의 비를 ᄲᅡᆯ니 져어 산하에 다 히더니 일졔【20】히 ᄂᆞ려 ᄇᆞ로 실과 수플을 향ᄒᆞ야 미쳐 호부(好否)를 의논치 아니코 손에 ᄃᆞᇂ면 닙에 너허 개ᄂᆞ히 신긔ᄒᆞᄆᆞᆯ 일커르니 님ᆞ다 이인이 ᄯᅩᄒᆞᆫ 일쟝을 비불니 먹고 봉셩화 외앗과 귤과 대초의 뉴를 만히 ᄯᅡ 션샹의 니르니 녀시 ᄇᆞ야흐로 춤을 ᄒᆞᆯ니다가 쇼산 ᄌᆞ매로 더부러 즐겨 먹을시 쇼산이ᄂᆞ에 ᄀᆞᆯ오ᄃᆡ,

"구귀 엇지 비를 이곳에 ᄃᆞ히시니니잇고? 젼일 길을 탐쳥홀 ᄣᅢ 개ᄂᆞ히 말ᄒᆞ되 젼면에 요괴 잇다 ᄒᆞ더니 오날ᄂᆞ 엇지 니즈시니니잇고?"

원외 왈,

"니 일즉 져 실과향긔를 ᄆᆞᆮ튼 후는 ᄆᆞ음이 미혹ᄒᆞ야 다만 ᄒᆞᆫ 번 먹기만 싱각ᄒᆞ니 엇지 무슴 요괴를 싱각ᄒᆞ리요! 【21】맛당히 밧게 나가 발션ᄒᆞᄆᆞᆯ 지촉ᄒᆞ리라."

이에 밧게 나와,

11) 【-게야】回 -어서야. ¶ 오릭게야 녕이 졈ᄂᆞ층ᄂᆞᄒᆞᆫ 비 허다ᄒᆞᆫ 실과남기라 (走了多時, 離嶺不遠, 只見上面密密層層許多果樹.) <鏡花 11:19> 엇디 이리 오래게야 ㅈ 니르럿ᄂᆞ뇨? (如何這等久才到?) <伍倫 8:38a> 곽샹이 밤들게야 믈러 니거늘 (郭常相陪至更深, 各人歇去.) <三國 9:123> 일 닐고 밤들게야 자 글 닐그시며 겨셔를 의논ᄒᆞ시니 히여딘 옷과 눌근 두건의 검박ᄒᆞ시기 텬셩이러니 <型世 1:45> 우리 오릭게야 만나시니 이 마을 뒤ᄒᆡ 한 쥬졈이 이시니 가장 죵용ᄒᆞᆫ지라 <禪眞 1:63> 포공이 크게 놀나 즉시 공패를 보너여 뎡쳔 뎡만을 블너오라 ᄒᆞ니 오릭게야 이인을 잡아왓거늘 (包公大駭, 便差公牌喚丁千、丁萬. 良久, 公差押二人到.) <包公 烏盆子 5:60>
12) 【외앗】囘 오얏. ¶ 李∥ 복셩화와 외앗 귤과 대초의 뉴 더옥 셩ᄒᆞ고 ᄉᆞ시에 잇는 실괘 ᄒᆞ나토 업는 지 업는지라 (如桃、李、橘、棗之類, 四時果品, 無般不有.) <鏡花 11:19>

“샐니 비를 씌오라 요괴를 만날가 저허ᄒ노라!”

모든 ᄉ공이 몽농히 대ᄒ야 왈,

“오날〻 저 ᄀᆞᆺᄒᆞᆫ 조흔 실과를 먹더니 왼몸이 소음ᄀᆞᆺ치 연ᄒ야 조히 술 취홈 ᄀᆞᆺᄒᆞ니 극히 쾌활ᄒᆞᆫ지라! 무ᄉᆞᆷ 근력이 잇셔 비를 저으리잇고!”

일변 말ᄒᆞ며 개〻히 나모 우리 것구러져 조을거늘 님·다 이인이 션두에 셧다가 홀연 하늘이 돌며 ᄯᅡ히 구을너 발을 머츄지 못홀지라 졍히 황겁ᄒᆞ더니 홀연 산즁으로 조ᄎ 허다ᄒᆞᆫ 겨집이 니다라 션샹에 니르러 녀시와 완여와 약화와 【22】 유모를 잡아 언덕의 올으며 ᄯᅩ 냥개 건쟝ᄒᆞᆫ 지 님·다 이인을 줍아 비에 ᄂᆞ리오고 ᄯᅩ 슈십개 군졸이 여러 ᄉ공을 일졔히 줍아 산샹으로 닷ᄂᆞᆫ지라. 모든 사ᄅᆞᆷ이 비록 ᄆᆞ음속은 명빅ᄒᆞ나 다만 입으로 말을 못ᄒᆞ고 왼몸이 피연[發軟]ᄒᆞ야13) 움죽이지 못홀지라. 이ᄯᅢ 쇼산은 비록 여샹ᄒᆞ나 모든 사ᄅᆞᆷ의 이 ᄀᆞᆺᄒᆞᆫ 광경을 보미 홀노 능히 당치 못ᄒᆞᄆᆞᆯ 혜ᄋᆞ리고 다만 거즛 술 취ᄒᆞᆫ 체하고 흠게 ᄶᅩᆯ와 니르러 저의 필경 엇지ᄒᆞᄂᆞᆫ고 보아 다시 쳐치ᄒᆞ려 ᄒᆞ더니 오리지 아녀 셕동에 니르미 다시 두 층 졍원을 지나 대쳥의 ᄃᆞ〻르니 ᄀᆞ온ᄃᆡ 일개 【23】 계집요괴 안ᄌᆞᆺ시니 머리의 봉관을 쓰고 몸에 룡포를 닙어 극히 ᄋᆞ롬다오며 면샹에 약간 손톱 흔젹이 잇스나 그 ᄀᆞ온ᄃᆡ로 조ᄎ 더옥 미무(媚嫵)ᄒᆞ미 나ᄐᆞᄂᆞᆫ고 그 겻흐로 일개 남ᄌᆞ요괴 안ᄌᆞᆺ시니 년긔 불과 이십이 못ᄒᆞᆫᄃᆡ 싱셩ᄒᆞᆫ 비 입시욹이 붉고 니 희며 얼골이 분 ᄇᆞ른 듯ᄒᆞ니 비록 남ᄌᆞ나 문득 계집의 쟝속을 ᄒᆞ얏스니 구공이〻ᄯᅢ 비록 몸은 피연ᄒᆞ나14) ᄆᆞ음은 오히려 명빅ᄒᆞᆫ지라 ᄀᆞᄆᆞ니 혜

---

13) 【피연ᄒᆞ다】 [形] 느른하다. 힘이 없다. ¶ 癱軟 ‖ 구공이〻ᄯᅢ 비록 몸은 피연ᄒᆞ나 ᄆᆞ음은 오히려 명빅ᄒᆞᆫ지라 ᄀᆞᄆᆞ니 혜오ᄃᆡ (多九公看了, 身上雖覺癱軟, 心裏明白, 暗暗村道.) <鏡花 11:23> 發軟 ‖ 모든 사ᄅᆞᆷ이 비록 ᄆᆞ음속은 명빅ᄒᆞ나 다만 입으로 말을 못ᄒᆞ고 왼몸이 피연ᄒᆞ야 움죽이지 못홀지라 (衆人心裏雖覺明白, 就只口不能言, 渾身發軟.) <鏡花 11:23>

14) 【癱軟 탄연】 tānruǎn (形) [탄슈ㅏ] 늘은ᄒᆞ다 (漢淸 懦弱 8:27b) [탄완] 므러지다 ‖ “打至~了.” 마자 느러지다 (漢抄 捶打 1:19b) 피연ᄒᆞ다 ‖ “多九公看了, 身上雖覺癱軟, 心裏明白, 暗暗村道.” 구공이〻ᄯᅢ 비록 몸은 피연ᄒᆞ나 ᄆᆞ음은 오히려 명빅ᄒᆞᆫ지라 ᄀᆞᄆᆞ니 혜오ᄃᆡ (鏡花 11:23) [탄연] 플니고 부드럽다 ‖ “這媳婦有天生的奇趣, 一經男子挨身便覺遍體筋骨~, 使男子如臥綿上, 更兼淫態浪言, 壓倒娼妓.” 이 식뷔 텬싱의 긔특ᄒᆞᆫ 취미 잇셔 한 번 남ᄌᆞ 몸의 갓가이 오면 믄득 왼몸의 근골이 플니고 부드러워 남ᄌᆞ로 ᄒᆞ여곰 쇼음 우히 누흔 것 ᄀᆞᆺ게 ᄒᆞ며 다시 겸ᄒᆞ여 음란ᄒᆞᆫ 틱도와 허랑ᄒᆞᆫ 말이 챵기를 압두홀 만ᄒᆞ니

오디,

"제 분명히 사느희여늘 엇지 부녀의 모양을 한뇨? 브야흐로 님형이 져 모양을 보면 응당 녀으국【24】 닐을 싱각한야 놀나믈 마지 아니한리로다."

그 으리로 냥개 사느희 요괴 안즛시니 한느흔 얼골이 검은 대초 갓고 한느흔 두 쌤이 누른 귤 갓흐니 붉은 털과 쑥 갓흔 머리 극히 흉악한지라. 문득 계집요괴 우어 왈,

"져무리 다만 즐겨 실과 먹기만 알고 그 갓온더 쥬모(酒母)룰 곱초믈 모로니 과연 조곰도 힘을 허비치 아녀 낫치 잡아 니르니 이 도시 현미와 이위 익경(愛卿)의 찬획(贊畫)한 힘이라 쟝춧 천〻히 흄게 먹으믈 브드리로다. 이제 져무리 삼십여 구의 만흐니 아지 못게라 현미는 별노 지조롤 베퍼 시로히 포제(炮製)【25】한야 먹기에 조케 한라."

사느희 요괴 답한야 왈,

"져무리 브야흐로 쥬모롤 먹어 갓족과 살히 술맛슬 씌엿느니 만일 젼일갓치 펑임을 한면 져컨더 입에 맛지 아닐 듯한니 미즈의 우견은 써한되 므춤너 져무리로써 술을 비져 일홈한되 나으쥐[倮兒酒 사름으로 써 비즌 술이라]라 한미 져〻는 써 엇더틋 한시느니잇고?"

겨집 요괴 깃거 왈,

"이 갓흐면 극히 묘한도다!"

검은 낫 요괴 왈,

"나으로써 술을 비즈미 진실노 으룸다온 품이나 다만 청탁을 굴희지 아니면 두리건더 술 므시 으룸답지 아닐가 한느니 신에 우견은 써한되 겨집 나으의 맛슨 응당 묽을 거시요 【26】 스느희 나으의 맛슨 응당 흐리니 쟝춧 술을 비즐 시 반드시 두 곳에 난화 비져야 거의 청탁이 섯기지 아니한리이다."

누른 낫 요괴 왈,

"오날〻 나이 이갓치 만흐니 그중 응당 쥬량이 너른 지 적지 아니리니 이제 몬져 조흔 술을 만히 쥬어 저의 냥이 츠도록 먹어 극히 취한게 흔 후 술에 너허

닉히면 술맛과 힘이 더홀 듯ᄒ여이다."

겨집 요괴 왈,

"낭위 이경의 소견이 극히 올토다."

인ᄒ야 절문 ᄉ나히 요괴롤 향ᄒ야 님원외롤 ᄀ르쳐 왈,

"저 나ᄋᄂ 현미의 모양으로 더부러 ᄀᆽᄒ니 아직 머물너 두어 현미로 ᄒ야곰 쌱ᄒ면 엇더ᄒ뇨?"

【27】 절문 요괴 쇼왈,

"져 나ᄋ이 비록 얼골은 고은 듯ᄒ나 다만 닙ᄀᆯ히 몃 낫 슈염이 시로 나미 가증ᄒ니 제 만일 낫ᄌ치 쏘빗 인곽[人鞹 사룸의 ᄀᆯ족]이 되량이면 닉 비로소 즐겨 브드리라."

ᄉᄂ히 요괴 다시 누른 낫 검은 낫 두 요괴롤 향ᄒ야 왈,

"이위 존형이 쏘ᄒ 저롤 머물너 쌱을 지으시리잇가?"

두 요괴 왈,

"미군[彌君 절문 요괴에 칭회라]이 저의 시로 나ᄂ 슈염을 혐의ᄒ야 슬ᄒ여ᄒ나 우리 두 사룸은 도로혀 저의 슈염 적으믈 혐의ᄒᄂ니 제 만일 턱에 ᄀᆯ득ᄒ 다방 ᄂ롯시 만커나 두 쌤의 구레나롯시 둘너더면 더옥 조홀 번ᄒ도다."

절문 요괴 왈,

"그는 문득 엇진 뜻이니잇【28】 고?"

두 요괴 왈,

"이 니르되 남이 브리ᄂ 브롤 나ᄂ 취ᄒᄂ 뜻이로라."

절문 요괴 쇼왈,

"만일 이 공의 말슴 ᄀᆽ홀진더 지금 셰샹의 슈염 만흔 ᄌᄂ 도모지 브린 사룸이 되리잇가?"

셔로 향ᄒ야 일졔히 대쇼ᄒ더라.

겨집 요괴 이에 슈하롤 분부ᄒ야,

"모든 나ᄋ롤 거ᄂ려 후면에 나아가 조흔 술을 만히 가져 ᄒ야곰 저희 냥더로 먹게 ᄒ야 조히 찌고 슬마 술을 빗게 ᄒ라."

저근 요괴 일졔히 답응ᄒ고 모든 사룸을 잇그러 후면에 니르미 각ᄌ 분【2

9】을 브라고 그므니 도츅ᄒ야 왈,

"나 당쇼산(唐小山)이 어버이를 ᄎᆞᆽ 해외에 니르러 홀연 요미를 만나 셩명이 경각의 잇스니 브라건디 지나가는 신령은 일즉이 증구ᄒ야 환란을 버셔ᄂᆞᆫ게 ᄒᆞ시면 원컨디 몸이 공문에 드러 일세에 송츅ᄒ리이다."

제46회

施自費仙子降妖　發慷慨儲君結伴

홀연 브라보니 일개 도괴 표연이 이르러 쇼산을 붓들어 닐으혀 왈,

"녀보살은 과도히 초죠치 므르쇼셔. 빈되 특별이 니르러 셔로 구ᄒ리이다."

일변 말ᄒ며 모든 사ᄅᆞᆷ ᄀᆞ온디 섯겨 안즈니 져근 요괴 브야흐로 술을 ᄀᆞ져 니르거눌 도괴 왈,

"져무리 머ː【30】히 쥬량이 업스되 나 홀노 쥬량이 크니 술은 잇는 디로 가져오라. 니 홀노 먹으리라."

모든 요괴 그으기 우으며 일변 술을 ᄀᆞ져 도고 면젼의 노ᄒ니 도괴 그릇디로 마시며 년ᄒ야 술을 지쵹ᄒ니 모든 요괴 분ː히 술을 가져 왕ᄂᆞᆨᄒᆞ미 북 ᄂᆞᆮ드듯 ᄒ야 일변 술을 운젼ᄒ며 일변 쥬량의 크믈 일커르니 도괴 ᄒᆞᆫ 손으로 술을 ᄆᆞ시며 ᄒᆞᆫ 손으로 술을 지쵹ᄒ니 오러지 아녀 동즁에 약간 잇든 술이 진ᄒ야 ᄒᆞᆫ 존이 업거눌 오히려 가져오믈 지쵹ᄒ니 모든 요괴 홀일업서 겨집요괴의게 품쳥ᄒᆞᆫ디 요【31】괴 오히려 밋지 아녀 이에 세 낫 ᄉᆞ나히 요괴로 더부러 홈긔 후면의 니르니 도괴 ᄒᆞᆫ 번 보미 닙을 크게 버리더니 술이 문득 닙으로 조ᄎᆞ 시암솟듯 폭포ᄀᆞᆮ치 쏘다지며 ᄒᆞᆫ 줄기 흰빗치 도ː하야 브로 네 낫 요괴를 향ᄒ야 ᄲᅳ리니 경각 ᄉᆞ이의 동즁과 동외에 술긔운이 ᄀᆞ득ᄒ니 져 술이 본디 범상ᄒᆞᆫ 술이 아니라 빅 ᄀᆞ지 실과로써 비즌 비니 향긔 브로 머리를 ᄶᅮ로며 챵ᄌᆞ의 ᄉᆞ모ᄎᆞ니 만일 술 즐기는 ᄌᆞ로 답ᄒ면 진실노 졍신이 미혹ᄒ야 춤 홀니믈 면치 못ᄒ리러라. 도괴 일변 술을 ᄲᅮᆷ으며【32】손을 드러 ᄒᆞᆫ 번 두로더니 공즁으로 조ᄎᆞ 무슴 쇼리 벽녁 ᄀᆞᆮᄒᆞ며 홀연 ᄒᆞᆫ 덩이 치식 구름이 니러ᄂᆞ며 그 ᄀᆞ온디로 복

성화와 외앗과 귤과 대초 네 ㄱ지 실괘 브로 네 낫 요괴의 머리를 향ㅎ야 ㄴ려오니 도괴 이에 크게 쇼리ㅎ야 왈,

"네 낫 얼츅아! 너의 겁질과 소혈이 여긔 잇스니 쌜니 본상을 드러니지 아니코 다시 어느쩌롤 기드리느뇨!"

네 요괴 정히 도망코져 ㅎ더니 네 낫 실괘 브로 요괴롤 향ㅎ야 어즈러이 치니 ㅁ춤니 본상을 드러니는지라. 도괴 나아가 손으로 네 ㄱ지 거슬 거둔 후 모든 저근 요괴 개〻히 본상을 드러니니 무비(無非) 니미【33】와 망냥의 뉴라. 스면으로 훗터져 도망ㅎ는지라. 이쩌 모든 사롬이 일졔히 술을 씨여 정신이 여샹ㅎ니 흠긔 니러 도고롤 향ㅎ야 샤례홀시 쇼산이 도고의게 절ㅎ야 왈,

"청컨더 션고의 놉흔 도호롤 니르시며 져 요괴는 ㅁ춤니 무어스로 변상ㅎ니잇고?"

도괴 왈,

"빈도는 곳빅과 산인이라 일즉 녀보살노 더부러 연분이 잇기로 특별이 니르러 셔로 구ㅎ니이다."

손의 ㄱ진 바 네 ㄱ지 물건을 뵈야 왈,

"이 문득 네 낫 요괴의 본상이니이다."

쇼산이 모든 사롬으로 더부러 홈게 보니 원리 ㅎㄴ흔 외앗씨요 ㅎㄴ흔 복셩화씨요 ㅎㄴ흔【34】귤씨요 ㅎㄴ흔 대초씨라.

구공이 쇼왈,

"셰간에 이거시 ㄱ쟝 흔 거시어놀 엇지 ㅁ춤니 변화ㅎ야 요괴 되니잇고? 이 아니 별죵의 신긔흔 뉴니잇가?"

도괴 왈,

"이 네 ㄱ지 비록 별죵은 아니ㄴ 다만 홈긔 쥬나라 시졀의 숨거나 지금 쳔년이 넘은지라. 져 외앗씨는 일홈이 본더 휴리(橋李)니 당초의 월나라 겨집 셔시(西施) 그 맛슬 아롬다히 넉여 ㄱ쟝 즐겨 먹든 비요 져 복셩화씨는 비록의 이흔 품이 아니로더 당년의 미ㅈ해(彌子瑕) 일즉 조흔 먹다가 그 반으로써 위나라 님군을 논ㅎ쥰 비요 귤씨는 녯날 안지(晏子) 일즉 초나라의 니르미 초왕(楚王)이 귤노써 스급흔 비요 대초씨는 일홈이 본더 양죄(羊棗)【35】니 당일 증ㅈ

(曾子)의 부친 증셕(曾晳)에 즐겨 먹든 비라. 이러므로 이 네 낫 씨가 비록 미물
이나 혹 당셰졀식 미인의 닙 ㄱ온디 들어 그 연지와 분의 향긔롤 밧고 혹시 어
진 사롬의 닙 ㄱ온디 드러 그 도학에 긔미롤 엇고 혹시 교동[嬌童 어엿분 ᄉᆞ
히 아히]에 닙 ㄱ희 잇셔 아당ᄒᆞ는 졍을 감동ᄒᆞ고 혹시 어진 신하의 닙 속에
드러 그 튱의에 긔운을 어든 고로 오리고 오린 후 졍신과 긔운이 응결ᄒᆞ고 겸
ᄒᆞ야 날 졍긔와 둘빗출 ᄇᆞ다 시러곰 인형을 닐워 ᄆᆞ춤니 요괴 되얏더니 오날
빈도롤 만나 명을 ᄯᆞᄒᆞ미 ᄯᅩᄒᆞᆫ 긔슈에 졍ᄒᆞᆫ 비니이【36】다."

구공 왈,

"진실노 션고의 말ᄉᆞᆷ ᄀᆞ홀진디 앗가 ᄋᆞ룸다온 겨집은 분명 셔시의 모양이요
졀문 ᄉᆞᄂᆡ희는 응당 미ᄌᆞ하의 형상이어니와 져 두 낫 요괴는 샹뫼 극히 취루ᄒᆞ
니 당년 증셕과 안ᄌᆞ의 샹뫼 이 ᄀᆞ더니잇가?"

도괴 왈,

"셔시와 미ᄌᆞ하는 ᄒᆞᆫ갈ᄀᆞ치 식으로써 그 님군을 고혹ᄒᆞ니 이 곳 졍대ᄒᆞᆫ 사롬
이 아닌 고로 졍녕(精靈)이 쉽게 넉여 그 모양을 도젹ᄒᆞ야 방불케 ᄒᆞ거니와 증
셕과 안ᄌᆞ는 몸이 어진 션비로 일홈이 젼ᄒᆞ야 썩지 아니; 비록 죽으나 오히려
ᄉᆞ니 ᄀᆞ흔지라. 져무리 졍녕이 엇지【37】 감히 그 형상을 도젹ᄒᆞ야 의방ᄒᆞ리
요? 이 니론 'ᄉᆞ불범졍(邪不犯正)'이라. 이러므로 대초요괴는 얼골이 다만 검은
대초 ᄀᆞ고 귤씨는 얼골이 다만 누른 귤 ᄀᆞ홀 분이니 제아모리 변환ᄒᆞᆫ들 엇지
문득 본리 면목을 버셔ᄂᆞ리요! 거시 아모리 해외 각국과 천하 만ᄉᆞ롤 아노라
ᄒᆞ야도 ᄆᆞ춤니 혹치국 녀ᄌᆞ롤 만ᄂᆞ면 본샹이 드러ᄂᆞ리이다."

구공이 무료히 믈너나니 쇼산 왈,

"쳥컨디 션고는 이곳으로 쇼봉니 길이 언ᄆᆞᄂᆞ ᄒᆞ니잇고?"

도괴 왈,

"멀면 하놀 ᄀᆞ히요 갓ᄀᆞ오면 눈 알피니 녀보살은 스ᄉᆞ로 ᄆᆞᄋᆞᆷ에 뭇고 빈도ᄃᆞ
려 뭇지 ᄆᆞ르쇼셔."

인ᄒᆞ야【38】 네 낫 씨롤 거두고 표연이 동문을 나더라.

어시에 님·다 이인이 모든 사롬을 죠슈ᄒᆞ야 일졔히 션상의 도라와 비롤 씌

위 알프로 나아갈시 모다 션고의 셔로 구호믈 일커르니 구공 왈,

"이는 전혀 당쇼져의 지효로 감동호미니 여러번 이인을 만나 구계호믈 어들 분 아니라 젼일 대방[大蚌 큰 조기]의 말노 보아도 당형이 임의 신션 되미 졍녕의 심 업노니라."

원외 왈,

"미졔 만일 신션이 되얏실진디 싱녀의 환란을 만날 씨 응당 신션을 보니여 셔로 구호리니 쇽담의 니르되 '벼슬호노니는 벼슬호노니롤 구혼다'15) 호니 【39】 그 엇지 신션이 신션을 구치 아니리요. 그 스이 만는 ㅂ 도스와 도고의 무리는 불과 산즁의 드러 도 닥는 뉴로 우연이 만닌 비니 죡히 신션이라 못호 려니와 다만 나의 젼쪽대션과 구공의 흑치국을 말호믄 실노 긔괴호더이다. 쏘 흔 의심되는 ㅂ는 싱녀롤 미양 빅홰라 일커르니 그 엇진 뜻이뇨? 아니 싱녜 원리 빅화로써 탁싱호미냐?"

쇼산이 미쇼 왈,

"만일 빅화 갓흘진디 맛당히 빅 갓지 모양이리니 엇지 흔 사롬이 되어 노리 잇가? 결단코 그럴니 업노니 진실노 빅화로 탁싱호믄 싱녜 실노 원치 아니호노 이다."

원외 왈,

"만일 빅 【40】 화 갓흐면 빅터 구비호고 보노니마다 곱다 스랑호리니 싱녜 엇지 원치 아니호노뇨?"

쇼산 왈,

---

15) 【官官相護 관관상호】 guānguānxiānghù (成) 벼슬호노니는 벼슬호노니롤 구혼다 ‖ "俺妹 夫如成了神仙, 俺甥女遇了災難, 自然該有仙人來救. 俗語說的'官官相護', 難道不准'仙仙相 護'?" 미졔 만일 신션이 되얏실진디 싱녀의 환란을 만날 씨 응당 신션을 보니여 셔로 구호리니 쇽담의 니르되 '벼슬호노니는 벼슬호노니롤 구혼다' 호니 그 엇지 신션이 신 션을 구치 아니리요 (鏡花 11:38) [관관睜후] 관가기리 셔로 호위호다 *做官的互相庇護. ‖ "如今就是鬧破了, 也是官官相護的, 不過認個承審不實革職處分罷, 那裡還肯認得銀子聽 情呢." 이졔 믄득 들네여 씨쳐 노흐니 이거시 관가기리 셔로 호위호여 츄열을 실샹으로 못호믈 승복호여 혁직호는 쳐분만 기다리는 거시지 엇지 도로혀 즐겨 은즈롤 쳥 듯는 거시야 아른 체 호리오 (紅樓 99:72) "縱然派個委員前來會審, 官官相護, 他又拿着人家失 單衣服來頂我們." (老殘 5)

"구귀 오히려 모로시는도다. 빅화는 본디 초목의 뉴라 싱각이 업스니 무슴 근긔(根基) 잇스리요. 싱녜 혹ᄌ 하늘의 셩신으로 탁싱ᄒᆞ[illegible]ᆺ시면 쟝니 도룰 닷가 식견이 되려 ᄒᆞ면 족히 근긔 잇다 ᄒᆞ야 거의 션과룰 어드려니와 만일 쵸목으로 탁싱ᄒᆞ얏시면 임의 근긔룰 엇지 못ᄒᆞ얏거니 엇지 망녕된 의스룰 니리잇가? 녯말에 니르되 호리[狐狸 여으16)에 뉴라]의 무리 신션 되려 ᄒᆞ면 ᄀᆞ쟝 어려오니 그 본디 근긔 업스므로써 반드시 도룰 닷가 사룸이 된 후에야 비【41】로소 신션 되기룰 공부ᄒᆞᆫ다 ᄒᆞ니 긔 아니 두 층 공부룰 허비ᄒᆞ미니잇가. 이제 빅화는 초목이니 신션이 되려ᄒᆞ면 ᄯᅩᄒᆞᆫ 두 층 공뷔 되리니 싱녀의 원치 아닛는 비로소이다."

원외 왈,

"나는 너의 근긔 업스믈 깃거ᄒᆞ노라. 혹ᄌ 너의 대인과 ᄀᆞᆾ치 무슴 별 싱각을 널가 겁ᄒᆞ노라."

약ᄒᆡ 왈,

"앗가 본 바 절문 스ᄂᆞ히 요괴는 문득 계집의 쟝속을 ᄒᆞ야 분을 바르며 연지룰 직어시니 그는 엇진 뜻이니잇고?"

구공 왈,

"질녜 오히려 이젓ᄂᆞ냐? 그 ᄃᆞ름이 아니라 젼혀 너의 녀ᄋᆞ국 풍속으로 비로슨 비라. ᄒᆞᄆᆞᆯ며 발홀 동혀 젹【42】게 ᄒᆞ며 귀룰 ᄯᅲ러 구슬을 ᄢᅦᄂᆞ니라."

원외 이에 ᄃᆞᆺ라 우음을 ᄎᆞᆷ지 못ᄒᆞ니 쇼산이 ᄀᆞ쟝 의아ᄒᆞ야 지삼 튜문ᄒᆞ니 완예 비로소 당일 녀ᄋᆞ국의 니르러 원외에 발 동ᄒᆞ고 귀 ᄯᅮᄅᆞ던 닐을 셰"젼일 동구산을 지닐 ᄶᅥ 그 도괴 문득 구�홀 보고 젼족대션이라 일커르니 구귀 왼 낫치 붉으시더니 원리 이런 연괴 잇도소이다."

▲쇼산이 ᄯᅩ 무러 왈,

"앗가 도괴 구공으로 문답홀 ᄶᅥ 홀연 ᄭᅩᆯ오더 구공에 흑치국 녀지라 ᄒᆞ니 구

---

16) 【여으】 图 여우. ¶ 狐狸 ‖ 녯말에 니르되 호리[여으에 뉴라]의 무리 신션 되려 ᄒᆞ면 ᄀᆞ 쟝 어려오니 그 본디 근긔 업스므로써 반드시 도룰 닷가 사룸이 된 후에야 비로소 신션 되기룰 공부ᄒᆞᆫ다 ᄒᆞ니 긔 아니 두 층 공부룰 허비ᄒᆞ미니잇가 (當日有人言: 狐狸修仙最 苦, 因基素無根基, 必須修到人身, 方能修仙, 須費兩層工夫.) <鏡花 11:40>

공이 ᄯᅩᄒᆞᆫ 얼골을 붉히고 말을 잡지 아니시니 그는 무ᄉᆞᆫ 연괴니잇【43】고?"

원외 이에 크게 웃고 구공이 흑치국 녀ᄌᆞ의게 곤욕 ᄇᆞ든 ᄇᆞ를 ᄌᆞ시 말ᄒᆞ니 일쮀 대쇼ᄒᆞ고 이ᄀᆞᆺ치 한담ᄒᆞ더니▲17) 문득 모든 ᄉᆞ공이 쇼러질너 왈,

"조히 ᄇᆞ람이 슌ᄒᆞ야 ᄒᆡᆼᄒᆞ기 어렵지 아니터니 젼면에 ᄯᅩ 도라갈 길히 머도소이다!"

님 · 다 이인이 황망이 밧게 나와 ᄇᆞ라보니 젼면의 과연 일좌 큰 산이 가는 길흘 ᄀᆞ로막앗ᄂᆞᆫ지라.

구공 왈,

"젼년의 이곳을 지널 ᄯᅢ는 젼혀 ᄇᆞ람에 몰니여 가기로 졍신을 슈습지 못ᄒᆞ야 산과 셤을 모로고 지낫더니 금년에 이 길노 오미 갈ᄉᆞ록 큰 녕과 셤이 막혓더니 이ᄀᆞᆺ치 도라가면 다시 일년을 가도 쇼봉니【44】ᄂᆞᆫ ᄇᆞ라보도 못ᄒᆞ리로다."

원외 왈,

"임의 니에 니르니 눌을 탓ᄒᆞ리요 위션 올나가 갈길을 탐쳥ᄒᆞ리라."

이에 비롤 다히고 구공을 잇글어 언덕의 오르미 먼리 아니 ᄒᆡᆼᄒᆞ야 알프로 셕비[石碑돌비라]ᄒᆞᄂᆞ히 셧거늘 ᄲᆞ니 ᄂᆞ아가 보니 젼면에 크게 쇼봉니라 세 ᄌᆞ롤 삭엿거늘 이인이 비로소 이 산이 쇼봉니믈 ᄭᅢᄃᆞ라 구공 왈,

"그 도고의 말이 '멀면 하ᄂᆞᆯ ᄀᆞ히요 ᄀᆞᆺ가오면 눈 알피라'18) ᄒᆞ미 괴이치 아니토다. 과연 쇼봉니에 니르도다."

급ᄌᆞ히 도라와 쇼산의게 젼ᄒᆞᆫ더 쇼산이 십분 흔열ᄒᆞ야 거의 부친에 얼골을 볼 ᄃᆞᆺᄒᆞ야 즉각으로【45】산에 올ᄋᆞ고져 ᄒᆞ나 날이 임의 져믄지라. 이튼날 일즉 니러 죠반을 파ᄒᆞᆫ 후 완여와 약ᄒᆡ 흠게 ᄯᅩ로고 원외 손에 긔계롤 들고 여러 ᄉᆞ공을 거ᄂᆞ려 언덕에 올을시 산상의 비록 희미ᄒᆞᆫ 길히 잇스나 실노 ᄒᆡᆼ키 어려

---

17) 이 부분 원문에 없음.

18)【멀면 하ᄂᆞᆯ ᄀᆞ히요 갓ᄀᆞ오면 눈 알피라】 ⑥ 등잔 밑이 어둡다. ¶ 遠在天邊, 近在眼前 ∥ 도괴 왈, "'멀면 하ᄂᆞᆯ ᄀᆞ히요 갓ᄀᆞ오면 눈 알피니' 녀보살은 스스로 ᄆᆞ음에 뭇고 빈도ᄃᆞ려 뭇지 ᄆᆞ르쇼셔" (道姑道: "遠在天邊, 近在眼前, 女菩薩自去問心, 休來問我." <鏡花 11:37> 그 도고의 '말이 멀면 하ᄂᆞᆯ ᄀᆞ히요 ᄀᆞᆺ가오면 눈 알피라' ᄒᆞ미 괴이치 아니토다 과연 쇼봉니에 니르도다 (怪不得那道姑說: "遠在天邊, 近在眼前." 誰知今已到了.) <鏡花 11:44>

오디 다힝히 슈목이 셔로 년ᄒ니 남글 붓들고 츩을 줍아 가히 힝홀지라. 원외 이에 쇼산의 손을 줍고 쇼산은 완여의 손을 잇글고 완여는 약화의 풀을 붓들어 천천이 거러 산에 올을시 저기 평탄흔 곳의 니르러 반향을 헐식흔 후 다시 알프로 향ᄒ야 '쇼봉닌小蓬萊'라 쓴 비를 지너미 당일 당싱의 【46】 쓴 ᄇ 글귀 오히려 묵젹(墨跡)이 림니(淋漓)흔지라. 쇼산이 흔 번 보미 눈물을 금치 못ᄒ더니 쏘흔 스면으로 셰셰히 ᄇ라보아 ᄀᄆ니 머리 조ᄋ 왈,

　"이 산경치를 보니 과연 쯧글 싱각이 슬아져 완연히 신션의 지경의 올은 듯 흔지라 이 ᄀᆺ흔 동쳔(洞天)과 복지(福地)에 부친이 도라오지 아니시미 쏘흔 괴이치 아니ᄒ도다. 이곳이 다만 쳥슈(淸秀)ᄒ고 유벽홀 분 아니라 쏘흔 젼면의 층층쳡쳡이 긔이흔 봉과 그윽흔 골이 일망무졔(一望無際)ᄒ니 그 멋 곳으로 길이 잇스믈 아지 못홀지라. 이제 아직 그 대개만 보고 즉시 도라가 구구와 샹냥 ᄒ리라."

　오리지 아녀 날이 임의 낫이 【47】 기운지라 원외 힝혀 어두오면 힝ᄒ기 어려울가 저허 이에 쇼산의 ᄌ미로 더부러 산에 ᄂ려 션샹의 니르니 ᄆ초ᄋ 날이 임의 저믄지라 녀시 쇼산을 향ᄒ야 산즁 경치와 지닌 ᄇ를 무른디 쇼산 왈,

　"오날오날 ᄌ세히 이 산을 보니 길히 ᄀ쟝 멀고 어득ᄒ야 결단코 스오일에 가히 돌아단녀 춧지 못홀 거시오 ᄒ믈며 부친이 임의 도를 닥고져 홀진디 맛당히 깁픈 산과 그윽흔 골에 머물니머물니 만일 오날ᄀ치 심방ᄒ야는 십년이 지나도 만ᄂ기를 긔필치 못홀지라. 싱녜 임의 쥬의를 졍ᄒ오니 명일은 구귀 션샹 【48】 의 머믈너 져기 죠양ᄒ시고[19) 싱녜 홀노 나아가 깁히 산즁에 여러 날을 보닐 지라도 셰셰히 심방ᄒ면 혹ᄌ 만ᄂ미 잇슬지 그도 오히려 긔필치 못ᄒ리로소 이다."

　원외 겻흐로 조ᄎ 듯고 대경 왈,

---

19) 【죠양ᄒ다】 圖 조양(調養)하다. ¶ 看守∥ (今甥女立定主意: 明日舅舅在此看守船隻; 甥女一人深入山內, 耽擱數日, 細細搜尋, 或者機緣湊巧, 也未可知.) 싱녜 임의 쥬의를 졍ᄒ오니 명일은 구귀 션샹의 머믈너 져기 죠양ᄒ시고 싱녜 홀노 나아가 깁히 산즁에 여러 날을 보닐지라도 셰셰히 심방ᄒ면 혹ᄌ 만ᄂ미 잇슬지 그도 오히려 긔필치 못ᄒ리로소 이다 <鏡花 11:48> 님형의 신샹이 아직 평복지 못ᄒ고 날이 쏘흔 ᄂ젓시니 다만 션샹 의 도라가 밤을 죠양ᄒ고 명일 다시 구ᄒ미 올흐니 <鏡花11:2>

"싱녜 홀노 나아가면 춤아 엇지 무음을 노흐리요 즈연 날과 흠게 가미 올흐니라."

쇼산 왈,

"널은 과연 그러흐나 이제 션샹에 갓갓온 친쳑이 업셔 다만 스공의 무리 분이요 구공이 비록 친의(親誼) 잇스나 무춤니 쇠로흐시니 이곳이 즁국과 다른 쏜히라 구귀 흠게 가시면 션샹에 쥬인이 업스니 뉘 갓히 신칙흐고 직희리잇고. 도로혀 싱녀의 【49】 근심을 더흐리니 엇지 능히 무음 노흐 오리 심방흐리잇가? 만일 즁도의 그칠 터이면 도로혀 시족지 아니홈만 갓지 못흐니 싱녜 스스로 홀노 가오미 실노 구이치 아니코 쏘흔 편당흐여이다. 이 산이 비록 인연(人烟)이 드므나 결단코 뫂슬 즘싱이 업슬 거시니 구ː는 다만 방심흐쇼셔. 싱녜 이번 가미 오리면 흔 달이요 갓가오면 반 달 닉에 능히 츠즈 만느면 쳔힝이요 무춤니 츳지 못흐여든 다만 산 즁 대개나 냑ː히 술펴보고 즉시 도라와 몬져 쇼식을 젼흐야 구ː로 흐야곰 방심흐시게 흔 후야 다시 나아가 몸이 맛도록 츠즈리니 반드시 이곳치 흐여야 피츠 셔로 걸니 【50】 미 업스리니 브라건디 구ː는 스세와 졍니롤 술피샤 싱녀의 뜻을 조츠쇼셔."

약홰 왈,

"야애 만일 방심치 못흐실진디 히이 일즉 남쟝으로 동궁(東宮)에 잇슬 찍 즈연 물 트고 활쏘기롤 닉이고 병긔롤 쏘흔 쓸 줄 아니 이제 히이 긔계롤 지니고 미ː로 더부러 가미 극히 조흐니이다."

완예 말을 니어 왈,

"그럴진디 쇼미 쏘흔 흠게 가리라."

쇼산 왈,

"미ː는 유모와 흔갈곳치 힝보롤 심히 더듸니 엇지 험흐고 먼 길을 힝흐리요? 약화져ː는 어려셔부터 남쟝을 흐야 거름에 닉으니 오히려 힘을 허비치 아니리니 만일 흠게 가기롤 즐기실진디 조 【51】 히 족반흐리로소이다."

녀시 왈,

"져 산즁에 임의 집과 방이 업고 차와 밥을 푸지 아니흐니 싱녜 밤을 당흐야 어느 곳에 몸을 부쳐 좀을 닐우며 ᄋ춤과 낫으로 무어슬 먹어 긔갈을 구흐리요?"

쇼산이 ;에 니르러는 과연 그윽이 겹흔지라 이윽이 샹냥ㅎ야 왈,

"셩네 오날 ㅈ셰히 산즁을 술피온즉 이 산이 층;흔 ㅂ회와 깟근 셕벽이며 쓰힌 돌과 샌혀는 봉이 종횡ㅎ고 축낙(錯落)ㅎ야 셔로 년쇽ㅎ야 끈허지;아니;비록 집과 방이 업스나 도쳐의 ㄱ히 몸을 곰촐 거시오 나무 그늘과 오동슈 풀이 쏘흔 ㄱ히 밤을 지닐 거시오 혹ㅈ 쳔셩 셕굴과 셕 【52】 동을 만ᄂ면 더옥 조홀 거시요. 먹는 거슨 싱각건디 녯사룸이 니르되 풀불희와 나모썹플이 가히 주리를 구혼다 ㅎ니 ㅎ믈며 이 산의 실과남기 심히 셩ㅎ니 빅ㅈ(栢子)와 송실(松實)이며 산과(山果)의 뉴 곳;이 잇스니 엇지 비골프믈 근심ㅎ리잇고!"

녀시 왈,

"그런 실과의 뉴 엇지 오리 쥬리믈 면ㅎ리오? 니 홀연 싱각흔 ㅂ 잇ᄂ니 우리 무리 일즉 구황두말(救荒豆末)을 민드러 처음 표풍(飄風)흘20) 쪄 ㄱ쟝 긴히 썻더니 그후 다힝이 다시 쓰지 아냣ᄂ니 이제 셩네 산의 올을 쪄 조히 쓰리로다."

원외 왈,

"너의 구모의 일ㅋ르미 아니런들 ㅎᄆ 니즐 번 ㅎ도다."

이에 샹ㅈ룰 열고 흔 봉 콩ㄱ로와 흔 봉 슘씨룰 【53】 니여 쇼산을 쥬어 왈,

"셩네 명일 산에 올으기 젼의 몬져 이 콩ㄱ로룰 ㄱ져 슬토록 먹으면 죡히 칠일까지 비골푸지 아니리니 팔일이 되거든 다시 흔 번 만히 먹으면 문득 ㅅ십구일을 비골푸지 아니ㅎ리니 만일 목이 ᄆ른 듯ㅎ거든 슘씨룰 물에 타 먹으면 그치ᄂ니 이 과연 우리네 ㅂ다 ㅂ에 단니는 사룸의 목숨 살오는 션단(仙丹)이니

---

20) 【표풍ㅎ다】 图 표풍(飄風)하다. ¶ 飄洋 ‖ 니 홀연 싱각흔 ㅂ 잇ᄂ니 우리 무리 일즉 구황두말을 민드러 처음 표풍흘 쪄 ㄱ쟝 긴히 썻더니 그후 다힝이 다시 쓰지 아냣ᄂ니 이제 셩네 산의 올을 쪄 조히 쓰리로다 (此時俺倒想起一事, 當日俺們製有救荒豆末, 自從初次飄洋用過一次, 喜得後來從未絶糧. 令甥女上山, 倒可用着了.) <鏡花 11:52> 당일 너의 부친이 ;방문을 쥬기로 니 흔 졔를 지어 ㅂ에 두엇더니 의외 첫 번으로 표풍ㅎ야 ᄆ초아 년일 대우룰 만ᄂ 여러날 비룰 다히지 못ㅎ미 냥식과 남기 진흔 지라 비로소 글노써 냥식ㅎ니 그쩌 션상에 여러 목숨이 글노써 살아ᄂ니 (那知頭一次飄洋, 就遭風暴, 偏遇連陰大雨, 耽擱多日, 缺了柴米, 幸虧這物才救一船性命.) <鏡花 11:58> 표풍ㅎ다 (飄洋) <廣物譜 2 器用 1a>

422 第一奇諺

조히 간슈ᄒ라."

쇼산이 공경ᄒ야 ᄇ드며 왈,

"이 콩을 본디 엇더케 포제(炮製)ᄒ얏기로 이ᄀᆺ치 신통ᄒ 공회 잇ᄂ니잇고? 과연 녕험이 잇슬진디 맛당히 세상에 젼ᄒ야 흉년을 만ᄂ거든 빅셩을 구활ᄒ미 조홀 ᄃ슷ᄒ여이다."

【54】 원외 왈,

"이 과연 구황ᄒᄂ 거신 고로 일홈ᄒ되 구황두말(救荒豆末)이라 ᄒ니 이 방문을 니 엇지 더 알니오 너의 부친이 일즉 어디 쥬며 시험ᄒ라 ᄒ거늘 그 방문에 ᄒ얏시되,

진(晉) 혜뎨(惠帝) 영녕(永寧) 샴년의 황문시랑(黃門侍郞) 뉴경션(劉景先)이 ᄆ춤 흉년을 당ᄒ야 표ᄅᆞᆯ 올녀 굴오디, 신이 태빅산(太白山) 은ᄉᄅᆞᆯ 만ᄂ와 구황ᄒ고 벽곡(辟穀)ᄒᄂ 방문을 젼슈ᄒ오미 신에 집 칠십여 귀 일노써 냥식을 슴고 다른 거슬 먹지 아니코 살아낫ᄉ오니 만일 ᄌ회나 거즌말이어든 신에 일개 형벌의 업듸를 달게 넉이리이다 ○ 그 법이 흑대두[黑大豆 검은 콩]닷 말을 조【55】츨이 씨셔 실네21) 찌기ᄅᆞᆯ 세 번 ᄒ야 거피(去皮)ᄒ고 ○ 대마즈[大麻子 샴씨]서 말을 물에 담가 ᄒ로밤 지닌 후 ᄯᅩ 찌기ᄅᆞᆯ 세 번 ᄒ야 절노 아귀 터진 후 속을 니고 거피ᄒ 후 대두로 더부러 각ᄌ 찌어 ᄀᆞ로 믿드러 ᄒᆞᆫ디 섯거 주먹ᄀᆞ치 뭉쳐 실네 너코 슐시(戌時)의 시죽ᄒ야 찌다가 ᄌ시(子時)의 불을 그치고 인시(寅時)에 실네 ᄂᆡ야 오시(午時)에 쇄간[晒干 볏히 말니오다]ᄒ야 죽말ᄒ야 ᄆᆞᄅᆞ니로 먹으되 비부르도록 먹고 다시 아모것도 먹지 말면 첫 번 먹어 닐헤ᄅᆞᆯ 비골푸지 아니코 여드리만의 ᄯᅩ ᄒᆞᆫ 번 먹으면 스십구일을 비골푸지 아니코 세 번지 먹으면 삼빅일을【56】 비골푸지 아니코 네 번지 먹으면 이쳔 ᄉᆞ빅 일을 비골푸지 아니ᄒ고 그후ᄂ 다시 먹지 아녀도 길이 골푸지 아니ᄒᄂ니 사롬의 노쇼남녀ᄅᆞᆯ 의논치 말고 다만 법디로 먹으면 일싱을 벽곡ᄒᆞᆯ 분 아니라 ᄯᅩᄒᆞᆫ 사

---

21)【실ᄂ】圐 <<시루>> ¶ 甑 ‖ 그 법이 흑대두[검은 콩]닷 말을 조츨이 씨셔 실네 찌기ᄅᆞᆯ 세 번 ᄒ야 거피ᄒ고 (其方: 用黑大豆五斗, 淘淨, 蒸三遍, 去皮.) <鏡花 11:55> 실네 너코 슐시의 시죽ᄒ야 찌다가 ᄌ시의 불을 그치고 인시에 실네 ᄂᆡ야 오시에 쇄간[볏히 말니오다]ᄒ야 죽말ᄒ야 (入甑內, 從戌時蒸之子時止, 寅時出甑, 午時曬干, 爲末.) <鏡花 11:55>

룸으로 ㅎ야곰 ᄀ쟝 강건ㅎ야 용뫼 븕고 윤퇴ㅎ야 길이 쵸췌치 아니ㅎᄂ니라.
혹시 구갈ㅎ거든 마ᄌ 슘씨롤 갈아 믈에 ᄐ ᄆ셔 쟝부(臟腑)롤 눅이며 만일 다
시 음식을 먹고져 홀진디 규ᄌ[葵子 아욱씨]서 홉을 ᄌ말ㅎ야 달혀 ᄎ게 먹으
면 대변으로 조ᄎ 금빗 ᄀᆺᄐᆫ 약을 누ᄂ니 그후 아모 【57】 거슬 먹어도 조곰도
해로오미 업ᄂ니라. ○ 젼임 슈쥐(隨州) 고을 군쉬 빅셩을 ᄀ르쳐 먹여 효험이
잇스미 그 공효와 법졔롤 긔록ㅎ야 한양(漢陽) 고을 홍국시(興國寺)란 졀에 돌
에 삭여 셰워 후셰의 젼ㅎ니라. ○ ᄯᅩ ᄒᆫ 방문이 잇스니 ○ 흑두(黑豆) 닷 말을
졍히 씨셔 세 번 ᄶᅥᄂ니야 쇄간ㅎ고 거피ㅎ야 ᄌ말ㅎ고 ○ 대마ᄌ 서 되롤 담갓
다가 거피ㅎ야 쇄연[碎硏 말뇌여 ᄌ말ㅎ다] ㅎ고 ○ 나미[糯米 ᄎᆸ쌀] 서 되로 죽
을 쑤어 두 ᄀ지 ᄀ로롤 홉게 섯거 ᄶᅵ어 쥬먹ᄀᆺ치 뭉쳐 실네 너허 ㅎ로밤을 ᄶᅥ
ᄂ니야 말뇌야 ᄌ말ㅎ고 ○ 져근 븕은 대초 닷 말을 고와 겁질과 씨롤 ᄇ 【58】
리고 그 ᄀ로롤 섯거 주먹ᄀᆺ치 뭉쳐 다시 ㅎ로밤을 ᄶᅥᄂ니야 쇄간ㅎ야 ᄌ말ㅎ야
먹으되 비부르기로 한ㅎ면 ᄀ쟝 능히 벽곡ㅎᄂ니 만일 구갈ㅎ거든 마ᄌ(麻子)
롤 믈에 ᄐ ᄆ시면 쟝뷔 부드러워지며 혹 지마[脂麻 ᄎᆷ째]을 믈에 ᄐ 먹으미
가ㅎ니라. 다만 일졀 다른 음식은 못 먹ᄂ니라. 당일 너의 부친이 ᄾ 방문을 쥬
기로 너 ᄒᆫ 졔롤 지어 비에 두엇더니 의외 첫 번으로 표풍ㅎ야 ᄆ초아 년일 대
우(大雨)롤 만ᄂ 여러날 비롤 다히지 못ㅎ미 냥식과 남기 진ᄒᆫ 지라 비로소 글
노써 냥식ㅎ니 그ᄶᅥ 션상에 여러 목숨이 글노써 살아ᄂ니 이 도시 너의 부친에
음덕 【59】 이라 미양 너의 구모로 더부러 그ᄶᅥ 은덕을 일컷노라.”

녀시 왈,

“져러틋 유덕ᄒᆫ 군지 편벽되이 공명이 ᄎ타(蹉跎)ㅎ던고22)! 만일 ᄾ즉 과거
의 올나 벼슬을 ㅎ얏던들 무슴 일 이곳에 와 무슴 신션을 ᄎᆺᄂ다 무슴 도롤 닥
ᄂ다 ㅎ리요?”

쇼산이 들을ᄉ록 ᄉ친ㅎᄂ 회포롤 촉동ㅎ미 샹감ㅎ믈 ᄆ지 아니터라. 다시

---

22) 【ᄎ타ㅎ다】 圄 차타(蹉跎)하다. 슬슬 가다. ¶ 蹉跎‖ 져러틋 유덕ᄒᆫ 군지 편벽되이 공
  명이 ᄎ타ㅎ던고! 만일 ᄾ즉 과거의 올나 벼슬을 ㅎ얏던들 무슴 일 이곳에 와 무슴 신
  션을 ᄎᆺᄂ다 무슴 도롤 닥ᄂ다 ㅎ리요? (誰知這樣一個好人, 偏偏敎他功名蹉跎! 若早早做
  了官, 他又何能到此訪甚麼仙、煉甚麼性呢?) <鏡花 11:59>

곰 원외의게 간청ᄒᆞ니 원외 지삼 듯지 아니ᄐᆞ가 구공과 모든 사람이 고집지 말고 쇼산의 지원을 조츠라 ᄒᆞ니 원외 ᄯᅩᄒᆞᆫ 홀일업서 그더로 허ᄒᆞ야 약화로써 동ᄒᆡᆼᄒᆞ기로 의정ᄒᆞ다.

제47회

水月村樵夫寄信 鏡花嶺孝女尋親

이튼날 쇼산이 약화로 더부러 청신(淸晨)에 니러 소세(梳洗)를 ᄆᆞ츤 후 ᄒᆡᆼ쟝을 결【60】 속(結束)ᄒᆞᆯ시 각ᆞ 허리에 젼더를 ᄯᅴ고 져른 보검 ᄒᆞ나식 ᄎᆞ고 것츠로 대홍셩ᆞ젼ᆞ복(大紅猩猩氈箭服)을 닙고 머리의 검은 융젼(絨氈) 모즈를 쓰고 별로 면의[綿衣 소음옷]ᄒᆞᆫ 벌식 보에 싸 뭉치고 ᄒᆞᆫ 개 표즈와 콩ᄀᆞ로 봉지를 흠게 보에 너ᄒᆞ니 두 사람의 쟝속이 셔로 방불ᄒᆞ되 오직 약화ᄂᆞᆫ 몸에 황젼복을 닙엇더라. 몬져 콩ᄀᆞ로를 가져 비불니 먹고 슈습ᄒᆞᆫ 후 각ᆞ 보뭉치를 엇기에 메고 일졔히 하직을 고ᄒᆞ니 녀시 이ᄯᅢ를 당ᄒᆞ야 져 모양을 보미 ᄆᆞ음을 버히ᄂᆞᆫ 듯 눈물을 금치 못ᄒᆞ야 왈,

"싱녀ᄂᆞᆫ 일노의 쇼심ᄒᆞ고 약화 녀ᄋᆞᄂᆞᆫ 죠히ᆞᆞ 보호ᄒᆞ라! 이 산의 비록 호【61】 표와 싀랑의 무리 업다 ᄒᆞ나 밤을 만ᄂᆞ거든 반드시 깁고 그윽ᄒᆞᆫ 곳을 ᄎᆞ즈 몸을 ᄀᆞᆷ초아 일즉이 쉬고 늣게야 길을 ᄎᆞ즈라. 싱녀의 이ᄀᆞᆺᄒᆞᆫ 셩효를 샹쳔이 반드시 감동ᄒᆞ샤 어엿비 넉이시면 아모 일이 잇셔도 ᄌᆞ연 흉ᄒᆞᄆᆞᆯ 만ᄂᆞ 길ᄒᆞ미 되리니 다만 원컨더 이번 길의 일즉이 부친을 만나 즐거이 도라오라!"

완예 ᄯᅩᄒᆞᆫ 손을 줍고 눈물을 ᄲᅮ려 왈,

"져ᆞᄂᆞᆫ 쳔ᆞ만ᆞ 보즁ᄒᆞ샤 일즉이 도라오쇼셔 쇼미 긔질이 준약ᄒᆞ고 졍셩이 쳔박ᄒᆞ야 약화 져ᆞ의 ᆞ긔를 ᄰᅳ로지 못ᄒᆞ니 실노 평싱 ᄆᆞ음을 져ᄇᆞ리도소이다. 춤아 먼리 가 분별치【63】 못ᄒᆞ야 이에 고별ᄒᆞᄂᆞ니 ᄇᆞ라건더 쇼미로 ᄒᆞ야곰 ᄇᆞ라ᄂᆞᆫ 눈이 ᄯᅮᆯ어지ᆞ 아니케 ᄒᆞ쇼셔!"

쇼산과 약홰 면ᆞ이 답응ᄒᆞ고 표연이 비에 ᄂᆞ려 언덕의 올을시 원외 ᄯᅩᄒᆞᆫ 거ᄂᆞ려 일 니르럿던 곳ᄀᆞ지 올ᄂᆞ오미 다시곰 촉탁ᄒᆞ야 수이 도라오믈 긔약ᄒᆞ고

눈물을 흘녀 손을 노흘시 오릭도록 방황ᄒᆞ야 저의 먼리 ᄀᆞᆷ을 보고 비로소 탄식ᄒᆞ고 ᄌᆡᆨ지에 도라오니라."

  화셜 ᄌᆞ미 낭인이 혈〻 약녀로 만산심쳐의 셔로 잇그러 엇기에 보출 메고 알프로 두어 니롤 힝ᄒᆞ더니 쇼산이 써ᄒᆞ되 산뢰(山路) 심히 희미ᄒᆞ고 구비 지어 돌고 넘는 곳이 만ᄒᆞ니 쟝ᄎᆞ 도라갈 ᄶᅢ 혹 그【63】롯 들가 넘녀ᄒᆞ야 미양 구비진 곳을 당ᄒᆞᆫ즉 셕벽이나 슈목 우히 보검을 가져 혹 그으기도 ᄒᆞ며 혹 삭이기도 ᄒᆞ며 혹 당쇼산이라 쓰기도 ᄒᆞ야 일후 긔억ᄒᆞ기롤 위ᄒᆞ니라. 일변 힝ᄒᆞ며 두어 번 쉬니 임의 몃 언덕을 지나며 몃 봉 머리롤 넘은지 모롤너라. 다힝이 길이 평탄ᄒᆞ야 날이 맛도록 힝ᄒᆞ더니 졈〻 져물기의 니르미 낭인이 샹의ᄒᆞ야 잘 곳을 ᄎᆞ즈려 좌우로 슬피되 ᄆᆞ춤ᄂᆡ 엇지 못ᄒᆞ다가 젼면으로 길가의 무슈ᄒᆞᆫ 남기 개〻히 몸픠23) 여러 아름인ᄃᆡ 그중 ᄒᆞᆫ 남기 가지와 닙흔 비록 싱긔 잇스나 문득 속이 썩어 뷘 독 ᄀᆞᆺᄒᆞᆫ지라. 낭인이 대희ᄒᆞ야【64】이에 보뭉치24)롤 버셔노코 그 안을 탐지ᄒᆞ니 송엽이 쩌러져 ᄀᆞ득ᄒᆞ야 ᄌᆞ리롤 포셜ᄒᆞᆫ 듯ᄒᆞ거늘 셔로 손을 잇그러 드러가니 과연 그윽ᄒᆞ야 방옥과 ᄃᆞ르미 업거늘 낭인이 힝노에 곤븨ᄒᆞᆫ지라25) 셔로 의지ᄒᆞ야 보뭉치롤 볘고 일직히 ᄌᆞᆷ드러 쳔명에 니러나

---

23) 【몸픠】명 몸피. ¶ 젼면으로 길가의 무슈ᄒᆞᆫ 남기 개〻히 몸픠 여러 아름인ᄃᆡ 그중 ᄒᆞᆫ 남기 가지와 닙흔 비록 싱긔 잇스나 문득 속이 썩어 뷘 독 ᄀᆞᆺᄒᆞᆫ지라 (只見路傍許多松樹, 都大有數圍. 內有一株古松, 枝葉雖靑, 因年代久了, 其本已枯, 外面雖有一層薄皮, 裏面却是空的.) ＜鏡花 11:63＞ 비 졈〻 물가의 ᄀᆞᆺ가오니 언덕의 ᄀᆞ득ᄒᆞᆫ 비 미화 나모 분이라 놉희 슈십 쟝이요 몸픠 알음이 넘는 지 무슈ᄒᆞ고 가지와 닙히 셔로 얼혀 수풀을 닐워시니 그 슈롤 측냥치 못ᄒᆞ며 미슈 스이로 셩곽이 은〻히 뵐 분이라 (說話間, 相離甚近, 惟見梅樹叢雜, 都有十數丈高. 那座城池隱隱躍躍, 被億萬梅樹圍在居中.) ＜鏡花 5:61＞

24) 【보뭉치】명 봇짐. ¶ 包袱 ‖ 낭인이 대희ᄒᆞ야 이에 보뭉치롤 버셔노코 그 안을 탐지ᄒᆞ니 (二人見了, 不勝之喜, 卽將包袱取下, 一齊將身探入.) ＜鏡花 11:64＞

25) 【곤븨ᄒᆞ다】형 {곤비(困憊)하다.} 피곤(疲困)하다. ¶ 困倦 ‖ 낭인이 대희ᄒᆞ야 이에 보뭉치롤 버셔노코 그 안을 탐지ᄒᆞ니 송엽이 쩌러져 ᄀᆞ득ᄒᆞ야 ᄌᆞ리롤 포셜ᄒᆞᆫ 듯ᄒᆞ거늘 셔로 손을 잇그러 드러가니 과연 그윽ᄒᆞ야 방옥과 ᄃᆞ르미 업거늘 낭인이 힝노에 곤븨ᄒᆞᆫ지라 셔로 의지ᄒᆞ야 보뭉치롤 볘고 일직히 ᄌᆞᆷ드러 쳔명에 니러나미 (姐妹兩個, 因一路走乏, 身子困倦, 把包袱放在樹內, 坐在上面; 睡了一覺, 早已天明.) ＜鏡花 11:64＞ 困 ‖ 그 중에 일기 각뷔 이 ᄯᅡ히 심이 익슉ᄒᆞ고 길을 늣도록 와 곤븨ᄒᆞ여 쉬지 아님을 흔ᄒᆞ더니 (內中有一個脚大此地甚熟, 他已走得困了, 恨不得一時住下.) ＜綠牡 5:115＞

ᄆᆡ 의구히 보를 메고 압길흘 향ᄒᆞ더니 반일은 힝ᄒᆞ야 쇼산 왈,

"어제 먹은 ᄇᆡ 콩ᄀᆞ뢰[26] 과연 ᄇᆡ골프미 업ᄉᆞ되 이ᄣᅢ에 져기 목이 갈ᄒᆞᆫ 듯ᄒᆞ니 져〻ᄂᆞᆫ 그러치 아니니잇가? 쇼ᄆᆡ ᄇᆡ야흐로 식암믈을 ᄆᆞ셔야 조흐리로다."

약홰 왈,

"나도 과연 그러ᄒᆞ니 ᄒᆞᆷ게 먹으미 조토다."

각〻 표ᄌᆞ(瓢子)를 【65】 ᄂᆡ여 손에 들고 ᄂᆡᆺ물을 ᄎᆞᄌᆞ 니르ᄆᆡ ᄒᆞᆫ 표ᄌᆞ ᄆᆞᆰ은 물을 ᄡᅥ 마ᄌᆞ를 ᄐᆞ 마신 후 다시 ᄒᆞᆫ 표ᄌᆞ를 ᄡᅥ 약간 손과 얼골을 씻고 일향 알프로 향ᄒᆞ야 날이 저물기의 니르ᄆᆡ 다ᄒᆡᆼ이 셕벽 ᄋᆞ릐 쳔싱 셕동이 잇셔 ᄀᆞ히 몸을 ᄀᆞᆷ촐지라. 이에 셕동에 드러 밤을 지ᄂᆡ고 이튼날 의구히 압길흘 ᄎᆞ즐식 볼ᄉᆞ록 긔이ᄒᆞᆫ 나모와 괴이ᄒᆞᆫ 대와 신션의 플이며 이상ᄒᆞᆫ ᄭᅩᆺ치 이로 보지 못ᄒᆞ고 긔록지 못ᄒᆞᆯ지라. 쇼산은 이에 ᄆᆞ음업시 지ᄂᆡ되 약홰 낙〻히 ᄉᆞᆯ피며 구경ᄒᆞ니라.

인ᄒᆞ야 몃츨을 힝ᄒᆞ야 각쳐로 ᄌᆞ최를 ᄎᆞᆺ고 인 【66】 적을 만ᄂᆞ고져 ᄒᆞ되 다만 슈목이 참쳔ᄒᆞ고 새쇼릐 들넬 분이라. 알프로 ᄇᆡ라보니 편ᄒᆞᆫ 언덕이 일망무제ᄒᆞ거늘 쇼산이 약화를 도라보아 왈,

"이제 저 곳을 보건ᄃᆡ 대져 슈십일노ᄂᆞᆫ 능히 치나지 못ᄒᆞᆯ지라."

쇼ᄆᆡ 일즉 구〻 면젼에 긔약ᄒᆞ되 ᄎᆞᆺ고 못ᄎᆞᆺ기ᄂᆞᆫ 니르지 말고 ᄒᆞᆫ 달이나 반달이 되거든 몬져 쇼식을 통ᄒᆞ마 ᄒᆞ얏더니 이제 졈〻 알프로 향ᄒᆞ다가 도라갈 길이 더옥 머러지면 ᄆᆞᄎᆞᆷᄂᆡ 쇼식을 통치 못ᄒᆞ야 구〻로 ᄒᆞ야곰 ᄆᆞ음을 노치 못ᄒᆞ리로다."

약홰 왈,

"우리 임의 이곳에 니른 후ᄂᆞᆫ 진실노 언덕의 ᄂᆡ킨 거 【67】 름이라 다만 알프로 나아갈 밧 다른 의논이 업스니 우리 셜ᄉᆞ 여러날 지체ᄒᆞ나 야얘 글노ᄡᅥ 칙망치 아니시리니 부ᄃᆡ 엇지 쇼식을 몬져 통ᄒᆞᆫ 후 가ᄒᆞ리요."

---

26) 【콩ᄀᆞ로】 명 콩가루. ¶ 豆麵 ‖ 어제 먹은 ᄇᆡ 콩ᄀᆞ뢰 과연 ᄇᆡ골프미 업ᄉᆞ되 이ᄣᅢ에 져기 목이 갈ᄒᆞᆫ 듯ᄒᆞ니 져〻ᄂᆞᆫ 그러치 아니니잇가? 쇼ᄆᆡ ᄇᆡ야흐로 식암믈을 ᄆᆞ셔야 조흐리로다 (昨日吃了豆麵, 腹中果然不飢; 此時喉中微覺發乾. 姐姐可覺口渴? 妹子意欲吃些泉水才好.) <鏡花 11:64> 콩ᄀᆞᄅᆞ (豆麵子) <漢抄 餑餑 2:13a> 콩ᄀᆞᄅᆞ 석다 (攙豆麵.) <漢抄 趕拌 3:26b>

쇼산 왈,

"쇼미의 쯧은 부디 몬져 쇼식을 통코져 홀 분 아니라 일노 인연ㅎ야 져〃를 몬져 도라보니고 쇼미 홀노 츠즈 임의로 왕리코져 ㅎ미로소이다."

약쵀 놀나 왈,

"우형이 비록 사롬 ᄀ지 아니나 임의 미〃의 효심을 감격ㅎ야 주원ㅎ야 흠게 이곳에 니르럿거늘 홀연 이 말을 발ㅎ믄 엇지뇨? 이 아니 우형이 태만ㅎ야 괴로워 ㅎ믈 보미 잇ᄂᆞ냐?"

쇼산이 【68】 손샤ㅎ야 왈,

"쇼미 비록 ᄋ득ㅎ나 엇지 져〃의 지극ㅎ신 정의를 모로리잇고. 다만 이 산을 여러 날 주셰히 술피오니 도리 ᄀ쟝 멀고 동뷔 더옥 심슈ㅎ야 낫〃치 츳고져 홀진디 도라갈 긔약을 미리 정키 어려올지라. 일노 조츠 져〃를 몬져 도라보니여 몬져 쇼식을 통ㅎ고 홀노 젼진ㅎ미 편홀 듯ㅎ니 비록 도라가믈 더듸ㅎ야 구귀 기ᄃ리지 못ㅎ고 몬져 도라가실지라도 쇼미 능히 부친을 츠즈보기곳 ㅎ면 인ㅎ야 부친을 뫼와 이곳에 머무러 도롤 비화도 이 ᄯᅩ흔 인싱의 엇기 어려온 즐거온 닐이 【69】 요 만일 부친을 춫지 못ㅎ고 구〃로 ㅎ야곰 죵년을 기ᄃ리신들 쇼미 무슴 낫츠로 도라가 모친을 뵈오리잇가. 이럴진디 다만 이 산이 진ㅎ고 몸이 맛도록 심방ㅎ야 부친의 얼골을 못 보면 ᄎᆞ아 엇지 집의 도라가리잇고. 이제 져졔 부디 동힝ㅎ고져 ㅎ실진디 쇼미 엇지 ᄆᆞ음더로 알프로 가기를 탐ㅎ리요. 이러므로 져〃의 도라가믈 쳥ㅎ고 겸ㅎ야 이 쯧을 구〃의게 알외고져 ㅎ미로소이다."

약쵀 기리 탄식ㅎ야 왈,

"우형이 만일 힝노의 험ㅎ고 멀믈 겁홀진디27) 당초에 오기를 원치 아닐 거

---

27) 【겁ㅎ다】 ⑧ {겁(怯)하다.} 겁(怯)내다. 겁(怯)먹다. ¶ 怕∥ 우형이 만일 힝노의 험ㅎ고 멀믈 겁홀진디 당초에 오기를 원치 아닐 거시요 (愚姐若怕路遠, 也不來了.) <鏡花 11:69> 懦∥ 쟝군이 엇디 이리 겁ㅎᄂ뇨? 내 보니 칠로병이 닐굽 무디 서근 플 ᄀᆺ트니 엇디 념녀ㅎ리오 (何如是之懦也? 吾觀七路之兵, 如七堆腐草, 何足介意!) <三國 6:75> 怯∥ 이제 송쟝이 가가롤 쳥ㅎ야 ᄡᅡ호쟈 ㅎ믄 반ᄃ시 그 가온디 간사흔 꾀 잇ᄂ니 다룬 사롬이 나가면 데 ᄯᅩ 우리룰 겁흔다 웃고 ᄡᅡ호디 아닐디라 내 계괴롤 베프기 어려오니 네 만일 내 말대로 ㅎ면 공을 가히 일우리라 (他今又來單要哥哥見陣, 我知他已有了成算. 若使別位弟兄出去, 必笑我們怯他, 他也不肯接戰, 不能入我計中. 你若依我使令, 你去便可

시요 임의 이곳의 【70】 니른 후는 다만 다른 싱각이 엇지 잇스며 ᄆᄎᄆ니 쇼식이 업슬진디 비록 미〃 도라가지 못ᄒᆞᆯ 분 아니라 우형이 춤아 엇지 미〃를 ᄇᆞ리고 반도의 그치리요 ᄒᆞ믈며 나는 본디 호구(虎口)의 남은 인싱이라 세샹 닐을 임의 부운ᄀᆞᆺ치 아는지라 셜혹 오리 지체ᄒᆞ다가 야애 즈레 도라가셔든 미〃와 ᄒᆞᆷ게 잇서 고요히 도를 닷가 세월을 보닉미 ᄯᅩ흔 지원이니 쇼믹는 모롬즉이 우형을 거리쎠 넘녀치 말나. 닉 오날 이곳에 오믹 이 문득 공명을 위ᄒᆞᄆᆞ나 부귀를 구ᄒᆞ미냐? 전혀 쇼믹의 하늘의 ᄉᆞ못츨 일단 효심으로 【71】 혈〃흔 몸이 홀로 심산궁곡의 보호ᄒᆞ리 업스믈 악기고 넘녀ᄒᆞ야 ᄯᅩ로기를 ᄌᆞ원흔 비라. 만일 날노쎠 불과 일시 유흥으로 아직 ᄯᅩ로다가 후일을 근심ᄒᆞᄂᆞᆫ 뉴로 알진디 실노 날을 모로미라. 우형은 미믹를 ᄒᆞᆫ 번 본 후 ᄆᆞ음을 비최여 셔로 일신ᄀᆞᆺ치 알거늘 미〃는 우형 알오믈 이ᄀᆞᆺ치 외디ᄒᆞ니28) 실노 붓그려 죽으리로다."

쇼산이 황망이 니러 졀ᄒᆞ며 눈물을 ᄂᆞ리워 왈,

"져〃의 놉흐신 의긔현심(義氣賢心)으로 ᄉᆞ랑ᄒᆞ시미 이에 미츠시니 감격ᄒᆞ기 극ᄒᆞ야 눈물이 되는도다 이에 엇지 감히 셰속에 서어흔29) 말노쎠 치샤ᄒᆞ리잇

成功.) <後水滸 10:70> 이쩌 두응상이 풍슈졍의 말을 듯고 집의 도라와 겁ᄒᆞ고 민민ᄒᆞ더니 (却說刁應祥自別鐘守淨回家, 悶悶無言.) <禪眞 4:37> 怕‖ 본디 너를 죽일 거시로디 내 네 군ᄉ 빌나 가믈 겁흔다 홀 거시니 너를 노화 보내ᄂᆞ니 (本待殺你, 只說我怕你借兵, 放你快走.) <孫龐 4:87> 대명 군시 배 격으니 대격지 못ᄒᆞᆯ가 겁ᄒᆞ여 믈너ᄂᆞ거늘 <英烈 5:60> 평이 긔운이 겁ᄒᆞ여 밧비 손을 멈츄고 (平兒氣怯, 忙住了手.) <紅樓 44:29>

28) 【외디ᄒᆞ다】 图 {외대(外待)하다. } 푸대접하다. ¶ 우형은 미믹를 ᄒᆞᆫ 번 본 후 ᄆᆞ음을 비최여 셔로 일신ᄀᆞᆺ치 알거늘 미〃는 우형 알오믈 이ᄀᆞᆺ치 외디ᄒᆞ니 실노 붓그려 죽으리로다 (若要誤認我不過一時高興上來走走, 幷未慮及後來之事, 那就錯了.) <鏡花 11:72> 見外‖ 비록 가인이 잘못흔 말이 이실지라도 맛당히 나의 이젼 졍분을 보아 외디치 말게 ᄒᆞ라 (就是嫂有不周之言, 當看我往日情分, 休要見外.) <包公 臨江亭 3:25> 外道‖ 혹 무슴 난쳐흔 일이 잇셔도 바른 디로 말슴ᄒᆞ여 외디ᄒᆞ지 안는 거시 올흐니라 (或有委屈之處, 只管說得, 不要外道纔是.) <紅樓 3:45> 見外‖ 이는 다 ᄌᆞ가의 토산이니 무슴 죡히 례라 이르리오 만일 밧지 아니ᄒᆞ시면 이는 외디ᄒᆞᆫ심이니 직히 곳 고별ᄒᆞ나이다. (此皆自家土産, 何爲禮云? 若不收留, 是見外了, 在下卽便告別.) <綠牡 1:79> 쇼졔 츄비 염ᄒᆞ야 대인의 존명 기드리믈 츄탁ᄒᆞ야 일향 과긱 ᄀᆞᆺ치 외디ᄒᆞ니 <落泉 2:52>

29) 【서어ᄒᆞ다】 图 서어(鉏鋙)하다. 섭섭하다. ¶ 져〃의 놉흐신 의긔현심으로 ᄉᆞ랑ᄒᆞ시미 이에 미츠시니 감격ᄒᆞ기 극ᄒᆞ야 눈물이 되는도다 이에 엇지 감히 셰속에 서어흔 말노쎠 치샤ᄒᆞ리잇고 다만 ᄆᆞ음에 삭여 닉싱에 갑기를 긔약ᄒᆞᄂᆞ이다 (姐姐如此用心, 眞令妹

고 다만 무음【72】에 삭여 니싱에 갑기룰 긔약흐느이다."

셔로 붓드러 위로흐고 일향 알프로 나아갈시 약홰 왈,

"오날은 홀연 비골푼 의시 잇스니 실노 괴이흐도다."

쇼산 왈,

"우리 다만 길가기만 탐흐고 날가는 줄 이졋더니 이제 혜여보니 임의 팔일이 된지라. 두말[豆末 콩フ로]이 흔 번 먹어 칠일을 견듸다 흐더니 오날 비골프미 엇지 괴이흐리요? 무초아 이곳에 싼히 フ득흔 비 숑실과 빅지라 앗가 쇼미 두어 낫 닙에 너흔즉 묽은 향긔 닙에 フ득흐야 쟝부에 스뭇츠니 거의 골푸믈 면흘지라 시험흐야 일노써 냥식흐면 더옥 편당흘 듯흐도다."

약홰 즉시 니러【73】흔 우흠 쥬어 먹은 후 썌 오리되 과연 골푸지 아니커 늘 일노부터 숑실과 빅즈룰 먹어 쥬리믈 면흐니라. 날노 길에 올나 산슈룰 평 논흐며 고젹을 일커르며 시부룰 말흐더니 부지불각의 다시 뉵칠일이 지낫더니 흐로는 알프로 홀연 사룸의 모양으로 무조 오는 듯흐거늘 쇼산이 놀느며 깃거 왈,

"우리 이곳에 힝흔 지 십여 일의 흔 사룸을 못볼너니 오날은 엇지 사룸을 만 느뇨?"

약홰 왈,

"이 아니 젼면의 인개 잇는가 갓가히 만느면 즈연 알니로다."

말흘 스이의 그 사룸이 졈〃 갓가온지라 즈시 술펴니 이 문득【74】빅발쵸 뷔[白髮樵夫 나모흐는 사룸]라 쇼산이 그 늙은 사룸이믈 더옥 깃거 길가히 발 을 머추어 기드리더니 임의 당면흐미 공경흐야 무러 왈,

"감히 노쟝(老丈)게 뭇줍느니 이 산 일홈이 무어시며 젼면에 가히 인개 잇느 니잇가?"

쵸뷔 거름을 그치며 왈,

子感激涕零, 此時也不敢以套言相謝, 惟有永銘心版了.) <鏡花 11:71> 녕형이 쏘흔 이 말 과 갓치 니르되 만일 훗과거 방목 우희 즈가 셩명이 업거든 대쳐 도라오기룰 브라지 말느 흐니 이갓치 뜻을 줍으미 나의 셔어흔 말노써 엇지 막즈르리요 (這話令兄也說過, 若榜上無名, 大家莫想他回來. 他這般立志, 他也勸不開的.) <鏡花 10:37>

"이 산을 모도 일컷기는 '쇼봉니'라 ᄒ고 져 알프로 길게 막힌 녕은 일홈이 경화령(鏡花嶺)이오 녕 넘어 ᄂ려가면 거츤 무덤 ᄒ나히 잇고 그 무덤을 지ᄂ면 ᄒ 모을이 잇스니 일홈이 슈월촌(水月村)이니 이 ᄯ히 임의 슈월촌 지경이라. 져 모을에 비록 슈십 인개 잇스나 무비 농ᄉᄒ고 나모 뷔여 세상을 통치 아닛ᄂ 산인에 무리라. 그ᄂ 무러 무엇ᄒ리요?"

쇼산 왈,

"이에 길과 지명을 무르미 다름이 아니라 우리 쳔죠 대당국에 일위 당씨(唐氏) 션싱이 전년에 일즉 이 산에 드러 지금 도라오지 아니시미 아지 못게라 져 모을에 머무르시는 지 ᄇ라건디 노쟝은 붉이 지시ᄒ시면 감격ᄒ믈 닉의지 못ᄒ리로소이다!"

쵸뷔 왈,

"뭇는 ᄇ 이 아니 녕남(嶺南) 잇든 당이졍(唐以亭)을 니르미뇨?"

쇼산이 대경대회 왈,

"나의 뭇는 ᄇ 과연 긔로소니 노쟝이 엇지 그 여ᄌ를 알으시ᄂ니잇고?"

쵸뷔 쇼왈,

【76】 "우리 무리 미양 ᄒ 곳에 잇스니 엇지 모로리요. 전일의 ᄒ 봉 셔신으로써 니게 부쳐 날노써 산하의 ᄂ려가 쳔죠 션편을 ᄎᄌ 전ᄒ라 ᄒ더니 오날〓 졍히 조흔 인편을 만ᄂ도다."

말을 ᄆ츠며 허리로조ᄎ ᄒ 봉 셔찰을 ᄂ야 도치 ᄌ로에 언져 전ᄒ거늘 쇼산이 더옥 경희ᄒ야 ᄲᆯ니 ᄇ다 급히 보니 것봉에 크게 썻시되 녀ᄋ 쥬신(閨臣)은 긔탁ᄒ라 ᄒ얏ᄂ지라 ᄌ세히 술피건디 졍녕히 부친 필젹이로디 다만 쇼산의 일홈이 ᄀᆺ지 아니믈 십분 당황ᄒ더니 쵸뷔 쇼리ᄒ야 왈,

"그디 부친의 셔【77】신을 본 후 다시 나아가 읍홍졍(泣紅亭) 경치를 보면 거의 글 ᄀᆫ온디 ᄯᅳᆺ을 알니라."

일변 말ᄒ며 표연이 도라가니 경각 ᄉ이의 간 ᄇ를 모롤너라.

쇼산이 비로소 셔찰을 가져 약화로 더부러 홈게 보기를 다ᄒ미 쇼산이 눈물을 쓔려 왈,

"야〓의 필젹을 밧ᄌ오나 그 ᄀᆫ온디 부디 날노 ᄒ야곰 과거를 보아 지녀의

쌘힌 후 셔로 모히믈 허ㅎ시니 그 엇지 이번에 흠게 도라가지 아니려 ㅎ시ᄂ
뇨? ㅎ물며 나의 일홈은 곳 부친이 어려셔 명ㅎ신 비어늘 이제 홀연 규신이라
곤친 후 과거를 보라 ㅎ【78】믄 실노 ᄭᆡ닷지 못ㅎ리로다. 약ᄒᆡ 이윽이 싱각ㅎ
야 왈,

"나는 보건디 그 즁에 크게 의미 잇스니 당규신 세 ᄌ를 삭이건디 곳 당나라
규즁 신해라 ㅎ미라. 대체 고뷔 ᄡᅥㅎ시되 태휘 오러 당나라홀 폐ㅎ고 스스로
대쥐(大周)로라 ㅎ미 극히 하늘을 어긔고 인심의 항복지 아닛는 비라. 이제 쇼
미로ᄡᅥ 과거를 응ㅎ라 ㅎ시니 만일 지녀의 올으나 이 문득 당나라 규즁 신해요
쥬나라 지녀는 아나라 ᄒᆞᆫ 뜻이니 곳 근본을 닛지 아니미라 이제 정녕이 부탁ㅎ
시미 이ᄀᆞᆺ거늘 미ː 만일 ᄒᆞᆫ갈ᄀᆞᆺ치 지류【79】ㅎ다가 과거 긔한을 어긔여 부
친의 뜻을 져ᄇᆞ리고 당나라히 신해 잇스믈 낫ᄐᆞ너지 못ㅎ면 크게 불효를 면치
못ㅎ리니 임의 엄명을 밧ᄌᆞ오니 미ː ᄆᆞ춤ᄂᆡ 다시 알프로 향치 못ㅎ리라."

쇼산 왈,

"말슴은 비록 이ᄀᆞᆺㅎ나 너 이제 멀고 먼 슈만리를 천신만고ㅎ야 다힝이 이곳
에 니른 후 엇지 ᄒᆞᆫ 번 얼골도 보지 못ㅎ고 도라갈 ᄆᆞ음이 잇스며 ㅎ믈며 부친
이ː 산 ᄀ온디 머무로시믈 진적히 안후ㅎ야 엇지 ᄎ즈 만나지 못홀니 잇스리
요. 아직 젼면으로 나아가 다시 계교ㅎ리라."

이에 거름을 옴겨 녕을 향ㅎ니 약ᄒᆡ ᄯᅩᄒᆞᆫ【80】홀일업셔 흠게 녕을 넘으니
과연 길ᄀᆡ의 큰 분뫼 잇셔 극히 황냥ㅎ지라.

쇼산 왈,

"이곳이 곳 신션의 지경이라 무릇 신션이 개ː히 쟝싱ㅎ야 죽지 아니ᄐ ㅎ더
니 엇지 분뫼 잇ᄂᆞ뇨? 이 과연 쵸부의 니르던 ᄇ 거즌 무덤이로다."

약ᄒᆡ 왈,

"미ː는 저 ᄆᆞ즌편 셕벽의 ᄭ인 ᄇ를 보라. 이 아니 '경화춍鏡花塚'이라 ᄡᅥᆺᄂ
냐? 분명 경화의 무덤이니 아지 못게라 경화는 그 엇던 사름인지 신션인지 모
로리로다. 그ᄶᅥ 쵸부에게 ᄌ시 뭇지 못ㅎ미 한이로다."

쇼산 왈,

"쇼미는 그윽이 싱각건【81】디 녯사름이 셰샹이 좀간 덧업스믈 비ㅎ되 돌

에 불과 ᄇ람의 등이라 ᄒ니 물속에 돌과 거울 속 ᄭ치 이 ᄠᅳᆺ과 ᄀᆺᄒᆫ지라. 이곳에 ᄆ초아 슈월촌이 잇고 경화령이 잇스며 ᄯᅩ 다시 경화촌이 잇스니 이 아니 천고와 지금에 니르히 녀ᄌᆞ의 미식으로 일컷든 지 이불과 거울 속 ᄭᅩᆺ ᄀᆺᄒᆞ며 ᄌᆞᆷ간 ᄉᆞ이 죽으면 곳 무덤의 도라오라 ᄒᆞ미로소이다."

약ᄒᆡ 왈,

"천긔 묘망ᄒᆞ니 우리 엇지 억견으로 알니요 이ᄀᆺ치 담화ᄒᆞ며 ᄒᆞᆫ 모로 셕벽을 지나 일니ᄂᆞᆫ 힝ᄒᆞ야 ᄇ라보니 빅옥으로 삭인 무은 패뤼[牌樓 니문의 뉴라] 놉【82】히 셧거늘 나아가 ᄌ시 보니 '슈월촌水月村' 세 ᄌᆞᄅᆞᆯ 삭엿ᄂᆞᆫ지라 ᄇ로 패루ᄅᆞᆯ 지나며 ᄉᆞ면으로 술피되 ᄆᆞᄎᆞᆷᄂᆡ 촌락과 인연이 업더니 길이 진ᄒᆞᄂᆞᆫ 곳에 일대 큰 시니 알플 막아 ᄃᆞ리 업스되 다힝이 일쥬 고송이 져편 언덕으로부터 ᄀᆞ로 누어 이편 언덕에 다ᄒᆞ시니 천연이 ᄒᆞᆫ 줄기 외나모 ᄃᆞ리라. 그 우ᄒᆞ로 인젹이 낭ᄌᆞᄒᆞ야 앗가 사람이 지닌 듯ᄒᆞ거늘 쇼산이 약ᄒᆞ룰 잇글어 간신이 긔여 건너 져기 정신을 ᄎᆞ린 후 알프로 송님 속으로 슈리ᄅᆞᆯ 힝ᄒᆞ니 창송이 울ᅵ첩ᅵᄒᆞ야 일식을 ᄀᆞ리오고 긔이ᄒᆞᆫ 【83】 향긔 챵ᄌᆞ의 ᄉᆞ못ᄎᆞ며 옥 ᄀᆺᄒᆞᆫ 모러 ᄭᅵᆯ니여 드듸면 쇼리 깅쟝ᄒᆞ야 옥을 ᄇᆞ으는 듯 싱황을 쥬ᄒᆞᄂᆞᆫ 듯ᄒᆞ니 송님을 지나며 다시 ᄉᆞ면으로 관망ᄒᆞ니 진실노 산이 ᄲᅢ혀나고 물이 ᄆᆰ아 천암만학(千巖萬壑)이 눈이 ᄇᆞ이야 이로 응졉지 못ᄒᆞᆯ지라 홀연 먼리ᅵᅵᅵ ᄇ라보니 산 우ᄒᆞ로 구슬집과 옥난간이 하늘의 다ᄒᆞᆺ고 황금 대궐과 보비에 남기 ᄯᅩᄒᆞᆯ 덥헛ᄂᆞᆫ듸 의희히 하늘 풍뉴와 신션의 노ᄅᆡ 들니ᄂᆞᆫ 듯ᄒᆞ니 이 과연 별유천지요 인간은 아니러라. 정히 신혼이 아득ᄒᆞ고 눈이 결을치 못ᄒᆞ더니 홀연 【84】 당면ᄒᆞ야 샹셔의 구름이 ᄌᆞᆨ옥ᄒᆞ며 붉은 아개 분ᅵᄒᆞ더니 그 ᄀᆞ온디로 조ᄎᆞ 표묘ᄒᆞᆫ 붉은 정ᄌᆡ 소ᄉᆞ나 반공의 ᄉᆞ못ᄎᆞ니 그 무슴 정진고 하회에 분해ᄒᆞ라.

뎡미(丁未) 납월(臘月) 초팔일셔(初八日書) 우쥬촌(우주村) 취운루(醉雲樓) 종ᄒᆞ노라

이 칙을 을미년(乙未年)에 시죽ᄒᆞ야 그 ᄉᆞ이 간ᅵ히 니어 쓰나다가 금년에야 져기 틈을 ᄐᆞ 맛기ᄅᆞᆯ 긔약ᄒᆞ나 그도 오히려 밋지 못ᄒᆞ리로다.

권 지 십 삼

제50회

遇難成祥馬能伏虎　逢凶化吉婦可降夫

【1】 화셜 당규신(唐閨臣)이 음약화(音若花)와 님완여(林婉如)로 더부러 여러 도격의 핍박ᄒᆞ믈 닙어 힝혀 손을 몸에 ᄌᆞ구히 홀가 저허ᄒᆞ야 ᄒᆞᄂᆞᆫ디로 져근 ᄉᆞ이에 ᄂᆞ리미 스스로 혜오디 분명히 흉ᄒᆞ미 만코 길ᄒᆞ미 적을지라 졍히 해슈의 몸을 더지고져 ᄒᆞ나 여러 도적이 에워 안ᄌᆞ 거름ᄆᆞ다 방비ᄒᆞ니 ᄆᆞ츰ᄂᆡ 틈을 엇지 못ᄒᆞ더니 오러지 아녀 ᄇᆡ를 언덕에 ᄃᆡ히고 큰 도적이 ᄯᅩᄒᆞᆫ 니르러 샴인을 거ᄂᆞ려 대채의 니르미 ᄇᆞ로 안ᄒᆞ로 드려보ᄂᆡ거ᄂᆞᆯ 샴인이 홀일업셔 ᄀᆞᄅᆞ치ᄂᆞᆫ디로 나아가니 ᄂᆡ실 【2】 에 ᄒᆞᆫ 녀지 ᄆᆞ조 다라 큰 도적을 ᄆᆞᄌᆞ 왈,

“상공이 오날은 무슴 일 그리 더디게 도라오시니잇고?”

큰 도적이 답왈,

“ᄂᆡ 어제 어더온 ᄇᆞᆯ 검은 겨집 ᄋᆞ히 부인의 ᄆᆞ음에 ᄆᆞᆺ지 아니믈 겁ᄒᆞ야¹⁾ 오

---

1) 【겁ᄒᆞ다】 동 {겁(怯)하다.} 겁(怯)내다. 겁(怯)먹다. ¶ 恐∥ ᄂᆡ 어제 어더온 ᄇᆞᆯ 검은 겨집 ᄋᆞ히 부인의 ᄆᆞ음에 ᄆᆞᆺ지 아니믈 겁ᄒᆞ야 오날 우연이 ᄇᆞ다흘 순힝ᄒᆞ다가 세 낫 녀ᄌᆞ를 어더오니 쾌히 츄물은 아니요 극히 녕리ᄒᆞᆫ지라 그 밧 믈화도 약간 어더 도라오노라니 ᄌᆞ연 더듸니이다 (我恐昨日那個黑女不中夫人之意, 今日又去尋了三個丫鬟回來, 所以耽擱.) <鏡花 13:2> 怕∥ 우형이 만일 힝노의 험ᄒᆞ고 멀믈 겁흘진더 당초에 오기를 원치 아닐 거시요 (愚姐若怕路遠, 也不來了.) <鏡花 11:69> 懦∥ 쟝군이 엇디 이리 겁ᄒᆞᄂᆞ뇨? 내 보니 칠로병이 닐굽 무디 서근 플 ᄀᆞᆺᄐᆞ니 엇디 넘녀ᄒᆞ리오 (何如是之懦也? 吾觀七路之兵, 如七堆腐草, 何足介意!) <三國 6:75> 懦∥ 쟝군이 엇디 이리 겁ᄒᆞᄂᆞ뇨? 내 보니 칠로병이 닐굽 무디 서근 플 ᄀᆞᆺᄐᆞ니 엇디 넘녀ᄒᆞ리오 (何如是之懦也? 吾觀七路之兵, 如七堆腐草, 何足介意!) <三國 6:75> 怯∥ 이제 송쟝이 가가를 쳥ᄒᆞ야 ᄡᅡ호쟈 ᄒᆞᆷ믄 반ᄃᆞ시 그 가온더 간사ᄒᆞᆫ 쥐 잇ᄂᆞ니 다른 사룸이 나가면 뎨 ᄯᅩ 우리를 겁ᄒᆞᆫ다 웃고 ᄡᅡ호디 아닐디라 내 계괴를 베프기 어려오니 네 만일 내 말대로 ᄒᆞ면 공을 가히 일우리라 (他今又來單要哥哥見陣, 我知他已有了成算. 若使別位弟兄出去, 必笑我們怯他, 他也不肯接戰, 不能入我計中. 你若依我使令, 你去便可成功.) <後水滸 10:70> 이쩌 두응상이 풍슈졍의 말을 듯고 집의 도라와 겁ᄒᆞ고 민민ᄒᆞ더니 (却說刁應祥自別鐘守淨回家, 悶悶無言.) <禪眞 4:37> 티공이 더옥 겁ᄒᆞ여 젼도히 도라가니 가동이 일시의 ᄯᆞ라가더 (太公聽罷,

날 우연이 브다흘 슌힝ᄒ다가 세 낫 녀ᄌ롤 어더오니 쾌히 츄물은 아니요 극히
녕리ᄒᆞᆫ지라 그 밧 물화도 약간 어더 도라오노라니 ᄌᆞ연 더듸니이다.2)"

    인ᄒᆞ야 샴인을 향ᄒᆞ야 왈,

    "너의 엇지 부인을 향ᄒᆞ야 머리 조ᄋ 힝녜치 아닛ᄂᆞ뇨?"

    ᄒᆞ야ᄂᆞᆯ 샴인이 어히업셔 다시 그 녀ᄌ롤 브라보니 년긔 샴슌(三旬)이 츠지
못ᄒᆞ고 싱셩ᄒᆞᆫ3) 비 녜슈 인물인디 얼골【3】에 ᄀᆞ득ᄒᆞᆫ 비 지분이요 머리의 쥬
취롤 어즈러이 ᄭ우미고 몸에 금슈롤 얽동혀4) 닙어 극히 고은 쳬ᄒᆞᄂᆞᆫ지라. 샴인
이 무가ᄂᆞ해라 알프로 ᄂᆞ아가 고두ᄒᆞ고 만복을 일ᄏᆞ른 후 물너셧더니 큰 도적
이 쇼왈,

    "져 세 낫 츠뒤(丫頭)5) 마치 흑녀[黑女 검은 계집] ᄀᆞᆺ치 녜슈롤 몰나 머리 조

心膽皆落, 扶着拐杖轉身便走, 後邊家僮也一齊都跑了.) <禪眞 5:31> 怕‖ 본디 너룰 죽
일 거시로디 내 네 군ᄉ 빌나 가믈 겁흔다 홀 거시니 너룰 노화 보내ᄂᆞ니 (本待殺你,
只說我怕你借兵, 放你快走.) <孫龐 4:87> 평이 긔운이 겁ᄒᆞ여 밧비 숀을 멈츄고 (平兒氣
怯, 忙住了手.) <紅樓 44:29> 경경ᄒᆞ여 ᄌᆞ지 못ᄒᆞ미여 은하슈가 묘망ᄒᆞ도다 깁ᄉᆞ미가
겁ᄒᆞ미여 풍로가 셔늘ᄒᆞ도다 (耿耿不寐兮銀河渺茫, 羅衫怯怯兮風露凉.) <紅樓 87:63>

2) 【더듸다】 형 더듸다. ¶ 耽擱‖ 니 어제 어더온 비 검은 겨집 ᄋᆞ히 부인의 ᄆᆞ음에 맛지
   아니믈 겁ᄒᆞ야 오날 우연이 브다흘 슌힝ᄒ다가 세 낫 녀ᄌ롤 어더오니 쾌히 츄물은 아
   니요 극히 녕리ᄒᆞᆫ지라 그 밧 물화도 약간 어더 도라오노라니 ᄌᆞ연 더듸니이다 (我恐昨
   日那個黑女不中夫人之意, 今日又去尋了三個丫鬟回來, 所以耽擱.) <鏡花 13:2> 이것도
   네 풀믈 許티 아니ᄒᆞ고 뎌것도 네 ᄡᅳᆷ을 許티 아니ᄒᆞ며 上房이 와 承繼코쟈 ᄒᆞ고 下房도
   와 承繼코쟈 ᄒᆞ면 네 입을 열매 곳 뎌 後代 긋츤 이룰 ᄭ우지즐 ᄡᅥ시니 뎌 ᄠᅢ에ᄂᆞᆫ 열 妾을
   어더 뎌룰 주디 못ᄒᆞᆫ 줄을 恨ᄒᆞ여도 더듸리라 (這件也不許你賣, 那件也~你使, 上房要來
   承繼, 下房也要來承繼, 你開口便罵他絶後代的, 那時節恨不得討十來箇妾與他也遲了.) <
   伍倫 6:5a> 耽悞‖ 이러므로 거긔 잇셔 더듸엿노라 (以在那裏耽悞的咧.) <華下 13a> 半
   道의셔 몃 눌 동안을 더듸엿노라 (在半道上耽悞幾天工夫咧.) <華上 26a>

3) 【싱셩ᄒᆞ다】 형 생생(生成)하다. 생기다. ¶ 生‖ 샴인이 어히업셔 다시 그 녀ᄌ롤 브라
   보니 년긔 샴슌이 츠지 못ᄒᆞ고 싱셩ᄒᆞᆫ 비 녜슈 인물인디 얼골에 ᄀᆞ득ᄒᆞᆫ 비 지분이요
   머리의 쥬취롤 어즈러이 ᄭ우미고 몸에 금슈롤 얽동혀 닙어 극히 고은 쳬ᄒᆞᄂᆞᆫ지라 (三人
   看時, 只見那婦人年紀未滿三旬, 生的中等身材, 滿臉脂粉, 渾身綾羅, 打扮却極妖媚.) <鏡
   花 13:2>

4) 【얽동히다】 (동) 얽다+동히다. ¶ 샴인이 어히업셔 다시 그 녀ᄌ롤 브라보니 년긔 샴슌
   이 츠지 못ᄒᆞ고 싱셩ᄒᆞᆫ 비 녜슈 인물인디 얼골에 ᄀᆞ득ᄒᆞᆫ 비 지분이요 머리의 쥬취롤
   어즈러이 ᄭ우미고 몸에 금슈롤 얽동혀 닙어 극히 고은 쳬ᄒᆞᄂᆞᆫ지라 (三人看時, 只見那婦
   人年紀未滿三旬, 生的中等身材, 滿臉脂粉, 渾身綾羅, 打扮却極妖媚.) <鏡花 13:2>

5) ‖ "這三個丫環同黑女都是不懂規矩, 不會行禮, 連個以頭搶地也不知道. 夫人看他三個生得

ᄋᆞ미 ᄊᆞᆨ히 닷토록 못ᄒᆞ고 허리 굽히지 못ᄒᆞ나 ᄌᆞ연 규구(規矩)ᄅᆞᆯ ᄀᆞᄅᆞ치면 비화 닉으리니 부인은 아직 용셔ᄒᆞ쇼셔. 저의 인물이 개〻히 더럽지 아니〻 부인의 ᄯᅳᆺ에 ᄀᆞ히 ᄀᆞᆺ가히 부릴 만ᄒᆞ시니잇가?"

그 녀지 비로소 삼인을 ᄌᆞ시 술펴보니 이 문득 개〻히 졀셰미네라 스ᄉᆞ로 제 몸을 【4】 도라보미 츄루ᄒᆞ믈6) ᄭᆡᄃᆞ를지라 ᄆᆞ음에 놀납고 몸이 ᄯᅥᆯ니믈 면치 못ᄒᆞ야 얼골이 ᄌᆞ로 변ᄒᆞ더니 인ᄒᆞ야 강잉 쇼왈,

"오날〻 산채의 인구ᄅᆞᆯ 더ᄒᆞ야 드리니 엇지 연셕을 비셜치 아닛ᄂᆞ뇨? 조히 깃분 술을 먹으리로다."

좌우로 조ᄎᆞ 냥개 노귀(老嫗) 닉ᄃᆞ라 ᄭᅮ러 고왈,

"임의 존치ᄅᆞᆯ ᄎᆞ려 두엇ᄂᆞ니 쳥컨ᄃᆡ 부인은 대왕과 ᄒᆞᆷ게 ᄇᆞ드시리잇가?"

녀지 왈,

"이곳에 비셜ᄒᆞ미 조토다."

노귀 답응ᄒᆞ고 물너나더니 즉각의 연셕을 ᄀᆞ초ᄂᆞᆫ지라 부쳬 셔로 대ᄒᆞ야 안즈며 큰 도적 왈,

"어제 어든 ᄇᆡ 흑녀 저 무리 와 ᄀᆞᆺ치 규모(規模)7)ᄅᆞᆯ 모로미니 【5】 쳥컨ᄃᆡ 부

可好? 也還中意麽?" 져 세 낫 ᄎᆞ뒤 마치 흑녀[검은 계집]ᄀᆞᆺ치 녜슈ᄅᆞᆯ 몰나 머리 조ᄋᆞ미 ᄊᆞᆨ히 닷토록 못ᄒᆞ고 허리 굽히지 못ᄒᆞ나 ᄌᆞ연 규구ᄅᆞᆯ ᄀᆞᄅᆞ치면 비화 닉으리니 부인은 아직 용셔ᄒᆞ쇼셔 저의 인물이 개〻히 더럽지 아니〻 부인의 ᄯᅳᆺ에 ᄀᆞ히 ᄀᆞᆺ가히 부릴 만ᄒᆞ시니잇가? (鏡花 13:3)

6) 【츄루ᄒᆞ다】 형 {추루(醜陋)하다.} 못생기다. ¶ 그 녀지 비로소 삼인을 ᄌᆞ시 술펴보니 이 문득 개〻히 졀셰미네라 스ᄉᆞ로 제 몸을 도라보미 츄루ᄒᆞ믈 ᄭᆡᄃᆞ를지라 ᄆᆞ음에 놀납고 몸이 ᄯᅥᆯ니믈 면치 못ᄒᆞ야 얼골이 ᄌᆞ로 변ᄒᆞ더니 (婦人聽了, 把他三人看了, 不覺愣了一愣, 臉上紅了一紅.) <鏡花 13:4> 홀연 ᄇᆞ라보니 먼리 둘빗 ᄋᆞ리로 냥ᄀᆡ 도인이 손에 주미ᄅᆞᆯ 쥐고 표연이 니르미 샹뫼 심히 츄루ᄒᆞᆫ지라 (忽見遠遠來了兩個道人, 手執拂塵, 飄然而至, 生的甚覺醜陋.) <鏡花 11:3>

7) 【규모】 명 {규모(規模)} 법도(法度) ¶ 規矩 ‖ 어제 어든 ᄇᆡ 흑녜 저 무리 와 ᄀᆞᆺ치 규모ᄅᆞᆯ 모로미니 쳥컨ᄃᆡ 부인은 ᄒᆞᆷ게 불너 연셕을 구경케 ᄒᆞ고 노구로 ᄒᆞ야곰 ᄎᆞ〻 규구ᄅᆞᆯ ᄀᆞᄅᆞ치게 ᄒᆞ미 엇더ᄒᆞ니잇고? (昨日那個黑女同這三個女子都是不知規矩, 夫人何不命他都到筵前跟着老嬤習學?) <鏡花 3:4> 그 집 문젼의 니ᄅᆞ러 다만 보니 문이 닷쳣거ᄂᆞᆯ 봉져의 평일 규모ᄅᆞᆯ 아니 미양 일긔 더울 ᄯᅢ면 나지ᄂᆞᆫ 브ᄃᆡ 한 시긱을 ᄌᆞᄂᆞᆫ지라 (到他院門前, 只見院門掩着, 知道鳳姐素日的規矩, 每到天熱, 午間必要歇一箇時辰的, 進去不便.) <紅樓 30:34> 이ᄂᆞᆫ 우리집 규뫼니 만일 틀니게 ᄒᆞ면 우리들이 곳 흉보ᄂᆞ니라 (這是我們家的規矩, 若錯了, 我們就笑話呢!) <紅樓 40:44> ᄒᆞ믈며 집안 셰간이 나가ᄂᆞᆫ 거슨 만

인은 홈게 불너 연석을 구경케 ᄒ고 노구로 ᄒ야곰 ᄎᆞ 규구를 ᄀᆞ르치게 ᄒᄆᆡ
엇더ᄒ니잇고?"

녀ᄌᆡ 머리 조아 누구로 ᄒ야곰 부르라 ᄒ니 노귀 답응ᄒ더니 이윽고 노귀 일
개 흑녀를 잇그러 니르거ᄂᆞᆯ 샴인이 ᄇ라보니 이 문득 얼골이 칠흔 듯ᄒ나 그
ᄀᆞ온ᄃᆡ 쳥슈흔 ᄐᆡ되 드러ᄂᆞ며 두 눈에 눈물 흔젹이 낭ᄌᆞᆨᄒ고 년긔 겨유 십오륙
은 흔지라. 노귀 잇그러 샴인으로 더부러 좌우로 ᄂᆞᆫ화 셰오더니 큰 도젹이 ᄇ
야흐로 손에 존을 줍고 깃부믈 닉의지 못ᄒ야 진실노 눈썹이 열니고 눈이 웃ᄂᆞᆫ
지라 년ᄒ야 ᄉᆞ인을 【6】 ᄇ라보며 두어 존 거후른 후 녀ᄌᆞ를 향ᄒ야 왈,

"오날ᄂᆞ 져 ᄀᆞᆺ흔 ᄋᆞ롬다온 ᄎᆞ환을 어더 부인게 드리ᄆᆡ 특별이 연석을 열어
나의 공을 표ᄒᄆᆡ니 엇지 져희로 ᄒ야곰 돌녀가며 술을 부이지 아니시ᄂᆞ뇨?"

녀ᄌᆡ 코를 불며 넝쇼ᄒ야 왈,

"너히 ᄉᆞ인이 돌녀가며 대왕긔 술을 부어 권ᄒ라."

ᄉᆞ인이 비록 답응ᄒ나 ᄒᆞᆫ토 몸을 움죽이지 아니터니 약ᄒᆡ 혜오ᄃᆡ '져 겨집
도젹이 우리로 ᄒ야곰 술을 부이니 이ᄊᆡ를 ᄐᆞ 자 도젹을 만히 먹여 취ᄒ야 죽
게 흔 후 다시 계교ᄒ야 겨집 도젹의게 간쳥ᄒ면 거의 도라가믈 어드리라.' 이

코 드러오ᄂᆞᆫ 거슨 젹ᄋᆞ니 범ᄇᆡᆨᄉᆞ무를 인하여 로조종의 규모를 조ᄎᆞ려 ᄒ면 산업이 ᄒᆡᆷ
이 닷치 못ᄒ고 (二則家裏出去的多, 進來的少, 凡百大小事兒, 仍是照着老祖宗手裏的規矩,
却一年進的産業, 又不及先時.) <紅樓 55:86> 고랑들이 원리 너다려 다리고 글을 닑으며
규모와 침션을 비호고 모다 져의들을 가르치라 ᄒ엿거ᄂᆞᆯ (姑娘們原叫你帶着念書, 學規
矩、針線, 俱要教道他們的.) <紅樓 45:6> 엇지 이러ᄒ랴 다만 닉은 거시 업셔 먹지 못
ᄒᆞᆯ ᄲᅮᆫ이 아니라 믄득 닉어뼈도 웃사롬의게 도로혀 공샹 아니ᄒ고 우리가 몬져 먹으랴
네가 부즁의셔 ᄉᆞ환ᄒ여 늙어 쓰믹 져런 규모를 모다 아니 못ᄒ다 말ᄒ기를 어려오리
라 (這那裡使得. 不但沒熟吃不得, 就是熟了, 上頭還沒有供鮮, 偺們倒先吃了. 你是府裡使
老了的, 難道連這個規矩都不懂了.) <紅樓 67:68> 디져 강도의 집 규모 심히 엄ᄒ여 비
록 월궁 션ᄌᆞ라도 감히 망녕도히 ᄉᆞ심을 너지 못ᄒ더라 (凡强盜之家, 規矩甚嚴, 那怕就
是月宮仙子, 也不敢妄生邪念.) <綠牡 3:180> 댱텬좌 디희ᄒ야 익일에 취친ᄒᆞᆯ 일을 싱각
ᄒ니 그날 밤에 엇지 안침흠을 어드리오? 북방에 혼인 풍속이 남방 규모와 갓지 아니
ᄒ야 (張天佐大喜, 打點次日娶親, 一夜何曾安眠. 北方同西方與南方規矩不同.) <綠牡
6:109> 싱이 특별이 듯ᄉᆞ오니 션싱게셔 셰 가지 가라치지 못ᄒ시는 규모가 잇다 ᄒ시
니 뎨이와 뎨삼은 소싱이 다 션싱의 규모를 발바 시힝ᄒ겟싸오나 다만 ᄉᆞ뎨가 노둔ᄒ
고 츄ᄒ오니 션싱게셔 즐겨 용납ᄒ시리잇가? (特聞老夫子有三不教的規矩, 第二、第三,
小生俱可踐履, 但舍弟些笨, 望先生肯容否?) <閻羅 3:19>

ᄀᆞ치 싱각【7】ᄒᆞ고 흔연이 나아가 큰 잔을 ᄀᆞᆯ회여 ᄀᆞ득 부어 드린 후 나려와 규신과 완여를 향ᄒᆞ야 ᄀᆞᄆᆞ니 눈을 기니 냥인이 ᄯᅩᄒᆞᆫ ᄯᅳᆺ을 알고 ᄎᆞ례로 나아가 잔을 부으니 혹녜 져 삼인의 모양을 보고 ᄯᅳᆺ을 스쳐 흔골ᄀᆞ치 ᄀᆞ득 부어 드리더니 두어 슌비 지니미 큰 도적이 즐거오믈 닉의지 못ᄒᆞ니 진실노 술이 근심ᄒᆞᄂᆞᆫ 챵ᄌᆞ의 들미 먹을ᄉᆞ록 더옥 정신이 나ᄂᆞᆫ지라. ᄉᆞ인이 ᄌᆞ씨를 당ᄒᆞ야 셔로 ᄯᅳᆺ을 통ᄒᆞᆫ지라 손을 머초지 아니코 잔을 부어 드리니 큰 도적이 졈ᄌᆞ 취ᄒᆞ기에 니르미 알프로 업디며 뒤흐로 졋버지며 몸을 어즈러이 흔들며【8】오히려 ᄉᆞ인을 향ᄒᆞ야 어린드시 ᄇᆞ라보고 다만 희ᄌᆞ(嘻嘻)히 우을 ᄲᅮᆫ이라. 녀지 닝쇼 왈,

"샹공에 ᄒᆞ시는 모양을 보니 아 아니 져무리를 ᄉᆞ랑ᄒᆞ야 깃거ᄒᆞ시ᄂᆞ뇨?"

큰 도적이 ᄌᆞ 말을 들으미 얼골에 ᄀᆞ득ᄒᆞᆫ 깃분 빗츠로 감히 대답지 못ᄒᆞ고 다만 희ᄌᆞ히 어리게 우슬 ᄲᅮᆫ이라.

녀지 왈,

"나의 방즁의 냥개 노귀 잇스니 ᄉᆞ환이 족ᄒᆞᆫ지라 샹공이 임의 져ᄀᆞ치 ᄉᆞ랑ᄒᆞ고 즐기시니 져 네 기ᄅᆞᆯ 일병8) 드려다가 쳡을 슴으시미 아니 조ᄒᆞ시니잇가?"

ᄉᆞ인이 ᄌᆞ 말을 들으미 ᄀᆞᄆᆞ니 놀나며 슬허 혜오디, '우리 목숨이 ᄆᆞᄎᆞ니 이곳에【9】와 못도다!' ᄒᆞ더니 큰 도적이 정신을 져기 거두어 왈,

"본인의 이 말ᄉᆞᆷ이 과연 진정으로 발ᄒᆞ시미니잇가?"

녀지 왈,

"니 엇지 거즌말 ᄒᆞ리요! ᄒᆞ물며 나는 지금ᄭᆞ지 싱산을 못ᄒᆞ니 져무리로 더부러 조흔 닐을 닐우면 쟝ᄎᆞ 무슈히 ᄌᆞ녀를 나흐리니 그 아니 다힝ᄒᆞ리요."

---

8) 【일병】閩 {일병(一倂).} 함께 ¶ 都‖ 나의 방즁의 냥개 노귀 잇스니 ᄉᆞ환이 족ᄒᆞᆫ지라 샹공이 임의 져ᄀᆞ치 ᄉᆞ랑ᄒᆞ고 즐기시니 져 네 기ᄅᆞᆯ 일병 드려다가 쳡을 슴으시미 아니 조ᄒᆞ시니잇가? (我房中向有老嬷服侍, 可以無須多婢. 相公既然喜愛, 莫若把他四個~帶去作妾, 豈不好嬷?) <鏡花 13:8> 一倂‖ 식경 동안이 되지 못ᄒᆞ여셔 열두 글졔를 발셔 다 지엇ᄂᆞᆫ지라 각각 등츌ᄒᆞ여 내여 모다 영츈의게 맛지고 셜랑젼[조희 일홈]한 쟝을 별노 가져다가 일병 등츌하여 쓸시 (沒有頓飯工夫, 十二題已全, 各自謄出來, 都交與迎春, 另拿了一張雪浪箋過來, 一倂謄寫出來.) <紅樓 38:45> 一幷‖ 하관의 ᄯᅳᆺ에 여겸을 명일에 강남으로 보니되 ᄒᆞᆫ 긔픽와 ᄒᆞᆫ가지 나의 령젼을 가지고 ᄶᆞ라 앏푸로 가 슈구 포복과 ᄉᆞ와 안건까지 일병 가져오면 ᄒᆞ관이 령뎨의 일을 친심ᄒᆞ리라 (下官意欲叫余謙明日回江南, 差一旗牌, 持我令箭, 隨他偕去, 將水寇鮑福幷私娃一案一幷提來, 下官面審.) <綠牡 5:72>

규신이ᄌᆞ 말을 들으ᄆᆡ 다만 약화ᄅᆞᆯ ᄇᆞ라보고 약화ᄂᆞᆫ 완여 돌보아 경각으로 삼인의 얼골이 흑 ᄀᆞᆺ흐며 몸이 동힌 듯ᄒᆞ더니 규신이 문득 냥인의ᄌᆞ샹을 달의여 져기 믈너셔 왈,

"즉금 겨집 도적에 말을 듯건디 우리 무리 살아도 갈길이 업스니 쟝ᄎᆞᆺ【10】 엇지 죽어야 올흘는지 ᄀᆞᆺ치 의논ᄒᆞ야 미리 졍ᄒᆞ여야 님시ᄒᆞ야 경황ᄒᆞ고 망조ᄒᆞᆷ이 업스리이다."

약홰 왈,

"그리면 우믈의 ᄲᅡ지ᄆᆡ 올흐랴? 칼을 어더 ᄌᆞ문ᄒᆞᄆᆡ 올흘가?"

규신 왈,

"칼을 몸에 임의 지니지 아녓시니 어듸 가 구ᄒᆞ리요 ᄎᆞ라리 우믈에 ᄲᅡ짐만 ᄀᆞᆺ지 못ᄒᆞ리로다."

완예 왈,

"우믈이 어듸 물이믈 아지 못ᄒᆞ니 쟝ᄎᆞᆺ 엇지ᄒᆞ리요?"

규신 왈,

"앗가 드러올 ᄲᅢ 얼풋 보니 져편 져근 문 안흐으로 우믈이 잇스되 녹뇌(轆轤) ᄀᆞ쟝 놉ᄒᆞ 뵈니 그 깁흐믈 ᄀᆞ히 짐쟉ᄒᆞ리러라."

완예 왈,

"냥위 져ᄌᆞᄂᆞᆫ 부듸 쇼ᄆᆡᄅᆞᆯ 흠게 잇그러 ᄀᆞᆺ치 죽게 ᄒᆞ쇼【11】 셔. 만일 ᄇᆞ리시면 쇼ᄆᆡᄂᆞᆫ 목숨이 업스리로다."

약홰 왈,

"ᄆᆡᄌᆞᄂᆞᆫ 가히 니르되 죽기ᄅᆞᆯ 도라감 ᄀᆞᆺ치 아ᄂᆞᆫ도다. 이제 셩명이 경각의 잇거놀 오히려 희롱에 말을 ᄒᆞᄂᆞ뇨!"

완예 왈

"너 엇지 희롱에 말을 홀 겨ᄅᆞᆯ이 잇스리요?"

약홰 왈,

"네 니르되 너ᄅᆞᆯ ᄇᆞ리면 목숨이 업스리라 ᄒᆞ니 너ᄂᆞᆫ ᄡᅥᄒᆞ되9) 우믈에 ᄲᅡ지면

---

9) 【ᄡᅥᄒᆞ다】 圄 여기다. 중국어 "以爲"의 번역체. 상각하다. 여기다. ¶ 네 니르되 너ᄅᆞᆯ ᄇᆞ 리면 목숨이 업스리라 ᄒᆞ니 너ᄂᆞᆫ ᄡᅥᄒᆞ되 우믈에 ᄲᅡ지면 가히 목숨이 잇다 ᄒᆞ랴? (你說

가히 목숨이 잇다 ᄒ랴?"

이ᄀᆺ치 문답ᄒ더니 그 녀지 다시 큰 도적을 향ᄒ야 왈,

"이 일이 샹공에 뜻에 과연 엇더ᄐᆞ ᄒ뇨? 만일 뜻에 합ᄒ올진디 니 맛당히 위ᄒ야 길일롤 굴희여 ᄎᆞ례로 신인을 맛게 ᄒ리라."

큰 도적이 ᄂᆞ 말을 들을【12】ᄉᆞ록 깃분 우음이 얼골을 열어 일신이 녹는 듯ᄒ야 녀ᄌᆞ롤 향ᄒ야 공슌이 몸을 굽혀 샤례ᄒ야 왈,

"졸뷔 일즉 첩을 두고져 ᄒᆞ는 ᄆᆞ음이 진실노 꿈에 싱각ᄒ고 잘 ᄲᅵ에 잇지 못ᄒ미 ᄒᆞ로 이틀이 아니로디 오히려 부인이 그르게 넉이실가 겁ᄒ야 감히 닙을 여지 못ᄒ더니 이제 부인이 큰 은혜롤 드리오샤 이 일을 ᄒᆞᄒ시니 ᄆᆞ츰니 지원에 족ᄒ오니 부디 길일을 굴흴 ᄲᅵ 아니라 오날부터 조흔 닐을 닐워 부인이 어진 덕을 져ᄇᆞ리지 아니리이다."

말을 미처 맛지 못ᄒ야 ᄒᆞᆫ ᄆᆞ디 벽녁ᄀᆺ혼 쇼리 니러나며 그 녀지 넓더나며 모【13】든 긔명이며 술병과 술쟌을 낫ᄂᆞ치 부드이져 큰 도적의 몸의 ᄶᅵ우니 문득 쓸는 물에 ᄲᅢ진 닭 ᄀᆺ더니 다시 반즁에 잇는 ᄇ 샹탁과 긔명의 뉴롤 어즈러이 더져 하늘에 춤츄니 시식이 비 오듯 ᄒ더니 ᄆᆞ츰니 몸을 부드이져 ᄯᅡ히 것구러지며 도야지 죽이는 쇼리ᄀᆺ치 쇼리 질너 크게 울어 왈,

"저 ᄆᆞᆸ슬 강도 놈을 나는 ᄶᅥᄒ되 진졍으로 날을 위ᄒ야 ᄎᆞ환을 구ᄒᆞ는가 ᄒ얏더니 이 엇지 일홈을 ᄇᆞ리 이 ᄀᆺ흔 ᄆᆞᆸ슬 뜻을 둘 줄 알니요! 네 이제 첩을 두기로 ᄆᆞ음의 잇슬진디 날은 두어 쟝ᄎᆞᆺ 무어시 쓰며 니 ᄯᅩᄒᆫ 세샹의 살아 잇셔 ᄎᆞᆷ아 남의【14】슬ᄒ여 혐의ᄒ고 외대ᄒᆞᆷ블[10] 밧고 견듸리요!"

이에 니러나 젼도[剪刀 가의]롤 가져 ᄇᆞ로 인후롤 향ᄒ야 지르려 ᄒᆞᆯ시 은 ᄀᆺ흔 치아롤 갈고 나븨 갓흔 눈셥을 거스리 ᄶᅵᆼ긔고 구슬 ᄀᆺ흔 눈믈이 주줄ᄒ고

把你丟下就沒命了, 難道把你帶到井裏倒有命了?) <鏡花 13:11>

10)【외대ᄒᆞ다】图 {외대(外待)하다.} 푸대접하다. ¶ 저 ᄆᆞᆸ슬 강도 놈을 나는 ᄶᅥᄒ되 진졍으로 날을 위ᄒ야 ᄎᆞ환을 구ᄒᆞ는가 ᄒ얏더니 이 엇지 일홈을 ᄇᆞ리 이 ᄀᆺ흔 ᄆᆞᆸ슬 뜻을 둘 줄 알니요! 네 이제 첩을 두기로 ᄆᆞ음의 잇슬진디 날은 두어 쟝ᄎᆞᆺ 무어시 쓰며 니 ᄯᅩᄒᆫ 세샹의 살아 잇셔 ᄎᆞᆷ아 남의 슬ᄒ여 혐의ᄒ고 외대ᄒᆞᆷ블 밧고 견듸리요! (我只當你果眞替我尋個丫鬟, 那知借此爲名, 却存這個歹意! 你旣有心置妾, 要我何用? 我又何必活在世上, 討人憎嫌!) <鏡花 13:14>

숨이 헐덕여 왼몸을 어즈러이 뒤틀며 손과 팔을 썰며 정히 목을 지르더니 큰 도적이 ᄒᆞᆫ 번 보ᄆᆡ 담이 썰니고 ᄆᆞ음이 버히ᄂᆞᆫ 듯 놀나믈 형상치 못ᄒᆞ야 썰니 나아가 전도를 아샤 업시ᄒᆞ고 황망히 ᄭᅮ러 비러 왈,

"앗가 ᄆᆞ춤 술을 져기 과ᄒᆞ게 먹으므로 담(痰)이 ᄆᆞ음을 흐리오ᄆᆡ 쥬후에 실언ᄒᆞᄆᆡ 만ᄉᆞ무셕이니 ᄇᆞ라건디 부인은 짐쟉ᄒᆞ야 용셔ᄒᆞ쇼셔. 일노부【15】 터ᄂᆞᆫ 다시 망년된 의ᄉᆞ를 ᄂᆡ지 아니리이다."

녀지 일향 우름을 그치지 아니코 쇼리ᄆᆞ다 ᄆᆞ디마다 쟝부의 졍이 병변ᄒᆞ고 의를 ᄭᅳᆫᄒᆞ니 즉각에 죽으ᄆᆡ 올ᄐᆞ ᄒᆞ야 일변 울며 일변 ᄭᅴ를 글너 목을 ᄆᆡᄂᆞᆫ 체ᄒᆞ니 큰 도적이 급ᄌᆞᆸ히 ᄭᅴ를 아ᄉᆞᆫ 후 다시 몸을 가져 벽을 향ᄒᆞ야 어즈러이 부디이즈니 큰 도적이 허리를 안고 손을 붓들어 쳔만 가지로 익걸ᄒᆞ되 ᄆᆞ춤ᄂᆡ 그치지 아니코 계괴 ᄯᅩᄒᆞᆫ 궁진ᄒᆞᆫ 지라 이에 머리를 ᄆᆡᆼ동치 말녀 ᄒᆞ되,

"부인이 고집히 밋지 아니시니 이제 슈하 졸도의 죄쥬ᄂᆞᆫ 법을 방ᄒᆞᆫ【16】 후 다시 죄를 범ᄒᆞ거든 죄칙을 갑졀노 더으시ᄆᆡ 원이로소이다."

이에 노구로 ᄒᆞ야곰 ᄆᆡ질ᄒᆞᄂᆞᆫ 군ᄉᆞ 네 명을 ᄂᆡ실노 블너드려 ᄯᅳᆯ에 업듸며 왈,

"ᄂᆡ ᄆᆞ춤 쥬후에 실언ᄒᆞ므로 부인이 노를 발ᄒᆞ야 죽고져 ᄒᆞ시ᄆᆡ 죡히 ᄡᅥ 나의 죄ᄒᆞᆯ 속ᄒᆞᆯ 비 업ᄂᆞᆫ지라 특별이 너의로 ᄒᆞ야곰 군문 규구를 의방ᄒᆞ야 날을 이십 쟝을 즁히 치되 만일 부인이 나의 피육의 샹ᄒᆞ믈 불샹이 넉이샤 ᄆᆞ음을 도로혀 노를 무르시면 문득 너희를 큰 공노 ᄒᆞᆫ 번으로 시ᄒᆡᆼᄒᆞ리라. 다만 나는 비록 부인을 두려ᄒᆞ나 너희ᄂᆞᆫ 부디 밧긔 나가 쟝셜치 말나! 만일 사람이 드【17】 르면 ᄡᅥᄒᆞ되 강도ᄂᆞᆫ 안해를 무셔워ᄒᆞᆫ다 ᄒᆞ야 우슴ᄇᆞ탕 되리로다."

이에 오슬 문희오니 네 낫 군졸이 ᄯᅩᄒᆞᆫ 무가ᄂᆡ하라 듁편을 드러 ᄆᆡ이 치ᄂᆞᆫ 체ᄒᆞ나 이 문득 ᄀᆞ부야이[11] 노ᄒᆞ니 큰 도적이 거즛 부르지져 알푸믈 일커러 왈,

---

11)【ᄀᆞ부야이】图 가볍게. ¶ 輕輕‖ 이에 오슬 문희오니 네 낫 군졸이 ᄯᅩᄒᆞᆫ 무가ᄂᆡ하라 듁편을 드러 ᄆᆡ이 치ᄂᆞᆫ 체ᄒᆞ나 이 문득 ᄀᆞ부야이 노ᄒᆞ니 (四個傔儸無可奈何, 只得擧起 竹板, 一遞一換, 輕輕打去.) <鏡花 13:17> 구공이 보기를 다ᄒᆞᄆᆡ 쳔연이 나아가 방문을 ᄀᆞ부야이 쎄혀드니 (多九公看了, 走到黃榜跟前, 輕輕把榜揭了.) <鏡花 7:31>

“브라건디 부인은 기 ᄀᆞᆺ흔 목숨을 아직 술녀 두셔 다시 죄를 범ᄒᆞ거든 죽여 쥬쇼셔!”

문득 이십 쟝에 니르미 녀지 손으로 ᄀᆞ르치며 꾸지져 왈,

“네 이ᄀᆞᆺ치 ᄆᆞᆸ슬 ᄯᅳᆺ을 둔 후ᄂᆞᆫ 니 문득 널노 더부러 불공대쳔지쉬라 네 이제 네 몸의 알푸믈 견디여 죄를 쇽고져 ᄒᆞᆯ진디 니 ᄯᅩ 엇지 부디 죽고져 ᄒᆞ【18】리오 다만 앗가 치ᄂᆞᆫ 비 거즌 모양만 ᄒᆞᆯ 분이니 네 만일 날노 ᄒᆞ야곰 ᄆᆞ음을 두루혀고 노를 풀과져 ᄒᆞᆯ진디 의법히 다시 이십 쟝을 ᄆᆞ즈면 거의 ᄂᆡ의 분을 풀니로다.

제51회

走窮途孝女絶糧　得生路仙姑獻稻

큰 도적이 년ᄒᆞ야 머리 조아 왈,

“다만 부인은 분긔를 푸르시고 이젼 허물을 치부치 ᄆᆞ르시면 다시 무슈히 ᄯᅡ 리셔도 원망치 아니리이다.”

녀지 군졸을 불너 닐너 왈,

“제 임의 ᄆᆞᆺ기를 ᄌᆞ원ᄒᆞ니 너희ᄂᆞᆫ 날을 위ᄒᆞ야 츅실히 즁히 ᄯᅡ려 앗가 ᄀᆞᆺ치 모양만 ᄎᆞ리면 너의 개 ᄀᆞᆺ흔 목숨을 몬져 ᄭᅳᆫ흐리라.”

호령이 서리 ᄀᆞᆺ흐니 군졸이 엇지 감히 태만ᄒᆞ리요 둘이 나아와【19】 큰 도적을 샹하로 긴ᄂᆞ히 붓들고 둘이 ᄂᆞ에 폴을 갈아가며 대판[大板 곤쟝의 뉴라] 을 들어 힘디로 치니 오리지 아녀 ᄀᆞ족이 터지며 피 흐르니 진졍으로 부르지져 그치시믈 비더니 임의 이십도의 니르미 군졸이 손을 머춘디 녀지 오히려 분이 풀니지 아녀 왈,

“져 ᄆᆞᆸ슬 강도놈이 무졍ᄒᆞ고 무의ᄒᆞ니 엇지 그만ᄒᆞ야 그치리요? 다시 이십 도를 치라!”

ᄒᆞ니 큰 도젹이 통곡ᄒᆞ야 왈,

“쳥컨디 부인은 아직 용셔ᄒᆞ쇼셔 우뷔 실노 감당치 못ᄒᆞ리로소이다!”

녀지 왈,

"이ヌ치 겁홀진디 엇지 감히 첩 둘 ᄆ음을 품엇ᄂ다? 셜스 니 만일 사ᄂ히 첩12)을 어더 【20】 두고 날과 밤으로 고혹ᄒ야 너를 닝박히 대졉ᄒ면 너는 써 조홀다? 네 일즉 빈쳔훈 시졀의는 냑간 눈샹(倫常)을 추려 졍의도 잇는 듯ᄒ더니 이제 부귀ᄒ기의 니르미 문득 허다훈 염냥(炎凉)의 모양을 지어 무단히 큰 쇼리와 곱지 아닌 눈으로 혹 음식과 쥬찬을 그릇ᄒ다 혹 의복이 맛지 아니ᄐ ᄒ야 너의 본리 면목을 니즈며 더옥 친우를 소디ᄒ고 졈﹕ 교오[驕傲 교만ᄒ고 거만ᄒ다]ᄒ야 심지어 조강(糟糠)의 즁훈 의를 치지도외(置之度外)ᄒ니 진실노 강도의 ᄒᄂ 버릇시라 맛당히 만번 죽여 샤치 못ᄒ려든 엇지 감히 첩 둘 싱각을 두ᄂ뇨! 니 이제 다시 치믄 다름이 아 【21】 니라 너의 '다만 제 몸만 알고 다른 사름은 싱각지 아니홈'과 교오훈 긔습을 업시코져 ᄒ미니 오날부터는 네 감히 날을 구속지 못홀 거시오 ᄯ훈 네 만일 첩을 두지 아니면 커니와13) 부디 첩을 두고져 홀진디 몬져 날을 위ᄒ야 남첩(男妾)을 어더 준 후야 비로소 너를 허ᄒ리니 남첩이 녜에도 혹시 잇스니 녯사름이 일홈ᄒ되 '면슈面首'14)라 ᄒ니

---

12) 【男妾 남첩】 nánqiè (名) 사ᄂ히 첩‖"旣如此, 爲何一心只想討妾? 假如我要討個男妾, 日日把你冷淡, 你可歡喜?" 이ヌ치 겁홀진디 엇지 감히 첩 둘 ᄆ음을 품엇ᄂ다? 셜스 니 만일 사ᄂ히 첩을 어더 두고 날과 밤으로 고혹ᄒ야 너를 닝박히 대졉ᄒ면 너는 써 조홀다? (鏡花 13:19)

13) 【커니와】 回 하거니와. ¶ 則已‖ ᄯ훈 네 만일 첩을 두지 아니면 커니와 부디 첩을 두고져 홀진디 몬져 날을 위ᄒ야 남첩을 어더 준 후야 비로소 너를 허ᄒ리니 (你不討妾則已, 若要討妾, 必須替我先討男妾, 我才依哩.) <鏡花 13:29> 婆娘은 見識이 업서도 므던커니와 ᄯ 이런 어린 놈이 이셔 老婆 저퍼홈을 爲ᄒ여 다 祖宗 이심을 아디 못ᄒ니 ᄀ장 우스오니라 (婆娘無見識也罷, 也有這等的痴漢, 爲怕老婆, 都不知有祖宗了, 好笑.) <伍倫 6:4a> 믈화의 니 어드면 커니와 본젼을 오히려 춫지 못ᄒ거다 (俺雖賣了, 就只賠了許多本錢.) <鏡花 5:71> 앗가 당형이 말ᄒ되 국왕이 반드시 길긔를 죰간 믈니리라 ᄒ더니 믈니면 커니와 병ᄆ를 죠발ᄒ야 빅셩을 믓지르니 일노 보건디 다만 호식홀 분이요 민싱을 앗기지 아닛는 지라 (剛才唐兄說國王必是暫緩吉期, 那知全出意料之外, 並且大動干戈, 用兵征剿. 看這光景, 國王只知好色, 不以民命爲重.) <鏡花 8:74> 니 곳 말이 네게 지나지 못ᄒ깃다 조음 구즘커니와 (我却是說不過你呀管他好歹呢?) <學淸 13b>

14) 【面首 면슈】 miànshǒu (名) 男妾. ‖"我這男妾, 古人叫做'面首': 面哩, 取其貌美; 首哩, 取其髮美." 남첩이 녜에도 혹시 잇스니 녯사름이 일홈ᄒ되 '면슈'라 ᄒ니 '면'은 그 얼골 고으믈 취ᄒ고 '슈'는 머리컬이 길고 유튁ᄒ믈 니르미니 (鏡花 13:29) "假如丈夫這裏擁着金釵十二, 妻兒那裏也置了面首十人, 那作丈夫的答應不答應?" (兒女 27)

면(面)은 그 얼골 고으믈 취ᄒ고 슈(首)ᄂᆞᆫ 머리컬이 길고 유퇵ᄒ믈 니르미니 니 홀노 시쟉ᄒᆞᆫ 일이 아니라 즉금 쳔죠에 녀황졔 잇셔 쇼년을 만히 ᄲᅢ 후궁으로 두다 ᄒᆞ니 긔 아니 남쳡이냐?”

큰 도적 왈,

“그ᄂᆞᆫ 쳐【22】엄 시쟉ᄒᆞ나 녜와 이졔 잇스나 업스나 부인이 ᄒᆞ고져 ᄒᆞ시면 엇지 감히 어긔리잇가. 다만 ᄒᆞᆫ가지 교오ᄒᆞᆫ 버르슨 우리 녹림(綠林) 즁에 젼슈 ᄒᆞᄂᆞᆫ 심법이라 임의 밍셰ᄒᆞ얏시니 그ᄂᆞᆫ 실노 고치지 못ᄒᆞᆯ지라 이러므로 짐쟉 ᄒᆞ쇼셔.”

녀지 왈,

“교오ᄒᆞ미 임의 강도의 버르시기로 고치과져15) ᄒᆞ노라.”

큰 도적 왈,

“우리 강도 노롯ᄒᆞᄂᆞᆫ 지 젼혀 교오ᄒᆞ야 사ᄅᆞᆷ을 업슈이 넉여 속이기로 위쥬ᄒ ᄂᆞ니 만일 그 버르시 업스면 무어스로써 강도 노로슬 ᄒᆞ리요! 이러므로 죽을지 언졍 그ᄂᆞᆫ 고치지 못ᄒᆞᄂᆞ이다.”

녀지 왈,

“네 말과 ᄀᆞᆺᄒᆞᆯ진ᄃᆡ 너 쟝ᄎᆞᆺ【23】너의 죽어도 분명 고치지 아닛ᄂᆞᆫ가 보리 라!”

이에 군졸을 호령ᄒᆞ야 ᄯᅩ다시 이십에 니르니 큰 도적이 과연 긔졀ᄒᆞ야 죽ᄂᆞᆫ 쳬ᄒᆞ더니 겨유 졍신을 거두어 눈물을 흘녀 왈,

“쳥컨ᄃᆡ 부인은 초상을 ᄎᆞ리쇼셔. 우ᄇᆡ 오날은 기리 니별을 ᄒᆞ리로다 나 죽 은 후ᄂᆞᆫ 별노 부탁ᄒᆞᆯ 말이 업스되 오직 후셰 ᄌᆞ손에 니르도록 부ᄃᆡ 교오ᄒᆞᆫ 긔 습을 고치지 마라야 ᄇᆡ야흐로 강도 노롯슬 니어ᄒᆞ야 효ᄌᆞ현손이 되리라 니르 쇼셔.”

말을 ᄆᆞᄎᆞ며 다시 혼졀ᄒᆞ거ᄂᆞᆯ 녀지 비로소 군졸을 믈니고 노구로 더부16) ᄶᅥ 메어 샹 우희의 누인 후【24】스스로 뉘우쳐 왈,

---

15) 【-과져】回 -게 하고자. ¶ 교오ᄒᆞ미 임의 강도의 버르시기로 고치과져 ᄒᆞ노라 (驕傲固
是强盜習氣, 何妨把這惡習改了?) <鏡花 13:22>
16) 이곳에 누락이 있는 듯함.

"나는 써ᄒ되17) ᄒ 번 미이 치면 거의 이젼 버릇슬 고칠가 넉엿더니 엇지 죽이의 니르도록 고치지 아닐 줄 뜻ᄒ아시리요 원러 강도의 교오ᄒ 긔습은 위엄과 미로써 금ᄒ지 못ᄒ 비로다 일즉 이런 줄 아던들 저 금슈와 ᄀᆺᄒ 것과 엇지 결우리요! 다만 져 네 낫 츠두(丫頭)는 여긔 머무르면 ᄆ춤ᄂ 무슴 변을 지을지 모로리로다."

드ᄅ여 군졸을 불너 왈,

"저 세긔 녀즈는 잡아완지 오리지 아니ᄅ 응당 ᄐ고 온 션척이 산하의 그져 머물니ᄅ 쌜니 다려드가 저의 부모롤 맛지고 져 흑녀도 여긔 두어 무익ᄒ니 홈게 다려다가 그 비 【25】 에 부쳐 도라가는 길에 져의 고향을 츠즈쥬거나 아조 드려 도라가 나아 모리(謀利)나 ᄒ게 ᄒ라. 그러나 너의 대왕이 저 네 낫 요물노 인ᄒ야 즁장을 바드시니 너희 ᄆ음도 응당 불안홀 거시로되 그 즁 혹 대왕을 임ᄂᄅ야18) 몹슬 싱각 니는 지 잇스면 머리롤 버혀 호령홀 거시로되 오히려 미덥지 못ᄒ니 노구 일인과 홈게 가라 ᄯ 겁탈ᄒ 물화는 언마ᄂ ᄒ뇨?"

군졸이 그 슈롤 알왼디 녀지 왈,

"이 불과 져의 먹고 닙는 냥식과 의복 분이라 우리 산채의는 별노 긴치 아니되 저희 만리 밧 ᄇ다의 도라가기 어려 【26】 올 거시요 즉금 대왕의 병환이 비경ᄒ니 조흔 닐슴아 일병 도로 슈운ᄒ야 쥬어보너라. 혹즈 대왕이 져의 물건을 보면 ᄯ 무슨 싱각을 닐가 그도 념녜로다."

군졸이 일졔히 답응ᄒ고 노구로 더부러 스인을 지쵹ᄒ야 산하로 ᄂ려올시 이쩌 스인이 겻희셔 이 광경을 목도ᄒ니 일변 우읍고 일변 놀나온 즁 나죵이 엇지될고 더옥 황겁ᄒ더니 이에 도라보너믈 허ᄒ미 녀망히 녀즈롤 향ᄒ야 고두샤례ᄒ고 모든 도적을 쏠와 산하의 ᄂ리니 ᄆ초아 님·다 이인이 져근 비롤

---

17) 【써ᄒ다】 통 여기다. 중국어 "以爲"의 번역체. 생각하다. 여기다. ¶ 當‖ 나는 써ᄒ되 ᄒ 번 미이 치면 거의 이젼 버릇슬 고칠가 넉엿더니 엇지 죽이의 니르도록 고치지 아닐 줄 뜻ᄒ야시리요 (我只當多打幾板, 自然把舊性改了, 那知他至死不變) <鏡花 13:24>

18) 【임너내다】 통 흉내내다. 본뜨다. ¶ 그 즁 혹 대왕을 임너ᄅ야 몹슬 싱각 니는 지 잇스면 머리롤 버혀 호령홀 거시로되 (連日所劫衣箱, 也都發還, 省得他日後瞧物又生別的邪念. 急速去罷! 倘有錯誤, 取頭見我!) <鏡花 13:25> 나죵에 보기 됴홀 ᄉ 향당편을 외오며 안즈롤 임내내고 ᄯ 공즈의 위의 녜모롤 비화 니기거늘 (到後來最好看最好聽的是贊鄉黨、嘆顏回, 又學習孔夫子許多威儀禮貌) <後水滸 1:83>

ᄐᆞ고 ᄇᆞ라보며 기ᄃᆞ리든 ᄎᆞ 희츌망외(喜出望外)ᄒᆞ야 ᄲᆞᆯ니 븟드러 빅에 【27】 올니며 년ᄒᆞ야 냥미와 옷샹ᄌᆞ롤 슈운ᄒᆞ야 쥬며 웨여 왈,

"오날 우리 대왕이 너의 ᄉᆞ개 녀ᄌᆞ로 인ᄒᆞ야 무한 고초롤 당ᄒᆞ시니 져기 나으시면 반드시 다시 니르샤 분을 플 거시니 좀시도 머물지 말고 ᄲᆞᆯ니 도라가라 더듸면 셩명을 보젼치 못ᄒᆞ리라."

님·다 이인이 년ᄒᆞ야 맛당ᄒᆞ믈 일커러 칭샤ᄒᆞ고 가져온 ᄇᆞ롤 ᄇᆞ다 미처 죠슈치[19] 못ᄒᆞ므로 그 즁 큰 여러 쏙을 도적에 무리 ᄀᆞᄆᆞ니 움친 빅 되니라. 원외 비로소 대강을 무러 알고 다만 념불ᄒᆞ야 하ᄂᆞᆯ게 샤례ᄒᆞᆯ 분이라 구공이 문득 흑녀롤 보니 낫치 심히 닉은 듯ᄒᆞᆫ지라 몬져 무러 왈,

"쳥 【28】 컨ᄃᆡ 녀ᄌᆞ의 존셩이 무어시며 무ᄉᆞ 일 이곳의 왓다가 이에 니르뇨?"

흑녜 눈물을 흘니며 렴임(斂衽) 대왈,

"비ᄌᆞ의 셩은 냥[黎][20]이요 일홈은 홍미(紅□)요 아명은 홍ᄒᆞ(紅紅)이라 흑치국(黑齒國) 사ᄅᆞᆷ으로 션친이 일즉 쇼위(少尉) 벼ᄉᆞᆯ노 기셰(棄世)ᄒᆞ고 ᄆᆞᄎᆞᆷ 슉부롤 ᄯᆞᆯ와 해외에 홍판ᄒᆞᄆᆡ 그으이 각국 인물과 풍쇽을 구경ᄒᆞᆯ가 ᄇᆞ라더니 우연이 슈일 젼 이곳을 지나다가 도적을 만나 숙부ᄂᆞᆫ 도적으로 더부러 ᄊᆞ화 ᄆᆞᄎᆞᆷ니 해롤 닙어 물속에 드르치고 션샹 물화와 션척 아오로 도적이 탈취ᄒᆞ고 여러 ᄉᆞ공도 낫ᄂᆞ치 저의게 죽인 빅 되고 비ᄌᆞᄂᆞᆫ ᄉᆞ로 【29】 잡혀 저곳에 니르ᄆᆡ 날노 죽기롤 ᄭᅬᄒᆞ더니 이제 텬힝으로 노ᄒᆞ보니믈 어드나 다만 혈ᄂᆞ일신(孑孑一身)이 거목무친(擧目無親)ᄒᆞ니 쟝ᄎᆞ 엇지ᄒᆞᆯ ᄇᆞ롤 졍치 못ᄒᆞ리로소이다."

구공이 드러오ᄆᆡ ᄭᆡ다르니 이 과연 젼년의 흑치국에셔 글 말ᄒᆞ든 녀ᄌᆡ라. 비로소 큰 빅에 ᄃᆞᄂᆞ라 물건을 옴겨 시르며 지촉ᄒᆞ야 비롤 ᄯᅴ올시 홍미 ᄯᅩᄒᆞᆫ 시로히 샹인과 말솜ᄒᆞ고 녀시게 뵈온ᄃᆡ 녀시 ᄇᆞ야흐로 무러 그 닉력과 소조(□□)롤 듯고 십분 긍측ᄒᆞ야 위로ᄒᆞ믈 ᄆᆞ지 아니ᄒᆞ더니 규신이 믄득 샹ᄌᆞ롤 열고 ᄒᆞᆫ ᄌᆞ로 션ᄌᆞ(扇子)롤 닉여 왈,

"닉 일즉 부친 푸개롤 졈검ᄒᆞ 【30】 더니 그 ᄀᆞ온ᄃᆡ 이 션지 잇셔 필법이 극

---

19)
20) 원문에는 "黎"로 되어 있어 역자가 다른『鏡花緣』이본으로 번역했음을 알 수 있음.

히 져요ᄒ기로 몸ᄱ의 ᄲ너지 아녀 이에 잇ᄂ니 그 ᄭᅳᆺᄒ '홍ᄼ'이라 두 지 쓰엿
시니 그 엇진 닐이잇고? 구공이 당일 글 말ᄒ다가 션즈롤 잇고 젼치 못혼 ᄇ롤
셰ᄼ히 말ᄒ니 모든 사ᄅᆷ이 비로소 명빅ᄒ더니 규신 왈,

　"우리 무리 이ᄀᆺ치 평슈샹봉(萍水相逢)ᄒ미 ᄯᅩ혼 우연치 아닌 연분이라 져져
의 놉혼 지학을 쇼미 그윽이 비호믈 쳥코져 ᄒᄂ니 오히려 첫 번 보고 피ᄎ 긱
투(客套)롤 면치 못홀 듯ᄒ니 쇼미 외람히 놉히 밧드러 결의ᄒ야 이셩 즈미 되
기롤 원ᄒᄂ니 져졔 가히 굽혀 조츠 【31】 시리잇가?"

　홍미 년망히 몸을 닐으혀 답ᄒ야 왈,

　"비지 이제 환란 즁 잇슬 ᄲᅮᆫ 아니라 ᄒ믈며 가셰 본디 한미혼 지라 임의 ᄇ리
지 아니시고 별노 거두심도 오히려 과분ᄒ거눌 엇지 감히 우러ᄼ 밧드러 놉고
귀ᄒ신 문호롤 더러이잇가!"

　원외 왈,

　"이제 와 맛ᄂ미 긔이홀 ᄲᅮᆫ 아니라 우리 싱녀의 부친을 탐화(探花)의 올으고
냥쇼져의 부친은 쇼위 벼슬을 ᄒ다 ᄒ니 ᄒ갈ᄀᆺ치 쳔금쇼졔라 나의 싱녀의 말
과 갓치 일졔히 결의ᄒ야 즈미 되미 조ᄒ리로다."

　약화와 완예 ᄯᅩ혼 즐겨 ᄒᄀ지 결의ᄒ믈 쳥ᄒ니 이 【32】 에 년치로써 ᄎ례
롤 졍홀시 홍미는 맛이 되고 약홰 둘지 되고 규신이 셋지 되고 완예 넷지 된지
라 각ᄼ 셔로 례롤 ᄒᆼᄒ고 녀시와 님·다 이인게 ᄯᅩ혼 녜로 뵌 후 셔로 잇그러
한담ᄒ야 도적의 ᄒ든 거동을 낫ᄼ치 젼셜ᄒ니 모든 사ᄅᆷ이 졀도ᄒ믈 ᄆ지 아
니ᄒ며 원외 더옥 웃기롤 그치지 아니ᄼ 구공 왈,

　"져 도적은 오히려 제 안해게 빌엇거니와 님형은 엇지 그 도적의게 그리 황
겁ᄒ야 대왕야예(大王爺爺)라 ᄒ며 쇼젹(小的)이라 일컷더뇨?"

　원외 대쇼 왈,

　"일이 급ᄒ미 엇지 아니 그러ᄒ리요. 그 도적이 그ᄯ 과연 교오ᄒ 【33】 미
심ᄒ더니 원리 강도의 버르시 그러ᄒ든가 시부도다."

　구공 왈,

　"셰샹의 교오혼 사ᄅᆷ이 ᄯᅩ혼 젹지 아니ᄼ 엇지 다 강도의 긔습이라 ᄒ리요."

얼픗 ᄉᆞ이 슈일이 지니더니 홀연 모든 ᄉᆞ공이 급히 고ᄒᆞ야 왈,

"도적의 도로 ᄀᆞ져온 ᄇᆡ 냥미 원리 혼 ᄶᆞ이 업슬 분 아녀 낫ᄉᆞ치 뷘 셤에 돌지악21)을 너헛시니 션샹의 다시 승홈에 냥미 업ᄂᆞᆫ 지라 모든 ᄉᆞ공의 무리 머리 어즐ᄒᆞ고 눈이 어득ᄒᆞ니 무슴 긔력으로 비ᄅᆞᆯ 저으며 돗츨 달니 잇고!"

구공이 놀나 왈,

"님형은 샐니 콩ᄀᆞ로ᄅᆞᆯ 니라 위션 구급ᄒᆞ고 일노써 ᄯᅩ 다시 여러 셩명【3
4】을 보젼ᄒᆞ리로다."

원외 왈,

"니 이 방문을 어든 후 혼 번을 겨유 쓰고 셩녀의 쇼봉니(小蓬萊) 길에 긴히 쓰다 오히려 만히 남앗거니와 만일 어제 녀대왕이 모든 샹ᄌᆞ롤 도라보니기로 오날 냥식을 ᄒᆞ려니와 만일 보니지 아니턴들 모든 목숨이 위티ᄒᆞᆯ 번ᄒᆞ도다!"

황망이 샹ᄌᆞ롤 ᄎᆞᆽ 낫ᄉᆞ치 여러 보되 ᄆᆞᄎᆞ니 업ᄂᆞᆫ지라 비로소 샹ᄌᆞ롤 조슈ᄒᆞᆫ즉22) 혼 ᄶᆞ이 원리 업고 그 밧 홍미의 옷샹ᄌᆞ 두 ᄶᆞ이 더 잇스나 공교히 콩ᄀᆞ로 든 샹지 업ᄂᆞᆫ지라. 두로 ᄎᆞᆽ 일양 간 ᄇᆞᄅᆞᆯ 모로니 구공 왈,

"져 도적에 무리 비록 녀대왕의 분부로 도로 가져오니 그 중【35】 무거온 ᄶᆞᆨ을 ᄀᆞᄆᆞ니 움치도다."

원외 놀ᄂᆞᆷ을 ᄆᆞ지 아녀 밧게 나와 모든 ᄉᆞ공으로 더부러 샹의홀시 감히 다시 져곳에 도라가 ᄡᆞᆯ을 풀 길은 업고 알프로 향ᄒᆞ면 슉ᄉᆞ국(淑士國)이 오히려 여러 날 길이라. 어즈러이 의논ᄒᆞ되 여러 사룸의 말이 ᄎᆞ라리 주리믈 견딜지언정

---

21) 【돌지악】 ᠃명 조약돌. ¶ 도적의 도로 ᄀᆞ져온 ᄇᆡ 냥미 원리 혼 ᄶᆞ이 업슬 분 아녀 낫ᄉᆞ치
뷘 셤에 돌지악을 너헛시니 션샹의 다시 승홈에 냥미 업ᄂᆞᆫ 지라 모든 ᄉᆞ공의 무리 머리
어즐ᄒᆞ고 눈이 어득ᄒᆞ니 무슴 긔력으로 비ᄅᆞᆯ 저으며 돗츨 달니 잇고! (船上米糧, 都被劫
的顆粒無存, 如今餓的頭暈眼花, 那有氣力還去拿篙弄柁!) <鏡花 13:33> 磚頭瓦屑‖ 모든
사룸이 층층이 에워ᄡᆞ고 돌지악을 눌녀 ᄂᆞᆺ과 머리롤 헤디 아니ᄒᆞ고 어즈러이 티니 (這
些鄕人恃衆, 只層層圍繞, 雖不敢近身, 却是磚頭瓦屑, 沒頭沒臉的抛灑.) <後水滸 6:73>
瓦屑‖ 우리도 가샹의 ᄃᆞᆫ닐 제 뎌의 돌지악을 만히 마자 졍히 번뇌ᄒᆞᆷ믈 이긔디 못ᄒᆞ야
ᄒᆞ노라 (每日遇着, 亦被打把汚泥瓦屑打來.) <孫龐 2:63>

22) 【조슈ᄒᆞ다】 ᠃동 조수하다. ¶ 황망이 샹ᄌᆞ롤 ᄎᆞᆽ 낫ᄉᆞ치 여러 보되 ᄆᆞᄎᆞ니 업ᄂᆞᆫ지라 비
로소 샹ᄌᆞ롤 조슈ᄒᆞᆫ즉 혼 ᄶᆞ이 원리 업고 그 밧 홍미의 옷샹ᄌᆞ 두 ᄶᆞ이 더 잇스나 공교
히 콩ᄀᆞ로 든 샹지 업ᄂᆞᆫ지라 (隨卽取了鑰匙前去開箱. 誰知別的衣箱都安然無恙, 就是紅
紅兩隻衣箱也好好在艙, 就只豆麵這隻箱子不知去向.) <鏡花 13:34>

춤아 다시 냥면국지계는 향치 못ᄒ리니 다만 쳔〃이 알프로 나아가 다힝이 지나는 비를 만날가 ᄇ라고 힝ᄒ야 연ᄒ야 이틀을 음식을 ᄯᅳᆫ코 지ᄂᆞᆫ 비를 만ᄂᆞ지 못ᄒ니 션샹 모든 사ᄅᆷ이 졍히 경황ᄒ더니 편벽도이 거스리는 ᄇ롬을 만ᄂᆞ니 진실노 니른 ᄇ 셜샹【36】가샹(雪上加霜)이라 ᄇ야흐로 비를 해구히 다혀 머믈시 모든 ᄉ공이 낫〃치 눈이 어득ᄒ야 뵈는 비 업고 비에 ᄀᆞ득ᄒᆫ 비 다만 탄식ᄒᆞᄂᆞᆫ 쇼리 분이라 이ᄯᅢ 규신과 약화와 홍미와 완예 ᄯᅩᆫ 비골프물 춤으나 무가내해(無可奈何)라 ᄆᆞ춤 봉챵[蓬窓 비에 션챵에 챵이라]을 열고 밧글 ᄇ라보더니 홀연 언덕 우ᄒ로 일기 도괴(道姑) ᄒᆫ 낫 ᄭᅩᆺ ᄇ구니를 잇글고 나ᄋᆞ와 냥식을 빌되 얼골의 ᄀᆞ득ᄒᆫ 비 누른 빗치라 모든 ᄉ공이 ᄭᅮ지져 왈,

"비 우희 냥식이 ᄯᅳᆫ허진 지 임의 슈샴일이라 우리 무리 쟝ᄎᆞᆺ 비에 ᄂᆞ려 냥식을 동녕ᄒ고져23) ᄒᆞᄂᆞ니 어ᄂᆞ 결을에 너를 동녕 쥬리오?"

ᄒ니 그【37】도괴 문득 노리 불너 ᄀᆞ오디,

아시봉리ᄇᆡᆨ곡션(我是蓬萊百穀仙)이니
니 본디 봉리산에 ᄇᆡᆨ곡션지니
여경샹ᄎᆔ기다년(與卿相聚幾多年)고
그디로 더부러 서로 모힌 지 몃 히뇨
인련젹폄니챵해(因憐謫貶來滄海)ᄒ야
창해에 귀향 오믈 인ᄒ야 불샹ᄒ야
원헌쳥쟝쇽구연(願獻淸腸續舊緣)을
원컨디 쳥쟝도를 드려 녯 연분을 닉고져 ᄒ노라

ᄒ야늘 규신이 홀연 싱각ᄒ되 '거년의 동구산(東口山)을 지닐 ᄯᅢ 그 도고의 부르는 ᄇ 노리 졍히 이와 방불ᄒ더니 이제 져 노리에 니른ᄇ 쳥쟝(淸腸)은 이

---

23) 【동녕ᄒ다】圖 동냥하다. ¶ 化緣‖ 비 우희 냥식이 ᄯᅳᆫ허진 지 임의 슈샴일이라 우리 무리 쟝ᄎᆞᆺ 비에 ᄂᆞ려 냥식을 동녕ᄒ고져 ᄒᆞᄂᆞ니 어ᄂᆞ 결을에 너를 동녕 쥬리오? (船上已兩日不見米的金面, 我們還想去化緣, 你倒先來了.) <鏡花 13:36> 打齋‖ 본촌 원혜스의 잇는 중 지각이라 ᄒᆞᄂᆞᆫ 화상이 항상 촌가의 ᄂᆞ려와 동녕ᄒ더니 (原來這和尙是本村圓慧寺中法主, 姓閣法名智覺, 每常來鐘家打齋來的.) <禪眞 1:21>

문득 무어시뇨? 맛당히 혼 번 무러보미 가호도다.' 이에 약화 샴인으로 더부러
비머리의 나아와 도고를 향호야 왈,

"엇지 보로 션【38】 샹의 올으샤 차를 드리고 말솜호믈 앗기시느뇨?"

도괴 왈,

"빈되 쟝츳 당나라 과거를 보러가는 길이니 무솜 결을이 잇서 남과 긴 말솜
호리요 다만 혼 그릇 밥을 빌니시면 져기 뇨긔호고 압길을 향호리로다."

규신이 ▽믄니 혜오디,

"져의 과거보다 호미 이 아니 우리를 니르미냐?"

이에 무러 왈,

"쳥컨디 도고는 곳 츌가혼 사롬이어늘 무숫 일 어느 곳에 가 과거를 보아 쟝
츳 무어시 쓰고져 호느뇨?"

도괴 희미히 우셔 왈,

"근일 쳔죠의 녀황졔 잇셔 쳔고의 업는 번젼을 창셜호야 녀과를 뵌다 호니
이 진짓 우리 무리 녀즈의 만느지 못홀 긔회라 녀보살이 오【29】 히려 모로시
도다 혼 번 과거를 지난 후야 공힝(功行)이 원만호야 하늘▽치 큰 일이라도 완
젼호리이다."

규신이 크게 끼드르미 잇셔 이에 머리 조으 왈,

"진실노 이 ▽홀진디 션괴 어디로 조츳 이곳에 니르시니잇고?"

도괴 왈,

"빈되 일즉 취슈산(聚首山)으로 조츳 회슈동(回首洞)을 지나오니이다."

규신이 홀연 싱각호되, '취슈환동회슈억(聚首還須回首憶)이라 호미 곳 부친
에 글귀라 이제 취슈산이라 회슈동이라 호미 이 아니 이를 이르민가?' ▽음에
동호는 비 잇셔 왈,

"션괴 이제 쟝츳 어디로 도라가고져 호시느뇨?"

도괴 왈,

"빈되 이제 비승도(飛升島)에 극낙동(極樂洞)을 츠즈가느이다."

규신이 ▽믄니 혜【40】오디, 과거를 지니고 머리를 도로혀미 과연 이▽치
극낙홀 곳이 잇도다 맛당히 다시 혼 ▽디를 무러 져의 대답을 들을이라.

다시 무러 왈,

"션고의 니르는 바 극낙동이 비록 비승도에 잇다 ᄒᆞ나 이제 도리로 의논ᄒᆞ면 문득 어ᄂᆞ ᄯᅡ히며 예셔 언ᄆᆞᄂᆞ ᄒᆞ니잇고?"

도괴 왈,

"도모지 ᄆᆞ음속에 잇스니 멀고 ᄀᆞᄀ가오믄 졍치 못ᄒᆞᄂᆞ니이다."

규신이 년ᄒᆞ야 머리 조ᅀᅡ 왈,

"원리 이 ᄀᆞᆺᄒᆞ니 션고의 ᄀᆞ르치시믈 밧도소이다. ᄒᆞ만 션괴 밥을 빌으시니 맛당히 공경ᄒᆞ야 밧들 닐이로ᄃᆡ 과연 션샹의 냥식이 끈허진 지 임의 슈삼일이라 그으기 여룬 졍셩을 펴지 못ᄒᆞᄂᆞ니 ᄇᆞ【41】라건ᄃᆡ 션고는 용셔ᄒᆞ쇼셔!"

도괴 왈,

"빈도의 동녕ᄒᆞᄂᆞ[24] 법이 문득 인연 업고 잇기만 의논ᄒᆞ야 다른 사ᄅᆞᆷ과 ᄀᆞ쟝 ᄃᆞ르니 만일 연분 업ᄂᆞ 곳을 만ᄂᆞ면 비록 져곳에 미곡이 뫼ᄀᆞᆺ치 ᄡᅡ혀도 니 일즉 ᄒᆞᆫ 낫츨 비지 아니ᄒᆞ고 만일 연분 잇ᄂᆞ 곳을 만ᄂᆞ 혹시 미곡이 졀핍ᄒᆞᆫ ᄱᅢ를 만ᄂᆞ면 문득 나의 ᄇᆞ구니 속에 잇ᄂᆞ ᄡᆞᆯ노ᄡᅥ 연분을 ᄶᅡᆯ와 구졔ᄒᆞ기ᄅᆞᆯ 즐기노라."

약홰 쇼왈,

"너의 져ᄀᆞᆺ치 적고 져근 ᄇᆞ구니 속에 담은 ᄇᆞ ᄡᆞᆯ의 만코 져그믈 가히 짐죽ᄒᆞᆯ지라 우리 션샹의 모든 사ᄅᆞᆷ이 샴십여 인의 만ᄒᆞ니 너의 ᄇᆞ구니의 잇ᄂᆞ【42】 ᄇᆞ ᄡᆞᆯ노ᄡᅥ 엇지 널니 포시(布施)ᄒᆞ리요?"

도괴 왈,

"나의 꼿ᄇᆞ구니ᄅᆞᆯ 녀보살은 보시기ᄅᆞᆯ ᄀᆞ쟝 적게 넉이시나 이 문득 능히 크게 ᄒᆞ고 능히 적게 ᄒᆞᄂᆞ니라."

홍이 닝쇼 왈,

---

24) 【동녕ᄒᆞ다】 ⑤ 동냥하다. ¶ 化緣 ‖ 빈도의 동녕ᄒᆞᄂᆞ 법이 문득 인연 업고 잇기만 의논 ᄒᆞ야 다른 사ᄅᆞᆷ과 ᄀᆞ쟝 ᄃᆞ르니 만일 연분 업ᄂᆞ 곳을 만ᄂᆞ면 비록 져곳에 미곡이 뫼ᄀᆞᆺ치 ᄡᅡ혀도 니 일즉 ᄒᆞᆫ 낫츨 비지 아니ᄒᆞ고 만일 연분 잇ᄂᆞ 곳을 만ᄂᆞ 혹시 미곡이 졀핍ᄒᆞᆫ ᄱᅢ를 만ᄂᆞ면 문득 나의 ᄇᆞ구니 속에 잇ᄂᆞ ᄡᆞᆯ노ᄡᅥ 연분을 ᄶᅡᆯ와 구졔ᄒᆞ기ᄅᆞᆯ 즐기노라 (小道化緣, 只論有緣無緣, 却與別人不同: 若逢無緣, 卽使彼處米穀如山, 我也不化; 如遇有緣, 設或缺了米穀, 我這籃內之稻, 也可隨緣樂助.) <鏡花 13:41>

“감히 뭇느니 선고의 브구니 가히 크면 언마나 크며 언마나 담으리요?”

도괴 왈,

“크면 가히 천하의 잇는 브 빅곡을 진슈히 거두어 담느니라.”

완예 왈,

“쳥컨디 적으면 언마나 ᄒ니잇고?”

도괴 왈,

“적어도 족히 너의 션샹 모든 사롬의 셕 둘 냥식은 담으리라.”

규신 왈,

“션고의 브구니 이ᄀᆞᆺ치 신묘홀진디 아지 못게라 션샹의 모든 사롬이 낫ᄎ치 션고로 더부러 연분이 잇스리잇가?”

도괴 왈,

“모든 사【43】롬이 삼십이 넘으니 엇지 낫ᄎ치 연분 잇기롤 브라리요?”

규신 왈,

“우리 즈미 스인은 가히 션고로 더부러 연분이 잇느니잇가.”

도괴 미쇼 왈,

“오날 셔로 만느미 엇지 써 연분이 업다 ᄒ리요 다만 연분이 잇슬 분 아니라 도모지 본디 연분이 잇스미요 본디 연분이 잇스므로 써 나아와 어진 연분을 미즈미요 어진 연분을 밎기로 말미암아 넷 연분을 다시 닛고 넷 연분을 니으므로 써 널니 모든 연분을 밎고 모든 연분을 널니 미즌 후야 비로소 쯹글 연분을 그치리라.”

말을 ᄆᆞ츠며 브구니롤 션샹에 더져 왈,

“가히 앗ᄀᆞ온 브는 가진 쏠이【44】만치 아녀 사롬ᄆᆞ다 거유 반에 반식 연분을 미즈리로다.”

완예 황망이 브다 그 ᄀᆞ온디 잇는 브롤 진슈히 니고 브구니롤 가져 도고의게 더지니 도괴 천ᄎ이 밧고 규신을 향ᄒᆞ야 왈,

“녀보살은 쳔만보즁ᄒ쇼셔! 우리 다시 만날 긔약이 잇느니 아직 쩌느믈 고ᄒ노라.”

말을 맟츠며 간 곳을 모롤너라.

완예 왈,

"샴위 져∶는 쳥컨더 져 풍증 들닌 도고의 쥬고 간 ㅂ 쑬홀 보쇼셔. 대체 본 ㅂ 처음이라 극히 슈상ᄒ도다 모양은 졍녕히 대미(大米) 모양이로더 기리 거의 흔 ᄌᄂ 되고 넙의 두치ᄂ 지너나 불과 여듧 낫치로소이다."

샴인이 볼스록 긔괴히 넉여 졍히 【45】 말홀 즈음 무초아 구공이 니르러 흔 번 보고 크게 놀나 왈,

"이 문득 쳥쟝되[靑腸稻 쑬일홈]라 셕년에 노뷔 해외에 노다가 우연이 흔 낫츨 어더 먹고 넉∶이 일년을 쥬리지 아녓더니 이 ᄀᄐ 보비롤 어더로 조ᄎ 만히 어드뇨. 우리 션상에 잇ᄂ 사룸이 도모지 샴십이 인이라 이제 이 쑬을 미개에 넷식 논화 흔 사룸이 먹으면 족히 슈십일은 쥬리지 아니리라."

약해 인ᄒ야 도고의 문답ᄒ든 ㅂ롤 일∶히 젼ᄒ야 왈,

"도고의 니르든 ㅂ 반(半)에 반(半) 연분(緣分)을 미즈리라 말이 과연 흔 낫츨 네 사룸이 먹으리라 말이로다."

구공이 손을 드러 칭샤ᄒ야 왈,

"이 도시 당쇼져의 효심을 하놀 【46】 이 술피샤 미양 이 ᄀᆺ흔 신긔흔 날을 당ᄒ니 □리도 힘닙어 셩명을 보젼ᄒ리로다."

인ᄒ야 원외롤 뵈여 이 말을 젼ᄒ니 원외ᄂ 오히려 밋지 아녀 왈,

"이 쑬이 아모리 크다 흔들 쑬반에 반을 먹어 엇지 좀시 비골프를 그치며 ᄒ믈며 슈십일을 견더리요?"

구공이 닝쇼 왈,

"나죵을 보면 ᄌ연 알니라."

급∶히 후면의 니르러 미기롤 네히 논하 밥짓듯 닉혀너니 기름지고 향긔로오미 인간 음식과 ᄃ른지라 사룸무다 흔 긔식 먹엇더니 고디로 졍신이 식∶ᄒ고 쟝뷔 츙만ᄒ야 슈샴일 쥬리믈 니즐지라 원외와 즁인이 비로소 신긔 【47】 ᄒ믈 일컷고 도고의 은덕을 송츅ᄒ더라.

이튼날 비롤 씌우미 규신이 우연이 싱각고 홍미롤 향ᄒ야 무러 왈,

"드르니 당년 져졔 귀방의 겨셔 과거롤 보신다 ᄒ더니 아지 못게라 그쩌 과

연 놉히 샌이시니잇가?"

홍미 기리 탄식ᄒ야 왈,

"만일 우형의 문필을 의논컨디 본국에 잇셔 비록 상등은 못되려니와 거의 즁등은 샌지ᄂ 아닐 듯 ᄒ되 도로혀 그 ᄋ리 하등 되는 지 놉히 샌히니 우형 ᄀᆺᄒᆫ ᄌᄂᆫ 분복이 업셔 ᄆᆺᆷᄂᆡ 춤예치 못ᄒ과라."

약회 왈,

"그 엇진 연괴니잇고? 이 아니 시관ᄒᄂᆫ 지 글을 못ᄒ야 진정 지조롤 몰나 【48】 보미니잇가?"

홍미 왈,

"시관이 만일 글을 못ᄒ야 지조롤 몰나보면 그는 오히려 무심ᄒᆫ 죄어니와 그 즁 관절(關節)과 인연ᄒ기로 인아와 친쳑이면 미리 쯧을 통ᄒ고 시권을 표ᄒ고 부ᄌ와 샹고는 지물노써 고하롤 졍ᄒ야 ᄆᆺᆷᄂᆡ 방을 니니 우형 ᄀᆺᄒᆫ 뉴는 임의 친쳑의 졍분이 업고 지물에 길이 업스므로 인ᄒ야 ᄆᆞᆷ이 지되야 다시는 과거 롤 폐ᄒ고 세상을 샤졀코져 슉부롤 ᄯᆞᆯ와 져곳을 지니다가 이 ᄀᆺᄒᆫ 환란을 만ᄂ 도다. 현미 젼일 쏘ᄒᆫ 과거보믈 일커르니 쳔죠의도 본디 녀ᄌ 보는 과게 잇ᄂ 냐?"

규신 왈,

"쳔죠는 ᄌ리(自來) 녀과롤 뵈지 아니터니 근년에 【49】 새로 법을 니니이 다."

인ᄒ야 태후의 조셔 ᄂ리온 ᄇ롤 ᄌ시 말ᄒᆫ디 홍미 왈,

"이 ᄀᆺᄒᆫ 승시 업스니 가히 니르되 규즁에 맛ᄂ기 어려온 시졀이로다 ᄂ만 쳔죠는 시관 되는ᄌ 지 젼부터 쳥쵹과 회뢰롤 듯ᄂ 폐 업ᄂ뇨?"

규신 왈,

"우리 즁원은 만방의 읏듬이라 시관 되는 지 낫ᄂ치 문학이 쮜여나고 ᄆᆞᆷ 줍으믈 쳥념ᄒ고 공평홀 분 아니라 ᄒ믈며 이번 과거는 견고의 업는 일이요 처 음으로 셜시ᄒ야 부디 진정 지조롤 ᄀᆯ희니 나라홀 위ᄒ야 인지롤 구ᄒ미라 만 일 ᄒ나홀 인연(夤緣)ᄒ야 ᄉ졍ᄒ거나 회뢰로 쳥쵹을 그르면 살아셔 나라 법젼 에 형벌을 【50】 밧고 죽어 지부에 춤화롤 닙고 후셰 ᄌ손이 흥왕치 못ᄒ리니

이러므로 셔로 경칙ᄒᆞ야 ᄆᆞᄎᆞᆷᄂᆡ 서졍ᄒᆞᄂᆞᆫ 폐는 일졀 업ᄂᆞ니이다. 져졔 이 ᄀᆞᆺᄒᆞᆫ 지학과 포부로써 본국의 잇셔는 블ᄒᆡᆼ이 ᄶᅢ롤 만나지 못ᄒᆞ시니 ᄒᆞᆫ번 쳔죠의 나아가 시험ᄒᆞᆷᅵ 엇더ᄒᆞ니ᄒᆞᆫ니잇고? 우리 무리 임의 ᄌᆞᄆᆡ로 결의ᄒᆞ미 ᄌᆞ연 범ᄉᆞ롤 ᄒᆞᆫ ᄀᆞ지로 ᄒᆞ야 져ᇰ의 근심을 더으지 아니리이다."

홍ᄆᆡ 왈,

"우형은 ᄆᆞ음이 지 된 지 오린지라 하믈며 '픽군지쟝이 엇지 감히 용ᄆᆡᆼ을 말ᄒᆞ리요.' 비록 현ᄆᆡ의 아름다온 ᄯᅳᆺ을 ᄇᆞ드나 실노 망녕된 의ᄉᆞ는 다시 못 ᄂᆡ리로다. 만일 현ᄆᆡ 【51】에 ᄇᆞ리지 아니믈 힘닙어 잇글어 즁원에 드러가면 그윽이 쳔죠의 인물에 셩홈과 풍쇽에 ᄋᆞ름다믈 ᄒᆞᆫ 번 구경이나 ᄒᆞ고져 ᄒᆞ나 과거 일ᄉᆞ는 다시 니르지 말나."

제52회

談春秋胸羅錦繡　講禮制口吐珠璣

약ᄒᆡ 왈,

"이 일은 고향에 도라가 쳔ᇰ히 의논ᄒᆞ리니 져졔 부득불 아니 나아가지 못ᄒᆞ리라. 드르니 그ᄯᅥ 졍ᇰ(亭亭)져ᇰ라 ᄒᆞ리로 더부러 흠게 공부ᄒᆞ야 과거 돌본다 ᄒᆞ더니 그는 임의 ᄲᅢ이니잇가?"

홍ᄆᆡ 왈,

"져집이 ᄯᅩᄒᆞᆫ 가난ᄒᆞ고 그 어룬이 불과 혹싱으로 임의 거세(去世)ᄒᆞ니 본ᄃᆡ 견지 업고 ᄯᅩᄒᆞᆫ 형세 업ᄂᆞᆫ지라. 날과 ᄀᆞᆺ치 낙방ᄒᆞ나 그는 오히려 어린 ᄆᆞ음을 그치지 아녀 상히 굴오ᄃᆡ 만일 【52】 쳔하 각국의 혹 녀과(女科) 뵈이는 곳이 잇스면 비록 쳔리 만리라도 부ᄃᆡ 나아가 만일 지녀의 ᄲᅢ히지 못ᄒᆞ면 죽기의 니르도록 항복지 아니리라 ᄒᆞ더니 이제 듯건ᄃᆡ 쳔죠의 녀과롤 뵈인다 ᄒᆞ나 먼니 ᄇᆞ다홀 격ᄒᆞ얏시니 진실노 망양지탄(望洋之嘆)이 잇스리로다."

규신 왈,

"져 집에 이제 뉘 잇스며 요ᄉᆞ이 어ᄃᆡ 밧게 나가지 아니ᇰ잇가?"

홍미 왈,

"제 본디 계형이 업고 과모 최시(崔氏)로 더부러 몃 낫 혹동을 모화 혹쟝ᄒ기로 싱이ᄅᆞᆯ 숨아 일즉 밧게 나지 못ᄒᄂ이라."

규신 왈,

"제 임의 과거 보기ᄅᆞᆯ 지원일진디 우리 길이 혹치국을 지나리【53】니 ᄒᆞᆫᄀᆞ지로 쳥ᄒ야 나아가미 아니 조ᄒ니잇가?"

홍미 왈,

"현미의 뜻은 비록 ᄋᆞ롬다오나 제 일즉 ᄌᆞ갸(自家)25) 혹문을 미더 안공일셰(眼空一勢)ᄒ야 사름을 눈에 ᄎᆞ게 보지 아니ᄒᄂ니 현미 만일 쳥ᄒ야 동ᄒᆡᆼᄒ려 ᄒ면 제 문득 현미에 문혹심쳔은 모로고 오히려 낫게 넉여 즐겨 동ᄒᆡᆼ치 아니리니 어린 소견은 써ᄒ되 몬져 나아가 혹문을 말ᄒ야 절노 ᄒ야곰 ᄆᆞ음에 공경ᄒ고 항복ᄒ게 ᄒ면 연후에 동ᄒᆡᆼᄒ믈 쳥ᄒ면 응당 즐겨 허ᄒ리라."

규신 왈,

"드르니 경ᄌ 져제 혹문이 ᄌᆞ곳치 연박(淵博)ᄒ다 ᄒ니 쇼미 엇지 감【54】히 반문(班門)에 도치ᄅᆞᆯ 희롱ᄒ리오. 만일 어즈러이 말ᄒ다가 저의게 업수이 넉이믈 구공곳치 ᄒ면 이 아니 스스로 괴로오믈 당ᄒ미뇨?"

약홰 왈,

"미ᄌ는 엇지 다른 사름의 지긔ᄅᆞᆯ 길우고 ᄌᆞ가의 위풍을 업시ᄒᄂ뇨? 나는 비컨디 '갓는 쇠아지 곳ᄒ여 호랑을 겁ᄒ지 아닛ᄂ니' 쟝ᄎ 저 곳에 니르거든

____

25)【ᄌᆞ갸】㈹ {자가(自家 zìjiā).} 자기(自己). 중국어 차용어. ¶ 自己‖ 현미의 뜻은 비록 ᄋᆞ롬다오나 제 일즉 ᄌᆞ갸 혹문을 미더 안공일셰ᄒ야 사름을 눈에 ᄎᆞ게 보지 아니ᄒᄂ니 (賢妹約他固妙; 但他恃著自己學問, 目空一切, 每每把人不放眼內.) <鏡花 13:53> 전에 듯건디 구공의게 신긔ᄒᆞᆫ 약이 잇셔 낙샹ᄒᆞᆫ디 효험이 샌르므로 사름마다 쥬어 구제ᄒᆞ다 ᄒᄃ니 엇지 ᄌᆞ갸 병의 시험치 아닛ᄂ뇨? (俺聞九公帶有跌打妙藥, 逢人施送, 此時自己有病, 爲甚倒不多服?) <鏡花 6:32> 自己‖ 일노조ᄎ 권ᄒᄂ니 션싱은 ᄌᆞ개 플을 먹지 말고 이후로브터 쥬인ᄃᆞ려 닐너 니셰의 빅쟝의게 죽이기ᄅᆞᆯ 면ᄒ라 ᄒᄂ이라 (從此去勸先生, 不要自己吃草; 自今後語主人, 勿得來世受屠.) <包公 惡師誤徒 6:89> 칙문을 든 후는 한 어롤 못ᄒ면 곳곳이 ᄂᆞᆷ의 입을 비러 답답ᄒᆫ 곳이 만코 귀경도 잘ᄒᆞᆯ 길히 업스니 부디 미리 아름죽ᄒᆫ 거시오 길히 가며 온갓 기명을 일홈을 뭇고 약간 아는 말노 슈작ᄒ면 ᄌᆞ연 닉ᄂᆞᆫ디라 ᄌᆞ갸는 회환ᄒᆞᆯ 때는 역관의 진 일이 업더니라 <을연 1>

우리 홈게 나아가 말ᄒ야 보려니와 엇지 우리 둘이 저 ᄒ나흘 대격지 못ᄒ리요?"26)

규신 왈,

"져졔 이ᄀᄐ흔 호흥(豪興)이 겨시면 쇼미 맛당히 힘써 밧드러 동힝ᄒ려니와 반드시 몬져 구ᄂ게 고ᄒ여야 가히 동힝을 쳥ᄒ리라."

이에 원외 【54】 의게 이 뜻을 고ᄒ니 원외 왈,

"너의 부친이 샹히 니ᄅ되 셩인지미(成人之美)라 ᄒ더니 싱녜 니에 저의 공명홀 뜻을 닐워 쥬고져 ᄒ니 너의 이ᄀ치 ᄋ름다온 닐을 힝코져 ᄒ미 ᄌ연 쟝ᄂ 조흔 닐이 잇스리니 부더 날과 샹의ᄒ리요. 조히 계교더로 ᄒ라. 다만 당일에 구공이 저와 글말ᄒ다가 무한 공경을 당ᄒ니 쟝ᄂ 너히 그곳에 나아가면 나ᄂ 축실이 ᄆ음 노치 못ᄒ리니 약화 녀ᄋᄂ 더옥 숨가고 조심ᄒ야 구공에 뒤흘 ᄯ로지 말나."

약홰 왈,

"제 일즉 세 머리와 여섯 팔이 아니요 흔갈ᄌ치 사롬의 육신 인후ᄒ야 그 무어시 두려오리 【56】 잇고!"

원외 머리 흔드러 왈,

"저의 녕니흔 닙과 혀로 글을 말흔 ᄱᄂ는 세 머리와 여섯 풀이 이에셔 더옥 무셔오니 구공이 지금 말 곳ᄒ면 머리룰 알파ᄒ니 너는 ᄲ 육신인가 ᄒ되 그 부리는 가히 니ᄅ되 쇠로 부엇다 ᄒ리러라. 만일 순풍 곳 만ᄂ면 오러지 아녀 ᄃᄂ룰 거시니 너히는 모름즉이 글뜻과 녯닐을 만히 강구ᄒ얏다가 임시ᄒ야 낭픠룰 면ᄒ며 구공ᄌ치 마황[麻黃 약지] 먹으라 말을 듯지 말나. 당일 그녀지 절을 말ᄒ다가 ᄱᄒ되 문도어밍[問道於盲 길을 소경ᄃ려 뭇다]이라 ᄒ더니 니 일즉 기셜국(岐舌國)을 지나다가 운학(韻學)을 ᄭ다른 【57】 후로 졍히 아ᄂ니룰 만나 흔번 말ᄒᄌ ᄒ되 ᄆ춤ᄂ 만ᄂ지 못ᄒ니 만일 그녀지 운학ᄃ려 말을

---

26) 갓는 쇠아지 ᄌᄒ여 호랑을 겁ᄒ지 아닛다 [속] ¶ 初生犢兒不怕虎 ‖ 나는 비컨더 갓는 쇠아지 ᄌᄒ여 호랑을 겁ᄒ지 아닛ᄂ니 쟝ᄂ 저 곳에 니르거든 우리 홈게 나아가 말ᄒ야 보려니와 엇지 우리 둘이 저 ᄒ나흘 대격지 못ᄒ리요 ("我倒是個'初生之犢兒不怕虎': 將來到彼, 我就同你前去, 難道我們兩個還敵不住他一個麼?") <鏡花 13:54>

ᄒ거든 날을 쳔거ᄒ라. 니 맛당히 굴ᄒ지 아니리라. 흑치국에 니르면 ᄌ연 쌀을 풀녀 ᄒ면 반일은 지체ᄒ리라. 그 ᄉ이 너히 조히 ᄒ 말 ᄒ리로다.

청장도(淸腸稻) 먹으므로부터 모든 사롬이 쥬리ᄆ 면ᄒ야 멋츨을 힝ᄒ던지 부지불각의 흑치국에 니르미 원외 구공으로 ᄒ야곰 ᄉ공을 거ᄂ려 빅미ᄅ 만히 풀ᄂ ᄒ고 규신이 졍히 홍미로 더부러 졍々을 춫고져 ᄒ더니 홍미 왈,

"져의 잇ᄂ 곳을 구공과 님슉々이 익이 알으실 분 아니라 니 만일 홈게 나아가 동힝ᄒᄆ 언약ᄒ면 제 비록 면강(勉强)【58】ᄒ야 조츠나 ᄆ춤니 쉽게 넉이리니 현미ᄂ 모롬즉이 션ᄌ(扇子) 도로 젼ᄒ므로 일컷고 져와 말ᄒ야 보아 제 만일 즐겨 조츠면 다힝ᄒ거니와 만일 ᄆ춤니 항복지 아니커든 우형이 비로소 나아가 현미에 조흔 뜻을 베퍼야 죡히 수이 넉이ᄆ 면ᄒ리라."

규신이 맛당ᄒᄆ 일컷고 션ᄌᄅ 몸에 지니고 약화로 더부러 원외ᄅ 쌀와 셩니에 들어 큰 거리의 ᄃ々르며 규신과 약화ᄂ 우편 길노 조츳 힝ᄒ고 원외ᄂ 좌편으로조츳 힝ᄒ야 오리지 아녀 져근 골노 드러 졍々의 집의 니르미 문 우히 썻시되 '녀흑당(女學堂)'이라 ᄒ얏거눌 문【59】을 두어 번 두ᄃ리니 비로소 붉은 옷 닙은 녀지 나오며 문을 열거눌 원외 ᄒ번 보미 곳 젼년의 글 말ᄒ든 흑녜라. 이에 규신을 눈쥬니 규신이 나아가 읍ᄒ고 ᄉ미 ᄀ온디로조츳 션ᄌᄅ 니여 왈,

"져々ᄂ 술피쇼셔. 폐방에 다노옹(多老翁)이라 ᄒ리 잇셔 일즉 존틱의 니르러 그릇 ᄒ 즈로 션ᄌᄅ 가져가 젼치 못ᄒᄆ 한ᄒ더라. 우리 무리 이곳을 지니ᄆ 알고 부탁ᄒ야 젼ᄒ라 ᄒ미 이에 밧드러 올니ᄂ니 과연 존틱 물건이니잇가?"

졍々이 쳔々이 ᄇ다 ᄌ셰히 보고 왈,

"이 과연 션친의 ᄀ지든 비라. 이위 져졔 만일 나즌 집을 더러이 녁【60】이지 아니실진디 좀간 중당의 왕굴ᄒ오셔 차ᄅ 드려 미ᄒ 졍셩을 져기 펴게 ᄒ시미 엇더ᄒ니잇고?"

규신이 약화로 더부러 홈게 답ᄒ야 왈,

"맛당히 당에 올나 졀ᄒ야 ᄀ르치시ᄆ 쳥홀 거시로디 원방 사롬이 지나ᄂ 길

이 밧비 져〻의 ᄋ름다온 ᄯᅳᆺ을 만히 져ᄇ리니 그윽이 황괴ᄒ야이다."

졍〻이 일변 겸ᄒ며 구지 간쳥ᄒ니 이인이 비로소 졍〻을 ᄯᅡᆯ와 셔당의 올나 피ᄎᆞᆺ 례를 파ᄒᆞᆫ 후 셩명을 셔로 닐으니 두 낫 어린 녀동이 잇셔 ᄯᅩᄒᆞᆫ 힝녜ᄒ더라.

규신 왈,

"쇼미 평일의 져〻의 큰 지조를 오리 우러와 젼년에 길이 〻곳【61】을 지니미 졍히 나아와 뵈오믈 쳥코져 ᄒᆞ나 ᄆᆞᄎᆞᆷ니 지식이 쳔단(淺短)ᄒ야 스스로 대방가(大方家)의 우슴을 씻칠가27) 두려 여러번 즈져ᄒ더니 오날〻 붓그러오믈 무릅써 문회에 니르럿더니 져〻의 이러틋 우디ᄒ시믈 밧ᄌ오니 황감ᄒ믈 닉의지 못ᄒᆞᆯ 분 아니라 진실노 일홈 ᄋ리 헛 션비 업도다!"

졍〻이 렴임대왈,

"미ᄌᆞᄂᆞᆫ 곳 우물 ᄋ리 기고리라 부졀업시 헛일홈을 ᄃᆞ르니 실노 일을 비 업ᄂᆞᆫ지라! 젼년에 다노옹이 〻에 니르샤 △약간 글말ᄒ시나 이 불과 줏들은 말노써 식칙ᄒᄂᆞᆫ28) 비라 ᄒᆞ믈며 년긔 쇠모ᄒ기의 니르니 일너 부【62】졀업거니와△29) 그ᄯᅢ 일위 당씨 션싱이 홈게 니르러 겨시더니 아지 못게라 져〻와 동

---

27)【씻치다】⟨동⟩ 끼치다. 남기다. ¶ 쇼미 평일의 져〻의 큰 지조를 오리 우러와 젼년에 길이 〻곳을 지니미 졍히 나아와 뵈오믈 쳥코져 ᄒᆞ나 ᄆᆞᄎᆞᆷ니 지식이 쳔단ᄒ야 스스로 대방가의 우슴을 씻칠가 두려 여러번 즈져ᄒ더니 오날〻 붓그러오믈 무릅써 문회에 니르럿더니 져〻의 이러틋 우디ᄒ시믈 밧ᄌ오니 황감ᄒ믈 닉의지 못ᄒᆞᆯ 분 아니라 진실노 일홈 ᄋ리 헛 션비 업도다 (妹子素日久仰姐姐大才, 去歲路過貴邦, 就要登堂求教; 但愧知識短淺, 誠恐貽笑大方, 所以不敢冒昧進謁. 今得幸遇, 眞是名下無虛.") <鏡花 13:61> 샹공이 굿ᄯᅢ 존틱의 오지 말나 ᄒ시미 졍히 ᄯᅳᆺ이 겨시거늘 쇼인이 미혹ᄒ여 바히 ᄭᅢᄃᆞᆺ디 못ᄒ고 이 화를 씻치니 여텬대은을 조금도 갑디 못ᄒ고 도로혀 참희를 넌누ᄒ니 죽어도 속디 못ᄒ리로소이다 <보은 3:25>

28)【식칙ᄒ다】⟨형⟩ {색책(塞責)하다.} 임시 변통으로 꾸며대다. ¶ 젼년에 다노옹이 〻에 니르샤 약간 글말ᄒ시나 이 불과 줏들은 말노써 식칙ᄒᄂᆞᆫ 비라 ᄒᆞ믈며 년긔 쇠모ᄒ기의 니르니 일너 부졀업거니와 그ᄯᅢ 일위 당씨 션싱이 홈게 니르러 겨시더니 아지 못게라 져〻와 동셩 일개시니잇가? <鏡花 13:61> 搪塞 ‖ 놈의 납치은과 쥬혼 녜믈난 만히 밧고 도로혀 딜녀란 곱초고 ᄒᆞᆫ 낫 차환으로 디신에 식칙ᄒ니 이 엇디 젹은 일이리오 (得了這許多聘金禮物, 把侄女藏過, 將一個使女搪塞他, 這事了不得, 非同小可.) <醒風 4:49> 그러나 스스로 혜아리미 ᄯᅩᄒᆞᆫ 셜[보차]·림[더옥]으로 더브러 지조를 겨우기 어려오디 다만 면강ᄒᆞ여 중인을 ᄯᅡ라 식칙ᄒᆞᆯ ᄯᆞ름이오니 (然自忖亦難與薛丶林爭衡, 只得勉强隨衆塞責而已.) <紅樓 18:50>

462　第一奇諺

셩 일개시니잇가?"

규신 왈,

"이는 곳 어버이로소이다."

경ㅣ이 년망히 몸을 닐으혀 규신을 향ᄒᆞ야 ᄒᆞᆫ번 절ᄒᆞ야 왈,

"원릭 당션싱이 ㅣ 문득 녕존이시라 ᄒᆞ니 반드시 가학을 연원ᄒᆞ야 스ᄉᆞ로 일홈이 당세에 즁ᄒᆞ리로다. 젼년에 비록 녕존에 여러 ᄀᆞ지 ᄀᆞ르치시믈 밧ᄌᆞ오나 다만 총ㅣ이 도라가시므로 쇼믹 오히려 미처 ᄀᆞ르치시믈 청치 못ᄒᆞᆫ 곳이 잇스니 이제 오히려 경ㅣ(耿耿)ᄒᆞ는 빅라 가히 앗ᄀᆞ온 ᄇᆡ는 당금 세상의 녕존 션싱밧근 다시 더부러 【63】 말ᄒᆞ리 업더이다."

규신 왈,

"져제 무슴 ᄀᆞ르치시미 겨신지 그 대개롤 말슴ᄒᆞ시미 엇더ᄒᆞ시니잇고?"

경ㅣ 왈,

"쇼믹 미양『츈츄(春秋 경셔 칙일홈)』롤 녯사롬의 ㅣ논을 보건딕 다 말ᄒᆞ되 공지 미양 일월[日月 날과 둘을 긔록ᄒᆞᆫ 빅라]과 명칭[名稱 일홈과 칭호의 뉴라]과 작호[爵號 벼슬과 일홈의 뉴라]의 뉴(類)에 ᄀᆞᄆᆞ니 포폄을 부치시다 ᄒᆞ나 이 말이 과연 빙게 잇ᄂᆞ니잇가? 경히 녕존게 ᄀᆞ르치시믈 청코져 ᄒᆞ다가 미처 말슴을 못ᄒᆞ니 진실노 쇼믹에 복이 업스미로소이다."

규신이 경히 대답고져 ᄒᆞ더니 약홰 말을 니어 왈,

"『츈츄』에 포폄ᄒᆞᆫ 뜻을 젼사롬에 의논이 분운ᄒᆞ되 쇼믹 감히 경셔 뜻을 【64】 세ㅣ히 풀고 대통으로 엿보는 소견으로써 그 풍요로온 곳을 갈희여 의논ᄒᆞᄂᆞ니 그 뜻이 세 ᄀᆞ진 둣ᄒᆞ니 제일은 분의(分義)롤 붉히고 그 다음은 명실(名實)을 ᄇᆞ로게 ᄒᆞ고 셋지는 긔미(幾微)롤 드러닉이니 그 밧 셔법(書法)이 ᄒᆞᆫ두 ᄀᆞ지 아니로딕 대체는 이 밧 풍요로오미 업슬 둣ᄒᆞ야이다."

경ㅣ 왈,

"청컨딕 져ㅣ는 써ᄒᆞ되 엇지 써 니르되 분의롤 붉히니잇고?"

약홰 왈,

---

29) △…… △ 이 부분은 원문에 없음.

“『츈츄』의 쓴 ᄇ '츈왕졍월(春王正月)'이라 ᄒ믄 군신지의롤 츠례ᄒ미요 진과 위에 뵈믈 쓰믄 형졔의 졍을 붉히미요 신싱(申生)의 일을 쓰믄 부ᄌ의 은혜롤 붉히미요 조긔(曹羈)와 졍홀(鄭忽)을 쓰믄 어룬과 ᄋ히 츠례롤 붉히미요 【65】 셩품과 죵ᄌ롤 쓰믄 젹셔의 분을 ᄃ르게 ᄒ미니 모든 이 ᄀᆺᄒᆫ 뉘 엇지 아니 분의롤 붉히미니잇가?”

졍ᄾ 왈,

“엇지 니르되 명실을 ᄇ로게 ᄒ미니잇고?”

약홰 왈,

“여ᄎᄾᄾᄒᆫ 뉘 긔 아니 명실을 ᄇ로게 ᄒ미니잇가. 본젼이 번거ᄒ믈 쩌리기로 대강만 긔록ᄒ니라.”

졍ᄾ 왈,

“엇지니 ᄾ르되 긔미롤 드러너니잇고?”

약홰 왈,

“여ᄎᄾᄾᄒᆫ 뉘 긔 아니 긔미롤 드러너미니잇가? 밍지 ᄀᆯ오샤ᄃ 공지『츈츄』롤 지으시니 난신과 젹지 두리다 ᄒ니 그쩌에 쳔ᄌ의 법이 푸러져 찬탈ᄒ기롤 임의로 ᄒ니 공지 그 위롤 엇지 못ᄒ시나 그 권을 【66】 힝ᄒ실시 어시에 노나라 ᄉ긔[魯史]롤 인ᄒ야『츈츄』롤 지으시니 대쳬ᄂᆫ 난신을 버히며 젹ᄌ(賊子)롤 치고 왕을 놉히고 패롤 쳔ᄒ게 ᄒ미라. 미양 일월과 명칭과 죡호의 포폄을 부쳣다 ᄒ나 쇼민ᄂᆫ 진실노 그 시네롤 졍치 못ᄒᄂᆞ니 다만 인이라 일커르미 폄(貶)이라 니르되 그도 부디 폄ᄒ미 아니요 죡호롤 일커르미 픠(褒)라 니르나 이 ᄯᆻᄒᆫ 슌젼이 포ᄒᆫ ᄇᆡ 아니ᄾ 여ᄎᄾᄾᄒᆫ 뉘 이로 긔록지 못ᄒᆯ지라. 만일 ᄾ월노써 포폄ᄒ다 ᄒ면 당시에 셩인이 엇지 렬국에 분쥬ᄒ샤 그 날과 둘을 낫ᄾ치 긔록ᄒ야 오시며 명호로써 포폄ᄒ다 ᄒ나 다만 녯 ᄉ긔에 긔록 【67】 ᄒᆫ디로 쓰실 분이라 엇지 ᄉ방에 분쥬ᄒ샤 그 명호롤 탐문ᄒ시리요 츈츄에 달녜 잇스니 곳 이젼 ᄉ긔에 긔록ᄒᆫ ᄇ롤 그디로 쓰시미요 특필이 잇스니 곳 이젼 ᄉ긔에 업ᄂᆫ ᄇ롤 셩인이 특별이 쓰샤 올흐믈 뵈시미요 이젼 ᄉ에 잇ᄂᆫ ᄇ롤 셩인이 ᄲᅡᆪ가 업시ᄒ샤 그르믈 경계ᄒ시미니 므릇 여ᄎᄾᄾᄒᆫ 뉘라. 이런 고로 그 일인즉 졔환(齊桓)과 진문(晉文)이요 그 글인즉 ᄉ긔요 그 의(義)ᄂᆫ 뫼(某) 그윽

히 취호다 호시니 도모지 『츈츄』 일셔는 셩인의 광명졍대호시므로 블과 그 일을 브로 쓰실 분이니 축호니와 ᄉᆞ오나온 지 뇨연이 드러나 셰샹을 구호시는 【68】 무음이 곳 이 글에 큰 뜻이라. 쇼미 망녕도이 의논호미 극히 챵남호오니 브라건디 져ᄂᆞ는 멀니 용셔호시고 붉히 フ르치쇼셔.”

경ᄂᆞ 왈,

“져ᄂᆞ의 ᄂᆞ논호시는 비 깁히 『츈츄』의 큰 뜻을 어드시니 쇼미만 졀호야 밧들 분이라 다른 뜻이 어이 잇스리잇가? □시 흔 일이 잇셔 미양 フ르치믈 엇고져 호더니 아지 못게라 이위 져계 즐겨 フ르치믈 앗기지 아니시리잇가?”

규신 왈,

“져ᄂᆞ는 과도히 겸손치 마르시고 ᄌᆞ셰히 니르시믈 브라ᄂᆞ이다.”

경ᄂᆞ 왈,

“나는 드르니 녯쩍 녜(禮)문이 진나라 불에 업셔진 후로 지금 남아 잇는 비 오직 『쥬례(周禮)』와 『의 【69】 례(儀禮)』와 『례긔(禮記)』라. 셰샹이 일컷기롤 삼녜라 호니 고례(古禮)롤 의논컨더 이에셔 더호미 업슬 거시로더 다만 한나라와 진나라로부터 이제 니르도록 나라무다 각ᄎᆞ 례롤 아니 지으니 업스니 이 문득 각ᄎᆞ 새로 례롤 창개호미니잇가? 다만 녯법을 준힝호미니잇가? 삼녜(三禮)롤 쥬니고 의논흔 모든 사롬의 무춤니 눌노써 낫다 호리오? 쳥컨더 일ᄂᆞ이 フ르치시믈 드리오쇼셔.”

약홰 드롤ᄉᆞ록 フ마니 혀롤 토호며 혜오디, ‘져 뭅슬 흑녜 홀연 져 ㄹᆞᆺ흔 큰 졔목을 니ᄂᆞ뇨! 삼녜의 쥬니니롤 말호ᄌᆞ 호야도 오히려 어즐호려든 호물며 녁대로 나 【70】 라마다 례졔롤 무르니 이 과연 망ᄂᆞ대해라 어디로조ᄎᆞ 말을 시쥭호리요 결단코 이번 취졸을 니리로다.’ 졍히 ᄉᆞ량호더니 규신이 쳔연이 답호야 왈,

“쇼미 드르니 례라 호는 ᄌᆞ는 삼쳔에 근□이요 인륜에 지극흔 되니 그런 고로 집과 나라의 쓰니 님군과 신해 눕히며 친호고 관례와 혼인에 쓰니 어룬과 어리니 써 인애호고 부체 써 의슌(義順)호고 향인의게 쓰니 붕위 ᄡᆞ 유익호미 잇고 빈쥬 써 경양(敬讓)호니 곳 풍뉴에 다섯 쇼리와 『쥬역(周易)』의 여듧 샹과 『시젼(詩傳)』의 풍과 아와 『셔젼(書傳)』의 젼과 고와 츈츄에 권호고 징계흠과 『효

경孝經』의 【71】 어버이 놉히미 일노 말미암아 세우지 아닌 빗 업눈지라 당우
(唐虞) 시졀의눈 하늘에 졔 지닉눈 뉴눈 니르되 쳔례(天禮)라 ᄒᆞ고 ᄯᅡᄒᆡ 졔 지
닉눈 뉴눈 니르되 지례(地禮)라 ᄒᆞ고 종묘의 졔 지닉눈 뉴눈 니르되 인례(人禮)
라 ᄒᆞ눈고로 순(舜)이 빅이(伯夷)를 명ᄒᆞ야 삼례(三禮)를 맛기ᄃᆞ ᄒᆞ고 위셔(緯
書)의 ᄀᆞᆯ오ᄃᆡ '삼황이 례를 ᄀᆞᆺ치 아니ᄒᆞ고' ᄯᅩ ᄀᆞᆯ오ᄃᆡ '시졀이 밧고이면 례졔
변ᄒᆞᄂᆞᆫ' 고로 은(殷)나라히 하(夏)나라히 그 덜고 더ᄒᆞᄆᆞᆯ 가히 알 거시오 샹신
(商辛)이 무도ᄒᆞ야 례법이 인몰(湮沒)ᄒᆞᄆᆡ 쥬공이 ᄡᅥ 어즈러온 ᄇᆞ를 보호ᄒᆞ샤
길례로써 귀신을 공경 【72】 ᄒᆞ고 흉례로써 방국의 슬푸믈 위ᄒᆞ고 빈례로써 빈
긱을 즐기게 ᄒᆞ고 군례로써 죠심치 아닌 ᄇᆞ를 버히고 가례로써 혼인의 조ᄒᆞᄆᆞᆯ
닐위니 이 니르되 '오례'라 밋 쥬쇼왕(周昭王)이 남졍ᄒᆞᆫ 후로 례를 일코 풍뉴 미
ᄒᆞ야 여ᄎᆞ、、ᄒᆞ야 혼인의 례와 빈긱의 례와 상졔의 졔와 죠빙(朝聘)의 례 흠
게 폐ᄒᆞᄆᆡ 공직 이ᄡᅥᄅᆞᆯ 당ᄒᆞ샤 시폐를 덮고져 ᄒᆞ샤 셰롤 졍ᄒᆞ고 □뉴롤 보호ᄒᆞ
샤 풍화롤 도로혀시더니 밋 젼국 ᄯᅢ의 니르미 쥬공(周公)과 공ᄌᆞ(孔子)의 혹을
니어 례법을 의논ᄒᆞᆫ 지 오직 밍ᄌᆞ ᄒᆞᆫ 사름 ᄲᅮᆫ이러니 그후 진시황(秦始皇)이
【73】 뉴국을 ᄋᆞ오른 후 례졔를 일병 불에 너허 업시ᄒᆞ고 다만 그 님군을 놉
히고 신하롤 억제ᄒᆞᄂᆞᆫ 법을 취ᄒᆞ고 저의 ᄯᅳᆺ으로 챡합ᄒᆞ야 ᄯᅢ에 쓰게 ᄒᆞ고 그남
은 례눈 진슈히 폐ᄒᆞ얏더니 한고죄 처음으로 진나라 어즈러오믈 폐ᄒᆞᄆᆡ 례 귀
에 결을치 못ᄒᆞ니 군신이 술을 ᄆᆞ시고 공을 다ᄐᆞ아 칼을 ᄲᅢ혀 기동을 치ᄂᆞ지라
슉손통(叔孫通)이 、에 죠회ᄒᆞ눈 법졔롤 지으미 호광(胡廣)이 인ᄒᆞ야 녯법을 준
ᄒᆡᆼᄒᆞ더니 한나라 ᄭᅮᆺ히 쳔해 크게 어즈러오미 녯법이 졈、 업섯눈지라 밋 삼국
에 미ᄎᆞ미 위(魏)나라혼 왕찬(王粲) 【74】 과 위개(衛覬) ᄒᆞᆫᄀᆞ지로 죠의(朝儀)롤
짓고 오나라혼 뎡뷔(丁孚) 잇셔 한나라 닐을 거두어 의방ᄒᆞ고 쵹한은 밍광(孟
光)이 잇셔 모든 법졔롤 초ᄒᆞ고 진나라 처음의 순개(荀顗) ᄡᅥ 위나라 닐을 거두
어 진례(晉禮)롤 짓고 송나라 하승쳔(何承天)과 부량(傅亮)이 ᄒᆞᆫᄀᆞ지로 죠의롤
짓고 졔나라 하통지(何佟之)와 왕검(王儉)이 ᄒᆞᆫᄀᆞ지로 신례롤 짓고 냥무졔(梁武
帝) ᄯᅢ에 니르러 비로소 모든 션비롤 모화 대젼(大典)을 지어 닐우□ 진실노 쥬
공의 오례롤 거의 회복ᄒᆞ리러니 진무졔(陳武帝) 즉위ᄒᆞᄆᆡ 례졔눈 비록 냥나라
법을 의방ᄒᆞ나 ᄆᆞᄎᆞᆷᄂᆡ 강덕조(江德藻)와 심슈(沈洙)의 무리로 ᄒᆞ야곰 ᄯᅢ롤 쓸

【75】 와 침쟉(斟酌)ᄒᆞ야 오직 ᄣᅥ에 편ᄒᆞ도록 ᄒᆞ얏더니 슈(隋)나라의 니르럿고
고죄 신언지(辛彦之)와 우홍(牛宏)의 무리로 ᄒᆞ야곰 냥(梁)나라 녯법을 ᄭᅳ희여
오례ᄅᆞᆯ 다시 지으니 대체 셔한(序漢)으로부터 지금ᄭᆞ지 녁대의 더ᄒᆞ고 덜미 갓
지 아니ᄒᆞ되 그 녯법을 챰호(參互)ᄒᆞ지 아니치 못ᄒᆞ니 도모지 녯법이 일병 업
다 니르지 못ᄒᆞ려니와 다만 그ᄣᅥ로 응ᄒᆞ야 변ᄒᆞᆫ 비라 녯사ᄅᆞᆷ의 니른ᄇᆞ '제 ᄆᆞ
음으로 임의ᄒᆞ야 녜ᄅᆞᆯ 스승치 아닌 ᄌᆞ는 진나라ᄒᆡ니 ᄡᅥ 망ᄒᆞ□ 닐위고 녜ᄅᆞᆯ 비
호고 ᄣᅥ에 맛지 아니ᄆᆞᆫ 왕망(王莽)이니 ᄡᅥ 몸을 멸ᄒᆞ다 ᄒᆞ니이다. 지어 샴녜
【76】 ᄅᆞᆯ 주닌 사ᄅᆞᆷ은 한나라ᄒᆡᄂᆞᆫ 누고ᄼᆞ요 위나라ᄒᆡᄂᆞᆫ 누고ᄼᆞ요 쵹한의
ᄂᆞᆫ 누고ᄼᆞ요 오나라ᄒᆡ 누고ᄼᆞ요 진나라ᄒᆡ 누고ᄼᆞ요 송나라ᄒᆡ 누고ᄼᆞ
요 졔나라ᄒᆡ 누고ᄼᆞ요 냥나라ᄒᆡ 누고ᄼᆞ요 진나라ᄒᆡ 누고ᄼᆞ요 븍졔예 누
고ᄼᆞ요 븍위예 누고ᄼᆞ요 북쥬예 누고ᄼᆞ요 슈나라ᄒᆡ 누고ᄼᆞ 합ᄒᆞ야 뉵
십육인이니 그 주닌 비 혹 소견이 ᄀᆞᆺ지 아녀 각ᄼᆞ 치탐ᄒᆞᆫ 비 잇고 혹 스승과
벗의 젼ᄒᆞᄆᆞᆯ 미더 근본이 ᄀᆞᆺᄒᆞ나 가지수는 다르니 그 즁 법졔에만 ᄠᅳᆺ을 두고
의리ᄅᆞᆯ 강구치 아닌 지 잇스며 혹 의리에만 ᄠᅳᆺ을 두고 법졔ᄅᆞᆯ 강구치 아닌 지
잇스니 쇼미에 어린 소견은 ᄡᅥᄒᆞ되 법졔ᄂᆞᆫ 본더 의리로조ᄎᆞ 나고 의리ᄂᆞᆫ ᄯᅩᄒᆞᆫ
【77】 법졔로조ᄎᆞ 뵈니 원리 여로 안팟기 되야ᄒᆞ나 토폐치 못ᄒᆞᆯ 거시어늘 져
사ᄅᆞᆷ들이 각ᄼᆞ ᄒᆞᆫ 말을 쥬ᄒᆞᄆᆞ로 소견에 편벽되믈 면치 못ᄒᆞ니 근리에 셩ᄒᆡᆼᄒᆞ
ᄂᆞᆫ 비 세 집을 일커르니 ᄒᆞᄂᆞᆫ 한나라 대ᄉᆞ롱(大司農) 벼슬ᄒᆞᄂᆞᆫ 졍강셩(鄭康
成)이요 ᄒᆞ나ᄒᆞᆫ 북쥬의 노문박ᄉᆞ(露門博士) 벼슬ᄒᆞᆫ 웅안싱(熊安生)이요 ᄯᅩ ᄒᆞ나
ᄒᆞᆫ 냥나라 산긔시랑(散騎侍郎) 벼슬ᄒᆞᆫ 황간(黃侃)이나 다만 웅시ᄂᆞᆫ 미양 본 경
셔ᄅᆞᆯ 어긔고 만히 밧겻 ᄠᅳᆺ을 인증ᄒᆞ니 마치 남으로 갈더 북으로 감 갓ᄒᆞ녀 물
은 비록 ᄲᆞᆯ니 가나 갈스록 더옥 머러 가미요 황시ᄂᆞᆫ 비록 쟝귀(章句)ᄂᆞᆫ ᄌᆞ셔ᄒᆞ
고 ᄇᆞ로나 져 【78】 기 번용(繁冗)ᄒᆞ기의 갓갑고 임의 졍시의 말을 조ᄎᆞ나 곳ᄼᆞ
이 졍시의 ᄠᅳᆺ을 어긔오니 이ᄂᆞᆫ 가히 니르되 믈이 흘너 ᄇᆞ다ᄒᆞ로 도라가지 아니
코 '여이 죽어 언덕으로 머리 두지 아니미라.' 이 두 사ᄅᆞᆷ의 그르미 이 ᄀᆞᆺ고 오
직 졍시ᄂᆞᆫ 인증ᄒᆞᆫ 비 너르고 ᄀᆞ음열고 샹고ᄒᆞ미 졍ᄒᆞ고 ᄌᆞ셔ᄒᆞ야 슈빅년리의
례ᄅᆞᆯ 의논ᄒᆞᆫ 지 이 밧게 ᄯᅩ 잇스되 ᄆᆞᄎᆞ니 조ᄒᆞᆫ 본은 졍시로 웃듬ᄒᆞᆯ지라 쇼미
감히 망녕도이 속에 잇ᄂᆞᆫ ᄇᆞᄅᆞᆯ 의논ᄒᆞ오니 ᄇᆞ라건더 져ᄼᆞᄂᆞᆫ 붉이 지교(指敎)ᄒᆞ

쇼셔."

졍ᄭᅵ이 들어오미 년ᄒᆞ야 머리 조ᄋᆞ 맛당ᄒᆞ믈 일컷더니 이에 【79】 공슈샤례 왈,

"이 ᄀᆞᆺᄒᆞᆫ 의논은 가히 니르되 젼사ᄅᆞᆷ의 발ᄒᆞᆫ ᄇᆞ를 발ᄒᆞ다 ᄒᆞ리니 비로소 글 닑은 사ᄅᆞᆷ의 놉ᄒᆞᆫ 소견을 알 거시오 진실노 가졍지ᄒᆞᆨ에 연원이 깁흐믈 알니로소니 쇼미 맛당히 하풍에 졀ᄒᆞ믄 둘게 넉이ᄂᆞ이다."

인ᄒᆞ야 스스로 두ᄌᆞᆫ 차ᄅᆞᆯ 부어 낭□을 공경ᄒᆞᄂᆞᆫ지라 차ᄅᆞᆯ 파ᄒᆞ미 규신이 ᄀᆞ만니 혜아리되 '져의 흑문이 ᄯᅵ ᄀᆞᆺᄒᆞ니 심샹ᄒᆞᆫ 경셔로ᄂᆞᆫ 말ᄒᆞ야 쓸디 업거니와 제 임의 외국의 잇셔 셩쟝ᄒᆞ니 우리 즁국 ᄉᆞ긔ᄂᆞᆫ 응당 닉이지 아닐 거시오 혹 ᄌᆞ 보앗시나 불과 냑ᄯᅵ히 긔녁ᄒᆞᆯ 거시요 【80】 그즁 년호와 해슈ᄂᆞᆫ 분즙ᄒᆞ기 극ᄒᆞ니 일노써 ᄒᆞᆫ번 말ᄒᆞ야 져의 대답을 엇지 ᄒᆞ노 보리라.' 짐즛 말ᄒᆞ야 왈,

권지십스

권지십스

제53회

論前朝數語分南北　書舊史揮毫罪古今

"져제 널니 보시고 만히 닑으시니 응당 우리 곳 스긔도 닉이 보실지라 이제 반고씨(盤固氏)로부터 지금가지 년셰에 만코 적기를 젼사롬의 ᄉ논이 불일ᄒ니 그르치믈 앗기지 ᄆ르쇼셔."

졍ᄉ 왈,

"쇼미는 듯건디 쳔죠에 개벽ᄒ든 처음에 반고씨로부터 쳔황(天皇)과 지황(地皇)과 복희씨(伏羲氏)에 니르히 그즁 년셰를 젼사롬의 말이 비록 이빅여 만년이라 ᄒ나 다만 샹고홀 비 업고 【81】『츈츄원명포 春秋元命苞』[칙일홈]에 말ᄒ되 개벽ᄒᄆ로부터 츈츄에 긔록ᄒ 바 긔린 엇든 해에 니르러 무릇 이빅 이십뉵만 칠쳔 년이라 ᄒ고 쟝즙(張楫)에『광아 廣雅』[칙일홈]의 써ᄒ되 샴황과 소홀 메뉴로써 십긔에 난화 합ᄒ면 이빅 칠십 뉵만년이라 ᄒ니『원명포』의 긔록ᄒ 브로 더부러 오십만 년이나 틀니는 지라 쇼미 그윽이 여러 글을 샹고ᄒ나 ᄆ춤니 그 시비를 졍치 못홀지라 오직 년셰를 그히 샹고홀 지 복희씨 이휘라 슴가 샹고ᄒ건디 공안국[孔安國 사롬의 셩명]의『샹셔 尙書』[셔젼이니 칙일홈]셔문에 그로되 복희씨와 신롱씨(神農氏)와 헌원씨(軒轅氏)로써 샴황 【82】 이라 ᄒ고 반고[盤固 사롬의 셩명]에『한지 漢志』에 써ᄒ되 쇼호 금쳔씨와 젼욱(顓項) 고양씨와 졔곡(帝嚳) 고신씨와 졔요(帝堯) 도당씨와 졔슌(帝舜) 유우씨로써 오졔라 ᄒ야 삼황이 모도 일쳔 팔빅 팔십년이요 오졔 모도 삼빅 팔십 ᄉ 년이요 그후 지금에 니르히 녁ᄉ히 그히 샹고홀지라 다시 무를 것시 어이 잇스리요."

약화 왈,

"근일 스긔에 미양 뉵갑으로 해를 긔록ᄒ니 그 법이 어느씨로부터 시죽ᄒ야 이제 거의 몃 해 되ᄂ니잇고?"

졍：이 대왈,

"스긔에 뉵갑(六甲)으로 긔록흔 비 졔요 도당씨 갑진년으로 시작ᄒ나 갑진으로부터 즉금 무태후 즉위흔 갑신년으로 혜면 다 【83】 만 삼쳔 스십일 년이요 만일 복희씨로부터 지금ᄀ지 혤진더 오쳔 일빅 오십 샴 년이니이다."

규신이 다시 홀 말이 업셔 ᄀᄆ니 혜오디, '우리 쳔죠에 스학이 닉은 즈도 오히려 남북죠롤 분변치 못ᄒ는 지 만ᄒ니 맛당히 일노써 져롤 흔번 시험ᄒ리라.' 인ᄒ야 무러 왈,

"우리 즁원의 일즉 뉵죠(六朝)와 오대(五代)와 남북죄(南北朝) 잇셔 극히 어즈러오니 져：는 써 엇지 분별ᄒ시는잇고?"

졍：왈,

"녯날 오나라 손권(孫權)과 동진(東晉)과 손손나라와 졔나라와 냥나라와 진나리 니어 강남의 도읍ᄒ니 후인이 뉵죄(六朝)라 일커르고 송과 졔와 냥과 진과 쉬 오 【84】 리 잇지 못ᄒ므로 후인이 일커르되 오더라 ᄒ고 남북죠롤 분별홀진더 뉴씨의 송(宋)나라ᄒ로부터 시죽ᄒ야 슈나라 처음에 그치니 송과 졔와 냥과 진은 금능(金陵)에 도읍ᄒ므로 니르되 남죄라 ᄒ고 원씨(元氏)의 위(魏)나라와 고씨(高氏)의 졔(齊)나라와 우문씨(宇文氏)에 쥬(周)나라흔 즁원에 도읍ᄒ므로 니르되 북죄라 ᄒ니 그쎄에 쳔해 반은 남죠의 도라가고 반은 북죠의 도라 간지라 피츠 각：흔편을 웅거ᄒ야 셔로 통합지 못ᄒ니 남죠 시말(始末)을 의논컨더 송나라히 진나라 쳔하롤 어더 겨유 다셧 님군을 젼ᄒ야 졔나라히 찬탈흔 비 되고 졔는 【85】 닐곱 님군을 젼ᄒ야 냥나라회 찬탈흔 비 되고 냥은 네 님군을 젼ᄒ야 진나라히 찬탈흔 비 되고 진은 다셧 님군을 젼ᄒ야 슈나라히 찬탈흔 비 되니 남죄 모도 혜면 일빅 뉵십팔 년이요 북죠 시말노 의논컨더 위나라히 임의 동진 쎄로부터 왕이라 일컷더니 진나라 ᄆᆺ과 송나라 처음에 문득 즁원을 츠지ᄒ야 니르되 대위라 ᄒ야 일빅 스십구 년을 젼ᄒ야 열세 더 님군에 니르러 신하 고환(高歡)이 군스롤 닐ᄒ여 죽난ᄒ니 위나라 님군이 본국을 ᄇ리고 이에 관셔대도독[關西大都督 벼슬 일홈]우문티[宇文泰 사롬의 셩명]의게 【86】 니르러 황졔라 ᄒ니 사롬이 니르되 셔위(西魏)라 ᄒ더니 세 님군을 젼ᄒ니 모도 이십이 년이러니 우문티에 ᄋ들 우문각(宇文覺)이 찬탈ᄒ야 쥬나라히

되니 고환이 ᄆ쵬니 위나라 님군을 쏫츤 후 쪼 위나라 종실을 세워 님군을 숨
으니 사름이 니르되 동위(東魏)라 ᄒ니 위에 잇션지 십칠년에 고환의 ᄋᆞ들 고
양(高洋)의 찬탈흔 ᄇᆡ 되니 이 니르되 북제라 ᄒ니 이ᄢᅵ 북쥐 ᄂᆞ회여 둘이 되니
ᄒᆞᄂᆞᆫ 북졔요 ᄒᆞᄂᆞᆫ 쥬나라히라. 북졔는 다섯 님군을 젼ᄒ니 모도 이십 팔년
이러니 쥬나라희 멸흔 ᄇᆡ 되고 쥬나라【87】히 다섯 님군을 젼ᄒ니 모도 이십
늇 년이러니 그 신하 양건(楊堅)의 찬탈흔 ᄇᆡ 되야 국호를 슈나라이라 ᄒ니 슈
나라히 인ᄒ야 진나라흘 멸ᄒ니 쳔해 비로소 일통(一統)이 되니이다. 이 문득
남북죠의 대개니 쇼미ᄂᆞᆫ 불과 도쳥도셜(道聽途說)이라 시비를 ᄀᆞᆯ희지 못ᄒᆞᄂᆞ니
오히려 분변ᄒᆞ야 ᄀᆞ르치시믈 ᄇᆞ라ᄂᆞ이다.”

약ᄒᆡ 왈,

“앗가 져ᇰ져ᇰ의 말ᄒᆞ시ᄂᆞᆫ ᄇᆞ 녁대 각국이 녁ᇰ녁ᇰ히 가히 샹고ᄒᆞᆯ지라 다만 그 년
호의 대개를 거의 긔록ᄒᆞ시리잇가?”

규신이 혜오디 ‘약ᄒᆡ 져졔 엇지 이 ᄀᆞᆺ튼 어려온 졔 목을 너여 사름의 어려워
ᄒᆞᄂᆞᆫ 바를 힝코져【88】 ᄒᆞᄂᆞᆫ고?“

졍히 말ᄒᆞ야 그치고져 ᄒᆞ더니 졍ᇰ졍ᇰ이 즉시 답ᄒᆞ야 왈,

“쇼미 약간 긔록ᄒᆞᄂᆞᆫ[1] ᄇᆡ 잇스나 다만 흔ᄢᅵ에 말노써 옴기면 오히려 그르미

---

1) 【긔록ᄒᆞ다】 동 {기록(記錄)하다).} 기억(記憶)하다. ¶ 記得 ‖ 쇼미 약간 긔록ᄒᆞᄂᆞᆫ ᄇᆡ 잇
   스나 다만 흔ᄢᅵ에 말노써 옴기면 오히려 그르미 잇슬가 저허ᄒᆞᄂᆞ니 쳥컨더 지필노써
   ᇰ녀야 이위 져ᇰ져ᇰ를 붓게 ᄒᆞ미 엇더ᄒᆞ니잇고? (妹子雖略略記得, 但一時口說, 恐有訛錯,
   意欲寫出呈敎, 二位姐姐以爲何如?) <鏡花 13:88> 記 ‖ 내 긔록ᄒᆞ니 三十年前에 伍太守
   ㅣ 죽음애 사름이 나를 請ᄒᆞ여 가 듕ᄆᆡ 되라 홈애 뎌ᄃᆞ려 니르니 뎨 즐겨 嫁티 아니ᄒᆞ
   고 뎌의 흔바탕 辱罵홈을 닙어시니 이 娘娘이 모딘디라 내 뎌를 집쟉 아니ᄒᆞ리라 내
   뎌를 집쟉 아니ᄒᆞ리라 (我記三十年前, 伍太守死了, 人請我去做媒說他, 他不肯嫁, 被他辱
   罵了一場, 這娘娘利害, 我不着他, 我不着他) <伍倫 ?:10a> 쇼녜 능히 긔록ᄒᆞᄂᆞ니 야야긔
   젼ᄒᆞ여 활명흔 은혜를 갑고져 ᄒᆞ되 규즁 아녀의 향암되므로써 귀인의 존위를 간범치
   못ᄒᆞ여 ᄒᆞᄂᆞ이다 (小女記親切, 願傳帥爺以報活命之恩.) <禪眞 15:13> 記憶 ‖ 쵹 평ᄒᆞᆯ
   긔미 오늘 잇거늘 경 등이 믈 격으믈 기ᄃᆞ려 군긔를 그릇ᄒᆞ니 반싱 군즁의 겁이 엇지
   만ᄒᆞ뇨. 경등이 갈 졔 짐이 무어시라 ᄒᆞ더뇨. 발셔 긔록지 못ᄒᆞᆯ쇼냐 (平蜀之機正在今日,
   若俟水退進師, 豈不失機誤事, 朕前者面論, 卿等獨不記憶乎? 何怯之甚也.) <英烈 8:64>
   칙의 쓴 말을 네 긔록ᄒᆞᆯ쇼냐? (你記上面的言語也不?) <平妖 5:35> 맛치 죽엄ᄀᆞᆺ치 느러
   져 아모리 흔드러도 혼암ᄒᆞ여 ᄭᆡ지 못ᄒᆞ니 네게 미를 마즌 후로 졍신을 일허 그리 총명
   ᄒᆞ던 ᄋᆞ히 어린 거시 되엿스니 무슴 진언을 긔록ᄒᆞ리오 만일 무러 보려ᄒᆞ거든 네 스스

잇슬가 저허ᄒᆞᄂᆞ니 청컨ᄃᆡ 지필노써 ː녀야 이위 져ː롤 붓게 ᄒᆞ미 엇더ᄒᆞ니잇고?"

약홰 졈두 왈,

"이 ᄀᆞᆺᄒᆞ면 더욱 묘ᄒᆞ도다 정ː이 ᄇᆞ야흐로 먹을 갈고 붓슬 적시더니 홀연 홍미와 완예 ᄒᆞᆷ게 밧그로 조ᄎᆞ드러오니 피ᄎᆞ 셔로 례ᄒᆞ야 안ᄌᆞ믈 청ᄒᆞᆫ 후 정ː이 완여의 셩명을 무른 후 다시 홍미롤 향ᄒᆞ야 왈,

"드르니 져졔 해외 각국에 노ᄅᆞ시 다ᄒᆞ더니 이졔 엇지 즈레2) 도라오 【89】

로 무러 볼 거시여ᄂᆞᆯ 나ᄂᆞᆫ 이쳐로 ᄃᆞ거온 ᄂᆞᆺ치 업셰라 (他緊緊摊着被兒睡倒, 隨你左搖右搖, 只是不醒.好端端一個聰明孩兒, 被你一頓拳頭打呆了, 還記什麽冊兒不冊兒.要問他時, 你自進他房去問, 我沒這副嘴臉.) <平妖 5:46> 태휘 도라 승샹 됴보ᄃᆞ려 왈, "네 ᄒᆞᆫ가지로 너 말을 긔록ᄒᆞ야 어그릇지 말나." <대송 1:2> 셩이 글 닑기롤 됴화ᄒᆞ야 ᄒᆞᆫ 번 본 거술 긔록ᄒᆞ니 졔ᄌᆞ빅가와 뉵도삼냑을 관통ᄒᆞ니 <태원 1:4> 녀ᄋᆞᄂᆞᆫ 도로혀 총오ᄒᆞ기 과인ᄒᆞ야 어려셔브터 비샹ᄒᆞ더니 밋 션싱이 직의 집의 오매 ᄆᆞ양 창밧글 향ᄒᆞ야 강빅의 닑ᄂᆞᆫ 바 글을 듯고 다 능히 긔록ᄒᆞ야 외와 스ᄉᆞ로 깁픈 뜻을 ᄭᆡ텨 긋치고져 ᄒᆞᄃᆡ <옥호 1:26> 記‖ 이ᄂᆞᆫ 모다 평일의 고랑이 념ᄒᆞ시던 거시어니와 졔가 엇더케 긔록ᄒᆞᆫ 쥴이 긔이ᄒᆞ도다 (這都是姑娘素日念的, 難爲他怎麽記了.) <紅樓 35:10> 류로로ᄂᆞᆫ 나히 만흔 사ᄅᆞᆷ이라 일시간의 긔록ᄒᆞ기ᄂᆞᆫ 잘못ᄒᆞ기롤 쉬올 법ᄒᆞ거니와 (劉老老有年紀的人, 一時錯記了也是有的.) <紅樓 39:74> 보옥이 발셔 필연을 예비ᄒᆞ미 원ᄅᆡ 긔록ᄒᆞ기롤 분명히 못ᄒᆞᆯ가 두려ᄒᆞ여 스ᄉᆞ로 ᄡᅧ 가지고 긔록ᄒᆞ려 ᄒᆞ엿더니 (寶玉早已豫備下筆硯了, 原怕記不淸白, 要寫了記着.) <紅樓 42:80> 내 즘즛 한 그릇 쇽의ᄂᆞᆫ 만히 한 ᄌᆞᆷ 쇼금을 너허 몰내 긔록ᄒᆞ여 본 싱각이 향릉을 쥬어 먹게 ᄒᆞᄌᆞ ᄒᆞ여 (我故意的一碗裏頭多抓了一把鹽, 記了暗記, 原想給香菱喝的.) <紅樓 103:63>

2) 【즈레】 부 지레. 질러. 미리. ¶ 忽‖ 정ː이 완여의 셩명을 무른 후 다시 홍미롤 향ᄒᆞ야 왈, "드르니 져졔 해외 각국에 노ᄅᆞ시 다ᄒᆞ더니 이졔 엇지 즈레 도라오시니잇고?" (亭亭問了婉如姓氏, 又向紅紅道: "姐姐才到海外, 爲何忽又回來?") <鏡花 13:88> 쇼뎨 그릇 이 ᄆᆞ올 사ᄅᆞᆷ이 ᄯᆞᆯ와 와 돗톨 앗ᄂᆞᆫ가 ᄒᆞ야 일즉 명빅히 뭇디 아니ᄒᆞ고 즈레 손을 움족이니 가가의 죽이믈 닙어도 원이 업술노다. 가개 일즉 ᄐᆡ원이도 몸을 버서 쵸산의 갓ᄂᆞᆫ 즐을 아ᄂᆞᆫ다? <後水滸 8:84> 徑‖ 션상이 즈레 월낭을 지나 향 ᄯᅩ존 곳을 보고 모흘 도라 장미 가ᄌᆞ 겻히 니ᄅᆞ러 먼니 보니 쥬렴 안히 등광이 빗최거날 (當下張善相徑進東廊, 見插香處, 便轉彎抹角, 行到薔薇架側, 遠遠見朱簾之內, 燈光燦亮.) <禪眞 16:23> 셔달이 태조 명을 밧ᄌᆞ와 됴덕승과 호대히 등을 거ᄂᆞ려 병 오만과 젼션 일천 삼빅 칙을 거ᄂᆞ려 대오롤 녈셩ᄒᆞᆫ 후의 즈레 호구롤 향ᄒᆞ여 나가더니 <英烈 2:76> 황후 송시 망극히 너겨 ᄂᆡ관 계은으로 아들 덕쇼롤 블너오라 ᄒᆞ시니 덕쇼ᄂᆞᆫ 먼니 나갓고 ᄎᆞᄌᆞ 덕방을 브ᄅᆞ라 ᄒᆞ신ᄃᆡ 계은이 즈레 도라가 진왕을 블너 드릴시 <대송 1:3> 손션싱을 보오믜 명함을 통티 아니ᄒᆞ고 당졸히 즈레 말숨을 발ᄒᆞ여시니 미안ᄒᆞ믈 이긔지 못ᄒᆞ리로소이다 <녕이 1:80>

시니잇고?"

홍미 이에 무르믈 당ᄒ야 숙부의 해 닙르믈 싱각ᄒ미 문득 눈물이 비오듯ᄒ야 길에 도적 만는 바와 후에 규신 ᄌ미로 셔로 모힌 바롤 낫ᄎ치 말ᄒ니 졍ᄂ이 위ᄒ야 ᄎ탄ᄒ믈 ᄆ지 아니코 모든 사롬이 일졔히 위로ᄒ니 홍미 비로소 진졍ᄒ더니 졍ᄂ은 오히려 조희롤 펴고 손을 머초지 아녀 나ᄂ드시 쓰기롤 그치지 아니ᄂ 스인이 셔로 말ᄒ야 오리지 아녀 졍ᄂ이 쓰기롤 마츠 약화의게 젼ᄒ니 모다 보건더 녁대 졔왕의 셩명과 년셰며 다년호롤 낫ᄂ치 썻시되 ᄒ 주 그르고 샌지오미 업스며 필법이 더【90】옥 졍공ᄒ지라 일졔히 그 총명이 남의 지나믈 일컷더니 규신 왈,

"이 과연 져졔 짐즛 어려온 졔목을 니야 희롱코져 ᄒ미어늘 져졔 믄득 조곰도 싱각지 아니시고 이ᄀᆺ치 긔록ᄒ야 니시니 만일 녁대 스긔롤 뇨연이 ᄀ슴 속에 ᄀᆷ초지 아니시면 엇지 이 ᄀᆺᄒ시리리요. 쇼미 맛당히 항긔롤 셰워 원문에 졀ᄒ야 항복ᄒ리로소이다. 졍ᄂ이 손샤 왈,

"쇼미 블과 져근 총명으로 년호롤 긔록ᄒ시미 긔 무슴 어려온 닐이라 져졔 이ᄀᆺ치 과도히 포쟝ᄒ시니 도로혀 붓그려 죽으리로소이다. 홍미 왈,

"져졔 져 삼인의 ᄎ주 니른 뜻을 알으시리잇가?"

【91】졍ᄂ 왈,

"홀연이 뜻 밧게 셔로 만나니 쇼미 엇지 그 뜻을 알니요."

홍미 이에 길에셔 결의ᄒ야 ᄌ미된 ᄇ의 이리 와 셔로 잇글어 과거의 나아가기롤 쳥ᄒᄂ 바롤 셰ᄂ히 말ᄒ니 졍ᄂ 왈,

"이졔야 비로소 명빅ᄒ도다."

이에 반향을 침음ᄒ야 왈,

"비록 모든 져ᄂ의 아롬다온 뜻을 밧ᄌ오나 쇼미 우ᄒ로 과뫼 잇셔 년긔(年紀) 임의 뉵슌이 지닌지라 춤아 엇지 ᄇ리고 멀니 가리잇고? 쇼미 젼일에 비록 이 뜻이 잇스나 불과 이웃 나라의 녀과롤 뵈는 곳 잇스면 ᄒ번 다시 망녕된 거조롤 홀가 ᄒ더니 이졔 쳔죠는 멀니 【92】 하늘 ᄀ홀 겻ᄒ얏시니 엇지 다시 셩인의 멀니 노는 경계롤 범ᄒ리잇고?"

규신 왈,

"져제 임의 다른 제형이 업스시면 빅모를 뫼셔 홈게 나아가시면 거의 피츠
무음을 노으실 듯ᄒᆞ여이다."

경ː 왈,

"쇼□이도 싱각ᄒᆞ나 쳔죠의 니르나 거목 무친(擧目無親)ᄒᆞ고 겸ᄒᆞ야 집이 본
디 빈한ᄒᆞ야 당일 조뷔 벼술ᄒᆞ야 비록 젼 약간을 쟝만ᄒᆞᆫ 비 잇스나 이제 발매
ᄒᆞ면 오히려 쳔금이 츠지 못홀지라 엇지 능히 먼길에 반비(盤費)와 □곳의 나
아가 의식을 쟈뢰(資賴)ᄒᆞ며 ᄒᆞ믈며 ᄒᆞᆫ번 쳑미□ 후 다시 도라오면 쟝츳 무어
스로써 싱이ᄒᆞ리요? 다만 망 【93】 녕된 의ᄉᆞ를 일즉 그치ᄂᆞ니만 ᄀᆞᆺ지 못ᄒᆞ여
이다."

규신 왈,

"만일 빅뫼 즐겨 힝ᄒᆞ실 터이면 그 밧근 죠히 샹낭ᄒᆞ리니 길에 노비ᄂᆞᆫ 쇼미
모구의 션쳑이니 조곰도 허비홀 비 업고 져곳의 니르러 의식홀 바ᄂᆞᆫ 쳔ᄒᆞᆫ 집이
비록 풍죡지 못ᄒᆞ나 오히려 냥젼슈경이 잇셔 냥도의 근신은 업고 겸ᄒᆞ야 방옥
이 넉ː ᄒᆞ야 가히 쓰로 ᄒᆞᆫ가히 머므로실 거시요 져ː 모녀의 일용 쓰이ᄂᆞᆫ 비
언미 아니되리니 그ᄂᆞᆫ 쇼미 즐겨 니우리니 그ᄂᆞᆫ 죠곰도 넘녀치 무르쇼셔! 이곳
에 잇ᄂᆞᆫ 바 졔틱과 젼지ᄂᆞᆫ 부디 발미치3) 말고 아직 친쳑 즁 가신ᄒᆞᆫ 사름을 맛
져 술 【94】 리게 ᄒᆞ면 일후 도라오시나 다시 근심이 업슬지라 이ᄀᆞᆺ치 구쳐ᄒᆞ
면 피츠의 거의 근심이 업스며 걸니지 아니리이다."

경ː 왈,

"평슈샹봉(萍水相逢)ᄒᆞ야 져의 놉흔 의긔 이ᄀᆞᆺ치 강개ᄒᆞ시니 쇼미 엇지 써
감당ᄒᆞ리잇고. 맛당히 모친의 명을 밧즈와 힝지를 졍ᄒᆞᆫ 후 다시 션샹의 나아가
샤례ᄒᆞ리이다."

---

3) 【발미ᄒᆞ다】 图 {발매(發賣)하다.} 처분(處分)하다. ¶ 變賣 ‖ 이곳에 잇ᄂᆞᆫ 바 졔틱과 젼
지ᄂᆞᆫ 부디 발미치 말고 아직 친쳑 즁 가신ᄒᆞᆫ 사름을 맛져 슬리게 ᄒᆞ면 일후 도라오시나
다시 근심이 업슬지라 (此地田産也不消變賣, 就托親戚照應, 將來倘歸故鄉, 省得又須置
買, 如此辦理, 庶可兩無牽掛.) <鏡花 13:93> 거즌말노 져 긔즈가 관가 은즈를 포험낸다
ᄒᆞ고 져 긔즈를 잡아 아문의 니르러 은즈 포험된 바룰 니르고 져 가산을 발미ᄒᆞ여 포험
을 츙슈ᄒᆞ게 ᄒᆞ고 (訛他拖欠官銀, 拿了他到衙門裏去, 說所欠官銀, 變賣家産賠補.) <紅樓
48:31> 네가 져 금을 가져 발미ᄒᆞ여 갑게 ᄒᆞ라 (你叫拿這金子變賣償還.) <紅樓 107:34>

홍미 왈,

"져제 이제 규신 미ᄾ로 더부러 평슈샹봉이 아니ᄾ잇가. 쇼미 일신이 비록 형ᄾ하나 오히려 친척의 몸을 부탁홀 비 업지 아니며 하믈며 고향의 도라온지라 맛당히 이에 니별【95】을 고홀 비로더 규신 미ᄾ의 ᄒᆫ 조각 셩실ᄒᆫ ᄆᆞ음으로 진정으로 ᄉᆞ랑ᄒᆞ고 앗기니 ᄎᆞ마 ᄇᆞ리고 ᄯᅥ나지 못ᄒᆞ야 이에 동ᄒᆡᆼᄒᆞᄆᆞᆯ 언약ᄒᆞ얏ᄂᆞ니 이제 져제 저의 이 ᄀᆞᆺ튼 조흔 ᄯᅳᆺ을 밧으니 쇼미에 우견은 써ᄒᆞ되 ᄲᆞᆯ니 ᄉᆞ모(師母)게 품졍ᄒᆞ야 조곰도 걸니미 업스니 즉일에 ᄒᆞᆷ게 ᄒᆡᆼᄒᆞ미 올토다."

말을 맛츠며 졍ᄾ의 손을 잇글고 니실노 드러가니 그 엇지된고 하회에 분해ᄒᆞ라.

뎡미(丁未) 납월 십칠일 대셜즁 셔

【1】화셜 냥홍이 이에 노졍ᄾ의 손을 잇글고 ᄇᆞ로 니당의 니르러 그 ᄉᆞ이 ᄶᅥ는 ᄇᆞᄅᆞᆯ 니르고 이 연유ᄅᆞᆯ ᄌᆞ시 최시(崔氏)의 고ᄒᆞᆫ디 원리 최시는 졍ᄾ의 모친이니 어려셔 시셔ᄅᆞᆯ 널니 닑고 겸어셔 녀과(女科)ᄅᆞᆯ 돌보니 문필이 비록 ᄋᆞ롬다오나 ᄆᆞ춤니 ᄒᆞᆫ번 ᄲᅢ이지 못ᄒᆞ미 글노써 지한이 되얏더니 늣기야 졍ᄾ을 ᄂᆞᄒᆞ미 부쳬 셔로 힘써 공부ᄅᆞᆯ 식여 부디 녀과의 ᄲᅢ이여 부모의 한을 풀기ᄅᆞᆯ 긔약ᄒᆞ더니 졍ᄾ이 ᄯᅩᄒᆞᆫ 닐우지 못ᄒᆞ고 쟝뷔 니어 거셰ᄒᆞ【2】니 최시 미양 과거의 말을 드르면 ᄆᆞ음이 즐겁고 눈이 ᄯᅳ이ᄂᆞᆫ지라 이제 이 말을 드르미 진실노 가려온 곳을 긁는 듯 깃부ᄆᆞᆯ 닉의지 못ᄒᆞ야 밧비 밧그로 나오미 모다 니러 ᄒᆡᆼ례ᄒᆞ니 최시 이에 규신을 향ᄒᆞ야 깁히 샤례ᄒᆞ야 왈,

"져근 ᄯᆞᆯ이 두터이 ᄉᆞ랑ᄒᆞ시믈 밧ᄌᆞ오니 일후에 만일 과거의 참예ᄒᆞ면 진실노 쇼져의 성셩ᄒᆞ신 은덕이라 다만 노신이 비록 년긔 늙슌이 ᄀᆞᆺ가오나 오히려 거의 ᄆᆞ음이 그치지 아니나 두리건디 년셰로 한ᄒᆞ야 격례의 어긔면 나아가 구경ᄒᆞ믈 엇지 못홀지라. ᄇᆞ라건디 【3】쇼져는 굽어 간졀ᄒᆞᆫ 회포ᄅᆞᆯ 슬피샤 계교와 법을 베푸샤 부디 과거의 참예ᄒᆞ게 ᄒᆞ시면 노신이 비로소 평싱지원을 풀지라. 맛당히 셰ᄾ싱ᄾ(世世生生)에 은덕을 송츅ᄒᆞ야 잇지 아니ᄒᆞ리이다."

규신이 공경 대왈,

“빅뫼 임의 이 ᄀᆞᆺ흔 놉흔 흥이 겨실진디 질녜 감히 엇지 밧드지 아니리잇가. 쟝니 일홈을 보흘 쎠는 오히려 녀셰는 숨겨 쥬리려니와 밋 쟝옥에 들미 빅뫼 임의 귀 밋히 빅발이 셧기시고 얼골에 주름이 줍히시니 쟝ᄎᆞᆺ 엇지 남의 눈을 ᄀᆞ리오리잇가?”

최시 왈,

“져의 남ᄌᆞ들은 슈염이 흣날니도록 오【4】히려 과거롤 보ᄂᆞ니 나는 다힝이 슈염이 업스니 오히려 흰 슈염 쏨는 슈리 업고 살쩍의 흰 털은 니게 일등 슈염 물드리는 약이 잇고 얼골에 쥬름잡힌 금은 약간 분을 ᄀᆞ졋시면 조히 엄젹ᄒᆞ리니 이 ᄯᅩ흔 과거보는 션비에 녜ᄉᆞ 버르시라 혹 늙은 션비 막디롤 집고 쟝옥에 드는 지 잇스되 노신은 오히려 막디는 아니 집흐니 죡히 쟝졸(藏拙)흘 만 흐지라. 만일 노신이 과거 보기롤 탐치 아닐진디 무ᄉᆞ 일 집과 싀골을 ᄇᆞ리고 멀고 먼 길을 힝코져 ᄒᆞ리요? 일졈 격례에 구익ᄒᆞ야 노신이 춤예치 못흘진디 녀ᄋᆞ의【5】 길을 ᄯᅩ흔 그칠 밧 흘일 업ᄂᆞ이다.”

규신이 졍히 난쳐ᄒᆞ야 이윽이 싱각ᄒᆞ야 왈,

“빅뫼 만일 현고[縣考 고을에서 뵈는 과거]와 군고[郡考 큰 고을에서 뵈는 과거]을 보실 쎠는 오히려 계교롤 부려 미봉ᄒᆞ야 보려니와 부시[部試 녜부의셔 뵈는 과게니 곳 회시라]와 젼시(殿試)에 드ᆞ라는 법녕이 지엄ᄒᆞ니 질녜 엇지 감히 법을 범ᄒᆞ야 도모ᄒᆞ리잇가! 이는 ᄀᆞ쟝 어렵도소이다.”

최시 왈,

“노신은 드르니 군고의 썬혀도 가히 ‘문흑슉녀 文學淑女’ 편익을 엇는다 ᄒᆞ니 그만ᄒᆞ야도 노신에 영홰 극ᄒᆞ고 지원을 풀지라 ᄯᅩ다시 엇지 부시롤 ᄇᆞ라리요.”

규신이 강잉ᄒᆞ야 답왈,

“져곳에 나아가□□□□□□□□【6】 야 조히 도모ᄒᆞ리이다.”

최시 이에 십분 흔열ᄒᆞ야 흠게 나아가믈 허락흘시 냥기 녀동은 슈습ᄒᆞ야 각ᆞ 집으로 돌녀보니고 방옥(房屋)과 젼산(田産)과 즙물(什物)은 일병 갓ᄀᆞ온 친쳑을 맛겨 직희오고 날이 져물기의 니르니 원외 일즉 졍ᆞ의 집을 ᄀᆞ르치고 드러가면 힝혀 글말흘가 겁ᄒᆞ야 ᄇᆞ로 션샹의 도라왓더니 오릐게야 홍미 ᄯᅩ흔 완여롤 잇그러 졍ᆞ을 ᄎᆞᆽ 나아간 후 다시 쇼식을 몰나 밧그로 니르러 이 쇼식을 듯고 샐니 스공을 불너 졍〃의 힝장을 슈운흔 후 홍미 슉부에 집에 나아가 쇼식을 통ㅎ고 일쟝 통곡【57】흔 후 이 연유롤 니르고 밧비 션쟝의 니르니 이쩌 칙시 모녜 ᄆ초아 니른지라 혼ᄀ지로 션창의 드러 녀시로 더부러 녜롤 맛고 연고롤 니르더니 구공이 임의 빅미롤 만히 파라 니르미 일힝이 비로소 셕반을 비불니 먹은 후 ᄌ미 오인이 다시 결의ㅎ야 ᄎ례롤 졍ㅎ미 홍미ᄂ 오히려 맛이 되고 졍〃이 그 다음이요 그 다음은 젼과 ᄀᆺ흐니라. 일노조ᄎ 홍미와 졍〃과 칙시ᄂ 흔 곳에 머믈고 규신은 약화와 완예로 더부러 의구히 동쳐ㅎ야 밤낫으로 모혀 한담ㅎ니 일노슌풍(一路順風)으로 임의 뉵월의 니른지라. 이날 □□□□□□더니 과거 긔【8】한이 갓가오믈 일너 왈,

"넷사름이 말ㅎ되 괴화가 누로니 거지 밧부다 ㅎ니라."

약홰 왈,

"쳥컨디 야〃ᄂ 여긔셔 녕남(嶺南)을 몃츨이면 가히 니르리잇가?"

원외 닝쇼 왈,

"몃츨이면 가히 니르랴 ㅎ미 가히 니르되 용이ㅎ니 우리 녀이 진실노 큰 말을 잘ㅎᄂ도다!"

홍미 왈,

"슉부 말슴 ᄀᆺ흘진디 이제도 두셕 둘을 지니야 가히 니르리잇가?"

원외 왈,

"두셕 둘 분아면 오즉 다힝ㅎ리요."

완예 코롤 불어 왈,

"두셕 둘에 오히려 못 갈진디 쪽〃히 일년이나 반년이나 되리잇가?"

원외 왈,

"일년은 너모 과ㅎ되 반년은 넉〃ㅎ리라. 우리 쇼봉【9】리(小蓬萊)로부터 여긔 니르미 임의 두 달이 되니 너희도 응당 싱각ㅎ리라. 니 ᄆ양 셰〃히 혜아리건디 슌풍을 만나 지체ㅎ미 업스면 거의 두셕 둘 길이 되렷마ᄂ 알프로 문호산(門戶山)이란 산이 ᄇ다 ᄀ온디 막아 잇스니 ᄀᆺ장 수이 지나야 빅일은 ㅎ야〃 가히 지닐 거시니 이도 슌풍이라야 그러ㅎ고 역풍을 만나면 언ᄆ롤 갈지 측냥치 못ㅎ니 우리네 오고 가기롤 ᄆ양 이곳에 와 일ᄌ롤 허비ㅎᄂ니 거년의 우

리 올 찌에 문호산을 돌아오기 지리ᄒ던 브롤 너희는 오히려 이젓ᄂ냐?"

규신 왈,

"그찌에 싱녀는 다만 어버이 싱각【10】이 간졀ᄒᆯ 분이니 다른 닐은 뉴심치 아녓더니 다시 싱각건더 과연 그러ᄒ던 듯ᄒ니 임의 그럴진더 명년 봄이라야 비로소 니롤지라 우리 드르니 과거 긔한은 쾌히 너긔리로소이다."

원외 왈,

"나는 명년 스월이 젼시라 ᄒ니 너희 봄에 간들 관겨ᄒ랴!"

졍ː 왈,

"질녀 그 ᄉ이 과거 법녜롤 ᄌ셰히 보온즉 대개 금년 팔월의 현고롤 뵈고 십월의 군고롤 뵈야 명년 삼월에 부시롤 뵈니 이곳 회시라 만일 현고와 군고의 썬힌 ᄌ는 부시롤 미처 가기롤 죄오려니와 만일 부시롤 지난 후야 젼시에 미처 간들 무어시【11】쓰리잇고? 슉부 말ᄉᆷ ᄀ틀진더 다시 브랄 비 업ᄂ이다."

원외 왈,

"저 과거 뵈는 법이 그다지 뒤숭ː ᄒᆫ4) 니 과연 몰낫ᄂ니 오날노부터 밤낫 업시 나아가 보려니와 힝혀나 과거 긔한을 물녓시면 조흘도다!"

규신이 이 말을 들은 후로부터 민ː ᄒ야 즐기지 아니코 미양 탄식ᄒ고 한숨 지어 우음이 업스니 녀시(呂氏) 오히려 싱녜(甥女) 일노써 병을 닐월가 저허 쟝부의 실졍을 말ᄒᆷ을 원망ᄒ더니 일ː은 부체 모혀 지샴 위로ᄒᆯᆺ 녀시 왈,

"이 압길히 비록 머다 ᄒ나 혹시 극ᄒᆫ 슌풍을 만ᄂ면 ᄒ로 니에 슈일 길을 힝ᄒ【12】ᄂ니 싱녀는 너모 초심치 말나. 너의 이 ᄀᆺ흔 효심을 샹쳔이 ᄌ연 보호ᄒ시리니 엇지 어버이 ᄎᆽ즌 사롬으로 ᄒ야곰 과거롤 못 보게 ᄒ리요!"

규신 왈,

"싱녜 집을 쩌날 찌의 과거 일ᄉ는 임의 뜻 밧게 둔지라 만일 과거의 ᄆ음이

---

4)【뒤숭숭ᄒ다】⑧ 뒤숭숭하다. ¶ 花樣‖ 저 과거 뵈는 법이 그다지 뒤숭ː ᄒᆫ 니 과연 몰낫ᄂ니 오날노부터 밤낫 업시 나아가 보려니와 힝혀나 과거 긔한을 물녓시면 조흘도 다! (原來考試有這些花樣, 俺怎得知. 如今只好無日無夜朝前起去, 倘改考期, 那就好了!) <鏡花 14:11> 엇더케 일홈을 보ᄒ고 엇더케 과거롤 보는지 져ᄌ치 뒤숭ː ᄒᆫ 법을 나는 실노 모로나니 젼혀 싱녀의게 부탁ᄒ노라 (怎樣報名, 怎樣赴試, 這些花樣, 俺都不諳, 只 好都托甥女了.) <鏡花 14:25>

잇슬진디 엇지 즐겨 먼리 써나리잇가? 다만 이번의 ᄆᆞ음과 말숨을 허비ᄒᆞ야 홍미와 정ᄌᆞ 냥위 져ᄌᆞ롤 권ᄒᆞ고 달이에 홈게 오믹 저들이 천산만슈(千山萬水)롤 괴로이 지닉오미 젼혀 과거 보기롤 위ᄒᆞ미어놀 이제 이 말을 들으믹 홍이 푸러질 거시요 싱네 사름 속인 죄롤 면치 못홀지라 일노써 근심 【13】 ᄒᆞᄂᆞ이다."

원외 왈,

"ᄇᆞ다희 단니는 길을 엇지 측냥ᄒᆞ리요 만일 극ᄒᆞᆫ 슌풍을 만ᄂᆞ면 ᄒᆞ로 삼천리도 가고 ᄒᆞ로 오천리도 가ᄂᆞ니 닉 일즉 너의 부친게 드르니 국초에 왕발(王勃)이라 ᄒᆞᄂᆞᆫ 션비 잇셔 그 부친을 보러가다가 죵능(鍾陵) ᄯᅡ희 니르러 홀연 강신을 만나 귀신의 ᄇᆞ람을 어더 ᄒᆞ로낫 ᄒᆞ로밤의 팔빅여 리롤 힝ᄒᆞ야 남양 ᄯᅡ희 니르니 그ᄯᅢ 도독[都督 벼술 일홈] 염공이 등왕각(滕王閣)의 대연을 비셜ᄒᆞ고 셔문(序文)을 구홀시 왕발이 ᄌᆞ에셔 눈을 지어 모든 션빅에 웃듬이 되니 지금 등왕각의 글을 삭여 부치고 히닉에 뉴젼ᄒᆞ다 ᄒᆞ더니 【14】 우리도 이 ᄀᆞᆺ튼 신풍(神風)을 아니 만날 줄 알니요 만일 과거 방 우희 너희 일홈이 잇슬진디 이에셔 십빅나 먼 길이라도 미처 가미 근심 업스리라."

원외 부쳐는 볽히 과거 미처 못 갈 줄 알오딕 다만 규신을 위로코져 이ᄀᆞᆺ치 말ᄒᆞ니라. 과연 그날부터 슌풍을 만나 썔니 힝ᄒᆞ더니 모든 ᄉᆞ공이 ᄀᆞᆯ오딕,

"져 ᄇᆞ람이 다만 우흐로 불고 ᄋᆞ릭로 아니 부니 그도 ᄯᅩᄒᆞᆫ 보지 못ᄒᆞᆫ 비로다."

원외 놀나 무러 왈,

"그 엇지 니름고?"

ᄉᆞ공 왈,

"원외는 보라 저 비 문득 ᄇᆞ람의 불니여 마치 구름을 멍에ᄒᆞᆫ 듯ᄒᆞ며 나는 새와 닷는 몰이 ᄯᅩᆯ 【15】 오지 못홀 듯ᄒᆞ되 문득 물 우흘 보건딕 ᄒᆞᆫ 졈 물결이 업스니 이 아니 우흐로만 불고 ᄋᆞ릭는 아니 불미니잇가? 이 ᄀᆞᆺᄒᆞᆫ 슌풍의 만일 문호산이 ᄀᆞ로막히지 아니턴들 명츈에 집에 도라가믈 념녀치 아니리로다. ᄯᅩ 이ᄀᆞᆺ치 힝ᄒᆞ야 임의 문호산 ᄋᆞ릭 니르믹 원외 졍히 무료히 안ᄌᆞ 민ᄌᆞ블낙ᄒᆞ더니 구공이 홀연 크게 우스며 원외롤 불너 왈,

"님형이 오시미 졍히 조토다 노뷔 ᄇᆞ야흐로 청ᄒᆞ야 말숨ᄒᆞ고져 ᄒᆞ더니이다.

알픠 잇는 바 산이 문득 일홈이 무어시니잇고?"

　원외 왈,

　"니 일즉 처음으로 이 길을 힝ᄒ되 구공이 니르되【16】 문호산(門戸山)이라 ᄒ시지 아니ᄂ잇가?"

　구공 왈,

　"노뷔 짐줏 무르미 아니라 목젼에 긔이ᄒ 닐이 잇스미로다. 당초에 노뷔 처음으로 해외에 니르러 길이 이곳을 지날시 일즉 나 만흔 사름의게 무르되 이 산 일홈이 임의 문호산이라 ᄒ되 엇지 ᄇ다흘 ᄀ로막아 ᄆ츰니 문호의 통ᄒ미 업고 사름으로 ᄒ야곰 산부리와 뫼구비롤 도라 두어 둘을 힝ᄒ 후 비로소 지ᄂᄂ뇨 ᄒ니 그 노인이 닐으되, 당일에 하우씨 물을 ᄃ스려 길을 열시 이 산을 갈나 ᄒ 줄기 물길을 니야 쥬즙(舟楫)을 가히 통ᄒ게 ᄒ므로 후인이 일홈ᄒ야【17】 문호산이라 ᄒ더니 그후 년심셰구(年深世久)ᄒ미 져 길의 졈ᄂ 모리와 즌흙이 막히여 ᄆ츰니 션쳑이 통ᄒ야 단니지 못ᄒ니 비록 '문호'의 일홈이 잇스나 실노 통ᄒ야 단닐 길이 업스니 이 길이 이러ᄒ 지 오리여 어느ᄯ로부터 막힌 지 모로다 ᄒ더니 앗가 모든 쇼졔 부디 과거롤 미처 녕남에 도라가고져 ᄒ미 그윽이 싱각건디 '이제도 오히려 길이 먼리 격ᄒ야 미처 가지 못홀지라 만일 이 산에 녯길을 모리와 즌흙을 통ᄒ야 이젼ᄀ치 쥬즙이 단니게 ᄒ면 죡히 이 산을 ᄇ로 ᄶ여 지나리니 다만 여러 쇼졔 능히 과거롤 미처 도【18】 라갈 분 아니라 나의 봉환(鳳翾)과 쇼츈(小春) 냥기 싱녜 조히 ᄯᆯ와 홈게 과거롤 구경ᄒ리로다. ᄇ야흐로 말을 그치지 아녀 홀연 물결 쇼리 우레 ᄀ더니 알프로 ᄇ라보니 과연 막혓던 길희 물결이 밀녀 길을 쾌히 통ᄒ야 죡히 쥬즙이 힝홀지라.

제54회

通智慧白猿竊書　顯奇能紅女傳信

　원외 이에 깃부믄 닉의지 못ᄒ야 몸을 닐으혀 ᄇ라보니 문득 이 산 ᄀ온디로

조차 물결이 믈니여 크게 길을 열어 전일 광경과 크게 드른지라 얼풋 스이에 비 임의 산어귀에 들어 살곳치 쌜니 힝ᄒ거늘 원외 십분 흔□ᄒ야 ᄇ로 션챵의 니르러 이 말을 ᄀ초 니르니 모든 쇼졔 더옥 깃거 하늘을 【19】 우러〻 칭샤ᄒ믈 결을치 못ᄒ더니 이튼날 문호산을 임의 ᄶ처 지나 산어귀ᄅᆞᆯ 지닌지라 원외 규신을 향ᄒ야 흔연 쇼왈,

"닉 일즉 왕발의 신풍을 만나 등왕각의 니르러 셔문 지으믈 말ᄒ얏더니 이제 셩녜 과거의 미쳐 가려ᄒ니 산신이 문득 위ᄒ야 길을 여니 원리 산신이나 풍신이나 사ᄅᆞᆷ의 급ᄒᄆᆞᆯ 즐겨 구ᄒᄂᆞᆫ도다."

모든 ᄌᆞ미 드르미 낫〻치 우음을 열어 셔로 치하ᄒ니 규신 왈,

"지금도 남은 길이 오히려 갓갑지 아니〻 능히 미쳐 갈 지 모로며 셜ᄉ 미쳐 갈지라도 셩녀의 지혹이 쳔박ᄒ니 ᄲᆞᆫ히믈 긔필【20】치 못ᄒᆞᆯ지라 ᄯᅩ흔 ᄲᆞᆫ히고 못 ᄲᆞᆫ히믄 의논치 말고 부친이 만일 도라오지 아니시면 ᄆᆞᄎᆞ너 구귀(舅舅) 다시 셩녀ᄅᆞᆯ 거ᄂᆞ려 이 길을 힝ᄒ시리이다."

원외 왈,

"닉 임의 쇼봉니ᄅᆞᆯ ᄯᅥ날 ᄶᆡ 허락ᄒ미 잇ᄂᆞ니 진실노 너의 부친이 도라오지 아닐진ᄃᆡ 닉 엇지 너ᄅᆞᆯ 속이리요 ᄌᆞ연 다시 거ᄂᆞ려 흔번 힝ᄒ리라."

녀시 왈,

"나ᄂᆞᆫ 셩각건ᄃᆡ 너의 부친이 임의 신션이 된 지 오리거니 엇지 즐겨 집에 도라오며 녜 ᄯᅩ흔 무슴 일 쳔산만슈(千山萬水)에 슈고로이 부디 ᄎᆞᄌᆞ리요 신션이 되면 맛당히 쟝셩불노ᄒ리니 그 아니 조ᄒ리요 너ᄂᆞᆫ 조곰도 넘녀치 말【21】나."

규신 왈,

"부친이 쟝셩불노ᄒ시미 비록 다힝ᄒ나 다만 우리 모친과 동셩을 ᄇ리시미 실노 민망ᄒ고 겸ᄒ야 부친이 홀노 밧게 단니샤 뫼셔 밧들 사ᄅᆞᆷ 업거늘 셩녀ᄂᆞᆫ 참아 엇지 집에 편히 잇스리잇가. 이 일을 셩각ᄒ면 ᄆᆡ양 좌와의 평안치 아니코 음식의 맛슬 모로니 이러모로 부디 ᄎᆞᄌᆞ 뫼셔야 ᄇ야ᄒ로 셩녀의 지원이 다ᄒ리이다."

원외 부체 들을ᄉ록 말노ᄡᅥ 권유치 못ᄒᆞᆯ 줄 혜ᄋᆞ리미 일후 다시 이 길을 면

치 못ㅎ믈 그윽이 근심ㅎ더라. 여러 달 지니지 아녀 칠월 하슌[스무날 후]의
녕남의 【22】 도라와 비롤 ᄃ히니 모다 힝니롤 슈습ㅎ야 구공(九公)은 ᄇ로 집
으로 도라가고 원외는 모든 사롬으로 더부러 집에 도라올시 이쩌 님시 녀ᄋ롤
보닌 후 일년의 음신이 묘연ㅎ니 쥬야로 간쟝을 살오고 침식이 편치 아녀 이날
ᄆ초와 쇼봉(小峰)과 난교[蘭音]롤 거ᄂ려 원외의 집의 니르러 강시(江氏)로 더
부러 회포롤 말ㅎ더니 쯧밧게 녀이 거ᄌ니외로 도라오믈 만나니 셔로 붓드러
례롤 닐우지 못ㅎ고 피ᄎ의 깃부고 즐거오문 뭇지 아녀 알지라 지필노 능히 긔
록지 못홀너라. 규신이 겨유 눈물을 그치고 부친의 셔신을 ᄀ져 님시의게 올
【23】 니고 인ㅎ야 엇지 찻고 엇지 엇지 도라온 ᄇ롤 대강 고ㅎ니 님장부의
도라오지 아니믈 비록 슬허ㅎ나 임의 친필 셔신을 보고 겸ㅎ야 수이 만ᄂ믈 말
ㅎ고 녀ᄋ의 무스이 도라오므로 져기 ᄆ음 노ㅎ 슬프미 면ㅎ야 즐거온 듯 심회
롤 지향치 못ㅎ더니 규신이 모친을 청ㅎ야 최시로 셔로 보고 홍미와 졍ᄌ을 잇
그러 졀ㅎ야 뵈온 후 만난 연유와 홈게 온 쯧을 대강 말ㅎ니 님시 왈,

“이위 질녀의 ᄇ리지 아니므로써 널노 더부러 즐겨 족반ㅎ야 이에 니르니 만
일 연분이 업스면 엇지 능히 이러ㅎ리요. 임의 형제의 의롤 미즈미 이후 ᄒ가
지 【24】 로 과거의 나아가미 피ᄎ 셔로 고호ㅎ야5) ᄆ춤니 종시에 화목ㅎ믈

---

5) 【고호ㅎ다】 圖 {고호(顧護)하다.} 돌보아주다. ¶ 偏護 ∥ 임의 형졔의 의롤 미즈미 이후
ᄒ가지로 과거의 나아가미 피ᄎ 셔로 고호ㅎ야 ᄆ춤니 종시에 화목ㅎ믈 힘써 비록 ᄒ
ᄆ디 말과 져근 닐이라도 졍분이 셕긔지 아니케 ㅎ야 시죽이 잇고 나죵이 업게 말나
(但旣結拜, 嗣後一同赴試, 彼此都要相顧, 總要始終和睦, 莫因一言半語, 就把素日情分冷淡,
有始無終, 那就不是了.) <鏡花 14:24> 내 션비를 고호ㅎ므로 명빅히 사회디 아니코 쏘
이 사롬을 티니 이는 내 쏘 쇼민을 속이미라 (我若偏護斯文, 不究明白, 又打此人, 是我有
虧小民了.) <包公 瞞刀還刀 6:68> 照顧 ∥ 졔가 샹히 즐겨 져 챠환비로 은근ㅎ게 구니
져 챠환 등이 모다 즐겨 져롤 고호ㅎ더라 (他常肯和這些丫頭們鬼鬼祟祟的, 這些丫頭們
也都肯照顧他.) <紅樓 74:103> 疼顧 ∥ 뉘가 너니쳐로 착ㅎ고 붉은 거살 달우리오 우히
이셔는 태태믜 타텹ㅎ게 ㅎ고 아리 잇셔는 쏘 하인들을 ᄉ랑ㅎ여 고호ㅎ시도다 (誰似
奶奶這樣聖明! 在上體貼太太, 在下又疼顧丁人.) <紅樓 51:27> 福庇 ∥ 보옥이 국궁ㅎ며
고ㅎ여 니르디 “왕야의 고호ㅎ시믈 입어 모다 조타” ㅎ니 (寶玉躬着身打着一半千兒回
道: “蒙王爺福庇, 都好.”) <紅樓 85:9> 이 스람이 어려슬 졔 부모 구몰ㅎ야 락노야 벼살
에 잇기 전에는 젼혀 고호ㅎ니 (他自幼父母雙亡, 駱老爺未任之時, 一力扶持.) <綠牡
2:152> 顧 ∥ 여겸이 일싱에 날을 고호ㅎ다가 노록ㅎ여 급ㅎ 디 죽고 니 살기 어려오니
황천 노상에 거름을 멈츄면 귀문관에 니르러 보고져 ㅎ노라 (沒有余謙生生顧我, 勞碌救

힘써 비록 혼 모디 말과 져근 닐이라도 정분이 석긔지 아니케 ᄒᆞ야 시쟉이 잇고 나죵이 업게 말나."

모든 사ᄅᆞᆷ이 일졔히 니러 졀ᄒᆞ야 맛당ᄒᆞ시믈 일ᄏᆞᆺ고 칙시로 더부러 일쟝 한 훤을 편 후 규신이 문득 난교를 향ᄒᆞ야 지삼 칭샤ᄒᆞ나 님시 왈,

"니 일즉 녀ᄋᆞ를 보닌 후로부터 쥬야 싱각ᄒᆞ야 써로 병이 니르되 다힝이 난교 녀ᄋᆞ의 약을 달히며 음식을 권ᄒᆞ야 일야로 게어르미 업셔 너의 잇슬 써와 죠곰도 다르지 아니므로 나도 ᄆᆞ음을 졈졈【25】부쳐 오날ᄭᆞ지 니르미 젼혀 난교의 셩효로 말미아므미로다 이제 고을의셔 과거 뵐 날은 아직 완졍치 아니ᄒᆞ나 우리는 맛당히 샐니 집의 도라가 너의 슉부와 샹의ᄒᆞ야 일즉 이 일홈을 보ᄒᆞ리라."

규신 왈,

"모친의 ᄀᆞ르치시미 맛당ᄒᆞ여이다."

원외 왈,

"싱녜 만일 ᄒᆞ홈을 보ᄒᆞ려 ᄒᆞ거든 약화(若花)와 완여(婉如)의 셩명을 홈긔 보ᄒᆞ게 ᄒᆞ라. 만일 원외에 두 쭐이 지녀의 쌘히면 나의 쾌활ᄒᆞ미 그 엇더ᄒᆞ리요. 엇더케 일홈을 보ᄒᆞ고 엇더케 과거를 보는지 져ᄌᆞ치 뒤숭ᄉᆞ혼[6] 법을 나는 실노 모로나니 젼혀 싱녀의게【26】부탁ᄒᆞ노라."

규신 왈,

"구ᄉᆞ는 쳥컨디 ᄆᆞ음을 노ᄒᆞ쇼셔. 싱녜 맛당히 힘써 쥬션ᄒᆞ리이다. 다만 약화 져ᄉᆞ의 셩명과 호젹을 가히 고쳐 보ᄒᆞ리이다."

원외 왈,

"이 문득 고쳐 무엇ᄒᆞ리요! 만일 녀ᄋᆞ국 호젹으로 지녀의 쌘히면 나는 더옥 깃부리로다."

님시 왈,

我死急, 我命難全. 要下黃泉路上稍停步, 主僕同赴鬼門關.) <綠牡 5:187>

6)【뒤숭숭ᄒᆞ다】⑱ 뒤숭숭하다. ¶ 花樣 ‖ 엇더케 일홈을 보ᄒᆞ고 엇더케 과거를 보는지 져ᄌᆞ치 뒤숭ᄉᆞ혼 법을 나는 실노 모로나니 젼혀 싱녀의게 부탁ᄒᆞ노라 (怎樣報名, 怎樣赴試, 這些花樣, 俺都不諳, 只好都托甥女了.) <鏡花 14:25>

“그는 엇지 니르미니잇고?”

원외 왈,

“약화 녀이 본디 조히 외국 님군에 위를 어들 터이로되 불힝이 저곳에 스오 나온 겨집과 간스훈 신하의 모해훔를 닙어 부득불 본국을 브리고 이에 니르니 니 저를 위향야 셜치(雪恥)코져 향미 부디 저의 본국으로 호적향게 훈 【27】 고 져 향노라.”

님시 왈,

“본국으로 호적향야든 엇지 써 셜치되느니잇고?”

원외 왈,

“만일 저의 본국으로 향야 다힝이 지녀의 쌘히여 일시에 일홈이 훤동향야 녀으국의 들니면 저 몹슬 것과 간샤훈 뉴로 향야곰 녀으의 인품과 직혹이 ：곳훈 줄 알게 향며 향물며 천죠의 드러와 도로혀 혁：향고 빈：향게 금방의 일 홈이 올으다 향면 저 즘싱 곳훈 것들노 향야곰 붓그려 죽게 향리로다.”

규신 왈,

“이 곳흐미 쏘훈 조흐되 다만 두리건디 외국에 훈 사룸을 고을이 의심향야 밧지 아닐 듯향니 이제 홍미 【28】 와 졍：져：와 난교미：룰 일병 본국으로 호적향면 임의 네 사룸의 만흔지라 고을이 응당 물니치지 못향리이다.”

완예 왈,

“만일 고을에서 밧지 아니커든 다시 고쳐 보향미 늣지 아니토소이다.”

원외 왈,

“우리 즁원의셔 과거를 뵈미 외국이 만히 나아와 보미 그 아니 조흐리요? 태 휘 드르시면 더옥 깃거향시리라.”

이씨 구공이 총망이 집에 도라가 두□ 싱녀 전봉환(田鳳翾)과 진쇼츈(秦小春) 에 셩명과 년셰를 긔록향야 규신의게 부탁향야 홈게 일홈을 보향게 향니 님시 이에 녀으룰 거느려 거：니외룰 니별향고 칙시 모녀 【29】 와 홍미로 더부러 져근 비룰 투 집으로 도라올시 쇼봉이 완여의 기르는 바 빅원[白猿 흰진나비] 이 그쟝 스랑향으므로 간쳥향야 어더 도라오니라. 집의 니르미 스시[史氏 규신 슉모]질녀를 붓드러 슬프며 깃부믈 측냥치 못향며 모든 사룸으로 더부러 례를

마츠미 규신 왈,

"슉뷔 오날 흑당에 무슴 닐이 잇셔 그져 도라오지 못ᄒ시니잇가?"

ᄉ시 왈,

"너의 슉뷔 너의 쩌ᄂ 후로부터 본군 태슈 인즈시(印剌史)라 ᄒ리 ᄯᆞᆯ이 잇스되 셩명이 인교문(印巧文)이라 ᄇᆞ야흐로 과거ᄅᆞᆯ 뵈고져 ᄒ나 흑문이 미진ᄒᄆ로 이의 슉부의 헛일홈을 듯고 쳥ᄒ야 그【30】ᄯᆞᆯ을 ᄀᆞ르치게 ᄒ더니 그후에 본도 졀도ᄉ 셕대인(石大人)7)이 그 쇼져 셕경연(石耕烟)8)을 공부 식이고져 ᄒᆞᆯᄉᆡ 본현 지현 츅노애(祝老爺) ᄯᅩ ᄒᆞᆫ ᄯᆞᆯ이 잇스니 곳 츅졔홰(祝題花)라 졀도ᄉ로 더부러 샹의ᄒ고 너의 슉부ᄅᆞᆯ 쳥ᄒᄆᆡ 감히 물니치지 못ᄒ고 그 밧 향환가 녀ᄋ도 슈삼인이 비호니 녀흑셩을 션셩이 비록 쥬야 거ᄂᆞ려 잇지 아니나 즈연 오날은 이곳의 가 가르치고 명일은 져곳의 가 니르ᄂᆞ니 졍히 틈이 업ᄂᆞᆫ지라 오날도 시비 일즉이 나가더니 낫이 지ᄂᆞ 후야 거의 도라오리라."

규신 왈,

"져 무리 임의 이곳에 와 벼슬ᄒ【31】면 일졍 이곳 사ᄅᆞᆷ은 아니라 각쳐의셔 ᄇᆞ야흐로 현고(縣考)ᄅᆞᆯ 뵈이ᄂᆞᆫ디 져ᄂᆞ 엇지 호젹ᄒᄂᆞᆫ 본향으로 도라가 현고ᄅᆞᆯ 보지 아닌다 ᄒ더니잇가?"

ᄉ시 왈,

"져 무리 고향을 임의 머리 쩌ᄂᆞᆫ지라 만일 본향의 도라가 현고ᄅᆞᆯ 보고 오려 ᄒ면 허다 난편(難便)ᄒᆞᆫ 닐이 만흔 고로 다시 의졍(議定)ᄒ야 군고(郡考)ᄅᆞᆯ 두 번 보아 춤예ᄒ거든 ᄇᆞ로 부시(部試)ᄅᆞᆯ 보게 ᄒ니 도로혀 냥편ᄒ다 ᄒ더라. 너의 슉뷔 금년이 오십이 되시ᄆᆡ 져 무리 아직 그 션셩의 구월 슈신을 헌신ᄒᆞᆫ 후 ᄇᆞ야흐로 본향에 도라가 고고(姑姑)ᄅᆞᆯ 본다 ᄒ더라."

규신 왈,

"이 ᄀᆞᆺᄒ면 우리【32】로 더부러 거의 ᄒᆞᆫ번 모혀 보리로소이다." 졍히 문답ᄒ더니 당민(唐敏)이 드러와 질녀ᄅᆞᆯ 반기고 가형의 친필을 밧드러 일희일비ᄒ며 지ᄂᆞ ᄇᆞᄅᆞᆯ 냑ᄒᆞ히 무른 후 규신이 모든 즈미ᄅᆞᆯ 잇그러 슉부게 뵈고 연유ᄅᆞᆯ

---

7) 원문에는 "寶大人"으로 되어 있음.

8) 원문에는 "寶耕烟"으로 되어 있음.

고ᄒᆞ니 당민 왈,

"너 경히 너의 과거 길히 동힝이 업스믈 근심ᄒᆞ더니 이제 여러 ᄌᆞ미 셔로 작반ᄒᆞ니 가히 ᄆᆞ음 노흐리로다."

홀연 밧그로조ᄎᆞ 쇼동이 보ᄒᆞ되,

"밧게 엇던 공지 거교를 거ᄂᆞ려 니르러 공ᄌᆞ를 쳥ᄒᆞᄂᆞ이다."

쇼봉이 놀나 밧비 나가 ᄆᆞ즈미 이곳 냥시 부인이 ᄋᆞᄌᆞ 념냥(廉亮)과 녀ᄋᆞ 금풍(錦楓)과 낙쇼져(駱小姐) 홍거(紅蕖)를 거ᄂᆞ려 해외로 조ᄎᆞ 니른지라. 【33】 님시 이에 ᄆᆞᄌᆞ 례필 좌졍ᄒᆞ미 냥시(良氏) ᄃᆞᄃᆞ여 젼년의 당싱이 녀ᄋᆞ를 구활ᄒᆞ든 바와 그후 윤원(尹元)이 쇼봉을 위ᄒᆞ야 낙홍거와 졍혼ᄒᆞᆫ 연유를 셰셰히 말ᄒᆞ니 님시 ᄯᅳᆺ 밧긔 홀연 ᄭᅩᆺ ᄀᆞᆺᄒᆞ며 옥 ᄀᆞᆺ튼 문무겸젼ᄒᆞᆫ 식부를 만나미 깃부믈 엇지 다 측냥ᄒᆞ리요 피ᄎᆞ 지ᄂᆞᆫ ᄇᆡ를 말ᄒᆞ야 날이 느즈믈 ᄭᆡ닷지 못ᄒᆞ더라. 냥시ᄂᆞᆫ 임의 낙홍거를 님가의 부친 후 녀ᄋᆞ와 ᄋᆞᄌᆞ를 거ᄂᆞ려 고향으로 도라 근족의게 의지코져 ᄒᆞ더니 규신이 념금풍(廉錦楓)으로 ᄒᆞᆫ번 보미 ᄆᆞ음이 기울고 ᄯᅳᆺ을 허ᄒᆞ야 좀시도 ᄯᅥ날 의ᄉᆡ 업스며 모든 ᄌᆞ미와 낙홍게 【34】 ᄯᅩᄒᆞᆫ ᄎᆞᆷ아 니별치 못ᄒᆞᆯ지라. ᄆᆞ초아 님시 일즉 ᄆᆞ을 집 ᄒᆞᆫ 곳을 ᄆᆡ득ᄒᆞᆫ ᄇᆡ 잇스니 방옥이 ᄀᆞ장 너르고 담을 격ᄒᆞ야 가히 통ᄒᆞ야 왕ᄂᆡᄒᆞᆯ지라. △이에 냥시 모녀를 만류ᄒᆞ야 그 집의 머무로고 츼시 모녀도 그 집에 방샤를 ᄯᅩ로 ᄒᆞ게 ᄒᆞ고 ᄉᆡᆨ량을 각각 무슈히 ᄌᆞ뢰ᄒᆞ니 규신이 홍거로 셔로 만나 ᄯᅳᆺ이 합ᄒᆞ고 ᄆᆞ음이 비최미 셔로 몸이 ᄯᅥ르믈 ᄭᆡ닷지 못ᄒᆞᆯ너라.△[9]

이에 홍거와 난교로 더부러 누샹의 쳐ᄒᆞ야 쥬야 ᄯᅥ나지 아니코 쇼봉은 념냥으로 더부러 셔당에 잇게 ᄒᆞ니 이ᄀᆞᆺ치 분비ᄒᆞᆫ 후 크게 연셕을 열어 피ᄎᆞ 지ᄂᆞᆫ 바를 늣기고 만나믈 【35】 즐길ᄉᆡ 모든 ᄌᆞ미 츼시와 냥시를 뫼셔 말솜ᄒᆞ더니 규신 왈,

"젼에 슈션촌(水仙村)을 지날 ᄯᅢ 탐문ᄒᆞ온즉 ᄇᆡᆨ뫼 임의 츈간의 길에 올으시다 ᄒᆞ더니 엇지 이ᄯᅢ야 비로소 니르시니잇가?"

냥시 왈,

---

9) 이 부분 원문에 없음.

"일노의 편벽도이 거스리는 ᄇ람을 만나 임의로 힝치 못ᄒ더니 그 중 무슨 산 ᄒ나흘 만나니 그 산을 돌아오노라 일ᄌ를 허비ᄒ니라."

넘금풍 왈,

"그 산이 ᄇ다흘 ᄀ로 막앗시니 일홈은 문호산(門戶山)이라 ᄒ되 실노 문호ᄂ 업기로 그 산을 돌아오기 거의 반년을 허비ᄒ고 년ᄒ야 거스린 ᄇ람을 만ᄂ더니 요ᄉ이 홀연 슌풍【36】을 어더 이에 니르럿거니 그러치 아니턴들 슈삼삭을 더 지체ᄒᆯ 번ᄒ이다."

님시 왈,

"슈쉬 임의 윤가(尹家)로 더부러 셔로 연인(聯姻)ᄒ시면 엇지 녀셔(女婿)와 식부(媳婦)롤 잇그러 홈게 오시지 아니시니잇가."

냥시 왈,

"윤가의 고향이 본ᄃ 검남(劍南)이라 식부 홍유(紅萸)의 과거 보기롤 위ᄒ야 호적ᄒᄂ 본향으로 도라가니이다."

이ᄶ 당신이 여러 녀ᄌ의 성명 년셰롤 긔록ᄒ야 고을에 보ᄒᆯ시 낙홍거ᄂ 오히려 낙빈왕이 풀니지 못ᄒᄆ로 낙ᄌ롤 고쳐 다른 낙 ᄌ로 쓰고 그 밧 당규신(唐閨臣)과 지난 코와 님완여(林婉如)와 음약화(陰若花)와 냥홍미(梁紅薇)10)와 노ᄌ훤[盧紫萱 경ᅟ의 관명]과 넘금풍과 젼봉환과 진쇼츈【37】이 도합 십인이라. 최시 일향 고집히 과거롤 보려 ᄒᆯ일 업셔 거즛 일홈을 지어 홈게 고을에 보ᄒ니라.

이날 져녁의 규신이 홍거와 난교로 더부러 모친과 최시 냥시 방즁의 나아가 혼졍을 파ᄒ 후 누상의 도라와 창을 여러 셔늘ᄒᆯ 브드며 셔로 한담ᄒᆯ시 규신이 ᅟ에 읍홍졍비(泣紅亭碑)에 긔록ᄒ ᄇ롤 닉여 난교와 홍거롤 뷘ᄃ 호ᄀᆯᄀ치 ᄒᄌ롤 몰나 보ᄂ지라. 이인이 ᄯ호 젼후 닉력을 듯고 비로소 허롤 토ᄒ야 긔이ᄒᆯ 일컷더니 홀연 빅원(白猿)이 나아와 비긔(碑記)롤 【38】 ᄀ져 뒤져겨 보ᄂ 모양이어ᄂᆯ 난괴 쇼왈,

"빅원이 능히 글ᄶ롤 아ᄂ니잇가?"

---

10) 원문에는 "黎紅薇"로 되어 있음.

규신 왈,

"제 엇지 글즈를 알니요 다만 당일에 늬 해외에 잇셔 쵸엽에 쓴 비를 벗겨늬미 빅원이 겻히 잇다가 져 모양으로 보눈 듯ᄒ거눌 늬 그씨의 져룰 대ᄒ야 말ᄒ되 쟝늬에 네 만일 이 긔록ᄒ 비룰 고져 어느 곳에 글ᄒ눈 사름을 맛겨 일부 쇼셜이나 야ᄉ¹¹⁾룰 지어 해늬에 뉴젼ᄒ면 조히 너의 큰 공이 되리라 ᄒ얏더늬 제 능히 그 뜻을 아눈지 모로리로다."

홍게 왈,

"나눈 오히려 져의 모양을 괴이히 넉 【39】 엿더늬 원리 이 ᄀᆞᆺ흔 연괴 잇도다."

이에 빅원을 어로만져 쇼왈,

"네 능히 이런 큰 공을 세울다?"

빅원이 입으로 흔 ᄆᆞ디 쇼리ᄒ며 머리룰 두 번 조으며 손에 비긔룰 쥐고 몸을 근두쳐 챵 밧그로 나가늬 삼인이 ᄀᆞ쟝 놀나 챵 밧글 향ᄒ야 간 비룰 슬피더늬 홀연 흔 쇼리에 챵 밧그로 조ᄎ 빅원은 아늬요 일긔 홍녜(紅女) 드러오늬 우흐로 홍쥬(紅紬) 져른 젹슴을 닙고 ᄋᆞ리로 홍쵸[紅綃] 홋ᄇᆞ지룰 닙고 머리의 홍샤어파건(紅紗漁婆巾)을 쓰고 발에 일썅 홍슈혀(紅繡鞋)룰 신고 허리에 흔 오리 다홍실 씌룰 씌고 ᄀᆞ슴 알픠 흔 ᄌᆞ로 홍쵸보검(紅鞘寶劒)을 ᄭᅩᄌᆞ시늬 얼 【40】 골이 홍도화 ᄀᆞᆺ고 두 쌤이 홍년화 ᄀᆞᆺᄒ여 극히 곱고 ᄋᆞ룸다온듸 년긔눈 불과 십ᄉ오 세눈 흔지라 삼인이 일시에 놀나믈 ᄆᆞ지 아늬ᄒ되 오히려 녀ᄌᆞ의 모양이요 형상이 고은지라 규신이 평신을 츠려 무러 왈,

"져 홍녀눈 셩명이 무어시며 무ᄉ 일흑야 삼경의 깁흔 도장¹²⁾의 몸을 날녀

---

11) 【稗官野史 패관야사】 bàiguānyěshǐ 쇼셜이나 야ᄉ ‖ "當日我在海外抄寫, 因白猿不時在傍觀看, 彼時我曾對他說過, 將來如將碑記付一文人做爲~, 流傳海內, 算他一件大功." 다만 당일에 늬 해외에 잇셔 쵸엽에 쓴 비룰 벗겨늬미 빅원이 겻히 잇다가 져 모양으로 보눈 듯ᄒ거눌 늬 그씨의 져룰 대ᄒ야 말ᄒ되 쟝늬에 네 만일 이 긔록ᄒ 비룰 고져 어느 곳에 글ᄒ눈 사름을 맛겨 일부 쇼셜이나 야ᄉ룰 지어 해늬에 뉴젼ᄒ면 조히 너의 큰 공이 되리라 ᄒ얏더늬 제 능히 그 뜻을 아눈지 모로리로다 <鏡花 14:38>

12) 【도장】 圐 규방(閨房). ¶ 져 홍녀눈 셩명이 무어시며 무ᄉ 일흑야 삼경의 깁흔 도장의 몸을 날녀 니른다? 실졍을 은휘치 말나 (請問那個紅女姓甚名誰? 爲何黃夜到此?) <鏡花 14:40> 첫 죄눈 쳡이 규듕의 고요히 잇습거눌 부인 명으로 도장 밧긔 나 형미로 서ᄅᆞ

니른다? 실정을 은휘치 말나."

홍녜 천연이 답ᄒ야 왈,

"나의 셩은 안(顔)이요 일홈은 ᄌ쵸(紫綃)여니와 아지 못게라 뉘 쇼산 져졔시니잇고?"

규신 왈,

"미ᄌ의 셩은 당이요 본명은 쇼산(小山)이러니 근일의 부명을 밧ᄌ와 일홈을 고쳐 규【41】신이라 ᄒ거니와 져졔 엇지 천ᄒ 일홈을 알으시ᄂ니잇가?"

그 녀지 비로소 몸을 굽혀 절ᄒ거늘 규신이 년망히 답녜ᄒ니 다시 난교와 홍거롤 향ᄒ야 셩명을 닐으고 셔로 녜롤 파ᄒ고 좌졍ᄒ 후 굴오디,

"미ᄌ는 본디 관즁 사름으로 조뷔 일즉 벼슬ᄒ야 이 고을 ᄌ스롤 ᄒ얏더니 임소에셔 기셰ᄒ시나 관름(官廩)에 남은 것이 ᄌ스롤 ᄒ얏더니 임소에셔 기셰ᄒ시나 관름에 남은 것이 부친이 본디 빈한ᄒ므로 관구롤 밧드러 고향의 도라갈 힘이 업스미 인ᄒ야 이곳에 머므러 혹쟝ᄒ기로 싱이롤 슴더니 블힝 년젼의 부뫼 니어 긔셰ᄒ시미 거ᄌ ᄒᄂ히 잇스니 셩명은 안귀(顔圭)13)라 일즉 무과롤 【42】보러 가더니 지금 삼년의 쇼식이 업스니 미지 그윽이 과거의 나아갈 의시 잇스나 우흐로 조뫼 겨셔 년셰 팔슌이라 극히 쇠로ᄒ시니 홈게 갈길히 업고 그 밧 ᄉ고무친ᄒ야 더부러 동힝ᄒ리 업는지라 미ᄌ의 우거ᄒ 비 곳 빅향귀[百香衢 백향귀 지명이니 규신의 집 잇는 ᄆ을]라 귀부로 더부러 다만 두어 집을 격ᄒ 고로 일즉 져ᄌ의 지흑과 효의롤 우레ᄀ치 드르나 오리 집을 쩌나시미 뵈오물 쳥치 못ᄒ더니 근일이야 비로소 져ᄌ의 도라오시믈 드르미 모몰(冒沒)ᄒ야 스스로 나아오니 ᄇ라건더 져ᄌ는 널니 용셔ᄒ야 ᄇ리지 ᄆ르시고 잇그러 홈게 과거롤 보게 ᄒ시면 기리 감축ᄒ【43】리이다."

<hr>

볼 ᄲ뿐이언뎡 엇디 더러온 ᄆ음을 쟈랑ᄒ리잇가 <빙빙 4:7> 閨‖ 첩이 깁픈 도쟝의 이셔 쟝군의 일홈 듯기롤 우레 귀예 들리듯 ᄒ니 뼈곰 너기되 당금의 ᄒ 사름 ᄲ뿐인가 ᄒ엿더니 뉘 도로혀 다른 사람의 졔어ᄒ이믈 바들 줄을 알리오! (妾在深閨, 聞將軍之名, 如轟雷灌耳. 以爲當世一人而已. 誰想反受他人之制乎!) <三國 3:95> 이 시 결단코 노ᄉ 고유의 지은 배 아니라 이 반ᄃ시 깁픈 도쟝의 녀지 고요히 심신을 티고 ᄀ만이 경면을 완미ᄒ야 위연히 홍을 보내매 싱각이 잇디 아니ᄒ고 슬이히 늣기믈 발ᄒ야 ᄀ만이 셩현의 뜻의 합ᄒ니 그 겸손ᄒ 뜻과 유완ᄒ 졍을 말 밧긔 은연히 볼디라 <옥호 1:25>

13) 원문에는 "顔崖"로 되어 있음.

규신이 ᄀᆞᄆᆞ니 ᄉᆡᆼ각ᄒᆞ되 '원ᄅᆡ 비긔에 검협(劍俠)ᄒᆞᆫ 사ᄅᆞᆷ이 잇더니 과연 이 사ᄅᆞᆷ이로다' 쳔ᄌᆞ이 답ᄒᆞ야 왈,

"일즉 부친게 듯ᄌᆞ오니 ᄆᆡ양 이 고을 안 ᄌᆞᄉᆞ의 청렴ᄒᆞᆫ 덕화와 공평ᄒᆞᆫ 정ᄉᆞ를 일커러 칭송ᄒᆞ시더니 이제 츙냥의 ᄌᆞ손이 문득 지쳑에 머므르샤 셔로 만ᄂᆞᆷ을 어드니 실노 샴싱의 영힝ᄒᆞ도소이다! 져졔 임의 과거 보실 조흔 ᄯᅳᆺ을 두시ᄆᆡ 쇼ᄆᆡ 맛당히 부긔(附驥)ᄒᆞ야 ᄒᆞᆷ게 나아갈지라 모든 일을 맛당히 ᄀᆞ르치시믈 쳥ᄒᆞ리니 힝긔를 졍ᄒᆞᆫ 후 샤슉게 품쳥ᄒᆞ야 귀부에 나아가 밧드러 쳥ᄒᆞ려니와 귀뷔 임의 쳔ᄒᆞᆫ 집으로 먼리 격ᄒᆞ【44】지 아니시면 엇지 부ᄃᆡ 집을 넘고 담을 ᄯᅱ여 이에 니르시니잇고?"

ᄌᆞ쇄 왈,

"ᄆᆡ지 어려셔 부친을 ᄯᆞᆯ와 검슐을 ᄇᆡ화 비록 묘를 엇지 못ᄒᆞ나 스ᄉᆞ로 그치지 못ᄒᆞ야 녀ᄌᆞ의 몸ᄀᆞ지믈 잇고 ᄆᆡ양 이ᄀᆞᆺ치 단니ᄂᆞ니 다만 지쳑은 니르지 말고 슈십니를 격ᄒᆞ야도 능히 경각에 왕ᄂᆡᄒᆞᄂᆞ이다."

규신 왈,

"앗가 져졔 오실 ᄯᅵ 길에셔 일즉 보신 ᄇᆡ 업ᄂᆞ니잇고?"

ᄌᆞ쇄 왈,

"ᄆᆡ지 별노 본 ᄇᆡ 업스되 오직 일개 신션의 진나비 일부 신션의 글을 밧들고 공즁으로 동을 향ᄒᆞ야 나는ᄃᆞ시 닷더이다."

규신 왈,

"져졔 엇지 저를 신션의 진나비라 ᄒᆞ시고 그 밧든【45】ᄇᆡ 신션의 글이믈 알으시ᄂᆞ뇨?"

ᄌᆞ쇄 왈,

"ᄆᆡ지 ᄇᆞ라보건ᄃᆡ 그 글 우히 븕은 빗치 니러나 ᄉᆞ면으로 쏘이고 ᄋᆞᄅᆡ로 치식 안기 하늘의 ᄡᅢ쳣시나 이 분명 신션의 글인 고로 감히 길을 막지 못ᄒᆞ니이다."

규신 왈,

"그 글이 과연 ᄆᆡᄌᆞ의 긔록ᄒᆞᆫ ᄇᆡ러니 ᄯᅳᆺ 밧게 ᄇᆡᆨ원의 도적ᄒᆞ야 간 ᄇᆡ 되니 져졔 능히 ᄆᆡᄌᆞ를 위ᄒᆞ야 ᄇᆡᆨ원을 잡아 그 글을 ᄎᆞᄌᆞ 도라오시리잇가?"

ᄌᆞ쇄 왈,

"이 글을 만일 도적의게 일흔 ᄇᆡ 되얏시면 비록 쳔만 군즁이라도 ᄆᆡ지 맛당히 탐낭 취물(探囊取物)ᄒᆞ듯 ᄎᆞᄌᆞ 도라오려니와 져 ᄇᆡᆨ원이 우흐로 녕광이 발ᄒᆞ야 머리롤 호위ᄒᆞ고 ᄋᆞ리로 치식 구름이 블 【46】 을 ᄀᆞ리오니 이 분명 쳔년 득도ᄒᆞᆫ 녕물이라 ᄒᆞᆫ번 눈 두를 ᄉᆞ이의 쳔리와 만리롤 지날 거시니 ᄆᆡ지 엇지 ᄡᅩᆯ오며 셜ᄉᆞ ᄡᅩᆯ온들 엇지 ᄡᅥ 잡으리요? ᄒᆞ믈며 ᄇᆡᆨ원이 임의 득도ᄒᆞᆫ 즘싱이라 엇지 즐겨 부졀업ᄉᆞᆫ ᄇᆞᄅᆞᆯ 도적ᄒᆞ야 가기에 미ᄎᆞ리요. 이번 가미 반드시 연괴 잇ᄂᆞ니 ᄯᅳᆺᄒᆞ건ᄃᆡ 이 글이 맛당히 져〻의게 잇슬 ᄇᆡ 아니요 이ᄣᅦ에 맛당히 본ᄃᆡ 잇슬 곳으로 도라가미가 ᄒᆞᄂᆞ니 아직 못게라 이 글과 ᄇᆡᆨ원이 원ᄅᆡ 어ᄃᆡ로 조ᄎᆞ 니른 ᄇᆡ니잇고?"

규신이 이에 비에 긔록ᄒᆞᆫ 글과 ᄇᆡᆨ원의 ᄂᆡ력을 낙〻히 말ᄒᆞ며 겸ᄒᆞ야 져 【47】 년의 ᄇᆡᆨ원이 ᄌᆞ가 부친의 ᄀᆡᆨ침을 가져 희롱ᄒᆞ기로 인ᄒᆞ야 부친을 ᄎᆞᄌᆞ 쇼봉ᄂᆡ에 왕환ᄒᆞᆫ ᄇᆞᄅᆞᆯ 젼ᄒᆞ니 ᄌᆞ쇄 신긔ᄒᆞ믈 일커러 왈,

"몬져ᄂᆞᆫ 벼ᄀᆡ로ᄡᅥ ᄯᅳᆺ을 뵈여 져〻로 ᄒᆞ야곰 만리의 어버이롤 ᄎᆞᆺ게 ᄒᆞᆯ 분 아니라 친히 옥비의 긔록ᄒᆞᆫ ᄇᆞ 문믈의 셩ᄒᆞ믈 보시게 ᄒᆞ미 젼혀 ᄇᆡᆨ원의 ᄀᆞᄅᆞ친 ᄇᆡ니 엇지 심상ᄒᆞᆫ 즘싱의 ᄇᆡᄒᆞ리요 제 임의 이ᄀᆞᆺ치 통녕ᄒᆞᄆᆡ 반드시 무단이 도적ᄒᆞ야 도라갈 ᄂᆡ 업ᄉᆞ니 일즉 져〻 안젼의 무슴 ᄯᅳᆺ을 몬져 뵈미 업더니잇가?"

규신 왈,

"제 비록 ᄯᅳᆺ을 뵈믄 업ᄉᆞ나 당일 우연히 저롤 대ᄒᆞ야 희롱의 【48】 ᄒᆞᆫ 말이 잇ᄂᆞ이다."

드〻여 션샹의 잇셔 ᄒᆞ든 말과 앗가 홍거 져〻로 더부러 희롱ᄒᆞᆫ 바롤 ᄌᆞ시 말ᄒᆞ니 ᄌᆞ쇄 왈,

"그ᄣᅦ에 져〻의 말ᄉᆞᆷ은 비록 무심이 말ᄒᆞ신 ᄇᆡ나 저ᄂᆞᆫ 문득 유심이 드르미니 이번 가미 일졍 ᄀᆞᄅᆞ치신 명을 조ᄎᆞ 과연 긔이ᄒᆞᆫ 공을 세우리로다. ᄯᅩᄒᆞᆫ 저의 ᄎᆞᄌᆞ간 ᄇᆡ 분명히 문인이나 묵ᄀᆡᆨ을 ᄎᆞ즐 거시오 만일 그 사ᄅᆞᆷ이 그르면 ᄯᅩᄒᆞᆫ 즐겨 권치 아니리니 져〻ᄂᆞᆫ 쾌히 방심ᄒᆞ쇼셔. 그 글이 쥬인을 ᄎᆞᄌᆞ 도라가도다."

규신 왈,

"진실노 그럴진디 쟝촛 엇지ㅎ리잇고. 다만 ᄆ츰늬 그 글이 어ᄂ 곳으로 도라간고 ᄇ라건디 져∶【49】는 죵시를 술펴보소셔."

ᄌ최 왈,

"이 글 우희 붉은 비치 하늘에 ᄉ못츠니 가히 어ᄂ 곳에 니르를 조히 알지라 믹지 맛당히 뉴심ㅎ리이다."

홍게 왈,

"믹ᄌᄂ 드르니 검슐ㅎᄂ 협긱이 ᄒ번 몸을 움즉이면 문득 풍운 ᄀᆺ흐여 니왕ㅎ미 심히 쌘르다 ㅎ니 져∶도 과연 그러ㅎ시니잇가?"

ᄌ최 왈,

"져졔 만일 부리실 곳이 잇스면 비록 슈빅니 밧기라도 져기 효로(效勞)ㅎ리이다.14)"

홍게 왈,

"앗가 규신 져졔 ᄇ야흐로 셔신을 닙가의 부쳐 완여 믜∶에 무리를 쳥ㅎ야 이에 모다 훔게 과거의 나아가믈 샹의코져 ㅎ더니 이곳에셔 샹게 블과 삼십여 리라 져졔 과연 【50】 ᄒ번 왕반ㅎᄂ 슈고를 앗기지 아니시리잇가?"

ᄌ최 왈,

"긔 아니 규신 져∶의 모구 죤틱이니잇가? 젼일 규신 져∶의 힝지를 탐쳥코져 그곳에 나아가 길이 임의 닉은지라 이제 셔신이 잇스면 맛당히 즉각에 단녀오리이다."

규신이 대희ㅎ야 년망히 일봉 쇼찰을 닐워 ᄌ쵸를 맛지니15) ᄌ최 문득 몸을

---

14) 【효로ㅎ다】 匽 {효로(效勞)하다.} 진력(盡力)하다. ¶ 效勞 ∥ 져졔 만일 부리실 곳이 잇스면 비록 슈빅니 밧기라도 져기 효로ㅎ리이다 (姐姐如有見委之處, 若在數百里之內, 咱可效勞.) <鏡花 14:49> 우빅 왈 학싱에 지조는 불민ㅎ고 시슈 슈율은 쓸 고시 잇스면 맛당히 효로ㅎ리ᄃ (蘇友白道: "學生文才雖本未必高妙, 然詩賦一道, 日夕吟弄, 若有用處, 當得效勞.") <玉嬌 13:下25> 이만 젹근 일을 능히 왕디야을 위ㅎ야 효로ㅎ지 못헐가? (這點小事, 難道不能大王爺效勞不成?) <綠牡 2:92>

15) 【맛지다1】 匽 맛기다. ¶ 규신이 대희ㅎ야 년망히 일봉 쇼찰을 닐워 ᄌ쵸를 맛지니 ᄌ최 문득 몸을 날녀 챵 밧글 나더니 임의 간 ᄇ를 모를지라 (閨臣隨卽寫了一信. 顏紫綃接過, 說聲"失陪", 將身一縱, 攛出樓窓.) <鏡花 14:50> 寄 ∥ 쥬졈의 드러가 필연을 어더 유무를 뻐 쇼승을 맛지더 힝혀 니 아히를 만나거든 젼ㅎ여 달나 ㅎ더이다 (乃借酒肆中筆

날녀 챵 밧글 나더니 임의 간 ᄇ룰 모를지라.

제55회

田氏女細談妙劑 洛家娃默禱靈籖

난긔 오리 ᄎ탄ᄒ야 왈,

"셰간의 엇지 이ᄀᆺ치 신긔흔 일이 잇ᄂ뇨! 진실노 쳔죠 인물에 셩ᄒ미 업ᄂᆫ
비 업도다. 쟝닉 길에 올으미 이 사름곳 잇스면 가히 벼기롤 놉혀 근심이 업스
리로다."

규신 왈,

"미지의 희【51】 이 비긔롤 긔억ᄒ니 흔 사름의 ᄉ척에 ᄀᆯ오디 어려셔 검협
의 슐업을 알고 ᄌ라미 현묘흔 긔틀을 통ᄒ다 ᄒ니 이 졍히 그 사름인 듯ᄒ도
다 가히 앗가온 바ᄂᆫ 비긔롤 일허시니 다시 어디 가 샹고ᄒ리요 일즉 이럴 쥴
아더면 죠히 모든 사름의 ᄉ격을 낫ᄔ치 ᄆ음에 삭여 외와 두거나 흔 벌을 ᄯᅩ
로 다시 벗겨 두엇더면 아니 죠흘가 이제 아모리 ᄉᆡᆼ각ᄒ나 졈ᄌᆞ 아득ᄒ야 거의
닛치ᄂᆫ도다."

난긔 왈,

"져졔 블과 흔 ᄆᆞ디 희롱에 말노 조ᄎ 빅원이 과연 비긔롤 가져 도라갈 곳에
젼ᄒ면 져ᄌᆞ의 일쟝 신고ᄒ시미 헛 고디 도라가지 아니리로다."

홍게 왈,

"우【52】 리ᄂᆫ 져 빅원을 심샹흔 즘싱으로 보앗거니 엇지 신통흔 진나빈 쥴

硯寫下家書一封, 付小僧帶來, 倘得邂逅, 轉寄此信.) <禪眞 4:11> 爲∥ 슌뎨 탈탈노쎠 좌
승상을 삼아 군국 즁ᄉ룰 맛지니 ([順帝]以脫脫爲左丞相, 錄軍國重事.) <英烈 1:8> 遞∥
ᄉ미 안ᄒ로셔 흙 구은 벼기롤 닉여 진션을 맛지며 일오디 (身邊取出一個白土做就光光
滑滑的小方枕兒, 遞與陳學究道.) <平妖 6:31> 됴븨 탑젼의 나아가 밍셰ᄒᄂᆫ 글을 민ᄃ
라 닞히 신 됴보ᄂᆫ 긔록ᄒ노라 ᄒ야 금궤에 너허 궁인을 맛졋더니 <대송 1:2> 틱종이
ᄌᆞ말을 드ᄅ시고 ᄉ고롤 블너 왈, "경의 위엄이 진동ᄒ기로 국가더ᄉ룰 맛지ᄂᆞ니 경은
지혈의 드러가 짐의 근심이 업게 ᄒ라." <셜인 1:49> 交割∥ 너는 ᄯᅩ 나와 함긔 경환
션ᄌᆞ의 궁중의 니ᄅ러 이런 쥰쥰흔 믈건을 가져다가 맛지기롤 분명히 ᄒ고 (你且同我
到警幻仙子之宮中, 將蠱物交割淸楚.) <紅樓 1:36>

알니요 안져ː는 어두온 ᄀᆞ온디 창졸에 ᄒᆞᆫ번 보고 능히 득도ᄒᆞᆫ 즘싱이요 비ᄀᆡ
에 범샹치 아니믈 알ᄋᆞ보니 그 안력이 ᄯᅩᄒᆞᆫ 비범ᄒᆞᆫ지라 쟝ᄂᆡ에 현묘ᄒᆞᆫ 긔틀을
통ᄒᆞ리라 말이 졍녕이 사름 분이로다."

이ᄀᆞᆺ치 슈죽ᄒᆞ더니 홀연 ᄌᆞ최 앗가ᄀᆞ치 창으로조ᄎᆞ ᄂᆞ려셔며 규신을 향ᄒᆞ야
왈,

"져ː 셔신은 임의 님가 져ː의게 쳔ᄒᆞᆫ지라 밤이 임의 깁허시니 다시 ᄃᆞ른
날 나아와 ᄀᆞ르치시믈 쳥ᄒᆞ리이다."

모든 사름을 향ᄒᆞ야 ᄒᆞᆫ ᄆᆞ디 도라ᄀᆞ믈 니르고 몸을 소ː와 창밧글 나간 ᄇᆞᆯᄅᆞ
모 【53】로니 샴인이 다만 ᄇᆞ라보고 측냥치 못ᄒᆞ더라.

이튼날 일 니러 완여와 모든 사름에 오기를 졍히 기ᄃᆞ리되 날이 늦도록 쇼식
이 묘연ᄒᆞ니 난괴 쇼왈,

"원리 져 홍녜 져ː의 셔신을 편치 아니코 거즛 사름을 속이다!"

ᄒᆞ더니 날이 오시에 미쳐ᄂᆞᆫ 님완여와 음약ᄒᆡ 젼봉환과 진쇼츈으로 더부러
일시에 니르러 ᄇᆞ로 즁당의 니르미 님시와 스시의게 힝녜ᄒᆞᆫ 후 규신과 난교와
홍미와 ᄌᆞ훤과 념금풍과 낙홍거로 더부러 셔로 녜를 베퍼 그 ᄉᆞ이 ᄉᆞ모ᄒᆞ든 뜻
을 니르고 규신이 다시 ᄉᆞ인을 잇글어 냥시와 최시의 곳에 문후ᄒᆞᆫ 후 이에 십
개 【54】 ᄌᆞ미 ᄒᆞᆫ 곳의 모히미 즐기믈 닉의지 못ᄒᆞ야 피ᄎᆞ 한담홀시 홍게 어제
셔신 부친 연유를 말ᄒᆞᆫ디 약ᄒᆡ 듯고 문득 우음을 그치지 아니커늘 난괴 왈,

"져졔 무슴 일 이ᄀᆞᆺ치 졀도ᄒᆞ시나니잇고?"

약ᄒᆡ 강잉ᄒᆞ야 우음을 츰으며 왈,

"근일에 니 일즉 완여 미ː로 ᄒᆞᆫ 방의 거쳐ᄒᆞ더니 어졔밤이 겨유 이경은 ᄒᆞ
야 챵호를 닷고 친구를 포셜ᄒᆞ야 졍히 눕고져 홀시 완여 미ː ᄇᆞ야흐로 ᄒᆞᆫ 쫙
불을 벗더니 홀연 창문이 졀노 열니ᄂᆞᆫ 곳에 일인이 ᄌᆞ최 업시 방즁에 드ᄂᆞᆫ지라
완여 미ː 엇지 놀납던지 미쳐 신과 보션을 신지 못ᄒᆞ야 ᄒᆞᆫ 불을 【55】 버슨
치 ᄇᆞ로 상 밋흐로 ᄯᅮ러드러가ᄂᆞᆫ지라 나도 처음은 극히 놀납더니 문득 녀지라
져기 ᄆᆞ음 노ᄒᆞ온 뜻을 무드미 비로소 셔신을 젼ᄒᆞ고 셩명을 닐으고 우리 무리
동힝홀 뜻을 말ᄒᆞᆫ 후 홀ː이 도라가거늘 오히려 오린 후야 비로소 긔여나오며

문이 그져 둥글고 숨쇼리 그치지 아니ᄒ니 그ᄯ 광경이 엇더ᄐ ᄒ리요."

모든 사람이 일졔히 대쇼ᄒ믈 마치지 아니ᄂ 완예 왈,

"규신 져졔 ᄀ쟝 일을 모로시더이다 반야삼경의 홀연이 ᄀᆺᄒ 사람을 부려 ᄇ로 방듕의 ᄲᅱ여 들어 셔신을 부치게 ᄒ니 힝혀 쇼미 담이 크기로 그만ᄒ지 만일 담이 젹든덜 【56】 거의 놀나 죽을 번ᄒ니이다."

젼봉환 왈,

"져졔 비록 놀나 죽으믄 면ᄒ나 그ᄯ 볼을 벗고 샹 밋ᄒ로 긔여 드든 광경은 죽으니에셔 언마 머지 아니토다."

진쇼츈 왈,

"그 모양더로 신션이 되던들 일홈ᄒ되 젹각대션(赤脚大仙)이라 ᄒ리로다."

젼봉환 왈,

"젹각대션은 두 발을 다 버섯거니와 이ᄂ 흔 볼만 버섯시니 다만 일홈ᄒ되 일족대션이라 ᄒ리로다."

진쇼츈 왈,

"우리 구ᄂ게 듯ᄌ오니 해외에 일즉 젼족대션이 잇다 ᄒ더니 그와 방불ᄒ여이다." 좌즁에 그 ᄯᅳᆺ을 아ᄂ 즈ᄂ 더옥 졀도ᄒ고 모로ᄂ 즈도 ᄯᅡ라 웃더니 넘금 풍 왈,

"규 【57】 신 져ᄂᆫ 문득 엇더흔 사람으로 셔신을 통ᄒ샤 이ᄀᆺ치 우은 닐을 닐위시니잇고?"

규신이 ᄇ야ᄒ로 어졔 안ᄌ쵸롤 만ᄂ 연유롤 젼ᄒ니 모다 긔이ᄒ믈 일컷더라.

홍게 왈,

"어졔 안가 져졔 누창으로 ᄲᅱ여 들어올 ᄯ 다만 흔 덩이 븕은빗치 사람의 눈에 쏘이니 나도 과연 놀나믈 젹지 아니케 ᄒ되 ᄌ셰히 슬펴보니 저의 닙은 것과 쓴 것과 신은 비 낫치 븕지 아닌 비 업고 얼골이 쏘흔 븕으니 불빗히 비최야 졍히 아롬다와 뵈더니이다."

진쇼츈 왈,

"져ᄀᆺ치 흔 뭉치 븕은 사람을 당초에 일홈 지을 ᄯ 엇지 '홍紅' ᄶᅡ롤 쓰지 아

니코 문득 'ᄌ紫' 쓰로 일홈ᄒ고? 이제 【58】 홍미(紅薇) 져；는 얼골이 ᄌ식이 어늘 도로혀 홍；(紅紅)이라 일홈ᄒ니 쇼미에 우견은 써ᄒ되 일홈을 셔로 밧고미 조흘 듯 ᄒ여이다."

전봉환 왈,

"일홈 지은 뜻이 부디 엇지 얼골과 ᄀ치ᄀ기를 취ᄒ리요. 이ᄀ흘진디 졍；(亭亭) 져；는 부디 얼골에 졍지 잇다 니르며 약화(若花) 져；는 얼골에 쏫치 나다 니르미리요."

약홰 왈,

"요ᄉ이는 ᄌ시 보건디 홍；과 졍； 냥위 져；의 얼골 우희 검은빗치 졈； 업셔가시니 이 아니 슈토(水土)의 다르미니잇가? 나는 봉환 져；의 쏫치나 말노 조츠 그윽이 깁흔 넘녜 잇도소이다."

규신 왈,

"져졔 이는 엇진 말슴이시니잇고?"

약홰 왈,

"우형이 젼에 드르니 즁 【59】 국에 괴이ᄒ 병이 외국으로조츠 드러와 일홈을 역질이라 ᄒ니 방셔의는 혹 '츌두出痘'라 ᄒ고 혹 '츌화出花'라 ᄒ니 △그 즁이 홀연 얼골과 일신에 죵긔ᄀ치 도다 ᄆ춤니 셩농ᄒ야 낙가ᄒ되 그 ᄶ러진진 흑 젹이 죵신토록 업셔지； 아니므로 얼골에 돗는 ᄇ랄 닐으되 쏫치 나다 ᄒ며 그 흔젹을 속담에 니르되 얽다 ᄒ니 얼골에 그 흔젹 업는 ᄌ는 문ᄌ로 니르되 얼골에 쏫치 업다 ᄒ니△16) 타국 사ᄅᆷ이 ᄒ번 즁국에 니르면 반드시 이 증을 면치 못ᄒ다 ᄒ니 이제 홍；과 졍； 냥위 임의 슈토로 인ᄒ야 얼골빗치 졈； 변ᄒ니 일양 오리면 우리 무리 오인 【60】 이야 엇지 능히 츌두ᄒ는 환을 면ᄒ리요 일노써 근심ᄒ노라."

홍미와 ᄌ훤(紫萱)이 듯고 ᄯ호ᄒ 크게 놀나 왈,

"져；의 근심ᄒ시는 비 실노 그르지 아니시니 이를 쟝춧 엇지ᄒ면 조흐리요? 우리 목숨을 조히 이곳의와 뭇츠리로다!"

---

16) 이 부분 원문에 없음.

넘금풍 왈,

"목숨을 ᄆ츠문 오히려 싀훤ᄒ려니와 만일 츌두ᄒᆫ 후 얼골 우희 허다ᄒᆫ 혼격이 곳 모양 ᄀᆺᄒ면 사름으로 ᄒ야곰 붓그려 죽으리로다."

완예 왈,

"이ᄂᆫ 속담의 니른 ᄇ 얽은 얼골이니 다만 붓그려 죽을 분 아니라 일후 혼인ᄒᆯ ᄊ 극히 해로오리이다."

난괴 왈,

"니 괴이 완여 져ᄂ는 얼골이 저ᄀᆺ치【61】번ᄂᄒ야 털 아니 ᄂᆫ ᄯ ᄀᆺᄒ미 젼혀 일후 혼인ᄒ기 쉽기ᄅ 위ᄒ미로다 ᄂ만 불을 벗고 어즈러이 도망ᄒ다가 불을 크우면 일후 혼인이 도로혀 쉬오랴?"

규신이 미쇼 왈,

"너희ᄂᆫ 다만 말노 다토지 말나 이 일이 ᄯᅩᄒᆫ 희롱으로 그칠 ᄇᆡ 아니라 일즉 방비ᄒ미 업다가 셜혹 츌두ᄒ야 과거의 긔한을 어긔면 쟝ᄎᆺ 엇지ᄒ리요? 향니(向來) 구공이 아ᄂᆫ ᄇᆡ 만코 지닌 ᄇᆡ 널으므로 비밀ᄒᆫ 방문이 ᄀ쟝 만튼 ᄒ더니 반드시 구공을 쳥ᄒ야 의논ᄒ면 혹ᄌ 묘ᄒᆫ 방문이 잇셔 예방ᄒᆯ 도리 잇슬가 ᄒᄂ니 쇼츈 져ᄂ는 쳥컨디 셔신을 부쳐 구공으로 ᄒ야곰【62】좀간 왕림ᄒ시게 ᄒ미 엇더ᄒ뇨?"

봉환 왈,

"부디 구ᄂᄅ 괴로이 쳥ᄒ리요 과연 우리집의 젼ᄒᄂ 는 ᄇᆡ 두역 드믈게 ᄒᄂᆫ 방문이 잇스니 곳 쇼미 이 법을 시험ᄒᆫ 후로 지금까지 츌두치 아니미 ᄀ히 징험이 되리이다."

약ᄒᆡ 왈,

"원리 귀부의 이런 신긔ᄒᆫ 방문이 잇슬진디 더옥 묘ᄒᆫ 지라 아지 못게라 이 문득 무슨 약지ᄅ 쓰며 이 방문을 일즉 벗겨 널니 젼파ᄒ니잇가?"

봉환 왈,

"이 방문을 엇지 일즉 젼파치 아니리오마는 다만 근리 인심이 녜와 달나 스치와 귀ᄒ기ᄅ 숭상ᄒ기로 젼ᄒᄂ 는 ᄇ 방문이 만일 갑시【63】만ᄒ 희귀ᄒᆫ 약지면 문득 효험 여부ᄂ 의논치 아니코 셔로 젼ᄒ야 신명ᄀᆺ치 밋고 만일 방문에 약지 흔흔 초지로 갑시 놉지 아니면 비록 시험ᄒ야 효험이 잇셔도 ﹕로혀 귀히 넉이지 아닛ᄂ니 우리집에 이 방문을 원리 여러번 시험ᄒ야 여러번 효험 보더 ᄆ춤니 희귀흔 약지 아니라 갑시 불과 두어 낫 돈을 허비ᄒᄂ 고로 뉴젼흐믈 널니 못ᄒ얏ᄂ니 쇼미 어려셔부터 듯고 보아 지금 닙에 닉고 눈에 버럿ᄂ니 쳥컨더 약화 져﹕ᄂ 지필노써 긔록ᄒ쇼셔 쇼미 맛당히 외와 젼ᄒ리이다.”

약화 년망히 붓슬 들고 조희【64】ᄅᆯ 펼치니 봉환이 불너 쓰이되,

이 방문을 일즉 신인의게 어든 비니 우리집에 슈삼대ᄅᆯ 젼ᄒ야 쓰되 문득 신효ᄒ니 그 법이 어린 ᄋ히 남녀ᄅᆯ 뭇지 말고 샴셰 안히여든 쳔련ᄌ[川練子 약지 중 흔흔 뉘라]구긔요 오셰 안히어든 십일 긔요 십셰 안히어든 십오긔ᄅᆯ 쓰되 반드시 칙녁에 졔일[除日 졔ᄯᆫ 날이라]17)을 굴ᄒ여 물히 달혀 ᄋ희ᄅᆯ 목욕 감기되 씨슨 후 다만 져즌 슈건으로 낙간 씻고 스스로 ᄆ르게 ᄒ며 미년에 열번을 씨쓰되 혹 오월과 뉴원과 칠월에 열번 졔일을 굴ᄒ여 달혀 씨스면 더옥 묘ᄒ【65】니 그ᄶ 일긔 온화ᄒ야 목욕 감기 죠흐미라. 이ᄀᆺ치 오릐 씨스면 영﹕ 츌두(出痘)치 아니코 셜혹 츌두ᄒ야도 두어 낫 밧게 넘지 아니ᄒ며 나며 즉시 업셔 지ᄂ니 만일 밋지 아니커든 씨슬 ᄯᅢ에 다만 흔 손ᄀ락을 남겨 두어 씻지 아니ᄒ면 쟝니 츌두홀 ᄯᅢ에 그 손ᄀ락의 특별이 만히 ᄂᆫ이라.

쓰기ᄅᆯ ᄆᆺ츠미 봉환 왈,
“만일 오위 져졔 이 방문을 시험코져 ᄒ실진더 맛당히 그 약지ᄅᆯ 갑졀을 더ᄒ야 거의 샴십긔나 써야 올흘 듯ᄒ니이다.”
오인이 일시의 보고 드른 후 개﹕ 환열ᄒ니 난긔 왈,
“일년에 십【66】ᄎ 씨스문 곳 어린ᄋ히ᄅᆯ 니르미니 우리ᄂ 년긔 임의 과다ᄒ니 다만 십ᄎ의 두리건더 약녁이 못 미츨 듯ᄒ니 우견은 써ᄒ되 일년의 졔일

---

17)【除日 졔일】chúrì (名) 졔일; 졔ᄯᆫ 날이라 *迷信說法, 黃道吉日中的一個日子. ‖“須擇
歷書‘除日’, 煎湯與小兒洗浴; 洗過, 略以湯內濕布揩之, 聽其自乾.” 칙녁에 졔일[졔ᄯᆫ 날
이라]을 굴ᄒ여 물히 달혀 ᄋ희ᄅᆯ 목욕 감기되 씨슨 후 다만 져즌 슈건으로 낙간 씻고
스스로 ᄆ르게 ᄒ며 미년에 열번을 씨쓰되 (鏡花 14:64)

이 도합 샴십 뉵일이니 미양 졔일을 만나거든 번〃이 씨스미 조흘 둧ᄒ며 ᄒ믈며 쇼미ᄂ 어려셔부터 복창(腹脹)으로 거의 약을 아니 먹은 날이 업스니 가히 니르되 약쟝이 된지라 범인과 ᄀ치 ᄒ야ᄂ 효험이 업슬가 ᄒ〃이다."

쇼츈 왈,

"쇼미ᄂ 드르니 셰샹의 두역ᄒ〃ᄂ 비 젼혀 두진낭〃(痘疹娘娘)이라 ᄒ〃ᄂ 귀신이 잇셔 젼혀 ᄎ지ᄒ니[18] 무식흔 뉘 니르되 호구 별셩이라 ᄒ야 극히 녕험ᄒ니 ᄉ【67】ᄂ희ᄂ 두ᄋ거〃(痘兒哥哥)라 ᄒ〃ᄂ 신동을 맛겨 식이고 녀ᄌᄂ 두ᄋ져〃(痘兒姐姐)라 ᄒ〃ᄂ 신동을 맛겨 식이다 ᄒ니 젼혀 낭〃과 신동의 도라보믈 어더야 ᄆ츔니 무ᄉ이 지니ᄂ니 오위 져〃ᄂ 다만 약에 효험을 밋지 말고 일즉이 두진낭〃긔 지셩으로 도츅(禱祝)ᄒ〃니만 ᄀ지 못ᄒ리이다. 만일 두ᄋ져졔 돌보지 아니면 비록 죽기ᄂ 면ᄒ나 얼골에 ᄀ득히 꼿ᄀ치 얽으면 완여 져〃의 말ᄀ치 일후 혼인ᄒ기의 해로올 분 아니라 위션 분브르기의 ᄀ쟝 불편ᄒ고 ᄒ믈며 과히 얽으면 흔 굼게 분이 흔 덩이식 드려도 오히려 편〃치 못ᄒ리니 쟝ᄎ 그【68】 분갑슬 엇지 〃당ᄒ리요."

홍미 왈,

"그러ᄒᆯ진디 규신 미〃 부즁에 두진 낭〃을 공양ᄒ〃뇨?"

규신 왈,

"이ᄂ ᄉ찰과 도관(道觀)의 공양ᄒ〃ᄂ 귀신이라 엇지 인가의 잇스리요."

약화 왈,

---

18) 【ᄎ지ᄒ다】 동 차지하다. 맡다. ¶ 掌管‖ 쇼미ᄂ 드르니 셰샹의 두역ᄒ〃ᄂ 비 젼혀 두진낭〃이라 ᄒ〃ᄂ 귀신이 잇셔 젼혀 ᄎ지ᄒ니 무식흔 뉘 니르되 호구 별셩이라 ᄒ야 극히 녕험ᄒ니 ᄉᄂ희ᄂ 두ᄋ거〃라 ᄒ〃ᄂ 신동을 맛겨 식이고 녀ᄌᄂ 두ᄋ져〃라 ᄒ〃ᄂ 신동을 맛겨 식이다 ᄒ니 (妹子聞得世間小兒出花, 皆痘疹娘娘掌管, 男有痘兒哥哥, 女有痘兒姐姐, 全要仗他照應.) <鏡花 14:66> 司‖ 이 다른 사ᄅᆷ이 아니라 곳 군방을 ᄎ지ᄒ얏던 신션의 화신[환싱흔 몸이라]을 ᄎᆺ고져 ᄒ〃이다 (我所訪的, 並非別人, 是那總司群芳的化身.) <鏡花 10:89>쥬령을 ᄎ지흔 관원이 모다 허락ᄒ엿거ᄂᆯ 너의들은 무어슬 들네ᄂ뇨? (令官都准了, 你們鬧什麼?) <紅樓 28:75> 司‖ 가진이 알건디 이 쟝도ᄉᄂ 비록 당일의 영국공의 몸을 디신ᄒ여시나 일즉 션뎨긔셔 입으로 친히 부ᄅ시기를 대환션인이라 ᄒ엿고 이졔 현져히 도록ᄉ[고ᄉ ᄎ지ᄒ〃ᄂ ᄆ을 일홈]인신을 쥬쟝ᄒ며 (賈珍知道這張道士雖然是當日榮國府國公的替身, 曾經先皇御口親呼爲'大幻仙人', 如今現掌'道錄司'印.) <紅樓 29:29>

"부녀의 무리 ᄉ찰과 도관에 분향ᄒ미 극히 규훈(閨訓)에 어긔나 이 ᄯ흔 큰 일이니 장ᄎᆺ 엇지ᄒ여야 올ᄒ뇨?"

규신 왈,

"과연 ᄉ관의 분향ᄒ미 부녀의 ᄭᅥ리는 비나 다만 두진낭ᄼ은 흔히 니고 잇는 암ᄌᆞ의 공양ᄒᄂ니 거년의 미지 어버이 ᄎᆞᄌᆞ갈 ᄶᅥ 발원ᄒ야 관음대ᄉ를 위ᄒ려 ᄒ얏더니 지금 원을 닐우지 못ᄒ니 맛당히 명일 모친게 품고ᄒ고 향촉을 ᄀ【69】 초아 오위 져ᄼ로 더부러 슉모를 뫼셔 홈게 나아가미이니 냥젼ᄒ니잇가."

홈게 왈,

"미ᄌᆞ도 미양 거ᄼ의 쇼식을 몰나 불젼의 츄쳠ᄒ고져 ᄒ더니 홈게 가믈 쳥ᄒᄂ이다."

규신이 ᄼ에 님시긔 품쳥ᄒ고 슉모 ᄉ시(史氏)의 거ᄂ려 가 쳥ᄒ니 ᄆᆞ초아 이에 머지 아닌 곳 니고(尼姑)의 암지 잇스니 극히 유벽ᄒ고 과연 두진낭ᄼ을 공양ᄒ다 ᄒ거늘 이튼날 모다 분향 진계ᄒ고 향촉을 ᄀ초아 ᄉ시 이에 규신 등 칠인을 거ᄂ려 암ᄌᆞ의 니르니 일긔 니긔 잇스되 낙발치 아니코 년긔 놉ᄒᆺ스니 일홈이 말공(末空)이라 일힝을 ᄆᆞ즈 대젼의 올나 관음불상의【70】 분향 례비ᄒᆫ 후 홈게 나아가 ᄀᆞᄆ니 도츅ᄒ고 거ᄼ의 안부를 알고져 공경ᄒ야 쳠을 ᄲᅢ히니 문득 샹ᄼ의 길쳠을 ᄲᅢ힌지라 졈ᄉ를 보건디 일졍 길ᄒ고 흉ᄒ미 업스니 져기 방심ᄒ더라. 말공이 다시 약화 등 오인을 인도ᄒ야 두진낭ᄼ의 젼너에 니르러 ᄎ례로 례비ᄒ야 향을 ᄭᅩᄌᆞ며 지빅을 술와 각ᄼ 소회를 츅원ᄒᄂ라.

규신 왈,

"쳥컨디 ᄉ부의 보찰의 일즉 괴셩(魁星)을 공양ᄒ시는잇가."

말공 왈,

"죄 곳 담을 격ᄒᆫ 비 곳 희신시(喜神祠)라 이에 괴셩을 공양ᄒ니 이 문득 녀도ᄉ의 잇는 비라 모든 쇼계 만일 분향ᄒ고져 ᄒ실진【71】 디 빈승이 맛당히 뫼셔 나아가리이다."

규신 왈,

"져곳에 괴셩을 공양ᄒ미 일즉 녀ᄌᆞ의 소상도 잇ᄂ니잇가?"

말공 왈,

"그는 일즉 보지 못한 비니 쇼졔 만일 발원ᄒᆞ야 일좌 녀상을 밧드러 공양ᄒᆞ려 ᄒᆞ시면 이 ᄯᅩᄒᆞᆫ 어렵지 아닌 일이로소이다. ᄒᆞ만 졔위 녀보살이 여러 곳 비불ᄒᆞ시므로 ᄌᆞ연 귀체 잇부시리니19) 좀간 방쟝의 나아가 차ᄅᆞᆯ 마셔 져기 해갈ᄒᆞ실가 바라ᄂᆞ이다."

ᄉᆞ시 왈,

"ᄉᆞ부의 ᄀᆞᄅᆞ치시미 맛당ᄒᆞ도다."

이에 일졔히 션당의 도라와 좌ᄅᆞᆯ 쳥ᄒᆞ미 도동이 차ᄅᆞᆯ 드리더니 말공이 일ᄒᆞ히 셩명을 쳥ᄒᆞ야 뭇더니 낙홍거의 【72】 게 니르러ᄂᆞᆫ 문득 눈을 씻고 씨스며 보고 다시 보더니 홀연 눈물을 드리워 왈,

"쇼졔 이 아니 낙빈왕(駱賓王) 대인에 ᄌᆞ녜시니잇가? 나의 졔지 경히 낙노야의 거쳐ᄅᆞᆯ 춧고져 ᄒᆞ되 ᄆᆞᄎᆞ니 슈년의 쇼식이 묘연ᄒᆞ더니 하ᄂᆞᆯ이 인편을 빌니샤 오날ᄒᆞ 쇼져의 이곳에 니르시믈 엇도소이다."

홍게(紅蘂) 오히려 져 니고의 말이 ᄎᆞ례 업고 극히 슈상ᄒᆞ니 힝혀 사ᄅᆞᆷ이 근본을 알가 두려 년망히 ᄭᅮ며 말ᄒᆞ되,

"ᄉᆞ부는 모롬즉이 그릇 알아 망녕도이 구지 말나. ᄒᆞ의 셩은 비록 '낙洛' 지나 문득 글지 다르거니 ᄉᆞ부에 니른ᄇᆞ 낙대인은 실노 나의 알 【73】 비 아니로라."

말공이 십분 당황ᄒᆞ야 다시 규신을 향ᄒᆞ야 왈,

"쳥컨더 당쇼져는 이곳에 당이졍이라 ᄒᆞ시리 잇더니 문득 쇼져의게 엇지 되ᄂᆞᆫ 사ᄅᆞᆷ이니잇가?"

규신이 ᄒᆞ에 은휘치 못ᄒᆞ야 왈,

"곳 나의 부친이로라."

말공 왈,

---

19) 【잇부다】 혱 피곤(疲困)하다. ¶ 勞碌∥ 다만 졔위 녀보살이 여러 곳 비불ᄒᆞ시므로 ᄌᆞ연 귀체 잇부시리니 좀간 방쟝의 나아가 차ᄅᆞᆯ ᄆᆞ셔 져기 해갈ᄒᆞ실가 바라ᄂᆞ이다 (諸位女菩薩適才拜佛, 未免勞碌, 且到裏面獻茶, 歇息歇息.) <鏡花 14:71> 勞神∥ 이 학ᄉᆞᆼ이 비록 몽학이나 믄득 거즛업을 공부ᄒᆞᄂᆞᆫ 거즈보다 도로혀 졍신을 잇부게 ᄒᆞᄂᆞᆫ지라 (這個學生, 雖是啓蒙, 却比一個學業的還勞神.) <紅樓 2:52>

"당일에 당노애 탐화의 올으지 못흔 씨에 일즉 쟝안에 니르샤 우리 낙노야와
셔경업(徐敬業) 노야로 더부러 결의형제ᄒ오실 씨의 나의 쟝뷔 친히 뫼셔 뵈온
비라 이제 이위 쇼졔 흠게 이곳의 니르시니 져 낙쇼졔 우리 낙노야의 ᄌ네 아
니오 뉘리잇고? 빈승이 결단코 화롤 부르지 아니리니 부더 속여 숨기시【74】
리요 ᄒ믈며 빈승에 졔ᄌᄂᆫ 곳 낙공ᄌ의 쳐실이라 이러무로 부더 알고져 무르
미로소이다."

홍게 이에 ᄃᆞ:라ᄂᆞᆫ 극히 의리ᄒ야 셜니 무러 왈,

"ᄉ부에 졔ᄌᄂᆫ 셩씨ᄂᆞᆫ 무어시며 일홈이 무어시며 이제 어ᄂ 곳에 머므ᄂ
뇨?"

말공이 희허 쟝탄 왈,

"빈승의 졔ᄌ에 부친은 곳 태종황뎨의 ᄋ홉지 ᄋ들이니 사름이 부르기롤 구
왕야애(九王爺爺)라 ᄒ던지라 당년의 도적을 쳐 공이 잇스므로 츙용왕(忠勇王)
을 봉ᄒ믹 일즉 낙노야로 더부러 교계 심히 둣터오시므로 그 녀ᄋ 군쥬(郡
主)20)로써 낙노야의 공ᄌ로 결약ᄒ야 쳐실을 허ᄒ 비라 그 녀지 ᄇ야ᄒ로【7
5】폐암의 잇스니 셩명은 니냥잠(李良箴)이로디 오히려 태후에 츠ᄌ 해ᄒ믈 두
려 문득 외가 셩씨롤 쏠와 송냥잠(宋良箴)이라 ᄒᄂ니이다."

홍게 왈,

"ᄉ부에 이 말슴이 져기 그른 듯ᄒ도다. 니 비록 낙노야로 더부러 집은 아니

---

20) 【郡主 군주】 jùnzhǔ (名) [균쥬] 친왕의 쏠 (方一 尊卑 12a) [기ᄄ쥬] 親王女. (漢淸 帝王
2:4a) (漢抄 帝王 1:6a) 군쥬 *對親王的女兒的稱號. ∥ "駱公子雖係九王府中郡馬, 郡主久已
亡過; 後來雖有欲續前姻之話, 因王爺幷未生有郡主, 彼此旋卽離散, 至今十餘年, 何嘗又與
王府聯姻?" 낙공지 비록 구왕의 군믹 되나 군쥬 임의 거셰ᄒ 지 오린 지라 그 후 다시
이젼 연분을 잇고져 ᄒᄂ 의논이 잇스나 구왕이 다시 군쥬롤 싱산치 못ᄒ고 인ᄒ야 셔
로 허여 젼지 임의 십여 년이라 엇지 써 구왕으로 더부러 년인ᄒ얏스리요? (鏡花 14:75)
군쥬 ∥ "郡主自幼好觀武事, 嚴毅剛正, 諸將皆懼. 旣然肯順劉備, 必同心而去. 所追之將, 若
見郡主, 豈肯下手?" 군쥬 어려셔 브터 무ᄉ롤 됴히 너기고 셩되 엄ᄒ고 굿셰니 졔쟝들
이 다 두려ᄒᄂ 디라 일뎡 뉴비과 동심ᄒ여 갈 거시니 쏠오ᄂ 쟝시 군쥬롤 보고 엇디
감히 ᄒ슈ᄒ리오? (三國 17:126) [쥰쥬] 군쥬 ∥ "除聘選妃嬪外, 在仕宦名家之女, 皆得報名
達部, 以備選擇爲宮主郡主入學陪侍." 비빈을 간틱ᄒ신 후의 ᄉ족 명환가의 녀ᄌ롤 일홈
을 달뷔[마올 일홈]의 보ᄒ여 써셔 쓰시기롤 쥰비ᄒ여 공쥬와 군쥬 입ᄒ홀 씨 근시롤
삼아 지인과 찬션 벼슬을 ᄒ이려 ᄒ미러라 (紅樓 4:50)

504　第一奇諺

나 본디 친분은 잇는 고로 그 집 닐을 약간 드러 아느니 낙공지 비록 구왕의 군미(郡馬) 되나 군쥐 임의 거셰흔 지 오런 지라 그 후 다시 이젼 연분을 잇고져 흐는 의논이 잇스나 구왕이 다시 군쥬롤 싱산치 못흐고 인흐야 셔로 허여 젼지 임의 십여 년이라 엇지 써 구왕으로 더부러 년인(聯姻) 흐얏스리요? 이 말 슴을 실노 밋지 못흐리로다."

제56회
詣芳鄰教故嫂巧遇　游瀚海主僕重逢

말공(末空) 왈, 【76】

"원리 쇼제 이 ᄀ온디 셰ᄼ흔 곡졀은 오히려 ᄌ셰히 모르시도다 빈승이 맛당 히 쳔ᄼ이 죵시롤 말흐리이다. 빈도의 속셩은 곳 긔시(祁氏)오 쟝부의 셩명은 교금(喬琴)이니 일즉 공명의 뜻이 업셔 다만 낙부의 잇셔 공ᄌ롤 글 ᄀ르쳐 공 부 식이더니 낙노애 임의 구왕으로 더부러 년인흐미 이에 쟝뷔 빈승을 쳔거흐 야 구왕부에 나아가 대군쥬롤 ᄀ르쳐 공부흐게 흐더니 미쳐 흔 히 못흐야 대군 쥐 불힝 거셰흐시미 빈승이 졍히 도라오고져 흐더니 구왕낭ᄼ이 지샴 만류흐 시미 ᄆ지 못흐야 그곳에 머믈너 잇더니 이쎄 구왕 낭ᄼ이 ᄆ초ᄋ 유신흐시므 로 【77】 일즉 낙노야로 더부러 지복 졍혼흐야 왈, '만일 군쥐 나거든 원컨디 낙공ᄌ로 더부러 다시 이젼 연분을 잇고져 흐노라.' 흐시더니 ᄆ초아 낙노애 공ᄌ롤 거느려셔 노야로 더부러 군ᄉ롤 닐으혓다가 ᄆ춤닉 화롤 만느고 우리 쟝뷔 ᄯ오흔 군즁에 쏠왓더니 지금 싱ᄉ롤 아지 못흐며 그 후에 낭ᄼ이 과연 져 근 군쥬롤 싱휵흐시미 빈승이 써흐되 져근 군쥬는 곳 낙공ᄌ의 쳐실이라 각별 졍셩을 다흐야 극진히 인도흐고 ᄀ르쳐 다만 쟝닉에 쟝뷔 공ᄌ로 더부러 도라 오거든 조히 혼인을 닐워 단취(團聚)흐려 흐더니 구왕야애 써 황 【78】 샹이 방 쥐(房州)에 폄젹흐야 오리 복위치 못흐믈 분연흐야 이에 하븍도독[河北都督 벼 슬 일홈]요우(姚禹)로 더부러 일지 군ᄆ롤 닐으혀 황샹을 ᄆᄌ 도라오려 흐더 니 ᄆ춤닉 시졀이 어긔고 운쉬 글너 오리지 아녀 해롤 ᄇᄃ시니 빈승이 태감

구권(瞿權)으로 더부러 져근 군쥬와 셰즈 송소(宋素)를 잇글어 ㄱ만이 도망ᄒ더니 불힝 즁노의 ᄃᄃ라 군졸의 쫏친 비 되야 태감과 셰즈로 셔로 실산(失散)ᄒ야 간 곳을 아지 못ᄒ미 빈승이 다만 무한 신고를 겻거 겨유 군쥬를 보호ᄒ야 ᄆ춤 이 암즈의 니르미 암즈 츠지혼 쥬성의 대졉ᄒ믈 힘닙어 니력을 믈은 후 허ᄒ야 머 【79】 리털을 머무러 이곳에 머무러 슈힝ᄒ게 ᄒ더니 ᄆ춤니 쥬승이 거셰ᄒ미 빈승이 아직 쥬승이 되얀지 ᄯᅩ혼 칠년이로되 오히려 머리털을 머무러 두미 죡히 증챰이 되리이다. 군쥬 금년에 십오 셰라 날노 시셔와 불경으로 날을 보니고 ᄆ춤니 문을 나시 업스므로 다른 사름이 알니 업ᄂ니이다. 홍게 가ᄆ니 혜오디 구왕으로 더브러 지복졍혼(指腹定婚)ᄒᆫ 일즉 모친이 말ᄒ시든 비요 교금 부쳐의 두 곳으로 왕니ᄒ며 글 ㄱ르치믄 과연 그 일이 분명ᄒ니 이제 니고의 말을 듯건디 호리도 그르지 아닌지라 진실노 우리 수쉬(嫂嫂) 이곳에 머무시믈 엇지 알니요.”

인 【80】 ᄒ야 말공을 향ᄒ야 왈,

“스뷔 과연 긔시마미(祁氏媽媽)시면 곳 나의 스뫼라 엇지 감히 일향 속이리오 앗가는 과연 ：고를 모로므로 서어히21) 은휘ᄒ미니 ᄇ라건디 스모는 오히려 용셔ᄒ쇼셔! 우리 수쉬 이제 어ᄂ 곳에 머므시ᄂ뇨? 샐니 잇그러 뵈오믈 쳥ᄒᄂ이다.”

말공이 비로소 흔연이 홍거를 인도ᄒ야 젼 뒤ᄒ로 도라 혼 곳 유벽혼 별당의 니르러 문득 홍거를 밧게 머므르고 몬져 드러가 냥ᄌᆞᆷ의게 연유를 통혼 후 쳥ᄒ야 셔로 볼시 홍게 이에 나아가 냥ᄌᆞᆷ으로 더부러 례를 파혼 후 ᄇ라보니 이 문득 룡에 눈썹과 봉에눈으로 거지 비샹혼지라 말 【81】 공이 ：에 맛는 ᄇ와 젼후 ᄉ실을 낫：치 고혼디 냥ᄌᆞᆷ이 십분 깃부며 ᄯᅩ혼 븟그려 말슴을 미처 못ᄒ더니 홍게 의외 수：를 만ᄂ미 거：를 싱각ᄒ미 더옥 간졀ᄒ야 눈물을 흘녀 왈,

“수쉬 비록 이곳에 겨시나 오날：진향ᄒ미 아니런들 엇지 만ᄂ믈 뜻ᄒ얏시

---

21) 【서어히】 图 서어(鉏鋙)히. 우물쭈물. ¶ 支吾 ‖ 스뷔 과연 긔시마미시면 곳 나의 스뫼라 엇지 감히 일향 속이리오 앗가는 과연 ：고를 모로므로 서어히 은휘ᄒ미니 ᄇ라건디 스모는 오히려 용셔ᄒ쇼셔! (師傅旣是祁氏師母, 我又何敢再爲隱瞞. 剛才實因不識師母, 故爾支吾, 尙求見諒!) <鏡花 14:80>

리요 듯건ᄃᆡ 대왕이 나라ᄒᆞᆯ 위ᄒᆞ야 츙의ᄅᆞᆯ 분발ᄒᆞ샤 ᄆᆞᄎᆞᆷᄂᆡ 공을 닐우지 못ᄒᆞ시고 해ᄅᆞᆯ 몬져 ᄇᆞ드샤 가실이 니산(離散)ᄒᆞ시니 사ᄅᆞᆷ으로 ᄒᆞ야곰 샹감ᄒᆞ믈 닉의리잇고!"

인ᄒᆞ야 ᄌᆞ가의 화ᄅᆞᆯ 피ᄒᆞ야 해외에 갓다가 당가의 도라온 ᄇᆞ와 거〻의 니산ᄒᆞᆫ 연유ᄅᆞᆯ ᄌᆞ시 말ᄒᆞ니 냥쟘이 들【82】을ᄉᆞ록 더욱 눈물이 비 ᄀᆞᆺᄒᆞ여 말을 ᄒᆞ고져 ᄒᆞ나 그치더니 ᄆᆞᄎᆞᆷᄂᆡ 붓그러오믈 먹음고 눈믈을 거두어 대왈,

"드르니 태공(太公)과 태〻[太太 조부와 ᄉᆡ모ᄅᆞᆯ 일커르미라] ᄒᆞᆷ게 해외에 피란ᄒᆞ시다 ᄒᆞ더니 근일에 쳬휘 강건ᄒᆞ시며 져졔 엇지 ᄒᆞᆯ노 이곳에 니르시니잇고. ᄒᆞᆼ게 ᄯᅩᄒᆞᆫ 눈물을 먹음어 왈,

"조부와 모친이 임의 거셰ᄒᆞ시고 다ᄒᆡᆼ이 당가 ᄇᆡᆨ부의 거두시믈 힘닙어 다시 고향의 도라오믈 어드니이다."

이ᄯᅢ 사시 모든 사ᄅᆞᆷ이 밧게 니르러 냥인의 문답을 드러오미 크게 놀나며 ᄯᅩᄒᆞᆫ 깃거 일시에 션당의 나아와 셔로 셩명과 년치ᄅᆞᆯ 닐너 례ᄅᆞᆯ 파ᄒᆞᆫ 후 ᄉᆞ시 왈,

"이곳이 부녀【83】의 오ᄅᆡ 머므지 못ᄒᆞᆯ 곳이요 셔로 말ᄒᆞ미 번거ᄒᆞᆯ 분 아니라 군쥐 임의 인아의 졀친ᄒᆞ시니 맛당히 쳔ᄒᆞᆫ 집에 왕굴ᄒᆞ오샤 남ᄆᆡ 조히 회포ᄅᆞᆯ 펴시미 올흐니이다."

냥쟘이 오히려 손샤 왈,

"질녀ᄂᆞᆫ 곳 집이 파ᄒᆞ고 나라히 망ᄒᆞᆫ 지라 임의 츌가ᄒᆞ온지 여러 츈췌니 이 문득 방외(方外)에 인싱이라 엇지 감히 이곳을 ᄯᅥᄂᆞ리잇고 ᄇᆞ라건ᄃᆡ ᄇᆡᆨ모ᄂᆞᆫ 널니 용셔ᄒᆞ쇼셔."

규신 왈,

"말ᄉᆞᆷ은 비록 이 ᄀᆞᆺᄒᆞ시나 이곳이 쳔ᄒᆞᆫ 집으로 더부러 샹게 머지 아니〻 아직 왕굴(枉屈)ᄒᆞ오샤 져기 회포ᄅᆞᆯ 열어 말ᄉᆞᆷᄒᆞ시다가 저녁의 되거든 눈득 이곳에 도라오시미 늣지 아니리이다."

냥쟘【84】이 오히려 츄ᄉᆞ(推辭)ᄒᆞ믈[22] 마지 아니ᄒᆞ되 모든 쇼졔 드른 체

---

22) 【츄ᄉᆞᄒᆞ다】 동 {추사(推辭)하다.} 사양(辭讓)하다. ¶ 냥쟘이 오히려 츄ᄉᆞᄒᆞ믈 마지 아니ᄒᆞ되 모든 쇼졔 드른 체 아니코 일졔히 붓드러 암ᄌᆞᄅᆞᆯ 나며 교ᄌᆞ의 ᄒᆞᆷ게 드러 말공으로 더부러 ᄌᆞᆨ별ᄒᆞ고 총〻급〻히 당부로 도라오니 (宋良箴仍要推辭, 衆姊妹不由分說, 一齊

아니코 일졔히 붓드러 암즈룰 나며 교즈의 흡게 드러 말공으로 더부러 즉별ᄒ
고 총ᄝ급ᄝ히 당부로 도라오니 님시와 최시 모든 사롬이 셔로 볼시 지는 바룰
위로ᄒ고 만는 ᄇ룰 신긔히 일커르니 즈미 낭인이 비로소 피츠 여러 히 환란과
고상을 말ᄒ야 날이 느즈믈 이졋더니 임의 져물미 님시 괴로히 만류ᄒ며 겸ᄒ
야 과거룰 아직 보고 츠ᄝ 낙공즈의 쇼식을 탐쳥ᄒ미 올ᄐ ᄒ니 냥쟘이 엇지
즐겨 조츠리요마는 모든 즈미 임의 냥쟘의 힝니와 금구룰 진슈이 옴겨온지라.
냥쟘의 【85】 위인이 심히 침중ᄒ지라 미ᄝ히 썰치지 못ᄒ고 쏘흔 몸을 임의치
못ᄒ며 쇼고의 지극흔 졍의룰 막지 못ᄒ야 면강ᄒ야 이에 머므니 규신이 임의
슉부룰 쳥ᄒ야 냥쟘의 년셰와 리력을 긔록ᄒ야 고을에 보ᄒ니라. 일노조츠 모
든 즈미 흔 곳에 모다 셔로 즐길시 만일 졔일(除日) 곳 만느면 약화 등 오인은
약을 달혀 목욕ᄒ믈 부즈러니 ᄒ니 냥시와 최시 쏘흔 쏠와 씻기룰 마디 아니터
라. 규신이 향일 희신스(喜神祠)의 나아가 괴셩을 쳠비코져 ᄒ다가 냥쟘을 만느
츙ᄝ이 도라오므로 이에 말공(末空)을 부탁ᄒ고 은냥을 후히 쥬어 희신스의 잇
는 ᄇ 괴셩 겻히 【86】 일위 녀샹을 닐워 공양ᄒ게 ᄒ니라.

  오릭지 아녀 현고 일지 드ᄝ르미 모든 즈미 흔ᄝ 용약ᄒ야 다토아 나아갈시
최시 쏘흔 쏠와 쟝옥에 드니 다름이 아니라 태후 죠셔의 굴오디 녀즈 과거의
드는 지 미명의 양낭 시녀 흔두 사롬식 ᄯ로라 ᄒ므로 가무니 츠환의 일홈을
츙슈ᄒ야 다힝이 샹고ᄒ고 샤실ᄒ믈 면ᄒ니 속담의 니른ᄇ 노션븨라 최시 오
히려 □도다 힝ᄒ야 평싱 지조룰 거울너 시권을 닐워 ᄇ치고 도라왓더니 밋 방
이 나미 규신이 문득 졔일명 장원이 되고 그 다음 약화와 홍미 모든 사롬이 개
ᄝ히 놉 【87】 히 쌘히되 오직 최시는 겨유 말지 일홈에 춤예ᄒ니 최시 ᄀ장
분ᄝᄒ야 쳔죠의도 글 알아보리 업스믈 한ᄒ며 안즈쵸의 문필은 비록 츌뉴치
못ᄒ나 ᄆ춤너 여러 즈미에 셔로 도와 윤식ᄒ믈 힘닙어 다힝이 쌘지믈 면ᄒ니
라. 그 후 군고 일지 드ᄝ르미 즁인이 써ᄒ되 최시 이번은 분명 즐겨 나아가지

<hr>

籧擁出了庵門, 別了末空, 來到唐府.”) <鏡花 14:84> 辭‖ 쥬찬 왈 “너희 강화룰 니 신
텽치 아니면 국스룰 그릇흘ᄀ 슐을 먹지 아니미 올커니와 이졔 고우의 일언의 니 조츤
지라 쏘 무슴 일이 이셔 슐을 취치 아니리오 모로미 츄샤치 말지어다.” (朱粲說: “你來
講和, 我如不允, 恐失誤國事, 戒酒也是.今故又一言, 我卽從命, 再有何事? 開懷勿辭.”) <唐
秦 5:39>

아니리라 ᄒᆞ더니 ᄎᆞ시 갈ᄉᆞ록 흥이 발ᄉᆞᄒᆞ야 풀을 쏨니여 왈,

"즁국ᄀᆞᆺ치 너른 곳에 엇지 글 알아보ᄂᆞᆫ 시관이 업스리요 이번 나아가미 일졍 아ᄂᆞᆫ 사름을 만ᄂᆞ리라."

ᄒᆞ야 남 몬져 나아가 시권을 치졔ᄒᆞ야 급ᄉᆞ히 ᄇᆞ치더 【88】 니 과연 방이 나미 ᄎᆞ시 문득 졔일명 장원이 되니 ᄉᆞᄅᆞ되 군원(郡元)이라 ᄒᆞ고 둘지ᄂᆞᆫ 약홰로 셋지ᄂᆞᆫ 규신이요 넷지ᄂᆞᆫ 홍미요 다셧지ᄂᆞᆫ 즈횐이요 그 남아 모든 즈미 일졔히 샌히며 즈최 ᄯᅩᄒᆞᆫ 즁인을 힘닙어 샌지를 면ᄒᆞ니라.

엇지된고 하회에 분해ᄒᆞ라.

뎡미 납월 이십일 취즁에 그리노라.

권 지 십 오

권 지 십 오

【1】 화셜 군고(郡考)의 샌힌 모든 녀지 일졔히 '문혹슉녀 文學淑女' 편익을 어더 문 알퓌 놉히 셰우니 최시(崔氏) 비로소 ᄆ음에 죡ᄒ고 ᄯᆺ이 ᄀ득ᄒᄂ ᄆ춤닉 칭병ᄒ야 사롬을 내치 아니터니 규신(閨臣) 등 모든 슉녀롤 향ᄒ야 왈,

"닉 과연 이번 군고의 나아가 다시 말지1) 일홈에 춤예ᄒ든덜 그 모양이 쟝춧 엇더ᄒ리요? 경히 그만 그치고져 ᄒ더니 년ᄒ야 몽죠(夢兆)롤 어드니 쎠ᄒ되 닉 만일 군고롤 보지 아니면 일후에 지녀 방 우히 ᄒ 사롬이 뷔리니 반드시 날노 ᄒ여곰 군고의 샌혀야 죠히 그 수롤 치오리라 ᄒ 【2】 야늘 면강(勉强)ᄒ야 보앗더니 엇지 읏듬 쟝원에 올을 줄 ᄯᆺᄒ얏스리오 이제 만일 부시(部試)롤 볼 터이면 도로혀 쟝원이 쓸 ᄃ 업도다!"

규신 왈,

"빅뫼 만일 년세(年歲)의 구익치 아니샤 부시롤 보실진더 결단코 졔일명 지녀롤 어더 오라오실지라 다만 부시 쟝원은 남겨두어 졍〃(亭亭) 져〃롤 쥬시미 죠홀 듯ᄒ여이다."

님시(林氏) 왈,

"군고의 샌힌 지 이십 인이 ᄎ지 못ᄒ거늘 우리집의셔 문득 열두 사롬이 춤예ᄒ니 가히 니르되 본군 문풍(文風)이 편벽도이 우리집에 모히다 ᄒ리로다.

---

1) 【말지】 圏 막내. ¶ 倒數第一 ‖ 닉 과연 이번 군고의 나아가 다시 말지 일홈에 춤예ᄒ든덜 그 모양이 쟝춧 엇더ᄒ리요 (此次郡考, 我本不願再去, 惟恐又取倒數第一, 豈不怕老臉丟盡?) <鏡花 15:1> 末 ‖ 비록 져의 문필에 노슉ᄒᄆᆯ 긔특이 넉이시나 결단코 어린 녀즈의 솜씨 아니라 힝혀 늙은 션비에 ᄎ쪽인가 의심ᄒ샤 겨유 말지 일홈에 부치시다 ᄒ더니 (因筆力過老, 恐非幼女, 兼恐倩代, 因此取在末名.) <鏡花 15:7> 幼 ‖ 즈녀 삼인을 나하 두 형은 뭇이오 쇼부는 말지니이다 (生子女共三人, 二兄居長, 小婦居幼.) <包公 黑痣 8:38>

만일 희쥬(喜酒)를 먹으면 십이일을 먹어야 가히 그치려【3】니와 명일은 일변 희쥬롤 먹으며 겸ᄒᆞ야 슈쥬(壽酒)를 먹으면 더옥 열요(熱鬧)ᄒᆞ리니2) 오날은 몬져 노원(老元)으로부터 시죽ᄒᆞ미 조토다."

냥시(良氏) 왈,

"'노원老元'이라 ᄒᆞ시문 엇진 뜻이니잇고?"

ᄉᆞ시(史氏) 왈,

"칙시 수쉬 본디 늙은 직녀로 이제 군고의 장원이 되시니 이 아니 노원이니잇가."

모다 이ᄀᆞᆺ치 환쇼ᄒᆞ야 셔로 즐기더니 이튼날 당민(唐敏)에 오십 되는 슈신이라 본현과 본군이며 졀도시 이에 예단을 ᄀᆞ초아 몸소 나아와 치하ᄒᆞ고 녀혹싱 인교문(印巧文)과 셕경연(石耕烟)과 축졔홰(祝題花) 일졔히 나아와 헌슈ᄒᆞ며 본토 향환(鄕宦)의 녀즈 소아란(蘇亞蘭)과 죵【4】슈젼(鍾繡田)과 화지방(花再芳)이 쏘ᄒᆞᆫ 당민의게 슈혹ᄒᆞ고 겸ᄒᆞ야 군고의 쌘히므로 각각 녜물을 ᄀᆞᆺ초와 헌슈ᄒᆞ고 샤례ᄒᆞ니 안즈최(顏紫綃) 쏘ᄒᆞᆫ 중인을 쏠와 니른지라 연셕을 크게 열고 희즈(戱子)를 놀니니 규신이 일일히 긱좌의 쳥ᄒᆞ야 차를 드리고 모든 즈미 훔게 모혀 셔로 셩명을 닐너 한훤을 펴미 진실노 너는 날을 어엿버 ᄒᆞ고 나는 너를 ᄉᆞ랑ᄒᆞ야 처음 만나믈 ᄭᅵ닷지 못ᄒᆞ야 십분 반기며 즐길시 이쎠 최시는 힝혀 남이 알가 저허 쓰로 안즈 참예치 못ᄒᆞ더라. 임의 힝례ᄒᆞ기를 ᄆᆞᄎᆞ미 규신이 중인을 쳥ᄒᆞ야 즈긔 침실에 니르니 다만 셔칙【5】이 거리의 ᄀᆞ득ᄒᆞ고 문방이 졍졔ᄒᆞᆯ 분이라 모다 흠션ᄒᆞ며 탄복ᄒᆞ더니 인교문 왈,

"이번 졔위 져져의 시권(試卷)을 밧드러 낡으니 진실노 사람으로 ᄒᆞ야곰 닙과 치이 향긔로온지라. 가군이[인교문印巧文에 부친은 이 고을 즈시니 곳 군고 뵈인 시관이라]시권을 ᄭᅩ노실 쎄 싱각ᄒᆞ시디 태후 죠셔의 니른ᄇᆞ '녕슈(靈秀)

2)【열요ᄒᆞ다】휑 {열요(熱鬧)하다.} 떠들썩하다. ¶ 熱鬧∥만일 희쥬롤 먹으면 십이일을 먹어야 가히 그치려니와 명일은 일변 희쥬롤 먹으며 겸ᄒᆞ야 슈쥬롤 먹으면 더옥 열요ᄒᆞ리니 오날은 몬져 노원으로부터 시죽ᄒᆞ미 조토다 (若論喜酒, 須分十二天方能吃完. 明日又吃喜酒, 又是壽酒, 更覺熱鬧.) <鏡花 15:3> 거년의 너의 노야들이 집의 잇지 못ᄒᆞ미 우리가 더옥이 태태롤 쳥ᄒᆞ여 월식을 구경ᄒᆞ미 믄득 십분 열요ᄒᆞ더니 (往年你老爺們不在家, 咱們越性請過姨太太來, 大家賞月, 却十分熱鬧.) <紅樓 76:3>

흔 긔운이 홀노 남주만 싱기지 아니타' 흐시미 그르지 아니타 흐시더니 밋 군원(郡元)의 시권을 보시미 십분 의아흐샤 왈,

"만일 여러 시권 중에 쳑당(倜儻)흐고 아담(雅淡)흐믈 의논컨디 규신 져;로 맛당히 장원을 흘 거시요 부려(富麗)흐고 셤실(瞻實)흐기를 취흘진디 맛당히 약화 져;로 쟝원을 숨을 거【6】시로디 군원의 글은 비록 이위 져;의 영발(英發)흐믈 밋지 못흐나 이 문득 노슉흐야 무르녹으미 모든 시권 중 웃듬이라 실노 어린 녀주의 슈단이 아니라 흐샤 일노써 가군이 지삼 샹냥흐샤 왈, '이 사름이 만일 무음을 썩여 공부롤 아니흐얏스면 엇지 이 지경의 니르리오 만일 이곳치 글 닑은 사름을 특별이 대졉지 아니면 엇지 써 인지롤 장발흐리요' 흐샤 이에 장원을 숨으시나 기실 즉 이위 져;의 시쳬로 맛곳즈믈3) 싼로지 못흐리라 흐시더라.

축계화 왈,

"군원이 일즉 현고 볼 찌에 가친[축계화의 부친은 곳 이 고을 지현이니 현고 뵈인 시관이라]은 비록 져의 문필에 노슉흐믈 긔특이 넉【7】이시나 결단코 어린 녀주의 솜씨 아니라 힝혀 늙은 션비에 추작(借作)인가 의심흐샤 겨유 말지 일홈에 부치시다 흐더니 드르니 그 사름이 중병을 드다 흐야 지금싼지 만느지 못흐니 가히 섭;흔지라 무춤니 년셰는 언마느 흔지 족히 우리 무리에 스승이 될지라 아지 못게라 모든 져;중에 일즉 그 사름을 알고 보시니 잇느니잇가?"

---

3) 【맛곳다】휑 맞다. 알맞다. ¶ 가군이 지삼 샹냥흐샤 왈, '이 사름이 만일 무음을 썩여 공부롤 아니흐얏스면 엇지 이 지경의 니르리오 만일 이곳치 글 닑은 사름을 특별이 대졉지 아니면 엇지 써 인지롤 장발흐리요' 흐샤 이에 장원을 숨으시나 기실 즉 이위 져;의 시쳬로 맛곳즈믈 싼로지 못흐리라 흐시더라 (彼時家父再三斟酌, 言此人若非苦志用功, 斷無如此筆力, 此等讀書人, 若不另眼相看, 何以鼓勵人才. 所以把他取在第一. 其實不及二位姐姐時派.) <鏡花 15:6> 稱‖ 병법의 닐오디 '반드시 이길 거시 다스시 이시니, 흐나흔 닐온 혜아리미오 둘흔 닐온 쟝냥호미오 세흔 닐온 슐쉬오 네흔 닐온 맛곳즈미오 다스슨 닐온 이긔미니 (兵法云: 必勝有五: 一曰'度', 二曰'量', 三曰'數', 四曰'稱', 五曰'勝'.) <三國 24:82> 외당의 느와 빈긱을 디졉흐니 녜뫼 겸공 최숀흐야 졀도의 맛곳자니 빈긱이 탄복지 아니리 업셔 교구칭하흐야 종일토록 니르 응졉지 못흘너라 <낙쳔 3:10>

완예 왈,

"드르니 군원을 즈훤 져제 닉이 아르신다 ᄒ더이다."

즈훤이 황망이 답ᄒ야 왈,

"미ᅟᅵᆫ는 모롬즉이 사ᄅᆷ을 웃지 말나. 너의 본디 중국 사ᄅᆷ이로되 ᄒ나토 아ᄂ니 업거늘 ᄒ믈며 나는 외국 사ᄅᆷ이라 엇【8】지 셔로 알기를 닉이ᄒ리요."

진쇼츈 왈,

"원리 져제 저로 더부러 가히 니르되 소미평싱(素昧平生)이라 ᄒ시리이다."

인교문 왈,

"가군이 일즉 홍미와 즈훤 져ᅟᅵᆫ의 글을 평논ᄒ시되 맛당히 웃듬에 올을 거시로디 군원의 다음에 오히려 규신 져ᅟᅵᆫ와 약화 져ᅟᅵᆫ의 시권이 잇기로 마지 못ᄒ야 그 다음에 부치믈 그윽이 앗기더이다."

홍미 왈,

"미즈는 본디 해우(海隅)에 궁벽히 잇셔 일즉 문견이 업는지라 이제 우ᄒ로 쌘힘도 오히려 과분ᄒ거늘 엇지 과히 포장ᄒ시믈 감당ᄒ리잇고."

즈훤 왈,

"미즈는 지쥐 석고고 훅업이 엿ᄒ나 오히려 날을 두려 아니터니 이【9】 제 노시[老師 늙은 스승이니 시관을 일커르미라]군원의 노슉ᄒ므로 쟝원의 올니시고 규신 져ᅟᅵᆫ와 약화 져ᅟᅵᆫ로 그 다음에 올니시니 우리는 맛당히 그 ᄋ러 절ᄒ리로소이다."

제홰 왈,

"요ᄉ이 가친 이인 빅부로 더부러 계위 져ᅟᅵᆫ의 문ᄶ롤 의논ᄒ시믈 듯즈오니 쳔하에 인지 비록 만ᄒ나 명년 부시의 웃듬 되리는 규신 져ᅟᅵᆫ와 약화 져ᅟᅵᆫ 두 사ᄅᆷ 밧게 나지 아니리니 우리 의논이 만일 어긔면 다시는 감히 글 쪼노는 안력이 잇다 못ᄒ리라 ᄒ시니 이위 져ᅟᅵᆫ의 문훅이 다만 이 고을 여러 사ᄅᆷ의 ᄯ로지 못홀 분 아니라 쳔하 규녀의 지조 잇는 지 맛당히 거름을 믈너ᄂ리이다."

셕경연 왈,

【10】"일즉 가친에 말ᄉᆷ을 듯건디 이제 글 쪼노는 안력이 맛당히 인빅부로 당디에 졔일을 밀위리라 ᄒ더니 졔위 져제 이ᄀᆺ치 포장ᄒ고 허ᄒ시믈 어드니

명년의 가히 일홈이 경스의 진동ᄒᆞ믈 알지라 우리 무리 오날 ; 셔로 만ᄂᆞ미 ᄯᅩ
ᄒᆞᆫ 영힝ᄒᆞ고 우연치 아니토소이다."

약ᄒᆡ 왈,

"미ᄌᆞ는 곳 해외에 일기 용녈ᄒᆞᆫ ᄌᆞ품이라 ᄆᆞ츰ᄂᆡ 지식이 쳔단(淺短)ᄒᆞ거늘
이에 과장(過獎)ᄒᆞ시믈 밧ᄌᆞ오니 스스로 붓그러오믈 닉의지 못ᄒᆞ리로다. 규신
미ᄌᆞ는 지명이 본디 훤동ᄒᆞ니⁴⁾ 일졍 놉히 ᄲᅢᆫ히려니와 미ᄌᆞ는 이제 비록 우ᄒᆞ
로 ᄲᅢᆫ시믈 닙으나 이 불과 요힝이라 엇【11】지 감히 ᄇᆞ라ᄂᆞ 보리잇고."

염금풍 왈,

"부시에 읏듬을 노시 임의 이ᄀᆞᆺ치 평논ᄒᆞ시니 명년의 젼원[殿元 젼시 장원]
은 규신 져 ; 와 약ᄒᆞ 져 ; 밧게 나지 아니리로다."

교문 왈,

"가군이 일즉 젼시에 ᄎᆞ례ᄂᆞᆫ 미리 졍치 못ᄒᆞ시더이다."

난교 왈,

"노스의 미리 졍치 못ᄒᆞ다 ᄒᆞ시미 대쳬 죠셔의 말ᄒᆞ되 젼시에 비봉을 봉치
말고 벗겨 올니지 말고 ᄇᆞ로 시권으로 드리라 ᄒᆞ시니 두리건디 태휘 별노 편이
ᄒᆞ시는 사ᄅᆞᆷ 잇기로 ᄋᆞ리로셔 고하룰 임의치 못ᄒᆞ다 닐으시미로소이다."

졔ᄒᆡ 머리 조ᄋᆞ 왈,

"져 ; 의 ; 논이 ᄯᅩᄒᆞᆫ 그르지 아니토다."

화지방 왈,

"젼시의 만일【12】비봉을 봉치 아니코 태휘 친히 고하룰 졍ᄒᆞ시면 장원을

---

4)【훤동ᄒᆞ다】〔혱〕{훤동(喧動)하다.} 떠들썩하다. 왁자하다. ¶ 著 ‖ 규신 미 ; 는 지명이
본디 훤동ᄒᆞ니 일졍 놉히 ᄲᅢᆫ히려니와 미ᄌᆞ는 이제 비록 우ᄒᆞ로 ᄲᅢᆫ시믈 닙으나 이 불과
요힝이라 엇지 감히 ᄇᆞ라ᄂᆞ 보리잇고(至閨臣阿妹, 才名素著, 自應高擢. 妹子何知, 昨雖濫
邀前列, 不過偶爾僥倖, 豈可做得定准.) <鏡花 15:10> 만일 져의 본국으로 ᄒᆞ야 다힝이
지녀의 ᄲᅢᆫ히여 일시에 일홈이 훤동ᄒᆞ야 녀ᄋᆞ국의 들니면 져 몹슬 것과 간샤ᄒᆞᆫ 뉴로 ᄒᆞ
야곰 녀ᄋᆞ의 인품과 직혹이 ; ᄀᆞᆺᄒᆞᆫ 줄 알게 ᄒᆞ며 ᄒᆞ물며 쳔죠의 드러와 도로혀 혁 ; ᄒᆞ
고 빈 ; ᄒᆞ게 금방의 일홈이 올으다 ᄒᆞ면 져 즘싱 ᄀᆞᆺᄒᆞᆫ 것들노 ᄒᆞ야곰 붓그려 죽게 ᄒᆞ리
로다 (寫明本籍, 將來倘在天朝中了才女, 一時傳到女兒國, 也敎那些惡人曉得他的本領. 他
們原想害他, 那知他在天朝倒轟轟烈烈, 名登金榜, 管敎那些畜類羞也羞死了.) <鏡花
14:27>

니 쪼흔 브라보리로다."

　종슈젼 왈,

"져제 무슴 묘리 잇서 장원을 도모홀 듯ᄒᆞ니잇가?"

　지방 왈,

"드르니 당초 우리 세샹의 슴겨5) 나지 아니ᄒᆞ여서 태휘 일즉 겨을ᴶ 당ᄒᆞ야 녕을 ᄂᆞ리워 빅화룰 일제히 퓌오미 대연을 비셜ᄒᆞ고 군신으로 ᄒᆞ야곰 글을 지이고 ᄀᆞ쟝 즐기다 ᄒᆞ더니 만일 시권을 ᄭᅩ노다가 나의 셩명이 화지방이라 ᄒᆞ믈 보면 그찌 빅화 퓌든 닐을 싱각ᄒᆞ야 곳치 다시 퓌다 ᄒᆞ야 날노써 특별이 쟝원을 졍ᄒᆞ리라."

　진쇼츈이 닝쇼 왈,

"이ᄂᆞ 져제 과도히 겸손ᄒᆞ미로다. 만일 문흑으로 의 【13】 논ᄒᆞ야도 넉ᴶ히 쟝원을 졈득(點得)ᄒᆞ리니 엇지 셩명을 힘닙으리요."

　지방 왈,

"외면에 풍악 쇼리 들녜고 희ᄌᆞ의 노롬히 브야힌 ᄃᆡ 우리ᄂᆞ 이곳의 모혀 한담만 일솜으미 이 아니 쥬인의 ᄋᆞ롬다온 뜻을 져브리미니잇가?"

　졔위 져제 가시리 업스면 미ᄌᆞᄂᆞ 홀노 나아가 조히 귀경ᄒᆞ리로소이다."

　규신 왈,

"져제 만일 희ᄌᆞ의 노롬을 구경코져 ᄒᆞ실진디 미지 맛당히 뫼셔 홈게 가리이다."

　낙홍게 왈,

"이곳에 손이 만흐시니 쥬인이 가히 손을 뫼셔 대졉ᄒᆞ미 올흔 지라 쇼미 외람히 져ᴶ룰 대신ᄒᆞ야 지방 져ᴶ룰 뫼셔 나아가 귀경ᄒᆞ시게 ᄒᆞ 【14】 리이다."

　지방 왈,

<hr>

5) 【슴기다】 图 생기다. ¶ 出世‖ 드르니 당초 우리 세샹의 슴겨 나지 아니ᄒᆞ여셔 태휘 일즉 겨을ᴶ 당ᄒᆞ야 녕을 ᄂᆞ리워 빅화룰 일졔히 퓌오미 대연을 비셜ᄒᆞ고 군신으로 ᄒᆞ야곰 글을 지이고 ᄀᆞ쟝 즐기다 ᄒᆞ더니 (聞得當年我們還未出世時, 太后曾命百花齊放, 大宴群臣, 吟詩做賦, 甚爲歡喜.) <鏡花 15:12> 生‖ 이 네 ᄀᆞ지 비록 별종은 아니ᄂᆞ 다만 홈긔 쥬나라 시졀의 슴겨나 지금 쳔년이 넘은지라 (此核雖非異種, 但俱生于周朝, 至今千有餘年.) <鏡花 11:34>

"져〻도 ᄯᅩᄒᆞᆫ 손이라 엇지 슈고롭게 ᄒᆞ리잇고."

송낭잠이 미쇼 왈,

"제 비록 손이라 ᄒᆞ나 실즉 당부(唐府) 사ᄅᆞᆷ이다 니르되 반쥬인이라 ᄒᆞ미 해롭지 아니리라!"

홍게 얼골을 붉히며 낭잠을 눈흙의여[6] 도라보며 직방을 잇글어 나가ᄂᆞᆫ지라.

석경연 왈,

"홍거 져졔 이 아니 셰슈[世嫂 스승에 ᄋᆞ들 형졔에 쳐ᄅᆞᆯ 니르미라]시니잇가."

규신 왈,

"그러ᄒᆞ니이다."

소아란 왈,

"교문 져〻와 졔화 져졔 경연 져〻로 더부러 ᄒᆞᆨ문이 연박ᄒᆞ시믈 ᄆᆡ양 노ᄉᆞ[저의 스승이니 곳 당민이라]의 말슴으로 조ᄎᆞ 닉이 듯ᄌᆞ왓더니 오날〻 다ᄒᆡᆼ이 만나믈 어드니 진실노 일홈 ᄋᆞ리 헛 션ᄇᆡ 업도다 〻만 이ᄯᆡ 각쳐의 분〻이 과【15】거ᄅᆞᆯ 보거ᄂᆞᆯ 엇지 ᄐᆞ향의 오ᄅᆡ 머무러 과거의 한을 어긔시ᄂᆞ니잇고?"

경연 왈,

"어제 인(印) 축(祝) 냥위 져〻로 더부러 샹의ᄒᆞ야 오날 ᄉᆞ부의 슈연을 지넌 후 ᄲᆞᆯ니 싀골노 도라가려 ᄒᆞ거니와 이위 져〻ᄂᆞᆫ 본ᄃᆡ 가ᄒᆞᆨ에 연원이 잇ᄉᆞ니 이번 나아가ᄆᆡ 일졍 놉히 ᄲᆡ히려니와 ᄆᆡᄌᆞ ᄀᆞᆺᄒᆞ니ᄂᆞᆫ 스ᄉᆞ로 ᄌᆡᄒᆞᆨ이 노둔ᄒᆞ니 직녀 일홈은 감히 ᄇᆞ라도 못ᄒᆞᄂᆞ니 대쳬 명츈에 경ᄉᆞ로 가ᄂᆞᆫ 길은 조히 졔위 져〻의게 ᄉᆞ양ᄒᆞᄂᆞ이다."

규신 왈,

"져졔 이 엇진 말슴이시니잇고! 만일 져졔 경ᄉᆞ의 니르지 아니시면 문득 젼시의 장원은 사ᄅᆞᆷ이 업스리로소【16】이다."

안ᄌᆞ쇠 ᄌᆞ리ᄅᆞᆯ ᄯᅥᄂᆞ 왈,

6) 【눈흙의다】 ㉭ 눈흘기다. ¶ 瞅‖ 홍게 얼골을 붉히며 낭잠을 눈흙의여 도라보며 직방을 잇글어 나가ᄂᆞᆫ지라 (紅蕖聽了, 把良箴瞅了一眼, 滿面緋紅, 同再芳去了.) <鏡花 15:14>

"쇼미 외람히 흔 말슴을 졔위 져〃게 고흐느니 우리 각〃 규즁의 즈라나 오날〃 셔로 만느미 무음과 뜻이 거의 곳흐니 진실노 엇기 어려온 긔회라 이제 셔로 결의흐야 이셩 즈미 되야 일후 경소의 니르나 셔로 도라보미 조흘 듯흐니 졔위 져〃는 쎠 엇더툿 흐시느니잇고?"

즁인이 일졔히 답응흐야 맛당흐믈 일커르니 젼봉환(田鳳翾) 왈,

"지방 져〃는 스스로 젼원(殿元)을 긔필흐니 져의 모양을 보건더 우리 무리를 눈에 츠지 아니케 알 거시오 ㅂ야흐로 희즈의 노름을 귀경흐기의 즙축흐얏시니7) 부디 져를 【17】 쳥흐야 패흥(敗興)케 말고 다만 홍거 져〃룰 곳므니 블너 니르러 우리 십칠 인만 결의흐미 조흘 듯흐여이다."

완예 왈,

"져〃의 〃논이 극히 맛당흐다."

흐고 인흐야 츠환으로 흐야곰 홍거의게 곳므니 이 뜻을 고흐니 홍게 대희흐야 다른 닐을 일컷고 이에 니르거늘 즉각에 홍젼(紅氈)을 포셜(鋪設)흐고 모든 즈미 일졔히 둘너 셔〃 셔로 녜룰 닐운 후 다시 님시의게 나아가 힝녜흐고 인흐야 희즈룰 보다가 날이 느즈미 즌치룰 파흐고 각〃 허여질시 인교문과 츅계화와 셕경연은 인흐야 본향으로 도라가고 안즈쵸는 시로이 당민을 쫄 【18】 와 슈혹흐야 공부룰 더옥 힘쓰더라.

익년 졍원의 니르러 규신이 모든 즈미로 더부러 경소로 나아가믈 쐬흘시 몬져 현관의 긔힝흐는 문셔룰 무틀시 최시 오히려 가고져 흐므로 문셔룰 흠게 닐윗더니 그 후 냥시와 스시의 지샴 권유흐믈 인흐야 최시 면강흐야 그치니라. 당민이 쎠흐되 챵두(蒼頭)와 유모의 무리 오히려 미들 길 업다흐야 님시로 더브러 의논흐야 안흐로는 말공 니고룰 쳥흐고 밧그로는 다구공(多九公)을 부탁

---

7) 【즙축흐다】동 {잠착(潛着)흐다.} 한 가지 생각에 골똘흐다. ¶ 지방 져〃는 스스로 젼원을 긔필흐니 져의 모양을 보건더 우리 무리룰 눈에 츠지 아니케 알 거시오 ㅂ야흐로 희즈의 노름을 귀경흐기의 즙축흐얏시니 부디 져를 쳥흐야 패흥케 말고 다만 홍거 져〃룰 곳므니 블너 니르러 우리 십칠 인만 결의흐미 조흘 듯흐여이다 (再芳姐姐一心想中殿元, 看他光景, 未必把我們看在眼裏; 況他現在看戱, 可以不去驚動.) <鏡花 15:16> 노부는 님형의 말 듯기에 즙축흐야 쏘흔 구갈이 나더니 무초아 젼면의 쥬뤼[술파는 누히라] 잇스니 흠게 나아가 두어 준 마시며 겸흐야 풍속을 무르미 죠토다 (老夫口裏也覺發乾, 恰喜面前有個酒樓, 我們何不前去沽飮三杯, 就便問問風俗?) <鏡花 5:78>

ᄒᆞ야 호ᄒᆡᆼ(護行)ᄒᆞ게 ᄒᆞ고 일변 은냥을 후히 ᄌᆞ최ᄒᆞ니 구공은 정히 냥기 싱녀의 길을 넘녀ᄒᆞ더니 ᄆᆞ초아 쳥ᄒᆞ믈 【19】 들으니 과연 ᄠᅳᆺ과 ᄀᆞᆺᄒᆞᆫ지라 개연이 허락ᄒᆞ고 말공이 ᄯᅩᄒᆞᆫ 송냥쟘의 외로오믈 넘녀ᄒᆞ더니 이 말을 드르미 크게 깃거 이에 녯날의 샹을 닙어 본ᄅᆡ 면목을 일우고 이에 모다 ᄯᅥᄂᆞ믈 기ᄃᆞ릴ᄉᆡ 각별이 길일을 굴희니 이 해에 윤ᄃᆞᆯ이 ᄉᆞ월이라 이에 이월 망간으로 퇵졍ᄒᆞ니 이 날에 다ᄃᆞ르미 님시 연셕을 베퍼 모다 젼별ᄒᆞ니 규신이 모친과 슉부긔 비셜ᄒᆞ고 쇼봉을 부탁ᄒᆞ야 시봉을 슴가게 이르지 말나 ᄒᆞ고 이에 안ᄌᆞ쵸와 님완예와 낙홍거와 넘금풍과 젼봉환과 진쇼츈과 송냥쟘과 냥홍미와 노ᄌᆞ환과 지난교와 음약화 도합 십이인이 【20】 각ᄉᆞ 복부 양냥을 거ᄂᆞ려 경ᄉᆞᄅᆞᆯ 향ᄒᆞ야 진발ᄒᆞᆯᄉᆡ 모든 사름이 본ᄃᆡ 거년 납월의 길을 나려ᄒᆞ더니 낙홍게 임의 셔신을 부쳐 셜형향(薛衡香)을 쳥ᄒᆞ야 도라오믈 기ᄃᆞ리고 님완예 ᄯᅩᄒᆞᆫ 셔녀용(徐麗蓉)과 ᄉᆞ도미ᄋᆞ(司徒眉兒)8)로 더부러 셔로 녕남으로 모히기로 언약이 잇스므로 ᄒᆡᆼᄒᆑ 져 무리 과거 미쳐 올가 괴로이 기ᄃᆞ리더니 ᄆᆞ춤ᄂᆡ 오ᄅᆡ도록 쇼식이 업스미 ᄆᆞ지 못ᄒᆞ야 이ᄶᅢ에 비로소 ᄯᅥᄂᆞ니라.

각셜 셔셰츙(徐世充)9)이 당년의 당싱을 니별ᄒᆞ고 미ᄌᆞ 녀용과 ᄉᆞ도미ᄋᆞᄅᆞᆯ 거ᄂᆞ려 셩을 변ᄒᆞ여 여시(余氏)라 ᄒᆞ고 ᄆᆞ춤ᄂᆡ 회람(淮南)을 향ᄒᆞᆯᄉᆡ 갈스록 당싱의 죽을 곳에 구활ᄒᆞᆫ 은혜롤 일 【21】 커ᄅᆞ니 미이 ᄯᅩᄒᆞᆫ 쇽신ᄒᆞᆫ 은덕을 각골 명심ᄒᆞ더니 녀용 왈,

"거ᄉᆞ와 수쉬 다ᄒᆡᆼ이 당빅부ᄅᆞᆯ 만ᄂᆞ므로 의외에 골육이 단췌(團聚)ᄒᆞ나 이제 회람으로 가미 그 긔회 엇더ᄒᆞ넌지 모로ᄂᆞ니 거게 일즉 문가 빅부ᄅᆞᆯ 비현ᄒᆞ니잇가. 그 집에 이제 누긔 잇스며 문가 빅모의 셩시는 무어시니잇가?"

셰츙 왈,

"문빅부ᄂᆞᆫ 니 일즉 슈츠 뵈오나 그ᄶᅢ 년긔 어린지라 지금 의희ᄒᆞ고 문빅모의 셩시는 과연 모로ᄂᆞ니 그 ᄌᆞ녀의 다쇼ᄂᆞᆫ 더옥 듯지 못ᄒᆞ니 ᄎᆞᄎᆞ 회람의 니르면 ᄌᆞ연 탐쳥ᄒᆞ야 알니라."

---

8) 원문에는 "司徒[女+武]兒"로 되어 있음.
9) 원문에는 "余承志"로 되어 있음.

힝혼 지 여러날에 홀연 션샹에 스공이 낫ㆍ치 병들어 졈ㆍ【22】위급ㅎ니
형미 샴인이 졍히 경황ㅎ더니 므초아 즁국 비룰 만ᄂᆞ미 일기 스공을 셰너여 비
러오더니 그 비로 조ᄎ 일위 노옹이 셰츙을 보고 ᄀᆞ쟝 슉시ㅎ더니 회람으로 간
다 ㅎ믈 듯고 이에 동힝ㅎ믈 쳥ㅎ고 비에 올ᄆ 오르거놀 셰츙이 ᄯᅩᄒ 물니치지
못ㅎ야 강잉 허락더니 비룰 씌여 셔로 말ᄒᆞᆯᄉᆡ 이 문득 녀용의 유모의 쟝뷔니
셩명은 션신(宣信)이라. 당년의 군시 픠ㅎ야 홋허질 ᄯᅢ 도망ㅎ야 회람졀도ᄉᆞ(淮
南節度使) 문노야 부즁의 니르러 머무런지 십여 년이라 문노애 임의 셔공지 해
외에 피란ᄒ 줄 드르나 오리 음신을 모로미 션신【23】으로 ㅎ야곰 해외에 도
라 심방ㅎ라 ㅎ얏더니 이날 셰츙에 얼골을 ᄇᆞ라보니 완연이 대쥬인의 젼형이
라 거즛 동힝을 일컷고 비예 올맛더니 과연 노쥬 셔로 반길 분 아니라 부체 즁
봉(重逢)ㅎ니라.

제57회

讀血書傷情思舊友　聞凶信仗義訪良朋

　　화셜 여셰츙의 형미 문부(文府) 쇼식을 무를 곳이 업셔 졍히 우민(憂悶)ㅎ더
니 ᄯᅳᆺ 밧게 유부(乳夫)10)룰 만ᄂᆞ지라 반갑고 깃부믈 닉의지 못ㅎ야 유모로 ㅎ
야곰 쟝부로 셔로 보아지ᄂᆞᆫ 바룰 낙ㆍ히 말ㅎ야 츙의룰 일컷고 인ㅎ야 녀용과
미ᄋᆞ의게 힝례ᄒ 후 비로소 한담ᄒᆞᆯᄉᆡ 셰츙이ㆍ에 문부 니력과 인구룰 무른디
션신이 대왈,

　　"문노애 션셰로부터 강남의 호젹ᄒ【24】시다가 하북(河北)에 우거ㅎ시니

---

10) 【유부】圀 {유부(乳夫).} 유모(乳母)의 남편. ¶ 奶公∥ 화셜 여셰츙의 형미 문부 쇼식을
　　무를 곳이 업셔 졍히 우민ㅎ더니 ᄯᅳᆺ 밧게 유부룰 만ᄂᆞ지라 반갑고 깃부믈 닉의지 못ㅎ
　　야 (話說余承志正因不知文府消息, 無從訪問; 今見奶公, 歡喜非常.) <鏡花 15:23> 奶公∥
　　쇼네 유부 잇셔 ᄯᅡ라와 관광코져 ㅎ더니 의외에 종긔를 알아 셩명을 보젼키 어려울지
　　라 (小女有個奶公, 亦隨來看考, 不料害起瘡來, 難保性命.) <綠牡 6:101> 셜반의 유부와
　　일 아는 노즈 두 명을 파뎡ᄒ 외에 셜반의 샹히 부리는 쇼동 두 명을 더 쥬니 노쥬 합
　　ㅎ여 녀셧 사름이라 (派下薛蟠之奶公老蒼頭一名, 當年諳事舊僕二名處, 有薛蟠隨身常使
　　小厮二名, 主僕一共六人.) <紅樓 48:15>

다른 졔형이 업고 부인 쟝시(章氏)로 더부러 오위 공ᄌᆞ를 두시고 다시 이위 쇼
져를 두시니 쇼져는 곳 이랑[姨娘 별실이라]의 나흔 비라 이랑이 일즉 거세ᄒᆞ
미 쟝부인이 거두어 긔츌을 솜으시니 대공ᄌᆞ의 셩명은 문운(文芸)이요 이공ᄌᆞ
는 문강(文强)11)이요 샴공ᄌᆞ는 문긔(文萁)요 ᄉᆞ공ᄌᆞ는 문송(文菘)이요 오공ᄌᆞ
는 문힝(文[艹+小])이니 년긔 거의 다 이십 안팟기요 낫ᄎ치 용밍이 비범ᄒᆞᆫ 중
대공ᄌᆞ와 ᄉᆞ공ᄌᆞ는 더욱 지혜 쪽ᄒᆞ며 쟝냑이 유여ᄒᆞ니 사름이 니르되 '문씨오
봉文氏五鳳'이라 ᄒᆞᄂᆞᆫ지라. 문노얘 년셰 비록 오십이 넘지 못ᄒᆞ시나 ᄯᆡ로 질병
이 만흐므로 거의 노경의 니르시며 겸【25】ᄒᆞ야 여러번 죠셔를 밧ᄌᆞ와 왜구
를 졍벌ᄒᆞᄆᆞ로 안ᄆᆞ(鞍馬)의 슈고로와 더욱 쇠로ᄒᆞ시되 근일 회람으로부터 님
해 지방의 해구를 평졍ᄒᆞ기는 젼혀 오위 공ᄌᆞ의 도ᄋᆞ시는 힘이라. 문노얘 미양
벼술을 드리고 님하의 물너가고져 ᄒᆞ시나 황상이 오히려 방쥬에 폄젹ᄒᆞ샤 ᄋᆞ
리 복위치 못ᄒᆞ시므로 ᄎᆞᆷ아 도라가믈 쳥치 못ᄒᆞ시더이다.”

녀용 왈,

“이위 쇼졔 ᄇᆞ야흐로 년긔 언ᄆᆞᄂᆞ ᄒᆞ더뇨?”

션신 왈,

“거의 다 십오뉵 셰는 되 다ᄒᆞ나 대쇼져의 일홈은 셔향(書香)이니 증시랑의
공ᄌᆞ 증렬의게 허혼ᄒᆞ고 이쇼져의 일홈은 묵향(墨香)이니 양【26】 어ᄉᆞ의 공
ᄌᆞ 양연(陽衍)의게 허혼ᄒᆞ야 아직 츌가치 아니ᄅᆞ이다.”

셰츙 왈,

“오위 공지 임의 다 혼취ᄒᆞ얏ᄂᆞ뇨?”

션신 왈,

“비록 각ᄌᆞ 빙폐는 힝ᄒᆞ나 아직 셩녜는 아니ᄒᆞ니 대공ᄌᆞ는 산람졀도ᄉᆞ 쟝노
야의 쇼져 쟝난영(章蘭英)으로 졍혼ᄒᆞ고 이공ᄌᆞ는 죠쥐ᄌᆞᄉᆞ 쇼노야의 쇼져 쇼
홍영(邵紅英)으로 졍ᄒᆞ고 샴공ᄌᆞ는 공부샹셔 대노야의 쇼져 대경영(戴瓊英)으
로 졍ᄒᆞ고 ᄉᆞ공ᄌᆞ는 허쥐ᄎᆞᆷ군(許州參軍) 왕노야의 쇼져 왕슈영(王秀英)으로 졍
ᄒᆞ고 오공ᄌᆞ는 뉴쥐ᄉᆞᄆᆞ(柳州司馬) 단오야의 쇼져 단옥영(段玉英)12)으로 졍ᄒᆞ

---

11) 원문에는 “文荊”로 되어 있음.
12) 원래는 “錢玉英”으로 되어 있음.

시니 쟝시 부인은 곳 하동절도스 장경의 져졔시니 사름되오미 극히 인즈【2
7】호샤 평성에 조흔 일 호기로 일솜으샤 이워 쇼져를 긔츌에 조곰도 다르미
업고 무릇 빈궁흔 사름을 낫ᄂ치 구졔호야 약을 쥬며 관지롤 도으며 ᄃ리롤 고
치며 길을 닷가 조흔 일이면 부디 힝호시니 회람지경의 사름ᄆ다 감덕호야 니
르되 활보살이라 호ᄂ니이다."

　　셰츙 왈,

　　"져 오위 공지 무슴 일 지금ᄀ지 셩친을 아니호뇨?"

　　션신 왈,

　　"문노야와 쟝부인이 엇지 일즉 혼취코져 아니시리요마는 근년에 태휘 죠셔
룰 ᄂ리와 녀과롤 뵈여 지녀롤 쏩는다 호므로 모든 쇼졔 부디 과거롤 본 후 셩
혼호려 호므로 지금ᄀ지【28】지체호ᄂ니 문부 낭위 쇼져도 ᄯ흔 일노써 지금
츌가치 아니시니이다."

　　셰츙 왈,

　　"원리 즁국에 시로이 무슴 녀과롤 뵈는도다 져 ᄉ오나온 겨집이 황샹을 ᄆ즈
도라오지 아니코 제 문득 시 졔목을 창셜호야 쳔하 녀즈로 호야곰 혹호게 호는
도다."

　　션신 왈,

　　"쇼쥬 모와 쇼졔 일즉 글 닑고 지으시리니 쟝니 문부의 니르시면 두리건디
낭위 쇼졔 잇그러 흠게 과거롤 보시리로소이다."

　　셰츙 왈,

　　"니 일즉 져 ᄉ오나온 겨집으로 더부러 불공대쳔지쉬라 춤아 엇지 안해와 누
의로 호야곰 져의게 과거롤 보게 호리요."

　　션신 왈,

　　"공즈의 말솜은 과연 그르지 아【29】니시나 일후에 쟝부인이 부디 낭위 쇼
져로 더부러 흠게 가과져13) 호시면 두리건디 면치 못홀 듯호여이다."

---

13)【-과져】回 -게 하고자. ¶ 공즈의 말솜은 과연 그르지 아니시나 일후에 쟝부인이 부디
　　낭위 쇼져로 더부러 흠게 가과져 호시면 두리건디 면치 못홀 듯호여이다 (公子此話雖
　　是; 但恐那時章氏夫人高興, 特命同去, 何能推脫?) <鏡花 15:29> 이 도시 국왕이 사름으

셰츙 왈,

"그 말은 다시 니르지 말나 하동졀도스 쟝노얘 곳 쟝부인의 거게라 ᄒᆞ니 져 곳에 공지 멋치며 쇼졔 언미를 유뷔 거의 알니로다."

션신 왈,

"쟝노얘 문노야로 더부러 남미 졀인이 이시니 ᄯᅵ로 왕ᄂᆡᄒᆞ시ᄂᆞᆫ 지라 그 부즁 대쇼스를 노릐 엇지 모로ᄂᆞᆫ 비 잇스리잇고."

셰츙 왈,

"당일에 노얘 군즁에셔 날을 보ᄂᆡ실 ᄯᅵ 두 봉 혈셔를 닐워 쥬시며 왈,

"ᄒᆞ느혼 회람 문노야게 드리고 ᄒᆞᄂᆞᆫ혼 하동 쟝노야게 드리라 ᄒᆞ시더니 이제 【30】 문부의 나아간 후 만일 도로의 막히미 업스면 ᄒᆞᆫ번 하동에 나아가 쟝노야를 뵈와 이 ᄯᅳᆺ을 고ᄒᆞ고져 ᄒᆞ미 ᄌᆞ셰히 뭇노라."

션신 왈,

"져곳에 인귀 심히 만ᄒᆞ니 공지 미리 뭇지 아니시든덜 져곳에 나아가시나 엇지 분변ᄒᆞ시리잇고? 쟝노야ᄂᆞᆫ 본디 강남으로 호젹ᄒᆞ시니 졔형 스위로셔 십위 공ᄌᆞ를 두시고 스위 쇼져를 두시니 삼위 형졔ᄂᆞᆫ 이제 임의 거셰ᄒᆞ시고 그 십위 공ᄌᆞ의 년긔 ᄯᅩ혼 이십이 넘지 못ᄒᆞ되 낫ᄎᆞ치 형용이 셰상을 덥흘 분 아니라 스공ᄌᆞ와 오공ᄌᆞᄂᆞᆫ 혹문이 더옥 놉ᄒᆞ므로 사름이 니르되 '쟝시십회章氏十虎'라 ᄒᆞ니 대공ᄌᆞᄂᆞᆫ 쟝【31】홍(章荭)이니 일즉 개봉부스ᄆᆞ 졍노야(井老爺)의 쇼져 졍요츈(井堯春)으로 졍혼ᄒᆞ고 이공ᄌᆞᄂᆞᆫ 쟝겸이니 회계틱슈(會稽太守) 좌노야의 쇼져 좌셔츈(左瑞春)14)으로 졍혼ᄒᆞ고 삼공ᄌᆞᄂᆞᆫ 쟝형(章蘅)이니 검남도독(劍南都督) 뇨노야(廖老爺)의 쇼져 뇨희츈(廖熙春)으로 졍혼ᄒᆞ고 스공ᄌᆞᄂᆞᆫ 쟝용(章蓉)이니 무림쳠군 업노야의 쇼져 업방츈(鄴芳春)으로 졍혼ᄒᆞ고 오공ᄌᆞᄂᆞᆫ 쟝훤이니 호부시랑 탁노야의 쇼져 탁금츈(卓錦春)15)으로 졍혼ᄒᆞ고 뉵공ᄌᆞᄂᆞᆫ 쟝뵈(章

로 ᄒᆞ야곰 축혼 일 ᄒᆞ과져 권계혼 ᄯᅳᆺ이러니 다힝이 글 닑ᄂᆞᆫ 지 만ᄒᆞ므로 능히 긔질을 변화ᄒᆞ야 셩현의 ᄀᆞ르치시믈 죠ᄎᆞ 필경 검은 글ᄌᆞ 편익 엇ᄂᆞᆫ 지 만치 아니ᄒᆞ니이다 (這總是國主勉人向善, 諄諄勸戒之義. 幸而讀書者甚多, 書能變化氣質, 遵著聖賢之敎, 那爲非作歹的究竟少了.) <鏡花 5:91> 교오ᄒᆞ미 임의 강도의 버르시기로 고치과져 ᄒᆞ노라 (驕傲固是强盜習氣, 何妨把這惡習改了?) <鏡花 13:22>

14) 원문에는 "左融春"으로 되어 있음.

(保)16)니 병부낭즁(兵部郎中) 츄노야의 쇼져 츄환츈(鄒婉春)으로 정혼ᄒ고 칠공
즈는 쟝쇠(章苕)니 샹쥬 스ᄆ(常州司馬) 시노야의 쇼져 시염츈(施艷春)으로 정
혼ᄒ고 팔공즈는 쟝근(章芹)이니 병부원외(兵部員外) 뉴노야의 쇼져 뉴의츈[柳
瑞春]17)【32】으로 청혼ᄒ고 구공즈는 쟝영(章英)18)이니 태의원(太醫員) 반노
야의 쇼져 반려츈(潘麗春)과 정혼ᄒ고 십공즈는 쟝이(章艾)니 낙양스ᄆ(洛陽司
馬) 도노야의 쇼져 도곡츈(陶谷春)19)으로 정혼ᄒ나 ᄒ갈ᄀᆞᆺ치 녀과를 지닌 후
셩혼ᄒ다 ᄒ더이다.”

녀용 왈,

“져곳 스위 쇼졔 년긔 언마나 ᄒ다 ᄒ더뇨?”

션신 왈,

“스위 쇼졔 ᄯᅩᄒᆫ 년긔 최지치20) 아니시니 대쇼져의 명은 난방(蘭芳)이니 어
스 채노야의 공즈 채숭(蔡崇)으로 정혼ᄒ고 이쇼져는 혜방(蕙芳)이니 한림 담노
야의 공즈 담슈(譚□)로 정혼ᄒ고 삼쇼져로 경방(瓊芳)이니 스인 셥노야의 공즈
셥양(叶洋)으로 정혼ᄒ고 스쇼져는 월방(月芳)이니 혹스 져노야(褚老爺)의 공
【33】즈 져호[褚潮]로 정혼ᄒ니 그도 일병 과거 보기를 위ᄒ야 아직 출가치
아니ᄒᆞ이다. 쟝문이 위노애 쟉위 극히 놉ᄒ시고 쳔하의 유명ᄒ시니 졔위 쇼졔
과거의 나아갈시 만일 본셩을 쓰면 태휘 반드시 형세로 쳥탁ᄒ다 홀가 ᄒ야 믄
득 각ᄀᆞᆨ 부가(夫家) 셩시로 일홈을 보ᄒ미 지금 집에 잇셔도 낫ᄀᆞᆺ치 부가 셩시
로 칭호ᄒ니 만일 이런 연고를 모르시면 일후 듯고 분변치 못ᄒ시리이다.”

셰츙 왈,

“쟝부 십위 식부와 문부 오위 식부에 명찌 엇지 즈미ᄀᆞᆺ치 항렬을 지으뇨?”

션신 왈,

---

15) 원문에는 “鄭錦春”으로 되어 있음.
16) 원문에는 “章莒”로 되어 있음.
17) 원문에는 “柳瑞春”으로 되어 있음.
18) 원문에는 “章芬”으로 되어 있음.
19) 원문에는 “陶秀春”으로 되어 있음.
20) 【칙지다】 图 기울어지다. ¶ 差∥ 스위 쇼졔 ᄯᅩᄒᆫ 년긔 칙지치 아니시니 (四位小姐年紀
都與文府小姐差不多.) <鏡花 15:32>

"이는 쟝부인이 셔신으로 각집에 통ᄒᆞ야 일변 '영英' ᄌᆞ와 '츈春' ᄌᆞ【34】로써 비항ᄒᆞ야 일후 방목에 일홈을 보면 ᄒᆞᆫ 집 식부로 알게 ᄒᆞᄆᆞ니이다.

노쥬 냥인이 일노에 한담ᄒᆞ야 날노 힝ᄒᆞᆯᄉᆡ 년ᄒᆞ야 거스리는 ᄇᆞ람을 만나 여러 날만에 겨유 회람지계에 다ᄃᆞ르니 다시 져근 ᄇᆡᄅᆞᆯ 셰니여 ᄇᆞ로 절도아문(節度衙門)에 니르러 션신으로 몬져 통ᄒᆞ고 셰츙이 나아가 문절도의게 례ᄒᆞᆫ 후의 부친의 혈셔를 밧드러 올니니 문공이 ᄇᆞ다보ᄆᆡ 슬푸믈 닉의지 못ᄒᆞ며 인ᄒᆞ야 즈긔 심ᄉᆞᄅᆞᆯ 촉동ᄒᆞ야 쳐챰ᄒᆞᆷ믈 ᄆᆞ지 아녀 왈,
"녕존이 비록 대ᄉᆞᄅᆞᆯ 닐우지 못ᄒᆞ나 오히려 깃분 ᄇᆞ는 현질이 해외에 도망ᄒᆞ야 독슈를 만ᄂᆞ지 아【35】니ᄂᆞ 하늘이 츙냥에 후를 ᄭᆞᆫ치 아니믈 알지라. 오날ᄉᆞ 현질을 대ᄒᆞ니 진실노 눈믈이 변ᄒᆞ야 우음이 되리로다."
인ᄒᆞ야 슈염을 어로만져 탄식ᄒᆞ야 왈,
"현질은 날을 보라 나히 오십이 못ᄒᆞ야 슈발이 진슈히 희고 노병이 쇠약ᄒᆞ야 ᄆᆞ츰니 ᄇᆞ람의 촉블 ᄀᆞᆺᄒᆞ니 녕존으로 더부러 허여진 후로부터 마치 형극 ᄀᆞ온더 쳐ᄒᆞ고 침젼 우희 안즌 듯ᄒᆞ니 나의 심ᄉᆞᄅᆞᆯ 거의 짐죽ᄒᆞ리니 이 경계를 당ᄒᆞ야 엇지 아니 늙으리요! 녯말에 '쥬욕신ᄉᆞ主辱臣死'라 ᄒᆞ얏ᄂᆞ니 이제 우리 쥬샹이 비록 욕에 니르든 아니시나 ᄯᅩᄒᆞᆫ 욕에 머지 아니시니 신ᄌᆞ의 ᄆᆞ음이 엇더ᄒᆞ【36】리요 지금가지 구ᄎᆞ히 죤쳔을 부지ᄒᆞ야 일즉이 믈너가지 못ᄒᆞᆷ믄 일즉 쥬샹이 오히려 복위치 못ᄒᆞ시고 일즉 내란을 ᄆᆞ츰니 평졍치 못ᄒᆞ니 잇ᄯᅥ 만일 믈너간즉 다만 살아셔 님군에 근심을 난호지 못ᄒᆞ야 신절이 문허질 분 아니라 죽은들 무슴 면목으로 션황을 지하의 뵈오리요 임의 믈너나지 못ᄒᆞ면 맛당히 나아가미 올ᄒᆞ되 져 무리 흉당이 날노 더옥 챵궐ᄒᆞ니 만일 즈레 움즉인즉 진실노 나는 나뷔 블에 더짐과 올노쎠 돌을 침 ᄀᆞᆺᄒᆞ니 ᄒᆞ물며 녕존이 후에 다시 구왕 모든 사름의 일이 젼감(前鑑)이 되는지라 다만 공을【37】 닐우지 못홀 분 아니라 도로혀 쥬샹긔 화를 ᄭᅵ칠가 져허ᄒᆞᄂᆞ니 ᄉᆞ셰 이 ᄀᆞᆺᄒᆞᄆᆞ로 니른ᄇᆞ 믈너가도 못ᄒᆞ고 나아가도 못ᄒᆞ지라. ᄎᆞ타(蹉跎)ᄒᆞ야 셰월을 보너되 ᄆᆞ츰니 조흔 계교를 엇지 못ᄒᆞ니 '불츙不忠' 두 ᄌᆞ는 나 문은(文隱)이 만번 죽은들 엇지 ᄉᆞ양ᄒᆞ리요! ᄯᅩᄒᆞᆫ 년리에 병이 더ᄒᆞ야 날노 쇠픽(衰敗)ᄒᆞ니 ᄆᆡ양 쥬샹을 ᄉᆡᆼ각ᄒᆞ면

오쟝이 틋는 듯홀 분이라. 나는 인세의 오러지 아니리니 모춤너 쥬샹을 므즈 죠졍에 도라오시게 못호니 다만 우리 후인을 권면호야 힘써 이 뜻을 니으면 가히 평싱에 못 닐운 원을 므츨지라 다시 브랄 비 업도다!"

인호야 허희 쟝탄호야 영웅에 눈믈 【38】 쩌러지믈 면치 못호니 셰튱이 즈긔 비회는 오히려 발뵈지 못호야 다만 붓드러 위로호니라. 이찌 문공이 복부교즈로써 이위 쇼져롤 므즈 내아의 드리니 스도미으와 여녀용(余麗蓉)이 샹방(上房)의 니르러 일:히 졀호야 뵈온 후 셔향(書香)과 묵향(墨香) 이위 쇼져로 더부러 녜롤 펴고 말슴을 열미 십분 관흡호야 피츠 처음 만느믈 찌닷지 못호더라.

여셰튱이 쏘흔 쟝부인긔 입현호고 외당의 믈너와 오위 공즈로 더부러 홈게 모히미 한훤을 뭇지 못호야 흔 말에 뜻이 비최니 다만 늣기야 셔로 보믈 한홀 분이라 대공즈 문운 왈,

"당년의 녕존(令尊) 빅뷔 나라흘 위호야 몸을 브리 【39】 시니 비록 대스롤 닐우지 못호시나 튱졀이 혁:호야 만고의 일홈을 드리워 일월과 빗츨 다토시니 대쟝뷔 닐을 호면 맛당히 이 ᄀᆞ흘지니 지어 셩패는 하늘 명을 브들 분이니라.

오공즈 문힝(文[卄+小]) 왈,

"나의 므음 ᄀᆞ흘진디 브로 경스로 즛쳐올나 갈 거시니 제 임의 쥬샹으로써 균쥐(均州)에 가도왓다가 방쥐(房州)에 귀향보너다 호야 이리 보너고 져리 보너니 이 문득 무슴 도리뇨! 도모지 스거(四哥)의 무슴 쳔문 본다 호기로 무슴 도슈(度數)롤 기드린다 무슴 졈쾌에 고허(孤虛)롤 범호다 호야 지금ᄭᅥ지:쳬호니 진실노 죵긔롤 길너 병이 큰지라 쟝니에 져의 우익(右翼)【40】 이 더옥 닐우면 ᄀᆞᆯ스록 거오기 어려오리이다."

이공즈 문강과 숨공즈 문긔 홈긔 분연 왈,

"무시 만일 쥬샹을 조히 ::편호게 두면 우리 무리 오히려 춤고 춤아 찌롤 기드리려니와 만일 :회(一毫)나 손을 놀녀 쥬샹을 범호다 호면 엇지 쳔문(天文)인지 괘샹(課象)인지 혜아리::요 우리 다만 오졔(五帝)와 셰튱 거:로 더부러 브로 쟝안을 즛질너 무시로 호야곰 찌롤 머무르지 아니호여야 비로소 우리 문시(文氏)에 튱의와 무셔온 줄을 알니라."

스공즈 문송(文菘)이 쳔:이 발호야 왈,

"냥위 거ᄌ와 오졔는 너모 셩급히 구지 말나! 이제 ᄌ미원(紫微垣)의 희미ᄒᆫ
【41】 광치 쏘이니 심월호[心月狐 무후의 쥬셩이라]의 광망(光芒)이 스스로
쇼산(消散)홀지라 이제 보아오미 무시(武氏)에 긔쉬 쏘ᄒᆫ 졍흔 비 잇스니 블과
다시 샴오년을 지니면 스스로 ᄒᆫ번 드러 공을 닐우리라. 이ᄯᅦ에 만일 망녕도이
ᄌ레 움즉이면 니른ᄇᆞ 하늘을 거스려 힝ᄒᆞ미니 다만 ᄌᆡ긔 몸에 히로올 분 아니
라 쥬샹의게 화ᄅᆞᆯ 옴기리니 당일 구왕의 닐이면 젼감이 되지 아니랴?"

문힝 왈,

"쇼졔 오히려 싱각ᄒᆞᄂᆞ니 젼년의 스거게 일즉 말ᄒᆞ되 무시에 죄악이 날노 ᄎᆞ
간다 ᄒᆞ시더니 이제 쏘 말ᄒᆞ되 샴오년이라 ᄒᆞ시믄 그 엇진 ᄯᅳᆺ이니잇고?"

문송 왈,

"당일에 【42】 니 말홀 ᄯᅦ는 심월호에 광망이 임의 물너 가기로 그리 넉엿더
니 근리에 홀연 ᄒᆫ 줄기 긔이ᄒᆫ 빗치 니러나 ᄌ미원을 덥허 ᄌ셰히 뵈지 아니
므로 다시 샴오년을 기ᄃᆞ려 닐을 시죡ᄒᆞ리라 ᄒᆞ노라. 나는 드르니 억견으로 쳔
문을 아노라 ᄒᆞ는 무리는 ᄉᆡᄒᆞ되 회광반죠[回光返照 빗츨 도로혀 도로 비최다]
라 ᄒᆞ되 나는 ᄉᆡᄒᆞ되 하늘에 화긔ᄅᆞᆯ 감동ᄒᆞ야 블너 니르다 ᄒᆞ노라."

셰츙 왈,

"제 무슴 하늘을 놀니고 ᄯᅡ흘 움즉일 션졍(善政)을 힝ᄒᆞ야 문득 이 지경의 니
르리요?"

문송 왈,

"내 과연 이 일노ᄡᅥ 깁히 궁구ᄒᆞ고 널니 듯보되 오히려 엇지ᄒᆞ야 【43】 닐윈
ᄇᆞ를 모롤너니 그 후에 져의 죠셔 ᄂᆞ리온 ᄇᆞ를 보니 대체 그 빗치 이 일노 조ᄎᆞ
블너 닐위시러라."

셰츙 왈,

"그 엇던 죠셔의 엇던 닐을 힝ᄒᆞ니잇고?"

문송 왈,

"제 문득 칠십 대슈ᄅᆞᆯ 당ᄒᆞ야 은혜 베푸는 죠셔ᄅᆞᆯ ᄂᆞ리오디 그 즁 구실을 덜
고 군ᄉᆞᄅᆞᆯ 무휼ᄒᆞ고 버슬을 도ᄃᆞᆷ은 블과 네ᄉᆞ 닐이어니와 별노 열두 조건은 젼
혀 부녀ᄅᆞᆯ 위ᄒᆞ야 베푼 녜니 제일 효졔ᄅᆞᆯ 졍표(旌表)ᄒᆞ고 빅골을 거두어 뭇으며

궁녀를 노흐보너며 과부를 먹여 기르며 약국을 비셜흐며 정녈 스당을 세워 밋 양온원(養媼院)과 휵녀당[育女堂]에 뉴에 니르러 노진【44】 실노 젼고의 업는 은젼이라 이 죠셰 흔번 느리미 쳔하 각관이 뉘 능히 즐겨 밧드러 힝치 아니리요. 즉각으로부터 몃 빅셩의 목숨을 구흐며 무슈흔 부녀의 괴로오믈 면케 흐니 산 사름으로 흐야곰 은혜를 밧고 죽은 즈로 흐야곰 감격흐믈 먹음어 하늘 으러 허 다흔 슬피 우는 쇼리로써 홀연이 변흐야 즐겁고 화흔 긔운이 되니 이 ᄀᆞᆺ흔 광경 이 엇지 우흐로 하늘화긔를 부르지 아니리요 그 빗치 일졍 이 일노 말믜암으미 라 그러나 제 일즉 살육을 만히 흐고 명졀을 문흐쳐 죄 지으미 만흐니 비록 이 빗츨 어드나 불과 샴오년【45】 을 지나면 가히 쇼멸홀지라. 이쌔는 졍히 그 시 죽흐는 처음이니 범흐면 반드시 패흐리니 ᄀᆞ부야이 동흐미 만ː 블가흐니라! 오 졔 만일 니 말을 밋지 아니커든 져기 슈일을 기드리면 즈연 징험이 잇스리라.”

세츙 왈,

“무슴 징험이 잇스리요? 붉이 ᄀᆞ르치라.”

문송 왈,

“쇼졔 년일흐야 쳔상을 보니 농우(隴右)지방의 병혁(兵革)이 니러날 긔샹이 로더 그 긔샹이 심히 쇠패(衰敗)흐니 반드시 패홀 징죄라. 나의 혜아림은 써흐 되 이 반드시 농우졀도스 스빅뷔 그릇 동용의 말을 고지 듯고 써 심월회 이제 회광반죠(回光返照)흐니 오러지 아니리라 흐야 혼즈 힘으로【46】 근왕흐야 긔 특흔 공훈을 닐우려 흐야 경션이 움죽이고 망녕도이 시죽흐야 스스로 몸이 죽 을 화를 취흔 듯흐도다!”

졍히 담논흐더니 과연 각쳐 쥬군에 문뵈(文報) 분ː이 니르러 왈, ‘농우졀도 스 스일(史逸)이 군스를 닐흐여 반흐니 태휘 대로흐야 특별이 정병 샴십만을 죠발흐야 대쟝 무구스(武九思)로 흐야 졍토흐라’ 흐니 모든 형졔 비로소 문송의 쳔문을 슬피미 그르지 아니믈 항복흐더라.

세츙 왈,

“스빅뷔 만일 군 패흐시면 가히 앗가온 부는 낙가(駱家) 현졔 쇼년 영걸노 일 즉 그곳에 몸을 의탁흐얏더니 싱스존망이 엇더흔지 모로리【47】 로다.”

문운(文芸) 왈,

"이 아니 빈왕 빅부의 ᄋ지니잇가? 형쟝이 해외로 조츠 도라오시거늘 엇지 낙형이 그곳에 잇는 줄 알으시ᄂ니잇고?"

셰튱 왈,

"당일 션친이 낙가 슉부로 더부러 긔병ᄒ실 씨 쇼제 낙가 현제로 더부러 홈게 군중에 쏠왓더니 인ᄒ야 군시 크게 패ᄒ고 ᄉ세 임의 훌일 업스미 션친이 쇼졔롤 명ᄒ야 이곳으로 가라 ᄒ시고 낙졔는 농우로 ᄉ빅부의게 가게 ᄒ신지라 이제 만일 ᄉ빅뷔 실니(失利)ᄒ시면 져도 응당 그 군중의 잇스리로다."

문힝 왈,

"우리 무리 먼리 써나 잇셔 ᄒ로 구치 못ᄒ니 쟝츳 엇지ᄒ여야 조흐리요!"

문운 왈,

"셜혹 ᄀᄌ가히 【48】 잇슨들 엇지 용이히 구ᄒ리요? 이쎄롤 당ᄒ야 ᄀ만니 사름을 보니야 쇼식을 탐쳥ᄒ 후 다시 계교ᄒ미 올흐니라."

문긔 왈,

"빈왕 빅뷔 당일 부친으로 더부러 결의ᄒ신 형졔라 이제 낙형이 환란에 들미 우리 무리 맛당히 나아가 구ᄒ미 올커놀 엇지 손을 쏘즈 모로는 쳬ᄒ리요!"

문강 왈,

"지금 계교는 다름 아니라 위션 나와 삼졔와 셰튱 거ᄒ로 더부러 ᄀ만니 농우에 나아가 쇼식을 듯보미 엇더ᄒ니잇고?"

문운 왈,

"그리ᄒ고져 홀진디 몬져 부친게 품고ᄒ야 힝지롤 졍ᄒ라."

문긔 왈,

"이 일은 아직 부친을 긔망ᄒ여야 가히 힝 【49】 ᄒ려니와 만일 ᄒ번 품ᄒ야 허치 아니시면 쟝츳 엇지ᄒ리요 만일 품고치 아니ᄒ면 이ᄀ치 큰일을 나조츠 엇지 감히 긔망ᄒ리요."

문송 왈,

"즉일 쇼졔 우연히 부친을 위ᄒ야 졈괘롤 어드니 문득 역ᄆ셩(驛馬星)21)이

---

21) 【驛馬星 역마셩】 yìmǎxīng (名) 역ᄆ셩 *星相家迷信說法, 占卜得驛馬星, 表示將要遠行、赴任、移居. ‖"昨日兄弟偶爾起了一課, 父親~動, 大約不日就有遠差." 즉일 쇼졔 우연히

동흔지라 불과 슈일이 못흐야 부친이 멀니 츌젼흐시리니 부친에 나가신 찐룰
튼 거~네 다시 샹의흐시미 아니 조흐니잇가?"

문강 왈,

"이 ⟨흐면 과연 묘흐되 스졔(四弟) 아니 우리룰 속이느냐?"

문긔 왈,

"스졔의 졈괘 일즉 그르미 업느니 우리 아직 멷츨을 춤아 기드리미 올토다."

문힝 왈,

"만일 이 ⟨흐여 형쟝네 ⟨실 터이면 부딕 쇼졔룰 브리지 므르쇼【50】 셔."

문송 왈,

"오졔도 역므셩이 비록 동흐얏스나 두리건딕 이 길을 쏠오지 못홀 듯흐도
다."

과연 이틀이 지는 후 태후에 죠셰 느리되 검남에 왜귀(倭寇) 침범흐야 지방
이 막지 못흐니 특별이 회람졀도스 문은으로 흐야곰 본부 군므룰 거느려 나아
가 졍토흐되 졀도스의 공무는 그 쟝즈 문운으로 흐야곰 인신을 맛겨 드스리게
흐라 흐얏시니 문은이 죠셔룰 밧즈오미 이쩌 더옥 감히 태만치 못흐야 셩야(星
夜)로 치쟝흐고 군쟝을 골희여 오즈 문송과 문힝을 거느려 검남으로 향흐니라.
문강과 문긔 이에 셰츙으로 더부러 멷 낫 가쟝을 거느【51】려 쟝부인 알픠는
거즛 오대산(五臺山)에 진향흐믈 일컷고 브로 농우룰 향홀시 문운이 직삼 만류
흐되 엇지 즐겨 그치리요 다만 셰츙을 부탁흐야 범스룰 보호흐라 흐고 ⟨므니
사룸으로 흐야곰 뒤흘 쏠와 동졍을 슬피게 흐다.

제58회

史將軍隴右失機 宰少年途中得勝

삼인이 개연이 길에 올나 농우룰 향흐미 일노에 주리면 먹고 목므르면 므시

며 일즉 들고 늣가야 쩌ᄂ 여러날 힝ᄒ더니 길에서 지나ᄂ 사람에 젼ᄒᄂ 바롤 드르니 스일이 임의 군시 패ᄒ다 ᄒ야놀 더옥 길을 지촉ᄒ더니 이날 쇼영쥐산(小瀛洲山) ᄋ러 니르러 쳔식이 임의 느즌지라 샴인이 거름을 머추어 졍히 직졈을 【52】 어더 헐슉ᄒ고져 ᄒ더니 모든 가쟝이 알외디,

"저곳은 산이 쥬회 슈빅니나 되ᄂ디 일즉 인개 업고 ᄀ온디 강되 ᄀ쟝 만ᄒ며 호표와 싀랑이 무슈ᄒ야 미양 사람을 샹ᄒᄆ로 인ᄒ야 산하에 인개 업스니 샐니 슈십니롤 힝ᄒ여야 비로소 헐슉홀 곳이 잇다."

ᄒ야늘 문긔 왈,

"이곳에 임의 강되 잇다 ᄒ니 니 ᄒ번 저의 모양을 보고 쏘혼 왕니ᄒᄂ 힝인을 위ᄒ야 해롤 덜니라."

문강 왈,

"이 일이 ᄀ쟝 조토다. 우리 잇쩌것 강도롤 보지 못ᄒ얏스니 밧비 나아가 셔로 보리라."

셰춍이 크게 민망ᄒ야 왈,

"이위 현졔야 하늘이 임의 황혼 【53】 이 되고 다만 산뢰 극히 험홀 분 아니라 강도롤 셜혹 만난들 날이 어두온 후 그 모양을 엇지 ᄌ셰히 보리요 일후 농우로조ᄎ 도라오ᄂ 길히 일즉이 ᄒ곳을 지나면 조히 그 모양을 ᄌ시 보리라. 낙가 현졔의 존망을 몰나 이위 현졔 임의 ᄒ긔롤 분발ᄒ야 이에 니르미 맛당히 길을 샐니 ᄒ미 올커놀 엇지 이곳에 줌시나 지쳬ᄒ리요. 니 일즉 해외로 두로 단녀 강도롤 만나 본 비 무슈ᄒ니 너의 만일 그 면목과 명식을 무르면 니 맛당히 낫ᄒ치 니르리니 아직 날을 ᄯ로라. 츠ᄎ 말ᄒ리라."

이에 이인의 손을 잇글어 일졔히 알프로 나 【54】 아갈시 문강 왈,

"셰샹의 강되라 ᄒᄂ 거시 그 면목이 엇더ᄒ고 명식이 언마ᄒ니잇고?"

셰춍 왈,

"져의 면목을 의논컨디 낫ᄒ치 얼골에 먹을 칠ᄒ야 본리 면목을 업시ᄒᄂ지 오리니 얼풋 보아ᄂ 알기 어려오니라."

문강 왈,

"제 만일 돈이 잇고 형세 잇스면 온ᄀ지로 교만ᄒ고 거오ᄒ다가 만일 돈이

진ᄒᆞ고 형세 업셔지면 문득 빅ᄀᆞ지로 아쳠ᄒᆞ야 얼골에 ᄀᆞ득ᄒᆞᆫ 비 비록 우음을 씌엿스나 ᄆᆞ음 ᄀᆞ온ᄃᆡᄂᆞᆫ 도시 몹슬 ᄆᆞ음을 품엇고 닙에 흐르는 비 단말과 니로온 닐이로되 ᄀᆞ슴 속은 【55】 스오나온 뜻이라. 이 ᄀᆞᆺᄒᆞᆫ 뉴 이로 측냥ᄒᆞᆯ 길 업거니와 그 중 ᄀᆞ쟝 분변ᄒᆞ기 쉬온 ᄌᆞᄂᆞᆫ 다만 ᄒᆞᆫ 쌍 도적의 눈이 잇스니 곳 돈을 보면 눈이 붉기로 알기 쉬오니라.”

문강 왈,

“그 명식은 언ᄆᆞ나 ᄒᆞ니잇고?”

세츙 왈,

“만일 그 명식을 의논컨ᄃᆡ 사름을 죽이고 불 놋ᄂᆞᆫ 강도ᄂᆞᆫ 잇고 ᄌᆡ물을 도모ᄒᆞ야 목숨을 해ᄒᆞᆫᄂᆞ 강도ᄂᆞᆫ 잇ᄂᆞ니라.”

문긔 왈,

“다만 져 두어 ᄀᆞ지 분이니잇가?”

세츙이 믈을 ᄯᅩᆯ와 답ᄒᆞ여 왈,

“엇지 다만 그 두어 ᄀᆞ지 분이리요. 쳔지를 공경치 아니ᄒᆞᄂᆞᆫ 강도ᄂᆞᆫ 잇고 님군을 놉히지 아니ᄒᆞᄂᆞᆫ 강도ᄂᆞᆫ 잇고 스승을 멸시ᄒᆞᄂᆞᆫ 강도ᄂᆞᆫ 잇고 셩현을 훼방ᄒᆞᄂᆞᆫ 강도ᄂᆞᆫ 【56】 잇고 조샹을 져ᄇᆞ리ᄂᆞᆫ 강도ᄂᆞᆫ 잇고 부모의게 불효ᄒᆞᄂᆞ 강도ᄂᆞᆫ 잇고 형의게 공슌치 아닛ᄂᆞᆫ 강도ᄂᆞᆫ 잇고 형슈를 공경치 아니ᄒᆞᄂᆞᆫ 강도ᄂᆞᆫ 잇고 어룬을 거스리고 우ᄒᆞᆯ 범ᄒᆞᄂᆞᆫ 강도ᄂᆞᆫ 잇고 냥션ᄒᆞ니를 속이ᄂᆞ 강도ᄂᆞᆫ 잇고 외로온 사름과 ᄌᆞ부를 능욕ᄒᆞᄂᆞᆫ 강도ᄂᆞᆫ 잇고 빈궁ᄒᆞ니를 협졔ᄒᆞᄂᆞᆫ 강도ᄂᆞᆫ 잇고 요언을 지어 뭇사름을 혹ᄒᆞ게 ᄒᆞᄂᆞᆫ 강도ᄂᆞᆫ 잇고 몹슬 말노 사름을 악담ᄒᆞᄂᆞᆫ 강도ᄂᆞᆫ 잇고 은혜를 닛고 의를 져ᄇᆞ리ᄂᆞᆫ 강도ᄂᆞᆫ 잇고 가난을 혐의ᄒᆞ고 가음열믈 ᄉᆞ랑ᄒᆞᄂᆞᆫ 강도ᄂᆞᆫ 잇고 본분을 직희지 못ᄒᆞᄂᆞᆫ 강도ᄂᆞᆫ 잇고 곡식을 ᄀᆞ부야이 ᄇᆞ리ᄂᆞᆫ 강도ᄂᆞᆫ 잇고 빅셩을 쟌해ᄒᆞᄂᆞᆫ 【57】 강도ᄂᆞᆫ 잇고 회뢰와 쳥탁을 밧ᄂᆞᆫ 강도ᄂᆞᆫ 잇고 가만ᄒᆞᆯ 살노 사름을 쏘ᄂᆞᆫ 강도ᄂᆞᆫ 잇고 칼을 비러 사름을 죽이ᄂᆞᆫ 강도ᄂᆞᆫ 잇고 사름의 쳐와 ᄯᆞᆯ을 음난ᄒᆞᄂᆞᆫ 강도ᄂᆞᆫ 잇고 사름의 ᄌᆞ계를 꾀오ᄂᆞᆫ 강도ᄂᆞᆫ 잇고 사름의 골육을 니간ᄒᆞᄂᆞᆫ 강도ᄂᆞᆫ 잇고 사름의 혼인을 희짓ᄂᆞᆫ 강도ᄂᆞᆫ 잇고 사름의 ᄌᆡ물을 꾀ᄒᆞᄂᆞᆫ 강도ᄂᆞᆫ 잇고 사름의 싱업을 탈취ᄒᆞᄂᆞᆫ 강도ᄂᆞᆫ 잇고 사름의 명졀을 문ᄒᆞ치ᄂᆞᆫ 강도ᄂᆞᆫ 잇고 사름을 부쵹ᄒᆞ야 송ᄉᆞ를 닐으혀ᄂᆞᆫ 강도

；잇고 남의 부녀의 말ᄒᆞ는 강도；잇고 사름의 시비ᄒᆞ기 조하ᄒᆞ는 강도；잇고 모로【58】는 닐을 아는 쳬ᄒᆞ는 강도；잇고 글을 못ᄒᆞ여 ᄒᆞ는 쳬ᄒᆞ는 강도；잇고 이단을 혹ᄒᆞ는 강도；잇스니 이 ᄀᆞᆺ흔 뉘 오히려 쳔하의 ᄀᆞ득ᄒᆞ니 엇지 잠시간에 다 닐으리요." 이ᄀᆞᆺ치 말ᄒᆞ야 임의 쇼영쥐산을 지나 슈샴십 니를 나아온지라 다힝이 젼면의 인개 잇거ᄂᆞᆯ 이에 헐슉ᄒᆞ고 년ᄒᆞ야 힝ᄒᆞ야 임의 농우지경의 들미 세；히 탐쳥ᄒᆞ니 원러 ᄉᆞ일이 무구ᄉᆞ의게 크게 패ᄒᆞ야 셩지를 함몰ᄒᆞ고 먼리 도망ᄒᆞ야 간 바를 모로고 무구시 이곳에 뉴진ᄒᆞ얏는지라 샴인이 각쳐로 도라 낙공즈 셰효의 햐락을 듯보디 ᄆᆞ춤니 그림즈도 업거ᄂᆞᆯ 일；은 거리 우희셔 탐문ᄒᆞ다가 일개 노옹을 만ᄂᆞ미【59】 이에 낙공즈의 쇼식을 무른디 그 노옹이 ᄀᆞᄆᆞ니 답ᄒᆞ야 왈,

"이 아니 낙빈왕에 ᄋᆞ들 낙셰효²²⁾를 니르미냐?"

문송이 저의 말을 놉히 못ᄒᆞ믈 보고 갓ᄀᆞ이 나아가 귀에 다혀 말ᄒᆞ되,

"우리 뭇는 비 과연 그 사름이니 ᄇᆞ라건디 노장은 붉이 ᄀᆞ르치쇼셔."

그 노옹이 ᄯᅩ흔 문강의 귀에 다혀 무어시라 말ᄒᆞ더라.

문송이 듯기를 다ᄒᆞ미 크게 쇼리ᄒᆞ야 왈,

"임의 이럴진디 부디 ᄀᆞᄆᆞ니 말ᄒᆞ믄 엇지뇨?"

ᄒᆞ니 노옹이 져의 쇼리 놉흐믈 듯고 황；망；히 갓거ᄂᆞᆯ 문긔 도로혀 문송을 탓ᄒᆞ야 왈,

"이 거；는 맛당히 쳔；히 무르미 올커ᄂᆞᆯ 즈레 큰 쇼리ᄒᆞ야 져로 ᄒᆞ야곰 놀【60】ᄂᆞ 다닷게 ᄒᆞ도다. 그 사름이 과연 낙형의 거쳐를 알아 이제 어느 곳에 잇다 ᄒᆞ더니잇고?"

문송이 대쇼 왈；

"져 노옹 왈 '네 낙공즈를 뭇는다?' ᄒᆞ거ᄂᆞᆯ 니 답ᄒᆞ되 '그러트.' 흔즉 ᄯᅩ 굴오디 '너의 그는 무러 무엇ᄒᆞ랴 ᄒᆞᄂᆞ뇨?' ᄒᆞ거ᄂᆞᆯ 니 답ᄒᆞ되 '니 져의 햐락을 알고져 뭇노라.' 흔즉 제 더옥 쇼리를 나초아 왈, '녜 부디 져의 햐락을 알고져 홀진디 나는 실노 ᄡᅥ 대답ᄒᆞ리니 나는 다만 져를 망명흔 죄인；줄 알 분이요 그

하락은 모로노라.' 흐니 니 엇지 답ː지 아니리오 부졀업시 일쟝을 공순이 문
답흐미 우읍도다."

문긔 머리 긁어 왈,

"졈ː 쇼식이 묘연흐니 쟝츳 엇지흐리요 이【61】번 길은 다만 헛닐을 흐도
다."

이긋치 슈일을 다시 무러 ᄆ춤ᄂ 흔갈ᄀᆺ흐니 샴인이 ᄯᅩ흔 홀일업셔 창연히
회람으로 도라올시 몃츨을 힝흐야 농우지계롤 지니고 이날 쇼영쥐 산 ᄋ러 ᄂ
르미 문긔와 문강이 졍히 산에 올나 강도롤 구경코져 흐더니 과연 바라보니 일
원 쇼쟝이 흔 쎼 강도롤 거ᄂ려 일긔 녀ᄌ롤 에워쏘고 셔로 싸호ᄂ지라 져긔
불을 머초아 져의 승부롤 기ᄃ리더니 그 쇼년 쟝시 졈ː 그녀ᄌ롤 져당치 못ᄒᆯ
모양이라."

셰츙 왈,

"먼리셔 ᄇ라보되 져 쇼년이 의희이 낙가 현졔 ᄀᆺ흐되 이제 엇지 말을 무러
보리요."

문긔 왈,

"우리 무리 맛당히 져 녀ᄌ【62】롤 ᄆᄌ 대젹흐더니 셰츙 거ː는 틈을 ᄐ
져와 말을 무르미 조토다."

문강이 ː에 허리로조츠 보검을 ᄲᅢ혀 들고 알프로 나아가며 크게 웨여 왈,

"져 녀ᄌᄂ 모름즉이 ᄉ오나온 체 말나 우리 두 사ᄅᆷ이 왓노라!"

셔로 ᄆᄌ 싸홀시 셰츙이 ː에 불너 왈,

"져 쟝시 아니 낙가 현졔뇨?"

낙셰회 이 말을 듯고 ᄲᅢᆯ니 녀ᄌ롤 ᄇ리고 셰츙을 향흐야 상하로 ᄌ시 보니
비록 여러 해 보지 못흐얏스나 의희히 싱각흐ᄂ지라 크게 답흐야 왈,

"존형이 아니 셔가(徐家) 거개시니잇가? 엇지흐야 이에 니ᄅ시니잇고?"

셰츙이 나아가 손을 븟들고 이에 회람이【63】 니르러 혈셔롤 젼흐고 이제
문강과 문긔로 더부러 쇼식을 탐쳥코져 니른 ᄇ롤 말흐고 인흐야 무러 왈,

"현졔ᄂ 이곳에 머무런지 몃히나 되며 무슴 일 져 녀ᄌ로 더부러 죽기로써
싸호ᄂ뇨?"

낙셰회 왈,

"말을 시죽ᄒ면 심히 지리ᄒ지라 우리 몬져 ᄶ녀ᄌ를 죽인 후 쳔ᄶ이 말ᄒ미 올토다."

이에 보검을 들어 녀ᄌ를 향ᄒ야 나아드니 그 녀지 비록 무예 고강ᄒ나 엇지 가히 ᄉ원 쇼장을 져당ᄒ리요 칼 쓰는 법이 졈ᄶ 어즈럽더니 홀연 산 우ᄒ로조ᄎ 일원 쇼장이 ᄂ는다시 ᄂ려오며 크게 웨여 왈,

"낙가 거ᄶ와 졔위 장ᄉ는 모름즉이 손을 【64】 움즉여 나의 이졔[姨弟 안히 동싱]를 샹해치 말나ᄶ ᄉ슐(史述)이 ᄶ에 왓노라!"

ᄒ야ᄂ 낙셰회 황망히 쮜여 ᄂ오며 왈,

"ᄉ가 현졔는 이 엇지니르미뇨?"

ᄉ슐 왈,

"형장은 쳥컨디 져 샴위 장ᄉ로 ᄒ야곰 손을 머츄게 ᄒ쇼셔. 쇼졔 쳔ᄶ이 연고롤 말ᄒ리이다."

샴인이 ᄯᄒ 이 말노 조ᄎ 손을 좀간 머초더니 그 녀지 블너 왈,

"원리 ᄉ슐 표형이 어디로 죠ᄎ 이곳에 니르시니잇고?"

ᄒ거ᄂ 낙셰회 왈,

"임의 ᄉ형의 친권 이시면 이곳이 말ᄒᆯ 곳 아니ᄶ 일졔히 산에 올ᄂ가 셔로 말ᄒ미 올토다."

이에 홈게 산 우ᄒ로 올나 산치의 니르미 녀ᄌ는 후치로 드리니라. 낙셰회 셰츙을 향ᄒ 【65】 야 ᄉ슐을 ᄀ르쳐 왈,

"이ᄂ 곳 ᄉ빅부의 ᄋ지니 당일에 쇼졔 군즁의셔 ᄶ로 분별ᄒ 후 ᄇ로 농우에 니르러 ᄉ빅부롤 뵈온 후 혈셔롤 올니미 빅뷔 크게 어엿비 넉이샤 거두어 머므르시미 셩쓰롤 곤쳐 '낙洛' 쓰로 ᄒ고 교ᄉ롤 어더 모든 무예롤 낫ᄶ치 비화 넉연지 임의 십여년이라 ᄉ빅뷔 미양 군ᄉ롤 닐ᄒ여 쥬샹을 복위코져 ᄒ나 다만 쳔문을 보아 무시(武氏)의 긔쉬 졍히 왕셩ᄒ고 당가(唐家) 국운이 도라오지 못ᄒ다 ᄒ야 지금 쳔연ᄒ더니 근년에 무후에 긔운이 날노 쇠패ᄒ고 ᄌ미원의 임의 빗치 토ᄒ니 졍히 심월호의 회광반죄라 오리 【66】 지 아녀 홋터지리니 가히 ᄒ번 들어 공을 닐우리라 ᄒ시더니 군ᄉ롤 닐으현지 오리지 아녀 ᄆ춤

니 젼군이 함몰ᄒᆞ고 ᄉᆞ빅부에 거쳐를 아지 못ᄒᆞ며 쇼졔ᄂᆞᆫ ᄉᆞ가 현졔로 더부러 후군에 잇셔 군량을 졉응ᄒᆞ더니 대시 임의 그릇 되미 이에 본부 인ᄆᆞ 일쳔을 거ᄂᆞ려 도망ᄒᆞ야 이 산에 니르니 본ᄃᆡ 이 산의 강도 슈빅이 둔취ᄒᆞ야 길을 막아 힝인에 지물을 탈취ᄒᆞ더니 쇼졔 등을 보고 즐겨 항복ᄒᆞ미 우리 형졔ᄂᆞᆫ 졍히 나라히 잇스나 도라가지 못ᄒᆞ고 집이 잇스나 춧지 못ᄒᆞᆯ지라 인ᄒᆞ야 권도로 아직 이곳에 머무러 피란ᄒᆞ미러니 오날ᄂᆞᆫ 샴 【67】 위 인형을 이곳의셔 만느니 진실노 샴싱의 다힝이로다 아지 못게라 ᄉᆞ가 현졔ᄂᆞᆫ 져 녀ᄌᆞ로 더부러 무슴 친척이 되더뇨?”

ᄉᆞ슐 왈,

“앗가 형쟝이 몬져ᄂᆞᆫ 녀ᄌᆞ로 더부러 ᄊᆞ호실시 쇼졔ᄂᆞᆫ 다만 져의 거ᄆᆞ와 인구를 ᄉᆞ로줍아 ᄇᆞ로 산치에 니르러 졍히 고문ᄒᆞ더니 이 문득 쇼졔의 구뫼요 쏘 악뫼라.”

낙셰효 왈,

“그 엇지 니름고?”

ᄉᆞ슐 왈,

“쇼졔의 모구의 셩은 진시(宰氏)오 일홈은 종(宗)이니 일즉 벼슬이 농우도독의 니르러 거셰ᄒᆞ미 가쇽이 셔쵹(西蜀) 짜히 우거ᄒᆞ더니 구모 신시(申氏) 부인이 슬하의 다만 두 낫 표믜(表妹)를 두니 맛은 일홈이 진은셤(宰銀蟾)이요 둘 【68】 지ᄂᆞᆫ 일홈이 지옥셤(宰玉蟾)이라 은셤은 곳 부친이 어려셔부터 쇼졔로 더부러 졍혼ᄒᆞ야 빙폐(聘幣)를 힝ᄒᆞᆫ 비요 앗가 그 녀ᄌᆞᄂᆞᆫ 곳 옥셤이니 이 아니 쇼졔의 이졔(姨姐)니잇가? 졔 문득 녀과 보기를 위ᄒᆞ야 모친과 져ᄂᆞᆫ와 쏘ᄒᆞᆫ 표죵ᄌᆞ믜(表從姉妹) ᄒᆞ나흔 셩명이 민난손(閔蘭蓀)이요 ᄒᆞᄂᆞ흔 셩명이 필젼졍(畢全貞)으로 더부러 쟝춧 본향의 도라가 일홈을 보ᄒᆞ려 이곳을 지닐시 져 옥셤 표믜 평일에 효셩이 남다르므로 힝혀 산즁에 드러 호표의 무리 불의에 니다라 노친을 놀닐가 져허 몬져 길을 탐지ᄒᆞ거늘 우리ᄂᆞᆫ 써ᄒᆞ되 간셰ᄒᆞᆫ 무리 우리 힝젹을 엿보ᄂᆞᆫ가 ᄒᆞ야 셔로 ᄊᆞ호 【69】 기의 니르럿더니 만일 닉력을 뭇지 아니턴들 하마 일을 그릇칠 번 ᄒᆞ도다. 져 샴위 형쟝의 존셩과 대명은 뉘시며 어ᄂᆞ 곳으로 조츳 이곳에 니르시니잇가?”

낙셰회 이에 샴인의 셩명과 온 뜻을 ᄌ셰히 말ᄒ니 스슐이 비로소 명빅ᄒ야 샴인의 �〻그롤 깁히 탄복ᄒ고 낙셰회 지삼 칭샤ᄒ더라. 이에 연셕을 크게 열어 일힝이 즐긴 후 지시 ᄌ미ᄂ 모친으로 더부러 스슐을 국별ᄒ고 민난손과 필젼 경을 거ᄂ려 과거 보러 나아가니라. 홀연 군졸이 보ᄒ되,

제59회

洛公子山中避難　史英豪嶺下招兵

무구스(武九思)의 가권이 오러지 아녀 이 알프로 지ᄂ다 ᄒ야ᄂᆯ 스슐이 【70】 낙셰효로 더부러 샹의ᄒ야 쟝ᄎ 그 가죡을 몰슈히 죽여 군스 패ᄒ 원슈롤 갑고져 ᄒ더니 세츙 왈,

"스가(史家) 거〻ᄂ 뜻이 원슈 갑기의 밧부나 다만 져의 가권(家眷)이 먼길을 힝ᄒ미 응당 쟝졸의 호위ᄒ미 잇슬 거시요 셜혹 뜻ᄀᆺ치 죽인들 제 문득 그만 그치지 아니리니 만일 대군을 거ᄂ려 이에 니른즉 이 아니 태산으로 알홀 누르미뇨? 스빅뷔 군시 슈만이로되 오히려 패ᄒᄆᆯ 면치 못ᄒ얏거든 ᄒ물며 이제 산치의 오합지졸이 슈쳔이 ᄎ지 못ᄒᄆ로 엇지ᄒ리요? 쇼제 우견은 써ᄒ되 보슈ᄒ기ᄂ 아직 날회고 ᄎ〻 젼일 부하의 ᄯ로던 군스롤 블너 【71】 모화 졈〻 셩취ᄒ 후 근왕홀 계교롤 닐우미 샹칙이라. 이곳이 다힝이 샨젼이 만ᄒ 조히 농스롤 ᄒ편으로 식일 거시요 인ᄆ롤 죡히 만히 곰출 만ᄒ고 ᄒ믈며 스빅뷔 이곳의 벼슐ᄒ션 지 오리여 어진 일홈이 경니의 ᄀ득ᄒ니 젼일 ᄯ로든 군스의 은혜 닙은 지 ᄯᅩᄒ 적지 아니리니 모호기 ᄀ쟝 쉬올지라. 아직 병무의 츙죡ᄒ기롤 기ᄃ려 어ᄂ 곳에셔 근왕ᄒᄂ 군시 니러나다 ᄒ거든 비로소 긔롤 들고 북을 쳐 셔로 나아와 도으미 올ᄒ니 이위 임의 이곳에 머무러 쳬쳔힝도(替天行道)ᄒ야 쟌민을 살해ᄒ지 아니코 스스로 산젼에 농스 【72】 ᄒ야 군향을 ᄒ고 언덕의 풀 뷔여 ᄆ초롤 ᄒ야 사름으로 더부러 다토지 아니면 목젼에 가히 보젼홀 거시요 일후에 죡히 근왕ᄒᄂ 공업을 세우리니 이위ᄂ 써 엇더틋 ᄒᄂ뇨?"

스슐이 낙셰효로 더부러 개〻(個個)히 머리 조아 맛당ᄒᄆᆯ 일컷고 즉각으로

군ᄉᆞ를 노ᄒᆞ 산젼 산후에 오곡을 심기고 플을 쓰흐며 냥식을 모호고 가ᄆᆞ니 인ᄆᆞ를 불너 모호니라.

샹인이 ᄌᆞ에 잇션지 날이 오릭ᄆᆡ 도라가믈 쳥ᄒᆞ되 ᄉᆞ낙 이인이 괴로이 만류ᄒᆞ야 ᄆᆞᄎᆞᆷᄂᆡ 셔로 분별ᄒᆞ고 회람으로 도라오ᄆᆡ 문운이 십분 즐겨 지ᄂᆞᆫ ᄇᆡ를 ᄌᆞ시 뭇고 비로소 방심ᄒᆞ니라.

셰츙이 쳐ᄌᆞ와 【73】 ᄆᆡᄌᆞ를 보아 이 일을 ᄌᆞ시 젼ᄒᆞᆫ 후 녀용이 문득 ᄀᆞᆯ오ᄃᆡ,

"이곳 냥위 져졔 쟝ᄎᆞᆺ 현고를 보려 ᄒᆞᆯ식 쟝시 ᄇᆡᆨ뫼 홀연 우리 남ᄆᆡ 두 사ᄅᆞᆷ으로 ᄒᆞ야곰 ᄒᆞᆷ게 나아가고져 ᄒᆞ시나 견일 거게 션샹의셔 말ᄒᆞ되 나의 쳐ᄌᆞ와 ᄆᆡᄆᆡᄂᆞᆫ 가히 져곳의 나아가 과거를 보지 못ᄒᆞ리라 ᄒᆞᄆᆞ로 지샴 ᄉᆞ양ᄒᆞ되 ᄇᆡᆨ뫼 ᄆᆞᄎᆞᆷᄂᆡ 듯지 아니시고 문득 우리 셩명과 리력을 몬져 고을에 보ᄒᆞ고 우리로 ᄒᆞ야곰 부ᄃᆡ ᄒᆞᆷ게 가고져 ᄒᆞ시기로 ᄆᆡ지 아직 답응ᄒᆞ나 젼혀 거ᄀᆞ의 도라오시믈 기ᄃᆞ려 졍탈ᄒᆞ려 ᄒᆞᄂᆞ니 거ᄀᆞᄂᆞᆫ 써 엇더ᄐᆞ ᄒᆞ시ᄂᆞᆫ잇고?"

셰츙 【74】 왈,

"ᄇᆡᆨ뫼 임의 이ᄀᆞᆺ치 ᄒᆞ신 후ᄂᆞᆫ 맛당히 그 ᄯᅳᆺ을 밧들미 도리에 당연ᄒᆞ고 ᄒᆞ믈며 우리 경영ᄒᆞᄂᆞᆫ 닐이 불가불 슈샴년을 지나여야 거의 닐울지라 너희 그 ᄉᆞ이 일노써 ᄒᆞᆫ번 쇼창ᄒᆞᄆᆡ 맛당ᄒᆞ고 날노 ᄒᆞ야곰 허다 견련ᄒᆞᄆᆡ 업스면 ᄯᅩᄒᆞᆫ 다ᄒᆡᆼᄒᆞ리로다."

녀용과 ᄆᆡᄋᆡ 이 말을 들으ᄆᆡ ᄀᆞ쟝 깃거 이에 증셔향(曾書香)[23]과 양묵향(陽墨香)으로 더부러 이 ᄯᅳᆺ을 통ᄒᆞ니 이인이 비로소 ᄯᅳᆺ ᄀᆞᆺ흔 동ᄒᆡᆼ 어드믈 더옥 깃거ᄒᆞ며 인ᄒᆞ야 유모의 녀ᄋᆞ 최쇼잉(崔小鶯)을 블너 냥인을 향ᄒᆞ야 절ᄒᆞ야 뵈거ᄂᆞᆯ 녀용이 년망히 답네ᄒᆞ고 븟드러 닐으혀 왈,

"우리 일즉 셔로 보아 날 【75】 노 놀거ᄂᆞᆯ 홀연이 례를 ᄒᆡᆼᄒᆞ문 엇지뇨?"

ᄆᆡᄋᆡ 답녜ᄒᆞ야 왈,

"이 아니 우리로 ᄒᆞ야곰 듕ᄆᆡ 소임을 ᄒᆞ고져 ᄒᆞᄆᆡ냐?"

셔향 왈,

---

23) 원문에는 "林書香"으로 되어 있음.

"져〻는 웃지 무르쇼셔. 이 ᄋᆞ희 비록 유모의 ᄌᆞ식이나 어려셔부터 미ᄌᆞ로 더부러 엇기를 결워 의식을 ᄒᆞᆫᄀᆞ지로 ᄒᆞ고 죠셕으로 셔로 뫼혀 동포 ᄌᆞ미로 다르지 아니ᄒᆞ니 진실노 졍이 골육과 다르미 업ᄂᆞᆫ지라 ᄒᆞᆯ며 저의 심경이 공교 ᄒᆞ고 녕니ᄒᆞ야 글이 ᄒᆞᆫ번 눈 알픠 지나면 ᄒᆞᆫ번 닑어 문득 긔숑ᄒᆞ며 필법과 문 흭이 넉〻이 쇼미 형제에 지ᄂᆞᆫ지라. 이제 녀과 뵈ᄂᆞᆫ 은젼을 당ᄒᆞ니 이 과연 젼 고의 업ᄂᆞᆫ 셩시라 【76】 미ᄌᆞ 그으기 져를 잇그러 흠게 나아가고져 ᄒᆞ나 다만 이위 져졔 져의 츌신이 미쳔ᄒᆞᆷ믈 알으시므로 우리 무리게 간쳥ᄒᆞ야 쟝ᄂᆡ 과거 볼 ᄯᅢ에 젼혀 포용ᄒᆞ샤 덥허 주시믈 ᄇᆞ라ᄂᆞ이다."

미이 왈,

"이 엇지 부탁ᄒᆞ실 비리잇고! 미ᄌᆞ 일즉 슉ᄉᆞ국(淑士國)에 나아가 궁녀의 츙 슈ᄒᆞ얏ᄂᆞ니24) 글노써 방해로오미 잇스리잇고."

녀용 왈,

"우리 임의 년긔 져기 맛이니 쟝ᄂᆡ에 최고랑이라 불으지 말고 맛당히 쇼잉미 〻(小鶯妹妹)라 ᄒᆞ리라."

쇼잉이 다시 절ᄒᆞ야 왈,

"이위 쇼져의 이ᄀᆞᆺ치 거두시믈 밧ᄌᆞ오니 맛당히 길이 감격ᄒᆞ와 닛지 못ᄒᆞᆯ지 라 이후로 【77】 ᄂᆞᆫ 맛당히 스승으로 셤기리니 만일 사름이 모힌 ᄯᅢ면 감히 담 을 크게 ᄒᆞ야 져〻노시라 부르리이다."

묵향이 쇼왈,

"져〻노ᄉᆞᄂᆞᆫ 젼고의 업ᄂᆞᆫ 칭회니 다만 져졔라 부르고 노ᄉᆞ 두 ᄌᆞᄂᆞᆫ ᄆᆞ음 속 에만 두미 올토다."

오리지 아녀 쟝부 대쇼져 채난방(蔡蘭芳)과 이쇼져 담혜방(譚蕙芳)과 샴쇼져 셥경방(叶瓊芳)과 ᄉᆞ쇼져 져월방(褚月芳)이 하동졀도ᄉᆞ 아문으로 조ᄎᆞ 니르러 문부 이쇼져로 더부러 강남의 도라가 현고와 군고를 보려 ᄒᆞᆯ시 이ᄯᅥ 증셔향과

---

24) 【츙슈ᄒᆞ다】 동 {츙수(充數)하다.} 보츙(補充)하다. ¶ 充 ‖ 이 엇지 부탁ᄒᆞ실 비리잇고! 미ᄌᆞ 일즉 슉ᄉᆞ국에 나아가 궁녀의 츙슈ᄒᆞ얏ᄂᆞ니 글노써 방해로오미 잇스리잇고 (這個 何消囑付! 妹子向在淑士也曾充過宮娥, 這有何妨.) <鏡花 15:76> 充數 ‖ 만일 시톄의 숀 샹ᄒᆞᄂᆞᆫ 학업을 의론ᄒᆞ면 만셩도 혹 가히 츙슈ᄒᆞ여 과거ᄒᆞᆯ 만ᄒᆞ디 (若論時尙之學, 晩生 也或可去充數掛名.) <紅樓 1:67>

양뮥향이 여녀용과 스도미우로 더브러 최쇼잉을 잇글어 모도 우홉 사룸이 강
남의 니르러 다힝이 현고와 군고의 놉히 샌히미 즉시 【78】 회람의 도라와 총
ᄼ이 치힝ᄒ야 경ᄉ로 향ᄒ더니 여러 날 힝ᄒ야 ᄆ초아 당규신의 일힝이 십일
위룰 만ᄂ미 님완예 여녀용과 스도미우룰 보아 셔로 ᄣ는 ᄇ룰 니르고 겸ᄒ야
녀용의 탄ᄌ로 도적을 물니치믈 치샤ᄒ니 미이 규신을 대ᄒ야 다일 양부의 속
신ᄒ야 양녀로 구황ᄒᆫ 은혜룰 못니 일컷고 이제 문득 쇼봉니에 잇셔 도라오지
아니믈 듯고 일희 일비ᄒ며 낙홍게 거ᄼ의 쇼식을 드르니 다힝이 쇼영쥐에 믈
을 부처 잇스믈 져기 방심ᄒ야 송냥잠의게 이 연유룰 젼ᄒ고 모다 샴십인이 셔
로 말ᄒ며 우음으로 일노의 져기 【79】 젹뇨치 아니터니 일ᄼ은 늣기야 졈의
드더니 홀연 허다ᄒᆫ 군졸이 일긔 함거룰 모라오니 그 ᄀ온디 일원 쇼쟝을 쳘삭
으로 동혀 얼골만 드러니되 이 문득 얼골에 병식이 ᄀ득ᄒ고 그 뒤히 일원 무
변(武弁)이 녕거ᄒ야 졈문을 나며 ᄲᆯ니 모라 ᄂ가거늘 모든 사룸이 분ᄼ이 젼
셜ᄒ되 져 쇼년은 곳 구왕 젼하의 우지라 일즉 셩명이 니쇠(李素)러니 지금 망
명ᄒ야 송쇠라 일컷고 도망ᄒᆫ지 여러 해러니 오날이야 비로소 굽히여 간다 ᄒ
야늘 이 말이 즉각으로 송냥잠의 귀에 들니미 냥잠이ᄼ에 경황실조ᄒ야 눈믈
을 그치지 못ᄒ며 오히려 모든 사 【80】 룸을 피ᄒ야 규신을 대ᄒ야 구홀 계교
룰 간쳥ᄒ디 규신과 홍게 아모리 싱각ᄒ되 ᄆ춤니 조흔 계칙이 업ᄂ지라. 이에
다만 구공을 쳥ᄒ야 셔로 의논ᄒ니 구공이 다만 머리 흔들어 왈,

　"제 임의 망명ᄒᆫ 죄인이라 엇지 ᄡ 구졔ᄒ리요 우리 무ᄉᆷ 도리로 져룰 겁탈
ᄒ야 다라ᄂ게 ᄒ리요."

　졍히 의논ᄒ더니 ᄆ초아 안ᄌ쵀 니르러 이 일을 무러 알고 이윽이 싱각ᄒ야
왈,

　"구공은 다만 나아가 저 무리 오날밤에 어ᄂ 곳에 헐슉ᄒ며 그사룸이 목젼에
무ᄉᆷ 다른 죄범이 잇셔 굽힌 지 당년 구왕 젼하의 연고로 줍힌가 ᄌ셰히 탐
【81】 ᄒ야 보쇼셔. 만일 그 사룸이 다시 즁죄룰 범ᄒ지 아니코 당년 구왕젼하
의 일노써 줍혀 올진디 니 맛당히 냥잠 져ᄼ의 안면을 보아 평싱 비혼 ᄇ룰 다
ᄒ야 거의 구ᄒ야 보리라."

　냥잠이ᄼ 말을 드르미 슬푸믈 도로혀 즐거오믈 숨아 지삼 칭샤ᄒ고 구공을

부탁ᄒ여 ᄌ세히 탐쳥ᄒ라 ᄒ고 규신이 힝혀 사름이 만ᄒ면 말이 쉬올가 져허
다만 냥쟘과 홍거로 ᄌ쵸롤 더부러 별노 ᄒᆫ 방의 거쳐ᄒ게 ᄒ고 ᄀ모니 악화와
난교롤 부탁ᄒ야 여러 사름으로 더부러 흠게 거쳐ᄒ게 ᄒ더니 오러지 아녀 구
공이 도라【82】와 말ᄒ되,

"겨 녕거ᄒᄂ는 무변은 성은 웅(熊)이요 일홈은 무어신 지 모로되 사름이 부르
기롤 웅대랑(熊大郎)이라 ᄒ니 이곳 토푀(土捕)25)라 이제 송소(宋素)롤 줍으미
이 문득 망명ᄒᆫ 죄쉬라 힝혀 즁노의 일홀가 두려 군졸노 호위ᄒ야 ᄇ로 도독아
문(都督衙門)으로 나아갈시 임의 동으로 향ᄒ야 가더이다."

ᄌ쵀 왈,

"구공이 일즉 송공지 무슴 죄로 줍히다 ᄒ더니잇가?"

구공 왈,

"드르니 알프로 오십니롤 가면 두 곳 촌쟝이 잇스니 ᄒᆫ 곳은 ᄀ로디 송가촌
(宋家村)이요 ᄒᆫ 곳은 ᄀ로디 연가촌(燕家村)이라 두 곳이 셔로 머지 아니ᄒᆫ지
라. 송가촌 ᄀ온디 일기 부회 잇스니 셩명이【83】송시(宋斯)라 평싱의 조흔
일ᄒ기롤 닐슴더니 당초에 송쇠 도망ᄒ야 우연이 ᄂ곳의 니르니 송시 저의 쇼
년 영용ᄒᆞ믈 보고 거두어 방ᄌᄒ야 집에 두고 인ᄒ야 싱녀 연ᄌ경(燕紫瓊)으로
졍혼ᄒ야 아직 셩녜치 못ᄒ얏더니 원리 송소의 ᄒᆫ 눈이 즁동[重瞳 눈에 동지
둘이라]이라 태위 져의 오리 도망ᄒ야 줍지 못ᄒ므로 인ᄒ야 홀연 져의 즁동을
싱각ᄒ니 가히 춧기 쉬올지라 이에 밀지롤 ᄂ리워 쳔하 각관으로 ᄒ야곰 ᄌ세
히 슬펴 부디 줍으라 ᄒ얏더니 송쇠 일즉 교쟝의 나아와 무예롤 닉일시 사름이
니르되 '삼안표三眼彪'라 ᄒ니 ᄒᆫ 눈에 동지 둘인 연괴라【84】이쩌 ᄆ초아 몸
에 병이 즁ᄒᆫ 쩨롤 ᄐ 웅대랑의게 줍힌 비 되다 ᄒ더이다."

냥쟘이 비로소 본말을 ᄌ시 듯고 ᄌ쵀 쏘ᄒᆫ 져의 다른 즁죄롤 범치 아니믈
알고 개연이 허락ᄒ야 밤을 기드려 힝스ᄒ려 ᄒ니 구공은 밧게 잇셔 범스롤 죠
응(照應)ᄒ게 ᄒ고 스인이 모든 ᄌ미로 더부러 셕반을 파ᄒᆫ 후 방에 도라오미
냥쟘이 별노 쥬효롤 ᄀ쵸아 ᄌ쵸롤 권ᄒ야 긔운을 돕게 ᄒ더니 날이 임의 황혼

---

25) 원문에는 "督捕"로 되어 있음.

의 니르미 낭쟘 왈,

"즈쵸 져ː는 샐니 힝ㅎ라 져의 무리 임의 먼리 갓실 듯ㅎ도다."

즈최 쇼왈,

"져ː는 근심치 므르쇼셔 저의 만일 먼리 갓실진디 쇼미 임의 【85】 갑미(甲馬)26) 잇스니 네 기롤 무릅히 미고 신힝법을 힝ㅎ면 졔아모리 먼리 가도 니 맛당히 ᄯ로리이다."

낭쟘 왈,

"그 갑ᄆ롤 아모 사롬도 무릅히 미면 ᄀ히 샐니 힝ㅎ리잇가?"

즈최 왈,

"아뮌들 못ㅎ리요! 다만 진언이 잇스니 ᄒ번 닑으면 즉각으로 샐니 힝ㅎᄂ니이다."

낭쟘 왈,

"진실노 그럴진디 져ː는 날을 위ㅎ야 ᄒ번 시험ㅎ시면 조히 쏠와 상쾌ㅎ리로다."

즈최 왈,

"이 문득 어렵지 아니되 다만 일노의 지계ㅎ야 고기롤 먹지 아녀야 능히 샐니 단니ᄂ니 만일 ᄀᄆ니 고기롤 먹으면 몸이 맛도록 단녀도 ᄆ춤니 거름을 머초지 못ㅎ 【86】 ᄂ니이다."

홍게 왈,

"수ː는 쳥컨디 저의 브람의 말을 밋지 므르쇼셔! 갑ᄆ라 ㅎ미 곳 쇼셜의 지어닌 말일 분 아녀 제 본디 갑ᄆ롤 쓰지 아니ㅎᄂ니 졍에 녕남 잇슬 쩍 규신 져졔 져로 ㅎ야곰 완여 져ː의게 셔신을 부치더니 반시각이 못ㅎ야 ㅅ오십니롤 왕반ㅎ니 졔아모리 십기 갑ᄆ롤 써도 이ᄀ치 신속지 못ㅎ리이다!"

---

26) 【甲馬 갑마】 jiǎmǎ 갑ᄆ *印有神佛像的紙, 神符. ‖ "姐姐, 不妨. 他若去遠, 咱有甲馬, 若拴上四個, 做起'神行法', 任他去遠, 咱也趕得上." 져ː는 근심치 므르쇼셔 저의 만일 먼리 갓실진디 쇼미 임의 갑미 잇스니 네 기롤 무릅히 미고 신힝법을 힝ㅎ면 졔아모리 먼리 가도 니 맛당히 ᄯ로리이다 (鏡花 15:85) "把兩個甲馬拴在兩隻腿上, 作起神行法來, 一日能行五百里." (水滸 38) "戴宗, 李逵入到房裏, 去腿上都卸下甲馬來, 取出幾陌錢燒送了." (水滸 53)

규신 왈,

"이 엇지 한담으로 찍롤 닐흐리요 임의 초경이 지니도다."

즈최 년망히 몸을 닐흐여 왈,

"이쩌 가히 힝ᄒ리로다."

이에 의상을 고쳐실 찍롤 찍며 어파건(漁婆巾)을 쓰고 홍쵸보검(紅綃寶劍)을 ᄀ슴에 쪼즈니 완【87】연히 젼일 모양으로 흔 빗츠로 붉은지라. 샴인은 다만 저의 쟝속(裝束)ᄒ믈 볼 쓰름이러니 흔 무디 가노라 ᄒ며 몸을 날녀 문을 나며 간 ᄇ롤 아지 못홀지라. 냥쟘이 다만 이 문득 둘빗치 하늘에 ᄀ득ᄒ고 만뢰구젹(萬籟俱寂)흔디 엇지 사름의 그림지나 잇스리요 다만 도라와 규신과 홍거롤 대ᄒ야 왈,

"즈쵸 져ᇰ의 신슐이 이 ᄀ흐니 일졍 우리 거ᇰ의 셩명을 가히 보젼ᄒ리로다."

규신 왈,

"제 만일 사름에 지는 슈단이 업스면 엇지 감히 즈원ᄒ야 나아가믈 어려워 아니ᄒ리요 이번 일은 족히 넘녀【88】업스리이다. 녜로부터 검협의 녀지 셥은랑(聶隱娘)과 홍션(紅線)의 무리 힝흔 비 쳔 ᄀ지로 긔이ᄒ고 빅 ᄀ지로 긔괴ᄒ니 엇지 다만 흔 사름만 구졔ᄒ리요 그러나 저의 힝ᄒ는 비 젼혀 올흔 도리만 구ᄒ니 만일 법을 굽혀 죄롤 범흔 즈는 비록 구코져 ᄒ나 엇지 못ᄒᄂ니 앗가 부디 공즈의 무슴 죄범 잇는고 탐쳥흔 후야 비로소 구ᄒ려 ᄒ니 일노 보미 져의 법슐을 가히 짐죽ᄒ리이다. 당초의 져졔 고집히 과거의 나아오지 아니려 ᄒ시더니 만일 여러 사름의 괴로히 권ᄒ미 아니런들 져졔 엇지 이【89】곳에 니르샤 공즈롤 구ᄒ시리잇가. 니르되 길인은 하늘이 돕는다 ᄒ니 진실노 하늘이 츙냥의 후롤 ᄻ치 아니ᄒ시미로소이다."

홍게 왈,

"수쉬 앗가 문 밧게 나가시더니 즈쵸 져ᇰ의 가는 곳을 보시니잇가?"

냥쟘 왈,

"다만 ᄇ라보니 하늘의 ᄀ득흔 비 둘과 별분이라 무슴 그림지나 잇스시리요 이ᄀ치 신긔흔 지조는 젼고의 듯고 보지 못흔 비로다 그러나 현미 엇지 날을

향ᄒᆞ야 수쉬라 일컷ᄂᆞ뇨? 젼일 의논ᄒᆞᆫ ᄇᆞ 긔미를 비밀히 못ᄒᆞ면 화를 지쵹ᄒᆞ다 ᄒᆞᆯ믈 오히려 이젓ᄂᆞᆫ가? 만일 사롬이 잇셔 힐문ᄒᆞ면 쟝ᄎᆞᆺ 엇지【90】 쎠 대답ᄒᆞ며 인ᄒᆞ야 본젹이 드러나면 엇지 쎠 미봉ᄒᆞ리요 거의 큰 일을 그르치리로다!"

홍게 왈,

"이 과연 쇼미 ᄆᆞ음에 잇스미 닙에 슌ᄒᆞ미라 이후는 맛당히 슴가 고치리이다."

샴인이 ᄎᆞ굿치 한담ᄒᆞ야 밤이 거의 ᄉᆞ경의 니르니 졍히 ᄇᆞ라고 기ᄃᆞ리더니 홀연 챵이 열니는 곳에 안ᄌᆞ쵀 표연이 드러오며 그 뒤히 일위 녀지 ᄯᅩᆯ와 니르ᄂᆞᆫ지라 샴인이 일졔히 ᄇᆞ라보니 그 녀지 몸 ᄌᆞ쥬(紫綢) 져른 옷슬 닙고 ᄋᆞ리로 ᄌᆞ쵸(紫綢) 바지를 닙고 머리의 ᄌᆞ식어파건(紫色漁婆巾)을 쓰고 볼에 세 치는 되ᄂᆞᆫ ᄌᆞ슈혀(紫繡鞋)를 신고 허리에 ᄌᆞ식실 씌를 씌고 ᄀᆞ슴 알피 ᄌᆞ쵸 보검을 ᄶᅩ【91】 ᄭᅩ시며 얼골이 도화 ᄀᆞᆺᄒᆞ니 안ᄌᆞ쵸로 더부러 ᄒᆞᆫ 모양이로ᄃᆡ 이ᄂᆞᆫ 문득 젼신이 ᄌᆞ식이라 샴인이 셔로 보아 놀나 마지 아니코 년망히 몸을 닐어 냥쟘이 몬져 ᄌᆞ쵸를 향ᄒᆞ야 왈,

"져ᄎᆞ를 구ᄒᆞ야 이제 어ᄂᆞ 곳에 머므르며 홈게 니르신 져ᄎᆞᄂᆞᆫ 문득 뉘시니잇고?"

ᄌᆞ쵀 왈,

"져ᄎᆞᄂᆞᆫ 놀니지 ᄆᆞ르쇼셔 져 사롬이 ᄯᅩᄒᆞᆫ 모를 사롬이 아니ᄎᆞ이다."

그 엇던 사롬인고 하회에 분해ᄒᆞ라.

뎡미 납월 념오일 취즁 필셔

권 지 십 뉵

권 지 십 뉵

제60회

熊大郞途中失要犯 燕小姐堂上宴嘉賓

【1】 화셜 안즈최(顔紫綃) 송냥잠(宋良箴)을 향ㅎ야 왈,

"져곳의 져〻는 원리 져져의 친권이니 놀ㄴ지 마르쇼셔. 우리 브야흐로 몸을 잇부게1) ㅎ더니 정히 갓분지라 셔로 안즈 말ㅎ미 조토다."

이에 모다 좌롤 졍ㅎ미 즈최 왈,

"앗가 미지 이곳으로 조츠 즁노에 니르러 홀연 져 위 져〻롤 만니 셩명을 무르니 곳 셩은 연(燕)이요 일홈은 즈경(紫瓊)이요 하동(河東) 사롬이라 어려셔부터 그 거〻롤 쏠와 검슐을 비홧더니 이제 쟝뷔 환을 만느미 특별이 모친에 명을 밧드러 나아가 구코져 홀시 【2】 인ㅎ야 나의 셩명을 뭇거눌 니 쏘흔 니르고 온 뜻을 말흔즉 져의 쟝부는 곳 송공지(宋公子)라 이에 흠게 나아가 미즈는 그 녕거흔 무변(武弁) 웅대랑(熊大郞)으로 더부러 쓰호고 즈경 져〻는 그 틈을 틈 송공즈롤 함거(檻車)의 니여 도라가미 〻지 쏘흔 웅대랑을 브리고 즈경 져〻롤 쏠와 공즈롤 호송ㅎ야 연가촌(燕家村)에 니르러 태공(太公)과 부인을 맛지나 드르니 그곳에 관가로 군ᄉ롤 노하 송공즈의 당을 줍는다 ㅎ야 집〻이 평안치 아니므로 쇼미 즈경 져〻로 더부러 샐니 〻르러 졔위 져〻의게 쟝구(長久)홀 계교롤 의논코져 ㅎ미로소이다."

---

1) 【잇부다】 형 피곤(疲困)하다. ¶ 忙 ∥ 져곳의 져〻는 원리 져져의 친권이니 놀ㄴ지 마르쇼셔 우리 브야흐로 몸을 잇부게 ㅎ더니 정히 갓분지라 셔로 안즈 말ㅎ미 조토다 (這位姐姐, 你道是誰? 原來却是令親. 姐姐莫慌, 咱們忙了多時, 身子乏倦, 且請坐了再講.) <鏡花 16:1> 勞碌 ∥ 다만 졔위 녀보살이 여러 곳 비불ㅎ시므로 즈연 귀체 잇부시리니 줌간 방쟝의 나아가 차롤 므셔 져기 해갈ㅎ실가 브라느이다 (諸位女菩薩適才拜佛, 未免勞碌, 且到裏面獻茶, 歇息歇息.) <鏡花 14:71> 勞神 ∥ 이 학싱이 비록 몽학이나 믄득 거즈업을 공부ㅎ는 거즈보다 도로혀 정신을 잇부게 ㅎ는지라 (這個學生, 雖是啓蒙, 却比一個學業的還勞神.) <紅樓 2:52>

【3】 샤인이 비로소 명빅ᄒᆞ니 ᄌᆞ경이 〻에 모든 사ᄅᆞᆷ의 셩명을 뭇고 다시 례ᄅᆞᆯ 닐우고 만ᄂᆞ믈 다ᄒᆡᆼᄒᆞ야 ᄒᆞ거ᄂᆞᆯ 홍거 왈,

"공ᄌᆞ 본ᄃᆡ 송부(宋府)의 잇다가 이제 연부의 은신ᄒᆞ다 ᄒᆞ니 족히 몸이 평안ᄒᆞᆯ지라 엇지 다시 쟝구할 계교ᄅᆞᆯ 의논ᄒᆞᄂᆞ뇨?"

ᄌᆞ쇠 왈,

"지금 송촌과 연촌의 분〻히 여당을 잡으려 ᄒᆞᆯ 분 아니라 오날〻 웅대랑이 공ᄌᆞᄅᆞᆯ 일코 그만ᄒᆞ야 그칠니 업ᄉᆞ니 반드시 그 두 ᄆᆞ을 에워 ᄎᆞ즐 거시요 ᄒᆞ믈며 공ᄌᆞᄂᆞᆫ 곳 연부 ᄉᆞ회라 맛당히 그곳을 몬져 ᄎᆞ즐 거시요 더옥 망명ᄒᆞᆫ 죄인이라 집을 뒤면 내당을 【4】 혜지 아니리니 뉘 능히 막ᄌᆞ르며 뉘 능히 ᄀᆞᆷ초리요 이러무로 부득블 계교ᄅᆞᆯ 길게 ᄒᆞ리라. 즉금 계교ᄂᆞᆫ 다만 먼리 도망ᄒᆞ기 밧 다른 계괴 업슬 듯ᄒᆞ니 냥쟈 져〻ᄂᆞᆫ 닉이 ᄉᆡᆼ각ᄒᆞ쇼셔 거〻ᄅᆞᆯ 능히 안돈ᄒᆞᆯ 곳이 잇ᄂᆞ니잇가?"

ᄌᆞ경 왈,

"냥쟈 져졔 임의 여러 ᄒᆡ 몸을 ᄀᆞᆷ초시되 사ᄅᆞᆷ이 아지 못ᄒᆞ니 가히 그곳이 유벽ᄒᆞ믈 알지라. 이제 공ᄌᆞᄅᆞᆯ 청ᄒᆞ야 그곳에 아직 머무르미 조ᄒᆞᆯ 듯ᄒᆞ여이다."

냥쟈이 〻 말을 들으ᄆᆡ 문득 눈믈을 흘녀 왈,

"수쉬(嫂嫂) 엇지 ᄆᆡᄌᆞ의 고샹[2]을 알으시리잇고? 션친이 화ᄅᆞᆯ 만난 후로부 【5】 터 목숨을 도망ᄒᆞ야 타향의 뉴락ᄒᆞᄆᆡ 비록 호구ᄅᆞᆯ 버셔나ᄂᆞ 진실노 ᄋᆞ홉 번 죽고 ᄒᆞᆫ 번 살미라 ᄆᆞᄎᆞᆷ닉 니고(尼姑)의 암ᄌᆞ의 몸을 부치니 그 잇ᄂᆞᆫ 곳이 ᄉᆞ면으로 ᄒᆞᆫ 발이 못되거ᄂᆞᆯ 눕고 안ᄶᅵ와 음식을 그 안을 ᄯᅥᄂᆞ지 못ᄒᆞ니 ᄒᆡ가 막도록 다만 별과 ᄃᆞᆯ빗ᄎᆞᆯ 볼 분이요 날빗ᄎᆞᆫ 보지 못ᄒᆞ니 대개 암지 큰 길에 ᄀᆞᆺ가온 고로 낫이면 노는 사ᄅᆞᆷ이 분〻히 왕ᄂᆡᄒᆞ니 문득 방문을 밧그로 ᄌᆞᆷ으고 숨을 크게 쉬지 못ᄒᆞ다가 밤이 깁고 사ᄅᆞᆷ이 업슨 후야 비로소 가ᄒᆞ니 문을 열어 하ᄂᆞᆯ을 ᄇᆞ라보고 낫이 되면 【6】 의구히 문을 ᄌᆞᆷ가 날노 이 ᄀᆞᆺᄒᆞ미 임의 팔년

---

2) 【고샹】 명 고생(苦生). ¶ 苦處 ‖ 수쉬 엇지 ᄆᆡᄌᆞ의 고샹을 알으시리잇고? (嫂嫂那知妹子苦處!) <鏡花 16:4> 苦 ‖ 만일 크게 어리셕고 완만ᄒᆞ믈 여러 ᄌᆞ세히 ᄒᆞᆫ 번 들니시면 뎨ᄌᆞ 귀ᄅᆞᆯ 씻고 ᄉᆞᆲ혀 드러 젹이 능히 ᄭᆡ여 ᄉᆞᆲ히면 ᄯᅩᄒᆞᆫ 가히 륜락ᄒᆞᄂᆞᆫ 고샹을 면ᄒᆞᆯ가 ᄒᆞᄂᆞ이다 (若蒙大開痴頑, 備細一聞, 弟子則洗耳諦聽, 稍能警省, 亦可免沉淪之苦.) <紅樓 1:38>

을 보니더니 향니(向來)에 만일 규신 져ː의 잇그러 구졔ᄒ미 아니런들 거의 그곳에서 명을 ᄆᄎᆯ 번 ᄒ니 제 임의 이ᄀᆺ치 구ᄎᄒ거니 엇지 거ː롤 안돈(安頓)ᄒᆯ 곳이 잇스리잇고?”

규신 왈,

“임의 ᄌᆨ경 져ː 부즁에 머므로시미 블안ᄒ면 아직 녕남(嶺南)의 도라가 나즌 집에 즘시 몸을 피ᄒ시미 맛당ᄒ니 ᄒ물며 동ᄉᆼ이 잇스니 조히 졉응ᄒᆯ지라 져기 풍식(風色)이 그친 후 연가촌으로 도라오시미 족히 구급ᄒᄂ 박문일 듯ᄒ여이다.”

홍게 왈,

“이 일은 결단코 되지 못ᄒ리니 어졔 구공의 【7】 말노 보건디 태휘 특별이 쳔하 각관의 밀지롤 ᄂᆞ리와 즙으라 ᄒ니 녕남은 홀노 그 죠셰 니르지 아니리요? ᄒ물며 오날 겁탈ᄒᆷ믈 만ᄂ미 명일부터 더옥 근포(跟捕)ᄒᄂ 녕이 엄ᄒ리니 져ː의 부즁이 엇지 몸 곰촐 곳이 되며 만일 패로(敗露)ᄒ면 공ᄌ의 셩명을 보젼치 못ᄒᆯ 분 아니라 여러ᄀᆺ지 난편ᄒ미 만ᄒ리이다. 쇼미 우견은 쎠ᄒ되 쇼영쥐산의 우리 거게 잇다 ᄒ니 쇼미 셔신을 부쳐 그곳의 나아가 아직 몸을 피ᄒ미 올ᄒ니이다.”

ᄌᄎᆑ 왈,

“져ː 의논이 극히 맛당ᄒ도다. 저의 남미 지친이 피ᄎ 고호ᄒ리니3) 【8】 일을 더듸지 못ᄒᆯ지라 쌜니 셔신을 닐워 ᄌᆨ경 져ː로 ᄒ야곰 밧비 낭군을 뫼셔 쇼영쥐로 가게 ᄒ쇼셔.”

---

3) 【고호ᄒ다】 图 {고호(顧護)하다.} 돌보아주다. ¶ 照應 ǁ 져ː 의논이 극히 맛당ᄒ도다 저의 남미 지친이 피ᄎ 고호ᄒ리니 일을 더듸지 못ᄒᆯ지라 쌜니 셔신을 닐워 ᄌᆨ경 져ː 로 ᄒ야곰 밧비 낭군을 뫼셔 쇼영쥐로 가게 ᄒ쇼셔 (姐姐所見極是. 他們郎舅至親, 同在一處, 彼此亦有照應. 事不宜遲, 就請修書, 以便紫瓊姐姐趁早伴送郎君上山.) <鏡花 16:7> 내 션비를 고호ᄒ므로 명빅히 사힉디 아니코 ᄯᅩ 이 사롬을 티니 이ᄂᆫ 내 ᄯᅩ 쇼민을 속이미라 (我若偏護斯文, 不究明白, 又打此人, 是我有虧小民了.) <包公 瞞刀還刀 6:68> 偏護 ǁ 임의 형졔의 의롤 미즈미 이후 ᄒ가지로 과거의 나아가미 피ᄎ 셔로 고호ᄒ야 ᄆᆞ츰니 죵시에 화목ᄒᆷ믈 힘써 비록 ᄒ ᄆᄃᆞ 말과 져근 닐이라도 졍분이 셕긔지 아니케 ᄒ야 시죽이 잇고 나죵이 업게 말나 (但旣結拜, 嗣後一同赴試, 彼此都要相顧, 總要始終和睦, 莫因一言半語, 就把素日情分冷淡, 有始無終, 那就不是了.) <鏡花 14:24>

ᄌᆞ경이 붓그러오믈 먹음어 왈,

"졔위 져ᄌᆞ의 의논ᄒᆞ신 비 극히 맛당ᄒᆞ시나 다만 송공지 ᄇᆞ야흐로 병이 즁ᄒᆞ야 ᄉᆡᆼ각이 업슬 분 아녀 쇼영쥐산이 도뢰 요원ᄒᆞ니 쇼ᄆᆡ ᄒᆞᆫ 사ᄅᆞᆷ으로 능히 큰 일을 판득(辦得)지 못ᄒᆞᆯ지라 ᄇᆞ라건ᄃᆡ ᄌᆞ쵸 져ᄌᆞ는 다시 ᄒᆞᆫ번 슈고ᄅᆞᆯ 앗기지 마르쇼셔."

ᄌᆞ쇠 십분 난쳐ᄒᆞ야 오란 후 왈,

"임의 일을 시작ᄒᆞᆫ 후 나죵이 업슬 길 업ᄉᆞ니 ᄆᆡ지 맛당히 ᄡᅳ로려니와 이곳에셔 쇼영쥐 오히려 슈빅니의 지【9】ᄂᆞ니 우리 비록 풍운ᄀᆞᆺ치 단니나 오날 임의 ᄇᆞᆰ기ᄅᆞᆯ 님ᄒᆞᆫ지라 엇지 능히 경각의 도라오리요. 듀신 져ᄌᆞ는 몬져 일힝을 거ᄂᆞ려 알프로 향ᄒᆞ시면 쇼ᄆᆡ 맛당히 명일 ᄀᆡ졈의 ᄡᅳ로리이다."

규신이 ᄒᆞᆫ연 왈,

"이 ᄀᆞᆺᄒᆞᆯ진ᄃᆡ 쇼ᄆᆡ 일힝이 ᄌᆞ곳의셔 맛당히 ᄒᆞ로ᄅᆞᆯ 머믈너 져ᄌᆞᄅᆞᆯ 기ᄃᆞ리ᄌᆞ이다. 이ᄯᅢ 홍게 임의 셔신을 닐워 ᄌᆞ경을 쥬니 ᄌᆞ경이 ᄌᆞ쵸ᄅᆞᆯ 잇글고 몸을 소ᄉᆞ아 공즁으로 향ᄒᆞ야 간 ᄇᆞᄅᆞᆯ 모ᄅᆞᆯ너라.

이에 날이 ᄇᆞᆰ으ᄆᆡ 규신이 거즛 몸이 알푸믈 일ᄏᆞᆺ고 그날 졈의 잇셔 머무더니 밤이 되ᄆᆡ 홍거와 냥쟘으로 더부러 그윽이 기ᄃᆞ리더니【10】밤이 삼경의 니른 후 ᄌᆞ쇠 문득 도라오거ᄂᆞᆯ 냥쟘이 ᄆᆞᄌᆞ 왈,

"년일 져제 우리 거ᄌᆞ의 일노 인ᄒᆞ야 극히 슈고ᄒᆞ시니 심히 블안ᄒᆞ여이다. 과연 우리 거ᄌᆞᄅᆞᆯ 쇼영쥐산의 두고 오시니잇가?"

ᄌᆞ쇠 왈,

"오날 과연 ᄌᆞ경 져ᄌᆞ로 더부러 저의 집에 니르러 셥시(葉氏) 부인을 보고 그 계교ᄅᆞᆯ 젼후 셥시와 태공이 오리 상냥ᄒᆞ야 비록 ᄆᆞ음을 노치 못ᄒᆞ나 일이 무가ᄂᆡ히라 ᄒᆞᆯ일업서 허락ᄒᆞ거ᄂᆞᆯ 밤을 기ᄃᆞ려 ᄌᆞ경 져ᄌᆞ로 ᄒᆞ야곰 공ᄌᆞᄅᆞᆯ 업고 쇼영쥐산에 니르러 낙공ᄌᆞᄅᆞᆯ ᄎᆞᄌᆞ 셔신을 젼ᄒᆞ고 이에 도라오니이다."

규신 왈,

"ᄌᆞ경 져【11】ᄌᆞ는 이제 어ᄃᆡ로 가니잇고?"

ᄌᆞ쇠 왈,

"ᄌᆞ경 져제 ᄇᆞ야흐로 경ᄉᆞ의 나아가 과거ᄅᆞᆯ 보려 ᄒᆞ더니 졔위 져ᄌᆞ의 과거

길이믈 듯고 ᄆᆞ음에 ᄀᆞ장 깃거 ᄒᆞᆫᄀᆞ지로 동ᄒᆡᆼ코져 ᄒᆞᄂᆞᆫ지라 져의 집이 알푸로 오십니롤 ᄒᆡᆼᄒᆞ면 곳 연가촌이라 우리 쟝ᄎᆞᆺ 그 알프로 길이 지날지라 일노 말미 암아 ᄌᆞ경 져ᄂᆞᆫ 몬져 도라가 쥬반을 쟝만ᄒᆞ야 제위 져ᄂᆞ롤 졉대코져 ᄒᆞ므로 쇼미로 ᄒᆞ야곰 대신ᄒᆞ야 그 뜻을 알외라 ᄒᆞ더이다.”

규신 왈,

“ᄌᆞ경 져졔 임의 동ᄒᆡᆼᄒᆞᆯ 뜻이 잇스면 맛당히 지나는 길에 셔로 모히미 조ᄒᆞ 리로다.”

이튿날 일ᄒᆡᆼ이 슈습ᄒᆞ야 오십 니롤 【12】 ᄒᆡᆼᄒᆞ야 연가촌에 드ᄂᆞ르니 연가 비 복이 먼리 나와 ᄆᆞ즈 인도ᄒᆞ미 모든 ᄌᆞ미 연부에 나아가 ᄌᆞ경으로 더부러 피ᄎᆞ 례를 닐우고 셥시 부인게 일졔히 ᄒᆡᆼ녜ᄒᆞ니 원리 ᄌᆞ경의 부친의 셩명은 연의(燕 義)니 일즉 벼술이 총병(總兵)의 니르미 나히 칠십이 ᄀᆞ가오므로 벼술을 드리 고 집에 도라와 한가히 지너며 부인 셥시로 더부러 일ᄌᆞ 일녀롤 두니 ᄋᆞᄌᆞ의 명은 연용(燕勇)이니 어려셔부터 무예롤 닉여 과거의 나아가 도라오지 아닌지 라 연총병이 가계 크게 ᄀᆞ음열어 누빅만에 지너니 비록 집에 드러 잇스나 쥬샹 이 복 【13】 위(復位)치 못ᄒᆞ시믈 쥬야 통한ᄒᆞ므로 가즁에 교ᄉᆞ롤 모화 무예롤 강습ᄒᆞ며 쳔하 호한을 널니 ᄉᆞ괴여 ᄶᅢ롤 기ᄃᆞ려 의병을 닐으혀 근왕ᄒᆞ기롤 경 영ᄒᆞ더니 어졔 녀이 당규신으로 더부러 동ᄒᆡᆼ코져 ᄒᆞᄆᆞᆯ 드르니 규신은 곳 당탐 화(唐探花)의 녀지요 ᄯᅩ혼 낙빈왕(駱賓王)의 녀지이다 ᄒᆞ니 이 문득 츙냥(忠良) 의 ᄌᆞ녜라 심즁이 ᄀᆞ쟝 깃거 가인을 명ᄒᆞ야 연셕을 크게 쟝만ᄒᆞ야 각별 관대 (款待)ᄒᆞ려 ᄒᆞ더라.

이ᄯᅢ 연총병에 싱녀 강녀슈(姜麗數)4)와 표질녀(表侄女) 금봉익[張鳳雛]이 일 즉 동ᄒᆡᆼᄒᆞᄆᆞᆯ 간쳥ᄒᆞ니 ᄌᆞ경이 이에 규신으로 샹의ᄒᆞ니 규신이 즐겨 허락ᄒᆞ거 놀 일변 사롬을 부려 각집에 【14】 통긔ᄒᆞ니 오러지 아녀 금봉익과 강녀쉬 니 르러 모든 사롬이 셔로 네ᄒᆞ고 ᄌᆞ경이 ᄎᆞ환으로 ᄒᆞ야곰 쥬찬을 올니ᄂᆞ 이ᄯᅢ 당 규신과 님완여와 낙홍거와 넘금풍과 젼봉환과 진쇼츈과 송냥쟘과 냥홍미와 노

---

4) 원문에는 “姜麗樓”로 되어 있음.

ᄌ휜과 지난교와 음약화와 안ᄌ쵸와 여녀용과 스도미ᄋ와 증셔향과 양묵향과 최쇼잉과 채난방과 담혜방과 셥경방과 져월방과 금봉익과 강녀슈와 연ᄌ경이 모도 이십ᄉ위 쇼졔라 각ᄀ 년치 ᄎ례로 좌를 셩ᄒ고 쟌을 날니며 져를 드러 ᄀ쟝 즐기며 말슴ᄒᆞᆯ시 ᄌ경이 더옥 언론이 풍싱ᄒ야 좌샹이 【15】 ᄌ못 격막지 아니ᄒᆞᆫ지라.”

완예 왈,

“우리 무리 ᄌ경 져ᄀ로 더부러 오날 비록 처음 만ᄂᆞ나 이제 말슴을 드러오미 진실노 졍이 나고 뜻이 합ᄒ니 과연 셔로 보미 느즈믈 한ᄒᆞᆯ 거시오 다른 져ᄀ네도 ᄒᆞᆫ번 보미 문득 아든 사름 ᄀᆺᄒ니 이 아니 젼셰에 우리 셔로 모혀 보앗든가 시부도다.”

쇼츈 왈,

“젼셰에 엇지 아니 보앗시리요! 미ᄌᆞ는 드르니 사름이 죽어 도로 슴겨날 ᄯᅵ면 지부에 젼륜대왕(轉輪大王) 알픠셔 졈지ᄒᆞᆫ다 ᄒ니 그ᄯᅢ에 우리 셔로 보앗스리이다.”

모다 대쇼ᄒ고 인ᄒ야 셕반을 파ᄒ고 쵹을 붉혀 졍히 담쇼ᄒ더니 홀연 일기 녀지 공즁ᄋ【16】로조ᄎ 날아 당즁에 드러셔니 우희 도홍(桃紅)깁 져른 옷슬 닙고 ᄋ릭 도홍비단 ᄇ지를 닙고 머리에 도홍 어파건을 쓰고 볼에 세 치 되ᄂᆞᆫ 도홍 슈혀를 신고 허리의 ᄒᆞᆫ 오리 도홍실 ᄯᅴ를 ᄯᅴ고 손에 셔리 ᄀᆺᄒᆞᆫ 보검을 쥐고 얼골이 ᄯᅩᄒᆞᆫ 도홍빗치로더 극히 아름다오더 다만 아미를 거스리고 셩안을 부릅쓴지라. 모다 크게 놀나 엇지ᄒᆞᆯ ᄇᆞ를 모로더니 그 녀지 쇼쥐를 놉혀 왈,

“어제 밤에 뉘 감히 망녕 죄인 송소(宋素)를 겁탈ᄒ야 도라온 지 셩이 무어시며 일홈이 무어시뇨? 쳥컨더 셔로 보아 말을 무르리라!”

안ᄌ쵀 겻ᄒ로 조ᄎ 보검을 ᄲᅡ혀 【17】 들고 알프로 나아오며 왈,

“나의 셩은 안이요 명은 ᄌ쵀로라!”

ᄌ경이 ᄯᅩᄒᆞᆫ 칼을 쥐고 나아오며 왈,

“나는 연ᄌ경이니 너는 엇더ᄒᆞᆫ 사름이완더 이를 무러 쟝ᄎ 엇지코져 ᄒᆞᄂᆞᆫ다?”

그 녀지 두 사름을 샹하로 ᄌᆞ시 술피더니 닝쇼 왈,

"나는 써ᄒᆞ되 샴두뉵비(三頭六臂)롤 ᄀᆞ진가 ᄒᆞ더니 블과 여ᄎᆞᄒᆞ도다! 그러나 너히 두 사름이 칼롤 몸에 ᄯᅩ로니 응당 검슐을 냑간 비혼가 시부거니와 나는 듯건디 검슐ᄒᆞᄂᆞᆫ 사름의 힝ᄉᆞᄂᆞᆫ 쳥쳔빅일ᄀᆞᆺ치 지공무ᄉᆞ(至公無私)ᄒᆞᄂᆞ니 조곰이나 ᄆᆞ음이 편벽되야 ᄉᆞ졍을 일슴으면 하늘에 죄얼을 밧ᄂᆞ니 다만 ᄉᆞ오나온 ᄌᆞ롤 업시ᄒᆞ고 【18】 냥션ᄒᆞᆫ 뉴롤 붓들미 졔일 힘쓰는 비여늘 이제 송소ᄂᆞᆫ 나라히 망명ᄒᆞᆫ 죄인으로 특별이 밀지롤 밧드러 즙아가거늘 너히 감히 관병을 항거ᄒᆞ고 죄인을 겁탈ᄒᆞ니 그 무슴 도리뇨? 우리 표형 웅대랑이 우연이 소홀ᄒᆞ야 죄인을 닐코 날노 ᄒᆞ야곰 ᄎᆞᆽ오라 ᄒᆞ니 쾌히 송소롤 니여 밧치라. 조곰이나 지연ᄒᆞ면 너의 쳥츈 ᄋᆞ녀지 셩명을 보젼치 못ᄒᆞ리라. 나의 셩은 역(易)이요 일홈은 ᄌᆞ릉(紫菱)이니 션친이 벼술이 도총졔(都總制)의 니르시고 조부 당년의 ᄯᅩ흔 병권을 잡아 셰대로 당죠 은혜롤 닙엇기로 특별이 몸을 【19】 더져 이 ᄀᆞᆺ흔 반역을 잡아 국가 근심을 덜고져 ᄒᆞ노라."

ᄌᆞ경이 우음을 먹음어 왈,

"존긱의 이 말슴이 실노 억지에 말노 도리에 어긔지 아니라. 네 일즉 송소롤 엇던 사름으로 아ᄂᆞ뇨? 우리네 구ᄒᆞ미 ᄯᅩ 엇지 연괴 업스리요."

ᄌᆞ릉 왈,

"졔 본디 송셩이 아니라 곳 반역 구왕의 ᄋᆞᄌᆞ로 변셩도쥬홀 분이니 니 엇지 모로리요!"

ᄌᆞ경이 쇼왈,

"존긱이 임의 알으시면 더옥 말ᄒᆞ기 조토다 앗가 말ᄒᆞ되 너의 집이 셰디로 국은을 닙다 ᄒᆞ니 긔 아니 대당 국은이냐?"

ᄌᆞ릉 왈,

"그러ᄒᆞ니라."

ᄌᆞ경 왈,

"존부 셰대로 임의 대당 국은을 닙엇시면 구왕 젼하는 【20】 다만 대당에 당ᄒᆞᆫ 젹패(嫡派) 종실일 분 아니라 대당을 위ᄒᆞ야 몸을 ᄇᆞ린 츙냥이라 대당 텬지 폐ᄒᆞ야 방쥐에 니치시미 ᄉᆞ양 당종 혈믹이 쓴허질가 져허 특별이 의병을 닐으혀 부디 쥬상을 ᄆᆞᆽ 도라와 대당 쳔하롤 회복고져 ᄒᆞ더니 ᄆᆞ춤니 젹으니 만

ᄒ니롤 당치 못ᄒ야 군시 패ᄒ고 몸을 ᄆᄎ나 오히려 샹쳔이 츙냥의 후롤 ᄯᆫ치
아니샤 이에 일밐을 젼ᄒ거ᄂᆯ 이제 존뷔 셰대로 대당 은혜롤 닙엇다 ᄒ며 은혜
갑기롤 ᄉᆡᆼ각지 아니코 도로혀 대당 혈쇽을 살해ᄒ야 당금 황졔의게 아당ᄒ야
영화롤 구코져 【21】 ᄒ니 이 아니 은혜롤 ᄀᆽ겨 원슈로 갑ᄒ미뇨? 진실노 유취
(遺臭) 만편ᄒ리니 ᄯᅩᄒᆫ 검협에 의긔 어디 잇스며 공도(公道)의 ᄆᆞ음이 무어시
뇨? 이제 모든 사롬이 낫〃치 대당 신지니 존즤은 ᄲᆯ니 그 연고롤 말ᄒ라. 송쇠
만일 큰 죄롤 범ᄒ얏실진디 우리 맛당히 너여드려 존즤의 쳐치 돌보리라.

ᄌ릉이 〃 말을 들어 오미 당즁에 박인 드시 셔 잇셔 목우인(木偶人) ᄀᆺ치 반
향을 말을 못ᄒ거ᄂᆯ 홍게 져 모양을 보고 ᄀᆞᄆᆞ니 규신을 잇그러 알프로 나아와
ᄌ릉을 향ᄒ야 만복을 일커러 왈,

“져졔 말슴이 잇슬진디 엇지 좌롤 졍ᄒ야 쳔〃이 말ᄒ지 【22】 아니시ᄂᆞ뇨?”

ᄌ릉이 일변 칼을 갑에 ᄭᅩᄌᆞ며 일변 답녜ᄒ야 왈,

“져〃는 쳥컨디 좌에 들으쇼셔.”

이에 일졔히 좌롤 졍ᄒ미 ᄌ쵸와 ᄌ경이 ᄯᅩᄒᆫ 칼을 꼿고 좌에 드니 ᄌ릉이
비로소 즁인에 셩명을 무르니 규신이 이에 과거 길노 경ᄉᆞ롤 향ᄒ야 이곳을 지
ᄂᆞᆫ 연유롤 말ᄒ니 홍게 ᄌ경을 향ᄒ야 왈,

“ᄌ릉 져〃롤 보건디 거지 아담ᄒ고 긔되 비범ᄒ시니 진실노 명쟝의 후예 되
미 붓그럽지 아닌지라 임의 셰대로 나라 은혜롤 닙으시다 ᄒ니 결단코 은혀롤
쎠 원슈로 갑지 아니리니 진실노 하ᄂᆞᆯ이 츙냥의 후롤 ᄯᆫ치 말고져 ᄒ시므 【2
3】 로 힝혀 ᄌ릉 져〃롤 만낫거니와 만일 의롤 져ᄇᆞ리고 은혜롤 이져ᄇᆞ리ᄂᆞᆫ
뉴롤 만ᄂᆞ던들······”

ᄌ릉이 미쳐 말을 맛지 못ᄒ야 답ᄒ야 왈,

“송쇠 과연 대당ᄌ손이라 믜지 이ᄊᆞ 만일 쥬국(周國) 녹을 먹엇시면 ᄌ연 님
군을 위ᄒ야 근심을 덜미 맛당ᄒ니 다른 의논이 업스려니와 믜ᄌᆞᄂᆞᆫ 임의 벼술
을 아니코 녹을 밧지 아닌 몸이라 다만 표형에 부탁으로 인ᄒ야 이에 니르럿더
니 졔위 져졔 임의 의긔롤 분발ᄒ야 ᄆᆞᆫ져 구ᄒ시니 엇지 감히 다른 ᄯᅳᆺ이 잇스
리오 이에 ᄌᆨ별을 고ᄒᄂᆞ니 다른날 경ᄉᆞ의 셔로 만ᄂᆞ믈 긔약ᄒᄂᆞ이다. 인ᄒ야
몸을 닐으혀 【24】 니 ᄌ경이 엇지 즐겨 노ᄒ리요 부디 만류ᄒ야 쥬효롤 드려

져기 쥬인에 의롤 펴고져 ᄒ니 규신과 홍거 모든 사롬이 일졔히 붓드러 안치니 ᄌ룡이 ᄯ호 졍을 물니치지 못ᄒ야 도로 좌에 드니 이ᄯ 연총병이 후당의 잇셔 이 말을 듯고 가인을 분부ᄒ야 다시 연셕을 ᄀ초아 올니ᔆ 모든 ᄌ미 시로이 비반을 나와 즐길ᄉ 홍게 왈,

"앗가 져졔 경ᄉ의 만ᄂᆞᆷ믈 말ᄒ시니 이 아니 과거 길을 ᄒ시ᄂᆞ니잇가?"

ᄌ룡 왈,

"미지 어려셔부터 글ᄌ롤 비화 시셔롤 냑간 외오기로 망녕되이 군고롤 보아 요힝 샏히나 아직 동힝ᄒ리 업스므로 길에 올으【25】지 못ᄒ되 조만간에 힝코져 ᄒᆞ이다."

규신 왈,

"져졔 임의 동힝이 업고 존부에 이ᄯ 닐이 업슬진더 미ᄌ의 무리로 동힝ᄒ시미 긔 아니 냥편ᄒ니잇가?"

ᄌ룡 왈,

"미지 ᄯ호 이 ᄯᆮ이 잇스되 처음으로 만나 감히 당돌치 못ᄒ더니 임의 후ᄒ ᄯᆮ을 밧ᄌ오니 졍히 하회의 마즌지라 도라가 노모의게 품고ᄒ고 맛당히 뒤홀 ᄯᆯ와 동힝ᄒ려니와 다만 계위 져졔 이곳에서 져기 지쳬ᄒ시면 쇼미 도라가 힝쟝을 냑간 슈습ᄒ야 불과 슈일이면 이에 ᄯᆯ와 니르리이다."

ᄌ경 왈,

"모친이 ᄇ야ᄒ로 졔위롤 만류ᄒ야 슈일을 이에 쉬고져 ᄒ시니【26】져ᔆ는 도라가 천ᔆ이 슈습ᄒ야 오셔 도우리 이곳에 오히려 잇셔 기ᄃ리이다."

규신 왈,

"비록 빅모의 셩ᄒ ᄯᆮ을 밧ᄌ오나 다만 인귀 과히 만ᄒ니 실노 불안ᄒ지라 져ᔆ는 부디 ᄲᆯ니 도라오샤 일즉이 길에 울으게 ᄒ쇼셔."

ᄌ룡이 년ᄒ야 머리 조아 맛당ᄒ믈 일커르니 ᄌ최 왈,

"져졔 도라가샤 녕표형(슈表兄)의게 엇지 회답고져 ᄒ시ᄂᆞ뇨? 미리 알아 계교롤 베푸러야 임시ᄒ야 다시 놀나오미 업스리로소이다."

ᄌ룡 왈,

"미지 다만 말ᄒ되 ᄆ츰니 춧지 못ᄒ다 ᄒ리니 무슨 다른 넘녜 잇스리요."

인ᄒᆞ야 연셕을 물니미 즁인으로 더부러 죽별ᄒᆞ【27】고 몸을 날녀 간 ᄇᆞ를 모로니 좌즁에 증셔향[曾書香]과 채난방(蔡蘭芳)과 최쇼잉(崔小鶯)의 뉴는 일즉 이ᄀᆞᆺ치 날아오고 날아가는 사름을 보지 못ᄒᆞᆫ지라 이제 즈룽에 모양을 보미 혀롤 토ᄒᆞ고 졍신을 일허 신긔ᄒᆞᄆᆞᆯ 일커러 왈,

"셰간의 엇지 다시 이ᄀᆞᆺ치 긔이ᄒᆞᆫ 사름이 잇스리요."

칭션ᄒᆞᄆᆞᆯ 므지 아니ᄒᆞ니 약화 이에 거년(去年)의 안즈최 셔신을 젼ᄒᆞᆯ 씨 완에 놀나 볼을 벗고 어즈러이 숨든 광경을 말ᄒᆞᆫ디 즁인이 일계히 대쇼ᄒᆞ니 쇼츈 왈,

"나는 보건디 완여 져졔 일후에 반드시 신션이 되리라 ᄒᆞ노라."

난괴 왈,

"그 엇지 니르미요?"

쇼츈 왈,

"셰샹의 임의 젼족대션(纏足大仙)이 잇스니 【28】 맛당히 젹족대션(赤足大仙)이 잇스리니 이 과연 의발(衣鉢)을 샹젼(相傳)ᄒᆞ미라 그 엇지 우연ᄒᆞᆫ 닐이리요 이러므로 져의 신션 되기를 미리 아노라."

즁인이 비록 조히 우스나 문득 젼족대션은 그 무엇신 줄 모로거늘 완에 왈,

"'젼족대션' 네 즈는 규신 약화 져〻 외에는 다시 알니 업거늘 어디로 조ᄎ 쇼츈(小春) 져〻 귀에 들넛는고? 실노 알 길 업도다."

젼봉환 왈,

"너의 해외에 단니든 일을 우리 집 구공이 미양 한가ᄒᆞᆫ 씨면 우리롤 대ᄒᆞ야 세〻히 말ᄒᆞ다가 경계ᄒᆞ야 왈,

"너의도 혹시 해외에 단니다가 실과 슈플을 만나거든 부님 버릇슬5) 춤으라 만일 먹으면 잡히여 나ᄋᆞ쥬(傈兒酒)롤 민들 【29】 면 죽기롤 면치 못ᄒᆞ리라 ᄒᆞ더이다."

---

5) 【부님 버릇】㈜ 게걸스러움. ¶ 饞∥ 너의도 혹시 해외에 단니다가 실과 슈플을 만나거든 부님 버릇슬 춤으라 만일 먹으면 잡히여 나ᄋᆞ쥬롤 민들면 죽기롤 면치 못ᄒᆞ리라 ᄒᆞ더이다 (并囑我們日後如到海外, 遇見仙界, 切莫嘴饞, 惟恐捉去要釀'傈兒酒', 那才苦哩.) <鏡花 16:28>

완예 이 말을 듯고 도로혀 다일에 실과롤 먹고 취ᄒ여 몸이 연ᄒ든 ᄇ와 ᄉ 나희 요괴 분ᄇ르고 연지 직은 모양을 싱각ᄒ미 일쟝 대쇼ᄒ니 렴금풍이 져의 말이 두미 업스믈 답ᄉᄒ야 쇼츈을 향ᄒ야 지샴 간쳥ᄒ야 무르니 쇼츈이 ᄉ에 젼족대션과 나ᄋ쥬에 너력을 냑ᄉ히 말ᄒ니 즁인이 비로소 명빅ᄒ야 졀도(絶倒)ᄒ믈 ᄆ지 아니ᄒ니 져월방(褚月芳) 왈,

"오날ᄉ ᄌ릉 져ᄉ의 날아 단니믈 보미 극히 신긔ᄒ거늘 ᄯ다시 해외에 이ᄀ 치 신긔혼 닐이 잇슬 줄 ᄯᆺᄒ얏시리요 진실노 날노 ᄃᆺ지 못ᄒ든 ᄇ롤 듯 【30】 다 ᄒ리로다."

녀용(麗蓉) 왈,

"앗가 ᄌ릉 져ᄉ의 드러오든 모양이 극히 위엄스럽고 무섭더니 ᄌ경 져ᄉ의 녕니혼 치아로 졍대혼 말ᄉᆷ을 여러 ᄆ디 지나지 아녀 져로 ᄒ야곰 입이 벙어리 되야 말이 업게 ᄒ고 하늘ᄀᆺ치 큰일노써 어름가치 푸러지게 ᄒ니 가히 니르되 말ᄉᆷ 지조도 업지 못ᄒ리더이다. 녯날 '졍ᄌ산(鄭子産)이 말이 잇스므로 졍나라 히 힘닙다' ᄒ미 과연 그르지 아니토다."

미이 왈,

"ᄌ경 져ᄉ 두어 말ᄉᆷ의 허다혼 검극을 물니칠 분 아니라 도로혀 ᄌ릉 져ᄉ 롤 ᄉ괴여 동힝ᄒ게 되니 이 압길히ᄂᆞ ᄌ경과 ᄌ쵸와 ᄌ릉 샴위 져졔 잇스니 미ᄌᄂᆞ 써ᄒ되 【31】 긱졈의 드러도 일즉이 편히 쉬여 조곰도 넘녀 업스리니 가히 니르되 '고침무위(高枕無憂)'라 ᄒ리로소이다."

완예 왈,

"져ᄉ 말ᄉᆷ ᄀᆺ홀진디 노샹에 져 샴위만 잇스면 별노 도젹 직희ᄂᆞ 개도 다 다 려오지 아니리로다."

ᄌ쵸 분연 왈,

"개롤 만일 다려왓다가 사름이 잇셔 ᄇ을 벗고 샹 밋ᄒ로 드러가ᄂᆞ니 잇스며 ᄯ츳가 ᄇ을 물어 더옥 붉게 ᄒ리라."

즁인이 더옥 우음을 그치지 아니ᄉ 쇼츈 왈,

"ᄌ쵸 져졔 '젹각赤脚' 두 ᄌ로써 홀연 변ᄒ야 '각젹脚赤'이라 ᄒ시니 이 ᄀᆺ혼 문ᄌᄂᆞ 가히 니르되 싱신ᄒ니 진실노 썩고 너암시 나ᄂᆞ ᄇ로써 변ᄒ야 신긔ᄒ

게 ᄒᆞᄂᆞᆫ 문법【32】이라. 쟝너 쟝즁에 들어 문쯔를 이굿치 지으시면 일졍 놉히 쌘히실 거시요 쇼미 굿ᄒᆞ니ᄂᆞᆫ 맛당히 각필ᄒᆞ고 물너셔리로다."

완예 왈,

"과거 글을 만일 이굿치 지으면 비록 놉히 쌘히나 그 글에 너암시 나리로다."

ᄌᆞ쵀 쇼왈,

"원리 완여 져ː의 볼이 심히 너암시 나는가 시부도다! 우리 쾌히 쩌나야 ᄌᆞ경 져ː의 방을 더러이지 아니리로다."

모다 대쇼ᄒᆞ고 일졔히 몸을 닐으혀 셥시 방즁에 나아가 과히 우디ᄒᆞ시믈 칭샤ᄒᆞ고 각ː 도라와 안헐ᄒᆞ니라.

이튼날 죠반을 포ᄒᆞ미 셥시 부인이 ᄎᆞ환【33】으로 ᄒᆞ야곰 모든 쇼져를 인도ᄒᆞ야 화원의 나아가 완경ᄒᆞ게 ᄒᆞ니 쩨 졍히 도힝이 처음으로 봉오리를 토ᄒᆞ고 버들이 누른빗츨 쯰여 봄빗치 ᄀᆞ쟝 아롭다온지라. 모다 쯧더로 거름을 옴겨 각쳐로 놀기롤 쾌히 ᄒᆞᆫ 후 ᄌᆞ경 왈,

"쇼미의 져근 화원이 불과 수십 곳이라 졍ᄌᆞ와 뜰이 조곰도 볼 것 업스되 그 즁에 ᄒᆞᆫ 곳 ᄇᆞ리지 아닐 디 잇스니 졔위 져ː의 만일 ᄎᆞ 무시기롤 즐기시나니 겨시면 ᄎᆞ롤 맛당히 달혀 밧들니이다."

난괴[蘭音] 왈,

"이곳에 아니 일홈ᄂᆞᆫ 시암이 잇ᄂᆞ니잇가? 쳥컨더 ᄒᆞᆫ 그릇 ᄎᆞ로써【34】 해갈케 ᄒᆞ쇼셔."

ᄌᆞ경 왈,

"다만 ᄆᆞᆰ은 시암이 잇슬 분 아니라 이 ᄀᆞ온더 극품 조흔 ᄎᆞ남기 잇스니 만일 그 닙흘 셩으로 ᄯᆞᆫ ᄎᆞ롤 달히면 쇼미ᄂᆞᆫ 본더 ᄎᆞ롤 먹지 아니ː 그 맛슨 능히 아지 못ᄒᆞ나 다만 그 빗과 향긔ᄂᆞᆫ 보기의 조ᄎᆞ 뵈더이다."

묵향 왈,

"져ː는 우리롤 잇그러 그곳에 나아가 ᄒᆞᆫ 그릇 시로온 ᄎᆞ롤 먹이시면 이 아니 ᄎᆔ미 잇ᄂᆞ니잇가!"

ᄌᆞ경이 알프로 길을 인도ᄒᆞ더니 오리지 아녀 ᄒᆞᆫ 곳 원림에 너르니 ᄒᆞᆫ ᄀᆞ온더로 일좌 졍지 잇고 ᄉᆞ면으로 둘너 심은 비 다만 ᄎᆞ남기라 그 남기 놉고 ᄂᆞ즈며

대쇠 궂지 아니ᄒ되 푸른 닙히 ᄒᆞᆫ 빗츠【35】로 무셩ᄒ야 ᄆᆞᆰ은 향긔 사ᄅᆞᆷ의 쏘이거ᄂᆞᆯ 졍ᄌᆞ 알픠 니르니 현판에 크게 쓰되 녹향졍(綠香亭)이라 ᄒᆞ얏더라.

제61회
小才女亭內品茶 老總兵園中留客

쇼졔 녹향졍에 올나 좌ᄅᆞᆯ 졍ᄒᆞ미 채난방 왈,

"져 현판에 녹향 두 ᄌᆞ 다만 아치 잇슬 ᄲᅮᆫ 아니라 이곳을 형용ᄒᆞ미 이 두 ᄌᆞ 밧게 나지 아니니 이 졍히 ᄌᆞ경 져ᄌᆞ의 일홈 지으시고 인ᄒᆞ야 쓰신 비로소이다."

ᄌᆞ경이 강녀슈[姜麗樓]와 금봉익[張鳳雛]을 ᄀᆞ르쳐 왈,

"일홈은 녀슈 져ᄌᆞ의 지은 비요 글시ᄂᆞᆫ 봉익 져ᄌᆞ의 쓴 비라 일노 조ᄎᆞ 이 동산을 모도 일컷기ᄅᆞᆯ 녹향원(綠香園)이라 ᄒᆞᄂᆞ이다."

최쇼잉 왈,

"원리 봉익과 녀슈 이위 져ᄌᆞ의 짓고 쓰신 비【36】라 ᄒᆞ니 미ᄌᆞᄂᆞᆫ 써ᄒᆞ되 짓고 쓰미 ᄒᆞᆫ갈ᄀᆞᆺ치 ᄋᆞ람다오니 이번 과거의 이 글과 이 글시ᄅᆞᆯ 어덧시면 젼원을 넘녀 업스리라 ᄒᆞᄂᆞ이다."

녀쉬 왈,

"미지 년젼에 호란(胡亂)이 일커른 비니 쳥컨디 져ᄌᆞᄂᆞᆫ 조히 고쳐 시롭게 ᄒᆞ쇼셔."

봉익 왈,

"미지 스스로 잘못 쓰믈 알오디 져 일홈이 ᄀᆞ쟝 아치 잇기로 글노써 글시에 더러오믈 ᄀᆞ리올가 ᄇᆞ라니이다."

이에 ᄎᆞ환과 양낭에 무리 졍ᄌᆞ 밧게 잇셔 분ᄂᆞ요ᄂᆞ히 일변 시암을 길으며 불을 픠오며 차ᄅᆞᆯ ᄯᆡ며 그릇슬 씻더니 오러지 아녀 차ᄅᆞᆯ 가져 즁인에 알픠 ᄒᆞᆫ 쟌식 노흐니 과연 ᄆᆞᆰ은 향긔 코홀【37】 거스려 쟝부에 ᄉᆞ못고 그 빗치 연ᄒᆞ게 푸르러 심히 ᄉᆞ랑ᄒᆞ온지라 밋 닙에 ᄆᆞ시미 진실노 니와 혜 흠게 향긔로와 샹히

먹든 차와 각별히 다른지라. 낫;치 칭찬ᄒᆞ믈 결을치 못ᄒᆞ더니 완예 쇼왈,

 "져졔 임의 이 ᄀᆞᆺ흔 졀품의 차롤 두고 엇지 죽일의 먹이지 아니시고 더듸 오날ᄭᆞ지 니르시니 진실노 사름으로 ᄒᆞ야곰 셔로 먹기 느즈믈 한ᄒᆞ리로다."

 쇼츈 왈,

 "우리 ᄌᆞ경 져;롤 처엄 볼 ᄯᅢ에 완여 져졔 문득 굴오듸,

 "셔로 보기 느즈믈 한ᄒᆞᆫ다 ᄒᆞ더니 오날 차롤 먹어 ᄯᅩ흔 느즈믈 한ᄒᆞᆫ다 ᄒᆞ니 완여 져;는 원릭 셰상의 무슴 한이 잇는 사 【38】 롬이기로 도쳐의 한(恨) ᄯᅳ는 노치 아니ᄒᆞᆫ는도다."

 모다 웃고 완여는 쇼츈을 예시ᄒᆞ거놀 규신 왈,

 "이 차이 다만 차엽이 몰고 향긔로올 분 아니라 물 맛시 극히 돌고 아름다오니 ᄌᆞ경 져;의 평일 이 ᄀᆞᆺ흔 쳥복(淸福)을 누리시믈 치하ᄒᆞᆫ이다."

 ᄌᆞ경 왈,

 "미즈는 평싱의 차롤 먹지 아니ᄒᆞᆫᄂᆞ니 져 모든 차남기 낫;치 가친이 졀머셔부터 심은 비라. 가친이 일싱의 흔 일도 극히 조ᄒᆞ;는 업스되 다만 차롤 과도히 즐기므로 근일 시샹의 ᄑᆞ는 차엽이 미양 거즛 거스로 속인다 ᄒᆞ야 지물을 앗기지 아녀 각쳐의 사름을 노ᄒᆞ 부듸 졀품(絶品) 【39】 을 구ᄒᆞ니 ᄑᆞ쵹(巴蜀)과 운람(雲南)에 큰 남글 옴겨오니 허비ᄒᆞᆫ는 비 젹지 아니되 원릭 그 남기 옴기믈 슬ᄒᆞ여 ᄒᆞ야 쳔쥬롤 옴겨 ᄒᆞᆫ히 사지 못ᄒᆞᆫ지라. 지금 원즁에 냑간 잇는 ᄇᆞ는 가친이 일즉 남방에 몸소 가 조흔 셰롤 어더와 심거 기른 비니이다. 가친이 일즉 『차계 茶誡』[차 먹지 말ᄂᆞ 경계흔 글이라] 두 권을 지어 아직 판본으로 개간치 못ᄒᆞ얏시나 일후 개간ᄒᆞ거든 각; 흔 벌식 밧드러 보니리이다."

 홍미 왈,

 "경셔의 본듸 차이란 글지 업고 외국은 더옥 흔치 아니므로 그 명식을 만히 모로ᄂᆞ니 이졔 녕존 빅뷔 차롤 조ᄒᆞ;시고 임의 글을 지어 두시다 ᄒᆞ니 져;도 응 【40】 당 깁히 알으시리니 그 대강을 말슴ᄒᆞ샤 미즈의 아득ᄒᆞ믈 희혹게 ᄒᆞ쇼셔."

 ᄌᆞ경 왈,

 "'차茶' ᄡᅳ는 본듸 '도茶' ᄶᅵ니 『이아 爾雅』[칙일홈]와 『시젼 詩傳』의 비록 이

글씨 만흐나 또흔 차룰 닐으미 아니라『한셔 漢書』의 흐되 한나라 쩌로부터 그 글지 나다 흐기 실은 '도' 쓰와 흔 글즈로써 흔 획을 더흐면 '도' 쩌라 흐고 흔 획을 덜흐면 '차' 쩌라 흐니 미즈에 우견은 써흐되 부디 녯음으로 닑으면 되라 흐고 요스이 음으로 닑으면 '채'라 흐미 올흐나 속음은 '대'라 흐니 우읍더이다. 차에 명식을 의논컨디 곽박(郭璞)이 말흐되 일즉 쓴 거슨 차이요 늣게야 쓴 거 슨 명(茗)이라 흐고『차경 茶經』[칙일홈]의 말흐되 첫지는 차(茶)요 둘지는 가 (檟)요 셋지는【41】셜(蔎)이요 녯지는 명(茗)이요 다섯지는 쳔(荈)이라 흐얏스 되 즉금은 도모지 차이라 일커러 녜와 갓지 아니흐거니와 그 셩미룰 의논컨디 눈을 붉히고 목무름을 그칠 쓰름이요 그 밧근 흔 곳도 조흔 곳이 업스니『본 초』에 말흐되 샹히 먹으면 사름으로 흐야곰 기름을 업게 흐고 또흔 프려흐게 흐니 만일 차룰 즐기ᄂ룰 과히 흔즉 빅병이 총성(叢生)흐다 흐얏시니 가친에 지은 부『차계』도 또흔 사름을 권흐야 적게 먹으미 귀흐다 흐미요 샹히 미즈룰 경계흐야 왈, '만히 먹으미 적게 먹ᄂ니만 못흐고 적게 먹으미 아니 먹ᄂ니만 못【42】흐고 흐믈며 근리에 춤차이 졈ᄂ 적고 거즛 차이 날노 만흐니 비록 춤차룰 만히 탐흐야 먹어도 오린 후 원긔 ᄀ므니 손샹흐고 졍신이 졈ᄂ 스라져 혹 담음(痰飮)도 되고 혹 쳬증 복챵(腹脹)도 되고 혹 위비(痿痹)도 되고 혹 산증 (疝症)도 되며 젹도 되며 그 밧 셜스도 흐며 구역도 흐며 복통도 잇스며 누로고 프려흐ᄂ 죵ᄂ 병증이 젼혀 차로써 해 되미로되 사름이 아지 못흐고 죽기의 니 르도록 뉘웃지 아니흐니 샹고(上古) 쩌 사름은 수룰 만히 흐더니 즉금 사름은 수룰 길게 못흐미 젼혀 차와 술노 말미아므미라. 날노 원긔룰 극벌흐【43】야 ᄀ므니 샹흐고 졈ᄂ 덜니면 수도 또흔 졀노 감흐믄 이 문득 쳔고에 고치지 못 흘 의논이요 아득흔 부룰 쩌쳐 니르미로디 져 일죵 차와 술을 조흐ᄂ는 뉴들은 이 말을 흔번 드른즉 문득 억지에 말노 니룰 어긔며 빅ᄀ지로 시비흐고 무춤니 흔 번 우셔 그칠 분이라 풍속이 사름을 그릇친 지 임의 오린지라 비록 말흐야 혀 깃치 둘흔들 뉘 즐겨 밋으리잇고 가친에 지으신 부 차계 대개에 굴오디 '쳬 흔 거슬 졔흐고 막힌 부룰 통흐ᄂ 일시에 쾌흐믄 비록 ᄋ름다오나 졍긔룰 샹히 오고 혈분을 덜니게 흐ᄂ 죵신의 해ᄂ 크거놀 유익흐미【44】잇슨즉 공을 차 에 힘으로 도라보니고 해로오미 잇슨즉 차에 해로 아지 아니ᄂ 이 아니 복은 갓가오니 알기 쉽고 화는 머니 보기 어려오미나 ᄒᆞ시니 대쳬 번거ᄒᆞᄆᆞᆯ 덜고 쳬ᄒᆞᆫ ㅸᄅᆞᆯ 업시ᄒᆞ기로는 세샹의 차도 아조 업시ᄒᆞᆫ 길은 업스되 만일 즐겨 먹어 그치지 아니면 ᄀᆞ만ᄒᆞᆫ ᄀᆞ온ᄃᆡ 사ᄅᆞᆷ을 샹히오ᄆᆞᆫ 젹지 아니ᄒᆞ니이다."

ᄌᆞ희 왈,

"이거시 이ᄀᆞᆺ치 사ᄅᆞᆷ의게 유익지 아닐진ᄃᆡ 녕존 빅뷔 문득 져ᄀᆞᆺ치 널니 심거 힘써 기르시ᄆᆞᆫ 이 아니 알고 짐즛 범ᄒᆞ시미니잇가?"

ᄌᆞ경 왈,

"가친이 향일에는 일노써 명을 슘아 시각을 닙에 써ᄂᆞ지 못ᄒᆞ기로 져가치 심으고 【45】 기르더니 근일에 비록 그 해ᄅᆞᆯ ᄭᅢ다르나 임의 병을 ᄇᆞ드미 깁흔지라 임의 젹이 되야 조곰이나 그친즉 그 병이 더옥 심ᄒᆞ기로 스스로 뉘오츠ᄆᆞᆯ 늣게 ᄒᆞᄆᆞᆯ 한ᄒᆞ나 ᄯᅩᄒᆞᆫ 홀일업셔 인ᄒᆞ야 특별이 그 해ᄅᆞᆯ ᄌᆞ셰히 베퍼 훗사ᄅᆞᆷ을 경계ᄒᆞ고져 글을 지엇더니 그 글이 젼년이야 탈초(脫草)ᄒᆞ얏더니 홀연 복즁으로 조츠 ᄒᆞᆫ 덩이 뭉치ᄅᆞᆯ 토ᄒᆞ니 이 문득 쇠염통 ᄀᆞᆺ고 눈과 입이 잇는지라 도치로 ᄭᅢ쳐도 ᄭᅢ여지지 아니터니 이에 차ᄅᆞᆯ 부으미 문득 닙을 버려 ᄆᆞ시거늘 년ᄒᆞ야 다ᄉᆞᆺ 그릇슬 부으니 비로소 그 비에 ᄀᆞ득ᄒᆞᆫ 【46】 지라. 다시 차ᄅᆞᆯ 부은즉 도로혀 그 닙으로 나오니 졍히 가친에 다ᄉᆞᆺ 그릇 마시는 수와 ᄀᆞᆺ흐니 대개 근년에 가친이 차ᄅᆞᆯ 마신즉 반드시 다ᄉᆞᆺ 그릇시 그치고 만일 그 수ᄅᆞᆯ 치오지 아닌즉 비속이 평안치 아니튼가 다시 ᄆᆞ신 즉 부디 다ᄉᆞᆺ 그릇 후에야 그치더니 일노조츠 몸이 날노 수약ᄒᆞ고 음식을 즐겨 나오지 아니터니 거년에 우연히 다ᄉᆞᆺ 그릇 후에 다시 면강ᄒᆞ야 두어 그릇 슐 ᄆᆞ셧더니 문득 그거슬 토ᄒᆞᆫ 후로부터 신쳬 져기 안졍ᄒᆞ니이다."

약홰 왈,

"이 도시 길인은 하늘이 도으시미요 겸ᄒᆞ야 빅뷔 글을 지 【47】 어 후인을 경계ᄒᆞ시미 그 공이 심히 크므로 이ᄀᆞᆺ치 조흔 닐노 갑흐ᄆᆞᆯ ᄇᆞ드시니 일후에 반드시 하수ᄅᆞᆯ 눌이시리이다."

ᄌᆞ경 왈,

"가친이 만일 년젼 다ᄉᆞᆺ 그릇 ᄆᆞ실 ᄯᅢ ᄀᆞᆺ흐여는 거의 죠셕을 보젼치 못홀 ᄃᆞᆺ ᄒᆞ더니 요ᄉᆞ이는 젼에 비ᄒᆞ면 져기 나은 ᄃᆞᆺᄒᆞ나 임의 병이 깁흔지라 년긔 늙슌이 ᄎ지 못ᄒ되 슈발이 진수히 희고 심히 쇠로ᄒ니 만일 져ᇰ의 말ᄉᆞᆷ ᄀᆞᆺᄒᆞᆯ진디 미ᄌᆞ의 복이로소이다.”

담혜방(譚蕙芳) 왈,

“앗가 져 말ᄉᆞᆷ의 차엽이 거즛 거시 만튼 ᄒᆞ시니 이 과연 무어스로ᄡᅥ 가차를 ᄆᆡᆫ들며 이 문득 녜부터 【48】 잇더니잇가? 요ᄉᆞ이부터 시ᄌᆞᆨᄒᆞ니잇가?”

ᄌᆞ경 왈,

“세샤ᇰ의 가차이 잇기ᄂᆞᆫ 녜로부터 잇기로 진나라 쟝화(張華)의 말에 니르되 사ᄅᆞᆷ이 춈차를 ᄆᆞ시면 능히 ᄌᆞᆷ이 업다 ᄒᆞ니 일노 보건디 그ᄣᅥ도 가차이 잇기로 춈차를 일커르ᄂᆞ니이다. ᄒᆞ믈며 의셔의 니른ᄇᆞ 가차ᄂᆞᆫ 약에 ᄡᅳ지 말ᄂᆞ ᄒᆞ미 ᄒᆞᆫ두 ᄀᆞ지 아니ᄂᆞ 이로 긔록지 못ᄒᆞ거니와 근일 강남 여러 곳에셔 혹 버들닙ᄒᆞ로ᄡᅥ 차를 ᄆᆡᆫ드니 그ᄂᆞᆫ 오히려 버들닙히 사ᄅᆞᆷ의 해롭다 ᄒᆞ미 업거니와 졈ᄉ 인졍이 간교ᄒᆞ고 탐심이 그치디 아녀 근리 오문 ᄯᅡ히 수빅집이 차를 ᄯᅥ 【49】 너여 쇄간ᄒᆞ미 마ᇰ녕도이 약지를 너허 온ᄀᆞ지로 지어ᄂᆞ니 춈차로 다르미 업ᄂᆞᆫ지라 그 니를 ᄎᆔᄒᆞ야 사ᄅᆞᆷ을 해ᄒᆞ미 극히 졀통ᄒᆞ거늘 근일은 각쳐 샤ᇰ괴(商賈) ᄆᆞᆯ화로ᄡᅥ 차를 교역ᄒᆞ지 아니리 업ᄂᆞᆫ지라 그 ᄡᅳᄂᆞᆫ 약지ᄂᆞᆫ 곳 ᄌᆞ황(雌黃)과 화쳥(花靑)과 셕고(石膏)와 쳥어담(靑魚膽)과 빅지즙[柏枝汁 측빅나모 즙이라]에 뉴라. 싱각건디 그 ᄌᆞ황을 ᄡᅳ문 ᄌᆞ황이 셩미 음ᄒᆞ므로 차엽이 셩미 ᄯᅩ훈 음ᄒᆞᆫ지라 두 가지 셩미 셔로 합ᄒᆞ미 비록 ᄂᆞᆫ즌 차에 쇠존ᄒᆞᆫ 닙히라도 ᄒᆞᆫ번 ᄌᆞ황을 너흔즉 일은 봄에 ᄯᅩᆫ 차와 다르미 업고 화쳥을 너키ᄂᆞᆫ 그 빗치 푸르 【50】 고 곱기를 ᄎᆔᄒᆞ미요 빅지즙을 ᄡᅳ기ᄂᆞᆫ 그 맛시 ᄆᆞᆰ은 향긔를 ᄯᅴ이미요 쳥어담을 ᄡᅳ문 그 비린 긔운을 업시ᄒᆞ고 쓴 맛시 나기를 위ᄒᆞ미요 ᄌᆞ황이 셩미 ᄀᆞ장 독ᄒᆞ니 만일 불에 지ᄂᆞᆫ즉 비샤ᇰ의셔 심훈 고로 셕고를 너허 그 독을 졔어ᄒᆞ미요 ᄯᅩ 능히 차로 ᄒᆞ야곰 ᄭᅳᆯᄒᆞ면 흰 니슬이 니러나 빗치 아롬답게 ᄒᆞ미니 사ᄅᆞᆷ이 먹으면 ᄀᆞ모니 그 독을 ᄇᆞ드미 젹지 아녀 만일 비위 허약ᄒᆞᆫ 사ᄅᆞᆷ이면 반드시 구역과 복통에 증이 죠ᇰ죠ᇰ 나ᄂᆞᆫ지라. 미ᄌᆞᄂᆞᆫ 일즉 부명을 조ᄎᆞ ᄆᆞᄎᆞᆷᄂᆡ 차를 먹지 아니코 평일에 오직 국화(菊花)와 샤ᇰ엽[桑葉 뽕나모닙]과 빅엽[柏葉 측빅나모 닙]과 괴각[槐角 회화열미]과 금은화[金銀花 인동곳]와 ᄉᆞ완[沙苑 약지]과 질녀[蒺藜 약지]의 뉴를 먹으며 혹 의이[薏苡 율모]를 복가 ᄯᅥ로 돌녀 먹으니 우리 집 샤ᇰ하 노쇠 흠게 먹어 임의 날이 오리여 닙에 닉으니 도로혀 차 먹기룰 슬흐여 흐느이다."

셥경방 왈,

"차에 해로오미 이 곳흘진디 맛당히 국화의 뉴는 먹으려니와 빅엽과 괴각이 엇지 차룰 대신흐리잇고?"

즈경 왈,

"셰샹 사름이 다만 국화와 샹엽의 뉴로 차홀 줄만 알고 빅엽과 괴각의 묘는 아지 못흐니이다. 『본초강목 本草綱目』을 샹고흐건디 말흐디 빅엽은 맛시 쓰고 독이 업【52】스니 탕을 흐야 샹히 먹으면 능히 몸을 ㄱ부얍게6) 흐며 긔운을 유익게 흐고 츙을 죽이고 혈분을 보흐며 슈발룰 희지 아니케 흐며 사름으로 흐야곰 치위와 더위룰 견듸게 흐다 흐니 대개 측빅이 겨을에 이우지 아녀 오리 견듸니 단﹕흔 긔품을 틋 낫기로 이에 슈플 만히 흐는 남기라 가히 쟝복흐느니 도스의 무리는 쓸는 믈에 담가 차룰 대신흐고 졍월 원일에 술에 담가 샤긔룰 물니치면 젼혀 이 쯧을 취흐미라 샤쟝[麝獐 샤향노로]이 먹으면 몸이 향긔롭고 모녜[신션 계집] 먹어 몸이 ㄱ부야오미 이 아니 붉은 징험이니잇가? 쏘 괴각은 『본초』룰 샹고컨【53】디 맛시 쓰고 셩미 츠나 독이 업스니 믈에 쯔려 차룰 대신흐야 오리 먹으면 머리털이 희지 아니코 눈이 붉고 긔운을 더흐고 골을 치오고 나흘 느린다 흐니 대개 회화는 허셩[虛星 별일홈]졍긔룰 바다 슌음의 긔운을 품슈흔 고로 편죽(扁鵲)이 눈 붉히고 털 검기는 방문을 지어닉고 갈홍 (葛洪)이 긔운을 더흐고 나흘 느리는 약을 민드니 녯날 유견오[庾肩吾 사름의 셩명]라 흐리 샹히 괴각을 먹으니 나히 팔십이 지닉되 슈발이 세지 아니코 밤에 가는 글쯔룰 보니 이 곳 붉은 효험이어눌 가히 앗가온 바는 이 두 ㄱ지 아름다온 품을 셰샹 사름이 아지 못흐야 브리는 거시 되고 도로 【54】혀 쓸디업는 차룰 조흐﹕야 그 해룰 스스로 브드니 엇지 아니 탄식흐리요."

쇼츈 왈,

---

6)【ㄱ부얍다】휑 가볍다. ¶ 輕 ‖ 『본초강목』을 샹고흔건디 말흐디 빅엽은 맛시 쓰고 독이 업스니 탕을 흐야 샹히 먹으면 능히 몸을 ㄱ부얍게 흐며 긔운을 유익게 흐고 츙을 죽이고 혈분을 보흐며 슈발룰 희지 아니케 흐며 사름으로 흐야곰 치위와 더위룰 견듸게 흐다 흐니 (按『本草』言: 柏葉苦平無毒, 作湯常服, 輕身益氣, 殺蟲補陰, 鬚髮不白, 令人 耐寒暑.) <鏡花 16:52>

"미지 보야흐로 차 먹기를 탐ᄒᆞ야 흥이 발〃ᄒᆞ더니 져〃의 일쟝 의논을 드르니 ᄆᆞ음이 임의 서늘ᄒᆞᆫ지라. 이후는 금차(金茶)와 옥차(玉茶)이라 도라지는 먹지 말고 명일부터 괴각과 빅엽을 ᄎᆞᆺ 차롤 대신ᄒᆞ리로다."

낭쟘 왈,

"우리네 차롤 먹어야 미일 블과 오뉵 비 니긔야 부디 경계ᄒᆞ리잇가?"

쇼츈 왈,

"쳔하 챵셩을 그르치기는 져〃의 이 말슴이로다 져〃는 다만 ᄒᆞ로 오륙 비로 알으시나 명일이면 두 번 오륙 비요 ᄌᆡ명일(再明日)이면 세 번 오륙 비라 이ᄀᆞᆺ치 날노 쓰히고 둘노 모혀 스오【55】 십 셰의 니르면 쟝ᄎᆞᆺ 멋 빅이며 멋 쳔이며 멋 만 오륙 비 되리잇고?"

완예 왈,

"져〃는 슈고로히 져 그릇 수롤 산노치 말고 일즉 다른 곳에 나아가 완경ᄒᆞ미 조토다."

이에 쇼츈에 손을 잇그러 녹향졍을 나니 즁인이 ᄯᅩᄒᆞᆫ ᄯᅡᆯ와 두 곳 졍원을 지니더니 ᄌᆞ경이 다시 인도ᄒᆞ야 ᄒᆞᆫ 곳에 니르니 힝홰(杏花) ᄀᆞ쟝 셩ᄒᆞ게 취엿는지라 이에 안ᄌᆞ 곳츨 보며 한담ᄒᆞ야 날이 졈〃 느즈미 졍히 셕식을 베플녀 ᄒᆞ더니 홀연 보니 여러 복비 허다ᄒᆞᆫ 힝니롤 슈운ᄒᆞ야 들이거늘 ᄌᆞ경은 써ᄒᆞ되 ᄌᆞ릉의 힝니(行李)롤 몬져 보니니라 ᄒᆞ야 미처 뭇지 못ᄒᆞ얏더니 이 문득 지나가는 녀권이라 일즉 이 ᄆᆞ【56】을 긱졈의 여러 소져의 거ᄆᆞ와 복뷔 ᄀᆞ득히 들어 다시 용납ᄒᆞᆯ 곳이 업스며 날이 져물고 압길이 먼지라 졍히 우황ᄒᆞ더니 졈쥬인 왈,

"이 ᄆᆞ을 안흐로 연총병(燕總兵) 쟝원이 극히 너르고 총병이 남의 급ᄒᆞ믈 구졔ᄒᆞ기로 미양 긱졈이 용납지 못ᄒᆞᆯ 쩌면 그곳에 나아가면 조히 졉대ᄒᆞᆫ다 ᄒᆞ야늘 사룸으로 몬져 탐지ᄒᆞ고 이에 니른즉 총병이 과연 녀권이믈 알고 더옥 츄탁지 못ᄒᆞ야 이곳으로 ᄆᆞ즈 드려 방샤롤 졍ᄒᆞ야 ᄒᆞ로밤 헐슉게 ᄒᆞ미러라. 오릭지 아녀 여러 부녜 쳔〃이 나아오거늘 모든 쇼계 문호롤 닷고 챵틈으로 여어보니 다만 네 낫【57】 규녜요 뒤히 두 낫 노패 ᄯᅡᆯ왓시되 그 즁 ᄒᆞᆫ 녀지 홍거의 눈에 심히 닉은지라.

綠香園四美巧相逢 紅文館群芳小聚會

겸﹕ 갓가오미 ᄌ셰히 ᄇ라보니 졍히 셜형향(薛馨香)의 모양이라 ᄇ야흐로 닉이 보더니 넘금풍 왈,

"홍거 져졔야 져 푸른 옷 닙은 녀ᄌ 아니 홍유(紅英) 져졔니잇가?"

홍게 다시 보니 과연 윤홍위(尹紅英)라 년망이 답왈,

"과연 져﹕의 안력이 그르지 아니토다."

말을 맛지 못ᄒ야 ᄌ경이 니어 왈,

"이 아니 이위 져﹕의 셔로 아르시는 사롬이니잇가?"

홍게 왈,

"져 네 사롬 즁의 쇼미 무초아 두 사롬을 아ᄂ니 ᄒ나히 셩명은 셜형향이요 ᄒ나흔 윤홍위니이다."

규신 왈,

"져 형샹 져﹕는 분명 즁쟝 빅부 【58】 의 녜지요 홍유쇼져는 이 아니 윤노 션싱 쳔금쇼졔시니잇가?"

홍게 왈,

"졍히 그러ᄒ니라."

ᄌ경 왈,

"임의 이위 져﹕의 친권(親眷)이시면 쳥ᄒ야 홈게 보히미 조토다."

이에 ᄎ환을 보ᄂ녀 ᄉ위 녀ᄌ에게 ᄒ번 모히믈 간쳥ᄒ니 오러지 아녀 ᄉ인이 일졔히 나아와 셔로 녜롤 닐워 좌롤 졍ᄒ 후 셜형향이 홍거로 더부러 각﹕ 오러 ᄶ는 회포롤 말ᄒ고 윤홍위 홍거와 금풍을 만ᄂ미 깃부믈 닉의지 못ᄒ고 요지형(姚芷馨)이 완여로 더부러 별후 싱각ᄒ든 ᄇ롤 니르니 ᄒ 녀ᄌ의 셩명은 위ᄌ잉(魏紫櫻)이라 지형이 규신의 셩명을 드른 후 형향으로 더부러 당일 빅부의 구활(救活) 【59】 ᄒ7) 은혜롤 지샴 칭샤ᄒ니 규신이 일즉 닌봉산(麟鳳山)의

---

7) 【구활ᄒ다】 图 구활(救活)하다. ¶ 拯救 ∥ 지형이 규신의 셩명을 드른 후 형향으로 더

셔 위즈잉이 남북으로 준예(狻猊)룰 죽여 당싱을 구혼 말을 드른지라 즈잉을 향호야 샤례호믈 무지 아니코 홍게 이에 좌중 모든 사롬의 셩명과 니력을 낫ː치 스인을 향호야 니르니 스인이 쏘혼 그 스이 고향에 도라와 현고(縣考)와 군고(郡考)의 쎈히미 이제 경스로 향호미라 모다 만나믈 깃거 죵츠로 동힝을 언약호미 즈경이 가인을 지촉호야 쥬반을 올니미 중인이 년치로 츠례호야 좌룰 졍호고 술이 두어 슌이 지나며 졍히 담쇼호더니 홀연 창 밧그로조츠 혼 사롬이 나라 들어오니 셜형향은 놀나 져룰 【60】 더지고 일신을 쩔어 좌룰 안졉지 못호고 요지형은 교의룰 밀치고 조츠 밋츠로 숨는지라. 모다 보니 문득 역즈릉(易紫菱)의 도라오미라. 메엿든 힝니룰 버셔 노코 중인으로 더부러 례호고 좌에 들미 즈경이 비로소 지형을 붓드러 니르혀 왈,

"져졔 엇지 이굿치 담이 젹으시뇨?"

지형 왈,

"젼에 무함국(巫咸國)에 잇슬쩌 유모룰 드리고 샹모[省墓]호다가 홀연 스오 나온 사롬을 만나 칼을 쎄혀 셩명을 해호려 호더니 다힝이 당빅부의 구활호시믈 닙어 지금 존명을 지보호나 오히려 병근이 되어 만일 놀나온 일곳 만나면 몬져 담이 쩌러지니 앗가 모양이 스스로 붓 【61】 그러오믈 모로지 아니타 실노 춤지 못호니 졔위 져ː는 가련혼 인싱을 웃지 므르쇼셔."

형향 왈,

"미즈는 앗가 놀나 져룰 노호ᄇ리고 몸이 썰니미 이제야 져기 그치ᄂᆞᆫ도다."

니어 중인을 향호야 당일 지형과 굿치 화룰 만나 당빅부의 구졔혼 은혜룰 다시곰 일컷고 그후부터 병근이 되야 놀나미 남과 다르믈 말호고 즈릉으로 더부러 셔로 셩명을 나르고 다시 좌룰 졍호미 규신이 츠환으로 호야곰 즈릉에 힝니룰 가져 즈긔 힝쟝의 흠게 두라 호고 즈릉을 향호야 쇼왈,

"앗가 져ː의 힝식이 실노 간편호더이다."

즈릉 왈,

"만일 거믜와 복부로 힝쟝을 【62】 ᄀᆞ초려 호면 거의 스오일을 허비홀지라

<hr>

부러 당일 빅부의 구활혼 은혜룰 지삼 칭샤호니 (芷蘅問了閨臣名姓, 卽同薛蘅香再三致謝'當日伯伯救活之恩.') <鏡花 16:58>

힝혀 졔위 져∶의게 실신홀가 져허 부득불 간편ᄒᆞ니이다. 졔위 쟝ᄎᆞᆺ 어ᄂᆞ날 ᄯᅥ나기로 졍ᄒᆞ시니잇고?"

규신 왈,

"져졔 임의 모히시니 명일 ᄯᅥᄂᆞ리이다."

자경과 셥부인이 지삼 만류ᄒᆞ되 ᄆᆞᄎᆞᆷ닉 ᄯᅥᄂᆞ려 ᄒᆞ니 ᄌᆞ경이 ᄯᅩᄒᆞᆫ 힝니를 슈습ᄒᆞ고 녀슈와 봉익은 졈간 집에 도라가 힝쟝을 ᄎᆞ려 명일 모히려 ᄒᆞ다.

ᄌᆞ경이 ᄌᆞ릉의 힝쟝이 너모 초∶ᄒᆞᆷ믈 넘녀ᄒᆞ야 금침을 ᄀᆞ초아 도으니라. 이튼날 모다 죠반을 파ᄒᆞ니 녀슈와 봉익이 ᄯᅩᄒᆞᆫ 모혀 도합 이십구위 쇼졔 셔로 잇그러 셥시부인게 고별ᄒᆞ고 경ᄉᆞ를 향ᄒᆞ야 【63】 길에 올ᄋᆞ미 시비 닐고 밤에 쉬여 오리지 아녀 쟝안에 니르니 구공(九公)이 임의 몬져 셩닉에 드러 햐쳐를 졍홀시 마초ᄋᆞ 태휘 써ᄒᆞ되 쳔하에 모든 지녜 경ᄉᆞ의 니르러 긱졈의 머믈미 ᄀᆞ쟝 비편ᄒᆞ리라 ᄒᆞ야 당년에 구왕에 집을 젹몰(籍沒)ᄒᆞ니 쟝원이 너르고 방옥이 심히 만흔지라 다시 공부(工部)로 ᄒᆞ야곰 여러 간 방옥을 늘여 지어 일홈ᄒᆞ되 홍문관(紅文館)이라 ᄒᆞ야 만일 원ᄒᆞ야 머믈고져 ᄒᆞᄂᆞᆫ ᄌᆞ여든 허ᄒᆞ야 임의로 굴희여 거쳐하게 ᄒᆞ얏ᄂᆞᆫ지라 구공이 듯고 ᄀᆞ쟝 깃거 문셔를 ᄀᆞ져 녜부에 걸고 이곳 홍문관 ᄆᆞ든 【64】 사름의게 약간 인졍8) 부비를 쓰고 ᄀᆞ쟝 크고 너른 원락(院落) ᄒᆞᆫ 곳을 굴희여 졍ᄒᆞᆫ 후 즁인을 쳥ᄒᆞ야 일졔히 우소의 니르미 구공이 인

---

8) 【인졍】 명 {인졍(人情).} 뇌물(賂物). ¶ 구공이 듯고 ᄀᆞ쟝 깃거 문셔를 ᄀᆞ져 녜부에 걸고 이곳 홍문관 ᄆᆞ든 사름의게 약간 인졍 부비를 쓰고 ᄀᆞ쟝 크고 너른 원락 ᄒᆞᆫ 곳을 굴희여 졍ᄒᆞᆫ 후 (多九公聞之甚喜, 卽將衆人文書呈驗; 用了些須使費, 檢了一所大院落.) <鏡花 16:64> 使費 ∥ 모안이 급히 셔울 와 인졍을 만히 허비ᄒᆞ고 옥듕의 드러가 (慕安忙住都中探望, 上下用了使費, 放進獄中." <醒風 7:15> 大費 ∥ 내 인졍을 너비 허비ᄒᆞ야 겨유 벼술을 굴고 집의 가게 되엿더니 (我已大費囑托, 擬箇革職爲民.) <醒風 7:18> 원외 급히 십냥 은ᄌᆞ를 닉여 인졍을 쥬고 (員外就在鋪內取銀十兩, 送與二位.) <平妖 6:27> 人情 ∥ 우리 오날 인졍 쓸 졔 후히 쓸 거시니 금야의 달이 붉으리니 즁군을 밤의 와 상젼을 마져 타게 ᄒᆞ라 (一客不煩兩主, 有心賣個人情, 今夜有引亮的, 你和管營說, 敎他去營裏告報衆人, 就今晩來請一個月錢, 省得到明日, 一件事兩截做.) <平妖 8:15> 이형이 만일 쓰고 브듸 이긔여 달라 근졀이 빌면 혹 이긜 법이 이시려니와 나ᄂᆞᆫ ᄆᆞ음대로 못ᄒᆞᄂᆞ니 이형은 쇼데를 흔티 말라 <낙셩 2:127> 인졍을 니ᄅᆞᄂᆞᆫ 니름은 은을 엇고 인졍을 듯ᄂᆞᆫ 사름은 안면을 지으니 몃 일과 몃 사름을 원굴ᄒᆞ게 ᄒᆞᆫ 줄을 모ᄅᆞᄂᆞᆫ다 (那說人情的得了銀子, 聽人情的做了面皮; 那沒人情的就眞正該死, 不知屈了多少死, 枉多少人.) <包公 尸數椽 9:1>

도ᄒᆞ야 각쳐를 돌나보니 압뒤흐로 여섯 겹 집이요 좌우로 힝각에 방옥이 무슈ᄒᆞ고 압흐로 즁문이 잇서 그 문을 다드면 변시 흔 집 ᄀᆞ흔지라. 즁인이 볼ᄉᆞ록 낫〃치 흔열(欣悅)ᄒᆞ거늘 구공이 규신을 향ᄒᆞ여 왈,

"이 곳이 견듸여 거쳐ᄒᆞᆯ 만 ᄒᆞ니잇가?"

규신 왈,

"이곳에 방옥이 〃 ᄀᆞᆺ치 만흐니 다만 우리 일힝이 죡히 용납ᄒᆞᆯ 분이 아니라 다시 슈십인을 더ᄒᆞ여도 넉〃히 거졉ᄒᆞᆯ 【65】 거시요 ᄯᅩ다시 대쳥의 방이 널너 조히 뫼혀 말ᄒᆞᆯ 곳이 잇스니 진실노 엇기 어려온 우쇠라 구공에 슈고를 허비ᄒᆞ시믈 깁히 감샤ᄒᆞ여이다."

구공 왈,

"이 과연 노뷔 별노 인졍을 쓰고 널니 듯보아 ᄇᆞ야흐로 졍ᄒᆞ니 이곳에 다만 서너 간 흔 곳도 잇고 십여 간 흔 곳도 잇셔 임의 이샴빅 곳이 잇셔 사름이 몬져 줍아 드럿시되 문득 이ᄀᆞᆺ치 너른 곳이 뷔엿거늘 ᄆᆞ튼 사룸에게 무른즉 니르되 당초에 이곳을 녜부샹셔 변노야(卞老爺)와 니부시랑 밍노야(孟老爺) 냥위 부즁에 모든 쇼져의 머믈 곳으로 졍ᄒᆞ야 두엇더니 모든 쇼졔 과거 【66】 를 아니 보기로 이곳을 뷔엿더니 우리게 허흔다 ᄒᆞ더이다."

홍게 왈,

"져 변밍이 부에 쇼졔 언마나 ᄒᆞ기로 이ᄀᆞᆺ치 큰 곳을 졍ᄒᆞᆻ던고?"

구공 왈,

"져의 말을 드르니 변부에 칠위 쇼졔요 밍부에 팔위 쇼졔라 이ᄀᆞᆺ치 쇼져 만키로써 변밍 냥부 〃인을 세샹이 칭호ᄒᆞ기를 '기와ᄀᆞ미(瓦窰)'9)라 흔다 ᄒᆞ며 그 밧 친쳑의 ᄌᆞ미 모히면 거의 샴ᄉᆞ십이 넘으므로 부듸 너른 곳을 졍ᄒᆞ다 ᄒᆞ더이다."

---

9) 【기와ᄀᆞ미】 瓦窰. 對生女較多婦女的謔稱. 瓦, 原始的紡錘. 古人生女, 常令其從小練習使用紡錘, 故稱生女爲"弄瓦". 『詩·小雅·斯干』: "乃生女子, 載寢之地, 載衣之裼, 載弄之瓦." ‖ 이ᄀᆞᆺ치 쇼져 만키로써 변밍 냥부 〃인을 세샹이 칭호ᄒᆞ기를 '기와ᄀᆞ미'라 흔다 ᄒᆞ며 그 밧 친쳑의 ᄌᆞ미 모히면 거의 샴ᄉᆞ십이 넘으므로 부듸 너른 곳을 졍ᄒᆞ다 ᄒᆞ더이다 (因他生的小姐過多, 所以卞、孟兩位夫人, 人都稱做'瓦窰'. 還有許多親眷姊妹, 連他兩府, 約有三四十位, 因此才備這所大房.) <鏡花 16:66>

완예 왈,

"임의 이럴진디 엇지호여 과거롤 아니 본다 호더니잇가?"

구공 왈,

"무슴 피혐호는 일이 잇셔 아니 본다 호더이다."

증셔향 왈,

"질녜 혼 일이 잇셔 【67】 구공긔 번거히 쳥호느니 나와 우리 난방 표미에게 여러 졔뷔 잇셔 과거의 도라오다 호더니 어느곳에 우소롤 졍혼 지 모르니 오날은 임의 느졋거니와 명일은 셩명을 긔록호야 드리ᄂ니 쳥컨디 슈고롤 앗가지 마르샤 ᄌ셰히 방문호야 ᄀᄅ치쇼셔."

구공 왈,

"이 문득 어렵지 아닌 비라 명일은 셩명을 긔록호야 쥬쇼셔."

말을 ᄆᄎ며 밧그로 나가 거ᄆ와 복부롤 각ᄎ 안졉호고 ᄌ긔는 중문 밧 머지 아닌 곳에 방샤롤 어더 안돈호니라. 모든 쇼졔 각ᄎ 힝니롤 옴기고 샹탁을 버리며 쥬방을 셜시호야 혹 샴인이 혼 방에 잇스며 혹 오인이 【68】 혼 방의 잇셔 ᄎᄎ 챵호롤 년졉호야 말쇼리 셔로 통홀지라. 이날 일즉이 쉬더니 이튼날 구공이 일홈 치부혼 칙을 가져 드러와 증셔향과 채난방을 향호야 왈,

"노뷔 이곳 ᄆᄃᆫ 사롬을 ᄉ괴므로 져의 치부혼 칙을 졈간 비러오니 무릇 과거 보러 와 이곳에 머문 사롬은 낫ᄎ치 이에 긔록혼 비니 혼번 보시면 가히 알으시리이다."

이인이 년망히 ᄇ다 보고 깃분 빗치 얼골에 ᄀ득호거놀 규신 왈,

"모든 수쉬 과연 이곳에 우소롤 홈게 졍호시니잇가?"

셔향이 년호야 졈두호야 그러호믈 일컷고 치부롤 구공게 젼호야 지삼 칭샤호고 인호야 챵두로 호 【69】 야곰 길을 비호고 유모로써 쇼식을 통혼 후 담혜방과 셥경방과 져월방과 양목향과 최쇼잉으로 더부러 칠위 쇼졔 홈게 나아갈시 챵두로써 길을 최오고 유모와 ᄎ환을 거ᄂ려 일졔히 중문을 나니 좌우로 방옥이 년졉호야 각ᄎ 중문이 잇스되 문 알픠 혼 사롬이 업셔 극히 고요혼디 다만 곳 포는 노파와 ᄂ물과 실과 포는 겨집이 왕니홀 분이라. 원리 태휘 쩌호되 이곳이 지방이 광활호고 원락이 심히 만호니 혹ᄌ 사오나온 사롬이 무슴 일을

닐가 저허 특별이 낭위 대쟝으로 ᄒ야곰 군졸을 거느려 밧그로 호위ᄒ고 【7
0】 밧 문을 직희여 잡된 사룸을 드리지 아니ᄒ며 아모 미ᄂ라도 밧문에 나와
ᄒ게 ᄒ며 각집 복부로 ᄒ야곰 공제방에 드러 잇고 문 알퓌 셔 잇지 못ᄒ며 무
단히 왕닉ᄒ지 못ᄒ게 ᄒ야 만일 녕을 좃지 아닌 지 잇슨즉 형부로 보닉여 엄
치ᄒ게 ᄒ므로 일졀 한잡흔 사룸의 왕닉ᄒ미 업더라. 이에 칠위 쇼졔 여러 곳
에 나아가 졔부롤 일ᄂ히 반기고 셥ᄂ이 도라왓더니 오러지 아녀 문부 대공ᄌ
문운(文芸)의 쳐 쟝난영(章蘭英)과 이공ᄌ 문강(文强)의 쳐 쇼홍영(邵紅英)과 샴
공ᄌ 문긔(文其)에 쳐 대경영(戴瓊英)과 ᄉ공ᄌ 문송(文菘)에 쳐 왕슈영(王秀英)
과 오공ᄌ 문힝(文[艹+小])의 쳐 단옥영[錢玉英] 【71】 과 슈영의 표미 두슌영
[田舜英] 뉵위 쇼졔 홈게 회샤로 니르미 셔향이 ᄆᄌ 드려 모다 일ᄂ이 힝녜ᄒ
야 겨유 좌롤 졍ᄒ더니 쟝부 대공ᄌ 쟝홍(章荭)의 쳐 졍요츈(井堯春)과 이공ᄌ
쟝명[章芝]의 쳐 좌셔츈[左融春]과 샴공ᄌ 쟝형(章蘅)의 쳐 뇨희츈(廖熙春)과
ᄉ공ᄌ 쟝용(章蓉)의 쳐 업방츈(鄴芳春)과 오공ᄌ 쟝훤[章蘓]의 쳐 탁금츈[鄺錦
春]과 뉵공ᄌ 쟝보[章莒]에 쳐 츄완츈(鄒婉春)과 칠공ᄌ 쟝소(章苕)의 쳐 시염
츈(施艷春)과 팔공ᄌ 쟝근(章芹)의 쳐 뉴의츈[柳瑞春]과 구공ᄌ 쟝영[章芬]의
쳐 반려츈(潘麗春)과 십공ᄌ 쟝이(章艾)의 쳐 도슈츈(陶秀春) 십위 쇼졔 일졔히
니르니 난방이 년망히 ᄆᄌ 즁인으로 더부러 의츠 녜필에 셩명을 셔로 니르고
모다 【72】 대쳥에 좌롤 졍ᄒ미 규신이 져의 인지 개ᄂ히 쌘혀나고 녜뫼 졔ᄂ
히 빗ᄂ믈 보고 십분 흔열ᄒ야 이에 셔향과 난방으로 더부러 샹의ᄒ야 왈,

"임의 형미 지친이오 이곳의 방옥이 심히 넉ᄂᄒ니 엇지 셔로 쳥ᄒ야 홈게
쳐ᄒ야 피츠 셔로 왕닉ᄒᄂᆫ 폐롤 업게 ᄒ지 아닛ᄂ뇨?"

셔향이 맛당ᄒ믈 일컷고 이 뜻을 난영과 요츈 모든 쇼져의게 말ᄒ니 개ᄂ히
환열ᄒ야 낙죵(樂從)치 아니리 업스니 즉각에 각ᄂ 비복으로 ᄒ야곰 힝니롤 옴
겨오게 ᄒ니 규신이 말고을 부탁ᄒ야 모든 츠환을 거느려 샹장을 포셜ᄒ고 긔
명을 안비 【73】 ᄒ야 각ᄂ 쳐소롤 안돈흔 후 져녁의 쥬셕을 ᄎ려 쳥방의 모드
미 댱규신과 님완여와 낙홍거와 넘금풍과 낭홍미와 노ᄌ환과 지난교와 음약화
와 젼봉환과 진쇼츈과 안ᄌ쵸와 송낭잠과 여녀용과 ᄉ도미ᄋ와 즁셔향와 양묵
향과 최쇼잉과 채난방과 담혜방과 셥경방과 져월방과 연ᄌ경과 금봉익과 강녀

슈와 역즈릉과 셜형향과 요지형과 윤홍유와 위즈잉과 쟝난영과 쇼홍영과 대경
영과 왕슈영과 두슌영과 단옥영과 졍요츈과 좌셔츈과 뇨희츈과 업방츈과 탁금
츈과 츄【74】 완츈과 시염츈과 뉴의츈과 반려츈과 도슈츈이 도합 스십오위 쇼
졔라 빈쥬롤 츠리지 아니코 다만 년치 츠례로 좌롤 졍ᄒ야 쥬찬을 나오며 말솜
을 열어 극진히 즐김시 와예 왈,

“오날〃 모든 즈미 이ᄀ치 모혀 즐기니 쇼미에 모음에 실노 엇더ᄐ 측냥치
못ᄒ지라 만일 ‘셔로 보미 느즈믈 한ᄒ다’ ᄒ면 쇼츈 져졔 쏘ᄒ되 ‘날다려 한
잇는 사롬이라’ ᄒ 거시요 만일 ‘젼싱의 연분이라’ ᄒ면 졔 쏘 말ᄒ되 ‘젼륜대왕
(轉輪大王) 젼하의셔 〃로 보다’ ᄒ 거시니 그 말은 다 ᄇ리고 다만 니르되 ‘오
리 큰 일홈을 우럴미 우레ᄀ치 귀에 쎄이다’ ᄒᄂ 속투에 말이 나ᄒ 밧 업도
【75】 다.”

쇼츈 왈,

“그 말은 과연 과히 쇽필 분 아니라 쏘ᄒ 당치 아니〃 우리 무리 셔로 만나지
못ᄒ 젼은 일홈을 모로거니 엇지 쎠 우럴며 져〃 네 일홈이 일즉 우리 귀에 들
니지 아녓거니 엇지 쎠 우레 ᄀ다 벽녁 ᄀ다 ᄒ리요.”

규신 왈,

“완여 미〃에 니른ᄇ 큰 일홈을 오리 우럴다 ᄒ미 과연 쓸디 잇도다 년젼에
우리 슉뷔 일즉 말솜ᄒ시되 당금에 냥기 졔녜 잇스니 ᄒ나흔 스영홰[史幽探]
요 ᄒᄂ흔 박치홍[哀萃芳]이라 문득 소약난(蘇若蘭)에 『션긔도璇璣圖』롤 풀어
니여 글귀롤 무슈히 어드미 태휘 이롤 보고 심히 스랑ᄒ샤 인ᄒ야 녀과롤 셜시
ᄒ시니 우리 만 【76】 일 져 두 사롬을 만날진디 과연 그 말을 쓰미 올ᄒ니라.”

쟝난영 왈,

“져 두 사롬의 일홈을 미즈도 닉이 듯고 그 풀어닌 글로도 보니 과연 으롬답
더이다.”

증셔향 왈,

“죽일에 일홈 치부ᄒ 칙즈롤 보니 모참니 그 두 사롬에 셩명이 업스니 일졍
이곳에 머무지 아닌가 시부니 ᄒ 번 만ᄂ지 못ᄒ미 가히 한홉도다.”

졍요츈 왈,

“져ː는 밧비 므르쇼셔 부시에 나아가면 즈연 셔로 만ᄂ리이다.”

셕반을 파ᄒ미 셔로 잇그러 쓸 ᄀ온디 한가히 거러 말ᄒ더니 홀연 ᄒ 줄기 묽은 향긔 코에 쏘이거늘 ᄇ라보니 문득 ᄒ 썰기 믁향이 담을 의지ᄒ야 향【77】을 토ᄒ거늘 모다 나아가 향긔롤 ᄉ랑ᄒ야 분ː이 평논ᄒ더니 홀연 담 넘어로조ᄎ 부녀의 우름쇼리 들니거늘 규신 왈,

“드르니 이곳 담 안ᄒ로는 다른 인개 업고 다만 우리 무리 과거 보ᄂ니만 우거ᄒ다 ᄒ더니 이 엇지 곡셩이 잇ᄂ뇨? 반드시 연괴 잇도다.”

쇼츈 왈,

“긔 무슴 다른 연괴 잇스리요! 이 불과 ːᄀ 보러온 녀지 어려셔부터 집을 써ᄂ보지 아녓다가 이에 외로이 손이 되미 부모롤 싱각ᄒ야 부르지져 우는가 ᄒᄂ이다.”

규신 왈,

“쇼츈 져ː는 너모 즈레 짐쟉 말고 모롬즉이 구공으로 ᄒ야곰 즈셰히 방문ᄒ야 보라 만일 과거【78】 보러온 녀지 우연이 즁병이 들엇거나 혹 반젼이 업다 ᄒ거든 셔로 도와 쥬면 그도 ᄯ한 조흔 닐이 되리라.”

왕슈영 왈,

“져ː는 슈고로히 탐쳥치 므르쇼셔. 미지 임의 져의 졔곡ᄒ는 연고롤 즈시 아ᄂ니 젼일 미지 슌영 표미로 더부러 힝흘시 즁노의셔 져 녀즈롤 만ᄂ니 그도 과거의 올ᄂ 오는 최셩 녀지라 져의 혹문이 연박ᄒ믈 ᄉ랑ᄒ고 겸ᄒ야 긔미(氣味) 셔로 맛ᄀ즈므로10) 인ᄒ야 동힝ᄒ야 경스의 니르미 ᄯ한 ː곳에 우소롤

---

10) 【맛곳다】휑 맞다. 알맞다. ¶ 相投 ‖ “前者妹子同表妹舜英進京, 曾與此女中途相遇, 因他 學問甚憂, 兼之氣味相投, 所以結伴同行.” 젼일 미지 슌영 표미로 더부러 힝흘시 즁노의 셔 져 녀즈롤 만ᄂ니 그도 과거의 올ᄂ 오는 최셩 녀지라 져의 혹문이 연박ᄒ믈 ᄉ랑ᄒ 고 겸ᄒ야 긔미 셔로 맛ᄀ즈므로 인ᄒ야 동힝ᄒ야 경스의 니르미 <鏡花 16:78> 稱 ‖ 병법의 닐오디 ‘반듯시 이길 거시 다ᄉ시 이시니, ᄒ나흔 닐온 혜아리미오 둘흔 닐온 쟝낭호미오 세흔 닐온 슐쉬오 네흔 닐온 맛ᄀ즈미오 다ᄉᄉ 닐온 이긔미니 (兵法云: 必 勝有五: 一曰‘度’, 二曰‘量’, 三曰‘數’, 四曰‘稱’, 五曰‘勝’.) <三國 24:82> 외당의 ᄂ와 빈 긱을 디졉ᄒ니 녜뫼 겸공 최손ᄒ야 졀도의 맛ᄀ자니 빈긱이 탄복지 아니리 업셔 교구 칭하ᄒ야 죵일토록 니ᄅ 응졉지 못ᄒ너라 <낙천 3:10>

졍ᄒᆞ니 져 담 밧근 곳 미지 표미와 져 녀ᄌᆞ로 더부러 쳐ᄒᆞ든 곳이라 일젼의 그 녀지 우연이 힝니롤 졈【79】검ᄒᆞ더니 문득 놀나 왈,

"쪄날 쎄 심히 총급ᄒᆞ기로 본군에 ᄆᆞ튼 문셔롤 잇고 가져오지 못ᄒᆞ얏ᄂᆞᆫ지라 이제 부시 빌 긔한은 갓갑고 그 싀골은 먼리 검남 ᄯᅡ히나 그 ᄉᆞ이 왕복ᄒᆞᆯ 길 업스니 결단코 과거는 볼 길 업스미 일노쎠 쥬야 졔곡ᄒᆞᄂᆞ니이다."

홍게 왈,

"이는 제 스스로 잇고 못 가져온 비니 누고롤 한ᄒᆞ리요 응당 명수에 졍ᄒᆞ미니 과거롤 본들 엇지 긔필ᄒᆞ리요."

두슌영(杜舜英)11) 왈,

"앗가 우리 슈영져졔 ᄀᆞ쟝 불샹이 넉여 문득 ᄌᆞ긔 문셔롤 쥬어 그 일홈에 츙수ᄒᆞ야 과거롤 보라 ᄒᆞ얏거놀 무슴 일 다시 졔곡(啼哭)ᄒᆞᄂᆞᆫ고 모로리로다."

제63회

論科場衆女談果報 誤考試十美臮公呈

증셔향과 양묵향【80】이 ᄌ 말을 듯고 놀나고 의심ᄒᆞ믈 ᄆᆞ지 아녀 셔향이 년망이 슈영을 향ᄒᆞ야 왈,

"미ᄌ 이 엇진 쯧이뇨? 조히 일쟝을 신고ᄒᆞ야 이 지경의 니른 후 홀연 문셔롤 남을 쥬니 쳥컨디 미ᄌᄂᆞᆫ 무ᄉ 일 과거롤 아니 보려 ᄒᆞᄂᆞ뇨?"

슈영 왈,

"미지 근일 병이 굿고 겸ᄒᆞ야 도로의 신고ᄒᆞ니 졍신을 슈습ᄒᆞᆯ 길이 업슬 ᄲᅮᆫ 아니라 스스로 싱각건디 지혹이 노둔ᄒᆞ니 쟝니 부시에 결단코 ᄇᆞ라도 못ᄒᆞᆯ지니 다만 취졸만 드러니고 ᄆᆞ춤니 쓸디업슬진디 ᄎᆞ라리 일노쎠 몸이 나 쉬여 병을 죠리ᄒᆞ고 져 사름이나 온젼이 공명을 닐우게 ᄒᆞ미 올코 ᄒᆞᆯ며 져 사름【81】의 혹문이 넉ᄌ ᄒᆞ나 반ᄃᆞ시 놉히 샌힐 거시여놀 만일 과거롤 보도 못ᄒᆞ면 극히 이다로온지라 인ᄒᆞ야 문셔롤 가져 유부(乳夫)로 ᄒᆞ여곰 ᄀᆞ만니 보니여 니

---

11) 원문에는 "田舜英"으로 되어 있음.

일홈에 츙슈ᄒ야 과거를 보아 만일 ᄉᆡᆼ히믈 엇거든 다시 일홈을 고치게 ᄒ라 ᄒ
얏더니 오리지 아녀 유뷔 도라오리니 져〃는 조곰도 앗기지 ᄆᆞᆯ르쇼셔. 미지 스
스로 혜아려 일회나 가망이 잇스면 엇지 즐겨 공명으로써 남의게 ᄉᆞ양ᄒ리잇
고.”

묵향은 듯고 다만 머리 ᄀᆞᆰ어 왈,

“일이 임의 이에 니르니 쟝ᄎᆞᆺ 엇지ᄒ면 조흐리요.”

졍히 우민ᄒ더니 과연 슈영의 유뷔 도라와 슈영을 【82】 향ᄒ야 알외더,

“최쇼졔 노로〃 ᄒ야곰 쇼져의게 만히 치샤ᄒ샤 왈, ‘져문셔는 비록 쇼져의
조흔 뜻을 보니시나 다만 ᄌᆞᄀᆡ 명운이 임의 이 ᄀᆞᆺᄒ니 비록 면강ᄒ야 쟝옥에
나아가나 결단코 닐우지 못ᄒ리니 문셔을 감히 밧ᄌᆞᆸ지 못ᄒ노라.’ ᄒ시고 인ᄒ
야 쇼져의게 도로 보니여 왈, ‘쇼져는 쳔만 보즁ᄒ샤 과거의 나아가쇼셔 ᄒ시
매 그 쇼졔 믄득 명일에 싀골노 도라가시미 총〃ᄒ야 나아와 고별치 못ᄒ니 다
만 도라가 고요히 이위 쇼져의 놉히 득의ᄒ신 긔별을 기ᄃᆞ리노라 ᄒ시거늘 노
푀 지삼 쳥ᄒ야 문셔를 머무러 두쇼셔.’ ᄒ되 ᄆᆞᄎᆞᆷ니 고집 【83】 ᄒ야 머무로지
아니시미 노푀 ᄒᆞᆯ일업셔 도라오니이다.”

말을 ᄆᆞᄎᆞ며 문셔를 ᄀᆞ져 츠환을 쥬고 밧그로 나가거늘 규신 왈,

“슈영 져〃의 이ᄀᆞᆺ치 의긔를 분발ᄒ야 니 몸을 잇고 사름을 위ᄒᆞᆷ은 진실노
세상에 드믄 닐이니 일노조ᄎᆞ 평일 그 위인을 알 거시오 져 녀ᄌᆞ의 밧지 아니
미 ᄯᅩ흔 덧〃흔 닐이라. 미ᄌᆞ는 ᄡᅥᄒ되 이 일이 비록 져의 총망ᄒ야 이즌 비나
이ᄀᆞᆺ치 큰일을 홀연 즁도에 그릇되미 반드시 평일에 그 사름의 힝시 그르미 잇
셔 귀신이 희롱ᄒ민가 ᄒᄂ니 만일 져의 힝시 그르지 아니코 방 우희 일홈이
잇슬 터이면 문셔를 업 【84】 슬 분 아녀 시권을 일허도 관겨치 아니리니 미지
일즉 드르니 과거의 ᄒ고 못ᄒ시를 다만 문필에 관계ᄒᆞᆯ 분 아니라 ᄯᅩ흔 그 사
름의 복과 팔지며 음덕 잇고 업기에 관계ᄒ다 ᄒ니 만일 음덕이 업슬진더 비록
글과 팔지 ᄀᆞ초 조흘지라도 필경 쓸더 업스니 일노 보건더 음덕과 덕힝이 가히
니르되 과거보는 졔일이라 ᄒ리러이다.”

슌영 왈,

“져 녀지 길에 오므로부터 말ᄆᆞ다 사름을 권ᄒ야 축흔 노롯슬 권ᄒ야 일ᄆᆞ다

그른 노릇슬 힝치 아니며 처음 긱졈의 드러 쥬인이 우리롤 위흐야 닭과 돗츨 줍아 찬슈롤 가촌즉 제 믄득 【85】 불안흐야 니르는 곳ᄆ다 몬져 말흐야 그치게 흐되 졈쥬인이 일노써 갑슬 만히 밧고져 흐미라 ᄆ춤니 말니지 못흘지라. 써흐되 우리롤 위흐야 날ᄆ다 살싱흐미 올치 아니트 흐야 미양 졈에 들미 몬져 복부로 흐야곰 찬슈에 더 밧고져 흐는 갑슬 미리 쥬어 흐야곰 살싱흐기롤 그치니 일노 볼진더 지나는 길에 무슈흔 싱물을 죽지 아니케 흐고 그 밧 축흐고 올흔 닐이 흔두 ᄀ지 아니로되 ᄆ춤니 과거롤 보도 못흐니 음덕에 유익흐미 므어시니잇고?"

규신 왈,

"이 사롬이 과연 이ᄀᆺ치 【86】 치 축흔 닐을 힝흐고 흔ᄀ지 그릇흐미 업슬진더 하늘이 반드시 복을 느리워 보호흐시리니 다만 과거롤 볼 분 아녀 일졍 놉히 샌히리니 스스로 조흔 긔회롤 만날 거시요 셜혹 이번의 효험이 업슬지라도 쟝니 다시 녀과롤 보아 놉히 올으리니 도모지 오린 후 보아야 하늘의 보복흐미 어긔지 아니믈 알니이다."

순영 왈,

"무릇 시관에 글 쪼노는 법이 젼혀 시권을 보아 문필에 우렬을 졍흐거늘 앗가 져ᄅ 말슴에 비록 시권을 일허도 과거흐기에 해롭지 아니흐시니 그는 엇지 니르시미니잇고?"

규신 왈,

"미지 일즉 거즛말을 못흐ᄂ니 이 말이 쪼흔 연고 【87】 업시 말흔 비 아니라. 녯날 형졔 두 사롬이 과거롤 볼시 그 부친이 ᄭᅮᆷ을 ᄭᅮ니 신인이 니르되 너의 쟝ᄌᆞ는 본더 과거홀 팔지 아니로되 아모 해 아모 곳에셔 너의 쟝지 화지롤 인흐야 흔 ᄯᅳ럼이 금쥬 보픠롤 길에셔 어드니 이는 곳 흔 녀ᄌᆞ의 지아비 죄에 걸니므로 일노써 피롤 쇽흐고져 흐는 비라 화지롤 인흐야 길에셔 일헛더니 너의 쟝지 널니 뭇고 ᄌᆞ셰히 ᄎᆞᆽ ᄆ춤니 본쥬의게 도라보니니 그 녀지 일노써 지아비 죄롤 쇽흐야 부체 셔로 단ᄎᆔ흐게 흐므로 하늘이 긔특이 넉이샤 특별이ᄅ 번 과거의 너의 ᄋᆞ즈와 홈게 과거롤 흐리라 흐니 그 부친이 ᄀ쟝 【88】 깃거 두 ᄋᆞ들에게 이 말을 니르고 그윽이 ᄇ라더니 밋 방이 나미 그 ᄋᆞ이 샌히믈 보흐거늘 그 ㅇ이 문득 따히 업듸여 통곡ㅎ믈 ㅁ지 아니ᄒ 부친이 십분 의괴ㅎ야 연고를 무른디 그 ㅇ이 골오디 '부친에 몽죄(夢兆) 임의 형 흠게 과거를 흘 거시어늘 쇼지 그릇 형을 해ㅎ야 과거를 못ㅎ게 ㅎ니 쇼지 홀노 샌힌들 무솜 즐거오미 잇스리잇고?' 홀연 쏘 그 형에 샌히믈 고ㅎ거늘 그 ㅇ이 다시 울어 왈, '이는 분명 그릇 보ㅎ미라 엇지 시권을 일코 능히 과거ㅎ는 도리 어이 잇스리요.' ㅎ니 그 부친이 더옥 의괴ㅎ야 지삼 연고를 무른디 그 ㅇ이 ㅁ춤니 속이지 못흘【89】지라 ㅈ셰히 연유를 고ㅎ야 왈, '당일 졔형이 과거의 나아가 초댱[初場 과거 첫날]과 중댱(中場)을 무ᄉ히 지닌 후 죵댱(終場)의 니르러 형이 니질을 알ᄒ 복통이 더옥 급ㅎ므로 미처 시권을 ᄇ치지 못ㅎ고 ㅇ을 맛져 흠게 ᄇ치믈 부탁ㅎ고 총망이 댱옥을 나가 측간을 춧거늘 ㅇ이 힝혀 형에 시권을 더러일가 저허 품 ᄀ온디 품고 ㅈ긔 시권을 ㅁ츠미 황망이 ᄇ치고 우소에 도라왓더니 밋 ㅈ기를 님ㅎ야 씌를 그르미 비로소 형에 시권이 품속으로 조츠 쩌러지는지라 그찌 임의 ᄉ경이 되고 ᄇ칠 길이 근허지니 흘【90】일 업셔 다만 시권을 곰초아 일후 죄를 청코져 ㅎ더니 이제 홀연 샌히믈 보ㅎ니 긔 아니 그릇 보ㅎ미니잇가?' 이에 부ㅈ 샴인이 흠게 나아가 친히 방목(榜目)을 보니 형졔 실노 놉히 샌이여 조곰도 의심이 업는지라 이튼날 셰ᄒ히 탐문ㅎ야 비로소 연고를 아니 청컨디 졔위 져ᄒ는 써ㅎ되 무솜 연권 지 가히 싀득(猜得)ㅎ시리잇가?"

쇼츈이 졍히 이 말을 줌축ㅎ여12) 밧비 그 ᄯ츨 듯고져 ㅎ다가 문득 규신에 싀득ㅎ라 ㅎ믈 듯고 급히 쇼리ㅎ야 왈,

"우리 져ᄒ는 쾌히 말ㅎ쇼셔! 엇지 부디 사람으로 ㅎ야곰 싀득ㅎ여야 올흐리오! 그 말이 ᄀ쟝 듯기 조커늘 홀연【91】그치시니 실노 미칠 듯흔지라 명일 조히 흔 ㅈ로 션ㅈ의 그림을 그려 올니리니 밧비 그 말을 ㅁ츠쇼셔."

규신 왈,

---

12)【줌축ㅎ다】圖 {잠착(潛着)하다.} 한 가지 생각에 골똘하다. ¶ 쇼츈이 졍히 이 말을 줌축ㅎ여 밧비 그 ᄯ츨 듯고져 ㅎ다가 문득 규신에 싀득ㅎ라 ㅎ믈 듯고 (秦小春正聽的入殼出神, 忽見閨臣又敎衆人請猜.) <鏡花 16:90> 노부는 님형의 말 듯기에 줌축ㅎ야 쏘흔 구갈이 나더니 ㅁ초아 젼면의 쥬뤼[술ᄑ는 누히라]잇스니 흠게 나아가 두어 ㅈ 마시며 겸ㅎ야 풍쇽을 무르미 죠토다 (老夫口裏也覺發乾, 恰喜面前有個酒樓, 我們何不前去沽飮三杯, 就便問問風俗?) <鏡花 5:78>

"현민 만일 날을 속여 부채를 아니 쥬면 엇지ᄒ리요?"

쇼츈 왈,

"미지 맛당히 밍셰ᄒ리니 만일 져ᄌ를 속이면 일후에 불을 버섯다가 개를 만나 ᄒᆫ 쪽을 물녀 피나리이다."

즁인이ᄌ 말을 씨ᄃ라 일쟝 훤쇼(喧笑)ᄒ니 완에 눈을 흙의며 코를 불기를 ᄆ지 아니터라. 규신이 말을 니어 왈,

"이 다름이 아니라 그쎄 시소(試所)의 화지를 만나 죵쟝 시권을 진슈히 쇼화(燒火)ᄒ미 이 뜻으로 쥬달ᄒ고 다만 두날 시권으로써 방을 니고 죵쟝 시권 【92】을 슈후(隨後)ᄒ야 벗겨 너흐려 ᄒ므로 그 형이 ᄆ초아 이 긔회를 만나 과거를 어드니 아니 시권을 일허도 해롭지 아니미니잇가? 져 녀지 셩명이 무어신 지 우리 긔록ᄒ야 잇지 말니라 혹ᄌ 과거ᄒᆯ 명쉬 잇슬진디 져의 집에서 문셔를 섄지오믈 보고 셩야(星夜)로 사ᄅᆷ를 쥬어 보니여 부시 미쳐 들어올지 엇지 알니요." 그 녀ᄌ의 셩명이 무어시며 그 일이 엇지된고 하회에 분해ᄒ라.

뎡미 계셕의 총망 필셔ᄒ니 금년에 뉵권을 그려니니라.

권지십칠

【1】 화셜 왕슈영(王秀英)이 굴오디,

"이 녀즈의 셩은 최(繡)요 일홈은 요채(瑤釵)니 호젹을 검남(劍南)으로 ᄒ고 나히 이제 십뉵세라 ᄒ더이다."

약홰(若花) 왈,

"임의 이러홀진디 미지 맛당히 져로 ᄒ야곰 과거를 보게 ᄒ리니 만일 그르미 잇스면 미지 아모려나 당ᄒ리이다."

즁인이 모다 듯고 그 뜻을 해득지 못ᄒ더니 난괴[蘭音] 소왈,

"나는 져ᄌ의 뜻을 알니로다. 대체 져제 부디 녀ᄋ국(女兒國) 왕이 되고져 ᄒ야 과거 보기를 원치 아니므로 문셔를 긋져ᄌ 녀즈를 쥬어 일홈에 츙슈ᄒ야 과거를 보게 ᄒ고 문득 몸을 샌혀 도라가고져 【2】 니로다."

약홰 쇼왈,

"현미 만일 즐겨 녀ᄋ국 지샹이 되고져 홀진디 우형이 맛당히 국왕이 되리라. 난괴 져제 과연 녀아국 왕이 되시면 쇼미 엇지 지샹되 ᄉ양ᄒ리요?"

피츠 대쇼ᄒ니 모든 쇼졔 그 말을 모로리 만은지라. 일졔히 난교를 향ᄒ야 연유를 뭇더니 약홰 틈을 ᄐ 규신(閨臣) 잇그러 ᄀ마니 무러 왈,

"현미 가히 긔억ᄒ리니 거년(去年)의 최시 빅뫼 부디 과거를 보고져 ᄒ시므로 우리 거즛 일홈을 지여 고을에 보홀시 그 찐 최시 빅뫼 무초아 손에 구슬빈 혀를 쥐엿기로 일홈을 요채라 ᄒ고 쏘흔 녕남(嶺南)으로 호젹ᄒ니 너모 만흐므로 거즛 검남(劍南)으 【3】 로 ᄒ얏더니 앗가 슈영져ᄌ의 말ᄒ든 녀지 공교히 그 셩명과 호젹이 ᄀ홀 분 아니라 년세도 쏘흔 므즈니 실노 우연치 아니ᄒ고 거년에 다시 부시(赴試)를 보고져 ᄒ시므로 긔힝ᄒ는 문셔를 닐웟다가 다힝이

여러 빅모□ 리시므로 경스길을 그치시나 우연이 그 문세 나의 문셔와 흠게 드러 이에 왓스니 조히 글노써 져 녀즈의 한을 풀녀ᄒ면 그 아니 조흔 닐이뇨?"

규신 왈,

"이 과연 ᄋ람다온 닐이요 진실노 불비지혜(不費之惠)라. 져제 만일 ᄀᆞᄅ치지 아니시든덜 쇼미 ᄒ마 이즐 번 ᄒ니이다. 이제 여러 사ᄅᆞᆷ을 대ᄒ야 ᄇ로 말ᄒ면 즈훤1)【4】 져ㅣ 안면에 엇더ᄒ니 다만 니르되 임의 그 골에 잇슬쩌 무심히 길에서 쥬은 비라 ᄒ고 져 녀진의게 보ᄂᆞ미 올ᄒ니이다."

이에 약홰 문셔롤 가져 슈영을 쥬니 슈영이 ᄇ다보고 십분 겸괴ᄒ야 왈,

"천하에 엇지 이갓치 공교흔 닐이 잇스리요! 진실노 알길 업는 일이로다!"

즈훤은 홀노 심즁에 명빅ᄒ야 왈,

"우리 무리즁에 일즉 져ᄀᆞᆺ흔 셩명이 업고 ᄯᅩ흔 인신과 년월이 빙게 분명ᄒ니 실노 위조흔 비 아니라. 져ㅣ는 부디 의심치 마르시고 섈니 사ᄅᆞᆷ으로 ᄒ야곰 져 녀즈의게 보ᄂᆞ쇼셔."

슈영이 즉각에 유부(乳夫)로 ᄒ야곰 그 뜻을 닐【5】러 문셔롤 보ᄂᆞ얏더니 오리지 아녀 유뷔 도라오고 최요채 니어 몸소 나아와 즁인과 슈영을 대ᄒ야 지삼 칭샤ᄒ고 인ᄒ야 당초 어든 연고롤 자시 무르니 약홰 말을 ᄡᅮ며 조히 대답ᄒ고 왈,

"져ㅣ는 다만 졀노써 네부에 ᄇ쳐 □쇼셔. 만일 ㅣ회(一毫)나 틀ᄂᆞ미 잇거든 우리 모든 즈민 힘을 다ᄒ야 분변ᄒ리니 사ᄅᆞᆷ이 엇지 남의 공명대스롤 ᄋ희(兒戲)ㅣ롱ᄀᆞᆺ치 ᄒ리오! 조곰도 넘녀치 ᄆᆞ르쇼셔."

최요채 비로소 쾌히 방심ᄒ고 졀ᄒ야 샤례ᄒ고 깃부믈 닉의지 못ᄒ야 우소로 돌아가니라.

여러 날이 못ᄒ야 삼월 초삼일에 부시(部試) 긔한이 되니 규신【6】이 모든 쇼져로 더부러 쳔하 모든 슉녀롤 조츠 흠게 쟝옥(場屋)에 들어 극히 분ㅣ요ㅣᄒ더니 느즌 후 시권을 낫ㅣ치 밧치고 각쳐 우소로 도라와 멋츨이 되얏더니 이

---

1) 원문에는 '亭亭'이라 되어 있음.

씨 시관은 녜부샹셔겸 태흑스 변빈(卞濱)과 니부시랑 밍뫼(孟謨) 여러 시관 장진(蔣進)에 무리로 더부러 무음을 공평이 흐고 졍을 ᄀ다듬어 모든 시권을 쏘노와 추례를 졍호야 등을 쓰고 방 닐 날을 졍호야 졍히 쥬달코져 흐더니 홀연흔 쟝 단즈를 졍흐는 지 잇거놀 ᄲ다보니 이 문득 강남(江南)과 회남(淮南)과 하북(河北)과 하동(河東) 여러 곳에 십개 녀동(女童)이 녈명흐얏스니 웃듬은 스영화2)요 그 다음 박치홍3)과 긔화용4)과 언금 【7】 심(言錦心)과 샤문금(謝文錦)과 방난언과 진슉완(陳淑媛)과 빅녀연(白麗娟)과 국셔징(國瑞徵)과 쥬경담(周慶覃)이라. 써흐되 혹 즁병을 드러 군고(郡考)를 미처 보지 못흐기도 흐고 혹 연괴 잇셔 부시 긔한을 지느니도 잇스니 이 스졍이 졀박흐야 특별이 단즈를 졍흐느니 "군고의 샌이고 못샌이믈 의논치 말고 원컨디 면시를 뵈여 흔 번 글졔 네흘 니여 두 편은 군고로 보고 두 편은 부시(部試)로 보되 흐로 니에 네 편 시권을 맛지 못흐거나 글이 말이 되지 아니커든 치죄흐시믈 원흐노라" 흐엿거놀 변빈과 밍뫼 오리 싱각다가 감히 스스로 쳔단치 못흐야 이 뜻으로 무태후게 쥬달흔디 유지(諭旨)를 느리워 왈,

"저의 임 【8】 의 즈원흐야 흐로 네 편 글을 지어지라 흐니 특벽이 법밧그로 원을 조츠 지조를 시험흐리니 명일노써 시관이 모히고 십개 녀동을 불너 네 글졔를 니여 올피셔 지이여 고하를 졍흐야 올니라."

흐니 변빈이 유지를 밧드러 녀동의게 효유흐고 이튼날 그디로 면시흐니 과연 날이 늦지 아녀 네 편 시권을 맛츠 바치고 가거놀 변빈과 밍뫼 즉시 고하를 졍흐야 알외디,

"이번 열 사롬에 시권이 문리로 의논컨디 몬져 샌인 시권으로 더부러 셔로 쟝단이 잇스오나 이는 특별이 츄후 뵈인 비니 맛당이 몬져 시권으로 셧거 등을 졍치 못흘지라 감히 올녀 어 【9】 람흐신 후 유지를 밧드러 졍탈(定奪)흐리이다."

태휘 친히 시권을 나리보니 과연 낫ㅅ치 ᄋ롬다온지라. 이에 젼지(傳旨)흐야

왈,

"몬져 부시에 샌인 시권도 맛당히 다시 복시(覆試)룰 혼 후 ㅂ야흐로 전시룰 뵈느니 아직 그 방을 니여걸지 말고 이번 열시권과 흠게 복시혼 후 문득 복시 방목을 써 졍방(正榜)을 숨으라. 저의 십명이 비록 병고룰 일커르나 임의 긔한을 어기니 맛당히 젼시(殿試) 보기룰 허치 아닐 비로디 이제 그 시권을 보니 문리 개:히 ㅇ룸답고 지죄 민첩ㅎ며 그 중 ㅅ영화와 박치홍은 짐이 임의 『션긔도璇璣圖』룰 보아 일홈을 드러지 오런지라. 이 【10】 과연 지녜라 특별이 허ㅎ야 일쳬로 복시룰 보게 ㅎ고 젼방을 임의 졍지ㅎ니 그 써 샌진 화지방(花再芳)에 무리도 특별이 은혜룰 더어 복시룰 보게 ㅎ야 녜부로 일변 효유ㅎ고 일변 날을 졍ㅎ야 복시룰 뵈여 지쳬치 말나."

ㅎ얏스니

제64회

賭石硯舅甥鬪趣　猜燈謎姊妹陶情

변빈과 밍뫼 어지룰 밧ㅈ오미 이더로 효유ㅎ고 복시 뵈일 날을 십삼일노 졍ㅎ야 주달ㅎ니라.

각셜 녜부상셔 변빈에 ㅈ는 위옹(渭翁)이나 본디 회람도 광능(廣陵) 짜 사룸이니 어려서부터 시셔룰 비불니 닑어 일즉 과거ㅎ야 진ㅅ 출신으로 벼술이 녜부상셔의 니르고 대흑ㅅ룰 겸ㅎ야 천하 션비룰 ㅊ지ㅎ니 세대로 문흑 【11】 을 위업ㅎ고 겸ㅎ야 가산이 거부의 니르니 세상이 칭호ㅎ디 '변만경(卞萬頃)'이라 ㅎ니 대개 변빈이 조부에 끼친 지산이 져의 대에 니르러 다만 각쳐 전지룰 혜여보면 일만여경[요ㅅ이 젼답 ㅎ로 가리룰 일묘라 ㅎ고 빅묘룰 일경이라 ㅎ니 만경은 빅만 날가리 되느니래]이 되는 고로 변만경이라 일커르니 그 밧 지물은 뭇지 아녀 가히 알지라. 진실노 ᄀ음열미 나라홀 대적ㅎ리러라. 져 변가의 지물 닐윈 연고룰 들을진디 과연 샤치ㅎ는 사룸에 집으로 ㅎ야곰 일즉이 끼다라 그칠 거시요 근검혼 사룸에 집으로 ㅎ야곰 더욱 힘쓸지라. 변빈의 증조의 명은

변홰(卞華)니 쏘흔 글닑은 션비요 그 안해는 샤시(奢氏)니 부쳐 두 사롬에【1
2】 쳔셩이 マ장 샤치ᄒ고 호화ᄒ믈 조히 넉여 조샹으로 젼ᄒ야 오고 가산이
비록 슈십 만에 지나ᄂ 엇지 지당ᄒ리요? 변홰 조곰도 혜아리미 업시 일향 헛
도이 ᄇ리고 불긴이 허비ᄒ니 슈십 년이 지나지 못ᄒ야 집이 씨슨드시 가난ᄒ
니 이 씨 변화에 나히 임의 오십이라. 가업이 ᄒ러ᄒ믈 보고 도라 싱각건디 당
년에 금을 쓰믈 흙ᄀᆺ치 ᄒ고 곡식 보믈 똥ᄀᆺ치 알아 일향 허비ᄒ기를 조ᄒ홀
씨에 엇지 일죠의 이 ᄀᆺ흐믈 싱각ᄒ얏시리요? 비록 뉘우츠나 밋지 못홀지라.
ᄒ믈며 젼일에 엇더흔 비단옷과 보비에 음식이러니 오날ᄂ 츄흔 옷과 승거온
밥도【13】 오히려 니우지 못ᄒ니 일노써 병을 닐위여 슈년이 못ᄒ야 부체 니
어 죽고 다만 흔 ᄋ들을 두니 일홈은 변검(卞儉)이라. 안해 근시(勤氏)를 취ᄒ야
부모 셩시에 효봉을 극진히 ᄒ더니 밋 부뫼 쌍망ᄒ고 가산이 탕진ᄒ미 방샤를
풀아 겨유 샹장을 맛고 셩 안희 몸을 부칠 곳이 업스므로 부모 묘하에 두어 간
초옥을 의지ᄒ야 부체 흔 방에 거쳐홀시 변검은 쏘흔 글닑는 션비라 셰샹닐을
아는 비 업스니 의식 두ᄀ지는 젼혀 근시에 침션(針線)으로 주뢰ᄒ야 날을 보
니되 일즉 셔칙을 잇글고 산에 들어 남글 뷔여 혹시 보터오니 진실노 비골푸미
며츨이요 먹으【14】미 며츨이라.
　ᄒ로는 졍히 납월 그뭄을 당ᄒ미 쳔긔 심히 한링흔디 변검이 의복이 심히 단
박흔 고로 치위를 당ᄒ야 견디지 못ᄒ야 일즉이 좀을 들어 오경이 지는 후 비
로소 ᄭᅢ여보니 근시 오히려 등하에 안즈 침션을 ᄒ거늘 변검이 놀나 왈,
　"이ᄀᆺ치 날이 칩고 밤이 깁흔디 즈리에 나아가지 아니코 부디 ᄒ는 비 무어
시뇨?"
　근시 왈,
　"요스이 쳔긔 심히 치운디 쟝부의 신샹에 어한홀 소음옷시 업스므로 다만 침
션을 썰니 ᄒ야 멋 낫 돈을 ᄇ드면 거의 쟝부에 산에 오르고 녕을 넘어 남글
뷔여 도라오믈 대신홀가 ᄒ며 ᄒ믈며 하늘이 츠고 ᄯᅡ히 어러 산즁이 더옥 치
【15】 위 무셔온지라 만일 치위로 병이 나면 긔 아니 큰일이리요?"
　변검이 인ᄒ야 몸을 닐으혀 안즈 왈,
　"낭즈의 말은 비록 그르지 아니나 다만 낭지 본디 강장흔 사롬이 아니라 엇

지 몸이 슈고ㅎ기로 병을 닐으혀리 결단코 이ㄱ치 말나. 명일은 니 맛당히 나아가 남글 뷔여 도라올 거시요 낭즈는 의구히 침션을 ㅎ야 각ː 힘을 다ㅎ미 올흐니라. 니 만일 홀노 집에 평안이 안즈 잇스면 엇지 ㅁ음이 평안ㅎ리요?"

부체 셔로 이ㄱ치 위로ㅎ더니 하늘이 임의 붉기의 니르미 변검 왈,

"오날 일긔 축실(着實)이 한링ㅎ니 응당 대셜이 ㄴ리ː로다."

졍히 문을 여니 찬ㅂ람이 【16】 늠ː하고 닝긔 쇼ː하야 임의 큰 눈이 쳔지에 ㄱ득ㅎ아 ㄴ리ㄴ지라 변검 왈,

"이ㄱ치 큰 눈에 쟝츳 엇지ㅎ리요?"

근시 왈,

"어제 남은 ㅂ 냥식과 남기 죡히 ㅎ로ㄴ 견듸리니 아직은 견듸여 지니다가 눈이 그친 후 다시 침션을 ㅍ라 져의 냥식을 쟝만ㅎ리라."

이튼날 흔갈ㄱ치 눈이 그치지 아니ː 변검이 ㅁ지 못ㅎ야 눈을 무릅쓰고 침션을 ㄱ져 셩너에 니르니 이쎠 년일ㅎ야 눈이 그치지 아니ㅎ미 집ː이 문을 다ː 침션을 믜ː하리 업ㄴ지라. 홀일업셔 무료히 도라오니 근시 져 모양을 보미 ㅁ음이 비록 ㅌ는 듯ㅎ나 거즛말노써 위로ㅎ니 변검이 어린듯 반향을 지닌 【17】 후 왈,

"가즁에 잇는 비 다만 져 두 ㅁ리 둙과 오리가 미일 비록 밧게 나가 어더먹어 집에셔 먹이는 공부ㄴ 업스나 그롤 가져 시샹의 팔면 조히 몃 낫 돈을 어드리니 글노써 냥식과 남글 밧고미 아니 조흐리요?"

근시 머리 흔드러 왈,

"이 문득 못홀 닐이니 쟝너에 집을 닐으혀고 지산을 흥ㅎ기롤 젼혀 져롤 밋ㄴ니 이제 져롤 팔녀 ㅎ면 밧는 갑시 만치 아닐 거시요 일후 만일 스려 ㅎ면 갑시 응당 갑졀이 더홀거시니 우리 이제 ㅎ로 두 번 밥먹기도 어렵거든 어ㄴ 결을에 돈이 잇셔 져롤 다시 스리요. ㅎ믈며 임의 나혼 올이 슈삼십 개 되니 오리지 【18】 아녀 안겨 삿기롤 ㅺ면 촌ː 길너 가히 큰둙과 오리 몃 ㅁ리 될지라. 이제 져롤 가져 발미ㅎ면 불과 ㅎ로 먹어ㅂ리ː니 다시 긔가홀 도리롤 싱각흔들 쟝츳 엇지ㅎ리요?"

변검이 ː에 홀일 업셔 니롤 ㅺ물고 조히 ㅎ로롤 굴머 이튼날 눈이 기미 침

션을 파라 냥미를 밧고﹔그 후 이굿치 날을 보너더니 얼풋 스이 봄이 되미 과연 닭을 안겨 이십 여기 연계를 느리오고 오리알을 스고 쓰이여 이십 여 슈를 어드니 반년이 못호야 쟝디(長大)훈지라. 오직 알 낫는 거슬 머물너 두고 그남아 발미호야 그 갑스로 두 무리 암둣츨 스서 기르더니 일년이 못되야 닭과 오 【19】리 써로 셩호고 돗치 쏘훈 삿기를 무슈히 치니 슈년이 못호야 돗과 양이 문득 쎄를 닐우고 밧가는 소롤 스 졈﹔ㅈ식(滋息)호야 몃 무리 되는지라. 다시 두세 간 초옥을 쟝만호고 그 올퓌 젼지를 어더 문득 오곡을 심우지 아니코 나물밧츨 믄드러 쎄로 나물을 길너 셩니에 미﹔호니 그 니호미 곡식에 갑절이라. 져의 부체 본디 신고호야 지닌 고로 셩품이 쏘훈 근검훈지라 일졀 밧갈고 기음미기와 우양 먹이고 기르기를 몸소 부즈러니 호므로 날노 셩호고 쎄로 늘 분 아니라 무음ㄱ지믈 ㄱ쟝 축호게 호야 ㅈ긔 비록 굵은 옷과 츄훈 음식을 먹으나 무릇 궁 【20】 곤훈 사롬을 반드시 구계호니 이러므로 사롬마다 칭찬호고 우러는 비라. 비록 슈한(水旱)에 지앙을 만느나 뭇사롬이 힘을 다호야 돕기로 다른 사롬은 곡식낫츨 거두지 못호되 변검은 홀노 풍년을 만느므로 슈삼년이 지나지 못호야 가산이 쟝ㅈ의 메이더니 변빈의 부친 변계(卞繼)의게 니르러 쏘훈 근검호기로 삼가 조업(祖業)을 직희니 젼후 빅여년에 거부를 누려 냥젼이 만여경이 넘은지라. 변빈이 무초아 과거호고 벼술호미 이 졍히 닌덕(麟德) 년간이라. 셔북이 흉년들고 겸호야 군병을 죠발호기로 나라 지 【21】 물이 경갈홀 쎄를 당호야 변빈이 젼지 오쳔 경을 발미호야 그 갑슬 진슈이 밧쳐 진휼과 군슈를 호게 호니 일노조ᄎ 셩권(聖眷)이 더옥 늉슝호야 벼술이 졈﹔놉흐니라. 변샹셰 일셩에 션비를 스랑호야 다만 문필호는 사롬을 앗기믈 보비굿치 훌분 아니라 무릇 금긔(琴棋)와 셔화(書畫)와 의복(醫卜)과 셩샹(星相)의 뉘라도 만일 호ㄱ지 지죄 잇는 지 나아와 뵈온 즉 문득 녜슈를 과히 호야 우대호고 쏘훈 의긔를 조히 호고 지물을 앗기지 아녀 사롬이 구호는 지 잇스면 반드시 ﹔힝호니 셰샹이 일커르되 '밍샹군(孟嘗君)에 지나다 호더라.' 이제 년긔 오슌이 넘엇스되 일 【22】 즉 자녜 업스므로 널니 희쳡(姬妾)을 두어 비록 년호야 싱산호나 개﹔히 녀이라. 이제 슬하에 칠개 여이 잇고 부인 셩시(成氏) 십년 젼에 일기 남ㅈ를 나흐니 일홈을 변벽(卞璧)이라 호얏더니 겨유 삼셰에 니르러 문득 경풍증(驚風症)으로 죽으니 샹셔 니외와 거가 비복이 경황비곡ᄒᆞ더니 ᄆᆞ춤 문밧게 일위 도인이 냥식을 비더니 그 집 곡셩이 심히 챰졀ᄒᆞ믈 듯고 ᄒᆞᆫ 번 보기ᄅᆞᆯ 쳥ᄒᆞ미 밋 ᄋᆞ희ᄅᆞᆯ 보고 왈,

"이 아희 비록 일분 구홀 도리 잇스나 다만 셩시 씌글 ᄀᆞ온ᄃᆡ 두어ᄂᆞᆫ 명을 닛지 못ᄒᆞ리니 만일 날을 쥬면 안아가 살녀ᄂᆡ야 일후 지익이 지ᄂᆡ고 넌긔 쟝ᄃᆡ ᄒᆞ거든 조【23】히 ᄃᆞ려와 부모의게 젼ᄒᆞ리라."

변빈은 써ᄒᆞ되 요괴로온 말노 사람을 속인다 ᄒᆞ야 왈,

"ᄋᆞ희 임의 죽언지 오러니 엇지 살녀ᄂᆡ리요.

결단코 쥬어 보ᄂᆡ지 아니려 ᄒᆞ나 셩부인이 지삼 간쳥ᄒᆞ야 죽고 살기ᄂᆞᆫ 의논치 말고 다만 ᄋᆞ희ᄅᆞᆯ 도인을 쥬어 보ᄂᆡ셔."

ᄒᆞ니 변빈이 오직 탄식ᄒᆞ고 밧그로 나가거ᄂᆞᆯ 부인이 ᄎᆞ에 죽은 아희ᄅᆞᆯ 비단 강보에 싸 도스의게 맛져 보ᄂᆡ얏더니 지금 슈년에 쇼식이 묘연ᄒᆞᆫ지라. 변빈은 써ᄒᆞ되 도스의 허탄ᄒᆞ미라 ᄒᆞ야 다시 일컷지 아니코 다만 칠긔 녀ᄋᆞᄅᆞᆯ ᄉᆞ랑ᄒᆞ고 ᄀᆞ르치니 그 녀이 개ᄎᆞ히 꼿히 비ᄒᆞ면 더옥 온즁(穩重)ᄒᆞ고 돌에 비ᄒᆞ면 【24】 더옥 총명ᄒᆞᆫ지라. 믹양 공ᄉᆞ의 슈응(酬應)과 빈긱의 졉대ᄒᆞᆫ 밧근 져의ᄅᆞᆯ 거ᄂᆞ려 글을 지이며 글시ᄅᆞᆯ 쓰며 도로혀 글노써 셰월을 보ᄂᆡ더니 젼년에 녀과ᄅᆞᆯ 셜시ᄒᆞ미 맛당히 경ᄉᆞ의 잇셔 현고(縣考)ᄅᆞᆯ 볼 거시로되 오히려 혐의ᄅᆞᆯ 피ᄒᆞ야 칠녀로 ᄒᆞ야곰 본향에 도라가 현고ᄅᆞᆯ 뵈얏더니 쟝녀 변보운(卞寶雲)이 졔일명 쟝원의 색이고 ᄎᆞ녀 변치운(卞彩雲)이 졔이명이요, 삼녀 변금운(卞錦雲)이 졔삼명이요, ᄉᆞ녀 변ᄌᆞ운(卞紫雲)이 졔ᄉᆞ명이요, 오녀 변향운(卞香雲)이 졔오명이요, 뉵녀 변소운(卞素雲)이 졔뉵명이요, 칠녀 변녹운(卞綠雲)이 졔칠명에 형졔 ᄎᆞ례로 싼혓더니 군고(郡考)ᄅᆞᆯ 보미 ᄎᆞ례 비록 져기 츰치(參差)ᄒᆞ나 형졔 칠인이 십명【25】 안히 싼히니 도라와 졍히 부시ᄅᆞᆯ 기ᄃᆞ려 개ᄎᆞ히 지녀의 올으고져 ᄒᆞ더니 ᄆᆞ초아 태휘 젼지ᄒᆞ야 왈,

"변빈이 벼슬이 녜부샹셔요 태ᄒᆞᆨᄉᆞᄅᆞᆯ 겸ᄒᆞ니 맛당히 쥬시ᄒᆞ야 □시관이 되게 하라."

ᄒᆞ니 과거 규구에 녜부터 시관에 ᄌᆞ지ᄂᆞᆫ 과거ᄅᆞᆯ 보지 못ᄒᆞᄂᆞᆫ지라. 칠위 소졔 홀일 업셔 과거ᄅᆞᆯ 못보기로 졍ᄒᆞ니 크게 픠홍ᄒᆞ고 변빈이 비록 녀ᄋᆞ ᄉᆞ랑ᄒᆞᄂᆞᆫ

모음이 긴호나 또호 일노써 당돌히 알외지 못호미 다만 부인 셩시로 더부러 샹
의호야 칠긔 녀이 졈ː 부시는 굿가오니 집에 잇셔 우민호야 병이 날 듯 호니
아직 밍가 팔긔 싱녀롤 쳥호야 홈게 놀【26】아 근심을 져기 풀게 호미 조틋
호고 인호야 오리 시관 니부낭즁 쟝진(蔣進)과 녜부원외 동단(董端)과 공부낭즁
가즁(賈仲)5)과 녜부원외 녀량(呂良)으로 더부러 의논호야 각 집 쇼져롤 모도
쳥호야 홈게 쇼견코져 호니 모든 사롬이 또호 녀ㅇ의 과거 못보고 우민호믈 념
녀호더니 이 말을 듯고 크게 깃거홀 분 아니라 본디 셔로 왕니호야 면식이 닉
고 호믈며 굿치 군고의 샌이니 곳 동방이라. 더옥 친슉호므로 개ː 응답호고
집에 도라와 각ː 녀ㅇ롤 보아 이 말을 젼호니 모든 쇼졔 또호 즐겨 못기롤 긔
약호니라.

　변빈이 일즉 두 누의 잇스니 호나흔 젼임 어스태후 밍【27】람[孟謀] 쳬 되
고 호나흔 니부시랑 밍모(孟謨)의 쳬 되니 밍람은 곳 밍모의 친형이라. 일즉 거
셰호고 다만 네 낫 녀이 잇스니 맛즌 굴온 밍난지(孟蘭芝)요 둘지는 밍화지(孟
華芝)요 셋지는 밍방지(孟芳芝)요 넷지는 밍운지(孟芸芝)요 밍뫼 또호 네 낫 녀
이 잇스니 이에 운지에 항녈을 쑬와 다섯지는 밍경지(孟瓊芝)요 여섯지는 밍요
지(孟瑤芝)요 닐곱지는 밍벽지6)요 여둛지는 밍옥지(孟玉芝)니 개ː히 경셔롤
외오고 시부롤 음영호며 용모의 아롬다옴과 힝실에 맛가즈미 셰상에 드문지라.
밍람에 변시(卞氏)부인이 일즉 쟝부에 거셰호므로부터 스긔 녀ㅇ롤 거느려 고
향에 도라가고져 호나 슉ː 밍모와 거ː 변빈의 괴로히 만류호믈 쩨치지 못호
야 아직 경【28】스의 머무러 또호 퇵셔(擇壻)호기롤 위호미요 져즈음 팔긔 즈
미 홈게 현고와 군고의 샌이므로부터 더옥 졍의 교칠(膠漆) 굿호여 졈시 쩌나
믈 어려이 넉이니. 변시 또호 홀일 업셔 녕ㅇ롤 거느려 밍모의 부즁에 잇더니
이쩌 몸은 녀이 슉부의 시관이 되므로 과거롤 못본다 호야 낫ː치 아미의 시름
을 줌가 침식을 거의 졔호니 다만 조흔 말노써 위로홀 분이러니 홀연 거ː의
불너 모히믈 듯고 구쟝 깃거 녀ㅇ와 질녀롤 낙간 단쟝을 닐위 변부(卞府)로 가
게 호니 밍난지 이에 칠긔 미즈롤 거느려 변부에 니르니 구ː와 구모게 힝녜호

<hr>

5) 원문에는 “掌仲”으로 되어 있음.
6) 원문에는 “孟紫芝”로 되어 있음.

고 보은 등 모든 ᄌᆞ미로 셔로 보아 【29】 반기며 좌에 나아가니 변빈 왈,

“ᄂᆡ 그ᄋᆞᆨ이 너의 무리 과거ᄅᆞᆯ 못보고 집에 드러 울민ᄒᆞᆯ가 ᄒᆞ야 불너 니르럿거니와 그ᄉᆞ이 무ᄉᆞᆷ 연고로 일향 날을 ᄒᆞᆫ 번 뭇지 아니뇨?”

ᄆᆡᆼ난지 경지로 더부러 ᄒᆞᆷ게 대ᄒᆞ야 왈,

“요ᄉᆞ이 졍히 나아와 문후코져 ᄒᆞ오나 두리건ᄃᆡ 구귀(舅舅) 년일 과거 뵈기로 분망ᄒᆞ실 듯 ᄒᆞ와 졍셩을 펴지 못ᄒᆞ니이다.”

변빈 완,

“나ᄂᆞᆫ 비록 나라희 일이 잇셔 몸이 한가치 못ᄒᆞ나 너의 구모와 보운의 무리 한가히 집에 잇거ᄂᆞᆯ 너희 ᄒᆞᆫ 번 니르지 아니ː 다만 과거 못보믈 한ᄒᆞ야 날ᄭᅡ지 원망ᄒᆞ고 아니오미로다.”

ᄆᆡᆼ벽지 왈,

“ᄉᆡᆼ녀의 무리 오릐 못오다 【30】 가 오날 비로소 니르니 그ᄉᆞ이 엇지 ᄉᆡᆼ각ᄒᆞ신 말ᄉᆞᆷ은 아니시고 겨유 얼골을 보시ᄆᆡ 문득 남의 심병을 말ᄒᆞ시나니잇고?”

변빈이 쇼왈,

“ᄂᆡ 말이 과연 그르지 아니ː라.”

인ᄒᆞ야 녀ᄋᆞ 보운을 향ᄒᆞ야 왈,

“ᄂᆡ 임의 가인을 분부ᄒᆞ야 쥬셕을 장만ᄒᆞ라 ᄒᆞ얏스니 오릐지 아녀 장부(蔣府)와 동부(董府)와 녀부(呂府)와 가부(賈府)[7] 네집 도졔 니르리니 너희 조히 화원에 모혀 혹 글을 지으며 글시ᄅᆞᆯ 쓰며 미어(謎語)ᄅᆞᆯ 싀득(猜得)ᄒᆞ며 금긔ᄅᆞᆯ 희롱ᄒᆞ야 ᄆᆞ음 노ᄒᆞ 셔로 즐기라. ᄋᆞᆺ가 드르니 검남에 왜구ᄅᆞᆯ 문은(文隱)이 임의 평졍ᄒᆞᄆᆡ 슈일 ᄉᆞ이 맛당히 쳡셰 니를지라. 년일ᄒᆞ야 죠졍의 일이 잇기로 나ᄂᆞᆫ 오 【31】 날부터 녜부의 잇셔 십삼일 과거ᄅᆞᆯ 맛츤 후야 비로소 도라오리니 너희 그ᄉᆞ이 조히 모혀 노다가 나의 과거ᄅᆞᆯ 맛고 도라오기ᄅᆞᆯ 기ᄃᆞ리라. ᄒᆞᆫ 번 글이나 지여 즐기리라.”

ᄆᆡᆼ옥지 그 즁 년긔 어리믈 변빈이 ᄀᆞ장 ᄉᆞ랑ᄒᆞᄂᆞᆫ지라 문득 깃거 왈,

“구귀 우리로 ᄒᆞ야곰 미어ᄅᆞᆯ 싀득ᄒᆞ라 ᄒᆞ시니 이제 ᄆᆞ초아 조흔 미에 잇스니

---

7) 원문에는 “掌府”로 되어 있음.

구귀 가히 쇠득ᄒᆞ시리잇가?"

변빈 왈,

"미어를 쇠득ᄒᆞᆷ은 나의 졍신 즐기는 비라. 니 만일 알아니면 네 쟝춧 무어스로써 나기 시힝을 ᄒᆞ려ᄂᆞ뇨? 반드시 몬져 졍흔 후야 말ᄒᆞ리라."

옥지 왈,

"우리 거년의 군고의 ᄉᆡ일 ᄶᆡ 본군 즈ᄉᆞ(刺史)의 보【32】ᄂᆞᆫ ᄇ 단연[端硯 벼로의 극품이라]이 잇스니 글노써 나기 ᄒᆞ리이다."

변빈 왈,

"이 ᄀᆞ쟝 조ᄒᆞ니 너는 밧비 말ᄒᆞ라."

옥지 왈,

"앗가 구귀 말ᄒᆞ시되 왜구를 평졍ᄒᆞ야 오러지 아녀 쳡셰 니르리라 ᄒᆞ시니 글노써 졔목을 숨아 『논어 論語』나 『밍즈 孟子』 즁에 글귀졀 그 ᄯᅳᆺ에 맛는 바를 어더닉쇼셔."

변빈이 가ː히 우어 왈,

"너는 ᄲᆞᆯ니 사름을 보닉여 벼로를 가져와 나기를 시힝케 ᄒᆞ라. 니 맛당히 쇠득ᄒᆞ리라."

변향운(卞香雲) 왈,

"만일 우리도 알아니면 무어슬 쥬셔는다?"

금운이 옥지에 대답을 기드리지 아니코 니어 왈,

"너는 모름즉이 뭇지 말나. 우리 만일 알아닌 후야 졔 엇지 나기를 시힝치 아니【33】리요?"

셩부인이 쇼왈,

"너희는 다만 쇠득ᄒᆞ라. 셩녜 만일 나기를 시힝치 아니커든 쟝닉 맛당히 져의 쇠집에 가 □□ᄒᆞ면 졔 엇지 아니닉고 견디리오!"

옥지 왈,

"구모(舅母)는 무스 일 남의 빗 바드러 그리 분쥬ᄒᆞ시리잇고?"

변빈이 ː 난지다려 무러 왈,

"너희는 져 미어를 아는다?"

난지 왈,

"일즉 듯도 못ᄒ니이다."

화지 왈,

"우리 ᄌ미 비록 날ᄆ다 ᄒ곳에 거쳐ᄒ되 일즉 듯지 못ᄒ니이다."

변빈 왈,

"임의 이럴진디 너희도 ᄒᄀ지로 ᄉ득ᄒ미 조토다."

방지 왈,

"구﹕의 분부를 기ᄃ리지 아녀 싱녀 등도 혹실이 싱각ᄒᄂ이다."

치운이 문득 굴오디,

"너 임 【34】 의 알아ᄂ과라. 이 아니 '승지勝之' 두 지냐?"

옥지 머리 흔드러 왈,

"아니요 아니로다."

소운 왈,

"이 아니 '전필승의戰必勝矣' 네 지냐?"

벽지 대신ᄒ야 답왈,

"아니라."

소운 왈,

"져 미어를 너도 일즉 아든다?"

벽지 왈,

"이ᄂ 옥지 미ᄌ에 제 스ᄉ로 지은 비니 뉘 다시 알니요?"

소운 왈,

"네 임의 모를진디 엇지 써 아니라 대답ᄒᄂ뇨?"

벽지 왈,

"져져의 ᄉ득ᄒ미 치운 져﹕의 뜻과 ᄀ혼지라. 치운 져졔 임의 맛치지 못ᄒ미 ᄌ연 져﹕도 그른지라. 이러므로 쇼미 닙을 쏠와 그르다 ᄒ니이다."

소운이 얼골을 붉혀 졍히 말ᄒ고져 ᄒ더니 변빈이 눈섭을 씽긔여 왈,

"져 미에 【35】 외면으로 보건디 맛당히 '전' 쓰와 '승' 쓰밧게 나지 아닐 거시로디 임의 두 번의 맛지 아닌 즉 맛당히 달은 길로 싱각ᄒ리로다."

운지 왈,

"구ː 의논이 ᄀᆞ쟝 올흐셔이다. 『논어』와 『밍ᄌᆞ』의 이 뜻으로는 이 두 글ᄯᆞ의 지나지 아니리니 응당 별노 다른 의시 잇는가 시부이다."

변빈 왈,

"그리면 '극克' ᄯᅵ 아니냐?"

요지도 왈,

"구귀 거의 ᄉᆞᆨ득ᄒᆞ시리로다."

옥지 왈,

"그러치 아니ː 다시 ᄉᆞᆨ득ᄒᆞ쇼셔."

ᄌᆞ운 왈,

"이 아니 '극유죄克有罪' 세 지냐?"

녹운 왈,

"극ᄯᅩ는 괴이치 아니커니와 '유죄有罪' 두 ᄌᆞ롤 더ᄒᆞ믄 무슴 뜻이 잇ᄂᆞ뇨?"

벽지 대신ᄒᆞ야 답왈,

"제 임의 반ᄒᆞ기로 군ᄉᆞ롤 보ᄂᆡ여 치니 반ᄒᆞ니 【36】 롤 죄잇다 ᄒᆞ미 그르다 ᄒᆞ리요?."

보운 왈,

"ᄌᆞ운 미ː도 그릇 알도다. 이 분명 '극고어군克告於君' 네 지로다."

변빈이 머리 조ᄋᆞ 왈,

"과연 올토다. 보운이 임의 ᄉᆞᆨ득ᄒᆞ니라. 다시 말홀 것 업도다."

옥지 쇼왈,

"보운 져졔 과연 알아닛도다."

변빈 왈,

"진실노 그 미어롤 지으니도 ᄋᆞ람답고 ᄉᆞᆨ득ᄒᆞ니도 ᄋᆞ룸답도다. 니 ᄯᅩ흔 일후 멋 기롤 지어 너희롤 시험ᄒᆞ리라. 나는 ᄇᆞ야흐로 죠졍에 드러가니 너희는 모름즉이 화원에 나아가 조히 희롱ᄒᆞ라."

옥지롤 향ᄒᆞ야 왈,

"부디 나기흔 벼로는 닛지 말ᄂᆞ."

제65회

盼佳音虔心問卜　預盛典奉命掄才

모든 조미 또한 성부인게 고호고 일졔히 화원으로 향홀【37】시 멋 곳 원졍과 슈각(水閣)을 지나 문힝각(文杏閣)의 니르니 이 써 졍히 도힝(桃杏)이 셩기(盛開)호야 붉은 안기 눈에 ㅂ이니 벽지 보운을 향호야 왈,

"우리 오날은 응취관(凝翠館)에 나아가지 마소이다. 져곳이 그쟝 광활호고 과히 서늘호며 지금은 계슈곳치 퓌지 아녓시니 솔 그늘이 비록 조흐나 스오월이나 되야ㅇ 가히 놀기 조흐리라. 우리 다만 이곳 각즁에 안즈 놀미 엇더호니잇고?"

보운 왈,

"우형이 또한 이 뜻과 갓도다."

이에 모다 문힝각에 올나 좌를 겨유 졍호더니 츠환이 쌀니 보호되,

"쟝부(蔣府)와 동부(董府)와 가부(賈府)와 녀부(呂府) 네 곳 모든 도졔 일졔히 니르다."

호야눌 모든【38】조미 년망히 느려 므즈니 원리 쟝진은 하북도(河北道) 광평(廣平) 고을 사롬이니 벼술이 니부낭즁의 니른지라. 부인 됴시(趙氏)로 더부러 일즈스녀를 두니 ㅇ즈에 명은 쟝젹(蔣勣)이니 아직 어리고 쟝녀의 명은 쟝츈휘(蔣春輝)요 츠녀는 쟝츄휘(蔣秋輝)요 삼녀는 쟝셩휘(蔣星輝)요 스녀는 쟝월휘(蔣月輝)요 다시 과거호는 형수의게 낭기 질녜 잇스니 호나흔 쟝소휘(蔣素輝)요 호나흔 쟝요휘(蔣麗輝)라. 여섯 조미 싱셩호미 고으미 신션 곳고 지죄 귀신 곳호므로 거년에 군고(郡考)를 보아 십명 너외에 샌히미 경스의 도라와 부시를 기드리더니 뜻밧게 부친이 시관에 춤예호미 여섯 조미 혼 ㄱ지로 피혐호야 과거를 못볼지라. 이【39】에 됴시 부인게 품고호야 이부(姨父) 동원외(董員外) 부즁에 나아가 이죵조미로 더부러 쇼견(消遣)호려 호니 됴부인이 쾌히 허락호

야 거장을 츠려 동부로 보너니 져 동단은 강남도(江南道) 여항(餘杭)고을 사름
이니 벼술이 녜부원외에 니르럿더니 으리 시관에 참예흔지라. 부인 됴시(趙氏)
로 더부러 슬하에 으들이 업고 다만 오위 녀으를 나흐니 맛즌 골온 동금젼8)이
요 둘지는 동쥬젼(董珠鈿)이요 셋지는 동취젼(董翠鈿)이요 넷지는 동화젼(董花
鈿)이요 다섯지는 동청젼(董靑鈿)이니 개〃히 으리쓰오미 고운 꼿 ╛고 녕니흔
미 부쳐의 구슬 ╛흐니 이날 졍히 혐피로써 과거를 못보미 집에 잇셔 ╛쟝 울
미【40】흐더니 장가 이죵이 니르믈 듯고 크게 깃거 셔로 므즌 됴시게 례를
므츤 후 졍히 말흐고져 흐더니 동단이 므초아 으문으로조츠 도라오는지라. 장
츈휘 오기 미즈를 거느려 이부의게 녜흔더 동단 왈,
　"너히 이리 오기를 므초아 잘흐도다. 앗가 너히 부친과 변부에 니르니 변가
빅뷔 써 흐되 너히 과거를 못보고 집에 잇셔 응당 민울흐리라 흐야 오날 맛당
히 너희를 쳥흐야 밍부와 가부와 녀부에 멋 낫 즈미로 더부러 모혀 소견흐게
흐려 흐더니라."
　말을 미처 맛지 못흐야 장진이 사름을 부려 말흐되,
　"져의 눅기 녀으와 이곳 오위 쇼져로 흠게 변부【41】의 나아가라."
　흐니 모든 도졔 개〃 환희흐야 즉각으로 교즈의 올나 변부로 향흐더니 즁노
의셔 가부와 녀부 쇼졔 변부로 향흐는 길을 만느니 져 가즁은 하동도(河東道)
태원(太原)고을 사름이니 벼술이 〃에 공부낭즁에 니른지라. 부인 쥬시(朱氏)로
더부러 샴티(三胎)에 이즈(二子)와 스녀를 두니 두 으들은 아직 어리고 큰 똘에
일홈은 가염홍9)이요 둘지는 가녀홍10)이요 셋지는 가문홍11)이요 넷지는 가뉴
홍12)이니 즈미 네히 싱셩흔 비 졍신은 거울물이 엉기고 빗츤 구슬꼿츨 웃는지
라. 져 가낭즁은 곳 녜부원외 녀량(呂良)에 부인 가시의 거게라. 일즉 변빈과
장진과 동단과 녀량으로【42】 더부러 동방(同榜)인고로 형졔에 졍의 잇더라.
녀량은 하동도 평양(平陽) 고을 사름이니 벼술이 녜부원외에 니르니 부인 가시

<hr>

8) 원문에는 "董寶鈿"으로 되어 있음.
9) 원문에는 "掌紅珠"로 되어 있음.
10) 원문에는 "掌乘珠"로 되어 있음.
11) 원문에는 "掌驪珠"로 되어 있음.
12) 원문에는 "掌浦珠"로 되어 있음.

로 더부러 다만 샴기 녀으롤 느흐니 맛은 골온 녀요명(呂堯囊)이요 둘지눈 녀
쥬명13)이요 셋지눈 녀경명14)이니 샴기 녀이 싱셩흔 비 다스흔 옥이 봄을 먹음
고 고요흔 향긔 그림즈롤 의지흔지라. 이날 변부에셔 쳥흐므로조츠 가부에 왕
복흐야 네 낫 표미로 언약흐야 흠게 나아가더니 즁노의셔 장부와 동부 냥가 쇼
져로 셔로 만나 일졔히 변부에 니르니 보운 등 모든 쇼졔 셔로 마즈 셩시 부인
게 힝녜흐야 문후흐기롤 므츠미 【43】 셩부인 왈,

　"모든 현질이 슈닌을 집에 잇셔 공부흐기로 셔로 모히믈 드믈게 훌 분 아니
라 우연이 흔 번 만난 즉 너히 무리 문득 총〃망〃히 도라가니 진실노 너히 므
음 ᄀᆞ온디 글이 잇셔 글시롤 닛지 못흐미러니 이제 너히 즈미 낫〃치 '슉녀(淑
女)' 편익을 어더 셰우니 가히 니르되 몃 히 공부흐미 헛되지 아니도다. 젼년
겨을에 듯건디 이 집에셔 군고의 샌히다 져 집에셔 샌히다 흐야 므춤니 너히
즈미 샴십삼인에 흔 사롬도 샌지니 업스니 그찌 나의 즐거오미 도로혀 너히 당
흐니에셔 가비 더흐더 【44】 니 이제 가히 앗가 온 ᄇᆞ눈 너히 임의 어더노흔
'지녀(才女)' 편익을 너히 부친과 슉뷔 못엇게 흐시도다."

　장츈휘 왈,

　"이눈 질녀 등에게 '지녀셩(才女星)'이 비최지 아니므로 이런 므희롤 만나니
쟝니 빅모에 복녁을 힘닙어 다시 녀과롤 만나 부친과 빅슉뷔 시관에 춤예치 아
니시면 조히 이번 한을 풀니이다."

　밍벽지 왈,

　"츈휘 져〃의 이 말씀이 진실노 미실을 ᄇᆞ라보아 목므르믈 그치미로다. 녜로
부터 이제 니르러 셰상 쳔하에 몃 번이나 녀과롤 뵈니잇고? 이제 오히려 훗과
거롤 기ᄃᆞ려 부슉(父叔)이 시관 아니들기롤 【45】 □오나니잇고? 태후 죠셔에
비록 훗과거 젼시롤 일커르시나 어느 히 어느 달에 될 줄 알며 셜혹 다시 된다
흔들 금젼 져〃와 요명 져〃와 염홍 져〃 네눈 임의 져부롤 어들거시요 여긔
보운 져〃와 우 난지 져〃눈 낫〃치 싀집에 갓스리이다."

　난지 얼골을 붉히고 눈을 흙의여 왈,

------

13) 원문에는 "呂祥囊"으로 되어 있음.
14) 원문에는 "呂瑞囊"으로 되어 있음.

"네 쏘 어즈러이 줍말을 ᄒᆞᄂᆞᆫ도다!"

요명 왈,

"벽지 미ᇰ 요ᄉᆞ이 멋 ᄒᆡ 글을 닑어도 오히려 님 ᄀᆞ온ᄃᆡ 줍말ᄒᆞᄂᆞᆫ 버릇슨 업지 아니토다."

염홍 왈,

"져ᇰᄂᆞᆫ 오직 모로ᄂᆞᆫ도다. 금년 졍월에 우리 빅모게 뵈오러 오니 머믈너 관등ᄒᆞ라 ᄒᆞ시미 【46】 냥일을 묵을ᄉᆡ 그 ᄯᆡ부터 벽지 미ᇰ 부리에 냑간 줍말은 덜고 글ᄯᅮ롤 더ᄒᆞ야 젼일에 더옥 무섭더이다."

동화젼 왈,

"벽지 미ᇰ 부리는 비록 무셔오나 님과 ᄆᆞ음이 ᄒᆞᆫ갈갓치 곳고 ᄇᆞ로니 가히 니르되 상쾌ᄒᆞᆫ 사ᄅᆞᆷ이라 ᄒᆞ리라."

벽지 왈,

"앗가 요명 져제 져부 잇스리라 말을 날다려 줍말이라 ᄒᆞ니 이 말이 과연 그른 말이니잇가? 만일 그르다 홀진ᄃᆡ 너가 그릇ᄒᆞ지 아녀. 밍지 ᄀᆞᆯ오샤ᄃᆡ '녀지 나미 집 잇기롤 원ᄒᆞᆫ다' ᄒᆞ시니 그 말이 과연 그릇ᄒᆞ신 말ᄉᆞᆷ이뇨? 져ᇰᄂᆞᆫ 무러 보쇼셔. 셰샹 녀지 밍셰ᄒᆞ야 일ᄉᆡᆼ을 맛도록 집 잇기롤 원 【47】 치 아니터니잇가?"

셩부인이 쇼왈,

"져의 말이 과연 경셔롤 인증ᄒᆞ니 홀 말이 업스리로다."

장셩휘 왈,

"빅모는 져롤 기리지 ᄆᆞ르쇼셔. 더옥 줄ᄒᆞ냥 ᄒᆞ야15) 줍말을 ᄒᆞ리이다."

벽지 왈,

"나는 다시 녀과 되기롤 죄오지 아녀 다만 명일이라도 태휘 부시방목을 보시고 왈 '거년 군고의 멋 집 동셩에 녀지 잇더니 이제 어듸 가뇨? ᄲᆞᆯ니 불너 젼시롤 보라 ᄒᆞ시면 조홀 듯 ᄒᆞ여이다.'"

츈휘 왈,

---

15) 【줄ᄒᆞ냥ᄒᆞ다】 ⑱ 득의양양하다. ¶ 得意 ‖ 빅모는 져롤 기리지 ᄆᆞ르쇼셔. 더옥 줄ᄒᆞ냥 ᄒᆞ야 줍말을 ᄒᆞ리이다 (伯母莫要贊他, 他得了意, 更要亂說了.) <鏡花 17:47>

"미〃에 져 말은 비록 미실을 브라 목ᄆ르믈 그치디 아니려니와 이 아니 그림에 쩍으로 비골푸믈 치오미 아니냐?"

셩부인이 쇼왈,

"너희 져【48】ᄀᆞᆺ치 말노 다토지 말고 반후(飯後)에 일이 업거든 조히 츄쳠ᄒᆞ야 의심을 결단ᄒᆞ미 조토다. 드르니 운지 셩녜 졈과를 심히 녕험ᄒᆞ다 ᄒᆞ니 긔나 무러보라. 아모리나 말ᄒᆞ기에 좀쳑ᄒᆞ야 너희 쥬반을 그져 권치 못ᄒᆞ도다. 앗가 모혓든 곳에 나아가 조히 쥬반을 나오고 셔로 말ᄒᆞ야 즐기라."

모든 ᄌᆞ미 이에 잇그러 문힝각에 니르미 ᄎᆞ례로 빈쥬를 출혀 좌를 졍ᄒᆞ고 쥬반을 파ᄒᆞ미 장츄휘 왈,

"이번 젼시를 보지 못ᄒᆞ미 비록 원민ᄒᆞ나 우리 ᄌᆞ미는 근러에 공부를 힘쓰지 못ᄒᆞ얏스니 젼시를 보지 못ᄒᆞ미 도【49】로혀 취졸을 아니 니므로 다힝ᄒᆞ거니와 졔위 져〃는 진실노 불힝ᄒᆞ더이다."

보운 왈,

"당일에 빅뷔 쳔하의 웃듬 쟝원ᄒᆞ시믈 뉘 모로리요? 진실노 가졍지혹으로 연원이 깁흐시니 뉵위 져졔 만일 젼시를 보시던들 일졍 쟝원 둘지를 남의게 ᄉᆞ양치 아니시려든 엇지 이ᄀᆞᆺ치 말슴ᄒᆞ시ᄂᆞ뇨?"

동쥬젼 왈,

"만일 취졸나기로 의논ᄒᆞ시리 다섯 ᄌᆞ미는 응당 ᄒᆞ거니와 다르니는 니르지 말고 소미 향녀에 보운 져〃긔 문흑을 만히 비혼 비 잇스되 진실노 우리 스승이시니 '노샤老師'라 ᄒᆞ리로다."

녀경명 왈,

"이럴진디 보운 져〃는 우리게는 '태노샤太老師'【50】 되리로다."

ᄌᆞ운 왈,

"그는 엇지 니르미뇨?"

경명 왈,

"우리 무리 샹히 쥬젼 져〃의 ᄀᆞ르치믈 브닷거놀 쥬젼 져〃는 보운 져〃의게 비호다 ᄒᆞ니 우리게는 가위 스승에 스승이니 태노샤라 ᄒᆞ노라."

가염홍 왈,

"보운 져ᄂ는 임의 쥬젼 져ᄂ의 노샤요 다시 경명 져ᄂ에 태노샤라 ᄒ니 우리ᄂ는 평일에 경명 져ᄂ의 ᄀ르치믈 ᄇ닷시니 이제 보운 져ᄂ를 무슨 노샤라 ᄒ여야 올ᄒ오?"

벽지 왈,

"니 쇼견은 다만 '태ᄂ노샤'라 ᄒ미 올토다."

요휘 왈,

"태ᄂ와 노ᄉ는 본더 두 사름에 칭호여늘 이 ᄒ 사름을 합ᄒ야 니르니 그도 ᄯ또ᄒ 시졔묵이로다."

【51】 벽지 왈,

"졔위 져ᄂ는 그만ᄒ야 좀쳐 글말을 그치쇼셔 소미 ᄒ 말을 ᄒ리이다. 오날ᄂ 우리 이ᄀᆺ치 모히미 □혀 구귀(舅舅) 써 우리 무리 과거를 못보고 집에 잇셔 울젹ᄒ리라 ᄒ샤 특별이 불너 모화 ᄒᄀᆫ지로 쇼견ᄒ라 ᄒ시니 과연 우리 닐곱 즈민 집에 잇셔 졍히 □ᄂ히더니 구ᄂ의 부르시믈 듯고 용약ᄒ야 나아와 □히 놀고 즐길가 ᄒ더니 져ᄂ네 겨유 한원을 맛지 못ᄒ고 되지 아닌 글말을 시죽ᄒ야 그치지 아니ᄂ 진실노 답ᄂ흔 우희 급ᄂ흐믈 더ᄒ도소이다."

동금젼 왈,

"벽지 미ᄂ는 이제 숙녀 편익을 어드되 오히 【52】 려 놀기를 조ᄒᄂ니 그 셩품이 우리집 쳥젼 미ᄂ로 ᄒ모양이로다."

방지 왈,

"벽지 미ᄂ 집에 잇셔도 미양 져 ᄌᆺ기로 우리 즈민 별호를 지어 '낙불귀(樂不够)'라 ᄒᄂ니이다."

벽지 왈,

"나ᄂ는 숙녀된 후 놀기 조ᄒᄂ기ᄂ는 니르도 말고 태휘 만일 젼시를 보라 ᄒ야 지녀에 올ᄂ도 일향 놀기ᄂ는 조ᄒᄂ리라."

금운이 넝쇼 왈,

"놀기 조ᄒᄂ는 즁에도 오히려 젼시 싱각은 노치 못ᄒᄂ도다."

가염홍 왈,

"져ᄂᆞᆫ 그리 니르지 므르쇼셔. 미지 일즉 가친에 말슴을 들으니 이번 녀과ᄂᆞᆫ 젼고의 업ᄂᆞᆫ 법젼이니 녜ᄉ 과거 규구와 ᄀᆞᆺ지 아녀 혐피로 못【53】보ᄂᆞᆫ 녕이 업스되 우리 감히 ᄌᆞ졍ᄒᆞ야 알외여 젼달치 못ᄒᆞ다 ᄒᆞ니 만일 년명ᄒᆞ야 이 ᄠᅳᆺ을 주달ᄒᆞᆫ 즉 태휘 졍히 과거보ᄂᆞᆫ 지 젹으믈 근심ᄒᆞᄂᆞ니 듯지 아닐니 업스며 이제 무슨 다른 닐을 인ᄒᆞ야 무르시믈 □ᄒᆞ면 조히 진달ᄒᆞᆯ 듯ᄒᆞ니이다."

장소휘 왈,

"우리 셔로 의심ᄒᆞ고 ᄇᆞ라ᄂᆞ니 빅모에 ᄀᆞ르치신ᄃᆡ로 츄쳠이나 ᄒᆞ야 졈ᄉᆞ의 길흉을 보미 엇더ᄒᆞ니잇고?"

보운 왈,

"이 말이 ᄀᆞ쟝 올토다."

이에 츠환으로 ᄒᆞ야곰 향안(香案)을 비셜ᄒᆞ고 쳠통을 ᄀᆞ져 향안에 노코 기ᄂ히 졍셩으로 공중을 향ᄒᆞ야 예비ᄒᆞ야 도츅ᄒᆞ고 쳠통을【54】흔드러 쳠을 샌히니 문득 이 즁 평ᄒᆞᆫ 길쳠이라. 후면에 글 ᄒᆞᆫ귀 쓰엿시되

욕식싱젼간대쉰(欲識生前君大數)ᄃᆡ
젼샴ᄂᆞ여후샴ᄂᆞ(前三三與後三三)이라
만일 싱젼에 대수롤 보아 알고져 ᄒᆞᆯ진ᄃᆡ
알프로 셋과 세히요 뒤흐로 셋과 세히로다

즁인이 모다 보고 ᄠᅳᆺ을 해득지 못ᄒᆞ더니 벽지 왈,

"이 분명히 썻시되 알프로 샴ᄂᆞ이라 ᄒᆞᆷ믄 우리 무리 샴십 샴인을 니르미요 후으로 샴ᄂᆞ이라 ᄒᆞ문 이 문득 샴월 이십일에 우리 무리로 ᄒᆞ야곰 젼시롤 보리라 ᄒᆞ미 아니뇨?"

가녀홍 왈,

"미ᄂᆞ에 해득ᄒᆞ미 비록 무슴 의시 잇ᄂᆞᆫ 듯ᄒᆞ나 다만 젼시는 스월이니 엇지 샴ᄂᆞ이라 ᄒᆞ리요?"

벽지 왈,

"니【55】가 줌간 닛고 그룻 말ᄒᆞ도다. 샴월 이십 샴일에 우리로 ᄒᆞ야곰 부

시룰 츄후로 보게 ᄒᆞ미니라."

녀쥬명 왈,

"앗가 빅모 말ᄉᆞᆷ에 운지 져제 졈과룰 잘 치시다 ᄒᆞ니 우리 ᄒᆞᆫ 번 졈을 버려 쳠ᄉᆞ와 비교ᄒᆞ야 보미 더옥 묘ᄒᆞ리이다."

치운 왈,

"반일을 분요ᄒᆞ야 이 일을 과연 니졋도다."

즁인이 일졔히 운지룰 둘너 안즈며 졈과룰 버리라 ᄒᆞ니 운지 왈,

"이 부디 사ᄅᆞᆷᄆᆞ다 졈을 무를 것 업셔 모든 ᄌᆞ미의게 ᄒᆞᆫ 괘룰 어더 과쳬(課體)룰 ᄌᆞ셰이 술피면 거의 대쳬룰 알니라."

가문홍 왈,

"져졔 임의 괘룰 잇고져 ᄒᆞ시미 쟝ᄎᆞᆺ 돈을 더지시리잇가 쟝ᄎᆞᆺ 시초[蓍草, 졈 치ᄂᆞᆫ 풀이라]룰 쓰시리잇가?"

【56】요지 왈,

"이ᄂᆞᆫ『쥬역周易』졈치ᄂᆞᆫ디 쓰ᄂᆞᆫ 비어니와 져ᄂᆞᆫ 뉵임(六壬)졈이니 다만 시(時)를 보(報)ᄒᆞᆯ 분이라. 어느 져ᄌᆞᄂᆞᆫ 시룰 몬져 보ᄒᆞ쇼셔."

동쳥젼 왈,

"니 이제 싱각ᄒᆞ야 보ᄒᆞ리니 기ᄃᆞ리라."

싱각다가 못ᄒᆞ야 밧글 향ᄒᆞ야 즁인을 ᄀᆞ르쳐 왈,

"닙으로 시룰 보ᄒᆞ려 ᄒᆞ면 오히려 ᄆᆞ음이 □일가 겁ᄒᆞᄂᆞ니 이제 보건디 져곳 동편으로 ᄃᆞ리 ᄀᆞᆺ가히 셧ᄂᆞᆫ 힝화 남게 푸른 새 ᄂᆞ라 안즌 동으로 버든 ᄀᆞ지 힝화룰 쩟거와 그 곳송이 수룰 혜여 열두 시룰 졍ᄒᆞ되 만일 열둘이 지나거든 열둘은 ᄇᆞ리고 남은 수로써 시룰 졍ᄒᆞ미 엇더ᄒᆞ니잇고?"

녹운이 말을 맛기룰 기ᄃᆞ리지 아니 【57】코 문득 옥지에 손을 닛글고 힝화룰 향ᄒᆞ니 그 뒤ᄒᆞ로 경지와 쳥젼이 쌜니 ᄯᆞ로더니 겨유 ᄃᆞ리가에 ᄃᆞᄌᆞ르니 옥지 왈,

"져 푸른 새 사ᄅᆞᆷ을 보더니 고디 나라가니 쟝ᄎᆞᆺ 엇지리요?"

녹운 왈,

"다힝이 그 ᄀᆞ지룰 나ᄂᆞᆫ ᄌᆞ시 보고 왓더니 □ 싱각ᄒᆞ고 ᄀᆞ지 ᄯᅩᄒᆞᆫ 놉지 아니

: 조토다."

이에 손을 드러 フ부여이 썻거 ᄂ리오니 경지 왈,

"곳송이 낫ᄂ치 온젼ᄒ야 화판(花瓣) ᄒ 조각도 ᄶ러지ᄂ 아니미 더옥 신긔
ᄒ도다."

장월휘 셸니 마조 오며 왈,

"운지 져졔 써ᄒ되 너히 부디 뉴심ᄒ야 곳송이 ᄒ나흘 ᄶ르치지 말나 ᄒ니
ᄒ나 업스면 녕험이 업다 ᄒ더라."

셔로 붓드러 호위ᄒ야 각중에 니 【58】 르니 운지 힝화를 ᄇ다 ᄌ셰히 혜여
본 즉 갓핀 송이와 덜 핀 봉오리 ᄋ오로 모도 설흔 세 송이라. 화지 왈,

"져 곳송이 공교히 오날 모힌 우리 수와 합ᄒ니 이 아니 무ᄉ 묘리 잇ᄂ뇨?"

향운이 손을 져어 왈,

"져ᄂ는 의논을 아직 날회고 져로 ᄒ야곰 고요히 안ᄌ 세ᄂ히 슬피게 ᄒ쇼
셔."

운지 과연 정신을 모호고 손フ락을 움즉이더니 홀연 얼골에 깃분 빗치 フ득
ᄒ야 왈,

"오날이 초구일이니 대체 이십 샴일 곳 되면 우리 일졔히 녜부에 나아가리로
다."

동취견 왈,

"져ᄂ는 졈과 대략 말ᄒ쇼셔. 이 엇지ᄒ 의시니니잇고?"

운지 왈,

"대범 【59】 거를 졈치ᄂ 법이 몬져 문셔효(文書爻)로 쥬장ᄒ고 그림은 쥬족
(朱雀)을 보ᄂ니 대기 쥬족이라 ᄒᄂ 신도ᄂ 화(火)에 속ᄒ니 문명을 ᄎ지ᄒ 비
라. 이 두 フ지 フ장 요긴ᄒ고 그 후ᄂ 과체(課體)를 춈합(參合)ᄒ야 보ᄂ니 이
졔 오날 무오일(戊午日)이니 ……"

벽지 왈,

"그 과에 녕험ᄒ믈 가히 알니이다. 누고 오날이 무오일인 줄 아ᄂ니 잇ᄂ뇨?
글노써 아도위견 녕험ᄒ도다."

보운 왈,

“운지 미ᄉ 보야흐로 의논ᄒ니 졈ᄉ 조흔 의시 잇거눌 너는 또 엇지 딴 것을 시ᄌᆨᄒᄂ뇨? 날이 졈ᄉ 느져가니 우리 어셔 져ᄉ의 말을 듯고 오반을 나오미 조토다.”

벽지 왈,

【60】“무오일이 조틑 ᄒ미 그 엇지 딴말이니잇고?”

장츄휘 왈,

“츄흔 미ᄉ는 좀간 말을 그치고 조히 져 말을 듯게 ᄒ라.”

운지 다시 말을 니어 왈,

“힝화 셜흔 세 송이 열둘 식 두 번 제ᄒ면 다만 ᄋ홉 송이 남는지라. ᄌ시(子時)로부터 혜여 신시(申時)에 니르면 곳 ᄋ홉ᄉ라. 이에 번젼ᄒ야 네 과를 닐온즉 ᄉ(巳)와 슐(戌)과 묘(卯)ᄶ 되니 이는 주인승헌(鑄印乘軒)이라 ᄒ는 귀격이니 과거 졈에 ᄀ쟝 길ᄒ며 ᄒ물며 ᄉ는 문셰(文書)되고 쥬죽이 젼(傳)ᄒ는디 들고 이에 다시 역ᄆ길셩을 어드니 임의 문셔 발동이 되는디 이십 샴일이 임신일이니 ᄉ와 신이 합ᄒ야 【61】 문셔를 동(動)ᄒ고 임과 졍이 합ᄒ야 역ᄆ를 씌엿시니 일노 보건디 일졍 과거를 미쳐 보리로다.”

모다 듯고 개ᄉ히 환쳔희지(歡天喜地)ᄒ야 우숨이 열녀 만파를 기우리니 벽지 왈,

“나는 힝혀 졈과의 말이 『셔샹긔西廂記』[쇼셜칙 일홈은 난흔 글이라] 글귀에 말과 ᄀᆺᄒᆯ가 져허ᄒ노라.”

장츄휘 왈,

“그 글귀 무어시뇨?”

벽지 왈,

“그 글에 니르되 ‘이 아니ᄒ야 오는 말이니’과 ᄀᆺ지 아닐가 ᄒ미라.”

난지 눈을 흙의여 벽지를 도라보고 즁인을 향ᄒ야 왈,

“나는 보건디 첫 번 부시 뵈기를 샴월 초샴일이요 두 번지 복시는 쏘흔 샴월 십샴일이요 져 힝화도 샴십 샴 타(朶)요 우리도 【62】 샴십 샴인이여눌 이제 만일 다시 이십 샴일에 미쳐 과거를 보게 ᄒ면 츄쳡흔 글에 니른ᄇ 알프로 샴ᄉ이요 뒤흐로 샴ᄉ이라 흔 말노 더부러 공교히 합ᄒ고 져 쳡에 글과 졈에 말을

셔로 춤합ᄒ면 가히 녕험이 잇스리로다!"

소운 왈,

"그러나 벽지 밋 춈아 『셔샹긔』 ᄀᆺ흔 쇼셜을 보앗ᄂ뇨?"

난지 왈,

"제 어디로조츠 어더 보앗스리요. 어린 나히 희ᄌ노름 구경홀 ᄯ 어더 듯고 정신 조흔 듯 ᄒ야 말이면 다 홀 줄 알고 ᄒ미니 족가치 ᄆ르쇼셔."

일쩨 대쇼ᄒ고 벽지도 긔이 져기 주러지더니 보운이 다시 쳥ᄒ야 쳥샤의 좌 롤 닐우고 쥬반을 드려 먹기롤 파ᄒ미 날노부터 인ᄒ야 화 【63】 원의 흠게 머무러 담쇼로 날을 보니더라.

이ᄯ 변빈이 시관의 나아간 후 과연 검남에 승젼흔 쳡셰 니르므로 죠졍에 일이 잇셔 십삼일에 뵈인 복시롤 이십이 일에 □ᄆ츠 비로소 방을 닌야 놉히 거니 음약홰 제일명 장원이 되니 니른ᄇ 부원[部元 부시장원]이요 당규신이 제 이명 아원[亞元 다음장원]이 되니 변빈이 밍모로 더부러 ᄆ튼 관원으로 ᄒ야곰 모든 시권을 밧들녀 젼폐에 츄진ᄒ야 친히 ᄇ치니 문득 몬져 놉흔 등에 쌘힌 두어 시권을 열람ᄒ고 왈,

"엇지 규즁 ᄋ녀의 이ᄀᆺ흔 긔이흔 지쥐 잇스믈 쯧ᄒ얏시며 ᄒ물며 원방과 외국에 지녜 잇스니 진실노 가히 일더 【64】 셩시로다."

다시 ᄀ권에 일홈을 낫ᄀ치 번열(翻閱)ᄒ기롤 다흔 후 탄식ᄒ야 왈,

"엇지 져 집에 흔 사롬도 놉흔 등에 쌘히니 업는고? 진실노 흠시요 심히 앗갑도다!"

일변 그 다음 등에 쌘힌 ᄇ 셩명 널녹흔 방목을 올녀 셰ᄉ히 나리본 후 인ᄒ야 변빈을 향ᄒ여 왈,

"흔ᄀ지 괴이흔 닐이 잇ᄂ니 경은 ᄀ히 알니라. 젼년에 짐이 각쳐에서 올닌 ᄇ 슉녀의 시권과 방목을 보니 하람도에 밍셩의 여ᄃᆲ 녀ᄌ와 회람도에 변셩에 닐곱 녀ᄌ와 그 밧 동셩에 여러히 ᄶ흔 적지 아니되 짐이ᄉ로 긔록지 못ᄒ거니와 다만 싱각건더 변·밍 두어 셩은 그 일홈으로 보건더 【65】 일졍 흔 집 ᄌ미ᄀᆺ고 ᄶ흔 항녈을 닐워 우흐로 쌘혓기로 짐의 뜻은 쩌ᄒ되 금년 부시에 져

무리 응당 그디로 가히 샌히리니 혹시 흔 두어시 샌진 지 잇거든 특별이 은혜 룰 더어 흠게 젼시룰 보게 ᄒ야 쳔고에 ᄋ롬다온 닐이 되과져 ᄒ얏더니 이제 놉흔 등 시권을 보니 ᄒ나토 샌히지 못홀 분 아니라 다음 등에도 흔 사름 참예 흔 지 업스니 일노 보건디 ᄆ촘니 일즉 경ᄉ에 니르지 아녀 과거룰 보지 못ᄒ 미라. 다만 회람 일도ᄂ 경ᄉ에서 져기 요원ᄒ니 혹 ᄌ못 미쳐오다 ᄒ려니와 하람 일도ᄂ 경ᄉ로 지근ᄒ고 뉵노로 심히 평탄ᄒ니 엇지【66】못미쳐 오리 요? 실노 연괴 잇스미라. 경이 화람 사름이요 변셩은 ᄯ흔 동셩이니 응당 그 ᄌ셔ᄒ믈 듯고 알니라."

변빈이 이에 고두 주왈,

"셩샹의 무르시ᄂ ᄇ 변셩 칠녀ᄂ 곳 신에 쳐쳡 소싱이요 밍셩 팔녀ᄂ 신에 싱녜오니 곳 니부시랑 밍모에 녀식과 질녀라. 신과 밍뫼 흠게 시관을 명ᄒ시미 다만 과거의 녜법을 조ᄎ 신 등이 ᄒ야곰 피혐ᄒ야 과거의 나아오지 못ᄒ게 ᄒ 니이다."

무휘 년망히 무러 왈,

"경에 녀ᄋ와 싱녜 이제 낫ᄌ치 경ᄉ에 잇ᄂ다?"

변빈과 밍뫼 일졔히 주왈,

"신 등에 녀식이 젼년 군고의 샌히무로부터 경ᄉ【67】에 나아와 부시룰 기 드린지 오리니이다."

무휘 대희 왈,

"원리 이 ᄀᆺ흔 연괴 잇도다. 니 만일 뭇지 아니턴들 ᄒ마 인지룰 미몰케 홀 번 ᄒ도다. 이번 녀과ᄂ 젼고의 업ᄂ 비니 엇지 이젼 과거의 규구룰 옴겨 쓰리 요? 이ᄂ 젼혀 경 등이 과히 근신ᄒ미라. 이밧긔 ᄯ흔 이ᄀᆺ치 못보ᄂ 지 몃치ᄂ 잇ᄂ뇨?"

변빈이 주왈,

"신에 ᄋ리 시관 니부낭즁 장진의 뉵녀와 녜부원외 동단의 오녀와 공부낭즁 의 ᄉ녀와 녜부원외 녀량의 삼녜 잇ᄉ오니 신 등에 녀식으로 합ᄒ야 삼십 샴명 이 되ᄂ니이다."

무휘 변빈으로 ᄒ야곰 즉각에 셩명을 긔록ᄒ야 올【68】녀보기룰 다흔 후

별노 젼지ᄒ야 왈,

"오날이야 비로소 드르니 이 시관 혐피로 부시 못본 슉녀 밍난지 등이 삼십삼명이라. 맛당히 별노 시관을 졍ᄒ야 츄후로 부시를 보게 ᄒᆞᆯ 거시로ᄃᆡ 임의 져의 현고와 군고의 샌힌 ᄇ 시권을 보건ᄃᆡ 져 무리 혹 문리 통달ᄒ며 혹 필법이 졍묘ᄒ야 개〻히 보암즉 ᄒᆞᆯ분 아니라 과거무다 번〻이 놉흔 등에 샌히니 이제 다시 부시를 뵐 것 업스니 특별이 일병 부시방목에 올녀 져녀 일홈을 쥬어 홈게 젼시를 보게 ᄒ고 다만 명일에 녜부로 모다 부시 글졔ᄃᆡ로 시부 일편식 지어ᄇ쳐 부시 [69] 시권을 츙슈ᄒ게 ᄒ되 녜부낭관이 모혀 글을 ᄇ다 츠례를 졍ᄒ야 올니라."

ᄒ니 젼지 겨유 ᄂᆞ리며 녜뷔 인ᄒ야 주달ᄒ되

"젼일 신 등이 부시를 뵈일 ᄯᅢ 슉녀 화ᄌᆡ방(花再芳)과 민난손(閔蘭孫)과 필젼졍(畢全貞) 삼명이 시권을 더러인 연고로 일홈을 발거ᄒ얏더니 져 무리 이제 밍난지 등을 젼시 ᄒ시ᄂᆞᆫ 은혜 무르오믈 듯고 신 등의게 지삼 간걸ᄒ야 쳔쳥에 젼달ᄒ믈 쳥ᄒ오미 신 등이 감히 ᄌᆞ하로 물니치지 못ᄒ와 유지로 졍탈ᄒ시믈 ᄇ라ᄂᆞ이다."

무휘 보기를 다ᄒ미 비답ᄒ야 왈,

"이 도시 쇼년 녀ᄋᆞ로 먼리 슈쳔리에 나아와 남은 낫〻치 져녀 편익을 어더도라 [70] 가ᄂᆞᆫᄃᆡ 홀노 져히 삼명이 낙방ᄒ야 일쟝 신고를 헛 고더 도라보면 그 엇지 원민치 아니리요? ᄒᆞ물며 시권 더러이미 무심ᄒᆞᆫ 허물이요 져의 졍원이 극히 간졀ᄒ니 특별이 은혜를 더어 일홈을 방말에 부쳐 홈게 젼시를 보게 ᄒ야 짐에 규중 인지를 ᄉᆞ랑ᄒ야 쟝발ᄒᄂᆞᆫ 지극ᄒᆞᆫ 뜻을 밋게 ᄒ라."

변빈이 일변 삼인의게 효유ᄒ며 일변 모든 쇼져의게 이 쇼식을 통ᄒ야 명일 효두에 례부로 모혀 시권을 지어 ᄇ치라 ᄒ니 이ᄯᅢ 보운이 난지와 모든 ᄌᆞ민로

더부러 화원에 모혀 기드리는 창지 쓴허질 듯ᄒ며 ᄇ라는 눈이 뚤 【71】 어질
듯ᄒ야 간ᄼ이 이십 이일이 되야 부시를 필ᄒ니 방이 나되 오히려 쇼식이 업는
지라. 다만 운지를 향ᄒ야 졈과에 녕치 못ᄒ믈 탓홀 분이러니 홀연 이 쇼식을
드르미 개ᄼ 환흔용약ᄒ야 이튼날 녜부에 나아가 시부를 지어 ᄇ친 후 셔로 샹
의ᄒ야 젼일 계교디로 홍문관에 우거ᄒ야 젼시를 기드리려 ᄒ야 사름을 노ᄒ
탐지흔 즉 그 너른 곳은 임의 부원 음약화(陰若花)와 쟝·문 낭부 쇼져의 거졉
흔 ᄇᆡ 되고 그 밧 냑간 방옥이 남아 잇스나 여러 사름의 용슬홀 곳이 업다 ᄒ야
늘 각ᄼ 본부로 도라가 고요히 젼시를 기드리더라.

　화셜 댱규신 【72】 에 모든 즈미 년일 과거의 신고ᄒ더니 ᄆᆞ춤ᄂᆡ 약홰 부원
이 되믈 보고 개ᄼ히 즐겨 싱식되고 겸ᄒ야 ᄒᆞᆷ게 우소흔 스십 오인이 낫ᄼ치
놉흔 등에 쌘히니 셔로 치하ᄒ믈 그치지 아니ᄒ며 규신은 더옥 슉부의 녀혹성
뉴인이 ᄒᆞᆷ게 쌘히미 십분 득의ᄒ야 졍히 쥬셕을 베퍼 쳥ᄒ야 피ᄎ 경하ᄒ더니
홀연 구공이 드르오미 즁인이 년망이 니러 좌를 쳥ᄒ니 구공 왈,

　“앗가 밧게 흔 사름이 잇서 쳥ᄒ되 약화 질녀를 부디 낫ᄎ로 보아 지리ᄒ거
늘 모든 쟝뒤 니다라 셩명을 무르되 그 사름이 문득 니르지 아니커늘 노뷔 겻
ᄒ로조ᄎ 셰ᄼ히 술펴 【73】 보니 마치 존부 국구의 모양 ᄀᆞᆺᄒ니 제 홀연 슈만
리를 먼리 아니ᄒ야 니에 니르미 구 연고를 아지 못ᄒᄂᆞᆫ 고로 노뷔 특별이 친
히 와 알게 ᄒ노라.”

제66회

借飛車國王訪儲子　放黃榜太后考閨才

　약홰 이 말을 듯고 놀ᄂᆞ며 의심ᄒᆞ믈 ᄆᆞ지 아녀 왈,
　“녀ᄋᆞ국이 본러 죠공ᄒᄂᆞᆫ 젼셰 업거늘 이제 국귀 홀연이 슈만리로조ᄎ 니르
니 반드시 연괴 잇도소이다. 그러나 엇지 ᄡᅥ 나의 잇는 곳을 알아 ᄎᆞ즈 니른고?
실노 알길 업도다.”
　구공 왈,

"질네 이제 졔일명 부원에 올나 방목을 놉히 녜부 문 알핌 거럿시니 쳔하 사룸이 뉘 보고 듯지 아녓시리요? 국귀 반드시 녜부 【74】 에 나아가 주시 뭇고 이에 추주 니르도다."

홍게(紅蕖) 왈,

"구공에 혜아리시미 과연 그르지 아니시도다."

규신 왈,

"국귀 임의 멀니 오시미 그 일에 긴헐은 뭇지 말고 맛당히 쳥니 청ᄒᆞ야 셔로 보미 올흐니이다."

약쾌 년ᄒᆞ야 졈두ᄒᆞ고 구공을 부탁ᄒᆞ야 사룸으로 ᄒᆞ야곰 청하 져근 방으로 청ᄒᆞ야 셔로 보니 과연 이 국귀라. 년망히 비례ᄒᆞ야 좌롤 청ᄒᆞ고 왈,

"국귀 별너에 안강ᄒᆞ시고 부왕에 셩쳬 만안ᄒᆞ시니잇가! 홀연 이 쳔죠에 니르시니 무숨 공식 잇ᄂᆞ니잇가?"

국귀 눈물을 흘니며 기리 탄식ᄒᆞ야 왈,

"이 말을 졔긔 【75】 ᄒᆞ면 ᄀᆞ장 ᄌᆞ황ᄒᆞ거니와 대개 현싱(賢甥)이 나라홀 ᄇᆞ리므로부터 국왕이 ᄆᆞ초아 헌원국(軒轅國)에 나아가 헌슈ᄒᆞ실식 노신이 ᄯᅩᄒᆞᆫ ᄯᆞ라 뫼셧더니 ᄯᅳᆺ밧게 셔궁에셔 국즁(國中)이 공허ᄒᆞᆫ ᄡᅥ롤 ᄐᆞ 그 심복 역젹에 무리로 모의ᄒᆞ되 혹ᄌᆞ 일후에 현싱이 도라오면 그 ᄋᆞ들이 비록 동궁위롤 아직 웅거ᄒᆞ나 국왕이 다시 변역홀가 저허 이 ᄡᅥ에 미리 도모ᄒᆞ면 가히 쟝구ᄒᆞ리라 ᄒᆞ야 드ᄃᆡ여 그 ᄋᆞ들을 붓드러 왕위에 올녓더니 밋 노신이 국왕을 뫼셔 본국에 도라온즉 져 무리 문득 셩문을 닷고 군졸노 셩을 막아 드리지 아니미 국왕 【76】 이 홀노 홀일 업셔 도로 헌원국에 도라가 아직 피란ᄒᆞ시더니 그 ᄋᆞ들이 왕위롤 찬탈ᄒᆞ므로부터 더옥 포학ᄒᆞ야 간ᄉᆞᄒᆞᆫ 당을 밋어 부리며 츙냥(忠良)을 살히ᄒᆞ고 ᄇᆡᆨ셩을 침학ᄒᆞ며 ᄯᅩᄒᆞᆫ 술을 즐기며 ᄉᆡᆨ츨 탐ᄒᆞ야 죵ᄌᆞ 무도ᄒᆞ미 ᄒᆞᆫ두 ᄀᆞ지 아니라. ᄆᆞᄎᆞᆷ너 집ᄌᆞ이 문을 다ᄌᆞ 날노 싱이롤 못ᄒᆞ더니 일년이 못미쳐 일국 신민이 힘을 ᄒᆞᆫᄀᆞ지로 ᄒᆞ야 이에 셔궁 모ᄌᆞ롤 슈□ᄒᆞ야 살해ᄒᆞ고 인ᄒᆞ야 국왕을 ᄆᆞᄌᆞ 환죠홀 식 문무죠신과 녀염 쇼민이 낫ᄌᆞ치 현싱에 어진 덕을 이긔지 못ᄒᆞ야 일졔히 국왕긔 간청ᄒᆞ야 부ᄃᆡ 추ᄌᆞ 도라오 【77】 과져 ᄒᆞ니 국왕이 일즉 위롤 니을 ᄉᆞ쇽이 업고 이 즉 신민의 졍셩을 막을 길이 업셔 지물을 허비ᄒᆞ

믈 앗기지 아녀 쥬요국[周饒國 나라일홈]에 사룸을 부려 비거[飛車 수레 일홈이니 나는 수레라] 일승을 세니여 오니 그 수레 겨유 두 사룸이 탁고 안즐 만흔디 미일에 이샴쳔 리는 힝ᄒ고 슌풍을 만ᄂ면 ᄒ로 능히 만리롤 힝ᄒᄂ지라. 국왕이 이룰 엇고 ᄀ장 깃거 특별이 노신을 명ᄒ야 쳔죠에 나아가 츠즈 더부러 도라오라 ᄒ시미 노신이 쳔죠지계에 니르나 향ᄒ야 츠즐 곳이 업더니 드르니 경수의 녀과롤 뵈야 쳔하 녀지 모혓다 ᄒ기로 ᄇ로【78】 경수의 니르런지 ᄯ호 여러 날이로디 ᄆ춤ᄂ 죵젹이 묘연ᄒ더니 ᄆ춤 녜부 문 알플 지나다가 우연이 방목을 본 후야 츠ᄌ 무러 비로소 니르니라. 이제 국왕에 친필 셔신이 잇스니 ᄲᆞᆯ니 보면 거의 간졀흔 ᄯᅳᆺ을 알니라.”

　말을 ᄆ츠며 회즁으로조츠 셔신을 밧드러 젼ᄒ거눌 약회 ᄇ다 눈믈을 흘니며 보기롤 ᄆ츤 후 탄식ᄒ야 왈,

　“원러 냥년 ᄉ이에 국즁이 ᄆ춤ᄂ 이 지경에 니르도다. 셔궁에 이 변을 지으믄 임의 알안지 오러거니 만일 이러치 아닐진디 니 엇지 먼니 타향에 도망ᄒ리요! 당일에 미리 긔미롤 알아 일즉【79】 이 피치 아녓던들 엇지 살아 오늘에 니르러시리요? ᄭᆞ라 싱각ᄒ면 오히려 몸이 썰니고 ᄆ음이 버히는 듯ᄒ지라. 이제 국즁 죵족 즁에 다시 셔궁 모즈 ᄀᆺ흔 지 ᄯ호 젹지 아니니 부왕이 만일 젼쳐로 진긔ᄒ야 졍돈치 못ᄒ시고 일향 ᄆ음이 약ᄒ고 귀 연ᄒ시면 일졍 화롤 다시 ᄇ드리니 국귀 일후에 보시면 ᄌ연 알으시리이다. 이제 부왕 셔신에 비록 골오디 ᄲᆞᆯ니 도라와 조업을 니으라 ᄒ시나 다만 싱질이 본디 지죄 업고 능이 업스니 족히 즁흔 부탁을 밧ᄌ올 길 업스며 둘지는 본국을 써ᄂ므로부터 ᄆ치 그믈에 버서는 고기【80】 ᄀᆺ흐니 엇지 즐겨 다시 불붓는 굴헝에 더지리잇고? 녯말에 니르되 ‘ᄌ식이 감히 아븨 허물을 말ᄒ지 못흔다’ ᄒ얏시나 부왕이 진실노 현우롤 분변치 못ᄒ야 조업을 즁히 넉이지 아니시믈 싱질이 임의 오리 한심ᄒ는 ᄇ라. ᄒ믈며 근ᄭ ᄌ질 즁에 어진 지 만흐니 부디 도망흔 ᄌ식의게 ᄆ을 두실니 업고 니 만일 도라갓다가 ᄌ질 즁에 혹시 날보다 나은 지 잇스면 니 ᄯᅩ 장춧 무슴 화롤 당홀지 알니요? 도모지 의논컨디 싱질이 임의 이곳에 니른 후야 엇지 다시 고향에 도라가리잇가? 이제 비록 지【81】 죄 업스나 요힝으로 쳔죠 대황계의 은혜롤 닙어 특별이 지녀의 웃듬을 허ᄒ샤 쳥현화직을 졔슈ᄒ

시니 이 ᄀᆞᆺ흔 영화는 임의 분에 넘으니 그 밧게 다른 싱각이 어이 잇스리요? 오직 ᄇᆞ라건디 국구는 도라가 날을 대신ᄒᆞ야 조히 알외시면 길이 감격ᄒᆞ야 잇지 아니리이다."

국귀 실식 왈,

"현싱이 엇지 이런 말을 □아니ᄂᆞ뇨? 실노 ᄌᆞ신에 쯧밧기로다. 진실노 조업을 아조□려 도라보지 아니려 ᄒᆞᄂᆞᆫ다? 국왕이 과연 심약ᄒᆞ고 귀연ᄒᆞ시나 근리에 대란을 겻그시므로부터 당일에 그릇ᄒᆞ시믈 스스로 ᄭᆡ다르시니 이 ᄯᆡ에 【82】 현싱을 밧비 보고져 아니실진디 엇지 즐겨 허다흔 금은을 허비ᄒᆞ야 비거를 비러 오기에 니르리요? 날노써 셩야로 달녀오게 ᄒᆞ시믄 전혀 당일에 그릇 참소를 신청ᄒᆞ야 현싱에 어진 덕을 곳ᄌᆞ이 ᄀᆞ리왓더니 이제 뉘오츠미 비록 느즈나 보고져 ᄒᆞ시미 밧분지라. 만일 노부로 ᄒᆞ야곰 비를 타 ᄇᆞ다흘 건널진디 일월을 허비흘가 저허 비거를 보니시니 이 도시 현싱을 ᄒᆞ로밧비 보셔야 그 ᄆᆞ음을 ᄒᆞ로밧비 졍안이 ᄒᆞ시려든 현싱이 홀연이 말을 니야 조곰도 권련(眷戀)ᄒᆞᄂᆞᆫ 쯧이 업스니 다만 국왕에 ᄋᆞ들 ᄇᆞ라ᄂᆞᆫ 눈이 뚤어지고 ᄋᆞ들 싱각ᄒᆞᄂᆞᆫ 창지 【83】 ᄭᆞᆫ 허지믈 도라보지 아닐 분 아니라 ᄯᅩ흔 일국 신민이 ᄇᆞ라ᄂᆞᆫ ᄆᆞ음을 ᄭᆞᆫᄒᆞ미니 ᄇᆞ라건디 현싱은 당일에 져근 분을 인ᄒᆞ야 흔 ᄯᆡ ᄆᆞ음더로 ᄒᆞ다가 대ᄉᆞ를 그르치지 말나. 후에 비록 뉘웃츠나 밋지 못흘 거시요 타일 비록 도라가고져 ᄒᆞ나 엇지 못ᄒᆞ리라."

약홰 이 말을 드러오미 문득 얼골을 변ᄒᆞ여 왈,

"국귀 이 엇진 말슴이니잇고! 니 아직 뉴리표박지 아냣거니 엇지 써 후회ᄒᆞ며 셜혹 표박ᄒᆞ야도 결단코 후회치 아니리니 만일 후회흘터이면 엇지 즐겨 당초에 고향을 ᄯᅥ낫시리요? 대체 국구의 이번 슈고와 조흔 【84】 쯧을 모로미 아니요 감격ᄒᆞ미 적지 아니ᄒᆞ되 고향에 도라가기에 당ᄒᆞ야는 ᄆᆞ음에 밋고 ᄭᆞᆫ허시니 국구는 다시 졔긔치 ᄆᆞ르쇼셔."

이 ᄀᆞᆺ치 문답흘시 규신이 ᄎᆞ환으로 ᄒᆞ야곰 쥬반을 ᄀᆞ초아 올니ᄂᆞᆫ 국귀 일변 하쪄ᄒᆞ며 지삼 괴로히 권유ᄒᆞ되 약화의 ᄆᆞ음이 과연 쳘셕ᄀᆞᆺᄒᆞ여 일호 요동ᄒᆞ미 업ᄂᆞᆫ지라. 쥬반을 파흔 후 약홰 총총이 회셔를 닷가 국구를 뵈고 봉ᄒᆞ야 맛츠니 국귀 ᄯᅩ흔 일시에 도로혀지 못흘믈 혜아리고 다시 눈물을 ᄲᅮ려 죽별ᄒᆞ니

약왜 절ᄒ야 보즁ᄒ믈 일커러 보닌 후 쳥샤에 니르니 규신 왈,

"앗가 져졔 국【85】구로 더부러 슈작ᄒ시믈 감히 여어듯기를 오러ᄒ얏ᄂ니 미지 여러번 나아가 져ᄌ의 환향ᄒ시믈 힘써 권코져 시부디 ᄆ춤ᄂ 남녜 불편ᄒᄆ로 감히 뵈오믈 쳥치 못ᄒ얏더니 이씨야 싱각건디 이 문득 녀ᄌ로 남쟝ᄒ시미라. 일즉 이를 씨닷던들 ᄒ 번 뵈오미 방ᄒ롭지 아닐 번 ᄒ도소이다."

약왜 왈,

"비록 미ᄌ 드러와 권ᄒ야도 나는 진실노 밧들지 못ᄒ리니 만일 도라갈 만홀진디 닌들 엇지 이ᄀᆺ치 고집ᄒ리요? 이러틋 괴로온 졍ᄉ는 다만 각ᄌ 졔 ᄆ음에 명빅홀 분이니 엇지 사ᄅᆷ에 권ᄒ믈 기드리ᄌ요?"

쇼츈 왈,

"국【86】왕이 부디 져ᄌ의 도라가믈 요구ᄒ기로 임의 금은을 앗기지 아니코 비거를 비러 보니기에 니르니 만일 다시 금은을 만히 님가 빅부게 보니고 져ᄌ의 도라보니믈 쳥ᄒ면 그씨에 님빅뷔 져곳 금은을 물니치지 못ᄒ야 마지 못ᄒ야 져ᄌ를 보니시면 져졔 씨를 당ᄒ야는 면치 못ᄒ리라."

약왜 왈,

"부친이 비록 날노써 가라 ᄒ시나 나는 부디 아니가리라."

쇼츈 왈,

"져졔 만일 가지 아니ᄐ가 님빅뷔 녕남에 잇지 못ᄒ게 ᄒ면 져졔 쟝촛 엇지ᄒ리요? 쇼미 우견은 져졔 썰니 싀집을 어더야 가히 도라갈 곳이 잇고 져뷔 잇【87】셔야 조히 막ᄌ르리로다."

완예 왈,

"져졔 다만 국왕 노로슬ᄌ ᄒ여 ᄒ나 난교 져ᄌ에 지샹되기 느져 가믈 싱각지 아닛ᄂ뇨? 쟝니 져ᄌ네 녀ᄋ국에 도라가 귀체 되거든 닉게 부디 다른 거슨 싱각지 말고 다만 비거 ᄒ나흘 보니면 닉 ᄀ쟝 조흐리로다."

쇼츈 왈,

"져졔 비거를 어더 어디 쓰고져 ᄒᄂ뇨?"

완예 왈,

"만일 져를 어드면 아모 씨에 아모 곳에 가고져 ᄒ면 겸샤의 드지 아니코 반

젼을 허비치 아녀 줌시에 왕리ᄒ리니 가령 금년에 우리 경ᄉ로 올 ᄯᅵ 만일 비거 슈십 승을 어더던들 길이 엇더케 쾌ᄒ면 무ᄉ 일 반젼을 그리 만히허비【88】ᄒ얏스리요?"

쇼츈 왈,

"과연 사름마다 비거를 ᄐ고 단니면 졈샤 쥬인은 싱이 ᄭᅳᆫ허지리로다."

졍히 담쇼ᄒ더니 최요치 쏘ᄒᆫ 부시에 ᄲᅢ히므로 이에 니르러 ʼ치샤홀시 피ᄎᆞ 치하ᄒ고 좌를 쳥ᄒ니 요치 슈영(秀英)을 향ᄒ야 지샴 칭샤ᄒ고 인ᄒ야 슈영과 순영(舜英)과 규신과 약화를 쳥ᄒ야 ᄌᆞ긔 우소에 니르러 쥬셕을 열어 디ᄒ니 그 후 도라와 요차를 쳥ᄒ야 희샤ᄒ고 이ᄀᆞᆺ치 날을 보니더니 오리지 아녀 스월 초일ː 젼시에 다ᄃᆞ르니 득실이 엇지된고 하회에 분해ᄒ라.

권 지 십 팔

【1】 화셜 당규신 모든 직녜 모혀 젼시롤 기드리더니 오릭지 아녀 ᄉ월 초일ᄌᆞ이 되믹 규신이 오경에 몸을 닐어 여러 ᄌᆞ믹롤 거ᄂᆞ려 궐문에 니르러 모든 직녀로 더부러 젼경에 드러 만계롤 불너 죠현ᄒᆞ기롤 맛고 좌우로 갈나 시립ᄒᆞ니 이ᄯᅵ 하늘이 ᄇᆡ야흐로 ᄇᆞᆰ는지라. 무휘 비로소 셰ᄌᆞ히 술펴보니 이 과연 낫ᄌᆞ치 숫치 능히 온ᄌᆞᄒᆞ고 옥이 정신이 잇셔 △쳔ᄌᆞᄒᆞ면 노는 룡 ᄀᆞᆺ고 ᄀᆞ부야오면 믈고기니 기 ᄀᆞᆺ흐여 농셤이 득즁 【2】 ᄒᆞ고 슈단이 합도ᄒᆞ니로라 ᄒᆞ며△[1] 빙졍(娉婷)ᄒᆞᆫ ᄀᆞ온딕 다시 문쟝의 ᄇᆞᆰ은 긔운을 ᄯᅴ지 아닌 직 업스니 비록 개ᄌᆞ히 쳔향국식(天香國色)은 아니나 거의 다 빈ᄌᆞ(斌斌)히 유아(儒雅)ᄒᆞ니 녯사룸에 니른ᄇᆡ 쌔여는 빗치 가히 먹엄즉 ᄒᆞ다 ᄒᆞ니 진실노 보아오믹 족히 밥먹기롤 니즐지라. 볼ᄉᆞ록 더옥 ᄉᆞ랑호나 각ᄌᆞ 쟝쳐 잇스니 누고롤 낫다 ᄒᆞ고 어닉롤 못ᄒᆞ다 우렬을 졍치 못ᄒᆞ니 다만 크게 깃거 몬져 ᄉᆞ영화와 박치홍을 불너 『션긔도』 푸러닌 ᄇᆡ롤 냑ᄌᆞ히 뭇고 니어 당규신과 국셔징(國瑞徵)과 쥬경담(周慶覃) 삼인 【3】 을 불너 무러 왈,

"너희 삼인에 일홈이 문득 어려셔부터 지은 빈냐 근일에 고친 빈냐?"

규신이 대왈,

"신쳡 ᄂᆞ흘 ᄯᅵ에 신의 아비 일즉 ᄭᅮᆷ에 션인에 ᄀᆞ르치믈 어더 ᄀᆞᆯ오딕 '신쳡이 쟝닉 일홈이 금방(金榜)에 올으리니 조히 글을 닑히라' ᄒᆞ오믹 신뷔 당시에 일노써 일홈을 지으니이다."

국셔징과 쥬경담이 알외딕,

"신쳡 등에 일홈은 근일에 지은 빈로소이다."

---

1) 이 부분 원문에 없음.

무휘 졈두 왈,

"너희들에 일홈은 낫ᄂ치 숑츅ᄒᄂ 뜻을 부첫시니 ᄌ연 근일에 지은 비여니와 당규신에 일홈은 만일 근일에 지을【4】 진ᄃ ᄀ쟝 그릇ᄒ도다."

다시 변가와 밍가 모든 ᄌ미를 일졔히 불너 보아 왈,

"너의 비록 형졔나 년긔 이ᄀᆺ치 방불ᄒ미 긔이ᄒ며 용모에 쌘혀남과 문필에 슉셩ᄒ미 진실노 난형난졔(難兄難弟)로다."

이에 모든 ᄌ녜 ᄌ리에 나아가미 글졔 너여걸고 무후도 인ᄒ야 환궁치 아니코 편젼에 머무더니 신시(申時)ᄂ ᄒ여 모든 ᄌ녜 시권을 ᄇ치고 궐문을 나니라. 원리 당나라 과거법이 거지(擧子) 다만 부시만을 보아 진시 되고 일즉 젼시 보ᄂ 법이 업더니 무휘 녀과를 셜시ᄒ므로부터 젼시법을 시즉ᄒ【5】야 지금 준힝ᄒ니라. 이ᄰ 무휘 궁녀 샹관완ᄋ(上官婉兒)를 명ᄒ야 흠게 글을 쬬노와 우흐로 십명에 시권을 ᄀᆯ희여 뉴부대신으로 ᄒ야곰 고하를 ᄌᆨ졍(酌定)ᄒ게 ᄒ니 모든 대신이 당규신으로써 제일명 젼원[殿元 젼시 쟝원]을 습고 음악화로 졔이명 아원(亞元)을 습아 초샴일 오경에 방을 너려ᄒ더라.

진쇼츈이 님완여로 더부러 명일 방나믈 듯고 심즁에 일변 깃부며 일변 근심ᄒ야 일즉 왕슈영과 두슌영으로 더부러 ᄒ 곳에 거쳐ᄒ더니 밤이 되미 슈영과 슌영은 몬져 좀들기로 쇼츈과 완예 략간 쥬비(酒杯)를【6】 나오고 님은 치 샹 우ᄒ 누은 즉 이리 ᄉ렴 져리 ᄉ렴ᄒ야 ᄆ춤ᄂ 좀을 닐우지 못ᄒ니 다시 니러 안ᄌ 셔로 대하나 홀 말이 업셔 이경으로부터 기ᄃ려 샴경이 지ᄂ미 더옥 긴ᄒ더니 ᄉ경에 니르미 궐연이 몸을 닐으혀 방안으로 거름을 쎨니 ᄒ야 이리 가고 져리 오며 셔로 가락 싱각ᄒ야 져 사롬은 긴 한숨을 쉬고 이 사롬은 져른 탄식을 ᄒ다가 홀연이 과거의 쌘힌 즐거온 곳을 싱각ᄒ야ᄂ 문득 크게 웃다가 도라 낙방ᄒ 후 괴로온 경계를 싱각ᄒ 즉 목이 메여 우름을 금치 못ᄒ니 고ᄃ【7】로셔 무궁ᄒ 셜우미 ᄀ슴에 뭉치여 셔도 편치 아니코 안ᄌ도 편치 아녀 엇지ᄒ여야 조흘지 모를지라.

슈영이 져 두 사롬에 들네므로 좀을 놀나 ᄭ니 ᄇ야흐로 ᄉ경이라. 슈영이 니러 안ᄌ 눈을 부븨여 왈,

"이위 져ː는 무슴 일 이 찌에 눕지 아니시뇨? 져곳에 모혀 미양 밤이면 글 말들 호야 샴스경이 되도록 줌들지 못혼지라. 미즈는 약질이라 실노 견딕기 어려오나 혼 사름을 위호야 여러 사름에 말호믈 금치 못홀 비라. 이러므로 슌영 미ː로 더부러 이곳에 올마오니 다힝히 이위 져졔 미즈롤 스랑【8】호고 어엿비 넉여 미양 일즉 즈믈 허호고 져ː네 홈게 누으며 일즉 밤에 슈죽호미 업기로 미지 즈리에 나아간 즉 줌을 즉시 드니 일노조추 희소(咳嗽)도 그치고 먹기도 나으니 졍히 이위에 셩혼 졍을 깁히 감격호더니 오날은 무슴 연고로 져 무리 호는 법을 비호시느니잇고? 앗가 두세 번 깁히 든 줌을 쇼츈 져ː의 우름 쇼리에 씨오거나 완여 져ː의 우슴 쇼리에 씨오니 놀납고 괴이호야 측냥치 못호며 쏘혼 그 탄식호는 쇼리는 듯는 사름으로 호야 모음이 타는 듯호며 더옥 알길 업는 부는 우름 フ온디 우음을 씌고 우【9】음 フ온디 우름을 씌엿시니 진실노 근심과 즐거오믈 알길 업고 우름과 우음을 분변치 못홀지라. 뭇느니 이위 져ː는 무슴 심시 잇셔 이 지경의 니르시뇨?"

슌영이 이 말을 듯고 쏘혼 니러 안즈며 왈,

"져 무리 무슴 심시 잇스리요! 불과 명일 방이 난다 호니 득실에 모음이 과즁호야 웃다가 울다가 취태빅츌(醜態百出)호느니이다."

슈영 왈,

"임의 방이 난다 호야든 무슴 일 울며 쏘혼 우스리요?"

슌영 왈,

"제 만일 냥심이 업슬 찌면 즈연 웃다가 만일 냥심이 도라오면 즈연 우느니이다."

슈영 왈,

"그는 엇지【10】 니르미뇨?"

슌영 왈,

"제 임의 득실에 모음이 과즁혼 고로 부득불 알프로 싱각호고 뒤흐로 넘녀호느니 혼 씨는 싱각호되 저의 시권 フ온디 엇더케 글귀롤 민들며 엇더케 문치에 빗느게 호야 죵ː히 씌여느고 곳ː이 졍신이라 호야 싱각홀스록 더옥 조코 외올스록 더옥 묘호니 이 フ혼 글은 진나라 한나라 이후는 니르도 말고 공즈에

칠십 제주의 츅하므로도 날을 딴로지 못하리니 셰상 천하에 엇지 다시 이갓흔 조흔 글이 잇스리요! 명일 방이 나면 일졍 장원이 아니면 둘지는 넘【11】녀 업스리라 하니 이갓치 싱각할 찌면 스스로 즐거워 우음이 발하미니 이 아니 낭심이 업스미니잇가? 다시 도로혀 싱각한 즉 져의 글이 비록 무던하나 어느 곳에 글ᄌ와 귀졀이 미안하고 어느 곳은 뜻을 그릇 쓰고 셰ᄼ히 싱각한즉 여러 곳 방귀갓치 구려 사름을 뵈지 못할 귀졀이 허다하니 진실노 그른 곳이 만코 조흔 곳이 젹은지라. 이갓흔 문ᄶ로써 엇지 샌히믈 ᄇ라리요 하야 이처로 싱각할 찌는 ᄌ연 졀박하야 우름이 발하미니 이 아니 낭심이 도라와 제 그른 줄 찌ᄃ르시니잇가?”

슈영이 쇼왈,

【12】“미ᄼ에 의논이 너모 과하도다. 이위 져졔 엇지 그럴니 잇스리요?”

쇼츈 왈,

“슌영 져ᄼ는 ᄆ음이 심히 각박하니 나는 분변치 아니코 져의 말하는ᄃ로 ᄇ려두거니와 슈영 져ᄼ는 우리 무리즁 졔일 현혜(賢慧)한 사름이어눌 장ᄂ에 저 각박한 귀것스로 더부러 ᄉ집가미 졀통하도다.”

완예 왈,

“말을 너모 각박히 하미 조흔 닐이 아니라. 졔일 슈한에 해로오니 나는 권하ᄂ니 져ᄼ는 조히 츙후하게 말을 공부하야 슈한을 늘이게 하쇼셔.”

슈영 왈,

“이위 져ᄼ는 드러보라. 닭이 몃 번 울엇ᄂ뇨? 거의 오【13】경이 지낫ᄂ니 이제 눕지 아니면 오리지 아녀 하눌이 붉으리라.”

완예 왈,

“이위 져ᄼ는 몬져 누으쇼셔. 우리는 임의 구공(九公)을 부탁하야 졔명록[題名錄 과거 방목이라]을 벗겨오라 하야 임의 이경에 갓시니 거의 오리지 아녀 도라오리라.”

말을 맛지 못하야 먼리셔부터 흔쎄 들네는 쇼리 졈ᄼ 갓가오며 홀연 흔 ᄆᄃ 대포쇼리 나니 챵호를 진동하며 외면에 복뷔(僕婦) 낫ᄼ치 니러 셔로 말하니 원리 보희(報喜)하는 사름 [방군이라]이 니른지라. 완예 급히 방문을 열치고 쇼

츈은 츠환으로 ᄒ야곰 구공을 츠즈보라 ᄒ니 즁문【14】을 즘가 여지 아니ᄒ
능히 나가지 못ᄒ더니 ᄯ 흔 ᄆ디 포셩이 들니ᄒ 두 사름이 더옥 촉급ᄒ야 왼
방을 쏘다여 어즈러이 구을며 쇼츈이 츠환을 지쵹ᄒ야 즁문 즘은 열쇠롤 츠즈
오라 홀 ᄉ이에 대포쇼리 두 ᄆ디 ᄯ 들니니 완예 왈,

"임의 ᄉ셩포향이니 가히 니르되 'ᄉ해승평四海昇平'이로다. 외면이 ᄒᄀ치
들네니 이위 져ᄒ는 가히 장대에 올으리로다."

슈영이 쇼왈,

"이위 져ᄒ는 졍신이 업다 니로리로다. 죽일에 모다 의논ᄒ되 방쑨이 오거든
방포만 ᄒ고 즁문은 여지 말아 ᄆ츰니 방쑨이 오기롤 다ᄒ고【15】하눌이 붉
거든 문을 열기로 죽졍ᄒ얏거늘 이제 즈레 열쇠롤 츠즈 문을 열고져 ᄒ니 이
아니 약속을 어긔미뇨? 드러보라. 포셩이 ᄯ 흔 ᄆ더니 가히 니르되 오곡이 풍
등(豐登)이로다."

쇼츈 왈,

"나는 ᄆ음이 급ᄒ기로 죽일에 흔 말은 아조 이젓ᄂ니 원리 방포ᄒ기롤 죽일
에 의졍(議定)ᄒ면 그 ᄀ온디 무슴 ᄯᆺ이 잇ᄂ뇨? 이쩌 ᄆ음이 황난ᄒ야 싱각지
못ᄒᄂ니 져ᄒ는 능히 긔억ᄒ시ᄂ니잇가?"

완예 왈,

"죽일 무슴 방포ᄒ기롤 의졍ᄒ리요? 이는 져ᄒ의 긔억ᄒ믈 그릇ᄒ도다."

말홀 ᄉ이에 년ᄒ야【16】포셩이 세 번 들니ᄒ 슈영 왈,

"이 아니 팔원팔개뇨?"

슌영이 쇼왈,

"ᄯ 다시 두 ᄆ더니 가히 니르되 '십분지긔(十分財氣)'라 ᄒ리로다."

슈영 왈,

"미즈는 써ᄒ되 쇼츈 져ᄒ의 졍신이 부죡다 ᄒ더니 완여 져ᄒ의 졍신은 더옥
업다 ᄒ리로다. 죽일 방포ᄒ기로 의논홀 ᄯᅢ에 져졔 그 즁에 힘써 권ᄒ더니 이
제 엇지 싱각지 못ᄒᄂ뇨? 드러보라. 년ᄒ야 다섯 ᄆ디 포셩이니 죽히 니르되
'십오야 명월'이로다."

완예 왈,

“과연 엇지 엇지 의논ㅎ니잇고? 미지 실노 망연이 긔억지 못ㅎㄴ이다.”

슈영 왈,

“즉일 의논이 만일 혼 사룸이 샌혀 【17】 방쿤이 단ㅈ룰 가져 니르거든 방포 혼 번식 ㅎ고 혹 젼원을 ㅎ니 잇거든 쓰로 빅ㅈ포(百子砲) 혼 줄을 노케 ㅎ고 단ㅈ는 모홧다가 즁문을 열거든 드리라 ㅎ더니 이졔 쏘 세 무디니 졍히 ‘십팔나한’이로다.”

완예 왈,

“만일 이곳홀진더 우리 스십 오인이니 맛당히 스십오ㅈ 포셩이 들녀야 다ㅎ리니 이곳치 답ᆞ흔 닐을 엇지 조토 ㅎ야 의졍ㅎ얏던고? 그러치 아니턴들 다만 혼 사룸이 샌히거든 혼 사룸의 방을 보ㅎ면 긔 아니 무음을 노ㅎ리잇고? 이졔 문득 뉘 몬져 샌힌지 아직 못 샌힌지 모로니 다만 사룸의 【18】 무음무다 올으락ㄴ리락ㅎ며 죄오락 눅히락 ㅎ니 엇지ㅎ여야 올흐리요? 그 스이 쏘 여섯 무디니 이 문득 ‘이십 스번 화신풍(花信風)’이로다.”

슌영 왈,

“다시 네 미더니 이 진짓 ‘이십 팔쉬’로다.”

쇼츈 왈,

“모든 ㅈ미에 ㅎ나토 나오ㄴ니 업스니 응당 우리 모양곳치 각ᆞ 손ㄱ락을 곱아 포셩을 혜다가 스십 오포룰 치온 후야 비로소 쮜여나오려 ㅎㄴ도다. 니어 두 무디니 과연 ‘삼십이닙(三十而立)’이라. 감히 안곳지 못ㅎ리라.”

어즈러이 훗것더니 완예 왈,

“쏘 다시 세 무디니 ‘삼십 삼천’에 올으도다. 이졔도 열두 무디 남앗시니 비ㄴ니 우리 보살님은 어셔ᆞᆞ 치와 노ㅎ쇼셔.”

쇼츈이 밧글 【19】 향ㅎ야 무슈히 졀ㅎ며 손을 부븨여 왈,

“괴셩 마노라님아, 괴셩 한마님아. 남의 다 ㅈ란 ㅈ식을 너모 잇쓰이지 말고 불샹이 어엿비 넉이샤 남은 열두 포룰 일시에 다 노하 완젼케 ㅎ쇼셔. 만일 혼 무디만 업셔도 나는 죽ㄴ이다. 말홀 스이에 세 무디 니어 들니ᆞ 조히 ‘삼십 뉵 원앙’이라. 혼 무디 쏘 들니니 졍히 삼십 칠이라 ㅎ야 …… ”

말을 맛지 못ㅎ야 외면이 문득 고요ㅎ야 아모 쇼리 업ㄴ지라. 쇼츈이 ㅂ야흐

로 닙안희 흐느흐느ᄒ며 이윽이 기ᄃ리노라. ᄆ춤ᄂ 말을 니어 못ᄒ더니 슈영 왈,

"첫번 포셩으로부터 이제 샴십 칠포에 【20】 니르도록 비록 셔로 년ᄒ든 못ᄒ나 일즉이 이ᄀ치 ᄹ히인 동안이 업더니 이 무슴 연괴뇨?"

슌영 왈,

"이제 그천지 오러되 인ᄒ야 쇼식이 업스니 쟝춧 여둛 포셩은 그만 그치려 ᄒᄂ가?"

완예 왈,

"만일 이ᄀ홀진더 나는 곳 뭇질너 죽이미로다."

얼풋 ᄉ이에 하늘이 쾌히 붉으미 각방 ᄌ미 낫ᄉ치 니러 셔로 잇그러 ᄌ셰히 드르니 외면의 문득 오즉의 쇼리도 업셔 고요ᄒ고 아득ᄒ지라. 모다 크게 놀나 셔로 도라보아 말이 업ᄂ지라. 슈영과 슌영이 금침을 슈습ᄒ고 ᄇ야흐로 소셰ᄒ더니 모든 츠환이 분ᄉ이 니르러 모혀 죠 【21】 반 나외믈 쳥ᄒ거늘 총ᄉ이 단장을 맛고 쇼츈과 완여로 흠게 쳥방(廳房)으로 나아가려 홀시 이인이 교의에 안즈 얼골이 금빗 ᄀ고 왼 몸이 날연ᄒ야 흔 말을 못ᄒ며 눈물이 진쥬ᄀ치 년니어 쩌러지니 슈영과 슌영이 져롤 보고 도라 싱각건디 져 팔포 안히 ᄌ괴 ᄌ미에 일홈이 드지 아닌지 몰라 쏘흔 코히 쉰지라 ᄆ지 못ᄒ야 이인을 붓드러 쳥방에 니르니 모든 지녜 임의 일졔히 모닷거늘 좌에 들미 피츠 면ᄉ히 셔로 도라보니 낫ᄉ치 얼골이 금빗ᄀ흐여 피츠 말 【22】 이 업더니 죠박이 니르나 흔 사롬도 닙에 갓가이 ᄒᄂ 지 업스며 ᄀᄆ니 눈물 아니흘니는 지 업스되 오직 규신과 약홰 천연여상ᄒ더라.

제67회

小才女卞府謁師 老國舅荊門進表

【23】 화셜 모든 지녜 초샴일 오경에 방 니믈 듯고 미리 가인을 분부ᄒ야 만일 방문이 문에 니르거든 부니 낫ᄉ치 드러와 고치 말고 다만 흔 사롬이 썬

히거든 방포 흔 무디식 흐야든 방포 쇼리롤 혜어 멋 사롬이 샌히믈 즈연 알거
시니 방쏜이 오기롤 그치고 하늘이 붉거든 비로소 즁문을 열어 단즈롤 브다드
리라 흐얏더니 오경으로부터 샴십 칠 포롤 노흔 후는 다시 다시 날이 즁천에
오르도록 흔 무디 포성을 【24】 더흐지 아니ᆞ 일졍 팔위 지녀는 낙방흔지라.
사롬 모다 경황흐고 낫ᆞ치 담이 쩌러지니 어느 사롬이 여덟 안히 든지 몰나
일졔히 무음을 노치 못흐니 다만 얼골빗치 고치일 분 아니라 눈물과 코믈 쩌러
지믈 면치 못흐니 쇼츈과 완예 모든 사롬에 이갓흔 광경을 보고 다시 즈긔 문
쓰롤 싱각흐니 더옥 한심흔지라. 문득 왼 몸이 어름갓흐며 춘 긔운이 브로 졍
슈리롤 쑤러나오고 설흔 여섯낫 치이 낫ᆞ치 부듸이져 일신을 썰어 그치지 아
니미 안즌 교의 아오로 흔들녀 기울거늘 완예 일변 【25】 썰며 일변 말흐여 왈,
　"져ᆞ ᆞ모ᆞ ᆞ양으로 어즈러이 썰니면 나ᆞ ᆞ는 견듸지 못흐ᆞ리로다!"
　쇼츈이 쏘흔 썰며 왈,
　"너ᆞ ᆞ는 견디지 못흐면 나ᆞ ᆞ는 엇지 견디리요? 오ᆞ ᆞ날 나ᆞ ᆞ의
목숨을 이ᆞ ᆞ곳에 와 보니는도다!"
　규신이 길이 탄식흐여 왈,
　"이쩌에 니르도록 기드리되 인흐야 동졍이업스니 일졍 여덟 사롬은 낙방흐
믈 면치 못흔지라. 맛당히 문을 열어 누괸줄 알미 밧부되 모든 의시 아직 기드
리고져 흐기로 이제 니르럿거니와 이제도 오히려 방쏜을 기드리니잇가? 문을
열미 맛당흐이다."
　완예 일향 썰며 목이 메여 왈,
　"처ᆞ ᆞ【26】 음은 문을 밧비 열ᆞ ᆞ기롤 죄오더니 지ᆞ ᆞ금은 문ᆞ ᆞ
을 아니 열기롤 죄오느니 만일 문ᆞ ᆞ을 아니 열면 오히려 무ᆞ ᆞ슨 싱각이
잇거니와 만일 문ᆞ ᆞ을 열고 나ᆞ ᆞ의 낙ᆞ ᆞ방흐믈 드르면 나ᆞ ᆞ는 곳
죽으리니 나ᆞ ᆞ롤 죽ᆞ ᆞ이고야 브야흐로 문ᆞ ᆞ을 열니라."
　약해 왈,
　"이쩌에 임의 이런 후는 진실노 무가내히라. 만일 규신 미ᆞ에 본 브 옥비에
긔록흔 브로 드를진더 우리 스십 오인에 흐나토 낙방흐리 업슬 듯흐되 이제 여
덟 사롬이 낙방흐게 되니 실노 쳔리롤 측냥키 어렵고 귀신이 사롬을 희롱흐미

【27】 로다. ∷만 이 문을 ᄆ춤니 아니 녀지 못ᄒ리니 몬져 츄환으로 ᄒ야곰 문을 격ᄒ야 구공을 청ᄒ야 죽일 쇼츈 져∷의 부탁ᄒ 던 『계명녹』을 벗겨왓거 든 드려보너라 ᄒ야 세∷히 술펴보아 과연 샴십 칠 인만을 낫시면 이 문을 열 밧 ᄒ 일 업스려니 ᄒ물며 샌힌 사ᄅ은 응당 예궐ᄒ야 샤은ᄒᄆ를 일시도 지완치 못ᄒ 듯ᄒ여이다.”

규신 왈,

“져∷ 의논이 맛당ᄒ다.”

ᄒ고 즉각에 츄환을 명ᄒ야 문틈으로 구공을 청ᄒ니 구공이 오히려 도라오 지 아낫다 ᄒ여늘 규신 왈,

“어제 분명히 드르니 오날 오경에 방을 닌다 ᄒ더니 오날이 임의 【28】 묘시 (卯時) 지낫거늘 그져 도라오지 아니∷ 실노 괴이ᄒ 닐이로다.”

슈영 왈,

“오날 임의 방을 니엿시면 구공이 도라오지 아닐니 업고 만일 방을 오히려 너지 아니ᄐ ᄒ면 몬져 보ᄒ 샴십 칠인이 엇지 헛되리요? 그 중에 반드시 큰 연괴 잇도다.”

홀연 외면에 은∷히 들네ᄂ 쇼리 들니∷ 비로소 구공이 도라와 모든 쇼져를 뵈오려 ᄒ다 ᄒ거늘 규신이 샐니 열쇠를 ᄀ져 츄환을 주어 문을 여니 모다 몸 을 닐어 구공을 ᄆ즐시 구공이 드러오기를 황∷망∷ᄒ야 얼골에 ᄯ을 ᄀ득히 흘니고 겨유 쳥 【29】 샹에 올으며 모든 쇼져를 향ᄒ야 치하ᄒ느라 말을 맛지 못ᄒ야 쳔긔 니러나고 긔운이 진ᄒ야 말을 못ᄒ거늘 쇼츈이 더옥 썰며 전봉환 (田鳳翾)으로 더부러 구공을 붓드러 교의에 안치고 츄환으로 ᄒ야곰 온차를 드 리니 쳔긔 져기 ᄂ리고 정신이 냑간 도라오ᄂ 듯ᄒ니 쇼츈이 눈물을 흘니며 구 공을 향ᄒ여 왈,

“셩∷∷네가 가∷∷히 무∷∷슴 분쉬 잇ᄂ니잇가?”

구공이 일변 헐덕이며 일변 머리를 두 번 조으니 완에 ᄯ혼 눈물을 ᄲ려 왈,

“구∷공∷아, 나 ∷는 엇더니잇고?”

구공이 다시 두 번 머 【30】 리 좃거늘 규신 왈,

“구공은 일즉 계명녹을 벗겨오시니잇가?”

구공이 년호야 머리 흔드더니 편각이 지너며 중인을 향호야 그슴을 그르치니 봉환이 나아가 그슴 그온디로조추 흔 벌 긔록흔 브롤 너여 규신의게 젼흔더 모다 보니 우히 써시되 갑과 일등지녀 이십 인이요 을과 이등지녀 샴십 인이요 병과 샴등 지녀 오십 인이라 호얏시니 약해 이에 여러 사롬이 일시에 다 못볼가 저허 쇼리롤 놉혀 더 크게 닑어 왈,

"갑과 일등지녀 이십 인이라. 계일명은 스영화요 계이명은 박치홍이요 【30】 제샴명은 긔화용이요 계스명은 언금심이요 계오명은 샤문금이요 계뉵명은 방난언이요 계칠명은 진슉완이요 계팔명은 빅녀연이요 계구명은 국서징이요 제십명은 주경담이요 계십일명은 당규신이요 계십이명은 음약화요 계십샴명은 인교문(印巧文)이요 계십스명은 변보운이요 계십오명은 왕슈영이요 제십뉵명은 증서향2)이요 계십칠명은 송냥잠(宋良箴)이요 계십팔명은 쟝난영(章蘭英)이요 계십구명은 양묵향(陽墨香)이요 계이십명은 탁금춘3)이요.

을과 이등지녀 샴십 인이라. 계이십일명은 두슌영이요 계이십이명은 노즈훤(盧紫萱)이요 【31】 계이십샴명은 업방츈(鄴芳春)이요 계이십스명은 쇼홍영(邵紅英)이요 계이십오명은 츅계화(祝題花)요 계이십뉵명은 밍벽지요 계이십칠명은 진쇼츈이요 계이십팔명은 동청젼이요 계이십구명은 져월방(褚月芳)이요 제샴십명은 스도미ᄋ(司徒妭兒)요 제샴십일명은 여녀용(余麗蓉)이요 계샴십이명은 넘금풍(廉錦楓)이요 계샴십샴명은 낙홍거(洛紅蕖)요 계샴십스명은 님완여요 계샴십오명은 뇨희츈(廖熙春)이요 계샴십뉵명은 냥홍미4)요 계샴십칠명은 연즈경(燕紫瓊)이요 계샴십팔명은 장츈휘요 계샴십구명은 윤홍유(尹紅英)요 계스십명은 위즈잉(魏紫櫻)이요 계스십일명은 지옥셤(宰玉蟾)이요 계스십이명은 밍난지요 【32】 제스십샴명은 셜형향(薛蘅香)이요 제스십스명은 안즈쵸(顔紫綃)ㅣ요 계스십칠명은 역즈릉(易紫菱)이요 계스십팔명은 젼봉환이요 계스십구명은 가염홍이요 제오십명은 셥경방(葉瓊芳)이요

---

2) 원문에는 林書香으로 되어 있음.
3) 원문에는 酈錦春으로 되어 있음.
4) 원문에는 黎紅薇로 되어 있음.

병과 샴등지녀 오십 인이라. 제오십일명은 변치운이요 제오십이명은 녀요명이요 제오십샴명은 좌서츈5)이요 제오십ᄉ명은 밍운지요 제오십오명은 변녹운이요 제오십뉵명은 동금젼이요 제오십칠명은 시염츈(施豔春)이요 제오십팔명은 셕경연6)이요 제오십구명은 장요휘요 졔뉵십명은 채난방(蔡蘭芳)이요 졔뉵십일명은 밍화지요 졔뉵십이명은 변금운이요 졔뉵십샴명은 츄완츈(鄒婉春)이요 졔뉵십ᄉ명은 단옥영7)이요 【33】 졔뉵십오명은 동화젼이요 졔뉵십뉵명은 뉴의츈8)이요 졔뉵십칠명은 변ᄌ운이요 졔뉵십팔명은 밍옥지요 졔뉵십구명은 장월휘요 졔칠십명은 녀쥬명이요 졔칠십일명은 도슈츈(陶秀春)이요 졔칠십이명은 가문홍이요 졔칠십샴명은 장셩휘요 졔칠십ᄉ명은 대경영(戴瓊英)이요 졔칠십오명은 동쥬젼이요 졔칠십뉵명은 변향운이요 졔칠십칠명은 밍요지요 졔칠십팔명은 가녀홍이요 졔칠십구명은 장츄휘요 졔팔십명은 최요차요 졔팔십일명은 변소운이요 졔팔십이명은 강녀슈9)요 졔팔십샴명은 미혜심10)이요 졔팔십ᄉ명은 지은셤(幸銀蟾)이요 【34】 졔팔십오명은 반녀츈(潘麗春)이요 졔팔십뉵명은 밍운지요 졔팔십칠명은 종슈젼(鍾繡田)이요 졔팔십팔명은 담혜방(譚蕙芳)이요 졔팔십구명은 밍경지요 졔구십명은 장소휘요 졔구십일명은 녀경명이요 졔구십이명은 동취젼이요 졔구십샴명은 가뉴홍이요 졔구십ᄉ명은 졍요츈(井堯春)이요 졔구십오명은 최쇼잉(崔小鶯)이요 졔구십뉵명은 소아란(蘇亞蘭)이요 졔구십칠명은 금봉익11)이요 졔구십팔명은 민난손이요 졔구십구명은 화지방이요 졔일빅명은 필젼졍이라.

약홰 이에 넑기를 다ᄒᆞ미 모든 지녜 비로소 슬프미 변ᄒᆞ야 즐거오미 되고 구공이 ᄯᅩᄒᆞᆫ 쳔식을 임의 진 【35】 경ᄒᆞ얏거늘 모다 무러 왈,

---

5) 원문에는 左融春으로 되어 있음.
6) 원문에는 寶耕烟으로 되어 있음.
7) 원문에는 錢玉英으로 되어 있음.
8) 원문에는 柳瑞春으로 되어 있음.
9) 원문에는 姜麗樓로 되어 있음.
10) 원문에는 米蘭芬으로 되어 있음.
11) 원문에는 張鳳雛로 되어 있음.

"엇지 방군이 팔명은 아니 보ᄒ고 방은 어디로조ᄎ 벗겨오시니잇고?"

구공 왈,

"노뷔 어제 샴경부터 례부 문 밧긔셔 방을 기ᄃ리며 일변 아역의게 인정을 후히 쓰니 즈연 그 안 쇼식을 드를지라. 당초에 규신 쇼졔 ᆞᆞ일명 젼원이 되고 약화 쇼졔 졔이명 아원이 되여 거의 방을 메워가더니 태휘 홀연 싱각ᄒ되 규신 쇼져의 셩명이 젼혀 당나라흘 위ᄒ미요 즈긔 쥬나라희 유익지 아니ᄒ며 스영화와 박치홍이 향일에 션긔도를 풀어ᄂᆡ미 ᄀ장 긔특다 ᄒ야 ᄆ춤ᄂᆡ 우흐로 ᄲᅡᆫ힌 십명을 ᄂᆞ【36】리워 아래로 부치고 그 다음 십명을 올녀 우흐로 부쳐 방을 ᄂᆡ라 ᄒ시니 신로이 방을 쓰며 이ᄀᆞᆺ치 왕복ᄒ노라니 허다 시각을 보ᄂᆡ여 하늘이 붉게야 오히려 방을 맛지 못ᄒ니 노부는 힝혀 모든 쇼졔 기ᄃ려 ᄆ음이 쵸조ᄒᆞᆯ가 겁ᄒ며 방ᄉᆞᆫ은 비록 그 안 쇼식을 통ᄒ나 다만 ᄒ나흘 방에 쓰면 ᄒ나흘 보ᄒᆞᆯ 분이니 그 ᄀᆞ온ᄃᆡ 밧고이믄 모로ᄂᆞᆫ지라. 만일 져의 보ᄒ기를 ᄆ츤 후 오려 ᄒ면 어느 ᄯᅢ 될 지 모를지라. 노뷔 ᄂᆡ부 하리의게 부탁ᄒ야 몬져 등졔(等第)와 셩명만 춍ᆞᆞ이 벗겨오노라 ᄂᆡ부명과 거쥬는 미쳐 못쓰고 【37】 나는 ᄃᆞ시 달녀오더니 쳔긔(喘氣) ᄂᆡ러나 ᄒᆞᄆ 죽을 번ᄒ도다. ᄯᅩ 드르니 이번 과게 젼고에 업는 광젼(曠典)이라 ᄒ야 겨유 방을 ᄂᆡᆫ 후에 즉각으로 예궐ᄒ야 샤은ᄒᆞᆫ다 ᄒ미 일노ᄡᅥ 밧비 와 보ᄒᄂᆞ니 엇지 남에 뒤히 □리요? 쳥컨ᄃᆡ 졔위 쇼져는 밧비 죠반을 나외고 급ᆞᆞ히 나아가쇼셔. 거쟝은 맛당히 지쵹ᄒ야 츠리리이다."

말을 맛지 못ᄒ야 외면에 년ᄒ야 팔포를 노ᄒ니 구공 왈,

"져를 드러보라. 이 문득 우흐로 올낫던 십명이 도로혀 후에 보ᄒ미로다. 노뷔 일즉 ᄒ로밤을 눈을 부치지 못ᄒ더니 극히 곤ᄒᆞᆫ지라. 밧게 나가 져 【38】 기혈식(歇息)ᄒ고 명일에 희쥬를 먹으리라."

말을 마츠며 밧그로 나가거늘 죵지네 비로소 방ᄉᆞᆫ에 단ᄌᆞ를 드려보고 각ᆞᆞ 후히 샹급ᄒᆞᆫ 후 년망히 단쟝을 슈습ᄒ더니 쇼츈과 완예 홀연 간ᄃᆡ 업거늘 스쳐로 ᄎᆞᆺ더니 ᄆ춤ᄂᆡ 측간으로셔 ᄎᆞ즈오니 원ᄅᆡ 이인이 오좀통가에 ᄆ조셔셔 너는 날을 ᄇ라보고 나는 너를 ᄇ라보아 마치 풍증 들닌 미친 사롬ᄀᆞᆺ치 우음을

그치지 아니트가 즁인에 ᄎᄌ 니르믈 보고 비로소 우음을 그치고 쓸와오니 슌 영 왈,

"이위 져졔 만일 즐거오믈 견디지 못홀 터이면 조츨ᄒᆫ 따히나 갈희 【39】 여 즐기미 올커늘 이에 이곳에 와 즐겨ᄒᆞ시니 만일 이곳 니암시를 어더오면 일후에 글을 지어도 방귀ᄀᆞ치 구린니 날가 져허ᄒᆞ노라."

즁인이 모다 대쇼ᄒᆞ고 쳥방에 잇그러 니르러 춍ᄋ히 죠반을 맛고 일졔히 죠방(朝房)에 니르러 모든 지녀로 더부러 견폐에 나아가 샤은ᄒᆞ니 무휘 십분 쾌 열ᄒᆞ야 일등 이십 인으로 써 '녀흑ᄉ' 벼슬을 졔슈ᄒᆞ고 이등 샴십 인으로 써 '녀박ᄉ'를 졔슈ᄒᆞ고 샴등 오십 인으로 '녀길ᄉ'를 졔슈ᄒᆞᆫ 후 각ᄋ 금화[金花 금곳치니 요ᄉ이 어ᄉ홰라] 일대[一帶 ᄒᆫ 쌍]를 ᄉ급ᄒᆞ고 젼지ᄒᆞ야 례부로써 홍문연(紅文宴)을 비셜ᄒᆞ야 즐길 【40】 시 무휘 볼ᄉ록 깃부고 ᄉ랑ᄒᆞ야 허다 ᄒᆫ 치단과 긔이ᄒᆞᆫ 향을 ᄉ급ᄒᆞ며 년ᄒᆞ야 샴일을 존치ᄒᆞ고 다시 공쥬를 명ᄒᆞ야 이틀을 존치ᄒᆞ니 모든 지녜 날노 모혀 져ᄋ를 일커르며 미ᄋ를 불너 피ᄎ 담쇼 홀시 개ᄋ히 셔로 아든 덧ᄒᆞ야 친슉ᄒᆞ미 그지 업고 ᄒᆞ물며 당규신이 츅졔화 인 교문에 무리로 더옥 친근ᄒᆞ며 낙홍게 지은셤 ᄌ미로 더부러 쇼영쥐 거ᄋ의 쇼 식을 무러 셔로 말이 ᄭᆫ치지 아니ᄋ 미양 허여질 찌면 년ᄋ햐야 셔로 노치 못 ᄒᆞ니 모다 샹의ᄒᆞ야 왈,

"우리 셔로 모히미 오일이 되디 ᄆᆞ춤니 구속ᄒᆞ야 홍을 다ᄒᆞ지 【41】 못ᄒᆞ니 엇지ᄒᆞ면 죠용ᄒᆞᆫ 곳을 어더 셔로 모다 회포를 쾌히 펴리요?"

ᄒᆞ더니 졔뉵일은 곳 초팔일 셕가여리 탄일이라. 궁즁과 공쥬 졍히 부쳐를 공 양ᄒᆞ므로 져기 한가ᄒᆞ니 틈을 틉 은문노ᄉ[시관을 은문이라도 일컷고 노샤라도 일컷ᄂᆞ니라] 를 뵈오려 일졔히 변부로 나아갈시 변보운에 칠개 ᄌ미 몬져 본부에 니르러 변빈의게 알외니 변빈이 ᄭᆯ니 가인을 분부ᄒᆞ야 응취관[凝翠館 변부 화원 집일홈]에 연셕을 비셜ᄒᆞ고 쥬반을 ᄀᆞ초니라. 오ᄅᆞ지 아녀 즁인이 문에 니르러 몬져 문셩 명쳡과 녜물을 드리니 변빈이 넌망히 즁문에 나와 ᄆᆞ즈니 【42】 모든 지녀의 변·밍 냥가 ᄌ미 외에는 일홈 ᄎ례로 나아가니 ᄎ환이 알 플 인도ᄒᆞ야 응취관에 니르니 변빈이 몬져 말ᄒᆞ야 왈,

"즁위 지녀는 아직 힝녜를 날회라. 노뷔 홀 말이 잇노라. 만일 ᄉ셩[師生 스

승 졔지]에 의를 의논컨디 맛당히 반례(半禮)를 브드미 올흐되 오날은 사룸이 만코 집이 좁으니 일졔히 힝녜하려 하면 용납홀 터이 업고 한 사룸식 힝녜하려 하면 날이 맛도록 다 못하리니 다만 셔로 상녜로 보미 조토다."

스영화 왈,

"노스의 말솜은 비록 이러하시나 문싱의 무리 흠게 노스의 장발(獎拔)하시믈 닙어 셩젼(盛典)에 춤예 【43】 홀 분 아니라 보운 칠위 져ᄌ로 더부러 동방에 의 잇스니 곳 조질이라 처음으로 뵈오며 엇지 힝녜를 아니리잇고?"

박치홍 왈,

"노시 만일 힝녜에 더듸믈 혐의하실진디 문싱에 무리 십인식 항렬을 닐위 힝녜하면 불과 편시에 므츠리이다."

스영화 이에 추환으로 하여곰 비셕을 펴이고 십인식 추례로 힝녜하니 변빈이 므지 못하야 례를 밧기를 다하미 난지 조미 쏘흔 나아와 힝녜하거늘 변빈이 쇼왈,

"너희 팔인도 오히려 나의 문싱이로라 힝녜하는다?"

벽지 왈,

"다만 싱녀 조미만 구ᄌ에 문싱이 아니라 보운 【44】 칠위 져ᄌ도 쏘흔 구ᄌ에 문싱이로소이다."

추환이 조리를 거드미 스영화 왈,

"아직 머무르라."

하고 변빈을 향하여 왈,

"문싱에 무리 오날ᄌ 스모를 쳥하여 힝녜코져 하ᄂ이다."

변빈이 허락하야 왈,

"노뷔 임의 례를 브닷시니 노쳐로 셔로 보미 다만 상녜를 힝하라."

오리지 아녀 보운에 조미 셩부인을 뫼셔 나오니 피추 겸양하믈 므지 아니타가 므춤니 힝녜하고 다시 보운 조미로 더부러 셔로 녜하니 변빈이 보운을 향하여 왈,

"니 임의 가인으로 하여곰 쥬반을 갓초왓스니 너희 조미 난지 등 팔개 싱녀로 더부러 날 【45】 을 대신하야 조히 졉대하라. 오날은 불과 쥬반이니 다른날

고쳐 쳥ᄒ야 너희 일빅인이 일졔히 모히게 ᄒ리라. 나는 이에 잇스미 도로혀 불편ᄒ니 밧그로 나가노라."

이에 가인 변표(卞彪)로 ᄒ여곰 모든 지녀의 보닌 ᄇ 례물을 도로 보니고 그 ᄀ져온 사ᄅᆷ의게 말노 젼ᄒ야 왈,

"니 샹히 남의 녜폐를 밧지 아닛ᄂ니 결단코 두 번 보니여 밧지 아닐 거시요. 모든 ᄌ녜 ᄆᆞ음에 섭ᄉᄒ거든 일후 한가ᄒᆫ ᄣᅢ에 혹 션ᄌ(扇子)에 글을 쓰거나 혹 쥬련을 쓰거나 그림 그리나니는 묵화를 그려보니면 그는 니 즐겨 ᄇ드리라."

모 【46】 든 가인이 여러번 ᄇ드믈 쳥ᄒ되 ᄆ춤니 밧지 아니ᄉ라. 셩부인이 모든 지녀를 낫ᄉ치 ᄇ라보니 심즁에 극히 환열ᄒ야 볼스록 ᄉ랑ᄒ와 누고를 낫다 ᄒ고 누고를 못ᄒ다 ᄒᆯ 길 업스며 어디로조ᄎ 말을 무를지 몰나 즁인을 향ᄒ야 왈,

"오날ᄉ 졔위 년질녀[年姪女, ᄌ식에 동방인고로 년질녜라 일컷다]를 첫 번 보나 셔로 보는 녜물을 ᄀ초지 못ᄒ니 쟝ᄎ 엇지ᄒ리요? 다만 말노써 츅원ᄒᄂ니 오날노조ᄎ 만ᄉ여의ᄒ고 슈복이 면원ᄒ라. 일노써 녜물을 대신ᄒ노라."

즁인이 일졔히 대왈,

"ᄉ모에 츅원ᄒ시는 말ᄉᆷ이 실노 감샤ᄒ야 【47】 이다. ᄉ모는 이 문득 복과 쉬썅으로 온젼ᄒ시니 쥬시는 말ᄉᆷ이 ᄆ춤니 녕험이 잇스리로소이다."

부인 왈,

"모든 ᄌ미는 편히 안ᄌ 조히 놀나. 이곳이 노ᄉ 요년빅에 집이니 남의 집과 ᄃ른지라. 긱투를 쓰지 말나. 노신은 아직 물너 잇스리라."

이에 보운이 졍히 좌를 쳥ᄒ더니 홀연 ᄉ영화에 ᄎ환이 고ᄒ야 왈,

"앗가ᄉ 인이 급히 와 알외디 황샹이 젼지ᄒ샤 즁위 지녀를 즉각으로 조현ᄒ라 ᄒ샤 쟝ᄎ 필연을 ᄉ급ᄒ려 ᄒ시고 약화 쇼져는 불너 말을 뭇고져 ᄒ신다 ᄒ더이다."

년ᄒ야 각 집 ᄎ환이 니어 이ᄀᆺ치 고ᄒ 【48】 는지라. 쥬긱이 일졔히 변빈의게 하직ᄒ고 죠방에 나아가니 무휘 편젼으로 부르거늘 젼폐에 힝녜ᄒ고 좌우

로 시립ᄒᆞ니 약홰 홀노 단지에 업드여 왈,

"신 음약홰 명을 기ᄃᆞ리ᄂᆞ이다."

무휘 왈,

"앗가 ᄆᆞ초아 너의 집 국왕의 표문을 보고 그곳 ᄉᆞ신의게 ᄌᆞ시 무른 즉 네 문득 화롤 피ᄒᆞ야 이곳에 니르럿다가 이제 짐의 과거의 놉히 샌히고 벼슬이 혹ᄉᆞ의 올으니 가히 니르되 쳔츄에 업는 ᄋᆞ름다온 닐이라. 네 몬져 너의 부왕의 표문을 보라. 짐이 다시 은혜롤 더어 왕죽을 봉ᄒᆞ야 ᄉᆞ신과 홈게 비거(飛車)롤 투고 일즉이 본 【49】 국에 도라가믈 허ᄒᆞ노라."

제68회

受業封三孤膺勅命　奉寵召衆美赴華筵

이에 근시로 ᄒᆞ야곰 표문[표문은 번거ᄒᆞ기로 올니지 아니ᄒᆞ다]을 ᄀᆞ려 약화롤 쥬니 약홰 표문을 ᄇᆞ다보기롤 다ᄒᆞ미 ᄆᆞ음이 시로이 슬푸믈 닉의지 못ᄒᆞ야 눈물을 흘녀 왈,

"신이 황샹의 놉ᄒᆞ신 덕화롤 닙ᄉᆞ와 특별이 지녀의 샌히여 묽은 벼슬을 제슈ᄒᆞ시거늘 이제 연이(涓埃)에 갑ᄒᆞ미 업시 참아 엇지 즈레 본국으로 도라가리잇고? ᄒᆞ물며 신이 쳔죠에 니르오미 두 ᄒᆡ롤 지ᄂᆞᆫ지라 ᄉᆞᆫ로이 금구(金甌)에 숑을 지어 다힝이 옥쵹(玉燭)에 빗츨 의지ᄒᆞ와 덕을 먹음고 은혜롤 【50】 씌여 년궐(戀闕)ᄒᆞᄂᆞᆫ 정성이 간졀ᄒᆞ온더 이쩐 가즁의 난을 평졍치 못ᄒᆞ고 형국이 오히려 총싱ᄒᆞ온더 만일 ᄒᆞᆫ 번 도라가오면 존망을 졈치지 못홀지라. 신이 그윽이 니해롤 헤아리오니 엇지 즐겨 그물과 굴형의 스스로 더지고져 ᄒᆞ리잇고? ᄇᆞ라건더 셩샹은 미신에 괴로온 졍ᄉᆞ롤 굽어 슬피사 죵사롤 보젼ᄒᆞ와 다만 ᄉᆞ신을 홀노 도라보닉샤 신으로 ᄒᆞ야곰 쟌명을 보젼케 ᄒᆞ시면 오날노부터는 폐하의 주신 일월이니 오히려 격외에 은혜 드리오시믈 감히 쳥ᄒᆞᄂᆞ이다."

년ᄒᆞ야 머리 조아 눈물 흘니 【51】 믈 그치지 아니ᄂᆞ 무휘 약화에 도라가기롤 원치 아니믈 보고 ᄯᅩᄒᆞᆫ 져의 지혹을 ᄉᆞ랑ᄒᆞ야 부디 도라보닉고져 아니나 임

의 저의 국왕에 허다훈 지보롤 밧고 스신을 더후야 보니믈 허훈지라.

다시 골오디,

"너히 도망후여 나오미 젼혀 셔궁에 춤해롤 두려 화롤 피후미어늘 이제 셔궁 모지 앙화롤 브다 임의 죽고 너의 국왕이 다른 즈미 업스니 져의 졍시 진실노 간졀훈지라. 후물며 즁히 허비훈믈 앗기지 아녀 닌국에 비거롤 비러보니기에 니르니 그 즈식 브라눈 무음이 깁흐믈 【52】 가히 알지라. 네 맛당히 급ː히 도라가 조히 시봉후야 즈식에 도리롤 다후면 거의 쳔륜에 졍을 일치 아닐 거시요 너의 국왕 빅년 후에 번복을 니어 쳔죠롤 공순이 밧들면 이 과연 너의 일싱 일셰에 응당훈 닐이요 쏘 국왕에 표문으로 보아도 만히 뉘웃츤 말이니 네 아모리 원굴훈 닐이 만흐도 국왕에 무음이 거의 다 빙셕(冰釋)후얏시리라. 짐에 뜻이 임의 결단후얏시니 부졀업시 다시 알외지 말나. 이에 너롤 봉후야 '문염왕(文豔王)' 죽호롤 쥬고 특별이 망룡포(蟒龍布) 일습(一襲)과 옥대 일죠롤 스급후ᄂ니 너눈 【53】 다만 속ː히 도라가 우후로 너의 부왕에 무음을 눅히고 으리로 본국 신민에 붉눈 뜻을 위로후게 스신으로 더부러 흠게 도라가라."

약홰 년후야 머리 조아 왈,

"신이 셩샹의 쳔고지후(天高地厚)후오신 은덕을 닙스와 격외에 영화로이 봉 죽후시믈 밧즈오니 비록 분신쇄골후오나 만문에 일을 갑습지 못후올지라. 다만 신이 듯즈오니 이쩌 셔궁에 환은 비록 졔후오나 오히려 여당이 남아잇스며 족인이 강셩후야 미양 다른 뜻을 먹은 지 만흐므로 화변(禍變)이 쇼장(蕭墻) 안히 니러나오니 져기 뉴심치 아니면 그 해롤 아니 만느리 【54】 업스니 이눈 즈리 국즁에 풍긔(風氣) 이러후미라. 신이 임의 알기롤 닉이 후오므로 감히 도라가지 못후옵더니 이제 셩샹이 ː굿치 슌ː(諄諄)이 권유후시나 엇지 감히 밧드지 아니리잇가마눈 오직 신이 본국 동궁에 잇슬 쩌도 다만 글닑기만 일솜아 일즉 당을 심으고 구왕후리롤 엇지 못후얏더니 이제 두어 히 후에 도라가오미 엇지 심복에 미들 지 잇스리요? 형셰 심히 외롭고 년긔 쏘훈 어린지라 엇지 아니 두려오리잇가? 만일 머물너 셩죠에 용납후샤 견마에 부리시믈 허후실진디 만번 죽어 뉘웃지 아니려니와 셩념이 부 【55】 디 신으로 후야곰 본국에 도라가고져 후실진디 특별이 쳔지에 은혜롤 더으샤 별로 능간훈 궁녜 샴스인을 신을

쩍ᄒ야 도라가와 슈년을 잇ᄉ오면 족인과 국즁이 알기를 쳔죠 대황졔 호위ᄒ
는 관원을 칙졍ᄒ야 보니시다 ᄒ면 쳔위(天威)를 빙쟈ᄒ와 반북ᄒ는 인심을 가
히 진졍ᄒ올지라. 져기 신이 셩닙ᄒ오면 맛당히 공경ᄒ야 도라보니리이다."

무휘 왈,

"이 일이 어렵지 아니되 짐에 알퍼 능간흔 궁인이 불과 슈인으로 짐을 쏠와
슈응ᄒ니 일시도 업시치 못홀 지오. 만일 용널무릉흔 즈룰 【56】 쥬어보니면
다만 네게 유익지 아닐 분이라 져의로 ᄒ여곰 쳔죠에 사롬이 업스믈 우스리니
짐이 엇지 샴스개 궁녀롤 앗기리오마는 인지롤 엇기 어려오미 엇지ᄒ리요?"

약홰 왈,

"신에 ᄆ음에 비록 슈샴인이 잇ᄉ오나 감히 당돌히 쳥치 못ᄒᄂ이다."

무휘 왈,

"그 엇던 사롬인고 즈시 알외라."

약홰 왈,

"이 도시 신에 동방에 ᄲ힌 지녜니 ᄒ나흔 지난괴[枝蘭音]니 기셜국(歧舌國)
사롬이요 ᄒ나흔 냥홍미[黎紅薇] 요 ᄒ나흔 노즈훤(盧紫萱)이니 홈게 흑치국(黑
齒國) 사롬이라. 져즈음 해외에 환란을 만나미 신에 양부 님지양(林之洋)이 년
ᄒ야 구ᄒ야 쳔죠 【57】 의 니르와 갓치 과거의 나아와 은영을 닙은 지라. 이
세 사롬이 문흑이 유여ᄒ고 지식이 통달ᄒ야 족히 더부러 닐을 의논홀 거시요
신에 심복이 되얌즉ᄒ니 셩상이 굽어 ᄉ졍을 조츠샤 이 세 사롬으로 홈게 가게
허ᄒ시면 신이 보젼ᄒ믈 어더 셰ː셩ː에 쳔은을 감츅ᄒ리이다."

무휘 왈,

"져 무리 쏘흔 해외 사롬이니 이 ᄶ에 너롤 쩍ᄒ야 도라가미 피츠 유익ᄒ리
로다."

이에 샴인을 불너 단지(丹墀)에 업드리니 무휘 왈,

"짐이 이제 음약화롤 명ᄒ야 본국으로 도라보닐ᄉ 너희도 ᄀᆺ치 해외 사롬이
라 맛당 【58】 히 각ː 본국으로 도라보닐 거시로되 이제 음약화의 쥬쳥ᄒ믈
인ᄒ야 너히로 ᄒ야곰 저롤 조츠 도라가게 ᄒᄂ니 특별이 동궁호위대신을 졔
슈ᄒ리니 숨가 명을 ᄇ드라. 너 지난교ᄂ 동궁쇼ᄉ(東宮少師)에 흑ᄉ룰 겸ᄒ고

냥홍미는 동궁쇼부(東宮少傅)에 혹스를 겸ᄒ고 너 노즈훤은 동궁쇼보(東宮少保)에 혹스를 겸ᄒ고 각ː 망룡의 일건과 옥대 일죠를 스급ᄒᄂ니 십일 너에 그곳 스신을 쏠와 약화를 호송ᄒ야 본국으로 도라가라. 만일 츙셩을 다ᄒ야 극진이 보좌ᄒ다 ᄒ면 다시 은혜를 더으리라."

셜파에 태【59】감으로 ᄒ야곰 필연을 가져 모든 지녀를 각ː 스급ᄒ고 인ᄒ야 퇴죠ᄒ니 모든 지녜 물너 죠방에 니르미 보운이 다시 집으로 도라가믈 쳥ᄒ니 즁인이 이날 밍노스와 장녀 스위 노스 뵈오믈 일커러 지샴 츄샤ᄒ고 인ᄒ야 각쳐에 뵈는 녜를 마츤 후 각ː 허여질 시 규신이 모든 즈미로 더부러 홍문관에 도라왓더니 문득 완예 눈물이 비ᄀᆺᄒ며 쇼릭ᄒ야 울며 쳥방에 니르러 즁인을 향ᄒ여 왈,

"우리 무리 약화와 난교와 홍미와 즈훤 스위 져ː로 셔로 만는 이후에 일즉 편각을 쎠ᄂ미 업더니 이제 무도ᄒ【60】녀ᄋ국 왕이 약화 져ː를 츠즈 도라가미 날노 ᄒ야곰 쾌ᄒ 칼노 ᄆ음을 버히는 듯ᄒ더니 이제 태휘 다시 난교 샴위 져ː로 쏠와 가게 ᄒ시니 이 아니 나의 오장을 모도 버히미냐? 니 이 목숨을 두어 무엇ᄒ리요? 일후에 싱각ᄒ야 죽기에 니르ᄂ니 츠라리 이쩍에 쾌히 죽음만 ᄀᆺ지 못ᄒ도다."

일변 말ᄒ며 일변 우름을 그치지 아니ː 즁인이 쏘ᄒ 낙누치 아니리 업고 약홰 더옥 오열ᄒ야 말을 닐우지 못ᄒ며 난교와 홍미 쏘ᄒ 뉴체ᄒ되 오직 즈훤이 얼골에 깃분 빗치 ᄀ득ᄒ야 즈못 득의ᄒ 모양이라. 완예 져 모【61】양을 보고 문득 분연ᄒ여 왈,

"너는 가히 냥심이 업는 거시로다. 우리는 이ᄀᆺ치 눈물을 홀니거늘 너는 조곰도 슬퍼ᄒ면 커니와 도로혀 깃분 빗치 ᄀ득ᄒ니 그 스이 몃 히를 모혀 지니되 져ᄀᆺ치 몹슬 ᄆ음이라 조곰도 셥ː ᄒ미 업스니 네 이제 태후의 너를 쇼보 벼술을 졔슈ᄒ믈 즐겨 이 ᄀᆺᄒ니 만일 쇼보에셔 더 놉흔 노보(老保)를 ᄒ더면 장춧 엇더케 즐겨 ᄒ리요? 너ᄀᆺ치 냥심업는 뉴를 그 스이 스귄 줄이 이둛도다."

즈훤이 정식 왈,

"쇼보로써 엇지 즐겁다 ᄒ리요? 나의 깃버ᄒ는 빅 쏘ᄒ 연괴잇ᄂ니 우리 져 샴위로 더부러【62】혹 쳔죠에 머무던지 본국에 도라가던지 불과 용ː 녹ː(庸

庸碌碌) ᄒᆞ야 일성을 허도(虛度)홀 비어ᄂᆞᆯ 이제 홀연 태후에 명을 바다 약화 져
ᄅᆞᆯ 쏼와 도라가미 과연 천지에 엇지 못홀 졔회(際會)라. 쟝ᄎᆞ에 약화 져졔 국
왕이 되거든 우리 무리 동심협녁ᄒᆞ고 각ᄼ 츙셩을 다ᄒᆞ야 혹 녜ᄅᆞᆯ 졍ᄒᆞ며 풍뉴
ᄅᆞᆯ 고로게 ᄒᆞ며 혹 폐ᄅᆞᆯ 덜며 니ᄅᆞᆯ 닐으혀며 혹 사오나오니ᄅᆞᆯ 업시 ᄒᆞ며 어지
니ᄅᆞᆯ 평안케 ᄒᆞ며 혹 츅ᄒᆞ니ᄅᆞᆯ 쳔거ᄒᆞ며 간샤ᄒᆞ니ᄅᆞᆯ 물니치며 혹 형명을 공경
ᄒᆞ야 숨가며 혹 문셔ᄅᆞᆯ 뉴심ᄒᆞ야 져ᄅᆞᆯ 븟들 【63】 어 도와 일국에 어진 님군이
되게 ᄒᆞ고 우리도 ᄯᅩᄒᆞᆫ 일홈ᄂᆞᆫ 신해 되여 ᄉᆞ칙에 죳다오믈 젼ᄒᆞ면 이 아니 쳔
츄에 ᄋᆞ름다온 말이 되리오? 완여 미ᄼᄂᆞᆫ 이 ᄯᅳᆺ을 젼혀 모로고 다만 목젼에 모
힘만 탐ᄒᆞ니 셜혹 이ᄀᆞᆺ치 슈십 년을 모혀 지닌들 피ᄎᆞ 유익ᄒᆞ미 무어시뇨? 날
노써 조곰도 셥ᄼᄒᆞ여 아니ᄐᆞ ᄒᆞ나 우리 셔로 모힌지 오리여 졍이 합ᄒᆞ고 ᄯᅳᆺ이
ᄀᆞᆺᄒᆞ니 엇지 먼 니별을 당ᄒᆞ야 슬푸믈 모로며 ᄒᆞ물며 규신 미ᄼᄂᆞᆫ 졍이 깁고
의즁ᄒᆞ야 더옥 사ᄅᆞᆷ으로 ᄒᆞ야곰 편각을 닛지 못홀지라. 엇지 ᄎᆞ마 【64】 일죠
에 ᄇᆞ리고 가리요마ᄂᆞᆫ 쳔하에 허여지ᄼ 아닛ᄂᆞᆫ 못거지 업고 사람을 쳔리에 보
ᄂᆞ나 ᄆᆞ춤ᄂᆡ ᄒᆞᆫ 번 니별은 면치 못ᄒᆞᄂᆞ니 다ᄒᆡᆼ이 십일에 긔한이 오히려 머럿시
니 다만 쾌히 뫼혀 즐겨 말ᄒᆞ미 올흔지라. 만일 오날노부터 이ᄀᆞᆺ치 ᄒᆞ면 이후
십일은 도모지 고경이 되리니 나의 우견은 써 ᄒᆞ되 우리 무리 이후에 셔로 모
히믈 긔필치 못ᄒᆞ니 이ᄯᅢᄅᆞᆯ 당ᄒᆞ야 다만 십분 즐기ᄼ로 쥬ᄒᆞ야 니별 이ᄯᅳᆫ는 치
지도외ᄒᆞ고 날ᄆᆞ다 돌녀가며 쥬셕을 쟝만ᄒᆞ야 극진히 즐기다가 니별ᄒᆞᄂᆞ ᄯᅢᄅᆞᆯ
당ᄒᆞ 【65】 야든 일쟝 통곡ᄒᆞ야 허여지면 거의 슬품과 즐거오미 셔로 혼줍지
아닐거시요 이제도 즐기미 구일이나 만코 슬푸믄 일시 분이어ᄂᆞᆯ 만일 완여 미
ᄼᄀᆞᆺ치 다만 슬퍼 울기만 ᄒᆞ면 비록 십일을 우러도 ᄆᆞ춤ᄂᆡ ᄯᅥᄂᆞᆯ ᄯᅢ ᄒᆞᆫ 번 울어
그치리니 그 ᄉᆞ이 십일에 유익ᄒᆞ미 무어시뇨? 녯말에 니르되 ‘인싱이 ᄯᅢᄅᆞᆯ ᄯᅩ
와 힝낙ᄒᆞ라’ ᄒᆞ얏ᄂᆞ니 아직도 ᄯᅥ날 긔한이 오히려 머럿시니 이ᄯᅢᄅᆞᆯ 밋쳐 힝낙
ᄒᆞ미 맛당ᄒᆞ거늘 도로혀 울고 슬퍼ᄒᆞ니 이 아니 조흔 시졀노써 괴로온 지경을
민들미뇨?”
  이 두어 ᄆᆞ듸 말슴 【66】 에 모든 사ᄅᆞᆷ이 눈물을 거두고 낫ᄼ치 칭션ᄒᆞ니 규
신 왈,
  “우리 젼시ᄅᆞᆯ 지니고 벼슬을 바든 후로부터 년일 춍ᄼ망ᄼᄒᆞ야 오히려 경하

ᄒᆞᄂᆞᆫ 연셕을 베푸지 못ᄒᆞ얏더니 오날은 미지 ᄌᆞ훤 져ᇰ의 녕을 조ᄎᆞ 쥬셕을 판비ᄒᆞ리라.”

완예 왈,

“명일은 니 맛당히 ᄎᆞ리ᄅᆞ라.”

규신이ᄅᆞ에 ᄎᆞ환 복부로 ᄒᆞ여곰 쥬셕을 판비ᄒᆞ라 ᄒᆞ다. ᄌᆞ훤이ᄅᆞ 연유로써 가셔ᄅᆞᆯ 닷가 구공을 부탁ᄒᆞ야 최시 모친게 부쳐 그 ᄆᆞ음을 깃부게 ᄒᆞ더니 ᄎᆞ환이 보ᄒᆞ되 “국귀 밧게 니르러 뵈오믈 쳐ᇰᄒᆞ다” ᄒᆞ야ᄂᆞᆯ 약홰 이에 져근 방【67】으로 쳐ᇰᄒᆞ야 셔로 볼ᄉᆡ 약홰 ᄆᆞᆺ 졀ᄒᆞ여 왈,

“구귀 젼일 도라가시미 몃츨에 집에 니르며 부왕에 셔ᇰ톄 안강ᄒᆞ시니잇가?”

국귀 왈,

“노신이 그 ᄯᅢ 현셩을 니별ᄒᆞ고 다힝이 슌풍을 만ᄂᆞ 뉵일만에 본국에 니른즉 국왕이 현셩을 ᄉᆡᆼ각ᄒᆞ믈 인ᄒᆞ야 병을 닐위여 샤ᇰ셕에 위돈ᄒᆞ시더니 밋 현셩에 답셔ᄅᆞᆯ 보고 젼ᄒᆞᄂᆞᆫ 말을 들으미 더옥 비통ᄒᆞ믈 마지 아녀 지샴 샤ᇰ냐ᇰᄒᆞ다가 이에 허다ᄒᆞᆫ 금쥬보옥을 ᄀᆞ초고 표문을 닐워 노신으로 ᄒᆞ여곰 다시 쳔죠에 니르러 황졔 폐하의 올니고 현셩을 칙유ᄒᆞ야 본【68】 국에 도라보ᄂᆡᆯ 간쳐ᇰ홀ᄉᆡ 비거의 물화ᄅᆞᆯ 실으면 힝혀 더디 갈가 져허 다시 쥬요국에 비거 둘을 셰ᄂᆡ여 논하 시르니 과연 경쾌ᄒᆞ며 겸ᄒᆞ야 슌풍을 만나 오일만에 이곳에 니르니라. 앗가 드르니 현셩을 왕족을 봉ᄒᆞ시고 샴위 대신을 홈게 보ᄂᆡ시다 ᄒᆞ니 ᄆᆞ초아 비게 셰ᄒᆞ니 조히 용납ᄒᆞ리로다.”

이에 국왕의 셔신과 표문 초본을 뵈여 왈,

“이ᄅᆞᆯ 보면 국왕에 깁히 회과ᄒᆞ시고 현셩 ᄉᆡᆼ각이 간졀ᄒᆞ시믈 거의 알니라.”

셜파에 우소로 도라가니 약홰 가신을 보고 표문을 가져 중인을 뵈니 모다 그 문ᄶᆞ의 빗남【69】 과 ᄉᆞ의에 간졀ᄒᆞ믈 못ᄂᆡ 칭찬ᄒᆞ니 완예 왈,

“져런 문ᄶᆞ는 난교네 샴위 져졔 맛당히 ᄆᆞ음에 삭여두라. 일후에 약홰 져졔 국왕이 되면 이 글짓ᄂᆞᆫ 소임을 당ᄒᆞ리로다.”

ᄌᆞ훤 왈,

“이 표문이 다만 젼아ᄒᆞ고 간졀홀 ᄯᅡᆫ 아니라 ᄌᆞᄅᆞ히 졍공ᄒᆞ니 우리네 여튼 지조로 엇지 감히 의방ᄒᆞ리요?”

약화 인ᄒᆞ야 국구의 우소ᄅᆞᆯ 츠ᄌᆞ 총〻이 회샤ᄒᆞ고 도라오니라.

규신이 양묵향을 향ᄒᆞ야 왈,

"이제 약화 ᄉᆞ위 져〻로 더부러 오리지 아녀 먼리 이별홀지라. 드르니 져제 단쳥[丹靑 그림 그린다 말이라]이 심히 ᄋᆞ름다오시다 ᄒᆞ니 【70】 미지 그윽이 '쟝안송별도'[長安送別圖, 쟝안에서 보니여 니별ᄒᆞᄂᆞ 그림]ᄅᆞᆯ 닐우고 혹 부도 지으며 시도 지으며 가ᄉᆞ도 지어 각〻 회포ᄅᆞᆯ 부치고져 ᄒᆞᄂᆞ니 져제 쏘ᄒᆞᆫ 필묵을 가져 슈만리 밧 외국에 뉴젼ᄒᆞ미 이 아니 조ᄒᆞ니잇가?"

모다 일졔히 올ᄒᆞᄆᆞᆯ 일커르니 묵향 왈,

"미지 비록 그림이 ᄋᆞ름답지 못ᄒᆞ나 졍을 부치고 ᄆᆞ음을 형용ᄒᆞ미 이밧게 업스니 명을 밧들녀니와 몬져 초본을 니여 져〻게 개졍ᄒᆞ시믈 쳥ᄒᆞ리이다. 이 ᄆᆞᆫ득 심샹ᄒᆞᆫ 그림이 아니라 엇지 감히 임의로 휘쇄ᄒᆞ리잇고?"

쇼츈 왈,

"미ᄌᆞ는 맛당히 송 【71】 별시 일이슈ᄅᆞᆯ 지으려니와 글시ᄅᆞᆯ 잘못 쓰니 셔향 져〻의게 대신으로 써 쥬시믈 쳥ᄒᆞ노라."

완예 왈,

"너는 셔향 져〻의게 쳥ᄒᆞ면 나는 맛당히 월방 져〻의게 쳥ᄒᆞ리라."

슌영이 쇼왈,

"나의 우견은 이위 져〻에 글도 남에게 비러 지이미 조홀노다. 만일 ᄌᆞ가네 짓다가 즉간 니암시 날가 져허ᄒᆞ노라."

모다 대쇼ᄒᆞ더니 홀연 ᄆᆞᆫ 직휜 복뷔 여러쟝 첩ᄌᆞ[帖子 손 쳥ᄒᆞᄂᆞᆫ 편지라]ᄅᆞᆯ ᄀᆞ져 올녀 왈,

"변샹셔 노애 사ᄅᆞᆷ을 부려 첩ᄌᆞ로써 졔위 지녀ᄅᆞᆯ 쳥ᄒᆞ샤 명일 〻즉 모혀 님ᄒᆞ쇼셔 ᄒᆞ더이다."

중인이 첩ᄌᆞᄅᆞᆯ 머무르고 명일 슘가 일즉 나아가 【72】 ᄆᆞ로 회답ᄒᆞ니라.

원리 보운이 뉵개 미ᄌᆞᄅᆞᆯ 거ᄂᆞ려 퇴죠ᄒᆞ야 홈게 ᄉᆞ위 노ᄉᆞᄅᆞᆯ 츠ᄌᆞ본 후 집에 도라와 부친을 대ᄒᆞ야 녀ᄋᆞ국 왕이 표문 올닌 연유와 황졔에 쳐분과 필연 ᄉᆞ급ᄒᆞ시믈 낫〻치 고ᄒᆞ니 변빈 왈,

"나는 음악화로써 다만 녀으국 민인으로 알앗더니 이 문득 일위 셰지라 너희 지녀 방우히 이제 일위 국왕과 샴위 동궁대신이 잇스니 ᄀ쟝 셩식되고 ᄯᅩᆫ 쳔고에 드문 닐이로다. 임의 퇴죠ᄒᆞ미 엇지 일병 쳥ᄒᆞ야 니르지 아니뇨?"

보운 왈,

"모다 밍가 고부와 스위 빅부롤 뵈온 후 날이 임【73】의 느즌 고로 각ᄼᅳ ᄒᆞ터지니이다."

변빈 왈,

"명일은 맛당히 연셕을 ᄀ초아 희ᄌᆞ롤 부르고 일병 쳥ᄒᆞ야 놀게 ᄒᆞ리라."

보운 왈,

"희ᄌᆞ는 부르미 불가ᄒᆞ니 다만 쥬반을 ᄀᆞᆺ초아 셔로 말ᄒᆞ야 즐기미 올ᄒᆞ니이다. 져 무리 태반이나 외방에 잇스니 오리지 아녀 말미롤 어더 본향으로 도라갈 거시요 그 스이 비록 년일ᄒᆞ야 ᄒᆞᆫ곳에 모히나 과히 구속ᄒᆞ야 ᄒᆞᆫ 번도 쇠훤이 말ᄒᆞ지 못ᄒᆞᆫ지라. 명일 ᄼᅦ히 뫼히면 셔로 말ᄒᆞ야도 오히려 림ᄒᆞ지 못ᄒᆞ려든 어느 결을에 희ᄌᆞ롤 보리잇가?"

변빈이 맛당ᄒᆞᆷ믈 일컷고 가인을 불너【74】 쳥ᄒᆞᆫ는 쳡ᄌᆞ롤 닐워 각쳐로 보니고 화원 ᄀ온디 곳ᄼᅵ 포진과 교의롤 ᄀ초고 이튼날 변빈이 가인을 분부ᄒᆞ야 연셕을 베퍼 응취관에 포셜ᄒᆞ니 져 응취관은 변부 화원에 ᄀ쟝 크고 너른 집이니 좌우로 붉은 계슈남기 둘너 잇고 계슈 밧게 괴셕을 싸ᄒᆞ 일좌 가산을 닐우고 스면에 푸른 솔과 빅지 울밀ᄒᆞ야 극히 쳥아ᄒᆞ니 만일 계화 필 ᄯᅢ롤 당ᄒᆞ면 스면으로 쳥취 두론 ᄀ온디 계화에 묽은 향너 솔그늘 스이에 ᄀ득ᄒᆞ야 별노 취미롤 돕더라. ᄇᆞ야흐로 교의 일빅과 조ᄌᆞ12) 스물 다섯슬 버려 ᄒᆞᆫ 조ᄌᆞ의 네 사롬식 안ᄌᆞ 빅사롬에 ᄌᆞ리롤 분비ᄒᆞᆫ【75】더니 ᄆᆞ초아 녜부에 닐이 잇셔 지샴 쳥좌ᄒᆞ니 변빈이 ᄆᆞ지 못ᄒᆞ야 보운을 대신ᄒᆞ야 졉대ᄒᆞ라 ᄒᆞ고 총망이 녜부로

---

12)【조ᄌᆞ】 명 {탁자(桌子 zhuōzi).} 중국어 차용어. ¶ 席‖ ᄇᆞ야흐로 교의 일빅과 조ᄌᆞ 스물 다섯슬 버려 ᄒᆞᆫ 조ᄌᆞ의 네 사롬식 안ᄌᆞ 빅사롬에 ᄌᆞ리롤 분비ᄒᆞ더니 (卞濱命人把這二十五席正面向南, 由東至西, 分做五行擺開, 每行五席, 每席四坐.) <鏡花 18:74> 桌子‖ 노지 믄득 스미로죠ᄎ 쌈 싯는 슈건을 니여 조ᄌᆞ의 펴노ᄒᆞ며 졉시의 남은 바 소곰 져린 콩의 뉴롤 진슈히 ᄯᅳᆯ여 스미의 너ᄒᆞ며 삼인을 향ᄒᆞ야 왈 (老者立起, 從身上取下一塊汗巾, 鋪在桌上, 把碟內所剩鹽豆之類, 盡數包了, 揣在懷中.) <鏡花 5:92>

나아가니라.

제69회
百花大衆宗伯府 衆美初臨晚芳園

오러지 아녀 가인이 보ᄒ되,

"밍부와 장부와 동부와 가부와 녀부에 모든 쇼졔 문에 니르다 ᄒ거늘 보운이 여러 미ᄌ룰 거ᄂ려 ᄆᆽ드려 셔로 녜홀ᄉᆡ 이날 셩부인은 우연이 현증(眩症)으로 ᄇ람을 피ᄒ야 손을 졉대치 못ᄒ더라. 이에 모다 쳥방에 좌룰 졍ᄒᆞ미 벽지 왈,

"젼일 공쥬 부즁에 우리 ᄌ미 샴십 샴 인이 몬져 모혓더니 오날 ᄯᅩ 이ᄀᆞ치 몬져 모히니 이 ᄯᅩᄒᆞᆫ 알프로 샴ᄉᆞ이요 뒤【76】흐로 샴ᄉᆞ이로다."

옥지 왈,

"젼일 공쥬부에서 조히 거문고룰 ᄐᆞ며 ᄇ독을 두며 투호와 골픠와 샹뉵과 장긔며 취승도와 승경도(升卿圖)에 뉴로 조히 놀기 조터니 공쥐 무ᄉᆞᆷ일 글지어 년긔ᄒ자 ᄒ기로 공교히 ᄂᆡ 츠례에 강운에 험ᄒᆞᆫ 글ᄌᆞ룰 만나 언ᄆᆞ나 이룰 쓰되 ᄆᆞᄎᆞᆷᄂᆡ 맛당치 아니ᄉᆞ ᄆᆞ음이 편치 못ᄒᆞ니 음식이 ᄂ리지 아니키로 무단이 차만 먹더라. 다ᄒᆡᆼ이 요명 져ᄉᆞ와 요츈 져졔 공쥬로 더부러 거문고 ᄐᆞ기로 글짓ᄂᆞᆫ 녕을 거드니 져기 숨을 쉬엇ᄂᆞ니 오날 보운 져ᄉᆞᄂᆞᆫ 다만 놀기 조키로 위쥬ᄒ지 만일 글을 지【77】으라 ᄒ면 미ᄌᆞᄂᆞᆫ ᄇ로 이리로셔 도라가리이다."

인ᄒᆞ야 가인이 허다ᄒᆞᆫ 명쳡을 올니ᄉᆞ 곳 홍문관에 머무는 당규신으로부터 최요챠 아오로 ᄉᆞ십 뉴인이라. 보운이 ᄇ야흐로 영졉ᄒ더니 ᄉ영화 필젼졍의 무리 이십 일인이 홈게 니른지라. 모다 셔로 녜룰 ᄆᆞᄎᆞ미 츠환으로 셩부인게 문후ᄒᆞᆫ 후 보운이 즁인을 인도ᄒᆞ야 화원으로 나아갈ᄉᆡ 지ᄂᆞᆫ ᄇᆡ에 곳이 유졍ᄒ고 소쇄ᄒ니 즁인이 칭찬ᄒᆞᆷ믈 ᄆᆞ지 아니터니 응취관에 니르미 아직 좌룰 졍치 아녀 각ᄉ 훗터 안ᄌᆞ 차룰 드리고 냑ᄉᆞ히 한훤【78】을 파ᄒᆞ미 보운 왈,

"가친이 오날 집에 잇셔 졔위룰 졉대코져 ᄒ더니 ᄆᆞ초아 녜부에 일이 잇다

ᄒᆞ야 샴ᄉᆞᄎ 청좌ᄒᆞ므로 므지 못ᄒᆞ야 나아가며 미즈로 ᄒᆞ야곰 이 ᄠᅳᆺ을 고ᄒᆞ라 ᄒᆞ시더이다."

밍난지 왈,

"앗가 우리 슉부게 듯즈오니 검남에 왜구ᄅᆞᆯ 평정ᄒᆞ므로 일후 방비ᄒᆞᆯ 조흔 계칙을 의졍ᄒᆞ며 외국에 봉죡ᄒᆞᄂᆞᆫ 칙셔ᄅᆞᆯ 나리오고 ᄉᆞ신을 보니려 ᄒᆞ니 대쳐 네부에 슈일은 머무실 듯다 ᄒᆞ니 우리 그 ᄉᆞ이ᄅᆞᆯ ᄐᆞ 조히 모혀 놀니로소이다. 우리 슉뷔 ᄯᅩ흔 이곳 응취관이 너르고 통창다 ᄒᆞ야 명일에 이【79】곳을 비러 졔위ᄅᆞᆯ 청ᄒᆞ야 모히고져 ᄒᆞᄂᆞ니 오러지 아녀 청ᄒᆞᄂᆞᆫ 첩지 니르리라. 졔위ᄂᆞᆫ 믈니치지 므르시고 빗너 님ᄒᆞ시믈 ᄇᆞ라ᄂᆞ이다."

ᄉᆞ영홰 왈,

"졔 노시 우리 무리 박흔 네폐ᄅᆞᆯ 믈니쳐 밧지 아니시미 임의 불안ᄒᆞ미 깁거늘 도로혀 이ᄀᆞᆺ치 우대ᄒᆞ시니 더옥 겸숑ᄒᆞ오나 임의 노ᄉᆞ의 나지 부르시믈 듯즈오미 엇지 감히 ᄂᆞ아오지 아니리잇고? 다만 져ᄌᆞᄂᆞᆫ 부졀업시 과히 허비케 므르쇼셔."

난지 왈,

"불과 쥬반이니 무슴 허비ᄒᆞ미 잇스리잇고?"

보운 왈,

"미즈도 불과 쥬반이니 청컨더 모다 죠반【80】을 나왼 후 각쳐로 단녀 완경ᄒᆞ며 담쇼ᄒᆞ미 올ᄒᆞ니이다."

이에 즁인을 향ᄒᆞ야 좌ᄅᆞᆯ 청ᄒᆞᆯ시 ᄉᆞ영화ᄅᆞᆯ 몬져 샹좌로 청ᄒᆞ니 영홰 년ᄒᆞ야 손을 져어 왈,

"졔위 져졔 오날ᄂᆞᆯ 노ᄉᆞ 부즁에 모히미 젼일 힝녜ᄒᆞᆯ ᄯᅢ와 다른지라. 엇지 긱투ᄅᆞᆯ 쓰며 ᄒᆞ믈며 가치 젼시에 올으니 일졔히 동년(同年)이라. 너게 나히 만흐니ᄂᆞᆫ 곳 나의 져졔니 맛당히 샹좌ᄒᆞᆯ 거시요 너게 나히 젹으니ᄂᆞᆫ 곳 나의 미ᄌᆞ니 그는 너 겸양치 아니코 참남이 우히 안즈려니와 이제 부터 미즈로써 샹좌ᄒᆞ라 ᄒᆞ시면 그는 결단코 밧드지 못ᄒᆞ리로소이다."

필젼졍 왈,

"져ᄌᆞᄂᆞᆫ 너모 겸양치 므르쇼셔. 만일 좌ᄎᆞᄅᆞᆯ 의논ᄒᆞ면 맛당히 방목에 일홈

추례로 정ᄒ면 조곰도 어려오미 업고 셔로 츄양ᄒᄂ 폐도 업스려니와 만일 년치로 추례ᄅᆞᆯ 정ᄒ려 ᄒᄂ 즉 그 즁에 년셰 ᄀᆞᆺᄒ니 만ᄒ니 다시 ᄃᆞᆯ과 날에 션후ᄅᆞᆯ ᄀᆞᆯ희려 ᄒ면 긔 아니 다ᄉ ᄒ리잇가?"

영ᄒᆡ 왈,

"오날ᄂ 이ᄀᆞᆺ치 모히미 쉽지 아니코 날이 아직 늣지 아녓시니 일노써 말ᄒ며 ᄯᅩᄒ 싱일을 셔로 알아 일후에 하례ᄒᄂ 글을 짓고 칭슈ᄒᄂ 녜믈을 보ᄂᆞ미 ᄯᅩᄒ 조치 아니랴?"

벽지 왈,

"다른 ᄯᆡ에 셔로 【81】 싱일을 무르면 응당 ᄇᆞ로 니르려니와 이제 좌ᄎᆞᄅᆞᆯ 츄양햐 무르미 뉘 즐겨 남에 우히 되려 ᄇᆞ로 니르리요? 니 이제 십ᄉ셰니 뉘 ᄯᅩᄒ 십ᄉ셰라. 만일 날다려 싱월을 무르면 니 맛당히 납월이라 ᄒᆞᆯ 것이요 날과 시ᄅᆞᆯ 무르면 니 맛당히 납월 샴십일 히시라 ᄒᆞᆯ 거시니 좌즁에 셔로 동년 되ᄂᆞ니 만ᄒ니 만일 낫ᄎ치 납월 샴십일 히시에 낫노라 ᄒ면 져졔 능히 시각을 분별혀 추례ᄅᆞᆯ 정ᄒ시리잇가?"

영ᄒᆡ 쇼왈,

"벽지 미ᄂ에 말ᄉᆞᆷ이 미양 아치 잇스니 사ᄅᆞᆷ으로 혀곰 듯기 조케 ᄒᄂ도다."

인ᄒ 【82】 야 즁인을 향혀 왈,

"다르니ᄂ 의논치 말고 지방 져ᄂ와 젼졍 져졔 그즁 년긔 맛이어시어놀 니 만일 샹좌에 안ᄌᆞ고 년긔 놉흔 이위 져ᄂᄂ 도로혀 말셕에 안즈면 다만 미ᄌ에 ᄆᆞ음에 불안ᄒᆞᆯ 분 아니라 졔위 져졔 능히 ᄆᆞ음이 평안ᄒ시리잇가?"

젼졍 왈,

"져ᄂᄂ 부ᄃᆡ 년긔ᄅᆞᆯ 의논치 마르쇼셔. 오날 좌ᄎᆞᄂ 임의 졍혼지 오ᄅᆞ니 져ᄂ의 졔일위 샹좌ᄅᆞᆯ 뉘 감히 밧고며 미ᄌ의 말셕이 ᄯᅩᄒ 졍혼지 오ᄅᆞ니 엇지 즐겨 고치리잇고? 져졔 만일 밋지 아니시거든 지방 져ᄂ ᄃᆞ려 무러보시면 거의 알으시리ᄂ다."

지방 왈,

"이 과연 이것도다. 미ᄌ 미양 졔위 져ᄂ의게 고ᄒ려 ᄒ되 년일 번요ᄒ야 지금 못ᄒ니이다. 젼일 부시에 드러가미 젼졍 져ᄅ로 더부러 규신 져ᄅ롤 쓸와 안즈니 좌치 심히 갓가온지라 ᄒ가지로 한담ᄒ다가 미지 말ᄒ되 '오날은 우리 이곳에 모닷거니와 일후 젼시 쟝즁에는 우리는 ᄇ라도 못ᄒ리라' ᄒ니 규신 져ᄅ계 ᄀᄆ니ᄅ르되 '닉 이제 말ᄒ고져 ᄒᄂ니 져ᄅ는 괴이히 넉이지 말나. 쟝ᄂ 젼시에 져ᄅ는 ᄇ닥으로 둘지 될 거시요 젼졍 져ᄅ는 ᄇ닥으로 첫지 될 거시요 ᄌ긔는 졔십일명에 쌘히고 졔일명 젼원은 ᄉ영화요 【83】 졔이명 아원은 박치홍이라' ᄒ야늘 그 ᄯ에 미지 지필노 긔록ᄒ얏더니 젼시롤 지는 후 보건더 다만 셩명이 ᄆᄌᆯ 분 아니라 ᄎ례도 틀니지 아니ᄅ 이 아니 긔이ᄒ 닐이뇨?"

중인이 일졔히 신긔히 넉여 왈,

"이 엇지 아던고? 그 ᄯ에 방이 나기 젼이어늘 이곳치 분명히 미리 아던고? 규신 져ᄅ는 진실노 졈치지 아녀 몬져 아니 가히 니르되 '활신션活神仙'이라 ᄒ리로다.'"

벽지 왈,

"이 말이 사롭으로 ᄒ여곰 모로면 답ᄅᄒ야 죽게 ᄒᄂ도다. 우리 운지 져ᄅ의 졈과의 비ᄒ야도 더옥 신긔ᄒ니 졈과는 불과 날ᄌ나 맛첫거니와 【84】 이는 셩명과 ᄎ례롤 낫ᄅ치 니르니 긔 무슴 법슐이뇨? 실노 측냥치 못ᄒ리로다."

보운 왈,

"이제야 싱각건더 젼시에 죠현홀 ᄯ 규신 져ᄅ의 알외는 말을 드르니 ᄌ긔 부친이 몽죠롤 어더 일홈을 짓다 ᄒ더니 그 ᄀ온더 반드시 무슴 연괴 잇ᄂ니 쳥컨더 져ᄅ는 붉이 ᄀ르쳐 말숨ᄒ쇼셔."

규신이 미쇼 왈,

"이 말을 졔긔ᄒ면 진실노 긔괴ᄒ니 젼일에 만일 지방 져ᄅ와 젼졍 져ᄅ로 더부러 몬져 말ᄒ지 아니코 이제 와 홀연 이 말 ᄒ면 계위 져계 응당 미ᄌ롤 허황이 넉여 밋지 아니실지라. 이 말이 ᄀ 【85】 쟝 지리ᄒ니 쳥컨더 졔위 져ᄅ는 몬져 좌롤 졍ᄒ쇼셔. 미지 쳔ᄅ이 ᄌ셰히 말ᄒ리이다."

벽지 왈,

"측ᄒ다 우리 져ᄅ야. 그만 졸오고 어셔 밧비 말ᄒ쇼셔."

규신 왈,

"그 일이 원리 미지 어버이롤 추즈 해외에 갓다가 목도훈 비 잇스니 이제 말
을 즈셰히 후려 후며 부득불 즈초로부터 연고롤 말후여야 제위 져제 비로소 명
빅후시리이다."
규신에 말이 엇더훈고 하회에 분해후라.

권지십구

【1】 화셜 당규신이 즁인을 대ᄒ야 왈,

"셕년에 가친이 과거의 ᄲ혀 탐화에 올낫다가 간신에 춤소로 인ᄒ야 과거를 삭ᄒ기에 니르미 공명에 뜻이 지 ᄀᆺᄒ야 싱각ᄒ되 해외 각국에 도라 산슈와 풍토를 귀경코져 ᄒ더니 ᄆ초아 모구(母舅) 님원의 물화를 ᄀᆽ져 해외에 흥판ᄒ믈 인ᄒ야 ᄒᄀᆽ지로 ᄇ다에 비를 씌워 해외 각국을 낫〻치 지나고 일홈는 산과 놉흔 녕에 곳〻이 유완ᄒ야 밋 물화를 팔기를 다ᄒᆫ 후 홀연 ᄇ람을 만나 비를
【2】 머무로지 못ᄒ고 슈일을 ᄇ람과 물결에 몰니여 ᄒᆫ 곳 쇼봉ᄂ니산(小蓬萊山)이라 ᄒᄂᆫᄃ 비를 다히미 가친이 산에 올나 유완ᄒ다가 ᄆ춤ᄂ 도라오지 아니시니……"

벽지 왈,

"녯글노 보건ᄃ 해외 각국이 도모지 긔〻괴〻ᄒ야 ᄯ호ᄒᆫ 쟝인국(長人國)은 크크기 비홀ᄃ 업고 쇼인국(小人國)은 적기 쟉이 업스며 혹 흙으로 밥을 ᄒ며 혹 ᄀᆽ족으로 옷슬 ᄒᆫ다 ᄒ니 일노 보건ᄃ 의복과 음식이 우리와 ᄀᆺ지 아니커놀 문득 우리 물화는 미〻ᄒ야 쟝ᄎᆺ 어ᄃ 쓰ᄂ뇨? 아지 못게라 그 가져간 ᄇ 물홰 무엇 무어시니잇고?"

규신 왈,

"그 물홰 허다ᄒ니 미지 【3】 엇지 ᄂ로 긔억ᄒ리요? ᄆ초아 져계 쟝인국과 쇼인국을 말ᄒ시니 미지 싱각ᄒ니 당일 두 곳에서 두 ᄀᆽ지 물화를 ᄑ라 크게 니를 보다 ᄒ니 쟝인국에 ᄑᄂᆫ ᄇᄂᆫ 불과 슐 너헛든 빈 항이요 쇼인국에 ᄑᆫ ᄇᄂᆫ 누에고치니 다름 아니라…"

제70회

述奇形蠶藘堂小帽 談異城酒罇作烟壺

“우리 모귀(母舅) 샹히 안질이 잇셔 브람을 쏘이면 눈물이 흐르기로 고치롤 달혀 눈을 씻기에 힝중에 ㄱ져간 비요 쏘흔 술을 ㄱ쟝 즐기므로 미양 해외에 나갈 쩌면 조흔 술을 항에 너허 무슈히 시러 비록 슈년을 도라오지 못ᄒ여도 절핍ᄒ미 업게 ᄒ더니 여러 히 단니며 【4】 너허 갓든 뷘 항을 무슈히 션창 밋히 너헛더니 쟝인국에 니르러 우연이 그를 가져 ᄑ라 큰 니롤 보다 ᄒ고 그 후 쇼인국에 니르러는 고치롤 ᄑ라 크게 니롤 엇다 ᄒ더이다.”

벽지 왈,

“원리 쟝인국 사룸은 술은 즐기고 그곳에 항이 귀ᄒ기로 만히 사 도라가 술이나 너흐려 ᄒ거니와 고치는 다만 안질에 달혀 씨슬 밧 쓰이는 곳이 적거늘 져희 문득 만히 사 무어시 쓰던고. 응당 져희도 안질이 흔ᄒ든가 시부이다.”

규신이 쇼왈,

“져 무리 쇼인이 싱셩(生性)흔 비 ㄱ쟝 졸누ᄒ야 일즉 의복과 모 【5】 즈의 제되 극히 아름답지 못ᄒ더니 져 고치롤 보니 엷도 둣겁도 아녀 심히 졍치흔 고로 다토아 사 도라가 허리롤 버혀 둘히 너여 혹 능나(綾羅)로써 ㄱ흘 쑤미거나 혹 식실노 휘갑ᄒ여 샹히 쓰는 져근 모즈[뒤룽다리 감토 뉘라]롤 믿드는 고로 즁가(重價)롤 앗기지 아녀시다 ᄒ더이다.”

벽지 왈,

“져ㄱ치 져근 머리와 져근 얼골노 엇지 능히 이런 의시는 잇든고. 쏘 쟝인국에셔 술항은 ᄆ춤 무어시 쓰다 ᄒ더니잇고?”

규신 왈,

“이 말이 더옥 우으니 본디 쟝인국 사룸이 샹히 비연[鼻烟 코에 넛는 가로약]쓰이기룰 조ᄒᆞᄂ므로 그 항을 사다가 냑간 쑤미고 얽어 비연을 【6】 너흐면 문득 졀묘흔 비연통이 되무로 다토이 사다 ᄒ더이다.”

벽지 왈,

“제 만일 비연을 조하ᄒ면 나의 비ᄎᆔ비연통을 뵈더면 조히 긔빅냥을 ᄇ들 번ᄒ도다.”

쇼츈 왈,

“벽지 져졔 비연을 조ᄒᆞ시니 쳥컨더 비연에 품슈롤 ᄀᆞ르치쇼셔.”

벽지 왈,

“비연에 품을 의논컨더 졔일은 ᄀᆞ늘고 보드랍기로 위쥬ᄒ니 맛과 니암시 비록 조홀지라도 만일 보드랍지 못ᄒ면 극품이 아니요 그 다음은 싄맛슬 ᄯᅴ고 쳔쵸 향긔 잇셔야 조흔 품이니 도모지 ᄒᆞᆫ 번 코에 맛흐면 ᄒ 줄기 묽은 향긔 ᄇ로 졍슈리의 쎄쳐 그 맛시 ᄋᆞ람다오믈 알【7】분이요 그 형젹은 보지 못ᄒ여야 이 비로소 샹품이니 만일 코에 ᄉᆞ지 ᄀᆞ득ᄒ여지면 결단코 조흔 품이 아니ᄂᆞ이다.”

쇼츈 왈,

“져ᄂᆞ의 가진 비 응당 샹품이리니 감히 맛보믈 쳥ᄒᆞᄂᆞ이다.”

벽지 이에 회즁으로조츠 일개 비ᄎᆔ통을 니여쥬어놀 쇼츈이 년망히 두 손으로 ᄇ다 ᄇ로 코에 다히고 ᄒ 번 맛더니 고디로셔 몃 번 지치옴ᄒ며 코물이 눈물 아오로 흘너 그치지 아니ᄂᆞ 눈섭을 ᄶᅵᆼ긔여 왈,

“과연 져ᄂᆞ의 싄무시라 ᄒ도다. 졔위 져졔 ᄇ야흐로 규신 져ᄂᆞ에 해외 말슴을 듯고져 ᄒ시거눌 우리 두리 말을 ᄀᆞ로맛ᄐ 슈죽ᄒ니【8】도리에 ᄀᆞ쟝 그르므로 벽지 져ᄂᆞ의 싄맛슬 과히 맛보도다.”

벽지 왈,

“그러ᄒ면 규신 져ᄂᆞ는 밧비 말을 니어 마츠쇼셔. 져 쟝인국 사롬이 비연을 쓰이미 잇다감 쓰ᄂᆞ니잇가 시각을 쎠ᄂᆞ지 아니코 쓰ᄂᆞ니잇가?”

규신 왈,

“져곳도 빈궁ᄒᆞᆫ 사롬은 돈이 업셔 흔히 사지 못ᄒ니 잇다감 쓰거니와 부귀ᄒᆞᆫ 집은 거의 시각으로 쓴다 ᄒ더이다.”

벽지 왈,

“그 술항이 크기 언마ᄂᆞ ᄒ더니잇고?”

규신 왈,

"그 항이 져거도 팔십 ᄉ발식은 드는 비러니이다."

벽지 왈,

"이럴진디 져 사름은 비연 쓰기에 ᄀ장 허비ᄒ미 만ᄒ리로다. 제 림의【9】 시각을 쩌나지 못ᄒ진디 어디롤 단니려 ᄒ면 반드시 사름으로 ᄒ야곰 지우고 뒤히 ᄯ로리니 긔 아니 허비 못ᄒ시도다. 져 비연통을 ᄭ무며 얽으미 젼혀 몸에 ᄎ고 단녀 쓰기에 쉽게 ᄒ거니 엇지 사름으로써 지우고 단니리요? 져제 진실노 쟝인을 젹게 보시도다."

쇼츈 왈,

"져졔 앗가 비취통을 져곳의 ᄑ지 못ᄒ믈 한ᄒ더니 져 말을 드러보라. 져ᄌ 의 비취통은 져 사름이 단쵸롤 ᄒ려 ᄒ야도 오히려 젹으믈 혐의ᄒ리로다."

벽지 왈,

"그 사름이 다른 물화ᄂᆞᆫ 사지 아니ᄒ든가?"

규【10】신 왈,

"가친이 ᄆᆞᄎᆞᆷ ᄀ쟝 큰 ᄭᅩᆺ분을 만히 ᄀ져ᄌ더니 져 무리 보고 크게 갓거 등가 롤 앗기지 아녀 ᄃᆞ토아 사거놀 그 쓸 곳을 무른 즉 제 문득 분 밋츨 보픠로써 막고 밤각지 ᄀᆞᆺ흔 쇼쥬준을 숨ᄂᆞᆫ다 ᄒ더이다."

보운 왈,

"그ᄂᆞᆫ 다 쓸디 업ᄂᆞᆫ 말이여니와 빅뷔 ᄒᆞᆫ 번 산에 오르샤 ᄆᆞᄎᆞᆷ니 부즁의 도라 오지 아니신 즉 그 후 사름을 보니여 탐후ᄒ야 쇼식을 드르시니잇가?"

규신 왈,

"그 후에 미지 모구롤 쳥ᄒ야 해외에 몸소 나가 쇼봉니에 다ᄌ라ᄂᆞᆫ 약화 져 ᄌ의 ᄌ긔로써 미ᄌ로 ᄶ우ᄒ야 산에 반 둘이나 심방ᄒ더니 홀연 ᄒᆞᆫ 곳에 오ᄉᆞᆨ경 지(五色亭子) 잇고 현판에 크【11】게 '읍홍졍(泣紅亭)'이라 썻시며 졍ᄌ ᄀᆞ온디 벽옥좌(碧玉座) 탑을 무으고 탑 우히 빅옥비(白玉碑)롤 세우며 좌우로 쥬련을 삭엿시되 '홍안막도인간쇼(紅顔莫道人間少)ᄒ다 박명슈언좌상무(薄命誰言座上 無)오' ᄒ얏시며 빅옥비 젼면에 삭인 비 일빅 ᄌ녀의 셩명이니 이 문득 오날 우 리 일빅 사름에 셩명이요 그 아러 각ᄌ 셩향과 거쥬며 ᄉ젹을 쓰고 후면에 ᄒᆞᆫ 편 춍논ᄒᆞᆫ 글이 잇고 그 아러 젼ᄌ 도세 잇셔 네 귀졀을 삭여시되 '망ᄌ대황(茫

茫大荒)에 ᄉ셥황당(事涉荒唐)이라. 당시우당(唐時遇唐)ᄒ야 뉴포하황(流布遐荒)이라' ᄒ얏더이다."

벽지 왈,

"ᄉ맛 두 귀로 보건디 이 아니 져로 ᄒ야곰 해니에 뉴젼ᄒ라 ᄒ미니잇가?"

규신【12】 왈,

"미즈도 그 ᄯᅳᆺ이 잇셔 비에 긔록ᄒᆫ ᄇ를 벗겨닌 후 초부를 만나 가친에 셔신을 밧즈온 즉 문득 지쵹ᄒ야 도라가 과거를 보아 지녀의 쌘힌 후야 만느믈 허ᄒ노라 ᄒ시니 일노 인ᄒ야 총々이 도라오니이다."

벽지 왈,

"그 비긔를 벗긴 비 이제 어디 잇느뇨? 쌜니 가져와 일졔히 보미 조토다."

규신 왈,

"져 비긔를 ᄀ져 집에 도라왓더니 ᄯᅳᆺ밧게 일개 득도ᄒᆫ 빅원(白猿)에 도적ᄒ여간 비 되니이다."

보운 왈,

"그 진나비 어디로조ᄎ 니르니잇고?"

규신 왈,

"이는 가친이 쇼봉니에 첫 번 올나 우연이 줍아 도라오니 완여 미々 ᄀ쟝 ᄉ랑ᄒ야【13】 션샹의셔 기르다가 집에 가져온 비라. 미양 미지 비긔를 가져 볼 쎠면 빅원이 문득 겻히 잇셔 유심이 보는 듯ᄒ기로 미지 웃는 말노 져를 대ᄒ여 왈 '니 일즉 너의 정신을 모ᄒ고 셩품을 기르며 화식을 먹지 아니々 무슴 도리를 아는 듯ᄒ니 네 능히 져의 긔록ᄒᆫ 비 ᄉ격을 알기로 보기를 유심이 ᄒᆫ다? 니 이제 이 비긔로써 글ᄒᆫ는 션비와 ᄯᅳᆺ잇는 사름을 쥬어 쇼셜이나 야ᄉ를 지어니여 해니에 뉴젼코져 ᄒᆞ니 네 임의 닉이 보앗시니 가히 날을 위ᄒ야 이 ᄀᆺᄒᆫ 큰 공을 셰울가 시부냐?' ᄒᆞᆫ 즉 제 문득 이【14】 말을 듯고 머리를 두 번 조으며 홀연 비긔를 웅킈여 쥐고 몸을 ᄒᆞᆫ 번 소々아 밧글 향ᄒ더니 인ᄒ야 간 ᄇ를 몰나 지금 으득히 햐락(下落)을 모로느이다."

벽지 왈,

"져 몹슬 진나비 여러 사름의 ᄉ격 긔록ᄒᆫ ᄇ를 도적ᄒ야 다라느미 ᄀ쟝 한

흡도다. 아지 못게라 그 후면에 총논흔 글은 져제 가히 긔록호시리잇가?"

규신 왈,

"미지 선상에 잇슬 써로부터 그는 여러번 보앗시니 거의 낙ㅅ히 긔억호나 말노 호려호면 흔 씨에 명빅지 아니호리니 반드시 지필노 써늬여야 조흘 듯호여이다."

보운이 드ㅅ여 추환을 명호야 필【15】연을 굿초 버리니 규신이 ㅅ에 몬져 안즈믈 쳥호고 흔 귀를 쓰며 흔 귀를 싱각호야 대냑을 긔억호니 오리지 아녀 쓰기를 무츠미 중인이 겹ㅅ이 둘너보거늘 벽지 왈,

"추ㅅ 돌녀보려 호면 즈연 더듸리니 미지 맛당히 넑어 졔위 져제 일시에 듯게 호미 올흐니이다."

이에 쇼리를 놉혀 크게 넑으니 중인이 낫ㅅ치 긔이흐믈 일커르니 벽지 왈,

"일노 볼진딘 우리 무리 맛당히 무음먹어 조히 놀니라. 쟝늬 반드시 글노 젼 호미 되려니와 만일 희즈노름에 젼호면 굿쟝 조치 아니호리로다."

난지 스영화를 향호야 왈,

"져 쥬【16】련 글귀에 문득 굴오디 '박명슈언좌상뮈'라 호니 그 무솜 뜻이니잇고? 이 아니 그 중에 박명호니 만튼 호미니잇가?"

영홰 왈,

"그러치 아니ㅅ이다. 만일 만흘진딘 맛당히 누고 '슈(誰)'쯔를 고쳐 모름즉이 '슈(須)'즈로 쓸거시오 업슬 '무(無)'즈로 고쳐 만흘 '다(多)'쯔로 썻시리라."

보운 왈,

"말솜은 비록 이러호시나 져 글귀와 읍홍졍이라 흔 세 글지 무춤늬 조치 아니호니이다."

도라 방난언을 향호야 왈,

"져 총논으로 보와도 져제 그 중에 반드시 뜻이 잇스며 그스이 년일호야 모혀 보건디 져제 공쥬의게 응대흔【17】심과 일결 언어동즉이 깁히 시무에 붉으시며 인졍을 통달(洞達)호시니 져 쥬련 글귀 뜻에 대개를 져제 가히 짐죽호시리니 엇지 흔 두 곳을 일씌와 여러 즈미로 호야곰 피흉츄길호게 호미 쏘흔 조흔 닐이 아니니잇가?"

난언 왈,

"미지 엇지 감히 션긔(仙機)를 희득ᄒ리요?"

제71회

觸舊事神往泣紅亭 聯新交情深凝翠館

"대쳐 져 글귀로 볼진디 박명은 젼혀 면튼 못ᄒ려니와 심히 만키에 니르든 아니리니 개ː히 슈복이 쌍젼ᄒ기는 ᄇ라지 못ᄒ리니 그 즁 멋 사름에 부죡ᄒᆫ 곳이 잇스리려니와 그 글은 의논치 말고 읍홍졍이라 ᄒᆫ '읍泣' 쓰를 보면 사름으【18】로 ᄒ야곰 눈물 나믈 씌닷지 못ᄒ리니 미지 감히 서어ᄒᆫ 말노써 졔위져ː를 ᄇᆞᆮ드러 권면ᄒᄂ니 이졔 부디 일노써 의겁ᄒ믈 품지 말나. 녯 사름에 말ᄒᆫ 바 '다만 남의 조흔 닐만 ᄒᆡᆼᄒ고 나의 젼졍은 뭇지 말나(但行好事, 莫問前程)' ᄒ고 ᄯ 굴오디 '션과 악이 붉히 드러나미 마치 그림지 몸을 ᄯᆞ롬 ᄀᆞᆺ다(善惡昭彰, 如影隨形)' ᄒ니 무론 대쇼ᄉᄒ고 맛당히 올흔 도리만 ᄯᆞ롸 ᄒᆡᆼᄒ야 쳔지와 군친을 대ᄒ여도 붓그러오미 업슬지라. 사름이 셰상에 잇셔 사름되는 도리 무궁무진ᄒ나 그 대개를 말ᄒ면 다만 일성일셰에 조흔 도리라 이 네 귀는 곳 셩인에 말ᄒ신 비니【19】'례 아니어든 보지 말며 례 아니어든 듯지 말며 례 아니어든 말ᄒ지 말며 례 아니어든 움즉이지 말나' ᄒ시니 사름이 능히 이 네ᄀ지를 준칭ᄒ면 우리 무리 규즁에 졔일등 어진 사름이 될지라. 사름되오미 맛당히 ᄆᆞ음을 이ᄀᆞᆺ치 가져 조곰도 망녕된 닐과 헛말을 아닐지라. 다만 날ᄆ다 졔몸에 응당ᄒᆫ 닐은 부모 어룬 알픠 맛당히 화ᄒᆫ 얼골과 깃분 빗츠로 시봉ᄒ야 깃부시믈 ᄇᆞᆮ들고 모든 닐을 우러ː 혜아려 효도를 극진히 ᄒ리니 ᄌ고로 효녀로 젼ᄒᄂ 지 심히 만흐니 그 즁 녀쳥(女婧)과 졔형(緹縈)에 뉘 ᄲᅱ여ᄂ니 ᄒ【20】 나흔 경공(景公)으로 ᄒ여곰 샹괴(傷槐)에 형벌을 폐ᄒ게 ᄒ고 ᄒᄂ흔 문졔(文帝)로 ᄒ야곰 육형을 덜게 ᄒ다 능히 효셩을 다ᄒ야 어버이 난을 벗겨 니고 그 밧 목난(木蘭)에 아비를 대신ᄒ야 슈ᄌ리 살며 조익(曹娥) 강에 ᄲᅡ져 아븨 시쳬를 츠즈미 잇스니 져 사름들에 ᄒᆡᆼᄒᆫ 닐이 ː ᄀᆞᆺᄒ니 그 평일 가졍에 효도를 다ᄒᆞ믄 가히 뭇지 아녀 알지라. 이러므로 지금가지 일홈을 젼ᄒᆞ야 썩지 아니ᄂᆞ니 그 다음 형졔지친의게ᄂᆞ 도모지 화목ᄒᆞ미 웃듬이니 이 니른바 '화ᄒᆞᆫ 긔운은 샹셔를 닐위고 괴려ᄒᆞᆫ 긔운은 지앙을 닐윈다(和氣致祥, 乖氣致戾)' ᄒᆞ니 조곰 【21】 이나 다토는 ᄯᅳᆺᄎᆞᆯ 닐으혀면 곳 픠ᄒᆞᄂᆞᆫ 긔틀이라. 이 젼가(田家)의 형졔 집을 눈호미 ᄌᆞ형[紫荊 나모 일홈]이 졀로 죽으니 져 남기 엇지 인ᄉᆞ를 알아 져의 눈호이믈 인ᄒᆞ야 죽으려ᄒᆞ야 죽으리요? 이 불과 젼가에 괴려ᄒᆞᆫ 긔운이 지앙을 닐월 ᄯᅢ에 ᄆᆞ초아 몬져 남게 부듸쳐 조흔 남그로 ᄒᆞ야곰 몹시 녀긔(戾氣)에 죽게 ᄒᆞ니 그 밧 그집 방옥과 세간에 이ᄀᆞᆺ치 녀긔에 죽은 비 젹지 아니리라."

벽지 왈,

"ᄌᆞ형은 본디 살아잇ᄂᆞᆫ 남기니 우연이 죽엇거니와 방옥과 세간은 본릭 싱물이 아니어니 엇지 죽기에 니르리요?"

난언이 닝쇼 왈,

"방옥 【22】 과 젼산이 비록 싱물이 아니나 임의 난호이미 ᄎᆞᄎᆞ 남의게 젼미ᄒᆞ면 이는 죽ᄂᆞ니와 일양이니라."

벽지 왈,

"미ᄌᆞ는 드르니 젼가 ᄌᆞ형이 제 스ᄉᆞ로 죽어 젼가를 경계ᄒᆞ라 ᄒᆞ더니 져ᄌᆞ는 엇지 써 녀긔로 죽다 하시ᄂᆞ니잇고?"

난언 왈,

"이 말은 ᄀᆞ쟝 그르도다. 녜로부터 이제 니르히 집을 눈혼 지 젹지 아니되 일즉 무ᄉᆞᆷ 남기 죽어 그집을 경계ᄒᆞ다 말이 업그며 그 남기 죽은 후 ᄭᅮᆷ에 뵈여 왈 '닉일 죽고져 ᄒᆞ야 죽엇노라' ᄒᆞ닐 업스며 만일 초목으로 ᄒᆞ야곰 알오미 잇슬진디 결단코 즐겨 스ᄉᆞ로 죽어 사 【23】 ᄅᆞᆷ을 경계ᄒᆞᆯ 니 업스니 그 ᄯᅢ는 그 남기 부디 살기를 구ᄒᆞ나 그집 쥬인이 퇴패ᄒᆞ야 운쉬 그르니 엇지 살기를 어드리요? 젼혀 괴려ᄒᆞᆫ 긔운이 져 남그로부터 발죽ᄒᆞ다 ᄒᆞ미니이다."

벽지 왈,

"그럴진디 다른 사ᄅᆞᆷ은 형졔 집을 난화도 무ᄉᆞᆷ 남기 녀긔로 죽다 말이 업스니 그 집은 문득 괴려ᄒᆞᆫ 긔운이 업더니잇가?"

난언 왈,

"남기 녀긔로 죽기는 무춤 그 쎄를 당ᄒ미어니와 다른 집에 그 일 업기는 다만 그 괴려ᄒ 긔운이 ᄌ최도 업고 그림지도 업셔 몬져 어느곳으로 발ᄌᆨᄒ야 무어스로부터 패망ᄒ지 져의는 스스로 【24】 알녀니와 남이야 엇지 알니요? 그 후에 젼가 형제 도로 집을 합ᄒ니 그 ᄌ형이 도로 스라나다 ᄒ니 이 아니 화ᄒ 긔운이 샹셔를 닐이는 징험이니잇가? 이제 미ᄌ의 말ᄉᆷ에 부모를 효봉ᄒ고 형제로 화목ᄒ미 도모지 사ᄅᆷ되는 근본에 졔일 요긴ᄒ 비요 그 밧 노비를 부리미 맛당히 너그럽고 후ᄒ믈 힘쓰고 음식과 의복을 졀검ᄒ기로 쥬ᄒ고 사ᄅᆷ에 궁곤ᄒ믈 보거든 힘을 다ᄒ야 건지고 사ᄅᆷ에 환란을 보거든 계교를 베퍼 구ᄒ리니 사ᄅᆷ마다 과연 이더로 힝ᄒ야 가면 이 니른ᄇ 사ᄅᆷ에 닐을 다ᄒ미라. 【25】 져 글귀에 박명 두ᄌ는 다만 하늘 명을 ᄇ들 분이라. 만일 무음더로 망녕도이 힝ᄒ다가 하늘 벌을 ᄇ드면 이는 스스로 지은 죄라 누고를 원망ᄒ리요?"

즁인이 일졔히 듯고 답ᄒ여 왈,

"져ᄉ의 ᄉ논이 진실노 금셕지논이라 뉘 감히 복응치 아니리잇고?"

금운 왈,

"안ᄌ(顔子)로써 의논컨디 엇지 망녕되믈 힝ᄒ며 무슴 일노써 죄를 어더 요촉ᄒ기에 니르니잇고?"

난언 왈,

"졔 만일 죄를 어더 요촉ᄒ얏실더 공지 엇지 울어 겨시리잇고? 탄식ᄒ여 굴오샤더 '이 사ᄅᆷ으로 ᄒ야곰 이 병이 잇다' ᄒ시미 곳 맛당히 요촉지 아닐더 요촉 【26】 ᄒ므로 '곡지통(哭之慟)' ᄒ시고 왈 '명(命)'이라 ᄒ시니 그러나 인졍으로 의논컨디 무지 못ᄒ신 닐이니 이제 져곳에 '읍홍졍'이라 ᄒ '읍泣' 지 쏘ᄒ 맛당히 읍ᄒᆯ 쎄 ᄇ야ᄒ로 읍ᄒᆯ 분이라 우리 엇지 미리 씨다르리요?"

금운이 즁인을 향ᄒ여 우어 왈,

"난언 져ᄉ에 말ᄉᆷ을 맛당히 뒤집어 의논ᄒ야ᄉ 그 말ᄉᆷ을 들엄즉 ᄒ리니 앗가 말ᄉᆷ에 션과 악에 드러나미 마치 그림지 모양을 좃츰갓다 ᄒ시되 나는 써 왕츙[王充 사ᄅᆷ에 셩명]에 『논형論衡』[칙일홈]의 니른ᄇ '복이 헛되고 지화도 헛되다(福虛禍虛)' ᄒ므로써 져를 논박ᄒ여든 졔 문득 무어시라 ᄒ는고 보리라."

【27】 난언 왈,

"나의 말ᄒ믄 당々ᄒ 졍니요 왕츙에 말ᄒ 비는 낫々치 비리라. 이 니른비 '샤
불범졍(邪不犯正)'이니 니 비록 왕츙을 젹면샹대ᄒ야도 이ᄀ치 말홀 거시요 ᄒ
물며『논형』이라 ᄒ는 글이 곳々이 공즈롤 의논ᄒ고 밍즈롤 긔롱ᄒ야 긔 탄식
ᄒ미 업스니 그 밧글 다시 의논홀 비 어이 잇스리요? 이제 음덕과 션악에 보복
을 말ᄒ미 문득 오괴ᄒ고 썩은 의논이라 ᄒ나 경셔로 의논컨디 좌젼에 니르되
'길흉이 사롬으로 말미암다(吉凶由人)' ᄒ고 쏘 굴오디 '사롬이 덧々ᄒ믈 비린
즉 요괴 니러나다(人棄常則妖興)' ᄒ니 그 아니 션악에 드러나는 징험【28】 이
뇨?『쥬역周易』에 말ᄒ되 '젹션ᄒ 집에는 반드시 남은 경시 잇고 젹불션ᄒ 집
은 반드시 남은 앙홰 잇다(積善之家必有餘慶, 積不善之家必有餘殃)' ᄒ고 셔젼
에 말ᄒ되 '축ᄒ 닐을 지은 즉 일빅 샹셔롤 ᄂ리오고 축ᄒ지 아닌 닐을 힝ᄒ
즉 일빅 앙화롤 ᄂ리오다(作善降之百祥, 作不善降之百殃)' ᄒ니 이 아니 셩인에
말슴이뇨? 근셰에 젼ᄒ는 비 경젼이 낫々치 진나라 불을 겻거 남은 비 업스되
오직『쥬역』과『셔젼書傳』은 분명히 녯글이니 일노써 오괴ᄒ 의논이라 ᄒ면
다시 무슴 말을 ᄒ리요?"

금운 왈,

"셜혹 왕츙이 잇써 이 말노써 져々롤 논박ᄒ면 져졔 문득 엇지 써 대답ᄒ시
리잇가?"

난 【29】 언 왈,

"졔 만일 이ᄀ치 말ᄒ면 나는 맛당히 대답지 아니리라."

금운 왈,

"이 아니 말이 막히미냐?"

난언 왈,

"니 엇지 말이 막히리요? 일즉『가어家語』[칙일홈]와『대々례大戴禮』[칙일
홈. 네그라]롤 보니 굴오디 '나츙[倮蟲, 사롬을 일커르미라]이 샴빅 뉵십에 셩
인이 웃듬이 되다(倮蟲三百六十, 聖人爲之長)' ᄒ니 셩인이 임의 뭇사롬에 웃듬
이 되얏시면 응당 그 식견이 그르지 아니코 말슴이 어긔지 아닐지라. 미지 져

롤 대답지 아니ᄒᆞ믄 제 임의 셩인을 그르다 ᄒᆞ면 ᄌᆞ연 우리 나죵에 뉘 아니라 엇지 부디 순셜(脣舌)을 허비ᄒᆞ야 져와 시비ᄒᆞ리요."

이 말ᄉᆞᆷ에 즁인이 모다 쾌ᄒᆞ믈 일커르니 【30】 금운 왈,

"만일 왕츙으로써 져롤 논박ᄒᆞ지 아니턴들 엇지 이 ᄀᆞᆺ흔 조흔 의논을 들어보리요?"

벽지 이에 ᄉᆞ영화와 박치홍을 향ᄒᆞ야 왈,

"이제 져 춍논 글노 볼진디 ᄉᆞ영화와 박치홍으로 머리ᄒᆞ다 ᄒᆞ니 오날 좌ᄎᆞᄂᆞᆫ 임의 졍혼지 오런지라 다시 겸양치 마르시고 좌롤 쳥ᄒᆞᄂᆞ이다. 우리 오리 셔잇ᄉᆞ니 ᄃᆞ리 알푸고 ᄇᆡ 골푸니 어셔 밥을 먹고 조히 노ᄉᆞ이다."

영홰 왈,

"임의 졍혼 비면 우리 ᄌᆞ미 더옥 친슉ᄒᆞ야 년치로 ᄎᆞ례ᄒᆞ미 올흔지라. 셜혹 나와 치홍 져졔 슈셕과 이셕에 즐겨 안즈나 침어 져ᄂᆞ와 금심 져졔 즐겨 【31】 샴좌와 ᄉᆞ좌에 안지 아니리라."

박치홍과 긔침에 홈게 굴오디,

"우리 무리 겸양ᄒᆞᄂᆞᆫ 말은 오히려 다시 일컷지 말고 만일 보운 칠위 져ᄂᆞ와 난지 팔위 져졔 ᄒᆞᆫ갈ᄀᆞᆺ치 방목ᄎᆞ례로 안즈시면 우리 맛당히 명디로 조츠리이다."

난지 왈,

"보운 칠위 져ᄂᆞᄂᆞᆫ 이 문득 쥬인이라 엇지 써 ᄎᆞ례로 안즈며 우리 팔개 ᄌᆞ미도 구ᄂᆞ 부즁에 니르러 엇지 각히 긱좌의 안ᄌᆞ 잇스며 ᄒᆞ물며 구ᄂᆞ의 명을 ᄇᆞ다 홈게 손을 졉대ᄒᆞ라 ᄒᆞ시니 다만 ᄉᆞ위 져졔 ᄎᆞ례로 안즈시미 ᄌᆞ연 맛당ᄒᆞ니 문금과 난언 져졔 엇지 다시 겸양ᄒᆞ시리잇고?"

샤문금 왈,

"이 【32】 ᄂᆞᆫ 되지 못홀 닐이니 미지 년긔 ᄀᆞ쟝 젹거늘 이ᄀᆞᆺ치 안즈면 졔위 져졔 엇지 괴이히 넉이지 아니시리요?"

장츈휘 왈,

"졔위 져졔 이ᄀᆞᆺ치 셔로 겸양ᄒᆞ면 ᄆᆞ츰니 좌롤 졍치 못홀지라. 미ᄌᆞ의 우견은 임의 보운 칠위 져ᄂᆞᄂᆞᆫ 쥬인이니 의논치 말고 난지 팔위 져졔 ᄯᅩᄒᆞᆫ 구ᄂᆞ 부</p>

즁이라 긱좌에 안지 못ᄒ리라 ᄒ니 모도 십오위 져ᄂᆞᆫ 졔ᄒ고 그 남은 즈미ᄂᆞᆫ
각ᄌᆞ 져비를 줍아 그 ᄎᆞ례로 안즈면 상하를 의논치 아니코 방목을 ᄎᆞ리지 아니
리니 졔위 져ᄂᆞᆫ 써 엇더ᄐᆞ ᄒ시ᄂᆞᆫ잇고?"

즁인이 모다 올ᄐᆞ ᄒ니 보운이 ᄯᅩᄒᆞᆫ ᄒᆞᆯ 일 업서 즁인에 의논을 【33】 좃ᄎᆞ
각ᄌᆞ 져비를 줍으니 문득 음약홰 졔일좨 되고 당규신이 말셕이 되ᄂᆞᆫ지라. 님완
예 왈,

"이번 져비 집으미 ᄯᅩᄒᆞᆫ ᄯᅳᆺ이 맛도다. 약화 져졔 본ᄃᆡ 녀오국 왕이니 맛당히
상좨 될지라. 이러므로 졔일을 집도다."

벽지 왈,

"규신 져졔 말셕되믄 ᄯᅩᄒᆞᆫ 무슴 ᄯᅳᆺ이 잇ᄂᆞ뇨?"

완예 왈,

"그도 ᄯᅩᄒᆞᆫ ᄯᅳᆺ이 잇스니 이 문득 ᄯᅳᆺᄎᆞᆯ 미즈미라. 이졔 좌에 안즌 ᄇ 일빅 사
룸이 무비 당나라 규즁신해라."

말을 맛지 못ᄒᆞ야 벽지 손을 져어 왈,

"져ᄂᆞᆫ 말을 그치라. 힝혀 사룸이 젼ᄒᆞ야 태휘 드르시면 혀ᄯᅳᆺᄎᆞᆯ 베 【34】 히
리니 그 엇지 두립지 아니ᄒ리요?"

말ᄒᆞᆯ 스이에 임의 일졔히 좌를 졍ᄒᆞᆫ지라. 녹운 왈,

"규신 져졔 엇지 눈ᄀᆞ히 붉고 눈물이 써러지ᄂᆞ뇨? 이 아니 말셕에 안즈믈 붓
그려 ᄒ시미냐?"

규신이 년망히 눈물을 씨셔 왈,

"마ᄎᆞᆷ ᄇ람을 쏘여 눈물이 흐르미니 엇지 다른 ᄯᅳᆺ이 잇스리요?"

벽지 왈,

"맛당히 고치를 달혀 씨스미 조토다."

원리 규신이 읍홍졍 ᄉᆞ젹을 말ᄒᆞ미 효녀에 ᄉᆞ친ᄒᆞᆫ 회포를 촉동ᄒᆞ야 즉각
으로 나아가 부친에 얼골을 보지 못ᄒᆞ믈 한ᄒᆞ므로 눈물 써러지믈 씨닷지 못ᄒ
더니 녹운에 【35】 말노조ᄎᆞ 눈물을 거두니 즁인은 ᄯᅩᄒᆞᆫ 무심ᄒᆞ니라. 약홰 왈,

"우리 무리 도모지 동문(同門)이요 ᄯᅩᄒᆞᆫ 동년(同年)이라 맛당히 각별 친슉ᄒ
야 긱투(客套)를 쓰지 아닐 거시요 ᄒᆞᆷ물며 이셩 즈미 셔로 모히미 빅인에 니르

미 고금에 둘도 업슨 ᄋᆞ람다온 닐이라. 앗가 졔위 져졔 좌롤 겸양ᄒᆞ미 ᄯᅩᄒᆞᆫ 긔투롤 면치 못ᄒᆞᆫ지라. 이제 져비롤 좁아 상하와 ᄎᆞ례 업스니 진실노 친숙ᄒᆞᆫ ᄀᆞ온ᄃᆡ 다시 친숙ᄒᆞ믈 더으미라. 임의 이 ᄀᆞᆺᄒᆞᆫ 후ᄂᆞᆫ 맛당히 보운 져ᄌᆞ로 ᄒᆞ야곰 손 대졉ᄒᆞᄂᆞᆫ 녜슈롤 업시ᄒᆞ미 엇더ᄒᆞ니잇고?"

ᄉᆞ영쾌 왈,

【36】 "져ᄌᆞ의 ᄌᆞ논이 ᄀᆞ장 맛당ᄒᆞ다."

ᄒᆞ고 모다 보운을 향ᄒᆞ야 말ᄒᆞ더니 오리지 아녀 ᄎᆞ환이 술을 올니고 안쥬롤 드리거ᄂᆞᆯ 벽지 왈,

"약화 져제 말ᄒᆞ되 '이셩 ᄌᆞ미 셔로 모혀 빅인에 만흐미 고금에 둘도 업다' ᄒᆞ니 나ᄂᆞᆫ 써 밋지 아니ᄒᆞ노라. 천지에 너름과 고금에 오ᄅᆡ므로 엇지 써 결단ᄒᆞ야 다시 업다 ᄒᆞ리요?"

가염홍 왈,

"약화 져ᄌᆞ에 이 말숨이 엇지 무심이 발ᄒᆞ신 비리요? ᄆᆡᄆᆡ 만일 녁대 ᄉᆞ긔와 야ᄉᆞ와 쇼셜에 뉴롤 샹고ᄒᆞ야 능히 우리ᄀᆞᆺ치 빅인이 모힌 ᄉᆞ젹을 어더니면 우형이 원컨ᄃᆡ 벌쥬 삼빅롤 ᄉᆞ양 【37】 치 아니리라."

벽지 왈,

"나ᄂᆞᆫ 밋지 아닛ᄂᆞ니 ᄂᆡ 만일 어더니지 못ᄒᆞ면 ᄯᅩᄒᆞᆫ 벌쥬 삼빅롤 먹으리이다."

즁인이 모다 조ᄐᆞ ᄒᆞ니 벽지 이에 반일을 ᄉᆡᆼ각ᄒᆞ야 엇지 못ᄒᆞᄆᆡ 밧비 변부 오거루[五車樓 ᄎᆡᆨ 싸흔 집이라]에 나아가 온갓 ᄎᆡᆨ을 샹고ᄒᆞ나 ᄆᆞᄎᆞᆷᄂᆡ 엇지 못ᄒᆞ니 무료히 도라오거ᄂᆞᆯ 장츈휘 왈,

"ᄂᆡ 아니 ᄆᆡᄆᆡ롤 권ᄒᆞ야 샹코치 말나 ᄒᆞ나 조히 나기롤 지리로다. 빅인은 니르도 말고 십인도 이ᄀᆞᆺ치 모히믈 엇기 어려오리라. 나ᄂᆞᆫ 오히려 잇스니 다만 빅인이 아니라 슈삼빅인이 모히믈 어더니리라. 네 만일 삼비 벌쥬롤 【38】 몬져 먹으면 ᄂᆡ 맛당히 말ᄒᆞ리라."

벽지 왈,

"ᄂᆡ 임의 나기롤 진 후ᄂᆞᆫ 벌쥬롤 먹으리니 아모리나 말ᄒᆞ라. 져졔 만일 못 어더니면 나의 벌쥬롤 옴겨 먹으리라."

춘휘 이에 약화롤 향ᄒ야 왈,

"미지 이제 벽지 미ᅩ로 더부러 희롱에 말ᄒᄂ니 쳥컨디 져ᅩᄂ 엇더케 넉이지 무르쇼셔."

인ᄒ야 벽지롤 대ᄒ여 왈,

"『셔유긔西遊記』ᄂ 근일에 난 쇼셜이나 그 ᄀ온디 녀ᄋ국이 잇다 ᄒ니 네 만일 녀국에 나아가 쥬루와 희ᄌ 노ᄂ 곳에 가보라. 이셩 ᄌ미 다만 빅인 분이리오 쳔도 되고 만도 되리라."

벽지 넝쇼 왈,

"이ᄂ 일국이 모도 이【39】셩 ᄌ미라 ᄒ려니와 그곳에 모힌 비 노쇼와 ᄋ약이 모혓시리니 우리ᄀᆺ치 년긔 쌍당ᄒ 규녜 이슈로 모힌 곳이 어디 잇스리요?"

춘휘 왈,

"네 만일 밋지 아닐진디 날을 다시 일년을 한ᄒ야 쥬면 맛당히 쇼셜 ᄒ 부롤 지어니야 잇게 ᄒ리라."

모다 웃고 인ᄒ야 쥬찬을 파ᄒ미 보운 왈,

"제위 져졔 일은 쥬찬을 즐기지 아니실가 져허 감히 다시 권치 못ᄒᄂ니 져기 느즌 밥이 니르거든 조히 쥬비롤 밧들니이다."

차롤 물니고 일졔히 좌롤 쪄ᄂ니 치운이 알프로 길을 인도ᄒ야 왈,

"쳥컨디 제위 져ᅩᄂ 원즁 각【40】쳐에 완경ᄒ쇼셔."

제72회

古桐臺五美撫瑤琴 白荒亭八女寫春扇

모든 지녜 치운을 쫄와 원즁에 산보ᄒ실시 곳ᅩ이 꼿빗치 날을 웃고 나븨 꿈이 사름을 의지ᄒ디 ᄉ면으로 아리ᄯ온 붉은 것과 연ᄒ게 푸른 빗치 이로 결을ᄒ야 응졉지 못ᄒᆯ지라. 져근 시녀에 굽은 다리롤 건너 ᄉᆺ혀ᄂ 디와 덧거츤 슈풀을 지나며 몃 곳 졍ᄌ와 뜰을 지나 고동디(古桐臺)라 ᄒᄂ 집에 니르러 금운 왈,

"졔위 져졔 오리 힝보ᄒ샤 긔운이 피곤ᄒ리니 여긔 올나 ᄒᆫ 그릇 차ᄅᆞᆯ 마시미 엇더ᄒ니잇고?"

모다 올트 ᄒ고 일졔히 고동디에 올으니 이곳 평디 다셧 간에 쳠하ᄅᆞᆯ 통창ᄒ게 ᄒ고 두【41】편으로 냥각 두어 간을 지엇시며 쓸 ᄀᆞ온디 벽오동을 무슈히 심거늘 빗츨 ᄀᆞ리오며 벽상에 멋 벌 고금[古琴 녯 거문고]을 걸엇거늘 벽지 왈,

"니 이제 거문고ᄅᆞᆯ 보니 문득 싱각히도다. 젼일 공쥬부(公主府)에 모힐 ᄶᅵ 나는 다만 외면으로 나와 ᄌᆞᄅᆞᆯ 져ᄌᆞ와 ᄌᆞ경 져ᄌᆞ의 ᄇᆞ독 두믈 탐ᄒ야 보더니 그 후에 드르니 요명 져ᄌᆞ와 요츈 져졔 공쥬로 더부러 거문고 ᄐᆞ시다 ᄒ되 나는 듯지 못ᄒ미 한이라. 싱각건디 샹고 셩인에 복희시 오동을 ᄶᅡᆨ가 거문고ᄅᆞᆯ 민들고 그 후 요와 슌이 다 오현금을 민든다 ᄒ거늘 이위 져ᄌᆞ의 놉흔 일【42】홈을 '요堯' ᄶᅡ롤 썻시니 응당 이 도에 졍미ᄒ실지라. 미지 그윽이 ᄀᆞ르치시믈 쳥코져 ᄒᄂᆞ니 져졔 즐겨 ᄒᆫ 번 들니믈 앗기지 아니시리잇가?"

졍요츈 왈,

"미즈에 일홈은 진실노 유명무실ᄒᆫ지라 엇지 요명 져ᄌᆞ에 유아ᄒᆫ 곡죠ᄅᆞᆯ 알아 일홈과 실이 샹칭ᄒ믈 ᄇᆞ라리잇고?"

녀요명 왈,

"져ᄌᆞ는 너모 겸양치 ᄆᆞᆯ르쇼셔. 젼일은 과연 면강ᄒ야 뫼셔 놀앗거니와 오날도 만일 흥이 놉흐실진디 ᄆᆞ지 못ᄒ야 췌졸을 드러니리이다. ᄌᆞ만 슌영 져ᄌᆞᄂᆞᆫ 당일에 날이 느즈므로 ᄀᆞ르치시믈 쳥치 못ᄒ고 그 ᄶᅵ 요【43】지 져졔 뒤히 잇셔 지법에 졍묘ᄒ믈 의논ᄒ시더니 오날 감히 쳥ᄒ야 드르리잇가?"

두슌영 왈,

"미지 과연 비호기는 두어 곡죠ᄅᆞᆯ 비호나 일즉 붉은 스승을 만나지 못ᄒ고 근년은 시부 짓기로 골ᄉᆞ무가ᄒ야 일향 황소(荒疎)ᄒ니 니른ᄇᆞ '스흘을 ᄐᆞ지 아니면 손에 형극이 나다(三日不彈, 手生荊棘)' ᄒ미라. 비록 ᄋᆞ람답지 아니나 웃지 ᄆᆞᆯ르쇼셔."

보운 왈,

"요지 미ᄌᆞ 젼일에 흔히 게얼너 칭탁ᄒ더니 오날은 지음을 만ᄂᆞ니 날을 대신ᄒ야 손님을 대졉ᄒ라."

요지 왈,

"미지 졍히 비호고져 하니 엇지 구타여 청탁하【44】리잇고? 다만 거문고 쥬인이 ： 에 와 손을 대졉지 아니 ： 심히 서어하도다."

소운이 ： 말을 듯고 샐니 두 손을 니여 뵈여 왈,

"측한 우리 져 ： 야 니 실노 청탁하미 아니라 두 손에 손톱을 임의 길운지 오러거늘 이제 홀연 버히면 긔 아니 앗가오뇨? 임의 스위 져졔 한 번식 타면 족히 반일은 쇼견하리니 부터 미즈는 잇그러 쓸더 업느니이다."

요지 쏘한 두 손을 뵈여 왈,

"그 스이 낭년을 과거보기 위하야 여긔는 결을이 미처 가지 못하니 누고는 윈손에 손톱이 기지 아냣느뇨? 너는 쥬인으로 버히기를 앗기【45】거늘 나홀노 버히믈 즐기리요?"

벽지 왈,

"이위 져졔 만일 거문고를 타지 아니시면 요금(瑤琴)이라 소금(素琴)이란 명식은 아조 업셔지리로다. 요지 져졔 즐겨 손을 대졉하시려 하면 소운 져 ： 는 하물며 쥬인이니 엇지 버셔느리요?"

소운이 홀 일 업셔 츠환으로 하여 젼즈(翦子)자를 가져오라 하고 보운이 사람으로 하여곰 거문고 즈리를 포셜하고 여러 향노에 묽은 향을 피오니 벽지 왈,

"오위 져 ： 는 향을 다 피엿시니 각[脚, 불이라]을 쾌히 다스리고 단에 올으쇼셔."

소운 왈,

"나와 순영 져 ： 는 네 능히 욕한다 하려니와 너의 집 요지 져 ： 아오로 욕【46】을 한는다?"

벽지 왈,

"미지 엇지 감히 사람을 욕하며 하물며 형을 욕하리잇고?"

소운 왈,

"우리 세 사람이 바야흐로 지갑[指甲 손톱이라]을 버히거늘 네 문득 말하되 '각脚'을 쾌히 다스리라 하니 그 아니 욕이뇨?"

벽지 거즛 놀나 왈,

"원리 져졔 듯기를 그릇ᄒ시도다. 니 일즉 말ᄒ되 '갑'을 조히 다스리라 ᄒ얏지 언제 감히 '각'을 다스리라 ᄒ니잇가? '갑'이라 ᄒ문 지갑을 니르미니 '각' ᄽᅩ와 '갑' 지 음이 셔로 비스름ᄒ 연괴로소이다."

소운 왈,

"네 이제 글ᄌ를 아는 체ᄒ고 과갑에 오르더니 더옥 줍말이 느는도다!"

요지 왈,

"그 사름은 하늘【47】도 무셔워 아니코 ᄹᅡ도 두려 아니ᄒ 엇지 형을 알니요? 그만 ᄇ려두고 우리 ᄒ 닐이나 ᄒ샤이다."

요츈 왈,

"우리 만일 각ᄒ 곡죠를 ᄐ려 ᄒ면 거의 반일 공부를 허비ᄒ리니 엇지 아니 유완ᄒ믈 그르치리요? 이제 무초아 거문괴 여러히 잇스니 일졔히 『평샤平沙』ᄒ 곡죠를 합ᄒ야 ᄐ미 조흘 듯ᄒ여이다."

스인이 홈게 맛당ᄒ믈 일컷고 ᄌ리에 나아가 줄을 고로고 차를 파ᄒ미 즁인이 혹 셔니도 잇스며 안즈니도 잇셔 져 오인에 합ᄒ야 ᄐ는 거문고를 들으니 진실노 쇼리 묽으며 운이 아담ᄒ 분 아【48】니라 겸ᄒ여 다섯 거문괴 홈게 주ᄒ니 산이 놉고 물이 깁흐며 치셕구름이 머물고져 ᄒ니 이쩌 듯는 모든 ᄌ미 문득 놀는 기러기 그림ᄌ를 비최며 긴 ᄉ미 바람을 님ᄒ야 표ᄒ히 우화(羽化)ᄒ야 신션이 될 듯ᄒ니 일졔히 기려 왈,

"무춈니 다섯 거문괴 합ᄒ야 ᄐ믈 듯지 못ᄒ더니 진실노 취미잇도다."

난언 왈,

"이야 진짓 졀죠(絶調) ᅵ로다."

이에 거문고를 물니고 일졔히 니러 곳ᄒ이 유완홀시 여러 곳 졍ᄌ와 누디를 지나 ᄒ 곳에 니르니 ᄒ 줄 버들 그늘 ᄋ리 도힝은 임의 쇠잔ᄒ고 오히려 밧 ᄀ온디 나물ᄭᅩᆺ치 난만【49】ᄒ디 멋 낫 늙은 농뷔 잇셔 혹 물을 길어 ᄂ물에 쥬며 혹 소를 잇그러 밧츨 가는 지 잇스며 돗과 양에 무리며 닭과 오리에 쩨 왕ᄒ이 훗터단니며 낙화방초(落花芳草)에 솔울과 대스립이 졍히 향촌 물식이

라. 박치홍 왈,

"이곳에 엇지 이곳치 치포(菜圃)와 농회(農戶) 잇느뇨?"

보운 왈,

"이 과연 향촌이 아니라 우리집 치원(菜園)이니 당일 가친이 가즁에 인귀(人口) 즁다ᄒᆞ므로 미일에 쓰이는 ᄇ 치쇠 쏘ᄒᆞᆫ 적지 아니ᄐᆞᄒᆞ야 이 ᄯᅡ흘 미득ᄒᆞ야 치원을 민들고 인ᄒᆞ야 뉵츅을 기르니 미년에 ᄌᆞ싱(滋生)ᄒᆞ미 만흔지라 미【50】일 가즁에 쓰이는 것 외에는 나물과 실과며 돗과 양과 우무에 뉴롤 ᄭᅵ로 발미ᄒᆞ야 십분에 이분은 그 맛튼 농호롤 쥬고 그 팔분은 모ᄒᆞ 젹츅ᄒᆞ미 십년이 못되야 글노써 이 화원을 장만ᄒᆞ니이다."

문득 츠환이 나아와 졔위 지녀롤 쳥ᄒᆞ야 빅츌졍에 모혀 만반을 올니믈 고ᄒᆞ거늘 ᄉᆞ영ᄒᆡ 왈,

"앗가 먹은 비 오히려 느리지 아녓느니 다시 무어슬 먹으리요?"

샤문금 왈,

"져곳이 임의 빅츌졍(白尤亭)이라 일홈ᄒᆞ미 그 ᄀᆞ온더 응당 모란이 셩ᄒᆞ리니 밥먹기는 여시요 엇지 나아가 모란을 구경치 아니리요?"

보운 【51】 왈,

"모란이 별노 만튼 못ᄒᆞ나 각식을 ᄀᆞᆺ초아 거의 ᄉᆞ오빅 쥬는 되느니 족히 보암즉지 아니시리이다."

오리지 아녀 히당샤(海棠社)롤 지나고 계화당(桂花塘)을 넘어 년화당(蓮花塘)을 말미암아 빅츌졍에 니르니 과연 요홍(姚紅)과 위지(魏紫) [모란 일홈]난만이 고으믈 닷토니 진실노 글귀로 니른ᄇ 본리 쳔샹에 신션의 쪽으로 우연이 인간에 부귀로온 곳츨 보미라

本來天上神仙侶, 偶看人間富貴花

벽지 왈,

"이곳에 모란이 비록 ᄋᆞ람다오나 다만 촉휘(觸諱)ᄒᆞ미 잇스니 쥬인이 응당 불안ᄒᆞ리로다."

긔침에 왈,

"이 엇지 니르미뇨?"

벽지 왈,

"모란을 사롬마다 부르되 '화【52】왕(花王)'이라 ᄒᆞᄂᆞ니 이제 약화 져졔 녀ᄋᆞ국 왕이 되리니 져 '화왕' 두 지 아니 촉휘ᄒᆞ미뇨?"

일졔히 졍ᄌᆞ의 올으니 문득 연ᄌᆞ경과 역ᄌᆞ룽이 ᄎᆞ에 잇셔 ᄇ독 두고 변향운이 요지 형으로 더부러 겻히 안ᄌᆞ 승부를 보거늘 ᄉᆞ영홰 왈,

"원리 ᄉᆞ위 져졔 ᄀᆞ마니 이곳에 니르러 이ᄀᆞᄐᆞᆫ 한가ᄒᆞᆫ 노름ᄒᆞ기로 괴이히 반일을 얼골을 보지 못ᄒᆞ거다."

ᄉᆞ인이 년망히 니러 좌를 ᄉᆞ양ᄒᆞ미 ᄎᆞ환이 임의 만반을 ᄀᆞ초 왓거늘 일졔히 좌를 졍ᄒᆞ야 일변 만반을 나오며 일변 모란을 구경ᄒᆞ더니 반파이 금운이 일졔【53】히 청ᄒᆞ야 히당샤와 ᄌᆞ약헌(芍藥軒) 각쳐의 나아가 유샹코져 ᄒᆞ더니 즁인이 보건디 졍ᄌᆞ 안흐로 ᄉᆞ면 벽샹에 허다 명필을 거러 십분 졍묘ᄒᆞᆫ지라. 모다 보기를 탐ᄒᆞ야 즐겨 ᄯᅥ나지 아녀 이리로 ᄒᆞᆫ쪠 모히고 져리로 ᄒᆞᆫ 무리 뭉치여 돌녀보거늘 보운 왈,

"평일에 화지 미ᄌᆞ 치운 미ᄌᆞ로 더부러 이곳 필법을 평논ᄒᆞ야 미양 다토믈 마지 아니터니 오날 셔향 져ᄌᆞ와 문금 져ᄌᆞᆫ 문득 황샹이 흠경ᄒᆞ신 명필이라 엇지 ᄀᆞ르치믈 쳥치 아닛ᄂᆞ뇨?"

화지 왈,

"니 하ᄆᆞ 이즐 번 ᄒᆞ도다. 전일 홍문연에 태휘 이위 져ᄌᆞ의 필【54】법을 극히 기리시므로 ᄆᆡ지 임의 오리 예비ᄒᆞ야 ᄀᆞ르치믈 쳥코져 ᄒᆞ더니이다."

인ᄒᆞ야 ᄉᆞ미로조차 두 ᄌᆞ로 션ᄌᆞ를 니여 셔향과 문금을 쥬어 왈,

"졀ᄒᆞ야 쳥컨디 이위 져ᄌᆞᄂᆞᆫ ᄆᆡᄌᆞ를 위ᄒᆞ야 ᄒᆞᆫ 번 휘쇄(揮灑)ᄒᆞ믈 앗기지 ᄆᆞ르쇼셔."

증셔향 왈,

"ᄆᆡ지 과연 짐즛 겸양ᄒᆞ미 아니라 실노 잘쓰지 못ᄒᆞᄂᆞ니 전일에 엇지ᄒᆞ야 셩상 ᄯᅳᆺ에 합ᄒᆞ얏던지 불과 우연히 요힝이니 엇지 감히 필가로 일커르리잇가?"

샤문금 왈,

"ᄆᆡᄌᆞ에 글시 엇지 능히 교문 져ᄌᆞ를 ᄯᆞ로리잇고? 거년 군고에 교문 져ᄌᆞ로써 졔일에 미뤄니 져의 필법을 뉘 아니 칭찬【55】ᄒᆞ리요? 이러므로 션ᄌᆞ와

쥬련을 쳥ᄒᆞᄂᆞᆫ 지 문이 몌엿더니 금년 젼시에 미지 도로혀 알프로 샌히니 스스로 참괴ᄒᆞᄆᆞᆯ 닉의지 못ᄒᆞᄂᆞ이다.”

인교문 왈,

“거년 ᄯᅩᄒᆞᆫ 일시 요힝이라 엇지 글노써 준격을 숨으리요? 글시 구ᄒᆞᄂᆞᆫ 사ᄅᆞᆷ은 불과 우리 네 규즁 필묵 이밧게 드물므로 귀히 닉이미니 엇지 필법을 귀케 닉이리요? 이번 젼시에ᄂᆞᆫ 편벽도이 어두온 곳에 안즈 글즈ᄅᆞᆯ 셩양치 못ᄒᆞ고 겸ᄒᆞ야 글이 ᄋᆞ람답지 못ᄒᆞ거늘 다시 요힝으로 일홈이 ᄉᆞ등고디 ……”

말을 고쳐 왈,

“낙방ᄒᆞ기에 니르지 【56】 아니미 실노 만힝이로소이다.”

화지방이 발연 왈,

“나ᄂᆞᆫ 보건디 일등에 올은 사ᄅᆞᆷ도 ᄯᅩᄒᆞᆫ 지녀 명식이니 남보다 눈이 더ᄒᆞ고 코이 더ᄒᆞᆫ 줄 모를너고.”

민난손 왈,

“ᄉᆞ등에 나린 사ᄅᆞᆷ은 가향에 도라가도 못ᄒᆞ고 도라가도 부모에 얼골을 보지 못볼가 ᄒᆞ야 보운이 져긔 식을 스치고 운지와 방지ᄅᆞᆯ 도라보아 눈쵥ᄒᆞ니 이인이 ᄯᅳᆺ을 알고 년망히 지방과 난손을 향ᄒᆞ여 왈,

“져편에 ᄌᆞ약이 셩개ᄒᆞ얏시니 이위 져ᇰ는 홈게 나아가 ᄌᆞ약을 구경ᄒᆞ샤이다.”

대답을 기ᄃᆞ리지 아녀 잇글고 나가더라.

보운이 일변 셔ᇰ 【57】 즈 두 갑을 가져오라 ᄒᆞ고 일변 졍즁에 필연을 ᄀᆞ초아 셔향과 문금과 교문 삼인의게 쳥ᄒᆞ야 글시ᄅᆞᆯ 쳥ᄒᆞ니 치운이 ᄯᅩᄒᆞᆫ 션즈 삼병을 가져 ᄒᆞ나흔 져월방을 쥬고 ᄒᆞ나흔 종슈젼을 쥬고 ᄒᆞ나흔 안즈쵸ᄅᆞᆯ 쥬어 말ᄒᆞ고져 ᄒᆞ더니 ᄌᆞ쵀 몬져 우어 왈,

“무슴 일 져졔 이ᄀᆞᆺ치 ᄆᆞ음을 허비ᄒᆞ샤 미즈의 구ᄒᆞᄆᆞᆯ 기ᄃᆞ리지 아녀 션즈ᄅᆞᆯ 쥬시ᄂᆞ니잇고?”

치운 왈,

“져ᇰ는 웃지 므르쇼셔. 미지 그윽이 샴위 져ᇰ의 ᄀᆞ르치시믈 쳥ᄒᆞ야 글시ᄅᆞᆯ

구ᄒᆞᆫ이다."

져월방 왈,

"미ᄌᆞ에 글시로 엇지 션ᄌᆞᄅᆞᆯ 쓰리요? 이ᄂᆞᆫ 져졔 즐【58】겨 션ᄌᆞᄅᆞᆯ ᄇᆞ리고 져 ᄒᆞ시ᄂᆞᆫ도다."

종슈젼 왈,

"오날 좌즁에 글시 잘 쓰ᄂᆞ니 허다ᄒᆞ거ᄂᆞᆯ 엇지 부디 미ᄌᆞ로 ᄒᆞ야곰 취졸을 니라 ᄒᆞ시ᄂᆞ뇨?"

안ᄌᆞ최 왈,

"미지 일즉 글시 쓴다 ᄒᆞᄂᆞᆫ 일홈이 업거ᄂᆞᆯ 무ᄉᆞᆷ 일 부디 쓰이고져 ᄒᆞ시ᄂᆞ니잇고?"

치운 왈,

"샴위 져ᄂᆞᆫ 혼갈갓치 과겸(過謙)치 ᄆᆞ르쇼셔. 대체 필법을 의논컨디 샴위 존부에 지나리 업스니 월방 져ᄂᆞ 집안에 『천ᄌᆞ문千字文』[져슈량褚遂良의 쓴 ㅂ 법쳡이라]과 슈젼 져ᄂᆞ의 집안에 『령비경靈飛經』[종유의 쓴 ㅂ 법쳡이라]과 ᄌᆞ쵸 져ᄂᆞ의 집안에 『다보탑多寶塔』[안진경顔眞卿의 쓴 ㅂ 법쳡이라]이 천하에 뉴젼ᄒᆞ니 이 아니 가졍지혹으로 묘롤【59】견ᄒᆞ시리잇가?"

월방이 슈젼으로 더부러 대왈,

"우리집 조샹은 비록 글시로 일홈을 어드나 우리 미말에 ᄌᆞ손이 엇지 능히 만분에 일을 의방ᄒᆞ리잇가? 져졔 이ᄀᆞᆺ치 니르시니 엇지 먹도야지 그리믈 ᄉᆞ양ᄒᆞ리잇고?"

벽지 왈,

"샴위 져ᄂᆞᆫ 다만 쓰기만 쓰쇼셔. 만일 그르치면 미지 조히 가지리로다."

인ᄒᆞ야 치운을 향ᄒᆞ야 왈,

"져ᄂᆞ에 니르신 ㅂ 져부에 『천ᄌᆞ문』과 종부에 『녕비경』은 임의 법쳡으로 유명ᄒᆞ야 못보니 업거니와 안부에 『다보탑』은 이 문득 쓰시니 명지 무어시며 엇더케 썻ᄂᆞ니잇고? 미지 일즉 어더보지 못ᄒᆞ니이다."

【60】치운이 쇼왈,

"미ᄂᆞᆫ 아직 밧ㅂ 말나. 져기 멋십 년을 기ᄃᆞ리면 『다보탑』이 셰샹에 힝ᄒᆞ

리라[안진경은 그 훗사ᄅᆞᆷ인 고로 그 ᄯᆡ에 미처 나지 아녓거ᄂᆞᆯ 희롱으로 이리 말ᄒᆞ니라]."

ᄌᆞᄉᆈ 왈,

"우리 집에 다보탑이 오히려 세샹에 나지 아녓거ᄂᆞᆯ 져졔 엇지 ᄆᆡᄌᆞ로써 필개라 ᄒᆞ야 사ᄅᆞᆷ에 어려온 ᄇᆞᄅᆞᆯ ᄎᆡᆨ망ᄒᆞ시ᄂᆞ뇨? ᄆᆡ지 져 : ᄅᆞᆯ 위ᄒᆞ여 남의게 부탁ᄒᆞ야 그림을 ᄇᆞ드미 엇더ᄒᆞ니잇고?"

ᄎᆡ운 왈,

"이 ᄀᆞᆺ흐면 더옥 묘ᄒᆞ도다."

ᄌᆞᄉᆈ 이에 견ᄌᆞᄅᆞᆯ 가져 양묵향을 향ᄒᆞ여 왈,

"져졔 좀간 ᄆᆡᄌᆞᄅᆞᆯ 대신ᄒᆞ야 그림을 그리쇼셔."

묵향 왈,

"ᄆᆡ지 언제 그림을 그린다 ᄒᆞ더니잇가?"

ᄌᆞᄉᆈ 쇼왈,

"져졔 정신이 ᄀᆞ장 조토다. 젼일에 우리의 논【61】ᄒᆞᆫ ᄇᆞ '장안송별도'ᄂᆞᆫ 져졔 임의 이즈시니잇가?"

묵향 왈,

"져졔 임의 이ᄀᆞᆺ치 넙증ᄒᆞ니 ᄆᆡ지 다시 ᄉᆞ양치 못ᄒᆞ거니와 만일 션ᄌᆞᄅᆞᆯ 그릇 그려 ᄇᆞ리게 되거든 져졔 맛당히 갑절노 물니라."

이 ᄯᆡ 모든 ᄎᆞ환이 분 : 이 각쳐로 필연을 버리니 묵향이 ᄆᆞ지 못ᄒᆞ야 션ᄌᆞᄅᆞᆯ ᄇᆞ다 왈,

"이제 ᄎᆡ식을 ᄀᆞ초미 불편ᄒᆞ니 다만 묵화로 흐리오미 조흐리이다."

ᄎᆡ운 왈,

"우리집 금운 져졔 향ᄂᆡ에 그림 비호믈 조ᄒᆞ : 기로 각식 ᄎᆡ식을 ᄀᆞ초와 졉시와 죵지 허다ᄒᆞ고 화필이 ᄯᅩᄒᆞᆫ 만흐니이다."

금운 왈,

"ᄂᆡ 임의 사ᄅᆞᆷ으로 ᄒᆞ여곰 가져오라 ᄒᆞ과라."

오리【62】지 아녀 ᄎᆞ환이 ᄎᆡ식 졉시ᄅᆞᆯ 가져 조ᄌᆞ에 버리니 진실노 ᄀᆞ초지 아닌 비 업ᄂᆞᆫ지라. 묵향이 ᄎᆡ식을 갈고 붓슬 들어 몬져 각 : 경치로 ᄃᆡᄅᆞᆯ 그리

니 모다 둘너보아 칙〃칭션ᄒ거늘 묵향 왈,

"졔위 져〃는 기리믈 쳔〃이 ᄒ쇼셔. 미지 거년 군고 씨에 드르니 본군에 몃 위 져졔 난초롤 잘 그리다 ᄒ더니 임의 그 셩명을 긔억지 못ᄒ올지라. 오날 좌즁에 동향 사롬이 만흐되 문득 어느 져졔 그림을 그리는지 모로리로다."

치운 왈,

"져졔 엇지 이다지 건망ᄒ시느뇨? 무ᄎ니 일인도 싱각지 못ᄒ시리잇가?"

묵향이 붓슬 머초고 죰간 싱【63】각ᄒ더니 홀연 씨쳐 왈,

"그 씨 일위는 츅시(祝氏)라 ᄒ니 이 아니 졔화 져졔시니잇가?"

졔홰 미쇼 왈,

"그러치 아니〃라."

벽지 왈,

"즁위 져〃는 져 말을 밋지 므르쇼셔. 제 일졍 그림을 그리느니이다. 만일 그릴 줄 모를진디 엇지 우음을 씌여 대답ᄒ리잇고? 져 우음이 반드시 연괴 잇느니이다."

보운이 년망히 일병 션즈롤 쥬어 그림을 쳥ᄒ니 졔홰 므지 못ᄒ여 션즈롤 ᄇ다 왈,

"벽지 미〃에 말이 진실노 우읍도다. 날노 ᄒ여곰 웃지 말나 ᄒ니 니 만일 셩니더면 조흘 번 ᄒ도다. 미〃는 밧ᄇ 말【64】나. 미〃 일즉 졀묘ᄒ 미인 그린 ᄇ룰 조ᄒ〃나냐?"

벽지 왈,

"뉘 능히 미인을 조ᄒ 아니리요?"

졔홰 왈,

"그럴진디 엇지 우리집 녀연 표미에게 쳥치 아닛느뇨? 져의 일홈 글지 아니 미인을 일커르미니잇가? 견일 공쥬부에셔 니 ᄇ야흐로 쳔거ᄒ려ᄒ 즉 제 문득 지삼 간쳥ᄒ기로 니 과연 말을 아니ᄒ얏거니와 오날은 가히 버셔나지 못ᄒ리라."

빅녀연 왈,

"미즈의 일홈이 비록 미인을 더부러 방불ᄒ나 엇지 화초 그리기롤 졔화 져〃

의 일홈과 ㄱㅌ흐며 다만 져ː분 아니라 은셤 져ː의 초【65】츙(草蟲)과 봉익 져ː의 금죠(禽鳥) 녕모(翎毛)와 혜방 져ː의 난초는 쏘흔 그 일홈으로 더부러 셔로 합흐지 아니ː잇가?"

담혜방 왈,

"미즈의 난초 그리문 스ㅅ로 희롱흔 비요 일즉 사롬에 ㄱ르치믈 듯지 못흐얏ㄴ니 엇지 졔위 져ː의 보암즉흐시리잇고?"

금봉익 왈,

"미즈에 녕모 그리믄 더옥 스승에 젼흐미 업고 붓슬 쏠와 어즈러이 흐리미오니 엇지 춤아 일커를 비리요?"

은셤 왈,

"미즈에 초츙을 쏘흔 그림이라 흐면 진실노 붓그려 죽으리니 져제 무슴 일 괴로히 날을 잇그러 니시ㄴ뇨?"

금운이 임의 허다 치셕 졉시를 【66】 가져 여러 조즈[1]에 버리니 벽지 문득 네 즈로 션즈를 가져 왈,

"ㅅ위 져ː는 겸양흐믈 그만 그치고 미즈를 위흐야 각ː 소장으로 흐나식 그리쇼셔. 져곳에 졔화 져제 거의 그리기를 ㅁ츨 듯흐여이다."

ㅅ인이 무가내히라 각ː 부치를 바다 치셕을 가져 그리려 홀 시 증셔향이 일즉 당규신에 말노조츠 냥쓰믈 드른지라. 이에 보운의게 두즈로 션즈를 구흐야 이인의게 글시를 쳥흔디 홍미 왈,

"당일에 미지 그 션즈를 흐리오문 젼혀 션싱에 명을 바다 ㅁ지 【67】 못흔 비라. 이제 엇지 이ㄱㅌ치 졸흐고 더러온 필묵으로써 져ː의 놉흔 눈을 더러리이요."

---

1) 【조즈】 몡 {탁자(桌子 zhuōzi).} 중국어 차용어. ¶ 桌‖ 금운이 임의 허다 치셕 졉시를 가져 여러 조즈에 버리니 벽지 문득 네즈로 션즈를 가져 왈 (只見錦雲又命丫鬟取了許多 畵碟擺在各桌.) <鏡花 19:67> 桌子‖ 노지 믄득 ㅅ미로죠츠 쌈 싯는 슈건을 너여 조즈의 펴노흐며 졉시의 남은 바 소곰 져린 콩의 뉴를 진슈히 쓸여 ㅅ미의 너흐며 삼인을 향흐야 왈 (老者立起, 從身上取下一塊汗巾, 鋪在桌上, 把碟內所剩鹽豆之類, 盡數包了, 揣 在懷中.) <鏡花 5:92> 席‖ ㅂ야흐로 교의 일빅과 조즈 스물 다섯슬 버려 흔 조즈의 네 사롬식 안즈 빅사롬에 즈리를 분빅흐더니 (卞濱命人把這二十五席正面向南, 由東至西, 分做五行擺開, 每行五席, 每席四坐.) <鏡花 18:74>

즈훤 왈,

"임의 니에 니른 후는 다시 말ㅎ여 무엇ㅎ리요? 우리 맛당히 '반문에 도치를 희롱ㅎ리로다.'"

녹운이 ;에 흔즈로 션즈를 가져 안즈쵸를 쥬어 왈,

"앗가 치운 져제 간졀이 션즈로써 져;의 글시를 쳥ㅎ여든 져제 문득 남의게 부탁ㅎ야 대신ㅎ야 그림을 그리게 ㅎ얏시니 이제 미즈에 션즈는 가히 물니치지 못ㅎ시리이다."

즈최 또흔 홀일 업셔 션즈를 ᄲᅡ다 홍미와 즈훤으로 더부러 흔 조즈에 나아가 홈 【68】 게 글시를 쓰더라. 벽지는 문득 흔곳에 니르니 역즈릉과 연즈경이 ᄇ독판을 대ㅎ야 손으로 옥즈를 희롱ㅎ며 긔운을 나초고 졍신을 모ㅎ거늘 겻ㅎ로 변향운이 요지형으로 더부러 승패를 보는지라. 벽지 왈,

"원러 ᄉ위 져제 이곳에 와 ᄇ독 두시니 오날; 진실노 금긔셔홰 낫;치 갓초왓도다. 지형 져제 져굿치 탐ㅎ야 보시니 즈연 슈법이 놉흐시리로다."

제73회

看圍棋姚妹談弈譜 觀馬弔孟女講牌經

지형 왈,

"과연 미지 해외에 뉴락흔 ᄶᅥ에 누에치고 깁ᄶᅳᆫ는 여가의는 형향 져;로 더부러 ᄇ독 두어 비록 두는 법은 안다 ㅎ나 다만 셜 【69】 니 두기를 위쥬ㅎ야 미일에 젹어도 빅여 판을 두더니이다."

향운 왈,

"비록 손에 줍히는디로 어즈러이 두어도 ㅎ로 빅여 판에 니르지 못ㅎ리라."

지형 왈,

"우리 두는 ᄇ독을 일홈ㅎ되 닷는 바독이라 ㅎ니 셔로 나ᄂᆞᆫ드시 어즈러이 ᄶᅩ츠 ᄃᆞᆫ니다가 판을 ᄆᆞᄎᆞ므로 ᄀᆞ쟝 쉬오니이다."

향운 왈,

권지십구 671

"져제 임의 바독을 두고져 호실진디 무춤니 쳔쳔이 호쇼셔. 셰셰히 샹냥호면 주연 조히 둘 곳을 엇거니와 일향 쉽기룰 쥬혼 즉 다만 놉호지 못홀 분 아니라 졈졈 나즈지노니 바독에 쉬오믈 쥬호미 이에 큰 병통이 【70】 되노니이다."

2)인호야 샴인이 셔로 바독에 법과 격을 말호야 그칠 줄 모로더니 셜화논 지리호여 다 올니지 아니틋. 무초아 변소운이 졍요츈으로 더부러 오다가 벽지룰 브라보고 왈,
"져 벽지 미미논 말줌치3)라 반일을 말호야도 무춤니 그치지 아니리니 우리논 다만 죠용혼 곳을 어더 거문고나 틋미 조토다."
요츈이 쏘혼 조호믈 일컷고 녀요명과 두슌영과 밍요지룰 잇그러 고동디로 나아가니 이 씨 음약화와 왕슈영이 해당샤로조ᄎ 홈게 니르니 요츈이 일즉 이 두 사롬에 거문고에 닉으믈 드른 【71】 지라.

칠인이 홈게 대에 올나 거문고 틋노니논 틋고 법식과 격죠룰 의논호노니논 의논호야 졍히 담쇼호더니 벽지 황망이 나오거늘 요츈 왈,
"미지 그 호든 말을 엇지 그치고 이에 니르뇨?"
벽지 왈,
"져 말은 불과 닙을 쏠와 어즈러이 말혼비라. 져르게 호려 호면 져르게 호고 길게 호라 호면 길게 호거니와 졔위 져져의 곡죠룰 쏠와 쟝단을 임의로 못호노니와 곳지 아니노라."
요명 왈,
"미미에 총명으로써 엇지 이룰 비호지 아닛노뇨? 만일 둘이 붉고 브람이 묽은 씨룰 당호야 다힝이 지음(知音)을 만노거든 셔 【72】 로 혼 곡죠룰 틋면 이 ᄀ쟝 무음을 기르고 근심을 살오노니 가히 니르되 우리 규중에 어진 벗이라 홀

---

2) 이곳에 2면 정도 원문 번역 생략.
3) 【말줌치】 圀 말주머니. 수다장이. ¶ 話匣子∥ 져 벽지 미미논 말줌치라 반일을 말호야도 무춤니 그치지 아니리니 우리논 다만 죠용혼 곳을 어더 거문고나 틋미 조토다 (我這紫芝妹妹話匣子要開了, 有半天說哩, 我們還是彈琴去罷.) <鏡花 19:70>

거시니 비록 ᄒᆞᆯ노 안져 ᄒᆞᆯ노 희롱ᄒᆞ여 죡히 쇼견ᄒᆞ리라."

벽지 왈,

"앗가 져ː네 다섯 거문괴 합ᄒᆞ야 ᄐᆞ믈 드르니 진실노 ᄆᆞ음이 즐겁고 정신이 쾌활ᄒᆞᆫ지라. 졍히 ᄇᆡ호고져 ᄒᆞ나 일즉 슈일을 ᄇᆡ호ᄃᆡ ᄆᆞᄎᆞᆷᄂᆡ 년음[泛音 쇼ᄅᆡᄅᆞᆯ 년ᄒᆞ다]을 못ᄒᆞ므로 홍이 업슬 분 아니라 ᄆᆡ양 요지 져졔 소운 져ː로 더부러 ᄐᆞᆯ ᄡᆡ면 ᄆᆡᄌᆡ 간졀이 ᄀᆞ르치믈 쳥ᄒᆞᆫ 즉 ᄌᆞ세히 ᄀᆞ르치지 아니코 다만 니르되 ᄆᆡᄌᆡ 셩품이 급ᄒᆞ야 ᄇᆡ호 【73】 지 못ᄒᆞ리라 ᄒᆞ니 ᄂᆡ 실노 항복지 아닛ᄂᆞ니 쳥컨ᄃᆡ 져 년음ᄒᆞᄂᆞᆫ 법이 엇지ᄒᆞ여야 비로소 쇼ᄅᆡ 나ᄂᆞ니잇가?"

슈영 왈,

"만일 년음ᄒᆞ기ᄅᆞᆯ 의논ᄒᆞᆯ진ᄃᆡ 심히 어려온 곳이 업ᄂᆞ니 ᄆᆡː 만일 ᄇᆡ호고져 ᄒᆞᆯ진ᄃᆡ 왼편 손으로 줄을 누르되 과히 즁ᄒᆞ게도 말며 너모 경ᄒᆞ게도 말아 ᄆᆞ치 쳥졍[蜻蜓 진ᄌᆞ리]이 졈슈[點水 물을 ᄎᆞ다]ᄒᆞ듯 ᄒᆞ면 다시 더ᄒᆞᆯ 것 업ᄂᆞ니 젼일에 쇼ᄅᆡ 아니나믄 다ᄅᆞᆷ 아니라 줄을 눌으믈 과히 즁히 ᄒᆞ거나 과히 가부야이 ᄒᆞ거나 ᄒᆞ미니 이제 다만 쳥졍이 졈슈ᄒᆞ다 ᄒᆞ미 년음ᄒᆞᄂᆞᆫ 졔일법이니라."

벽지 왈,

【74】 "년음ᄒᆞᄂᆞᆫ 묘법이 임의 이ᄀᆞᆺᄒᆞᆯ진ᄃᆡ 엇지 『금보琴譜』[거문고 ᄇᆡ호ᄂᆞᆫ ᄎᆡᆨ이라]에 이 말이 업ᄂᆞ뇨?"

요지 왈,

"져 금보ᄂᆞᆫ 불과 여ᄃᆞᆲ 가지 법을 말ᄒᆞ미 죡ᄒᆞ니 엇지 여긔 니르며 ᄒᆞ물며 사ᄅᆞᆷ마다 너ᄀᆞᆺ치 년음ᄒᆞ기 어려온 ᄇᆞᄅᆞᆯ 어이 알니요?"

슈영 왈,

"ᄆᆡː 부ᄃᆡ 년음ᄒᆞ기ᄅᆞᆯ ᄇᆡ호고져 ᄒᆞᆯ진ᄃᆡ 다른 법이 업셔 ᄆᆡ일에 줄을 고르고 ᄒᆞᆫ 곡죠ᄅᆞᆯ ᄒᆞᆫ ᄡᆡ에 ᄇᆡ호려 말고 다만 '쳥졍졈슈' 네 ᄌᆞᄅᆞᆯ ᄆᆞ음에 긔록ᄒᆞ고 경ː히 줄을 눌너 다만 '스렝' 두 ᄌᆞᄅᆞᆯ 옴겨 '스렝ːː'이라 ᄐᆞ고 다시 ᄐᆞ면 불과 슈일이 못ᄒᆞ야 쇼ᄅᆡᄅᆞᆯ 어드리라."

약홰 왈,

"ᄆᆡː 다 【75】 만 년음ᄒᆞ기ᄅᆞᆯ ᄭᆡ다를진ᄃᆡ 여ᄃᆞᆲ 가지 법은 ᄎᆞː로 녕낙ᄒᆞ미 어렵지 아니리라."

벽지 왈,

"일즉 드르니 몃 귀 글노써 노릭ᄒᆞ미 잇더니 요ᄉᆞ이 과거보기로 망년히 니젓ᄂᆞ이다."

슈영 왈,

"그 글귀 ᄯᅩᄒᆞᆫ 여ᄃᆞᆲ 귀로되 그 즁 요긴ᄒᆞᆫ 귀졀이 다만 ᄀᆞ오ᄃᆡ 'ᄐᆞ기를 줄이 ᄭᅳᆫ허지고져 ᄒᆞ여야 ᄇᆡ야흐로 묘에 들고 누르기를 남게 들고져 ᄒᆞ여야 비로소 긔특ᄒᆞ다(彈欲斷絃方入妙, 按令入木始爲奇) ᄒᆞ미 그 즁 요긴ᄒᆞᆫ ᄆᆞᄃᆡ니 이 두 글귀를 셰ᄾᆞ히 궁구ᄒᆞ면 ᄌᆞ연 그 대개를 알니라."

벽지 왈,

"져제 말ᄒᆞ시되 년음ᄒᆞ는 법이 쳥졍이 졈슈ᄒᆞ듯 ᄒᆞ다 ᄒᆞ시니 져제 이제 이 모양【76】으로 ᄐᆞ셔든 ᄆᆡ직 조히 ᄇᆡ호리이다."

슈영이 드ᄾᆞ여 줄을 눌너 스렝ᄾᆞᄾᆞᄒᆞ기를 오ᄅᆡᄒᆞ니 벽지 이에 그ᄃᆡ로 ᄐᆞ되 ᄆᆞᄎᆞᆷ니 쇼ᄅᆡ나지 아닛ᄂᆞᆫ지라 더옥 ᄎᆞᆨ급ᄒᆞ여 왈,

"져 줄이 ᄯᅩᄒᆞᆫ 눈과 부리 잇도다. 져ᄾᆞᄂᆞᆫ 누르믈 법ᄃᆡ로 ᄒᆞ니 제 눈이 잇셔 보고 문득 쇼ᄅᆡᄒᆞ더니 ᄆᆡᄌᆞᄂᆞᆫ 누르믈 법ᄃᆡ로 못ᄒᆞ니 제 문득 부리를 ᄃᆞ다 쇼ᄅᆡ 아니ᄒᆞᄂᆞᆫ도다. 쳥컨ᄃᆡ 아모 져졔나 날을 맛치 션싱이 혹동에 글시 ᄀᆞ르치ᄂᆞᆫ 모양으로 ᄆᆡᄌᆞ에 손을 잡아 그ᄃᆡ로 누르게 ᄒᆞ쇼셔."

요지 왈,

"모든 져졔 당초에 거문고 ᄇᆡ홀 ᄯᅢ 이ᄀᆞᆺ치 븟들녀 ᄇᆡ호시니잇가? 진【77】실노 거문고 ᄇᆡ호ᄂᆞᆫ ᄉᆡ 규귀 나도다."

약쾌 쇼왈,

"ᄆᆡᄾᆞᄂᆞᆫ 나아오라. ᄂᆡ 맛당히 븟드러 ᄀᆞ르치리라."

이에 벽지에 두 손을 잡고 스렝ᄾᆞᄾᆞ ᄐᆞ기를 오ᄅᆡᄒᆞ니 벽지 왈,

"ᄆᆡ직 이제야 ᄭᆡ닷과이다."

약쾌 비로소 손을 노코 홀노 ᄐᆞ이니 과연 쇼ᄅᆡ를 ᄂᆡᄂᆞᆫ지라. 벽지 ᄀᆞ장 깃거 왈,

"져ᄾᆞ네는 아직 셔로 ᄐᆞ쇼셔. ᄆᆡ직 잠간 져곳에 단녀오리이다."

벽지 이에 ᄇᆡᆨ츌졍에 니르러 ᄌᆞ운을 향ᄒᆞ여 왈,

"져 무리 글시 쓰느니는 글시 쓰고 그림 그리느니는 그림 그리고 바독 두느니는 바독두고 거문고 타나니는 거문고 타느니 우리【78】는 엇지 노라야 조흐리요? 그러치 아니면 여러 즈미 엇지 아니 답:흐리잇고?"

즈운 왈,

"나의 쥬견은 오날 사름이 극히 만흐니 모름즉이 여러 가지로 노는 법을 버려야 올흐니 몃 곳 쌍뉵[雙陸 즉금은 쌍뉵이라 일커르니라]과 마조[馬吊 즉금 투전에 뉘라]를 버리고 몃 곳 샹긔[象棋 즉금 쟝긔라]와 화호[花湖, 즉금 골퍼에 뉘라]를 버리며 그 나마는 혹 투호를 치며 져기를 츠며 츄천[鞦韆 그늬라]을 쒸며 심지어 풀을 쏘호며 낙시를 드리오미 각:흐고져 흐는 바를 힝흐게 흐며 그 즁에 놀기를 조흐 아니흐느니는 혹 글을 지어 년귀(聯句)흐며 미어를 싁득흐야 각:편홀더로 흐미 올흐니이다."

녹운이 겻흐로조츠 머리 조아 왈,

"져:에 의논이 극히 올흐여이다. 이 궃지 아니면 여러 즈미 족히 흥을 다흐지 못흐리이다."

드:여 추환을 명흐야 여러 가지 노른을 베풀나 흐고 인흐야 쟝츈휘와 동쳥젼을 향흐여 왈,

"이 일이 만일 이위 져졔 우리 즈미로 더부러 분뛰흐지 아니면 마춤니 분뛰흐기 어려오리라."

츈휘 왈,

"이졔 화원에 궃득흔 비 사름이라 금긔셔화흐느니 외에 몃 사름이 남아잇는 줄 알니요?"

벽지 왈,

"이느 니일 즉 즈셰히 아느니 니 맛당히 혜여 져:를 알게 흐리라. 져곳에 거【78】문고 타느니는 요츈과 슌영과 약화와 요명과 슈영과 요지와 소운 칠위 져졔요 져곳에 바독 두느니는 즈경과 즈릉과 향운과 지형 스위 져졔요 션즈에 글시 쓰느니는 셔향과 문금과 교문과 월방과 슈젼과 즈쵸와 홍미와 즈훤 팔위 져졔요 션즈에 그림 그리느니는 묵향과 계화와 녀연과 은셤과 봉익과 혜방 뉵위 져졔니 도합 이십 오위라. 그 남아 칠십 오위에 쏭누고 오줌누느니 이십 오

위롤 졔ᄒᆞ면 실노 오십위 남으니라."

중인이 모다 대쇼ᄒᆞ니 보운 왈,

"벽지 미ᄌᆞ 졍신이 ᄀᆞ장 조흐니 어ᄂᆞ 곳에 【79】 어느 져졔 모히믈 ᄂᆡ 문득 낫ᄂᆞ치 아나 만일 누고ᄂᆞ 셩명을 외오라 ᄒᆞ면 나는 실노 못ᄒᆞ리니 오날은 젼혀 미ᄌᆞ에 총명을 미더 각쳐에 죠응ᄒᆞ기롤 ᄇᆞ라ᄂᆞ니 이 ᄯᅢ에 이곳에 모혓ᄂᆞᆫ지 다른 곳에 나아간 지 모로니 만일 ᄌᆞ희나 서어ᄒᆞ면 이 과연 손을 만홀이 ᄒᆞ미라. 앗가 츈휘 져졔 중인으로 더부러 ᄆᆞ조 ᄒᆞᆫ 곳과 쌍뉵 ᄒᆞᆫ 곳과 상긔 ᄒᆞᆫ 곳과 화호 ᄒᆞᆫ 곳과 십호(十湖) ᄒᆞᆫ 곳을 버리고 그 남아 투호와 츄쳔과 풀싸홈과 져기ᄎᆞᄂᆞᆫ 뉴롤 몃 곳을 베퍼시니 그 중에 놀기롤 즐기지 아닛ᄂᆞ니 잇스면 혹 글을 지으며 미어롤 【80】 싀득ᄒᆞ며 낙시롤 드리워 각ᄌᆞ 져의 즐기ᄂᆞᆫᄃᆡ로 ᄒᆞ게 ᄒᆞ리니 이제 문힝각과 응취관과 ᄌᆞ약헌과 히당샤와 계화당과 빅약포(百藥圃)와 년화당 각쳐에 ᄯᅳᆺᄃᆡ로 모히게 ᄒᆞ리라."

보운 왈,

"벽지 미ᄌᆞ 졍신이 ᄀᆞ장 조코 ᄯᅩᄒᆞᆫ 거름이 ᄲᆞ르니 오날 모든 ᄌᆞ미 혹 흣터져 어ᄂᆞ 곳에 잇스믈 몰나 졉ᄃᆡᄒᆞ믈 서어ᄒᆞ면 이는 손을 만홀이 ᄒᆞ미라. 이제 특별이 미ᄌᆞ롤 부탁ᄒᆞᄂᆞ니 ᄯᅢ로 곳ᄌᆞ이 돌아보아 날을 대신ᄒᆞ여 손을 졉대ᄒᆞ되 만일 ᄎᆞ환에 무리게 어르물 일숨아 차와 물을 대령치 아니커든 낫ᄂᆞ치 나의게 고ᄒᆞ라."

동쳥젼 왈,

【81】 "이제 보운 져ᄌᆞ 말숨이 너의 졍신이 ᄀᆞ장 조트 ᄒᆞ시니 ᄂᆡ 맛당히 오날 너로 더부러 나기 ᄒᆞ리니 네 만일 각쳐의 도라단녀 모든 ᄌᆞ미 몃 곳에 모히니 어ᄂᆞ 곳에 몃 사ᄅᆞᆷ이 모혀 무슴 노름을 ᄒᆞᄂᆞᆫ고 낫ᄂᆞ치 도라와 고ᄒᆞ야 일호도 그르미 업스면 비로소 너의 졍신 조흐물 항복ᄒᆞ리니 원컨ᄃᆡ 나의 샨호 팔쇠롤 네게 보ᄂᆡᆯ 거시니 네 만일 그르미 잇스면 너의 비취 비연통을 ᄂᆡ게 보ᄂᆡ리니 네 능히 즐겨 나기홀다?"

벽지 왈,

"네 과연 나의 비연통을 ᄀᆞ장 욕심ᄂᆡ든가 시부도다. 임의 나기ᄒᆞ고져 홀진ᄃᆡ 보운 져졔 【82】 즐겨 증인이 되시면 ᄂᆡ 맛당히 나기ᄒᆞ리라."

보운 왈,

"나는 슬흐여라. 지닌 후 너의 무리 억지쓰면 니 엇지 견디리요?"

츅졔홰 쇼왈,

"미지 샹히 증인되여 그 즁간으로 니롤 어더먹기롤 ㄱ쟝 조ㅎ ㄴ니 엇지 니게 부탁지 아니ㅎㄴ뇨?"

이인 왈,

"이 ㄱ트미 졍히 조흐니 져졔 맛당히 증인이 되쇼셔."

졔홰 왈,

"너희 두 사름이 몬져 나기ㅎㄴ 물건을 니게 맛져야 비로소 ㅁ음 노흐리라."

쳥젼이 드ㄴ여 풀쇠롤 버셔 맛지고 벽지 쏘흔 비연통을 맛져 왈,

"져ㄴ는 부디 나의 비연을 도젹ㅎ야 쓰여 업시치【83】 ㅁ르쇼셔. 근리에 이ㄱ치 쉰맛 잇눈지 극귀ㅎ니이다."

졔홰 왈,

"이 쏘흔 어렵지 아니토다. 니 맛당히 진슈이 쓰고 문득 쉰ㅁ슨 니게 초롤 만히 두엇시니 글노 쥬리라."

벽지 왈,

"져졔 아직 싀집도 아니가셔 몬져 초먹기[싀암ㅎ단 말이라]롤 조ㅎ ㄴ시눈도다."

졔홰 이 말을 듯고 화필을 더지며 션ㄷ롤 드러 벽지롤 치려 ㅎ니 벽지 황망히 몸을 날녀 밧그로 다르니 그 나기 엇지된고 하회에 분해ㅎ라.

권지이십

【1】 화셜 밍벽지 동쳥젼으로 더부러 나기롤 졍ᄒ고 츅졔화의 치려 ᄒᄆᆯ 피ᄒ야 몬져 문힝관에 니르니 방난언과 쟝난영과 채난방과 지난교 네 사롬이 ᄇ야흐로 ᄆ조[투젼 혹왈 투픠]롤 희롱ᄒ며 지옥셤과 밍옥지와 단옥영이 겻흐로 구경ᄒ더니 채난방 왈,

"벽지 져ᆞ는 엇지 ᄒ 두 번 아니ᄒᄂ뇨?"

벽지 왈,

"밍지 오날은 쥬인에 부탁을 맛틔 져롤 대신ᄒ야 도쳐에 손을 졉대ᄒ라 ᄒ기로 시러곰 뫼셔 놀지 못ᄒᄂ니 아직 두어 픠롤 【2】 구경ᄒ고 다른 곳으로 가리이다."

쟝난영이 방난언으로 더부러 ᄆ조의 녯법과 요ᄉ이 격을 의논ᄒ거늘 벽지 낫ᆞ치 분변ᄒ야 셰ᆞ히 말ᄒ니 옥셤 왈,

"사롬이 말ᄒ되 벽지 져ᆞ에 말이 ᄀ쟝 무섭다 ᄒ더니 과연이로다. 져의 ᄆ조롤 말ᄒ미 마치 져비와 ᄀᆺ치 죵ᆞ지ᆞᄒ야 흐르는 듯 그치지 아니ᆞ 쟝니 벽지 져뷔 안해 무셔워ᄒᄂᆫ 병통이 응당ᄒ리로다."

즁인이 우으며 올틔 ᄒ고 다시 ᄆ조에 법식을 셔로 의논ᄒᆯ시 대개 네 사롬이 ᄒ면 ᄆ조라 ᄒ니 ᄆᆯ다리 네히롤 일커르미요 셰히 ᄒ면 셤[蟾 둑거비]조라 ᄒ니 둑 【3】 거비 세 다리 잇스미요 둘히 ᄒ면 졔[梯 ᄉ드리]조라 ᄒ니 ᄉ다리ᄂᆫ 두ᄃ리미라. 옥셤 왈,

"만일 ᄒ 사롬이 홀노 ᄒ면 니르되 샹양조(商羊吊)라 ᄒ리로다. 샹양에 ᄃ리 ᄒ나히미라."

방난언이 다시 ᄆ조와 셤조의 고하롤 분셕ᄒ야 말ᄒ니 난방 왈,

"난언 져〃의 셤조롤 그르다 ᄒᆞ시미 실노 니에 맛당ᄒᆞ도다. 이 의논 곳 아니런들 ᄆᆞ조에 조흔 법이 거의 미몰ᄒᆞ야 젼치 못ᄒᆞᆯ 번 ᄒᆞ도다."

벽지 왈,

"졔위 져〃는 아직 ᄆᆞ조롤 천〃이 ᄒᆞ고 나의 고담을 들어보쇼셔. 녜도 ᄒᆞᆫ 사름이 잇셔 셤조ᄒᆞ기롤 ᄀᆞ장 즐기더니 죽은【4】후에 염나왕이 써ᄒᆞ되 조흔 ᄆᆞ조롤 아니ᄒᆞ고 부디 셤조롤 즐기다 ᄒᆞ야 벌노써 둑거비 되게 ᄒᆞ니 그 사름이 환싱ᄒᆞ야 과연 둑거비 되디 오히려 그 ᄆᆞ음은 변치 아녀 시각으로 셤조롤 싱각ᄒᆞ야 잇지 못ᄒᆞ더니 일〃은 모든 져근 둑거비로부터 나와 놀 시 졔왈 '오날 우리네 노는 모양이 조히 셤조에 조흔격 갓도다.' 져근 둑거비 왈 '무슴 격이 되ᄂᆞ뇨?' 졔왈 '공녕손[公領孫, 한아비 ᄌᆞ손을 거ᄂᆞ린 격이라]이로다.' 모든 둑거비 대로ᄒᆞ야 쇼리 지르며 달녀드러 왈 '네 엇지 우리로써 너의 ᄌᆞ손에 비ᄒᆞᄂᆞ뇨?' 말을 기ᄃᆞ리【5】지 아니코 일졔히 손을 움쥬여 혹 치며 혹 ᄭᅮ지즐시 ᄒᆞᆫ 둑거비 돌을 들어 져의 니ᄆᆞ롤 치며 왈 '이도 무슴 격이 되ᄂᆞ뇨? 말을 못ᄒᆞ면 더옥 치리라.' 졔왈 'ᄇᆞ라건디 졔위는 치기롤 그치쇼셔. 이 과연 불졍쥬[佛頂珠 부쳐의 니ᄆᆞ에 구술 ᄀᆞᆺ흔 격]에 격이로다.' 〃른 둑거비 디쪽으로 어즈러이 ᄶᅵ려 왼몸에 피 흐르니 무러 왈 '이는 ᄯᅩ 무슴 격이뇨?' 졔왈 '쥬샤졍(硃砂鼎)이니이다.' ᄯᅩ ᄒᆞᆫ 둑거비 검은 즌흙을 ᄀᆞ져 져의 몸에 발나 왈 '이는 무슴 격이뇨?' 졔왈 '쳘향노(鐵香爐) 격이니이다.' 모다 쇼왈 '앗가는 몸이 붉으니 쥬샤졍이라 ᄒᆞ고 지금은 몸이 검으【6】니 쳘향뇌라 ᄒᆞᄂᆞ니 만일 너의 몸을 푸르게 ᄒᆞ면 조히 녹모귀(綠毛龜)라 ᄒᆞ리로다.' ᄆᆞ춤ᄂᆡ 모양이 갓지 아니ᄐᆞ ᄒᆞ야 일향 치기롤 ᄆᆞ지 아니〃 졔왈 '졔위에 ᄀᆞᆺ지 아니ᄐᆞ ᄒᆞ미 실노 원통ᄒᆞ니 귀흔 손을 져기 ᄂᆞ쵸쇼셔. 니 맛당히 향노 모양을 지어 졔위롤 뵈리이다.' 모다 치기롤 날회니 졔 문득 세 불을 ᄯᆞ히 세우고 허리롤 우흐로 치미러 왈 '졔위는 보쇼셔. 이 아니 향노에 세 불이니잇가?' 이 ᄶᅦ롤 ᄐᆞ 졍히 도망코져 몸을 뒤쳐 멀니 ᄶᅱ어 ᄯᅡ히 ᄶᅥ러지노라니 ᄆᆞ초아 부리롤 ᄯᅡᆼ에 박으니 모든 둑거비 대쇼 왈 '이졔는 셤조에 시로 ᄒᆞᆫ 격을 더【7】ᄒᆞ리로다.' 졔 문득 부리롤 씨스며 무러 왈 '졔위는 이졔 무슴 격을 어드시니잇고? ᄌᆞ셰히 ᄀᆞ르치쇼셔. 도라가 피보에 올니려 ᄒᆞᄂᆞ이다.' 즁셤 왈 '이 니르되 구식분[狗食糞 개가 쏭을 먹다] 격이로다.'"

이곳치 말ᄒ니 즁인이 우으믈 그치지 못ᄒ되 오직 옥셤이 벽지를 ᄇ라보고 다만 넝쇼ᄒ니 벽지 왈,

"미지 실노 일시 소홀ᄒ야 놉흔 일홈을 즘간 이졋ᄂ이다. [옥셤에 일홈이 둑거비 '셤' 씐고로 짐즛 욕ᄒ미라] 만일 싱각ᄒ얏던들 엇지 감히 휘를 범ᄒ리잇고? 니 일즉 은셤 졎에 말을 드르니 쇼영쥐에서 스원 밍쟝이 능히 졎를 대젹지 못ᄒ다 ᄒ거놀 미지 엇지 감 【8】 히 방즈ᄒ리잇고?"

옥셤이 손을 니여 왈,

"축ᄒ 졎는 손을 가져와 날을 시험ᄒ야 보라. 무슴 힘이 잇스리요?"

벽지 크게 놀나 썰니 다르며 왈,

"졎는 사ᄅᆷ을 죽일 쇼리 므르쇼셔. 미지 각쳐로 단녀 보운 졎를 대신ᄒ야 손을 졉대ᄒ리라."

제74회

打雙陸嘉言述前賢　下象棋諧語談故事

말을 맛지 못ᄒ며 황망히 닷더니 ᄒ편에 대경영이 밍경지로 더부러 쌍뉵을 치고 가염홍과 쇼홍영과 낙홍거와 윤홍위 겻히 잇셔 구경ᄒ거놀 염홍 왈,

"쌍뉵에 스이를 엇지 세홀 쓰는고? 미즈의 우견은 ᄒᄂ홀 졔ᄒ고 다만 둘노 더지미 간편홀 듯ᄒ야 여 【9】 러번 남다려 무르되 ᄆ춤니 그 ᄯᆺ을 모로더이다."

밍경지 일변 스이를 더지며 왈,

"니 ᄆ음에ᄂ 응당 간스ᄒ 쇠를 막기로 비로손1) 빈가 ᄒᄂ니 만일 두 낫 스

---

1) 【비롯다】 圖 시작하다. ¶ 니 ᄆ음에ᄂ 응당 간스ᄒ 쇠를 막기로 비로손빈가 ᄒᄂ니 만일 두 낫 스이로 가부야이 더지면 즘간 구을너 그칠 거시요 세 낫츠로 일졔히 더지면 피츠 어즈러이 구을너 오러게야 그치ᄂ니 비록 스이 지우기 잘ᄒᄂ 즈도 그 스이 교를 부려 임의로 못ᄒᄂ니 (據我看來: 大約因爲杜弊而設. 旣如兩個骰子下盆, 手略輕些, 不過 微微一滾, 旋卽不動; 至于三個骰子一齊下盆.) <鏡花 20:9> 왕픠 셩쇠ᄂ 그 씨가 다 잇ᄂ니 아직 급히 다스리지 못홀지라 이러무로 ᄯᆺ을 품고 일을 비로스지 못ᄒ노라 <平妖 2:4> ᄒ믈며 공쥐 쇼인의 손의 긴 명을 ᄆ츠니 슬프고 잔잉ᄒ나 그디 형의 몸의 일이

이로 가부야이 더지면 좀간 구을너 그칠 거시요 세 낫츠로 일졔히 더지면 피츠
어즈러이 구을너 오리게야 그치느니 비록 스이 지우기 잘ᄒᆞᆫ 즈도 그 스이 교
를 부려 임의로 못ᄒᆞᄂᆞᆫ 흐물며 쌍뉵이 처음은 부디 큰 졈을 구치 아니나 ᄂᆞ
죵은 전혀 큰 졈을 어더야 쓰미니이다.”

윤홍위 졈두 왈,

“져ᄌᆞ에 의논이 극히 맛당ᄒᆞ도다. 근일에 외【10】국에셔는 오히려 두 낫츠
로 더진다 ᄒᆞ더이다. 쏘 드르니 쌍뉵이 본디 형졔를 위ᄒᆞ야 믄드다 ᄒᆞ니 그는
엇진 뜻을 부치미니잇고?”

경영 왈,

“이 과연 형졔 화목ᄒᆞ기를 권ᄒᆞᄂᆞᆫ 뜻이라. 이러므로 둘이나 세히나 뫼혀야
냥을 닐윈 후ᄂᆞᆫ 다른 사름이 감히 거우지 못ᄒᆞ거니와 만일 홀노 잇셔 냥을 닐
우지 못ᄒᆞ면 반드시 남의 므즈믈 면치 못ᄒᆞ니 이 문득 형졔 므음을 ᄀᆞ치 ᄒᆞ고
뜻을 합ᄒᆞ야 ᄒᆞᆫ 집에 모혀 잇슨 즉 다른 사름이 엇지 속이고 업슈이 녁이리요?
만일 뜻을 다르게 ᄒᆞ고 집을 난화 능히【11】화목지 못ᄒᆞ면 제 스스로 고단ᄒᆞ
니 다른 사름이 엇지 아니 침노ᄒᆞ리요? 그 뜻이 ᄌᆞ밧게 나지 아니ᄒᆞ니이다.”

낙홍게 왈,

“녯 사름이 일동일졍을 사름으로 ᄒᆞ여곰 부디 졍도에 도라가고져 ᄒᆞ므로 이
런 유희ᄒᆞᄂᆞᆫ디도 쏘ᄒᆞᆫ 세샹 권ᄒᆞᄂᆞᆫ 뜻을 부쳣거늘 세샹 사름은 다만 놀기만 탐
ᄒᆞᆯ 분이라 엇지 그 ᄀᆞ온디 부친 뜻을 씨다르리잇가?”

벽지 왈,

“경영 져ᄌᆞᄂᆞᆫ 스이 더지믈 그치쇼셔. 믹지 ᄒᆞᆫ 므듸 미어[謎語 속담에 슈지졋
기라]를 ᄒᆞ리니 알아너쇼셔.”

경영 왈,

“밧비 니르라.”

벽지 왈,

“샴구는 이십 칠이요 스팔은 샴십 이요 오칠은 샴【12】십 오요 뉵ᄌᆞ은 샴

비로스시니 제 비록 죽엇신들 그디 염치의 즈연 붓그려 황괴ᄒᆞ려든 무슨 빗 됴ᄒᆞᆫ 일이
라 남의 탓슬 삼느뇨? <텬슈 6:50>

십 뉵이니 글노써 흔가지 거스로 아라니쇼셔."

경영 왈,

"요스이 미ː구ː법을 비화 조히 외오는도다."

염홍 왈,

"나는 알앗노라. 이 아니 열두리뇨?"

벽지 왈,

"엇지 니르미뇨?"

염홍 왈,

"샴구와 스팔과 오칠과 뉴ː이 다 각ː 열둘식이 아니뇨?"

벽지 쇼왈,

"져제 진실노 알기롤 잘ᄒ시도다. 쳥컨더 그 열둘노 무슨 물건을 알아너시면 비로소 항복ᄒ리이다."

쇼홍영 왈,

"이 아니 쌍뉵이뇨? 열둘히 두여섯시니 과연 쌍뉵이로다."

벽지 왈,

"져ː네 싀득ᄒ시미 과연 무던ᄒ이다. 아직 다른 곳에 도라보고 다시 와 쏘 무르리【13】이다."

이에 희당샤에 니르니 탁금춘과 언금심과 념금풍과 변금운 네 사롬이 화호[花湖 골퍼에 뉘라]롤 보고 것흐로 셥경방과 박치홍이 안곳더니 념금풍이 년망히 불너 왈,

"져졔 무초아 오시도다. 미지 년ᄒ야 지믈 견듸지 못ᄒ니 원리 초흑이라 퍼 보기에 닉지 못ᄒ야 여초ːːᄒ니이다."

즁인이 각ː 분변ᄒ거늘 벽지 일ː히 대답ᄒ고 금풍을 희롱ᄒ니 금풍이 힘써 밧그로 밀치니 벽지 그 길노 나와 의난실[猗蘭室 집일홈]에 니르니 여녀용과 강녀슈와 반려춘과 쟝요휘 스인이 둘너 안즈며 것흐로 십호[十湖 투젼에 뉘라]ᄒ 벌을 버려 노핫더니 일졔【14】히 흠신ᄒ야 좌롤 쳥ᄒ거늘 벽지 왈,

"져졔 네 엇지 퍼롤 보시지 아니코 쳥담만 ᄒ시ᄂ잇고."

녀용 왈,

"우리 ㅂ야흐로 픠롤 보더니 요휘 져제 심히 ㅈ미업서 ㅎ시므로 아직 그치과라."

벽지 왈,

"요휘 져ᄼ는 무슴 일 ㅈ미 업서 ㅎ시ᄂᆞ뇨?"

요휘 왈,

"그 ᄉᆞ이 여듧 판을 보더 나는 ᄆᆞ춤니 흔 픠롤 닐우지 못ㅎ니 무슴 ㅈ미 ᄂᆞ리요? 미양 픠롤 쓰면 여ᄎᆞᄼᄼㅎ니 사름으로 ㅎ여곰 분ㅎ지 아니며 답ᄼ지 아니리요? 만일 반일만 이ㄱᆞ치 ㅎ면 나는 긔올나 복창풍이 ᄂᆞ리로다. 더옥 졀통흔 ㅂ는 오날 총ᄼ이 오 【15】 긔로 젼ᄌᆞ롤 가지ᄼ 못ㅎ니 과연 져의 병이 기도다. 명일노부터 즙기롤 그치려 ㅎ니 미ᄼᄂᆞᆫ 날을 권치 말나."

벽지 왈,

"미ᄼ 엇지 감히 권ㅎ리요? 다만 즙기롤 오날 그첫다가 명일 도로 ㅎ문 ㅈ리 노름군에 젼례어니 져ᄼᄂᆞᆫ 쉽게 말ㅎ지 므르쇼셔. 미지 맛당히 져ᄼ롤 대신ㅎ야 두어 픠롤 보리이다."

강녀쉬 왈,

"이 ㄱᆞ치미 졍히 조토다."

일졔히 ㅈ리에 나아가니 벽지 년ㅎ야 여러 픠롤 보더니 픠마다 격을 닐우니 다만 지ᄼ 아닐 ᄲᅮᆫ이라 도로혀 놉히 닉의니 이에 픠롤 가져 요휘롤 쥬어 왈,

"져ᄼᄂᆞᆫ 보라. 이제는 쾌히 어덧시니 부 【16】 더 즙기롤 그치지 므르쇼셔."

요휘 픠롤 ㅂ다 왈,

"남이 미ᄼ에 픠 잘보믈 일컷더니 과연 그르지 아니토다. 이제야 여러 픠롤 보니 실노 나의 싱각지 못흔 ㅂ라 족히 문견을 늘이리니 명일노부터 졔ᄌᆞ되는 례폐롤 ㄱ초아 보니리로다."

벽지 왈,

"졔ᄌᆞ 되는 례폐는 엇지ㅎ던지 나는 맛당히 젼ᄌᆞ 도ᄼᄂᆞᆫ 겸을 베퍼 젼ᄌᆞ롤 만히 쟝만ㅎ야 져ᄼ의 첫긔롤 기ᄃᆞ리ᄼ라."

모다 대쇼ㅎ니 벽지 틈을 틈 밧그로 나갈 시 쟝찻 샹긔[象棋 즉금 쟝긔]두는 곳을 춫고져 ㅎ나 ᄆᆞ춤니 춫지 못ㅎ더니 ᄆᆞ초아 일개 ᄎᆞ환을 만나 잇는 곳을

알【17】고 도로 빅츌졍에 니르니 과연 최쇼잉이 진쇼츈을 더부러 샹긔롤 버리고 겻흐로 가녀홍과 장월휘와 녀쥬명 사인이 훈슈ᄒ거늘 대국흔 사름은 셔로 ᄊ화 졍신이 업고 훈슈ᄒᄂ니는 손으로 ᄀ르치며 말노 일쎄오ᄂ는지라. 벽지 왈,

"니 일즉 여러 곳으로 츳더니 원리 이곳에 모혓도다."

셔로 다토믈 ᄆ지 아니터니 ᄆ츰너 진쇼츈이 포로써 최쇼잉에 챠롤 치니 쇼잉이 분연 왈,

"남이 미쳐 노치 아녀셔 치는 법이 어디 잇ᄂ뇨? 도로 물너달나."

ᄒ니 쇼츈 왈,

"져제 앗가 분명히 노코 손을 쎄기로 니 쳐왓거늘 무슴 넘치로【18】물너달나 ᄒᄂ뇨?"

가녀홍 왈,

"쇼츈 져〃는 져의 챠롤 도로 쥬라. 그러치 아녀도 이번은 쇼잉 져제 임의 실세ᄒ미 만흐니 져제 맛당히 닉일지라. 져 챠 ᄒ나희 관계업도다."

벽지 왈,

"이위 져〃는 쳔〃이 챠롤 다토고 나의 녯 말을 드러보쇼셔. 흔 사름이 우연이 벗을 츳ᄌ 그 집에 니르러 ᄇ로 즁당에 드러간 즉 다만 쟝긔롤 버리고 두는 모양이로더 문득 사름이업거늘 ᄀ쟝 괴이히 넉이더니 홀연 문뒤흘 ᄇ라보니 과연 그 벗과 흔 사름으로 더부러 긔운이 헐덕이며 챠롤 탈취ᄒ려 ᄒ더라 ᄒ더니 오날 이위【19】져제 챠롤 다토미 이와 ᄀᆺ지 아니랴?"

일변 말ᄒ며 짐즛 쇼리롤 ᄀ쟝 크게 ᄒ여 츠환을 불너 왈,

"샐니 문뒤흘 최오라. 오러지 아녀 손님이 오시리라."

츅졔화 ᄇ야흐로 션ᄌ롤 펴고 일변 난초롤 그리다가 일변 우어 왈,

"겨집ᄋ희 목굼기 그리 크기로 무심즁 사름을 그다지 놀너ᄂ뇨? 조히 반〃흔더 고리롤 마즈리로다."

벽지 왈,

"흔ᄀᆺ지 괴이흔 일이 잇더이다. 흔 집에셔 져근 도야지롤 기르터니 홀연 병을 어더 짜히 업듸여 다만 쏘리롤 어즈러이 두로더니 사름이 잇셔 ᄀ르치되 먹

을 진히 가라 쏘리에 만히 브르면 느으리【20】라 ᄒ야늘 쥬인이 과연 조흔 당먹을 만히 가라 쏘리에 두로 브르되 ᄆ춤니 그치지 아니코 더옥 두로기를 심히ᄒ니 쥬인이 홀일 업셔 즘성 병보는 의원을 쳥ᄒ여 니르니 그 의원이 ᄆ춤 근시ᄒ는 사ᄅᆷ이라 나아가 본 즉 도야지 누은 곳에 먹으로 가로 그리고 세워 그렷거늘 도라나오며 왈 ‘져ᄀᆺ치 조흔 도야지를 엇지 병잇다 ᄒᄂ뇨?’ 쥬인이 쌀니 무러 왈 ‘엇지 니르되 병이 업다 ᄒᄂ뇨?’ 의원 왈 ‘져 도야지 젼싱에 그림 그리던 사ᄅᆷ으로 환싱ᄒ미 오히려 젼싱 공부를 잇지 못ᄒ야 쏘리로써 난초를 그리니 이【21】ᄯᅢ에 조히 션즈를 가졋던들 ᄒ 본 묵난을 ᄇ다갈 번 ᄒ도다.”

말을 맛지 못ᄒ야 졔홰 션즈를 드러 벽지를 치려 ᄒ여 왈,

“니 일즉 너를 위ᄒ야 슈고로이 그림을 그리거늘 네 도로혀 날을 욕ᄒ는다?”

벽지 왈,

“일노써 윤필지를 ᄒᄂ이다.”

홀연 퉁소 쇼리 먼리로조ᄎ 들니거늘 벽지 ᄇ야흐로 ᄎ환을 불너 알아오고져 ᄒ더니 ᄆ초아 방지 웃고 드러오며 왈,

“졔위 쳐ᄂ는 져 퉁소 쇼리를 드르시ᄂ니잇가?”

즁인 왈,

“ᄇ야흐로 조흔 듯거니와 어느 져졔 이ᄀᆺ치 잘 부는고? 홀연 져 쇼리 들니ᄂ이 문득【22】퉁소와 합ᄒ야 부는 쇼리라. 방지 왈,

“앗가 ᄆ지 지방 져ᄂ와 난손 져ᄂ로 더부러 즈약을 보고 년화당을 지나다가 난손 져ᄂ는 여러의 ᄭ을녀 투호 치러 가고 지방 져ᄂ는 녹운 미ᄂ에 쳘젹[鐵笛, 쇠로 ᄆᆫ든 져이라]과 퉁쇼를 보고 ᄀ쟝 깃거 아란 져ᄂ와 녹운 미ᄂ로 더부러 슈각에 올나 어울너 부니 져 두 쇼리 물쇼리를 합ᄒ야 더옥 쳥냥ᄒ더니 이졔 ᄇ람을 쏠와 먼리 들니ᄂ 심히 ᄋ람답도다.”

좌셔쥰 왈,

“이 ᄀᆺ흔 묘ᄒ 쇼리를 엇지 갓가히 듯지 아니리요? 져 쇼리와 퉁소 쇼리 응당 다르미 잇스리니 져ᄂ는 날을 잇그러 그곳【23】으로 가ᄉ이다.”

이인이 손을 잇그러 나가거늘 벽지 쏘흔 뒤흘 쏠와 계화당을 지나더니 님완여와 츄완츈과 미혜심과 민난손과 뉴의츈과 위즈잉과 변즈운 팔인이ᄂ곳에

잇셔 투호칠시 완예 왈,

 "우리 그 스이 치는 법이 도로혀 슈고로울 분이니 전일 공쥬부에 치든 녯법으로 치미 ᄀ쟝 견ᄒ리로다."

 모다 올타 ᄒ고 각ᄼ 격식으로 치거늘 벽지 다만 살을 ᄒ 움큼 쥐여 일시에 너허 왈,

 "이는 무슴 격이뇨? 길이 밧ᄇ 다시 의논치 못ᄒ노라."

 인ᄒ야 알프로 향ᄒ더니 ᄇ라보니 전봉환과 시염츈과 셜형향과 동취【24】 전과 장소휘와 변치운 뉵인이 ᄼ에 잇셔 츄쳔 쮜여 오르락 나리락ᄒ거늘 벽지 왈,

 "져졔 쮜는 비 불과 속투에 흔흔 비라 엇지 각ᄼ 별법으로 격식을 너여 쮜지 아닛ᄂ뇨?"

 치운 왈,

 "그 말이 ᄀ쟝 유리ᄒ도다."

 이에 각ᄼ 격식을 시로 너여 쮜기를 ᄆ츠미 치운 왈,

 "벽지 미ᄼ도 ᄒ 번 쮜라. 응당 신긔흔 격을 지어너리라."

 벽지 왈,

 "나는 머리 어즐홀가 두려 못 쮜노라."

 셜형향 왈,

 "져졔 미ᄌ의 통달ᄒ니 엇지 츄쳔을 못 쮜리요? 임의 아니 쮜려 ᄒ면 우수온 말이나 ᄒ ᄆ디 ᄒ야 속죄ᄒ라."

제75회

弄新聲水榭吹簫 隱俏體紗窗聽課

 벽지 좀간 싱각다가 뉵인을 향ᄒ여 왈,

 "측간에【25】 늙은 귀덕이 잇셔 ᄆ춤 먹을 거시 ᄯ허져 심히 비골푸미 좀을 닐우려 홀 시 적은 귀덕이ᄃ려 분부ᄒ디 '만일 뉘 잇셔 먹을 거슬 보니나니 잇

거든 즉각으로 날을 씨오라' ᄒ더니 오리지 아녀 사름이 잇셔 측간에 올으나 원리 죠열ᄒ 사름이라 대변이 미양 비결ᄒ지라. ᄒ 싯치 나와 드리오고 오리 ᄶ러지ᄂ 아니터니 이 씨 져근 귀덕이 임의 늙은 귀덕이롤 씨온지라. 놀나 씨여 ᄲᆯ니 ᄇ라보니 과연 ᄒ 덩이 누른 먹을 거시 공즁에 달녓시나 ᄆ춤니 ᄶ러지ᄂ 아니커눌 졈ᄂ 비위 당긔고 측급ᄒ야 져근 귀【26】덕이로 ᄒ야곰 가ᄒ로조츠 올나가 연고롤 알아오라 ᄒ니 져근 귀덕이 오리지 아녀 도라와 고ᄒ되 '져 먹을 거시 져곳에셔 놀고 아니 ᄂ려오더이다.' 늙은 귀덕이 왈 '무슴 노롬을 ᄒ더뇨?' 져근 귀덕이 왈 '져거시 공즁에 달녀 흔들ᄂᄂᄒ니 아마 츄천을 ᄶᅱᄂ 보더이다.'"

동취젼이 혀츠며 춤ᄇ타 왈,

"사름을 춤아 엇지 이런 더러온 거시 비ᄒᄂ뇨? 져졔 과히 싀고 ᄶᆞ도다."

장소휘 왈,

"그 누른 먹을 거시라 말을 쪽히 신긔ᄒ도다."

셜형향과 시염츈 왈,

"만일 ᄂ물을 만히 먹은 사름이런들 푸른 먹을 거시라 【27】 ᄒᆯ 번 ᄒ도다. 이ᄂ 벽지의 일홈이 푸를 '벽碧' 진고로 이리 말ᄒ미라."

벽지 왈,

"이위 져ᄂᄂ 가셔 맛보쇼셔. 응당 곱고 향니 ᄂ리이다. 이ᄂ 형향과 염츈의 일홈을 일커르미라."

형향 왈,

"져ᄂᄂ 진실노 무섭도다. ᄒ ᄌ롤 남에게 ᄉ양치 아니토다."

젼봉환이 먼리 ᄀ르쳐 왈,

"져ᄂᄂ 드러보라. 져 쇼리 먼리 들니ᄂ 더옥 신긔ᄒ도다. 벽지 져ᄂᄂ 날을 인도ᄒ야 그곳에 가게 ᄒ라."

벽지 왈,

"니 ᄇ야ᄒ로 그곳에 가는 길이로라."

칠인이 이에 ᄒᆞ가지로 년화당에 니르러 슈각의 올으니 소아란과 좌셔츈과 동화젼과 밍방 【28】 지와 변녹운 오인이 년망히 니러 좌롤 ᄉ양ᄒ거눌 젼봉환

왈,

"우리 무리 정히 나아와 ᄀ르치시믈 쳥코져 ᄒ거늘 엇지 그만ᄒ야 그치시ᄂ니잇고?"

녹운 왈,

"ᄆ춤 차이 니르니 져기 ᄆ신 후 ᄒ ᄆ디부터 드르시게 ᄒ리라."

동화젼 왈,

"칠위 져ᄌ는 문득 어느 곳에서 무어스로 쇼견ᄒ시니잇고? 반일을 얼골을 보지 못ᄒᆯ너이다."

장소휘 왈,

"벽지 져ᄌ는 앗가 빅츌졍으로조츠 니르고 우리 뉵인은 도화령(桃花嶺) 우희 잇셔 츄쳔을 쮜더니이다."

소아란 왈,

"응당 뉵위 져졔 츄쳔 우희셔 우리 부는 져와 퉁소 쇼리를 드르시고【29】이에 ᄎᄌ 니르시도다."

시염츈 왈,

"앗가 과연 츄쳔 우희셔 드르니 홀연 반공즁으로조츠 져와 퉁소 쇼리 합ᄒ여 나니 진실노 구름 ᄉ이에 ᄒ쪠 션악(仙樂)이 들니는 듯 ᄉ롭으로 ᄒ여곰 졍신이 상연ᄒ더이다."

녹운 왈,

"이는 져졔 먼리 잇고 ᄒ물며 놉흔디 잇스므로 은ᄌ히 들니ᄌ 도로혀 조케 넉이시나 이졔 만일 ᄀᆺ가히 드르시면 그만 못ᄒ리이다."

방지 왈,

"져ᄌ는 엇지 다시 ᄒ 곡죠를 부지 아니시ᄂ뇨?"

좌셔츈 왈,

"앗가 녹운 져ᄌ와 아란 져졔 소와 젹을 합ᄒ야 불미 ᄀ장 조터이다."

아란이 ᄌ에 녹운으로 더부러 합【30】ᄒ야 불기를 시죡ᄒ니 벽지는 오직 나기ᄒ기에 ᄆ음이 긴ᄒ고로 셰ᄌ히 오리 듯지 못ᄒ고 이 ᄯᆡ를 틈 밧그로 나오더니 보운이 ᄯᅩᄒ 년화당을 향ᄒ야 오다가 벽지를 만나 왈,

"미ː 일즉 모든 져제 몃 곳에 난호여 무슨 노름을 ㅎㄴ고 셰ː히 알앗ㄴ다? 두리건디 표종ㅈ미로 오히려 모즈롤 듯ㅎ야 장부와 동부 ㅈ미롤 쳥ㅎ야 혼가지로 손을 졉대ㅎ게 ㅎ얏ㄴ니 아지 못게라 각쳐의 우리네 집 ㅈ미즁 ㅎ나식이나 잇셔 쥬인노릇 ㅎ더뇨? 만일 혼 사롬도 업셔 다만 손으로 ㅎ여곰 손을 다리고 놀게 ㅎ면 진실노 손을 마홀이 【31】 ㅎ미로다."

벽지 왈,

"미지 몬져 몃 곳에 본디로 외와 져ː게 들니이라. ㅁ조 버린 곳은 난언과 난영과 난교와 옥셤과 옥영과 옥지 칠위 져ː요 쌍뉵치는 곳은 경영과 홍거와 홍유와 홍영과 염홍과 경지 뉵위 져졔요 화호 버린 곳은 금풍과 금운과 금츈과 금심과 치홍과 경방 뉵위 져졔요 십호 버린 곳은 녀용과 녀슈와 녀츈과 요휘 스위 져졔요 상긔 두는 곳은 쇼츈과 쇼잉과 녀홍과 쥬명과 월휘와 쥬젼 뉵위 져졔요 투호치는 곳은 완여와 완츈과 경명과 혜심과 난손과 ㅈ잉과 ㅈ운 팔위 져졔 【32】 요 츄쳔쒸는 곳은 봉환과 형향과 염츈과 취젼과 소회와 치운 뉵위 져졔요 퉁소 부는 곳은 아란과 셔츈과 화젼과 방지와 녹운 오위 져졔니 도합이 스십 팔위라. 이졔도 몃 곳이 남앗시니 미지 다시 도라보고 ㅈ셰히 고ㅎ리이다. 대체 쳥견 미ː에 폴쇠는 분명히 니거시 되니이다. 져졔 일즉 우리 운지 져ː롤 보시니잇가?"

보운 왈,

"제 문득 지방 져ː로 더부러 년화당으로조ᄎ 나가니 원리 지방 져졔 '대뉵임(大六壬)' 졈치는 법을 비ㅎ고져 ㅎ믈 인ㅎ미니 응당 ㅈ약헌에 조용이 안ㅈ 과법을 강론홀 듯ㅎ도다."

벽지 왈,

"운 【33】 지 져졔 과연 그리홀진디 실노 몹슬도다."

보운 왈,

"그 엇지 니르미뇨?"

벽지 왈,

"미지 날노 뉵임졈법을 비ㅎ고져 지셩으로 쳥ㅎ되 죵시 그르치지 아니터니 이제 남은 그르치려 ㅎ니 그 아니 몹슬 사롬이니잇가?"

보운이 フ만이 말ᄒ되,

"아춤에 교문 져제 빅츌정에셔 우연이 과거 ᄉ등 말을 시죽다가 그칫거늘 지방 져제 본디 부시에 ᄉ등이 된고로 ᄌ겹ᄒ야 그 말이 ᄌ못 조치 아니미 나는 힝혀 셔로 화긔룰 샹ᄒ올가 저허 너희 운지 미ᴗ룰 눈츼ᄒ야 다리고 나가 놀게 ᄒ니 그 사ᄅ의 셩품이 フ쟝 순편치 못ᄒ야 도【34】 쳐에 남과 시비ᄒ올지라. 운지 미ᴗ 나의 부탁을 맛흔 고로 져와 더부러 ᄯ로 단니며 말ᄒ노라. 그도 フ르치나 엇지 실졍으로 즐겨ᄒᄂ 비리요? 미ᴗ 그리 비ᄒ고져 ᄒ올진디 조히 져희 말ᄒ올 ᄯ 미처 가 ᄃ르면 ᄌ연 비ᄒ오리라."

벽지 년망히 ᄌ약헌에 니르니 방안에 문득 흔 사ᄅ도 업고 챵 밧게 은ᴗ이 사ᄅ에 말쇼리 들니거늘 フ부야이 챵 알픠 나아가 밧그로 브라보니 지방이 과연 운지로 더부러 챵을 지고 안ᄌ 말ᄒᄂ지라. フᄆ니 ᄃ르니 운지 왈,

"그 무ᄉ 요긴흔 닐이라 스승이라 일커르리요?"

지방 왈,

"이ᄂ 과연 나의 본【35】심으로 난 비라. 미지 이 싱각이 ᄒ로 이틀이 아니라 임의 ᄆ음에 잇션지 멋 힌라. 녯글노 볼진디 '녯 사ᄅ이 ᄉ미 フ온디로조츠 흔 과룰 엇다 ᄒ미 실노 신통흔지라. 나는 써ᄒ되 신션에 ᄒᄂ 비요 범인에 알 비 아니라' ᄒ더니 그 후에 ᄃ르니 ᄉ미 フ온디로조츠 흔 과룰 엇다 ᄒ미 곳 근셰에 젼ᄒᄂ 비 대뉵임법이라. 미지 일노조츠 ᄉ쳐로 그 칙을 구ᄒ여 날노 닉이고 보디 ᄆ춤니 길을 엇지 못ᄒ니 졍히 일위 션싱의 이 법에 통ᄒ니룰 구ᄒ야 フ르치믈 쳥코져 ᄒ되 이ᄂ 실노 신션 만ᄂ기에 더 어렵더니 다힝이ᴗ제 져ᴗ룰 만나니 이 아니 나의 스승이뇨? 죡히 평싱 한을 풀지라. 미지 이제 감히 졍미흔 곳을 비ᄒ고져 ᄒ미 아니라 다만 져ᴗᄂ 몬져 그 법을 フ르쳐 샴젼(三傳)과 ᄉ과(四課)룰 알게 ᄒ시면 지원이 죡ᄒ리이다."

운지 왈,

"만일 샴젼과 ᄉ과룰 명빅히 알면 그 다음 공부ᄂ ᄌ연 용이ᄒ니이다. 미ᄌ에 지은 비『뉵임지람六壬指南』[칙일홈]이 아직 개간치 못ᄒ미 한이로다. 져제 만일 이 글을 보시면 뇨연이 ᄭ다르시리이다. 녯 사ᄅ의 지은 비 글이 비록 깁고 종요로오믈 졍미히 의논흔 비 잇스나 쳐엄 비ᄒᄂ 곳을 ᄌ셰히 말흔 지 ᄃ

무니 이 【36】 다."
직방 왈,
"소위 '지반(地盤)'이라 ᄒᆞ미 엇더ᄒᆞ니잇고? 미지 ᄆᆞᄎᆞᆷ니 명빅지 못ᄒᆞ니이다."
운지 왈,
"셰샹 사ᄅᆞᆷ이 과ᄅᆞᆯ ᄇᆡ호다가 왕ᄋᆞᆼ히 즁도에 폐ᄒᆞᄂᆞᆫ ᄌᆞᄂᆞᆫ 젼혀 '쳔지반(天地盤)'을 명빅히 분변치 못ᄒᆞ미라. 이 다름 아니라 젼 사ᄅᆞᆷ이 그 초혹에 법을 분셕ᄒᆞ야 ᄇᆞᆰ히지 아니므로 ᄇᆡ호ᄂᆞᆫ ᄌᆞ ᄯᅩᄒᆞᆫ 능히 ᄌᆞ세히 궁구치 못ᄒᆞ미라. 미지 이에 지반 법식을 써셔 보시게 ᄒᆞ리라. 여ᄎᆞᄋᆞᆼᄋᆞᆼ ᄒᆞ면 곳 지반이니이다."
이 ᄯᅢ 벽지 창 안흐로조ᄎᆞ 듯기ᄅᆞᆯ ᄌᆞ시 ᄒᆞ믹 깃부믈 니긔지 못ᄒᆞ야 왈,
"원릭 지반이 ᄋᆞᆼ러ᄒᆞ도다."
직방 왈,
"미지 이제야 지반을 명 【37】 빅히 아ᄂᆞ니 다시 쳔반(天盤) 법식을 ᄀᆞᄅᆞ치쇼셔."
운지 왈,
"여ᄎᆞᄋᆞᆼᄋᆞᆼ ᄒᆞ면 곳 쳔반이니 이에 쓴 ᄇᆞᄅᆞᆯ 보쇼셔."
벽지 문틈으로 ᄌᆞ세히 보고 ᄀᆞᄆᆞ니 졈두ᄒᆞ야 ᄆᆞ음에 긔록ᄒᆞ니라.
직방 왈,
"쳔반을 쾌히 ᄭᆡᄃᆞ르니 ᄉᆞ과는 엇지ᄒᆞᄂᆞ뇨?"
운지 다시 써 뵈여 왈,
"여ᄎᆞᄋᆞᆼᄋᆞᆼ ᄒᆞ니이다."

第76회

講六壬花前闡妙旨 觀四課牖下竊眞傳

벽지 혜아리되 '젼일 뉵임글에 다만 삼젼을 말ᄒᆞ고 ᄆᆞᄎᆞᆷ니 ᄉᆞ과ᄅᆞᆯ 의논치 아니므로 어ᄂᆞ 곳으로조ᄎᆞ 문에 들지 모ᄅᆞ니 닙으로 ᄀᆞᄅᆞ치지 아니면 능히 명빅

지 못ᄒ더니 이제 임의 쳔반과 ᄉ과ᄅᆞᆯ 알앗시니 다시 방셔ᄅᆞᆯ 가 참합ᄒᆞ여 보면 가히 ᄢᆡᄃᆞ르리니 부디 넙으로 ᄀᆞ르치믈 구치 아【39】니리라. 향녀에 날을 즐겨 ᄀᆞ르치지 아니터니 이제 도로혀 슈고치 아니코 ᄢᆡ닷도다.'

운지 인ᄒᆞ야 ᄉ과ᄅᆞᆯ 셰〻히 분셕ᄒᆞ여 말ᄒᆞ니 지방이 일〻 복응ᄒᆞ고 왈,

"귀인 부치ᄂᆞᆫ 법을 무르니 운지 쥬야ᄅᆞᆯ 분변ᄒᆞ야 니르고 지방이 다시 풀어 결단ᄒᆞᄂᆞᆫ 법을 무르니 운지 왈 '여ᄎᆞ〻〻ᄒᆞ니 미지 일즉 『뉵임뉴찬六壬類纂』[칙일홈]을 지으니 그 ᄀᆞ온디 아니 ᄀᆞ촌비 업ᄂᆞᆫ지라. 쟝녀 ᄒᆞᆫ 번 보시게 ᄒᆞ리니 ᄌᆞ연 명빅ᄒᆞ시리이다.'"

벽지 챵 안ᄒᆞ로조ᄎᆞ 쇼리ᄅᆞᆯ 크게 질너 왈,

"나도 쾌히 명빅ᄒᆞ도다."

ᄒᆞ니 이인이 무심즁 ᄀᆞ쟝 놀나 운지 겁결에 도라보니 이 문득 벽지라. 분연이 얼【40】골을 고쳐 왈,

"이 집이 뷔엿기로 우리 이곳에 안ᄌᆞ시니 비록 놀니지 아녀도 ᄆᆞ음이 무시〻〻ᄒᆞ거ᄂᆞᆯ 홀연히 무두무미ᄒᆞ게 ᄒᆞᆫ ᄆᆞ디 쇼리나니 엇지 아니 놀ᄂᆞ리요? 오히려 ᄀᆞ슴이 뛰노라 그치지 아닛ᄂᆞ니 죠ᄀᆞᆺᄒᆞᆫ 희롱은 사ᄅᆞᆷ에 죽고 살기ᄂᆞᆫ 도라보지 아니미니 쟝ᄎᆞᆺ 엇지 견디리요?"

벽지 쇼왈,

"져〻ᄂᆞᆫ ᄌᆞ갸ᄅᆞᆯ 괴이히 넉이지 아니코 도로혀 남을 괴이히 넉이시ᄂᆞᆫ도다."

운지 더옥 노ᄒᆞ야 왈,

"엇지ᄒᆞ야 날을 괴이타 ᄒᆞ리요?"

벽지 왈,

"져〻의 과법아 그리 녕ᄒᆞ시면 엇지 몬져 ᄒᆞᆫ 과ᄅᆞᆯ 어더 나의 챵안에 숨으믈 모로시니잇고? 미리 알아더면 그다지 놀나지 아니【41】리니 이 아니 져〻의 그릇ᄒᆞ시미니잇가?"

운지 왈,

"네말 ᄀᆞᆺ홀진더 너ᄂᆞᆫ 맛당히 밥먹고 대변보기도 곳〻이 과ᄅᆞᆯ 어더 길흉을 무르라."

벽지 왈,

"져ᄉᄂᆫ 노ᄒᆞ지 므르쇼셔. 니 맛당히 우슈온 말 ᄒᆞ나 ᄒᆞ리이다."

운지 문득 두손으로 귀ᄅᆞᆯ ᄀᆞ리워 왈,

"아스라. 너의 거즛말 듯기 슬ᄒᆞ여라."

벽지 왈,

"져제 임의 듯지 아니시니 훗날 다시 말ᄒᆞ리이다."

말을 ᄆᆞ츠며 ᄇᆞ로 금어지[金魚池, 고기 ᄀᆞ르는 년못]에 니르니 못가ᄒᆞ로 당규신과 도슈츈과 긔화용과 쟝셩휘와 가문홍 오인이 둘너 안ᄌᆞ 낙시ᄅᆞᆯ 드리웟거늘 벽지 쇼리ᄒᆞ여 왈,

"못 ᄀᆞ온디 ᄆᆞ름과 년근이 ᄀᆞ쟝 만커늘【42】 져ᄉᄂᆞ네 거츤 낙시질ᄒᆞᄆᆞᆯ 일컷고 반도ᄅᆞᆯ 도적ᄒᆞ지 아니시ᄂᆞ냐?"

가문홍 왈,

"네 엇지 사ᄅᆞᆷ을 도적에 미로고져 ᄒᆞᄂᆞ뇨? 아모려도 너의 말이 거즌말 되리로다. 이제 겨유 스월이 되니 년근은 묵은 것 ᄲᅮᆫ이니 뉘 즐겨 먹으며 ᄆᆞ름은 아직 싱겨나도 아냣도다."

쟝셩휘 왈,

"ᄆᆞ름과 년근은 과연 그러ᄒᆞ나 앗가 물가에 ᄒᆞᆫ 줄기 푸른 녕지최 잇더니 개가 버혀 먹고 가나라."

도슈츈 왈,

"그 말이 ᄀᆞ쟝 유리ᄒᆞ도다."

벽지 졍히 말을 ᄭᅮ며 대답고져 ᄒᆞ나 고디 싱각지 못ᄒᆞ니 인ᄒᆞ야 규신을 향ᄒᆞ여 왈,

"져제 몃 ᄆᆞ리 고기ᄅᆞᆯ 낙그시니잇가?"

긔화용【43】 왈,

"규신 져ᄉᄂᆞᆫ 문득 낙시에 굽은 곳을 펴고 밋기ᄅᆞᆯ ᄭᅦ지 아니코 물에 드리오니 엇지 고기ᄅᆞᆯ 어드리요?"

벽지 왈,

"임의 낙시ᄅᆞᆯ 드리오ᄆᆡ 엇지 이ᄀᆞ치 ᄒᆞ시ᄂᆞ뇨?"

규신 왈,

"너 비록 낙시룰 드리오나 뜻이 고기에 잇지 아니；만일 ᄀ마니 독ᄒ 밋기
룰 곰초아 저룰 꾀와 낙시에 ᄊ에이게 ᄒ면 ᄆᆞᆷ에 엇지 ᄎᆞᆷ아 ᄒᆞᆯ 비리요? 다만
ᄆᆞᆰ은 물을 님ᄒᆞ미 ᄌᆞ못 뜻에 ᄆᆞ즈니 비록 고기룰 엇지 못ᄒᆞ나 방ᄒᆡ롭지 아니토
다."

벽지에 말 만ᄒᆞ므로도 규신에 말에 당ᄒᆞ야는 대답지 못ᄒᆞ고 홀연 허리룰 굽
혀 왈,

"나의 볼 ᄉᆞ이 ᄀ쟝 알푸니 무어시 ᄊᆡ인가【44】 시부도다."

짐즛 슈혀 안히 손을 너허 어로만치는 쳬ᄒᆞ더니 손을 ᄊᆡ여 왈,

"나는 무어신고 ᄒᆞ얏더니 어디로조ᄎᆞ 회셩지[灰星子, 숫부스럭이니 쟝셩휘
에 일홈으로 음이 ᄀᆺᄒᆞ미라] 볼 ᄉᆞ이에 ᄊᆡ이엿도다!"

셩휘 년망이 낙시대룰 드러 치려 ᄒᆞ니 벽지 황망이 피ᄒᆞ야 닷다가 빅약포에
니르니 ᄉᆞ영화와 쥬경담과 국셔징과 밍난지 ᄉᆞ인이 먼리로셔 나아오더니 난지
왈,

"미：는 어디룰 져리 황망이 단니ᄂᆞ뇨?"

벽지 왈,

"너 일즉 쳥젼 미：로 더부러 나기ᄒᆞ고 각쳐에 돌아 사롬 슈룰 알너 단니ᄂᆞ
이다."

쥬경담 왈,

"져졔 엇더케 나기룰 졍ᄒᆞ시뇨?"

벽지 이에 총：이 연유룰 말ᄒᆞ니 국셔징 왈,

"이 ᄀᆺ【45】ᄒ 나기룰 져졔 엇지 용이히 졍ᄒᆞ시니잇고? 몃 사롬이 몃 곳에
ᄂᆞᆫ호이문 니르도 말고 져 일빅인에 셩명을 외와 니르라 ᄒᆞ야도 나는 못ᄒᆞ리니
대쳬 져졔 그 나기룰 임의 팔구분지시도다."

벽지 왈,

"그는 의논치 말고 ᄉᆞ위 져：는 문득 어ᄂᆞ 곳에셔 엇지 놀다가 오시ᄂᆞ뇨?"

ᄉᆞ영ᄒᆡ 왈,

"우리 ᄇ야흐로 국화암(菊花岩)에 잇셔 쟝원쥬[狀元籌, ᄉᆞ이 여섯 기룰 ᄒᆞᆫ 그
룻식 더져 빗츨 보아 승부룰 졍ᄒᆞᆫ 노름이라] 룰 더지다가 이제 년화당에 나아

가 아란 져ː에 져와 녹운 져ː의 퉁소를 드르러 가노라."

벽지 왈,

"쟝원쥬는 문득 정신을 허비치 아니코 ㄱ쟝 놀기 조커늘 엇지 즁도에 그치고 오시ㄴ니잇고?"

난지【46】왈,

"영화 져졔 ㅂ야흐로 다섯 붉은 빗츨 엇고 쟝원이 되과라. 졍히 즐기더니 니 우연이 더지니 여섯 붉은 거슬 어더 쟝원을 아스미 영화 져졔 ㄱ쟝 피홍ㅎ기로 인ㅎ야 그치고 오노라."

벽지 왈,

"여섯 붉은 빗치 다섯 붉은 빗츨 아셔 쟝원이 되나 져의 문쟝은 져ː의셔 놉흐니 응당 져의 쟝원홀 ㅂ로 도로혀 져ː의게 쟝원을 아이므로 ㄱ쟝 피홍ㅎ든가 시부도다. 만일 오리로 열 명을 올녀 우흐로 부쳐 쟝원이 되던들 엇더ㅎ리요?"

난지 왈,

"너는 샐니 가 나기나 ㅎ고 줍말을 ㅎ지 말나."

스인이 손을 잇그러 알프로【47】나아가거늘 벽지 스스로 혼ㅈ 말ㅎ되 '오날이야 규신 져ː를 대신ㅎ야 분ㅎ믈 져기 푸도다. 대개 젼시에 규신이 본더 쟝원이러니 영홰 문득 쟝원이 되미라.'

일변 말ㅎ며 ㅈ약포에 드러가니 진슉완과 셕경연과 업방츈과 필젼졍과 밍화지와 쟝츈휘와 가뉴홍과 동금젼 팔인이ː에 모다 ㅂ야흐로 쏫츨 짜며 풀을 썻거 쟝춧 풀쓰홈홀 모양이어늘 샐니 나아가 그쳐 왈,

"졔위 져졔는 아직 풀썻기를 날회고 졍ㅈ 우히 좌롤 졍ㅎ쇼셔. 미지 그윽이 고홀 말이 잇ㄴ이다."

즁인이 모다 손을 머초고 홈게 졍ㅈ의 올ㄴ【48】좌졍ㅎ미 진슉완 왈,

"미지 앗가 풀을 쓰화 여러 번 대퓌ㅎ기로 졍히 긔묘흔 법을 싱각ㅎ더니 져졔 홀연 니르러 그치게 ㅎ시니 무슴 ㄱ르치미 잇ㄴ뇨?"

벽지 왈,

"져 풀쓰홈 ㅎ미 비록 우리네 규즁에 승시라 ㅎ나 오날은 여러 ㅈ미 이ㄱㅊ치

만흐니 반드시 녯 규구를 부리고 시법을 니여 쓰화야 비로소 홍치 잇스리이
다."
석경연 왈,
"이젼 규구를 업시ᄒᆞ미 과연 묘ᄒᆞ니 부라건디 져ᄂᆞᆫ 시로이 호령을 니쇼
셔."
벽지 왈,
"만일 미즈의 쓰호는 법디로 홀진디 풀에 만코 적기에 잇지 아닐 분 아니라
당초에 풀을 썩지【49】아니홀 거시요 ᄒᆞ물며 이곳에 잇는 부 꼿과 풀이 거의
다 긔이ᄒᆞᆫ 품과 요긴ᄒᆞᆫ 약지라. 낫ᄂᆞᆫ치 슈천리 밧그로 옴겨오며 심지어 외국으
로조츠 어더온 지 만흐니 만일 꼿과 삭슬 일졔히 썻거 ᄂᆞ면 이 ᄀᆞ쟝 앗가올지
라. 다만 모혀 안즈 말노써 화초 일홈이나 실과와 나모 일홈을 부르거든 글ᄌᆞ
를 대를 졍히 ᄒᆞ게 ᄒᆞ면 이 아니 싱신ᄒᆞ고 겸ᄒᆞ야 문견이 늘ᄂᆡ이다."
필젼경 왈,
"문득 엇더케 대를 ᄒᆞ리잇고? 져ᄂᆞᆫ 그 모양을 몬져 말ᄒᆞ쇼셔."
벽지 왈,
"녯 사름에 대ᄒᆞᆫ 글귀에 ᄀᆞᆯ오디
풍취부동녕ᄋᆞ초(風吹不動2)鈴兒草)요
【50】우타무셩고즈화(雨打無聲鼓子花)라 ᄒᆞ니
부람이 움즉이지 아닌는 방울풀을 불고
비는 쇼리업는 북꼿츨 치다

가령 경연 져제 녕ᄋᆞ초[鈴兒草 방울풀]를 부르셔든 어느 져제 고즈화[鼓子
花 북꼿치라]로써 대ᄒᆞ시면 이 곳 법식이니 ᄎᆞᄎᆞ 이ᄀᆞ치 문답ᄒᆞ면 실즉 녯법에
무슨 꼿츨 니여 이 꼿츨 니라 ᄒᆞ는 모양이로디 극히 편ᄒᆞ고 아ᄒᆞ니이다."
업방츈 왈,
"이 과연 조흔 노름이나 다만 초목 속명에 글귀 대ᄒᆞ기 조흔 지 흔치 아니ᄂᆞᆫ

____
2) 動 : 원문에는 '響'으로 되어 있음.

마치 '당귀(當歸)'에 별명은 '문뮈(文無)'라 ᄒ고 즈약에 별명은 '쟝니(將離)'라 ᄒ니 이런 뉴룰 쏘ᄒ 가히 비러 쓰리잇가?"

벽지 졍히 대답고져 ᄒ더니 홀연 나기ᄒ 닐을 싱각고 문득 쇼왈,

"미지 ᄇ야ᄒ로 일【51】이 잇스니 편각이 지닌 후 다시 오리이다."

셜파에 년망히 몸을 닐으혀 쳥젼을 춧고져 여러 곳을 지나 미화오(梅花隖)에 니르니 쳥젼이 송냥쟘과 스도미ᄋ와 뇨희츈과 ᄎ요챠와 장츄휘로 더부러 이에 모다 산을 버리고 슈법을 의논ᄒ거놀 장츄휘 왈,

"앗가 말ᄒ든 ᄇ 귀졔법이 무삼 신긔ᄒ니 우리 다만 말노써 무슴 산 두기 어려온 닐을 무러 대답을 보아 능히 마치면 다힝ᄒ고 못 ᄆ치거든 해셕ᄒ야 ᄀ르치미 조흘 듯ᄒ여이다."

ᄎ요채 왈,

"이 말이 ᄀ쟝 올토다. 어느 져졔 몬져 말ᄒ쇼셔."

각ː 샹냥ᄒ더니 뇨희【52】츈 왈,

"미지 우연이 싱각ᄒ니 이번 집을 쩌날 ᄹ에 친쳑 즈미 여러히 모혀 젼송홀 시 ᄆ츰 사룸이 잇셔 실과 ᄒ 광쥬리룰 보니앗거놀 미지 그 지리로 각ː 논ᄒ 먹으려 홀시 사룸슈와 실과 낫츨 혜아려 본 즉 미명에 닐곱 기식 ᄒ면 ᄒ 기 남고 미명에 여ᄃ릅식 ᄒ면 열여셋 기 부족ᄒ니 쳥컨디 졔위ᄂ 산 두어 그 사룸 이 몃치며 실괘 몃 낫친고 니르쇼셔."

스도미익 왈,

"이ᄂ 영육(盈朒) 산법이니 ᄀ쟝 쉬온지라. 여츠히 승ᄒ고 여츠히 졔ᄒ야 보 면 사룸은 십칠인이요 실과는 일ᄇ 이십 이 개니이다."

희츈 왈,

【53】"젼일 드르니 산법에 쥬산과 필산과 문산법이 잇다 ᄒ더니 져ː ᄂ 이 졔 닙으로 산을 두어 ᄎ촉(差錯)이 업스니 가히 니르되 구산이라 ᄒ리로다."

송냥쟘이 ᄎ환을 불너 ᄇ푼젼을 ᄀ져오라 ᄒ야 왈,

"미즈ᄂ 산법을 조ᄒ 아니홀 분 아니라 쏘ᄒ 즈셰히 모로나니 다만 두 ᄀ지 노롬에 닐이 잇스니 ᄒᄂ흔 굴온 한신에 졈병(韓信點兵)이요 ᄒ나흔 굴온 이십 팔슈뇨곤양(二十八宿鬧昆陽)이니 죡히 ᄒ 번 우섬즉 ᄒ니이다."

벽지 오리 기드리지 못ㅎ야 알프로 나아오며 왈,

"졔위는 쳥컨디 니 이제 멋 냥 은즈롤 밧고려 ㅎ느이다."

쳥젼 왈,

"이는 엇지 니름고?"

【54】 벽지 왈,

"이곳에 돈도 잇고 산판도 잇스며 모다 말ㅎ되 빅이니 쳔이니 ㅎ니 이 아니 돈푸리롤 열미뇨?"

쳥젼 왈,

"돈푸리는 엇더ㅎ던지 우리 브야흐로 산법으로 노롬ㅎ느니 져:도 무슴 신긔흔 산법을 니여 흔 번 노스이다."

벽지 머리 흔드러 왈,

"다른 노롬은 낫:치 참예ㅎ야도 여긔 니르러는 실노 소경이니 니 일즉 구:롤 비호디 아직도 구:는 팔십 샴으로 아노라. 미:는 산법을 날회고 날을 쓸와오라. 보운 져제 미:롤 부르더라."

제77회

鬥百草全除舊套　對羣花別出新裁

쳥젼이 무슴 연괴믈 몰나 다만 벽지롤 쓸와 빅츌졍에 니르니 보운 왈,

"오날: 벽지 미: 날을 대 【55】 신ㅎ야 손을 졉대ㅎ노라 각쳐로 분쥬ㅎ니 실노 니 므음이 불안ㅎ도다. 그러나 앗가 두 번 말흔 브 칠십 샴위 외에 그 남은 져:는 멋 곳에 는호여 잇는고 미: 일병 보고 오나뇨?"

벽지 왈,

"그리ㅎ니이다. 져 뉵임(六任) 강논ㅎ느니는 지방과 운지 이위 져:요 낙시질 ㅎ느니는 규신과 슈츈과 화용과 셩휘와 문흥 오위 져:요 장원쥬(狀元籌) 더지느니는 영화와 경담과 셔징과 난지 스위 져:요 풀쏜홈 ㅎ느니는 슉완과 방츈과 경연과 젼졍과 화지와 츈휘와 뉴홍과 금젼 팔위 져:요 산법 말ㅎ느니는 냥

쟘과 희츈과 요챠와 【56】 츄휘와 미으와 쳥젼 뉵위 져졔니 도합 이십 오위더이다."

청젼이 보운을 향ᄒ야 왈,

"져ᄼ는 엇지 미즈롤 부르시니잇고?"

벽지 왈,

"보운 져졔 너롤 부르미 다른 닐 아니라 미ᄼ 분명히 나기에 물건을 너게로 쾌히 보ᄂ니라 부르니라. 졔화 져ᄼ의 마튼 ᄇ 풀쇠와 비연통을 흠게 니게 젼ᄒ쇼셔."

졔화 문득 붓슬 노코 즁인을 향ᄒ여 왈,

"앗가 측흔 우리 벽지 져ᄼ의 흔 즈로 션즈로써 무슈흔 션즈롤 불너니야 오날 우리 여듧이 쓰고 여섯시 그리되 ᄎ환 양낭의게 갓치 모호면 족히 션즈젼ᄒᄂ홀 버리ᄼ로다."

벽지 왈,

"져ᄼ는 비연통과 【57】 풀쇠롤 다만 쎨니 젼ᄒ쇼셔."

졔화 왈,

"다힝이 져 션지 개ᄼ히 졍흔 조희기로 치식을 쓰기 ᄀ쟝 쉽거니와 만일 츄졀ᄒ든들 더옥 공부만 허비ᄒ고 안식이 업슬 번 ᄒ도다."

벽지 왈,

"미지 다만 풀쇠와 비연통을 달나 ᄒ야든 엇지 그는 대답지 아니코 홀노 그림그리는 공치샤만 ᄒ시ᄂ뇨?"

졔화 왈,

"녯 사롬이 글이 용ᄒ니 다토아 벗기ᄼ로 낙양에 조희 귀ᄒ더라 ᄒ더니 오날은 맛당히 쟝안에 부치 문득 귀ᄒ리로다. 이쩌것 그림을 그리노라니 손목이 싀고 눈이 어즐ᄒ도다."

말을 맛지 못ᄒ야 벽지 다라드러 【58】 손을 졔화에 품속에 너허 어즈러이 만지니 졔화 우음을 금치 못ᄒ고 긔운이 쳔촉ᄒ야 왈,

"쎨니 손을 쎄라. 니 본디 간지러오믈 견디지 못ᄒᄂ니 쾌히 너롤 쥬리라."

벽지 비로소 손을 쎄혀 왈,

"져ᄌᆞ는 어셔 ᄂᆡ게로 젼ᄒᆞ라. 그러치 아니면 다시 어즈러이 간지릐오면 능히 견ᄃᆡᆯ가 시부냐?"

청젼 왈,

"져ᄌᆞ는 아직 천ᄌᆞ이 저롤 쥬쇼셔. ᄂᆡ 다시 져다려 무러보리라."

인ᄒᆞ야 벽지롤 향ᄒᆞ야 왈,

"젼에 말ᄒᆞᆫ ᄇᆡ 오십 인은 ᄂᆡ 과연 드럿거니와 후에 말ᄒᆞᆫ ᄇᆡ 오십 인은 ᄂᆡ 과연 ᄌᆞ셰히 듯지 못ᄒᆞ과라."

보운이 문득 졔화롤 눈쥬【59】ᄂᆡ 졔홰 이에 션ᄌᆞ 밋흐로조ᄎᆞ ᄒᆞᆫ 장 단ᄌᆞ롤 ᄂᆡ여 왈,

"ᄆᆡ지 임의 각쳐에 모든 ᄌᆞᄆᆡ 난호인 ᄇᆡ롤 ᄎᆞ환으로 ᄒᆞ야곰 년쇽ᄒᆞ야 알아 긔록ᄒᆞ야 ᄒᆞᆫ 쟝 단ᄌᆞ롤 닐웟시니 청젼 져ᄌᆞ는 이롤 ᄀᆞ지고 벽지 져ᄌᆞ로 ᄒᆞ야곰 죵두지미(從頭至尾)히 ᄒᆞᆫ 번을 다시 외오라 ᄒᆞ라. 만일 단ᄌᆞ에 틀니지 아닐진ᄃᆡ 청젼 져졔 무가ᄂᆡ하로 나기롤 지리로다."

청젼이 흔연이 단ᄌᆞ롤 ᄇᆡ다들고 왈,

"벽지 져ᄌᆞ는 ᄲᆞᆯ니 외오라. ᄂᆡ 쟝ᄎᆞᆺ 강을 ᄇᆡ드리라."

벽지 다시 어느 곳에 몃 사롬이 무슴 노롬ᄒᆞ믈 낫ᄌᆞ치 외와 어긔지 아니ᄌᆞ 청젼 왈,

"져ᄌᆞ의 외오는 비 실노 그르지 아니나 우【60】리 원릭 일ᄇᆡᆨ인이어놀 이제 다만 구십팔위니 그는 엇진 닐이뇨?"

벽지 왈,

"나와 보운 져ᄌᆞ롤 혜지 아녓시니 두 사롬을 합ᄒᆞ면 일ᄇᆡᆨ인이 아니냐? 졔화 져졔는 부ᄃᆡ 저롤 위ᄒᆞ야 지류치 ᄆᆞ르쇼셔. ᄆᆡ지 반일을 분쥬ᄒᆞ노라니 심혈이 ᄆᆞ르고 각녁이 싀진ᄒᆞ도다."

졔홰 이에 꿀쇠와 비연통을 ᄂᆡ여 조ᄌᆞ의 노흐니 벽지 황망이 집어 졔화의게 치샤ᄒᆞ고 인ᄒᆞ야 ᄇᆡᆨ약포로 도라오니 즁인이 칭원ᄒᆞ여 왈,

"네 짐즛 우리롤 속여 반일을 안쳐두고 이제야 도라오미 반드시 무슴 연괴 잇도다."

벽지 이에 나기ᄒᆞ야 ᄂᆡ원【61】연유롤 말ᄒᆞᆫᄃᆡ 장츈휘 왈,

"벽지 미ᄾ 날을 대신ᄒᆞ야 손을 대졉ᄃᆡ ᄒᆞ더니 임의 갑슬 ᄇᆞᆮ앗시니 맛당히 ᄭᅳᆺ치 잇스면 나죵이 잇슬지라. 이곳에 ᄀᆞ득히 모히나 어느 곳에 어느 져졔 다른 곳에 잇ᄂᆞᆫ지 모로니 맛당히 날을 대ᄒᆞ야 낫ᄾ치 ᄆᆞᄌᆞ 도라와 ᄒᆞᆫ 곳에 모혀 놀게 ᄒᆞ라."

벽지 왈,

"이 ᄣᅢ에 져ᄾ와 미ᄾ롤 졔ᄒᆞ고 도합 구십 팔【67】위 져졔 일졔히 이곳에 모혓시니 날ᄃᆞ려 다시 어느 곳에 가 누고롤 쳥ᄒᆞ라 ᄒᆞ시ᄂᆞ뇨?"

규신 왈,

"오날 풀ᄊᆞ홈ᄒᆞᄂᆞᆫ 일홈을 고쳐 화초롤 대ᄒᆞ다 ᄒᆞ리니 앗가 우리 드른 ᄇᆞ 산날노써 슈향을 대ᄒᆞ미 진실노 공교ᄒᆞ고 신긔ᄒᆞᆫ지라. 그 밧게 무슴 ᄋᆞ람다온 대 잇ᄂᆞ뇨?"

츈휘 왈,

"임의 단ᄌᆡ 잇스니 져졔 ᄒᆞᆫ 번 보시면 가히 알으시리이다."

규신이 단ᄌᆞ롤 ᄇᆞ다 즁인으로 더부러 둘너볼 ᄉᆡ 모다 긔묘ᄒᆞ믈 일커르니 동화젼 왈,

"ᄌᆞ고화[慈姑花 ᄉᆞ랑ᄒᆞᄂᆞᆫ 싀어미 풀이라]로 투부초[妒婦草 싀악ᄒᆞᄂᆞᆫ 지어미 풀이라]롤 대ᄒᆞ미 진실노 졀묘ᄒᆞᆫ 대라 ᄒᆞ려니와 ᄌᆞ고 두 ᄌᆞ롤 사롬이 흔히 초두ᄒᆞ야 ᄌᆞ괴(慈姑)라 쓰ᄂᆞ니【68】이제 다만 ᄌᆞ괴라 쓰미 응당 츌쳐 잇스리로다."

ᄌᆡ옥셤 왈,

"그ᄋᆞᆨ이 각 사롬의 『본초本草』[ᄎᆡᆨ일홈]롤 샹고ᄒᆞ건ᄃᆡ ᄌᆞ괴 ᄒᆞᆫ 쌜희에 ᄒᆡ마다 열두 알을 안고 만일 윤달을 맛ᄂᆞ면 열세홀 안아 마치 ᄌᆞ익ᄒᆞᆫ 싀어미 여러 ᄌᆞ식을 기르듯 ᄒᆞ다 ᄒᆞ니 대개 초두가 잇던지 업던지 가히 쓰리이다."

이에 각ᄾ ᄒᆞᆫ가지롤 무르며 다토아 대답ᄒᆞ야 셔로 희롱ᄒᆞ믈 ᄆᆞ지 아니터니 ᄉᆞ영홰 왈,

"날이 임의 셔으로 향ᄒᆞ니 다시 몃 기롤 대ᄒᆞᆫ 후 쥬인은 조히 밥을 쥬쇼셔."

보운이 ᄎᆞ환으로 ᄒᆞ여곰 쥬반을 예비ᄒᆞ라 ᄒᆞ다 오히려 다토아 셔로 부르거【69】니 대답거니 분ᄾ요ᄾᄒᆞ더니 증셔향이 왕손초롤 부르니 약홰 왈,

"나는 국화 별명으로써 대ᄒᆞ미 엇더ᄒᆞ뇨?"

츈휘 손ᄲᅧᆨ 쳐 왈,

"졔녀와로 왕손초ᄅᆞᆯ 대ᄒᆞ미 쳔셩 졀묘ᄒᆞᆫ 대로다."

ᄉᆞ영홰 몸을 닐으혀 왈,

"이ᄀᆞᆺ치 ᄒᆞ면 몃츨이 되야도 ᄯᅳᆺ치 아니ᄂᆞ리니 우리ᄂᆞᆫ 밧그로 나가미 올토다."

제78회

運巧思對酒縱諧談 飛舊句當筵行妙令

어시에 모다 일졔히 니러 븨약포로 쩌ᄂᆞ더니 홀연 츠환이 보ᄒᆞ되,

"쥬효ᄅᆞᆯ 임의 ᄀᆞ초완지 오련지라 부인이 ᄒᆡᆼ혀 오시면 즁위 지녀ᄅᆞᆯ 경동ᄒᆞᆯ가 져허 다만 말슴을 젼ᄒᆞ시되 졔위 지녀ᄂᆞᆫ 부디 긱투ᄅᆞᆯ 쓰지 ᄆᆞ르시고 집에 잇ᄂᆞ니와 【70】 ᄀᆞᆺ치 ᄒᆞ셔야 비로소 ᄆᆞ음 노ᄒᆞ리라 ᄒᆞ시더이다."

즁인이 흠신ᄒᆞ여 왈,

"몬져 우리ᄅᆞᆯ 대신ᄒᆞ야 부인게 샤례ᄒᆞᆷ믈 알외라. 오리지 아냐 나아가 치샤ᄒᆞ리이다."

말을 ᄆᆞ츠며 일졔히 웅취관에 니르니 약홰 왈,

"앗가ᄂᆞᆫ 미지 어즈러이 안ᄌᆞᆺ거니와 이 ᄯᅢᄂᆞᆫ 맛당히 좌ᄎᆞᄅᆞᆯ ᄇᆞ로 졍ᄒᆞ미 올ᄒᆞ니이다."

규신 왈,

"앗가도 임의 말ᄒᆞᆞᆺ거니와 오날 좌ᄎᆞᄂᆞᆫ 본디 쥬긱과 샹하ᄅᆞᆯ ᄎᆞ리지 아닛ᄂᆞ니 엇지 다시 졍ᄒᆞᆯ 비리오?"

츈휘 왈,

"좌ᄎᆞᄂᆞᆫ ᄌᆞ연 그더로 ᄒᆞ려니와 미지 그윽이 우견이 잇ᄂᆞ니 이제 술을 먹으미 그 【71】 져 먹을 니 업스니 맛당히 쥬령[酒슈, 손이 모혀 술먹을 ᄯᅢ 글노써 말ᄒᆞᆷ믈 니르되 쥬령이라 ᄒᆞ니라]을 ᄒᆡᆼᄒᆞᆯ지라. 앗가ᄂᆞᆫ 스물 다섯 조ᄌᆞᄅᆞᆯ 버렷더니

이제는 문득 열세 조즈는 업시 ᄒ고 다만 열두 조즈를 노ᄒ 동으로부터 셔흐로
두 줄노 돌나 안즈야 비로소 쥬령을 힝ᄒ미 편ᄒ리이다."

난지 왈,

"만일 열두 조즈만 쓰면 ᄒ 조즈의 여덟식 논ᄒ도 다만 구십 뉵인이라 그 남
아 스위 져ː는 문득 엇지ᄒ리잇고?"

츈휘 왈,

"동으로부터 셔흐로 두 줄을 난호디 ᄒ 줄에 다섯 조즈식 노케 ᄒ고 두 머리
로 둥근 조즈 둘흘 노ᄒ면 ᄒ 조즈의 족히 십인식 안즈리라."

즁인이 모다 올흐믈 일커【72】르니 보운은 오히려 고집ᄒ야 듯지 아니려
ᄒ나 즁인이 각ː 즈긔 츠환으로 ᄒ여곰 조즈를 옴기고 쏘ᄒ 보운으로 ᄒ야곰
대긱ᄒ는 녜롤 힝치 못ᄒ게 ᄒ고 일졔히 좌에 들미 츠환이 술을 붓고 안쥬롤
올니ː 셔로 원즁 경치에 긔이홈과 화초에 ᄀ즈믈 일커러 담쇼ᄒ더니 가염홍
이 미어 ᄒ 므디롤 베퍼 즁인으로 ᄒ여곰 싀득ᄒ라 ᄒ니 쇼츈이 싀득ᄒ지라.
벽지 왈,

"이 ᄶ에 술을 대ᄒ야 맛당히 노리ᄒ라 ᄒ더니 이에 쥬령을 힝ᄒ야 노리롤
대ᄒ미 엇더ᄒ니잇고? 미지 맛당히 녕견ᄒ는 잔을 먹【73】고 녕을 젼ᄒ리이
다."

즁인 왈,

"이 ᄀᆺ흐미 졍히 묘ᄒ니 우리 무리 맛당히 귀롤 씨셔 드르리라."

난지 왈,

"녕을 힝ᄒ려 ᄒ면 약화 져ː나 혹 영화 져졔 몬져 녕을 니시미 올흐니 뉘
감히 즈레 말ᄒ리요?"

약홰 왈,

"져ː에 이 말슴은 과히 긱투롤 쓰시미로다. 술에 녕을 힝ᄒ미 불과 흥을 돕
고 놀기롤 위ᄒ미니 엇지 뉘 몬져 ᄒ며 뉘 나죵 ᄒ믈 의논ᄒ리요?"

스영홰 왈,

"오날 벽지 미ː 즈긔 모구 부즁에 니르니 가히 니르되 반쥬인이라. 속담에
니르되 '쥬인이 먹지 아니면 손이 므시지 아니ᄐ' ᄒ니 쳥컨더 몬져【74】녕을

니여 몬져 힝흔 후 만일 날이 늦지 아니커든 다른 사롬이 니어 다시 녕을 니미 올흐니 청컨디 벽지 져ː는 녕비롤 마시고 녕을 셜니 펴쇼셔."

벽지 개연히 술을 므시고 난언을 향흐야 왈,

"미지 이제 녕을 닌 후에 만일 녕을 좃지 아닛는 지 잇스면 그 벌을 엇지흐리 잇고?"

난언 왈,

"녕을 좃지 아닛는 즈는 큰 쟌으로 샴비롤 벌흐리라."

벽지 왈,

"그러홀진더 미지 맛당히 녕을 니리니 계위 져ː는 우히 잇셔 드르쇼셔. 미 즈에 오날 니는 ㅂ 녕이 다만 술을 므시는 녕이 아니라 문득 계화 져ː로 흐여 곰 몬져 녕을 니라 【75】 흐는 녕이니 만일 좃지 아니면 난언 져ː에 말솜이 몬져 잇스니 벌을 면치 못흐리니 계화 져ː는 청컨디 미즈의 다시 흔 즌 므시 믈 보쇼셔."

제화 닝쇼 왈,

"너는 흔 즌 아녀 열 즌을 먹어도 나의 알비 아니요 큰 즌 세흐로 벌쓰문 맛 당히 즐겨 ㅂ드리라. 여러 사롬 중 무슴 일 ㅂ더 날을 즙아니고져 흐느뇨?"

벽지 왈,

"미지 처음 싱각은 몬져 녕을 니고져 흐더니 이제 사롬이 만흐니 능히 온젼 이 힝홀 녕이 어려온지라. 맛당히 공논흐야 녕을 닐 거시로더 셔로 겸양흐기롤 일솜아 므춤니 날을 보닐지라. 져제 원 【76】 리 쳔품이 명민흐샤 일므다 샹쾌 흐시므로 이에 특별이 쳥흐니이다."

중인이 일졔히 답흐야 왈,

"이 말이 과연 그르지 아니코 임의 녕을 니엿시니 조츠미 올흔지라. 계화 져 ː는 과히 겸양치 므르시고 몬져 쥬령을 니쇼셔."

제화 일향 츄스흐되 중인이 쏘흔 고집흐야 듯지 아니ː 제화 쏘흔 홀일 업셔 왈,

"여러 져제 임의 벽지 미ː롤 조츠 ㅂ더 날을 식이려 흐시니 나 흔 사롬이 엇지 여러 져ː롤 닉의리요? 녕을 임의 니라 흐시니 미지 비록 방즈흐나 감히

청ᄒᆞᄂᆞ니 졔위 젼눈 각ᆞ 두 ᄌᆞᆫ을 ᄆᆞ시쇼셔."

【77】 다 녕을 듯고져 ᄒᆞ미 일졔히 두 ᄌᆞᆫ을 ᄆᆞ시니 졔홰 왈,

"다시 쳥ᄒᆞᄂᆞ니 벽지 민눈 격외에 두 ᄌᆞᆫ을 ᄆᆞ시라."

벽지 무가ᄂᆡ해라 다시 두 ᄌᆞᆫ을 ᄆᆞ시니 졔홰 왈,

"민룰 격외에 두 ᄌᆞᆫ을 권ᄒᆞᆫ 뜻을 아ᄂᆞ냐?"

벽지 왈,

"미지 엇지 젼의 심폐룰 ᄶᆞᆫ쳐 알니요?"

졔홰 왈,

"이 다름 아니라 너의 목굼글 츅이고 조히 우온 말 ᄒᆞ라 ᄒᆞ미니 만일 우온 말 ᄒᆞ면 녕을 니리라."

벽지 왈,

"져졔 이리로 두 ᄌᆞᆫ을 먹이고 져리로 두 ᄌᆞᆫ을 먹이며 오히려 우온말 ᄒᆞ라 ᄒᆞ니 진실노 득농망쵹(得隴望蜀)ᄒᆞ야 탐도무염3) ᄒᆞ도다. 너 이제 탐도무염ᄒᆞᆷ을 보고 ᄒᆞᆫᄆᆞ디 녯말이 싱각ᄒᆞ 【78】 니 ᄒᆞᆫ 사름이 잇셔 심히 궁곤ᄒᆞ더니 일ᆫ은 신션 녀동빈 션셩을 만나 도아쥬믈 간졀히 비니 동빈이 져의 빈한ᄒᆞᆷ믈 불샹이 넉여 인ᄒᆞ야 돌노ᄡᅥ 금이 되게 ᄒᆞᄂᆞᆫ 법을 ᄡᅥ 이에 돌을 가져 금을 ᄆᆡᆫ드러 그 사름을 쥬니 그 후로부터 동빈을 만나면 미양 이ᄀᆞᆺ치 금을 어드니 여러 ᄒᆡ 지나지 아녀 부지 되얏더니 일ᆫ은 ᄯᅩ 동빈을 만나 금을 구ᄒᆞ니 동빈이 임의 친ᄒᆞᆫ 고로 금을 더옥 만히 ᄆᆡᆫ드러 쥬니 그 사름이 지삼 샤례ᄒᆞ여 왈 '그 ᄉᆞ이 대션에 ᄶᆞ로 도와쥬시믈 힘닙어 임의 굼기룰 면ᄒᆞ니 심히 감격ᄒᆞ거니와 다만 여 【7 9】 러번 대션을 슈고롭게 ᄒᆞ미 실노 ᄆᆞ음에 불안ᄒᆞ니 이 후는 감히 다시 도아쥬시믈 쳥치 못ᄒᆞ리니 다만 ᄒᆞᆫᄀᆞ지룰 샹급ᄒᆞ시면 비로소 ᄆᆞ음이 츠고 뜻이 족ᄒᆞ리이다.' 동빈 왈 '니 임의 너롤 도와쥬어 왓스니 아모 거시라도 달나ᄒᆞ면 쥬리라.' 그 사름이 알프로 나아가 동빈에 손ᄀᆞ락을 낫ᆫ치 칼노 버혀 품속에 너허 왈 '돌노ᄡᅥ 금을 ᄆᆡᆫ드는 손을 니 가졋시면 다시 구홀 비 무어시리요?'"

ᄒᆞ니 난언이 쇼왈,

---

3) 원문에는 '貪得無厭'으로 되어 있음.

"셰샹 사름에 죡흔 줄 모로미 미양 이 ᄀᆞᆺᄒ니 비록 우수온 말이라 ᄒ나 죡히 셰샹을 일씨올 말이로다."

츈휘 왈,

"니 괴이 근【80】일에 돌노써 금 믄ᄃᆞ는 법이 젼치 아니터니 원러 녀동빈에 손ᄀᆞ락을 사름이 버혀가미로다."

벽지 왈,

"우온 말을 임의 ᄒ얏스니 쌜니 녕을 ᄂᆞ쇼셔."

졔홰 왈,

"임의 우온 말이라 ᄒ 후는 사름으로 ᄒ여곰 우음을 발ᄒ여야 비로소 우은 말이 되리니 이제 네 말에 ᄒᄂᆞ토 웃ᄂᆞ니 업도다. ᄀᆞ시 너와 니 주먹쥬기롤 ᄒ여 지는 사름이 녕을 니게 ᄒ미 엇더ᄒ뇨?"

벽지 왈,

"져졔 임의 주먹쥬기롤 ᄒ고져 ᄒᆞᆯ진디 니 ᄯᅩ흔 녯말을 싱각ᄒᄂᆞ니 흔 사름이 ᄂᆞ귀롤 ᄐᆞ고 길을 가더니 그 ᄂᆞ귀 거름을 ᄀᆞ쟝 쓰게 ᄒ니 그 사름이 심히 답ᄉᆞ ᄒ야 치롤 드러【81】 미이 치니 ᄂᆞ귀 도로혀 셩을 나여 볼을 머츠고 것지 아니ᄒ거늘 그 사름이 더옥 분ᄒ야 다시곰 미이 치니 ᄂᆞ귀 두 볼을 들어 어즈러이 ᄎᆞ거늘 그 사름이 우어 왈 '네 감히 길은 아니가고 엇지 날노 더부러 쥬먹쥬기롤 ᄒ즈 ᄒᄂᆞ뇨?'"

즁인이 모다 우어 왈,

"져 말은 과연 사름으로 ᄒ여곰 우음을 발ᄒ게 ᄒ니 쳥컨디 졔홰 져ᄉᆞ는 녕을 ᄂᆞ쇼셔."

졔홰 왈,

"임의 날노 ᄒ여곰 녕을 니과져 흔 후야 엇지 감히 아니ᄂᆞ리요? 다만 벽지 미ᄉᆞ로 ᄒ야곰 다시 두 존을 먹으면 니 맛당히 녕을 ᄂᆞ리라."

벽지 왈,

"졔위 져ᄉᆞ는 보쇼셔. 앗가 니 즁인과 ᄀᆞᆺ치 두 존【82】을 먹은 후 제 날노 ᄒ여곰 격외에 두 존을 먹으라 ᄒ고 다시 녯말을 ᄒ라 ᄒ더니 이제 녯말을 ᄆᆞ츠미 ᄯᅩ 다시 두 존을 먹으라 ᄒ니 이는 분명 날을 쓸어 누이고져 ᄒ미니 다름 아니라 미지 져로 ᄒᆞ여곰 녕을 닉라 ᄒᆞ믈 슬히 넉여 이궃치 ᄒᆞ미라. 일노조ᄎᆞ 쏘 ᄒᆞᆫ ᄆᆞᄃᆡ 녯말을 싱각ᄒᆞ도다. 녜도 ᄒᆞᆫ 부지 죵을 다리고 길을 가더니 즁노에 니르러 죵을 ᄃᆞ리고 밥ᄑᆞᄂᆞᆫ 졈에 드러 밥을 사먹을시 부ᄌᆞᄂᆞᆫ 다만 밥을 사먹을 분이러니 밋 밥갑슬 혬홀 시 그 죵은 문득 고기반찬을 먹엇ᄂᆞᆫ지라. 부지 쏘ᄒᆞᆫ 홀일 업셔 갑슬 쥬 【83】 기ᄂᆞᆫ 쥬나 ᄆᆞ음에 분ᄒᆞ믈 닉의지 못ᄒᆞ야 밥젼을 나오미 더옥 앗가온지라. 셩이 나믈 ᄶᆡ닷지 못ᄒᆞ야 문득 도라보아 왈 '닉 임의 너의 쥬인이요 너의 우믹 아니여든 너ᄂᆞᆫ 뒤희 셔고 나ᄂᆞᆫ 알픠 세우ᄂᆞ뇨?' 죵이 황겁ᄒᆞ야 알프로 쏄니 거러 나아가며 길을 인도ᄒᆞ니 부지 다시 셩닉여 왈 '닉 너의 하인이 아니어ᄂᆞᆯ 너ᄂᆞᆫ 압셔고 나ᄂᆞᆫ 뒤희 쏠오라 ᄒᆞᄂᆞᆫ다?' 죵이 더옥 망조ᄒᆞ야 쥬인과 ᄀᆞ치 엇기롤 결워 힝ᄒᆞ니 부지 일향 셩닉야 왈 '네 날노 더부러 졔뤼 아니어ᄂᆞᆯ 엇지 감히 날과 궃치 엇기롤 갈와 힝ᄒᆞ리요?' 죵이 ᄌᆞ에 홀 【84】 일 업셔 왈 '뒤흐로 쏠와도 그르다 ᄒᆞ고 알프로 인도ᄒᆞ야도 남으라 ᄒᆞ고 겻흐로 가도 괘심ᄐᆞ ᄒᆞ시니 쟝ᄎᆞᆺ 엇지ᄒᆞ여야 조으리잇가?' 부지 일향 셩닌 쇼릭로 크게 니르되 '네 만일 반찬갑슬 닉여 닉게 ᄇᆞ치면 그만 용셔ᄒᆞ리라.'"

졔홰 쇼왈,

"만일 져로 ᄒᆞ여곰 술을 먹이지 아니턴들 이궃튼 우은 말을 졔위 져졔 엇지 드르시리잇고? 앗가 미지 일즉 녕을 싱각ᄒᆞ니 만일 사ᄅᆞᆷ이 적으면 도로혀 무미ᄒᆞ려니와 오날은 사ᄅᆞᆷ이 만흐니 가히 힝홀 거시요 쏘ᄒᆞᆫ 아쇽이 흠게 힝ᄒᆞ야 극히 간략ᄒᆞ고 편ᄒᆞ되 오히려 모든 ᄯᅳᆺ에 합홀 【85】 지 모로니 쳥컨ᄃᆡ 셔로 샹냥ᄒᆞ야 쟉졍ᄒᆞ미 조흐니이다."

ᄉᆞ영홰 왈,

"만일 아쇽이 흠게 힝홀 비면 극히 다힝ᄒᆞ도다. 만일 어려온 졔목을 닉여 사ᄅᆞᆷ으로 ᄒᆞ여곰 괴로히 싱각ᄒᆞ고 ᄋᆡ써 궁구ᄒᆞ게 ᄒᆞ면 이ᄂᆞᆫ 술을 권ᄒᆞ고 흥을 도으미 아니라 도로혀 근심을 더ᄒᆞ고 ᄋᆡ롤 살오미라. ᄒᆞ믈며 사ᄅᆞᆷ이 빅에 니르니 만일 사ᄅᆞᆷ마다 힝ᄒᆞ기에 니르면 거의 밤이 깁허야 비로소 맛고 도라가리니 쳥컨ᄃᆡ 져ᄌᆞᄂᆞᆫ 십분 혜아려 녕을 닉쇼셔. 맛당히 밧드러 펴리이다."

졔홰 왈,

"이 녕은 별노 펼 거시 아니라 미지 아모 글이나 ᄒᆞᆫ 귀졀을 부르거 【86】 든 그 글즈 슈더로 멋지 안즌 져제 녕을 브드미 조토다."

난언 왈,

"그리면 져ː는 쌀니 녕을 니쇼셔. 다만 쥬량이 대쇠 잇스니 부더 너른 냥으로 적게 먹을 니 업고 져근 냥으로 면강홀 니 업스니 미즈에 우건은 써흐되 냥 크기는 흔 준이요 져그니는 반 준이요 그 중 반 준도 어려오니는 짐쟉흐야 감흐미 올흐니이다."

졔홰 왈,

"이 말이 ㄱ쟝 유리흐도다."

이에 스스로 흔 준을 믜셔 왈,

"미지 챰남이 몬져 녕을 니믜 스스로 벌쥬롤 먹느이다. 다만 우리 무리 노스의 우대흐시믈 밧즈와 이에 니르니 보온 져ː네 각별 관졉흐시믈 만나니 오날 못거【87】지 가히 니르되 극히 셩흐고 심히 즐거온지라. 니 맛당히 이 뜻으로 『밍즈孟子』 흔 귀졀을 니여 왈 '거흔흔연유희식(擧欣欣然有喜色)[모다 흔ː이 깃분빗치 잇다 흐미라]'이라 흐노라."

말을 맛지 못흐여 모든 츠환이 각ː쥬인의게 고흐되

"하인이 앗가 ㅁ을노조츠 도라와 고흐되 '태후에 젼지 나리샤 졔위 지녀로 흐야곰 시롤 지어 드리라' 흐실시 나리온 ㅂ 제목과 조희는 임의 각ː우소로 가져가다 흐더이다."

중인이 ː롤 듯고 십분 퓌흥홀 분 아니라 쏘흔 무슴 글인지 망연이 아지 못흐니 하회에 분해흐라.

제일기언

인쇄일 초판 1쇄   2001년 04월 24일
            2쇄   2015년 06월 20일
발행일 초판 1쇄   2001년 04월 29일
            2쇄   2015년 06월 23일

지은이 박제연 정규복
발행인 정 찬 용
발행처 새미
등록일 제324-2006-0041호

서울시 강동구 성내동 447-11 현영빌딩 2층
Tel : 442-4623~4 Fax : 442-4625
www. kookhak.co.kr
E- mail : kookhak2001@hanmail.net

가 격 35,000원